Münster · Cosmographia Band IV

Antiqua-Verlag
Lindau

ISBN 3-88210-021-4
Faksimile-Druck nach dem
Original von 1628
Alle Rechte für diese Ausgabe 1978
by Antiqua-Verlag, Lindau
Reproduktion und Druck: Hain-Druck KG, Meisenheim/Glan
Bindearbeiten: Buchbinderei Kränkl, Heppenheim
Printed in Germany

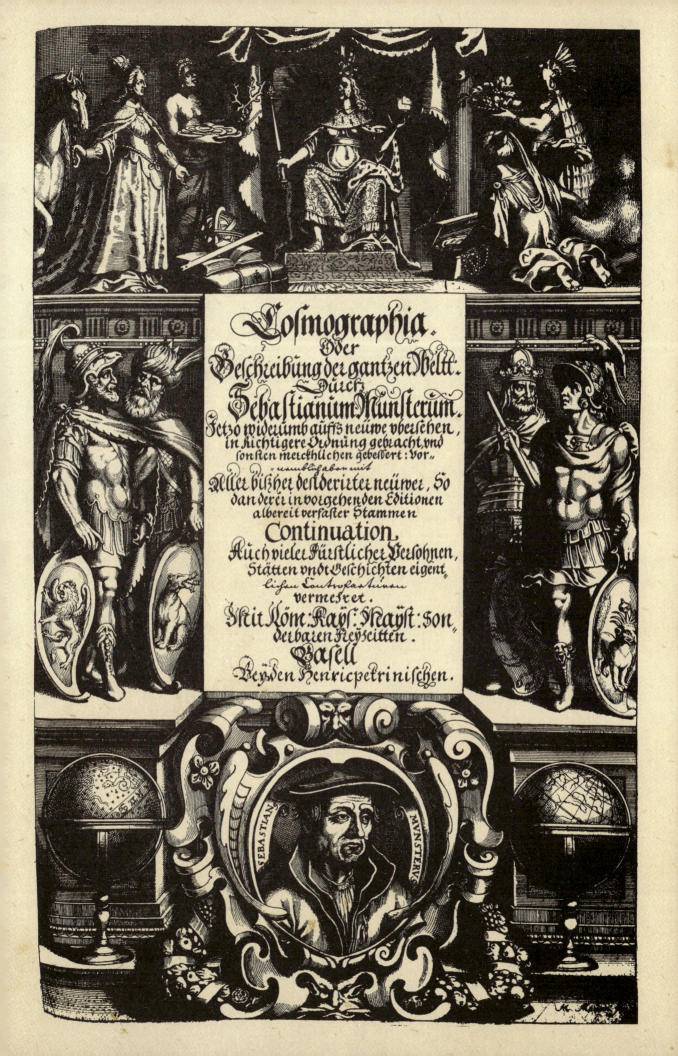

COSMOGRAPHIA,

Das ist:
Beschreibung der gantzen Welt/

Darinnen

Aller Monarchien

Keyserthumben/ Königreichen/ Fürstenthumben/ Graff= vnd Herrschafften/ Länderen/ Stätten vnd Gemeinden; wie auch aller Geistlichen Stifften/ Bisthumben/ Abteyen/ Klöstern/ Vrsprung/ Regiment/ Reichthumb/ Gewalt vnd Macht/ Verenderung/ Auff= vnd Abnehmen/ zu Fried= vnd Kriegszeiten/ sampt aller vbrigen Beschaffenheit.

Deßgleichen
Aller deren/ beyder Ständen/ Regenten: Keysern/ Königen/ Bäpsten/ Bischoffen/ ꝛc. Leben/ Succession/ Genealogien vnd Stammbäumen:

So dann
Aller Völcker in gemein Religion/ Gesätz/ Sitten/ Nahrung/ Kleydung vnnd Vbungen/ wie auch aller Ländern sonderbare Thier/ Vögel/ Fisch/ Gewächs/ Metall/ vnd was dergleichen mehr bey einem jeglichen Landt in acht zunehmen/ in guter Ordnung zusammen getragen:

Mit schönen Landtaffeln/ auch der fürnehmbsten Stätten vnd Gebäwen der gantzen Welt/ sampt obgedachter Geistlicher vnd Weltlicher Regenten vnd anderer verrühmbten Personen/ wie nicht weniger aller seltzamen Thieren vnd Gewächsen eigentlichen Contrafacturen gleichsam abgemahlet vnd vnder Augen gestellt.

Erstlichen
Auß Antrieb vnd Vorschub/ vieler hohen Potentaten/ Fürsten vnd Stätten/ durch den fürtrefflichen vnd weitberühmbten Herrn

SEBASTIANVM MVNSTERVM

an den Tag gegeben:
Jetzund aber
Auff das newe vbersehen vnd mit vielerley nohtwendigen Sachen Fürstlichen Stambäumen/ Figuren vnd Stätten:

Sonderlich aber
Einer vollkommnen Beschreibung der vnbekandten Länder Asiæ, Africæ, Americæ, so viel dz von durch allerhandt Reysen vnd Schiffarten/ biß auff dieses 1628. jahr kundt gemacht worden/ trefflich vermehrt/ vnd mit newen Indianischen Figuren gezieret.

Basel/
Bey den Henricpetrinischen:
Im Jahr

M. DC. XXIIX.

Sebastianus Munsterus ist in diese Welt geboren worden in dem jahr vnsers HErren Christi 1489.zu Jngelheim in der Pfaltz/da auch in dem jahr 742.Keyser Carolus der Grosse geboren worden. Jn dem jahr 1529.zur zeit der Kirchen Reformation kam er mit Herrn Simone Grynæo nacher Basel/vnd ward daselbsten Professor der Hebræischen Spraach: da er auch neben vielen andern herzlichen Büchern/dieses fürtreffliche Werck der Cosmographien geschrieben. Starb an der Pest in dem jahr 1552.seines Alters in dem 63.jahr/vnd ward in der Thumbkirchen begraben: da jhme zu Ehren beygesetztes Epitaphium auffgerichtet worden.

GERMANUS ESDRAS HEIC
STRABOQUE CONDITUR.
SI PLURA QUÆRIS AUDIES:
SEBAST. MUNSTERUS INGELH.
THEOL. ET COSMOGR.
INTER PRIMOS SUMMUS
SOLENNEM ASCENSIONIS MEM.
ANNO SAL. M. D. LII.
MAIOR SEXAG. MORTE PIA
ILLUSTRAVIT.

1329

Das Sechste Buch der Welt beschreibung durch Sebastianum Münster/ auß den erfahrnen Cosmographen vnd Geschichtschreibern gezogen vnd zusammen gelesen.

Beschreibung des Königreichs Dennmarck/ sampt den Mitnächtigen Königreichen/ Schweden/ Gothen/ Nortwegen/ ꝛc. Vnd was sich darinn nach vnd nach verlauffen hat.

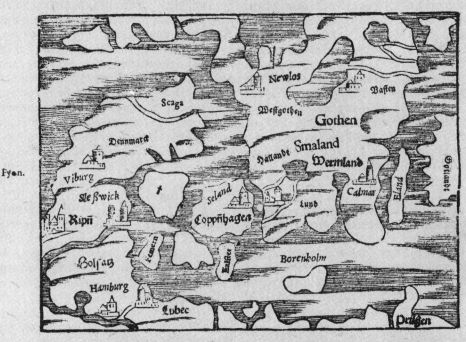

Von der Gelegenheit des Königreichs Dennmarck. Cap. j.

Ennmarck so man Daciam vnnd Daniam nennet/ hanget an zweyen orten: allein an dem vesten Erdtrich: gegen Nidergang hatt es das Teutsche gegen Auffgang aber das Baltische Meer. Von Mitternacht her sihet es gegen Norwegen vnd Schweden. Von Mittag her aber gegen Holstein/ Mechelburg/ vnd Pommern. Diß Königreich hat einen gesunden temperierten Lufft/ einen gantz fruchtbaren Boden/ schöne Wäld/ von Eychen/ vnnd Buchen/ in welchen vnzahlbar viel Schwein gemestet werden/ liebliche Wisen vñ Weyden/ welche zur Viehzucht gantz bequem sind. Das Meer bringt allerley Fisch in grosser menge herfür: durch welche ein grosser theil Europæ ernehret wird: Summa Gott vñ die Natur hat diesem Königreich nichts mißgönnet/ dessen man zu allem nothwendigen gebrauch/ des Lebens nicht ermanglen kar.

KKKK

Das fünffte Buch

Es haben die Alten von diesem Landt nichts besonders gewust / dann daß sie etwan des Landts Scandiæ vnd Scandinaviæ gedencken: Aber mit diesem Namen haben sie alle Mittnächtige Länder verstanden / die hinder Dennmarck ligen: alß Norwegen / Schweden / Gothen / Biarmia / Scrufinia / Lappia / Bothnia / etc. Procopius schreibt / daß Scandia oder Scandinavia 13. Völcker in sich begriffe. Deren ein jedes seinen sonderbaren König habe. Vnd sonderlich schreibt Plinius / daß dieses die allergröste vnd herrlichste Insul seye / welche wegen jhrer vnbekannten größe / wol für ein andere Welt zu halten seye. Aber er fählet in dem / daß ers ein Insul nennt / dann es nit an allen orten von dem Meer vmbgeben wirdt. Auß dieser vermeynten Insul Scandia oder Scandinavia sind vorzeiten mehr alß 30. mächtige Völcker / zu vnderschiedlichen zeiten herfür gebrochen / welche durch jhr stärcke / newe wohnungen in Asia / Africa / vnd Europa gesucht haben / vnder welchen die Longobarden die letsten gewesen.

Saxo Grammaticus / will daß der Namm Dania ein sonderbar Landt begreiffe / welches von Plinio vnder dem Namen Scandia nicht seye verstanden worden.

Scania. Das erste theil / so gegen Orient ligt / wirdt insonderheit Scania / oder Schönlandt genennt / in welchem ligt das Ertzbisthumb Lunden / vmb welches willen zwischen den Schweden / vnd Dennmärckern ein jmmerwehrender streit ist. Dann vnder der Regierung des Königs Smeechs / sind die Dännmärcker vber den Arm des Meer / welcher Scaniam von Dennmarck absünderet / gefahren / vnd haben Hallandiam / Schöningiam / vnd Bleckingiam eyngenommen / welches nit kleine Länder / vnd dem Ertzbisthumb Lunden vnderworffen sind. Dieser theil ligt also an dem vesten Landt / vnnd stöst an Gothen vnd Schweden / vnd vbertrifft seiner größe vnnd Reichthumben halber / die andern Länder dieses Königreichs. Andere nennens Scandinaviam für Scandaniam / oder Schön Daniam / andere Sconiam / oder Sconingiam / gemeinlich wirt es Schonen geheissen. Das aber ist nicht des Plinij Scandia / oder Scandinavia / dann dieselbige / nach der meynung Ortelij / die 3. grossen Königreich / Norwegen / Schweden / vnd Gothen in sich haltet / wie oben gemeldet. Das Land Scania / oder Schönen wirdt allenthalben von dem Meer vmbgeben / ohn allein / wo es an Schweden hanget. Aber es ligen so grosse Wäld / vnnd schreckliche Scroffen vnd Felsen zwischen Scania / vnnd Gothen / daß es minder gefährlich were / vber das Meer dahin zu fahren / dann zu Landt. Der Lufft ist in diesem Landt so temperiert / vnd gut / der Erdboden so Fruchtbar / vnnd von Gold / Silber / Kupffer / vñ Bley so reich / die Häffen vnd Port des Meers / so wol gelegen vnd kumlich / die Gewerb / so von Kauffleuthen darinnen getrieben werden / so nutzlich / die Wasser mit Fischen / die Wäld mit edlen Thieren / das gantz Landt mit schönen wolbestelten Stätten vñ Flecken / also erfüllet / daß es wol der Glückseligsten Länder eins kan genennt werden: Daher es das Schönen / oder Schönland genennt worden. Diß Land ist vor zeiten / in zwey Hertzogthumb / Hallandiam / vñ Bleckingiam abgetheilet worden. Jetzund haltet es 23. Præfecturen / vnd 15. Stätt in sich. Die *Die Statt Londa.* Hauptstatt ist Londa / oder Londia / da der Ertzbischof des Reichs seinen Sitz hatte. Sie ist zu der zeit der Geburt Christi schon bekannt gewesen / sonst weißt man nichts von jrem anfang. Nach Londia *Ellenbogen.* ist Malmogia sonsten auch Ellebogen genant / die vornemste Statt in Scania / da der gröste Kauffmans handel des gantzen Landts: Diese Statt ist nicht alt / sondern erst vmb das jar 1320. vnder König Christophoro dem 2. erbawen worden: Sie hat eine sonderbare Freyheit vor andere Stätten dieses Königreichs / daß jhre Burger mit jren Waren in gantz Deñmarck Zollfrey seynd. Sonsten ist diese Statt auch mit einem vesten Schloß / vnnd köstlichen gebäwen vnd Häusern geziert / vnnd darmit vbertrifft sie alle andere Stätt / dieser Provintzen. Vnder Elsenbores gegen dem Sund ligt die Statt Coronia sonst Landskron genañt / welche König Erich der 8. vmb das jar Christi 1413. gebawen: Sie ist jetzundt mit Gräben vnnd Wälen verwahret / hatt auch ein vestes Schloß / welches Kö. Christian der 3. A. 1543. angefangen zu bawen. In Hallandia ligt dz Schloß Warburg auf dem Gipfel eines sehr hohen Felsen: Dieses hat Daniel Rantzow Anno 1569. auß befelch Kön. Friderichen des 3. belägert / vnnd ist darvor von einem groben Stück / ehe es eyngenommen worden / erschossen worden.

Schloß Warburg

Jutlandt. Das ander theil dieses Königreichs gegen Occident ist Iutia, oder Jutlandt / vnd wirdt in Nordt Jutlandt / vnnd Suder Jutlandt vnderschieden: Nordt Jutlandt / welches vorzeiten auch Nordalbingia genannt worden / darumb daß es durch die Elb von Teutschlan ist abgesündert worden / begreifft dz Hertzogthumb Schleßwick in sich / welchem jetzund auch das Hertzogthumb Holstein mag zugerechnet werden.

Das Hertzogthumb Schleßwick hat den Nammen von der Alten Marck Schleßwick. Diß Hertzog

Von Teutschlandt.

Hertzogthumb hat vor zeiten / vmb das jahr 1280. Waldemirus / Abels des Dänischen Königs Enckel / von König Erico / zu Lehen empfangen / alß aber dieser Königen / vnd Hertzogen männlichen stammen abgestorben / vnd das Hertzogthumb Schleßwick wider mit dem Königreich vereiniget worden / da hat die Königin Margarita / das Hertzogthumb Schleßwick / Geraldo / dem Graffen von Holstein / mit diesem geding vbergeben / daß er den König auß Dennmarck für seinen Lehenherren erkennete. Die Stätt in Schleßwick haben einerley Recht vnd Freyheiten / mit den Dänischen: Die Vnderthanen aller Orten / mögen zum König / vnd seinen Rhäten / aber nit weiters appellieren. In diesem Hertzogthumb ligt Flensburg zwischen hohen Bergen / vnnd hat einen solchen kümlichen / tieffen / vnnd sicheren Haffen / daß schier alle Bürger / auß jhren Häuseren / die Schiff beladen / vnd entladen können. Diß Hertzogthumb hat nur ein Bißthumb / vnnd das zu Schleßwick zwey Capitel / vnnd drey Clöster. Es sind in diesem Hertzogthumb 24. Rhatsherren vom Ritterstand / welche einen algemeinen Cantzler / vnd des Fürsten wegen / zwen Doctores Iuris bey sich sitzen haben.

Das ander Hertzogthumb wirdt Holstein oder Holsatz genannt / welches also genennt wirdt / weil es holtzig / vnd wäldig ist / vnd nicht also sümpffig / vnd voller Weyden / wie andere anstossende Oerter. Etliche meynen diß Land habe den Nammen von einem holen Stein empfangen / weil die Hertzogen von Holstein / die Graffen von Hochlenstein zuvor sindt genent worden. Diß Landt hat zun Grentzen von Auffgang den Fluß Bilenam / vom Nidergang die Stor / von Mittag die Elb / vnd von Mitternacht die Eider. Diß Landt ist so voller Holtz / vnd Wälden / daß sich zuverwunderen / tregt aber keine Eychbäum / sonder schier eytel Buchbäum / durch deren Frücht die Schwein vberflüssiglich gemästet werden. Diß Landt ist sehr Reich von Früchten vnd Fischen: Dann drey jahr lang wirdt das Erdtrich gebawen / vnd die Frücht darvon eyngesamlet: drey jahr hernach lasset man das Wasser darüber lauffen / damit die Fisch das Graß verzehren / vnnd zugleich durch ein feiste Matery / das Feld fruchtbar gemacht werde. Es wachset zwar kein Wein in diesem Landt / aber es bringt viel wilde Thier / vnnd edle Pferd herfür. Es wirdt in vier theil außgetheilt / in Dietmarssen / Holstein / Stormariam / vnd Wagriam. Diese sind vor diesem nur Graffschafften gewesen / aber hernach sind sie von Keyser Friderich dem 3. auff bitt Christierni des ersten / zu einem Hertzogthumb erhöcht worden / welches dem Römischen Reich 40. Reuter / vnd 80. Fußknecht zu erhalten schuldig ist. Dietmarssen zwar ist etlich hundert jar frey geblieben / ob es schon von Keyser Friderichen / Christierno dem ersten zum Lehen auffgetragen worden.

Holstein.

Dietmarsen.

Christierni Söhn / König Johannes vnd Hertzog Friderich / haben zwar im jahr 1500. diß Land mit Kriegsmacht vberzogen / aber jhr Heer ist von den Dietmarssen geschlagen worden: endtlich im jar 1559. sind sie von König Friderich dem andern / vnd von den zwen Hertzogen Johanne vnd Adolpho / vberwunden vnd vnder das Joch gebracht worden.

Die fürnemsten Stätt in Holsten sind Segeberg in Wagria / vier Meil von Lübeck. Itzehol / welches der gelegenheit vnd der Schiffart halben / ein fürnemmes Ort ist. Kile ist ein alte Statt / vnd hat einen grossen Haffen / in welchen auß Lyfflandt / Teutschland / Dennmarck / vnd Schweden / mit grossem nutz der Holsteineren / viel Waren gebracht werden. Es ligen auch in dieser Gegenheit Crempe / vñ Reinholdsburg. In Dietmarsen ligen Meldorvia / Heiningste / vnd Tellingste: Die Hauptstatt aber in Stormaria ist die gewaltige Gewerbstatt Hamburg an der Elb / welche nach vielen Kriegs vnfällen / endtlich von Keyser Carolo dem Grossen wider erbawen / vnnd vnder Keyser Heinrich dem 4. mit Mawren vmbgeben / auch mit dreyen Thören / vnnd zwölff Thürnen gezieret worden. In dieser Statt hat gelebt / vnd ist gestorben der fürtreffliche Historyschreiber Albertus Krantzius. Vnder Teutschlandt wirstu was weiters von dieser Statt finden / sampt jrer abcontrafehtung. Es gibt viel sümpff in diesem Landt / sonderlich in Dietmarssen / durch deren hilff sie sich so lang in der Freyheit erhalten haben.

Der fürnemeste Fluß dieses Landts ist Egidora / oder Eldora / vnd ist ein Grentz Dennmarcks / vnd des Fürstenthumbs Holsteins / das Landt ist mehrertheil eben / vnd ohne Berg / aber es ist voller Wälden / sonderlich in Dietmarssen / darunder Becholdt / Burgholdt / Alverdorpenholt / Rösenwäldt / vnd andere gezelet werden.

Vorzeiten haben die Holsteiner 48. Landtvögt gehabt / welche das Gericht verwaltet haben / vnd zu denen auß allen Orten appellieret worden. Jetzund aber ist das Landt in zwey theil getheilet / vnd einem jeden theil werden 12. ehrliche Männer / sampt einem Presidenten / der mehrentheils ein Doctor der Rechten ist / erwehlet / welche jhre ehrliche besoldung von dem Fürsten haben / diese schlichten alle Sachen: doch haben die vnder jhnen die Freyheit / daß sie zu den Fürsten vnd Rhäten beyder Hertzogthumben Schleßwig vnd Holstein appellieren dörffen.

Das sechste Buch

Geschlechter in Holstein.

Das Hertzogthumb Holstein besteht auß viererley Ordnungen: der Edelleuthen namlich/ der Geistlichen/ der Burgeren/ vnd der Bawren. Die Bauren sind zweyer gattungen. Etliche haben eygne/ freye/ vnd erbliche Güter: andere haben entlehnte Güter/ darfür sie zinß/ vnd allerley Dienst leisten müssen. Die Edelleuth besitzen jhre Schlösser vnd Güter mit vollem gewalt/ zu Jagen/ vnd zu Fischen/ vnd diese sind mehrertheils Erblich/ etliche aber auch Lehen. Es seind zwar nicht vber 24. Geschlechter dieser Edelleuthen/ aber auß einem jeden Geschlecht sind viel andre entsprungen: dann der Rantzowen sind heutigs tags auff die 100. vnnd besitzen auff die fünfftzig Schlösser: Der Alefelden/ Buchwalden vnd anderer sind schier eben so viel. Holstein hat nur ein Bisthumb/ nemlich zu Lübeck. Dann das Bisthumb zu Hamburg ist dem Ertzbischoff zu Bremen vnderworffen. Die streitigkeiten der Edlen/ werden von dem Rhat beyder Hertzogthumben/ in welchem die Fürsten gemeinlich den vorsitz haben/ geschlichtet: Von diesem Rhat dörffen sie doch für die Keyserliche Kammer appellieren. Den Burgern wirdt diese appellation/ mit gewisser caution auch gestattet. Der Bawren Sachen/ werden auff dem Feld/ vnder dem freyen Himmel geschlichtet/ in gegenwirtigkeit der Edlen/ vnd Landtvögten eines jeden orts/ alß Zeugen.

Das gantze Jutland aber/ welches diese zwey Hertzogthumb Schleßwick vnnd Holstein in sich begreifft/ ist vor zeiten Cimbrica Chersonesus, oder der Cimbern Insul genennt worden/ vnnd dem Sachsenland vnderworffen gewesen.

Die Eynwohner dieser Länder haben beydes vor vnnd nach Christi geburt wider die Teutschen Krieg geführt: Insonderheit hat sich 50. jahr vor Christi geburt/ ein groß Volck darinnen auffgemacht/ vnd sind mit Weib vnd Kind in Westphalen vber Rhein gezogen/ mehr Volcks an sich gehenckt/ den Rhein hinauff getruckt/ vber die Alpen in Italien kommen/ vnnd der Römer/ welche jhnen mit grosser Macht begegnet waren/ bey 80000. erschlagen/ vnd das heist in den Historien Bellum Cimbricum.

Nach diesem theilten sich die Cimbren/ von den Teutschen vnd Galliern/ die sie bey jhnen hatten/ vnd wurden die Cimbern von den Römern bey der Esch erschlagen: aber der Teutschen Hauff zog in die Provintz/ vnd ward auch erschlagen/ bey der Statt Aquas Sextias. Dieser Krieg ist zuvor in beschreibung Italiae weitläuffiger verzeichnet worden.

Es haben die Dennmärcker vor der geburt Christi viel schwere Krieg geführet wider die Sachsen/ von wegen Jutlandts/ welches die Dennmärcker den Sachsen genommen/ also daß die Sachsen den Dennmärckern offt Zinßbar worden/ wann sie sich dann auß diesem Joch zuentziehen vnderstanden/ ist allwegen groß Blutvergiessen darauß erfolget.

Der Römische Keyser Heinrich der erste/ hat Jutiam/ oder Cimbriam/ so darnach von jhrem König Dan Dennmarck genennt worden/ vnnd zu vnsern zeiten Jutland genennt wirdt/ zum Christlichen Glauben gebracht/ vnd ein Marck zu Heidebew/ so man jetz Schleßwick nennet auffgerichtet/ darauß nachmalen ein Hertzogthumb worden/ vnd den Nammen behalten.

Keyser Otto der erst hat den Christlichen Glauben noch weiters in das hindere Dennmarck gebracht/ vnd drey Bisthumb auffgerichtet/ alß namlich zu Schleßwick/ Ripen/ vnnd Altenburg in Holsatz/ das die Wenden nach jhrer Spraach Stargard nennten. Das Hertzogthumb von Schleßwick ist viel angefochten worden mit kriegen von den Königen auß Dennmarck: dann biß an diese Statt ist das Königreich herauß gangen/ vnd darumb hetten die König diß Hertzogthumb vnnd die Graffschafft von Holsatz auch gern zu der Kronen gebracht/ wie es jhnen zu letst Anno 1459. gerhiet/ da der Hertzog ohn Erben abgieng. Aber es war bald darnach wider von der Kronen gescheiden mit sampt der Graffschafft Holsatz/ vnnd das durch des Königs Kind die das Landt vnder sich theilten.

Es ist Dennmarck an jhm selbst kein groß Landt/ wann man es achten will gegen Nortwegien oder Schweden/ henckt auch nicht aneinander/ sonder ist zertheilt in eitel Inseln. So man aber sein nutzung ansicht/ vbertrifft es weit das Königreich Nordwegien/ nit daß man von seinem Erdtrich so grossen nutz hab/ sonder von dem Meere/ wie dann Saxo Grammaticus schreibt/ daß das Meere vmb Dennmarck also Fischreich sey/ daß die Eynwohner mehr nutzungen von jhm haben/ dann von der Erden/ vnd besonder vmb Scaniam geht es also voll Fisch/ daß man sie ohn Garn mit den Henden fahen mag.

Die Statt

Die Statt Coppenhagen

sonst Hafnia genannt / welches die Hauptstatt ist des gantzen Königreichs Dennmarck / gantz eygentlich abcontrafehter / wie sie heutigs tags beschaffen / sampt jhrem Meerhafen / so jetzund das erste mahl diesem Werck eynverleibt worden.

Hafnia oder Coppenhagen/die Königliche S
in dem jahr C

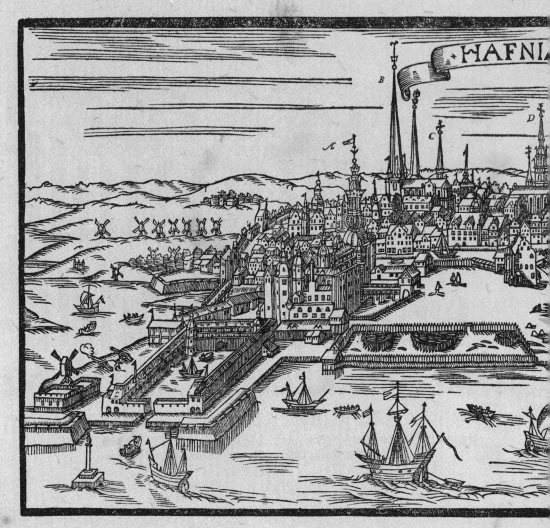

Erklärung etl

A Das Königliche Schloß/auff der Insel A-
zelhues genannt/welche mit zwo schönen
Brucken an die Statt angehenget ist/der-
gestalten/daß doch die grossen Schiff vn-

gehindert durch die Brucken in die Statt
fahren mögen. In dieser Insel ist auch
das Königliche Zeughauß/darinnen die
Metallene Stuck/vnd andere Kriegsrü-

stungen/zu
gehalten we
Pallast des
miermeisters

Die Statt Coppenhagen hat jhren Anfang genommen/Anno 1165. Jhre erste Frey=
heit hat sie bekommen von Jacobo Bischoffen zu Roschild/ in dem jahr 1254. wel=
che hernach von Bischoff Jnguaro bestätiget worden. Diese sein hernach auch von
vnderschiedlichen Königen gemehret/vnd bekrefftiget worden: namblich von Kö=
nig Erichen Anno 1319. von Waldemaro dem 3. Anno 1341. von König Erichen

Dennmarck gantz eygentlich abcontrafehtet/

1335

527.

COPPENHAGEN

amen Oerter.

         Landt/auff=   B Die Hauptkirch zu vnser lieben Frawen ge=   C S. Peters Kirchen / von König Friderichen
ach der schöne   nañt/darinnen die Könige geweihet vnd   dem 2. erbawen/vor die Hochteutschen.
ent vnd Kam=   gekrönet werden. Hat vor diesem ein Col=   D Die Kirch zum Heyligen Geist.
                    legium gehabt von Thumbherren.   E S. Niclaus Kirch/gegen dē Meer zu gelegē.

9. auß Pomeren Anno 1421. König Christophorus Pfaltzgraff/ hat Anno 1443.
der Statt das Ius municipale vnd Statrecht mitgetheilet/nach dem gebrauch vnd
gewonheit andern Dänischen Stätten. Welche Sachen alle hernach König Chri=
stiernus der 3. vnd Friderich der 2. mit sonderbaren Freyheits Brieffen/ widerholet
vnd bestätigt haben.

                                      XXXX iiij   Be=

Das sechste Buch

Beschreibung der fürnembsten Inseln / die zum Königreich Dennmarck gehören. Cap. ij.

Zwischen Scania / oder Schönen / vnd Jutland / so beyderseits am vesten Landt hangen / ligen viel hertzlicher Inseln / die zu dem Königreich Dennmarck gehören. Die zwo grösten sein Salandia oder Selandia / vnnd Fionia oder Fuinen. Die andern seind etwas kleiner / alß Laland / Nicopia / Femeren / Muen / Hielm / rc. die alle zur Cronen gehören: Es seind auch darzu kommen / die Inseln Orcades / Hebrides / Hetland / Faro / Thyle vnd Jßland / wiewol sie mehr zum Königreich Nordwegen / alß Dennmarck gehören.

Die aller gröste Insel ist Seeland / sie ist zwo Tagreiß lang / vnnd schier so breit: Fünffzehen Stätt ligen darinnen / vnd zwölff Königliche Schlösser. Die fürnembste Statt / welche auch zugleich die Hauptstatt des gantzen Königreichs ist / wirdt Hafnia oder Coppenhagen genennt. Ist mit einem schönen Königlichen Schloß gezieret / vnd hat den Nammen von dem Anfurt / weil die Kauffleut jhren Hafen / das ist / jhr Anfurt alda gesucht haben. Ist ein grosse vnd sehr reiche Statt. Allernechst darbey gegen Mittag ligt die Insel Amag / welche dem Port vnnd Hafen der Statt Coppenhagen solche komlichkeiten verursacht / daß man sagen mag / dz dergleichen gelegenheit vor die Schiff nicht bald an einem Ort gesehen werde. Es ist gantz wunderlich zu sehen / wie die mechtigen Schiff nechst an den Thürnen vnnd Häuseren der Statt stehen: welches gantz seltzam vnd vngewont. Diese Insel wirdt mehrentheils von Holländeren bewonet / welche König Christian der ander mit sonderlichen freyheiten dahin gelockt. Zwischen dieser Insel vnnd der Statt Coppenhagen / ligt noch eine kleine Insel / so mit zwo Brucken an die Statt angehenckt ist / darauff das recht Königliche vnnd alte Schloß / sampt dem Königlichen Zeughauß gesehen werden. Es ist diese Statt auch gegen dem Landt mit hohen breiten Wälen vnnd Gräben bester massen versehen / vnd aussen her mit einem Morast vmbgeben. An dieser seiten ist sie gantz rond / vnnd wirdt gegen dem Meer mit einer geraden Liny abgeschnitten. Diese Statt soll jhren Anfang genommen haben von Absolon Hiude Ertzbischoffen zu Londen / welcher erstlich vmb das jahr Christi ein tausent ein hundert fünff vnd sechtzig / auß der Insel da das Königliche Schloß stehet / eine kleine Veste gemacht wider die Seerauber / vnd sie Axelhus geheissen / vnd darbey da jetzund hertzliche Pallast / ettliche Fischerhäußlein bawen lassen / vnd ist das Ort hernach Kiobmanshafen / genanne

worden / weil sich die Kauffleut / wann sie von den Meerzäubern verfolgt worden / dahin salviert. Es ist aber diese gelegenheit in acht genommen vnnd nach vnnd nach dergestalten erbawen worden / daß sie jetzund zu einem Sitz worden der Königen / vnnd des gantzen Königreichs Hauptstatt. Sie hatt auch eine verrümbte Hohe Schul / welche König Christianus / der erste auß den Graffen von Oldenburg / vmb das jahr Christi ein tausent vier hundert acht vnd siebentzig / mit verwilligung Bapst Sixti / erstlich gestifftet / vnnd sein Sohn Johannes / Anno ein tausent vier hundert acht vnnd neuntzig / bestätiget: Welche hernach Christianus der dritt / in dem jahr ein tausent fünff hundert neun vn dreissig ernewert / vnnd mit vielen Professionen vermehret / auch mit gewissem Eynkommen begabet / darauß 20. Studenten mochten vnderhalten werden. König Friderich der ander / hat Anno ein tausent fünff hundert neun vnd sechtzig / der Professoren besoldung gemehret / sampt dem Eynkommen / darauß noch 80. andere Studenten solten erhalten werden. Es werden auß dieser Hohen Schul täglich viel hochgelehrter Leut / vnnd Prediger / in beyde Königreich Dennmarck vnnd Norwegen außgesendet. Vier Meil von Coppenhagen ligt Rottschild / die Statt vorzeiten ein Bischofflicher Sitz: in dieser Statt ist ein schöne Kirch / in welcher König Christianus der erst / vnnd Fridericus der ander neben vielen andern begraben ligen. Fünff Meil vber Coppenhagen an dem Gestadt / ligt die Kauffmans Statt Helschener / vnnd darbey das Königlich Schloß / vnd verrümbte Vestung Cronenberg / von Friderico dem andern erbawen / vnnd vier Meil darvon das Schloß Friderichsburg.

Gegen vber auff der andern seiten des Meers in Scania oder Schönen / ligt das veste Schloß Helsin

Von den Mitnächtigen Ländern.

Helsinborch / sampt einer Statt so gleiches Nammens ist. Da die König vor diesem jhren Sitz gehabt haben / vnd zugleich die Reichsversamblungen gehalten haben. Es solt dieses mechtige Schloß / so sich vor sich selbsten wol einem Stättlein vergleicht / gebawen worden seyn von den Helsingis / einem Schwedischen Volck auß der Statt Helsinga / zu der zeit der Menschwerdung vnsers Herren Christi vnder Frotone dem 3. König in Dennmarck.

An diesem Ort strecken Seeland vnnd Scania jhre häupter so nah gegen einander / daß das Meer darzwischen kaum ein kleine Meil breit ist / welches daselbsten der Sound genennt wirdt. Alle Schiff so gegen Auffgang jhren lauff richten / werden gezwungen / allhie durchzufahren / vnnd dem König einen sehr grossen Zoll zu lifferen / vnnd kommen manchmal des Tags zwey hundert oder auch drey hundert Schiff daselbst auß allen theilen Europæ zusammen. Wann es die noth erfordert / so kan der König diese enge / mit seinen Schiffen also belegen / vnd die einfuhr beschliessen / daß auch die allergrösten Schiffarmaden nichts darwider außrichten können : Sonderlich weil die beyden hochen Schlösser / so auff beyden Spitzen gegen einander vber ligen / mit jhren groben Stücken können zusammen reichen.

Vmb diese grosse Insel ligen noch etliche kleine Inseln: als da seyn Amagria / Mœneslandt / in welcher die Statt Stegoa ligt / vnd Huena oder Ween / welche mitten im Sound ligt: Diese Insel ist gantz fruchtbar / vnd hat einen Brunnen / der Winters nimmer gefreyret / leidet weder Mäuß / noch Würm.

Von der Insul Fiania / oder Fuinen.
Cap. iij.

Diese Insel hat den Nammen von der schönheit / dann sie ist beydes jhrer form / vnd gelegenheit halben gantz ansehenlich.

Das Meer zwischen dieser Insel / vnd dem vesten Landt / so Middelfar Sunt genannt wirdt / ist so schmal / daß es das ansehen hat / alß sey es vor zeiten daran gehangen.

Gegen Nidergang schawet sie Jutlandt / gegen Auffgang aber Zeland an / vnd ist also der mitler theil dieses Königreichs.

Sie ist zwölff Meil lang / vnd vier breit. Das Meer herumb ist gantz Fischreich / vnnd das Erdrich an Getreid gantz fruchtbar / daß järlich viel darauß geführt wirdt: weil es keines Mists bedarff: so gibt es derwegen vor den Stätten mehrertheils ein grossen gestanck / weil aller Mist dahin geschüttet wirdt.

Ochsen / Kühe / vnnd Pferd / werden mit grosser anzahl auß dieser Insel in Teutschlandt geführt.

Die Insel ist voller Wälden / vnd die Wäld voller Hirtzen / Fuchs / vnd Hasen.

Mitten in dieser Insel ligt die Hauptstatt Ottonia / oder Ottensee / welche von Otto dem ersten soll erbawen worden seyn / alß er den König Heraldum den Christlichen Glauben anzunemmen gezwungen. Ist ein Bischofflicher Sitz / vnd ein feine Gewerbstatt.

Diese Insel hat vier vnd zwantzig Vogteyen / sechzehen Stätt / vnd sechs Königliche Schlösser: die vbrigen Stätt ligen alle in einem Circkel / vmb Ottonia herumb / am Meer / vnnd haben gantz kumliche Häffen / daß sie nicht nur auff dem Baltischen Meer / sonder auch durch Schweden / Norwegen / Reussen / Niderlandt / vnd Teutschlandt / gantz kumlich handtieren können.

Vnder diesen Stätten sind / Niborch / Sienborch / Faborch / Ascens / Bogens / Middelfart / Kettemynde / etc.

Diese Insel hat einen grossen Adel. Neben dem Ackerbaw haben die am Meer wohnen / einen mercklichen nutzen auß dem Fischfang / der kaum an einigem Ort grösser ist.

Auff dem Berg Oschenberg / nicht weit von dem Schloß Hagenschaw / hatt Johannes Rantzovius / vnder dem König Christierno dem dritten / Graff Christoffel von Oldenburg vberwunden / im jahr Christi 1535. den 21. Junij / in welchem treffen der Graff von Hogen / vnd der Graff von Tecklenburg auff dem platz gebliben.

In der Statt Ottonia sind zwo schöne Kirchen / deren die eine Canuto / die ander aber Francisco zu Ehren auffgerichtet worden. In dieser ist König Johannes / im jahr Christi 1513. vnd sein Sohn Christiernus / nach dem er sieben vnd dreyssig jahr im Ellend zugebracht / im jahr 1559. begraben worden.

Auff der

Auff der Mittag seitten dieser Insul ligen auff die 90. kleine Inseln im Meer / welche auch mehrtheils bewohnet werden / darunder Langelandia / Lawlandia / Falstria / Arxa / Alsa / Tosinga / Aroe / die vornembsten.

Langeland hat 7. Teutscher Meilen in der lenge: darinnen ligt die Statt Rudkepinga / vñ das Königlich Schloß Trankera / neben vielen Dörfferen vnnd wohnungen der Edlen. Lawlandt tregt so viel Hassernuß / daß gantze Schiffvoll in die vmbligende Länder geführet werden: Sie hatt fünff Stätt: Nestad / Nasco / Togron / Rotbus / vnd Maribus: neben etlichen Königlichen Schlössern / Edelleuthen Häussern / vnnd vielen Dörfferen. Falstria / ist 4. Teutscher Meilen lang / vnd hatt zwo Stätt / Stubecopen / vnd Nicopen. Arra ist voller Wälden / vnnd deßwegen den Jägeren sehr angenehm / hat nur drey Kirchen sampt einem Stättlein vnd Schloß Koping genannt. Alsen oder Elisia / gehört zum Hertzogthumb Schleßwick / ist 4. Meil lang / vnnd 2. breit. Die Römer haben die Eynwohner dieser Inseln Elisios geheissen: Die Statt darinnen heist Sunderborg / hat dreyzehen volkreicher Gemeinden / welche bald etlich tausent Soldaten geben können: Gegen vber im vesten Landt ligt Anglen / daher die Anglar / deren Ptolomæus gedenckt / jhren Nammen haben. Tassinga oder Tussig ist ein Meil lang: auß dieser Insul biß in Jutland sind zwo Meil: biß in Zelandt vier Meil. Aber allhie ist die vberfart gantz gefehrlich. Arve ligt gegen dem Hertzogthumb Schleßwick / hat nur 4. Dörffer in sich. Solcher Inseln sind daselbst herumb noch mehr / als Ronse / Ebelo / Fenno / Boko / Brando / Aggernis / Helenis / Jordo / etc.

Von den Königen so in Dennmarck vor der geburt Christi seind gewesen. Cap. iiij.

IN Dennmarck ist ein König gewesen lang vor Christi geburt / der hat Dan geheissen: vnnd ist von jhm auch sein Königreich Dennmarck genannt worden / das vorhin der Gothen König vnderworffen war / den man Humelum nennt: aber Saxo nennt jn Humblum / der gab seinem Sohn Dan diese Marck / vnnd ward ein Königreich darauß: doch mit solcher gestalt / daß die Dennmärcker solten die Gothen mit Tribut erkennen als jhre Anfenger / Stiffter vnnd ersten Regierer. Also schreiben etliche darvon. Aber die andern sprechen / daß Himblus vnd Kotherus seyen Dans Söhn gewesen. Kotherus hat Skiolum geboren / vnd Skiolus Gram. Dieser Gram ward erschlagen von dem Nordwedischen Kön. der Suibdagerus war genannt / der auch Schweden soll vnder jhm haben gehabt. Nun verließ Gram ein Sohn mit Nammen Hadingum / der vnderstund seinen Vatter mit solcher maß zu rechen. Er belägert ein Statt mit Nammen Dunam / vnnd alß er sie nicht mocht erobern / erdacht er ein solchen List. Er hett ein erfahrnen Vogler / der bracht zu wegen ein grosse anzahl der Schwalben / die vnder den Dächern in der belägerten Statt nisteten. Ließ jhnen angezündte Schwäm anbinden / vnd sie widerumb fliegen. Vnnd wie sie zu der Nester widerumb begerten / haben sie ein grossen Brand in der Statt zugericht. Vnd alß die Bürger wolten das Fewr leschen / hat König Haddingus die Statt gestürmpt vnnd erobert / darnach Schweden eyngenommen / vnnd dem König Suibdagero bey Gotland ein groß Völck erlegt / vnd also seines Vatters tödt gerochen. Nach Haddingo ist Kön. worden in Dennmarck Froto. Er verließ 3. Söhn / vnder welchen der erst Haidanus behielt das Regiment / vnd gebar zwen Söhn

Schwalben verbrennen die Statt.

Roe vnd

Von Teutschlandt. 1339

Roe vñ Hilgo. Roe soll Roschilt erbawen haben/vnd ward erschlagen von dem König auß Schweden Hotbrodo. Da rechet jhn sein Bruder Hilgo/vnd ward nach jhm König in Dennmarck vnd Schweden. Nach jm ward König in Dennmarck Rolffs/vnd in Schweden Atislaus/der gab Tribut dem König von Deñmarck. Er ward auff einer Hochzeit erschlagen/da kam an sein statt Biarbo/vnnd Dennmarck kam vnder das Königreich Schweden/vnd ward Hotherus Atislai Bruder König vber beyde Reich/wie dann das Glück abwechßlet/vnd mit den grossen Königreichen ernst Spiel pflegt zu treiben. Auff Hotherum ward sein Sohn Roricus König/vnd fielen von jhm ab die Schwedier. Nach Roricum ward König in Dennmarck Wicletus/vnd nach diesem Wermundus sein Sohn/nach Wermundo Vfo sein Sohn/der macht jhm Sachsenlandt zinßbar. Nach jhm hat geregiert sein Sohn Dan/der ander diß Nammens. Vnd auff jhn ist kommen Hurletus/vnd der erst in den Historien eins vnbekannten herkommens. Nach jhm hat geregiert in Dennmarck Froto/darnach Dan der dritt dieses Nammens. Nach jhm Fridlevus. Dieser hat Nordwegien das lange zeit alß ein Hertzogthumb vnder der Kronen Dennmarck gewesen/bekrieget: aber zu dieser zeit thet sich der Hertzog von seinem König. Es hat auch dieser Fridlevus die Statt Duflin in Hibernia bekrieget vnnd erobert. Nach jhm hat geregiert Froto der dritt/der hat die widerwertigen Nordwegien gehorsam gemacht/vnd hat gelebt zu den zeiten der geburt Christi vnder dem Keyser Augusto.

Von den Dennmärckischen Königen nach der geburt Christi. Cap. v.

Weiter schreibt Saxo Grammaticus von den Königen so in Dennmarck nach der Geburt Christi regniert haben/vnd erzehlt jhre Nammen mit solcher Ordnung. Nach dem dritten Frotone haben regniert Hiarnus/ Fridlevus/Froto der vierdt/Ingellus/Olavus/Haraldus/Frotw der fünfft/Haldanus/Haraldus: Diesen Haraldum erschlug der König von Schwedien mit Nammen Erich/ vnd nam Dennmarck vnder seinen gewalt. Aber Haldanus Haraldi Bruder erobert Dennmarck widerumb/vnd fieng Kön. Erichen/bracht auch vnder sich Schwedien. Zu diesen zeiten regniert in Nordwegien Kön. Huherus/vnd bey den Gothen König Vnguinus/der auch nach laut eins Testaments König ward in Dennmarck. Nach jhm haben regiert seine Söhn vnd Nachkommenden Sigarus/Siwaldus vnd dieser Schwester Mann Haldanus. Nach jhm sein Sohn Haraldus/der hat 7. jahr Krieg geführt wider Schwedien. Vnd alß er starb/ward zum König erwehlt Olo ein Sohn des Königs von Nordwegien/des Mutter Haraldi Schwester war. Auff Olonem ist kommen sein Sohn Emundus/vnd nach Emundo sein Sohn Siwardus/welches Schwester nam zu der Ehe Gothardus König zu Schwedien. Es namen jm die Wenden auß Sachsen Judlandt/vñ die Schwedier namen Schönlandt/damit ward sein Königreich sehr geschmälert. Nach jhm regiert sein Bruder Buthlus/nach Buthlum Harmericus Siwardi Sohn. Dieser erschlug Gotharum König in Schwedien/vnnd bracht dasselbig Reich ein weil vnder sich. Erobert auch widerumb Judlandt. Nach jhm hat regiert sein Sohn Broderus. Nach diesem ist Siwaldus König worden in Dennmarck/eins vnbekannten herkommens. Nach jhm hat regniert sein Sohn Snio/der erobert widerumb Schönlandt/ darinn die Schwedier bißher ein Statthalter hatten gesetzt. Er nam zu der Ehe des Königs von Gothen Tochter.

Zu welcher zeit/vnd wie die Longobarden in den Mitnächtigen Ländern erstanden seindt. Cap. vj.

Bey Königs Snio zeiten fiel grosse Thewrung vnnd Hunger ein in Dennmarck. Da vnderstund der König abzuthun das vberflüssig sauffen/verbote alle Gastereyen/ließ auch außruffen/daß man kein Frucht mehr wendte auff das Tranck. Vnd alß seine Fürsichtigkeit nichts schaffen mocht/wurden seine Rhät eins andern zurath/nemlich daß man die vnnützen alten/die Kinder vnd vnnützen Weyber zu todt schlüg/vnnd allein behielt was zum Krieg vnd Ackerbaw tüglich/damit würd das Vatterlandt erhalten. Aber das Tyrannisch Gebott macht ein Weib wendig. Sie sagt zu den zweyen Landtsherren jhren Söhnen: Es nimpt mich wunder daß man in des Königs Rhäten nicht ein besser Gebott hat mögen finden. Sie schickt bald jhre Söhn

Fürsichtigkeit des Königs.

zum

zum König vnd ließ jm sagen/daß er diß Tyrannisch Gebott enderte/vnd ein bessers erkennt/nemlich daß alle Geschlechter des gantzen Königreichs ein Loß würffen/vnnd auff welche das gefiel/der solt mit seinem Haußgesind auß dem Landt ziehen/vnd damit würd das kläglich Mord vermitten/ vnd das Land von der viele des Volcks entlediget. Dieser anschlag gefiel dem König/vnd kam jhm auch nach. Vnd als ein groß Volck zusamen kam in Schönlande/sind die Schönländer vnd Gotländer nach dem Loß außgefahren/vnd sind darnach die Longobarden genennt worden. Etliche meynen sie haben diesen Nammen vberkommen von langen Bärten: aber die andern verwerffen diese Meynung/meynen es sey ein Welsch wort/heist so viel als ein langen Düppel vnd vnverstendigen Knüttel. Dann Bardus heist ein tollen vnd vnweisen Menschen. Es sind aber gar dapffere Kriegsmänner auß jnen worden. Dann die Longobarden vnd Gothen haben Italiam/Galliam vnd Hispaniam geplagt. Die Normanner haben das vnder Franckreich eyngenommen/darnach auff Italiam gezogen/Neaples vnd Siciliam eyngenommen. Als nun die Schönländer mit hauffen auß gezogen/das Anno 384.(wie Eusebius in seiner Chronick sagt)soll geschehen seyn/haben sie zum ersten Rugen eyngenommen/die Wenden darauß geschlagen/vnd ein weil darinn gehausiert/haben darnach ein König auffgeworffen/nemblich Agelmundum/vnd als sie 200. jar darinn gesessen waren/sind sie Anno 476. darauß gezogen/vnd in Bäyern an die Thonaw gesessen.

Longobarden wohnen zu Rugen.

Von den Königen so in Dennmarck regiert haben/nach dem die Longobarden dannen gezogen sind. Cap. vij.

Von den Longobarden findest du auch etwas hievornen geschrieben/wie sie vberwunden sind worden von dem grossen Keyser Carlen in der Lombardey/vnd haben sich vor der zeit jres Außzugs biß auff gemeldten Keys. Carlen verloffen bey 400. jaren: was aber dieweil für König in Dennmarck sind gewesen/weiß man eygentlich nit/ dann daß dreyer oder vierer Nammen angezogen werden/die nach König Snio geregiert haben/nemlich Bior/Haraldus/Gormo vnd Gotricus der des grossen Keyser Carlens zeit erreicht hat. Er war ein geschwinder Kriegsmann/bracht vnder sich die Sachsen vnd Frießländer/daß sie jm Tribut gaben/biß Keyser Carle die Sachsen angriff. Nach jm haben geregiert Olanus/Hemingo/Siwardus des Königs Sohn von Nordwegien vnd Gotrici Tochtermann. Nach diesem ward König Regnerus Siwardi Sohn/der war ein grosser Buler/vnnd ward versuncken in der Weiberlieb/daß er Frawen Kleyder anlegte damit er vnder den Spynnern zu seinem Bulen kommen möchte. Er hett viel Söhn/einen nemlich Biorn macht er König in Nordwegen/Erichen ein andern verordnet er in Schweden/vnd nach seinem Todt ward in Dennmarck König sein Sohn Siwardus. Nach jm ward König Erich/vnd der ward mit seinem Bruder Heraldo zu Mentz getaufft/vnnd erlangt vom Keyser Ludwigen daß er Statthalter ward in Frißlandt. Nach jm ward König Erich/König Regneri Enckel/der allein vorhanden war von allem Königlichem Samen. Er hat in seiner jugendt den Christlichen Glauben gar grawsamlich verfolgt in Judlandt/vnd viel Christen lassen tödten: ward aber mit der zeit durch Anscharium dem Ertzbischoff zu Hamburg bereht/daß er die Christlich Religion annam/vnd seliglich darinn verschied. Nach jhm ward König sein Sohn Canutus/beharret aber biß in Todt im Vnglauben/so doch wol das halb theil seines Reichs Christen waren. Nach jhm haben geregiert Froto/Gormo vnd Haraldus/gute Christen/vnd darnach Eromo der dritt dieses Nammens/ein Tyrann im Glauben.

Von Marggraffen zu Schleßwick. Cap. viij.

Es hat zu den zeiten König Gormons des dritten im Römischen Reich geregiert König Heinrich der Erst dieses Nammens/ein Hertzog von Sachsen/der zog wider die Dänen/die herauß zu fallen pflegten/vnnd erobert die Statt Schleßwick/die dazumal mechtig war/vnd ordnet dahin ein Marggraffen zum Statthalter/der dem Römischen Reich das sein handhabet. Aber alßbald Keys. Heinrich gestarb/erschlugen die Dänen den Marggraffen/vnd trieben die Sachsen auß dem Landt. Vnd als Otto der erst Keyser ward/zog er in Judlandt zu rechen des Marggraffen tod vnnd anderer viel erschlagene Sachsen/thet grossen schaden mit brennen vnd verhergen. Da zog jhm König Harald Gormons Sohn entgegen mit grossem gewalt/ward aber so viel gehandlet daß sie zu einem Gespräch kamen/

Von den Mitnächtigen Ländern. 1341

kamen/vnd abgeredt ward/daß Haraldus mit seinem Sohn der Suenon hieß/den Christlichen Glauben annam/vnd das Königreich Dennmarck dem Römischen Reich vnderworffen macht. Es hub auch Keyser Ott den Sohn auß der Tauff/vnd ließ jhn nennen mit zweyen Nammen Suenotto. Zu diesen zeiten als Judlande zum andern mal von den Teutschen vberfallen ward/ haben die Eynwohner ein grosse Schütt vnnd Landtwehre gemacht von Schleßwick biß an das Britanisch Meere/mit tieffen Gräben wol versehen: Welches Werck König Waldemarus der erst dieses Nammens mit Mawren verbessert/vnd wird noch gegen dem Schloß Gottorp/der Dänen werck genannt. Ein solche Landtmawren machten auch vor zeiten die Griechen in Morea wider den Türcken/wie ich hie vnden an seinem Ort anzeigen will. Als nun König Haraldus gestarb/ward sein Sohn Suenotto König/vnd vbergab den Christlichen Glauben/des halben jhn kein Glück angieng. Dann er ward zum dritten mal von den Wenden gefangen/vnd mit grossem Gelt ledig gemacht. Zum vierdten vertrieb jhn Erich der Schwedisch König/daß er fliehen muß in Schottlandt/da gieng er in sich selbs/vnd gedacht wie er sich von einem solchen grossen Stand genidert hett/wie viel vnfäll jhm begägnet weren/wie er so gar verlassen vnd verachtet were/kam jhm auß Barmhertzigkeit Gottes ins Gemüt/daß er solchen grossen vnfall wol verdient/daß er den Christlichen Glauben von jm geworffen/seinem Vatter vngehorsam gewesen/darumb wendet er sich zu Gott/verließ die Abgötterey/bedacht die verpflichtung des Taufs/den er angenommen hatt/fieng an Christlich zu Leben. Vnd nach dem er sieben jar im Elend gewesen/starb König Erich in Schweden des gähen tods/vnd ward Dennmarck wider ledig von den Schwediern/vnd kam Sueno also wider in sein Reich.

Wie Dennmarck gar zum Glauben kommen.
Cap. iv.

Voppo mit Namen ein geborner Denmärcker/ war gar wol gefaßt in dem Christlichen Glauben/vnnd prediget hefftig im Landt/stellet die Abgötterey ab/vnd Adalgatus Ertzbischoff zu Hamburg machet jhne Bischoff zu Aruß/verordnet auch Haricum gen Schleßwick/Lesgadum gen Ripp/Gerbrandum gen Roßkild/vnnd da fiengen an alle ding in Denmarck besser zu werden. Als aber Suenotto gestarb/ward sein Sohn Canutus König. Der ward so mechtig daß er jhm vnder warff 5. Königreich/Schweden/ Nordwegien/Engelland/Normandey vnd Dennmarck. Es nam Keyser Heinrich der 3. sein Tochter Gumildam zu der Ehe. Er hatt vil Kinder/vnder die theilt er die Königreich/doch behielt er bey seinem Leben die Oberhand in diesen Königreichen.

Canutus der Groß { Haraldus König in Engelland. Canutus König in Dennmarck. Sueno König in Nordwegien. Suinhulda Käyser Heinrichs deß 3. Gemahel.

Als Sueno in Dennmarck zeitlich abgieng mit todt/war sein Bruder Canutus zum König erwehlt/da wurffen die Nordwegier ein andern König auff/der hieß Magnus/der vberkam mit Cánuto/welcher den andern vberlebt/der solt beyde Königreich/Nordwegien vnd Denmarck besitzen das war auch mit dem Eydt bevestigt. Dann Canutus wolt daß Dennmarck vnd Nordwegien nur ein Königreich weren. Als aber Canutus starb/ward Magnus auß krafft des Vertrags König in Denmarck. Vndck nach seinem todt ward Kön. in Dennmarck Sueno des grossen Canuti Schwester Sohn. Vnd als er nach Nordwegien strebt/widerstund jm Haraldus Kön. Magni Vatters Bruder/biß er von den Nordwegiern erschlagen ward. Nach Suenone war König in Dennmarck sein Sohn Haraldus/vnnd nach Haraldo sein Bruder Canutus/der hat grosse Krieg geführt wider die Orientischen Völckern Sembones/Curetes vñ Estones/daß sie Christen würden/schuf aber nichts. Er ward zu letst von den Judländern vnschuldig erschlagen/vnd sein Bruder Olaus zum Reich erfordert/starb aber baldt/da kam Erich zum Reich/auch der Brüdern einer. Der war ein war ein gerader Man/trefflich starck/hochverstendig vnd freundtlich gegen allen menschen. Er zog zum Heyligen Grab vnd starb auff dem Meere. Da ward König nach jhm Nicolaus der jüngst Sohn Suenonis/vnd hett zu der Ehe des Königs Tochter von Schweden/vnd sein Sohn Magnus erbt von der Mutter das Königreich Schweden. Dieser Nicolaus ward zu letst entsetzt/vnd Erich zum König auffgeworffen/einer regiert in Occident/der ander in Orient/wurden zu letst beyde erstochen. Es ward erwehlt Erich der 6. vom geschlecht des grossen Erichs. Nach jhm hat geregiert Sueno Erichs des 5. Sohn.

Grosse zweytracht in Dennmarck zweyer Königen halb. Cap. x.

DA nun Sueno Erichs Sohn das Königlich Regiment in Dennmarck annam/drang sich mit jm eyn Canutus/der Königs Nicolai Enckel war/vnnd regiert in Judtlandt/wie Sueno in Sialand. Diese 3. König haben lange zeit wider einander kriegt/vnd sind viel auff beyden seiten vmbkommen. Es erstunden durch das Reich partheyen/deren ettliche diesem/die andern jenem zu fielen/doch gesieget endtlich Sueno/vnd ward Canutus vertreiben. Da kam er zu Keyser Friderich Barbarossa genant Anno 1152. vnd erbote sich ein Lehenman des Römischen Reichs zu werden/so er jn widerumb eynsetzt. Es war der Keyser begirig das Römisch Reich zu mehren/schickt nach König Sueno/daß er zu jhm käme. Es ließ sich Sueno bewegen diß freundtlich ansuchen/kam mit Königlichem Pracht gen Mertzburg in Meyssen zum Keyser auff ein Reichstag. Da ward er wol empfangen/vnd alß nun Canutus sein klag ließ thun/mutet der Keyser Suenoni zu/dz er sein Königreich von dem Keyser zu Lehen empfahen solt/vnd Canutus solt nicht mehr nach dem Reich stellen/sonder Suenoni dienen/vnd an Sialandt ersettiget seyn. Welcher disen Vertrag abschlüg/den wolt der Keyser helffen vberziehen/vnd dem andern beystehn/Sueno war vbermeistert/dann er hatt sein Vätterlich Erb in Sialandt/darumb zog er dasselbig auß dem Vertrag. Es bleib also darbei/vnd ritt Sueno wider in sein Reich/schreib hinder sich/das der Vertrag seinem Adel nicht gefiel/vnd sey vor jhm kein König je der gleichen Vertrag eingangen/bleib die Sach also hangen. Er fieng an in seiner Ruh sich vnd die seinen köstlich/vnnd auff der Teutschen art zu kleiden/köstlich essen/den Adel verachten/sich an leichtfertige Leut zu hencken/das Volck mit grossen Schatzungen beschweren/darumb das Volck jm feind ward/vnd schlug jhn entlichen ein Bawr zu todt. Zu dieser zeit schickt der Bapst in Legaten ein Nordwegien/der richtet auff ein Ertzbißthumb zu Trondheim.

Von dem grossen Waldemaro. Cap. xj.

NAch dem König Sueno vmbkam/ward zum König gesetzt im gantzen Dennmarck Waldemarus/der auch ein widersächer war seines Vorfahren. Er führt Anno Christi 1161. grosse Krieg wider die Wenden/beläger die Statt Rostock/erobert vnd plündert sie. Es waren dazumal die Seeleut noch Vngläubig. Dieser König hat zu Metz auff einem Reichstag gehuldet dem Keyser/vnd sein Reich von dem Römischen Reich zu Lehen empfangen. Es hetten die Wenden dazumal ettlich Fürsten vnd viel Stett/alß Swerin/Raßenberg/Wolgast/Demia/Ossne/Arcon in Rugen/vnd war noch eytel Abgötterey bey jhnen. Es war zu derselbigen zeit die Insel Rugen ein Haupt der gantzen Wendischen Nation/vnnd hett zwo treffliche Stett/Arcon vnd Carent/die doch zu vnsern zeiten gar zergangen sind/ist aber am nechsten Gestaden des Meeres darauß erbawen ein newe Statt/die man jetzundt Stralesund nennet. Also ist es auch gangen mit der mechtigen Statt Magnopolis (jetzt Mecheburg) deren stercke gantz gen Wißmar ist gericht. Von dieser zeit an alß Waldemarus die Wenden gekriegt hat/ist Rugen lange zeit den Dennmärckern vnderworffen gewesen: aber zu letst alß die Wenden viel Fürsten vberkommen/vnd denen vnderthänig gewesen/ist sie von der Kron kommen vnd sein Fürstenthumb den Hertzogen von Wolgast oder Barden zugefallen/vnd nachgehends an den Hertzogen von Pomern kommen. Daher kompt es daß die Statt Sundt/die vorhin des Hertzogen von Barden gewesen/ist jetzund mit Rugen dem Hertzogen von Pomern vnderthänig/dieweill die Hertzogen von Stein vnd Wolgast ohn Leibs Erben abgangen. Anno 1171. hat König Waldemarus zu Ringstatt ein Reichstag gehalten/vnd sein Sohn Canutum lassen Krönen. Er setzt jm auch für nicht abzustehn/biß er die Wenden zum Christlichen Glauben brächt/vnd des Raubens auff dem Meere vnd in den Inseln Dennmarck ein end machte/welches der Wenden/gleich wie der Dänen/eh sie Christen worden/tägliche handtierung war. Also hatt er nach eroberten Rugen Landt angriffen die nambhaffte Statt Julin/dazumal in Pomern gelegen/auß welcher viel Rauberey zu Landt vnd Meere geschahe/schuff aber nichts. Das verdroß die 2. Brüder

Von den Mitnächtigen Ländern. 1343

Bugislaum vnd Casimirum Fürsten zu Pommern/haben vmb Hülff angerufft den mächtigen Fürsten H. Heinrichen von Sachsen/den man den Löwen nennt/waren auch vrbietig die alten Bündtnuß/so sie mit den Sachsen hetten/widerumb zu ernewern. Hertzog Heinrich der begierig war sein Landt zuerweitern/sagt ihnen Hülff zu: aber da er ihnen Dienstbarkeit wolte aufflegen/war nichts der Bündtnuß halben gehandelt. In diesem fuhr Waldemarus für/vnd kam durch den grossen See auff die Oder/gewan Stettin vnd bald darnach Julin. Er hett es mit den Wenden außgemacht/wo er nicht mit dem Todt vbereylt were worden. Daß du aber desto baß mögest mercken/was sie bey seinen Nachkommen hat zugetragen mit der Graffschafft Holstein/wil ich seine Genealogy hernach setzen/die grossen Bericht gibt in dieser Historien.

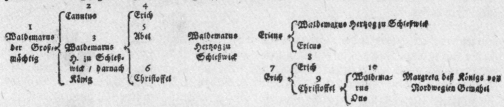

Was sich zwischen Holstein/Hamburg/Lübeck/auch andern Herrschafften/vnd der Kron Dennmarck zugetragen. Cap. xij.

Nach absterben Waldemari ist sein Sohn Canutus in das Regiment getretten/vnd haben ihm die Jüdenländer zu Wiburg geschworen: aber die Schonländer deren Hauptstatt Lundaw ist/machten ein auffruhr/vnd wurffen ein besundern König auff. Es mutet dem newen König zu Keyser Friderich/daß er das Lehen des Königreichs vom Keyser empfieng: aber da er das nicht thun wolt/hetzt der Keyser wider ihn den Hertzogen von Pomern/vnd alß er in Rugen fiel/ward er von den Dennmärckischen geschlagen. Vnder disem König vmb das jar 1200. ist die Statt Lübeck auff gangen vnd hat sehr zugenommen. Vnd als Canutus jung starb ward *Lübeck geht auff.* sein Bruder Waldemarus König/vnd den krönt der Ertzbischoff von Lundaw/wie der Brauch in Dennmarck ist. Er hatt vnder ihm Lübeck vnd die Graffeschafften Holstein/des gleichen Hamburg/die doch im der Römisch König Otto der 4. nam: aber Waldemarus drang sie ihm wider ab. Es war Hamburg dazumal klein vnd gar nicht vest/wie sie nachmals worden ist.

Anno 1223. ward Graff Heinrich von Schwerin durch ein offen Geleit berufft in Dennmarck/sich da mit dem König zu versünen: Vñ als im schwere Articul fürgehalten worden/das im nicht müglich war versünt zu werden mit dem König/nam er acht/wie der König/dieweil er im Läger war/so wenig von den seinen verwahret ward. Es war spat/vnd waren die Dännmercker nach ihrem Brauch alle voll vnd wol bezecht/es ward auch die Wacht ziemlich schlecht bestellt als an einem Ort/da man sich keines Feinds besorgen dorfft. Nun war der König desselben Tags auff dem Gejägt gewesen/daß er zu nacht in einen tieffen Schlaff kam. Da rüstet sich Graff Heinrich mit *König von Dennmarck wird gefangen.* seinem Schiff/gieng in deß Königs Gezellt/hielt dem König den Mundt zu/schleifft ihn mit seinen Gesellen auff das Schiff/vnd führt ihn hinweg auff das Schloß Dannenberg/hielt ihn da in der Gefängnuß. Alle die das hörten/entsetzten sich vber der frefflen That deß Graffen. In Summa wolte der König ledig werden/must er geben 45000. Marck Silbers. Es behielt auch der König in dem gantzen Landt Nordalbingen nichts mehr dann Lübeck/wiewol dieselbig ihm auch entzuckt ward/vnd ward ein Reichsstatt. Es ist ein wunderbarliche enderung mit diesem König gewesen. *Lübeck wird dem Reich ingethan.* Da er das Fürstenhumb Schleßwick regiert/vnd erst zum Königl. Regiment kam/war er gantz sieghafft: aber in seinem gestandenen Alter verlohr er alles das er in der Jugent hatte gewonnen. Er starb Anno 1242. vnd regiert nach ihm Erich der eltest Sohn/Abel aber war zu Schleßwick.

Dieser König Erich vnderstund die Lübecker zu bekriegen/vnd seinen Vatter zu rechen/griff ihre Kauffleut an/schuff aber wenig darmit: dann die Lübecker fielen ihm in das Landt/zerschleiff- *Ein Bruder mördet den andern.* ten ihm das Schloß Seckelburg/vnd brachten ein guten Raub darvon. Vnd als der König zu seinem Bruder zog/vnd sich alles guts zu ihm versahe/fieng in der Bruder vnd ließ ihn enthaupten bey der Statt Schleßwick/vnnd war der Cörper mit einem angehenckten Stein in den See versenckt. Diß geschah Anno 1250. Vnd als H. Abel König war/ist er seines Mords halb bald hernach in Sialandt begriffen worden von einem Edelman/der sich gesterckt hatt vnnd ein guten Raub dar von gebracht. Da wolt sich der König rechen an den Frießländern/die zu dieser sachen solten geholffen haben: aber der König ward erschlagen in Frießlandt von den Bawren. Nach ihm regiert sein Bruder Christoffel/vnd der macht Waldemarum seines Bruders Abel Sohn Hertzogen zu Schleßwick. Dieser König hatt lange zeit kein zu fäl in Dennmarck/biß seines Bruders Sohn Waldemarus Hertzog zu Schleßwick gestarb. Es hat Waldemarus zu der Ehe Graff Johannis vnd Gerardi Schwester von Holstein/vnd gebar mit ihren Ericum/dem nam er das Fürsten-

thumb/

Das sechste Buch

thumb/der meynung daß er mit der zeit das Fürstenthumb Schleßwick der Kron wider eynleibte. Da das die Graffen von Holstein merckten/legten sie sich darwider/sagten dem König ab/vnd theten ein Schlacht mit jm/erschlugen veil/fiengen den König vnd Königin. Vnd alß er wider ledig ward/hat er fridlich geregiert/vnd starb An. 1258. Nach jm ward König sein Sohn Erich/ der zog das Fürstenthumb Schleßwick mit gewalt an sich/vnd mocht jm das niemand wehren/also daß es Waldemarus mußt zu Lehen empfahen. Da gab jm der König wider alle Länder so darzu gehörten. Es regiert dieser König friedlichen biß zum jahr Christi 1286. da conspirierten wider jhn seine eigene Diener/vnd erstachen jhn. Nach jhm ward König erwehlt sein elter Sohn Erich. Vnd alß er zu seinen Tagen kam/nam er zu der Ehe des Königs von Schweden (der Birgius hieß) Schwester.

Zu dieser zeit erstund ein grosse auffruhr in Schwedien: dann des Königs zwen Brüder Waldemarus vnd Erich fiengen den König vnd legten jhn in Gefengnus. Da wolt jhm sein Schwager der König von Denmarck zu hilff kommen/mocht aber nichts schaffen: dan es waren alle Stett vnd Schlösser mit den Teutschen besetzt. Es starb auch ohn Mänlichen Samen zu zeiten dieses Königs der Fürst der Inseln Lalandt/darumb eynleibete sie König Erich der Kron Denmarck. *Lalandt.* Item die von Lübeck namen diesen König an für ihnen Schirmherren zehen jar lang/vnd versprachen jm alle jar tausent Marck Sylbers. Alß aber dieser König starb Anno 1321. ward nach jm König sein Bruder Christoffel. Es war Graffe Hans von Holstein sein Bruder Mutter halb. Dieser König nam Gelt vnd vbergab die Hertzschafft Rostock die jm zugehört/den Hertzogen von Meckelburg/nach Lehens vnd Kriegsrechten/bey denen sie noch ist. Es starb auch zu seinen zeiten der H. von Rugen ohn Mänlichen Erben/da nam er die Inseln zu seinen handen. Er starb An. 1333. *Rostock kom̃t an Meckelburg.* vnd ward sein Sohn Waldemarus König. Aber seinen Bruder Otten fieng Graffe Gebhard von Holstein in Judtlandt/ließ jhn doch wider ledig. Vnd alß Ott die abgeredten Conditiones nicht hielt/fieng Graffe Gebhard den Krieg wider an/zog mit Macht in Judtlandt. Vnd da in seinem Läger böse Wacht gehalten ward/kam bey Nacht ein Dänischer Edelman in des Graffen gezelt/vnd erstach jhn im Betth/gieng auch in der stille wider herauß. Da zog des Graffen Sohn mit seinem Kriegsvolck in Denmarck/vnd thet grossen schaden darinn/er hört auch nit auff/biß er den Mörder seines Vatters ergriff/vnd den ließ er Radbrechen/vnd gab seinen Leib den Raben zu einem Aß. Es ward auch in dieser vnuh König Waldemarus/durch Hertzog Waldemarum von Schleßwick auß Deñmarck vertreiben/vnd alß zuletst in der Sach ward getädiget/muſt der König dem Hertzogen wider geben/was er vnd seine Vorfahren jm genossen hatten/vnd da kam er wider in sein Reich. Alß er aber nicht rühig seyn wolt/vnd schlug den Kaufleuten ab jre Freyheit in seinem Reich/theten sich die Stett zu samen/zogen in Denmarck/theten grossen schaden mit Brennen vnd Rauben. Sie belägerten das Schloß Coppenhagen/gewunnen es/vnd erholten ein grosse Beut. Es weicht der König auß dem Reich/reit hin vnd her. Vnd alß die Feind kein widerstand hetten/zogen sie im Reich vmbher/zerbrachen veil Schlösser. Da ward zu letst ein Vertrag gemacht/daß die Nutzung auß Schönlandt solt 16. jar den Stetten dienen/zu ergetzlichkeit jhres erlitnen schadens. Also kam König Waldemar wider an das Reich/vnd starb darnach/nemlich Anno 1375. *Graff Gebhard wirdt erstochen.* *Coppenhagẽ gewunnen.* *König Waldemar stirbt.*

Der Hertzog von Pomern wird König in Dennmarck
Cap. viij

König Waldemari einige Tochter/die König Aquinum von Norwegien hat gehabt/vnd ein Sohn mit jhm vberkommen der Olaus hieß/ist gar ein Mannlich Weib gewesen/vñ hat beyde Königreich regiert/bracht auch zu letst Schwedien vnder jren Gewalt. Es hett Hertzog Albrecht von Meckelburg seinen Sohn in das Königreich Schwedien eyngedrungen/vnd alß es jm da gerathẽ war/ *Ein gewaltige Königin.* vnderstund er auch/seinen andern Sohn Heinrichen König zu machen in Dennmarck/darumb ließ

Von den Mitnächtigen Ländern. 1345

ließ er auch ein starcke Armada zurüsten/ als er vernam König Waldemari Todt. Er schreib auch seinem Sohn in Schwedien/ daß er ihm zu hilff käme. Aber die Königin rüstet sich dermassen/ daß der Hertzog nicht dorfft in das Königreich kommen. Sie reyset mit ihrem Sohn in Judlande suchet freundtschafft zum Adel der auch jrem Sohn schwur. Sie hatt vorhin Schönlandt eyngenommen/ das treffenlich auffgieng nach den 16 jaren so es die Stett hetten inngehabt. Sie verhieß auch dem Graffen von Holstein das Hertzogthumb Schleßwick/ doch daß sie es zu Lehen empfiengen. Aber der Sohn Olaus starb jung vor der Mutter/ Anno 1387. als die Mutter 12. jar hat geregiert. Es hielt die Königin ein Landtag/ vnd da erschiene Gerhard Hertzog zu Schleßwick mit seinen Vettern den Graffen von Holstein: vnd ward da die Lehenschäfft ernewert vnd das Fürstenthum Schleßwick alzeit dem eltesten Graffen von Holstein/ derselbigen Liny zustendig vbergeben/ jedoch daß sie nach brauch des Reichs das Lehen von der Kron Dennmarck empfahen/ vnd darumb sein gebürliche Dienst thuen/ vnd es allzeit von den eltesten nechsten verwandten ehrlicher Geburt empfangen werde. Nach diesem ist zwischen der Königin vnd König Albrecht auß Schwedien ein Widerwill erwachsen/ eins newen Schlosses halb/ so der König auffgericht hat. Es kam zu letstzu einer Schlacht/ vnd siegten die Dänischen/ vnnd ward König Albrecht mit seinem Sohn gefangen/ vnd 7. jar in der Gefengnuß behalten/ vnd darnach mit schwerer Condition ledig geben. Es ward auch Hertzog Erich auß Pomern von der Königin an eines Sohns statt der dreyen Königreichen angenommen/ vn zu einem König erwehlt/ Anno Christi 1411. Da vnderstund der new König das Fürstenthumb Schleswick wider zum Königreich zubringen: dann Hertzog Gebhard ward in Dietmarsen erschlagen worden/ da meynt der König/ das Lehen were dem Königreich wider heim gefallen. Da beworben sich die jungen Herren von Holstein vmb hilff/ zogen mit macht in Judlandt. Die alt Königin legt sich in die Sach/ aber doch wurden ettliche darüber erschlagen/ eh ein Anstand ward gemacht. Hiezwischen hat die Gemein zu Lübeck den Rhat auß der Statt verjagt. Die vertriebnen kamen zum Keyser/ theten jhr vnschuld dar/ da ward den Lübeckern gebotten/ den Rhat wider eyn zulassen/ vnd ward König Erich zum Executor gesetzt. Vnd als die Lübecker behareten in jhrem Fürnemmen/ hat er die von Lübeck/ so Fischens halb in Schönlandt waren/ auffgehalten/ als die Vngehorsamen Keyserlichen Mandaten/ bracht damit zuwegen/ daß der Rhat widerumb eyngesetzt ward.

Schleßwig ein Lehn von Dennmarck.

Krieg zwischen Holstein vnd Dennmarck. Cap. xiv.

Weiter ist ein grosser Krieg erstanden zwischen den Holsteinern vnnd dem König von Dennmarck. Es theten die Holsteinern dem König grossen schaden in Judlandt/ lieffen jhm auch ab Freißlandt/ vnd brachten jhn vmb ettlich tausent Denmärcker. Der König Erich daußt/ vnd da man es am minsten besorgt/ kam er vnd belägert Schleßwick/ gewan es auch/ vnd wußt daß Hertz. Albrecht der vertriebe König auß Schweden darinn war/ den fieng er/ vnd zwang in daß er jhm verheissen mußt kein Anspruch nimmermehr zu haben an die 3. Königreich. Es haben sich die vmbsessenden Herrschafften erbarmbt vber die jungen Herren/ zogen zu jhnen/ nemlich die von Hamburg/ die Hertzogen von Braunschweig/ Lüneburg/ vnd andere mehr/ haben beld gert das Schloß Königspurg. Aber die Dänen sind stercker kommen/ haben sich mit den Teutschen geschlagen vnd sie vertrieben. Darnach zog der König in Frießlandt/ das sich an Holstein wolt hencken/ thet grossen schaden darinn. Die Holsteiner feyrten nicht/ legten dem König nider auff dem Meere ein Schiff/ darin alle seine Kleynoter waren. Das wolt der König nicht vngerochen lassen/ zog mit wütendem Gemüt in Cimbern/ verschonet niemands darinn/ weder Weyber noch Geystlichen/ gewan das Schloß vnd besetzt es wol/ zog darnach wider auß der Inseln. Da vnderstund der Bischoff von Lübeck vnd andere Fürsten vnd Herren die Sach zu vertragen/ schufen aber nichts/ es mußt wider zu einem Krieg kommen. Es legten sich die Dänen für das Schloß Tundern/ vnd als sie es stürmpten vnd wolten es ersteigen/ wurden jhr bey 400 erschossen. Es fuhren die Hamburger in Judlandt/ funden da viel Schiff die jren waren/ die verbrenten sie/ darnach giengen sie auff das Landt/ vnnd führten ein grossen Raub hinweg/ da schickt der Keyser den Hertzogen auß Schlesy in Denmarck/ ein Frieden zu machen: aber die Pestilentz nam jn in Denmärck hinweg/ eh er des Keysers Befehl zum ende bracht.

Cimbern ist Zimbern oder Jutland.

Anno Christi 1424. reit der König auß Denmarck in Vngern zum Keyser vnd ließ Hertzog Heinrichen von Schleßwick citieren/ sampt seinem Brüdern/ da ward beyder Sach verhört/ vnd das Vrtheil für den König gefellt: aber Hertzog Heinrichen vnd seinen Brüdern ward ein wenig still zu schweigen erkennt/ von wegen der anforderung des Fürstenthumbs Judlandt. Nach diesem zog der König zum Heyligen Landt. Nun war an des Königs Hof ein Edelman/ der ließ den König abcontrafehen/ schickt das Bild einem seiner Freund/ vn zeigt jm an es were ein Angesicht eines Königs der 3. Königreich hett/ an dem wol etwas zu erjagen wer. Alß der König gen Venedig kam/ mindert er sein Gesind/ kleidet sich schlecht/ wolt also vnbekannt seyn in frembden Ländern. Aber was geschahe. Als er die Fahrt vollendet hatt/ vnd wider in das Schiff gehn wolt heim zu fahren/ nam jhn der Mammaluc/ der die Bilger leitet/ auff ein ort/ vnd sagt jhm in ein Ohr: Mein

Der König in d. r Hrr denschaffe verrahten.

tttt iij   siu/wir

stu wir kennen dich nicht? Sihe da dein Angesicht. Wir wissen daß du ein König bist dreyer Königreichen/ was woltest du thun/ wañ vnser einer in solcher Kleidung bey dir ergriffen vnd erkant würde? Der König erschräck vnnd schweig still. Da redt der Patron darzu/ daß der Mammaluc Gelt nam/ so vil jm der König geben mocht/ vnd ließ jn fahren. Alß der König heim kam/ sterckt er sich mechtig/ vnd wolt gnug thun dem erlegten Vrtheil von dem Keyser. Da bevestigten die Fürsten die Statt Schleßwick vnd das Schloß Gottorp/ brachten auch auff jhre seiten die Hamburger vnd andere Seestett/ fielen in Cimbern/ vnd namen dem König daß Schloß Glambeck. Vnd alß der Winter vergieng/ fielen sie mit grossem Gewalt in die Insel/ vnd brachten ein grossen Raub darvon. Alß Hertzog Heinrich die Statt Flenßburg zu Landt vnd Wasser bekriegte/ ward er durch ein Zaun von dem Feind erstochen. Da nam sich sein Bruder Adolph des Regimets vnd Kriegs an. Anno Christi 1428. kame der König vnd die Stett mit grosser Rüstung auff dem Wasser zusammen/ griffen ein ander an/ vnd lagen die Stett vnder. Bey den Seestetten verstand Lübeck/ Hamburg/ Sund/ Rostock/ Wißmar/ Lünenburg.

Nach viel verloffnen Kriegen ist berhatschlaget von den Stetten ein Frieden zu machen/ vnnd auff das ward ein Tag angestellt zu Nicoping/ vnd die Sach gebracht auff diese 3. Artickel. Erstlich daß man sich der erlittnen Schäden vnder einander solt vergleichen/ oder scheidens Richter darzu gebrauchen. Zum andern die weil die Stett ohn vrsach an d' Bündnuß/ so sie mit dem König hetten brüchig worden/ daß sie derhalb den König schadloß hielten/ im fal wie sie vom König/ so er solches an jnen begangen/ fordern möchten. Zum dritten/ das die erste Bündtnuß auffrecht vnd vnverzuckt bliebe. Dise Conditiones haben den Stetten nicht gefallen/ auß genossen Rostock/ die hat sich vereinbart mit dem König. Es haben die Fürsten von Holstein auch jhrer schantz acht gehabt/ vnd die Statt Flenßburg mit listen am Palmtag eyngenossen. Da flohen die Bürger auff den Berg so in der Statt ligt/ vnd mocht jnen niemandt zu kommen: aber der Hunger treib sie/ daß sie sich mußten ergeben.

Ein newe Vnruh bey dem König in Dennmarck/ von wegen des Königreichs in Schweden. Cap. xv.

Alß nun König Erich mit Kriegen beladen ware gegen gemeldten Fürsten vnnd Seestetten/ haben seine Amptleut in Schweden das Volck vngebürlich gehalten mit Schatzungen vñ andern Beschwärden/ vnder der gestalt des Königlichen Tributs/ damit sie jren Seckel fülleten. Das verdroß die Edlen in Schweden gar sehr/ dz jre Armen also solten geplagt werden von den Dänen/ haben berhatschlaget ein Newerung zu machen/ theten sich zusammen/ gewunen die Schlösser dar auff die Amptleut waren/ vnd brachten auff jre Part die Stett vnnd Flecken so dem König vnderthänig waren. Der fürnemest Edelmañ in dieser Sach hieß Engelbertus/ dem schreib der König gar ernstlich/ dz er abstünde von seinem Fürnemen: aber es war vergebens. Er wolt das Vatterland entledigen von der Herrschafft der Dänen. Es zog der König selbs in Schweden/ beschrieb ein Landtstag/ wolt Engelbertum vberziehen/ aber da er merckt wie die Sach wolt zu einer Auffruhr erwachsen/ legt er andere Kleyder an/ vnd zog heimlich in Dennmarck. Da ward endtlich ein Tag gehalten/ vnd ein gemeiner Freid auff diesen weg auffgericht: Erstlich/ daß der König den Fürsten kein Eyntrag thet des Fü...enthumbs halb Schleßwick/ sonder das jnen zu Lehen liehe/ vnd wider dazu gebe was darvon entzogen wäre: Verziehe sich auff Judlandt/ daß er von dem Keyser zu Lehen empfangen: Den Stetten jhr erlittne Schäden erlegete/ den Kaufleuten die alten Freyheyten zuließ/ die Zöll eynneme/ wie sie vor hundert jaren geben weren/ sie nicht steigerte. Dieser Freid ward der gestalt beschlossen/ verbrieff/ versiglet/ vnnd allenthalben auß geruff/ darvon jederman erfrewet ward.

Das geschahe Anno 1435. In diesem ist die Auffruhr in Schweden erwachsen/ daß die Edlen auch vnder jhnen selbs zweytrechtig wurden vnd einander schlugen/ vnd sonderlich ward Engelbertus erstochen.

Anno 1438. ist König Erich abgestanden von dem Königreich/ vnd gefahren in Pomeren/ da ein rühwig Leben geführt.

Die andern schreiben/ daß Friderich der 3. hab jhn auß dem Königreich gestossen/ vnd es vbergeben Pfaltzgraffen Christoffeln Hertzogen zu Bayern/ König Erichs Schwester Sohn/ der auß eintrechtiger Bewilligung des Adels aller dreyer Königreichen zum König erwehlt ward. Er kam auch mit grossem pracht geritten/ ward zu Lübeck alß ein zukunfftiger König gantz ehrlich empfangen/ vnd von dannen gar ehrlich in Dennmarck geleitet.

Die Dänen gaben jhm eyn/ erstlich die Schlösser/ darnach schwuren sie jhn/ vnd krönten jhn.

Nach diesem besichtiget er das Landt des Reichs. Vnnd alß er in Judlandt kam/ sind zu jhm kommen Hertzog Adolph von Schleßwick/ vnnd der Graffe von Holstein/ haben von jm empfangen das Lehen.

Anno

Von den Mitnächtigen Ländern. 1359

Anno Christi 1445. hat König Christoff Hochzeit gehalten zu Coppenhagen/ mit Dorothea Marggräffin von Brandenburg. Darnach ist er in Schweden gefahren: dann die vom Adl vnd gemeinem volck begerten jn zuschen in eigner Person. Wie er nu in Schweden kommen/ vnd alle ding nach seinem Gefallen geordnet/ ließ er ein grossen Schatz in die Schiff tragen/ der jhm von Verehrung oder von den järlichen Gefällen gesamlet war worden. Vnd als er heim in Denmarck fahren wolt ist ein Vngestüm kommen/ vnd ein sollich Vngewitter/ daß jederman wolt verzagen/ vnd ist alles Sylber vnd Gold mit dem Schiff ertruncken. Man meynt es sey vber 1000000. Gulden wärt versuncken. Der König kam kümmerlich mit seinem Schiff zu Landt. Er starb auch bald darnach ohn Erben/ Anno Christi. 1448.

Wie Graffe Christiernus von Aldenburg König in Dennmarck worden ist. Cap. xvi.

Nach Absterben König Christoffels ward erwehlt Christianus ein Graffe von Aldenburg (die Dänen nestlen jhn Christiernum) König zu Dennmarck vnnd Nordwegien/ vnd wie Albertus Krantz schreibt/ sind die Schwedier auß der alten Einigung getretten/ die vermocht/ daß alle drey Königreich nicht mehr dann einen König hetten. Diese Wahl ist vast beschehen auß forderung Hertzog Adolphs von Schleßwick/ welcher ein Vetter war Graffe Christierni von Aldenburg vnd Delmenhorst/ geboren von seiner Schwester. Aber Schweden macht zum König ein Ritter der in Schweden gewohnet vnd vast reich war/ hieß Carlen/ ein Sohn Canuti. Christianus war gekrönt vnd nam die Königin Dorotheam zum Ehegemahl. Mit der gebar er Johannem vnd Fridericum. Es befleiß sich König Christiernus wie er stuck weis Schweden widerumb zu den zweyen Königreichen bringen möcht/ ist mit einem Kriegsvolck in Gotlandt gezogen/ welches ein Insel vnd Mutter des Königreichs Schweden ist. König Erich hat sie allzeit behalten. Bey König Christoffels zeiten ist sie allwegen durch Schwedisch Amptleut in des Königs Namen geregiert worden. Aber König Christiernus gewan sie wider mit gewalt/ vnd erobert die Statt Witzbu/ welches etwan ein treffliche Kauffmans Statt ist gewesen. Carolus König in Schweden soll tyrannisch gehandlet haben/ daß jm jederman feind war: aber die andern schreiben/ er sey ein Auffrechtiger dapfferer Mann gewesen/ erwünscht zum Königlichen Regiment/ vnd der ist gewesen Aeny oder Vrány Königs Gustaui so damals in Schweden vnd Goten regiert. Er gefiel dem vnruhigen Volck nicht darumb entsetzten sie jn des Reichs. Da nam er heimlich seine Schätz vnd fuhr in Preussen. Des ward der Adel froh/ schickt ein treffliche Botschafft zu K. Christiernen/ vnd begerten daß er zu jnen in Schweden käm. Als er aber kam/ haben sie jn ehrlich empfangen/ vnd zu Stockholm durch den Bischof von Vpsal nach altem Brauch gekrönt/ An. 1457. vnd da sind die drey Königreich wider zusammen kommen vnder einem Herren.

Von der Graffeschafft Holstein. Cap. xvij.

Hertzog Adolph von Schleßwick vnd Graffe zu Holstein ist zwey jar darnach gestorben/ da ist viel gehandlet worden der Graffeschafft halben von Holstein. Es war kein zweiffel dieweil er kein mänlich Erben hatt/ es wurd das Fürstenthumb der Kron Dennmarck (darvon es auch her reichet) eyngeleibt. Aber der Graffeschafft Holstein halb ist ein grosse Frag gewesen. Dannet liche wolten es wäre ein Lehen vom Römischen Reich/ auff die Mänliche Linien gehörig. Nun waren die Graffen von Schawenburg der Mänlichen Linien nach/ doch von weitem/ Hertzog Adolphen verwandt gewesen. In summa/ es ward die Graffeschafft zuerkannt König Christierno: aber die Graffen von Schawenburg sind mit einer grossen summa Gelts gestillt worden/ daß sie auff jhr Recht verziegen. Also ist die Graffeschafft eyngeleibt worden dem Königreich Dennmarck/ vnd hat dem König geschworen. Darnach kam der König gen Hamburg in die alte Statt/ hat sie auch wöllen zwingen/ jm zu schweren: aber sie haben jm alte Privilegien fürgeworffen/ vnd sich deren beholffen/ doch der Lehung haben sie sich nit beschwert. Anno Christi 1469. fuhr König Christiernus in Schweden/ gute Ordnung darinn zu machen/ da ward jm angezeigt/ wie König Carlen etwas von seinem Schatz hinder jm gelassen het bey den Prediger München Das fordert er/ vnd fand ettliche tausent Marck gemüntzes Gelts/ vnd darzu ettliche Sylbergeschirr.

llll iiij   Vnlang

Das sechste Buch

Auffruhr in Schweden.

Vnlang hernach ist Schweden wider auffrüheisch worden. Dann es thet dem Adel weh/daß die Aempter alle mit Dennmärckern besetzt wurden. Sie klagten auch es wurde kein Recht darinn gehalten/die Statthalter regierten nach jrem gefallen/man führt hinweg die Schätz des Königreichs. Es wolt der König dieser Auffruhr vorkommen/zog mit grossem Pracht vnd Gewalt in Schweden/vnd die Sach kam auch zu einer grossen Schlacht/vnd lagen die Dennmercker vnder/ es wurden jhr viel erschlagen vnd viel gefangen: aber der König entran in einem Schiff. Nach diesem schickten die Schwedier nach jrem König Carlen/berüfften jhn zum Reich. Vnd da er kam/

König Carle wird berüfft.

vnnd nicht das ehrlich gemüt/wie jhm zugesagt/fand/wolt er abstehn von dem Königreich/vnd leben wie ein ander schlechter Mann. Endtlichen ward an sein statt gesetzt Steno ein gewaltiger Fürst/der zu einer zeit vberwandt Basilium der Moscowyter Fürsten/vnd König Johannem von Dennmarck/König Christierni Sohn.

Anno 1465. ist Graffe Gerhard von Adenburg/des Königs Christierni Bruder in Holstein kommen/von wegen ettlicher tausent Gulden die man jhm schuldig war/daß er verzieg auff das Landt Holstein gethan hett. Er nam ettliche Schlösser eyn/vnd sagt/er wer alß wol ein Erb zum dem Landt als der König sein Bruder. Bald darnach nam er das gantz Landt Holstein eyn/vnd regiert darinn/macht ein zimlich Fürstenthumb darauß.

Handlung Königs Christierni des ersten dieses Nammens.
Cap. xviij.

König Christiernus hatt noch ettliche Schlösser in Schweden/die hette er wol besetzt vnd erhalten wider die Schwedier so jhm zu wider waren. Es vnderstunden jm auch ettliche Edlen in Dennmarck in sein Königreich zufallen: aber er zog jnen entgegen/schlug sie in die flucht/vnd fieng jhr bey 300. Es ward ein Tag angesetzt zu Lübeck zwischen dem König vnd den Schwediern/ward aber nichts auß gericht. Darnach zu Winters zeit fiel König Christiernus in Schweden/möcht aber in der enge des Birgigen Lands kein Schlachtordnung machen/sonder ward gezwungen mit grossem verlust seines Volcks vnd der Edlen auß dem Landt zu ziehen. Da fiel er in Holstein vnd trieb seinen Bruder darauß/zwang die Eynwohner jhm zu schweren. Desgleichen handlet er mit den Frießländern. Vnd alß zu seinen zeiten Carlen etwan König in Schweden starb ward der Adel zweyträchtig/ettliche wolten haben Christiernum/die andern wolten jhn nicht haben. Da meynt König Christiernus es wäre zeit das er die Hand anschlüge/die weil sein Widersächer todt war. Er nam ein groß Volck an/zog mit macht in Schweden/ward aber dermassen entpfangen/daß der seinen wenig heim kamen.

Anno 1474. kam König Christiernus zu Keyser Friderichen/vnd erlangt von jhm das auß diesen dreyen Herschafften Holstein/Stormar vnd Dietmarsen/ein Fürstenthumb gemacht ward/ vnd jm zu Lehen geliehen/vnd Lehenbrieff darüber verfertiget. Vnd alß er heim kam/ließ er seinen eltern Sohn Johannem krönen zum König in Dennmarck/Anno Christi 1478. vnd gab jhm zu der Ehe des Churfursten von Sachsen Tochter. Es verharreten die Schwedier auff jhrem Fürnemmen/machten kein König/wolten auch nicht Christiernum annemen. Anno 1480. hielt Christiernus ein grossen Landtag in Holstein/berüfft dahin die von Lübeck vnd Hamburg/laß jhren für Keyserliche Brieff in beyseyn der Regenten auß Dietmarsen/die bißher frey waren gewesen/ vnd ohn alle Herrschafft/begert darauff/daß sie demselbigen wolten gehorsamen/vnd sich mit dem

Dietmarsen.

Landt zu Holstein vnd Stormarn in ein Fürstenthumb verleihen/vnd seine Majestat für denselbigen Fürsten erkennen. Es antworteten die Dietmarsen/daß Key. May. nicht wol bericht were worden/vnd hinweg geordnet/das seiner Majestat nicht zu gehörig: dan sie hetten ein Herren gehabt biß auff dieselbige zeit/den Ertzbischoff von Bremen/nach dem der leist Graffe von Dietmarsen gestorben. Der König ließ antworten/sie wären doch Waldemaro dem 12. gehorsam/darnach wären sie vnder dem Graffen von Holstein gewesen/vnd jetzundt wären sie alle auff ein schein vnder dem Bischoff von Bremen/so sie doch in der That jhm nicht gehorsameten. Sie antworteten: Es hett der Bischoff noch heut zu tag seine Statthalter im Land/sie wolten sich auch von dem nicht lassen abtringen. Nach diesem vnd andern Sachen mehr ist der König zu Coppenhagen gestorben/im jhar nach der Geburt Christi
1481.

Hand-

Von den Mitnachtigen Ländern.

Handlung Königs Johannis Christierni Sohn.
Cap. xlv.

Nach dem Christiernus mit Todt abgangen/ ist sein Sohn Johannes ins Regiment getretten. Er hett Nordwegen mit seinem Bruder als ein natürlicher Erb besessen. Aber König Friderich ist deß Titels zu frieden gwesen/ ließ den andern das Regiment führen. Es ward das Geschrey/ er were auch erwehlter König in Schweden: aber mit einem geding/ daß jhm nicht gefallen wolt/ darumb ließ ers ruhen/ biß er mit dem Schwerdt das Reich ansiel. Er sahe zum ersten daß er jhm ein Gunst in Gotlandt (welches ein Mutter ist deß Königreichs Schweden) machen möcht/ das dem Statthalter deß Königreichs Schweden Steno Nester/ der ein tapfferer Ritter war/ nicht gefallen wolt. Aber Jwarus der lange zeit das Schloß vnd Insel Gotland ingehabt/ vbergab König Johannsen Schloß vnd Statt vnd die gantze Insel. Darnach nam er mit Gewalt Schweden eyn. Vnd als er war hinweg gezogen mit den Knechten/ machten die Schwedier ein Auffruhr. Nun war die Königin noch im Landt/ die solt mit einem Kindt gehen/ da vermeynt König Hans/ er wolt das volck mehr durch einen guten willen/ dann mit der Reuhe gehorsam behalten/ so die Königin im Land gebären würde/ vnd dasselbige den Schweden für ein gewissen Erben geben. Aber sie war nicht schwanger. Als nun der König auß dem Landt kam/ hindekdachten die Schwedier wie sie d' König einsmals vberrumpelt hett/ es wolt bey jnen kein Hertz sein gegen den Denmärckern/ schickten doch nach dem König/ sie dörfften eins Haupts wider die Reussen/ er dörft aber kein Kriegsvolck bringen/ sie wolten Leut genug dargeben. Auff das kam der König mit wenig Volck. Die Sach wolt jhm nicht gefallen/ er macht sich wider auß dem Landt. Da ward die Auffruhr noch grösser. Sie beschuldigten den König vnd seine Amptleut/ es würde jnen nicht gehalten was jnen zugesagt/ haben darauff die Königin zu Stockolm belägert/ die Statt erobert/ das Schloß außgehungert/ die Königin gefangen vnd gen Wastenin S. Brigiten Closter geführt/ vnd da zwey jahr verhütet/ da ist sie gelediget worden durch den Legaten Raimundum/ vnd mit grossen Ehren heim in Dennmarck geführt. Da rüstet sich der König Johannes auff ein newes/ die Schwedier vnder sein Joch zu bringen/ er hett auch etliche in Schweden die es heimlich mit dem König hetten/ die berichteten den König daß er mit 50000. Mann käme: aber er schuff nichts/ sondern ward gewaltiglich auß dem Landt geschlagen. Es wolten die Nordwegier auß anreitzung deß Adels in Schweden auch ein Auffruhr machen: aber Christiernus deß Königs Sohn/ der noch ein junger Mann war/ leschet das Fewr im ersten Auffgang. Als aber König Johannes viel Krieg vergebenlich wider die Schwedier geführt hatt/ starb er zu letzt/ vnd war sein Sohn nach jhm König in Dennmarck: aber Friderich König Hansen Bruder blieb Hertzog zu Schleßwick vnd Holstein. Es feyret König Christiernus nicht mit Schweden/ er braucht alle Stärcke vnd List das zu erobern/ vnd gerieht jhm auch/ mocht es aber nicht lang behalten/ ja er ward zu letzt seiner Tyranney halb auß Dennmarck gestossen. Vnd als er vnderstund das verlohren Reich wider zuerobern/ ward er gefangen vnd in Gefängnuß gelegt/ im jahr 1523. ward auch lange zeit gefänglich gehalten zu Sunderberg in Holstein von Christiano seines Vatters Bruder Sohn. Als aber dieser Christiernus auß dem Reich vertrieben war/ ist seines Vatters Bruder Hertzog Friderich von Holstein König worden/ vnd hat regiert biß zum jahr 1533. da starb er.

Nach seinem Todt enstund ein newe Vnruhe im Königreich Dennmarck. Pfaltzgraf Friderich der Königs Christierni vnd Keyser Carles Schwester Tochter zu der Ehe hatte/ vermeynt das Reich gehört jhm zu. Er zog mit Heeres Macht in Niderlandt/ von dannen nach Coppenhagen zu seglen/ aber vergebens. Dann die Bischöff deß Reichs vnd die Fürnehmbsten/ erwehlten König Friderichs deß jüngern Sohn mit Namen Johannem/ der noch ein kind war/ da bewarb sich Christianus der älter Sohn vmb Hülff/ vnd besonder hat er ein getrewen Beystand von Gostavo König in Schweden/ vnd war also mit gewaltiger Hand in das Königreich gesetzt/ An. 1536. wie er dann auch nachmals Anno 1543. König Gostavo sein Handt botten hat/ wider die auffrührischen Schmaländer/ vnd die helffen demmen. Damalen sind diese zwey Königreich Dennmarck vnd Schweden mit grossem Frieden vnd Einigkeit regiert worden/ die vorhin selten ohne grosse Zwytracht neben einander haben mögen bleiben.

Anno Christi 1564. hat der König auß Dennmarck mit der Statt Lübeck den Krieg wider den König von Schweden geführt/ mit grossem Schaden zu beyden theilen. Starb endlich Anno 1559. den 1. Tag Januarii/ seines Alters im 56. jar. Den 25. Tag Jan. selbiges jars starb Christiernus/ der gefangene König in dem 27. jar seiner Gefangenschafft/ vnd 78. jar seines Alters.

Auff Christiernum den 3. ist gefolgt sein Sohn Friderich der II. welcher den ersten Julij/ Anno 1534. geboren worden. Dieser hat die Dietmarssen seinem Reich vnderwürffig gemacht. Anno 1565. hat er mit dem König auß Schweden/ Erico dem 14. ein Schlacht gehalten/ in deren auff beyden seiten 7000. geblieben/ vnnd das Dänische Admiralschiff von den Schweden gefangen worden. Den 20. Aug. Anno 1572. hat er mit Sophia deß Hertzogs von Mechelburgs Tochter Hoch-

Das sechste Buch.

Hochzeit gehalten. Den 4. Aprilis Anno 1588. ist er in dem Schloß Andersow gestorben/ im 54. jar seines Alters/ vnd seines Reichs im 30.

Auff Friderich den Andern ist kommen sein Sohn Christianus der IV. dieser ward geboren den 12. Apr. Anno 1577. zu Friderichsburg/ den 29. Aug. 1596. ist er zu Coppenhagen gekrönt worden. Den 27. Nov. 1597. hat er mit Anna Catharina einer Marggräfin von Braůdenburg Hochzeit gehalten. Dieser ist wegen seines Nidersächsischen Kreiß obersten Ampts/ in der Pfältzischen Vnruhe/ mit den Keyserischen vnd Bäyerischen Feldobersten/ in schwere Kriegsübung gerahten/ in welcher der Nidersächsische Kreyß/ die Hertzogthumb Holstein/ vnd Schleßwick/ ja gantz Sud- vnd Nordland mächtig sind verderbt worden/ vnd noch täglich je länger je mehr verderbt werden. Gott wende alles zum besten.

Genealogy oder Herkommen der jetzigen Königen in Dennmarck.

Graff Johannes zu Aldenburg vnd Delmenhorst/ gelegen vnder dem Bischofflichen Stifft Bremen/ hett ein Sohn mit Namen Friderich/ der ward auch Graffe nach seinem Vatter in gemeldten Hertzschafften. Nach Friderichen ist diesen Hertzschafften vorgestanden sein Sohn Joachim/ der nam zu der Ehe Margreta Hertzogin von Schleßwick vnd Holstein/ vnd vberkam mit ihr ein Sohn/ nemblich Christiernum/ den man nennet den Reichen/ vnd ward König in Dennmarck/ ward auch von etlichen angenommen in Gothia vnd Schweden/ vnd braucht ein solchen Titel: Christiernus König in Dennmarck vnd Schweden/ der Gothen vnd Nordwegien/ Hertzog zu Schleßwick/ zu Holstein vn Stormern/ vnd der Dietmarssen/ Graff zu Altenburg vnd Delmenhorst. Diesen Titel haben seine Nachkommen auch gebraucht. Von jhm sind nun kommen die König in Dennmarck biß auff diesen Tag/ sampt den heutigen Hertzogen in Holstein/ wie wir deren Genealogy außführlich vnder Teutschlandt bey Beschreibung Holstein gesetzt/ da wir den günstigen Leser wöllen hin gewiesen haben.

Nordwegien. Cap. xx.

Er Nam Nordwegien bedeut so viel als Mitnächtig Weg/ hat gegen Mittag das Königreich Dennmarck/ gegen Nidergang das hohe Meer/ gegen Auffgang Schweden/ vnd Lapland gegen Mitternacht. Von welchen beyden Ländern es durch die allerhöchsten vnd rauhsten Berg/ die mit ewigem Schnee bedeckt/ gescheiden wirdt/ niemands hat vber diß Gebürg/ auß Norwegen in Schweden kommen können. Es sind aber mit der Zeit etliche Schlupflöcher gefunden worden/ also dz man jetzund von einem Landt in das ander durch diß Gebürg kompt/ gleich wie man auß Teutschlandt in Italiam durch das Alpgebürg kompt. Man nennt das Gebürg Dofteßel vnd Alpes Dofrinos. Das Erdtrich in Nordwegien ist fast vnfruchtbar/ vnd hat gar viel rauher Felsen/ sonderlich gegen Nidergang vnd Mittag/ doch ist dieselbe Gegne eins gantz milten Luffts/ daß das Meer daselbst nit gefrewret/ vnd die Schnee nicht lang weren. Wiewol aber das Landt nicht fast fruchtbar/ noch den Ennwohnern zur Nahrung gnugsam ist/ so ist es doch Vieh vnd Fischreich/ also daß es daher grosse Nahrung gibt/ auch andern Landen. Zu Bergen haben die Kauffleut grossen Gewerb vnd Handthierung mit allerley Gütern. Auß diesem Land Norwegien kommen die Stockfisch/ vnd die muß man fahen im Jenner wann noch vil Kälte vorhanden ist. Dann man dörzet sie mit Kälte vnd nicht mit Hitz: vnd wann die nicht mit grosser Kälte gedörzet werden/ bleiben sie weich vnd zerfallen/ daß man sie nicht herauß bringen mag. Es stossen auch an das Gestad deß Lands Nordwegien/

gegen Occident/ da das Meer einer gantz vnergründtlichen Tieffe sein solle/ die mechtigen grossen Fisch/ so man zu Latein Balenas/ vnd zu Teutsch Walfisch nenet/ deren ettlich hundert Elenbogen lang

lang gefunden werden / die Leichen in Sommers zeiten bey diesem Landt zwischen den Inseln Fosen vnd dem Schloß Warthauß / kommen mit grossen Schaaren dahin / daß die Schiff so vnder sie kommen / in grosser Gefährlichkeit sind / auch so diese Schiff tieff vnder dem Wasser sindt. Es haben aber die Schiffleut ein gut Mittel darfür / dann sie zerstossen das Kraut Castoreum oder Bibergeil / vnd werffen es ins Wasser / welches also baldt mit seinem Gestanck die Walfisch tieff vnder das Wasser treibt.

Nicht fern von Druntheim ist ein See der vberfrewret nimmer / so doch andere Meer also hart gefriehren / daß man die Lastwägen darüber führt. Sonsten bringt man auß Norwegen / köstlich Beltzwerck / Vnschlet / Butter / Leder / Hartz / gewaltige Maßbäum / Eychene Bretter / darauß die Eynwohner grossen Gewinn haben. Das Volck ist einfältig / vnnd Friedsam / ohne Dieb vnd Räuber.

Von den Inseln vnd Stätten deß Landts Nordwegien.
Cap. xxj.

Viel Inseln hat Nordwegien das Königreich / bey welchen das Meere nach seinem zufliessen vnnd abfliessen verzuckt wirdt vnd wider herauß getrieben. Man schiffet auff diesem Meere / dieweil es nider ist als die Schlundt der grossen Felsen: aber welche die Schantz vbersehen / 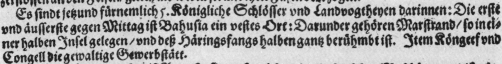 vnd zu vnbequemer zeit sich darauff lassen / die werden sampt dem Schiff verschluckt / daß man auch selten sicht etwas vom Schiff wider herfür kommen. Vnd wann die grossen Bäum wider herfür schiessen / sind sie also geschunden vnd zerstossen an den Felsen / gleich als weren sie mit eytel Fasen vberzogen.

Es sindt jetzund fürnemlich 5. Königliche Schlösser vnd Landvogtheyen darinnen: Die erste vnd äusserste gegen Mittag ist Bahusia ein vestes Ort: Darunder gehören Marstrand / so in einer halben Insel gelegen / vnd deß Häringsfangs halben gantz berühmbt ist. Item Köngeef vnd Congell die gewaltige Gewerbstätt.

Die ander Landtvogthey ist Aggerhusia / auß welcher die allerhöchsten Mastbäum / vnd Eychene Thielen / in guter Menge / in Hispaniam vnnd andere Länder geführt werden: Darunder gehört die Bischoffliche Statt Ansloia / da werden alle Rechtshändel dieses Königreichs erörtert / ist deßwegen stättigs volckreich. Item Königsperg ein Schloß vnd Gewerbstatt / Fridrichsstatt / Saltzburg vnd Schin / da es Eysen vnd Kupfferbergwerck hat. Groß vnd klein Hammaria / welches vor zeiten Bischoffliche Sitz gewesen.

Die dritte Landtvogthey ist Bergerhusia / darunder ligen Berga / vnd Staffangen / zwo Bischoffliche Stätt. Bergen aber ist deß gantzen Königreichs fürnembste Gewerbstatt / vnd ein Sitz deß Königlichen Statthalters vnd deß Bischoffs. Daselbst wirdt der edle Fisch verkaufft der von dieser Statt Bergerfisch genannt wirdt: Die Hanseestätt haben daselbsten einen grossen Theil der Statt innen / so von jhren Kauffleuten bewohnt wirdt. Hat einen gantz herrlichen vnd sichern Port.

Die vierdte Landtvogthey ist Nidrosia / oder Druntheim / ist vor zeiten die Hauptstatt deß Königreichs gewesen / jetzund nur ein Dorff / doch hat der Ertzbischoff seinen Sitz da behalten / vnd findet man kaum in der Christenheit ein schönere Kirchen / als daselbsten.

Die fünffte Landtvogthey ist Warthusia / ligt in einer kleinen Insel / ist nimmer ohne Zusatz wider die Lappen / daselbst wohnet Sommers zeit der Königliche Statthalter / vnd regiert die gantze Gegne / sub zona frigida / biß an Russiam.

Von den Königen des Landts Nordwegien/ vnnd wie die Nordwegier auß jhrem Landt kommen seindt.
Cap. xxij.

Als der König Gram regniert in Dennmarck/ hatten die Nordwegier oder Nordmänner ein König der hieß Guibdagerus/ vnd der vberhub sich seines grossen Gewalts/ fieng an die vmbligenden Länder zu bekriegen: aber er war vberwunden von Königs Gramen Sohn der Hadingus hieß. Da wurffen die Nordwegier ein andern König auff mit Nammen Gewarum/ der verließ ein Sohn Hotherum/ vnd nach viel jaren ward König in Norgwegien Collerus/ zu welcher zeit in Dennmarck regniert König Roricus. Nach Collero seind kommen Gotarus/ Rollerus/ Helgo vnd Hasmundus.

Anno 800. ist diesem Reich vorgestanden Froto/ zu welcher zeit die Norwegier/ oder Nordmänner/ sampt den Deñmärckern seind herauß gefallen in Sachsen/ Frießland/ Franckreich/ vnd in Schottland/ vnd haben die Länder gar schwerlich beschedigt mit Schwerd vnd Fewr. Aber in Nordwegien ist es dieweil wild zugangen/ es wolt jeder ein Feder von der Ganß haben/ wer baß mocht/ bracht mehr Landt vnder sich. Etliche eigneten jhnen das Meere zu/ raubten darauff zu Wasser vnd Landt/ vnd sie waren alle den Christen Leut auff setzig/ vnd sonderlich hieß einer Gaddingus der von Königlichem Stammen kommen war/ der trug ein tyrannisch Gemüt wider die Christen. Er raubt vnd brenne die Kirchen/ nötiget Frawen vnd Töchter/ vnd erschlug die Männer ohn zahl. Es gefiel jm kein Raub wann er nicht mit Blut erobert ward. Diese Tyrannische Leut handleten also vnsinniglich/ daß die Christen Fürsten jnen nicht dörfften entgegen kommen. Es wäret auch jhr Tyranney viel jar. Vnder Keyser Ludwigen dem 2. der ein Sohn Clotarij war/ wurden jhren in Frießlandt bey 10000. erschlagen. Darnach vmb das jahr Christi 880. wurden jhren in Franckreich bey dem Wasser Ligeris bey 9000. erschlagen. Aber zu letst nach viel begangnen bösen Thaten/ ward jhr Fürst Gotfridus zum Tauff gebracht/ vnd Keyser Carlen der 3. gab jhm Frießlandt/ damit er sich ließ benügen seiner Tyranney: aber es halff nichts/ er vnd sein vnsinnig Volck griffen weiter vmb sich/ vewüstet viel Stett in Franckreich/ vnnd in Braband/ sonderlich zu Amiens/ Arres/ Camerich/ Neumägen/ Lütich/ Mastrich/ Tungern/ Cöln/ Ach/ ꝛc. Vnd nach dem sie vmb vñ vmb grossen schaden hetten gethan/ vnd die Francier nicht auß jhrem Landt vertriben mochten/ ist so viel zwischen jhnen beyden gehandlet/ wo die Nordmänner Christum vollkommenlich annemmen wolten/ wurd man jhnen ein benannten Sitz in Franckreich eyngeben. Es waren auch etlich die mit jhrem Fürsten redten/ wann er sich ließ tauffen/ so würd sich der König von Franckreich mit jhm verschwägern. Aber der Fürst Rollo gab zu antwort: Er wäre auß seinem Vatterlandt vertriben/ darumb vnderstünd er jetzund jhm ein Sitz zu suchen. Wo er jhm wurde gegeben/ wolt er sich zum Christlichen Glauben lassen vnder weisen. Auff das ward der Tauff zugericht/ vnd der Fürst ward in Christlichen Articklen vnder weisen/ vnd sein Namm Rollo ward verwendt in Rubertum Es ward jm auch eyngeben das Landt Neustria/ so nachmalen von seinem Volck war Normandey geneñt. Auff jn kam sein Sohn Wilhelm ein Gottsförchtiger Mann/ der Anno Christi 943. ward erschlagen. Etliche jahr darnach ward diß Hertzogthumb zu einer Graffeschafft genidert/ vnd ein theil darvon dem Franckreich vnderworffen. Vnd nach derselben zeit ist dieses Lands halben ein langwiriger Krieg erstanden/ zwischen dem König von Engellandt vnd dem König von Franckreich.

Nordwegien nimmet den Christlichen Glauben an.

Wo die Nordmänner herkommen.

Von den Königen des Landts Nordwegien/ nach dem die Nordmänner darauß gezogen. Cap. xxiij

Aquinius des Königs von Nordwegien Sohn/ der bey dem König von Engelland zu Hof war/ als er vernam seines Vatters tod/ kam er in Nordwegien/ vnd fordert des Vatters Reich: aber er ward von Haraldo/ der das Reich angefallen hatt/ erschlagen. Diser Haraldus war so fräfel/ dz er den König von Dennmarck angriff vnd zwang jn/ jhm Tribut zu geben. Zu seinen zeiten regiert im R. Reich Keyser Ott der erst. Nach Haraldo regiert Olaus/ den doch König Sueno von Deñmarck vberwand/ vñ nam jm das Reich eyn. Nach Suenonis Todt wurffen die Nordwegier auff zu einem König Oltum/ der war ein frommer Christ/ vnnd ward durch Canutum der König von Deñmarck erschlagen/ vñ kam Nordwegien an Suenonem König Canuti Sohn. Als aber Canutus starb/ fiele die Nordwegier von den Deñmärckern/ vnd machten zum Kön. Magnum ein Sohn

Haraldus.

Von den Mitnächtigen Ländern.

Sohn Olai. Dieser Magnus erobert bald hernach durch ettliche geding beyde Königreich/ wiewol er nicht lang lebt. Dann er fiel von einem Roß als er jagen wölt/ vnd zerbrach die innere Bein in der Brust/ daß er sterben must. Auff in kam seines Vatters Bruder Haraldus/ ꝛc. Anno 1054. da Nordwegien war vnder den Ertzbischoffen zu Lunden in Denmarck/ ward zu Nidrosia/ so man Druntheim nennt/ auffgericht ein Ertzbischoffliche Kirchen. Es war auch zuderselben zeit ein König in Nordwegien mit Nammen Jngo/ der war ein hochtragender Mann/ vnnd da er kriegt mit seinen Feinden auff einem Eyß/ brach das Eyß vnder seinem Heere/ vnd da fiel er vnd der beste Kern von Nordwegien in das Meere vnnd verdurb da. Nach Ingone regniert Aquinus· aber es erschlug jhn Erlingus/ vnd regiert er vnd sein Sohn Magnus in Nordwegien. Auff jhn kam Aquinus vmb das jar Christi 1240. als Waldemarus der ander König war in Dennmarck. Nach Aquinum kam Olaus/ vnd der hett viel Vnruh mit den Kauffleuten so in Nordwegien kamen Fisch hinweg zu führen: dann die gröste Begangenschafft dieses Landts steht in Fischen vnd in Vieh. Dann das Landt ist nit geschickt zu tragen Korn/ darvon man gnugsamlich essen vnd trincken mög/ sonder die Kaufleut bringen hineyn bereitet Maltz/ oder gesotten Tranck/ vnd führen dargegen herauß gedörte Fisch/ deren vber die maß viel in Nordwegien sind. Nach Olao ist zum Reich kommen Ericus/ vnd nach jm An.Christi 1300. ist König worden Aquinus/ der ward vom König auß Schweden vberwunden/ vnd Nordwegien vnder Schweden gezwungen.

Druntheim ein Ertzbisthumb.

Aquinus erschlagen.

Gewerdschafft in diesem Land.

1 Magnus König zu Schweden vnd Nordwegien/ er starb Anno 1326.
2 Aquinus von etlichen zum Reich in Nordwegien bestimpt/ lebt aber nicht lang
3 Magnus König zu Schweden vnd Nordwegien
4 Aquinus/ sein Gemahel Fraw Margreth Königin in dreyen Reichen.
Olaus.

Als König Magnus, der dritte seinem Sohn zu der Ehe nam Königs Waldemari von Dennmarck Tochter/ hat sich begeben daß er verdrungen ward auß dem Reich Schweden durch Hertzog Albrechten von Mechelburg. Als aber Aquinus gestarb/ vnnd auch sein Schweher Waldemarus König von Dennmarck/ ward Olaus Aquini Sohn ein Erb zweyer Königreichen/ Dennmarck vnd Nordwegien. Vnd als er hernach wider Kö. Albrechten von Schweden gesieget/ bracht er zu den zweyen Reichen das dritt. Doch behielt er keins/ dann er starb bald darnach. Vnd die weil kein Männlich Erb vorhanden war für diese drey Königreich/ fielen sie alle 3. heim der Königin Margrethen des Königs von Dennmarck Tochter. Das war nun ein wunder klug Weib/ hielt gut Recht vnd Frieden in allen jren Ländern. Sie zog herumb vnd besahe fleissig jhr Landt vnd Schlösser/ gab vrlaub den Burgvögten/ vnd setzt newe Verweser dareyn. Die Bösen entsetzten sich ab jhrer Klugheit: aber die Frommen lobten vnd ehrten sie jhres Verstands halb. Ist also geschehen daß lange zeit die Königreich vnder diesem Weib in gutem Frieden seind gesessen/ daß die König nicht mochten verschäffen/ das hat diß Weib zu wegen bracht. Da sie aber alt ward/ hat sie an eines Sohns statt angenommen Hertzog Erichen auß Pomern/ vnnd hat denselben zum König gemacht. Nach jm ist kommen Hertzog Christoffel von Bäyern/ vnd der regiert 9.jar. Nach jhm ist zum König erwehlt worden Christiernus e Graff von Oldenburg vnd Delmenhörst/ er nam zu der Ehe seines Vorfahren König Christoffels verlaßne Witwen. Nach jhm regiert Johannes Christierni Sohn/ ꝛc. Wie hievornen bey Dennmarck weitleuffiger angezeigt wirdt. Vnder diesem Graffen von Oldenburg als sie zum Reich Dennmarck kommen sind/ haben die Schwedier (wie vor alter her) ein besondern König gemacht/ wie das hie vnden gnugsamlich erzehlt wirdt.

Ein klug Weyb.

MMMM　　　　Gothen

Das sechste Buch
Gotlandt oder Gothen. Cap. xxiv.

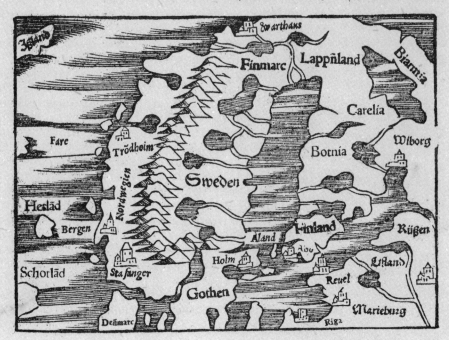

Alle Länder so hinder dem Teutschlandt gegen Mitnacht ligen/ wiewol sie rauch vnd kalt sind/ vnd deshalben nit vast fruchtbar/ hat man doch jnen herrliche Namen geben/ gleich alß wären sie die besten vnd lustigsten Länder so in Europa gefunden werden. Also ist eins genent worden Gothia/ vnnd ein Insel darbey Gotlandt/ das wir Hochteutschen Gutlandt nennen. Ein anders heist Finlandt: das ist/ Fein oder Hübsch. Item ein anders heist Grünlandt/ dz voll Grüner Wäld vnd Weyden ist. Vnnd diese Länder mit einander sind vor zeiten Schönlandt genennt worden/ vnd die Lateiner haben sie Scondaviam vnd Scondinaviam vnd Scandiam genennet/ wie auch vorhin gemeldet ist. Das Landt Gothia so gegen Seelandt vber ligt/ ist vor zeiten ein besonder Königreich gewesen: ist aber zeitlich zu Schweden erwachsen/ oder Schweden zu jhm/ vnd Johannes Magnus Ertzbischoff zu Vpsal/ ꝛc. hat 24. Bücher geschrieben von den Gothen seinem Volck/ welche kurtzlich in Truck kommen sind/ in denen zeigt er an/ daß 143. König nach einander regiert haben in Gothia vnd Schweden/ biß auff den jetzigen Gostavum. Es seind die zwey Länder Gothia vnd Schweden von alten zeiten her an einander gegangen vnnd haben König gehabt/ etwan von Gothia/ etwan von Schwedien/ denen sie von beyden Ländern vnderthänig vnnd gehorsam sind gewesen. Vnd in dieser Regierung ist Gothia oder Gotlandt etwas berühmbter gewesen bey den Außlendigen dann Schweden/ vnd das jrer grossen Thaten halb/ so sie in Kriegen begangen haben: aber Schweden ist da innen im Landt etwas in höher achtung gewesen. Es schreibt sich der Ertzbischoff von Lund Primat in Schweden/ darvon abzunemen/ daß sein gantz Bisthumb zu der Gothen Reich von alter her gehört hat/ das jetzt vnder der Kron Denmarck ist.

Es hat Gothia viel herrlicher Stätt/ versehen mit guten Porten des Meers/ vnder welchen die fürnemesten sind Licoping/ Malmüg/ Sudercoping/ Calmar/ Warburg. Zu Malmüg vnd Sudercoping sind grosse Gewerb: dann sie ligen am Meer/ vnd haben gute Porten des Meeres. Man sagt/ daß das Schloß zu Calmar nit viel geringer sey/ daß das Schloß zu Meylandt. In der Statt Vasten/ die man zu Teutsch neet Wastien/ ligt begraben S. Brigita die vor zeiten ein Königin gewesen des Reichs. Die Statt Nicopia wird zu Teutsch genent Nicoping/ vñ Licopia Licoping/ vnd diß ist ein Bischoffliche Statt/ gleich wie auch Scara. Die Hauptstatt in Gothia ist etwan Lund gewesen/ vnd da ist ein Ertzbischoff vnd Primas bißher gewesen. Diß Landt ist reich von Kupffer vnd Sylber/ bringt auch Eysen vnd Stahel. Diese Insul Gotlandt/ alß ich vernimm von den Eynwohnern dieser Länder/ wirdt also genennt/ alß hiesse sie Gutlandt: dann es ist ein schöne vnd allenthalben fruchtbare Insul/ hat viel Viehs/ Weyd/ Aecker/ Wäld/ Wildprät/ Fisch/ ꝛc.

Von den Mitnächtigen Ländern.

Fisch/rc. Doch haben sie ein zeitlang die Deümärcker wehe gethan/ vnd sie zu Armut gebracht/ jnen vnderwürffig gemacht/ die doch von Rechts wegen gehört vnder die Kron der Schweden vnd Gothen. Ist auch hie zu mercken daß Gothia wirdt getheilt in zwey Länder. Eins heißt Westgothia/ vnd ist die Hauptstatt Ludocia, zu Teutsch Newloß. Das ander Ostgothia. Die Statt Calmar ligt im Schmalandt.

Von dem Königreich Schweden.
Cap. xxv.

Iß Königreich Sueonia, so man gemeinlich Sueciam vnnd Schweden nennet/ ist ein vberauß altes Königreich dessen auch Plinius gedencket. Gegen Nidergang hat es Norwegen/ gegen Mitnacht Lappiam/ vnnd Bothniam: gegen Auffgang ligt Finland vnd Liffland/ gegen Mittag das Gothland. Es vbertrifft andere Mitnächtige Königreich an Fruchtbarkeit/ Reichthummen vnd Menschlicher Nahrung. Dann es wirdt darinn gefunden viel Ertz/ das man da auß dem Erdtrich grebt/ nemlich Kupffer/ Eysen/ Stahel vnnd Sylber/ besonder bey Salberg wird gar ein rein vnd sauber Sylber gefunden/ ohn anderer Metallen Zusatz. Es ist auch viel Viehes im Landt/ vnnd seind alle Wasser Fischreich/ die Wäld sind voller wilden Thieren/ vnnd Honnig. In summa Schweden vbertrifft Nordwegen doppel in allen dingen/ in der weite des Landts/ im Volck/ Ertz/ vnd andern Nutzungen. Doch ist das Land an manchem Ort rauch/ Birgig/ Sümpffig vnd Wasserechtig/ daß man nicht allenthälben dardurch reiten oder fahren kan.

Stockholm. Cap. xxvi.

Stockholm Hauptstatt.

Ie Königliche Hauptstatt in Schweden heißt Stockholm/ die man auch schlecht Holm nennt. Es ist ein gewaltige Gewerbstatt trefflich wol bewart von Natur vnd Menschen Henden: daß sie ligt wie ein Insel im Wasser/ gleich alß Venedig/ auff hohen Bühlen. Aber zu zeiten so das Wasser gefreurt/ machen sie in Kriegsleufften Schantzen vom hohen vnnd breiten Eyß vmb die Statt/ vnnd giessen Wasser darauff/ das gefreurt also vest zusamen/ daß kein Schuß schaden mag thun. Es soll diese Statt gebawen haben König Waldemarus/ in dem jahr 1250. Sie hatt im jahr 1407. ein mechtigen grossen schaden vom Fewr erlitten: dann sie gieng an von des Himmels Vngewitter/ vnd verbrann gar nahe gantz vnd gar. Es kamen vmb im Fewr vber die 1500. Menschen. Es waren auch viel Weiber vnd Töchter/ die trugen jhren Haußrath vnd die jungen Kinder in die Schiff/ daß sie der Brunst entrinnen möchten/ vnnd alß sie die Schiff vberladen hetten/ vnd jederman darein fliehen wolt/ giengen die Schiff vnder/ vn ertranck alles so darinn war. Man bringt viel Kauffmans waar in diß Landt auß frembden Landen/ darumb es voll ist köstlicher Futer vnd Fälen/ hat auch viel Metallen/ vmb welche die Außländige Güter vertauscht werden. Man schreibt von den Eynwohnern/ daß sie gantz freundlich vnd barmhertzig seyn gegen den Frembden: dann so ein Bilger oder frembder Gast hineyn kompt/ will jhn ein jeder in sein Herberg ziehen/ vnnd wäre bey jhnen ein grosse schmach solt einer eim frembden Gast die Herberg abschlahen. Es hat das Landt viel Volcks/ das starck von Leib ist/ zu Roß vnd zu Fuß/ zu Landt vnd zu Wasser geschickt zu Kriegen. Es hat diese Statt einen grossen vnd tüffen Haffen/ also daß die geladenen Schiff mit vollem Segel hineyn fahren können. Aber es ligen auff beyden seyten zwen starcke Thürn/ Waxdolmia/ vnnd Digna/ welche den Eyngang in Haffen also bewaren/ daß ohn Erlaubnuß der Königlichen Amptleuthen/ die daselbst Wacht halten/ niemands weder eyn/ noch auß fahren kan.

Das sechste Buch
Von den Hertzogthummen vnd Provintzen des Königreichs Schweden. Cap. xvij.

Dieses Königreich hatt viel Provintzen: Mitten im Reich ligt Oplandia / dessen Hauptstatt ist Vpsal an der Sal / 7. Meil von Stockholm gelegen / da bißher ein Ertzbisthumb vnd Hohe Schul gewesen. Da findet man viel Begräbnussen der Schwedischen Königen / stattlich erbauwen. Ein andere Provintz heist Sudermannia / deren Stätt sind Tekro / Strangenes / ein Bischofflicher Sitz / vnd das Schloß Griphißholmia. Gegen Nidergang ligt Wertmannia / vnd darinnen die Statt Arosia / bey welcher die herzlichsten Sylbergruben gefunden werden / da die Goldschmid auß 15. Pfund Silbers ein Pfund Golds ziehen können / vnd Arboga. Ein andere Provintz ist Dalia / Foa / vnd Solitz / von dem See Solion also genañt. Von dannen strecken sich die Sylber / Kupffer vnd Stahelgruben gegen Nidergang durch Wermerland biß an das Meer / ohn ennige nachlassung. Gegen Mitternacht ligt Gestritia / Helsingia / darnach Middelpadia / noch weiters hinauß Angermannia / nicht ferr von den Lappen / vnd das ist gar ein Wäldig Landt / vnnd werden da viel setzamer Thier in Wälden gefunden / besonder aber Awrochsen / vnd die Thier so die Lateiner Bisontes heissen: aber die Eynwohner nennen sie nach jhrer Sprach Elb / das ist / Waldesel. Man schreibt von dem Thier Bisonte daß es gar vngeschaf-

Angermän ein Hertzogthumb.

Waldesel.

fen vnd vngeformiert ist / hat ein langen Kammen vmb die Brust / vnnd sonst am Leib ist es gantz rauch / sicht etwas einem Hirtzen gleich / vnd gehn jhm mitten auff der Stirnen zwischen den Ohren zwey Hörner herfür / wie die herzugesetzte Pictur anzeigt / wiewol ich der nicht gar gewiß bin.

Noch weiters hinauß ligt Westbotnia / in Nort Botniam / vnnd Ost Botniam vnderscheiden / sind sehr weite Länder. Nach diesen Ländern folget gegen Mitternacht Scrio Finnia / Lappenlandt / Biarmia / xc. Diese alte Schwedische Provintzen / werden durch den Botnischen Meer Busen von der grossen Peninsel Finland vnderscheiden / ferners ligt in diesem Königreich Nicopia ein nambhafftige Statt mit einem gewaltigen Schloß. Item der Wald Kolmol vnderscheidt Schweden vnd Gothen. Diß Landt hat vor alten zeiten her allwegen ein besondern König gehabt / vnd ist der etwan auß den Schwediern / etwan auß den Gothen gewesen: dann diese Länder sind jetz ein lange zeit vnder einer Regierung gewesen / wie micht bericht hat der Hochgelehrte vnd erfahren Mann Johannes Magnus Ertzbischoff zu Vpsal.

Von den Mitnächtigen Ländern.

Von den Königen des Landes Schweden.
Cap. xxviii.

Wie Albertus Krantz schreibt / so soll vor den zeiten Christi in Schweden regiert haben König Regenerus / darnach König Hothbrodus / vnnd der erschlug den König von Dennmarck. Vber etlich jar darnach ward Kön. in Schweden Altislaus / vnd ward von den Dänen gemeistert / daß er jnen Tribut geben muß. Aber sein Bruder Hotherus der nach jhm regiert / macht Schweden nicht allein ledig von den Dänen / sonder bracht auch Dennmarck vnder sein Gewalt. Vnd also ist gar nahe allzeit ein Widerwill vnd Span zwischen Deñmarck vnd Schweden gewesen. Etwan hat Schweden Dennmarck vnder sich gebracht / etwan hat sich das Glück vmbkehrt / vnd ist Schweden beherzschet worden von den Dennmärckern / wie das hievornen bey den Königen von Dennmarck auch zum theil gemeldet ist. Vmb die zeit der Geburt Christi regiert in Schweden König Alricus / vnd nach jm Ericus / Haldanus / Vnguinus / Siwaldus der Deñmarck vnd Schweden vnder jhm hett. Nach jhm regiert in Schweden Regnaldus / Alverus / Jngo / Jngellus / Ringo / Gotarus / vnd der ward von König Jarmerico auß Dennmarck vberwunden / vnd kam vmb das jar Christi 380. vnder Dennmarck / zu welcher zeit die Gothen so auß Gotlandt vnd Schweden vorlangst gezogen waren / viel Krieg führten in Italia / Gallia vnd Hispania. Aber die vbrigen Gothen so daheim blieben haben sich mit den Schwediern vereinbart / vnd haben fürthin vnder einem Scepter vnnd vnder gleichen Gesätzen gelebt. Lang hernach zu den zeiten Keysers Ludwigen des grossen Keysers Carles Sohn / regiert in Schweden König Froto. Lang darnach regiert König Olaus / welcher zum ersten den Christlichen Glauben annam / ward im Tauff Jacob genannt. Diß geschahe vmb das jar Christi 1000. da der Heylig Keyser Heinrich vorstund dem Röm. Reich. Ettliche jar hernach ward König Magnus vber Gothen vnd Schweden. Nach jm erwehlten die Schwedier zum König Suerco / em vnd auff jn kam König Carlen zu den zeiten Königs Waldemari von Deñmarck / des Schwester er zum Gemahel hatt. Nach jhm kam König Erich / der hett guten Frieden mit Dennmarck. Er erzeichet das jar Christi 1249. Nach jhm ward erwehlt Birgarius / darnach Waldemarus / der zog zum Heyligen Landt / vnd Magnus sein Bruder nam das Landt eyn. Vnd nach jm regierten seine zwen Söhn / Birgericus vnd Ericus: Item Magnus Erichen Sohn / der bracht Nordwegien zum Königreich Schweden. Er starb im jahr Christi 1326.

Geburtliny der nechsten Königen in Schweden.

```
                    ┌ Waldemarus Er zog zum Heyligen Landt.
      2             │         4  ┌ Birgericus        Magnus    7 ┌ Magnus    Aquinus König Olaus in Nordwegien / sein Gemahel
Birgericus König    │ 3 ┤ Magnus                              │              Margreth Künig Waldemari Tochter.
                    │            └ Ericus                    Magnus┤
                                                                   │  Euphemia / jhr Gemahel  8 ┌ Albertus  Ericus
                                                                   │  Albrecht von Mechel-      │ Heinricus
                                                                   └  burg                      └ Magnus
```

König Magnus der 7. gab seinem Sohn Aquino des Graffen von Holsatz Schwester zu der Ehe / mit solchen fürworten / wann si Aquinus nit näme / solten die Schwedier jhres Eyds gegen jhm ledig seyn. Da nun die Gräffin wolt in Schweden fahren / ward sie von König Waldemaro in Dennmarck gefangen / vnd er der Kön. Waldemarus gab sein Tochter mit Nammen Margrethen dem jungen König Aquino zu der Ehe / da wolten die Schweden nit mehr vnder seinem Gelübd seyn / sonder erwehlten jhnen zum König Hertzog Albrechten von Mechelburg / des Mutter König Magni Schwester war. Das verdroß Kön. Magnum / zog mit gewaffneter Hand / sampt seinem Sohn Aquino in Schweden wider König Albrechten / mocht aber nichts schaffen dieweil er lebt. Es starb auch ohnlang nach jhm sein Sohn Aquinus / vnd Fraw Margreth sein Gemahel Königin in Dennmarck vnd Nordwegen / die tracht jn nach / wie sie das dritt Königreich Schweden auch zu den zweyen möcht bringen / das doch jhr Vatter Magnus vnd Gemahel Aquinus nit vermochten. Nun trug es sich zu / daß König Albrecht von Schweden mit grossem Pracht gen Mechelburg schifft / zu halten ein Landtstag zu Wißmar. Die Königin hett acht jhrer schantze /

Königin Margreth ein listig W.ib.

fürlieff

fürlieff König Albrechten den Weg/ versamblet ein mechtigen Zeug zu Wasser vnd Landt/ fieng König Albrechten vnd seinen Sohn Erichen/ behielt sie auch 7.jar in der Gefengnuß/ eroberet also das Reich Schweden/ vnd behielt die 3 Reich vnder einem Regiment. Es war dem Reich Schweden schwär ein frembd Joch zu tragen/ deshalb vnderstund es zum offtermal den Kopff zu ziehen auß der Dänischen Herrschafft. Es warde doch Kön. Albrecht zu letst gelassen auß der Gefengnuß/ doch mit solcher gestalt/ daß er in dreyen jaren solt legen sechtzig tausent vnd sechtzig Marck Silber/ oder solt die Statt Stockholm sampt dem Schloß von handen geben/ oder solt wider in die Gefengnuß gehen. Der König gab der Königin Stockholm/ die sich noch nicht den Dennmärckern ergeben hatt/ vnd verzieg sich des Reichs/ ließ sich also vergnügen mit Mechelburg. Alß aber Fraw Margreth die gewaltige Königin dreyer Reichen/ alt ward/ vñ kein Erben hett/ nam sie mit Rhat der jhren an zu einem Sohn Hertzog Erichen von Pomern/ vnnd der ward König in gemeldten dreyen Reichen/ er hielt sich auch viel zeit friedsam in Schweden/ darinn auch sein Gemahel starb/ Fraw Philippa von Portugal. Aber zu letst da er viel langwirige Krieg führet/ vnd wolt das Reich *König Erich vertrieben.* Schweden zu hart schetzen/ das vermöglicher an Gelt war/ dann die andern Königreich/ wurden die Eynwohner erzürnt/ vnnd macht Engelbertus einer vom Adel ein Auffruhr im Landt/ trieben die Dänischen Vögt auß dem Reich/ vnd setzten Landleut an jhre statt/ ꝛc. Es legten sich die Stätt in diese Zweytracht/ vnnd handleten so viel/ daß Ericus solt König in Schweden bleiben/ solt aber die Aempter besetzen mit Schwediern. Vnd wann der König zugegen im Landt wäre/ sole er sein Königlichen Zinß gantz empfahen: wann er aber nicht im Landt wäre/ solt jhm die Stewr nur halber volgen. Er solt sie auch in Stätten vñ Dörffern bey den alten Freyheiten lassen bleiben/ vñ den Kauffleuten jhre Privilegien halten. Nach diesem allem haben die Dennmarcker nach dem Exempel der Schwedier König Erichen seinen Gewalt auch wöllen beschneiden vnd schmälern/ das verdroß jhn/ darumb laß er zusammen was er mit jhm nemmen wolt/ schiffet in Preussen/ vnd verließ *Pfaltzgraff Christoffel.* die Königreich. Da ward sein Schwester Sohn Hertzog Christoffel von Bäyern zum König erwehlt/ von dem hievornen gesagt ist. Vnd alß er ohn Erben gestarb/ wolten die Schwedier kein frembden König mehr haben/ sonder erwehlten einen auß jhnen selbs/ vnd auß jhrem Atel/ der war vast Reich/ vnd Carolus genannt/ blieb aber nicht vber 7. jar im Reich/ sonder nam sein eygen Gut mit jhm vnnd fuhr gen Dantzig: aber des Reichs Schatz legt er an in Schweden. Da fuhren die Edlen zu vnd namen an zum König Christiernum/ den vorhin die Dennmärcker vnd Nordweger hetten zu jhrem König erwehlt. Vnd alß er nicht gehalten hett etliche Artickel/ die man jhm fürgeschrieben hett/ alß man jn annam/ ward er im jar Christi 1469. vnd im siebenden jar seines Reichs von den Schwediern entsetzt/ darauß viel Krieg vnd Vnruh erstunden. Sie setzten ein Gubernator ins Land an des Königs statt/ vnd gaben jhm allen Gewalt zu regieren/ der hielt sich also wol/ daß sie jhm auch die Kron gern hetten geben/ wann er sie hett wöllen annemmen. Alß aber König Christiernus gestarb/ ward in Dennmarck sein Sohn Johannes König/ vnnd er erobert zu letst auch das Königreich Schweden mit grosser Arbeit/ ward aber darauß verdrungen. Seine History findest du hievornen in Beschreibung des Reichs Dennmarck.

Was vnd wie König Christiernus/ der ander dieses Nammens/ mit König Johansen in Schweden gehandlet. Cap. xxix.

Ein Ertzbischoff verraht das Königreich.
IM jar 1517. als der Fürst vnd streng Ritter Steno in Schweden regiert alß ein Statthalter eines Königs/ war ein Ertzbischoff zu Vpsal/ der hieß Gostavus/ der war ein junger mutwilliger Mann/ vnd hengt sich an König Christiernum den 2. des Nammens in Dennmarck/ schmeichlet jhm/ practiert heimlich/ vnnd vnderstund jhm das Königreich zu handen zu stellen/ ja verrahten/ wo man sein List nit bey zeiten wäre innen worden. Alß jhm aber sein Practicieren fehlet/ ist König Christiernus von Dennmarck mit einem grossen Zeug gezogen wider die Hauptstatt Stockholm/ vnd die zween Monat belägert/ vnd alß er jhr nichts mocht angewinnen/ vnnd darzu grossen Hunger vnnd mangel an der Proviandt hett in seinem Heere/ begert er man solt mit jhm ein Anstand machen/ des die Bürger in der Statt wol zu frieden waren. Es begert auch König Christiernus/ daß zu jhm auß der Statt käme Steno des Königreichs Fürweser/ mit dem er allerley zu reden hett/ vnd damit er desto sicher käme schickt König Christiernus etliche Bürgen in die Statt. Aber die Bürger merckten bald sein betrüglich vnd falsch Gemüt/ vnd wolten das nit thun. Da erdacht der König ein ander List/ vnd begert/ man solt jhn in die Statt lassen/ doch mit Geding/ daß man jhm auß der Statt Bürgen gebe/ vnd ein versicherung seines Lebens. Das thet nun Steno/ vnnd schickt hinauß etliche junge Herren vnnd Edelmänner/ vnder welchen war Gostavus Erichs Sohn/ der bald hernach König in Schweden ward. Vnd alß sie zum König in sein Schiff kamen/ brach der König an jhnen Trew vnd Glauben/ führt sie gefänglich in Dennmarck/ vnd stund still 4. jar. Darnach kam er wider mit einem grossen Zeug/ vnd wolt das Königreich anfallen/ vnd alß jhm

Von den Mitnächtigen Ländern.

jhm Steno entgegen zog/ward er von jhm erschlagen/nit ohn grossen schaden des Lands Schweden. Dann das Landt war in jhm selbs zertrennt/vnd damit vberkam Christiernus ein freyen eyngang in das Landt/vnd belägert auff ein newes die Häuptstatt/Stockholm/vnd vberredt die Burger in der Statt daß sie mit jhm ein Frieden machten/vnd verbunden sich zu beyden seyten mit fürgeschribnen Artickeln die auffrichtig zuhalten/vnd solt kein Parthey darwider handlen. Nach diesem allem ward der König in die Statt gelassen/vnnd besorgt sich niemandt in der Statt etwas vbels. Da setzt sich der König in das Schloß vnd richtet ein köstliche Mahlzeit zu/vnd berüfft darzu die Edlesten vnd besten des Lands vnd der Statt: alß aber das gut Leben gewäret hett drey tag/ließ er sie alle fahen/vnnd schickt ein gewaltigen Zeug in die Statt/fieng an zu thyrannisieren/nam die Gefangnen auß den Thürnen/ließ sie offenlich tödten vor dem Rhathauß: zum ersten etliche Bischöff: darnach die Edlen die sich wider jhn gesetzt hatten: darunder auch war Ericus ein Schwedischer Ritter/Gostavi/ so hernach König ward/Vatter: zum dritten den ganzen Rhat: darnach waren viel Bürger verzeichnet/die ließ er alle suchen vnd tödten: zum fünfften wütet er auch in das gemein Volck/das herzu war gelauffen zu besichtigen was für ein Aufflauff in der Statt erstanden wäre. Diß wäret ein ganzen tag/daß man nichts in der Statt thet dann Mörden vnd zu tode schlagen/vnd diß geschahe Anno 1520.den 8. November. Darnach lieffen sie in alle Häuser vnnd namen den Witwen was sie hetten. Er wolt nicht brennen/damit das Landtvolck nicht merckt was in der Statt fürgieng/darzu behielt er auch die Porten beschlossen/daß den Bürgern niemande mocht zu hilff kommen. Nach dem er aber genug hett gewütet/besetzt er die Statt mit Bluthünden/vnd fuhr heim in Dennmarck mit einem Raub.

Wie der Edel Fürst Gostavus entran auß der Gefengnuß in Dennmarck/vnd erledigt sein Vatterlandt das Reich Schweden.
Cap. xxx.

Nach dem der Edel Fürst Gostavus Erichs Sohn in seiner Gefengnuß vernam die groß Arbeitseligkeit seines Vatterlands/trachtet er bey jhm selbs wie er möcht entrinnen/vnnd seinem Vatterlandt zu hilff kommen. Nun trug es sich zu in Denmarck/daß jhm vergönnt ward mit ander guter Gesellschafft auff die Jag oder Jägt zu reiten. Alß aber nun Gostavus in solcher Freyheit sein gelegenheit ersahe/hat er sich auff der Jagt von der Gesellschafft behend gesöndert/vnnd von dem ort zu den Bawren begeben/da er sich mit Bawren Kleidern verendert/vnnd also durch das Landt gezogen/sich bey einem Kauffmann für einen Ochsentreiber angeben vnd brauchen lassen/vnnd mit andern Ochsentreibern gen Lübeck kommen/vnd da er sich ein kleine zeit enthalten/vnd darnach in Schweden kommen/vnd daselbst mit hilff des Landtvolcks vnderstanden sich zu rechen an dem König vnd seinem Zusatz so er zu Stockholm in der Statt hatt. Er vberkam ein gewaltiges Heere von den Darlenkarlen/das vast starcke Ertzknappen seind/vnd wohnen an dem Gebirg das Schweden scheidet von Nortwegien/vnnd griff zum ersten an den Bischoff von Vpsal vnd des Königs Zusatz so er in der Statt Aros hatt. Des erschrack der Bischoff der sein Vatterland verrahten hatt/wolt sich wider den Fürsten Gostavum legen: aber er ward mit den seinen vberwunden/vnnd nam die flucht/kam zum Zusatz so der König zu Stockholm hatt/vnd von dannen schiffet er in Dennmarck zum König/damit er mehr Volcks auffbrecht vnd den Schwedieren entgegen käme/die sich von tag zu tag wider jhre Feind mehr vnd mehr sterckten. Aber er ward gar schlechtlich in Dennmarck empfangen/er mocht kein Volck bey dem König zu wegen bringen: dann der König hett sich also in Dennmarck gehalten/daß er auch kein Platz mehr darinn hett. Es blieb der Bischoff in Dennmarck/doch von jederman verachtet. Da zog der gewaltig Fürst Gostavus gen Stockholm/belägert die Statt/darinn kein Burger mehr war/sonder der Dennmärckisch Zusatz/stürmpte vnd nötiget sie also lang/biß er sie erobert. Da ward grosse Frewd vnd Fried im Landt/das Meer ward auch wider auffgethan/daß jederman frölich vnd sicher darauff schiffen vnd seglen mocht.

Das sechste Buch

Wie der Durchleuchtig Fürst Gostavus/ein Erlöser des Vatterlandts zum König erwehlt. Cap. xxxj.

Gostavus König in Schweden.

ALs sich der Edel Fürst Gostavus also dapffer vñ Mañlich gehalten hat wider des Landes Schweden Feind/ die mit gewaltiger Hand auß dem Landt geschlagen/vnnd dardurch hochverdienet worden gegen der Landschafft/sind die Landsherrn in Schwedien vnd auch in Gothen zusammen kosten/ angesehen einen eynbrünstigen Eyfer zum Vatterlandt/vnd Mannliche Thaten wider den Feind so manchfaltig bewiesen/vnnd haben Anno 1523. den 6. Junij Gustaphum den Erretter des Vatterlandts mit einhelligen Gemütern vnd Stimmen zu ihrem König erwehlet/vnnd jhm das gantz Regiment befohlen/darab sich das gantz Landt erfrewet hat/vnd Gott den Herzen trewlich gebeten/ daß er dem newerwehlten König sein Sinn vnd Vernunfft behüten wolt/vnd jhm mittheilen seinen Heyligen Geist/durch welches Gnad vnnd leitung er dem gemeinen Volck nach seinen willen vnnd gefallen vorstehen möchte/rc. Demnach hat König Gostavus in Schweden/ Gothen vnnd Finlandt das Regiment in die Hand genommen mit grosser Fürsichtigkeit/Weißheit vnd Bescheidenheit/dem gemeinen Mann vorgestanden mit Frieden vnd Einigkeit. Vnd ob schon in kurtzverruckten jaren etliche im Landt/nemblich die Schmaländer/ ein Auffruhr erweckt/hat sie doch dieser löblich vnnd klug König dermassen gestillet/daß das Reich durch jhn zu gutem Frieden vnd Ruh kommen. Es hat von den zeiten König Carles biß auff diesen Gostavum dem Landt nichts gebrosten/dann ein dapfferer/kluger vnnd geschickter Mann zum Königlichen Regiment/der mit Bescheidenheit vnd Vernunfft das vnrühwig vnd halßstarrig Volck hett mögen vnder dem Joch der Gehorsame behalten. Es wolten die vorgemelten jhr alt vnrühwiges Leben vnder diesem König wider ernewert haben: aber er ist jnen zu klug gewesen/ hat jhnen den Weg fürgelauffen.

Demnach König Gostavus/Anno 1560. auff Michaelis tods verschieden/ folget jhm nach im Reich sein Sohn Ericus/ward zu Stockholm/den 24 tag Brachmonats folgends gekrönet. Diesen hat Gostavus im jar 1533. bey Catharina/Hertzog Mangen zu Lawenburg in Nidern Sachsen Tochter/gezeuget.

Aber bey seiner andern Gemahel Margaritha / eines Schwedischen Ritters Erici Abrahami de Loholm Tochter/hatte er viel Söhn vnd Töchteren/wie auß beygesetzter Taffel zusehen: Darunder Johannes geboren den 20. December An. 1537. so hernach König worden. Magnus Hertzog in Ost Gothen/war nicht recht bey Sinnen. Carolus geboren Anno 1550. so auch hernach König ward wie du hören wirst. König Erich ließ bald nach seinem antritt Hertzog Johansen in Finlandt/sein leiblichen Bruder sampt seinem Gemahel auß etwas mißtrawen/ fahen/ vnnd in Gefangenschafft legen/welche vngebür den Schwedirn sehr mißfiel. Vnd dieweil er auch zu Tyrannisieren anfieng/vnd vnzimliche Sachen fürname/fiel er auß Gottes Vrtheil zu letzt in Vnsinnigkeit/also daß die Stände sein Bruder Johansen/welchen er zu tödten/vnd darnach sein Gemahel/dem Moscoviter zu vermählen willens gewesen/im jahr 1568. auß der Gefängnuß namen/ den König zu Stockholm belägerten/fiengen vnd jhn zuverwahren gaben. Hiemit trate Johañes in das Reich. Er hat den Krieg wider Dennmarck/so vnder König Erichen angangen/vnd schier 10. Jar gewähret/im jar 1570. durch etlicher Potentaten vnd Fürsten vnderhandlung/schlichten lassen. Im jar 1537. hat er Narvan in Lifflandt vnd Reussen/wie auch Jamagradun vnnd Copoxiam auch in Reussen eyngenommen. Sein erst Gemahel war Catharina König Sigmundi auß Polen Tochter/mit deren er sich vermählet Anno 1562. vnnd zeugete mit jhr Anno 1566. den 30. Junij Sigmundum/hernach König in Polen vnnd Schweden. Sie starb jhm An. 1583. Da nam er in dem Febr. Anno 1585. Gunillam / Johann Bielken eines Schwedischen Edelmans Tochter/mit deren er gebohren Johañem/hernach starb er A. 1587. den 17. Wintermonat. Nach jm hat Her-

Von den Mitnächtigen Ländern.

hat Hertzog Carles von Sudermannia vnd Finlandt. Des abgestorbnen Königs Johañis Bruder/ mit etlichen Schwedischen Ständen/ das Königreich verwaltet. Sigismundus König Johannis Sohn/ ist von den Ständen in Polen/ nach absterben König Stephani wider Ertzhertzog Maximilianum von Oestereich zum König erwehlt/ vnd den 27. December Anno 1587. zu Gracow gekrönt worden. Anno 1594. den 19. Hornung/ ward er auch zu einem König in Schweden angenommen. Da er auch nach des Landts brauch vnd Gewonheit den Landtsständen gehuldigt: Nach dem aber die Ständ des Königreichs mit jhm in Streit gerahten / alß hette er wider das Reich/ vnd gethane Huldigung gehandlet/ haben sie sich seiner gehorsam vnderzogen/ vnd Anno 1607. zu jhrem König erwehlet vnnd gekrönt seines Vatters König Johannis Bruder Carolum / der starb Anno 1611. den 12. October/ seines alters in dem 62. jahr. Sein erst Gemahel war Anna Maria Churfürst Ludwigen von Heidelberg Tochter/ die starb Anno 1589. vnd verließ Margaritham Elisabetham/ die starb jung. Elisabetham/ Catharinam (deren Gemahel Pfaltzgraff Johann Casimier von Zweybrucken) vnd Ludwigen geboren zu Heidelberg. Da er auch bald starb. Die ander Gemahel Caroli war Christina Hertzog Adolphen auß Holstein Tochter. Die nam er Anno 1592. vnnd zeugete mit jhr Gustaph Adolphen so nach jm König ward/ Johannem vnd Carol Philipsen. Diese führen vnderschiedliche Titul. König Gustaphus Adolphus nennet sich der Gothen vnnd Wenden Erborne König vnd Erbfürsten/ Großfürsten in Finlandt/ Hertzogen zu Ehesten vnd Westmenlandt/ ıc.

Johannes / der Reichen: Schweden/ Gothen vnnd Wenden Erbfürst/ Hertzog zu Ostergutlandt.

Carolus Philippus der Reichen: Schweden/ Gothen vnd Wenden Erbfürst/ Hertzog zu Sudermanland/ Nöricke vnd Wermeland.

Von König Sigmundo vnnd seinen Nachkommen wirstu bey beschreibung der Königen in Polen bericht finden.

Geburtliny der Königen in Schweden von Gustapho an.

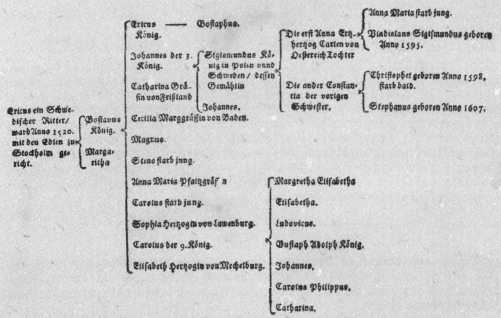

Von Fruchtbarkeit vnd Reichthumb in Schweden.
Cap. xxxj.

Jeweil Schweden Landt vast birgig/ vnnd in Thälern sümpffig/ ist kein groß Frucht gewächs darin: aber in andern dingen vbertrifft es alle Mitnächtige Länder/ alß nemlich in Vieh vnd Ertzgruben/ wie dann gemeinlich die Bergechtigen Länder ohn Metallen nit seind/ alß das schein ist in Behemer/ Lothringer vñ Swartzwäldischen Gebirg/ besonder bey Freyburg/ vnd in andern Bergen die nit ersucht seind durch Menschliche Hend oder Arbeit. Demnach mag nit auß gesprochen werden wie der König von Schweden so groß Tribut auffhebt von seinen Vnderthanen/ ohn den zufall der jhm täglich kompt von den manchfaltigen Sylber/ Kupffer vnd Eysengruben.

gruben. Dann gleich wie seine Länder gegen Mitnacht biß zu den Lappen kein end haben/ also ist auch des Eynkommens kein End. Und wo kein Goldt/ Sylber oder ander Metall ist/ da geben die Eynwohner für jhr Tribut köstliche Fäl von Mardern/ Zobeln/ Hermlin/ Biber/ Luxen/ Ottern/ rc.

Finlandt. Cap. xxxiii.

Finlandt/ von dem schon zuvor was geredt worden/ stoßt zum theil an des Moscowyters Fürsten Landt/ dem es auch vor etlichen jaren underthenig gewesen/ und dazumal sich gebraucht der Griechischen Religion/ biß es nachmals kommen ist under das Königreich Schweden/ da hat es angenommen der Occidentischen Kirchen Ceremonien. Es ligen zwo namhafftige Stätt in diesem Landt/ Abo vñ Wiburg/ und seind ohngefehrlich 8. Tagreisen von einander gelegen: Abo ligt gegen Lyfflandt/ und ist ein Bisthumb da: Wiburg aber ligt am end des Finlands gegen den Reussen und Moscowytern/ und ist gleich alß ein starcke Fürwehr des gantzen Landts wider die gemelten Völcker. Es ist auch ein groß Gewerb da/ besonder von den Ruthenen/ die dahin kommen zu handthieren. Ob dieser Statt Wiburg ligt in einem kleinen schwartzen See ein unüberwindlich Schloß/ das heist New Schloß/ oder Olofs Burg/ und ist gebawen worden wider die Moscowyter. In diesem schwartzen See seind die Fisch alle schwartz: aber gut zu essen. Es haben die Finländer ein ewigen Krieg mit den Moscowytern auff dem Finländischen Meere/ zu Somers zeiten in Schiffen/ vñ zu Winters zeiten auff dem Eyß. Es wird diß Land/ darumb Finland genant/ daß es allerdingen halb schöner und lustiger ist dann Schweden. Es wechst besser Frucht darinn/ so ist es ein eben Landt/ nicht so Birgig und Sümpffig wie Schweden. Wie Volckreich vor alten zeiten her diese Länder allwegen gewesen seind/ zeigen viel berühmbter Männer an/ nemlich Methodius Martyr/ Jordanes Gothus/ unnd Paulus Diaconus/ die schreiben daß die Völcker darauß mit solcher schaaren kommen seynd/ gleich wie die Ymmen oder Bienen auß den Waben/ und sonderlich werden von jhnen bestimpt die Völcker:

Goth	Massogeti	Schwedi	Winuli	Dani	Burgundi	Picti
Ostrogothi	Huni	Longobardi	Suevi	Daci	Sembi	Carpi
Westrogothi	Amazones	Turcilingi	Bulgari	Sclavi	Livoni	Cathi
Gepide	Embri	Avares	Suiceri	Rugi	Stiri	Cimeri.
Samogete	Parthi	Heruli	Taiphali	Alani	Nortmanni	

Der Spraachen halb des Finlands solt du mercken/ daß zwo Spraachen werden darinn gefunden. Von Wiburg biß gen Borga oder Sibbo am Gestad des Meeres gebrauchen sich die Eynwohner des Lands der Schwedier Spraach: aber hinden/ aussen im Land haben sie ein besondere Spraach. In vielen Fläcken alß Wiburg und Pictis findt man beyderley Spraachen/ und man muß zweyerley Prediger da haben. Die Schwedisch Spraach hat kein unterscheid von der Nordwegischen/ Gothischen und Deümärckischen Sprach/ gleich wie im Teutschland der Schweitzer und Schwaben Spraach ein Spraach ist/ und doch etwas verendert werden. Doch wann man die Schwedisch Spraach im Grund ansiht/ spürt man daß sie auß der Teutschen Zungen geflossen ist/ das magst du auß dem nachgesetzten Vatter unser mercken/ das ich mit grossem fleiß gefaßt hab von einem gelehrten und gebornen Schwedier.

Vatter unser in Schwedischer Spraach. Cap. xxxiv.

Fader war/ som er i himlum: heiligat warde dit namen: til komen tit rike: scke din willige/ som i himlum/ so ope iordene: wär täglich brödh gif os i tag: verlath os wären sculd/ som wie verlaten ware sculdiger: och in ledh os icke i frestilse: vt an i löß os i froonda/ Amen.

Aber der innern Finländern Spraach ist gantz und gar von der Schwedischen Sprach gescheiden/ hat auch kein gemeinschafft mit der Moscowyter Sprach/ die mit der Poländischen Sprach zustimpt/ sonder ist allein gemein den Finländern und den Mitnächtigen Völckern/ die man Lappen und Pilappen nennt.

Brot		Leipä		König		Koing
Hauß		Honch		Schiff		Latwa
Statt	Heissen sie auff ihre Spraach	Cauhpungt		Gott	Heissen sie auff ihre Spraach	Jumala
Mensch		Ichminen		Erde		Ma
Käß		Iuhsto		Tag		Peiwä
Hundt		Coira		Böß		Paha.

Von den Mitnächtigen Ländern.

Vatter vnser in Finländischer vnd Pilappischer Spraach/ deren sich etliche Finländer gebrauchen.

Vatter vnser der du bist in Himmeln/ geheiliget werd dein Namm/ zukomme dein
Iså meidhen ioko oledh taju ahissa: puhettu olkohon siun nimesi: tolko-
Reich geschehe dein will als in Himmeln/ also auff Erden/
hon siun waltakuntasi: olkohon siun tahtosi kuwin taju ahissa/ nyn man pållå:
Vnser täglich Brot gib vns diesen tag/ vnd gib verzeihung vns
meidhen iokapaiwen leipå anna mehilen tånåpåt wåne/ ja anna anteixe meiden
der sünd als wir vergeben vnsern widersachern/ vnd nicht eynleite vns
syndiå kuwin möwe annamma meiden vastahan rickoillen/ ja ålå sata meitå
in versuchung/ sonder erlös vns vom bösen/ Amen.
kein sauren/ mutta pååstå meitå pahasta/ Amen.

Weiter solt du mercken daß der König von Schweden/ nach dem er diß Landt vnder sein Kron gebracht/ viel Landvögt in das Land gesetzt hat/ nemlich einen zu Borga am Finländischen Meer/ vnd einen zu Carlenburg bey dem See Piente/ die regieren an seiner Statt das Landt. König Johannes der dritt hat die Provintzen jenseit dem Botner See/ als Corelia/ Wotichoria/ Ingria/ vnd Salonseia/ Esthonia/ Allantacia/ Wichia/ im jar 1581. seinem Reich vnderworffen/ alß sich zuvor Revalia/ Anno 1561. dem König Erico guthwillig ergeben. Seither hat der Moscowyter Fürst dem König von Schweden bey Wyborg etliche Schlösser vnnd Flecken eyngenommen/ besonder Jegaburg/ Nectaburg/ Kexholm: was aber hie jenet dem Wasser ligt/ als Lavvanesi/ Kivaneb/ Newkirch/ ec. ist noch des Königs von Schweden.

Lappenlandt. Cap. xxxv.

ES werden dieses Landts Eynwohner darumb Lappen genannt/ daß es läppische Leut seind/ vnd nicht durchauß witzig/ gantz wild/ zum theil viehisch. Es hat kein frembde Nation mit jhnen gemeinschafft/ es hat auch lang niemand jhre Sprach verstanden/ vnd darumb so man etwas mit jnen hat wöllen handlen/ kauffen vnd verkauffen/ hat man das mit deuten oder mit zeigen müssen außrichten. Ja an ettlichen örtern seind sie noch gar wildt vnnd Leutscheuh: dann sie fliehen alßbald sie mercken daß frembde Leut vorhanden sind/ oder so man zu jhnen schiffen will. In jrem Land wechst weder Korn noch Wein/ noch Baum/ noch Frucht/ oder sonst etwas/ sonder sie ernehren sich mit Gewild das sie schiessen/ vnd mit Fischen/ kleiden sich mit wilder Thieren Häut. Ihre Schlaffkammern seind Hülen des Erdtrichs/ dareyn sie dürr Laub strewen/ etliche hausieren in den grossen hohen Bäumen/ vnd ettliche haben jhre Wohnung vnder den Zelten. Sie bawen kein Feld/ sonder haben Fisch/ deren viel da gefunden werden/ dörzen sie vnd machen Mäl darauß. Es ist ein starck Volck/ vnd ist lange zeit frey gewesen/ biß die Nordwegier vnd Schweden an sie mit gewalt gesetzt haben/ vnnd sie gezwungen järlich Tribut zu geben/ nemblich köstliche Fäl von den kleinen Thieren. Das Landtvolck ist kleiner Person/ aber wolbesetzt/ seind behend mit Bogen zu schiessen/ darzu sie von Kindt auff werden gewennet. Dann man gibt den jungen Kindern kein Speiß/ sie haben dann vorhin den fürgestellten Zweck getroffen. Ihre Kleidung ist gemacht von zusammen geneeten Fälen/ die sie brauchen wider die Kelte. Sie thun nichts dann daß sie Jagen/ Voalen vnd Fischen. Die Fisch dörzen sie am Lufft/ vnd führen sie mit Schiffen hinweg sampt den Fälen an etliche bestimpte örter da die Kauffleut hin kommen/ vnd vertauschen sie an Korn ohn alle Red/ brauchen allein in jhrem verkauffen ettliche Zeichen/ mit denen sie jhren willen den Kauffleuthen zu erkennen geben. Sie haben keine Roß/ sonder brauchen für sie Thier/ die man in jhrer Spraach Rainiger vnd Reinen nennt/ vnd seind so groß vnd geferbt wie ein Esel/ haben aber gestallt vnd auch Hörner wie ein Hirtz/ außgenommen daß die Hörner werden vberzogen mit weniger Wull/ seind niderer/ vnd haben nit so viel Zincken als an einem Hirtzen. Sie gehen bey einander wie ein Herd Vieh/ vnd so man sie zam gemacht hat/ geben sie vast gute Milch. Sie lauffen also schnell/ daß sie in 12. stunden ein Schlitten ziehen mögen 30. Teutsche Meil weit.

Bey den Lappen wechst gar nichts

Der Lappen Kleydung.

Rainiger Thier.

Lapländer stellen durch Zauberey die Schiff auff dem Meer.

Vnd wann sie lauffen schnäll oder langsam / krachen jhnen die Knoden vnnd Gleych in den Schynbeynen / gleich alß schlüg man Nüß zusammen. Etliche schreiben daß sie grösser seynd dann die Hirtzen / vnd das zeigt wol an jhr weit vnd groß Gehürn. Sie gebrauchen sich auch der Zauberey / wie etliche darvon schreiben / vnd das also gewaltig / daß sie ein Schiff im Meere / wann es in seinem lauff ist / mit jhrer Zauberey stellen mögen / daß kein Wind weiter treiben mag. Darwider ist ein einige Artzney / darab die Geyst / die das Schiff halten / fliehen vñ krafftloß werden / oder sich dermassen stellen / alß möchten sie das Schiff nicht lenger halten / vnnd ist nemblich Jungkfrawen Koth / damit man das Schiff außwendig / vnd etliche Hölzer innwendig schmiert.

Frißlandt. Cap. xxxvi.

NJcht weit von Ißlandt / auff dem Occidentalischen Meer ligt die Insul Frißlandt / welche den alten auch gantz vnbekandt gewesen / vnd wirdt deren auch von vnsern Scribenten wenig gedacht. Nicolaus Zeno ein Venetianer ist Anno 1380. von dem Windt an diese Insel geworffen worden. Der bericht darvon daß sie dem Königreich Norwegen zugethan / vnnd seye grösser alß Irlande / vnd habe eine Statt gleiches Nammens mit der Insel. Jetzundt ist sie den Engelländern vnd Schottländern widerumb bekannt worden / dann sie kommen viel hin Fisch alda abzuholen / deren sie gantze Schiff voll mit sich wegführen. Das Meer bey dieser Insel gegen Nidergang ist voller Felsen / vnnd wirdt Icatium genennet / darauff ein Insel ligt Icatia genannt / so auch von den Engelländern widerumb entdeckt worden.

Icaria.

Insel Fare.

Berg im Meer.

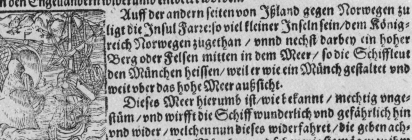

Auff der andern seiten von Ißland gegen Norwegen zu ligt die Insul Farze: so viel kleiner Inseln sein / dem Königreich Norwegen zugethan / vnnd nechst darbey ein hoher Berg oder Felsen mitten in dem Meer / so die Schiffleut den München heissen / weil er wie ein Münch gestaltet vnd weit vber das hohe Meer außsicht.

Dieses Meer hierumb ist / wie bekannt / mechtig vngestüm / vnd wirfft die Schiff wunderlich vnd gefährlich hin vnd wider / welchen nun dieses widerfahret / die geben achtung auff diesen München / vnd sehen wie sie mögen zu jhm kommen / da sie dann mögen erhalten werden / die aber diesen München nicht erreichen mögen / mit denen stehet es gefährlich.

Eiß oder Jßlandt. Cap. xxxvii.

DJese Insel Eißlandt hat den Nammen von der grossen kelte so darinn ist / da gar nahe vber jar Eiß gefunden wirdt / der von den mechtigen Eyßschämelen / so gegen Norden stets daran hangen / dann allernechst darbey / das Mare Glaciale, oder Eyßmeer seinen anfang nimbt. Mehrentheils haltet darfür / das seye die Insul Thule / von deren die Alten so viel geschrieben. Aber dieses widerlegt Ortelius bey beschreibung dieser Insul / vnd beweiset mit guten grunden / daß die alten durch die Insel Thule nicht vnser Jßlandt / sonder Scaniam / von welchen wir kurtz zuvor gesagt / verstanden haben.

Von Jßland aber findt man kein elter gedechtnuß / als das / wie Ortelius meldet / in der alten Kirchen History / M. Adami gedacht wirdt: Es haben die Jßländer zu Adelberto Bischoffen von Bremen gesandt / vnd von jhm begert Prediger / so jhnen das Evangelium predigten. Dieser Adelbertus ist gestorben in dem jar Christi 1070. Etliche meynen es habe Haraldus Pulchricomus der erste Norwegische König in dem jar Christi 1000. eine grosse menge Volck in diese Insel geschickt von denen sie erstlich bewohnet worden. Das bey Sigiberto gelesen wirdt / alß hette Arcturus vmb das jar Christi 470. diese Insel jhm vnderthänig gemacht / ist zu des Sigiberti Schrifften erst eyngeflickt worden / dann in etlichen alten geschriebnen Exemplaren dieses nicht gefunden wird. Es soll diese Insel hundert vnd etliche Meilen lang seyn / vnd etlich vnd sechzig breit / vnd also zweymal so groß alß Sicilia.

Die Herrschafft dieser Insel gehört vnder die Kron Norwegen / vnd ist erstlich darunder kommen vmb das jahr 1260. vnd dieweil das Königreich Nordwegien an das Königreich von Dennmarct

Von den Mitnächtigen Ländern. 1365

marck erwachsen/ ist Ißland auch demselben Königreich vnderworffen/ vnd sendet der König auß Dennmarck jährlichen einen Landvogt vnd Statthalter dahin/ der hält sich in dem Port Hafnafurd/ auß dem Schloß Beffestedgegen Mittag gelegen.

Es hat diese Insel auch 2. Bißthumb/ eines zu Schalholt/ nicht weit von dem Berg Heckla gelegen/ vnd darinn gehört der halbe theil der Insel gegen Mittag: das ander zu Hola vnd darzu gehört der ander halbe theil gegen Mittnacht. Die Verwalter dieser Bißthumb werden von Hafnia oder Coppenhagen der hohen Schul in Dennmarck dahin versant. Von dannen biß an die Insul werden gerechnet 400. Teutscher Meylen. Die Insul wird getheilt in 4. viertheil nach den 4. Orten der Welt: Jn den Ostviertheil/ Westviertheil/ Nordviertheil vnd Sudviertheil. Die beste Gegne diser Insul ist an den Gestaden deß Meers/ dann in der mitte ist sie voller Gebürg vnd Schnee.

Die Eynwohner halten sich gemeinlich in Hölen/ so sie in die Berg graben/ sonderlich im Winter. Sie machen jnen auch etwan Wohnungen auß Fischbein/ weil sie kein Holtz haben/ doch find man darinn auch stattliche Häuser/ von Holtz vnd Stein gebawen/ wie auch die Kirchen. Sie brauchen sich der alten Cimbrischen oder Teutschen Sprach/ in welche auch die Bibel versetzt worden. Es hat diese Insul von grossem Vieh anders nichts dann Pferdt/ Ochsen vnd Küh/ vnd die haben keine Hörner wie die vnsern. Sie hat auch kein ander Holtz als Bircken vnd Wachholder/ aber solche statliche Weyden von Graß/ dz man das Viehe darvon treiben muß/ wil man anderst/ daß es sich nicht vberesse vnd verspringe.

Die Reichthumben diser Insul bestehen in gedörten Fischen/ deren die eynwohner ein solche menge zusamen bringen/ dz sie vnder dem freyen Himmel hauffen darauß machen/ so groß als Häuser. Sie machen auch mächtig viel Schwefel von den brennenden Bergen. Auff der andern seiten der Insel gegen Aufgang vnd Mitnacht hat es die stattlichen Weyden vnd Gelegenheit der Viehzucht/ daß man von dem Vieh so viel Butter macht daß es vnglaublich ist. Man findt auch darinn viel weisser Falcken/ Rappen/ Bären/ Füchs/ Hasen/ ꝛc. Aber sie hat weder Korn noch Wein als was von Außländischen dahin gebracht wird/ die gemeine Leut behelffen sich mit Wasser/ darinn sie etwa Safft mischen von Früchten so zu jnen gebracht werden/ welches sie von Frembden erlernt/ aber auß den dürren Fischen machen sie Mäl/ darauß sie jhr Brodt bachen. Es handlen die Seestätt viel in diese Insul/ sonderlich Hamburg/ Lübeck/ Bremen/ vnd führen dahin/ Brodt/ Mäl/ Bier/ Eysen/ Kupffer/ Zinn/ Englisch Thuch/ Messer/ Hüt/ Schuh/ Holtz/ darauß sie etwan bawen/ vnd Schiff machen/ vnd dergleichen Sachen/ hingegen führen sie auß der Insul/ dörte Fisch/ Schwefel/ Fischschmaltz/ Butter/ Ochsenheut/ Wattman (ist eine Gattung Jßländisch Tuch) Beltzwerck von weissen Füchsen vnd Hasen/ ꝛc. Es wird jnen auch Wein auß Hispania vnd andern Orten zuaeführt.

Kein korn in Ißland

Viel seltzamer sachen werden in dieser Insul gesehen/ wie nan darvon schreibt. Es sind darinn 3. hoher Berg die sind mit ewigem Schnee in jrer höhe bedeckt/ vnd vnder brennen sie stäts mit schwefeligem Fewr. Jre Namen heissen Hecla/ Kreußberg oder Creutzberg/ vnd Helgafel/ das ist/ heiliger Berg. Bey dem Heckelberg ist ein mechtige tieffe/ die nie ergründt mag werden/ vnd da erschienen offt die Leut die newlich ertruncken sind/ alß weren sie noch lebendig/ vnd von jren freunden erfordert werden heim zu kommen: aber sie sagen mit grossem seufftzen/ sie müssen gen Heckelberg/ vnd verschwinde von stund an. Der Helgafel hat An. 1580. vnd 1581. mit einem solchen Donner vnd Prausen Fewr vnd Stein von sich auß geworffen daß man das Getöß 80. Meilen weit gehört/ als wäre es grobe Cartaunen gewesen. Man findt darin groß weiß vnd grimmige

Heckelberg

Weiß Bärn.

NNNN

1366 Meerwunder vnd seltzame Thier / wie
vnd auff de

den Mitnächtigen Ländern/im Meer gefunden werden. 1367

Das

mige Bårn/die mit jren Tapen durch das Eiß Löcher zum Wasser machen/vnd also Fisch herauß ziehen vnd die fressen. Da ist auch ein dämpffiger Brunn/der verwandlet alle ding zu Stein/so sie mit seinen Dampff werden berührt. Es kompt auch zu bestimpten Monaten im jhar ein trefflich groß Eiß an die Insel/vnd so es sich stoßt vnd scherpfft an die Felsen vnd Schoofen/hört man das rauschen vnd krachen/gleich alß käme es oben herab/vnd were ein erbärmlich Menschen geschrey/ vnd haben viel thorechter Menschen gemeynt/es seye der Seelen geschrey/die da jhr Fegfewr haben/vnd gequelet werden in der grossen Kält. Acht Monat lang fahrt das Eiß also vmb die Insel.

Das Vatter vnser in Jßländischer vnd Schonländischer Spraach.

Bader vor/sun erat ai himmum: helgizt bitt nam ti: komi tit rike: verdi tinn vile/suoms ai himme/ so ai podu: burde vort dagigt geb tu oß i dag: og bergeb oß skulden vorn: suosem vi bergebun/ skulduo vorn: ant leid oß e ki b eits ini: helldur brelsa oß her illu. tazt sie.

Grunlandt. Cap. xxxviii.

WJe vor gemeldt ist/diß Landt wirdt also genennt/daß trefflich gute Weyd darinn wåchst/wie auch die Kåß vnd Butter/so mit grossen Hauffen darauß gefûhrt werden/das anzeigen. Es sind zween Bischoffliche Sitz darinn Alba vnd Sancte Thomæ Kloster/die dem Ertzbischoff von Dorntheim in Nordwegien gelegen/ vnderworffen sindt. Das Volck in diesem Landt ist wanckelmütig/vnd geht fast mit Zauberey vmb. Man meynt daß diß Landt sich von den Lappen ziehe biß zu den newen Inseln die sich gegen Mitnacht strecken.

Obgedachter Nicolaus Zeno/welcher Anno 1380. ein lange zeit in diesem Meer vmbgereyset ist/ schreibt/der Winter were 9. Monat lang/vnd in dieser Zeit regne es nie. Die Schnee vergangen auch nisser allerdings darinnen/seyen aber dem Graß nicht schädlich. Das Meer welches Grunland vmbgibt/wird das gefroren Meer genennt. Bey dem einen Kloster/darinn Prediger Münch sind/ligt ein Berg/gleich dem Berg AEthna welcher imerdar Fewr außwirfft/auß dem Fuß desselbigen fleust ein vnerschöpflicher Brunn/durch dessen sittige Wasser/die München jre Stuben heitzen/vnd jhre Speissen kochen/dieser Brunnen wässert auch die nechsten Gårten/daß sie imerdar voller schöner Blumen vnd Kräuter sind. Wegen dieses Brunnens gefrewret das nechstgelegene Meer nimmer/sondern ist stätigs voller Fisch welche auß den kältern Orten dahin eylen: also daß diese Münch vnd andere nechstgelegene Leut sehr wol zu leben haben. Vber Grönland gegen Mitnacht/nechst dem Polo zu ligt noch ein mächtig Landt/so man gemeinlich Terram incognitam/das vnbekante Land nennet/welches erst zu vnsern zeiten/etwas bekannt/vnd Nova Zembla genannt worden/von dessen Erfindung wir im 40. Cap. vmbståndlich handlen wöllen.

Erklärung dieser Tafeln/wie die selzamen Thier heissen so man in den Mitnåchtigen Låndern sindt Cap. xxxix.

Waltfisch. A Walfisch so groß alß Berg/werden etwan bey Eißlandt gesehen/die kehren vmb grosse Schiff/wo man sie nicht abschreckt mit Drometen geschrey oder mit außgeworffnen ronden vnd låren Fässern/mit denen sie gaucklen. Es geschihet auch etwan/daß die Schiffleut kommen auff ein Waltfisch/vnd vermeynen es sey ein Insel/vnd so sie jre Aencker auß werffen/kommen sie in noht. Sie heissen solche Waltfisch nach jrer Spraach Trolual: das ist/Teufelual. Es bawen auch viel Leut in Eißlandt jhre Håuser auß dieser grossen Waltfischen Grad vnd Beinen.

Pistres. B Diß ist ein grewlich Geschlecht der grossen Meerwunder/Pistres oder Phisseder genannt/ des auch Solinus nach Plinio gedenckt. Er richt sich auff vnd blåßt auß dem Haupt Wasser in die Schiff/ertrenckt sie vnd wirfft sie vnder weilen vmb.

Schlangen. C Es werden Schlangen gefunden im Meere/200. oder 300. Schuh lang/die verwicklen sich in ein groß Schiff/schedigen die Schiffleut/vnd vnderstehen das Schif zu fellen/besonder wann der Wind still ist.

D Diß seind zwey grosse/grawsame Thier vnd Meerwunder: das ein hat so grawsame Zeen/ das ander grawsame Hörner/vnd ein erschreckliche fewrig Gesicht. Seine Augen seind so groß/ daß sie in jhrem Circk begriffen xvj. oder xx. Schuh. Sein Haupt ist viereckicht/vñ hat ein grossen Bart: aber das hinder theil seines Leibs ist klein.

Vielfraß. E Diß Thier mag nicht ersettiget werden/vnd wird auff Schwedisch Ierff/vnd auff Teutsch Vielfraß genannt/zu Latin Gulo. Wan der Bauch gantz voll ist/das nicht mehr dareyn mag/ so sucht es zwen Bäum die nahend bey ein ander stehen/zeucht den Bauch mit gewalt dar durch/ daß es sich zerscheissen muß/vnd den Bauch lår machen/damit es mehr fressen mag. Vnd waß der Jäger es ergreiffen mag/erscheußt ers vmb seines Fäls wegen/des sich die Edlen gebrauchen: dan es ist hûbsch geblümpt wie ein Damast vnd wer seinen Peltz tregt/desselbigen Natur verwandlet sich gemeinlich in des Thiers Natur.

F Diese

Von den Mitnächtigen Ländern.

F Diese Thier Rainen vnd Rainiger genannt/ findt man häuffig in den Mitnächtigen Län- **Rainiger.**
dern/ sie werden zam gemacht/ vnd gespannen in Karren vnd Schlitten/ sind viel schnäller denn die
Roß: Sie haben zwey vast weite vnd lange Hörner/ vnd vornen Zincken daran/ vnd zwischen disen
Hörnern haben sie zwey oder drey kürtzer Hörner/ die sehen vornen hinauß/ wie man deren viel zu
Augspurg sindt. Ich hab sie zu Bern auff dem Rhathauß auch gefunden. Man braucht sie am
meisten im Schnee.

G Weit hinder Schweden im Landt das man Biarmiam nennt/ ist ein Wald achtzig Meilen **Peltzfell wo-**
lang/ den man Landsruck nennt/ in dem seind allerley wilde Thier/ Zobeln/ Marder/ Hermlin/ **her sie kommen.**
Grawwech/ Biber/ Lasset/ Luxen/ Ottern/ Bären/ ꝛc. vnd daher kommen die köstlichen Peltzfäl.

H Diß Thier heiß Ziphus/ vnd ist ein erschrecklich Meerwunder. Es frißt die Schwartzen **Ziphus.**
Seehünd.

J Antvögel die man gemeinlich Baumgänß nennt/ wachsen auß den Früchten ettlicher Bäumen wie das vor 400. jaren geschriben ist.

K Diß Meerwunder sicht zum theil gleich einem Schwein/ vnnd ist Anno 1537. gesehen
worden.

L Diß ist auch ein Walfisch/ vnd wird von ettlichen genennt Orka: aber die Nortwegier heissen es Springual seiner grossen behendigkeit halben. Es hat auff seinem Rucken ein hohe vnd
breite Spitz.

M Diß ist der grossen Krebs einer die man Humer nennt/ vnd sind so starck/ dz sie ein schwim- **Humer.**
menden Mann fahen vnd erwürgen.

N Diß ist ein grawsam Thier/ sicht zum theil gleich einem Rhinoceroten/ ist gantz spitzig in **Rhinoceros.**
der Nasen vnd im Rucken/ es frißt grosse Krebs die man Humer nennt/ zwölff Schuh lang.

O Diß Thier ist ein Luchs/ die findt man hinder Schwedien im Helsinger Landt. Sie haben **Luchs.**
zum theil Wölffische Art/ werden auch gefangen in Wolffsgruben/ vnnd fressen wilde Katzen.
Sie haben ein trefflich scharff Gesicht/ vnd ir Haut ist gesprengt mit mancherley Färben.

P In hoch Schweden gewehnt man die Elend/ daß sie zu Winters zeiten die Schlitten vber **Elend.**
den Schnee ziehen: dann diß Thier laufft vber die maß schnäll. Sie rotten sich im Winter zusammen wider die Wölff/ die da vnderstehn sie anzugreiffen vnd zu fellen/ besonder auff dem Eiß. Das
Thier ist zimlich groß/ ja etwas grösser dann ein Hirtz/ das ich leichtlich ermessen mag auß einem
Schenckel so mir auf ein zeit zu sehen worden. Es hat dieß Thier breite Hörner vnd kleine Zincken
daran auff einer seiten: ob es aber ein Tragelaphus seye/ wie ettliche meynen/ oder ein Alces/ da
zweyfelt man an.

Q Diß sind nicht Schlangen/ sonder Vögel/ nemlich wild hanen/ die man Awrhanen nennt/ **Wild Hanen**
die ligen 2. oder 3. Monat vnder dem Schnee ohn Speiß: werden aber zum dickern mal vom Jäger
auß gespähet.

R Dieser Vogel wird genannt auff Griechisch Onocrotalus/ ist groß wie ein gantz/ vnd hat
ein Sack vnder dem Schnabel/ vnd so er mit Wasser gefüllt ist/ macht er ein scheutzlich Geschrey/
gleich wie ein Esel/ darumb er auch Onocrotalus heißt: dan Onos ist ein Esel.

S Diese Fisch so die Teutschen Rochen/ vnd die Italiäner Raya nennen/ haben ein sonderliche liebe zum Menschen. Dann so ein Mensch in das Meer fallt vnd ertrincket/ beschützen sie jn
nach ihrem vermögen/ daß er nicht von den andern Fischen gefressen werde.

T Diß Meerwunder hat ein Kopff wie ein Kuh/ darumb es auch Meer kuh genannt wird:
wie groß es aber werd/ hab ich nicht gefunden.

V Viel vnd seltzame gattung der Fischen/ Vögel vnd anderer Thieren sind man in den Mitnächtigen Ländern/ darvon wol ein besonder Buch möcht geschriben werden/ wo einer in denselben Ländern auff die ding acht haben wolt. Dann wie Gott der Herr in dem heissen Landt Africa
viel wunderbarliche Thier hat erschaffen/ also hat er auch in das kalt Mitnächtig Landt manch
seltzam vnd wunderbarlich gattung der Thieren verordnet/ welche die Mitägige Hitz nicht mögen
erleiden/ wie auch der heissen Länder Thier nicht möchten leben in dem Mitnächtigen Erdtrich.
In summa/ Gott hat wöllen mechtig vnd wunderbarlich gesehen werden/ auff dem Erdtrich in
dem Meere/ im heissen vnd auch im kalten Landt/ damit der vernünfftig Mensch allenthalben
gegenwürff hett/ sein Höhe/ Macht vnd Weißheit/ zu erkenen zu preisen vnd
zu loben in Ewigkeit.

OOOo   Weit-

1370 Das sechste Buch

Weitläufferige Beschreibung/was sich bey Erforschung deß Lands Nova Zembla zugetragen. Cap. xj.

Ortelius.

Von den Mitnächtigen Ländern vber den Circulum Arcticum, vnd der Jnsel Thyle/haben die alten Geschichtschreiber/als Ptolomęus/Solinus/Plinius/ nichts gewust/wiewol Seneca von Erfindung derselbigen Ländern also geweissagt hat: Venient annis, secula seris, quibus Oceanus Vincula rerum laxet, & ingens Pateat Tellus, Typhisque novos detegat orbes: Nec sit terris, ultima Thyle: das ist/es wird zu den letzten jahren ein zeit kommen/in welcher das grosse Meer Oceanus seine band außbreyten/der grosse Erdboden offen stehn/vnd ein ander Typhis, mehr newe Welt erfinden wirdt/also daß Thyle (so etlich vor Jßlandt/andere aber vor den aussern Theil in Scania gegen dem gefrornen Meer zu außdeuten/von dem droben gesagt worden) nicht mehr das eusserste seyn wirdt/von dem erkündigten Erdboden. Was Mercator vnd etlich andere newe Scribenten darvon geschrieben/das haben sie alles auß dem Reyßbuch Jocobi Cnoyen von Hertzogenbusch genommen/welches ermelter Cnoyen/Anno 1364. von einem Priester in Nordwegen erlernet. Derselbige hat dem Cnoyen erzehlt/dz An.

1360. ein Barfüsser Münch/so ein trefflicher Mathematicus gewesen/ auß Engelland in Nordwegen kommen seye/welcher durch Hülff seiner Magia biß in die eusserste Länder gegen dem Polo arctico fortgezogen: vnd alles beschrieben/vnd mit dem Astrolabio abgemessen habe. Nach dem aber die Portugaleser/vnd Castilianer die Orientalischen Jndien/ vnd die Moluccaner vnnd Philippiner Jnsuln bey Chyna erfunden/ vnd einen vnseglichen Schatz von Golt/Silber/Edelgestein/vnd Gewürtz darauß gebracht: Da haben auch andere Völcker/sonderlich die Niderländer darnach getrachtet/wie sie durch einen neheren Weg in Chinam vnd Laponiam, finden möchten. Es hat auch Bapst Clemens der VII. den Großfürsten in der Moscaw ersuchen lassen/solchen Weg zuerkundigen/damit man das Gewürtz durch einen kürtzern Weg/vnd mit weniger mühe in Europam bringen möchte. Es sind aber dieser Weg zween: Der Erste ist gegen Nord/biß vber Nordwegen/von dannen nach Ost/vmb Lappiam, Russiam, vnd Tartariam, durch das gefrorne Meer biß zu dem Promontorio Tabin in Tartarey: von dannen nach Mittag durch die Enge Aniam, wohin man wil: der ander Weg ist gegen Nord/biß an Grönlandt/von dannen gegen Abend vmb Americam. Wann nun diser zweyer wegen einer gefunden wurde hette man viel näher in Indiam, als die Lusitaner vnd Castilianer durch die Enge deß Magellanischen Meers: dann da diese 3000. meil zu säglen haben/da hette man jenen Weg nur 1235. meilen. Anno 1558. ist Hugo Willube ein Englischer Herr/mit etlichen Schiffen/Nordwegen/Finmarck vnd Lappiam vmbfahren/vnd letzlich im weissen Meer in der Moscaw ankommen/bey S. Nicolaus: von dannen ist er vff dem Fluß Osina biß zur Statt Vsting gefahren/von dannen auff dem Fluß Sudiama biß gen Wollogda/da die Engelländer jhren Kauffhandel haben/von Wollogda aber vber Landt/am Fluß Wolge/oder Edel/vor zeiten Rha genannt/biß zur Statt Jaroßlau: von dannen den Fluß abwerts ist er auff Costrum, da grosse Handthierung getriben wird/geschiffet: von dannen ist er zu dem starcken Bergschloß Hißnovogerod/vnd ferrners zu der starcken Festung Caran kommen/welche der Moscowiter dem Tartarn abgetrungen.

Dieser Fluß Wolga ist die Grentz zwischen dem Moscowiter vnd den Tartarn/dann der Moscowiter die eine Seiten an diesem Fluß/die andere die Tartarn innhaben. Von Caran fähret man gen Astracan, von dannen vber das Caspische Meer gegen Mittag in einen Schiffhafen gen Dorbent, darnach gen Bilbil/von dannen auff einem Fluß gen Servan in Media, vnd darnach mit Camelen zu Landt biß gen Tauris, da der Persianer Hof gehalten. Anno 1577. hat Martin Forbischer/ein weitberühmter Englischer Capitän/den Weg nach Cathaja oder China/durch Mitternacht gesucht/ist mit seinem Schiff zwischen Grönland vnd America kommen/vnd die erste

Jnsel Elisabets Forland genannt: von dannen ist er durch ein eng Meer gesegelt/so er Fretum Forbisters genant hat/ hernach die Gestat Americæ/dessen Berg wie lauter Golt glantzten/aber doch nur Stein waren/vmfahren/daselbst haben sie ein Wilden in einer ledernen Schifflin gefangen. Darnach sindt sie am Landt gegen Morgen gefahren/vnd haben es Werwicks Sound genañt. Als sie aber vnder den 46. Grad deß Elevationis Poli kommen/haben sie nichts als Eyß vnd Schnee gefunden/vnd also weiters zu fahren verhindert worden. Johan David ein Engelländer ist Anno 1578.

Von den Mitnächtigen Ländern.

1587.biß zum 73.Gr. zwischen Grönland vnd America kommen/aber hernach auch durch die grosse Kälte vmbzukehren gezwungen worden. An. 1594. hat Wilhelm Barantz ein Niderländer diesen Weg gesucht/vnd auff den 5. Junij zu Kildun in Lappia/so vnder deß Moscowiters Gebieth ist/ ankommen.

Von dannen ist er den 29. dito Nord Ost zu gesegelt/biß sie entlich den 4. Julij erstlich Novam Zemblam gesehen. Daselbst fanden sie das Promontorium, oder Landseck Langenes genannt/ kamen gen Capo Baxo/darnach gen Lambs Bay/so ein weiter Schiffhafen ist/da sie ans Land gefahren/daselbst haben sie eine Gattung Vögel Lembs genannt/in grosser menge gefangen/ vnnd daher diß Ort Lembs Bay genannt. *Lembsvögel.*

Sieben Meil von dannen haben sie die Admiralitet Insel angetroffen: Sechs meil weiter gegen Ost Nord Ost Capo negro, oder Schwartzeneck: Acht meil darvon ligt Wilhelms Insel/ vnder dem 75. Grad/der Elevation Poli/da funden sie viel Holtz/so von den Meerwellen ans Lande geworffen war: Zu Bernfert sahen sie den ersten weissen Bären. Darnach kamen sie zu der Creutz Insul: vnnd zum Capo Nassovv, da funden sie viel Eyßschollen/kondten dardurch nicht kommen/sondern musten darauß weichen/vnd kamen zum Trosteck/vnd sahen dz das Land von Nova Zembla voller Schnee lag/mitten im Sommer. Den 30. Julij kamen sie ans Eyseneck/vnd fuhren zwischen dem Landt vnd Eyß/biß zur Insul Orange/da funden sie vber 200 Walruschen/die sich am Sandt bey schönem Sonnenschein erlustigten. Diß sind starcke Meerwunder/grösser als ein Ochs/halten sich mehrertheils im Meer/Ihr Haut ist wie die Haut eines Seehunds/mit kurtzen Haaren/haben ein Rachen wie ein Löw/kleine Ohren/vnd zween Zän/wie Helfanten Zäne/drey oder vier Spannen lang/vnd so weiß vnd glatt/daß mans für Helffenbein braucht. Man kan sie schwerlich zu rodt schlagen/man treffe sie dann an den Schlaff jhres Haupts/haben zween oder drey Jungen auff ein mal/vnd halten sich mit denselbigen gern auff den Eyßschollen. *Wallruschen*

Von der Insul Orange sindt sie wider vmbkehret/vnd gegen Waygats zu gesegelt/vnderwegen haben sie Costint Sarch/Creutzeck/Schantseck/vnd Meelhafen entdecket/daselbst sind sie ans Landt gefahren/vnd 6. Säck mit Rocken Mäl/vnder einem Steinhauffen eyngegraben gefunden/fanden auch drey Häusser auff Nordische Art gebawen/vnd in den Häussern viel Stück von Fässern/darauß sie abnehmen kondten/daß da ein Salmenfang gewesen seye/es lag auch da ein zerbrochen Reussisch Schiff.

Endlich sind sie in den Inseln Colgoy, Motflo, vnnd Delgoy kommen: da sie etliche Niderländische Schiff angetroffen/welche auß Waygatz/oder auß der Enge von Nassaw kommen waren. Diese erzehlten/daß sie durch diese Enge gefahren/vnd in ein grosses weites Meer kommen seyen/darinnen sie 60. Meil weit gegen Ost gesegelt/haben darfür gehalten/sie seyen nicht weit vom Fluß Obii, so auß Asia ins Tartarisch Meer fleust/gewesen: vnd weil sich das Landt nach dem Nord Ost erstreckte/vermeynten sie/sie wären nicht weit vom Promontorio Tabin, so die äusserste Spitz von Asia gegen Mitternacht ist/weil es aber spat im Jahr/haben sie sich wider nach Holandt gewendet.

Diese Schiff haben vns gute Hoffnung gemacht/daß die vorgenommene Reyß/durch Waygatz zu vollbringen wol müglich/darauff wider etliche Schiff Anno 1595. außgerüstet worden/ welche ob sie wol diese Reyß vmb kurtzer Zeit willen/nicht zu endt gebracht/haben sie doch erfahren/daß vnder dem 80. Grad/nicht so grosse Kälte seye/als bey Waygatz/vnd daß der Alten Meynung falsch seye/welche gehalten man könne bey 200. Meil nicht zu dem Polo kommen/ weil sie näher dann 150. Meilen zu demselbigen kommen seyndt/vnnd erfahren/daß das Nordische vnnd weisse Meer täglich besegelt vnnd gefischet werde/welches die Alten auch nicht geglaubt.

Vmb Nova Zembla wirdt das Eyß/auß den Tartarischen/vnd Catheischen Flüssen/mit vnglaublicher Menge ins Meer geführet/vnnd weil allda die Sonn so starck vnd heiß nicht ist/ daß sie das Eyß zerschmeltzen köndte/so bleibt es vber einem Hauffen ligen/vnnd verursacht allda ein grosse Kälte/die ohne zweyffel viel grösser ist/als vnder dem Polo selber.

Es ist diß Landt Nova Zembla gantz vntemperiert für Kälte/vnnd wegen der vnglaublichen menge Schnees/der auch im Sommer allda fällt/vnd verschmiltzet/gar böß vnd vnwegsam/ daß man mit grosser Mühe darinn wandeln muß. Dannoch wohnen Leut darinnen/die Moscowitter handthieren mit jhnen/vmb Walfisch Zäne/Fischschmaltz/Beltzwerck/Gembsen Fellen/rc. Diese bezeugen/daß die Enge Waygatz/9. oder 10. Wochen lang nicht gefriere/inn welcher Zeit sie durchschiffen/biß gen Vgolita/in die Tartarey: wann aber diese Enge zu gefrieret/so könne man auff dem Eyß zu fuß lauffen/biß ins Tartarische Meer/welches sie Meer Mare nennen.

Es zeigen auch die Eynwohner in Nova Zembla an/daß das Tartarische Meer im Winter nicht vberfriere/sondern allein die Enge bey Waygatz: Sie vermelden auch/daß die Moscowiter

1372 _Das sechste Buch_

jährlich durch diese Enge passieren/ biß in den Fluß Gilissi/ allda sie mit den Tartaren vmb allerley köstlich Beltzwerck handlen. Die Leut seyndt kleiner Statur/ nicht vber vier Schuch hoch/ tragen lange Haar/ darein sie ein Zopff flechten/ der jhnen auff den Rucken hanget/ haben flache Angesichter/ schwartzlecht/ einen grossen Kopff/ kleine Augen/ kurtze Schenckel/ krumb wie ein Bogen/ sind schnell im lauffen/ ihre Kleider seyndt von Gembs Häuten/ so jhnen glatt am Leib/ vom Haupt biß an die Füß anligen/ wissen von keinem Gott/ wann sie die Sonn haben/ welche jhnen neun Wochen an einander stätigs scheinet/ so ehren sie dieselbige: wann die Sonn vndergeht/ so haben sie den Mond/ oder Nordstern/ die sie verehren. Sie essen nur roh Fleisch/ darvon sie sehr stincken: sind sonst verständig vnd vernünftig gnug.

Sarmatia.

Zum ersten von dem Vngerlandt.
Cap. xlj.

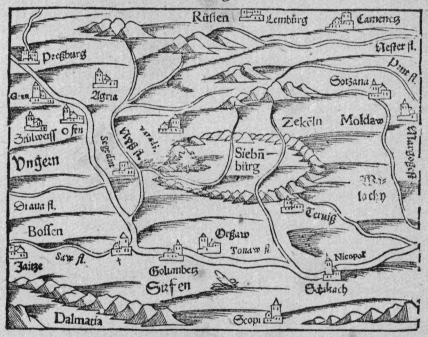

Vngerland vor zeiten Pannonia.

Die Alten haben gesetzt zweyerley Sarmatien/ eins in Europa/ das ander in Asia. Das erst Sarmatia begreifft in jhm die Reussen/ Littawer/ Moscowyter/ Poländer vnd Vngern. Vnd stößt die Sarmatia in Occident an die Wixel/ die bey Dantzig in das Meere laufft/ vnd von Auffgang biß zum Wasser Altan oder Don/ zu Latein Tanais. Vngerlandt hat vor zeiten das vnder Pannonia geheissen/ vnd die Eynwohner Pannones oder Pœones/ vnd das von Pannone/ welcher von Japhet/ Noe Sohn herkommen/ vnd erstlich diese Länder regiert/ von jhm das gantz Land Pannonia genennt seye: oder wie andere wöllen/ von den Berg Pannonio/ so gemeinlich Sanct Martins Berg genannt/ den Nammen Pannonia solle vberkommen haben: darnach kamen die Gothen dareyn/ vnnd nach den Gothen haben es die

Von dem Ungerlandt. 1273

es die Hunnen besessen/ von denen es auch den Nam Hungaria bekommen: nach den Hunnen die Longobarden: nach den Longobarden haben es die Hunnen widerumb eyngenommen/ vnd zu letzt seynd die Vngern dareyn kommen. Vnd also ist Vngerland von alten Zeiten her mancherleyen Völckern wohnung gewesen/ vnd hat je ein Volck das ander darauß getrieben. Die Gothen behielten es nicht lang: dann sie wurden vertrungen durch die Hunnen. Die Hunnen besassen es zum ersten auch nicht lang: dann die Longobarden kamen mit Macht dareyn/ vnd vertrungen sie/ vnd als sie 42. jahr darinnen waren gewesen/ zogen sie widerumb darauß/ ruckten in Italiam/ vnd gaben den Hunnen das Vngerland eyn/ doch mit dem Geding/ wo sie wider auß Italia kommen wurden/ daß sie jhnen wider weichen wolten auß Vngern. Aber es geschahe nicht.

Vngerland wirdt jetzunder gegen Mittag durch den Fluß Saw von Croatia vnd Seruia vnderscheiden. Gegen Mitternacht wirdt es durch die Berg Carpati von Polen vnd Rüssen abgesöndert. Gegen Nidergang hat es Oestereich/ Märhern vnd Steyrmarck. Aber gegen Auffgang hat es Mysiam. Diß Landt ist allen andern/ wegen seines milten Luffts/ schöner Gelegenheit/ vnd grosser Fruchtbarkeit billich vorzuziehen. Man findet darinnen Edelgestein/ Golt/ Silber/ Farben/ Saltz/ grossen vberfluß von allerhand Getreyd/ Gemäß vnd Früchten: den allerköstlichsten Wein. In summa diß Reich ist mit allen Gaben der Natur geziert. Es bringet ein solche Menge der Schaafen vnd Ochsen herfür/ daß auch andere Länder/ sonderlich Teutschlandt vnd Italia darmit erfüllet werden. Es laufft auch alles voller wilden Thier/ als Hasen/ Hirtzen/ Rehen/ wilder Schwein/ Bären/ Wölff vnd dergleichen.

Vngerland der Hunnen Fluchthauß. Cap. xlij.

Also soltu mercken der Hunnen halb/ daß Anno Christi 250. vnder Keyser Arnolpho ein Volck auß Scythia kommen ist/ die man Hunnen nennet: aber etliche nennen sie auch Vngern/ sprechen es sey alles ein Volck gewesen: aber die andrn sprechen nein darzu: dann sie haben zweyerley Sprachen gehabt. Nun die Hunnen haben verlassen jr Vatterland/ vnd sind kommen mit 108000. Mannen/ vnd darzu mit Weib vnd Kind/ mit Vieh vnd Haußraht/ kamen vber den Meotischen See/ vnd namen eyn der Gothen Grentzen/ vnd 2 Cumanias/ das Weiß vnd Schwartz/ dz man jetzund Madoniam nennt. Etliche sprechen es sey Moldavia. Darnach zogen sie vber das Wasser Taniam/ oder den Don/ vnd kamen in Pannoniam/ vnd gefiel jhnen das fruchtbar Land also wol/ daß sie es jhnen zueygneten für ein ewige Besitzung. Als aber der Landvogt Macrinus vernam/ der Oberherr war in Pannonia/ Dalmatia/ Thracia/ vnd Macedonia/ begert er Hülff von dem Keyser. Der Keyser gewäret jhn/ vnd schickt jhm Hülff zu. Da er nun auff der andern seiten der Thonaw rahtschlagt/ wie er den Krieg führen wolte/ vnd sich gar nichts besorgt vor den Hunnen/ namen die Hunnen Ledersäck die auffgeblasen waren/ vnd legten sie auff das Wasser/ vnd fügten Höltzer daran/ daß sie gleich ein Brück vber die Thonaw hetten/ vnnd ohngewarnter sach kamen sie darüber/ griffen die Römer an/ vnd schlugen sehr viel zu todt. Doch schickten sich die Römer bald in ein ordnung/ vnd setzten sich wider die Hunnen/ vnd trieben sie in die Flucht/ zwungen sie auch daß sie vber das Wasser fliehen musten/ vnd kamen der Hunnen 120000. vmb/ aber die Römer verlohren 210000. Am dritten tag fuhren die Hunnen wider vber die Thonaw/ vnd legten sich wider die Römer/ vnd schlugen Macrinum mit viel tausent zu todt/ eroberten also das gantze Landt Pannoniam.

Der Hunnen vielerschlagen.

Attila wird der Hunnen König. Cap. xliij.

Im jahr Christi 401. machten sie ein König mit Namen Attilam. Der hatt ein Bruder mit Namen Budam/ dem verliehe er ein Theil von dem Königreich. Dieser König Attila hett in seinem Heer 1000000. gewaffneter Mann/ vnnd schreib sich in seinen Sendbrieffen also: Attila ein Sohn Mundicziri/ ein Enckel Nimmrot/ erzogen in Engaddy/ von den Gnaden Gottes ein König der Hunnen/ Mediern/ Gothen vnd Dacien/ ein Forcht der Welt/ vn ein Geyssel Gottes. Er kam in Teutschlandt vnd zerbrach Straßburg/ Bisantz/ Leon/ vnd viel andere

Attila Mad vnd Tyrann

OOOO iij Stätt.

Stätt. Zu letzt da er die Statt Aureliam oder Orliens in Franckreich vmblägert/ da versamlet der Römer Hauptmann Etius ein groß Volck vnd vberkam auch darzu der Gothen König mit Namen Dietrich/ vnd griffen die 2. grossen Heere ein ander an im Catalonischen Feldt. Es hett auch

Etius der Römisch Heerfürst treibt Attilam zu rück.

Etius ohn das Römisch Volck auf seiner seiten den dritten Fränckischen K. Meroueum/ mit sampt vielen Sachsen/ Sarmaten vnd Britanniern. Aber Attila hat das dritte theil seines hauffens in Hispaniam geschickt/ darumb forcht er sich/ vnd thet ein Legation an die Römer/ gleich als wolt er Freiden begeren/ damit die Sach ein aufftzug näme/ vnd er sein Volck auß Hispania wider brächte. Das wußt nun Etius wol/ darumb eylet er zum Streitt. Vnd alß sie zu beyden seiten ein gute weil mit gleicher stärcke gestritten hatten/ ist zu letst Königs Attile Heere in die Flucht getrieben worden. In diesem Krieg kam vmb Meroueus der Francken König/ vnd Dietrich der Gothen König/ vnd wurden zu beyden seiten erschlagen 180000. Mann. Vnd als Thorismundus K. Dietrichs Sohn vernam/ daß sein Vatter vmbkommen war/ schwur er/ daß er Attilam biß in Todt verfolgen wölt. Da das Attila hört/ ließ er ein Hauffen Sättel auffrichten/ vnd gebote seinen Vnderthanen/ wann er darauff steigen wurd/ solten sie den Hauffen mit Fewr anzünden: dann er wolte viel lieber von den seinen/ dan von Feinden vmbkommen/ er wolt lieber in seinem Läger das Leben verlieren/ dañ den Feinden lebendig zu theil werden. *Ein Rahtschlag.* In diesen Sachen forcht Etius/ wann Attila ertödt wurd/ daß Thorismundus wurd von den Römern weichen/ darumb rhiet er/ eh daß man Attilam weiter angriff/ daß er vorhin die Sachen seines Vätterlichen Reichs entrichtet. Vnnd vnder dem sterckt sich Attila widerumb/ vnd erobert mit gewalt die Statt Troy in Campania/ darnach beraubt er die Statt Remis/ vnd beschedigt gar nahe das gantz Galliam/ vnnd zu letst kehrt er widerumb in Pannoniam/ vnnd schlug da seinem Bruder Buda mit eigner Hand den Kopff ab: dann er het etwas vnderstanden zu thun wider jhn. Nach diesem satzt er sich 5. jahr zu frieden in der Statt Buda.

Attila verderbt Italiam. Cap. xliv.

Nach dem thet Attila ein Zug durch Steyrmarck vnd durch Dalmatiam beraubt was er ankam/ besonder die Statt Salonas/ Spalatrum/ Jaderam/ vnd andere Meerstett/ die an dem Adriatischen Meere ligen: Darnach belägert er die Statt Aquilegiam oder Aglar/ drey jar/ biß zu letst daß er die Hölzinen Sättel in Graben warff/ vnd zündet sie mit Fewr an/ schwecht damit die Mawren/ vermerckt auch einzeichen von den Strocken/ daß er die Statt wurd erobern/ deshalb er mit aller Macht die Statt stürmpt vnd erobert sie/ vnd erwürget jederman so darinnen ware. Darnach griff er an Paduam/ Bern/ Vincentz/ Pretz/ Cremon/ vnd erobert sie auch. Aber Meyland beraubt er vnd schleiffet sie darnach/ er schlug auch jederman darinn zu todt. Desgleichen thet er mit der Statt Ticino/ die jetz Paphy heist. Vnd da er auch gen Rom ziehen wolt/ kam jhm der Bapst entgegen/ vnd ward auch freundtlich von jhm empfangen/ vnd was er von jhm begert das gewärt er jhn. Vnd alß er sich wol beladen hett mit dem Italiänischen Raub/ kehrt er widerumb heim in Pannoniam/ nam noch ein junge Fraw vber die andern Frawen die er hatt/ vnd nach dem er sich wol gefüllt hett auff der Hochzeit/ fieng jhm an im schlaff die Naß zu bluten/ das Blut lieff jhm in Mundt/ erstickt also in seinem eignen Blut/ nach dem er 44. jahr geregiert hatt. Die andern sprechen daß jhn der Schlag gerürt hab.

Attila erstickt in seinem Blut.

Darnach da seine Kinder zanckten vnd haderten vmb das Reich/ ward das Reich zertrennt biß zum jar Christi 744. vnd wurden viel Vngern oder Hunnen darauß vertrieben/ die widerumb in Gothiam auff den Meotischen See zogen. Vnd als sie 301. jar da waren gewesen nach Attile todt/ da gedachten die nachkoffenden Kinder an jhrer Vorfahren eltern red/ daß sie Pannoniam hatten ingehabt/ ein fruchtbar Landt/ darumb machten sie sich auff mit 16. vnd 200000. Mann/ vnnd zogen widerumb Anno Christi 944. in Pannoniam. Zum ersten kamen sie in Jazigen/ vnnd in dasselbig Landt satzten sie 7. Hauptmänner/ vnd hett jeglicher vnder jhm 30857. Mann/ es bawet auch jeglicher ein besonder Schloß/ darumb dasselbig Landt darnach Siebenbürg ward genannt. *Siebenbürg woher es genannt.* Darnach schickten sie auß jhre Kundtschafft zum König in Pannoniam/ der war ein Sclaf/ wie das gantz Landt Sclauen oder Winden waren. Doch hatten die Römer in derselben Gegenheit auch ein Landvogt vnd gaben jhm zu Volck vnd Knecht. Also kamen die Vngern zum König vnd grüßten jhn/ schenckten jhm ein weiß Rosß mit einem Gulden Zaum vnd Sattel/ vnd begerten ein wenig Graß vnnd Erdtrich von jhm. Der König verwilligt jhnen/ dann er vermeynt es weren Bawrsleut. Da namen sie ein Lagel voll Erdtrichs/ vnd ein ander Lagel voll Graß/ vnd die dritte *Vngerland mit Hagen vmbzogen.* Lagel

Von dem Vngerlandt. 1375

kagel voll Wassers auß der Thonaw/ vnd kamen zu den jren/ vnd sagten was sie gehandlet hetten. Da nun die Vngern erkandten die fruchtbarkeit des Lands/ entbotten sie dem König/ er solte nicht in jhrem Land bleiben/ das sie vmb ein weiß Roß mit Sattel vnd Zaum erkaufft hetten. Da merckt er daß sie jhn kriegen wolten/ darumb rüstet er sich vnd zog wider sie/ aber er lag vnder mit seinem Volck/ flohe zu der Thonaw vnd ertranck darinn. Da namen die Hunnen oder Vngern das Land wider eyn/ daß jhre Großvätter lang darvon eyngewohnet haben/ vnd bewarten es mit neun weiten Circkeln oder Hagen/ die von grossen Eychbäumen vnd Buchbäumen gemacht waren/ vnd war je ein Hag 20. Teutscher Meilen weit gesetzt von dem andern/ vnd zwischen diesen Hagen hatten sie Schütten/ Dörffer vnd Höf gebawen/ vnd die waren also weit von einander gesetzt/ daß man von einem zum andern schreiten mocht/ vnd waren jhre Gebew mit mechtig starcken Mawren versorgt. Sie hetten auch in diese Circkel oder Landthagen Wechter gesetzt/ die gaben mit Trummeten zeichen aller dingen von einem Circkel zum andern.

Vnd alß sie nun vermeynten sicher zu sitzen in dem wolbeschloßnen Land/ richt sich der groß Keyser Carle mit Heeres krafft wider sie/ vnd kriegt sie acht gantzer jar/ vnd ward ein vnauß sprechlich Blut vergossen in diesem Krieg. Dann es kam vmb der gantz Hünisch Adel/ vnd alle jhr Ehr vnd Gewalt ward gedemütiget/ darzu alles Gelt/ Gut vnd Schätz/ die sie lange zeit von allen Ländern dahin gesamlet hetten/ wurden jhnen da wider genommen/ vnd haben die Francken nie kein Krieg gehabt in dem sie reicher worden sind als in disem. Dann es ward ein groß Gut von Gold vnd Sylber gefunden in des Königs Hof/ vnd viel köstliche Ràub/ die sie zusamen getragen hetten von allen Ländern. Es nam zum ersten viel arbeit biß man vber die Hage kam: dann sie waren 20. Schuh hoch vnd auch breit/ vnd waren inwendig mit herten Steinen oder zähen Letten außgefüllt: Aber von oben waren sie mit einem grossen Wasen vberzogen/ vnd von aussen hett man gesetzt kleine Bäumlein die zerzugen sich darnach/ vnd zerspreiteten sie auff den Herd/ daß sie durch einander wuchsen/ vnd ein dick gehürst darauß ward: zwischen diesen Hagen sassen die Hunnen mehr dann zwey hundert jar lang/ vnd sambleten zu jhnen die Güter aller Occidentischen Länder/ vnd bekümmerten jederman mit jhrer vnruh. Aber der vnvberwindlich Keyser Carle demüt sie dermassen/ daß gar nahe niemandt von jnen vberblieb ohn das gemein Bawrs volck/ vor deßen man sich nicht förchten dorfft/ da der Adel vnd die Krieger erschlagen wurden.

Der groß Keyser Carlen vertilget die Hunnen.

Wie vnd woher die Vngern in das Landt Pannoniam kommen sindt. Cap. ᵱlv.

IN den Historien ist hie ein grosser mißhall vnd zweytracht. Dann es wöllen etliche daß die Vngern vnnd Hunnen seyen zwey Völcker/ vnnd haben auch zwo Sprachen gehabt: die andern aber sagen es sey alles ein Volck gewesen. Dann nach dem die Hunnen in Pannonia von Keyser Carlen gedemütiget waren/ kamen hernach auß dem Landt Scythia vnder dem Keyser Arnolfo vmb das jahr Christi 900. die Vngern zu jhren Freundten den verlaßnen Hunnen in Pannonia/ vnd stärckten sich widerumb/ vnd thäten dem Teutschlandt grossen schaden. Man hieß sie nicht mehr Hunnen/ sondern die Vngern. Sie verwüsteten das Bäyerlandt/ Thüringen/ das Elsaß/ vnd auch Sachsenlandt/ vnd besonder verbranten sie in Sachsen die Statt Bremen/ vnd hetten kein Ruhe biß sie von K. Heinrichen dem Ersten erschlagen wurden/ vnd daheim musten bleiben. Es schreiben auch etliche daß der Vngern vrsprünglich Vatterland sey im Landt Scythia/ das heist Vngern/ vnd ligt hinder dem Wasser Tanais oder Don/ vnd heist zu den jetzigen Zeiten Juhra: dann es ist desselbigen Landts Spraach/ vnd der ausser Vngern Spraach/ ein Spraach. Dasselbig Landt Juhra ist ein sehr kalt Landt/ vnd hat klein Gebürg mit dicken Wälden/ist rauch vnd steinig. Es gibt jährlichen Tribut dem Moscowiter König/ nit Gold oder Sylber/ sondern köstlich Fäl etlicher Thier. Sie ackern vnd säen nit/ haben auch kein Brodt/ sondern geleben von dem Fleisch der wilden Thier/ vnd von den Fischen/ trincken Wasser/ vnd wohnen demütiglich vnder den Hütten so sie machen mit zusamen geflochtenen Esten vnd den dicken Wälden. Vnd so sie jhre Wohnung bey den wilden Thieren haben/ bekleyden sie auch sich nicht mit leinen oder wüllen Tüchern/ sondern mit Fälen so sie etwan einem Wolff/ oder Hirtzen/ oder Bären abgezogen haben. Sie beten Sonn vnd Mon an. Da wird auch im Meer ein Fisch gefunden/ den die Moscowyten Mors nennen/ der steigt mit Hülff seiner Zänen auff die Berg am Meer gelegen/ vnd fällt die ander seiten deß Bergs wider hinab/ vnd dann so fahen jhn die Eynwohner deß Lands Juhra/ vnd schicken die Zän in Moscowiten vnd in die Türckey/ da machet man Messer hefft darauß.

Wohér die jetzigen Vngern kommen sindt.

Das Làndt Juhra.

Messerhefft auß Fischzänen.

Nun diese hindern Vngern lassen wir fahren/ vnd kommen wider zu den aussern Vngern/ die der Teutschen Nachbawren sindt: da sie aber vor Zeiten sich nicht gehalten haben wie gute Nach-

OOOO iiii bawren/

Das sechste Buch

Vngern verderben Teutschland.

bawren/sonder wie schedlich Feind Teutscher Nation. Dann Anno 908.fielen sie in Thüringen vnd Sachsenlandt/verderbten das jämerlich. Darnach Anno Christi 917.streifften sie durch das gantz Ober Teutschlandt biß in das Elsaß. Item Anno Christi 919.kamen sie widerumb vnd verderbten Landt vnd Leut mit dem Fewr vnd mit dem Schwerdt/vnd das nicht allein in Teutschlandt/sonder auch in Lothringen vnd Franckreich. Aber bald hernach Anno Christi 954. wurden sie von dem grossen Keyser Otten geschlagen bey Augspurg auff dem Lechfeld/wie ich das hievornen beschrieben hab in der Landtschafft von Schwaben. Darnach vmb das jahr 1006.gab der heilig Keyser Heinrich sein Schwester Giselam dem Fürsten von Vngern zu der Ehe/damit die fromme Fraw den vnglaubigen Mann zum Christlichen Glauben brächte/wie dann auch geschahe. Dann er ließ sich tauffen/vnd ward im Tauff Stephan genannt. Da ließ sich auch das gantz Reich tauffen/vnnd namen an den Christlichen Glauben. Die andern schreiben/daß sein Vatter mit Namen Geysa der erste König in Vngern sey gewesen/der den Christlichen Glauben angenommen hab/vnd ermahnt worden von den benachbarten/Bäyern/Nortgöwern/Kerntern/Behmen vnd andern Völckern/die vorlangst den Christlichen Glauben angenommen hatten. Auff König Stephan den Heiligen ist gefolgt sein Enckel Petrus/hernach Andreas/Bela/Salomon/Geysa/Ladislaus/Almus/Stephanus II.Bela der Blindt.Geysa II.Stephanus III.Bela III. Emericus/Ladislaus II.vnd andere in langer Ordnung/biß auff diese jetzige König/auß dem löblichen Hauß Oestereich.

Vngern werden Christen.

Die Hauptstatt deß Königreichs ist Buda/oder Ofen/welche von jhrem Erbawer Buda/deß Königs Attilæ Bruder den Namen empfangen. Es ist nicht leichtlich etwas vestes vnd schöners in dem gantzen Königreich zu finden. Anno 1526.den 20.Aug.ist sie von Solymanno dem Türkischen Keyser den Christen abgenommen worden. Nach dieser ist Bosonium/oder Preßburg/ein sehr alte vnd schöne Statt/welche ihres guten Lufts halben sehr viel Stätt vbertrifft/ist mit schönen Weinbergen vmbgeben. In der Vorstatt ligt ein vestes Schloß auff einem sehr hohen Berg. Belgradum oder Griechisch Weissenburg ligt an dem Ort/da die Saw vnd Thonaw zusammen kommen. Ist in dem 1520.jahr von Solymanno erobert worden/nicht weit darvon ligt das Feld Mayones/auff welchem Hunniades den herrlichen Sieg wider den Keyser Mahomet erhalten/im jahr 1456. Fünffkirchen ist Anno 1543. Zigeth im jahr 1566. von dem Türcken eyngenommen worden. Strigonium oder Gran/ist vor zeiten ein Ertzbischofflicher Sitz gewesen/jetzt aber in den Händen deß Türcken. Stul Weissenburg/so wegen der Königlichen Kron vnd Begräbnussen verrühmbt/ist im 1543.jahr verlohren worden. Daselbst ligt auch Stridon/da der H. Hieronymus geboren worden. Gomorra ist ein sehr veste Statt/ligt in einer Insul. Raab ligt an der Thonaw/ist fast vnüberwindlich. Wöllen aber etlicher Stätten weitläufftiger gedencken.

Gran. Cap. xlvj.

F. Carls von Mansfeldt Bildtnuß.

Die Statt vnnd Vestung Gran in Vngern/sonst Strigonium genannt/wurde Anno 1543.vom Türckischen Keyser Solimano den 10.Augstmonats belägert vnd erobert. Im jahr 1594.ließ der Türck mit grossen Kosten auff S.Thomas Berg ein gewaltig Blochhauß bawen/vnd dasselbig mit grossem Geschütz wol versehen/sich vor einem Vberfall der Christen besorgende. Anno 1595. Brachmonats legt sich Carl von Mannsfeldt mit seinem gantzen hellen Hauffen für die Vestung Gran/alda er sein Schantz zwischen Zitwar vnd Gran schlagen lassen/hie zwischen hat sich jhr F.G. mit 1000. zu Fuß vnd wenig Pferdten für das Ratzenstettlin begeben/vnd alß er vermercket/daß es von den Türcken verlassen/hat ers alß bald mit den Vnsern besetzet. Alß sich aber nach ettlich tagen 20000.Türcken von Ofen/Gran mit Gewalt zu entsetzen/sehen liessen/hat jhr F.G. von stund an ettliche Fränckische vñ Niderländische Reuter zu erkündigen/wie es mit denselben Türcken eingelegenheit hab/dahin geschickt: alß baldt sie aber einander angetroffen/haben sie dermassen mit einander gescharmützlet/daß zu beyden theylen ein zimliche anzahl auff dem Platz geblieben. Alß nun Carl von Mannsfeld solches vernommen/hat er das grosse Geschütz auß dem Läger in des Türcken vortrab loß zu brennen befohlen/aber dessen vngeirrt/haben die Türcken stracks nach dem Wasserstettlin jren Zug genommen. Wie nun des Herren von Palsi Volck vnd die Vngern so darinn lag/solches gesehen/sind sie jnen entgegen gezogen/vnd so hefftig in sie gesetzt/daß sie sie in die Flucht getrieben.

Von dem Ungerlandt. 1377

getrieben. Alß aber der von Schwartzburg des Feinds heimlich Schlichlöcher vermercket/hat er sich in ein enge Strasse mit ettlich seiner Kürissern vnd Feldtgeschütz zwischen S. Thomas vnd Plündenburg gelegt/vnnd allda zwischen den zweyen Bergen in der Schlacht-Ordnung gehalten.

Da nun der Feind seinen Weg gegen der Thonaw dadurch nemen wöllen/haben sich die Christen zertheilet/vnd das Geschütz vnder sie gehen lassen/auß welchem abermals dem Türcken nicht kleiner schad erfolget. Vnd weil sich nun Fürst Carol von Mannsfeld damals mit hin vnd wider reiten vnd anordnen so Ritterlich brauchte/in dem er drey Pferdt müd rennete/ist er alßbald darüber kranck worden. Den 7. Augstmonats ließ J.F.G. Gran vnd das Wasserstettlin auffordern/da haben sich die Türcken vermercken lassen/daß sie sich ergeben wolten/so ferr man sie mit allem dem/was sie mit hinweg bringen kondten/abziehen liesse. Darauff jhr F.G. geantwortet/er habe mehr alß dreyerley Mütter Kinder bey sich/vnnd ob ers schon verhiesse/möcht es jhnen doch nicht gehalten werden. Darauff der Feind 3. tag Stillstand begeret/vñ auch erlanget: vñ bald darauff J.F.G. widerumb antworten lassen/Das sie biß auff den letzten Mañ auß zu harren gedechten. Darauff der Fürst von Maßfeld noch 6. grosser Carthaunen hin zu führen/vnd die Statt hefftiger alß vor nie/zu beschiessen befohlen. Weil aber gemeldtes Fürsten Kranckheit hie zwischen je lenger je mehr zu genommen/hat er sich gen Gomorra/daselbsten ein wenig sich zu recreieren/begeben/also ist er bald darnach mit gutem verstand seliglich da im Herzen entschlaffen. Nach seinem todt hat sich Don Johañ de Medice vnd der Herr Palfi/einen Sturm auff das Wasserstettlin zu thun entschlossen/vñ den 16. Augstmonats dasselbe auch dermassen angegriffen/daß sie sich endtlich ergeben müssen/darinn sie bey 300. Türcken vnd 200. Roß/vnd anders mehr gefunden/vnd in die 40. gefangener Christen entlediget/vñ alß bald die Vestung Gran rings vmb den Berg dermassen besetzet/daß dem Feind weder Wasser noch Proviandt mehr zu kommen mögen. Alß aber Herr Palfi mit dem obersten Beege vber die Mawr bey einer Stund Sprach hielte/sagt er vnder andern zum Beege/wo sie sich jme gütlich ergeben/wölle er sie vnbeschädigt lassen abziehen: wo nicht/wölle er alles zersprengen. Darauff der Beege geantwort/er were ein 70. jähriger Mañ/würde ohn das bald sterben/zu dem so hett er seinem Keyser ein Eydt geschworen/den gedecht er zu halten. Also kam in diesem allem den 22. Augstmonats jhr F.G. Ertzherzog Matthias von Wien/vñ ließ in die Schantz Cockorn/so gegen der Vestung Gran gelegen/grosses Geschütz führen/vñ dem Feind in dem Schloß Gran dermassen zu setzen vñ engstigen/dz er mit den vnsern von der Vestung zu Parlamentieren gebetten. Ob wol die Türcken/mit all dem jhrigen zu Wasser nach Ofen hinunder zu ziehen begerten/ist jhnen doch allein mit jhren seiten Wehren/vñ was jeder auff seinen Rucken tragen mögen/sampt Weib vñ Kindern auß der Vestung zu ziehen bewilligt worden/vnnd die gefangenen Christen herauß zu geben. Also ist der Feindt mit den seinigen/derenbey 30. Schiff voll/darinen auff die 1700. wehrhaffter Mann/ohn Weib vnd Kinder/vnd vber 1200. krancker vnd beschedigter gewesen/auff Ofen zugefahren.

Die Statt Buda/oder Ofen. Cap. xlvij.

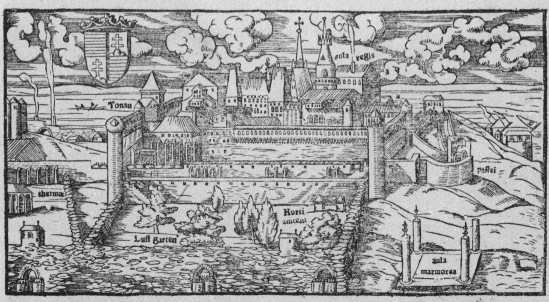

Ofen.

Das sechste Buch

JE Hauptstatt in Vngern ist Buda an der Thonaw gelegen/die von Attilę Bruder Buda der Hunen König (wie vorgesagt) also genannt worden/die auch etwan Sicambria vnd Germanica Legio vnd von Ptolemæo Curia geheissen/ist von Keyser Sigismundo König in Vngern sehr gebessert worden/der hatt den herlichen Palast gebawen. Gegen vber an der andern seiten der Thonaw in der Statt Pest hat er ein andre Viste angefangen/vnd von einem ort zu dem andern ein Bruck führen wollen/ist aber darüber gestorben. Diese mächtige vnd verrümbte Vestung hatt der Türckische Keyser Solimannus mit grossem schaden der Christenheit Anno 1541. mit listen in seinen gewalt gebracht.

Stulweissenburg. Cap. 48.

Stulweissenburg.

STulweissenburg/da man die König in Vngern zu krönen pflegte/hat König Stephan Anno 970. gebawen. Im jahr 1543. den 3. Nouembris vberkam Solymannus Stulweissenburg mit dem geding/daß er die Eynwohner solte frey auß ziehen lassen. Aber der Türckisch wüterig befahle hernach/daß alle die Ergebnen solten auff einen Platz kommen: da das geschehen/hieß er sie jhre Waffen von sich thun: da erwehlt er auß jhnen ettliche/die an Leibs krefften die stärcksten waren/die vbrigen liesse er jämerlichen nider hawen. Anno 1593. eroberte Graffe zu Hardeck mit Sturm den 31. Weinmonats die Vorstatt zu Stulweissenburg/verbrannte dieselbe: vnd alß der Feind darzu kame/ist es zu einer offentlichen Schlacht gerathen/darinn vil Türcken blieben: aber die Christen brachten ein gute Beut darvon.

Bald nach Stulweissenburg bawet König Peter die Statt Fünfkirchen genannt/da auch ein Bisthumb ist/vnd er ligt da begraben. Vnder diesem König fielen die Vngern widerumb vom Glauben/den sie vnder König Stephan angenommen hatten/vnd schlugen zu todt alle Bischöff in Vngerlandt. Aber der vierdt König mit nammen Andreas/zwang sie bey Verlierung jhrer Köpffen widerumb zum Glauben

Was schwerer vnfall Vngerlandt erlitten hat von den Tartarn vnd Türcken. Cap. 49.

Eynfall der Tartarn.

ANno Christi 1211. seind die ersten Tartarn herauß kommen/die vormals vnbekant waren in diesen Ländern. Sie haben zu ersten vberfallen die Polwitzer/ein Volck der Gothen/an dem Meere Euxino/jenethalb dem Meotischen See wohnende. Alß aber die Polwitzer haben der Tartarn zukunfft vernommen/haben sie vermeinet mit hilff der Reussen jhnen widerstand zu thun/aber sie seind von den Tartarn nidergelegt worden. Darnach Anno Christi 1218. zogen die Tartarn mit grosser Macht in Reusen/vnd verderbten das Land/ertödten die Fürsten/die alten vnd jungen/verbrannten Schlösser vnd Stette/vnd führten viel Menschen hinweg. Anno 1241.

Reussenwirt verderbt.

seind sie widerumb kommen in Reussen/haben die groß vnd namhafftig Hauptstat Kyow zerstört/ in der ein Ertzbischoff saß/ vnder dem viel Bischöf durch Moldaw/ Walachey vnnd Moscow waren. Da nun Riussen vnd Podolia gantz verhergt/rüst sich d Tartarn König wid Vngern vnd Poland. Er hat zu erst gestürmpt

Crakaw von den Tartarn eyngenomen.

die Statt Sandomiriam/vnd darinn viel Volcks vmbracht/desgleichen thet er zu Lantzig/Siradi vnd Kiuiany. Darnach wendet er sich auff Crakaw mit grossem Volck/aber es kamen jhm entgegen viel Polendische Herren/vnd hetten mit jm ein Schlacht nicht fer von Sidlaw: aber die Polendische wurden von jhn in die Flucht geschlagen/vnd kamen viel Hertzen vmb. Es kam auch ein grosse forcht in das Volck/das viel hinweg auß dem Landt zogen. Ettlich flohen in die vnwegsame Wäld mit Weyb vnd Kind. Da zog der Tartar gen Crakaw/die nu gantz lär ware/dann alle Menschen waren geflohen/vnnd verbrennt die Kirchen vnd Häuser. Darnach zog er gen Preßla/fand dieselbig Statt auch lär vnd verbrennt. In miler zeit versamleten sich viel Hertzen zu Lignitz mit einem grossen Volck/nemlich der Großmeister von Preussen/der Marggraffe von Mährern/der Hertzog von Oppel/vnnd andere viel Herren auß Polandt/vnnd kamen wider die Tartarn vnd griffen sie Mannlichen an/vnnd schlugen sie in die flucht. Es ritt einer gar schnell vmb jhr Heer/vnd schrey grewlich/Bigaice Bigaice das ist Fliehe Fliehe. Darab erschracken die Polecken vnnd fluhen: aber der Hertzog Heinrich von Lignitz hielt hart vber den Tartarn/biß ein

ander

Von dem Ungerlandt.   1379

ander Hauff den Tartarn zu hilff kame/in welchem war ein Fändrich/ der trug oben auff der Lantzen ein schwartzen Kopff/mit einem langen Bart: Vnd als er das Fähnlin mit sampt dem schwartzen Kopff erschütt/ da gieng von stund an ein vergiffter rauch vnd böser geschmack aus dem Kopff in die Polecken/daß jnen ohnmechtig ward/vnd wurden von den Tartarn in die Flucht geschlagen/vnd kamen vmb viel Christl. Herren/ Ritter vnd Knecht/vnd behielten die Tartarn das Feld. Darnach zogen sie die Todten alle nackent auß/vnd schnitten einem jeglichen ein Ohr ab/daß sie möchten wissen die zahl der erschlagnen/vnd haben damit 9. Säck erfüllt. Nach diser Schlacht haben sie das Land gar verderbt/haben zu Lignitz angefangen/vnd sind durch Märhen zogen biß in das Vngerland. Sie hatten bey einander 500000. Mann/vnd wolten Vngern auch bekriegen. Sie theten vber die mas grossen schaden darinn/vnnd kamen an den Fluß Tissa/der fleußt auß dem Berg Carpeto in die Thonaw. Sie kamen offt für Pest/da der König von Vngern war mit seinem Heere/vnd flohen wider darvon. Der König von Vngern vermeynt sicher zu seyn auff dem Wasser Tissa/das man gemeinlich die Tieß nennt/vnnd meynt nicht daß die Tartarn vber das Tieffe vnnd Leimmig Wasser solten kommen/aber sie schwempten in einer Nacht darüber/vnd vmbgaben des Königs Heere/vnd beleidigten sie mit embsigen Geschütz. Es kamen da viel Vngern vmb/vnd viel entflohen/vnder welchen der König auch entran in eins Knechts gestalt. Es wurden da erschlagen der Bischoff von Gran/der Bischoff von Collotz/der Bischoff von Taurn/vnd der Bischoff von Nitern/mit sampt andern trefflichen Personen. Da nun das Vngerlandt auff einer seiten der Thonaw verderbt ward/seind die Tartarn im nechsten Winter hinüber gezogen/haben das Läger geschlagen zwischen die Statt Gran vnd Taurin/vnd darauß die gegenheit mit Rauben vnd Brennen verderbt. Sie verwüsteten auch Bosnen/Sermen vnd Bulgarey/vnd der Tartarn König belägert Gran mit Macht/vnd erobert sie/darinn waren viel frembde Kauffleut/Teutsch vnd Welsch/ die vergruben jhr Gelt in das Erdtrich/deshalben jederman/jung vnnd Alt/Fraw vnnd Mann erstochen ward. Darnach zogen die vnsinnigen Leut zu dem Meotischen See/vnnd kamen widerumb heim.

Nach dieser Wüterey ist gantz Europa in grosser forcht gestanden/darumb schickt der Bapst Innocentius der vierdt auß dem Concilio von Leon ettliche Münch Prediger Ordens hinein zu der Tartarn Keyser/die kamen nun gen Crakaw/vnnd funden da ein Fürsten auß Reussen/mit dem kamen sie hinein in die Statt Kiow/vnnd von dannen zu der Tartarn Keyser/vnnd erzehlten jhm des Bapsts Bottschafft/ermanten jhn auch/daß er bekante einen Gott/der da were ein Regierer aller ding/vnd jhn anbetet/auch daß er glaubte an Jesum Christum den er gesandt hat/vnd die Christen nicht dermassen durchächtet/wie er in Poland/in Märhern vnnd Vngern gethan. Darauff versichert er sie/daß er den Christen in fünff jaren nichts thun wolt. Nach abfertigung dieser Bottschafft/kam zu der Tartarn König der Saracenen Bottschafft/mit bitt daß er jr Gesatz wolt annemmen/das dann leicht vnd leidenlich were/voll wollust/vnnd den Kriegsleuten gemäß/aber dargegen die Christen vnstreittbare Leut weren/vnnd betteten die Bilder an. Diese meynung gefiel der Tartarn Keyser vnd seinen Fürsten gar wol/vnnd namen Mahomets Glauben an. Woher aber die Tartarn anfengklich kommen seind/vnnd wo sie jhre Wohnung haben/ vnd des gleichen/auch was für seltzamer Sitten vn Gebräuchen sie haben/will ich hie vnden gnugsamlich anzeigung thun.

Die Türcken beschedigen Vngern.   Cap. L.

Nach diesem grossen schaden so Vngerlandt von den Tartarn erlitten hat/ist es hernach auch manigfaltig von den Türcken geschedigt worden. Dann Anno 1393. als König Sigismund grosse hilff zu geschickt ward von dem Frantzosen/ also daß er bey 35000. pferd zu sammen brachte/do belägerte die er Statt Nicopolim: aber der Türckisch Keyser Bajazethes ließ ab von der belägerung Constantinopel/zog mit 200000. den Christen entgegen/vnd thatt auff den 28. Sept: mit den Christen bey gemeldter Statt ein blutig Treffen/in welchem 20000 Christen/vnd schier alle Frantzösische Obersten auff dem Platz geblieben/König Sigmund entran schwärlich in einem kleinen Schifflin vber die Thonaw: der Türcken blieben auch auff die 60000. auff der walstatt. Es kam aber dise Niderlag daher/weil die Vngern vnd Frantzosen vnder einander vmb den ersten Angriff gestritten. Damalen ward Bulgaria/so vnder die Kron Vngern gehört hatte/den Christen entzogen/weil aber König Sigmund ettliche Vngerische Herren dieser Niderlag halben hinrichten lassen/da haben etliche wider jn zusammen geschworen/vnd jhn Anno 1401.

1401. den 28. Aprilis in einen Thurn geworffen/ auß welchem er aber durch hilff eines Weibs in Märhern entrunnen da er ein Heer versamblet/ mit welchem er sein Königreich wider erobert hatte.

Darnach im Jahr Christi 1411. ward König Sigmund vnder Griechisch Weissenburg bey der Statt Galombetz/ zum andern mal vom Türckischen Keyser Mahomet geschlagen.

Anno 1440. Ist Ladislaus Keyser Alberti Sohn/ als er erst 4. Monat alt gewesen/ zum König in Vngern gekrönt/ vnd von seiner Mutter zu Keyser Friderich dem III. seinem Vettern/ sampt der Vngerischen Kron geflöhet worden. Hierzwischen ist von etlich andern Vladislaus Königs Jagellonis auß Polen Sohn/ den 17. Julij zum König erwöhlet/ vnd auch gekrönt worden. Vnder diesem hat der Türckisch Keyser Amurathes Belgrad belägert. Aber nach dem er 7. Monat darvor gelegen/ vnd 10000. Soldaten verlohren/ ist er mit schand darvon abgezogen/ Anno 1441. Zur selbigen Zeit hat der Walachisch Held Johannes Hunniades/ bey 20000. Türcken erlegt/ welche durch die Wallachen in Sibenbürgen eynfallen wöllen. Damalen ist auch der Türckische Oberste Mosites sampt seinem Sohn auff dem Platz geblieben: Diese Schmach hat Abedines der Beglerbeg in der Romaney im folgenden jar zu rechen vnderstanden/ aber ohngeacht er bey achtzig tausent streitbarer Männer in seinem Heer gehabt/ ist er doch von gedachtem Huniade/ bey Vascap in Sibenbürgen/ oberwunden worden: Der Türcken seyndt mit jhrem Obristen Abedine 30000. auff der Wahlstatt geblieben/ vnd fünff tausent gefangen worden.

Im folgenden 43. jahr/ hat dieser tapffere Heldt/ mit zehen tausent außerleßnen Soldaten/ vnder dem König Vladislao/ das Türckisch Heer bey Ofen geschlagen/ zwey tausent nider gehawen/ vnd vier tausent gefangen/ vnder denen 13. Häupter gewesen.

Durch diese Niderlagen sind die Türcken gezwungen worden/ sonderlich weil sie auch in Asia viel zu thun hatten/ einen Anstand zu begeren/ welchen sie auch nach vbergebung vieler Oertern erlangt haben.

Ohngeacht nun dieser Anstandt beyderseits mit einem thewren Eydt bestättiget worden/ in welchem die Christen jhre Finger auff das Buch der Evangelisten/ die Türcken aber auff den Alcoran gelegt haben/ so hat doch Bapst Eugenius dem Cardinal Juliano geschrieben/ kein Eydtspflicht seye kräfftig/ die ohn sein Vorwissen den Feinden der Religion geleistet worden/ solle deßwegen den König Vladislaum von dieser Eydspflicht entledigen/ vnd zur Vortsetzung deß Kriegs antreiben.

Dieses ist nun von dem Cardinal fleissig verrichtet/ vnd ein mächtiges Kriegsheer/ von Vngern/ Polen/ vnnd Walachen zusammen gebracht worden/ vnd wie etliche schreiben auff die 40000. zu Pferdt/ neben vielen andern Herren/ vnd Bischoffen waren bey diesem Heer/ der König Vladislaus/ vnd Johannes Huniades/ der Cardinal Julianus war der Feldtoberste/ dieser führete viel mit dem Creutz bezeichneter Kriegsleuthe mit sich: Sie namen jhren Weg durch die Wallachey/ schifften hernach vber die Thonaw/ vnnd kamen in Misiam/ zu dem Meer Bosphoro/ Franciscus Condelmarius auch ein Cardinal/ ward Kriegs-Oberster auff dem Meer/ dieser solte auff Sanct Georgen Arm/ auff dem engen Meer verhüten/ daß der Türck nicht hinüber führe/ vnnd seinem Volck/ das hie disseits dem Meer lag/ zu hülff käme.

Als Amurathes der Christen Anzug vernommen/ hat er in Eyl auß den Asiatischen Herzen 100000. zusammen gebracht/ mit diesen ist er vber das Thracische Meer Bosphorum geschifft/ dann der Cardinal/ so mit deß Bapsts vnnd der Venedischen Schiff Armaden der Tür-

der Türcken Vberfarth verhüten solte/hat den Feind/endweders auß Forcht/oder auß Vntrew/ vber das enge Meer ziehen lassen/auch den Christen/welche auff dem Landt in Griechen waren/ kein einige vorwarnung gegeben.

Ein Genueser Patron hat sie mit seinen eygnen Schiffen auß lauterem geitz hinüber geführet/vnd für einen jeden Türcken ein Ducaten empfangen. Welcher seine 100000. Ducaten er hernach in Flandern in einen Gewerb gelegt hat/so aber alles mit einander durch die vngestümme des Meers/vnd durch das gerechte Vrtheil Gottes/zu grund gangen. Seind also die Christen von den jhrigen Verrahten/vnd von den Türcken vngewarneter sachen bey einem Flecken Varna genennet/nicht weit von Adrianopel/vberfallen worden/vnnd das auff Sanct Martins abend. Amurates hat zu allererst mit 15000. Reissigen in die Christen gesetzet/welche jhm aber/auß rath des Hunniadis mit so guter Ordnung entgegen gezogen/vnnd so Ritterlich gefochten/daß nach grossem Blutvergiessen/die Türcken in die Flucht getrieben worden: Es were auch Amurates selber davon gezogen/wann nicht seine Fürsten sein Pferd beym Zaum gehalten/vnnd jhm den Todt getrewet hetten. In so chrer angst hatt Amurates/wie Borsinius schreibt/die Artickel des geschwornen Fridens herfür gezogen/gehn Himmel gesehen/vnd gesagt/O Jesu Christe/das ist der Frieden/welchen deine Christen mit mir gemacht/vnd bey deinem Namen geschworen/vnnd bestetiget haben/vnd demnach haben sie denselbigen jetzund an mir gebrochen: Wann du nun ein wahrer Gott bist/wie sie dich darfür außgeben/so reche diese Vnbilligkeit/die dir vnd mir gethan werden/vnd straffe diese meynendige Leuth. Griffe damit die Christen mit einem frischen Hauffen an/sonderlich an dem ort/da der Cardinal/sampt den Bischoffen gehalten/bey diesen fienge der Christen vnordnung vnd flucht an/der junge König Vladislaus ist von den Janitscharen erschlagen/vnd hernach sein Haupt auff einem Spieß/zu einem Triumphzeichen/durch Griechenlandt vnd Asiam getragen worden.

Hunniades ist mit etlich tausent auß der Schlacht entrunnen/weil er lieber etliche erhalten als alle dem Feind in den Rachen lassen wolte. Der Cardinal Julianus/welcher so ernstlich zu diesem friedensbruch vnnd Krieg gerathen vnd geholffen/ist in der Flucht/von seinen eygnen Leuthen/entweder auß begierd des Raubs/oder der Rach mit vielen Wunden erschlagen/außgezogen/ vnd den wilden Thieren zur speiß worden. Welche von den Türcken nicht nidergehawen worden/ die seind theils im Morast erstickt/theils vor kälte/hunger/vnnd kummer/in Wälden verdorben. Die zahl der erschlognen hat man nicht eyngentlich wissen mögen/doch bekannten die Türcken selber/daß vielmehr auff jhrer seyten geblieben. Daher soll Amurates/als er nach der Victori gefragt worden/warumb er kein Frewdenzeichen erzeige/gesagt haben/Ich begehre nicht offt also zu Siegen. AEneas Sylvius schreibt. Es sey drey gantzer Tag vnd Nacht mit zweiffelhafftem Glück gestritten worden/entlich aber seye der Sieg den Türcken blieben/vnd seye hiemit angezeigt worden/daß man auch den Feinden der Religion glauben halten solle.

Aeneas Sylvius. Ep 52. 81. 87.

Also ist dieser junge König Vladißlaus in dem er den Ladißlaum seines Königreichs zurauben vnderstanden/beydes vmb sein Leben vnd Königreich kommen/in dem fünff vnd zwantzigsten jar seines alters.

Nach seinem todt/haben die Vngern/den zuvor gekrönten Ladislaum zu jhrem König angenommen/vnd weil er noch vnmündig war/haben sie jhm mit gemeiner stimm/den offtgedachten Johannem Hunniadem zum Statthalter erwehlet/im jahr 1445. vnd ist also diß Königreich damalen auff seinen rechten Erben widerumb kommen.

Vier jahr hernach vnderstunde Hunniades/die erlittene schmach zurechen/zoge deßwegen 22000. starck wider den Türcken/name auch anfangs viel Oerter eyn/entlich aber ist er durch die menge der Türcken vberwunden worden/vnd mit wenigen in der Flucht darvon kommen/welche Victori den Keyser Amurat abermals viel Bluts gekostet.

Griechisch Weissenburg Belägert.
Cap. lj.

Nno Christi 1456. macht sich der Türck widerumb für Belgradum oder Taurunum, das man zu Teutsch nennt Griechisch Weissenburg. Darinnen war Johannes Hunniades mit seinem Volck/des doch nicht viel war gegen des Türcken hauffen/deren anderthalb hundert tausent Mann waren. Hunniades zog wider die Türcken herauß/vnnd stritt mit denselbigen so Ritterlich/daß der Türcken 20000. oder wie andere schreiben 40000. auff dem platz geblieben: Mahumet zündete in der folgenden Nacht sein Läger an/vnd begab sich mit dem vbrigen Heer in die Flucht. Man sagt/daß die Feind damalen/in solchem schrecken gestanden/daß die Christgläubigen leichtlich hetten das Griechenlandt/vnd das gantz Constantinopolisch Reich/

Reich wider erobert/wann jhrer mehr weren gewesen. In disem Krieg ward der Türckisch Keyser verwundt/vnd wurden jhm seine grosse Büchsen genommen/darumb er mit schaden muft heim ziehen. Disesgeschach auff den 6. Augusti.

Den 10. Septemb. selbigen jars/ist dieser treffliche Held Huniades säliglich gestorben: Er ward von den Türcken also geförchtet/daß wann sie jhre weynende Kinder geschweigen wolten/so sagten sie/der Hunniades were vorhanden.

Darnach Anno Christi 1521.zog der Türck aber mit grossem gewalt wider das Griechisch Weissenburg/vnd gewan es nicht ohn grossen vnd mercklichen schaden des Vngerlandts. Dann es war ein mechtige Vorwehr des gantzen Königreichs Vngern. Das Schloß vnnd Stettlein Griechisch Weissenburg seind hie Contrafehtet / welche durch Vntrew der Vngern so das Schloß inngehabt / deren Nammen / ein Herr von Heidesar/vnnd Türck Wallant/dem Türcken vbergeben worden. Ist ein mechtig starck Schloß gewesen/vest vnd wol erbawt mit 6. Thürnen/vnnd das vorder Schloß mit 20. Pasteyen wol verwaret/da in einer jeden Pasten 10. Mann hut hielten/also daß bey 200. Mann stätigs im Schloß/ohn der zweyer Haupleut Gesind / versoldet. Hat auch ein wolbewahrten abgang von dem vndern Schloß biß zu dem Wasserthurn/da sie jhr Pfisterey haben/vnnd jhr Mülwerck. Derselbig Thurn steht auff der Saw/da die Saw in die Thonaw fleust.

Auffruhr in Vngern. Cap. lij.

JM jahr 1514. erstund ein grosse Auffruhr im Vngerlandt. Dann nach dem die Vngern lange zeit mit harter Dienstbarkeit beschwert waren/gedachten sie/wie sie das Joch ein mal von jnen werffen möchten. Darzu aber gab der Cardinal von Gran grosse vrsach/da er dem Volck das Creutz verkünd. Es lieffen zum ersten 300. Mann zusammen/vnd ward darnach jhr Hauff je lenger je grösser/vnd erwehlten zu einem Hauptmann Jörg Zeck/der zum dickern mal die Türcken heit vertrieben/vnd darumb in grossen Ehren ward gehalten. Da man jhm aber kein zimbliche Besoldung gab vmb sein getrewe arbeit/die er wider den Türcken gethan hatt / ward er auch vnwürsch darüber/gedacht wie er sich rechen möchte. Dieweil nun die Sachen auff der Ban waren / macht der Türckisch Keyser Selymus ein Bündtnuß mit des Königs von Vngern Bottschafft. Vnd da das der König vernam/wolt ers heimlich halten/rhiet dem Volck daß man den Krieg auffschlüg biß auff ein ander zeit. Aber die das Creutz jetzund hatten angenommen/vnd jhren Nammen hatten lassen schreiben/die waren darwider/vnnd verhiessen zu straffen diejenigen die jhrem Fürnemmen widerstand theten. Der haß so in jhrm Hertzen stack wider die Fürsten/die

sie hart

Von dem Ungerland.

sie hart schatzten vnnd plagten/ der feyret nicht/ sonder treib sie dahin/ daß sie machten den vorigen Hertzog Jörgen zu einem König. Vnd alß sich der Hauff noch mehr mehret/ machten sie auch andere Hertzogen/ fiengen an in Vngern zu wüten/ vnd die Waafen die sie zum ersten in jhre Hend hetten genommen/ den Türcken damit zu kriegen/ wendten sie in jhr eygen Vatterland/ erwürgten viel Edelleut mit Weib vnd Kind/ namen jhre Güter. Die Jungkfrawen schwechten sie/ vnd trieben sonst viel andern mutwillen/ dem Bischoff von Schidan schlugen sie ein Höltzen Spieß durch sein Leib/ dröweten deßgleichen zu thun dem Bischoff von Gran/ vnd andern mehr. Da sie nun viel Schlösser hatten zerbrochen/ vnd das Landt verwüst/ vnzehlich viel Edelleut vmbbracht/ zogen sie gen Ofen/ vnnd da sie zu Pest Rhat hielten/ vberfiel sie Barnomissa deß Königs Hauptmann mit seinem Heere/ bracht sie in die Flucht. Desgleichen wurden sie auch anderswo flüchtig gemacht vnd zertrennt. Aber der new König Jörg ward gefangen mit seinen Hertzogen/ vnd wurden ettliche gekrönt mit glüenden Eysenhüten/ ettliche wurden geviertheilt/ ettliche gespist/ ettlichen schnitt man die Bäuch auff/ nam jhnen das Gedärm herauß. Es wurden auch ettliche gebraten/ vnd darnach von den Säwen gefressen. Ein solchen außgang nam diese Auffruhr. Die andern schreiben also davon/ daß der Cardinal von Gran sey alß ein Legat außgeschickt mit grossem Ablaß/ auffzubringen Leut wider den Türcken/ vnnd eynzunemmen Constantinopel. Demnach prediget der Legat das Creutz/ vnd machten sich viel 1000. auff/ der meynung/ sie wurden mit der Hilff Gottes Constantinopel eynnemmen/ vnd Guts gnug vberkommen. Aber in mitler zeit ward die Sach abgetragen/ vnnd alß ettliche meynen/ haben die Sylbern Büchsenstein hie etwas vermöcht. Es kondt sich niemandt verwundern deß schnällen hindergang vnd abgewendenten Kriegs.

Bawrenkrieg in Vngern.

Da kam ein grosser widerwill in die gemeinen Knecht/ die jhre Güter verkaufft hetten/ vnd sich zur Reiß gericht/ vnderstunden den fürgenommen Zug zu vollenden/ setzten sich wider König Ludwigen/ namen ettliche Schiff mit Wein/ zerstörten ettliche vmbligende Schlösser vnd Clöster/ stürmpten ettliche nachligende Bischöff. Da fiel Graff Hans Wayvoda mit Heereskrafft in sie/ auß befehl des Königs/ enthauptet ettliche/ die andern spist er lebendig.

Anno 1526. ward Ludwig König in Behem vnd Vngern mit neunzehen tausent Christen Menschen von Türcken erschlagen. Vnd darzu gaben die Vngern selbst vrsach. Dann ein theil wolt nicht streitten wider den Türcken/ das ander theil trat hinder sich da man angefangen hat zu streitten/ vnnd also blieben die Behemen vnd Teutschen Krieger vnverzagt bey dem König/ biß sie alle erschlagen wurden. Der König ward nachmals mit grosser klag begraben zu Stulweissenburg. Vnd da der Türckisch Wütterich diesen Sieg erlangt/ fieng er erst an zu Tyrannisieren/ schlug zu todt jung vnnd alt/ Fraw vnnd Mann/ er plündert auch die Königliche Statt Ofen/ vnnd andere Stätt mehr/ vnnd zündt sie an mit Fewr. Diese History findest du etwas weitleuffiger beschrieben hievnden bey dem Türckischen Keyser Solymanns.

Das sechste Buch

Contrafehtung der Vestung Tokay / sampt ihrer Belägerung vom Wayvoden beschehen / im jahr 1566. Cap. liij.

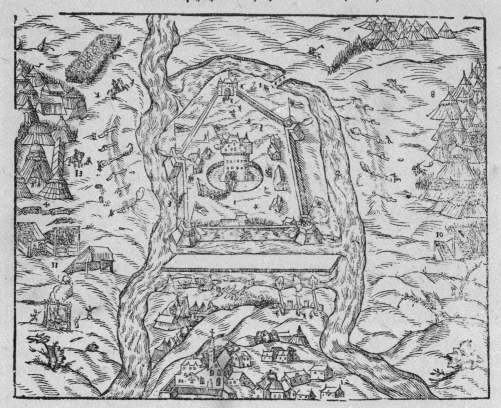

Außlegung der Ziffer / aller sachen der Belägerung vnd Veste betreffende.

1. Das Schloß Tokay
2. Der Fluß Wodrog
3. Der Fluß Tressa
4. Des Waschen läger
5. Das Fußvolck
6. Die Tartaren
7. Der Siebenbürger läger
8. Die Italiäner
9. Königs läger
10. Italiänisch Fußvolck
11. Proviandt Platz
12. Stättlein Tokay
13. Des Waschen läger Partau

Tokay auff ein newes vom Wayvoda belägert.

S Ort ligt in Vngern 5. Meil von der Bischofflichen Statt Agria / des Orts da die Wodrog in das Fischreich Wasser die Tyssa fellet / hat ein trefflich vest Schloß / nicht nur der gelegenheit halb zwischen beyden Wassern / damit man allen Zugang vberschwemmen kan / sonder auch der starcken Mawren / Pasteyen vnd Wählen halb. König Ferdinand hat diß Schloß vnd Statt vor etlich jahren durch den Catzianer eynnemmen lassen / demnach einem wolverdienten Vngerischen Herren geschenckt. Als derselbige tödtlich verblieben / hinderließ er ein jungen Sohn / welchem Franciscus Nemetha das Schloß als ein Vormünder / Vögtlicher weiß ein lange zeit innhielt / demnach aber auff König Johannis des Siebenbürgers seiten schlug. Als nun nach Keysers Ferdinandi absterben der Krieg in Vngern widerumb angangen / vnd im 1565. jahr Lazarus von Schwendy / Freyherr zu Hohen Landsberg / von Keyser Maximiliano zu einem Obersten desselbigen geordnet worden / hat er diese Vestung belägert / vnnd den 11. tag Hornungs (alß beyde Wasser hart gefroren gewesen) erobert / vnnd widerumb zu des Keysers Handen gebracht / in welcher Stürmung der Vogt / so das Schloß inngehalten / vmbkommen. Hierauff ward Tokay im volgenden 1566. jahr / durch den Wayvoden auß Siebenbürgen / sonst König Johannes der ander genannt / mit hilff des Türckischen Pertha Wascha / von newem ernstlich belägert / daß der von Schwendy den Keyser vmb hilff anrüffen must / die er auch erlangt. Demnach aber der Feind bey 8. tag lang darvor gelegen / kam geschrey es wären bey 1000. Scythier in Siebenbürgen gefallen / welche das Landt vbel verhergten / deshalb er widerumb abließ / vnd sein Macht wider dieselbigen wendet.

Contra-

Von dem Ungerlandt. 1385
Contrafehtung der gewaltigen Vestung Jula.
Cap. liv.

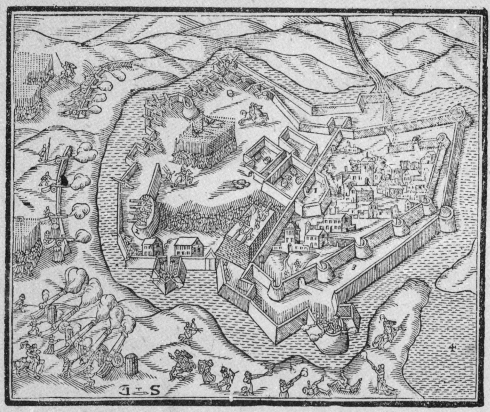

Außlegung der fürnemesten Oertern der Veste Jula mit Ziffern verzeichnet.

1. Das Schloß 2. Ein Schüttwerck 3. Doppel Graben 4. Der See Zarkad genannt

JVla nicht ein sonders grosse/ aber ein wehrhaffte Statt Ungerlandts/ ist auch in diesem Krieg/ welchen Solymannus der Türckisch Tyrann im letsten Jahr seines Lebens/ von Christi Geburt 1566. wider Keyser Maximilian geführt/ ihres verlusts halb ruchtbar worden. Sie ligt auff den Grentzen des Landts Siebenbürgen/ in dem See Zarkad/ neben dem fürfliessenden Wasser Feierkertz/ welches in die Tissa fellet. Antonius Bonfinius gedenckt ihren im 6. Buch der 4. Decad. und setzt sie fünff Meil von Sassabana. Diese ward im erstgedachten Jahr/ als der Türck eigner Person mit übermechtigem Heere in Ungern gezogen/ durch den Perthan Wascha hart belägert/ und den 3. Septemb. durch Ladislaum Zerethsini/ so darinnen gelegen/ mit bethädigung etlicher Artickeln auffgeben: Nemblich die Belägerten solt man unverletzt mit ihren Wägen/ Waaffen unnd Troß abziehen lassen. Des solten ihnen Bürgen geben/ die sie im Abzug beleiteten/ etc. Solch zusagen ward ihnen nicht gehalten: dann als sie auff ein viertheil Meil wegs von der Statt kommen/ wurden etlich geschwader Reuter in sie geschickt. Und wiewol sie sich in ein Wagenburg zusammen schlugen/ mit schiessen unnd schlahen dapffer wehrten/ wurden sie doch übermehrt/ daß ihren wenig darvon kamen/ welche in das nechst Rieß entrunnen. Volgends tags/ den 4. Septemb. starb Solymannus zu Fünffkirchen in Ungern/ seines alters im 76. Jar.

Solymanni todt.

pppp iij Der

Das sechste Buch

Der Statt vnd Schloß Zigeth gelegenheit/sampt des Türckischen Lägers warhafften abcontrafactur. Cap. lv.

Außlegung der fürnemesten Oertern der Veste Zigeth mit Ziffern verzeichnet.

1 Zigeth
2 Das Schloß
3 Allhie haben die Türcken ein straß mit Wullsecken/vnnd Holtz zum Sturm gemacht
4 Der Munition vnd Proviand Platz
5 Der Türcken Schantzgraben
6 Der Fluß Maro
7 Des Türckischen Waschen Veldtherren Läger
8 Vnd 9. Moß Sümpff.

Jese Statt ligt auff der andern seiten in Vngern zwischen der Thonaw vnnd Trab/4. Meil vber Fünffkirchen/in einem See/hat geringsweiß herumb viel Möß vnd Sümpff/darinn starcke Pfäl geschlagen seind/stoßt allein gegen Mittag an einem ort an das Landt/da sie mit zwey starcken Pasteyen vnnd Wählen wolbevestiget ist. Sie hat auch nur zwo Fallbrücken vber die man hineyn kommen kan/die eine gegen Auffgang/die ander gegen Nidergang/ist sonst durch das Wasser in drey theil abgetheilt/die alt Statt/new Statt/vnd beyde Schlösser gegen Mittag gelegen/werden aber durch zwo Brücken zusammengefügt. Es soll diese vor zeiten ein Reicher vom Adel Antemus genannt/in das Wasser erbawen haben. Diese ließ Solymannus den 5. Augusti Anno 1566. weil jhm viel daran gelegen/mit mechtigem Volck belägern/thet manchen harten Sturm daran/biß er erstlich die Statt/demnach den 7. Septemb. das Schloß mit dem Sturm gewaltiglich erobert/vnnd Graff Niclausen von Serin/welcher sie Ritterlich zu erhalten vnderstanden hat/sampt den seinen erlegt. Der Türck soll allein vor dieser Vestung bey 26000. Türcken vnd Janitzaren verloren haben. Diese Stürmung findest du hie oben bey Keyser Maximiliani handlung/weitleuffiger beschrieben.

Warhaffte

Von dem Ungerlandt. 1387

Warhaffte abcontrafactur der Vestung Sacca/sampt jhrer gelegenheit/vnd
wie sie von den Waywodischen ist erobert worden.
Cap. lvj.

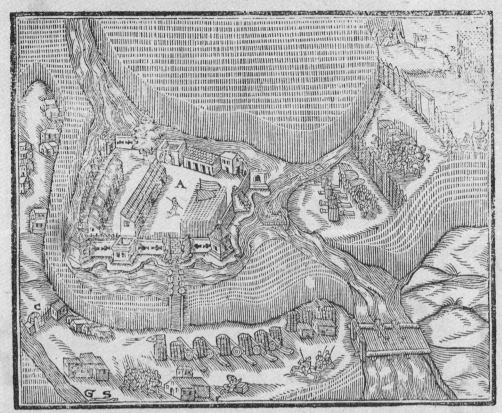

Emnach Anno 1566. die Türcken Zigeth vnd Babotza hatten erobert/vnd ein
vnseglich Christenblut vergossen/haben sie sich noch nit lassen benügen/sonder
sind stracks auff Sacca zuzogen mit 22000. Mann vnd etlichem grossen Feldtgeschütz. Zu dem so haben sich auch die Waywodischen mit einer grossen anzahl
Kriegsleuthen zu jhnen geschlagn/vnd diese Vestung belägert/vnd so bald sie
dahin kamen/fordertens sie das Schloß auff: aber die vnsern so darinnen waren/
sind also Mannlich vnnd gehertzt gewesen/daß sie sich nicht gleich vom dröwen
liessen erschrecken noch abtreiben. Dann jhnen darinnen wol bewust/daß sie in einer wolverwarten
Vestung(die gantz vnd gar in einem Sumpff vnnd Moß gelegen/vnnd mit Wasser allenthalben
vmbgeben)weren. Als aber die Feindt jhr Mannlichs vnd standhafftigs Gemüt sahen/da haben
sie angefangen mit 15.stuck Büchsen erschrockenlich zu schiessen/vnd haben solches tag vnd nacht
triben/also daß die Mawren an etlichen Orten hernider fielen vnnd die vnsern in grossen nöthen
stunden/derhalben alß sie sahen daß kein errettung noch hilff mehr vorhanden ware/namen sie die
Flucht vnd zogen bey nächtlicher weil darauß.

Sacca mit zweyen Kriegshee-ren heff-tig belägert vnd erobert.

Genealogy oder Geburtlinÿ der Königen
van Ungern.

Das sechste Buch

```
                    14  Emericus
                    15  Ladisla
                                      Carolus Martellus — Carolus
                                                            Clementia
                        19 Ladislaus
                           Maria Kö. Car-   Ludwig Bischoff
                    Bela  les von Sicilia
                           Gemahel          Robertus    Carolus    Johanna
          Bela
12                         Stephanus        Philippus   Ludovicus
† Bela                                20
                           Andreas          Raimundus
          Colomannus
                                            Berengarius
   16     Andreas                                                  26
 Andreas                                    Leonora      Mathias Corvinus auff der Lini
  der 2.  Elisabeth/die Heylige
                                            Blanca
          Stephan/von einer andern Mutter

              23                              24                        25
          Maria/Keysers Sigmunds Gemahel   Elisabeth Kön. Albrechts Gemahl   Vladislaus/Alberti Sohn
   22
 Ludwig
          Hedwig Königin zu Polan

   Stephanus
                                                                    28 Ludwig/erschlagen den 29. Augusti
                                                                          Anno 1526.
† Carolus
                              26                     27
                           Ladislaus/sein         Vladisla/sein Gemahl
                           Gema. Elßbeth          ein Gräfin von Franck-
             Ladislaus     Königin von            reich                 29                30           31 Rudolphus
                           Polan                                     Anna ihr          Maximilian
                                                                     Gemahel                         32 Matthias
                                                                     Ertz. Fer-
             Andreas   Carln Kön.    Anna/Hertzogs Wilhelms von Sachsen   dinand
                       zu Apulien    Tochter                         von Oest.                       33 Ferdinand
                                                                                       Carolus
                       Johanna                                                                          Leopoldus
```

1. Stephan der erst Christlich König/ er hett zu der Ehe des Heyligen Keysers Heinrichs Schwester/ Fraw Giselam/ vnd fuhrt bey jhr ein Heylig Leben/starb Anno Christi 1034.

2. Petrus Königs Stephans Schwester Sohn/ war erstlich ein grosser Tyrann/vñ ward auch darumb auß dem Reich gestossen/ vnd ein anderer mit Nammen Aba an sein statt gesetzt. Aber da dieser noch böser war/ ward Petrus wider zum Reich angenommen. Vnder jhm fiengen an die Vngern abzufallen vom Glauben. Er regiert 5. jahr vnd ein halbs/ vnd Aba 3. jahr.

3. Andreas Königs Stephans Vetter. Er richt den Christlichen Glauben wider auff bey den Vngern.

4. Salomon König Andreas Sohn. Dieser ward auß dem Reich vertrieben.

5. Bela der erst dieses Nammens/ König Andreas Bruder. Er hat regiert vor Salomon alß ein Vogt seines Bruders Sohn.

6. Ladislaus den man für Heylig hatt/ deß vordrigen Bruder/ist gestorb. A. Christi 1095.

7. Geysa Kön. Ladislai Bruder. Sein Vatter vnd Kö. Salomonis Vatter waren Brüder.

8. Colomannus/ dieser starb Anno Christi 1114. vnd ward König Geyse Sohn.

9. Stephan Colomanni Sohn.

10. Bela/ des vordrigen Bruders Sohn/ er war blind/ vnd starb Anno 1141.

11. Geysa/ Bela des vordrigen Sohn/ starb Anno 1161.

12. Stephan/ Geyse Sohn/ starb Anno 1173.

13. Bela/ deß vordrigen Königs Stephans Bruder/ starb Anno 1199.

14. Emerich König Bele Sohn/ starb Anno Christi 1200.

15. Ladislaus König Emerichs Sohn/ starb Anno Christi 1210.

16. Andreas/ S. Elßbeth Landgräffin Vatter/ Kön. Emerichs Bruder/ starb Anno Christi 1235.

17. Bela S. Elßbeth Bruder. Vnder diesem ist Vngerlandt jämerlich verhergt worden von den Tartarn/ die drey gantze jar darinn lagen/ vnd niemand verschoneten/ weder Weib noch Kind. Bela ist gestorben Anno 1275.

18. Stephan deß vordrigen Sohn. Er bezwang den König von der Bulgarey/ daß er jhm Tribut must geben/ starb Anno 1279.

19. Ladislaus König Stephans Sohn/ er kam vmb Anno 1299. Keretzeg. Sein Schwester Maria ward vermählet König Carlen von Sicilia.

20. Andreas von Königlichem Geschlecht geboren/ zu Venedig erzogen/ vnnd von einem frembden Landt in das Reich erfordert.

21. Carolus

Von dem Unger Landt. 1389

21. Carolus Robertus oder Carlobert von Sicilia/ deß Mutter Maria ein Ungerin war/ wie vor angezeigt.

22. Ludovicus Carlobertus Sohn/ der Bruder Andreas war König zu Sicilia/ aber er ward von seinen eignen Gemahel Johanna/ mit einem seyden Strick erhenckt. König Ludwig ist gestorben Anno 1382. vnd ließ hinder jhn zwo Töchter/ eine ward vermählet Sigmundo dem Kö. von Bhem/ die ander dem König von Polandt. Die weil aber Sigmund noch zu jung war/ regieret sein Gemahel Maria mit sampt jhrer Mutter Fraw Elßbeth/ vnd henckt ettlich vom Reich an sich/ durch welcher Rhat sie alle ding theten/ das verdroß die ander Landtherren/ vnd schickten heimlich nach König Carlen de Neaples inn hett/ daß er käme vnd Ungerlandt eynneme: dann es war sonst kein ander Männlich Samen vorhanden von dem Geblüt der Königen von Ungern. Es nam Kö. Carle die Anmutung an/ vñ wie wol sein Gemahel jhm das wehret auff alle weg/ vnd jm sagt/ es wurd jm vnd den seinen vbel erschiessen/ kehrt er sich nicht daran/ sonder zog mit grosser Rüstung in Ungern/ ward von vielen Ehrlich empfangen/ vnd zu letst auch gekrönt. Aber darneben waren viel die es mit der Königin Maria hetten/ die practicierten heimlich wie sie König Carlen möchten vmb sein Leben bringen/ wie es auch zu letst gerieth. Dann es schickten die Weyber vnd jre Hofmeister nach König Carlen der gestalt/ als wolten sie sich mit jhm vertragen/ vnd hetten etwas heimlichs mit jm zu reden/ darumm auch seine Trabanten alle auß dem Gemach gingen. Vnd als sie zusammen waren kommen/ da wuscht einer herfür dar zu bestellt/ zerspielt dem König seinen Kopff/ vñ ehe man es iñ ward/ entran er durch die Italiäner die da aussen warteten. Vñ als diß in der Statt offenbar ward/ rotteten sich die Ungern zusammen/ die auf der Königin seiten waren/ vnd schlugen jhre Feind die Italiäner auß dem Land. Nach dem nun die Königin im Reich versichert war/ wolt sie vmbher fahren im Reich mit jrer Mutter/ Hofmeister vnd anderem Hofgesind/ vnder welchem auch der war der sein Handt angelegt hat an König Carlen/ vnnd wurden von dem Landsherren in Croatien außgespähet/ der rüstet sich wider sie/ vnd fiel sie an mit grossem Grimmen/ wolt rechen den jämmerlichen Todt König Carlens. Er schlug zum ersten den/ de/ den König vmbbracht hett/ darnach der Königin Hofmeister vnd ander Trabanten/ darnach grieff er das Frawenzimmer an/ schleifft die Königin vnd jhr Mutter mit dem Haar vmbher auff der Erden/ ertrenckt die Mutter/ vnnd legt die Königin gefangen/ begieng grosse Büberey mit dem Frawenzimmer/ vnd zu letst wolt er auch die Königin ertödt haben/ aber besorgt es wurd jhm vnd den seinen zu grossem schaden dienen/ darumb ließ er sie auß/ vnd schickt sie mit grossem Pracht wider heim. Doch must sie jhm vorhin zusagen/ diese Schmach nicht zu rechen. Da sie nun heim kam/ war jr Herr König Sigmund von Behem kommen mit grossem Zeug/ vnd nam das Reich Ungern eyn ohn alles widersprechen/ ward gekrönt mit sampt seinem Gemahel. Darnach nam er jm für zu rechen die grosse Schmach die der Königin vnd jrer Mutter begegnet war/ zog in Croatien/ belägert den Herren desselbigen Landts/ fieng jhn vnnd schleifft jhn herum/ ließ jhm sein Leib mit glüenden Zangen zerzerren/ vnd zu letst Viertheilen vnd Hencken für vier Thor einer Statt. Also ward ein Schmach nach der ander gerochen.

Ein König wird võ seim eygnen Weib erhenckt.

23. Sigmundus Keyser. Dieser nam des vordrigen König Ludwigs Tochter mit Nammen Mariam zu der Ehe/ vnd ward durch sie König in Ungern/ behielt auch das Königreich nach dem sein Gemahel ober sechs jar starb/ vnd er ein Gräffin von Cilien zu der Ehe nam/ vnd von der vordrigen kein Kind hett. Er starb Anno 1437.

24. Albertus Hertzog von Oesterreich. Der nam Key. Sigmunds eintzige Tochter von Cilien/ ward durch sie König zu Behem vnd Ungern/ ward auch erwehlt zum Röm. Kön. starb A. 1439. Wie es nach seinem Todt ergieng/ will ich bald hie vnden erzehlen nach König Maximiliano.

25. Ladislaus König Albrechts Sohn/ aber er starb ehe er weibet Anno 1458. Da wolt Keyser Friderich von Oestereich in das Königreich ziehen/ vnd wendet für daß er deß Mannlichen Samenshalb der nechst were/ vnd schreib sich auch König zu Ungern. Aber es fürkam jhn Matthias ein Sohn des starcken Johannis Huniadis Wayvoden mit dem geding/ daß Keyser Friderich vnd seine Nachkommen das Reich solten erben/ wann er ohn Kinder stürbe. Darvon wird ich hie vnden weiter sagen.

26. Matthias Huniad.

27. Vladislaus des Königs von Polandt Sohn. Sein Mutter war Kön. Ladislai Schwester/ darumb gebürt jhm das Reich/ wie er dann auch König zu Behem war.

28. Ludwig des vordrigen Sohn. Der ward Anno 1526. von dem Türcken erschlagen/ vnnd ließ kein Kind hinder jhm.

29. Ferdinandus Hertzog von Oestereich. Dieser nam des vordrigen Königs Ludwigen Schwester zu der Ehe/ vnd ward durch sie König in Behem vnd Ungern.

30. Maximilianus Ferdinandi Sohn ward König zu Behem vnd Ungern.

31. Rudolphus/ Keysers Maximiliani Sohn/ ward König in Ungern vnd zu Behem bey seines Vatters leben/ Anno 1572. Auff jhn ist gefolget sein Bruder Ertzhertzog Matthias/ vnnd auff diesen sein Vetter Ferdinandus/ jetz regierender Römischer Keyser.

History

Das sechste Buch
History König Albrechts vnd seinen Nachkommenden.
Cap. lvij.

BEy König Albrechten dem 24. vnd seinen Nachkommen solt du folgende ding mercken. Kön. Albrecht gebar mit seiner Gemahel 2. Töchter/ eine nemlich Elisabeth nam König Casimirus von Polandt: die ander mit Nammen Anna/ nam Hertzog Wilhelm von Sachsen/ vnd alß er in seiner jugend starb/ verließ er kein Mannlichen Erben/ sonder ein Schwangere Gemahel/ vnnd die gemeldte zwo Töchter. Nun forcht die Königin/ es wurd das Reich von jhr abfallen/ darumb begert sie von den Landsherren/ sie solten sich versehen mit einem geschickten Fürsten der dem Königreich vorstünde. Da erwehlten sie zum grössern theil des Königs Bruder von Polandt/ der Vladislaus hieß/ vñ deß Vatter von der Heydenschafft zum Christlichẽ Glauben kommen war/ mit dem geding/ daß er die Kön. zu der Ehe neme/ darzu verwilliget sich die Witwe/ deßhalben auch ein herrlich Bottschafft verordnet ward zum Kön. von Polandt. Vnder dem aber gebar die Schwangere Königin ein Sohn vnd natürlichen Erben des Reichs/ der ward genannt Ladislaus. Da sie nun den Sohn hett/ wolt sie des Königs von Polandt nicht mehr/ sonder widerrüfft die vordrige Verwilligung/ deßhalb ein grosse Zwenung im Reich entstund. Viel/ vnd das grösser theil wolten Vladislaum von Polandt zum König haben/ brachten jn auch ins Lands/ die andern hetten es mit der Königin/ vnd verschuffen daß jhr Sohn/ alß er 4. Monat alt ward/ herrlich Gekrönt ward/ nach brauch des Reichs zu Vngern. Nach diesem flohe die Königin mit dem Kind in Oestereich zu Keyser Friderich seinem Oehem. Sie nam auch mit jhr die Heylige Kron/ damit man pflegt zu Krönen die König von Vngern/ vnnd keiner für ein Ordenlichen geachtet wirdt/ er sey dann mit der Kronen gekrönt worden. Sie ward hernach vnder König Matthias wider gelöst vmb 600000. Gulden: dann es hatten sie hinder jnen gehabt die Fürsten von Oesterreich 24. jar. Dieweil nun die Vngern vnder jnen selbs zweyträchtig

Zwen König in Vngern

waren/ gieng viel Vnglück vber das Landt/ vnd macht dem Türcken ein eyngang dareyn. Es behielt doch Vladislaus das Königreich/ vnnd hielt sich also freundlich mit dem Volck/ daß auch viel von dem jungen König auff seine seyten fielen. Doch stund das Landt nicht lenger den vier jar in diesem Zwentracht. Dann alß König Vladislaus viel Krieg führt wider den Türcken/ ward er zu letzt erschlagen bey der Statt Varna. Da fiel das Landt einhellig auff den jungen König Ladislaum. Dieweil er aber fünff järig war/ vnnd zu jung zum Regiment/ ward Johann Huniad oder Coruin Statthalter in Vngern erwehlt/ angesehen sein grosse vnnd Mannliche Thaten so er wider den Türckn täglich mit Kriegen begieng/ vnnd vnder König Vladislao begangen hat/ darumb jhn auch König Vladislaus in seinem Leben bestettiget hett sein lebenlang in deß Waywoden Ampt in Siebenbürg. Es macht jhn auch nachmals der jung Königs Ladislaus zum Graffen/ vnd vbergab jhm die Graffschafft Bistreich in Nößner Landt/ das mit der zeit dem Königreich zu viel vblem dient/ wie das biß auff den heutigen tag wol schein ist. Dann er nam sich der Herrschafft so viel an/ vnd kam in argwohn/ er wölt das Reich gar an sich ziehen. Nach dem nun der König etwas erwachsen war/ vnd sich des Regiments vnderzog/ vnd Johann Huniad seinen gewalt vbergeben hatt/ ja vnderstunden die Landtherren jeder wol an dem König zu seyn/ deßhalben grosser neid vnd haß vnder jhnen erwuchß/ vnd vertrug je einer den andern/ gleich alß wolt ein jeder den König regieren/ daß er thun must was dieser oder jener wolt. Vnnd besonder wurden Graff Vlrich von Cilien/ der dem König der Mutter halb etwas verwandt ward/ vnnd Johann Huniadi zwen Söhn/ mit Nammen Ladisla vnd Matthias/ einander also auffsetzig/ daß sie auch vnderstunden einander vmbzubringen/ vnd mocht sie niemand vereynbaren. In summa es kam dahin/ daß nach viel Schmachworten der vnwill also grausamlich vberhand nam/ daß Ladisla

Der Graff von Cilien wirdt erschlagen.

von Huniad mit seinen Anhängern erschlug Graff Vlrichen von Cilien/ das König Ladisla ein heimlicher grosser kummer war/ doch erzeigt er sich gegen den zweyen Brüdern Ladisla vnd Matthisen/ alß hett er jhnen jhre Vbertrettung vergeben/ nam sich keins vnwillens gegen jhnen an. Alß aber nun Graff Vlrichs Freund nicht feyrten bey dem König/ vnnd jhn stäts anhetzten vnnd sprachen/ sein Majestät were verletzt in dieser That/ daß sie also freffenlich hetten erschlagen seinen Vettern/ er solt es vngerochen nicht lassen hingehen/ es möcht darnach darzu kommen/ daß sie nach dem Reich streben wurden/ da ward der König wider die zwen Brüder gar bewegt/ vnnd ließ sie fahen mit jhren Anhängern/ deren viel waren/ vnnd in Gefengknuß werffen. Am dritten tag ward Ladislaus enthauptet/ etliche brachen auß der Gefengknuß vnnd kamen darvon. Aber Matthias ward gehn Wien geführt vnnd gefengklich behalten: dann es waren Oestereich vnnd Vngern dazumal eins/ vnd nicht mißhellig/ wider jhren alten Brauch. Darnach ward er in Behem geführt/ vnd da gefengklich behalten/ damit alle weg verlegt wurden/ daß er nicht zu dem Königreich in Vngern käme/ aber es halff alles nichts. Dann alß König Ladislaus geworben hett vmb des Königs Tochter von Franckreich/ die Magdalena hieß/ vnd wolt zu Prag Hochzeit haben/ ward

Von dem Vnger Landt. 1391

beÿ/ward er schnäll kranck vnd starb/also daß er in einem tag gesundt vnd todt war. Das geschahe Anno Christi 1457. im 19. jahr seines alters. Etliche meynen es seye jhm vergeben worden durch Görgen seinem Nachkommenden/der nach dem Reich strebt. Es war auch sein Gemahel inn zÿg/daß sie jhm ein Apffel mit Gifft gebüfft/dem König zu essen geben hab.

König Ladislaus stirbt.

Da die Vngern des Königs beraubt waren / wusten sie abermals nicht wo hinauß. Deßgleichen die Behem/doch kamen die Behem zusammen vnd erwehlten zum König jren Statthalter/der hieß Georg vnd hett in seinem Gewalt Graff Matthisen von Huniad/dem weissagt er/daß er König würd in Vngern/wolt jn auch nicht ledig lassen/er neme dann sein Tochter zu der Ehe/ vnd hielt beÿ jhm Hochzeit. Dieweil sich diese ding verlieffen/wolten die Vngern zum theil Keyser Friderichen zu jhrem König haben/ vnd da er nicht bald kam/enderten sie jhr Gemüt/vnd fielen eynfaltig auff Matthiam Huniad/erwehlten jhn zum König. Vnd also was König Ladislaus besorgt/das geschahe dannoch. Er war ein Jüngling von 17. jaren da er König ward gewehlt. Da jhm die erste Fraw gestarb/hett er gern gehabt Keyser Friderichs Tochter Fraw Künigund/aber er mocht es nicht erlangen/derhalben er ein grossen vnwillen trug wider den Keyser. Er nam König Ferdinandi von Sicilia Tochter/die hieß Beatrix/vnnd fieng an zu bekriegen das Land Oestereich. Er vnd sein Vatter vor jhm kriegten 12. jar lang das Landt Oestereich/vnd theten grossen schaden darinn. Ja König Matthias vertrieb den Keyser darauß/vnd nam das Land eyn/vnd da die Behmen König Georgen verloren/gab Keyser Friderich zum König Vladislaum des Königs Casimiri von Polandt Sohn/des Mutter Königs Albrechts Tochter vnd Königs Ladislai Schwester Sohn war/das verdroß auch König Matthisen/vnd sagt dem Keyser auff ein newes ab/vnd wolt Ladislaum auß Behem vertringen/aber ehe er es zu wegen bracht/starb er zu Wien A. Christi 1490. Er saß auff dem Palmtag zu Tisch vnd war gantz frölich von wegen einer herzlichen Bottschafft so zu jhm von dem König auß Franckreich gethan war. Vnd da er jm hieß Feigen bringen/vnd aber die Diener sagten/sie weren alle gessen/ward er dermassen ergrimmt/daß jhn der Tropff schlug/vnd gleich alß vnemptfindlich lag/kein wort mehr redt/sonder brüllet wie ein vnvernünfftig Thier/vnd am andern tag den Geyst auffgab. Da gewan Maximilianus widerumb Oestereich/vnd die Vngern namen auch an Vladislaum/der auch König war worden vorhin in Behem. Dann alß König Matthisen verlaßne Gemahel Beatrix noch vorhanden/vnd den Vngeren angenem war/strebt nach jhr Maximilianus von Oestereich/vnd Vladislaus von Polandt. Vnd alß Maximilianus verseumlich war/fürkam jhm Vladislaus/vnd nam sie zur Ehe/vnnd ward König in Vngern. Nach jhrem todt nam er ein Gräffin von Franckreich/vnd gebar mit jhr Ludwigen vnd Annam. Er macht auch ein Pact mit Maximilian/wann er ohn Erben stürb/solt Maximilian vnd seine Nachkommen nach jhm König werden in Behem vnd Vngern. Wie es weiter mit König Ludwigen ergangen ist/hab ich hie vornen geschrieben/vnnd auch hie vnden bey dem Türckischen Keyser Solymanno.

Matthias Huniades.

Von Sarmatia/sonderlich von dem Königreich Polandt/vnd andern Ländern demselbigen zugehörig.
Cap. lviij.

SArmatia ist ein vberauß grosse Landtschafft/welche viel Völcker vnd Königreich in sich begreifft. Sie ist aber zweyfach: die eine wird die Asiatische/die ander die Europæische Sarmatia genennet. Die Asiatische ligt jenseyt den zwen Flüssen Tanais vnd Wolga. Sie wird bewohnet von den Tartarern/oder Scythiern/welche in gewisse Zünfft abgetheilet sind.

Aber die Europeische Sarmatia ligt disseits gedachter Wasserström/vñ wird bewohnet von den Polen/Reussen/od Ruthenern/Littawern/Masowytern/Preussen/Pomeren/Lyfländern/Moscowytern/Gothen/Alanen/Walachen/vñ denen Tartaren/welche disseits des Flusses Tanais/gegen Nidergang/bey dem Meer Euxino sich auffhalten. Das Europeische Sarmatia wirdt gegen Auffgang durch den Fluß Tanais/vnnd durch die Meotischen Pfützen von Asia vnderscheiden/gegen Nidergang wird es durch die Vistel/ oder wie andere wöllen/durch die Oder:gegen Mittag durch das Vngerische Gebirg Brskid genannt: gegen Mitternacht aber durch das Sarmatische Meer beschlossen/da es sich vber Norwegen hinauß/an die Grentzen des vnbekannten Lands Engroneland erstrecken thut. Ptolomæus schreibt in seiner Cosmographey die fürnemsten Flüß/die durch Sarmatien lauffen seyen diese. Erstlich die Vistel/welche auß den Sarm. Bergen springt/vñ durch Schlesien/Pol. Moscow/Preussen zu Dantzig in dz Sarm. oder Baltisch Meer laufft. Der 2. Fluß wirt genennt Cronon/welcher in Reussen bey Tarawentsy

vnd durch

1392 Das sechste Buch

vnd durch Littow vnd Preussen in der Teutschen Meer lauffet. Der dritt fluß wirdt genennt Ruben/auff Teutsch Duna/entspringt bey den Moscowytischen Reussen/lauffet durch den grössern theil Reussen/Littow/vnnd Leüfflandt/nach dem er 130. Polnischer Meilen geloffen/fleust er bey Riga in Lyfflandt in das Meer.

† Marteburg
† Rewel st.

In diß Meer fliessen auch die 2. Wasserström/Lernetis vñ Chersinus/welche in den Ripheischen Bergen entspringen. Vnd sonst Narew/vnd Bug genennt werden. Sonst sind auch in diesem Europeischen Sarmatia/der Fluß Boristhenes/welcher Dnepr genennt wird/vnd in das Meer Euxinum lauffet. Desgleichen Hypanis/welcher Bog geheissen wirdt/vnnd mit der Vistel sich vermischet: Tiran/oder Dnester/Vilia/Disna/Slucza/Narva in Lyfflandt/vnd andere Schiffreiche Wasser mehr.

Das sind nun die Grentzen Sarmatiæ/welches schon von altem her/vnder die Kron Polen zum grösseren theil gehöret hat. Also daß sich diß grosse Königreich jetziger zeit erstrecket von dem Sarmatischen Gebirg vnd Sibenbirgen/biß zu dem Vrsprung der Vistel/wo das Herzogthumb Teschen in Schlesien anfahet: von dannen strecket es sich auch durch Schlesien/biß an die Oder/vnnd an die Marck Brandenburg/auch ein grosse lenge durch Pommern/biß an das Meer: Aber auff der Mitnächtigen seyten strecket es sich durch Sanogitiam/Curlandiam/vnd Lyfflandt/biß an Finlandt: gegen Auffgang strecket es sich durch viel Länder der Reussen/biß an der Moscowyner Herschafft. Von dem Teutschen Meer aber erstrecket es sich gegen Auffgang/durch grosse Eynöde Felder vber den Borysthenem/biß an die Meotischen Pfitzen/zu den Tartaren. Von dannen kehret es sich wider von dem Euxinischen Meer/durch die Podolischen Felder/durch Moldaw/vnd Wallachey gegen Sibenbürgen.

In der Polnischen Chronick werden angezeigt zwen Männer/mit nammen Lech vnnd Zech/von Javan vnd einem Sohn Elisa erboren/die sind kommen in wüste vnnd vnerbawte Länder/so nachmals Behem vnd Märhern sind genannt worden/haben da jhr Läger vnnd Gezelt auffgeschlagen. Dem Zech gefiel die Gelegenheit wol/darumb ließ er sich da nider. Lech aber fuhr mit den seinen weiter gegen Orient vnnd Mitnacht/vnnd macht jhm ein Wohnung in der Gegne da jetz Schlesia vnd Polandt ist. Deßgleichen Ruß ein Eickel/oder wie die andern sagen/ein Bruder Lechs/eygnet jhm zu ein ander Gegne/die von jhm Reussen ward genennt/gleich wie Poland von dem Lech ward genennt der Lecher Königreich/vnd die Tartarn/Besserabes/Griechen vnd Reussen nennen noch zu vnsern zeiten die Polen Lechirer. Das erst Schloß vnd Wohnung so Lech in Polandt gehabt/ist Gnezna zu Teutsch Gnisen/gewesen/welche Statt noch in wesen ist/vnnd ligt auff einem ebnen Boden/darvon auch das Königreich Poln diesen Nammen soll vberkommen haben: dann Poln in jhrer Sprach bedeut so viel als ein eben Feld: dann Polandt ist weit vnd breit/vnd vast eben/mit vielen Wälden vberzogen/vnd mit wenig Bergen besetzt. Jhr Sprach ist ein

Polonier Sprach.

Spraach

Von dem Polandt. 1393

Sprach mit den Sclauen/ Winden/ Wenden/ Bulgaren/ Sirffen/ Dalmaten/ Crabaten/ Bosnen/ Behemen/ Reussen/ Littawer/ Moscowyter vnd andern Völckern vmb sie wohnende/ dann daß sich die Sprach verendert in solchen Ländern/ wie sich die Teutsche Sprach verendert in Hohem vnd Nidern Teutschlandt. Es wöllen auch ettliche daß gemeldter Lech da er in Polandt kommen ist/ hab darinn Eynwohner gefunden/ die er mehr mit Frieden dann mit Waaffen jm vnderworffen hab. Das Landt ist kalt vnd vast winterig/ darumb es auch mangel hat an Wein vnd Oel/ hat aber Gewechß von Korn/ Gersten/ Erbessen vnnd andern Früchten/ hat viel Vieh/ Fleisch/ Honig/ Milch/ Butter/ Wachs/ Vögel/ Fisch vnd Obß. Es kosten dareyn Häring von Dantzig: es sind auch Awrochsen/ wilde Rossz/ Waldesel/ vnd allerley gehörnte Thier darinn. Man führt darauß in Teutschlandt Ochsen/ Wachßscheiben/ Eychen vnd Eschen Bäum/ Pech vnd Härtz/ gut Bley/ vnd viel Saltz/ gegraben vnd gesotten/ köstlich Lazur. Man findt auch an ettlichen orten Kupffer in stücklein weiß/ besunder bey Premißlen/ aber man stellt jm nicht nach. In den Bergen gegen Vngern zu/ so von den Eynwohnern Tatri genennet werden/ zeucht man Kupffer auß den Steinen/ davon auch Kupffer geschmeltz wirdt. Es schreiben auch etliche daß man Gold findt in etlichen Bergen vnnd Wässern/ aber man sucht jhm nicht nach. Item gegen dem Meere zu findt man Augstein/ vñ bey den Flecken Nochaw vñ Paluky findt man Häfen/ die sind von der Natur formiert/ vnd so man sie auß dem Erdtrich zeucht vnd trocknet/ seyndt sie wie andere Häfen. Weiter findt man in diesem Lande Schwäfelgruben/ aber kein natürlich heiß Bad. Es soll zu den alten zeiten ein groß theil vom Teutschen Land zu diesem Königreich gehört haben/ nemblich was vber der Wixel am Meere ligt biß gen Lübeck/ als Pomern/ Meckelburg/ die Wenden/ Meydenburg/ die Marck/ Schlesy vnd Lußnitz/ welche Länder nach vnd nach durch Krieg vnnd Ehesteur abgesöndert/ vnd in der Teutschen Händ kommen sind. Es sind auch endtlichen ein theil gefallen zu den Ländern Vngern vnd Behem.

Fruchtbarkeit deß Polands.

Töpff von Natur also geformiert.

Von den Pfaltzgraffen des Landts Polen.
Cap. lix.

DA nun Lech vnd seine Nachkommen abgangen/ von deren Geschichten man doch gar nichts findt/ sind die fürnmesten des Lands zusammen kommen in der Stat Gnetzna/ vnd sich berhatschlaget vmb ein andern Fürsten vnnd Regierer des Lands/ vnd hat sie für gut angesehen zu erwehlen zwölff Pfaltzgraffen/ die sie Woyewoden nennen/ die dem gantzen Landt mit Gericht vnd Rechte fürstehn solten/ vnd diese Amptleut sind auch im Landt blieben biß zu vnsern zeiten/ aber nicht ohn groß nachtheil des Lands. Dann man entsetzt sie nicht von jren Aemptern/ ob man schon sicht das sie mehr jhr eygen dann den gemeinen Nutz suchen/ jhre Obern verachten/ vnd die Vnderthanen vndertrucken. Dann die Poländer erwehlten nicht jhre Amptleut auff ein jahr/ sonder jhr Lebenlang/ das dem Königreich zu grossem schaden dienet. Wan aber der erst Sohn Lech nach dem Sündfluß in diß Landt kommen sey/ vnd wie lang seine Nachkommen nach jhm regiert haben/ vnnd wie lang die Pfaltzgraffen allen Gewalt im Landt gehabt/ ist in kein Geschrifft verfaßt worden: dann sie haben keine gelehrte Leut gehabt/ die solche ding vnd andere Geschichten in die Feder verfasset hetten.

QQQQ   Wie

Das sechste Buch

Wie Grachus ist erwehlt/von dem Crackaw soll erbawen seyn.
Cap. ly.

Nach dem die Poländer ein grossen Mißfallen hetten ab den Pfaltzgraffen jhres bösen Regiments halb/haben sie 400. jahr ohn gefehrlich vor der Geburt Christi erwehlt ein verstendigen vnd dapffern Mann mit namen Grachum/der wohnet bey den Sarmatischen Bergen am Wasser Vistel. Vnd da er seinen Vnderthanen vast lieb war/bawet er bey jetzgemeltem Wasser ein Schloß vff einen Bühel Vduel genannt/vnd die Statt die er nach seinem Namen nennet Cracoviam/gelegen an einem fruchtbaren ort vnd guter Lufft/het aber das vbel/dz ein grosser Wurm (ettlich sagen von einem Drachen) kam auß einer Hölin deß Bergs Vduel herfür/vnd erwürgt Menschen vnd Vieh/so an dem Ort fürgiengen. Diß kümmert den Fürsten Grachum gar vbel/darumb er auch verordnet dem grawsamen Thier täglich zu geben drey Vieh/mit denen es wol zu frieden war/vnd die Leut vngescheidigt ließ. Da aber diß dem Landt auch beschwerlich seyn wolt/erdacht der Fürst ein solchen List. Er thet in die Cörper die man dem Thier

Crakaw ein Staď.

Drachens Vnersättigkeit.

darwerffen solt/Schwefel/Pech/Wachß vnd dergleichen ding/verbarg auch darein ein fewrigen Zundel/warffs dem fräßigen Thier für/darab es er worgen solt/wie dann auch geschahe. Dann das Thier fiel mit grossem Hunger in die fürgeworffne Speiß/fraß die geitziglich ohn vnderscheid/fieng an kranck zu werden vnd starb. Gleiches Exempel haben wir im Propheten Daniel. Alß nun die Statt Crakaw vom Graccho war angefangen/vnd ein Hauptstatt worden deß Königreichs Polandt/hat sie nach vnd nach zu genommen in Gebewen vnd Eynwohnern/ist bevestiget worden mit hohen Zinnen/Erckern/Vorwehren vnd hohen Thürnen/ zu vnsern zeiten vmbfangen mit Schütten vnd Gräben. Derselbigen Gräben sind etlich mit Fischwasser außgefüllt/etlich mit Gesteud erwachsen.

Rudúß ein Wasser. Crakaw wol erbawen.

Ein Wasser Rudúß genannt/vmbgeußt die gantze Statt/ treibt Mülreder. Diß Wasser wirt durch Rören vnd Teucheln vnder der Erden durch die gantze Statt geleitet. Es hat diese Statt sieben Porten/ vnd viel schöner lustiger Bürgers Häuser/ein Schloß in der höhe/vnd ein berhümpte Hohe Schul/die Jagello Vladislaus König in Polen Anno Christi 1400. hat auffgerichtet. Auff der andern seiten der Wixel/ ligt ein andere Statt/ so man von König Casimir nennt Casmir. Es vmblaufft sie die Wixel oder Wistel/nach dem sie sich vnder dem Schloß theilt/vnd zu beyden seyten vmbfaßt sie die Statt gleich wie ein Insel. Etliche theilen die Statt Crakaw in drey Stätt/wie sie auch drey Rhathäuser hat. Eine heißt Celpars/vnd ist alß ein grosse Vorstatt die an Crakaw gegen der Schlesy ligt. Die ander ist Crakaw/vnd neben der ligt am Wasser auff einem Berg ein Königlich Schloß. Von Crakaw geht ein höltzine Bruck vber die Wixel in die Statt Casmir/ in der die Hohe Schul ist. Die andern Stett dieses Reichs sind nicht vast hübsch/ vnd die Häuser darinn mit schlechter Matery gebawen. Das Landt ist vast Wäldig vnd zeucht viel Viechs/ es hat viel wilde Thier/ alß wilde Pferdt/Awrochsen/vnd andere seltzame Thier. Sie haben ein Metall im Landt/nemblich Bley/vnd Steinigsaltz/darvon ich hie vnden etwas waiters sagen will/vnd haben im gantzen Reich kein grössern Nutz/vnd der König hebt ein groß Gelt darvon auff/vnd ob schon diß Steinigsaltz wider zergieng das nicht viel hundert jar gewäret hat/seudet man darneben auch ander Saltz das ewig ist. Deß Honigs samblen sie so viel/ daz sie es kaum alles gefassen mögen: dann alle Bäum/ ja Wäld hangen voll Ymmen körb.

Von dem Polande. 1395

Von Gracchi Nachkommen. Cap. lvj.

Gracchus der erst {
  Gracchus der elter Sohn
  Lechus der jünger Sohn
  Vanda ein Tochter.
}

Racchus nach dem er lang geregiert/ vnd mit todt abgieng/ gehöret das Regiment zu seinem eltern Sohn. Aber Lechus der jünger were gern an seines Vatters statt komen/ darumb schlug er seine Bruder zu todt/ vñ wandt für/ er were von den wilden Thieren vmbkommen. Vnd nach dem der Mord bald an tag kam/ wurdē jm seine Vnderthant gemeinlich auffsetzig/ vñ trieben den Tyrannen auß dē Land. Das kümmert jn also vast/ dz er bald hernach vor leid starb. Da namē die Poländer an zu einer Regiererin die Tochter Vandam/ die hielt sich auch also redlich im Regimēt/ dz sie im Land vñ ausserhalb dem Land groß Ehr erjagt. Nu war ein Fürst in Teutschlandt der begert jhr zu der Ehe/ vnd fieng auch ein Krieg wider sie an/ dz sie jhren willen nicht darzu geben wolt. Aber alß Vanda wider jn gesieget/ wolt sie sich nach Heydnischer art auff opfferen jhren Göttern/ sprang in die Vistel vnd ertrenckt sich selbst/ vnd war jhr Cörper ein Meil wegs ferr vnder Crakaw in der Vistel gefunden. Vnd daher kompt daß diß wasser so wir Vistel vnd Wixel nennen/ aber in den Historien Istula genannt wirt/ Vandalus ist genannt worden/ vnd sollen die Völcker Vandali auch daher jhren Namen tragen. Diß Wasser nimt seinen vrsprung bey den Sarmatischen Bergen/ vñ laufft mit grosser vngestüme dem Mitnächtigen Meere zu/ fallt bey Dantzig ins Meere. Es sindauch sonst etliche namhafftige vnd Schiffreiche Wasser die durch Polandt fliesen/ ein theil gegen Mitnach/ vnd die andern gegen Mittag. Das nechst so nach der Vistel in das Mitnächtige Meere rinnt/ heißt Chronus/ vnd wird jetz Niemen genannt/ nimbt sein Vrsprung bey Copiolaw auß einer grossen Pfützen. Darnach kompt Rubon/ das entspringt in der Littaw. Es entspringt die Oder/ so Ptolemeus Viadrum nennet/ auch in Polandt bey dem Fläcken Odri. Item ein ander namhafftig Wasser Varta genannt/ das fahet an bey der Statt Tromolow. Tyras aber so man Oniestes nent/ entspringt in Premißlen Erdrich auß den Sarmatischen Bergen/ vnd scheidet Daciam/ so man jetz Bessarabiam vnd Walachiam nennt/ von den Reussen. Item Hypanis jetzt Bug/ kompt auß einer Pfütz/ nicht ferr von Olosco. Vnd Boristhenes so man jetzt Dnyeper nennt/ kompt auß einer sümpffigen Wildnuß deß Moscowyterlandts.

Königin Vanda ertränckt sich selber in der Wixel.

Was für ein Regiment in Polandt gewesen/ nach abgang Gracchi Geschlechts. Cap. lvij.

Anun Gracchus vnd seine Nachkommen gar abgestorben sind/ haben die Poländer an statt eines Königs gesetzt 12. Woyewoden oder Fürsten/ nach zahl der besunderen Landtschafften/ vnder welchen sie lange zeit gelebt haben. Vnnd alß es in die hart nit gut wolt thun/ sondern ein jeder seiner Schantzen acht nam/ vnd ward deßhalb mehr Feind deß Landts dann Freund/ erstunden darneben auch Partheyen im Landt/ gieng alle Billichkeit zu grund/ vnd fielen die auß wendigen Feind ohn allen widerstand ins Landt/ ward das gemein Volck zu Rhat/ jhnen zu erwehlen ein König an dem aller Gewalt stünd/ vnd fielen also auff ein redlichen Mann/ der Kriegshalb gantz berümpt war/ vnd darzu klug vnd sinnreich. Er hieß Primislaus/ aber ward in der Wahl Leßko genannt/ vnd war der fünfft Regent nach dem ersten Lech/ darumb er auch von etlichen Leschezeck genannt ward. Auff jhn kam ein anderer/ den man auch Leßko nannt/ der war gantz auffrecht in seinen Sachen/ vnd alß er starb/ kam sein Sohn Leßko der dritte an das Regiment. Dieser ließ hinder jhm ein Ehelichen Sohn/ vnd zwentzig vnehlicher Söhn/ dem Ehlichen Sohn ließ er das öberst Regiment/ vnd vnder die andern Söhn theilt er deß Reichs Länder/ das dem Reich zu grossem nachteil mit der zeit dienet.

Konig Leßko des dritten vneheliche Söhn.

| Pompilius oder Popiel/ ehelich | Casimirus | Oddo | Premislaus/ Jaxta | Semovislaus | Spitzmerß | Vissimirus |
| Boleslaus | Vladislaus Vratislaus | Bervinus Przibislaus | Semianus Semovitus | Bogdalus Spitzigutus | Spitzneus Sobeslaus | Gesmirus Bislaus |

QQQQ ij   Vnder

Das sechste Buch

Under diese Söhn hat er außgetheilt die Länder am Meer gelegen/ alß nemlich Rugen/ Cassubien/ Pomern/ Ditwoniam/ so jetzt Holsatz: Scorgelicien/ jetzt Brandenburg: Miedzibo/ jetzt Meydenburg: Lyma/ jetzt Lymburg/ so die Teutschen nennen Lübeck: Lukow/ jetzt Meckelburg/ rc. Alß nun Pompilius dem Regiment vorstunde etliche jahr lang/ verruckt er den Königlichen Sitz von Crakaw in die Statt Gnetznam/ unnd darnach starb er/ und ward sein Sohn/ der auch Pompilius hieß/ den aber die Teutschen Nestereich nennten/ der 9. König oder Regent deß Lands Polandt. Doch führten seines Vatters Brüder/ die weil er jung war/ das Regiment/ und richteten alle Sachen auß/ biß er zum verstendigen alter kam/ unnd ein Gemahel nam/ die lag ihm in den Ohren/ und bracht in dahin mit ihren bösen Rhäten/ daß er seines Vatters Brüdern allen vergeben ließ. Das wolt Gott in dieser zeit ungerochen nicht lassen bleiben/ sonder verhengt/ daß er/ sein Gemahel und Kinder wurden von den Meusen gefressen. Dann da er auff ein zeit ein herrlich Mahl zugericht hett/ und sich alles Lusts gebraucht/ kamen die Meuß mit hauffen uber Tisch/ fielen ihn und die seinen an/ bissen sie mit unsinniger weiß/ unnd mochten die Diener nicht gnug wehren/ sonder die Meuß ubermannten sie. Man macht ein groß Fewr Circkelweiß umb Pompilium/ sein Haußfraw und Kinder/ aber es halff alles nichts/ die Meuß sprungen uber das Fewr hineyn/ und bissen den Mörderischen König ohn underlaß. Da diß nicht helffen mocht/ flohen sie zum andern Element/ unnd liessen sich führen vom Erdtrich zum See/ aber es halff alles nichts: dann die Meuß trungen mit hauffen ins Wasser hineyn/ durchnagten das Schiff im Wasser/ deshalben die Schifflut sich besorgten des Schifs undergang/ und führten das Schif an das Land/ da kamen noch mehr Meuß/ und griffen Pompilium an/ sampt den vordrigen Meusen/ bissen ihn und sein Gemahel und Kinder. Da das seine Diener sahen/ wichen sie von ihm/ liessen ihn stecken under den Meusen. Und alß Pompilius mit den seinen flohe auff ein Thurn/ kamen die Meuß eilends hinauff/ frassen ihn/ sein Haußfraw/ unnd Kinder/ unnd kam also ein grawsame Straff auff die grawsame That des Mords. Und da lernen wir/ daß kein Gewalt noch Rhat ist wider Gott den Herrn. Die kleinen unwehrhafften Meuß haben jämerlich verzehrt Pompilium/ gleich wie die Leuß haben getödt den Keyser Arnolphum/ und im seinen gantzen Leib biß auffs Bein gefressen und verzehrt.

Die Meuß fressen ein König.

Von dem Hertzogen oder König Pyast unnd seinen nachkommenden Königen unnd Fürsten.

Das du sehest in einer kurtzen summ wie die König und Hertzogen des Lands Poland entsprungen sind vom ersten Stammen Pyast/ hab ich sie vast allesammen in ein Figur gezogen/ und will darnach ein Person nach der andern für mich nemmen/ und mit kurtzen Worten anzeigen ihre Thaten/ und was sich zu ihrer zeit verlauffen hat.

Pyast/

Von dem Polandt. 1397

1	2	3	4	5	6	7	8
Pyast/	Semovitus/	Lesko/	Zemomisalus/	Miesko der erst Christ/	Boleslaus der erst König/	Miesko/	Casimirus ein Münch

[Genealogical tree of the Polish royal line, numbered 1–32, branching from the figures listed above. Key nodes include:]

3. Casimirus ein Münch der dritte König
4. Boleslaus der 4. König
5. Wladislaus der 5. König
6. Boleslaus der 6. König
7. Wladislaus der 7. König — Boleslaus Hertzog zu Preßlaw
8. Boleslaus der 8. König
9. Wladislaus Miet-Losse
10. Otto Stephan Conradus Krumbfuß Lesko
11. Casimirus der 9. König
12. Lesko der Weiß
13. Conradus Hertzog in Massaw
14. Boleslaus der Schampfftig
15. Heinricus mit dem Bart — Jaroslaus Bischoff zu Breßlaw
16. Lesko der Schwartz
17. Heinrich 5. mit dem grossen Bauch genannt Nogatta
18. Premislaus Hertzog zu Posen — Heinrich Hertzog zu Breßlaw
19. Premislaus Hertzog zu Polen der grossen Polando — Conradus Hertzog zu Glogaw
20. Wladislaus Loket König
21. Casimirus der ander König
22. Elisabeth Königin zu Ungern
23. Ludwig König in Un- gern vnd Laussnam Wladislaus
24. Hedwig/ ihr Gemahl Jagello/ Ossiano Casimirus Herr in Lit- taw vnd König in Polandt
25. Wladislaus König zu Ungern vnd Polandt
26. Wladislaus König in Böhem vnd Vngern Casimirus R. in Polen
27. Jo. Albertus R. in Polen
28. Alexander König in Polen Fridericus Cardinal Sigmund König in Polen
29. Sigmund König in Polen
30. Sigmundus Augustus R. in Polen
31. Anna it Ge- mahl Ste- phan. Ba- tori R. in Polen. Anna it Ge- mahl Sigis. Ko̊n.in Schwe- den
32. Maria Catharina Christo- phorus Stepha- nus

Bey dieser Linien ist das Königliche Regiment blieben.

NNN iij   Beschrei-

Beschreibung aller Länder / so etwan dem Königreich Polandt vnderworffen sind gewesen / oder sunst mit jhm zu schaffen gehabt. Cap. xliij.

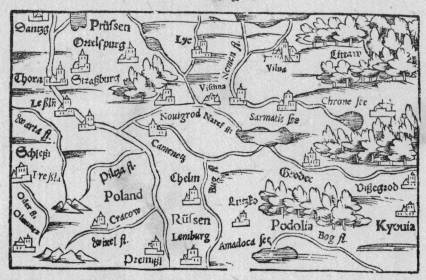

Pyast.

Semovitus. Lesco.

Semomisslaus. Miesto.

Miesko der erst Christlich Fürst.

Boleslaus.

Jr wöllen jetz für vns nemmen die König vnd Hertzogen so dem Landt Polandt vorgestanden sind / vnd zum ersten zu handen nemmen Pyastum / der ein Wurtzel vñ Stammen ist aller Königen vnd Fürsten / so in der vorhergesetzten Genealogy begriffen sind. Alß nun Pompilij Saamen gar abgangen war / sind die Landtherren zusammen kommen zu Crußnitz / dahin gedachter Pompilius den Königl. sitz geordnet hatt / vnd haben zum Regiment erwehlt Pyastum / der von einem nidertrechtigen Geschlecht war / vnd verzuckt den Königlichen Sitz von Crußnitz an das alt Ort Gnesnam oder Gnisen. Das ist geschehen vnder dem Keyser Juliano / vngefehrlich 763. jahr von Gracchi zeiten. Er war ein friedlicher Mann / vnd kam zu einem grossen Alter / vnd ließ hinder jhm ein Sohn / mit nammen Semouitum / der nam das Regiment an vnd hielt sich wol / starb aber zu früh / vnd verließ ein jungen Sohn der hieß Lesco / von dem man nichts sonderlichs geschriben findt / dann daß der Christlich Glaub zu seiner zeit geprediget ward in Märhernlandt. Vnd alß er starb / verließ er das Regiment seim Sohn Semomislao. Desgleichen Semomislaus verließ nach seinem Todt / nemblich Anno 963. das Regiment seinem Sohn Myesko / vnd der wir der 14. Regent in Polandt. Die andern nennen jhn Mietzlaum. Vnd alß er kein Sohn hat von seinen sieben Kebsweybern / vnd aber gern Kinder hett gehabt / ward er vermahnet von ettlichen Christen die er am Hof hett / dz er hinwürff den Heydnischen Glauben / vnd Christum erkenni / der möcht jm Kinder geben / vnd den rechten Trost seines Hertzens. Sie vermanten jhn auch zum rechten vnd einigen Ehelichen Stand / vnd brachten jhn dahin / daß er warb vmb Dambrow Königs Boleslai von Behem Tochter / vnd ward jm auch versprochen / doch mit den Fürworten / daß er sich vorhin ließ tauffen / vnd von jhm würff die Heydnischen Jrthumb. Diß ist der Boleslaus gewesen / der seinen Bruder Wenceslaum zu todt schlug / den man darnach für heilig hat gehalten. Alß sich Miesko zum Christlichen Glauben verwilligt / ward er Anno 965. getaufft zu Gnisen / vnd nam deß Königs Tochter von Behem zur Ehe / ließ auch ein Mandat auß gehn / daß alle Menschen in seinem Reich solten zerbrechen die Abgött / vnd empfahen den Heyligen Tauff. Darnach ließ er 9. Bischoffliche Kirchen auffrichten / nemblich zu Gnisen / Crakaw / Crußnitz vnd Smogorz (welche Kirch nachmals ward verzuckt gen Preßla) zu Poßnen / Plotzko / Culmen / Caminetia vnd Lubuce. Er gebar ein einigen Sohn Boleslaum / der nam Anno 984. zu der Ehe

des

Von dem Polandt.

deß Königs Tochter von Ungern/ vnd hielt mit jhr Hochzeit zu Gnisen. Zu seiner zeit/ nemlich An. 990. nam Waldomirus Hertzog in Reussen deß Keysers von Constantinopel Schwester zu der Ehe/ vnd empfieng auch damit den H. Tauff/ zerbrach die Abgött vnd zerstört jhre Tempel vnd zwang seine Underthanen daß sie den Tauff empfiengen.

Wie vnnd wann Polen zum Königreich erhebt.
Cap. lxiv.

Ls vmb das jar Christi 998. der heilig Bischoff Adelbertus vmb den Nammen Christi vonden Preussen getödt ward/ vnd sein Leib durch den Fürsten Boleslaum gehn Gnisen geführt ward/ thet Keyser Ott der 3. ein Gelübd heim zu suchen seinen Leib. Vnd da das der Fürst Boleslaus innen ward/ ritt er dem Keyser entgegen/ vnd führt jhn gantz ehrlich vnd prächtlich in die Statt Gnisen/ vnd alß sie jhr Gebet in der Kirchen gethan/ führet Boleslaus den Keyser in seinen Pallast/ vnd hielt jhn gantz ehrlich mit Essen vnd Trincken/ schenckt auch jm vnd seinen Hofleuten viel köstlicher Gaaben/ Guldine vnd Sylberne Geschirr/ Edelgestein/ Kleynoter/ Pferd/ Kleyder vnd köstliche Fäl. Da aber der Keyser sahe die herrliche Gaaben vnd grosse freundtlichkeit/ vnderredt er sich mit seinen Räthen/ wie er das solt wider gelten. Er fraget sie ob Boleslaus nicht wirdig were der Königlichen Krone? antworten sie: Es were jhr einhelliger Rhat/ daß sein May. Boleslaum krönen solt. Da nam der Keyser Boleslaum/ vnd gieng mit jm in die Kirchen/ ließ jhn salben von den Bischöff/ vnd setzt jm auff sein Kron/ lediget auch jhn vnd seine Nachkommen von der Gehorsame aller Röm. Keysern. Diß ist geschehen Anno 1001.

Boleslaus wird von Keyser Otto dem 3. zum König in Polen gekrönt.

Dieser König hat grosse vnnd sieghaffte Krieg geführt wider die Behem/ Reussen/ Brandenburger/ Pomern vnd Cassubien oder Pomerellen. Er zwang auch die Preussen daß sie jhm Tribut mußten geben/ vnd richt auff Eyserne Seulen zu einem Zeichen des Siegs in den vier Oertern seines Reichs/ starb Anno 1024. Da erwehlten die Landtleut seinen Sohn zum Reich/ der hieß Miesko oder Mieslaus/ ward aber mit der zeit gantz vntauglich zum Reich. Er verlohr die Länder so sein Vatter gewunnen hatt/ vnd besunder Brzetislaus des Hertzogen Sohn von Behem/ nam jm widerumb Behem vnd Märhern/ deß gleichen theten die Hertzen von Brandenburg: aber Reussen vnd Pomern behielt er. Sein ding war fressen vnd sauffen/ schlaffen vnd Leibs wollüsten nachhengen. Er ließ sich auch verführen von Reichsza seinem Gemahel/ vnd hett junge Rhät am Hof/ das alles zur verderbnus des Reichs dienet.

Miesko König.

Da er nun gestarb/ verließ er ein Sohn mit nammen Cazimirum/ den wolte die Landtleut nicht zu einem König erwehlen: daß sie besorgten/ er wurd dem Vatter nachschlahen/ vn wurd jhn sein Mutter auch verführen/ die ein Teutsche auß Sachsen war/ vn deßhalben die Aempter des Reichs allwegen lieber den Teutschen daß den Poländern befahl. Das verdroß die Poländer/ vnd wolten weder sie noch jhren Sohn am Regiment haben. Da flohe die Königin mit jhrem Sohn auß Polandt in Sachsen/ zu klagen dem Keyser die begegnete schmach/ vnd nam mit jhr die köstlichen Schätz so jhre Vorfahren gesamblet hatten/ alß nemblich die Perlin/ Ring/ Kleynoter/ Edelstein/ Guldin Geschirr/ vnd zwo Kronen/ nam auch jhren Sohn mit jhr/ der wol vnderricht war in der Schrifft/ vnd zog gen Pariß/ daß er weiter studiert/ vnd da war er zu rhat sich von der Welt zu thun/ vnd mit verwilligung seiner Mutter ward er ein Münch zu Cluniac in Burgund/ empfieng auch alle Grad der Weyhung/ ohn den Grad des Priesterthumbs. Da nun Polandt also König loß war/ kam ein Vnglück vber das ander/ vnd verkehrten sich alle gute Ordnung/ vnd fielen die anstossenden Länder dareyn/ vnd besunder der Hertzog von Behem griff an Preßla/ Poßnen vnd andere Flecken. Er fiel auch in die Hauptstatt Gnisen raubt vnd breñt/ vnd verwüstet alle ding. Deßgleichen thet der Hertzog von Reussen. Da die Poländer das sahen/ hetten sie gern jren jungen König gehabt/ wusten aber nicht wohin er kommen war/ darumb schickten sie gen Braunschweig zu der Königin/ jm nachzufragen/ vnd alß sie vernamen daß er ein Münch worden war/ liessen sie nicht nach/ zogen gehn Cluniac vñ fielen mit trähern jhrem Herren Cazimiro an Halß/ zeigten jhm die Geschrifft so die Bischöff vnd andere Landtherren jhm gethan hatten/ vnd baten jhn/ er wölt sich nicht sperren anzunemmen das Reich in Polandt. Aber der Münch Cazimirus sampt seinem Abt schlugens ab/ es möcht nicht geschehn/ der Bapst dispensiert dañ mit jhm. Da die Legaten das hörten/ waren sie nicht säumig/ eylten gehn Rom/ vnd hielten dem Bapst für/ das kläglich

Cazimirus.

König in Polen wird ein Münch.

lich Leben so in Polandt war/ begerten daß er dem Münch gebieten wolt auß dem Clöster zu gehn/ das Reich annemmen/ vnd in die Ehe tretten/ damit Polandt möcht wider bracht vnd erhalten werden. Da ward der Bapst mit seinen Cardinälen zu rhat/ dispensiert mit Casimiro/ vnd legt dem gantzen Polandt auff ein jährliche Schatzung/ nemblich daß ein jeglich Haupt/ auß genommen den Adel/ solten gehn Rom zeben alle jahr ein Pfennig zu ewigen zeiten. Alß diese Dispensatz erlangt war/ namen die Legaten ihren Herren auß dem Closter/ führten jhn gehn Salfeld zu seiner Mutter/ da rüstet er sich mit einem grossen hauffen Teutscher Reuter/ kam also ehrlich in Polandt.

Von Casimiro dem 3. Poländischen König/ vnd seinen Söhnen. Cap. lvv.

DA nun Casimirus in Polandt kam/ hat er sich mit grossem ernst wider die Feinde des Reichs gelegt. Er griff den Hertzog von Behem an/ nemblich Brzetislaum: aber lag im Behmer Wald vnder/ daß er in Teutschlandt mit seinem Heere fliehen mußt/ doch im nach gehnden jahr gesieget er/ vnd bracht Behem vnder sich/ zwang auch den Hertzogen daß er jm hulden mußt. Er fieng auch im Landt viel mutwillige Buben/ henckt etliche an Galgen/ etlichen ließ er die Köpf abschlagen/ vnd etlichen Hend vnd Füß ab hawen/ erschreckt also damit andere böse Leut. Anno 1041. kam er gen Gnesen vnd ward da gekrönt/ er nam auch ein Gemahl deß Hertzogen von Reussen  König vnd Ehemann. Es widerstund jhm Maßlau der Hertzog von Ploßko/ vnd henckt an sich die grimmigen Leut Jatzwingen/ so noch Heyden waren: aber König Casimirus sieget wider jhn/ vnd vnderwarff der Kron Polandt sein Hertzogthumb/ darvon Maßlao darnach Masen oder Masouia vnd auff Poländisch Massawa ward genannt. Er lebt darnach friedlich im Landt/ vnd starb Anno 1054. verließ drey Söhn/ vnd ein Tochter mit namen Schwatochnam/ die nam zu der Ehe Vratislaum den König von Behem. Es ward sein elter Sohn Boleslaus zum König gekrönt/ vnd nam des Fürsten von Reussen Tochter zur Ehe. Es war zurselben zeit Kiow die Hauptstatt in Reussen/ ein grosse vnd weite Statt/ mit weiten Gassen/ hett vberfluß an Früchten/ Fleisch/ Fisch/ Honig vnd der gleichen ding/ hett auch schöne vnd gerade Weiber. Es ließ sich König Boleslaus zum ersten wol an/ weich aber bald von aller Erbarkeit/ henckt nach aller Büberey/ vnd besunder dem Ehebruch/ darumb strafft jhn Staniß laus der Bischoff von Crakaw/ vnd alß er gar verstopfft vnd verhertet war/ vnd nichts darumb gab/ thet

König Boleslaus wird in Bann gethan.

jhn der Bischoff in Bann/ vnd schloß jhn auß von der Kirchen. Da ward der König ergrimmet vber den Bischoff/ zuckt vber jhn vnd hiew jhn zu todt. Da der Bapst zu Rom das vernam/ verbanet er der König auch/ vnnd beraubt Polandt der Königlichen Kron/ vnnd entbande das gantz Lande von des Königs gehorsam. Da flohe der König auß dem Landt in Vngern/ ward beraubt seiner Sin vnd starb in der vnsinnigkeit.

Polandt wirdt widerumb zum Hertzogthumb gemacht. Cap. lvvj.

5. Vladislaus.

BOleslaus der König alß er vbel in Polandt hett gehandlet/ vnd darumb auß dem Landt vertrieben war/ erwehlten die Landtleut an sein statt sein Bruder Vladislaum/ Anno 1082. Vnd alß er sich für ein König wolt halten/ wolten jhn doch die Bischöff nicht salben: dann sie entsetzten sich ab der Bäpstlichen Censur. Dieser Vladislaus nam zu einem Weib deß Hertzogen von Behem Tochter/ mit nammen Juditham/ vnd was sein Bruder läst im Reich gehandlet/ das legt er zu recht. Er führt grossen Krieg wider die widerspennigen von Reussen vnd Pommern/ die jhr Tribut nicht geben wolten/ vnd die Poländischen Vögt in jhrem Landt zu todt schlugen/ vnd gesieget wider sie. Deß gleichen thet er mit den Behemen vnd Merhern. Vnd da er alt ward/ theilt er die Länder vnder seine zwen Söhn/ Boleslaum der Ehlich war/ vnd Sbigneum der Vnehelich

Die erste Theilung im Landt Polen. 1102.

war. Boleslao gab er den bessern theil/ vnd Sbigneo gab er die Massaw/ grösser Polandt/ Pommern vnd Preussen: diß ist die erste theilung gewesen deß Landts Polandt. Er starb Anno Christi 1102.

Zu diesen zeiten da das Landt Polandt erlag/ vnd zum Hertzogthumb ernidert ward/ stieg Behem

Von dem Polandt.

auff zu einem Königreich. Dann Hertzog Vratislaus von Behem gab Keyser Heinrichen dem 4. grosse Gaaben/vnd bewegt jn damit/dz er jn zu Meintz auff einem Reichs tag zů König macht/ im jahr 1087. Da nun die Brüder das Regiment in Polandt hetten/er hub sich Sbigneus wider seinen Bruder: aber Boleslaus vberwand jn/vnd nam jhm all sein Hertschafft. Da fiel jhm Sbigneus zů Füssen/vnd erlangt so viel daß er Hertzog bleib in der Massaw. Es wolt auch K. Heinrich der 4. diesen Hertzog Boleslaum zwingen daß er jhm Tribut gebe/vnd da ers nicht thun wolt/kam es in Schlesia zu einer Schlacht: aber Boleslaus schlug den Keyser in die Flucht/vn bald darnach da sie mit einander versühnt wurden/gab der Keyser dem Hertzogen sein Schwester zur Ehe/vnd sein Tochter Christinam seinem Sohn Vladislao. Bald darnach hatt er ein grossen Krieg mit den Pomern vnd Preussen/vnd er schlug jren bey 4000. nam auch viel gefangen. Vnd nach dem sein Bruder Sbigneus aller Länder beraubt ward/vnd aber nach er lieff daß jhm doch ein theil von solchen Ländern wider wurde/ließ jhn Boleslaus alß ein vnrůhigen Menschen tödten. Es begegneten jhm darnach auch viel mehr Krieg/in denen er nicht viel Glücks hett/deßhalb er sich also bekümert daß er in ein tödtliche Kranckheit fiel/theilt doch vorhin vnder seine Kinder sein gantz Land: Vladislao gab er den grössern vn bessern theil/nemlich Crakaw/Stradie/Lancicien/Schlesië vn Pomern: aber den Kindern so er von des Keysers Schwester Adelheide geboren hett/gab er die nochvolgenden Landtschafft oder Provintzen. Boleslao gab er die Massaw/Dobrtzen/Cutzaw vnnd Culmen. Mietzlao gab er Gnisen/Posnama vnd Calossen. Heinrichen gab er Sandomiriam vnd Lublin. Aber Casimiro dem jüngsten gab er nichts/sondern befahl seinen Brüdern daß sie jm gleichen theil solten geben. Also starb er Anno 1130. Dieser Hertzog ist in 47. Schlachten gestanden/ vnd sich Ritterlich seiner Feind erwehrt/vnnd vber sie gesieget/außgenommen die letzte Schlacht so er mit den Reussen thet.

Nach seinem todt ward erwehlt zum Regiment sein elter Sohn Vladislaus der deß Keysers Tochter zur Ehe hatt/der auß anreitzen seiner thörechten Gemahel wolt sich nicht lassen benügen mit dem so jhm von seinem Vatter im Testament verordnet war/sonder legt ein Schatzung auffs gantz Reich/vnd gebote seiner Brüdern Vnderthanen/daß sie jhnen nicht gehorsam seyn solten. Vnd alß seine Brüder das nicht für gut hatten/sonder kamen zusammen vnd Rhatschlagten wie sie den Sachen thun wolten/vberzog sie Vladislaus/vnd trantz sie zu grossem Hunger/daß sie gezwungen wurden herauß zu fallen in sein Heere/zertrennten dasselbig/vnd schlugen jhren Bruder auß dem Landt/daß er flohe in Teutschlandt zu Keyser Conraden. Da zugen die Brüder gehn Crakaw/namen die Statt vnnd das Schloß eyn/handleten aber nichts vnbillichs wider Christinam jhres Bruders Fraw/noch wider jhre Kinder/wiewol sie vnderstanden hat mit jhrer Practicierung sie zu vertreiben von jhren Herschafften. Doch ward jhr gerahten daß sie mit jhren Kindern auß dem Landt fliehen solt/das sie auch thet: dann sie kam zu Keyser Conraden/vnd da sie zu viel wolt haben/ward jhr zu wenig.

Boleslaus der Krauß wird Oberster Hertzog in Polandt.
Cap. lxvij

BOleslaus war im jar 1146. von den Landsherren mit verwilligung seiner Brüder an seines Bruders statt gesetzt/vnnd hielt sich gantz freundlich gegen seinen Brüdern/vnd auch sonst gegen menigklichen. Vnd alß im nachgehenden jar Keyser Conrad mit einem grossen Zeug durch Polandt zohe/Hilff zu thun dem Heyligen Landt/kam jhm Boleslaus sampt seinen Brüdern entgegen/geleitet jn biß gehn Constantinopel/vnd hielt jhn aller ding kost frei. Da begert der Keyser von jhm daß er sampt seinen Brüdern den vertribnen Vladislaum wider solten begnaden/vnd jhm sein Landt wider zu stellen. Antwortet jm Hertzog Boleslaus: Er wölt sich darinn nicht sparen/aber es würd ein grosse Auffruhr erwachsen vnd Zertrennug des gantzen Reichs. Auß dieser antwort ward der Keyser zum Zorn bewegt/vnd da er wider in Teutschlandt kam/versamlet er etliche Fürsten in Teutschlandt vnnd fiel in Polandt den zu vertreiben. Da Hertzog Boleslaus sahe daß er dem Feindt zu schwach war/bracht er ein Geleit zu wegen/kam zum Keyser in sein Gezellt/ zeigt jhm an daß er vnd seine Brüder ein auffrechte Sach hetten wider Vladislaum/dem sie nicht etwas hetten zu leid gethan. Deshalb were jhr bitt der Keyser wölte billichkeit ansehen/vnd sie vnbekümert lassen. Sie schenckten auch den Teutschen Fürsten ehrliche Gaaben/vnd handleten so viel mit jhnen/daß der Keyser durch sie vberredt ward vnd abzog. Alß aber Keyser Conrad gestarb/vnd Hertzog Friderich Barbarossa nach jhm Keyser ward/vnd der vertrieben Hertzog sich bey jm hielt/schickt der Keyser in Polandt vnd gebote daß man dem vertribnen Hertzog sein Erb wider zustellete/vnd darzu järlich 500. Marck Sylbers dem Keyser gebe. Da antwortet Boleslaus/man möcht seinen Bruder Vladislaum ohn Krieg vnnd groß Auffruhr nicht in das Landt setzen. Diß erforderten Sylbers halb wüßt er jhm nicht zu thun/es were Polandt/nie dem Keyserthumb pflichtig gewesen Tribut zugeben. Da der Keyser diese Antwort vernam/macht er sich

mit einem grossen Zeug in Polandt: aber Boleslaus vnd seine Brüder zogen jhm entgegen/ such-
ten allenthalb jhre vortheil/ darauß sie des Keysers Heer schedigten/ darzu verbrannten sie die Flecken dardurch der Keyser ziehen mußt/ deßhalben ein grosser Hunger/ Bauchweh vnnd Sterben
vnder die Keyserischen kam/ vnd mocht doch der Keyser ohn Nachred auß dem Landt nicht ziehen/
darumb begab er sich zu einer Rachtung/ nemblich daß die Brüder den vertriebnen Hertzog wider
eynsetzen solten in sein Hertschafft/ vnd dem Keyser 3000. Lantzen wider die Meyländer fürsetzen.
Das gefiel den Poländern/ damit sie zu frieden kamen. Es gab auch Keyser Friderich seines Bruders Tochter Adelheid Hertzog Mietzlao zu der Ehe/ zu grosser bestetigung dieses Friedens. Nach
dem aber Hertzog Vladislaus auß dem Elend wider in Polandt ziehen wolt/ ward er vnder wegen
kranck vnd starb Anno 1059. vnd ward begraben zu Aldenburg. Er verließ drey Söhn/ Boleslau-
um/ Mietzlaum vnd Conradum/ dem ward durch des Keysers Verhandlung geben das Landt
Schlesia.

Wie die Hertzogen von Polandt gezogen sind wider die Preussen.
Cap. lxviij.

Ossa Fluß.

Preussen nimpt den Christlichen Glauben an.

DA nun die in Polandt fried gemacht hatten/ sind die drey Brüder Boleslaus/
Mietzlaus vnd Heinricus in Preussen gezogen/ gefahren vber das Wasser Ossa/
das Poland vnd Pomern scheidt von Preussen/ vnd haben Preussen gezwungen
das sie deß Friedens haben begert/ doch mit den Fürworten/ daß sie den Obersten
Hertzogen von Polandt Tribut geben solten/ vnd sich lassen tauffen. Das ist
auch geschehen. Dann Anno Christi 1164. haben sie den Tauff angenommen/
doch haben sie diß alles mit betrug gethan. Dann nach dem der Poländer Heerzeug auß jhrem Land kam/ haben sie ein Heerzeug versammlet/ vnd sind in die anstossenden Länder
Chelmen vnnd Massaw gefallen/ haben die Dörffer verbrennt vnd verhergt/ Leut vnd Vieh hinweg geführt. Da ward Hertzog Boleslaus erzürnt/ zog mit grosser Macht in Preussen/ wolt die
Schmach Gottes vnd die seine rechen/ verderbt alles das jm im Land entgegen kam. Nun hete
er vier Männer auß Preussen in seinem Heere/ die waren etlich jahr darvor zu jm auß Preussen
geflohen/ denen vertrawet er wol: dann sie waren lang bey im am Hof gewesen/ vnd die führten
sein Heere in das Land/ hetten sich aber mit Gaaben von den Preusischen lassen bestechen/ vnd
führten das Polendisch Heere in ein tieffen Sumpff vnd eng Ort/ da sie weder hinder sich noch
fürsich kommen mochten/ vnd drungen auff sie mit Macht die Preusischen/ schossen in sie/ vnd
brachten den grössern theil vmb. Es ward auch König Heinrich der 10. erschossen. Es kam Hertzog

Kö. Heinrich erschossen.

Boleslaus vnd sein Bruder Mietzlaus mit wenigen darvon. Vnd da sie wider in Poland kamen/
beklagten sie jren Bruder Heinrichen/ vnd setzten in sein Herschafft jhren jüngsten Bruder Casimirum den 11. der von seinem Vatter kein theil des Lands empfangen hatt.

Ohnlang darnach/ nemblich Anno 1173. starb Boleslaus der 9. vnd verließ ein einigen Sohn
mit nammen Leßkonem. Da kamen zusammen seine Brüder Mietzlaus/ Casimirus/ vnd jhres
eltern Bruders Söhn/ die Hertzogen von Schlesy/ vnd mit Rhat der mindern Landsherren erwehlten sie zum Obersten Fürsten Mietzlaum/ vnd vbergaben jm die Statt vnd Schloß Crakaw.

9. Mietzlaus.

Aber er hielt sich nicht Fürstlich wie sein Bruder Boleslaus/ sonder truckt die Vnderthanen/ vnd
vberhub sich seiner Reichthumb vnd vieler Kindt so er von des Keysers Bäsin/ vnd vorhin von
des Königs Tochter von Vngern hat vber kommen. Er macht jhm ein grosse Freundschafft durch
seine Töchter die er zu der Ehe gab Hertzog Boleslao in Behem/ dem Hertzog von Sachsen/ dem
Hertzog von Lothringen/ dem Hertzog von Pomern/ dem Hertzog von Rugen/ etc. Vnd die weil
sein tyranney vntreglich war/ hat das Land an sein statt gesetzt Casimirum seinen Bruder/ das
wolt aber Mietzlaus nit für gut haben/ darumb rüfft er an seine Töchtermänner daß sie jhm zu
hilff kämen wider seinen Bruder/ jhn bey Land vnd Leuten behielten. Vnd als sie mit andern Ge-
schefften beladen waren/ liessen sie jren Schwäher stecken. Da schwuren alle Landschafften deß
gantzen Reichs Casimiro/ auch das ausser vnd inner Pomerland/ die man jetzt nennt Pomerellen
hie jenet vnd vber der Wixel. Das inner Pomerlandt ist in dem die Statt Dantzig ligt. Es setzt
der Casimirus in beyde Pomern Landtvögt/ die doch vntrew an jren Herren worden: dann sie eigneten jnen mit der zeit zu solche Länder. Alß nun Mietzlaus beraubt ward seiner Hertschafft/ fügt
er sich in die Schlesy mit seinem Weyb vnd drey Söhn/ vnd lebt da in Armut. Doch schickt er
an sein Bruder Casimirum/ bate jhn daß er jn begnadet vnd jhm ein Hertzogthumb zu stellt. Das
thet nun Casimirus. Aber Mietzlaus wolt sich damit nicht lassen begnügen/ sonder stellt auch
nach der Obersten Regierung des Lands.

11. Casimirus.

12. Leßko der Weiß.

Vnd alß in dem Casimirus mit schnellem todt abgieng/ nemlich Anno 1194. kamen die Fürsten deß Lands zusammen/ vnd erwehlten zu einem Haupt des gantzen Lands Leßkonem Casimiri
eltesten Sohn/ den man den Weissen nennt/ von wegen seines weißen Haars. Das verdroß den alten Mietzlaum/ fieng ein Krieg an/ in dem er schwerlich verwundt ward/ vnd kam auch sein Sohn
Boleslaus vmb. Nach dem er aber geheilt ward/ kam er zu Leßkonis Mutter/ die Helena hieß/ vnd
bracht mit seiner Listigkeit so viel bey jhr zu wegen/ daß er das Oberst Regiment zu Crakaw vberkam

Von dem Polandt.

kam/vnd hielt wider Fraw Helena noch jhren Kindern Trew vnd Glauben. Da versamlet Fraw Helena die Landherren/vnd klagt jnen die Vntrew Mieszlai/bate sie auch vmb hülff daß jre Kinder wider kämen zu dem Crakawischen Fürstenthumb/sie wolt fürthin nichts mehr handeln ohn jhr wissen vnd willen. Sie ward erhört/vnd ward in Abwesen Micklaidas Schloß zu Crakaw widerumb eyngenommen/vnd Helena mit jhren Söhnen darynn gesetzt. Vnd da Micklaus wider zu Land kam/erobert er zum vierdten mal Anno 1202. die hohe Herrlichkeit deß Reichs/starb aber bald hernach/vnd ward gemeltem Leßkoni vbergeben aller Gewalt deß Reichs. Aber Conradus sein Bruder war Hertzog in Masen vnd Knaw. Es setzt auch Leßko ein Hauptman vnd Landvogt in Pomern/oder Pomerellen/mit namen Schwantepolkon/der jm das Landt in seiner Gehorsame halten solt/vnd jährlich geben 1000. Marck Sylber. Aber es trug sich so viel vnrahts zu/daß nach vnd nach vnter diesen Fürsten grawsame Krieg erwuchsen zwischen Poland/Pomern/vnd auch Preussen. Es het Hertzog Conrad der 31. ein Pfaltzgrafen in der Statt Plotzen/der jhn in seiner Jugent erzogen hett/der strafft jn alle mal seiner Laster halb/das wolt der Hertzog nicht für gut haben/sondern fieng den Pfaltzgrafen/der Christiernus hieß/vnd ließ jhm die Augen außstechen/vnd zu letzt enthaupten. Da die vnglaubigen Preussen vernamen/daß dieser trewe Mann/der sie offt in Kriegen vberwunden hat/todt war/machten sie sich auff/vnd fielen Hertzog Conraden in sein Land/nemlich in Massaw/vnd thäten jhm grossen schaden. Es sucht Hertzog Conrad hülff bey Hertzog Heinrichen von Preßlaw/vnd auch bey den Teutschen Rittern/welchen er gab das Chelunen Landt/vnd das Schloß Dobrzin/mocht aber sich nicht gnugsam der Feindt erwehren. Es zog auch Hertzog Leßko in Pomern/erfordert von Suantwolko dem Landvogt den verheißnen Tribut: aber er ward darüber zu todt geschlagen An. 1227. vnd blieb Suantepolko Herr im Landt. Da vnderwand sich H. Conrad deß Fürstenthumbs Crakaw/vnd verwaltet das als ein Vogt oder Vormünder der Kinder Leskonis. Vnderstund aber darneben jhm zuzuziehen solches Hertzogthumb/darumb er Leßkonis Sohn/der Boleslaus der Schamhafftig hieß/gefänglichen bey jhn hielt. Vnd als er mit dem Preussischen Krieg schwerlich beladen war/entrann jhm gemelter Boleslaus/vnd kam in Sandomiriam in seine Schlösser/vnd ward auch als ein rechter Erb angenommen. Vnder diesem Hertzog Boleslao sind die Tartarn kommen in Reussen/Poland vnd Schlesi/haben grossen Schaden gethan/Land vnd Leut verderbt/vnd grossen Adel in Poland geschlagen/welche History ich hievornen weitläufftig im Vngerland beschrieben hab. Anno 1243. haben die Crakawer für jren Herrn angenommen Boleslaum den Schamhafftigen sampt seinem Gemahl Kinga/vnd haben Hertzog Conrads Besatzung lassen fahren. Das verdroß Hertzog Conraden gar vbel/darumb er viel schwerer Krieg führt wider jhn vnd die Crakawer/starb aber zu letzt Anno Christi 1247.

Wann vnd wo das Stein: vnd Seesaltz in Polandt gefunden. Cap. lxix.

Hertzog Boleslaus der 14. in der Zahl vom ersten König Boleslao an/ein weidlicher vnd tugentreicher Mann/ist dem Poland vorgestanden 37. jahr/vnd ist endtlichen gestorben Anno 1279. Vnder seinem Regiment ist gefunden worden die edel vnd reiche Saltzgrub/bey der Statt Bochnia/vier Meil ferr von Crakaw gelegen/vnd ein andere die Wielitzka heißt/5. Meil ferr von Crakaw gelegen/die nicht genger ist weder die zu Bochnia. Auß disen gräbt man für vnd für Saltzstein/die sind schwartzlecht/ehe man sie läutert durch das Fewr/vngeläutert gibt man es dem Vieh: aber geläutert stoßt man es wie Mehl oder Alaun/wird gar weiß vnd warhafft/zerfleust nicht wie das gesotten Saltz. Die erste Grub ist in einem ebenen Felde/hat von ferrnen vnsteinigte Büheln. Oben fährt man durch ein vierecket Loch 32. Klaffter hinab/darnach geht man 30. Klaffter ferr in ein Klufft/vnd kompt zu einem Loch/da fährt man aber hinab 23. Klaffter tieff/vnd kompt man wider in ein ebnen vnd außgehawenen Gang/der bey 20. Klaffter lang ist/vnd da kompt man zum dritten Loch/da haspelt man auch manch Klaffter hinab/noch ist man nicht bey dem Saltz/sondern man steigt weiter mit Leytern hinab/vnd kompt zu vielen Gängen vnd Gruben/da findt man in der Tieffe deß Erdtrichs ein grossen Schatz von Saltz/es ligt da wie grosse Felsen/die müssen die Werckleut zerschlagen in gleiche Stuck/die seyndt so groß als Kachelöfen/die sie Bancos nennen/vnd zeucht man sie mit Seylern hinauff. Zum ersten Loch fährt man mit Seylern hinab/aber zum andern braucht man Leytern. Man muß gar nahe ein Stundt haben biß man gar hinab kompt: dann es ist schier ein halbe Meil dahin/vnd ist offt ein gefährlich ding darbey.

Die Statt Bochnia.

bey. Man grebt ohn vnderlaß hinab/vnd ist kein end dieses Schatzes. Man findt auch kein Wasser darinn/dann so viel zum Loch hinab kompt/vnd es wittere da oben wie es wöll/so ist es vnden bey dem Saltzfelsen allwegen gleich trocken. Man hört in disen Saltzgruben biß weilen ein jämerlichs geschrey der Hunden vnd andern Thiern/ welches für ein anzeigung künfftiges Vnglücks gehalten wird. In Podolia nicht weit von dem Fluß Boristhene ist ein grosser See/dessen Wasser bey hellem vnd heissen Sonneschein sich in ein hart Saltz verwandelt/ daß man mit Roß vnd Wagen darüber fahren kan/als auff einem harten Eyß/man zerhawets vnd führts mit grossen Stücken hinweg. So baldt es aber regnet/so zerschmiltzet dasselbig Wasser/mit grosser Gefahr deren die drauff wandlen.

Wie das Crakawer Hertzogthumb vnder so viel Hertzogen hin vnd her gefahren ist. Cap. 70.

15 Heinrich mit dem Bart.
16 Leßko der schwartz.

Als der Schamhafftig Boleslaus gestarb/kam an sein statt Heinricus mit dem Bart/vnnd nach jhm ward erwehlt Leßko der Schwartz/ der Hertzog Boleslao nahe verwandt war. Dieser Leßko hat schwere Krieg geführt mit Hertzog Conraden von Massaw vnd seinen Gesellen. Er hat die Teutschen gar lieb gehabt darumb er sich jhnen auch mit Sitten vnd Kleydern gleich förmig macht. Er starb Anno 1289. Auff jhn kam Boleslaus Hertzog in der Massaw/ ward aber bald vertrieben. Nach jm regiert Hertzog Heinrich der vierdt von der Schlesy/es ward jm aber vergeben dz er bald starb/nemblich Anno 1290. Vnd ehe er starb/vermacht er das Hertzogthumb Preßla seines Vatters Bruder Hertzog Conraden von Glogaw. Vnd als die von Preßla Hertzog Conraden nicht wolten annemmen/sonder erwehlten Hertzog Heinrichen von Lignitz den fünfften/vnderstund Hertzog Conrad das Hertzogthumb mit Gewalt oder mit List zu erobern.

17 Heinrich der vierdt.

Hertzog Heinrich wird gefangen.

Vnnd da er mit Kriegen nichts schaffen mocht/stellt er ein bösen Knaben an/der Luthkon hieß/der Hertzog Heinrichen von der Lignitz gar heimlich war/ vnd hett doch Luthkon ein bitter Hertz gegen Hertzog Heinrichen (dann er hett jhm sein Vatter getödt) aber er nam sich seiner gegen dem Hertzogen nicht an. Nun trug es sich zu/daß Luthkon Hertzog Heinrichen fand baden in der Oder bey dem Schloß zu Preßlaw/vnd sprang zu jhm/zog jn also nackent auß dem Wasser herauß/legt jhn auff ein Roß/vnd führt jhn hinweg/vnd bracht jhn Hertzog Conraden. Da legt jhn Hertzog Conrad in ein eng Eysen Faß/darinn mocht er weder sitzen noch stehen/vnnd waren zwey Löcher darinn/eins zu athmen vñ essen/vnd das ander sein Notdurfft zu thun. Da er bey 14. tag also im Faß beschlossen lag/fiengen jm an Würm zu wachsen vnder den Achßlen vnd zwischen den Beinen. In summa/wolt er dem Todt vnd der grossen Marter entrinnen/must er thun was Hertzog Conrad wolt. Vnd da er ledig ward/mocht er sein Lebenlang nicht mehr gesund werden. Anno 1298. hat Casimirus Hertzog zu Oppeln sich freywillig vnderworffen Hertzogen Wenceslao von Behem zu einem Lehenmann/vnangesehen daß er geboren war von dem Königlichen Geschlecht auß Polandt. Darum Hertzog Heinrich von Crakaw der 4. starb/sind seine zwey Hertzogthumb getheilt worden vnder zween Hertzogen. Dann Crakaw ward Hertzog Boleslao von Bosnam/ vnd Vladislaus Lokteck vberkam das Hertzogthumb Sandomiriam.

18 Boleslaus.

Wie das Königreich Polandt vnder Primislao auffgericht ist worden. Cap. lxxj.

19 Primislaus König.

Da nun die Landtsherren vnd Prælaten deß Lands Polands sahen/daß jhr Land je länger je mehr zerrissen vnd zertheilt ward/vnd zertrennt in viel Herrschafften/sindt sie zu raht worden/das gantz Landt widerumb in ein Corpus vnd Königreich zu verfassen/haben also Anno Christi 1295. zu einem König erwehlt Primislaum den 2. dieses Namens/der Hertzog war in dem grossen Polond/vnd auch von Missugio/als er sterben wolt/zum Hertzog erkent in Pomern/vnd ward gesalbet vñ gekrönt zu Gnisen. Das verdroß nun etlich andere Fürsten in Polandt/ deßgleichen den Marggraffen von Brandenburg/ darumb vberfielen sie jhn in der Faßnacht/da er sich keins Vbels besorgt/ vnd schlugen jhn zu todt/nach dem er achthalb Monat gerigiert hatte.

Von dem Polandt.

Da erwehlten die Landsherren Vladislaum Lokteck/ der hoffnung/ er würd mit seiner hohen Weißheit dem Königreich wider auffhelffen/ sie schwuren jhm auch alle/ aber wurden von jhm betrogen: dann er begab sich in offentliche Laster/ besonder schwecht er Jungkfrawen vnnd andere Ehrsame Frawen/ darumb jhm die Wahl wider abgekündet ward/ vnd Anno 1300. König Wenceslaus von Behem zum König erwehlt/ vnnd er nam zu der Ehe König Primislai einige Tochter/ deren das Reich von jrem Vatter her auch zugehört/ vnnd ließ sich mit jrem Sohn zu Gnisen krönen. Vnd da er in Behem kam/ vnnd mit dem Vngerischen Krieg bekümmert/ auch der Röm. König Albertus jhm in Behem vnd Märhern fiel/ drang sich dieweil Vladislaus Lokteck mit hilff etlicher Freund widerumb in Polandt/ vnd erobert etliche Schlösser. Es fiel auch König Wentzel in ein Kranckheit vnd starb Anno 1305. Also hetten die Poländer aber kein König. Lokteck fuhr für vnd bracht Crakaw in sein Gehorsam/ vnd waren auch sonst viel Fürsten die jm wol wolten. Dargegen waren andere die wolten haben Hertzog Heinrich von Glogaw Hertzog Conrads Sohn: dann er war geboren auß Salomea/ die ein Schwester war Primislai Königs zu Polandt: aber Hertzog Vladislaus nam vberhand/ vertrieb gemelten Hertzog Heinrichen. Darnach hett er viel Krieg mit den Teutschen Herren von wegen Pomerlandt vñ der Statt Dantzig/ welche die Teutschen Herren inn hatten biß zum jahr Christi 1466. Nach diesem allem trachtet Lokteck wie er gekrönt würde/ darumb schickt er gen Avinion zum Bapst vñ die Kron/ vñ erlangt so viel daß er gekrönt ward An. 1320. auff S. Sebastian tag zu Crakaw in der Kirchen. Vnnd von derselbigen zeit an hat die Crakawer Kirchen die Freyheit vberkommen/ daß fürthin die Königliche Kron an demselbigen ort vnd nicht mehr zu Gnisen solle behalten werden. Es het dieser König ein Sohn mit nammen Cazimirus/ dem gab der Littawer Fürst sein Tochter zu der Ehe. Vnnd alß die Littaw weder Gold noch Sylber hatt/ gab der Hertzog an statt der Ehestewr alle die Gefangnen so in vordrigen jaren auß Polandt hinweg geführt waren/ vnd ließ sie ledig heim ziehen/ vnd ward also Fried zwischen Polandt vnd der Littaw. Darnach zog König Vladislaus wider den Marggraffen von Brandenburg/ sich an jhm zu rechen: dann er hett vnbillich Pomern den Teutschen Herren verkaufft/ er hett auch Primislaum den ersten vnd vnschuldigen König ertödt vnd Polandt geschediget/ darumb fiel er jhm in sein Landt vnd thet grossen schaden. Er verbrant bey anderthalbhundert Dörffer vnd Kirchen/ schlug die Kinder vnd alte Leut zu todt/ vnnd führt auch etlich tausent Menschen mit jm in Gefengnuß. Er hett auch ein grosse Schlacht mit den Teutschen Herren/ die wäret von Moraen an biß in die 9. Stund des Tags/ vnd wurden auff des Feinds seiten bey 40000. erschlagen. Vnd alß er 12. jahr regiert hat/ starb er Anno 1333. Es hielt sich zu diesen zeiten König Johannes von Behem zu Preßla/ vnd fielen viel von dem Reich Polandt zu jhm. Es verkaufft Hans von Glogaw sein halb Hertzogthumb gemeltem König/ vnnd alß der König mit seinem Heere gen Glogaw kam/ bracht er das ander halb auch vnder sein Herrschafft. Es wolt sich Hertzog Primislaus dem König von Behem nicht vnderwerffen/ darumb ward jhm vergeben. Es bekümmert sich auch Hertzog Heinrich Primislai Bruder so vast dieser Sachen halb/ daß er vor Leid starb. Es zog König Johannes ein Graff von Lützelburg an sich das Hertzogthum Preßla/ nit ohn grossen verlust des Königreichs Polandt. Es vnderwarff auch Ann. Christi 1322. der Hertzog von Lignitz/ nemlich Vladislaus/ sein Landt der Kron von Behem.

Darnach Anno Christi 1327. seind alle Hertzogen in der Schleßy gefallen von jhrem Königreich Polandt/ auß welchem Geschlecht sie geboren waren/ vnnd haben sich zu Lehen ergeben dem Königreich Behem/ vnd das alles darumb/ daß Vladislaus Lokteck die Königlich Kron nam ohn jhren Rhat vnd wissen.

Nach König Lokteck ist erwehlt vnd gekrönt worden sein Sohn Cazimirus/ vnd der regiert bey 40. jaren/ vnd bessert das Reich trefflich sehr. Er bawt newe Tempel/ Schlösser/ Stätt vnd Palläst/ vnd deren so viel/ daß seine Nachkommen sie kaum im Baw haben mögen erhalten. Er war ein dapfferer Mann/ allein wird das an jhm gescholten/ daß er gantz vnmässig war mit Weybern.

Polandt vnd Vngern vnder einem König. Cap. lxvij.

Cazimirus der König hat ein Schwester mit nammen Elßbeth/ die nam der Kön. von Vngern/ vnd gebar mit jhr ein Sohn mit nammen Ludwig/ der ward König in Vngern. Vnd alß Cazimirus ohn Männlichen Samen abgieng/ erwehlten die Poländer zum König jetzgemelten Kön. Ludwigen von Vngern/ vñ der ward gekrönt in Polandt Anno 1370. vnd stund dem Reich vor 12. jahr. Alß er starb/ ließ er hinder jhm zwo Töchter/ eine mit nammen Maria/ ward bey seinem Leben vermählet Marggraff Sigismunden von Brandenburg/ vnnd die andere die Hedwig hieß/ ward zum ersten so viel alß versprochen Hertzog Wilhelm von Oesterreich. Da nu Polandt Königloß war/

20. Vladislaus Lokteck.

Die gantz Schlesy fallt an Behem.

22. Cazimirus II. König.

23. Ludwig König.

1406   Das sechste Buch

war/kamen die fürnemesten des Reichs zusammen vnd waren zweyträchtig in der Wahl. Etliche wolten haben Sigmunden von Brandenburg: die andern Hertzogen Semovitum von Massaw: die dritten König Ludwigs Tochter/ mit nammen Hedwigen/ vnd die behaupten auch die Sach/ vnd ward die Königin mit grossem Pracht vnd Herrlichkeit in Polandt geführt/ gesalbet vnd gekrönt/ vnd aller Gewalt des Reichs vbergeben. Nun hett Hertzog Wilhelm von Oesterreich grosse hoffnung/ sie wurde jhm zum Gemahel/ wie sie jhm dann versprochen war/ vnd sie ein Hertz zu jm hett/ deshalben er alle weg vnd steg suchte daß sie jhm wurd: aber es war alles vergebens/ es kam Jagello der groß Hertzog von der Littaw/ der noch vngläubig war/ vnd stieß jhm den Stein vor.

24. Hedwig Königin.

Es ist die Littaw vor etlichen jaren gar ein arm vnd veracht Landt gewesen/ daß auch die Fürsten von Kiow oder Reussen von jhnen Tribut genommen haben gantz liederlich ding/ zu einem Zeichen der vnderthenigkeit/ biß zu letst einer auß jhnen mit nammen Vithenem sich zum Hertzogen auffwarff/ vnd den Reussen absagt/ vnd sie dahin bracht/ daß sie musten den Littawern Tribut geben. Diß Landt stoßt an die Massaw/ an Preussen vnd Samagiten/ vnnd gegen Orient an die Moscowiten/ gegen Mittag aber an die Roxolanen. Ihr Hauptstatt heist Vilna/ vnd erhebt sich bey jhr der Mitnächtig Polus 57. Grad hoch. Zu Teutsch nennt man sie zur Wilden/ ist zu vnsern zeiten ein mechtige grosse Statt/ vnd ist groß Gewerb da von Rauchwerck oder Kürßnerey.

Littaw wie sie vor etlichen jaren sey gewesen.

Vilna zur Wilden.

Geburtliny der Fürsten von Littaw/ wie sie vor hundert jahren gestanden.

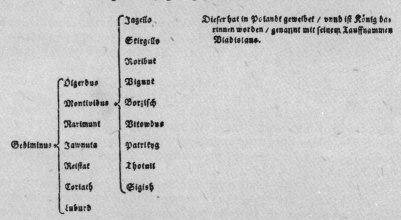

Da aber Jagello der groß Hertzog in der Littaw vernam daß ein junge Königin in Poland war/ schickt er Anno 1385. seine Brüder mit Gaaben zu jhr/ vnd ließ vmb sie werben: aber in der gestallt/ daß er vnd alle Littawer wölten annemmen den Christlichen Glauben/ er wölt auch ledig lassen alle gefangene Poländer so er im Landt hett/ darzu wölt er die Littaw/ Samagetien vnd etliche Landtschafften von Reussen/ die er mit seinen Waaffen erobert hatt/ eynleiben zu ewigen zeiten dem Königreich Polandt. Er verhieß auch die Länder wider zu erobern/ so vom Reich Polandt genommen waren. Diese Bottschafft gefiel der Königin nicht vast wol: aber die Landtherzen waren jhr froh/ angesehen daß sie durch diß Mittel wurden sicher seyn vor den Eynfällen der frembden Völckern/ vnd daß ein solch groß Volck kommen würd zu Erkändtnuß der Warheit. Doch ward der Handel heim gesetzt der Königin von Vngern/ der Mutter Hedwigs/ was jhr gefiel/ das wolten die Landtherzen auch thun. Aber die Königin ließ jhr wolgefallen/ daß die Landtherzen von Poland in dieser Sache betrachteten des Landts gemeinen Nutz vnd die Ehr Christi vnd seiner Kirchen.

Wie der Vnglaubig Hertzog von Littaw kommen ist zum Königreich Polandt. Cap. lxxiij.

Littaw kompt zum Christlichen Glauben.

Nach dem Jagello der groß Hertzog von Littaw Anno Christi 1386. hett lassen werben vmb die junge Königin von Polandt/ vnd jhm ein gute Antwort von den Landtherzen worden/ ist er mit seinen Brüdern vnnd mit einem grossen Zeug gen Crakaw kommen/ ist gangen zu der Königin/ hat jhr herzliche Schencke gethan/ ist darnach vnderricht worden in den Articuln des heyligen Glaubens/ ist getaufft vnnd genennt worden Vladislaus: aber seine drey Brüder so mit jhm kommen/ Vigunt/ Corigallon/ vnnd Schwitrigellon/ seind genennt worden Alexander/ Cazimirus vnd Boleslaus. Es hat auch am selbigen tag der König mit der Königin Hochzeit gehalten/ vnd ist Littaw/ Samagetia vnd Reussen dem Königreich Polandt eyngeleibt worden/ darnach ist er gesalbet vnd gekrönt worden.

Von dem Polandt. 1407

Anno Christi 1387. ist König Vladislaus mit der Königin in die Littaw gefahren/ vnd hat mit jhm genommen den Hertzogen von Massaw/ vnnd sonst viel Bischöff vñ Geistliche Männer/ hat das einfeltig Volck von jhrem Jrrthumb gezogen/ das Heylig Fewr gelöscht/ den Tempel vnd Altar zerbrochen/ die Wäld abgehawen/ die Schlangen so sie anbetteten/ ertödt/ vnnd die gantz Abgötterey hinweg genommen/ vnnd dargegen den Christlichen Glauben gepflantzt/ vnd die Gläubigen lassen tauffen. Welcher aber auß dem gemeine Volck sich tauffen ließ/ dem gab der König Tuch zu einem newen Rock/ das dem Volck ein seltzam ding war/ darumb lieffen sie mit hauffen zum Tauff/ die sich vorhin mit Leynen vnd Zwilchen Kleydern bedeckten. Darnach richt er ein Bisthumb auff zu Vilna/ vnnd setzt sein Bruder Skirgellonem Obersten Hertzogen in der Littaw. Anno 1392. ward Vitowdus gesetzt Oberster Hertzog. Anno 1399. starb die Königin Hedwig im Kindtbeth/ ließ doch kein Kindt hinder jhr. Da ward jm anzeigt des Graffen von Cilien Tochter/ die Königs Casimiri des andern Tochter war/ vnd die nam er zu der Ehe als ein Erben des Reichs. Doch hett sie der Kö. gern von jm gestossen/ dass sie war nit vast hübsch/ aber ward dañoch gekrönt.

An. 1400. hat König Vladislaus zu Crakaw auffgericht die Hohe Schul/ die doch vorhin Königin Hedwig angefangen hatt/ vnnd mit grossem ernst gefürdert. Es wurden Doctores vñ Magistri von Prag dahin berüfft/ vnd Zinß für die Stipendia auf die Zöll vnd ander Vngelt geschlagen/ auch etliche Prælaturen vnnd Pfründen dahin gewidmet. Vnd ob schon Casimirus der ander König diß Studium angefangen/ vnd ein Collegium in der Statt Casimiri auffgericht/ ward doch nichts außgemacht biß auff diesen Vladislaum. Darnach hat König Vladislaus biß ins 1410. Jahr grosse Krieg mit den Teutschen Herren geführt/ vnnd zuletst zu einer grossen Schlacht kommen/ in der bey 50000. erlegt seind. Die Poländer behielten das Feldt/ aber nicht ohn grossen verlust jhres Hauffens. Anno 1416. nam König Vladislaus

Hohe Schul in Crakaw

Ein grawsame Schlacht

die 3. Gemahel/ vnd Anno 1422. die 4. mit nammen Sophiam/ vnnd gebar mit jhr Vladislaum/ Casimirum der jung starb/ vnd Casimirum den andern. Er starb Anno 1434. vnd ward im selbigen jar gekrönt sein Sohn Vladislaus/ vnd der ward zu einer vnglückhafftigen Stund postuliert von den Vngern zu jhrem König/ vnd zu Stulweissenburg gekrönt. Die Poländer sahen es vngern daß er das Reich Vngern auch annahm in der widerspennigkeit/ dann sie waren nit wol an jhm/ jedoch wolt er jhnen wol dienen/ nam ein schweren Zug an wider die Türcken/ hielt sich auch Ritterlich darinn/ vnd alß er darnach Anno 1444. den andern Zug für sich nam/ vnnd von Segedin gen Nicopolim kam zu der Hauptstatt der Bulgarey/ die ein grossen nassen hat/ vnd doch gar ein schlechte Statt ist/ kam der Pfaltzgraff oder Waynoden/ der Dracula hieß/ von der Walachey zu jhm vnd warnet jhn/ er solt sich nit wider den Türcken Amurathen wagen/ er wäre viel zu starck/ kehrt sich Vladislaus nicht daran/ sonder ruckt für biß zu der Statt Varna/ da ward er erschlagen im 21. jahr seines alters.

26. Vladislaus König.

Nicopolis/ Schiltach zu Teutsch.

Da kamen die Poländer zusammen vnd erwehlten zum König seinen Bruder Casimirum/ der groß Hertzog in Littaw war. Er nam zu der Ehe Anno 1452. Elisabeth König Albrechts Tochter/ der Römischer König/ vnd Kön. in Vngern war gewesen/ vnd Hertzog in Oesterreych/ vñ vberkam viel Söhn vnd Töchter/ die biß zu vnser zeit in Poland das Regiment geführt haben. Er hat auch mit den Teutschen Orden 14. jahr lang Krieg geführt/ vnd zu letst Preussen vnder sich bracht. Er ward Anno 1492. kranck vom Bauchlauff/ vnnd alß seine Artzt diesen Lauff nicht stellen kondten/ oder nicht wolten/ gaben jhm die Barfüsser Münch ein Rhat/ er solt des groben vnd schwartzen Brots essen/ wie man es hatt in der Littaw/ da er kranck lag/ so wurd er genesen. Er thets/ vnd gestund jhm der Buchlauff/ da berüfft er seine Artzt vnnd verwieß jhnen daß die Münch bessere Artzt weren dann die Doctores der Artzney. Aber es stund nicht lang: dann die Fuß fiengen jhm an geschwellen/ vnd mochten jhm weder Münch noch Artzt weiter helffen. Vnd alß er seine Artzt fragt/ ob jhm

25. Casimirus König.

RRRR ij

1408 Das sechste Buch

ob jhm nit zu helffen were/vnnd sie antworteten nein/sprach er: so muß es gestorben seyn/geht hin/ vnd berüfft mir ein Beichtvatter der mir die heilsame Sacrament mittheil. Vnd alß das geschehen war/macht er sein Testament/vnd zeigt an 100000. Gulden die niemand wust/vnnd die theilt er auß vnder seine Kinder/starb darnach im Hertzen/Ann. 1492. Er verließ 6. Söhn vnd 7. Töchter: 4. Söhn regierten nach einander in Polandt: aber Casimirus starb zu Vilna/vnd Friderich ward Ertzbischoff zu Gnetzna. Die erst Tochter Hedwig ward vermählet dem reichen Hertzog Jörgen von Bayern: die ander Sophia Marggraffen Friderichen von Brandenburg: die dritt Anna Hertzog Bugislao von Stettin: die vierdt Barbara Hertzog Jörgen von Meyssen: die fünfft Elisabeth dem Hertzogen von Lignitz/rc.

Von den Poländischen Königen so zu vnsern zeiten regiert haben. Cap. lxxiv.

ANno 1492. seind die fürnemesten im Landt zusammen kommen/vn haben erwehlet zum König Johannem Albertum. Er lebt nicht lang im Regiment/hett nicht viel Glücks in Kriegen/er bawet nichts/vnnd waren jhm die Landtleut nicht hold von wegen einer Schlacht/so sie von den Walachen hetten erlitten. Er ward troffen von dem Schlag/vnd starb Anno 1501. Vladislaus sein erster Bruder ward Kön. in Vngern vnd Behem/wie an seinem ort gemeldet wirdt. Nach dem Johannes Albertus gestarb/ward sein Bruder Alexander/der groß Hertzog in Littaw war/erwehlt zu Königlichen Wirden. Er war ein starcker Mann von Leib: aber des Gemüts vnd der Witz halb war er geringer dann alle seine Brüder. Er regiert 4. jahr/vnd starb zu Vilna/alß er ein Zug thet wider die Tartarn. Vnd da war noch vorhanden der jüngst Bruder mit nammen Sigismund/vn

König Johannes Albertus stirbt.

Sigmund König.

der ward zum ersten Anno Christi 1500. Hertzog zu Gloggaw in der Schleß durch gutwilligkeit seines Bruders Vladislai der König zu Behem vnd Vngern war/darnach Anno 1506. ward er Kön. in Polandt/vnnd hat für vnd für regiert biß zu vnser zeit/hat grosse Krieg geführt mit den anstossenden Ländern/vnd besonder mit den Moscowytern/deren er Anno Christi 1514. bey 30000. erschlagen. Er hat mit der ersten Frawen gehabt ein einige Tochter/die hat genommen Marggraff Joachim Churfürst. Aber mit der andern Bona genannt/hat er geboren Sigismundum Augustum/vnnd 4. Töchter/vnder welchen die eltest vermählet worden Janusio dem König von Vngern. Sie heist Isabella. Diese Bona ist Anno 1557. zu Barr in jhrem Fürstenthumb im Jenner gestorben.

Smolentzko ein Schloß.

Es ligt ein trefflich Schloß mit nammen Smolentzko in der Grentz der Poländischen Herrschafft/ist lange zeit ein Vorwehr gewesen des gantzen Königreichs wider die Moscowyter/vnnd haben es die Littawer bey hundert jahren inngehabt/das nun den Moscowytern ein vntreglich ding war/vnd deßhalben sampt jhrem Hertzogen Basilio zwey gantzer jahr lang belägeret vnnd angefochten haben/aber es nimmer hetten mögen erobern/wo es jhnen nicht mit verrähterey Anno Christi 1513. were zugestanden. Es ist ein vnüberwindlich Schloß/gelegen an dem Wasser Boristhenes/vnnd hat von alten zeiten her gehört an der Moscowyter Herrschafft/ward aber von Vitomedo der Littawer Hertzogen eyngenommen/vnnd bey hundert jahren von jhnen besessen/vnd mit solchem fleiß bevestiget/daß man es mit keinem schiessen noch stürmen hat mögen begwältigen. Nicht daß die Mawren so starck seyen gewesen/sonder daß es Pasteyen hat gehabt mit grossen Eychenen Höltzern gemacht/vnd mit Grund vnd Steinen außgefüllt/vnnd darnach mit Eychenen Zäunen verschlossen/auff einer seyten hat es das vngestüm Wasser Boristhenem/vnd auff der andern seiten ein sümpffigen Boden/der weder Leuth noch Vieh ertragen mag. Das es Hertzog Basilius gewan/gieng jhm so viel Bluts darauff/daß ers sennfter new von grund auff hett mögen bawen/dann mit solchem verlust gewinnen. Ist darnach wider von den Polen gewonnen vnd verwüstet. König Sigmund ist seines alters im 82. seiner Regierung im 42. jar gestorben/vnd auff jhn im 1549. jahr hat sein einiger Sohn Sigmund Augustus die Regierung angenommen/welcher des Keys. Ferdinandi Tochter zu der Ehe gehabt/welche gestorben im jahr 1545. auff diese abgestorbne hat er jhr Schwester Catharin zu der Ehe genommen/die er nachmahlen wider heim geschickt hat. Demnach König Sigmund den 1. tag Hewmonats/An. 1572. seines alters 52. jahr/in Littaw mit todt abgangen/ward nach jhm zum König erwehlt Heinricus Hertzog zu

Boristhenes Wasser.

Aniou/

Von dem Polandt.

Anjou / König Caroli des 9. in Franckreich Bruder / welcher auch zu außgang des volgenden 73. Jahrs in Polen / die Kron zu empfangen verreiset. Er blieb aber nicht lang im Landt / sonder als sein Bruder Carolus den 28. Mayens / An. 74. gestorben / verließ er Polen / vnd entwütscht gen Wien / kam durch Italien in Franckreich / sein erblich Königreich daselbst anzunemmen. Auff Kön. Heinrichs abtritt waren die Ständ der newen Wahl halb mißhellig / in dem etliche Keys. Maximilianum haben wolten / vnd jn zu annemmung des Königreichs berüfften. Andere aber erkießten Stephanum Batori von Somlio / den Wayvoda in Siebenbürgen / welcher auch ob wol nicht ohne hefftigen widersatz die mehrer Stimm bekame: dann er des abgestorbnen Königs Schwester Annam des Reichs Infantin / Anno 1576. zum Gemahel name / vnd die Kron empfieng. Dieser wurd geboren Anno 1533. den 27. Herbstmonats / starb im Jahr 1586. nach welches Todt die Ständ des Königreichs abermals mißhellig waren: dann etliche wolten Maximilianum Rudolphi des 2. Römischen Keysers Bruder / ein verstendigen vnnd herrlichen Fürsten haben / andere haben Sigismundo Johannis des 3. Königs in Schweden Sohn die Stim geben / der ward auch nach altem brauch Anno 1587. den 27. Decemb. zu Crakaw gekrönt: Ertzhertzog Maximilianus kam mit einem grossen Heer vor Crackaw / vnd belägert es / er ließ aber bald widerumb von der Belägerung / vnd führt sein Kriegsheer gegen den Schlesischen Grentzen. Es zog wider jhn auß Johann Zamoiscus der groß Cantzler in Polen mit einem hauffen Polacken: da kamen die beyden Heer zusammen bey Bitschin in dem Hertzogthumb Brig / vnd traffen auff einander / aber die Polen waren den Teutschen zu mechtig. Ertzhertzog Maximilian kam mit den seinen in die Statt Bitschin. vnd must sich darin dem Polnischen Obristen Zamoisco ergeben. Es ward aber bald darauff ein Fried getroffen / vñ kam Ertzhertzog Maximilianus widerumb in Teutschland. König Sigmundus nam erstlich Anno 1592. zu einem Gemahel Annam jetziger Keyserl. May. Ferdinandi des 2. Schwester / vnd gebar mit jren Anno 1595. den 29. Maij Printz Vladislaum / vnd Anna Marien die starb aber Anno 1600. In dem Jar 1605. nam er sein ander Gemahel Constantiam der vorigen Schwester / vnd mit dieser zeugete er Anno 1607. den 28. Decemb. Printz Stephanum.

Von besondern Herrschafften Polandes. Cap. lxxv.

Polandt wirdt jetz getheilt in acht Provintzen / deren ettliche der Sprach halben von einander vnderscheiden sind / als namlich in groß vñ klein Polen: in das groß Hertzogthumb Littow / in die Hertzogthum Reussen / Preussen / Massaw / Samogitz / Pommeren / vnd Lyffland. In klein Polen sind die 3. fürnembste Stätt / Crackaw ist die Hauptstatt / von wegen der Königlichen Residentz / vnd der Vniversitet sehr verrüfft. Die ander Statt ist Sandomiria / die dritt Jublin. Durch klein Polen fleust die Vistel. In groß Polen sind die fürnemesten Stätt / Posnania / Calis / Siradia / Loncinia / Vladislavia / Bresle / Rana / Plotzko / Dobrinia. Das Land Massaw ist ein Lehen des Reichs / vnnd heist sein Hauptstatt Warschen oder Varsovia, da macht man den besten Meth / den sie Troinic nennen. An die Massauer stossen die Littawer vnd Samagiter / die Mittnächtiger seind dann die Littawer. Podolia gehört zu den Reussen / wie auch die Roxolaner / vnd gebrauchen sich des Griechischen Glauben. Ihr Hauptstatt heist Cameneh. Die höchsten Aempter im Landt besitzen die Pfaltzgraffen so sie Palatinos / Burggraffen / so sie Castellanos / vnd Landvögt / die sie Hauptmänner nennen.

Damit aber desto bekañter seye / was jetziger zeit für ein Regiment im Königreich Polen geführt werde / so ist zu wissen / daß ettliche Provintzen dieses Reichs eigne Hertzogen haben / die aber des Königs Lehenleuth sind / als Preussen / Lyffland / vnd Pommern. Vnnd ob wol auch in ettlichen andern Provintzen / etliche sind / so den Hertzogen / Marggraffen vnnd Graffen Titul führen / so haben sie doch ein gemeines Recht / vnd geniessen einerley Freyheiten / mit dem vbrigen Adel / oder Ritterstandt. Dann der Adel hatt durch seine ritterliche Thaten / vnnd herrliche verdienst / von altem her erlangt / daß er zu gleichen Ehren vnnd Aemptern / wie auch zur freyen wahl eines newen Königs / mit den Titulirten zugelassen wird. Vnd ob wol viel der Edlen entweders armut halben / oder etwas zuerlernen / in anderer Herren / oder Edlen / Dienst sich begeben / so ist doch solches keinem schmählich / sonder viel mehr löblich / vnd geniessen dannoch einerley Freyheit: daher es dann offt kompt / daß auch die geringers stands vnd vermögends sind / durch jhr Tugent / oder auch durch jhrer Patronen beförderung / zu höchsten Ehren vnd Aemptern auffsteigen.

Es werden aber das gantz Königr. in Diœceses, das ist Stiffter / vnd Palatinatus das ist Pfaltzgraffschafften außgetheilet. Die Stiffter erstrecken sich weiter als die Pfaltzgraffschafften / dann es sind manchmal vnder einem Stifft drey Pfaltzgraffschafften / wie dann das Stifft zu Crakaw / 3. Palatinatus in sich begreifft / als namlich den zu Crakaw / zu Sandomir vnd zu Lublin. Vnd das Stifft zu Vilna begreifft in sich alle Palatinatus / oder Pfaltzgraffschafften in der Littaw. Es sind aber vberall sechzehen Stiffter im gantzen Königreich / zwen Ertzbischoffliche / vnnd die vbrigen Bischoffliche:

Diese sitzen alle in dem Königlichen Rhat / vnnd das in solcher Ordnung. Erstlich die zwen Ertz-

Ertzbischoff/der zu Gnesnaw/vnd der zu Lembug in Reussen. Demnach die Bischoff/der zu Crakaw/der zu Cujavia/der zu Vilnen/der zu Poßna/der zu Plotza in der Massow/der zu Warmen/der zu Lutzgo/der zu Przemisel/der zu Samogitza/der zu Chulma in Preussen/der zu Chelmen/der zu Kiowi/der zu Camenetz vnd der zu Vendentz.

Der Ertzbischoff zu Gnesnen hat den Primat im gantzen Reich: Er hat nicht allein die Jurisdiction vber den gantzen Geistlichen Stand/vnnd den obersten Sitz im Rhat: sonder auch das höchste ansehen in allen Rhatschlägen: wann kein König ist/so berüfft er die Stånd zusammen/höret die frembden Gesanten/ernennet den Tag vñ das Ort zur erwehlung eines newen Königs: vnd den erwehlten ruffet er auß/vnd krönet jhn auch hernach zu Crakaw.

Der ander Ertzbischoff hat den andern Sitz im Rhat: Auff denselbigen folgen die vbrigen Bischoff in der erstgesetzten Ordnung/vor allen Weltlichen.

Was aber die Palatinatus/oder Pfaltzgraffschafften anlangt/so werden dieselbigen widerumb vnderscheiden/in vnderschiedliche Castellaneatus/oder Burggraffschafften/vnd diese widerumb in gewisse Capitaneatus oder Haubtmanschafften.

Alle Palatinatus/oder Pfaltzgraffschafften haben jhre gewisse Grentzen: vnd das sind eygentlich zu reden gantze Hertzogthumb/man sehe gleich an die weite eines jedes bezircks/oder die menge des Adels in einem jeglichen: Dann solche allenthalben so groß ist/daß man einen Feind damit abtreiben/oder mit Krieg angreiffen kan. Darumb so ist ein jeder Palatinus/oder Pfaltzgraff/ein erwehlter Fürst/vnd vnder den Weltlichen ein oberster Rhatsherr/vnd ein General vber das Kriegsheer seiner Pfaltzgraffschafft. Aber er vertritet dieses Ampt nimmer/alß wann ein allgemeine Kriegs expedition ist des gantzen Königreichs: welche nimmer für die Hand genommen wirdt/alß wann der allermächtigste Feind ins Landt fallet.

Zur Fridenszeit aber hat ein jeder Palatinus den Gewalt in seinem Palatinatu/die versamlung des Adels anzustellen/denselbigen vorzusitzen/allen Dingen die man verkaufft einen gewissen Preiß zubestimmen/auff Gewicht vnd Maß achtung zu geben/vnd der Juden Sachen zu richten.

Ich sage diese Palatini seyen erwehlte Fürsten in jhren anvertrawten Hertschafften/dann obwol jhre Söhn ehren halben Palatinides genennt werden/so Erben sie doch nach des Vatters Todt sein Würde nicht/sie werden dann von dem König darzu erwehlet.

Es sind aber in dem gantzen Königreich 34. Palatini/neben welchen 3. Castellani/vnd ein Capitaneus/in dem Königlichen Rhat/des Sitzes halben/ein sonderbare Præogativ haben. Dann der Castellan von Crakaw/hat auß sonderbarer freyheit/vnder allen Weltlichen Rhatsherren den vorsitz/die vbrigen aber folgen in dieser Ordnung. Der Palatinus zu Crakaw/zu Posnen/zu Vilnen/zu Lentkomin/der Castellan zu Vilnen/d Palatinus zu Calissi/zu Trocen/der zu Siradien/der Castellan zu Trocen/der Palatinus zu Lencicz/der Capitaneus oder Haubtmann zu Samogitz/der Palatinus zu Bressen/zu Kiovi/zu Inoulodislan/der in Reussen/der in Volhinia/der in Podolia/der zu Smoltzen/der zu Lublin/der zu Polotz/der zu Beltzen/der zu Novograd/der zu Plotzko/der zu Vitebß/der in der Massaw/der in Podlahia/der zu Raven/der zu Bretzen/der zu Calmen/der zu Mecislanien/der zu Marieburg/der zu Braslavia/der in Pomeren/der zu Mintzen/der zu Venden/der zu Perpat/der zu Parnav.

Die Castellaneat oder Burggraffschafften belangend/so sind dasselbige gewisse Hertschafften/oder theil der gedachten Pfaltzgraffschafften/welche auch gewisse schrancken haben. Es sind aber zun zeiten in einem Palatinatu 4. bißweilen 3. aber niemalen weniger als 2. Castellaneat. Ein jeder Castellan oder Burggraff/hat seinen Sitz im Rhat/vnnd ist vber das Kriegsheer seines Palatini Leutenampt/vnnd ist zur zeit des Kriegs vber den Adel seines bezircks gesetzt: Aber ausserhalb des Kriegs hat er kein Jurisdiction in seinem theil/ob er schon der Rhatsherrlichen Würde geneust. Es sind aber der Castellanen 83. im Reich/deren etliche die Mehreren/andere die Minderen genent werden. Der Mehrern sind 31. Vnd werden mit den vbrigen so wol Geistlichen/als Weltlichen Rhäten/zu allen sachen/auch den allergeheimesten zugelassen. Der Minderen sind 52. Diese geniessen zwar mit den vorigen/der Freyheiten der Rhatsherren/aber zu den allergeheimesten sachen werden sie nit gebraucht. Das sind nun die drey gattungen der Rhatsherren im Königreich Polen.

Neben diesen Rhatsherren/hat das Reich auch viel Officierer/deren etliche auch im Rhat sitzen/andere aber nicht. Im Rhat sitzen diese. Der oberste Marschalck des Großhertzogthumb Littaws. Der Cantzler des Reichs/der Cantzler auß der Littaw/d Vitz-Cantzler des Reichs/der Vitz-Cantzler auß Littaw. Der Tresurier des Reichs/des Tresurier in Littaw. Der Marschalck des Königlichen Hoffs/d r Marschalck des Hoffs im Großhertzogthumb Littaw. Vnder diesen hat ein jeder sein sonderbar Ampt zuverrichten/welches alhie viel zu lang were zu erzehlen.

Die andern Officierer/welche nit im Rhat sitzen/aber den nechsten zutritt darzu haben/sind mancherley/alß der General welcher an des Königs statt vber das gantze Kriegsheer commandiert/das Läger schlegt/die Schlachtordnung macht/das Zeichen zum angriff gibt/die Vbertretter straffet/vnd in einem wort zureden/ein gantze Königliche authoritet gebraucht. Gemeinlich aber wirdt diß Ampt einem Rhatsherren gegeben. Dieser Feldoberster hat seinen General Leutenampt/der jhm von dem König gegeben wirdt/welcher fürnemblich die Wachten versorget/vnnd den geworbnen

worbnen Kriegsleuthen vorstehet/vnd in abwesen des Generals sein stell in allem vertrittet. Neben diesen hat es auch einen Obersten vber das Kriegsvolck/welcher dem König/im Läger/zur beschirmung seines Leibs zugegeben wirdt/vber welche er auch nach dem König volkomen Gewalt hat/aber sein gewalt wehret nur so lang der König zu Feldt ist. Ferners hat es einen Reichs Secretarium/welcher des abwesenden Cantzlers stell vertrittet/vnd in grossem ansehen ist. Es hat seine Referendarios/welche die Supplicationen annehmen/vnd die klägden anhören/vnd der Cantzley fürbringen. Es hat seine Pocillatores/oder Schencken: seine Fürschneider: seine Schwerdtvortrager: seine Notarios: seine Wachtmeister auff den Tartarischen Grentzen: seine vorgesetzten vber die Zöll/vn alle Metallgruben/vber die Wäld/vber die Müntz/neben vilen anderen Officierern mehr/welche theils an dem Königlichen Hof/theils aber hin vnd wider im Land/ihre Aempter verrichten.

Sonst ist d'Königen Gewalt von den Sagellanen mechtig beschnitten worden/in diesem Königreich/also daß er vber den Adel nichts zu vrtheilen hatt/ohn allein wañ die Reichs Ständ vorhanden sind/da muß ers als dann/mit vnnd neben denselbigen thun: darff auch ohn derselbigen consentz vnd bewilligung keinen Krieg anfahen/kein Frieden noch Bündnuß mache/keinen Tribut aufflegen/keinen Nachfolger ernetten/noch das geringste von den Reichsgütern verendern.

Dieses Wunderbildt ist im jar 1543. auf S. Pauli bekehrung zu Vinsterswyck im Niderlandt gelegen/von einem Weib geboren/war ein Kindt mit grossen/runden vñ fewrigen Augen/sein Naß wie ein Ochsenhorn/auff seiner Brust zweyer Thier Angesicht/vber dem Nabel mit zweyen Katzenaugen/an den Ellenbogen vnd Knien hat es Hundsköpff/Hend vnd Füß eines Schwanen/einen Schwantz mit einem widerhaken einer Ehlen lang/sein rucken war rauch von Haar wie ein Hund/hat gelebt auff 3. Stund: wie es dann in offentlichem Truck außgangen/wiewol etliche bezeugen/es were dieses Kind zu Crakaw geboren.

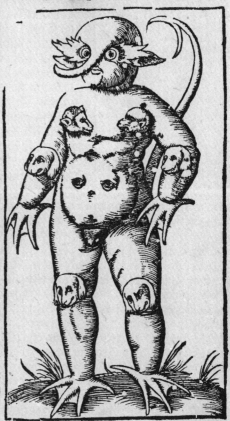

Wunderbildt.

Littaw. Cap. lxxvi.

Littaw hangt an Polande/vnd ist zum theil sümpffig vnnd wäldig/vnd darumb kan man nicht wol darzu kommen/besonder mit Pferden/dann zu Winters zeiten so die Sümpff vnnd Lachen mit Eyß vberfroren seind/vnd der Schnee im Lande ligt. Dann so ziehen die Kauffleuth hinüber dem Gewässer gleich als vber das Meere/vnd gehn allein dem Gestirn oder Compassen nach/dieweil man sonst kein weg haben mag. Es hatt die Littaw wenig Stätt vnd Dörffer. Aber viel Wäld vnnd Eynöden/vnd von dannen kommen die Eychenen Hölzer/so die Niderländer Wagenschot heissen/welcher ein grosse menge in die Niderländische vnd Teutsche Seestätt gebracht wirdt. Vnd darauß machen die Niderländer ihre hölzerne Gebäw vnnd bald alles was sie von Holz brauchen. Ihr Reichthumb seind Vieh vñ Fäl vnd mancherley Thier. Wachs vnd Honig haben sie vberflüssig viel. Sie brauchen vnbeschlagne Pferd. Sie haben kein gebrauch des Gelts. Die Männer lassen es geschehen daß ihre Weyber andere Beyschläffer haben/die sie Ehehülffer nennen. Aber wo ein Mann solt ein Kebsweib haben zu seinem rechten Weib/das wirdt lästerlich geachtet. Sie scheiden gar leichtlich die Ehe mit beyder verwilligung/vnd greiffen anderwerts zur Ehe. Man findt selten Wein in diesem Landt. Das Brot ist schwarz von vngerädetem Mäl gemacht. Sie brauchen Gersten oder Weitzen/vñ bachen es mit den Kleyen: aber die Herzen brauchen Weißbrot. Sie haben kein eygen Saltz/sonder bringens auß Reussen. Ihre Nahrung steht vast am Vieh. Ihre Better sein harte Bänck/die vornemesten gebrauchen sich etwan einer Bärenhaut/dann von Federbettern wissen sie nichts. Der Spraachen halb stimmen sie zu den Poländischen. Der Religion halb seind viel in der Littaw die den Gottesdienst volbringen nach Griechischer weiß. Man finde auch noch etliche

Littawer Reichthumb.

Littawer seltden Ehehülffer.

Das sechste Buch

Vilna Hauptstatt.

Heyden darinn die sich mit Abgötterey bekümmern. Die Hauptstatt in diesem Landt ist Vilna/ da ist auch ein Bißthumb/ vnnd ist diese Statt so groß alß Crackaw mit jhren Vorstetten. Doch steht nit ein Hauß am andern/ sonder sie haben Gärten vnd Höf darzwischen wie auff den Dörffern. Es wohnen auch etliche Tartern bey dieser Statt in bestimpten Dörffern/ die bawen das Feld/ vnd führen der Kauffleut Güter von einer Statt zur andern/ gebrauchen sich der Tartaren Sprach: vnd bekennen den Mahumetischen Glauben. Es ist die Littaw ein groß Hertzogthumb/ streckt sich ferr gegen Mitnacht: dann zu Vilna erhebt sich d'Polus 54. Grad. Die andern sagen 57. Grad. Diß Volck ist vor etlich hundert jahren veracht gewesen von den Reussen/ daß der Fürst von Kyow von jhnen allen begert Vmbschürtz vnd etliche Gärtenstuden jhrer Armut halb/ vnd das musten sie geben zum Zeichen daß sie vnderworffen wären. Aber es erhub sich der Littawer Hertzog mit Nammen Vithen/ vnd ward den Reussen widerspenig/ warff sich auff für ein Hertzogen vnder dem gemeinen Mann/ führt auch ein Krieg wider die Reussen/ vnd braucht sich so Mannlich daß er das Feld bhielt/ vnd nam also vberhand in Gewalt/ daß er auch etlich Reussen vnder sich bracht/ die jhm Tribut geben musten. Seine Nachkommen haben

Littaw ein Hertzogthumb.

offt die Reussen vberfallen/ desgleichen die Preussen/ Moscowyter vnd Polacken/ vnnd sie beraubt/ biß daß die Teutschen Creutzbrüder von Preussen/ von Hertzog Conraden/ der vber die Massover regiert/ berüfft worden/ den Littawern zu wehren jhres Auffiauffs. Also haben die Teutschen Brüder die Littawer hinder sich getrieben biß zur zeit dieser zweyer Brüder Olgerd vnd Keistuth. Keistuth war ein grosser durchächter der Christen/ der in einer Schlacht von den Creutzbrüdern drey malgefangen ward/ vnnd allmal mit List auß der Gefengknuß kam. Zu letst kam er vmb von seines Bruders Sohn Jagello/ der sich bald darnach tauffen ließ/ vñ ward genennt Vladisla/ Anno 1386. vnd nam zu der Ehe des Kön. von Polen Tochter mit dem Reich.

Vladisla wirdt König in Polandt.

Da das geschehen war/ kehrt er also grossen fleiß an/ daß sein Volck die Littawer auch Christen wurden/ darumb nam er mit jhm Bischöff vnd andere Geistliche Leut/ vnnd etliche Landsherren/ im jahr 1387. vnnd zog in Littaw/ verschuff daß die Littawer annammen den Heiligen Tauff/ die vorhin angebetten hatten das Fewr/ die Wäld vnd Schlangen. Das Fewr hielt jr Priester stäts im wesen/ die Schlangen vnnd Natern zogen sie in jhren Häusern gleich alß jhr heimische Götter. Aber der König Vladisla ließ das Fewr in der Statt Vilna außleschen/ den Tempel vnnd Altar zerbrechen/ die Wäld abhawen die sie angebettet hatten/ vnd gebote die Schlangen zu tödten. Da das geschahe/ wurden sie im Christlichen Glauben vnderwiesen vnd getaufft. Es stifft auch der König zu Vilna ein Thumbkirch/ vnnd den Choraltar setzt er an das Ort da das ewig Fewr hat gebrennt.

Diß Landt ist sehr groß vnd weit stosset an die Moscow. Von der Statt Carcaß/ welche an dem Fluß Borysthene ligt/ erstreckt es sich biß in Eiffland. Der Borysthenes fleust gegen Auffgang in das Euxinisch Meer. Es ist ein gantz arm Volck/ in höchster Dienstbarkeit/ die Bawren dörffen nimmer ohn Geschenck für jhre Herren kommen/ ja sie müssen auch alle Diener jhrer Herren begaben/ sonst können sie nichts erlangen. Wann einer der viel Diener bey sich hatt/ einem Bawren ins Hauß kompt/ so thut er was er will/ vnd nimbt alles was jhm gefellet/ darff auch noch darzu den Bawren vbel schlagen. Die Bawren müssen jhren Herren 5. Tag in der Wochen wercken/ der Montag allein ist jhr eygen. Am Sontag Arbeiten sie so wol alß an den Wercktagen/ wann sie darüber zu Red gestellt werden/ so antworten sie/ muß man nit auch am Sontag essen. Sie salben die Axen an jhren Rederen nicht/ daher dann jhre Wägen ein wundersame harmoney in den Ohren der Menschen erwecken. Wiewol aber gantz Littaw dem König in Polen vnderworffen ist/ so sind doch viel andere gewaltige Hertzogen vnnd Graffen darinnen/ welche an Reichthumben den Fürsten in Teutschlandt wol zuvergleichen/ alß da sind die Herren Radziwilij/ Chodchiewicij/ vnd andere. Wiewol die Littawer in gemein schlechte Kriegsleut sind/ darnach findet man in dem Fürstenthumb Wolona ein Kriegisch Volck. Sie sind von jhres großhertzogen Witoldi zeiten/ in so grosser Dienstbarkeit gehalten worden / daß sie sich selber auff befehl jhrer Herren erhencken. Wann man zu einem sagt/ machs geschwind der Herr ist Zornig/ so zeucht der ellende Mensch auß forcht grösserer Marter / jhm selber den Strick zu.

Samo:

Von der Littaw. 1413

Samogetia. Cap. lxxvij.

Gegen Mitternacht ligt Samogetia/stoßt an die Littaw/Preussen vnd Lyfflandt/ ist beschlossen mit Wälden vnd Flüssen/ist ein kalt Landt. Die Leut darinn seind gerad vnd lang: aber grober vnd vnbärtiger Sitten. Zu verwundern ist es/daß ob sie sehr hohe Leuth sind/ daß sie doch jmmerdar neben ettlichen grossen Kindern/ auch etliche kleine Zwergen erzeigen. Sie sind gantz frefel/vnd zum Krieg tüchtig: Sie haben sehr kleine Pferd/welche sie im Krieg/vnnd Feldbaw gebrauchen. Sie brauchen keine eyserne/sonder nur hölzerne Pflugscharen. In jhren Wälden erscheinen offt schreckliche Gesichter. Sie behelffen sich mit kleiner Nahrung/trincken Wasser/selten Bier oder Meth. Vor etlichen jaren wusten sie weder von Gold noch Sylber/von Eysen oder Wein zu sagen. Ein Mann hat viel Weiber/vnd so der Vatter starb/mocht der Sohn sein Stiffmutter nemen/ oder seines Bruders Fraw. Sie hetten elende Häuser von Holz/Stro vnd Kot gemacht/gleich wie ein Eysenhut geformiert/die hetten von oben ein groß weit Fenster/das gab Liecht dem gantzen Hauß/darinn war der Haußvatter/sein Fraw/Kind/Knecht/Mägd/Vieh/Getreid/vnnd alles Haußgeschirr. Darinn hatten sie auch ein ewig Fewr/vmb welches sie sassen/nicht allein daß sie kochten damit/sonder daß sie sich erwehrten der grossen Kelte/so gar nahe das gantz jar bey jhnen regiert. Das Volck war geneigt zu Rauberey/vnd für ander ding beteten sie an das Fewr. Dann sie meynten es wer ein heylig vnd ewig ding. Diß ward auff einem hohen Berg von einem Priester auffenthalten/der alle zeit Holz anlegt. König Vladisla ritt zu dem Thurn darin̄ das Fewr war/ vnd erleschet es/vnd ließ die Bäum in den Wälden abhawen die sie angebettet hatten. Dann sie meynten die Wäld/Vögel vnd Gewild weren heylig. Vnd welcher in den Wald gieng vnd deren eins vergweltigt/dem krümpt der Teuffel Hend vnnd Füß/deshalben verwunderten sie sich vast/ daß den Poländischen Knechten nichts widerführ/da sie die Bäum abhiewen. Sie hetten auch fewrine Herdstetten in den Wälden/jedes Geschlecht besonder/darauff sie die Todten verbrennten mit Roß/Sätteln vnd den besten Kleydern. Sie setzten auch Sässel darzu/vnnd Speiß darauff/die gebachen war in gestallt der Käß/vnd schütteten Meth auff den Herd der meynung daß sie glaubten vnd in der thorheit waren/die Seelen der Abgestorbnen kämen bey Nacht vnd fülleten sich da. Als nun König Vladisla die Samogeter vnderwiesen hett im Glauben/ließ er sie alle tauffen/vn̄ stifftet ein Bisthumb zu Myedniki. Darnach gab er das groß Hertzogthumb von Littaw vnd Samogetien seines Bruders Sohn der Vitoldus hieß/vnd ward ein kecker Krieger. Er bracht auch vnder sich das Hertzogthumb Pleßkoio/vnd das Hertzogthumb Schmolnen/vnd da er zu frieden war/zog er wider die Tartern/vnd bracht ein grosse schaar Tartern mit jhm/die setzt er in die Littaw/vnd die seind auch noch zu der zeit darinn. Nach diesem zog er mit grossem Gewalt vnder die Tartaren: aber sein Volck ward nider gelegt/vnd er entran/vnd kam in die Littaw. Da wolt Keys. Sigmund zweytracht machen zwischen König Vladisla/vnnd Hertzog Vitolden/vnnd verhieß Hertzog Vitolden er wölte jhn zum König machen in der Littaw/vnnd auff das schickt er jhm ein Kron durch die Marck vnd durch Preussen. Aber der Adel auß Polen wolt es nicht leiden/sondern legt sich auff ein Warth mit Kundtschafftern. Da das des Keysers Botten innen wurden/kehrten sie auß forcht widerumb heim. Diß Land empfahet auß der Littaw einen Landtvogt/den sie Starosta nennen/welcher nicht leichtlich geendert wirdt. Es sind noch viel Abgötterer darinnen/welche die vierfüssigen Schlangen/so nur drey Spannen lang sind/für jhre Haußgötter halten.

Elende Häuser.

Aberglaub der Samogetern.

Von etlichen Stätten der Littaw. Cap. lxxviij.

Vilna/wie gesagt/ist die Hauptstatt in Littaw/vnnd ligt 60. Meilen ferr von dem Preussen Meere. Aber von Riga rechnet man 70. Meilen gen Vilna. Von Kyow biß an das Ort da der groß vnnd klein Borysthenes/die man jetzund Neper vnd Boch nennt/zusammen fliessen/zehlt man 70. Meilen/vn̄ da endet sich die Grentz der Littawer. Aber vberzwerch zurechnen von Parckow/die in einer Grentz ligt der Littaw/biß gen Vilna zehlt man 120. Meilen. Item von Crakaw biß gen Vilna rechnet man 100. Teutscher Meilen. Diese Statt Vilna ist mechtig Volckreich von allerley Nationen/ist mit Mawren vmbgeben/vnd Porten/die werden aber nimmer beschlossen. Die Häuser/wie droben gesagt/sein schlecht/inwendig von lauter Holz/ohn ettliche Gassen welche von Teutschen vnd andern Kauffleuten bewohnt werden/die dann schöne steinerne Häuser haben. Der König in Polen hat 2. Palläst da/einen in der ebne/vnd einen in der höhe mit Thürnen vnd Pasteyen/daran auch ein Zeughauß. Ein halbe Meil von Vilna hat er ein Lusthauß bawen lassen/doch von lauter Holz/darbey ein Wäldlein/darinnen aller Landt wilde Thier mit grossem vnkosten erhalten werden: Diß Lusthauß wirdt genannt Wersupa. Die gemeinen Häuser haben kein Camin/daher die Leut wegen des stäten Rauchs/jre Augen verderben/vnd werden nicht bald an einem Ort so viel blinde gesehen als zu Vilna.

Vilna ein Hauptstatt.

Grodno/

Das sechste Buch

1414

Grodno/gegen Schmolensko gelegen/auch eine bekañte Statt in der Littaw/theils auff dem Berg/theils auff der Ebne/mit schlechten Häusern erbawen/nach des Landts art/vnnd stehet ein jeglich Hauß sonderbar wenig außgenommen. Diese Statt hat weder Mawren noch Porten/sonder ist wie ein offner Flecken. Hat ein Königlich Schloß auff der höhe. Anno 1577. hat da König Sigmundus Augustus einen Reichstag gehalten. Da dann mit vnaußsprechlichem Pracht/Türckische/Tartarische/Walachische/Moscowische vnd andere Gesanden zu jhm kommen/mit köstlichen Præsenten. Die Moscowische Gesanden hatten bey sich in 1200. Mann/gantz prächtig gekleidet. Diese Gesanden waren alle auff dem Feldt in jhren Gezelten Losiert.

Novigrod. Cap. lxxix.

Novigrod ein grosse Statt.

Novigrod oder Neugardia ist ein grosse Statt/die auch zu der Littaw gehört/ist ein wenig weiter dann Rom. Dann Rom begreifft in jhrem vmbkreiß 6. Teutscher Meilen vnd ein halbe: aber Novigrod hat 7. gantzer Meilen in jrem Circk. Sie ligt drey Meilen von dem Meere/vnd hat allein höltzene Gebäw. Es hat sie gewonnen Iwan: das ist/Johann der Moscowit/da man zehlt nach Christi Geburt 1479. vnnd hat 300. Wägen geladen mit Sylber/Gold/Edelgestein/vnd andern köstlichen dingen vnd Kauffmanns Waar. Dann da enthalten sich viel reicher Kauffleut. Diese Statt hat so viel Kirchen als tag im Jahr seindt. Sie ligt gar weit gegen Mitnacht/also daß im Sommer vmb Johannes tag nach vndergang der Sonnen es also hell da bleibt/daß die Schneider vnd Schuster die gantze Nacht sehen zu nähen. Anno 1581. hat Johannes der Großfürst diese Statt erstlich mit Wählen vñ Bollwercken/durch einen Römischē Bawmeister bevestigen lassen.

Pleßkow.

Pleßkow ein andere treffliche Statt/groß vnd gemawret/doch ist sie kleiner dann Novigrod/sie ligt zwischen der Littaw vnd Moscowyterlandt. Die Eynwohner seind den Reussen gleichförmig in Sitten vnd in der Sprach/sie scheren kein Bart noch das Haar. Die Statt hat den Namen von dem Fluß Pleskow/so mitten durch die Statt laufft/sonsten wird die Statt in 3. theil mit sonderbaren Mawren vnderscheiden. Ist erstlich gantz frey gewesen/vnd ein sonderbar Regiment vñ Landtschafft gehabt. Hernach hat sie der Hertzog in der Moscaw Basilius vnder sich gebracht/vnd mit harter Dienstbarkeit bezwungen. Endtlich hat Stephanus König in Polen mit Kriegsmacht alle diese Landt in seinen Gewalt gebracht. Von dieser Statt wird das Landt Pleßkowen genañt/vnd hat 60. Meilen in der lenge/vnd 40. in der breite. In der Littaw seind viererley Sprachen.

Vier Sprachen in der Littaw.

Die erste ist der Jawinger/vnd seind jhr wenig. Die ander ist der Littawer vnd Samogetern. Die dritt der Preussen/vnd die vierdt der Lottawer vnd Lyffländer bey der Statt Riga. Doch hat die Poländische vnd Teutsche Sprach vberhand genommen in Preussen/Littaw vnd Lyfflandt.

Tanais.

Merck weiter daß bey Vilna wohnen etliche Tartern/wie auch hievornen gemelt ist/vnd seind auch Jüden in der Littaw/besonder in der Statt Troki. Item in der Littaw entspringt der klein Don vnd der Neper/oder Boristhenes/auß ebnem Erdtrich/vnd fleust vnder Schmolenski vnnd Kyow wol 30. Meilen in das Pontisch Meere. Item Villa ein ander Fluß entspringt bey Vilna/vnd laufft wol 30. Meilen gegen Auffgang/kompt mit der Vil einem andern Fluß in das Wasser Niemen/welches vast krumb fleust/vnnd fellt in das Preussisch Meere bey dem Schloß Kowno.

Boristhenes.

Dzuina ein Wasser.

Dzuina ein grosser Fluß entspringt in Moscowyten/vnd fleust durch die Littaw/vnd kompt bey Riga in Lyfflandt/vnd fallt daselbst in das Meere. Sie haben mancherley Meth in der Littaw/darvon sie auch truncken werden: aber das gemein Volck trinckt Wasser. Das Landt hat allerley Vieh vnd viel Gewilds/groß Wüstene vnd Wäld/darinn auch grosse wilde Thier gefunden werden/als Awrochsen/Wildochsen/die sie Thuren vnd Zumbern nennen/Wildesel vnnd Roß.

Hirtzen/Beck/Dachsen/Bären/rc. Es ist gar ein böser brauch in der Littaw vnder den Mechtigen/wann sie in der Wirtschafft zusammen kommen/sitzen sie von Mittemtag biß zu Mitternacht/vnnd füllen sich für vnd für biß sie es wider geben/darnach fahen sie wider anzuprassen. Diese gewonheit ist auch in der Moscowyter Landt/vnd vnder den Tartarn. Es ist auch in diesen Ländern ein alte Gewonheit/daß man die Leut verkaufft wie das Vieh/vnd die armen Leut so frey seindt/verkauffen auß Armut jhre Kinder/daß sie darvon Speiß gnug haben wie grob sie schon ist/von dem Patron. Zwischen Littaw/Podolia/vnd Reussen/ligt Volhinia/so drey Provintzen hat/Leutcko/Wolodomiria/vnnd Knyzemenek. Podolia hat Moldaw gegen Mittag/bey dem Fluß Tyra/oder Nyester: gegen Auffgang hat es grosse ebne Felder/welche biß zu den Mæotischen Pfützen/bewohnet werden/oder zu den Præcopischen Tartaren. Die Haubtstatt heist Camienie/zwischen hohen Felsen/ist von Natur fast vnüberwindtlich/von deren offt die Tartaren/Türcken/vnd Walachen/grosse Niderlagen erlitten haben.

Reussen

Von Reussen.

Reussen. Cap. lxxx.

Aß Landt Russia vnd Ruthenia/hat vor zeiten auch Roxolana geheissen. Es ligt hinder Poland/vnd stoßt gegen Mittag an die Moldaw/vnd Walachey. Es ist ein gantz fruchtbar Landt/vnnd hat auch vast viel Honig. So man die Aecker ein wenig bawet mit dem Pflug/vñ Korn dareyn wirfft/ so geben sie 3.jar Frucht/doch daß man ein wenig Saamen im Acker laßt/wann man das Korn eynsammlet/so wechst es ohn allen andern Ackerbaw. Die Binen lassen nit allein das Honig in jren Körben vnd holen Bäumen/ sonder allenthalben auff dem Gestad der Flüß vnd in den Hülen der Felsen/da tragen sie Honig zusammen/darauß macht man köstlichen Meth vnd die grossen Wachsscheiben. In diesem Reussen seind die Gebiet/Halicien/Przemislien/Sannock vnd Leopolis.

Leopolis oder Löwenburg. Cap. lxxxj.

Eopolis/zu Teutsch Löwenburg/ist die Hauptstatt in Reussen/hat den Nammen empfangen von dem Keyser Leone/zu gedechtnuß des grossen Siegs den er erlangt wider die Völcker desselbigen Landts. Die Kauffleut von den Christen vñ Türcken haben ein grossen Gewerb da/ligt 50.Meil hinder Crakaw. Gegen Mitternacht seind die Herrschafften Chelmen vnd Belden. Auß Moscowyten kompt der Fluß Boristhenes oder Neper/den doch die Eynwohner desselbigen Landts Nieper nennen/vnnd laufft durch die Littaw vnd weissen Reussen in das Pontisch Meere. In Reussen wechst kein Wein/sonder man führt jhn dareyn auß Vngern/Moldaw vnd Walachey. Man hat viel vnd mancherley Bier darinnen/viel Roß/Küh/Ochsen vnd Schaaf/viel Mardern vnd Füchsenfäl. Es hat auch viel Fischreicher Wässer. Man thut da kein Setzling in Wässer oder See/dann wo wasser ist/(sprechen sie) da kommen Fisch von dem Taw des Himmels darein: Man list Saltz auff in diesem Landt von einem See/der Katzibeio heißt/besonder wann es trocken Wetter ist/darumb auch die Reussen stäts mit den Tartaren im Krieg ligen.

Weissen Reussen Landt das vber dem Neper ligt/hat viel Calmus gegen dem Don: das ist/der Tanais/hat auch viel Reponticum daselbst/vnnd in der Littaw/vnd sonst viel andere Kräuter vnd Wurtzelen/die man anderswo nit find. In dem Landt Chelmen ist viel Kreiden/die man herauß zu vns führt. In Reussen seind viel Jüden die sich mit Feldbawen vnd Kauffmanschatz ernehren. Sie haben auch die Zöll inn/vnd andere dergleichen Aemptlein. In der Statt Camyen vñ Löwenburg seind die Armenier gar berühmpte Kauffleut/die wandern gen Kaffa/Constantinopel/Alexandriam/Alkair vnd Calecut/welche dann alle grosse Gewerbstett seind. Die Reussen haben ein besondere Geschrifft/aber nach der Griechen art. Die Jüden brauchen auch jhre Geschrifft/vnd studieren bey jnen in der Astronomey vnd Artzney. Die Armenier brauchen sich jhrer Geschrifft/vnd vnder andern heiligen Aposteln ehren sie Judam Thaddeum/sprechen er hab sie zum Glauben bracht. Darnach ehren sie Bartholomeum/von dem sie viel Articel des Glaubens haben empfangen. Zu Löwenburg ist ein Ertzbißthumb/vnder welchem seind die Reussen vnd die Littawer. Es halten sich da Christen/Griechen/Armenier/Jüden vnd Türcken/die alle mit Kauffmanschatz vmbgehn. Kiow ist etwan ein Ertzbißthumb gewesen/vnnd hat vnder jhm gehabt die Griechischen Bischöff durch die Moldaw vnd Walachey/biß an die Thonaw. Die Weissen Reussen seind vnder dem Fürsten von Massovia. Es ist auch vnder jhm die groß Statt Nüügardia oder Novogrod/ von der hievornen in Beschreibung der Littaw viel gesagt ist. Von dieser Statt ist ein solch Sprichwort erstanden: Wer mag wider Gott/vnd wider die groß Neügardiam. Podlassia stoßet auch an die Littaw/vnnd ist von König Sigmund Anno 1569.der Kron Polen incorporirt worden. Darinnen ligen Bielsko/Bransko/Suras/Tykozin/welche mit Geschütz sehr wol versehen/vnd wird daselbst der Königlich Schatz verwaret.

1416 Das sechste Buch
Moscowiterlandt. Cap. lxxxii.

Moscaw /
Hauptstatt.

Oscowiterlandt/ oder Moscovia endet sich gegen Mitternacht an dem gefrornen Meer. Von Auffgang vnnd Mittag her rühret es die Tartarn an: besser gegen Mittag stosset es an die Littaw. Gegen Nidergang hat es Lifland/ vnd Finland. Diß Land hat seinen Nammen von einem Wasser das Moscus heist/ das da fürfleusset/ vnd lauffet in das Mitnächtige Meer.

An diesem Wasser ligt die Statt Moscha oder Moßka/ vñ ist der Moscowiter Hauptstatt/ vnnd vbertrifft alle andere Stätt dieses Landts in der Grösse/ Gezierd/ Stercke/ gelegenheit der Wässer/ vnd auch der mechtigen Fürstlichen Schlösser halben so darinn sein. Sonsten sein die Häuser/ wie auch die gemeinen Kirchen nur von Holtz gebawen/ vnnd ist schier kein Hauß/ es ligt daran ein Garten/ darin man Kräuter zeucht/ seind gantz schlecht gebawen/ wie die Bawren Häuser in vnsern Landen. Es ist da nichts herzlichs zu sehen/ als die beyden Fürstlichen Schlösser/ so Basilius/ des grossen Johannis Basilides Sohn auß angeben eines Meylänischen Bawmeisters gantz Prächtig vnd herzlich von Stein erbawen lassen. Sie stehen neben einander. In dem einen ist des Großfürsten Palast auff Italiänische manier gebawen/ vnd viel steinerne Kirchen. In dem andern seind etliche Gassen voller Läden vnd Werckstätten/ darinnen allerley Handtwercker zu sehen/ in gestalt des Arsenals oder Zeughauses zu Venedig. Diese Statt ist vor diesem mechtig vnd in grossem ansehen gewesen. Hat in jhrem vmbkreiß
bey

Von den Moscowitern.

bey 10000. Schritten gehabt/vnd ward zweymal so groß gehalten alß Prag. Zu dieser zeit aber ist sie mechtig abgangen/vnd hat viel von jhrem ansehen verloren. Sie haltet in jhrem vmbkreiß nit mehr vber 5000. Schritt: dann in dem jahr Christi 1570. sein die Præcopischen Tartaren darin gefallen/an dem Auffarts tag/vnnd haben diese Statt sampt den Fürstlichen Schlössern abgebrant/dardurch theils Eynwohner zu grund gangen/theils in die Dienstbarkeit weggeführt worden. Sie hat nicht mehr vber 30000. Seelen jungen vnnd alten/Weib vnd Mann/welches dann ein geringes zu einer solchen verrümbten Statt. Wann etwan frembde Gesanten dahin kommen/werden die Bawren auß den Dörffern gefördert/damit die Statt nicht so gering geachtet werde. Das Wasser Moschus laufft gegen Mittag in den Fluß Ocham bey der Statt Columna/darnach laufft Ocho in den Fluß Volga bey der Statt Novogrod. Es ist der Moscowyterlandt sehr lang vnd breit. Daß von Smolensko biß gen Mosco seind 100. Meilen/von Mosko biß gen Vologda seind auch 100. Meilen/von Vologda biß gen Vstuga 100. Meil/von Vstuga biß gen Viaka 100. Meilen/vnd diese 400. Meilen begreiffen der Moscowyterlandt/vnnd sie gebrauchen sich durchauß der Sclaven Spraach. In diesem Landt sind viel Hertzogthumb/die alle mechtig an Adel vnd Landtvögten seind. Das Hertzogthumb Moschaw vermag ins Feld 300000. Edler/vnd 600000. Bawren. Das Hertzogthumb Twertzka vermag 40000. streitbarer Mann von Adel/darinn die Hauptstatt Twerd ist/vnd fleust bey jhr das Wasser Volha in das Hertzogthumb Chelmski/das schickt 70000. ins Feld. Das Fürstenthumb Rzesen vermag 15000. Edlen/vnd bey jhnen entspringt der nambhafft Fluß Don oder Tanais. Es ist auch ein Landt der Tartaren Rozinßka/das mit 30000. streitbaren Männern außzeucht/vñ ist den Moscowytern vnderworffen/vnd werden also genennt von dem Schloß Rozan/das an der Volha ligt. Seit aber die Tartaren das gantze Landt also verherge vnd verderbt/ist es nicht mehr so mechtig. Moscowyterlandt ist eben voll Wäld/Wasser/Fisch vnd wilde Thier/gleich wie Littaw/ist aber kelter/vnd zeucht sich mehr gegen Mitnacht/darumb auch das Vieh kleiner darinn ist/vnnd ohne Hörner: aber die Leut sind starck vnd gerad. Sie fahren mit Holtz zu Acker/vnd brauchen ein Ast für ein Ege. Das Korn wird selten zeitig grosser kelte halb/darumb dörten sie die Garben nach der Ernd in der Stuben. Sie haben weder Oel noch Wein/aber eine gute gelegenheit der Immen halb/welche nit nur in gemachten Körben/sonder in allen holen Bäumen/den allerherlichsten Honig herfür bringen. Daher sihet man allenthalben an den Aesten der Bäumen in den Wälden groß Binenschwärm hangen/welche man ohn einigen klang fassen muß. Man findet offt in dicken oder außgehölten Bäumen grosse See von Honig/vnd weil in solchen grossen Wälden alle Bäum zuerforschen den Landtleuthen vnmüglich ist/so muß deßhalben sehr viel Honigs zu grund gehn. Jovius schreibt/es habe Demetrius/der Moscowitische Ambassador erzehlet. Es seye in seiner Nachbawrschaft ein Bawr Honig zusuchen in ein Wald gegangen/vnd habe sich von oben herab in einen dicken holen Baum lassen wöllen/seye aber biß an die Brust in den Honig gefallen/vnd habe sich zween Tag lang durch den Honig erhalten/hertzwischen vmb hülff geschrien/es habe jhn aber niemands in solcher Wildnus hören wöllen. Entlich seye er wundersamer weiß/durch einen grossen Bären/der sich auch mit den hindern Tatzen in den Baum lassen wöllen/Honig zu essen/herauß gerissen worden/danner habe die eine Tatzen erwischet/darüber seye der Bär erschrocken/wider auß dem Baum gesprungen/vnd jhn also mit sich herauß gezogen. Es wächset sehr edler Flachs vnnd Hanff in der Moscaw. Es werden viel Häut/Wachsscheiben vnnd köstliche Zobelbeltz herauß geführt/vnd vmb groß Geldt verkaufft.

Das Landt ist wol verhütet/daß nicht allein die Knecht vnd Gefangnen/sondern auch die Freyen im Landt geboren/vnd die Gäst so dareyn kommen/nicht mehr darauß mögen ohn Fürstlich Geleit vnd Erlaubung. Zu Rosan das vnder den Moscowitern ligt/sind Tartarn die Mahumets Glauben haben. Es sindt die Moscowiter gar starcke Leut/vnd brauchen im Krieg Bogen vnd lange Spieß. Aber die Reuter führen gantze Küriß/vnd setzen auff für den Helm ein spitzigen Eysen Hut. Die Weiber haben im Brauch daß sie Perlin vnd ander Edelgestein an den Ohren tragen/vnd deßgleichen thun auch die jungen Knaben. Sie halten ein Fraw für vnverschämbt/wann sie zum dritten mal Mannet. Deßgleichen hält man von den Männern/so sie zu dem dritten mal weiben. Sie sindt vast geneigt zu der Vnreinigkeit/vnd dem Trincken hängen sie vber die maß vast nach: Man trincket in jhrem Lande Wasser/Bier vnd auch Meth/darzu machen sie ein sawrn Tranck/den nennen sie Quassetz. Sie machen auch von Habern vnd Honig ein Diestliert Wasser/vnd auch von Milch/das wird so starck daß sie offt darvon truncken werden. Doch ist jhnen von jhrem Fürsten verbotten/daß sie sich bey verlierung deß Kopffs nicht dörffen

dörffen voll trincken/außgenommen zwo oder drey Zeit im Jahr/da wird jhnen nichts dareyn geredt. Sie brauchen ein Sylberin Müntz groß vnnd klein/nicht rotund/sonder viereckicht. Das Landt ist zu Sommers zeiten an manchem ort gantz sümpffig/gleich wie die Littaw/hat viel Weld für das Vieh/hat auch viel wilder Thier/als Auwrochsen/die ettliche Vros, die andern Bisontes

nennen. Item hat Alces/die einem Hirtzen etwas gleich sehen/vnd haben ein fleischen Rüssel vnd hohe Schenckel/die Teutschen nennen es Holende. Es sind auch grosse vnd schwartze Wölff darinn/die etwas erschrecklicher seind dann die vnsern Wölff. Zu Winters zeiten kompt mann gering gen Vilna vnd gen Moskaw/so es allenthalben g. frohren ist: aber zu Sommers zeiten ist es viel müh vnnd arbeit biß man durch die Sümpff vnd Lachen kompt/besonder zu Roß. Dann da mußt man viel höltzene Brücken vber die Lachen/Gruben vnd Löcher machen. Es wechßt schier kein seüssere Frucht in Moscowterlandt ohn die Kirsen.

Es seind in diesen Ländern gar viel Bären/die seind dem Honig gar gefahr/nicht allein daß er darvon eß/sonder auch wie Plinius schreibt/daß er seinem blöden Gesicht helffe. Dann wo natur werden jhm seine Augen gar offt dunckel/vnd dann laufft er zu den Ymmen oder Bienen/vnd erzürnt sie in jhren Häusern/damit sie jhm das Maul zerstechen/vnnd Blutrüßig machen/vnnd solches schrepffen hilfft jhm an seinen Augen. Es schreibt gemelder Plinius von seiner natur/daß das Weiblin nit lenger tregt dann 30. tag vnd gebirt gemeinlich 5. junge auff ein mal/die seind blut vnnd weiß/ohne Haar vnd ohn augen/ein wenig grösser dann die Meuß/ligen da wie ein stuck Fleisch/vnd geht nichts herfür dann die Klowen: aber die Mutter leckt sie also lang biß sie ein rechte gestalt vberkommen. Die ersten 14. tag schlaffen sie also hart/dz man sie mit stechen oder mit wunden nicht erwecken mag/vnd werden die weil trefflich feißt. Nach 14. tagen erwachen sie/vnd saugen die vordern Füß/vnd leben darvon. Man findt sonst von keiner Speiß die sie brauchen in dieser ersten jugendt/biß sie anfahen im Früling herfür lauffen/dann fahen sie an zu zwicken die jungen Zweiglein vnd ettliche Kräuter jhrer natur gemäß. Es hat der Bär gar ein schwach Haupt/gleich wie dargegen der Löw ein mechtig starck Haupt hat/vnd darumb so er etwan genöhtigt wird vber ein Felsen hinab zu springen/faßt er das Haupt in seine fordere Füß/darinn er grosse stercke hatt/vnd stürtzt sich ohn schaden oben herab. Man mag jhm leichtlich ein streich auff den Kopff geben/darvon er stirbt. Es spricht auch gemelter Demetrius daß man bey den Moscowtern kein Ertz grabe/dann allein Eysen. Sie geben Eysene Waaffen vmb Zobelfäl.

Vor 500. jaren haben sie die Götter angebetet/vnd als die Griechischen Bischöff anfiengen mißhellen von Lateinischen/seind sie zum Christlichen Glauben kommen/vnd haben angenommen der Griechen Religion. Sie brauchen das Sacrament in gehöffletem Brot/vnd glauben daß den Abgestorbnen Seelen von den lebendigen kein hilff mög gethan werden. Sie halten auch

Deß Bären Natur.

Moscowter landt.

das

Von den Moscowitern. 1419

das Fegfewr für ein Fabel. So man bey jnen den Gottesdienst hat / verkündet man dem Volck die Histori des Lebens / vnnd der Wunderwerck Christi / mit sampt der Epistel Pauli. Sie haben im brauch die Sclauonische Sprach / darumb verstehen sie die Behemen vnd Poländischen: dann dz ist die gröste Sprach die man in Europa findet. Sie fahen grosse vnd wolgeschmackte Fisch in dem Wasser Volga / vnd besonder groß Steren. Sie trincken selten Wein / dan allein wann man ein köstliche Wirtschafft will zu richten.

Antonius Wied auß der Littaw schreibt also von der Moscowyter Landt: Wir haben mit grossem fleiß angezeichnet / die Oerter der Stett / Schlösser / Meere / Lachen vnd Brunnen / vnd wie ferr sie von einander gelegen seind / der Wässer lauff / krümme vnd vrsprung / die zum grössern theil entspringen auf der ebne / oder kommen auß den grossen Lachen. Vnd darzu hat vns mercklich hlff gethan der Wolgeboren Herr Johannes Jatzki / der vor etlichen jaren ein Herr ist gewesen in Moscowyter Landt / vnd von wegen eines Aufflauffs / der nach des grossen Hertzogen Basilij todt entstund / flohe zu dem Poländischen König Sigismundo. Dieweil er aber noch im Lande war / vnd Keyser Maximilianus ein Bottschafft hett gethan zu dem grossen Hertzogen Basilio / ward an jn mit grosser Bitt angelangt / daß er als ein sonderlich geschickter Mann vnderstund zu beschreiben das Moscowyter Landt / hat ers gutwillig angenommen / vnnd nichts vnderlassen / das zu erkandtnuß des Landt dienen möcht. Er zeigt auch an / daß diß Landt gar kalt ist gegen Mitnacht / vnd am selbigen ort kein frucht tregt: aber hat veil Thier von denen die köstliche Fäl komen / Hermlin / Zobel / Lasset vnd derglichen. Gegen Mittag da es stost an die Littaw / hat es Awrochsen / Bären vnd grosse schwartze Wölff / vnnd hat kein vnderscheid von der Littaw. Wann der König Krieg hatt / flöhet er sein Schatz in das Wasserschloß genant Belij Jsera. Da in der Landtafeln geschribe steht Juhri / da sollen die Vngern herkommen seyn / wie das beyder einhellige Sprach anzeigt.

Oberhalb den Moscowytern seind viel Völcker die heissen Scythen / sind doch vnder den Moscowytern die Hertzog Jwan erstritten hat / als Perm / Baßkird / Ciremissa / Juhra / Corelia vnnd Premßla / die waren Abgötter: aber brachte sie zum Tauff / vnd gab ihnen einen Bischoff / den sie nach des Fürsten Abscheid lebendig geschunden / darumb er Fürst ihnen veil plagen anthet. Aber die andern Länder blieben in ihrem Jrrsal / beteten an die Sonn / Stern vnd Gewild / vnd was jhnen entgegen kompt / vnd haben besondere Sprachen. Da ackern sie nicht / sie seen nicht / haben

kein Brot noch Geld / essen Wildprät / trincken nichts dann Wasser / wohnen in dicken Wäldern vnder den Hütten / seind Menschen als hetten sie kein Vernunfft. Jhre Kleyder seind mancherley Fälder Wilden Thier. Die nahe bey dem Meere ligen / als Juhri vnd Coreli / behelffen sich der Fisch vnd Meerkelber / die nennen sie Vornoli / vnnd jre Häut brauchen sie zu vielen dingen / vnd das Schmer verkauffen sie. Da werden gefunden Berg zimlicher höhe / daher die Vngern kommen seind / wie hievorn gesagt.

Die Fürnembsten Flüß / welche entwedersen in der Moscow entspringen / oder sonst dardurch lauffen / sind diese folgende. Der erste ist Borysthenes / jetzt Dniper / oder Nester genannt / dieser entspringt bey einem Dorf Dniperke / in dem Moscowitischen Wald Wolkonzki. Er laufft gegen Mittag für Smolensko / Kiovia / vnd andere Stätt / entlich geußt er sich selber auß / mit vielen andern Wassern vermehret / in das Pontisch Meer. Der ander Fluß ist Turuntus / jetzt Duina / oder Rubo genannt / entspringt nicht weit von dem Nester / in einem Waldt / laufft gegen Riga in Lieffandt / von dannen in das Baltische Meer. Der dritte Fluß wird Rha / oder Volga / oder Edil genannt / entspringt auß einem See / gleiches Namens / 28. Meilen von der Moscaw gegen der Littaw / er laufft vast mit 70. Armen in das Caspische Meer / bey der Statt Citracha. Der vierdte Fluß ist Tanais / von den Eynwohnern Don genannt / dieser entspringt auß einem grossen See / oder ebnem mössig Erdtrich / nit weit von der Statt Tulla / wann er auß er der Moscowiter Landt kommet / so wendet er sich gegen Mittag / vnd machet den Meotischen See / vnd scheidet Europam von Asia.

1420 Das sechste Buch

Hier ist auch zu mercken daß die alten Cosmographen setzen grosse Berg gegen Mitnacht/die sie Riphæos vnd Hyperboreos nennen/die doch auff Erdtrich nicht erfunden werden. Es ist auch ein erdichte Fabel/daß der Don oder Tanais vnd Volha/oder wie es die andern nennen Volga/entspringen auß hohen Bergen/so doch kundbar ist/daß der Don vnd Volha in Moscowyten auß ebnem Mosigem Erdtrich ein anfang nemmen.

Colmogora. Gegen dem Scytischen Meer stöst an die Moscowiter ein Landt/das heist Colmogora/vnd ist sehr fruchtbar: dann dardurch fleust das Wasser Duina/das so groß ist/daß seines gleichen kaum erfunden wird in den Mitnächtigen Ländern/vnd hat ein Art gleich wie der Nilus in Egypten/daß er zu bestimpten Tagen im jahr vberlaufft/vnd macht die Aecker feist so nahe darbey ligen. Da wirfft man allein den Saamen in das Erdtrich/vnd darff es nicht ackern/vnd der Saamen eylet sehr in seinem auffwachsen/damit er fürkomme das Wasser/vnd zeitig werde/ehe das Wasser wider vberlaufft. In das Wasser Duina fällt ein anderer Fluß der heiß Juga/vnd ist am selbigen Ort ein grosse Gewerbstatt die heist Vstinga/vnd ligt 150. Meil fern von der Statt Moskaw.

Vstinga ein Gewerbstatt. Dahin werden bracht von den hindern Völckern köstliche Fäl von Mardern/Zobeln/Wölffen/Hirtzen/schwartzen vnd weissen Füchsen/die sie vertauschen vmb andere Waar.

Von den Fürsten in der Moscow vnd deß Lands Beherrschung.
Cap. lxxviij.

DEr Großfürst in der Moscaw wird genennet ein Czar/vnd diesen Titul geben jhm auch der Keyser vnnd andere Potentaten/dieser herrschet vber das gantze Landt vnd besitzet alles eygenthümblich/vnd wird auch alles Eynkommen deß gantzen Lands in seinen Schatz so sich jährlich vber die 22. Million Golt belauffen sol. Er verleiht auch etwan seinen Fürsten vnd Herrn deß Lands gewisse stück Lands/so sie erblich jren Nachkommenen vberlassen/aber doch mag es jnen der Großfürst widerumb abfordern/wann er wil. Er wird von seinen Vnderthanen als ein Gott verehret/vnd was er erkendt vnd thut/ist wolgethan/vnd darf jm niemand widersprechen. Die Administration deß gantzen Lands sampt der Justici bestehet bey 12. Räthen/den vornembsten Herrn deß Lands/welche in deß Großfürsten Namen auch das gantze Landt verwalten. Sie empfahen auch alle Schreiben so an den Großfürsten abgehen/vnd beantworten dieselbigen/vnd beschicht nicht bald/wie sonsten bey andern Fürstl. Regierungen bräuchlich/daß sie der Fürst selbsten vnderschreibe/es seyen denn sonsten sonderbare vnd wichtige sachen. Es ist auch noch der grosse Reichs Raht/welcher bey 300. Männern bestehet/welche die Cnesij vnd Bojariei genannt werden/vnd diese mögen einen Fürsten erwehlen/so es von nöhten. Das Geistliche Regiment betreffend/sein in gantz Moscow 11. Bischoffe/welche sie Vladiccas, das ist/Schaffner vnd Außspender nennen. Der Vornembst vnder diesen/als ein Ertzbischoff oder Patriarch/hat seinen Sitz zu Moscaw in der Statt/welcher vor diesem von dem Patriarchen von Constantinopel bestättiget ward/aber jetzund wird er von dem Großfürsten gesetzt/vnd durch 2. oder 3. Bischoff deß Lands geweyhet. Die Bischoffe werden hin vnd wider auß den Klöstern/deren viel seyn in Moscaw/genommen/haben aber alle einen Orden/so sie dessen Vrhebern dem H. Basilio zuschreiben. Die Reussen/darunder auch Moscaw von altem her begriffen/seyn erstlich von den Griechen im jahr 980. zu dem Christlichen Glauben kommen/als Anna/Basilij deß Constantinopolitanischen Keysers Schwester/Vlodimiro/so ein Fürst war der Reussen/vnd seinen Sitz zu Kyovia hatte/vermählet war/dannen hero noch jetzundt die Moscowiter die Griechischen Gebräuch vnd Ceremonien in jhren Kirchen haben.

Diese Moscowitische Fürsten sollen/nach etlicher Meynung/jhren vrsprung haben von Keyser Octavio Augusto. Dessen Nachkommen einer mit Namen Rureck auß den Völckern Wagrij oder Waregi genannt/deren Hauptstatt war Lübeck/ist Anno 861. mit raht Gostomislij eines vornehmen Bürgers von Novogrod/sampt seinen Brüdern von den Reussen vnd Moscowitern/so in der erwehlung jrer Landsfürsten streitig wart/in das Land beruffen worden/vnd disen Brüdern war die Regierung deß gantzen Lands vertrawet. Dessen Nachkommen aber haben das Land wunderlich vertheilt vnd zerrissen/biß auf Vlodomirum/welcher alles widerumb zusammen gebracht/vnd ein Fürst deß gantzen Reussenlands genennt ward. Anno 1370. ward Großhertzog in der Moscaw Demetrius welcher Anno 1377. der Tartarn König oder Fürsten Mamay in einer blutigen Schlacht vberwunden/also daß/wie man schreibt/das Landt 13000. Schritt lang voller Todten Cörper lage/hernach ward auch er von den Tartarn vberwunden vnd erschlagen/dessen Nachkommen Großf. in der Moscaw biß vff diese Zeit/haben wir in beygesetzte Tafel verfasset.

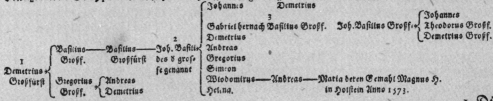

I. Die

Von den Moscowitern.

1. Dieser erste Demetrius hatte 2. Söhn/der 1. Basilius ward Großfürst nach seinem Vatter. Er hat Bulgariam eyngenommen vnd die Tartarn darauß vertrieben. Der 2. Gregorius war Großfürst nach seinem Bruder/da er aber sterben wolt/hat er das Regiment Basilio seines Bruders Sohn hinderlassen/vnd ihne seinen Kindern vorgezogen.

2. Johannes Basilides/dieser hat aller Landsfürsten Kinder vmbbringen lassen/damit er allein Herr im Land were. Er ist der erst gewesen nach Wlodimiro/so sich ein Czar/das ist/ein König oder Monarchen vber gantz Reussen geheissen. Er hat die Stätt Plesko vnd Novogrod/so 50. jar dem Großherzogen in der Littaw vnderthan gewesen/vnd welchem Novigrod allein jährlichen 100000. Stück Gelds geben/so die Eynwohner Rublos heissen/in seinen Gewalt gebracht: Er sol allein von Novigrod 300. geladener Karzen von Goldt vnd Silber weggeführt vnd in seinen Schatz gelegt haben. Er ist auch der erst gewesen/so sich auß der Tartarn Gewalt außgerissen. Er hat auch viel Länder vnd Völcker zu der Moscaw gebracht. In summa er ist in allem seinem Vornemen glücklich gewesen/vnd hat mit sitzen vnd schlaffen vberwunden/wie Stephanus Palatinus in der Moldaw von jhme pflegte zu sagen. Endtlichen ist er doch von dem Teutschen Meister in Liefflandt Gualtero von Plettenberg zum andern mal vberwunden worden. Er starb Anno 1505. Seine Weiber waren 1. Maria ein Tochter Michaelis deß Herzogen von Twerin/dem er sein gantz Land genossen/vnd von dieser hatt er einen Sohn Johannem/welchen er zu einem Fürsten ernennet hatte/er starb aber vor dem Vatter/vnd hatte von seinem Weib/Stephani deß Großherzogen auß der Moldaw Tochter hinderlassen Demetrium welcher auch An. 1496. von seinem Großvatter zu einem successore erkläret war/aber als der Großvatter starb/ward er von seinem Vettern Basilio in die Gefängnuß geworffen/da er auch starb. Das ander Weib Johann Basilides war Zoe oder Sophia/Thomæ Palæologi Tochter/vnd Emanuelis deß Orientalischen Keysers Enckel/mit deren er viel Kinder zeugete. Basilius ward Großfürst nach jme durch Gewalt/er nam Demetrium den jungen/wie auch seine Brüder gefangen/damit er sicher were. Helena ward vermählet Alexandro König in Polen Anno 1500. welchen der Schwäher verfolgt/vnd von jm die Reussische Land an dem Fluß Boristene gelege/darvnd auch Smolensko/abfodert.

3. Basilius/so zuvor Gabriel getaufft ward/hatte 2. Weiber. 1. Salome/eine Moscowitin/welche er vnder 1200. Jungfrawen so er für sich bringen lassen/außgelesen/hernach aber wider von sich gestossen. 2. Helena ein Littawerin/mit deren zeugete er Anno 1528. Johannem Basilium/dieser war ein mächtiger Tyrann/er hat Liessl vnd mit 200000. Mann vberfallen. Er hat Cazan eyngenossen vnd den Tartarischen König daselbsten/sampt der Königin mit sich in Moscaw gefangen geführt Anno 1552. starb 1584. Er hat viel Weiber. Von d' ersten so seines Hofmeisters zu Moscaw Schwester war/hatte er 2. Söhn/Johannem vnd Theodorum. Vnd mit seinem letzten Weib einer jungen vom Adel zeugete er Anno 1582. zwey jahr vor seinem Todt/auch einen Sohn Demetrium genannt. Den ersten Johannem schlug der Vatter in dem Zorn mit einem Stecken daß er starb Anno 1581. Theodorus aber folgete dem Vatter in der Regierung nach. Sein Titul war: Theodorus von Gottes Gnaden: Ein Großherzog der Reussen/in Wlodimiria/Moscaw/Novogrod/Smolensko/Liefflandt vnd der gantzen Liberiæ: Ein Fürst zu Cazan vnd Astracan. Er führete 1591. vnd 92. einen schweren Krieg mit Johanne dem König in Schweden/vnd starb Anno 1598. ohne Erben/seines Alters im 36. jahr. Demetrius aber der jüngste war sampt seiner Mutter von Theodoro nacher Vielik 100. Meilen von der Statt Moscow gelegen/geschickt/da er solte erzogen werden. Er ward aber da ermordt: vnd bald hernach widerum lebendig wie du hören wirst.

Nach dem nun Theodorus/welcher der letzte seines Namens vnd Stammens ware/wie man darvor hielte/Anno 1598. starb/gieng es seltzam vnd wunderlich zu in der Moscow. Es war einer mit Namen Borissius Federwitz der Fürstlichen Witwen deß abgestorbenen Theodori/so Gernia geheissen/Bruder. Dieser war schon bey Joh. Basilio dem Großfürsten in grossem Ansehen vnd von jederman hoch geachtet. Dann er war ein von Natur verständiger/listiger vnd in Regimentssachen wolgeübter Mann/ vnd hatte bey den Moscowitern den Namen/als wer er gutmütig vnd freygeb/vnd richtete bey den Fürsten/so von Natur tyrannisch waren/alles sein Thun vnd Lassen dahin/das den Vnderthanen zu gutem käme/das that er aber mit solcher Bescheidenheit/daß es die Fürsten nicht gewahr werden mochten. Nach dem Joh. Basilius starb/bestunde das gantze Regiment auff diesem Borissio. Dann Theodorus der Großfürst war ein einfältiger Mensch/vnd nam sich der Regierung wenig an. Borissius/nam die Gelegenheit in acht/vnnd hub an Gedancken zu machen/wie er möchte Großfürst werden. Er wuste nunmehr wol/daß von Theodoro keine Erben zu hoffen waren/dann seine Schwester Gernia Theodori Weib war vnfruchtbar. Es lag jhm allein im weg der junge Demetrius zu Vielik/Theodori Bruder/dem trachtet er nach wie er jhn heimlich möchte auffreiben/vnd machte auff jhn einen Anschlag/daß er in einem Auffflauff ermord ward/wie er vnd die Moscowiter ins gemein darvor hielten: es geschahe aber alles mit solcher Vorsichtigkeit daß niemand mercken mochte/wo dieser Mord herkäme/etliche wenig der vornehmsten Rähten außgenommen/die wol verstunden wo Borissius außwolte/dorffte sich aber im geringsten nicht mercken lassen. Es starb auch bald hernach Theodorus/ nicht ohne Argwohn beygebrachten Giffts. Also war es auß mit diesem Stammen/ welcher bey 800. jahten in Moscaw geherrschet. Es war nun kein groß Bedencken wer da Großfürst sein solte. Die Moscowiter wolten mit gewalt Borissium haben/ daß seine Schwester Gernia begab sich in ein Kloster: er aber widersetzt sich langezeit so höfflich/ daß je mehr er widerstund/ je mehr sie auff jhn trungen/ vnd wolten jn nicht von sich lassen biß er willen gab. Die 300. Räht vermeynten das Volck solte jnen die Sach vbergeben: aber es must also seyn/ vnd musten auch die Räht jnen die Sach also gefallen lassen. Also ward Borissius Federwitz außgeruffen vnd gekrönt zu einem Großfürsten in der Moscow Anno 1598. Er hub das Regiment an mit solchem Verstand daß man darvor hielt/ es were so lang Moscow stunde seines gleichen nicht am Regiment gewesen/ vnd regiert also in gutem Frieden biß auff das jahr 1603. da kam ein Geschrey auß in der Moscow es were Demetrius der jungere Bruder Theodori/ als natürlicher Landtsfürst noch im Leben/ von welchem Borissius/ wie man schreibt/ schon zuvor bericht hatte. Die Mutter dieses Demetrij/ welche mit jhm nacher Vielik gesandt war/ gab auß/ sie were gewarnet worden/ wie man jhrem Sohn nach dem Leben trachte/ da habe sie jne auß dem Land an sichere Ort geschickt sein Leben zu retten/ vnd habe an seine stat/ damit man jhm nit weiter nachsetzte/ einen andern Knaben so jhm ähnlich gewesen/ zu sich genommen/ welcher vor jhren Sohn Demetrium seye ermordt worden. Dieser Demetrius nun/ da es zeit war/ macht sich auff/ zeucht in Polen/ kompt für den König/ vnd bringt seine Sach dergestalt an/ daß jhme der König versprach 10000. Mann/ vnd diß geschah mit hülff der Jesuiten zu denen er sich hielte/ er erlangt auch von dem Bapst daß er jhm allen Vorschub that: Also zog er mit diesem Hauffen gegen der Moscaw/ da er noch etlich tausent Cosacken auffbracht/ vnd name ein ort nach dem andern eyn. Es schickte zwar Borissius ein mächtiges Heer wider jn auß/ aber darmit mochte er jn nit zu rück halten. Demetrius schickte an Borissium vnd ließ jm anzeigen/ er solte sich in ein Kloster begeben/ vnd jme als dem natürlichen Fürsten die Regierung zustellen/ so wolle er jm alle seine Mißhandlungen verzeihen: da Borissius/ der damaln allerley Gesandten bey sich hatte/ dieses freche Zumuhten Demetrij vernahme hat er sich darüber dermassen erzärnt/ daß er plötzlichen niderfiele vnd starbe. Da ward die Regierung zugestellt seiner Wittib Mariae/ vnnd jhrem Sohn Theodoro Federwitz. Demetrius fuhr fort in einnemmung deß Lands/ vnnd bracht nach vnd nach alles auff seine seiten/ biß er nacher Moscaw kam/ vnd da im jahr 1605. zu einem Großfürsten angenommen vnd gekrönt ward. Die Wittib sampt jhrem Sohn vnd einer Tochter/ begaben sich in ein Kloster/ vnnd waren darein heimlich hingericht/ etliche schreiben sie haben sich selbsten vnder einander vergeben. Da nun Demetrius sein Intent erreicht hatte/ schickte er nach seiner Mutter/ vnd ließ dieselbige gantz prächtig eynholen: Er schickt auch eine ansehnliche Gesandtschafft mit 300. Pferdten in Polen/ vnd warbe bey dem König vmb Georgij Miecinsij Palatini zu Sondomir Tochter Annam Mariam/ wie er dann diesem Palatino/ so jhme zu dem Reich verholffen/ versprochen hatte/ daß er thun wolte/ so er an das Reich käme. Es ward auff anbringen deß Königs die sach bey dem Palatino vnd seiner Tochter bald richtig/ darauf empfiengen sie die Fürstliche Presenten/ so auff 200000. fl. geschetzt waren/ vnd begaben sich Anno 1606. in dem Januario mit dem Gesanten/ auff den Weg. Es zogen mit jhnen auff die 2000. Polacken/ so diese Fürstliche Braut begleiten wolten. Als sie nun gegen der Statt Moscaw kamen/ ward das gantze Land auffgemahnt/ diese Braut zu empfahen. Es ward die Hochzeit angestellt/ mit solchem Pracht vnd Köstlichkeit/ dergleichen zuvor niemaln gesehen worden. Aber es nam diese Frewd baldt ein endt. Es wolt den Moscowitern nicht gefallen/ daß der Fürst so viel Gemeinschafft mit den Polacken hatte/ vnd sich der Eynlendischen wenig annahme. Derhalben thaten sie sich zusamen auff eine Nacht/ war auff einen Sonabend den 27. Meyen/ liessen die Glocken leuten/ vnnd machten einen Lermen/ sie fielen den Polen in jhre Häuser/ brachten sie alle vmb/ so viel sie deren außgehen mochten vnd plünderten sie. Endtlich fielen sie den Fürstlichen Pallast auch an/ ermorten darinn deß Fürsten Leibquardi vnd was sie antraffen/ der Fürst erwachte in diesem Tumult/ vnd merckt baldt warumb es zuthun were: Er liesse die Fürstin allein/ vnd sahe wie er sich salviren mocht/ er begab sich zu einem Fenster auß/ aber es mißriehte jhm/ vnd that einen harten Fall/ daß es schwerlich fortkommen kondte: da ward er von den Moscowitern angefallen/ ermordt/ zerhackt vnd hernach zu Aschen verbrannt. Der Fürstin sampt jrem Vatter dem Palatino ward auß sonderer Erbärmbd verschont/ aber sie kamen doch in eine harte Gefangenschafft. Auff diese Weiß hat das wanckelmütige vnd vnbeständige Glück dise beyde Eheleut tractiert vnd zu einem Schawspiel vnd erbärmlichen Tragœdi/ der gantzen Welt vorgestellt. Es kamen viel frembde Italiänische/ Teutsche vnd Frantzösische Kauffleut/ diesem Fest zuzusehen vnd da jhren Nutzen zu schaffen/ deren waren auch mehrertheils entweder ermordt oder beraubt. Nach diesem Demetrio war Anno 1606. zu einem Großfürsten einmütiglich proclamiert Theodorus Schutzki einer auß den Reichs Rähten Bojarici genannt/ so ein Vrheber war der angestellten Mordtnacht/ vnd welchen kurtz zuvor Demetrius dem Nachrichter/ von welchem er solte hingericht werden/ gleichsam vnder den Händen weggerissen/ vnd zu hohen Ehren erhaben. Aber es wäret auch dieses Schutzki

Pracht

Von Sclavonia oder Windisch Landt. 1423

Pracht gar eine kurtze zeit/ dann er war von allen Orten mit Krieg angefochten. Es macht sich auff wider jhn der König in Polen mit einem grossen Heer/vnd belägert Smolentzko Anno 1609. vnd schlug die Moscowiter zu vnderschiedlichen malen. Es stunde auch widerumb auff ein falscher Demetrius/ der gabe auß/ es weren die gemeinen Leuth von Schutzki vnnd seinem Anhang also fälschlichen bered/ als solte er in der Mordtnacht zu Moscaw seyn ermordt worden. Dieser bracht nicht allein die gemeinen Leut/ sondern auch etliche von den Reichs Rähten auff seine Seiten/ kam biß nacher Moscaw/ vnd bracht einen grossen Schrecken in das Landt. Also daß die Fürsten deß Reichs bewegt waren/ den Polen jhren Feindt wider diesen Demetrium anzuruffen/ mit deren hilff sie jhn endtlichen nächst bey der Statt Moscaw gantz zertrennt/ vnd von jhnen abgetrieben haben/ vnd dardurch wurden die Polen Meister im Landt. Schutzki/ der da wol sahe daß er sich länger nicht erhalten wurde/ vbergab das Regiment den Reichs Rähten Cnesi vnd Bojarici genannt/ vnnd begab sich in ein Kloster. Da erwehlten sie einmütiglich Vladislaum König Sigismundi in Polen Sohn/ der doch in Polen war/ vnnd that der Polen Oberster Sulekofski im namen deß Printzen den Eydt/ vnd ließ sich hinwiderumb huldigen/ doch auff gut heissen seines Königs Sigismundi. Da namen die Polen das Schloß eyn/ biß vff weiter Verordnung deß newerwehlten Großfürsten Vladislai/ vnd ward Schutzki sampt seinen Söhnen gefänglich in Polen geführt/ vnd diß geschah 1611. Als aber König Sigismundus verzoge/ in die vorgeschriebene Conditiones der Moscowiter in erwehlung seines Sohns einzuwilligen/ haben sie jren Sinn geendert vnd zu jhrem Fürsten vnd Czaren erwehlt Michael Federwitz den nechsten Verwandten weyland Borissii/ welcher sampt seiner gantzen Freundschafft von Demetrio auß dem Landt verwiesen war/ vnd dieser vertrieb auch die Polen widerumb auß dem Landt/ vnd erobert Anno 1613. das veste Schloß vnd Statt Schmolensko/ so die Polen Anno 1611. mit Heerskrafft eyngenommen hatten. Vnd also kam Moscaw widerumb zu rhuen/ welches so langezeit viel seltzamer vnd wunderlicher anstöß hatte/ vnd jämmerlichen zerrüttet worden.

Ich solte hier nach Beschreibung der Moscaw/ auch etwas sagen von den Tartaren: aber dieweil sie jhre rechte Wohnung haben vber dem Wasser Tanais in Asia/ vnd jhrer wenig in Europa wil ich jhre Beschreibung auffschieben in Asiam/ vnd wil nun weiter die vbrigen Länder in Europa für mich nehmen/ vnd mich kehren von Mitnacht gegen Mittag.

Sclavonia oder Windisch Landt.
Cap. lxxxiv.

Vor zeiten seyndt zwischen dem Venediger Meere vnd Vngerlandt zwo namhafftiger Provintzen oder Landtschafften gelegen/ die man Illyricum vnnd Dalmatiam hat geheissen. Aber zu vnsern zeiten ist Illyria in viel Landtschafften zertheilt worden/ nemlich in Carinthiam: das ist/ in Kernten/ vnd in Coruatiam, Croatiam/ zu Teutsch Croain vnd Crabaten: item in Sclauoniam: das ist/ die Windische Marck. Etliche wöllen auch daß Bossen darzu gehört. Weiter/ schreiben etliche daß Illyria sich gestreckt habe gegen Mitnacht biß in Oestereich/ Steyrmarck/ Syrfien/ Rätzen vnnd Dalmatiam/ vnnd sey ein gemeiner nammen gewesen aller dieser Länder. Vnd nach etlicher Sag ist Croatia vor zeiten Lyburnia gewesen. Aber die andern sprechen/ das Lyburnia sey gelegen bey Croatien vnd Dalmatien. Es schreibt Strabo/ daß Illyricum hab an dem Meere vast gute vnnd satte Porten/ vnnd sey ein fruchtbar Landt/ gezieret mit Olbäumen vnnd Weinräben/ außgenommen die örter da harte vnnd rauhe Felsen werden gefunden. Die Völcker dieses Lands seind ein lange zeit gar grober Sitten gewesen/ vnd haben auff dem Meere geschifft vnd geraubet. Es ligt ein Statt in diesem Landt die heißt Scardia oder Scardonia vnd ist daselbst vnder dem Keyser Constantino ein Concilium gehalten worden wider die Arzianisch Ketzerey.

Sclauonia aber wardt also genannt von einem Volck Sclauem genannt/ welche zu zeiten Käysers Iustiniani des ersten auß Sarmatia vber die Donaw kommen/ vnd sich in Macedonia vnnd Thracia nidergelassen. Hernach vnder Keyser Mauritio welcher starb Anno 602. vnnd seinem Nachfolger Phoca/ haben sie sich diser Gegne in Dalmacia bemächtiget. Die Sclauonier sein die beste Schifleut vnd Ruderknecht in dem gantzen Land: dannenher auch die Leibeigne vnd Gefangene so auff die Schif angeschmiedet werden in gemein den Namen bekommen/ daß sie Schlauen genant werden.

SSSS iiij   Dalma-

Das sechste Buch
Dalmatia. Cap. lxxxv.

Almatia ist vor zeiten gar ein mächtig Land gewesen/also daß seine Eynwohner sich satzten wider die Römer/ vnd verliessen sich auff 50. hübscher Castell vnnd Stett/die Keyser Augustus außbrennt vnd verhergt. Es zeucht sich ein Berg durch Dalmatiam mit nammen Adrius, der theilt das Landt in zwey theil/eins gegen dem Meere/vnd das ander gegen Vngerlandt/ vnd von deisem Berg wird das Venetianische Meere auch Mare Adriaticum das Adriatische Meere genant. Am endt dieses Lands bey dem Meere ist gelegen die Statt Apollonia/ vnd bey dem ligt ein Felß/ von dem Fewr herauß schlecht. Vnder dem Felsen aber stehn etliche Brünnen/von denen quillt warm Wasser vnd Leym herfür/besonder wann der Felß brennt. Nicht ferz davon grebt man auß dem Erdtrich Ertz vnd Metall/vnd füllen sich die Gruben mit der zeit/ daß man hernach widerumb Metall da find zu graben. Vnd so man die Gruben mit Erdtrich zu füllt/wird mit der zeit Leym darauß.

Ein brennender Felß.

Zara in Dolmatia.

Die Hauptstatt dieses Lands heißt Jadera oder Zara/ deren eigentliche Abbildung wir hieben gesetzt. Sie ligt am Meere vnd steht der Herzschafft Venedig zu/ welche sie den Vngern offt entzogen/ biß sie jhnen entlichen gar gebliben. Sie ist jetzund mechtig bevestigt/ vnd hatt einen stattlichen Meerport. Der Türck hat sie im 1572. jahr zu Wasser vnnd Landt hart belägert/jedoch nicht erobern mögen.

Es seynd sonsten in Dalmatia noch viel andere Stätt vnd Vestungen/ so theils den Venetianern/theils dem Türcken zustehen. Vnd so sie in Feindschafft stehn mit einander/gehet es an denselben Orten arbeitselig zu/ dann da streiffen diese Partheyen auff einander vnd verderben da einander Land vnd Leut. Die beste vnd vornembste Statt dieses Lands ist die Statt Ragusia welche ein Freyes Regiment hat/ doch bezahlt sie dem Türcken jährlichen 14000. Ducaten/vnd spendiert noch in die 14000. Ducaten mit Verehrungen vnd andern Vnkosten der Türcken halber: dargegen sind sie durch die gantze Türckey/dahin sie grosse Kauffmansschatz treiben/gantz frey vnd dörffen keinen Zoll bezahlen. Sie haben auch etliche gute Inseln vnder jhnen.

Von dem Landt Kernten. Cap. lxxxvj.

Ernten Landt ist sehr gebirgig/ vnd hat viel Thäler/ vnd ist fruchtbar an Weitzen. Es sind auch viel See vnnd fliessende Wässer darin/ vnder welchen das fürnemest ist Drab. Die Fursten von Oestereich herschen zu vnsern zeiten darüber/ so viel sie noch daran habe/ das der Türck nicht verwüstet hat. Wo es an sie kommen ist/findest du hievornen bey dem Landt Oestereich.

Es ligt

Von Sclavonia oder Windisch Landt. 1425

Es ligt ein Statt darinn mit namen Kladen/die hat ein gewonheit/die gar schwer ist den Dieben. Dann alßbald man ein argwohn auff einen eins Diebstals halb gewinnt/wird er ohn Vrtheil an Galgen gehenckt. Vnd darnach vber den andern tag handlet man erst Gerichtlichen vber solchen argwohn: wird er sträfflich erfunden/so läst man jhn hangen/alß lang biß sein Cörper mit stucken herab fallt. Wann er aber vnschuldig erkannt wird/so nimpt man jn herab/vnd begrebt jn mit offentlicher vnd gemeiner Begengnuß. Diß Landt Kernten stoßt gegen der Sonnen Auffgang an Carniam/vnd gegen Mitnacht an die Steyrmarck. Seine Eynwoner gebrauchen sich der Sclavonischen Spraache/wie dann auch die von Dalmatien/Crabaten/Crain/Boßnen/Bulgaria/Seruia/Rascia/Behem/Mähern/Poland/Wenden/Massabiten/Cassuben/Searben/Reussen vnnd Moscowittn. Diese Länder alle haben die Sclauonische oder Windische Spraach. Die Hauptstatt in Kernten ist S. Veit/oder wie ander darvor halten Agras.

Streng Gericht zu Kladen.

Sclavonische Spraach.

Im Landt Seruia das zu der Bulgarey gehört/seind Sylber gruben/darumb hat der Türck also ernstlich darnach gestrebt vnd gefochten. Nicht weit von Leibach im Windischen Landt/am ort das heißt Zircknitz/ist ein See/der ist zu Winterszeiten voll Wasser/vnd hat grosse vnd viel Fische. Ich hab mir lassen sagen/man findt Hecht darinnen eines Klaffters lang: aber zu Sommers zeiten verleurt sich das Wasser vnnd die Fisch/vnnd man seet Korn in die See/vnnd so es zeitig wird vnd abgeschnitten/kompt gegen dem Winter ein Fluß der bringt Fisch mit im vnd füllt die See mit Wasser. Ist ein groß Wunderwerck Gottes.

Seruia.

Von dem Königreich Bossen. Cap. lxxxvii.

VOr zeiten ist ein Volck gewesen in der Bulgarey/das hat geheissen Bessi/vnd alß sie nit mochten eins bleiben mit den Bulgaren/sonder wurden von jhnen auß dem Landt gestossen/zogen sie auß dem vndern Mysia/vnd kamen in das ober Mysiam/setzten sich da an das Wasser der Saw. Vnd mit der zeit ward das E in dem nammen dieses Volcks verwandlet in ein O/vnnd ward auß Bessen Bossen/desgleichen in andern viel nammen beschehen ist/alß die Insel die Ptolemeus Melitam nestet/wird zu vnsern zeit Malta geheissen/also Longones vnd Lingones Scandia vnd Scondia/ꝛc. Wann aber diese Gegenheit zum Königreich auffgericht/hab ich bey keinem Scribenten funden. Es schreibt wol Antonius Bonfinius/daß vmb das jar Christi 1345. da König Ludwig von Vngern wider die vberlieben Tartern die sich im Land behielten/grosse Krieg führt/berüfft er den Fürsten auß Bossen der Stephan hieß/vnd mit jhm ein Bündtnuß hett/des Tochter er auch zu der Ehe nam/daß er jhm zu hilff käm wider die Tartern. Dan er war mechtig vnnd hett ein groß Landt darüber er regniert/das sich streckt biß in Macedoniam. Item an einem andern ort hab ich gefunden daß Boßna dem Reich von Vngern zinsbar worden.

Von Bessen ist kommen Bossen.

Im jar 1415. war ein Hertzog darinn der fiel ab von König Sigmundo/vnd verpflicht sich zum Türcken. Da schickt der König ein groß Heere in Bossen den Türcken darauß zu schlagen: aber sie lagen auff dißmal vnder. Nach dieser eroberten Schlacht setzt der Türckisch Keyser Mahumet der erst des nammens/ein Landtsherzen dareyn/der hieß Isaac/der vbernam sich/hielt sich für ein König/griff vmbsich/vnd thet den Vmbsässern viel zuleid. Da zogen die Vngern mit gewalt in Bossen/schlugen den Türckischen König zu todt/vnd alle Türcken die sich in das Landt hetten gesetzt/schlugen sie in die Flucht/namen das Landt wider in jhren Gewalt/setzten ein König dareyn/vnd hie will mich beduncken daß dieser sey der erst Christen König gewesen. Dann nach dem die Türcken hetten darinn gehabt ein König/vnd die Christen das Landt wider erobert hetten/wolten sie auß dem Königreich nicht widerumb ein Prouintz vnd schlecht Fürstenthumb machen/sonder wolten es behalten bey der vordrigen Dignitet/machten auch ein König der hieß Stephan vnd der oder sein Sohn nam im jar 1461. zu der Ehe des Landtsherzen von Rätzen einige Tochter/vnnd alß derselbig Herz starb/der Lazarus Despota hieß/kam Rätzen vnd Bossen zusammen in ein Hertzschafft. Aber bald darnach im jar 1463. kam der Türck vnnd nam das Landt mit einander eyn. Da kam König Matthias von Vngern vnd belägert die Hauptstatt Jaizam/erobert sie vnd darnach das Landt: aber der Türck feyret nicht/nam es bald wider in sein Gewalt vnd noch viel mehr darzu.

Die Hauptstatt in Bossen Jaiza ligt auff einem Berg mitten im Landt/hat ein mächtig starck Schloß/kommen zwey Wasser zu sammen/die lauffen vmb den Berg vnnd die Statt/kommen darnach mit einander in das groß Wasser/die Saw. Es ligen auch sonst viel nambhafftige Stett in diesem Landt/vnd besonder Schwonick vnd Warbosanne/welche zu vnsern zeiten soll die Hauptstatt seyn/hat doch kein Ringkmawr. Es laufft mitten dardurch das Wasser Milliauka.

Das sechste Buch
Dacia/Rätzen/Syrfi. Cap. lxxxviij.

*Transſyl-
vania oder
Zipſerland.*

*Hie ſtimmen
die Hiſtorien
zuſamen.*

Es iſt das Landt ſo vor zeiten mit gemeinem namen Dacia hat geheiſſen zu vnſern zeiten in viel kleine Länder zertheilt/ als in Tranſſyluaniam, Raſciam, Seruiam vnd Bulgariam. Tranſſyluania hat den namen daher/ dz es vber einen Wald gelegen iſt/ vnd wird von ettlichen zu Teutſch Zipſerlandt/ vnd von den andern Sibenbürg genannt. Wie man Raſciam vnd Seruiam Teuſchet/ hab ich jetzund angezeigt. Es haben vor zeiten auch die Tranſyluanier Getæ geheiſen/ wie die Rätzen Triballi vnd Moeſii. Die Länder ſeind vor wenig jahren gar nahe alle vnder der Kron von Vngern geweſen: aber der Türck hat eins nach dem andern zu jm gezogen. Etliche ſprechen daß das Landt Walachey ſey vor langen zeiten Getica geweſen/ vnnd nach dem die Daci oder Dennmärcker kommen ſeind/ vnd das mit gewalt eyngenommen/ iſt es nach jhnen ein gute zeit Dacia genennt worden. Aber jetzund beſitzen es die Teutſchen/ Zeckeln vnd auch Walachen. Die Teutſchen ſeind dahin geſchickt worden auß Sachſenlandt/ durch den groſſen Keyſer Carlen/ vnd werden von Siebenbürgen die ſie da gebawen haben/ die Siebenbürgiſchen genannt. Sie ernehren ſich vaſt mit dem Ackerbaw vnd mit dem Vich. Von dieſen Siebenbürgen hab ich hievornen bey dem Vngerlandt auch ein andere Meynung geſetzt/ wird auch baldt weitleuffiger darvon ſchreiben.

Die Rätzen haben den Namen vnd die Spraach mit den Reuſſen/ von denen ſie nicht weit abgelegen/ vmb etwas gleich. Hat vmb das jahr 1400. einen eygnen Herren vnd Deſpoten gehabt Georgium/ ſo der Vngern Freund war. Nach dem ſich aber nach dem Todt Keyſer Albrechten/ vielerley Vnruhe in Vngern erhoben/ hat der Türckiſche Keyſ. Amurahtes dieſes Land vberfallen/ vnd Stephanum vnd Georgium die zween Söhne obgedachtes Georgij gefangen/ vnd jhnen die Augen außſtechen laſſen. Als jhm aber die Caramanni in ſein Land in Aſia eingefallen/ hat er mit den Vngern Bündtnuß gemacht/ vnd die gefangnen Brüder wider in jhr Landt eyngeſetzt. Stephanus der König zu Boſſen nam hernach zu der Ehe Lazari deß 3. Brudern Tochter/ vnd weil ſie allein vbrig war/ hat er Rätzen mit jhr bekommen. Iſt aber hernach von Mahumete 2. dem Türckiſchen Keyſer hernach gefangen vnd lebendig geſchunden worden.

Bulgarey. Cap. lxxxix.

Es ſindt von der Bulgarey geſchriben/ daß ſie im jar Chriſti 470. von der Abgötterey zu Chriſto bekehrt iſt/ vnd jr König ward alſo ein andechtiger Chriſt/ das er zu nacht ein Sack legt an ſeinen Leib nach den köſtlichen Königlichen Gewandten die er bey tag vor dem Volck trug/ vnd ſpreit ſich in der Kirchen auff der Erden zu dem andechtigen Gebet. Vnnd da er das ein weil getrieb/ verließ er das jrrdiſch Reich/ vnd machet ſeinen eltern Sohn zum König/ vnnd ward er ein Münch. Vnnd als ſein Sohn ein ergerlich vnd vnordenlich Leben verführet/ mit rauben/ ſauffen/ bulen/ vnnd dergleichen Laſtern/ vnnd zog mit ſeinem Exempel das newgetaufft Volck wider zu den Heydniſchen Sitten/ ward ſein Vatter mit groſſem Eyfer bewegt/ legt von jhm das Münchskleid/ legt wider an das Königlich Kleid/ vnd nam zu jhm ettliche Männer die Gottsforcht hetten/ vnd verfolgt ſeinen Sohn/ fieng jhn/ ſtach jhm die Augen auß/ vnd warff jhn in ein Kercker. Darnach berüfft er das gantz Königreich/ vnd machet den kleinern Sohn zum König/ vnd dröwet jhm vor dem Volck/ daß er jm auch alſo thun wolt/ wo er ſich vngebürlich hielt/ vnd abtreten wolt võ Chriſtlicher zucht. Da das geſchehen war/ leget er wider von jhm die Königlichen Kleyder/ vnd gieng in das Cloſter/ vnnd führet darinn ein ſelig Leben. Es haben die Keyſer von Conſtantinopel viel vnruh vnd Krieg gehabt mit den Hertzogen von Bulgaren vor vnd nach eh ſie zum Chriſtlichen Glauben kommen ſeind/ vnd auch ettliche jar darnach biß zum jar Chriſti 1000. oder vmb dieſelbige zeit. Wie diß Landt darnach vnder die Kron von Vngern kommen/ vnnd zu letzt vnder des Türcken Tyranney/ hab ich zum theil hievornen/ vnd zum theil hievnden angezeigt. Sie wirdt alſo genandt von dem Fluß Bolga vnd Wolga/ die fürnembſten Stätte darinn ſein Sophia vnd Nicopolis.

Walachey. Cap. xc.

Gegen Mittag/ ſtoßt Walachey an das Waſſer Hiſtrum das iſt/ die Thonaw/ vnnd gegen Mitnacht reicht ſie an die Völcker Roxolanos/ die man jetzund die Ruthener vnd Reuſſen nennt. Es haben vor zeiten die Geten diß Landt beſeſſen mit andern anſtoſſenden Ländern. Vnnd als die Römer ſie nachmals mit gewalt vnder ſich brachten/ iſt diß Landt von einem Römiſchen Hauptmann/ der

Flac

Von Bossen / Bulgarey vnd Walachey.

cus hieß Flaecia genannt worden / vnnd darnach mit der zeit ist der Namm etwas verendert worden / ist darauß worden Valachia / das wir Teutschen Walachey nennen. Sie haben sich im Land vast der Römischen Sprache gebraucht: ist aber vast verkehrt / daß auch ein Italiäner ein Walachen kümerlich verstehn mag. Doch schreiben ettliche / daß an manchem ort in der Walachey die Römische Sprach vnverletzt bleibe.

Diß Land heissen die Türcken Carabogdana, vnd wird getheilt in groß vnd klein Walachey. Die grosse wird sonsten genennt die Moldaw / die kleine aber Transalpina, oder schlechtlich die kleine Walachey. Diß Landt hat keine Bäum / daher die Eynwohner nur Stuppeln brennen vnd gedörrten Kühdauß. Diese Provintzien hatten vor diesem eigene Herren. Nach dem aber zween Vettern Daan vnd Merches vmb die Walachey mit einander stritten / hieng sich der eine an den Türcken / vnd der ander an König Sigmund in Vngern. Der Türck aber erhielt das Land vnd macht es jhm Zinßbar. Er setzet jetzund einen Gubernator dahin / welchen sie in jrer Sprach Waywoda nennen / der sitzet zu Ternovizza. Dieser bezahlt dem Türcken gemeinlich 70000. Ducaten deß jars. Bißweilen aber so jhrer viel zusamen kommen / so begeren Waywoden zu werden / geschicht es daß sie ein mehrers anbieten vnd bezahlen / wie dann etwan 200000. Ducaten / etwan auch mehr bezahlt wird / ohne die verehrungen / so sie den geitzigen Bassa geben müssen. Der Waywoda in der Maldaw ist dem Türcken nit allerdings vnderthan / wie der in Walachen / sonder er bezahlt jm nur ein gewissen Tribut / vnd muß jm so er krieg hat / mit einer Anzahl Pferdt zuziehen / deren es ein grosse menge hat in disen Landen. Die Moldawer sein böse vnd grimmige Leut vnd ein sondere Geyßel der Siebenbürger / man findet gut Kriegsvolck darinn / die allzeit zum Streit bereit seindt. Die Hauptstatt darinn der Waywoda wohnt / heißt Sosauia / zu Teutsch Sotschen. Es ist ein vnüberwindlich Ländt. Es ist König Matthias von Vngern mit grossem Volck auß den Siebenbürgen dareyn gezogen / daß er sie straffet vnd vnder sich brächte: aber sie namen sich einer flucht an / vnd da sich die Vngern jre Feind gar nichts besorgten / kehrten sie vmb vnd fielen in sie / brachten sie vast alle vmb. Es entran König Matthias vnd kam allein müd vnd hellig in Zeckel Landt / kehrt eyn bey einem Schulmeister / vnnd wolt mit essen / es were jhm lieb oder leid. Der Schulmeister wolt im nit willfahren / beklagt / er hett Kraut kocht für sich vnd sein Haußfraw / er dörfft keiner Gest darzu. In summa der König wolt nicht auß dem Hauß / der Schulmeister mußt jhn mit jhm lassen essen. Er hette jhm kein Gelt zu geben: aber sagt jhm zu / er wölt jhm bey dem König nicht wenig behülfflich seyn / ließ jhm auch zur letze ein sylberin Stegreiff / vnd schiede also vnbekannt von jhm. Nun trug es sich zu in nach gehenden zeiten / daß der Schulmeister kam eins Handels halb gehn Ofen / vnd alß er den König sahe / erschrack er: dann er kennet jhn daß er mit jhm in seinem Hauß hett Kraut gessen / vnd er dennoch jm das mit vnwillen geben hett. Der König erkennt auch den Schulmeister / vnd fragt jhn ob er der vnd der were / antwort jhm der Schulmeister ja / da lud in der König / gab jm ein Schloß vnd groß Gut darzu / vnnd sprach: Er hett nie baß gelebt / also wol hett jhm das Kraut geschmecket / dann er war gantz hungerig. Er dorfft sich nicht gehen zu erkennen bey den Siebenbürgern: dan es war ein trefflich grosser hauff von den Siebenbürgern vmbkommen in der Moldaw.

Von Transylvania oder Siebenbürgen. Cap. xcj.

Das Land Siebenbürgen ist allenhalben mit Bergen vmbgeben / gleich wie eine Statt mit guten Bolwercken vnd Mawren. Es hält bey 24. Meil in der länge / vnd gleich so vil in der breyte. Es ist darin ein sonderbare Provintz Ceculia oder Ciculia sonsten auch Zeckelland genant / welche auch ein sonderbar volck hat / so sich nit der Teutschen sprach gebraucht / wie die andern Siebenbürger / sondn sie reden Vngerisch. Diß Land ligt bey dem Vrsprung deß Flusses Marisch gegen Mitnacht. Es seyn diese Sieuler ein wild / kriegisch Volck / vnd vermöge eine mächtige Reuterey in daß Feld außzurüsten / wie sie dann 1595. jre Fürsten Sigismundo Batori mit 40000. pferden zugezogen wider den Türcken. Sie haben kein vnderschied der ständ sondern es hält sich einer stands halber so gut als der ander. Sie haben vor andn Siebnbürg: sondere freyheit.

Es hat 3. Hauptflecken die sie Stül nennen / Kysdi / Orban vnd Seepst / da halten sie Gericht vnd kommen zu samen / so sie etwas handlen wöllen daß das Land antrifft. Daß du aber sehest wo Siebenbürg ligt / vnd was Länder daran stossen / hab ich dir hie ein gemein Täfelin für Augen gestellt / das fürdlich die Landschaft Daciam begreifft / mit welche der R. Key. so vil zu thun hatte vnd zu vnsern zeiten zertheile Walachey / Bulgarey / Transsyluaniam, Serutam / Raseiam / Moldautam, re.

Nun wöllen wir für vns nemen das Land von Siebenbürgen. Das ist / wie gemeldt / mit hohen / rauchen / vnd Schneebergen vmbgeben / vnd inwendig wol mit Stetten erbawen / vnd welchen die fürnemsten sind Hermenstatt / Cronenstatt / Schleßburg / Medwisch / Nösen. Clausenburg / Millenbach / Weissenburg / Henisch / Funia / Thoreburg / Gela / Buda / Apehit / Steck / Burgloß / Reteck / Souberdorf / Kalberga / Maldeßdorf / Zumbott / Rege / Wenden / Petersdorf / Bogoz / Budeck / Betten / Metzersdorf / Oda / S. Jörg / Lochmitz / Boneyd / rc. Vnder disen Stätten solle Hermenstatt / die vesteste seyn / Nösen oder Bisterzes die schönste / Clausenburg die volckreichste.

Städt in Siebenbürgen.

1428 Das sechste Buch

† Caminella * Carpatus **Von Hermenstatt. Cap. xcij.** a lachen

Hermenstat Hauptstatt.

Die Hauptstatt dieses Lands ist Cibinium zu Teutsch Hermenstatt/das ist ein grosse Statt/nicht viel kleiner dann Wien/ist auch wol verwart/vnd besonder auff ein viertheil Meil hat sie gerings vmb viel grösser Weyer/derenthalb man nicht hinzu kommen mag. Es hett sie der Weywoda zu vnsern zeiten sieben jar lang belägert/hat sie aber nicht mögen gewinnen. Nicht ferz davon gegen Mittag ligt der Rotthurn/ein starck Schloß in dem Gebirg am Wasser/da ein enger

Der Rotthurn. Ein starck Schloß.

gang in das Landt ist/das ist gleich als ein Bollwerck des Landts/daß niemands dareyn kommen mag durch diese Straß/es werde jm dan gut willig zu gelassen. Desgleichen ligt ein starck Schloß vnder Millenbach bey der Statt Broß/da auch am Wasser ein eyngang ins Landt ist zwischen den hohen Schneebergen.

Cronenstatt. Cap. xciij.

Bressouiam nennen die Vngern diese Statt/von dem Wasser das da für laufft/vnd ist die ander fürnemste Statt im Landt. Es wechßt viel Frucht darumb/haben auch viel Viechs/aber sawr Wein ziehen sie. Es geht von dieser Statt ein Straß durch das Hochgebirg gen Teruis/vnd die wird verhüt durch das starcke Schloß Turtzfest/daß der Türck an dem ort nicht ins Landt kommen mag. Es handthieren die Griechen biß gen Cronenstatt/bringen Gewürtz/ Leinwat/Teppich/vnd der gleichen dinge dahin/darnach führen die Cornstetter solche Waar biß gen Ofen.

Tergo»

Von den Siebenbürgen. 1429

Tergovista/Tervis. Cap. xciv.

Nder dem Türcken ist diese Statt/ der auch ein Landtvogt da hat/ ligt zwo tagreiß ferr von Cronenstatt/ es seind viel Secten da/ Walachen/ Griechen/ Teutschen/ Türcken vnd Christen. Die Christen gebrauchen sich der Griechischen Sitten. Zwischen Tervis vnd Cronenstatt ligt Langenaw ein Christen Statt/ da ist ein Niderlag der Güter so von Tervis geführt werden in die Siebenbürg.

Von fruchtbarkeit der Siebenbürg. Cap. xcv.

ES ist ein trefflich groß Volck in diesem Landt/ gebrauchen sich der Teutschen Sprach: dann sie sind vor zeiten auß Sachsenland dareyn kommen/ wie die dann noch in Altlandt ihres alten herkomens in der Sprach gute anzeigung geben/ mit dem daß sie darren vnd watten wie die nider Teutschen. Sie vermögen ins Feld bey 100000. Mann/ vnd haben darunder zweymal so viel Pferd alß Fußvolck: dann die Zeckeln müssen alle außziehen/ sie geben sonst kein Tribut/ außgenoßen so der König stirbt/ gibt jeglicher ein Ochsen. Bey der Statt Meedwisch wächßt viel Wein/ darumb auch dieselbig Gegenheit wirdt genant das Weinlandt. In der Moldaw wächßt auch Wein/ er ist Rot vnd gar dick/ schwecht sehr die Köpff/ vnd mag sich vber jahr nicht enthalten. Zu Saltzburg grebt man Saltz auß der Erden. Deßgleichen im Zeckelland bey dem Marckt Aderhell grebt man viel Saltz/ das man in Burgenlandt biß gen Cronenstatt führt. Item bey Clausenburg beim Flecken Torenburg grebt man auch Saltz. Zu Clausenburg gebrauchen sich die Eynwohner zum theil der Vngerischen/ vnnd zum theil der Teutschen Spraach. Kein eltere Statt ist im Lande dann Alba Iulia, zu Teutsch Weissenburg/ da ist ein Bißthumb. Bey der Statt Schlotten/ die du zur lincken am ort der Taflen sihest ligen/ grebt man Gold/ desgleichen zu Altenburg/ vnnd man findt vnderweilen knollen so groß alß Haselnuß/ ja man hat mir zeigt ein stuck lauter Golds/ das man auff 20. oder 21. Ducaten schetzt/ wie es im Erdrich gefunden vnnd in der mitte ein Steinlein eynschleust einer halben Haselnuß groß/ vnnd dardurch Goldäderlein gehn/ ist ein wunder schön stuck trefflich hübscher farben/ ist in Vngern gefunden/ vnnd einem guten Herren geschenckt worden. Wo die Goldgruben seind/ da grebt man den Grund herauß/ vnnd schwembt jhn mit Wasser/ zeucht also die Brösamlein herauß. Es führen auch die Flüh in Siebenbürg.n Goldt körnlein biß weilen werden auch zimbliche stücker gefunden wie ein Finger. Zu Eysenburg ist ein Ertzgruben von eysen. Die fürnemesten Wasser im Landt seind der Alt vnd die Mörisch/ beyde Schiffreich.

Siebenbürg Saltzreich.

Gold in Siebenbürgen gefunden.

Eysenburg.

Von der Siebenbürgern Regierung. Cap. xcvj.

VOn vielen jahren haben die König von Vngern nicht durch sich selbs/ sonder durch Landtvögt regiert das Landt von Siebenbürgen/ vnnd die haben sie nach ihrer Spraach genent Weyvoden oder Weywoden. Sie seind erwehlt worden von dreyen Spraachen von Zeckeln/ von den Walachen/ vnnd von den Teutschen/ vnnd haben regiert an des Königs statt/ ja von Johann Huniad seind die Weyvoden kommen an das Königlich Regiment/ wie das offenbar ist worden in König Matthia. Es hat der Heylig König Stephan vnder sich bracht das Birgig Landt Transsylvaniam oder Siebenbürg/ vnnd das Volck mit gewalt zum Glauben bracht. Es fand König Stephan in des Hertzogen von Siebenbürg Hof/ der sein Vatter war/ aber vom Glauben abgetretten (er hieß Gyula) ein grossen Schatz von Gold vnnd Sylber/ den der Hertzog mit Rauben vast hett erobert/ damit bawet er das Münster zu Stulweissenburg. Es hat das Königreich von Vngern sonst auch noch viel andere Landtschafften gehabt/ eh sie der Türck eyngenommen hat/ dareyn die König Landtvögt haben gesetzt/ vnnd besonder in Bossen/ das hernach zu einem sonderlichen Königreich ward auffgerichtet/ vnnd in der Bergechtigen Walachen/ da er auch ein Weyvoden hat gehabt von vielen jaren her. Zu den zeiten Königs Matthias von Vngern/ ist Weyvoden in Siebenbürgen gewesen/ der streng/ ja Tyrannisch Mann Dracula/ den König Matthias fieng vnd 10. jar in der Gefengnuß hielt. Man list wunderbarliche ding von seiner tyrannischen Gerechtigkeit. Alß auff ein zeit der Türck hett ein Bottschafft verordnet zu diesem Dracula/ vnd sie vor jhm stunden/ vnd nach gewonheit die Slappen nit abzugen von dem Haupt/ bestetiget der Dracula jhnen jhren Brauch vnnd ließ jhnen mit dreyen

Siebenbürgen zum Christlichen Glauben bracht.

Walachey.

Dracula 10. jar gefangen.

Draculæ Tyranney

Neglen

neglen die Schlappen auff den Kopff nacken/ damit sie jhre Hütlein nimmer dörfften abziehen.

Zu einer andern zeit alß er viel Türcken hett in Spieß gesteckt/ ließ er vnder die Spieß zurichten einen wolbereiten Tisch/ lebt wol mit seinen Freunden vnder den armen sterbenden Menschen. Zu einer andern zeit versamblet er alle armutselige Bettler/ vnnd ließ jhnen zurichten ein gut Maal/ vnd alß sie wol gessen vnnd getruncken hetten / zündet er das Hauß an vnd verbrennt sie alle. Item wann er Türcken gefangen hatt / ließ er jhnen die Haut abschinden vnder den Füssen/ vnd streich Saltz dareyn/ vnd ließ Geissen oder Ziegen herzu führen/ die mit jren rauhen Zungen das Saltz ableckten/ mehret also den arbeitseligen Leuten jhre Marter. Zu einer andern zeit kam ein Kauffmann von Florentz in sein Herrlichkeit/ der hat viel Gelts/ vnd wust nicht wem er es solt vertrawen/ da gebot jhm Dracula daß ers zehlt/ vnnd legt es vbernacht auff die Gassen/ fand es auch am Morgen ohnversehret. Da ward kein Wald so vngehewr/ es mocht jhn jederman mit Gelt vnd Gut durchwandlen. Alß nun dieser Dracula 10.jahr in der Gefengknuß gewesen/ vnd wider in sein Herrschafft ward gelassen/ ward er endlich in einem Türckischen Krieg erschlagen/ vnnd sein Haupt für ein Schencke dem Türckischen Keyser gebracht.

Nach denselbigen zeiten haben jhnen die Türckischen Keyser Siebenbürgen zinßbar gemacht/ vnd nach jhrem gefallen die Waywoden gesetzt. Die bezalten dem Türcken järlich 60000. Ducaten. Petrus Waywoda hat diese Summ gedopplet vnd dem Türcken järlich versprochen 120000. Ducaten.

Anno 1574. ist Waywoda in Siebenbürgen erwehlt worden Stephanus Battori/ ein Sohn Stephani auß dem alten Adelichen Vngerischen Geschlecht der Bathoren von Somlio. Es war dieser Stephanus der erste so sich einen Fürsten geheissen in Siebenbürgen. Er ist aber Anno 1575. nach Heinrico dem dritten auß Franckreich / erwehlt worden zu einem König in Polen/ wider Keyser Maximilianum/ vnd ward an seine statt zu einem Fürsten in Siebenbürgen gesetzt/ sein Bruder Christophorus Battori Anno 1576. der starb Anno 1581.

Nach jhm ist kommen sein Sohn Sigmundus Battori: Dieser hat sich Anno 1594. von dem Türcken abgeworffen vnnd zu dem Keyser begeben. Es ward jhme Anno 1595. vermählet Maria Christierna/ jetziger Keyserlicher Majestät Ferdinandi 2. Schwester. Er hat dem Türcken viel zu schaffen geben/ vnnd jhn mehrmalen geschlagen. Anno 1597. hat er Siebenbürgen Keyser Rudolpho dem 2. vbergeben/ solches wider den Türcken zu verwaren: vnnd hingegen empfangen die 2. Schlesische Fürstenthumb Oppeln vnnd Ratibor / sampt 50000. Reichsthalern järliches eynkommens. Darüber ist er zu einem Fürsten des Römischen Reichs erkläret worden. Er hat auch von Philippo dem 2. König in Hispanien den Ritter Orden des güldenen Flüsses empfangen. Aber die freundtschafft wäre nicht lang/ dann es fieng Sigmundum dieser getroffene Tausch bald an zu rewen/ daß er sich widerumb in Siebenbürgen machte: aber er ward Anno 1600. von den Keyserischen widerumb bezwungen/ vnd da er sahe daß er weiters nicht vermocht wider den Keyser/ hat er sich Anno 1602. in seinen Gewalt vbergeben/ vnnd starb endlich zu Prag in der Gefangenschafft/ Anno 1613. den 28. Mertzen. Da Sigmundus von den Keyserischen also verfolget war/ hat er Siebenbürgen seinem Bruder Andrea dem Cardinalen befohlen/ welcher auch zu einem Fürsten angenommen ward. Er ist aber sampt seinem Bruder von den Keyserischen bezwungen/ vnd endlich Anno 1599. den 14. Decemb. in der Flucht von den Bawren erschlagen worden. Auff diese ist kommen Stephanus Botzkeius ein Vngerischer Edelmann / so sich Anno 1605. mit den Vngern von dem Keyser abgeworffen/ vnnd darüber von dem Türcken mit der guldinen Cron Vladislai des Vngerischen Königs verehrt worden : hat sich aber hernach mit dem Keyser verglichen/ daß er auß Vngern weichen vnd das Fürstenthumb Siebenbürgen vor sich vnd seine Nachkommene

Von dem Griechenlandt. 1431

mene haben solte. Er starb Anno ein tausent sechshundert vnnd sechs. Auff jhn ist Anno 1607. den eylfften Hornung erwehlet worden Sigmundus Ragotsius/ aber er hat das Regiment bald hernach Gabriel Battorio abgetretten. Dieser Battorius ward der Türcken Freund/ aber diese freundtschafft kost jhn das Landt vnd sein Leben. Dann er ward hernach mit hilff der Türcken von Bethlen Gabor welchen er auß Siebenbürgen verwiesen hatte/ in die eusserste noth gebracht: vnd endtlich von 2. seiner Edelleuten/ so er darzu gebetten/ auff seinem Wagen erstochen worden/ den sieben vnd zwantzigsten Octobr. Anno 1613.

Da wardt eynmütiglich zu einem Fürsten in Siebenbürgen erwehlet obgedachter Bethlen Gabor/ so noch Regiert.

Griechenlandt nach seinen
Landtschafften vnd Eigenschafften.
Cap. xcvij.

 Ræcia: das ist/ Griechenlandt/ das sonst Hellas wirdt genennt/ stosset an drey Meer. Gegen Nidergang an das Jonische/ gegen Mittag an das Libische/ gegen Auffgang an das Aegæische: gegen Mitternacht aber an dz Macedonische Gebirg. Es ist vor langen zeiten von einē Mañ der Græcus hieß/ vñ gewaltig darüber war/ nach etlicher Meynung Græcia genennt worden. Es wöllen auch etliche das Græcia anfenglich sey gewesen

TTTT ij   das

Das sechste Buch

das Ländlein Achaia: aber die andern sprechen daß es ein Statt sey gewesen an einem vnachtbaren ort gelegen / doch sey diß Ländlein oder Statt mit der zeit zu einem grossen vn nambhafftigen Land erwachsen / also daß es der grossen Weißheit vnd Kunst halb die da erstanden / weit vnd breit durch die gantze Welt bekannt ist worden / vnnd vor Christi geburt keiner in frembden Ländern für Gelehrt geacht ist worden / der nit in Griechenland hat gestudiert. Es war gleich alß ein Hohe Schul der gantzen Welt / vnd sind auch da geboren vnd erzogen worden gar nahe alle sinnreiche Philosophen vnd natürliche Meister / die so viel vnd mannchfeltige Geschrifften hinder jhnen verlassen haben / von allen natürlichen Künsten vnd Menschlicher weißheit / daß sie auch hoch zuverwundern sind / daß sie durch anleitung Menschlicher vernunfft also hoch kommen vnd gestiegen sind / vnd so scharffe ding schreiben von den heimlichkeiten der Natur. In diesem Lande sind anfenglich erstanden die erfahrnen Astronomy vnd sinnreichen Geometræ / die berühmpten Aertzet / die Kunstreichen Arithmetici / die wolredenden Rhetores / die wolkönnenden Musici / die klugen Ersucher aller natürlichen ding / die fürsichtigen Gesatzgeber / vnd in summa aller Kunst / Weißheit vnnd gutes Regiments dichter vnd auffrichter. Von diesem Land / haben alle andere Länder vnd Völcker vnderrichtung vnnd vnderweisung empfangen / burgerlich / menschlich / vnnd sittlich zu leben / vnnd zuhandlen. Griechenlandt hat vor zeiten / milten vnd temperirten Luffts / vnd grosser Fruchtbarkeit halben / alle andere Länder vbertroffen / vnd wie diß Landt allerhand Künsten / Weißheit / vnd Gelehrte halben sehr verrümbt gewesen / also hat es auch allen andern Landen in Kriegserfahrung weit vorgethan. Anfangs war es ein frey Landt: alß aber ein theil vber den andern die Herrschafft gesucht / hat es die Freyheit verloren / vnd ist erstlich von Cyro / hernach von Xerxe / vn andern Persischen Königen sehr geplagt worden. Endlich haben jnen die Macedonier diß Land vnderworffen / vnd nach vberwindung des Königs Persei / die Römer: Alß aber das Röm. Reich zertheilet worden / ist gantz Griechenlandt vnder das Constantinopolitanische Keyserthumb kommen / biß daß es von den Gothen / Bulgaren vnd Saracenen zerzissen / vnnd zu letst von den Türcken gar / in die aller kläglichste Dienstbarkeit gebracht worden / etlich wenig Inseln außgenommen / welche den Venedigern vnderthan sind / alß Corcyra / Cephalenia / Zacyntho / Creta / vnd andere noch geringere Inseln mehr. Griechenlandt hat vor zeiten geprangt / mit vielen fürtrefflichen Stätten / alß da waren Athen / Lacedæmonia / Delphis / Argis / Mycenis / Corintho / vn viel andre mehr / welche aber jetzunder mehrentheils zerstöret vnd verwüstet sind. Es hat diß Landt 32. verrümbter grosser Wasserflüssen / vn 3. Meer. Erstlich das Jonisch: welches entweders von dem Italianischen Ländlein Jonia / dessen Solinus gedencket / oder von dem Jllyrischen König Jonio / oder von den Jonibus / die in diesem Meer ertruncken sind / den Nammen empfangen. Vor zeiten ist es Cronium / vnd Rheæ Sinus genennt worden: Deßgleichen das Cretische Meer / von der Insel Creta: Heut wirdt es genennt Mar di Candia, vnnd Carpathium / von der Insel Carpathi. Das ander Meer wird Mare AEgæum, oder das Aegäische Meer geneüet / von AEgeo, des Thesei Vatter / welcher sich in dieses Meer soll gestürtzet haben. Thucydides nennet es das Griechische Meer / heut ober wirdt es genennet / Mare di Archipelago: Die Türcken nennens das Weisse Meer. Das dritte Meer / welches ein theil des Aegeischen Meers ist / wirt Myrtoum pelagus genennet / vnnd hat den Nammen von Myrtolo / des Mercurij Sohn / welcher von Oenomao dareyn geworffen sein soll / oder viel mehr von einer kleinen Insel / die nit weit von der Euboeischen Statt Carysto ligt: Der mehren theil nennet es mare Icarium, von der bekañten Fabel Icari: heut wird es genennet / Mare di Nicaria. Griechenland hat viel grosser Berg / alß da seind Bertiscus / Athos / Olympus / Ossa / Pelion / Citharius / Othrys / Oeta / Pindus / Acroceraunij / Stymphe / Calidromus / Corax / Parnassus / Helicon / Cythæron / Hymettus / rc. Die alten Griechen waren grosse Abgötterer / der S. Augustinus schreibt / lib. 3. de Ciu. Dei, auß Varronis meynung / es haben die Griechen vnd Römer auff 3000. Götter gehabt / vnder denen allein 300. Jooves gewesen waren. Ein jeder hatte seinen eygnen Haußgott. Ein jeder Gott hatte seine eygne Priester / Opffer / vnnd Gebett. Die Griechen heutigs tags haben nichts alles mehr an jhnen. Dann sie tragen gemeinlich ein lang haar / vnnd den vorderen theil / gegen der Stirnen beschären sie. Sie sind mit wenig Haußraths / wie alle Türcken vernüget / sie schlaffen nicht auff Federbettern / sonder auf Matrassen / so mit abgeschorner Wollen außgefüllet sind. Es ist jhnen ein sehr verhastes ding / den Wein mit Wasser vermischen / sie trincken einander zu wie wir Teutschen. Aber jhre Weiber dörffen nicht zu jhren Panckten vnd Zechen kommen. In der Religion sind die Griechischen Christen / von den Römischen sehr vnderschieden. Sie haben vier Patriarchen / einen zu Constantinopel / so der fürnemeste ist / den andern zu Alexandria / den dritten zu Jerusalem / den vierdten zu Antiochia. Diese werden von den Metropolitanis erwehlet / wie die Bäpst von den Cardinälen: Sie sind sehr verrümbt wegen jhres heyligen vnd züchtigen Lebens. Jhr järlich eynkommen / so sie von jren vnderworffenen Kirchen haben / ist nit viel vber 400. Kronen. Jhre Geistlichen haben Weiber. Sie erkennen nur 2. Sacrament / den Tauff / vnd des Herren Abendmal / welches sie auch vnder beyden gestalten halten. Das Fegfewr / die Bilder / das Blattenschären verwerffen sie. In der Kleydung / folgen sie der gewonheit jhrer Fürsten / dem sie vnderworffen sind / nach allen Landen / die dem Türcken in Europa

Griechen Kunstreich.

Jonische Meer.

Das Aegelische Meer.

Das Icarische Meer.

Berg in Griechenlandt.

Götter der Griechen.

Von dem Griechenlandt.

ropa vnderworffen sind/ist ein Oberster vorgesetzet/den sie Bromeli Beglerbeg/das ist/der Römischen Fürsten König nennen. Dieser hat 40. Sangiagler vnder jm/welches Hauptleuth sind/vber die Reutterey/vnd in den fürnemsten Stätten aller Provintzen wohnen/dieselbigen im Frieden vnd Zaum zuerhalten. Vnder diesen Sangiacis sind 30000. Spachi/deren ein jeder mit drey oder vier Pferden dienen muß.

Griechenlandt hat viel besondere Landtschäfften/Peloponnesum/Epirum/Macedoniam/Achaiam/Traciam/Euboeam/Cretam/ohn andere viel kleine Inseln/doch ist Peloponnesus gleich als ein mechtig Schloß vnd wehrlich Bollwerck des gantzen Griechenlandts/vnd das zeigt an nit allein der Adel vnd gewalt der Völcker so vor vielen jahren darinnen gewohnet haben/vnd ein besonder Gewalt vnd Herrschafft gehabt/damit jhre Insel andere Griechische Länder vbertroffen hat/sonder auch dieser Inseln Läger gibt für ein herrlichen pracht vnd sonderlich ansehen vber andere Länder/darvon ich jetzund sagen will. Daß du alle ding so ich hie schreiben wirdt/desto besser verstandest/so nimb für dich die Landtafeln des Griechenlandts/so bey den grossen Tafeln zu anfang des Buchs steht/vnd hab acht wie die Inseln gegen einander ligen/vnd jhren ein theil an des Erdtrich gehenckt seind/vnd wo ein jede besondere Landtschafft jhr Leger hab.

Peloponnesus das Edler theil Griechischer Nation.
Cap. xcviij.

PEloponnesus die nambhafftige Griechische Insel/hat ein form gleich einem Ahornblat/vnd ist anfenglich von dem König Aegialo genennt worden Aegialea/vnd darnach Peloponnesus vnnd Pelopis von einem andern König der Pelopis hieß. Aber zu vnsern zeiten heist sie Morea/vnd wird gerings vmb/wie du siehest in der Landtafeln/vmbgeben mit dem Aegeischen vnd Jonischen oder Adriatischen Meere/außgenossen daß sie mit einem schmalen Halß/den man Isthmum nennt/an dem andern Landt hanget. *Peloponnesus jetz Morea.*

In dieser Insel seind vorzeiten nambhafftige Länder vnd mechtige Stätt gewesen/als nemlich in dem eyngang/das ist im Isthmo/die mechtige vnnd weitberümpte Statt Corinthus/die etlich jar darvor Ephira ist genennt worden/vnd ist ein Gewerb da gewesen von Kauffmanschatz. Dann sie hat zwo Meere Porten/eine gegen Asiam/vnd die ander gegen Italiam. In dieser Statt war der Abgöttin Veneri ein mechtiger vnnd reicher Tempel auffgericht/darinn mehr dann tausent Jungfrawen jhrem dienst waren ergeben. Es kamen täglich zu dieser Statt ein vnzehliche menge der Menschen darvon die Statt vber die maß sehr zunam in Reichthumb. Jhr vmbkreiß begrifft 40. Roßlauff. Vnd dieweil das Feld darumb gelegen nicht vast fruchtbar war/enthielten sich da viel Kunstreicher Werckmeister/dergleichen weit vnd breit nicht erfunden worden. Dieser Isthmus/darinn Corinthus lag/ist 5000. schritt breit/vnd haben König Demetrius/Keyser Caius vnnd Domitianus vnderstanden den zudurchgraben/damit die Insel gerings vmb mit dem Meere beschlossen were/aber sie sind daran erlegen. Lang hernach da die Griechischen Fürsten sahen/daß der Türck mit seinem Gewalt vber das Meer in Europam brach/haben sie durch diesen Isthmum ein Mawr gemacht/die reicht von einem Meere zu dem andern/vnd scheidet Peloponnesum von dem andern Griechenlandt. Aber der Türckisch Keyser Amurates/da er Thessalonicam erstritten hatt/vnd desgleichen Beotiam vnd Atticam/kam er zu dieser Mawr vnnd zerbrach sie vnd legt ein järlichen Tribut oder Schatzung auff die Peloponneser/biß er sie zu letst gar vnder sich bracht/wie ich hernach sagen wirdt. In Peloponneso sind vor zeiten 8. Provintzen gelegen. Die erste war Corinthia/so von der Statt Corintho/von deren albereit geredt worden/den Namen hat. Die ander ist Argia/deren Hauptstatt ist Argos/so mitten im Land gelegen/hier zu gehören auch die zwo Stätt/Epidaurus/vnd Neapolis. Die dritte ist Laconia/von deren hernach soll geredt werden. Die vierdte ist Messania/deren Hauptstatt war Messene/jetz ligen drey Stätt darinnen/Methene/oder Moden/da der Türckische Sangiar seinen Sitz hatt/Coron/vnd Novarinum/so vor zeiten Pylus geheissen. Die fünffte ist Elis: hierinnen war gelegen die Statt Olympia/hieher gehört auch das vorgebirg Capo Tornese. Die sechste ist Sicyonia/deren Hauptstatt war Sicyon. Die siebende ist Arcadia/so mitten im Landt gelegen/vnd vorzeiten Pelasgia geheissen/hat viel verrümbte Berg/als Gyllene/Pholoe/Lycaeus/Maenalias/vnd Parthenius. Die achteste ist Achaia/die eygentlich also genennt worden/zwischen dem Berg Stimphalo/vnd dem Corinthischen Busen gelegen. Jhr fürnemste Statt hat Aegira geheissen/hieher gehören jetz Aegium/Patras/vnd Dymae. Dieses ist vor zeiten ein sehr reich Landt gewesen/vnnd wurden die Eynwohner Achivi genannt. Andere sprechen/daß Corinthus sey die Hauptstatt in Achaia gewesen. Andere wöllen/Arcadia seye auch ein theil von Achaia gewesen/ob es wol mitten in Peloponneso gelegen. Vnd ligt ein Berg darinn/der ist 20. Roßlauff hoch. In diesem Achaia ist vor alten zeiten/wie Strabo schreibt/ein Statt 12. Roßlauff weit von dem Meere gelegen/die heist Helice/vnnd ward von einem Erdbidem der im Meere außbrach/gar ertrencket/also hoch warff der Erdbidem das Meere vber sich.

Statt Corinthus.

Das sechste Buch

Von dem Landt Laconia/ oder Lacecedemonia. Cap. xciv.

Lycurgus ein Gesatzgeber.

Eysene Müntz.

Wie Kinder erzogen sollen werden.

Auß frembden Ländern frembde Sitten.

Es ist Laconia ein ander Ländlein gewesen in Peloponneso/ das auch sonst Oebalia vnnd Lacedæmonia geheissen hat/ darinn die nambhafftig vnnd hochberühmpt Statt Sparta gelegen war/ vnd darüber vor langen zeiten Menelaus regiert hatt/ wie auch sein Bruder Agamemnon ein König war vber die Myethner. Vnnd mit sampt diesen zweyen Fürsten haben die Griechen zerstört die reiche vnd mechtige Statt Troiam/ darvon ich hernach in Beschreibung des Landts Asie sagen will. Es hat der hochberühmbt Philosophus Lycurgus ein zeit lang in eins Vogtsweiß das Königreich Lacedemoniam geregiert/ vnd das Volck mit guten Satzungen vnderwiesen/ die vorhin viel böse Bräuch hette/ nit allein vnder jhnen selbs/ sonder auch gegen den Außländigen. Darumb griff er die Sach dapffer an/ vnd thet ab die alten vngeschickten Bräuch/ vnd richtet auff andere hübsche Sitten vnd Bräuch. Vnd zum ersten wurden 28. alte erwehlt von der Gemein/ die mit den Königen/ deren zwen waren/ rahtschlugen/ wie allen Sachen zu thun were/ vnd gemeiner Nutz vnd Frieden erhalten würd. Sie wolten nicht daß aller Gewalt an einer Personen stünde/ damit kein Tyranney darauß wurde/ so wolten sie auch nit daß das Regiment an dem gantzen Volck stund/ damit die Herrschafft des Volcks nicht zu viel vberhand neme. Dieser Lycurgus nam hinweg die Guldine vnd Sylbern Müntz/ vnd bracht ein Eysene Müntz in Brauch/ vnd damit fürkam alle Vrsach zustäle. Den Müntz Stempffel glüet er auß im Fewr/ vñ stieß jn in Essig/ macht jhn weich/ daß jhn niemandt mehr brauchen möcht zu der Müntz. Er thet auch hinweg alle vnnütze Künst vnnd Handthierungen/ wiewol die so im Goldarbeiten/ zugen selbs hinweg/ da die Guldene Müntz abgethan ward. Vnd daß alle vberflüssige Kösten wurden abgestellet/ richtet er an gemeine Wirtschafften/ da musten die Reichen vnnd Armen zusammen kommen/ vnd einerley Speiß vnd tranck niessen. Da ergrimmeten wider jhn die mechtigen/ vnnd schlugen jhm in einem aufflauff ein Aug auß mit einem Stecken/ deßhalben auch gesetzt ward/ daß die Spartaner nicht mehr mit Stecken zur Wirtschafft kommen solten. Zu dieser Wirtschafft bracht ein jeglicher alle jahr 6. Seck Mäl/ 8. Lögel Wein/ vnd etlich Pfund Käß vnd Feygen. Dahin kamen die Kinder gleich als zu der Schulen/ da sie lehrneten Burgerliche Zucht vnnd Messigkeit/ vnnd gewöhneten sich erbarlich zu reden/ höfflich zu schimpffen/ vnnd alle vnzüchtige leichtfertigkeit zu vermeiden. Wann ein Kind sieben jar alt ward/ so weiset man es an/ damit es etwas lernete. Die Kinder musten barfuß gehn/ vnnd wann es zwölff jahr erreicht/ so macht man jhnen ein Rock nach des Lands Brauch. Man ließ sie in kein Bad gehn/ darzu musten sie auff solchen Betthen ligen die auß Rhor geflochten waren. Der Kinder Schulmeister den sie Jren nennten/ lehret die grossen Knaben Holtz machen/ vnd die kleinern Bürden stälen: Sie musten auch gehn in der grössern Wirtschafft/ vnd sich befleissen da etwas zu stälen. Vnd so man sie am Diebstal ergriff/ wurden sie darumb geschlagen/ nicht daß man jhnen solchen Diebstal für vnrecht achtet/ sonder daß sie jhn nicht kluglich hetten verschlagen. Man wolt sie darmit zu allen Händlen fürsichtig vnd klug machen. Dieser Lycurgus nam auch hinweg allen aberglauben/ vnnd hieß daß man der Todten Cörper in der Statt begrub/ nemlich zu den Tempeln. Aber er ließ niemand/ weder Mann noch Weyber/ jre Nammen auff die Gräber schreiben/ außgenommen die im Krieg Ritterlich waren gestorben. Er ließ nicht lenger dann 11. tag leid tragen. Es ward auch den Bürgern nicht gestattet in frembde Länder zu ziehen/ damit sie nicht Außlendige Sitten in die Statt brächten/ ja wann die frembden dahin kamen/ ließ man sie nicht in die Statt/ sie weren dann einer Gemein nutz/ damit nicht ein newe Spraach vnd Gericht in der Statt aufferstünde. Dieser Lycurgus ließ die jungen Gesellen durch das gantz jahr nicht mehr dann ein Kleid tragen/ vnd dorfft auch keiner sich köstlicher kleiden/ oder scheinbarlicher essen weder der ander. Er gebot daß man alle ding mit wechßlen oder tauschen ohn Gelt kauffen solt. Die außgewachßnen Kinder wolt er nicht lassen kommen auff den Marckt/ sonder gebot daß man sie auff das Feld führet/ damit sie die ersten jahr nicht mit Wollust/ sonder mit allerley arbeit vertrieben. Er wolt auch nicht daß man jhnen etwas vnderlegte/ so sie schlaffen wolten/ oder daß sie mit zarter Speiß gefuhret wurden. Darzu dorfften sie nicht wider in die Statt kommen biß sie das Mannlich alter erreichten: Er gebot auch/ daß die Jungfrawen ohn Morgengaben oder Zugaben solten zu der Ehe greiffen/ damit sie nicht Gelts halben genommen wurden/ vnd die Männer dester ernstlicher den Ehelichen stand behaupten möchten/ so sie nicht mit grossen Gaaben oder Ehestewr angefangen weren. Weiter wolt er/ daß man entbieten sol die grösste Ehr nicht den Reichen oder Gewaltigen/ sonder den Alten. Er ließ zu den Königen Gewalt vber die Krieg/ vnd den Amptleuten das Gericht/ doch daß alle jar andere an jhr statt kamen: aber der auß-

geschlossen

Von dem Griechenlandt.

geschlossen Rhat muß handthaben die Gesatz/ vnd stund an dem gemeinen Volck zu erwehlen einen Rhat/ vn̄ zu setzen die Amptleut. Dieweil aber diese Gebott manchem schwer wurden gesehen/ sprach Lycurgus daß er sie von dem Abgott Apollo/ der zu Delphi herrschet/ empfangen hett/ damit die vnwilligen auß Göttlicher forcht darzu wurden gezwungen. Vnnd daß diese Satzungen allwegen blieben im wesen/ zwang er die Statt zu einem Eyd darbey zu bleiben/ vnd daß sie nichts darinn verendern wölten biß er herwider käm. Dann er sprach/ wie er den Delphischen Gott deßhalb begrüssen wolt/ vnd seines Rhats pflegen/ was er endern oder darzu thun solte. Vnd auff das zog er in die Insel Cretam/ vnd blieb da sein lebenlang im Ellend. Vnd da er in das Todbeth kam/ gebott er daß man sein Gebein in das Meere werffen solt/ damit sie nicht gen Lacedemoniam getragen wurden/ vnd die Spartianer vermeynten also ledig zu werden von jhrem gethanen Eyd.

Was Ceremonien die Lacedemonier mit den Todten gehabt. Cap. c.

Vor zeiten aber ist auch der Brauch in Lacedemonia gewesen/ so ein König starb/ daß die Reutter durch das gantz Lacedemoniam ritten/ vnd verkündigten des Königs Todt/ vnd alßbald lieffen die Weyber in der Statt vmbher/ vnnd schlugen auff die Häfen/ vnd musten auß einem jeglichen Haußgesäß zwo Personen/ ein Mann vnd Fraw leid tragen/ vnd mit lauter Stimm heulen/ wie der letst König der best were gewesen. Wenn aber ein König im Krieg vmbkam/ so namen sie ein Bildnuß nach jhm gemacht vnd legten das in ein Beth/ vnd hielten 10. tag lang/ dieweil sie sich mit seiner Begräbnuß bekümerten/ kein Gericht/ vnnd sassen die Amptleut auch zu keinem Rhat/ sonder trugen stäts leid. Vnd welcher nach jhm König ward/ der bezahlt aller Bürger Schuld/ so sie dem gebornen König oder gantzen Gemein schuldig waren.

Hie solt du auch mercken daß in Laconia ein grosser Berg in das Meer geht/ der heißt Mela/ vnd da ist das Meere vber die maß sehr vngestüm/ vnnd leiden die Schiffleut am selbigen ort zum dickern mal grosse noth/ also daß sie manchmal von dem Wind einen weiten weg hinder sich geschlagen werden/ vnd das zum vierdten oder fünfften mal nach einander. *Mela.*

Das dritt Landt in Peloponneso hat Messenia geheissen/ ist sehr fruchtbar/ vnnd mit vielen Wässern begossen/ deshalben auch viel Viechs da wird gezogen. Im jar 1471. nam der Türckisch Key. Mahumet mit gewalt vnder seine Hand die Insel Peloponnesum/ vnd führet gefenglich hinweg das Christen Volck. Da behielten die Venediger ettliche jar darnach die groß vnd veste Statt Modon mit sampt der Statt Coron vnd Sonico/ die zu vnsern zeiten auch der Türck vnder jhm hat. Zu Modon haben die Christlichen Bilger/ so das heylig Land heimsuchen/ allwegen geländet: aber jetzund länden sie zu Santo oder Jacintho. Mavasia ein Schloß/ vnnd Napol ein grosse Statt beyde in Morea gelegen/ haben zu vnsern zeiten die Venediger noch in jhrem Gewalt. *Messenia. Modon.*

Die Statt Modon vom Türcken eyngenommen. Cap. cj.

Modon die Statt gewann der Türck Anno 1500. vnnd legt darfür 500. stuck Büchsen/ vnd welchen waren 22. Hauptstück. Er stürmpt die Statt täglich: aber die darinn waren wehrten sich Mannlich. Sie ergaben sich Gott mit Beichten vnd Communicieren/ mit fürsatz zu Sterben vm̄ den Christlichen Glauben. Vnnd da der Türck vberhand nam/ vnd sie jhm nicht weiter widerstand thun mochten/ flohe jederman/ Weyb vnnd Mann/ vnnd auch die Kinder in etliche Häuser/ die sie darzu bereit hetten/ stiessen sie an/ vnd verbreñten sich selbs. Es fielen auch etliche Frawen vnd Kinder vber die Mawren in das Meere/ zu entfliehen des Türcken wüterey vnd sein jämerliche *Modona von Türcken belägert.*

Gefengknuß. Es hetten darvor die Venediger Isthmum vermawret von einem Meere zu dem andern/ vnd ein zweyfeltigen Graben für die Mawr gemacht/ vnd das in 15. tagen: daß der Werckleut waren vngefehrlich 30000. vnnd hetten die Stein des alten Gemewrs zu bevor/ aber es halff alles nichts. Zu derselbigen zeit ward auch die alt Statt Naupactus, die man jetzund Lepanthum nent/ von dem Türcken den Venedigern entzogen. Sie ist nit ferr von der Corinther Statt am Meere gelegen.

Das Euſſer Griechenlandt. Cap. cij.

Thermo-pylæ.

Euclidis Bildnuß.

Als Euſſer Griechenlandt heiß ich hie was auſſerhalb der Inſel Peloponneſo am Meere geweſen iſt. Als Attica/Achaia/Beotia/Phocis/Etholia/ꝛc. Durch diß Griechenlandt geht ein groß Gebirg das man Thermopylas nennt/vñ da es ſich endet in Occident/heiſt es Oeta. Sein höchſten Gipffel/nennt man Callitromum. Der Berg Oeta richt ſich auff ſehr hoch/vñ wird in der höhe mit ſcharffen vnd gebognen Schrofen oder Felſen vberzogen/vnnd iſt darbey ein kleiner vnd ſchmaler Weg/durch den man gehen muß/ſo man von dem Meere in Theſſaliam ziehen will/ vnd wird daſſelbig Thal Thermopylæ genannt: das iſt/Porten der warmen Waſſer/die in derſelben engen Klingen gefunden werden. Es machten vor zeiten die Phocenſer zwiſchen daſſelbig eng Gebirg ein Mawr/von forcht wegen der Theſſalier/vnnd ſetzten darauff Pylas/ das iſt/Porten/darvon es den Nammen Termopylas empfangen hat. Es haben auch vor zeiten die Athenienſer dieſe Clauß beſchloſſen/ das Philipp von Macedonia nicht zu jnen kommen mocht. In Achaia das etwan Hellas ward geheiſſen/ligen dieſe Ländlein/Beotia/Phocis vnd Attica. In Beotia ligen dieſe nambhafftige Stätt/Megara/da Euclides der ſinnreiche Mathematicus iſt geboren von Thebe. In Phocide ligt der Berg Helicon/daran gebawen war der reich Tempel Apollinis/bey der Statt Delphi/von dem ich hernach etwas weiters ſagen will.

Athen. Cap. ciij.

Athen.

IN Attica iſt gelegen die Statt Athen/die vor zeiten war ein Mutter der Freyen Künſten vnd aller Philoſophen/vnd nichts Edlers dazumal in Griechenland erfunden ward. Die Heyden haben gemeynt daß die Athenienſer ſeind anfengklich von demſelbigen Boden erwachſen/vnnd haben angefangen zu lehren die Leut/ wie ſie die Wullen ſolten bereiten zu den Kleydern/item wie ſie Wein vnnd Oel ſolten pflantzen/die Aecker zu der frucht zurichten: dann vorhin behalff ſich das einfeltig Volck mit den Eicheln/darauß ſie Brot machten. Item geſchriebne Lehr/das ſcharff geſprech oder wol reden/vnd Bürgerliche ordnungen hat in dieſer Statt ein anfang genoſſen. Es erwuchß auch die Statt zu einem Königreich/vnd war jhr erſter Kön. Cecrops/ von dem die Statt ein weil Cecropia hieß. Vñ iſt dieſer Cecrops geweſen zu den zeiten Moſis. Der ander König hieß Deucalio: der dritt Cravaus: der hett ein Tochter mit Namen Attis/von der das Land Attica ward genennt/vnd ſtreckt ſich von Orient biß an den Iſthmum/vnd iſt vor zeiten geweſen ein Mutter der trefflich groſſen vnd ſinnreichen Männern die in Griechenland aufferſtunden/daß die Statt Athen ligt in dieſem Ländlein. Nach Cravaum ward Amphionides König/vnd der gab dieſe Statt der Göttin Minerve/vnd nennet auch die Statt nach jhr. Sie hat auch etwan geheiſſen Mopſopia von Mopſo vnd Jonia. Der letſt Kön. hieß Codrus/vnd der legt von jm ſeine Königliche Kleyder/vñ in zertißnen Kleydern trug er Spän auff ſeiner Achßlen in der Feindheere/vnd da ward er von einem Krieger erſchlagen. Nach jm hat man järlich Burgermeiſter zu Athen geſetzt in das Regiment/vnd ſonderlich/ward Solon ein auffrichtiger vnd gerechter Mañ erwelt/ der auch Satzungen in der Statt macht/vnd thet ab die Satzungen ſeines Vorfahren Draconis/ denen ſo viel vnd ſchwere penen angehenckt/das ſie dem gemeinen Mann vnträglich waren.

Satzungen von Solone zu Athen gemacht. Cap. civ.

SOlon ſchreibt ſolche Satzungen für. Wann ſich in der Statt ein Aufflauff erhub/vnnd ein Burger ſich keiner Faction oder Partheyen annemen wolt/ſonder ſtill ſäſſe/ſolt er für ein vntrewen Mann gehalten werden/der des Gemeinen Nutz kein acht hett. Item ſo ein Fraw vberkeme ein Mann der Männlicher krafft beraubt were/möcht ſie ohn ſtraff jres Manns Freunden einen/welchen ſie wolt/zu jhr legen. Item ein Sohn wer nicht ſchuldig ſeinem Vatter im alter Nahrung zu geben vnd Handtreichung zu thun/wann er von jm in der jugent nicht zu einem Handtwerck were gezogen. Item die vnehelichen Kinder ſolten jhre Eltern nit ernehren. Dann welcher Bulerey nach geht/der gibt zuverſtehn das er nicht Kinder/ſonder wolluſt ſucht/darumb beraubt er ſich ſelbs ſeiner belohnung. Item ſo einer im Ehebruch begriffen wurd/ſolt er getödt

Von dem Griechenlandt.

tödt werden. Item welcher ein Wolff fieng vñ herzu brecht/dem solt man geben von dem gemeinen Seckel 5. Schilling oder Dickenpfenig: aber für ein Wölffin solt man jhm geben ein Dickenpfenning/ das ist so viel als ein Schaff wärt/vñ für ein Wolff so viel als man vmb ein Stier zu geben pflegt. Die Athenienser seind von altem her diesem Thier gar auffsetzig gewesen/darumb daß es nicht allein dem Vieh/sonder auch dem Ackerbaw schedlich ist. Item so einer im Krieg vmbkäm/solt man desselbigen Kinder von dem gemeinen Nutz aufferziehen/vnd vnderweisen/damit ein jeder dester Mannlicher sich im Krieg brauchte. Dieser Solon setzt auch/wann einer im Krieg seine Augen verlüre/solte er von der Gemein ernehret werden. Er wolt auch nicht daß ein Kindervogt wohnet bey der Mutter/vnnd daß man nicht den zum Vogt machte der nach abgang der Wäysen Erb sein würde. Item welcher ein Menschen vmb ein Aug brächt/dem solt man beyd Aug außgraben. Item wann man ein Fürsten truncken begriff/den solt man tödten. Item man solt keinen zum Burger annemmen/er were dann ein Handtwercksmann/vnnd satzte sich mit seinem gantzen Hauß gen Athen. Nun merck weiter daß die Landtschafft in Attica am Meere gelegen biß zu der Statt Megara/heist jetzund Sethina. Etliche nennen auch zu vnsern zeiten die Statt Athen/Sethinas/vnd das Ländlein Aetholiam nennen sie Despotatum. Das Erdtrich vmb diese Statt Megara ist vast rauch vnd vngeschlacht/wie dann auch in Attica: dann es ist dieselbige Gegenheit zum grössern theil mit rauchen Bergen besetzt.

Sethina.

Von Apollinis Tempel zu Delphis. Cap. cv.

Wo mercklich Stätt sind in der Landtschafft Phocide/Delphi vnd Eleatea. Die Statt Delphi ist erstanden von dem nambhafftigen Tempel/den der Abgott Apollo daselbst hat gehabt. Von dem schreiben die Historien also: An dem Berg Parnasso gegen Mittag zu/auff einem Felsechtigen boden ligt die Statt Delphi/ vmbgeben mit scharffen Felsen/die sie beschützen vor allem anlauff. Nit weit darvon so man halber auff den Berg hinauff kompt/streckt sich herauß ein grosser gebogner Felß/auff dem ligt ein kleiner ebner Platz/von dem geht in den Berg hinein ein Spelunck oder krumme Hül/vnd war auff dieselbige Gegne gebawen ein wunder köstlicher Tempel zu ehren dem Abgott Apollo. Vnd gieng zu der Hülen herauß ein finster vñ küler Lufft/vnd vber dem stun-

Delphi.

den die Jungfrawen vnnd Abgöttischen Priester die dahin verordnet waren/vnnd alßbald sie von dem Lufft berürt wurden/kamen sie von sinnen/vnd Weissagten von den dingen deren halb sie gefragt wurden/vnd gaben antwort vber viel heimliche ding. Daher kam es/daß von allen Ländern die Menschen Gelübt theten vnd kamen gen Delphi mit jhren Gaaben/Sylber vnd Gold/vnnd andern köstlichen Kleynoten/damit sie Antwort vnd Rhat vom Abgott möchten empfahen/vnnd kam also ein vnaußsprechlicher Schatz dahin/vnd hielt auch der böß Geist hand darob/daß in kein König oder Volck ein lange zeit dannen bringen mocht. Dann alß auff ein zeit Xerxes/oder ein König von Persia mit viel 1000. Mann in Griechenlandt fiel/das zu berauben/vnd zog gen Delphi/da fielen zwen Felsen von dem Berg/vnnd weltzten herab vnder die Feind/die auff den Berg

Der Teuffel gewaltig zu Delphi.

gestiegen

gestiegen waren/oberstürtzten sich gleich wie die vnsinnigen von dem gähen Berg herab/vnnd wie Trogus schreibt/sind dazumal 4000.Menschen vmbkommen. Deßgleichen ist auch geschehen den Galliern da sie auff diesen Berg steigen wolten/den Abgöttischen Tempel zurauben. Dann da kam ein Erdbidem vñ warff ein Felsen herab in das Heere/darvon viel erschlagen wurden/darnach kam ein erschreckliche Vngestümigkeit mit Donner/Blitzen vnd Haglen/vnnd erschlugen ein groß theil im Heere/daß sie ablassen musten. Es war der Gallier Fürst Brenno vbel verwund/mocht den schmertzen der Wunden nit leiden/vñ stach sich selbs mit seinem Dolchen auß vngedult zu todt. Die Delphier lobten jren Abgott Apollinem/der sie (alß sie meynten) errettet hett. Also kan der Teuffel auch bey den Vngläubigen das Wetter deuten/damit der Vnglaub nit zergang.

Von Macedonia vnd dem grossen König Alexander. Cap. cvj.

Iß Landt/so vor alten zeiten Macedonia geheissen hat/wirdt jetzund zum grössern theil Albania genennt/wiewol Albania sich streckt biß in Epirum/da das Venedisch Meer gar eng ist gegen Italiam. Es ist Macedonia vor zeiten auch Emathia genennt worden von einem König Ematheo. Livius schreibt es seye diß Land vorzeiten Pæonia genennt worden: In der Machabeer History wird es Cethim genennet/dann es wirdt gesagt/Alexander seye auß dem Landt Cethim herfür kommen. Macedonia wirdt es genennet/von dem Kön. Macedone/der Osiris Sohn gewesen sein soll. Gegen Nidergang hat es das Jonische Meer/gegen Auffgang das Aegeische: gegen Mitternacht stosset es an ober Mœsiam/vnd Dalmatiam: gegen Mittag aber an Epirum vnd Achaiam. Es ist ein gantz Fruchtbar Landt/vñ mit den allergrösten Bergen vmbgeben/so von Gold vnd Silber zimlich reich sind. Diß Landt bringt herfür den Stein Pæantiden/von welchem Solinus schreibt/daß er nit allein empfahe vnd gebäre/sonder auch den gebärenden zu hilff komme. Macedonia hat viel Länder vnder sich. Vnder denen Thessalia das fürnemeste ist. Die fürnemesten Stätt in Macedonia sind Siderocapsa/Pella/Dyrrachium/Aulon/Croia/Cavalla. Es ist zum ersten gar ein klein Königreich gewesen/aber hernach hat es trefflich zugenommen durch der König krafft/vnd durch klugheit des gemeinen Volcks. Dann sie brachten zum ersten vnder sich die nahe gelegne Länder/vnnd darnach spreiten sie auß das Königreich biß in Orient. Zum ersten hetten sie viel Krieg mit den Illyriern vnd Thracen/vnd alß alle Stätt in Griechenlandt König wolten haben für sich selbst/haben sie jre Herrschafft mit einander verloren. Dann alß die von Thebe vnd Thessalia jhnen außerwehlten zu einem Hertzogen König Philippen von Macedonia/damit sie von den andern Stätten nicht vberwunden wurden/kam es bald darzu/daß dieser Außländig König vnder sich bracht mit Listen vnnd mit Waaffen das gantz Griechenlandt/mit sampt dem Landt Cappadocia. Zum ersten war dieser Philippus mit vielen Kriegen angefochten/also daß er gar nahe nichts mehr vermocht/da erdacht er ein List/vnnd nam Athen mit verrhäterey in seinen Gewalt/darnach erschlug er in Illyria viel tausent Menschen/vnd vberkam die Edel Statt Larissam. Nach diesem erobert er Thessaliam/vnnd bracht also ein grossen Reisigen Zeug zusammen/daß er darnach nit allein sich seiner Feind erwehren mocht/sonder er griff auch die an so zu frieden sassen/vnnd also brachte er bald vnder sich alle mechtige Stätt Griechenlandts. Darnach beraubt er den König von Epiro seines Königreichs. Weiter entführt er ein mechtigen Raub dem König von Scythia/des Reichs sich streckt biß an das ort/da die Ister oder Thonaw in das Meere fallt. Vnd alß er ein mechtigen grossen Zeug von Fußknechten vnd Reutern zusammen gebracht hat/daß auch der König von Persia sich vor jhm entsetzt/des Keyserthumb sich erstreckt biß an das Pontisch Meere/ward er geschlagen daß er sterben must. Da trat sein Sohn Alexander/den man den grossen Alexander nennt/in das Regiment/vnnd fieng an gewaltiglich zu kriegen das Land Asiam/von des grossen Thaten du hernach hören wirst in beschreibung der Ländern Asiæ. Danner fuhr vber das Meer das Bosphorus genennt wird/vnd nam zum ersten eyn die Statt Sardis/darnach Miletum/darnach das klein Asiam/item Armeniam/Hiberniam/Albaniam/Syriam/vnd Egyptum. Er steig vber die mechtigen Berg Taurum vnnd Caucasum/vberwand die Medier vnd Persier/vnd kam zu letst in Indiam das ferrest Landt so gegen der Sonnen Auffgang gelegen ist. Er ließ nichts vnversucht. Wo je Liber vnd Hercules gewesen waren/da zog er auch hin. Er fuhrt auch etliche gelehrte Männer vnd grosse Philosophen mit jhm/alß nemlich Calisthenem/vnd wie etliche sprechen/Aristotelem seinen Lehrmeister. Vnd nach dem das Oberst Reich oder Monarchey 220. bey den Persiern vnd Mediern gestanden/vberwand der Groß Alexander Darium den König von Persia/vnnd bracht das Keyserthumb oder Obersten gewalt an die Griechen. Doch hett es nicht ein bestand bey jhnen. Dann alß Alexander 12. jar lang hett regiert/ward jhm vergeben/vnnd ward sein Keyserthumb in viel Königreich zertreut. Ptolomeus regiert vber Egyptenlandt/Antipater vber Griechenlandt/Seleucus vber Syriam vnd Babyloniam/Cassander vber Lytiam vnd Pamphiliam/rc. Aber in mitler zeit nam das Römisch Reich trefflich sehr zu in gewalt vnd Pracht.

König Philippus des grossen Alexanders Vatter.

Der Groß Alexander.

Liber ist der Gott Bacchus.

Von dem Griechenlandt. 1439
Von der Statt Thessalonica vnd dem Berg Olympo.
Cap. cvij.

JN diesem Land Macedonia ligt die Statt Thessalonica an dem Egeischen Meere/die man jetzund Salonicam nennet/ist die Hauptstatt in der Philippenser Landt/vnd ist vor zeiten vast mechtig gewesen/zu der auch der Apostel Paulus ein Epistel geschrieben hatt. Sie ist auch zu vnsern zeiten groß vnd mechtig/ja etliche meynen sie sey grösser dann Adrianopel/vnnd seye keine vber sie der grösse halb nach Constantinopel. Es seind dreyerley Eynwohner in dieser Statt/Jüden/ Christen vn Türcken/doch seind der Jüden am allermeisten/die sind Kauffleut/ vnd treiben Handtwercker. Die Jüden so da gewohnet/sagen selbs/daß bey 14000. Jüden da wohnen/vnd seind bey 6000. Thuchmacher/haben auch bey 80. Synagogen in der Statt. Sie müssen alle Geele binden vmb die Hüt tragen/aber die Christen Blaw/vnnd die Türcken Weiß. Es seind auch viel Jüden zu Constantinopel vnnd Adrianopel/aber an keinem ort in der Türcken mehr dañ zu Salanick. Ein andere fürneme Statt/ drey Tagreiß von Salonica gelegen/ligt in Macedonia die heist Scopia/da wohnen auch Türcken/ Jüden vnd Christen bey einander/doch vbertreffen die Türcken die andern zwo Secten. Da ligt der Berg Olympus/von dem die Poeten so viel geschrieben haben. Dann seine höhe streckt sich so ferr hinauff/daß dieselbigen Eynwohner jn nennen den Himmel. Oben auff dem Gipffel steht ein Altar dem Gott Jupiter gewidmet. Vñ als Solinus schreibt/ ist auff seiner höhe kein Wind oder Regen noch vngestümigkeit des Luffts/sonder wz man da in äscher schreibt/das findt man vber ein jar vnversehrt. Es schreiben ettliche daß dieser Berg 10. Roßläuff hoch sey/vnd weit vber die Wolcken gange.

Olympus der höchst Berg.

Athos.

Es ist auch sonst ein ander Berg in Macedonia/ oder wie die andern schreiben/in Thracia. Ptolemeus setzt jhn in Macedonia/der heist Athos/vnd ist so hoch daß er seinen schatten wirfft biß in die Insel Lemnos/vñ was darauff in Sand geschrieben wird/das bleibt stehn vber jar. Man findt auch das Xerxes der König von Persia hab mit grosser arbeit diesen Berg gescheiden von dem Erdtrich/vnnd das Meer vmb jhn geführt/vnd ein Jnsel darauß gemacht. Es ist auch das Meere darbey also vngestüm/daß von dem Heere des Königs Darij von Persia auff ein zeit 300. Schiff vndergiengen/vnd mehr dañ 20000. Mann ertruncken/auß welchen das Meer viel zu todt schlug an den Felsen/etliche warff es lebendig biß zum Gestaden/vnd ertrenckt sie erst daselbst: welche aber lebendig an den Berg kamen/die zerrissen die wilden Thier.

Macedonisch Gifft.

In Macedonia findt man gar streng Gifft das fleust auß einem Brunnen/den heist man Sucistnen/es durchbeist auch Eysen/vnd mag nicht dañ in Pferdsklawen behalten werden. Mit dem meynt man sey dem grossen Alexander vergeben worden. Man findt auch in Macedonia/besonder im Ländlein Magnesia/den Stein Magnet/der ein gewaltige krafft hat vber das Eysen. Vnd ist wol ein wunderbarlich ding/daß das Eysen alle ding meystert. Mann findt jhn auch in Hispania/ in Morenland/bey Troja dem kleinen Asia. Aber vnder jhnen allen ist keiner besser vnd krefftiger dann der so in Morenlandt gefunden wird/der auch seiner güte halb dem Sylber zugewegen wird. Dann er zeucht nicht allein zu jm Eysen/sonder auch andere Magneten. Der bey Troja gefunden wirdt/ist Schwartz vnd nicht gut. Der in Macedonia ist auch Schwartz/zeucht sich aber zu der Röte/darumb ist er viel besser. Item in Beotia findt man Magneten die sind gar Rot/vnnd besser dann die vordrigen. Aber keine sind besser dann die Gelen/wie dann seind die man im Morlande findt. Etliche wöllen man findt dieser Stein auch viel in Länden gegen Mittnacht: aber Plinius hat nichts von denselbigen gewust. Besonder soll vnder dem Polo ligen ein Jnsel/die auch von diesem Stein genennt wirdt Magneten Jnsel/sie soll 5. oder 6. Meilen lang seyn/vnnd vber sie hinauff soll der Magnet in der Schiffleuten Compassen gar fehlen. Man findet den Magnet auch in Italia/in der Jnsel Elba/dem Hertzogen von Florentz zustendig.

Magnet.

History

1440 Das sechste Buch

History wie es den Galliern ergangen ist in Griechenlandt. Cap. cviij.

JCh muß hie noch ein History beschreiben/die sich in Griechenlandt vor zeite verloffen hat mit den Galliern. Etliche jar vor Christi geburt/ da sich die Gallier trefflich sehr gemehrt hatten in jrem Landt/ zogen jr 300000. Menschen darauß/ vnd plünderten die Länder Illyricum vnd Pannoniam: das ist/ Winden/ Oesterreich/ Crabaten/ vnd kamen darnach in Macedoniam. Alß aber Kön. Antiochus/ den man Sother nennt/ jr zukunfft vernam vnd wust jhr stercke/ rüstet er sich wider sie. Er hat 16. Helffanten/ die ließ er verbergen/ daß seine Feind nichts darvon wusten/ vnd wolten sie also heimlich bringen vnder der Feind Pferdt. Nun waren der Gallier Pferde der Helffanten nicht gewohnt/ vnd scheuchten sich

Der Gallier zug in Griechenlandt.

Currus falcati.

grewlich alß sie jre zukunfft von ferzen vermerckten. Vnd da sie darnach jhr geschrey hörten/ vnnd die weißglitzenden Zeen sahen mit dem schwartzlechtigen Leib/ mit den grossen Rüsseln/ flohen sie schendlich hindersich/ vnd erstachen sich selbs die Gallier mit jhren eignen Spiesen/ etliche wurden zertretten von jren eignen Pferden/ vnd die Heerwägen wurden von den Pferden hindersich gezogen in daß Heere/ vnd dieweil viel Segessen vnnd Scharsachen daran geschmidet waren/ wurden viel Menschen darvon zerhawen oder tödlich geschedigt. Es sprangen auch viel Pferde neben auß/ vnnd wurffen die Reuter ab/ also sehr erschracken sie von den vngewohnlichen Thieren der Helffanten. Vnd mit dem allen kamen viel Gallier vmb/ ettliche wurden gefangen: aber welche zu dem Berg flohen/ die kamen darvon. Es schreiben auch ettliche/ daß die König in Asia vnd Griechenlandt sich also sehr entsatzten ab diesen streitbaren Männern/ daß sie mit grossem Gelt Frieden von jhnen kauffen musten. Sie wolten sich nicht wagen in das Griechenlandt/ biß sie Brennus jhr Hertzog vberredt/ daß die Griechen schwache Leut weren/ aber groß Gelt/ vnd darzu viel Gezierd/ Sylber/ Gold/ vnd andere Opffer in Tempeln hetten/ vnd auff das wagten sie sich in das Landt/ beraubten den Tempel zu Delphi/ erschlugen der Athenienser König/ darnach verwüsteten sie die Clauß Thermopylas/ vnd mutwilleten hin vnd her im Landt/ biß zu letst Antiochus jhnen vber die Haut kam/ wie gemeldt ist. Nach dieser Schlacht erstach Brennus sich selbs/ vnd die vbrigen deren noch 15000. zu Fuß waren/ vnd 3000. Reuter/ die fielen den Römern in jhr Marck/ vnd da sie die Römer widervmb darauß schlugen/ setzten sie sich nider in Asia/ vnd ward jhnen eyngeben von dem König Bithynie ein Landtschafft/ die von jhnen Gallograecia ward genennt. Darnach bracht sie Augustus vnder die Römer/ vnd nicht lang hernach empfiengen sie vom Heyligen Paulo das Christlich Gesatz/ wie bey dem Landt Galatia auch angezeigt wirdt.

Thessalia. Cap. cix.

ZWischen Macedonien/ Epiro vnd Attica/ ligt das Ländtlein Thessalia/ das also genennt ist von Thessalo einem streitbaren Jungen/ der mit Stercke diß Land erobert hat/ vnd vor jhm der Myrmidoner Statt ward genennt. Es hat auch etwan darvor geheissen Pyrrha/ vnd darnach Hemonia. Vmb diß Landt

Thessalia sind gar gähe/ hohe Felsen vnd Berg/ deshalben die Poeten ein Gedicht haben gemacht/ daß die grossen Rysen haben zusammen getragen viel Felsen vnnd Berg/ daß sie damit die Himmel stürmpten/ vñ den Gott Jovem darauß vertrieben. Es geschicht auch an dem Ort/ daß die grossen zufallenden Regen vnnd die abgehenden Schnee zum offternmal her für flötzen grosse Menschen Bein/ die nicht viel kleiner sind dann jetzund ein gerader Mensch ist: darauß abzunemmen daß die grossen Rysen vor zeiten da jhr Wohnung gehabt haben. Diß Landt wirdt jetzund von vielen Christen vnd Jüden bewohnet. Der Macedonische Sangiac hat alhie seinen Sitz/ welcher auß bevelch des Beglerbegs/ dem Türcken allwegen fünff hundert Pferdt in bereitschafft halten muß.

Epirus

Von dem Griechenlandt.

Epirus. Cap. cv.

Or vielen jahren hat das Landt Epirus ein besondern König gehabt/ vnd hat anfänglichen Molossa geheissen/ darnach zu den zeiten da Troja zerstört war/ hatten sie ein König der hieß Pyrrhus/ vnd von dem ward das Land Epirus genannt. Es sind vor zeiten in diesem Landt viel Stätt vnd Völcker gewesen: aber da es vnder dem Römischen Reich offt abfiel/ ist es vast verwüstet worden. Es haben nachmals die Keyser von Constantinopel diß Land vnder jnen gehabt/vñ vbergeben einem Geschlecht das hiessen die Despoten: aber der Türck Amurates hat hernach diß vnd andere Länder eyngenommen/ vnd die Christlichen Fürsten darauß vertrieben. Zu vnsern zeiten wird es Albania vnd Arta genannt/ wiewol auch ein ander Albania in Asia ist/ von dem hernach an einem Ort gesagt wirdt.

Epirus woher es genennet werde.

In diesem Landt ligt die Statt Nicopolis/ welche Augustus erbawen/ zur Gedächtnuß daß er daselbst Marcum Antonium vnd Cleopatram/ im Schiffstreit vberwunden/ diese Statt wirdt jetzt Prevesa genant. Ein andere Statt heisset Ambracia/ da der König Pyrrhus Hof gehalten: das ward Cleombroti Vatterlandt/ welcher sich selber/ nach dem er Platonis Buch/ von Vnsterblichkeit der Seelen gelesen/ auß Verdruß dieses zeitlichen Lebens/ von einem hohen Ort herunder zu todt gestürzt hat.

Von der Insul Creta. Cap. cvj.

Creta die Insul ligt auff dem Mittelländischen Meer/ schier mitten zwischen dreyen Theilen der Welt Europa/ Asia vnd Africa. Sie ist grösser als die Insul Cyprus vnd alle andere auff diesem Meer/ ohn allein Sicilia vnd Sardinia/ welche Cretam in der Grösse vbertreffen.

Es hat Creta je vnd allweg einen grossen Namen gehabt viel trefflicher Stätt halber so darinn gelegen. Dann vor alten zeiten hatte sie 100. Stätte. Dannenhero sie Hecatompolis, das ist/ Hundertstätt genannt worden. Zu Plinij zeiten waren deren nur 40. bekandt: vnd vnder denen sonderlichen berühmbt/ Cortina/ Cydonia/ Gnossus/ vnd Minois die Hauptstatt/ da König Minos 9. jahr regiert hat/ vnnd dannenhero Strabo der vortreffliche vnd verrühmbte Geographus bürtig gewesen. Bey der Statt Cortina/ ist ein verrühmbter/ künstlicher Labyrinth gewesen/ so Dedalus/ wie Plinius darvon schreibt/ auffgerichtet. Es wirdt noch heutiges tags in dieser Gegne vnden an dem Berg Ida ein Ort gewiesen/ da in den Berg oder Felsen vielerley Gäng gehawen seyn/ daß sich einer so deß Orts nicht wol erfahren/ darinn vergehen möchte. Vnd dieses vermeynen die Eynwohner seye dieser Labyrinth gewesen. Aber die Gelehrten/ so diese Gegne wolbesehen/ bezeugen/ daß selbiges Ort nicht der Labyrinth (als dessen schon zu Plinij zeit

Strabo.

VVVV

1442　Das sechste Buch

niß zeiten/wie er selbsten bezeuget/keine Anzeigungen mehr vorhanden waren) sondern ein alter Steinbruch gewesen/da man nach vnd nach Stein außgehawen/vnd also das Erdtrich mit vielen dergleichen Gängen vndergraben habe/wie man dann dergleichen auch in Italia sicht/nicht weit von der Statt Vicenza. Es ist diese Jnsul langlecht/hält in der Länge 215000.schritt/in der breyte 45000.vnd in jhrem Vmbkreiß 455000.oder wie andere darvon halten 525000.schritt. Sie hat jetzund nur 4.achtbare Stätt/die alle an dem Meer gegen Mitnacht gelegen sindt/so auch 4. Provincien machen/in welche das gantze Land außgetheilt wirdt. Die 1.ist Sittia: Die 2.Candia die Hauptstatt/von deren auch jetzund die gantze Jnsul Candia genannt worden. Die 3.Retimo: vnd die 4.Canea gegen Nidergang zu gelegen/welche wol bevestigt/vnd nach Candia die vornembste ist.

Diese Jnsul hat erstlich L.Cæcilius Metellus der Cretenser in der Römer Gewalt gebracht in dem jahr von Erbawung der Statt Rom 685. Hernach ist sie an die Constantinopolitanische Keyser kommen/welche sie lange zeit beherrschet haben. Balduinus ein Graf von Flandern/vnd Keyser zu Constantinopel hat sie vbergeben Bonifacio Marggraffen von Montferrat/von welchem sie endtlichen die Venetianer in dem jahr Christi 1194.vmb ein grosse Summa Gelds/an sich erkaufft/vnd biß auff heutigen Tag beherzschet haben.

Der Berg Jda.　Vnder allen andern Bergen die darinnen gefunden werden/wird der Berg Jda tresslich gepriesen seiner Höhe halb/vnd ligen gerings vmb jhn Stätt vnd Flecken. Das gantze Land ist voller Berg vnd Thäler/hat auch viel Wälde/vnd besunder schmeckt die Jnsul starck nach Cypressen Bäumen/deren etlich Berg voll gefunden werden. Es schreibt Plin.dz vff ein zeit ein Berg in Creta ward bewegt von einem Erdbidem/vnd da kam herfür ein Menschen Cörper/der war 40.Elenbogen lang gewesen. Deßgleichen schreibt Sabellicus/daß vor kurtzen zeiten ein Menschen Hirnschal herfür gegraben ward/die war so groß als ein ziemlich Faß/vnd da man es mit Händen wolt angreiffen zerfiel es in eytel Aschen. Es wirdt kein schädlich Thier in dieser Jnsul gefunden/als Wölff/Füchs/Schlangen vnd dergleichen/aber der nutzen Thier ist es voll/außgenommen die Hirtzen. Es hat gute Weyd vnd ein guten Grund zu der Frucht.

Ein sehr grosser Cörpel gefunden. Ein sehr grosse Hirnschal gefunden.

Malvasier wo er herkompt.　Es wächst auch darinn der in aller Welt bekandte vnd edelste Wein/der Malvasier: vnd dieser ist erstlichen auß der Jnsul Chius dahin gebracht worden/welcher darinn auff einem Promontorio oder Vorgebürg Arvisio genannt gewachsen/vnd daher auch der Wein Arvisio genannt worden/darauß hernach Marvisio vnnd Malvisio/vnnd bey vns Teutschen Malvasier worden. Andere aber wollen jhn also heissen von dem Berg Malva. Es wächst auch in Candia der Zucker/wie auch eine grosse Menge der Börlein darauß man die rohten Tücher färbt/welches der Herrschafft Venedig ein grosses einträgt. Es werden auch da mächtige grosse Pomerantzen/Citronen vnd Cedernbäum gesehen/deren Aepffel trucken die Eynwohner auß vnd machen gantze Fässer voll Sasst darauß/so sie mehrertheils nacher Constantinopel verhandlen.

Es wächst auch der Zucker darinn/vnd in summa diese Jnsul ist in allen Dingen fruchtbar/vnd leydet kein wild oder gifftig Thier. Doch wirdt diß Vbel darinn gefunden/so ein Fraw ein Menschen kratzt oder beist/muß der Mensch darvon sterben.

Die Cretenser vben sich sonderlichen mit den Handtbögen/welches sie von jhren Vorfahren habe/vnd seyn mit diesen Bögen so gewiß/daß sie es auch den Türcken zu rahten geben.

Die Herschafft Venedig solt jährlichen in die 8.thonen Goldts auß dieser Jnsul einkommen haben/

aber

Von dem Griechenlandt. 1443

aber dises müssen sie alles widerumb an die Insel wenden zu bevestigung vnd verwahrung der Insel vnd ander Sachen. Sie setzen alle 3. jahr einen Hertzog oder Statthalter dahin/ so das Landt regiert.

Als die Venediger die Insul besetzen wolten mit jhren Bürgern/ so mit Weib vnd Kindt dar gezogen/machten sie folgende Geding mit denselbigen im jahr 1212.

Erstlich gaben sie jhnen alle Recht vnd Gerechtigkeit zu Wasser vnd Landt/ so dieselbige Insul je gehabt.

Theilten die gantze Insel in 132. Ritterschafften vnd 48. andere Lehen/ welche die Insul im Namen der Statt Venedig innhalten solten.

Die Statt Candia sol zu den vier Orten/ allwegen ein halbe meil wegs Lands vmb sich haben/ deßgleichen das Schloß Temalo/ vnd dieselbigen sollen mit aller jhrer Zugehör der Statt Venedig außgedingt seyn.

Fünd man ein Bergwerck von Goldt oder Silber/ oder sonst ein Schatz der an Goldt/ Silber verborgen/ oder in den fliessenden Wassern/ dasselb sol der Statt Venedig zugehören.

Sonst sol ein jeder Ritter in Außtheilung der gantzen Insul/ 7.Theil der Insul/ ein Lehenman viertheil besitzen/ dieselben mag er mit fug/ Recht vnd eigens Gewalts verkauffen/ verschencken/ vertauschen/ oder hinfür ewiglich besitzen ohn männiglichs eynreden.

Jedem derselben sollen auch in der Statt Candia ein behausung mit jren Gärten eyngeraumbt werden/ nach jedes Stand/ wie es dann dem Hertzogen oder seinem Anwald gefallen wird. Desgleichen sollen jhnen Wiesen vnd Felder eyngeben werden/ darauß er seine Pferd erhalten mög.

Aber solche jre Güter sollen sie andern dann Venedigern nicht zu kauffen geben ohn vorwissen des Hertzogen vnd Rhats.

Bey jhrem Endt sollen sie die Insel beschützen/ schirmen/ sie vnd jhre Nachkommen/ zu ehren vnd Frommen der Statt Venedig jhr lebenlang/ nach jrem Todt jhre Kinder/ vnd so dieselben nicht alt genug/ sollen sie für ein jeden/ ein Person so tauglich/ darstellen. Doch daß dieselb dem Hertzogen gefellig seye.

Die Lehenleut so zu fuß sind/ sollen wie je der Brauch/ gerüst seyn mit jrer Gewehr/ Harnisch vnd Waffen.

Der Kirchensatz in der Insel soll des Hertzogen vnnd der Statt/ auch frey sein/ soll dz Eynkommen haben das jhnen der Hertzog vnd Rhat schaffen werden.

Alle Venediger sollen sicher Geleidt in der Insel haben für Leib vnd Gut/ Zollfrey seyn/ in zu vnd von fahren/ vnd geschehe einem Venetianer schaden/ daß er in der Insel das sein verlüre/ soll man jhm ohn allen argen list wider darzu helffen.

Jhren Gewerb vnd Kauffmanschatz sollen die Venediger in der Insel frey haben.

Sonst soll man niemandt den Paß vergönnen ohn des Hertzogen erlaubnuß.

Ertzbischoff/ Bischoff/ soll allwegen auff Weynachten/ Ostern/ S. Marxen/ vnd S. Viti tag/ im Thumb die Ordnung vorlesen.

In vier jahren demnach sie in die Insel kommen/ dörffen sie gantz vnnd gar nichts zahlen/ sollen frey sitzen in allem dem das sie haben/ sonst soll die Ritterschafft järlich 600. Perperi zahlen: das ist/ auff 800. Ducaten/ daran dann die andern Lehenleut auch jren theil geben sollen/ so viel sich jedem zeucht. Jede zeit sollen sie dem Hertzogen vnd Statt gehorsam vnd trew seyn.

Käm der Hertzog in die Insel/ soll man jhm in der Proceß entgegen ziehen/ vnd die höchste Ehr beweysen so man erdencken mag.

Alle fünff jar/ oder so der Hertzog das haben will/ soll man die Ordnung fürhalten/ vnnd wo sich jemands hieran vergriffe/ fürsetzlich darwider thet/ der soll all sein Gut so er in der Insel hat/ verfallen seyn/ damit man andere Ritter vnd Lehenleut an sein statt erhalten möge.

Euboea oder Nigropont. Cap. cvij.
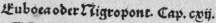

IN vnsern zeiten heißt die Insel Nigropont/ vnd ligt gegen Athen vber/ wie du sehen magst in der Griechischen Landtafel. Sie hat vor alten zeiten Abantis geheissen von der Statt Aba in Phocide gelegen/ vnd darnach Ocha von dem grösten Berg der darinn gefunden wird/ vnd Hellopia von Hellope. Es schreibt Strabo, daß zwey Wässer in dieser Insel gefunden werden/ die haben zwo widerwertige Naturen: dan so die Thier von dem einen trincken/ vberkommen sie weiß Haar/ vnd so sie von dem andern trincken/ vberkommen sie ein Schwartzen Beltz. Eins heißt

Deß berühmten Philosophi Aristotelis Bildnuß.

VVVV ij   Cerus

Das sechste Buch

Cerus/ vnd das ander Neleus. Zu den zeiten ist die Haupstatt in Euboea gewesen Chalcis/ in welcher Aristoteles der groß Philosophus/ die weil er gelebt hat/ sein wesen gehabt. Bey dieser Statt findet man viel Quellen heisses Wassers/ die trefflich krefftig sind wider mancherley Kranckheiten die damit zu heilen. Man schreibt auch von dieser Jnseln/ das sie gar ein holen Grund hab/ vnnd viel Erdbidẽ darinn geschehen/ vnd die so groß daß auff ein zeit ein gantze Statt darinen versuncken vnd vndergangen ist.

Ciclades Jnseln. Cap. cvitj.

Vnder der Jnsel Euboea ligen im Meere viel kleiner Jnseln/ ettliche haben jhren gezelt 53. vnder welchen Delos die fürnemeste ist/ vnd werden genannt Ciclades von dieser vrsach willen/ daß sie vmb die Jnsel Delum ligen/ gleich als ein Circkel. Eine von jhnen heißt Pathmos/ in welche Johannes der Evangelist gleich als in das Elend geschickt ward. Sie hat zu vor Posidium geheissen/ aber jetzund nennt man sie Palmosum. Amathus ein andere ist Metallreich. Jn Anticyra wechßt viel Nießwurt. Jn Chia wechßt Mastir. Die andern haben jhre Nammen verendert/ vnd werden zu vnsern zeiten also genennt: Sdile/ Tino/ Andre/ Zea/ Fermene/ Siphano/ Milo/ Nio/ Amurgo/ Pario/ Nicosia/ Heraclia/ Zinara/ Leuita/ Micalo/ Nicaria/ Jero/ Calamo/ Stampolia/ S.Erini/ Namphio/ rc. Wie gesagt/ ist Delos die fürnemste Jnsel vnder disen kleinen Jnseln/ vnd hat der Abgott Apollo in jhr ein herrlichen Tempel gehabt. Sie wird auch groß geachtet der Gewerb halb so die Kauffleut darinn treiben. Sie begrifft in jhrem Circkel 5000. Schrit. Aber die Jnsel Andros begrifft vmb sich 93000. Schritt. Die Jnsel Delos ist vor alten zeiten ein besondere Kauffstatt gewesen der gefangnen Leuten/ deren man ettliche tausent auff ein tag dahin bracht hat vnd sie verkaufft. Dann als die Römer vertilget hetten die zwo nambhafftige Stätt Carthaginem vnd Corinthum/ vnd ohn außsprechliche Reichthumen von jhnen erobert/ haben sie vieler Knechten bedörfft/ die haben sie zu Delo kaufft. Welches den Meerraubern vrsach gab/ daß sie von tag zu tag oberhand namen/ vnd sahẽ die König von Cypern/ vnd die König von Egypten durch die Finger/ desgleichen die Rhodyser/ welche alle den Syrern auffsetzig waren/ vnd war niemandt der den Meerräubern widerstund/ vnd nam also zu die Tyranney auff dem Meere/ vnd wurden die Menschen geachtet wie das Vieh/ wie dann zu vnsern zeiten solche Tyranney grawsamlich auch im schwanck ist zu Landt vnd zu Wasser/ besonders bey den Türcken.

Thracia. Cap. cviitj.

Dieser dingen zu weiterm verstandt/ so ich hie vnder dem Titel Tracie schreiben will/ soltu für dich nemmen die Tafel des Griechenlandts/ so findest du die Gelegenheit Tracie vnder der Statt Bysantz/ die darnach Constantinopel ist genannt worden. Du sichst auch in derselbigen Tafel/ wie sich das Erdtrich zusamen thut/ vnd das Meere so gar eng wirdt an zweyen örtern/ nemblich in Hellesponto vnd Bosphoro: aber zwischen disen zweyen engen Gängen sich auffthut/ vnd Propontis in derselbigen weite genennt wirdt. Darvon will ich nun schreiben. Vnd dieweil vor zeiten das Römisch Keyserthumb dahin kommen ist auß Jtalia/ vnd deshalben auch diß Landt Romania genannt ist worden/ wär gar viel hie zu sagen: zum ersten von dem Landt Thracia vnnd seinen alten Völckern: zum andern von der Statt Bysantz oder Constantinopel: zum dritten vom Meere vnd seinen Jnseln: zum vierdten von dem Keyserthumb Constantinopel/ vnd wie das von dem Türcken vmbkehrt ist worden.

Des ersten halb soltu mercken/ dz Thracia gegẽ Aufgang an das Euxinisch Meer stosset/ welchs jetzt genennt wirt Mar maggiore/ desgleichen an den Bosphorum Thracium/ so jetzt Stretto di Constantinopoli genennt wirt/ vnd an den Propontidẽ/ welches Mar de Marmera genẽnt wird. wie nit weniger an den Hellespontum/ oder an das Stretto di Gallipoli. Gegen Mitternacht wirt Thracia beschlossen/ mit dem Berg Hæmus: gegen Nidergang mit dem obern Mysia/ vnd einẽ theil Macedonia. Gegen Mittag aber mit dem Archipelago oder Egeischen Meer. Diß land hatt 10. tagreissen in die länge/ von dem Wasser Styrmon/ das Macedoniam von Thracia vnderscheidet/ biß an das Euxinisch Meer vnd 7. Tagreissen in die breite. Von dem Berg Hämo/ biß an das Stretto di Constantinopoli. Die fürnemsten Berg dises Lands sind Hæmus/ Rhodope/ welcher stätigs weiß ist von schne/ vff welchem Orpheus sol gsungen haben. Orbellus/ Pangæus/ welcher vil silbergrubẽ hat. Die fürnemsten flüß sind Hebrus oder Mariza/ welcher Goldsand führt/ vñ neben Trajanopoli herfleust. Thearus dessen Wasser sehr gut ist in allen Kranckheiten/ sonderlich der bösen Raud der Menschen vnd des Viehs/ Nessus/ oder Mestro/ rc. d'Erden vnd des Hiũels halben ist Thracia nit fast fruchtbar. Es ist auch das Land nit temperiret/ außgenõmen wo es an dz Meer stöst. Es ist ein kalt Land/ vnd des halben was man in das Erdrich seet/ kompt schwerlich herfür. Man findt nit viel Obsbäum darin. Es hat auch Weinräben/ aber sie mögen nicht wol zeitige Frucht bringen/ man helff jhnen dann mit dẽcken wider die Kelte. Jr fürnemste Stett seind gewesen Apollophania/ Enos/ Nicopolis/ Callipolis/ Perinthos/ Byzantium/ die darnach von Constantino ist genennt worden Constantinopolis/ vnd ward auch gemacht ein

Die Statt

Die Statt Constantinopel

So vor zeiten Byzantium genant/ darnach ein Haupt vnd Sitz worden ist deß Orientalischen Keyserthumbs/ auch wie sie noch zu vnsern zeiten deß Türckischen Keysers Wohnung vnd Sitz ist.

Constantinopel deß Griechischen Keyserchum

Es hat die Statt Constantinopel noch auff den heutigen Tag viel alter vnd verfallner Gebew/ wie diese Pictur anzeigt: sonderlich aber steht noch zum theil der Herrlich Tempel Sanct Sophie/ Keysers Constantini Pal=

Erklärung etlicher fürnemen

A Da ist ein gewundene Säul/ die sol von einem Stein gemacht seyn 24. Claffter hoch
B Die Säul wird genennt die Historisch Säul: dann es sindt viel Historien darinn verzeichnet
C An diesem Ort hat sich gehalten der Patriarch zu Constantinopel / dessen Abcontrafehtung dir in nachgehendem Blat fürgemahlet/ vnd augenscheinlich zu sehen ist
D Diß ist S.
E S. Peters
PERA. Von (oder Gallat

uptstatt/ im Land Thracia am Meer gelegen. 1447

last/ vnd sonst ein ander rotunder Palast/ so dieser Keyser auch gebawen hat neben Sanct Sophien Tempel/ wie der zum grössern theil verfallen ist.

ptstatt Constantinopel.

F An diesem Ort an der rechten Händt am Meer ligen die Büchsen so der Türck vor Griechisch Weissenburg/ Rhodyß vnd Ofen zu vnsern Zeiten genommen hat.

vber das Meer/ vnd haben die Türcken vnnd auch die Jüden daselbst/ ausserhalb der Ringmawr ihre Begräbnuß/ wie die auffgerichten stein anzeigen

VVVV iiij   Königs

1448 Das sechste Buch

Königliche Statt/ein Stul des Reichs in Orient/ein Seul der Griechen/vnd ein Heuptstatt des gantzen Orients. Diß Landt hat vorzeiten gehabt grimmige vnd rauhe Leut/von denen auch Herodotus schreibt/daß sie jrer Stercke halb vnvberwindtlich hetten mögen seyn/wann sie gleich gesinnet wären gewesen/vnd von einem Menschen hetten mögen geregiert werden. weil aber das jhnen zu schwär war/seind sie schwach vnd blöd gegen jrem Feind gewesen. Es seind vnder jhnen Völcker gewesen/die besundere Nammen vnd Sitten gehabt/alß die Gothen/die haben geglaubt daß sie nicht sterben/sonder daß sie nach dem leiblichen Todt führen zu jhrem Gott Salmoxim. Dieser Salmoxis war ein Jünger gewesen Pythagore/vnd da er wider heim zu Landt kam/vnd sahe daß seine Landtleut in Thracia vbel lebten/schreib er jhnen Gesetz für/vnd verhieß dem Volck so die Gesetz hielten/daß sie an ein frölich Ort nach dieser zeit kommen wurden/da sie allwegen in wollüsten leben wurden. Vnd nach dem er das Volck also vff sein Meynung bracht hatt/macht er sich auß dem Lande/vnd verschwand vor den Augen des Volcks/darumb sie auch anfiengen jhn für ein Gott zuhalten. Diese Gothen haben im brauch gehabt/wann es donnert daß sie gegen dem Himmel geschossen haben/vnd gleich jhrem Gott damit gedröwet. Es ist darnach ein ander Volck gewesen/daß hat Trausi geheissen/die haben den Brauch gehabt/wann ein Kind ist geboren/sind die nechsten Freundt zusammen kommen/vnnd vmb es gesessen/vnd geweinet/vnd damit erzehlt was Angst vnd Noht es in diesem Leben haben müßt. Aber wann ein Mensch gestorben war/haben sie den Leib mit Freuden vnd Spielen zum Grab getragen/vnd damit verkündiget was er für Arbeitseligkeiten entlediget/vnd jetzundt kommen wäre zu einem seligern Leben. Es ist noch ein ander Volck in Thracia gewesen/das vber den Chrestonem gewohnet hat/vnd bey den selbigen hatt ein Mann viel Weyber/vnd wan er gestarb/erstund vnder seinen Weybern ein Gezänck/welche jrem Mann die liebste wäre gewesen/vnd deshalben kamen auch zusammen die nechsten Freundt vnd besatzten Gericht/vnd welche die liebst erkannt ward/vnd diese Ehr erlangt/die ziert vnd schmuckt sich auff das aller hübscht/vnd ward mit Ehren von den Frunden zu des Manns Grab geführt/vnd von dem allernechsten zu todt geschlagen/vnd mit dem Mann begraben. Aber die andern Weyber weinten vnd hetten es für ein grosse Schmach daß sie der Ehren beraubt wurden. Bey diesen Völckern hat man es für ehrlich gehalten zuleben von dem Raub/vnd dargegen ist ein verächtlich ding gewesen/Nahrung zusuchen von dem Erdbaw. Es haben die Thracen gerader Personen halb alle Menschen vbertroffen/sie haben gehabt ein groß Gesicht/vnd ein harte erschreckliche Stimme/vnd seind vast alt worden. Sie haben kleine vnd nidere Gebew gemacht. Wan sie ein König erwehlt haben/sahe man nit an den Adel deren die da wehlten/sonder die zahl der Stimme. Dann das Volck hat erwehlt einen der tugentreich/milt/vnd alt von jaren war/vnd der kein Kindt hatt/vnd wann er im Regiment Kinder vberkam/wurd er wider vom Königlichen Gewalt entsetzt: dann sie verhüteten in allweg dz das Königreich nicht erblich wurde. Es hett der König bey jhm sitzen in den grossen Reichshändlen viertzig Mann/vnd dorfft kein Sach allein vrtheilen wie gerecht er war/vnd wann er in einer sünd ergriffen ward/mußt er auch sterben/nit daß man Hand an jn legte/sonder man nam jhm allen Gewalt/vnd ließ jhn Hungers sterben.

Patriarch zu Constantinopel.

Constantinopel. Cap. cxx.

Jse Keyserliche Statt ist ansegklich Lygos genennt worden/vnd dazumal ein kleiner Winckel gewesen: aber darnach hat sie Pausanias der Lacedemoviern oder Spartanern Hertzog anders zugericht/vnnd so viel alß von newem erbawen/vnd die sieben jahr lang besessen/vnd sie genannt Byzantium/sie auch gemacht zu einer feinen Hauptstatt

Von dem Griechenlandt. 1449

statt deß gantzen Landts Thracie. Darnach ist sie etwan gewesen vnder den Atheniensern/ etwan vnder den Lacedemoniern/ nach dem die oder diese Glück auff jrer seiten haben gehabt. Zur zeit K. Severi als Bescenius sein Todtfeind dise statt eyngenommen/ da ist d' Keys. dahin gezogen/ vnd weil er sie mit gwalt nit eynnemmen können/ hat er sie durch eine dreyjärige belägerung also geänstigt/ dz sie auß mang l anderer speiß/ Menschen Fleisch zu essen gezwungen worden. Als entlich die Statt dem Keyser vffgeben worden/ da hat er sie aler Freyheit beraubt/ alle Kriegsleut vnd Obrigkeiten erwürgt/ die Mawren zerstört/ aller Bürger Güter verkaufft/ vnd jre Felder den Perenthieren geschenckt. Also ist diese edle Statt mit der zeit widerumb abgangen/ vnd ein schlechte statt worden/ biß zu letzt d' groß K. Constantinus ein Rahtschlag fasset/ wie er leichlich den Persiern vñ Parthiern möcht entgegen kommen/ vnd widerstand thun/ die vil herauß fielen/ vnd schädigten die Länder so d' R. Reich in Orient hatte. Es legten jm auch etliche zu/ daß er jm auch hett fürgenommen zu bawen eine Statt/ vnd deren ein Namen geben nach seinem Namen/ vnd da er jm nachtrachtet wo er sie hin wolt setzen/ vermeynt er zu ernewern die alte Statt Ilium oder Trojam/ so die Griechen vor langen zeiten hatten zerbrochen: aber es kam jm bey nacht ein anders in Sinn/ daß er sein Fürnehmen erstrecken solt in der Statt Bisantz. Demnach ließ er das Ort besichtigen/ vnd erkundigen alle Gelegenheit deß Meers vnd deß Luffts/ vnd fandt auch daß es lustig da war/ ein temperierter Lufft/ ein fruchtbarer Grund vmb die Statt/ vnd ein guter satter Boden an dem Meer/ da fienge er an zu bawen auffs allerköstlichst/ beraubet Rom vnd andere mächtige Stätt/ vnd henckts alles an die Statt/ wie dann auch S. Hieronymus schreibet/ dz er gar nahe alle Stätt entblöst habe/ damit er das new Rom zieret. Er ließ jhm auff dem Meer ein herzlichen vnd Keyserl. Pallast auffrichten/ darnach erweitert er die Statt vnd ließ darumb führen ein mächtige Maw: er ziert die Statt mit hohen Thürnen/ Kirchen/ vnd ließ alle ding so schön vnd köstlich machen/ daß es mehr der Götter dann der Menschen Wohnung möchte geschetzt werden. Er richt darin vff ein mächtige Porphyrische säul/ die er von Rom hette lassen bringen/ die war mit vielen Möschen Ringen vmbfaßt/ vnd darauff stund ein bildnuß gehawen/ aber zerfiel hernach vnder Alexio Comneno, von einem Erdbidem. Es wolt auch gemelter K. Constantinus dz man die Statt nennen solt new Rom/ vñ die Landschafft darumb Romaniam/ das ist/ Römisch land: aber das gemein Volck nam mit jhrer Red vberhand/ vnd nennten sie jrem Bawherrn nach Constantinopel. Aber die Türcken nennen sie zu vnsern zeiten Apolei vnd Stampolei, oder Stampolda/ das vff Teutsch so viel heist als ein weite Statt. Es ist auch nicht darbey blieben was er darin gebawen hat/ sonder die nachgehenden Keyser haben sie für vnd für gebessert vnd gezieret. Sie ist dreyeckecht gewesen/ vnd hat zwo seiten am Meer gehabt/ vnd eine am Land. So viel von der Statt vnd wie sie erbawen ist. Allernechst darbey ligt ein kleine Statt die heist Pera: Aber die Türcken nennen sie Ballata/ vnd ist zwischen beyden Stätten ein Arm deß Meers/ der ist etwan ein Büchsenschutz breyt/ den man doch vmbgehen mag/ vnd da haben die Juden vnd die Bürger zu Constantinopel jre Begräbnuß in Gärten vnd andern vmbzäunten Aeckern. Es hat diese Statt Constantinopel zwo grosse Brunsten außgestanden: die erste vnder Leone dem grossen/ vnder welchem die Statt von einem Meer zum andern verbrunnen/ vnd hat das Fewr 4. tag gewärt/ auch das grosse Rahthauß verzehrt/ sampt dem Keyserl. Pallast. Die andere Brunst/ welche vnder dem Keyser Basilisco entstanden/ hat neben vielen Gebäwen die wundersame grosse Bibliotheck hingenommen/ in welcher 20000. Bücher gewesen sind: es sol darinn der gantze Homerus mit güldenen Buchstaben/ vff eines Trachen Eyngeweyd/ so 120. schuh lang war/ geschrieben gewesen seyn. Vnder dem Keyser Anastasio ist diese Statt durch einen schröcklichen Erdbiedem mächtig verderbt worden. Anno 1509. den 14. Sept. ist diese Statt vnder Bajaceto dem 2. durch einen solchen schröcklichen Erdbiedem angegriffen worden/ daß in demselbigen in die 13000. Menschen zu Grund gangen.

Daß du aber auch ein Bericht habest deß Meers bey Constantinopel/ solt du mercken/ daß das Meer ob vnd vnder Constantinopel viel Namen hat. Vber Constantinopel gegen Mitnacht heist es Pontus Euxinus (vrsach deß Namens laß ich hie fallen) vnd ist mächtig weit: aber bey Constantinopel zeucht es sich in ein Enge/ daß es von Europa in Asia vber das eng Meer nicht mehr dann vier Stadia sind: das ist/ ein halbe Welsche Meil: dann ein Stadium helt 125. Schritt/ vnd 8. Stadia machen ein Italiänische Meil: das ist ein viertheil von einer Teutschen Meilen. Diese Enge heist Bosphorus Thracicus, v'd ist 120. Stadia lang/ vnd heist am selbigen Ort Propontis. Darnach thut es sich widerumb zusammen vnd wird gantz eng/ also daß von Europa in Asiam vber dasselbe Meer seynd nicht mehr dann sieben Stadia/ vnd heist am selbigen Ort Euripus oder Hellespontus, vnd darnach geust es sich weit in das Egeisch Meere. In Hellesponto ligen zwo Stätt gegen einander/ eine in der Chersoneso/ die heist Sestus vnd die ander in Asia/ die heist Abydus/ die hat vor zeiten der mächtige König Xerxes mit einer Brücken zusammen gehefft/ vnd ein Zeug mit sieben hundert tausent Mannen zu Roß vnnd zu Fuß darüber geführt. Hellespontus wird jetzt genannt Stretto de Gallipoli, vnnd die zwey Schlösser Sestus vnd Abydus/ werden in Türckischer Spraach genannt Bogazaslar: das ist/ Schlösser an der enge des

Meers.

1450   Das sechste Buch

Meeres. Die erste Enge die Bosphorus heißt/ist also genennt worden/daß ein Ochß darüber schwimmen mag. Dann Bosphorus ist ein Griechisch Wort/vnd heißt zu Teutsch Ochsenfurt/ man nennt diese Enge auch zu Teutsch S. Görgen Arm. Die Insel Taurica im Meotischen See gelegen/haben inngehabt die Tartarn Blancen/die vorhin gewesen war der Genueser. Aber es ist zuletzt kommen Mahomet der acht Türckische Keyser/vnd hat sie mit gewalt eyngenommen. Drey Stett ligen darinn/nemlich Solat/Kirckd vnd Caffa/vnd zwey Schloß/Mankup vnd Azaw. Die Statt Solat nennen die Tartarn Crim: aber Caffa ist vorhin Theodosia genennt worden. Die Insel heißt jetzundt Precop/vnd das Volck darinn fallt offt herauß/thut grossen schaden in Reussen/in der Littaw/in Polandt/ꝛc. Ein anders Insel ligt im Egeischen Meere/nicht gar ferr von Thracia/die heißt Samos vnd auch Samothracia/in welcher geboren ist der groß Philosophus Pythagoras/vnd auch eine auß den Sibyllen/die Sybilla Samia geheissen hat. Doch wöllen die andern das verstehn von der Insel Samos die im Icarischen Meere nicht weit von Epheso ligt. Vnder dieser Insel ligt ein andere Insel/heißt Lemnos/vnd ist grösser dann Samos/vnd ligen zwo Stett darinn/Myrina vnd Ephesia. Es haben die Poeten gedicht/daß Juno jren vngeschaffnen Sohn Vulcanum in die Insel gewerffen hab. Sie wird zu vnsern zeiten genennt Steleminum.

Taurica
Chersonesus

Samos.

Lemnos.

Die Keyser zu Constantinopel. Cap. cxvj.

Constantinus der Groß/der Byzantium erweitert hat. 2 Constantinus sein Sohn. 3 Julianus des grossen Constantini Brudern Sohn. 4 Jouinianus geboren auß Pannonia. 5 Valentinianus ein Sohn Graciani/geboren in Pannonia. 6 Gratianus ein Sohn Valentinani. 7 Theodosus der grösser geboren in Hispania. 8 Arcadius des vordrigen Theodosij Sohn. 9 Theodosius der Jünger/ein Sohn des vordrigen Arcadij. 10 Leo ein geborner Griech. 11 Zeno des vordrigen Leonis Sohn. 12 Anastasius geboren von einem nidern Geschlecht. 13 Justinus geboren in Thracia von einem Kühirten. 14 Justinianus des vordrigen Justiniani Schwester Sohn. Dieser hat alle Recht reformiert/vnd in ein kurtzen begriff verfaßt. 15 Justinus der jünger/Keysers Justiniani Tochter Sohn. 16 Tiberius des vordrigen Justiniani Hofmeister. 17 Mauritius geboren auß Cappadocia/des vordrigen Tiberij Tochterman. 19 Phocas ein Verweser des Lands Scythix. 19 Heraclius ein Sohn Heracliani des Feldhauptmans. 20 Constans Heraclij Sohns Sohn. 21 Constantinus des vordrigen Constantis Sohn. 22 Justinianus der jünger/des vordrigen Constantini Sohn. 23 Philippus geboren von einem Edlen Geschlecht. 24 Anastasius ein frommer vnd auffrichtiger Mann. 25 Theodosius der dritt. 26 Leo von Jsauria/geboren von einem nidern Geschlecht. 27 Constantinus des vordrigen Leonis Sohn/ein böser Mensch. Vnder diesem Keyser ist Teutschlandt zum Christlichen Glauben bekehrt worden. 28 Leo der Vierdt des vordrigen Constantini Sohn. 29 Nicephorus des vordrigen Leonis Bruder/wiewol Leonis verlaßne Gemahel mit sampt jhrem

Sohn Const ntino 10. jar regirt hat. Die Keyserin hieß Irene/vnd vnder jrem Regiment ward der groß Keyser Carle Keyser in Occident gemacht/vnnd also das Keyserthumb in zwey theil zertrent/nach dem es in Orient war gewesen 468. jahr. Vnd haben wir nun zwo Linien dieser zweyerley Keysern/deren zu Constantinopel vnd deren hie aussen in der Lateinischen Kirchen.

Der

Von dem Griechenlandt.

Der Lateinischen Keysern Liny vnd Ordnung von dem grossen Keyser Carle biß auff vnsere zeit/ hab ich gesetzt hie vornen im Teutschen Landt: aber hie will ich nun beschreiben die Nammen vnd Zahl der Constantinopolitanischen Keysern/ wie sie von den zeiten des grossen Keysers Carlen nach ein ander seind/ biß zu der zeit daß der Türck Constantinopel eyngenommen hat mit sampt dem gantzen Keyserthumb. 30 Michael Nicephori Tochtermann hat fünffthalb jahr regiert. 31 Leo ein Hauptmann des Heerzeugs in Orient. 32 Michel in Phrygia von nidern Geschlecht geboren. 33. Teophilus des vordrigen Sohn. 34 Michael des vordrigen Theophili Sohn. 35 Basilius ein frembder vnd vnbekanter Mann kam zum Reich. 36. Leo der 5. dieses Nammens. 37 Leo des vordrigen Basilij Sohn. 38 Alexander auch ein Sohn Basilij/ vnnd Bruder Leonis. 39 Constantius des nechsten Keysers Leonis Sohn. 40 Romanus des vordrigen Constantini Sohn. 41 Nicephorus/ Phocas eins Hauptmans Sohn. 42 Johannes Zimisces ein berümpter Ritter. 43 Basilius des vordrigen Keysers Romani Sohn. Constantinus des vordrigen Basilij Bruder. 45 Romanus Argyrus des vordrigen Constantini Tochtermann. 46 Michael des vordrigen Romani verlassen Gemahel anderer Mann. 47 Michael Calaphates von nidern Geschlecht geboren. Constantinus Monomachus ein vnnützer Mensch. 49 Theodora Keyserin. 50 Michael. 51 Isacius Commenus. 52 Constantinus Ducas. 53 Eudocia Keyserin/ Constantini verlaßne Wittwe. 54 Romanus Diogenes/ Eudocie ander Ehemann. 55 Michael des vordrigen Constantini Duce Sohn. 56 Nicephorus Botaniates/ geboren von grossem Geschlecht. 57 Alexius Commenus ein Sohn Isacij Commeni. 58 Calojohannes/ des vordrigen Alexij Sohn. 59 Manuel/ Calojohannis Sohn. 60 Alexius ein Sohn Manuelis. 61 Andronicus nahe verwandt Keyser Manueli. 62 Isacius Andelus/ auß Peloponneso zum Keyserthumb berüfft. 63 Alexius Angelus/ Isacij Bruder. 64 Alexius der jünger/ ein Sohn Isacij. Von diesem ist das Keyserthumb zu Constantinopel kommen an die Frantzosen. 65 Balduinus ein Graffe auß Flandern/ ist erwehlt Keyser zu Constantinopel/ Anno Christi 1202. Vnd da haben die Lateiner das gantz Keyserthumb eyngenommen/ ohn allein Adrianopel/ in welche Statt die fürnemesten Griechen geflohen waren/ vnd den Lateinern nicht wolten vnderthänig seyn. Es enthielt sich darinn Theodorus Lascaris/ der Alexij Angeli Tochter zu der Ehe hate/ vnd warff sich auff zum Keyser/ vnnd wolt auß dieser Statt das Keyserthumb an sich ziehen/ wie er auch mechtige Stett vnder sich brachte/ Smyrnam/ Satalcam/ Rhodum/ vnnd sonst viel Inseln im Egeischen Meere. Als aber Balduinus der Keyser von Constantinopel die Statt Adrianopel belägert/ vnd die Belägerten angerüfft hatten der Walachen König/ fielen die in der Statt herauß/ vnd ergriffen Keyser Balduinum vnd tödten jhn/ als man meynt: vann er ward in der Belägerung verloren. Die andern sprechen/ er sey sonst gestorben/ vnd hab seinem Bruder das Keyserthumb vbergeben. Darnach Anno Christi 1225. stund auff in Flandern ein Bub mit frembden Kleydern angethan/ vnd mit einem langen Bart/ der gab sich dar für gemeldten Keyser Balduinum/ vnd vberredt das gemein Volck daß es seiner Red glauben gab. Dann er sahe jhm gantz gleich an der lenge vnd allen Gliedmassen. Des halben ward er beschickt von Bischöffen vnd grossen Herren/ vnd gefragt/ an welchem Ort oder Stat er dem König geschworen hett/ wo vnd von wem er die Ritterschafft empfangen/ an welchem Ort vnd an welchem Tag er Mariam von Schampania zu der Ehe genommen. Vnd als er nicht wußt auff diese fürgelegte Fragen antwort zu geben/ nam er drey Tag darauff sich zu bedencken/ darauß man leichtlich mercken mochte daß er mit Büberey vmbgieng. In summa/ er ward zu letst der Gräffin/ Fraw Johanna/ Keysers Balduini Tochter vber antwort/ vnd nit er ist gefragt/ da bekant er sein Freffel/ vnd ward für Gericht gestelt/ vnd zu Brüssel an Galgen verurtheilt. Da macht das gemein Volck ein geschrey/ es hett die Gräffin jren Vatter lassen hencken. Da schickt Fraw Johanna in Griechenlande ein Bischoff/ vnd mit jhm ein Doctor der H. Geschrifft/ die fleissiglichen fragten wie jhr Vatter Keyser Balduinus vmbkommen wäre/ da erfuhren sie/ daß er vor der Statt Adrianopel von Johanne der Walachen König were gefangen worden/ vnd hernach der Königin in die Statt Ternoa vberantwortet/ welche jhn darauff zu kleinen stucken hett lassen zerhawen. 66 Heinricus des vordrigen Balduini Bruder regiert eylff jahr. 67 Petrus ein Graffe auß Franckreich/ den ertört Theodorus der Keyser von Adrianopel/ Anno tausent zweyhundert fünff vñ zwentzig. 68 Robertus des vordrigen Keysers Petri Sohn. 69 Balduinus des vordrigen Roberti Sohn/ der verlor das Keyserthumb zu Constantinopel/ nach dem er vnd seine Vorfahren es hetten ingehabt 70. jahr. 70 Michael Palaeologus. Da Theodorus Lascarus Keyser zu Adrianopel starb/ ward dieser Michael seiner Kinder Vogt/ denen er auch etwas zugehört/ vnd nam also mit Hilff der Griechen vberhandt/ ertödt seine Kinder/ vnd mit grosser Tyranney ward er Keyser in Griechenlandt/ vnd behielt auch er vnd sein Geschlecht das Keyserthumb. 71 Andronicus Paleologus des vordrigen Keysers Michaels elter Sohn. 72 Andronicus der jünger Sohn des vordrigen Keysers Michaels. 73 Johannes Paleologus des vordrigen Andronici Sohn/ den man sonst nennt Calojohannem. 74 Manuel des vordrigen Johannis Sohn. 75 Johan. Manuelis elter Sohn. 76 Constantinus der jüngst Sohn Manuelis. Vnder jhm hat der Türck Constantinopel gewonnen vnd eyngenommen.

Wie

Wie Constantinopel gewonnen ist von den Frantzosen vnd Venedigern. Cap. cxvij.

JM jahr Christi 1202. da Jsaacius Keyser war zu Constantinopel/ vberfiel jhn sein leiblicher Bruder Alexius/ legt Hand an jhn/ stach jhm die Augen auß/ vnd legt jhn in Gefengknuß/ vnd zog an sich das Keyserthumb. Da flohe Keyser Jsaacij Sohn/ der auch Alexius hieß/ zum Hertzogen von Venedig/ vnd klagt jm die grosse nöht/ darinn sein Vatter war/ vnd begert Hilff/ er verhieß jhm auch mit allen trewen zu geben ein grossen hauffen Golds/ wo jm vnd seinem Vatter geholffen/ vnd jhnen das Keyserthumb wider zu handen gestellt wurd. Der Hertzog mit sampt andern Hertzogen auß Franckreich/ die auff der Ban warn zu ziehen wider den Türcken/ ward bewegt durch dieses jungen Alexij Fürbitt/ vñ rüsteten sich mit einem grossen Zeug/ vñ fuhren zu Wasser wider die Statt Constantinopel. Es schlugen sich auch zu jhnen die Cretenser/ vnd belägerten die Statt zu Wasser vnd Landt/ stürmpten sie/ vnd warffen Fewr dareyn. Es hett der Tyrann Alexius ein grösse Ketten gespannen von der Statt Pera gen Constantinopel vber den kleinen Arm des Meeres: aber die Cretenser zerbrechen sie/ vnd kamen zu der Statt vnd namen sie eyn. Da ward der Keyser Jsaacius ledig auß der Gefengknuß gebracht/ er lebt aber nicht lang nach dem er wider an Lufft kam/ vnd ward sein Sohn Alexius der noch jung war/ zum Keyser gesetzt. Vnd da er trachtet wie er mit Gaaben verehren möcht die Herren die jhm vnd seinem Vatter zu hilff waren kommen/ erstund ein Auffruhr wider jn in der Statt/ gleich alß wolt er das Gelt mit ein ander anhencken dem geitzigen Volck/ das dem Griechischen Namen weder trew noch hold war/ vnd die Statt berauben aller Güter. Da das der Jüngling sahe/ forcht er sich/ vñ schickt nach seinem nechst verwandten Freund Bonifacio/ daß er jme in seinen nöhten wolt zu hilff kommen/ er wolt verschaffen so er käme/ daß jhm die Porten zu bestimpter zeit offen seyn müßte. In diesen Sachen hett Alexius ein Freund/ alß er meynt/ mit Namen Myrtilus, oder Mursyphlus, geboren von nidern Geschlecht/ den sein Vatter erhebt hett zu einem ampt/ des Rhats pfleget er/ vnd zeigt jhm an sein Fürnemmen. Aber Myrtilus ward ein Verräther an jhm/ vnd zeigt an dem gemeinen Volck des jungen Keysers Rhatschlag/ vnd hielt jhm auch für/ daß in diesen Gefehligkeiten kein Kindt/ sonder ein vernünfftiger vnd starckmütiger Mann dem Keyserthumb vorstehen solt/ der alle Händel mit Rhat vnnd Sterck möcht zum endt bringen. Das redt er auff sich selbs. Dann er war ein Ehrgeitziger Mann. Er bracht auch mit solchen schmeichelhafftigen Reden zu wegen/ daß ein theil der Statt jhn macht zu einem Verweser der Statt: das ander Theil macht jhn zu einem Obersten Häuptmann im Krieg: das dritt Theil erkent jhn zu einem Keyser. Da er das merckt/ warff er sich von stund an auff/ nam zu jhm Trabanten von seinen Freunden/ zog hin in das Hauß des jungen Keysers Alexij/ vnd erwürgt jhn mit eigner Hand. Doch gab er für/ er hett sich selbs erhenckt vnd vmb das Leben bracht. Darnach nam er jhm für/ auß dem Lande mit Gewalt zu vertreiben die Frantzosen vnd Venediger: aber lag vnder mit seinem Heer zeug. Da machten die Frantzosen vnd Venediger ein Vertrag mit einander/ was sie von Stett vnd Inseln eroberten auß dem Keyserthumb/ wolten sie vnder einander theilen. Nach dem haben sie die Keyserliche Statt belägert acht vnd siebentzig tag lang. Vnd da es an dem war daß man die Statt gewinnen wolt/ flohe Myrtilus mit seiner Haußfrawen vnnd Kebsweybern mit grossem Gut vnd Gold bey nacht auß der Statt. Da das die Bürger sahen/ gaben sie die Statt auff/ vnd begerten Gnad. Da namen die Frantzosen vñ die Venediger die Statt in jhren eigne Gewalt/ machten Balduinum der ein Graffe war von Flandern/ zum Keyser darinn. Aber die Venediger satzten ein Ertzbischoff dareyn. Darnach im selbigen jar namen sie eyn alle Stett/ ohn Adrianopel. Den Venedigern wurden vbergeben die Insel Creta/ Euboea/ vnd andere viel kleiner Inseln die im Egeischen Meere gelegen seind. Der Schalck Myrtilus entran/ kam in Peloponnesum/ aber ward bald darnach gefangen/ vnd gen Constantinopel geführt/ vnnd mit grösser schmach getödt. Aber Alexius der seinen Bruder fieng/ vnnd das Keyserthumb anfiel/ entran vnnd kam darvon. Wie lang darnach das Keyserthumb vnder der Lateiner Gewalt sey gewesen/ hab ich hie vornen angezeigt.

Pera vnd Constantinopel gegen einander vber.

Graffe von Flandern wird Keyser zu Constantinopel.

Wie Constantinopel vom Türcken gewonnen ist.
Cap. cvviij.

Anno 1453. hat der Türckisch Keyser Mahomet der ander die Keyserliche Statt Constantinopel 50. tag lang belägert zu Wasser vnnd Landt. Er hett bey jhm 300000. streitbarer Mann/ darunder viel verleugneter Christen waren. Die Statt war versorgt mit hohen Mawren/ vnnd tieffen Gräben/ besonder an der seiten da ein dritteil der Statt an das Erdtrich stoßt: Aber die andern zwo seiten waren von dem Meere beschlossen. Nun legt sich der Tyrann an die seiten da er die Statt zu Land mocht bekriegen/ zerschoß die Mawren vn̄ Thürn. Es thaten die Christen (deren in der Statt nit vber 9000. waren/ darunder 6000. Griechen/ vn̄ 3000. von Genuesern vnd Venetianern) wieder einen solchen grawsamen hauffen eine gute zeit jhr bestes/ vnnd trieben den Feindt durch vorsichtigkeit jres Obristen Johannis Justiniani eines Venetianers mehrmalen von jren Mawren ab. Es vnderstund der Feind erstlich die Mawren nider zu schiessen/ aber die Lucken waren also bald mit außgefüllten Fässern widerumben verstelt. Hernach setzt er der Statt zu mit vndergraben: aber dieser anschlag ward auch entdeckt durch fleiß Johañis Grandis eines Teutschen Soldaten/ vnd ist der Feindt mit Fewr vnd Schwäfel auß diesen heimlichen Löchern vnnd Gängen vertrieben worden. Nach diesem hat er vnderstanden mit niderwerffung ettlicher Thürnen vnd anderer Materi die Gräben außzufüllen/ welches mittel jhm auch nicht angangen. Er hat auch 50. Schiff auff das Land ziehen vnd vber den Berg 70. stadia weit/ welches bey 9000. schritten macht/ in den Hafen führen lassen/ welches 7. Genuesische vnd 3. Cretische Schiff verwarten. Mit diesen vnd anderen dergleichen Stratagematen/ hat der Türck der Statt vnauffhörlich zugesetzet/ vnd dardurch den geringen Hauffen der Christen mechtig ermüdet vnd abgemattet. Es ward auch hiermit der Keyserliche Schatz erschöpffet/ vnd wolten die Soldaten Gelt haben. Der Keyser hielt mit tränen an bey den Griechen seinen Bürgeren/ jhme in dieser eussersten Noth beyzuspringen: aber sie wolten keinen heller darleihen/ wendeten vor jhre vnvermöglickeit/ da doch hernach der Feindt grosse Schätz hinder jnen gefunden. Es schlug auch darzu ein heimlicher Neid/ welchen die Griechen trugen wider den Obristen Johann Justinian/ dann es verdroß sie/ daß dieser alß ein frembder von Nation vnd Religion/ die gantze Statt Commendieren solte.

Es waren viel der Türcken eine zeitlang der meynung man solte widerumb von der belägerung ablassen/ dann sie wusten nicht daß es in der Statt so schlecht beschaffen ware: Doch ward endtlich beschlossen man wolte die Statt mit aller Heersmacht anlauffen/ vnnd darauff einen allgemeinen Sturm thun. Der Türckische Keyser thet einen thewren Eydt/ er wolt den Türcken die Statt mit allen jhren schätzen preyß geben/ sie solten jhr bestes thun. Also rüsteten sich die Türcken denselbigen gantzen tag/ mit Fasten vnd anderen jhren Abgöttischen Ceremonien/ sie gesegneten auch einander vnd thaten anderst nicht alß solten sie alle zu grund gehen. Es rüsteten sich auch die in der Statt nach möglichkeit zum widerstandt/ brachten auch den gantzen Tag zu mit Fasten vnd Betten. Also griff dieser grimmig Bluthundt Mahumet den 29. Maij Anno 1453. Morgen vor tag die Statt Constantinopel mit aller seiner Macht an/ vnnd vmbgibt sie rings vmb mit seinem Volck/ aber er ward zu vnderschiedlicher mahlen von den Mawren abgetrieben/ mit grossem schrecken vnnd verlust der seinigen: Es kamen beyde theil so nahe zusammen/ daß sie einander mit den Armen erreichen mochten. In diesem streit wardt der Obrist Justinianus so sich ritterlich erzeigt mit einem Pfeil in den Arm geschossen/ dardurch jhme Hertz vnd Mut entfallen. Er verlesset seine stelle/ vnd gedencket wie er möchte auß der Statt kommen/ mit vorwendung sich verbinden zulassen: er bracht zu wegen daß man jhm ein Porten geöffnet: So bald aber der Keyser sampt den andern Obristen vnd Soldaten/ jhren Obristen mangleten/ hub an alles zu sincken. Der Keyser macht sich auch der geöffneten Porten zu/ jhme volget ein grosse menge/ vnnd da begab sich jederman zur Flucht. Der Keyser ward vnder der Porten sampt etlich hundert anderen/ in dem getreng zu todt getretten/ vnnd also ward die Statt von dem vnglaubigen Türcken erobert/ vnd dem Griechischen Keyserthumb ein end gemacht. Es war ein erbärmlicher zustandt in der Statt/ mit fliehen/ schreien/ heulen vnd weinen. Da gieng es an ein Rauben/ Plündern/ Mörden/ Weiberschenden vnd alle böse. Die Türcken waren so begierig vber Sylber vnd Gold/ daß sie selbs vndereinander vneins wurden/ da sie auff den Raub lieffen. Man fieng die Knecht vnd geißlet sie/ daß sie anzeigten wo man das Gelt vnnd andere Schätz hin vergraben hett. Da wurden viel Schätz verrahten/ so die Bürger im anfang des Kriegs hatten vergraben: wann sie dasselbig Gelt hetten angelegt zu beschützung der Statt/ hetten sie jhr Leben vnd die Statt darmit errettet. Da dieser Krieg angieng/ begert der Griechisch Keyser hilff von der Römischen Kirchen: aber der Bapst verwiß jm wie er abgewichen wäre von der Einigkeit der Römischen Kirchen: ließ in also stecken vnd das gantz Reich zu Grund gehn. Vnd hett man dazumal Widerstandt vnd Hilff gethan/ es wäre nimmermehr dahin kommen mit allen Ländern die der Türck darnach eyngenommen hat/ vnnd mit der Tyranney die er seydher wider die Christen gebraucht hat. Alß er nun die Statt eyngenommen/ ließ

Die Statt hett sich mit Gelt mögen erwehren.

1454 Das sechste Buch

ließ er fahen alle Edlen vnd die besten der Statt/ behielt sie etliche tag/ darnach ließ er zu todt schlahen Pfaffen vnd Münch/ Weib vnd Kindt/ außgenom̃en was hübsche Weiber waren/ die behielten sie zu vnzimblichen sachen. Er ließ auch dem todten Keyser den Kopff abhawen/ vnd auff einer Lantzen im Heer vmbtragen. Zu letst ließ er für sich bringen die gefangnen Edlen/ vnd ließ sie alle tödten. Da er nun diese Hauptstatt erobert hett/ nam er darnach eyn Achaiam/ Peloponnesum/ Epirum/ Acarnaniam/ Nigropont/ Lesbon/ ꝛc. wie ich hie vnden weiter anzeigen will.

Vom Anfang vnd Herkommen
der Türcken/ vnd von jhren Keysern/ auch was sie gethan haben biß auff vnsere zeit.
Cap. cxix.

ES stimen die Schreiber so der Türcken gedencken/ nicht zusammen/ da sie meldung thun von jhrem anfang. Aber das ist ein mal gewiß/ daß auß dem Mahometischen verfluchten Glauben viel Secten vnnd Vnrath entstanden ist. Dann daher seind kommen die Saracenen vnd Soldanischen/ die Türcken vnd Tartarn/ wiewol etliche der Tartarn halb etwas anders anzeigen wöllen/ jhres anfangs halb/ wie ich hernach in Asia anzeigen werd. Aber der Türcken halb hat es die meynung/ daß jhr Gewalt vnder dem Ottomanno vnd nach jhm trefflich sehr vberhand genommen hat/ wie lang sie ja vorhin gewesen seind. Sie haben sich anfengklich gemehrt vnnd gesterckt in Cappadocia vnnd in den vmbligenden Ländern/ haben auch vnder sich bracht mit Listen das Königreich Trapesuntz/ welche Statt in Cappadocia am Meere ligt/ wie du sehen magst in der ersten Tafel Asiæ/ vnd darnach vber Meere auß Asia in Europam gefahren/ das gantz Griechenlandt vnder sich bracht. Dieser Statt Trapesuntz halb find ich also geschrieben/ daß der Keyser von Constantinopel dahin ein Fürsten vnnd Landts Regenten gesetzt hab (dann sie ligt ferr von Constantinopel) der im Nammen des Keysers alle ding in Orient verwalten solt. Nun trug es sich zu/ daß einer derselbigen Fürsten sich erhub wider den Keyser seinen Herren/ wolt jhm nicht mehr gehorchen/ sonder wolt selbs König vnd Keyser seyn/ darumb der Keyser zu Constantinopel bewegt ward wider jhn zu ziehen vnd auß dem Land zuschlahen/ da solches derselb König merckt/ berüfft er mit grossem Gelt den Türcken/ führt jhn vber das Meere Hellespontum in Thraciam/ daß er dem Keyser in seinem nähern Lande zuschaffen geb: aber der Türck thet am ersten gar gemach/ vnd das mit bösen Listen/ verzog den Krieg biß die Griechen gantz schwach wurden an Leut vnnd Gut/ da fiel er in sie/ nam den grösten theil Thracie selbst eyn. Es halff doch den vorigen König von Trapesuntz sein fürnemmen gar nicht: dann die Türcken namen jhm hernach sein gantze Herrlichkeit/ deren er sich doch lange zeit erwehret hatt mit seinen starcken Schlössern die er im Landt hatt. Vnd daher kompt es daß sich der Türck ein König oder Keyser schreibt von Trapesuntz. Vnd nach dem er in Thraciam kam mit seinem Heerzug/ wolt er nicht eins wegs die Keyserliche Statt Constantinopel anfallen/ sonder erstlich vorhin mit Listen die Statt Adrianopel/ in der sich vorhin auch wider den Keyser von Constantinopel etliche König erhebt hetten/ kriegt darauß das gantz Landt. Von dieser Statt nennt er sich auch ein Keyser von Adrianopel. Die Türcken nennen diese Statt Eddrennede. Wie er darnach weiter mit seiner Tyranney fürgefahren/ vnd vberhand genommen hat/ wird jetzund offenbar werden/ so ich die Türckischen Keyser nacheinander beschreiben werd mit jhren Nammen vnd Thaten.

Königreich Trapesuntz.

Otho-

Von den Türcken. 1455

Othomannus der erst Türckisch Reyser. Cap. cxv.

Nno Christi 1300. ist dieser Othomannus (von dem bißher alle Türckische Keyser Othomanni genennt werden) erstanden im Landt Natolia/ die andern sprechen in Gallatia/ vnnd ist kommen von einem Bewrischen Volck: aber den Namen hat er empfangen von einem Schloß daß Othoman geheissen hat. Vnd alß er sich übt in Kriegssachen/ vnd vnverdrüssig war außzulauffen vnd außzustreiffen/ auch gantz Galgen gescheid war/ henckt er an sich ein gantze Rott Bawrenvolcks/ fieng an zu mutwillen/ nicht allein wider das Christen Volck/ sonder auch wider sein eigen Volck/ bracht in kurtzer zeit mit seiner Tyranney Landt vnd Leut vnder seinen Gewalt. Es gab jhm zu seinem Gewalt nit ein kleine fürdernuß/ wie auch auff den heutigen tag/ der Christen Zwytracht vnd Vneinigkeit in Griechenlandt. Er bracht mit seiner Wüterey/ mit brennen vnd rauben/ ein solche forcht in die vmbligenden Stätt vnd Flächen/ daß er in 10. jahren vnder sich bracht Bithyniam/ vnd alle Landtschafften die an das Pontisch Meere stossen. Es wöllen auch ettliche er sey ein Tartar gewesen/ vnd kommen auß Persia in Cappadociam/ vnd sich da nider gelassen. Dann da er von armen vnd schlechten Eltern erboren/ aber ein freyer kecker Kriegsmann war/ flohe er ettlicher schmach halb von den Tartarn/ vnd kam mit viertzig Pferden/ nam auch eyn das Gebirg Cappodocie/ vnnd fieng an vmb sich zu rauben. Da kamen viel Räuber zu jhm/ daß er also starck ward/ daß er ein offnen Krieg führt/ vnd bracht das Landt Cappadocien in sein Gewalt/ darnach Pontum/ Bithyniam vnnd das klein Asiam.

Ottomanus woher er entspringt.

Othomanus was für Völcker er gedempt hab.

Ein andere meynung von Othomanno.

Orchanes der ander Türckisch Reyser. Cap. cxvj.

Ls nun Othomannus 28. jahr hat regiert/ vnnd mit todt abgieng/ hat sein Sohn Orchanes das Reich empfangen/ vnd das nicht gemindert/ sonder gemehrt: dann er war wol geübt in Kriegshendlen/ war ehrgeitzig vnd mutig/ das trieb jn für vnd für daß er nimmer still saß/ vnnd auch wenig Widerstands hett von den Griechē die vndereinander zertrennt vnnd zweyrechtig waren/ vnd damit dem Feind ein eyngang machten. Er dempt Mysiam/ Lycaoniam/ Phrygiam/ Cariam/ vnnd erweitert sein Reich in Hellespontum. Er macht sein Keyserlichen Sitz in der Statt Byrsa/ die von den andern Bursia vnd Prussa wirdt genennt/ vnnd ward zu letst da er 22. jahr regiert hatt/ erschlagen mit viel Volcks von den Tartarn.

Orchanes was für Völcker er betrieget hab.

Amurathes der dritt Türckisch Reyser. Cap. cxvij.

Nno 1350. oder ettliche jar darnach ersetzt Amurathes seinen Vatter Orchanem im Türckischen Keyserthumb. Er war ein starcker/ kluger vnd streitbarer Mann vnd aller beschieß voll/ vnnd alß zu seiner zeit zu Constantinopel mit zweytracht zwen sich in das Keyserthumb dringen wolten/ berüfft derselben einer mit namen Cajacusinus/ der sich forcht/ er wurd vnderligen/ Amurathen daß er jhm hilff thet vnd verhieß im zugeben die Statt Callipolim. Da Amurathes das vernam/ war er froh/ gedacht es würd ein eben Spiel für jhn seyn/ darumb kam er bald/ fuhr vber das Meer Hellespontum in Thraciam. Nun meynet der jetzgenannt Cajacusinus/ er solt jm fürderlich helffen zum Keyserthumb/ vnd darnach wider in sein Landt schiffen/ das wolt Amurathes nicht thun/ sonder verzog in Griechenlandt/ ließ die Griechen mit einander zancken/ dieweil nam er seiner schantz acht/ vnnd ward beyder Partheyen Feind/ bracht vndersich die Statt Adrianopel/ fiel in Syrfien vnd Bulgariam/ in das ober vnd vnder Mösiam/ thet grossen schaden/ biß jn zu letst Lazarus der Herr oder Gubernator zu Syrfien in einer Schlacht vmb das jahr Christi 1380. vmb-

Der Türck von den Christen berüfft.

XXXX ij bracht.

bracht. Die andern schreiben daß gemelter Lazarus sey vom Türcken vmbkommen/ vnd da hab
ein getrewer Knecht Lazari auff gelegenheit gewartet/ den Amurathen mit einem Dolchen durch-
stochen/ vnd das nemblich vmb das jar Christi 1373. Diesen zanck der Griechischen Keysern verstehn die andern von den Keysern zu Trapesunt/ wie ich hievornen im anfang darvon geschrieben
hab. Paulus Jovius beschreibt diese Histori ein wenig anderst.

Amurathes erstochen.

Bajazet der vierdt Türckisch Keyser. Cap. cxviij.

ALS ließ Amurathes zwen Söhn hinder jhm alß er
vmbkam/ Solymannum vnd Bajazet. Vnd da sie
beyd gern geregiert hetten/ ertödt Bajazet seinen
Bruder Solyman/ vnd regiert er allein. Er war ein
starcker Kriegsmann/ arglistig vnnd gescheid/ vner-
schrocken/ vnverdrossen/ großmütig vnnd stäts zum
Krieg bereit. Er fieng an vnd bekriegt das gantz Griechenland/ bracht
es auch gar nahe gantz vndersich/ außgenommen Constantinopel
vnd Pera/ die ließ er ein weil ruhen. Er bracht vnder seinen Gewalt
Thessaliam/ Macedoniam/ Phocidem/ Beotiam/ vnd Atticam. Er
griff auch ohn vnderlaß an Syrsienlandt vnd belästiget das Königreich Boßna/ vnd die Bulgarey/ zu letst legt er sich wider Constanti-
nopel/ vnd enstiget sie/ daß der Keys. von Constantinopel in Franckreich zog/ vnd begert Hilff. Der Türck hett dazumal die Statt ge-
wonnen/ wann er nicht geförchtet hett die zukunfft der Vngern vnd Frantzosen. Dann es bracht
der König von Vngern Sigismundus/ der hernach auch Keyser ward/ ein grossen Zeug/ der versamblet war von Engelländern/ Frantzosen vnd Burgundern/ vnd fielen in das Landt Mösiam/
eroberten ettliche Stätt/ darnach zogen sie wider für die Statt Nicopolim/ nemblich Anno Christi 1392. vnd belägerten sie. Aber der Türck zog von Constantinopel vnd richt sich wider der Christen Heere. Da wolten die Frantzosen vornen stehen/ vnd den ersten angriff thun/ sie stiegen ab von
jhren Pferden/ daß sie zu Fuß mit dem Türcken stritten/ aber es schlug jn vbel auß. Dan die Pferd
lieffen auß der Wagenburg/ vnnd wurden gantz ledig/ da meynten die Vngern der Türck hett die
Frantzosen geschlagen/ vnd wurden flüchtig. Vnd da geschahe eine grosse Niderlag der Christgläubigen. König Sigmund vnnd der Meister von Rhodyß kamen gefehrlich vber die Thonaw gen
Constantinopel/ darnach flohen sie gen Rhodyß vnd von Rhodyß kam Sigismundus in Croa-
tien/ vnd Dalmatien. Da nun der Türck diesen Sieg auch erobert hett/ zog er widerumb für die
Statt Constantinopel/ vnd belägert sie so vast alß er vor je gethan hatt/ vn̄ hett sie auch ohn zweyffel erobert/ wo jhm nicht ein ander Feind zu handen kommen wäre.

Die Christen werden vom Türcken ge-schlagen.

Dann Anno 1400. kam von der Statt Smarkanda/ an dem Wasser Jaxartes gelegen/ Tamerlanes der Tartarn König/ der vnder sich bracht
hatt Parthiam/ Scythiam/ Iberiam/ Albaniam/
Persiam vnd Mediam/ vnd fiel darnach in Mesopo-
tamiam/ vnd Armeniam/ vnnd zog mit 400000. zu
Fuß vber den Eufraten/ durchstreifft Asiam wie ein
Stral/ vnnd stieß im kleinen Asia auff Bajazet der
Türckischen Keyser/ fieng jhn/ vnnd schlug jhm viel
10000. zu todt/ band jhn mit gulden Ketten/ führt jn
hinweg/ schloß jhn in ein Käsich/ führt jhn also vmbher durch das gantz Asiam zu einem Spectackel oder
Schawspiel. Vnd wann er aß/ must der Türckisch

Tamerlanes.

Keyser wie ein Hund vnder seinem Tisch essen/ vnd so er auff sein Roß steigen wolt/ must er gleich
alß ein Schemel neben dem Roß ligen. Da nun dieser Tamerlanes den Türcken gefangen hett/
streifet er durch das klein Asiam/ erobert vnd verbrennt die Stätt Smirnam/ Antiochiam/ Se-
basten/ Tripolim/ Damascum vnd sonst viel Stätt. Er war also ein grimmiger Mann/ daß er allein angriff/ was schwer oder kümmerlich zu erobern war. Wann er ein Statt belägert/ braucht er
am ersten tag Weisse Gezelt: am andern Rote: vnd am dritten Schwartze. Vnd so sich die vmblä-
gerten ergaben dieweil er im Weissen saß/ geschah jhnen nichts. Ergaben sie sich dieweil er im Roten saß/ gieng es nicht zu ohn Blutvergiessen. Saß er im Schwartzen/ so war es ein zeichen daß er
die Statt in grund außbrennen wurd. Es trug sich auff ein mal zu/ daß er ein Statt belägert hatt/
darinn viel Volcks war/ vnd da sie sich am ersten tag nicht ergeben wolt/ sonder darnach jhm auff-
theten/ vnd hetten die Knäblein vnd Meidtlein weiß angelegt/ vnnd äst von Oelbäumen in jhre
Hendgeben/ daß sie jhm alle entgegen giengen/ vnnd seinen Zorn milterten/ gebote er daß man die
Kinder alßbald mit Rossen zu todt tretten solt/ vnd die Statt im Grund außbrennen. Alß er auff
ein zeit von einem gefragt ward/ warumm er doch solch groß Wüterey wider die Menschen brauchte

antwortet

Von den Türcken.

antwortet er jhm: Siehest du mich für ein Menschen an? Du jrrest/dann ich bin ein Zorn Gottes/ vnnd ein verderber der Welt. Da er aber den Türckischen Keyser lang mit grossem spott herumb geschleifft hett/ließ er jhn zu letst ledig/da starb er bald vor kummer. Die andern schreiben er sey im Ellend vnd in der Gefengknuß gestorben.

Calapinus der fünffte Türckisch Keyser. Cap. cxxiv.

Bajazet der vordrig Keyser hett 4. Söhn hinder jhm verlassen/deren nammen war en Calapinus (den etliche nennen Alpinum/die andern nennen jhn Cyrisceleben) Moyses/Mahometus vnnd Mustapha. Vnder diesen war Calapinus der elter/darumm nam er das Regiment in die Hend. Es schreiben ettliche daß Keyser Sigmund mit diesem die Schlacht gethan hab bey der Statt Nicopolis/vnnd nicht mit seinem Vatter/wie ich hievornen gemeldet hab. Dem sey wie jhm wölle/es ist gar ein schedliche Niderlag gewesen: dann es wurden der Christen 20000.erschlagen: vnnd wann König Sigmund nicht in einem Schifflein durch die Thonaw gen Constantinopel entrunnen were/wer er auch in der Feind Hend kommen. Es ward da Hertzog Hans von Burgund mit ettlichen Edlen gefangen/vnnd wolt er ledig werden/must er geben 200000. Gulden. Man schreibt auch daß in dieser Schlacht bey 60000.Türcken vmbkommen seind. Es hat auch dieser Türckisch Keys. ein Schlacht gehabt mit König Sigmund auff dem Salumbezener Feldt Anno 1409. vnd hat jn in die Flucht geschlagen. Vnd alß er Serviam vnd darnach Constantinopel wolt angreiffen/war er in seiner jugent mit Kranckheit vberfallen/darinn er auch starb/vnd mocht seinem Fürnemmen kein außtrag geben.

Schlacht bey Nicopolis.

Moyses der sechst Türckisch Keyser. Cap. cxxv.

Ließ dieser Moyses seines Bruders Sohn Orchanes/dem das Reich der Geburtlinien nahe zugehört/hencken/damit er vnverhindert im Reich möcht bleiben/vnd alß er bald hernach starb ohn Leibserben/vbergab er das Reich seinem Bruder Mahomet dem ersten dieses Nammens.

Mahomet der erst dieses Nammens/vnd der siebend Türckisch Keyser. cxxvj.

Es hat dieser Mahomet da er das Reich erobert/nicht gefeyret/sonder allen fleiß ankehrt daß er sein Keyserthumb erweitert/darumb vberfiel er seine Nachbawren/besonder die Walachen/ denen er auch groß vnd schwere Tribut aufflegt. Er fuhr auch vber die Thonaw vnnd dempt Macedoniam. Er nam Bosnam gantz vnd gar in sein Gewalt/setzt ein newen König dareyn/Adrianopel war sein Königlicher Sitz/dahin er allen Raub führt/so er auß den Christen Länder vnd Stätten bracht. Vnd nach dem er 17. jar regniert hatt/starb er/nemblich Anno Christi 1422. Die andern setzen Anno 1419.

Amurathes der acht Türckisch Keyser. Cap. cxxvij.

Amurathes ist des vordrigen Mahomets Sohn gewesen/erschlug Mustapham seines Vatters Bruder/erobert das Keyserthumb. Vnd diewil die Griechen auff Mustaphs seiten waren gewesen/hat er sie zum ersten vberfallen/mit ettlichen Stätten dermassen tyrannisiert/daß sich die andern von forcht wegen selbs ergaben. Er fiel in Syrfienland/fieng daselbsten des Despoten 2.Söhn/ließ sie tödten: aber seine Töchter ließ er leben jrer schöne halb/vn̄ nam sie zur Ehe. Er nam auch eyn die grosse herrliche Statt Thessalonicam/die dazumal der Venediger war/vnd plündert sie. Er nam weiter eyn Epirum/Acarnaniam/Phocidem vnd andere Länder Griechischer Nation. Darnach zog er in Syrfien/vnd Rätzenland/tyrannisiert darinn auch/

1458 Das sechste Buch

auch/nam viel Stätt eyn. Nun trugs sich zu in denselbigen tagen/daß die Ungern vnd Poländer jhres Königs halb zweyträchtig waren/liessen den Türcken herzu fahren/daß er auch Griechisch Weissenburg belägert/das ein einiger Schutz vnnd Schirm Ungerlandts war wider den Türcken. Er vnderstund das Schloß zu vndergraben/vnnd das mit Gewalt eynzunemmen: aber es wehrten sich die darinn waren so Mannlich/daß sie jm 7000. Mann vmbbrachten/da must er mit schaden abziehen. Darnach vberfiel er Transsylvaniam/thet grossen schaden darinn. Zu denselbi-

Christen vnglücklicher Streit.

gen zeiten sambleten die Christen ein grossen Heerzug zusammen wider den Türcken/fielen in Bulgaren/vnd verhergten alles was der Türck darinn hatt. Es war König Vladislaus von Polandt selbs im Heere mit viel Bischoffen vnnd zweyen Cardinälen: aber die Christen verloren die Schlacht bey der Statt Varna/am Euxinischen Meere gelegen/wie Paulus Jovius anzeigt/vnd hat vorzeiten geheissen Dionysiopolis/von welcher ich hievornen in Ungerland geschrieben hab. Auff 30000. Mann schetzt man die zahl der Christen Männer die in dieser Schlacht vmbkamen. Sie ist geschehen Anno 1444. an S. Martins Abent. Nach dieser Schlacht fiel Amurathes in Peloponnesum/zerbrach die Landtmawr so von einem Meere zum andern gieng/vnd darnach hett er allenthalben die Hend im Haar/vnd ward jhm also viel zuschaffen/daß er vor kummer vnd alter kranck ward/starb Ann. Christi 1450. vnd ward begraben in der Statt Prusia/die man sonst Byrsiam nennt/vnd ligt in Bithynia.

Mahomet der ander dieses Nammens/der neundt Türckische Keyser. Cap. cxxviij.

Mahomet des vorigen Amuratis Sohn/hat das Türckisch Regiment zuhanden genommen da er 12. jar alt war/vnd ist viel grimmiger wider die Christen worden/dann sein Vatter gewesen ware. Er hat auch ein Bruder der noch ein Kindt war/den ließ er tödten an dem tag da sein Vatter starb. Vnd da er von der Mutter darumm gestraft ward/gab er zu antwort:es wär ein alter Brauch vnder den Othomannen gewesen/daß man nicht mehr daß einen im Königreich vbrig ließ/vnd die andern alle zu todt schlüg. Dann gleich wie nicht viel Götter seyn/also soll man nit viel König in einem Land bleiben lassen. Dieses Tyrannen Fürnemmen war/daß er ein mal wolt die Statt Constantinopel vnder seinen Gewalt bringen/vnnd wolt sie nicht lenger vor jhm sehen in seinem Landt/sie müst auch sein werden. Wie er aber die Statt gewonnen hat/hab ich hievornen angezeigt. Dieser Gottloß Mensch meynt nicht daß ein Gott were/er verspottet vnsern Herren Christum/vnd sprach/daß der Prophet Mahomet jm gleich were gewesen. Er macht auch ein gespött auß den Propheten vnd Patriarchen.

Griechisch Weissenburg belägert.

Anno Christi 1455. nachdem er groß Glück hett gehabt/macht er sich auff vnd zog wider Griechisch Weissenburg mit einer trefflichen grossen zahl der Krieger. Man schreibt daß er in diesem Zug in seinem Heere hab gehabt 400000. streitbare Männer/daß er gefluchet habe seinem Vatter Amurathi/daß er also lang vor Griechisch Weissenburg gelegen war/vnd es dannoch nit gewonnen hett/sonder mit schanden wider darvon ziehen must. Die Christen fuhrten auch ein grossen Heerzeug wider jhn/nemblich 40000. Mann/vnnd griffen jhn an mit vnerschrocknem Hertzen/vnd wurden da viel Leut zu beyden seiten erschlagen. Es ward der Keyser Mahomet geschossen vnder den lincken Arm/daß er zu boden fiel/darvon die Türcken vbel erschracken/führten jhn bey nacht kranck hinweg/vnd liessen den Christen den Sieg. Es war jnen so noth zu fliehen/daß sie jhr Geschütz vnd allen Blunder des Lägers hinder jhnen liessen. Vnd da der verwundt Keyser Mahometh am andern tag wider zu jhm selbst kam: dann die tödtlich Wund verschlug jhm ein weil die Vernunfft/schemet er sich der flucht also vbel/daß er jhm selbst mit Gifft wolt vergeben haben/wo er nicht von andern daran were verhindert worden. Man schreibt daß der Türck in dieser Schlacht verloren hab bey 40000. Mann.

Trapesunt wird verloren.

Darnach hat er grosse Krieg geführt in Asia vnnd Paphlagonia/er dempt sie alle/belägert zu Wasser vnd Landt die Statt Trapesunt/vnd erobert sie/fieng denselbigen König mit allen seinen Fürsten vnd Herren die zu jhm geflohen waren von den vmbligenden Ländern/führt sie gen Constantinopel/vnd ließ sie tödten. Darnach griff er an die Insel Lesbon/die man von jrer Statt Metelenen nennt:aber jetzund nennt man sie Metellinum/vnnd ist dazumal der Genueser gewesen. Er fuhr auch weiter in Bosnam/vnd vberfiel dasselbig Königreich vngewarneter sachen/erobert die Hauptstatt Jaitzam/fieng den König vnd Herren des Lands/schickt jhn gehn Constantinopel daß man jhn tödt. Vnd wiewol diß Land vorhin von den Türcken eyngenommen/ward es jhm doch

Von den Türcken.

doch wider abgelauffen von den Christen / deßgleichen dann auch mit andern Ländern geschehen ist/ die der Türck zwey mal eyngenommen hat.

Nach diesem allem ist der Türck gezogen wider Peloponnesum die Insel/ so man jetzund Moream nennt. Er zerbrach die Landtmawren so sein Vatter vormals zerbrochen hatt/ und aber die Venediger sie eilends wider auffgericht hatten/ und erstritt die Insel. Doch behielten die Venediger etliche Stätt darinn/ die inen aber nachmals wurden abgereüt. Da nun die Venediger merckten daß der Tyrann die Insel auch wolt anfallen/ haben sie in 15. tagen ein grosse Arbeit gethan/ und den Isthmum oder Eyngang zwischen den zweyen Meeren mit einer Mawren verschlagen/ unnd zwen Gräben darfür gemacht. Man schreibt darvon daß 30000. Menschen daran gearbeitet haben. Aber sie hatten die Stein von der alten Mawren zum vortheil. Doch halff es alles nichts: dann es kam der Türck mit 80000. Reutern/ nam das gantz Landt eyn/ und mocht jhm niemand widerstand thun. *Morea vom Türcken eyngenommen.*

Darnach zog er in die Insel Nigropont/ die vor zeiten Euboea hat geheissen/ unnd griff an die mächtige Statt Chalcis/ thet jhr grossen trang/ biß daßer sie gewann: sie wehrten sich also Mannlich in der Statt/ daß Weiber und Jungkfrawen Harnisch anlegten/ und stritten dapffer mit jren Mannen wider die Feind/ biß zu leist einer auß der Statt dem Türcken anzeigt wo die Mawr am schwechsten were. Nach dem aber die Mawr erstigen war/ stunden Mann und Frawen zusammen auff ein grossen Platz/ unnd stritten Ritterlich biß in todt/ wolten viel mehr umb des Christlichen Glaubens willen ehrlich sterben/ dann under des Türcken Händ unehrlich leben. Es macht auch der Türck über daßselbig eng Meer ein Brucken/ damit er seinen Zeug bald hinüber bringen möcht/ 30. tag lang lag er vor der Statt ehe er sie gewann/ und verlor darvor 40000. Mann/ also Ritterlich wehrten sich die Bürger in der Statt. Da er aber die Statt erobert/ gebote er ohn alle Gnad alle Männer zu tödten/ und were einem das Leben daran gestanden/ wo man einem Jüngling darvon hett geholffen der 20. jar alt war. Nach diesem allem nam er jhm für Italiam zu bekriegen/ und das auch eynzunemmen: aber alß die Venediger mit König Matthia von Ungern den Türcken bekriegen wolten/ zog er hindersich/ nam ein mit Verrähterey die nambhafftige Statt Capham/ die der Genueser war/ und ligt in der Insel Taurica. Darnach lägert er sich für die Statt Naupactum/ die man Lepanthum heist/ unnd ligt in Morea: aber schuff nicht/ darumb zog er mit grossem Grim ab/ und uberfiel die Insel Lemnos/ aber mocht sie auch nicht gewinnen. Darnach legt er sich mit grossem Gewalt wider die Statt Scodram so in Dalmatia oder Albania ligt. Jovius nennt sie Droiam und Scutatum/ unnd nötiget sie also hart/ daß jhr viel vor hunger sturben. Da machten die Venediger ein Vertrag mit jhm/ damit sie auff dem Meere möchten handlen ungeirret/ und gaben jhm die Statt Scodram und Tenerum in Laconia so in Morea ligt/ und die Insel Lemnos/ verhiessen jhm darzu zu geben alle jar 8000. Gulden. *Capha.*

Alß nun dieser Tyrann 28. jahr lang grosse und grawsame Krieg geführt hatt/ und alle Inseln gar nahe under sein Reich gebracht/ war jhm ein groß Creutz/ daß er nicht die Insel Rhodys in seinem Gewalt solt haben/ darumb rüst er sich mit aller Macht/ unnd kam mit 100000. Kriegsmännern/ und mit 16. grossen Büchsen die 22. spannen lang waren/ und griff zum ersten an das Schloß das da stund auff dem Bühel/ darauff vor zeiten gestanden war der groß örin Colossus/ das ein sollich groß und meisterlich Werck war/ daß es die alten under die vier Wunderwerck der Welt zehlten. Es war ein wunder grosse Seul/ und hat Schenckel und Arm/ unnd stund auffrechtig 53. jahr lang/ da kam ein grosser Erdbidem/ darvon der Colossus zerbrach/ und fiel zu boden. Es haben die Eynwohner dieser Insel von diesem Colosso geheissen vor zeiten Colossenser/ unnd hat jhnen der Heylig Paulus zugeschriben ein Epistel. Da nun der Türck sich wider das Schloß gelegt/ und es offt stürmt/ verlor er im ersten Sturm 700. Mann. Darnach schoß er von allen orten in die Statt/ richt aber nit viel damit auß. Er macht über das eng Meer ein Brucken von Fässern/ ließ mit vier grossen Schiffen Büchsen und Kriegsvolck herzu führen: aber die Rhodyser stalten sich Männlich zur Wehr/ ertrenckten jhm die Schiff/ und schlugen jhm 2500. zu todt in einem Scharmützel/ der wäret von Mitnacht an biß in die 10. Stund des tags. Zu leist da der Türck mit gewalt in die Statt fiel/ da wehrten sich die Rhodyser also Mannlich/ daß sie jhn hindersich trieben/ brachten jhm umb 3500. Mann. Er schuß 5500. Büchsensteine wider die Statt/ und belägert sie 89. tag lang/ und mußt zu leist mit schanden abziehen/ unnd mit grossem schaden: dann es waren jhm umbkommen 9000. Mann/ und verwundt 15000. Diese schmach kümmert jhn also vast/ daß er im selbigen jar vor leid starb/ nach dem er tyrannisiert hatt 31. jar/ und alt war 51. jar: das geschahe Anno Christi 1481. Er hett auch in seinem Leben angriffen Italiam/ und besonder eyngenommen die Statt Hidruntum/ die man zu Welsch nennt Otrunt/ unnd auß der wolt er das gantz Italiam bekriegt haben. Es kam ein solche forcht in Italiam/ daß Bapst/ Cardinäl und Bischöff sich schon zur flucht gericht hetten. *Rhodys gestürmpt. Rhodyser Colossus.*

XXXX iiij   Bajazet

Das sechste Buch

Bajazet der zehendt Türckisch Keyser. Cap. cxxiv.

Nach dem der Tyrann Mahomet gestorben war/ hat das Reich empfangen sein Sohn Bajazet. Er hett auch sonst noch ein Sohn/ der hieß Zizymus/ der wolt auch regieren/ vnnd ward zwischen den zweyen Brüdern ein grosse vneinigkeit vnd offentlicher Krieg/ vnd da Zyzimus nicht starck gnug war/ sonder ein mal oder drey vnder lag/ flohe er gen Rhodyß zu den Christen/ vnd ward ehrlich empfangen vom Großmeister. Da das sein Bruder Bajazet vernam/ kümmert es jhn trefflich sehr/ vnnd macht ein Frieden mit den Rhodysern/ verhieß dem Großmeister alle jahr zu geben 45000. Gulden so ferr daß er seinen Bruder wol verwahret/ vnd nicht ließ kommen in die Türckey. Darnach Anno 1488. schickt jhn der Großmeister gen Rom zum Bapst/ der Bapst überantwortet jhn dem König von Franckreich der zu Neapolis war/ vnd da jn der König wider gen Rom schickt/ ward jhm vnder wegen vergeben. Nach seinem todt fieng sein Bruder an zu tyrannisieren wider die Christen zu Crain/ Steir/ Friaul/ vnd in der Walachey: dann er nam den Venedigern noch die vbrigen Stett so sie in Morea hetten/ nemblich Lepanthum/ Metonem vnd Coron. Er hat ein grosse Schlacht gehabt im Windischen Landt/ zwischen der Saw vnd dem Wasser Drabo wider die Christen/ vnd erschlug jren 7000. Darnach Anno Christi 1498. griff er die Venediger an hie aussen im Friaul/ vnd darnach Anno Christi 1500. in der Insel Peloponneso oder Morea. Diesen Tyrannen hat angriffen mit Heereskrafft der Sophy von Persia/ vnd jhn dermassen genötiget/ daß er gezwungen ward Frieden zu machen mit den Venedigern/ vnd mit dem König von Vngern. Es ist vnder jhm Ann. Christi 1509. im Herbstmonat zu Constantinopel ein grawsamer Erdbidem geschehen/ der die Statmawren am Meere/ vnd Thürn/ auch deß Türcken obersten Pallast niderwarff/ vnd bey 13000. Menschen erschlug. Der Arm des Meers zwischen Constantinopel vnnd Pera ward auch darvon so vngestüm/ daß er in beyde Stätt seine grosse Wellen trieb/ gleich alß wolt es sie ertrencken. Nach dem aber Bajazet hett 31. jar regiert/ ist er verstossen worden auß dem Reich/ vnd darnach ward jhm vergeben von seinem jüngern Sohn/ vnd gestorben Anno Christi 1512.

Zelymus der eylfft Türckisch Keyser. Cap. cxxv.

Bajazet der vordrig hett drey Söhn/ d' eltest hieß Achmat/ der ander Corkuth/ vnnd der jüngst Zelym. Vnd nach dem Achmat alß der elter solt nach dem Vatter regiert haben/ henckt der jünger etliche Rotten an sich/ trang sich selbst mit gewalt in das Regiment/ vergab dem Vatter/ stieß jhn vom Reich. Darnach ließ er für sich bringen seines Bruders Corkuths Kinder/ ertödt sie alle.  Deßgleichen thet er seinem Bruder Corkuth. Noch war der elter Sohn vorhanden/ hatt ein grossen Zeug wider seinen Bruder/ aber lag vnder/ ward mit einem Strick erwürget/ vnd zu Birsa in der fürnemsten Statt Bithiniæ begraben. Da nun Zelymus das Reich ohn sorgen besaß/ fieng er an zu Tyrannisieren/ legt sich mit Macht wider der Persier König Sophy/ trieb jhn hinder sich. Darnach griff er an alle die so dem Sophy geholffen/ sonderlich den Sultan in Syria/ nicht ferr von der Statt Damasco/ der bey jhm hett 14000. starcke Mamalucken/ das seind verleugnete Christen: der Sultan ward ein alter Mann/ ward von dem Türcken erschlagen/ sein Heere zerstrewt/ vnd viel Fürsten nider gelegt: diß geschahe Anno 1516. Da kamen die Mamalucken zu Alkair zusammen/ erwehlten den Amptmann zu Alexandria zu einem Sultan/ der laß zusammen seine Mamalucken vnd alle seine Ritterschafft/ bewahrt seine Stätt in Egypten vnd im Heyligen Landt: aber es halff jhn nicht: dann es eylet der Türckisch Keyser hernach/ nam ein Statt nach der andern eyn/ besonder Damascum/ Alepo/ Jerusalem/ Gazam/ ꝛc. vnd kamen zu letst vber die sandechtige Wüste in Egypten zur Statt Macharea/ da der Balsam wechst/ ligt nit ferr von Alkair. Da flohen 2. Mamalucken auß der Statt zum Türcken/ verriethen jhm alle ding. Darnach zogen die 2. mechtigen Keys. der Türck vnd Sultan wider einander mit grossen krefften/ vnd erhub sich ein trefflicher grosser Krieg/ in dem zum ersten die Mamalucken ein kleine weil siegten/ vnd darnach der Türck/ der Sultan ward in die flucht geschlagen. Da sterckt er sich widerumb/ vnd macht 6000. Morsery/ die vorhin seine Knecht waren gewesen/ vnd rüste sie misi/ mit Waffen zum Krieg. Er nam auch die gehertzigsten Weiber in diesem Krieg zu jhm/ damit er nicht vnderleg/ vermahnet die Bürger zu Alkair Ritterlich zu streitten/ das ward dem Türcken alles kund gethan durch die Abtrünnigen die vom Sultan abfielen/ vnnd sich auff die ander seiten schlugen da mehr Glücks war. Am vierdten tag nach der vordrigen Schlacht zog Keyser Zelymus für Alkair/ griff sie mit Gewalt an/ stürmpten sie zwen tag vnd zwo nächt/ es ward groß Blut vergossen/ biß die Mamelucken in der Statt Arbeit vnd Hungers halb erlagen/ vnd etliche Hauptleut dem Türcken sich ergaben. Da er nun Anno 1517. die Statt erobert hett/ nam er auch das Schloß eyn/ das auff einem nidern Berg in der Statt ligt/ vnd mit Gold vñ hübschen Gemäl gezieret ist/ viel hübscher vnd lustiger Gebew hat/ die Thürn vnnd Fenstergestell auß köstlichen Steinen gemacht/ vnd mit Helffenbein vnd Ebenholtz auff das aller köstlichest gezieret/ viel Gärten vnd springende Brunnen zu einem wunderliche Lust gericht/ ꝛc. In diesem allem flohe Tomonbeius (also hieß der new Sultan) er wolt in Arabia ein new Heere zusamen gelesen haben: aber er ward verzahten/ vnd gefunden sitzen in einem sümpffigen Rhor/ da jm das Wasser vnder die Arm gieng. Also ward er gefangen vnd gebracht für den Keyser Zelymum/ der ließ jhn martern/ daß er anzeigt die Schätz so sie verborgen hetten: aber mocht auß jhm nichts bringen. Da setzt er jhn auff ein Maulesel/ vnd legt jm ein Strang an Halß/ ließ jhn spöttlich in der Statt herumb führen/ vnnd zu letst bey einer Porten erhencken. Also kam der letst Sultan jämerlich vmb sein Leben/ vnd ward aller Welt zu einem Schawspiel. Da nun diese zwen Sultan hinunder waren/ vnd die Mamelucken alle erschlagen vnnd vertrieben/ ergab sich Egyptenlandt dem Türcken Zelymo/ vnnd alß er alle Stätt mit Amptleuten besetzt/ zog er in Syriam/ vnd von Syria gen Constantinopel. Bald darnach stieß jn an bey Nieren ein gifftig Geschwer/ das fraß vmb sich gleich wie der Krebs/ nam also vberhand/ daß er darvon starb: diß geschahe Anno Christi 1520. im Herbstmonat: er ist alt worden 46. Jar/ vnd hat regiert 8. Jar.

Solymannus der zwölfft Türckisch Keyser.
Cap. cxxxj.

SElymus hat hinder jhm verlassen ein Sohn mit nammen Solymannum/ der regiert vnd tyrannisiert nach jhm/ vnd hat der Christenheit grossen schaden gethan. Er ließ sich zum ersten ansehen/ alß were ein Schaf kommen auff ein Löwen/ dann er war jung vnd vnerfahren/ vnnd von natur/ wie man meynt sanfftmütig: aber es wurden viel daran betrogen/ besonder etliche Amptleut die er in des Sultans Landt gesetzt hatt/ die vnderstunden nach seines Vatters abgang zu setzen ein andern Sultan: aber jhr Fürnemmen ward verzahten/ deßhalb sie vmb jr Leben kamen/ besonder Gazalles der ein Verweser war des Landts Syrix. Alß nun alle Länder geschworen hatten dem newen Türckischen Keyser/ ward jhm gerahten daß er zum ersten angrieff Griechisch Weissenburg/ dz man Belgradum nennt/ das er auch thet Anno 1521. wie ich hie vornen in Beschreibung Vngerlands angkzeigt hab. Es war König Ludwig von Vngern noch ein junger vnerfahrner Mann/ vnd waren desselbigen Reichs Fürsten vnd Bischöff geitzige Männer/ berupfften den jungen König dermassen/ daß er nicht viel vber den Königlichen Titel hett/ wie Paulus Jovius darvon schreibt/ darumb der einfeltig König nicht eins wegs mocht mit einem gewaltigen Heer entgegen kommen/ dem Tyrannen Solymanno/ da er sich lägert für Griechisch Weissenburg/ sonder der Tyrann grub vnder dem Erdtrich hinzu/ erobert ohn grossen widerstandt Griechisch Weissenburg.

Griechisch Weissenburg gewonnen.

Darnach Anno 1522. zog er mit grosser Macht vnnd Gewalt wider Rhodyß. Er hatt bey jhm 50000. Bawren Volck/ das thet nichts anders dann graben vnd Schantzen machen. Aber Krieger vnd Reutter hett er bey jhm 200000. Er vmblegt die Statt mit manchem grossen Hauptstuck Büchsen/ die trieben Kuglen so groß/ daß sie sechs Spannen in jhrem vmbkreiß hetten/ vnd schoß ohn vnderlaß in die Statt. Doch im anfang kamen nicht mehr dann zehen Menschen vmb von 2000. Kuglen. Er ließ viel heimlicher Gäng vnder dem Erdtrich zur Stattmawr machen/ legt darnach Matery dareyn die gern brennt/ vnnd zünd es an daß das Erdtrich auffreissen must/ darvon die gantze Statt erzittert. Er stürmet die Statt manchmal mit grossem schaden seines Volcks/ besonder im vierdten Sturm griff er die Statt an fünff orten an/ vnd erobert ein Passey darauff sie alßbald stackten 40. Paner mit dem Monzeichen: aber die so in der Statt waren/ wehrten sich so Mannlich mit Büchsen/ Fewr vnnd Steinen/ Pfeylen vnnd dergleichen Gewehr/ daß sie die

Feind

Feind wider von der Mawr brachten. Dieser Sturm wäret ein halben tag/vnnd kamen auff der Türcken seiten vmb bey 20000. vnd auff der Rhodyser seiten ward auch mancher guter Ritter erschlagen. Zu letzt nach dem er neun Monat darvor gelegen war/ vnd die Mawr vnd Thürn schier gar zerschossen/ auch ein grosse weite von der Statt eyngenommen hett: aber die von Rhodyß ohn vnderlaß Bollwerck vnd Schütten wider jhn machten/ vnd sich so lang wehrten biß jhre Büchsen zerbrachen/vnd das Pulver zertan/ auch die sterckesten streitbaren Männer gar nahe alle vmbkommen/oder sonst schwerlich verwundet waren/ auch darnach dem Türcken schwer war in der harten Winterszeit darvor zu ligen/hat sich der Tyrann entbotten/ wo sie sich williglich wolten ergeben/ solten sie mit dem jhren frey abziehen/oder auch sonst ohn schaden hinder jhm sitzen. Wo sie aber das nit thun wurden/wolt er mit jnen handlen nach eroberung der Statt/daß jr nicht viel mit dem Leben darvon solten kommen. Vber dieser erbietung haben die von Rhodys rahtgeschlagt/ vnd angesehen daß sie gar verlassen waren von ausserer Hilff/vnnd mit eignen krefften dem Wüterich nit lenger mochten widerstandt thun/ haben sie die zerbrochne Statt dem Türcken vbergeben/seind darvon gefahren mit allem dem/ daß sie mochten darvon bringen. Dann es ward jhnen zugelassen jhre Haab mit jhnen zu nemen/ohn die Büchsen.

Rhodyß von den Türcken gewonnen.

Darnach Anno 1526. fiel dieser Tyrann in Vngerlandt/ König Ludwig zog jhm mit 24000. zu Fuß vnd zu Roß entgegen/kamen zusammen den 28. Augusti bey der Statt Mogacium, an der Thonaw/auff halben weg zwischen Ofen vnd Griechisch Weissenburg gelegen/ vnd sieget da der Türck/ vnd kamen viel Fürsten vnd Bischöff vmb. Die Schlachtordnung war gar seltzam zugericht. Der Türck hett viel Geschütz begraben/ vnd als die vnser jhnen nachruckten/ sie zu schlagen/ vnwissend hinder das Geschütz kamen/ ließ der Türck das hinder vnd vorder Geschütz in sie gehn/ gleich darauff geschahe der angriff/ vnd lagen die vnsern vnder. Vnd als der König fliehen wolt/ kam er mit seinem Gaul in ein Sumpff/da ers aber herauß sprengen wolt/fiel das Roß hinder sich/ertruckt den König in seinem Küriß/daß er da in grossem Ellend sterben must. Der Türck hett 200000. Mann/ darumb er leichtlich siegen mocht gegen dem kleinen hauffen. Da er diese Schlacht behielt/vnd die Christen zum grössern theil vmbbracht hett/ ruckt er für die Hauptstatt Ofen/belägert sie/fieng an grawsamlich zu schiessen. Vnd da aber der mehrtheil des Volcks geflohen war/ vnd das vbrig Volck 3. tag in Gegenwehr stund/die Statt nicht erhalten mocht/ergab sie sich dem Türcken: doch daß er sie bey Leben vnd bey dem jhren bleiben ließ/ vnnd auff das nam er die Statt vnd Schloß eyn/hielt aber nicht was er zugesagt hatt. Darnach stürmpt er die Jüdengaß/ die mit besonderen Ringkmawren vmbgeben waren/ vnd erobert sie/ schlug viel Jüden zu todt. Vnd dieweil der Winter vorhanden/zog er durch Vngern mit grossem schaden des Reichs vnd der Eynwohner gen Constantinopel.

Türck sieget in Vngern.

Dennoch ist König Ferdinand wider Graff Hansen Waywoden gezogen/viel Stätt vnnd Schlösser in Vngern eyngenommen/ Marggraff Casimirus von Brandenburg war Oberster Feldhauptmann. Dann der Graff Johann Waywod in Siebenbürgen sprach das Königreich an/deß theten jhm die Landtleut zum theil beystandt. Vnd da er besorgt das Königreich vor Kön. Ferdinando nicht zu behalten/sucht er hilff vnd rucken bey dem Türcken. Anno 1527. zog Ferdinandus mit grossem Volck biß gen Ofen/nam das Reich mehrtheils eyn/vnnd ward zum König in Vngern gekrönt. Auff dieser Reiß starb jm sein Oberster Feldherr Marggraff Casimirus von Brandenburg. Anno 1529. hat sich der Türck Solymannus auffgemacht mit grosser Rüstung vnd Heereskrafft/vnd den nechsten in Vngern gezogen/darzu jm heimlich geholffen haben Waywoda vnd etliche Bischöff/ vnd ruckt für die Statt Ofen. Er verlor 11. Stürm vor dem Schloß: vnd als die Knecht müd vnd hellig worden waren/vnnd jhnen an Proviandt zertan/gaben sie das Schloß auff/ vnd wurden von dem Tyrannen vast alle gemetzget. Vnd nach dem er Pest vñ Ofen wider erobert hett/ruckt er für Wien in Oestereich/belägert das am 21.tag Herbstmonats. Vnd da sich die Bürger von Wien zu wehr stellen wolten/verbrannten sie selbs drey grosser Vorstett/ schickten Weib vnd Kind/Münch vnnd Nunnen viel tausent auß der Statt/deren viel dem Tyrannen in die Hend kamen. Er schlug 16. Läger vmb die Statt/fieng an zu schiessen/stürmen vnd graben. Die von Wien waren 20000. starck in der Statt/nahmen dem Feind 8. Toñen Pulvers/ die er zu sprengen eyngegraben hett. Er zersprengt vnd zerschoß die Mawr an manchem ort/vnd stürmpt gleich darauff/ aber mocht nichts schaffen. Diß stürmen vnd schiessen wäret biß auff den 14. Weinmonats/da zog er wider ab. Man schetzt auff 10000. Personen die der Türck hinweg geführt hat/Weib/Kind/alte Leut/Priester vnd Münch von Oestereich/ Steyrmarck vnnd Vngern/vnd sie mehrtheils getödt. Deren auß der Besatzung seind vmbkommen an allen Stürmen vnd Scharmützlen bey 1500. Aber auß des Türcken Volck soll vor Ofen vnd Wien vmbkommen seyn 140000. Anno 1532. am 17. tag Herbstmonats/hat Pfaltzgraff Friderich Oberster Feldhauptmann nicht fern von der Newenstatt angriffen/vnd mehr dann 1000. Sättel ledig gemacht/ die Feind in die Flucht getrieben/viel Weiber vnd Kinder von der Gefengknuß erlediget. Am 18. tag desselbigen Monats/ wurden die Feind abermals von den vnsern geschedigt/ ein gut theil erschlagen. Aber dieweil es spat im jahr war/thet sich der Türck hinweg/ist nicht mehr für Wien kommen/

Wien belägert.

Von den Türcken. 1463

kommen/ sonder deß Römischen Reichs Zeug hat sein mit fleiß gewartet bey der Newenstatt vnnd Baden/ auch etliche Fürleuffer vnd Fürzenner ergriffen vnd vmbbracht. Der zeug auff vnser seiten ist zimblich groß gewesen vom Römischen vnd Behemischen Reich.

Anno 1541. hat dieser Türckisch Keyser eyngenommen in Morea die vbrigen Stett so die Venediger noch in dieser Insel haben gehabt. Es starb auch diß jar Johann Waywoda/ darnach kam der Türck erschlug viel Christen Volck/ erobert von newem Ofen vnnd Pest/ legt dareyn starcke Besatzung. Nachfolgends jahr 1542. schickten die Fürsten vnd Stend des Reichs ein starck Volck in Vngern/ vnder der Hauptmannschafft deß Marggraffen von Brandenburg/ ward aber nichts außgericht/ ꝛc. Darnach Anno 1543. da Keyser Carle vnnd König Franciscus wider einander kriegten/ erobert der Türck darzwischen das Bißthumb Gran/ auch die Statt Stulweissenburg in Vngern.   *Gran.*

Anno 1553. hat der Türckisch Keyser Solyman seinen Sohn/ Mustaffam/ auß verdacht alß stellet er jhm nach dem Regiment/ mit einem Strick erwürgt/ vnd solches soll durch anstifftung einer von seinen Weibern/ welche jhren Sohn nach deß Vatters todt zum Regiment gern wolte gefürdert haben/ geschehen seyn.

Im Herbstmonat An. 1556. hat Ertzhertzog Ferdinand dem Türcken in Vngern ein Schlacht gelifert/ obgelegen/ Carothna erstürmpt/ vnd viel Fläcken in sein Gewalt bracht/ die er dem Türcken abgewonnen. Malta die Insel Anno 1565. hat der Türck belägert vnnd hefftig beschediget vom 18. tag Meyens biß auff den eylfften Herbstmonats/ darnach seind sie mit grossem schaden abzogen.

Anno 1566. ist er ins Vngerlandt gezogen/ Ziget vnnd Jula belägert/ erobert vnd letstlich zu Fünffkirchen gestorben.

Zelymus der dreyzehendt Türckisch Keyser. Cap. cxxxij.

Solymanno tratt nach sein Sohn Zelymus/ diß Nammens der ander/ den 23. Septembris/ vorgemeldts jahrs. Dieser fordert an die Venediger die Insel Cypern/ vnnd alß sie jhm die versagten/ gewann er sie Anno 1571. mit grosser mühe: dann sich die Christen zu Famagusta wol hielten/ hatten aber kein entsetzung. Bald darauff im October theten die Christen nicht fer von der Insul Zazyntho zu Wasser mit jhm ein Treffen/ siegten vnnd beweltigten vber 150. Türckischer Galleen/ verbitterten jhm damit die eynnemmung Cypern. Darauff im 1574. jahr den dreyzehenden tag Christmonats starb dieser Zelymus/ vnnd tratt jhm am Reich nach Morath oder Amurath sein eltester Sohn.

Amurath der dritt dieses Nammens/ vnd der vierzehendt Türckisch Reyser. Cap. cxxxiij.

Nach Zelymo dem andern ist an dz Reich kommen/ sein Sohn Amurathes der 3. ward proclamiert den 22. tag Herbstmonats A. 1575. Damit aber dieser new erwehlt Keys. sich vor seinen Brüdern dere er noch 5. hatt/ nit zu bisahrn hette/ ließ er sie zugleich den 22. tag Christmonats vorgesagtes jars/ in ein Gemach bringen/ vñ seiner Vorältern grawsamkeit nach/ durch einen Stummen erbärmlich strangulieren vñ hinrichtẽ/ volgends in stattlichen Leichkisten/ zu jres Vatters Füssen in der Kirche zu S. Sophia vnder ein rot Gezellt ordenlich hinstelle. Wie solches vor augen stehende Figur gnugsame anzeigung gibet. Auff diß hat sich des jüngstẽ (so nit mehr alß 7. Monat alt war) Mutter ein Griechin/ alß sie diesen jammer erfahren/ selber mit einem Messer erstochen/ die vbrigen Kebsweiber/ welche an schwanger gefunden/ hat man

in fleis-

ein fleissiger verwahrung gehalten/damit so sie Knaben an die Welt gebären würden/jhnen widerfuhr/wie den andern Brüdern.

Dieser Amurath führet Krieg wider den Persianer/nam jhm gantz Mediam (sie nennen es Siruan) ja auch die Statt Tebris selbst/ein berümbte Handelsstatt/vnd Königliches Hofflåger/bawete darinnen ein oberauß mechtige Vestung/die Statt vnd das Landt dardurch im Zaum zu halten. Anno 1591. in dem Julio begab er sich in Vngern/erobert da klein Gomorza/wie auch die zwo gewaltige Vestungen/Mentzend vnd Zache. Anno 1592. hat er auch Wihitsch bezwungen/vnd darinn 5000. Christen nidergehawen/vnnd bey 800. gefenglich in die Türckey führen lassen. Anno 1593. hat er auch die Vestung Sisseck/vnd bald hernach die Bischoffliche Statt Vesprin/vnd volgenden jahrs auch die veste Statt Raab in seinen Gewalt gebracht.

Er starb in dem jar Christi 1595. den 8. Jenner/an dem Grieß vnnd Seitenwehe/seines alters 48. jahr.

Mahomet der III. dieses Nammens vnd fünffzehende Türckische Keyser. Cap. cxxxiv.

DEm Murathen ist in dem Reich nachgevolget sein eltester Sohn Mahumetes der 3. welcher also bald nach altem Türckischen brauch alle seine jüngere Brüder deren 19. waren Strangulieren/vnnd 10. seines Vatters fürnemeste Weyber im Meer ertråncken/sein Mutter aber mit einem stattlichen zehrpfennig an ein weit gelegen Ort abfertigen lassen. Nach diesem ist vor dem Tempel S. Sophy ein schöne Zelt auffgeschlagen/vnnd Amurath mit seinen 19. erwürgten Söhnen jederman zu sehen/nemblich der Vatter auff die rechte/vnd die Söhn auff die lincke hand/biß zur Begräbnuß der ordnung nach/darunder gestellet worden.

Er war mehr zu wollüsten vnnd gutem Leben als zu Kriegen geneiget. Im jahr 1596. hat er Agria vnd Erla eyngenommen/vnnd darinn nach gewonheit grawsam tyrannisiert.

Alß jhn

Von den Türcken. 1465

Als jhne sein Weib auff ein Zeit vorwitziger weiß gefraget/ ob nicht jr Sohn dem Mahomet seinem Vatter succedieren wurde/ hat er sie erseuffen/ den Sohn aber erwürgē lassen. Er starb entlich da er 32. jahr alt war/ in dem jahr/1603: vnd ist auff jn in der Regierung gevolget sein Sohn Achmet so damal 14. jahr alt war. Dieser starb Anno 1618. in dem 28 jahr seines alters. Auff jn ist kommen sein Sohn Osmancha/ welcher aber Anno 1622. von den Janischaren gefangen vnd an seine Statt Mustaffa seines Vatters Bruder auß der gefangenschafft hervor gezogen/ vnd zu einem Keyser auffgeworffen worden/ welche also baldt den gefangen Osmanum vnd seine Brüder den elsten außgenommen/ stranguliern lassen/ Er regiert aber nicht lang/ dann alß er sahe daß er das Regiment doch nicht behalten wurde/ hatt er dasselbige mit guttem willen abgetretten vnnd seinem Vetter des Osmani Bruder Amurati vbergeben/ dardurch die Ottomanische Tyranney widerumb stabiliert worden.

Von Regiment vnd wesen des Türckischen Reichs. Cap. cxxxv.

Wie gesagt/ hatt der Türck vor 300 jaren ein kleinen anfang gehabt/ aber ist in kurtzer zeit sein Reich trefflich sehr gewachsen/ vnd dazu haben d Christē Fürsten groß vrsach geben/ daß sie vnder einander so viel zuschaffen haben gehabt/ mit Zweytrachten vnd Kriegen/ dz dieweil der Türck ein freyen zugang hat gehabt/ vnd jm kein gewaltiger widerstand ist gethan wordē. Es fürdert sie vast in jrem Kriegen/ daß sie behend sind in jhrem Thun/ standhafftig in Gesetzlichkeiten/ vnd gehorsam in der Obern gebotten. Sie haben ein Haupt vnd ein Herren dem sie alle vnderworffen vnd gehorsam seind. Da ist kein vnderscheid des Adels halb/ sonder welcher grosse Thaten im Krieg beweiset/ der wirt Edler vnd höher geacht/ vnd reichlicher begabt. Sie mögen trefflich wol Arbeit leyden/ Hunger vnd Nachtwacht. Alle Königreich so vnder dem Türcken ligen/ werden in zwo Nation/ getheilet/ eine heißt Natolia/ die ander Romania. Natoliam heissen sie alle Länder die ober dem Meere Hellespontum gegen der Sonnen Auffgang ligen/ alß da seind Bithynia/ klein Asia/ Cilicia/ Phrygia/ Galatia/ Pamphilia/ Cappodocia/ Paphlagonia/ vnd Caria/ mit sampt vier Inseln/ Aeolia/ Jonia/ Lesbo vnd Smyrna. Man findt in diesem Natolia eilff Sprachen/ Griechisch/ Italisch/ Scytisch/ Armenisch/ Walachisch/ Rutenisch/ rc. Die fürnemesten Stett dieses Landts darinn die Landtvögt wohnen/ seind Bursia oder Byrsa in Bithynia/ Amasia/ Trapesuntz/ Capha/ Domußli/ Sarchaw/ Karama/ Langumi/ Kermen/ Enguri/ Engheti/ Eutheia/ rc. Aber Romania das ander theil deß Türckischen Keyserthumbs faßt in jm Daciam/ Seruiam/ Thraciam/ Dardaniam/ Achaiam/ Peloponnesum/ Acarnaniam/ Macedoniam/ Epirum/ Rätzenlandt/ vnd ein theil Windisch Landts. In diesen Ländern hat der Türck sitzen fünff vnd zwentzig Landtvögt/ die da wohnen in den Stetten Kilia/ Nicopoglia/ Calliopoli/ die am Chersoneso ligt/ Seres/ Salonich/ die vor zeiten Thessalonica geheissen/ Nigropont/ Morea/ Bosna/ rc. Vber diese Landtvögt sind gesetzt zwen Fürsten/ einer in Asia oder Natolia: der ander in Europa oder Romania/ die heissen sie Bassas/ vnd auch Beglerbeth/ die haben den höchsten Gewalt nach dem Keyser. Sie haben vnder jhnen zu beyden seitten ein grosse zahl der Ritterschafft/ vnnd sind darnach viel Grad vnder den Rittern/ die alle Stund bereit sind zum Krieg.

Abtheilung der Türckischen Königreich.

Von Sitten vnd Gebräuchen der Türcken/ auch was sie glauben/ vnd was in jhrer Religion steht. Cap cxxxvj.

So viel den Türckischen Glauben antrifft solt du mercken mit kurtzen Worten/ daß jhr Glaub in dem steht. Es ist ein Gott/ vnd, Mahomet ist sein gröster Prophet. Sie glauben daß Gott zum ersten Mosen ein grossen Propheten geschickt habe/ vnd jhm geben ein Gesatz/ vnd wer dasselb zu seiner zeit gehalten hat/ der ist selig worden. Da aber dasselbig Gesatz durch der Menschen Boßheit ist geschwechert worden/ hat Gott widerumb ein grossen Propheten/ nemblich Dauid gesand/ vnd jm geben den Psalter. Vnd alß das Volck auch vnder diesem Prohpheten abfiel/ ist von Gott der dritt groß Prophet Jesus gesandt worden/ der solt der Welt verkünden das Evangelium/ vnd new Gesatz. Vnd nach dem diß Gesatz auch in abgang kommen/ ist erwehlt worden der viert Prophet Mahomet/ der hat von Gott ein Gesatz bracht/ das er heißt Alcoran/ das soll man fürthin halten/ vnd welches Volck sich diesem Gesatz nicht vnderwirfft vnd glaubt/ das sollen die Mahometischen verfolgen vnd durchächten/ vnd ohn vnderlaß jr Waaffen wider es wenden/ verderben vnd außtilgen. Gott wirdt ouch jhnen ein grosse belohnung geben/ so sie vmb seinet willen wider solche Vngleubige Ritterlich streitten werden. Die aber solchen Krieg vnderlassen/ werden der Straaff Gottes nicht entrinnen/ vnd dargegen welche jre Spieß embsiglich in die Hend nemmen werden/ die werden Gott gefallen/ vnd es

yyyy wirt

wirt jhnen ein grossen Raub zustellen. Siehe hie zu/solche ding gebeut Mahomet seinen Turcken Tartarn/Soldanischen vnd Saracenen die sein Gesatz vber sich genommen haben/darumb sie auch ohn vnderlaß wider die Christen Krieg führen.

Von der Türcken Gottes dienst. Cap. cxxxvii.

ES seind der Türcken Tempel köstlich gebawen/haben kein Bild darinn/sonder man findt hin vnd wider mit Arabischen Buchstaben geschrieben: Es ist kein Gott dann einer/Mahomet aber sein Prophet. Es ist kein starcker wie Gott. Sonst findt man ein grossen hauffen angezündter Ampel. Die Kirch ist durch auß geweissigt/der Boden mit Hurden vnd Matzen bedeckt/oben auff mit Teppichen geziert. Bey dem Tempel ist ein hoher Thurn/auff demselbigen geht ein Pfaff vmb Betzeit/steckt die Finger in die Ohren/schreit drey mal mit aller Macht: Ein wah-

rer Gott allein. Alß dann kommen die Müssiggänger/die ein andacht ankompt/vnd beten mit dem Pfaffen. Diß muß ein Pfaff fünff mal thun. Dann der Alcoran gebeut mit grosser strengigkeit/das man zum tag fünff mal betten soll zu bestimpten Stunden/nemblich am Morgen so die Sonn auff geht/zu Mittag/vnd so sich die Sonn neigt zum Nidergang/auch im Vndergang der Sonen/vnd nach dem Nachtessen. Wer an das Bett geht/der muß vor Hend vnd Füß vnd die Scham weschen/ziehen vor der Kirchen die Socken vnd Schuch ab/gehn also Barfuß in die Kirchen/vnd halten in jhrem Gebet/etlichen eigungen des Leibs/vnd niderstreckung auff das Erdrich/küssen das zum offter mal. Die Weyber haben ein besunder Gemach/abgesöndert von den Männern/vnd schreyen also jämerlich in jhrem Gebet/stellen sich auch so klaglich/daß sie etwan in ein ohnmacht fallen. Sie haben den Donnerstag für den Sonntag/vnd so das Mitnächtige Gebät geschehen ist/predigt man jnen/vnd darnach theilt man auß die Almusen. Bey jhrem Opffer vnd rechten Kirchen Brauch lassen sie keinen Christen/halten es auch für Sünd/wo ein vngeweschner Mensch in jhre Kirchen kompt/sprechen sie/sie verunreinigen den Tempel. Wann der Pfaff auffsteht zu predigen/klappert er zwo Stund. Nach jm steigen auff den Predigstul ein Kind nach dem andern/singen da Gebet. Darnach facht der Pfaff an mit dem Volck heimlich zu murmlen/vnd mit bewegung seines Leibs spricht er diese Wort in seiner Sprach: Es ist nicht mehr dan ein Gott. Etliche ehren auch den Freytag/darumb das Mahomet am Freytag soll geboren seyn.

Von der Türcken Glauben des zukünfftigen Lebens halb. Cap. cxxxviii

MAhomet schreibt seinen Gläubigen viel für im Alcoran vom zukünfftigen Leben/das er setzt im Paradeiß/vnd streicht es dermassen auß/alß stünd dz zukünfftig Leben allein in des Leibs Wollustigkeiten. Also spricht er/daß die fliessenden Bäch ein Wunder guten Geruch von jhnen geben/etliche wie Milch/etliche wie köstlicher Wein/etliche wie verschaumpt Honig. Da werden die Frommen ein ewige Wohnung haben/werden haben was sie gelust. Es wirt Gott zu jhnen sprechen am Gericht/so er sie vom Fewr erledigen wirdt: Essen von den besten Früchten/vnd Trincken vmb ewer guten Werck willen/bekleyden euch mit Seyden vnd Sammet/vnd legen euch nider auff hübsche Teppich/vnd nemmen hübsche Jungkfrawen die grosse Augen haben/vnd geschmuckt sind mit Edelgestein. Vnd an einem Ort schreibt er also: Es wirdt im Paradeiß gar gut leben seyn/da wirdt man zu Tisch sitzen/vnd werden zu Tisch dienen hübsche Jüngling mit köstlichen Schaalen vnd Trinckgeschirren/darinn wirdt seyn köstlicher Tranck/der dem Haupt nicht wehe thun wirdt/noch truncken machen. Sie werden auch herzu tragen Edel Obs/gut Vögel vnd Wildprät. Es werden da zu gegen seyn hübsche Jungkfrawen

Von den Türcken. 1467

mit hübschen vnd grossen Augen/ ꝛc. Mit solchen Fantaseyen vnd Thorheiten geht vmb der Türcken Prophet in seinem Buch/ vnd hat so viel tausent Menschen dahin bracht/ daß sie glauben. Ja sprechen sie/ es ist Mahomets Brauch gewesen/ daß er offt in Himmel gestiegen ist/ da etwas anders zu lehren. Er ist so schnäll alß ein Pfeil vom Armbrust verzuckt/ das er da Gott höret/ aber der Weg ist zu letst verschlagen worden. Es haben die Türcken zu vnsern zeiten viel gespaltner Meynungen der Religion halb. Ettliche wöllen man mög nicht Selig werden ohn den Alcoran: die andern sprechen man muß allein durch die Gnad Gottes Selig werden. Etliche andere seind der Meynung/ man muß durch eigene Verdienst das Heyl erlangen ohn Gnad vnd zusatz/ darumb Betten sie viel/ wachen vnd casteyen sich. Zum vierdten seind ettliche die sprechen/ es werd ein seglicher Selig in seinem Gesatz.

Türcken Sect.

Von der Türcken Fasten vnd jhrem Essen.
Cap. cxxxix.

Im gantzen jahr halten sie ein Fasten ein gantz Monat lang/ vnd ein Wochen darüber/ wächßlen doch jährlich den Monat. Alß/ so sie hewr fasten im Hornung/ fasten sie ober ein jahr im Mertzen/ vnd also für vnd für. So sie fasten/ essen sie nichts den gantzen tag/ aber zu nacht füllen sie sich/ vnd essen was sie wöllen/ außgenommen ersteckts vnd Schweinen Fleisch. Wann sie essen/ sitzen sie wie die Kinder auff der Erden/ brauchen keine Benck oder Schemel. Der Tisch darauff sie essen ist gemeinlich ein Rindere oder Hirtzene hautt/ die doch das Haar hat/ vnd seind gerings darumb viel Ring gehefft/ vnd durch die geht ein schnur/ daß man sie zusammen zeucht gleich wie ein Seckel. So sie in die Kirchen oder sonst in ein Hauß gehn/ da man nider sitzen muß/ ziehen sie die Schuch ab: dann es were ein grosse vnvernunfft wan einer nider sesse vnd hett die Schuch an. Darumb gebrauchen sie auch sollche Schuch die einer liederlich an vnd abziehen mag. Wo man aber nider sitzt/ da spreit man Wullen Teppich oder Matzen von Bintzen gemacht/ oder Tafflen/ wann es an einem feuchten ort ist/ daß man sich nicht verwüste. Es ist ihnen in jhrem Gesatz verbotten Wein zu trincken/ sintemal er Vrsach gibt zu allen vnreinigkeiten: Die Treubel aber dörffen sie wol essen/ vnd den Most trincken. Sie machen dreyerley Tranck/ eins von Zucker oder Honigwasser: das ander auß Weinbeern mit Wasser gesotten/ vermischt mit Rosenwasser vnd geleuttertem Honig. Das dritt auß gesottnem Wein/ ist süß vnd wirdt mit Honig gemischt. Ehe sie anfahen zu essen/ Betten sie/ fressen schnäll hinweg mit grosser stille. Sie essen gleich wie die Jüden kein Schweinen Fleisch/ noch eynerley Blut.

Von der Türcken Beschneidung vnd andern Ceremonien.
Cap. cxl.

Sie zwingen niemand zu verleugnen sein Rligion/ wie im Alcoram gebotten wirdt die Widersächer zu verderben/ darumb findt man so viel Secten auß allen Völckern vnder den Türcken/ die alle mit sonderlicher weiß jhren Gottesdienst vollbringen. Ihre Pfaffen haben kleinen vnderscheid von dem gemeinen Volck. Sie dörffen nicht vast gelehrt seyn/ es ist jhnen eben genug daß sie den Alcoran lesen vnd verdolmetschen können auß der Arabischen Zungen in die gemein Türckisch Sprach/ es were ein grosse Sünd bey jnen/ solt man dasselbig Buch in gemeine Sprach verdolmetschen. Es gehen die Pfaffen bekleidt wie Leyen/ vnnd werden versoldet von jhrem König. Sie haben sonst kein Geschefft in der Kirchen/ ohn die jetzt gemeldt seindt/ darumb handtieren sie das jenig so andere Leyen handtieren/ damit sie sich/ jhre Weyber vnd Kinder ernehren. Seind doch gefreyet von Schatzungen vnd andern Beschwernussen/ vnd werden geehrt vom gemeinen Mann. Die Türcken sagen sie seyen Kinder Jsmaels/ darumb lassen sie

Türckische Pfaffen.

Das sechste Buch

sen sie sich beschneiden damit sie rein seyen wan sie zu Kirchen gehn. Ihre Beschneydung halten sie im siebenden oder achtenJahr/wann das Kind reden kan/vnd die wort so im Tempel geschrieben stehen/auß sprechen mag. Die Beschneidung geschicht daheim vnd wirdt die Freundschafft darzu berüfft/vñ ein köstlich Maal dazugericht. Die Reichen schlahen ein Ochsen darauff/in den stossen sie ein Schaff/in das Schaff ein Hun/in die Hennen ein Ey/vnd braten dieses mit einander. Vnd so man sich gefüllt hat/vnd der Abend herzu fahrt/bringt man das Kind so man beschneiden will/vnd ist darbey ein Artzt/der streicht dem Kind das vorheutlein am Gliedlein hinder sich/reibt es/vnd faßt es mit einem instrument/vnd zwackt jhm das verheutlin ab/legt als bald wenig Saltz darüber/vnd von der Zeit wirdt das Kindt ein Musulman/das ist/ein guter Mahometaner genant. Man gibt den Kindern Namen als bald sie geboren werden/vnd nicht in der Beschneidung. Man schenckt auch den Kindern so erst beschnitten seind/gar ehrlichen. Vnnd laßt sich ein Christ freywillig beschneiden/vnd ergibt sich jhrer Religion/so führt man jhn in der

Türckisch Münch.

Statt durch alle Gassen mit ehren vnd frewden deß Volcks. Er wirdt auch gefreyet von Tribut/vnd man ehrt jhn mit Schenckungen. Wan aber ein Christ jhren Mahomet lestert oder sonsten einen Türcken beleidiget/wirdt er zu Straff mit gewalt beschnitten/vnd bekompt keine Geschenck. Man findt bey dem Türcken auch allerley Münch vnd Aposteler/die vnder der gestalt der Geystlichkeit wohnen in den Wälden vnd Eynöden/vnd fliehen die gemeinschafft der Menschen. Etliche seind gar arm/gehn halber nacket/bettlen das Almusen/ziehen im Landt herumb. Etliche halten sich vast in der Kirchen/gehn in einem Hembd ohn Schuch vnd barhaupt/fasten vnd beten embsiglich/daß jnen

Kein Bildt bey den Türcken.

Gott zukünfftige ding offenbare. Etliche sitzen in den Stetten/behausen vnd beherbergen die armen Bettler die da durch ziehen. Etliche tragen Wasser in Lägeln/vnd geben den Leuten zu trincken/vnd begeren nichts darfür: gibt man jhnen aber etwas/schlagen sie es nicht auß. Kein Gemäl noch Bildwerck findt man in Türckey/sie halten Mosen in diesem Ort steifft/heissen die Römischen Götzendiener vnd Abgötter.

Was für Recht bey den Türcken gehalten wirdt.
Cap. cxlj.

As Burgerliche Gerechtigkeit antrifft/soltu wissen daß sie streng sind ettliche Laster zu straffen. Dann welcher Menschen Blut vergeust/der wirdt mit gleicher Peen gestrafft werden: welcher im Ehebruch ergriffen wirdt/den versteiniget man/mit der Ehebrecherin ohn alle Barmhertzigkeit. Die Hurerey schlecht man mit acht hundert streichen. Deß gleichen thut man mit Dieben die man zum ersten oder andern mal ergrifft. So aber einer zum dritten mal am Diebstal erfunden wirdt/hawt man jhm ein Hand ab/vnd zum vierdten hawt man jhm ein Fuß ab. Welcher sonst dem andern ein schaden thut/der muß jhm denselbigen wider ersetzen.

Ehestandt.

Man laßt keinen in einer Gemein bleiben/der nicht ein Haußfraw hab/so er zu seinen tagen kommen ist. Dann jhr Gesatz gebeut daß keiner ohn die Ehe leben soll/der darzu tüchtig ist. Es laßt auch zu daß einer vier Ehefrawen haben mag/sie seyt gleich vom Geblüt vnd Magdschafft wer sie wöllen/auß genommen Mutter/Töchter/vnd Schwester. Aber vnehelich vnd Kebsweyber mag einer nemmen als viel er will/vnd ernehren mag/vnd die Kinder von diesen vnd denen geboren/erben zu gleichem theil deß Vatters guter/auß genommen daß zwo Töchtern in der theilung werden einem Sohn verglichen. Welcher aber viel Weyber hat/der hat sie nicht in einem Hauß bey einander oder auch in einer Statt/zu vermeiden ein vnruh/vñ auch ein ewigen Weyberzanck/sonder er hat hie eine sitzen/vnd dort eine in einer andern Statt. Der Breutgam kaufft ein Tochter ohn alle zugab oder Heuratgut. Es haben die Männer auch die Freyheit/das sie jhre Weyber durch Scheidbreiff zum dritten mahl von jhnen stossen mögen/vnd so offt wider zu jhnen nemmen. Vnd wann die Weyber also verschupfft werden/mag sie ein anderer Mann nemmen/vnnd

Von den Türcken.

bey jhm behalten. Wann eins reichen Türcken Weib auff die Gassen geht/verhüllet sie jhr Angesicht/daß man nichts daran ohn die Augen sehen mag/ja sie lassen sich im Hauß vnder dem Angesicht nicht sehen/dann jhre Männer vnd Kinder. Sie brauchen darzu vast gestrickte Hauben oder andere durchsichtige Fürhang. Man läßt sie nicht zu Marckt gehn etwas kauffen oder verkauffen. In der Kirchen sind Weyb vnd Mann dermassen von einander gescheiden/daß keins das ander gesehen mag. Die Bürger in den Stetten bawen jhre Aecker mit Knechten. Sie geben Zehenden jhrem Keyser. Die Handwercksleut ligen jhren Künsten ob/vnd wer müssig will gehn/ der muß Hungers halb verderben. Embsige Kauffleut sind bey jnen/deren etliche in das klein Asiam/jetzt Natolia genennt/etliche in Egypten vnd Arabiam werben. Ihre Kleydung ist auß Wullen/Leynwat vnd auch Seyden. Sie tragen lange Röck/die stossen jnen biß auff die Knoden. Sie schelten gar vbel die Hosen wie wir sie tragen/sprechen/sie zeigen die schambglieder zu viel *Kleydung.* offentlich. Ihr Haupt bedecken sie mit gewundnen vnd Kegelweiß auff geschmuckten Schleyern. Es ist kein Herberg oder offen Gasthauß bey jhnen wie hie zu Landt/sonder hin vnd wider auff den Gassen verkaufft man essende Speiß. So ein Türck in Kranckheit oder geferlichkeit sich verlobte/vnd jhm nicht gleich auß der Gefahr oder Kranckheit geholffen wirdt/ist er kein Gelübd schuldig zu thun. So ein Armer stirbt/samblet man den kosten der Begrebnuß so auff die Pfaffen vnd Geystlichem geht/von Hauß zu Hauß. Es wirdt jederman ohn der König ausserhalb den Stetten begraben/vnd deß abgestorbnen Freund setzen auff die Gräber Brot/Fleisch/Käß/Ey- *Türckisch* er/Milch/daß laßt man deß gestorbnen Seel zu gut da/den Armen/den Thieren/Vögeln vnnd *Begräbnuß.* Omeissen zufressen. Sie sprechen/es gelt bey Gott gleich wie ein Almusen geschehe/den Thie- *Almusen.* ren oder den Menschen/allein daß es vmb Gottes willen geschehe vnd geben werd. Ja etliche geben auß dieser meynung Gelt/daß die gefangnen Vögelin ledig werden/verhoffen damit etwas bey Gott zu erlangen. Sie haben in den Stetten/ja auch in jhren Häusern/viel Bäder/die sie treff- *Bäder.* lich viel brauchen/vnd ist des Wäschens/Wüschens vnd Fägens kein auffhörung bey jhnen. Da badet man täglich zwey oder drey mal. Schlagen sie das Wasser ab/so wäschen sie sich an dem- selbigen Ort/vnd hocken darzu nider wie die Weyber. Thund sie andere noturfft/vnd lären den Bauch/hocken sie darzu/vnd bewahren sich wol mit Kleidern/daß sie den Leib nicht entblössen/ vnd vor allen dingen sehen sie daß sie jhre Angesichter nicht kehren gegen Mittag: dann das were bey jhnen ein grosse Sünd/sintemal jhnen gebotten ist/sich gegen Mittag zu kehren wann sie Betten. So sie aber jhr notturfft haben gethan/wäschen sie mit Wasser den Hindern/Mann vnd Fraw. Es muß der Knecht dem Herren/die Magd der Frawen stäts mit einem Kessel mit Wasser zu der notturfft nach ziehen/vnd sie wäschen. Sie scheren alle jahr zwey oder drey mahl das Haar ab dem Leib/besunder so sie in die Kirchen gehn wöllen/damit kein Wust sich setz an diese örter/die man mit Wasser nit bald reinigen mög: Es führen die Türcken ein streng Gericht in jrem Heer/ *Kriegsrecht.* daß kein Kriegsman dem andern etwas mit Gewalt nemmen darff/er wurd sonst ohn alle Gnad gestrafft. Sie haben Bannwarten vnder jhnen/die müssen alle Gärten an Weg vnd in der Tür- ckey gelegen verhüten/daß keiner nicht ein Apffel von einem Baum oder sonst etwas abbrech/ohn erlaubnuß deß Herren/anderst wirdt er vmb das Haupt gestrafft. Es schreibt Bartholomeus Georgewitz/der etlich jahr in der Türckey gefangen ist gewesen/daß er im Türcken Krieg wider die Perser gesehen hab ein einspennigen Soldner sampt seinem Diener enthaupten/darumb das sein Pferdt ledig einem in den Saamen gangen war. Kein Fürst ist der in Erbweiß ein Landt oder Statt besitze/die er seine Kindern verlassen mög ohn des Keysers verwilligung: Wil einer etwas gewisser Landschafft haben/so wird sie jm verdings weiß zugestelt. Man macht die rechnung was Eynkommens sie ertrag/wie viel Krieger darinn jährlich mögen erzogen werden/die werden dem Landtsherren auff den Halß gelegt zuerziehen/vnd die müssen alle Stund bereit seyn/wo man sie mahne zuerscheinen/anderst der Herr verleurt seinen Kopff.

Wie der Türck mit den gefangnen Christen vmbgeht.
Cap. cvlix.

Wann der Turck hinzeucht die Christen zu kriegen/zeucht jm nach ein grosse Rott Kauffleut/der hoffnung viel Christen zu fahen/führen lange Ketten mit jhnen/ daß man auch an einer Ketten wol fünffzig Menschen führen mag. Was den Kriegsguyglen vnerschlagen vberbleibt/das kauffen die gemeldten Kauffleut/ vnd geben je den Zehenden darvon jhrem König. Die andern brauchen sie zu jhrer Arbeit/oder verkauffen sie mit grösserm Gewinn. Es ist kein grössre Kauffmanschatz bey jhnen dann diese. Ihr König nimbt darauß die so noch starck sind/vnd eins ruhigen Alters/braucht sie zum Pflug. Die Töchterlin oder Knäblin lehrt man jedes darzu mans brauchen will. Man fleißt sich sie abzutreiben vom Christlichen glauben/vnd daß sie beschnitten werden. Vnd so sie sich ergeben/thut man ettliche in die Schul jhr Gesatz zu lehren/etliche übt man zu Kriegshändlen/vnd die werden gar vbel geschlagen wo sie nicht gelehrnig sind/sunderlich werden sie angewisen zum Bogen geschütz/zu schirmen vnd fechten. Die andern so etwas hübsch sind/werden also verschnitten/daß an jhrem gantzen Leib nichts Männlichs erscheint/mit grösser

Gefährlichkeit jhres Lebens. Vnd ob sie gleich wider gesundt werden / sind sie doch keiner andern Vrsach halb getheilet dann zu lasterlicher Schand. Vnd so die schöne abgeht / vnd sie zu alt werden / alsdann braucht man sie in das Frawenzimmer / oder müssen der Roß vnd Maulthieren warten / oder in der Kuchen sudlen. Was gar schöne Frawen sindt / brauchen die Fürsten zu Metzen / die mittelmässigen müssen deß Frawenzimmers warten / da müssen sie vnsaubere Arbeit thun. Sie müssen jhren Matronen nachziehen so sie auff das heimlich Gemach gehn / ein Becken mit Wasser denselbigen nachtragen / vnd sie nach gethaner Notdurfft säubern. Etliche müssen Spinnen / Neen / Weben / vnd andere Frawen Arbeit thun. Sie können nicht hoffen / daß sie jmmer frey mögen werden. Die gefangnen Männer / so sie in die Türckey kommen / werden erstlichen versucht mit Tröwworten / item mit Schmeichlen / mit Verheissungen / daß sie sich lassen beschneiden vnd Christum verläugnen. Thun sie das so haben sie besser Leben weder sonst: aber alle Hoffnung widerumb in jhr Vatterland zu kommen ist jhnen abgeschnitten. Vnderstehen sie vber das solches / so werden sie verbrennt. Diese ziehen dann an statt deß Troß mit jhren Herzen zu Feldt / so vberkommen sie dann etwan die Freyheit / wann sie von Alter Schwach werden / mehr von jrem Herzen außgestossen dann ledig gelassen. Was sich nicht wil lassen beschneiden / die werden schnöd gehalten / vnd erbärmlich mißbraucht.

Pfaffen vnd Edelleut vbel gehalten. Gefangene Männer.

Vnd sonderlich geht es denen vbel die kein Handwerck können / als die Gelehrten / Priester / Edelleut vnd die deß Müßiggangs gewohnt haben. Der Fürkäuffer wil seiner Gefangnen kein kosten haben / darumb läst er sie gehen barhaupt / vngeschuhet / vnd schier gar vngekleidt. Durch alle Ruhe / Schnee / Hitz vnd Kälte / werden sie vmbgeschleifft biß sie sterben. Mag er nicht wol lauffen / so wird er mit Geißlen getrieben: hilfft es nicht / so setzen sie jhn auff ein Pferdt: mag er nicht wol darauff sitzen / so wird er wie ein Mälsack vber zwerch darauff gebunden. Stirbt einer / so wird außgezogen / vnd in den nechsten Graben oder Thalden Hünden vnd Vögeln fürgeworffen. Sie kuppeln die gefangnen mit den Ketten nicht allein aneinander / sondern legen jnen auch Handeysen an die Händ / vnd das thun sie darumb daß sie nicht von den Gefangnen versteiniget werden / vnd also mögen etwan zehen Fleischverkäuffer führen bey 500. Gefangner / darumb sie jhnen billich förchten / wo den Gefangnen die Händ ledig würden / wurden sie von jhnen versteinigt. Wo sie sich zu Nacht lägern / da legt man den Gefangnen auch die Füß an / müssen am Rücken ligen die ganze Nacht / vnd vff blosser Erden im Feld / Gott geb was für Wetter sey. Mit den Weibern geht man etwas milters vmb. Die Starcken gehn zu fuß / die Zahrten werden geführt. Nachts hebt sich jhr Kummer vnd Noht an: dann es wird aller Mutwill mit jnen gehandelt. Da hört man ein elend Geschrey in der Finsternuß / da weder Knaben noch Meidlin verschont wird. Vnd so es taget / werden sie wie die Schaaf auff den Marck getrieben / da kommen Käuffer vnd lesen auß was jnen gefält / vnd damit sie nit betrogen werden / ziehen sie die armen Gefangnen auß / beschawen sie wol / greiffen an jhre Glieder / ob nicht etwan ein Bresten an jhnen sey. Gefallen sie dem Kauffman nicht / so läst er sie dem Fleischverkauffer. Das müssen die Armen so offt leyden / biß sie etwan einer kaufft.

Gefangene Frawen.

Dienst der Gefangnen.

Wann sie nun verkaufft werden / führet man sie zum schweren Dienst. Da muß einer zu Acker gehn / der ander deß Viehs hüten / der dritt etwan sonst ein verechtliche Arbeit thun / die Türckischen Edlen haben gern die so mit Weib vnd Kind gefangen werden / machen Dorffmeyer auß jhnen / die müssen dan zum Feldbaw / Weingärten oder Vieh sorg haben / vnd was sie für Kinder erzeugen / sind geborne Knecht. Bleiben sie in Christlichem Glauben / so haben sie jhrer Freyheit ein bestimpte zeit / dahin dienen sie / doch bleiben jhre Kinder Knecht / sie lösen dann die selbigen so thewr als je der Herr will.

Wann ein Türck in der Christenheit ein Landschafft erobert / so reutet er auß den Adel / vorab was von Königlichem oder Fürstlichem Stammen ist. Den Priestern nimbt er all jhr Gut / die Kirchen beraubt er / nimbt darauß die Glocken vnd andere Gezierdt / macht seinem Mahomet Meßquiten darauß / vnd laßt den Christen etwan ein klein Capell zu jhrem Gottesdienst / den sie doch nicht offentlich dörffen halten / ja es wirdt jhnen nicht verhengt zu predigen deß Evangelium. Es kan auch kein Christ den Rhat besitzen / darff kein Wehr tragen / auch nicht gekleidt gehn wie ein Türck. Vnd so ein Türck Christum oder ein Christen Menschen lestert / muß man darzu still schweigen / vnd nichts darwider reden. Redt aber ein Christ etwas schmächlichs oder verächtlichs wider der Türcken Religion / so beschneidet man jhn mit Gewalt / vnd laßt er sich dann mit einem wort mercken wider den Mahomet / so muß er brennen. Die Christen müssen von allem dem so sie besitzen / den vierdten theil den Türcken geben / der Bawr von den Früchten / vnd der Handwercksmann von den gewinn / seiner Arbeit. Darnach haben sie noch ein Stewr / dafür ein jedes Haupt in einem Geschlecht oder Haußgesindt ein Ducaten jährlichen zu geben gezwungen wirdt. Mögen die alten die Stewr nicht bezalen / so werden sie gezwungen jhre Kinder zu verkauffen in Dienstbarkeit. Die andern so kein Kindt haben / oder keins verkauffen wöllen / werden an Ketten geschmiedet / vnd gehn von Hauß vmbher bettlen biß sie die Stewr samblen.

Die gefangnen so vber Mere in Asia behalten werden / wann sie vnderstehn zu fliehen auß der
Dienst

Von den Türcken.

Dienstbarkeit/zu der Christen Ländern/nemmen sie ein Axt/ettliche Strick vnd Saltz mit inen/ brauchen jre ding also. Sie hawen Höltzer vnd machen sie zu einem Büschelin oder zu einem Flotz/

damit sie schwimmen vber das enge Meer/ nemlich zu Nacht legen sie das Flotz in das Meere/ vnnd legen sich darauff/ haben sie glücklichen Wind vnd stille des Meers/so fahren sie in drey oder vier Stunden leichtlich vber den Hellespontum, das enge Meere. Fehlet jhnen die Sach/ so ertrincken sie in den Wellen/ odes der Wind wirfft sie wider zu ruck in Asiam: kommen sie aber vber das Meere/ so lauffen sie dem Gebirg zu. Den Hunger vertreiben sie mit Wurtzlen vnd Kräuteren/darzu sie jhr Saltz brauchen. Sind jhr viel die samptlich fliehen/ vberfallen sie die Schaaffhirten bey nacht/ tödten sie/ vnd nemmen was sie bey jhnen finden. Aber es gerhatet

selten das sie darvon kommen. Sie werden offt von den Hirten gefangen/viel ertrincken/etliche werden gefressen von den wilden Thieren/etliche von den Feinden erstochen/sterben nicht wenig Hungers/ wann sie etwan lang in der flucht vmbher lauffen. Vnd wan einer von den flüchtigen seinem Herren zugebracht wirdt/ thut man jhm grosse Marter an. Etliche henckt man an beyde Füß/vnd geyßlet sie ohn alle erbärmd. Etlichen schneidet man Wunden in die Solen jhrer Füß/vnnd reibet jhnen Saltz dareyn. Etlichen macht man ein Eysen Halßring/vnd dareyn ein Eysen Galgen/den muß er Tag vnd Nacht etwan lange zeit tragen. Also ist deß jamers kein end noch zahl so die armen Christen Menschen leiden müssen von dem Hündischen Volck den Türcken. Gott wöll mit seinen Gnaden dareyn sehen/ vnd die grawsame Tyranney außreuten/ꝛc.

Ende deß sechsten Buchs oder Cosmographey.

Das siebende Buch der Welt Beschreibung / durch Sebastianum Münster auß den erfahrnen Cosmographen vnd Geschichtschreibern zusammen getragen / vnd in ein Corpus verfaßt.

Asia der ander Theil der Welt/ mit seinen Ländern/ Völckern vnd Insuln. Cap. j.

Jeweil wir nun den ersten Theil der Welt/ nemlich Europam/ in seinen Königreichen vnd vielen Landtschafften abgefertiget haben/ vnd sind kommen biß zum Meer Hellespontum/ vnd zu dem Wasser Tanais/ welche Europam scheiden von Asia/ wöllen wir hinüber fahren/ vnd durchsehen das großmächtig Land Asiam/ das ander dritte Theil der Welt/ nach seinen manigfaltigen Königreichen/ Provintzen vnd Landschafften. Diß theil der Welt ist so groß als Europa vnd Africa zusammen genommen ohn die newen Insuln/ vnd der ausser Theil Indiæ: aber man achtet daß Europa so viel Volcks hab als Asia/ vnangesehen daß es deß Begriffs halb viel kleiner dann Asia. Es ist Asia vernümbt/ wegen der Haupt Monarchien der Welt/ der Assyrier/ der Perser/ der Babylonier vnd der Meder/ so darinn gesessen. Noch mehr aber wegen der Geschichten deß Alten vnd Newen Testaments/ so sich bald alle in Asia verloffen vnd zugetragen haben: Darinn ist der Mensch/ sampt allen Thieren der Welt erschaffen worden/ darinn ist er auch von dem Sathan verführt vnd zum Abfall gebracht/ vnd endtlichen auch durch Christum widerumb erlöst worden. Hie ist nun anfänglichen zu mercken/ daß Asia trefflich viel Länder hat/ die alle ihre bestimpte Namen haben/ wie ich hernach anzeigen wil: aber doch sind vor zeiten in grosser achtung gewesen Babylonia/ Persia/ Scythia/ Syria/ das klein Asia vnd India. Zu vnsern zeiten haben die Tartarn Scythiam in der Besitzung/ vnd streckt sich ihre Wohnung biß in Indiam/ vnd die Mahometischen vnd Soldanischen haben vnder jhnen Arabiam/ Persiam/ vnd das vorder Indiam/ in dem Calikuth gelegen ist/ Syria darinn Jerusalem/ Damascus vnd Antiochia ligen/ dieweil es vnder dem Türcken ist/ wird zu vnsern zeiten nicht viel von diesem Land vnd seinen Stätten geschrieben vnd gesagt. Vnd was man nicht vorhin erfahren hat/ mag vnder diesem Tyrannen schwerlich gesucht werden. Nun wöllen wir ordenlich vnd kurtzlich von allen Ländern Asiæ schreiben vnd ein Anfang nehmen bey dem kleinen Asia.

Das Klein Asia. Cap. ij.

Asia wirdt von den Gelerten gemeinlich abgetheilt in klein Asiam vnnd groß Asiam. Klein Asia wirdt von den Türcken jetzundt Natolia/ vnd von den heutigen Geschichtschreibern Groß oder New Türckhey genennt. Seine Grentzen sein gegen Auffgang der Fluß Euphrates: gegen Mittag/ das Mitteländische Meer: gegen Nidergang der Archipelagus, oder das Egeisch Meer/ vnd gegen Mitnacht das grosse Meer/ sonsten Pontus Euxinus genannt. Es ist diß klein Asia der besten Länder eins so vnder der Sonnen gefunden mag werden/ wegen deß milden Himmels vnd fruchtbarer Erden. Es hat sehr gute Weyden/ herrliche fruchtbare Felder/ Wein vnd Oelgewächs. Es hat auch Goldreiche Flüß. Allein diese Beschwerd hat es/ daß es dem Erdbidem mächtig vnderworffen. Vnder dem Röm. Keyser Tyberio/ wie Plinius meldet/ seyn in einer Nacht 12 grosser Städt in dieser Gegne/ durch den Erdbidem verfallen.

Es hat vor zeiten in diesem kleinen Asia viel gewaltiger Königreich gehabt: das Trojanische/ deß Croesi/ deß Mithridatis/ deß Antiochi/ der Paphlagoniern/ der Galateren/ der Cappadocieren vnd andere. Diß Landt ist erstlichen von dem Persischen König Cyro/ demnach von den

Ma

Von den Türcken. 1473

Macedoniern/folgents von den Römern/eyngenommen worden. Endlich ist es von den Türcken vberfallen/vnnd jämmerlich verwüstet worden/also dz jtzund schier nichts denckwürdigs mehr darinn zu sehen. Es gibt keinen alten Adel mehr darinnen/sondern ist alles einander gleich/vnd seynde in summa allzumal Türckische Sclaven. Der Türck hat darinnen an allen orten seine Amptleut so sie Beglerbeg/vnd Sangiacken nennen. Die Fürnembsten Länder jetzt in kl. Asia seyn Pontus oder Bythinia/Phrygia/Lydia/Mysia das grosse vnd kleine/Caria/Aeolia/Jonica/Lycia/Galatia/Pamphilia/Cilicia/vnd klein Armenia mit vielen Inseln/wie beygesetzte Landtafel außweiset.

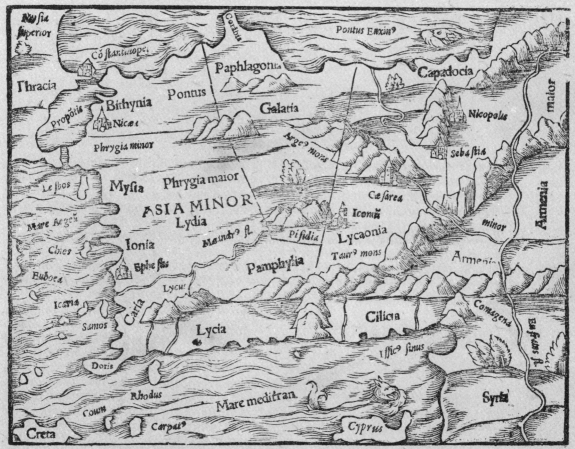

Pontus oder Bythinia. Cap. iii.

Diß Land ligt gleich gegen Constantinopel vber dem Meer zu/wird jetzund Bursia oder Becksangial genennt/ vnd hat vor zeiten viel nambhaffter Städt gehabt/als Niceam/Chalcedon/Heracleam/Prusam die jetzt Bursa vnd Byrsa wird genent/Nicomediam/Apamiam/rc. Vnder disen Stätten ist Nicea gleich als ein Mutter gewesen jhrer Herzlichkeit/Grösse vnd Fruchtbarkeit halben. Sie ist vierecket gewesen/vnd hat ein jede seiten begriffen 4. Stadia/ oder Roßläuff/vnd hat auch nit mehr dann 4. Porten gehabt/die sind also gegen einander Creutzweiß gesetzt vnd gericht gewesen/dz man von einer zu jhrer gegen Porten gesehen hat/durch dise schlechte Gassen/so auch Creutz weiß durch die Statt von einer Porten zu der andern gangen seind. Vnnd wann

1474 Das siebende Buch

wann einer mitten in der Statt stund/mocht er durch alle vier Thor hinauß sehen. Neptunus hatt vor diesem einen verrühmbten Tempel in dieser Statt gehabt.

Im jahr 324. hatt der groß Keyser Constantinus in der Statt halten lassen ein Concilium/ vnd sind da zusammen kommen 318. Bischöff/ vnd haben einhelliglichen verdampt die Arrianisch Ketzerey. Es tratt hineyn in das Concilium der Christlich Keyser Constantinus/vnd als er sahe daß etliche von den Bischöffen/die gegenwertig waren/beraubt waren jhres rechten Augs/daß jhnen außgestochen war/vnder der Tyranney des Keysers Diocletiani/gieng er zu jhnen/vnd küßt dieselbige lucken des empfangnen schadens. Die Ketzerey so fürnemblich in diesem Concilio verdampt ward/traff an die Gottheit Christi/die Arrius vnd seine Anhenger verleugnen wolten/ vnd Christum für ein lautern Menschen hielten.

Nicenisch Concilium.

Im jar Christi 372. versiel die Statt Nicea gentzlich von einem Erdbidem. Lang hernach ward in dieser Statt ein ander Concilium gehalten/vnd das erklärt:daß der Heylig Geist außgeht vom Vatter vnd dem Sohne. Es trug sich auch zu in diesem Concilio/dz man den Pristern vnd Diaconen verbieten wolt jhre Weyber/so sie von der Priesterlichen Ordnung genommen hetten/vnd da trat her für Paphnutius ein offentlicher bekenner oder verjäher Christi/der ein Bischof war in

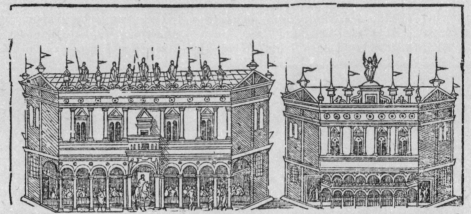

Egypten/vnd war jm vmb den Glauben Christi außgestochen das recht Aug/vnd dz lincke Knye zerschnitten/vnd bekennt da offentlichen/daß es ein ehrlich ding were vmb den Ehelichenstand/ vnd daß es auch für ein reinigkeit solt gehalten werden/wann einer seiner Haußfrawen trew hielt. Er gab auch da ein Rhat/daß man nicht ein Satzung machen solt/dar durch die Priester oder jre Haußfrawen vervrsachet wurden zu dem fahl der vnreinigkeit. In der Statt Chalcedon/die auch in Bithynia gegē Constantinopel vber ligt/ist ein Concilium gehalten worden von 530. Bischoffen/vnd wird diese Statt zu vnsern zeiten Galata von den Eynwohnern genennt/vnnd haben die Kauffleut ein groß Gewerb da. Diese Statt ist 17. jahr vor Bisantz/so hernach Constantinopel genannt worden/erbawen worden/vnd deßwegen seynd die Bawleut Blindt genannt worden/ daß sie diese State nicht in die schöne Gegne der Statt Constantinopel gesetzt haben.

Chalcedon.

Bursa.

Die Statt Prusa/von dem Bithinischen König Prusio so sie erbawen/dessen Silbernen Pfenning wir hier abgebildet/also genennt/wird jetzund Bursa vnd Byrsa geheissen/sie ligt drey oder vier Tagreyß von Constantinopel vnden an dem Berg Olympo. In dieser Statt haben die ersten Türckischen Keyser jhren Sitz gehabt/ehe sie Hadrianopel vnd Constantinopel eyngenommen/vnd haben noch biß auff diesen Tag jhr Begräbnussen da. Es ist ein schöne Statt/vnd stehen vmb den Tempel ettliche Cappellen in denen die Türckischen Keyser gar herrlich begraben seindt/vnd wirdt einem jeglichen ein guldener Leuchter mit einer brennenden Kertzen auff das Grab gestelt/ vnd oben vmbher hangen vil brennender Amplen/vnd seind bestelt zwölf Pfaffen jres Glaubens/ die sie von jhren grünen Hüten so sie auff haben/nennen Talersmanlary/die frü vnd spat/Tag vnd Nacht beten in der Kirchen/vnd einander abwechseln/drey vor Mittag/vnd drey nach Mittag/darnach drey vor Mitnacht/vnd drey darnach/vnd das trieben sie für vnd für. Es ist in dieser Statt ein groß Gewerb von Seyden vn seyden Tüchern/dergleichen weit vnd breit in derselbigen Gegene nit gefunden wird. Es braucht auch der Türckische Keyser vnd ander vornemen officirer kein ander Mähl alß so zu Bursa gemahlen wirdt/sol sonderlich weiß vnd delicat sein. Nicomedia ware auch eine verrühmbte Satt/vnd Keyserlicher Sitz/ist aber jetzundt verstöret. In diesem Land ligt auch die Höle Acherusium/welche so tieff war/daß man vermeynt sie reich biß in die Hell. Es ist Bythinia vor alten zeiten ein sonderbare Provintz gewesen von Ponto vnderschieden/ vnd diese beyde haben sonderbare König gehabt. In Bythinia waren Prusias/dessen wir oben gedacht vnd 4. Nicomedes. In Ponto waren neben andern 12. Mithridates. Vnder diesen seyn sonderlichen

Von den Ländern Asie.

lichen verrühmbt gewesen Mithridates der 6. sonsten Evergetes genannt/ vnnd sein Sohn Mithridates der 7. sonsten Eupator vnd der Grosse genannt. Deren beyder silberne Pfenning wir hieben gesetzt. Jener ist den Römern beygestanden wider die Carthaginenser in dem letzten Punischen Krieg/ vnd hat von jnen groß Phrygiam vberkommen. Dieser Mithridates der Grosse hatte 22. Sprachen geredt/ dañ so viel Völcker hatte er vnder sich von vnderschiedlichē Sprachen/ mit welchen alles er in jrer Sprach gewust zu reden. Er hat 46.jahr Krieg geführt wider die Römer/ vnd ist von jhnen mehrmalen vberwunden worden/ aber alle zeit wider auffkommen. Er hat in einer Nacht alle Römer so in seinen Lande waren/ deren bey 150000. waren/ vmbbringen lassen. Er hatte neben andern ein Weib Hyphicrateα genannt/ welche jme in allen Kriegen gefolgt vnd sich in Mannskleyder verstellt/ vnd wolt nimmer von jhm weichen: von deren haben wir auch beygesetzten schönen Pfenning gefunden.

Phrygia. Cap. iv.

ES wirdt diß Landt abgetheilt in groß Phrygiam vnd klein Phrygiam. Groß Phrygia sicht gegen Auffgang: Es hat wenig Stätt aber viel Flecken. Es ligt darinn die Statt Midæum/ von dem König Mida/ welcher seinen Sitz darinn gehabt/ also genannt/ dergleichen Apomæa/ Docimæum vnd Synnada. Die Phrygier pflegten weder zu schweren/ noch andere zu dem Endtschwur zu tringen/ wie Macrobius meldet. Auff dem Fluß Sangarius stund die Statt Gordium/ vnd darinn ein hoher Thurn welcher Gordij vnd Midæ Pallast war.

Dieser Gordius war ein alter Ennwohner deß Landts Phrygia/ er hatte ein kleines Feldt/ vnd zwey Joch Ochsen/ das eine Joch brauchte er zum Pflug/ das ander aber zum Karren: Als er auff ein zeit sein Feldt bawete/ da saß jhm ein Adler auff den Pflug/ vnd blieb darauff biß an den Abendt. Ab diesem wunderlichen Zeichen erstaunete Gordius/ verfügte sich deßwegen zu den Telmissischen Warsagern (daß bey diesen war solche kunst bey Männern vnd Weibern erblich) daselbst begegnete jhm ein Jungfraw/ deren er erzehlte/ was jm zu handen gestossen: Sie riethe jm/ er solte wider vmbkehren/ vnd dem Jupiter wegen dieses guten zeichen/ ein Opffer thun. Gordius bate sie mit jhm zu gehen/ damit sie jhm zeigen köndte/ wie das Opffer zu verrichten were: darzu gab sie willen/ vnd nam jhn auch hernach zur Ehe/ erzeugten auch einen Sohn mit einander/ den sie Mydas nenten. In derselbigen zeit entstund ein Auffruhr in Phrygia/ da fragten sie das Oraculum/ dasselbige gab jhnen zur Antwort/ ein Karren würde jnen einen König bringen/ der jhr Auffruhr enden würde: Als sie nun dieser Antwort nachsinneten/ sihe da kam Mydas daher gefahren/ uff einem Karren/ mit seinen Eltern mitten vnder das Geträng/ vnd war stracks von den Phrygiern zum König angenommen. Der Karren war zur gedächtnuß dessen in Jupiters Tempel in vorgemelten Thurn auffgehenckt/ zur Danckbarkeit/ daß er durch seinen Vogel den Adler/ deß Mydæ Vatter solches zuvor angezeigt hatte. Der Knopf damit dieser Karch angebunden/ war einer solchen Kunst/ daß kein Mensch weder Anfang noch End darinnen finden könte. Es gieng auch ein Geschrey vnder den Phrygiern auß/ wer diesen Knopff aufflösen würde/ der solte ein Herr seyn vber gantz Asiam. Als nun Alexander der Groß an diß Ort kommen/ hatt er ein grosse Begierd/ diesen Karch vnd Knopff zu sehen/ gieng in den Thurn/ wendete den Knopff hin vnd wider/ mit grossem Eyfer/ der Meynung solchen aufflösen/ zu letzt zoge er sein Schwerdt auß vnd hiewe jhn entzwey/ damit kein Zweyfel in den Hertzen seiner Soldaten vberbliebe. In dem kleinern Phrygia/ lag die Statt Pergamus/ welche der König Attalus/ auß einem Schloß/ zu einer grossen vnd herrlichen Statt gemacht hat/ diese ist Apollidori/ vnd Galeni Vatterland gewesen. Bey dem Berg Idæa/ an dem Fluß Xanthe/ stund die verrühmbte Statt Ilium oder Troja/ auß deren vor zeiten so viel herrlicher Männer/ in die Welt kommen sindt/ nach dem sie von den Griechen zerstört worden.

1476 Das siebende Buch

Von dieser Statt find ich geschreiben/ daß sie 828. jar nach dem Sündfluß/ oder wie die andern schreiben/ 1200. jar vor Christi geburt/ ist gebawen worden/ vnd haben sechß König darinn regniert/ nemlich Dardanus/ Erichtonius/ Troes/ Jlus/ Laomedon vnd Priamus/ vnder welchem sie zerschleifft ist worden von den Griechen/ vnd das vmb dieser vrsach willen. Es hett Priamus ein schönen Sohn/ mit Nammen Paris/ der vernam wie der König von Griechenlandt Menelaus also ein wunder schön Weyb hett/ nemlich Helenam/ dergleichen auff Erden nicht were/ deshalb er entzünd ward sie zu sehen/ vnd schifft mit gewalt in Griechenlandt/ vnd alß er kam in die Jnsel Cytheriam/ darinn gar ein köstlicher Tempel were der Abgöttin Veneri zugeeignet/ vnd Helena seiner zukunfft war innen worden/ begert sie zu sehen des fremden Königs Sohn/ darumb nam sie sich an/ alß wölt sie in dem Tempel Veneri jr Gelübd vollbringen/ vnd mit dem ward sie durch Paridem auß dem Landt entführt/ vnd in Trojam gebracht. Da das die zwen Brüder Helene vernamen/ Castor vnd Pollux/ eileten sie bald hernach/ aber Vngewitters halb giengen sie auff dem Meer vnder/ vñ wurden von dem Volck geachtet sie weren zu Himmel gefahren. Der Griechisch König klagt die Sach seinem Bruder Agamemnoni vnd andern Königen vnd Herren/ die schwuren all zusammen zu Athen sich rechen an dem von Troja. Doch sandten sie vorhin Diomedem vnd Vlyssem gen Trojam die Königin Helenam zu fordern/ vnd da sie nichts geschafft hetten machten sich die Griechen auff mit grossem Gewalt/ vnd zogen wider Trojam. Hector Paris Bruder zog auß Troja mit grosser Macht wider die Griechen/ vnd schlug sie offt in die Flucht. Es erschoß auch Paris den König Menelaum/ vnd Achilles der Griechen Hauptmann erstach Hectorem des Königs Sohn von Troja/ der gar grosse Thaten hett wider die Griechen gethan. Es schoß auch Paris ein Pfeil in den starcken Helden Ajax. Vnd alß er empfand daß er von dem schutz sterben mußt/ schlug er so gewaltig Paris auff den Kopff/ daß er todt von dem Rosß herab fiel/ vnd flohen von stund an die Trojaner in jhre Statt/ vnd schlossen die Porten zu biß jhnen zu hilff kamen die Weyber Amazones genannt/ die brachten manchen Ritter vmb auff der Griechen seiten/ jedoch wurden sie zu letst mit jhrer Königin Pentesilea auch erschlagen/ darumb sich die Trojaner nicht mehr herauß dorfften wagen. Es waren ettliche Bürger in der Statt die jhr Leben gern hetten darvon gebracht/ besonder Eneas vnd Anthenor/ die machten ein heimliche Verrätherey mit den Griechen/ vnd liessen sie bey nacht in die Statt/ da vberfielen die Griechen die Statt/ vnd schlugen zu todt Mann vnd Fraw/ jung vnd alt/ vnd namen Helenam wider/ von deren wegen der Krieg erstanden war. Sie stiessen auch die Statt mit Fewr an/ verbrannten vnd zerbrachen sie gar. Dieser Krieg wäret 10. jahr vnd 8. Monat/ vnnd wurden den Griechen erschlagen achtzig tausent vnd acht mal hundert tausent. Aber der Trojaner kamen vmb eh die Statt gewunen ward/ sechs mal hundert tausent vnd sechs vnd achtzig tausent. Eneas kam darnach in Italiam mit seinen Freunden/ vnd ward von seinem Geschlecht geboren Remus vnd Romulus/ die Rom haben angefangen zubawen. Es sollen nach gnugsame Anzeigungen dieser zerstörten Statt Troja gesähen werden/ vnd sollen noch täglich statliche saulenstück von Marmor da außgegraben vnd nacher Constantinopel gefürt werden. Es wirdt auch dieser Statt abbildung noch gesähen auff einer Küpfren Müntzen des gemelten Trojanischen Königs Priami/ wie die noch bey den liebhabern der alten sachen gefunden wirdt/ vnd wir sie hieben gesetzet.

Priami Müntz.

Jonia. Cap. v.

Jonia ligt an dem Meer/ gegen der Jnsul Chios vber. Es waren zehen fürnehme Slätt darinnen/ Miletus/ Myus/ Priene/ Ephesus/ Colophon/ Lebedus/ Theos/ Clazomenæ/ Phocæa/ Erythræa/ vnd zwo Jnslen im Meer/ Chios vnd Samos/ zu diesen zehen Stätten rechnet Strabo auch die Statt Smyrna: wider diese Smyrnenser hatten die Sardenser auff ein zeit gekrieget/ wolten auch von der Belägerung in keinen weg ablassen/ es würden jhnen dann alle Smyrnensische Matronen zu jrem Mutwillen vbergeben: da riehte Philarchi Magd/ man solte alle Dienstmägd/ in jrer Frawen Kleydung in der Feindt Läger senden/ damit durch sie jrer Herren Ehebetter rein möchten erhalten werden. Jn dieser Statt ist der fromme Märterer Polycarpus Bischoff gewesen.

Die

Von den Ländern Asie. 1477

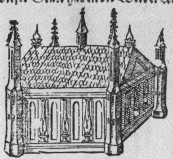

Die aller berümteste vnder diesen Stätten war Ephesus/ welche im 32.jahr des Königreichs David gebawen ist von Anorocho des Königs Codri Sohn/ wirdt jetzund Figera genennt. Ja dieser Statt haben die Weiber Amazones gebawen ein Tempel zu der Ehr der Abgöttin Dianæ/ desgleichen dazumal auff Erden nicht gefunden ward/ vnnd ist auch gerechnet worden vnder die 7. Wunderbarlicher Werck so man auff Erden gefunden hat. Er ward nachmals vnder dem Keyser Galieno/ auff den tag an welchem Alexander zu Pella geboren worden/ von einem boßhafftigen Mann Erostrato genennt/ angezündt/ der jhm ein ewige Gedechtnuß zu machen begert. Aber hernach ist dieser Tempel von Dinocrate/ oder wie jn Strabo nennet von Chermocrate/ welcher auch der Statt Alexandria Bawmeister war/ viel herzlicher wider aufferbawen worden. Er ward gesetzt an ein sümpffig Ort/ damit er von keinem Erdbidem geschädigt wurd/ vnnd lag mitten in der Statt/ 220.jahr haben die Asianer daran gebawen/ vnd war 425. Schuch lang/ vnnd waren 225. Seulen darinn so die König da eyngesetzt hatten. Es war auch ein grosse Freyheit darinn/ vnd wurden so viel Gaaben dahin gebracht/ von Königen/ Stätten vnnd Völckern/ daß man desgleichen von Reichthumb auff Erden nicht fand. Alexander hat diesem Tempel grosse freyheit geben/ vnd die Epheser zu einem freyen Volck gemacht. Vnd das wäret biß nach der Aufferstehung Christi/ da kam der Heylig Paulus/ vnd Prediget darinn Christum 3.jar lang/ vnd schuff solchen nutz/ daß der mehren theil der Statt den Abgöttischen Dienst verwandlet in den Dienst Christi. Es kam darnach der H.Apostel vnd Evangelist Johannes auch in die Statt/ vnd ist da zu letst in dem Herren entschlaffen. Es ist in dieser Statt ein Concilium wider die Ketzer Nestorium/ vnd Cælestium gehalten worden. Aber es ist leider jetz d' guldene Leuchter dieser Statt/ durch die Türckisch tyranney gar hinweg gethan worden/ vñ ist allein ein armer Bischof/ mit etlich wenig Christen darinn verbliben. Die Epheser hatten viel fürwitziger Künst getriben/ wie Lucas bezeugt/ Act.19.19. Daß die Zauberischen Bücher/ welche zu Pauli zeiten darinnen verbreñt worden/ hatten 50000. Denar gekostet/ welches Budæus auff 5000.Cronen rechnet. Die manigfaltigen Tempel/ die der Veneri zu ehren in diese Statt erbawen worden/ sind keiner gedechtnuß wirdig. Denckwirdig ist die History der Jungfrawen/ welche dem Brenno/ alß er Asiam vberzogen/ neben jhrer Liebe/ auch die Statt zuvertrahten verheissen hat/ wann er jr alle Kleynoder vnd Zierden der Weiber in der Statt schencken wolte: Dieses ward jhr nun nach eynnemmung der Statt geleistet/ vnd von den Soldaten so viel Golds auff sie gehäuffet/ daß sie dardurch vertruckt vñ ersticket worden. Zu Mileto waren auff ein zeit alle Jungfrawen vnsinnig worden/ welche sich selber in grosser menge gehenckt haben: man kondte auch weder die vrsach/ noch die artzney erforschen. Endlich ward ein Gesatz gemacht/ daß die nackenden Cörper aller deren/ die sich erhencket hetten/ durch alle Gassen der Statt solten geschleiffet werden/ durch diese schmach sind die vbrigen von jhrer vnsinnigkeit abgehalten worden/ welche zuvor weder die süssigkeit des Lebens/ noch die bitterkeit des Todts/ noch das flehen vnd weinen der Freunden darvon hatte abhalten können. Die Eynwohner der Statt Colophon/ waren solche gute Reutter/ daß gemeinlich der Sieg/ auff dessen seiten gefallen/ der sie in seinem Heer gehabt hatt/ daher das Sprichwort entstanden/ Colophonem addere..

Ephesinisch Tempel.

Lydia oder Meonia. Cap. vi.

Vnder allen Ländern so das klein Asia in jhm begreifft/ ist Lydia das aller Fruchtbarest: dann es wechst darinn guter Wein/ Honig/ Saffran mit vberfluß. Die Hauptstatt so darinn vorzeiten gelegen ist/ hat Sardis geheissen. Es ist auch ein besonder Königreich darinn gewesen/ das Cyrus der König von Persia jhm vnderwürffig gemacht/ vnd vberwand darinn den reichen König Crösum. Alß Cyrus diesen gefangenen König Crösum zu verbrennen befohlen/ hatt Crösus auff der Scheiterbeuge/ alß das Fewr solte angezündt werden/ mit heller Stimm geruffen: O Solon/ Solon. Alß jhn aber Cyrus gefragt/ was er darmit meynte/ hatt er jme angezeigt: Er hette sich in seinem wolstandt seines grossen glücks/ vnd Reichthumben vberhebt. Da habe jhm Solon zuversehen geben. Es soll sich niemand glückselig schetzen vor seinem Endt/ vnd das komme jhm jetzund zu Sinn/ vnd erfahre daß Solon recht gesagt habe. Dieses hat sich auch Kön.Cyrus zu Gemüt geführet vnd diesem Cröso sein Leben geschencket. Es ligt auch in diesem Landt die Statt Philadelphia/ die viel schadens vorzeiten erlitten hat von dem Erdbidem. Item die Statt Thiatyra/ so doch etliche dem Landt Phrigiæ zuschreiben. Es sind auch vorzeiten darinn gelegen Sypilus vnd Tantalus/ alß Plinius schreibt/ seind aber verfallen von den Erdbidmen/ die dazumal gar gemein in dem kleinen Asia seind gewesen. Wie dann auch Trabus zu den zeiten des Keysers Augusti gar verfallen ist/ so jetzt Chora heist/ vnd ligt auff dem Wasser Meander.

Sardis.

Philadelphia. Thiatyra.

Mysia. Cap. vii.

Diese Landtschafft wird getheilt/in das grössere vnd kleinere Mysiam/jenes ward genannt Hellespontica/dieses Olympica. Es ligt noch ein ander Mysia in Europa an der Thonaw/ vnnd dieses nennet Volaterranus Mœsiam/ zum vnderscheid dieses Asiatischen Mysie. Dieses vnser Mysia hat ettliche nambhaffte Stätt gehabt/ vnder welchen Cycicus verrümt gewesen/welche doch andere zu Bythinia rechnen wollen. Es war in dieser Statt ein Tempel von köstlichen vnnd mechtigen Säulen/ alle auß einem stuck gehawen/sie waren 4.Ellen dick/vnd 50.Ellen hoch: der gantz Baw war auß schön polierten steinen/vnd ein jeder stein ward mit einem guldenen Trath an den andern gefüget. Aber es ward dieser Tempel durch einen Erdbidem von dem Erdtrich verschlungen.

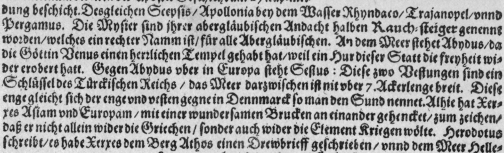

Gleiches ist auch der Statt Magnesia/ so auch in Mysia gelegen widerfahren. In diesem Landt ligt auch die Statt Adramittenum deren in der Apostel Geschicht am 27.cap. meldung beschicht. Desgleichen Scepsis/Apollonia bey dem Wasser Rhyndaco/Trajanopel/vnnd Pergamus. Die Mysier sind jhrer abergläubischen Andacht halben Rauch-steiger genennt worden/welches ein rechter Namm ist/für alle Abergläubischen. An dem Meer stehet Abydus/da die Göttin Venus einen herrlichen Tempel gehabt hat/weil ein Hur dieser Statt die freyheit wider erobert hatt. Gegen Abydus vber in Europa steht Sestus: Diese zwo Vestungen sind ein Schlüssel des Türckischen Reichs / das Meer darzwischen ist nit vber 7.Ackerlenge breit. Diese enge gleicht sich der enge vnd vesten gegne in Dennmarck so man den Sund nennet. Alhie hat Xerxes Asiam vnd Europam/ mit einer wundersamen Brucken an einander gehencket/ zum zeichen/ daß er nicht allein wider die Griechen/ sonder auch wider die Element Kriegen wölte. Herodotus schreibt/ es habe Xerxes dem Berg Athos einen Drewbrieff geschrieben/ vnnd dem Meer Helleponto 300.streich gegeben/vn̄ Fußysen dareyn geworffen/darum̄ daß es jhm sein newgemachte Brucken zerbrochen hatte. In Mysia ist der verrümte Baum gestanden/dessen Strabo l.13.gedencket/ welcher 24.Schuh hatte in der rinde/vnnd von der Wurtzel ohn einigen Ast 70.Schuh hoch gewachsen war/ vnnd hernach erst drey grosse Aest/ so gleich weit von einander gestanden/ von sich außgeworffen hat/ die sich aber hernach 100.Schuh hoch/ wider an dem Gipffel zusammen gethan/ vnd beschlossen haben. In diesem Land

Grosser Baum.

hatt Attalus regieret/ welcher die Bibliothec zu Pergamo mit zwey hundert tausent Büchern erfüllet hatte/ zu welcher Beschreibung die pergamente Häut sind erfunden worden: Es sind 3.König dieses Nammens gewesen / deren der letzte die Römer zun Erben eyngesetzet hatt. In dieser Statt hat der König Attalus/ die Tapessereyen erfunden/welche Aulæa ab Aula/ das ist/von seinem Hof/der damit behengt war/jren Nammen empfangen. Jre Priester in Mysia enthielten sich vor dem Fleischessen/vnd dem Ehstandt.

Caria. Cap. viii.

Caria hat an jhm hangen ein Insel die heist Doris/vnd hat ein schmalen vn̄ engen Eyngang gleich wie Peloponnesus der Griechen Insel/ welcher eyngang Isthmus wirdt genannt/ vnnd ligt am selbigen engen Ort die Statt Halicarnassus/ die vor zeiten gar verrümt gewesen: aber zu vnsern zeiten ist an jhr statt kommen ein wehrlich Schloß/ das die Rhodyser vor vielen jaren gebawen haben wider den Türcken. Auß dieser Statt waren bürtig die vortrefflichen alten Historyschreiber Herodotus vnd Dionysius Halicarnassæus/ wie auch der König Mausolus dessen hie vnden gedacht wirdt. Es ligen auch sonst viel nambhaffter Stätt in diesem Landt/ alß Trezene/Nysa/ Laodicea am Wasser Lyco/ vnd Antiochia am Wasser Meander. Die Statt Laodicea hat viel erlitten

Laodicea.

Von den Ländern Asie. 1479

litten von den Erdbidmen/ wie auch die gantze Gegenheit daselbst vmbher/ nemlich zu Philadelphia/ Sardes vnd Magnesia/ welche Stätt der Erdbidem gar manchmal schedlich erschüttet hat. Vrsach daß in diesem Landt so embsige vnd gefehrliche Erdbidem entstehn/ wirdt angezeigt/ daß das Erdtrich innwendig voll Hülen vnd Löcher ist/ so die Dämpff sich dareyn setzen/ vnd kein außgang finden/ fahen sie an zu wüten vnd vnrühig werden so lang biß sie mit gewalt ein außbruch nemmen/ vnd wird die noth so groß/ daß auff zwo oder drey Meil das Erdrich sich darvon erschütt/ nach dem die noth tieff oder hoch im Erdtrich gefunden wirdt. Vnd so der außbruch nahe bey einer Statt geschicht/ kompt es offt darzu/ daß solche Statt verfallt. Geschicht er aber bey einem See/ wirdt er gar verschluckt. In diesem Landt in der Statt Petrea hat vor zeiten regiert der König Mausolus/ vnnd alß er gestarb/ ließ jm sein Hausfraw Artemisia ein köstlich Grab zurichten/ daß es gerechnet ward vnder die sieben Wunderwerck der

Grab.

Welt. Es war 25. Elenbogen hoch/ ward vmbfangen mit 26. Seulen. In der Statt Halicarnasso findt man ettliche zeichen darvon. Diese Königin wolt mit dem köstlichen Grab jhren Schmertzen/ so sie von jhres Manns Todt eyngenommen hatt/ milteren/ aber es halff sie nichts. Der kummer bracht sie zuletzt vmb jhr Leben. Dieses Grabs Mausolei genannt/ beschaffenheit kanstu auß dieser Figur/ vnd bey gesetzten Kupferen Pfenning der Artemisia abnemmen.

Lycia. Cap. ix.

Or zeiten hat das Landt 60. Stätt gehabt/ aber sie seind durch Krieg vnd Erdbidem zergangen vnd gemindert/ daß man zu der zeit Pauli nit mehr dann 36. darinn gefunden hat. Die fürnemesten Stätt seind gewesen Xanthus/ Patara/ Olympus/ Myra. Es ist Patara gewesen des Heyligen Nicolai heymet. Alß die Römer dieses Landt eyngenommen/ ist es durch einen gemeinen Rhat/ der von 23. Stätten war/ geregieret worden. Es ist auch ein Berg in Lycia/ heist Chimera/ von dem schlecht zu nacht das Fewr herauß/ gleich wie auß dem Berg Ethna in Sicilia: aber mitten am Berg ist es gantz Fruchtbar/ vnd wirdt lustige Weid da gefunden/ vnden am Berg laufft es voll Schlangen. Es fahet auch an in diesem Landt das groß Gebirg Taurus: das ist/ der Ochs/ welches scheidet oder zertheilet Asiam/ gleich wie die Alpes Europam/ vnd Atlas Africam.

Chimera Berg.

Pamphylia. Cap. x.

Pamphilia ist gantz Gebirgig: dann es geht da der Berg Taurus mit gewalt an/ vnd ist trefflich Fruchtbar an Räben vnd Oelbäumen. Es werden auch da sehr gute Weid gefunden/ dann es gehn allenthalben fliessende Wasser auß diesem Berg/ die das Erdtrich gar Fruchtbar machen. Die fürnemesten Stätt dieses Landts haben vor zeiten geheissen Perga/ Aspendus vnd Phaselis.

Lycaonia. Cap. xi.

Es ist diß Landt wol erbawen mit Stätten/ vnd sonderlich hat es ein grossen Nammen von den Stätten Iconium/ Derba/ Lystra vnd Claudiopolis. Von Lystra ist geboren Timotheus/ ein Jünger S. Pauli. Zu Lystra ist der Heylig Paulus versteiniget/ vnd gleich alß ein Todter zu der Statt hinauß getragen worden/ wie Sanct Lucas von jhm schreibt in den Geschichten der Aposteln.

Lystra.

ZZZZ ij Cilicia.

Das siebende Buch
Cilicia. Cap. xii.

Mit hohen vnd scharffen Bergen wirdt Cilicia vmbgeben/ darauß viel fliessende Wasser fallen vnd lauffen ins Meere. Es werden auch in diesen Bergen gefunden etliche enge Gäng/ die man Porten nennt/ dardurch der groß Alexander mit grosser geschrlichkeit vor zeiten gezogen ist. Die alten haben diß Landt getheilt nach seiner Gelegenheit in zwey theil. Eins haben sie geheissen Tractam/ das Rauch oder Birgig Ciliciam/ vnnd das ander/ Campestrem das Eben. Wo es eben ist/ es trefflich Fruchtbar/ vnd reich an allen dingen.

Tarsus ein Hauptstatt.

Die Hauptstatt dieses Landts heist Tarsus/ die man jetzt heist Terassa/ vnnd laufft durch sie das nambhafftige Wasser Cydnus/ das von dem Berg Tauro sein Vrsprung nimbt. Dann lang vor Christo ist ein solch herzlich Studium in dieser Statt gewesen/ daß es in der Philosophey vbertraffe die Atheniener vnnd Alexandriner. Aber die Athenienser haben ein grössern zulauff vnnd Nammen gehabt von den frembden. Insonderheit hat diese Statt nachgehends auch verrümbt gemacht der Seelige Apostel Paulus/ welcher in dieser Statt geboren/ vnd mit seiner Predig alle diese Landt von Jerusalem/ biß in Illyricum erfüllet hat. Es sagen die alten Historien daß sie gebawen sey von Sardanapalo dem Assyrischen König/ wie auch die Statt Anchialia/ darinn man gefunden hab ein Grabstein auff dem also mit Assyrischen Buchstaben geschrieben stund: Sarda-

Sardanapalus.

napalus ein Sohn Anceemdarassis/ hat auff einen tag gebawen Anchialam vnd Tharsum: Isse/ Trinck/ Spil. Diese vberschrifft spricht Cicero/ soll nicht auff eines Menschen/ sonder auff eines Rinds Grab stehn. Er war ein solcher Weibischer Mann daß er sich nicht schempt vnder den Weibern zu spinnen/ vnd Weibische Kleider anzulegen. Er henckt auch nach allen Lüsten des Leibs/ des halben wolten die Assyrier nicht mehr eins solchs Weib zu einem König haben/ machten ein auffflauff wider jhn. Vnd alß er jhnen nicht mocht widerstandt thun/ verbrennt er sich vnd seine Reichthumb in seinem Pallast/ vnd ließ hinder jhm/ wie gemeldte Grabschrifft: Ede, Bibe, Lude. Es ligt auch ein andere Statt darinn/ die hat vor zeiten geheissen Corielus/ so man jetzund Curch nennet/ vnd ein andere die etwan hat geheissen Selinuntis/ vnd nach dem der König Trajanus darinn gestarb/ ward sie Trajanopel genennt.

In disem Lande bey der Statt Isso/ die jetzt Jajassa heist/ ist geschehen die treffliche grosse Schlacht/ so vor zeiten mit einander gethan haben der Groß Alexander von Macedonia/ vnnd der mechtig König Darius von Persia/ der gar nahe vnder jhm hett das gantz Asiam mit allen seinen Ländern. Vnnd da jhm Alexander der König von Macedonia in diß Landt Ciliciam fiel/ zug wider jhn König Darius mit 700000. Mann zu Fuß/ vnd mit 300000. zu Roß. Dann die Medier schickten jhm 10000. zu Roß/ vnnd 50000. zu Fuß: die Bactrianer aber schickten jhm zu 2000. zu Roß/ die Armenier 40000. zu Fuß vnnd 7000. zu Roß. Item die Hircanier 6000. zu Roß/ vnnd 40000. zu Fuß. Es mag nicht außgesprochen werden wie dieser Zeug geschinen vnnd glitzet hat von Purpur/ Gold/ Reichthumb vnnd Waaffen. Sie hielten in jhrem Zug diese Ordnung. Zum aller vordersten giengen etliche die nach Heydnischem jrrthumb trugen in Sylbern gefässen ein Heyligs Fewr/ vnnd denen giengen nach die Gelehrten/ die man Zauberer hieß/ die sungen etliche Lieder nach jhrem Landtsgebrauch. Nach jhnen kamen 365. Jüngling/ die waren alle mit roten Purpur Kleydern angelegt. Nach jhnen kam ein Wagen den zogen weisse Roß/ vnd die darauff sassen/ waren alle mit weissen Kleydern angelegt/ vnnd hetten Guldine Ruten in jhren Henden/ vnd war der Wagen geheiliget dem Abgott Jupiter. Darnach kamen zehen andere Wägen/ die waren mit Gold vnd Sylber gezirt/ vnnd auff sie kamen Kürisser von zwölff Völckern/ vnnd auff sie andere zehentausent/ deren hetten etliche Guldene Halßbänder/ die anderen hetten Kleyder an die waren mit Gold vnd Farben vnderscheiden/ vnnd die Ermel waren mit Edlen Steinen geschmuckt. Darnach kamen die Königsverwandten 15000. die waren auff Weibische art auff das schönest geziert. Auff sie kam ein andere schaar mit Königlichem Gewandt bekleidet/ die giengen des Königs Wagen vor. Dieser Wagen darinn der König saß/ war zu beyden seyten behenckt mit Guldenen vnd Sylberin Abgöttern/ dareyn viel köstlicher Edelgestein gefaßt waren. Auff diesen Wagen kamen zehen Mann mit Spiessen/ vnnd waren diese Spieß mit Sylber geziert/ vnd fornen an den spitzen waren sie mit Gold beschlagen. Aber neben dem König zu beyden seyten hielten sich zweyhundert die aller Edelsten/ vnnd die dem König am nechsten verwandt waren. Vnd dieser hauff ward vmbfangen mit dreyssig tausent Fußknechten/ vnnd auff sie kamen vier hundert Pferdt des Königs. Darnach kamen zwen Wägen/ vnd saß in einem des Königs Mutter/ im andern sein Gemahel. Aber die andern Frawen so den zweyen Königin nachfolgten/ ritten alle auff besondern Pferden. Nach diesem kamen des Königs Kebsweiber/ deren waren 360. alle herzlich bekleidet. Nach jhnen kamen 600. Maulesel/ vnnd 300. Kamelthier/ die trugen des Königs Gelt/ vnd die waren verwahrt mit einem hauffen Schützen/ die jhnen auff

dem

dem Fuß nachfolgten. Nach jhnen kam der Troß/vnd zuletst ein hauffen der mit geringen Waaffen begürtet.

Dargegen kamen die Macedonier nicht mit Gold oder köstlichen Kleydern/ aber mit Eysen Waaffen vnd Harnisch wol geziert/vnnd hetten in jhrem Zeug nicht vber 50000.Mann/ die waren aber so keck vnd frewdig worden in den manichfeltigen Kriegen/ die sie in Europa mit grossem glück geführt hatten/ daß sie jhnen fürgenommen hatten auch das gantz Asiam zu bestreiten/ vñ jhnen vnderwürffig zu machen/wie dann auch beschahe. Darius setzt sein hoffnung auff die menge des Volcks/ aber Alexander vertrawt auff das einmütig vnd vnerschrocken Hertz seines Volcks. Als nun dise zwen Heerzeug zusammen tratten/ lag König Darius vnder/ vnnd wurden von seinem hauffen erschlagen 100000.zu Fuß/vnnd 10000.zu Roß. Aber auff der Macedonier seiten wurden verwundt 500.Mann/ vnd zu todt geschlagen 32.zu Fuß/vnd 150.zu Roß. Es ward gefangen König Darius Mutter/sein Gemahel/vnd andere Edle Frawen. Es wurden auch sonst gefangen 30000.Mann/ vnnd 7000. Pferdt/Maulesel vnd Kamelthier/ die auff jhrem Rucken grosse Läst trugen. Also ward Darius gedemütiget/ der zum Krieg mehr als ein Sieger vnd Triumphierer/dann als ein Krieger kam.Doch kam er seiner Person halb darvon in dieser Schlacht.Wie aber er hernach noch ein mal mit einem grossen Zeug entgegen kam zum andern mal dem Grossen Alexander/will ich hie vnden anzeigen/so ich beschreiben werde das Lande Assyriam/bey der Statt Arbela.

Darius von Macedoniern geschlagen.

Armenia das klein. Cap. xii.

Vor zeiten hat diß Landt viel herzlicher Stätt gehabt/nemlich Nicopolim/Leontopolim/Theodosiam/Sebastiam vnd Camonam. Der Natt Nicopolis heißt ein Statt des Siegs/ vnd ist erstanden von dem Sieg so vor zeiten der Römisch Fürst Pompeius erlangt wider Mithridatem vnd Tigranem/ welche History Josephus der Jud gar fleissig beschreibt. Daß wir aber hie die Statt Sebastian haben zugeschrieben dem kleinen Armeniæ/solt du wissen daß das geschehen ist nach der meynung Strabonis. Dann Ptolomeus setzt sie in Cappadocia.

Cappadocia. Cap. xiv.

Das Landt Cappadocia sonst Leucosyria/ vnd jetzund Amasia genennt/ erstreckt sich 450.Meil: neben dem Euxinischen Meer hin: gegen Nidergang grentzet es an Paphlagoniam/ Galatiam vn̄ Pamphyliam: gegen Mittag an Ciliciam: gegen Auffgang aber an die Berg Antitaurus/ vnd Moschius/ vnd an einen theil Euphratis. Der Fluß Halys laufft durch dieses Landt/ welcher das end des Reichs Crösi gewesen. Als Crösus das Oraculum raths gefragt hatte/ ob er wider den Key. Cyrum außziehen solte/ da gab es jm dise zweifelfaltige antwort/ wan̄ er vber dē fluß Halys ziehē wurde/ so wurde er ein grosses Reich vmbkehren. Cresus verstunde zwar solches von dem Reich Cyri/ aber es ist in dem seinigen war worden. In disem Land ligt Comana/ vnd darinn̄ d' Tempel Bellonæ. In diesem Tempel hat es einen Hohen Priester/ der nach dem König in Cappadocia der fürnembste/ vnnd mehrentheil auch seines Geblüts war. Strabo schreibt/ es seyen vnder diesem Priester vber die 6000. heiliger Diener gewesen/ von Männern vnnd Weibern/ welche an den grossen Festtagen Bellonæ/ sich selber vndereinander wund geschlagen/ vn̄ also diesem Götzen ein blutigen Gottsdienst verrichtet haben. Diese Abgöttischen Ceremonien sind von Oreste/ vnd seiner Schwester Iphigenia/ auß Taurica Scythia/ da man der Dianæ Menschen geopfferet/ dahin gebracht worden. In Castabala/ einer Statt in Cappadocia/ war ein Tempel Dianę Persicę/ da die Weiber/ so auß andacht dahin kamen/ Barfuß auff glüenden Kolen/ zu gehen pflegen/ ohn einigen jhren schaden. Sonst ist Cappadocia zum grössern theil sandig/ steinig/ vnd deshalb vnfruchtbar/ man findt darzu in diesem gantzen Landt gar wenig Holtz. Die fürnemeste Statt darin̄ hat vor zeiten geheissen Mazaca/ aber ward darnach vom Keyser Claudio Tiberio genen̄t Cæsarea/ vnd ist jhr auch nachmals der Nam̄ blieben. Es ward auch da der Heylig Basilius Bischoff/ ein gelehrter Mann/ den man nennt Basilium Cæsariensem. Der Keyser Julianus/ so ein abtrünniger Christ war/ war dieser Statt feind/ darumb daß sie Christo vnserm Herrn also trewlich anhieng/ daß er drewet/ da er wider die Persier in Krieg zog/ wann er widerumb zu Landt mit dem Sieg von den Persiern käme/ wölt er die Statt gar vertilgen. Aber durch anschickung Gottes/ ward er in Persia getroffen mit einem tödtlichen Pfeil. Vnd da er erkan̄t die Rach Gottes/ ward er nicht bewegt zur Buß/ sonder verharret in seinem verstopfften Gemüt/ vnnd sprach mit seinem Gottslesterigen Mund: Du Galileer du hast vberwunden. Also pflegt er zu nen̄en Christum vnsern Erlöser. Vnd ward in solcher gestalt die Statt von dem Tyrannen erlediget/ der auch der Christen Blut seinen Abgöttern auffopffert.

Es ist ein andere Statt in Cappadocia mit Nammen Cucusum/ in welche gleich alß in das Elend der Heylig Bischoff Johannes Chrysostomus ein grosser Christlicher Lehrer/ von Constantinopel ward vertriben.

Ein andere Statt in Cappadocia/ die etwan Eupatoria/ darnach Amasia/ vnnd zu letst vom Pompeio Magnopolis ist genen̄t worden/ vnnd ist gewesen des Hochgelehrten Manns Strabonis Vatterlandt. Die andern schreiben jhm zu für sein Vatterlandt die Insel Cretam. Nun mag es wol seyn/ daß er in einem Landt geboren sey/ vnd im andern erzogen. Hie pflegt der Türckisch Beglerbeg zu wohnen. Item ein andere Statt Nazianzum/ darinn Gregorius Nazianzenus ein Christlicher gelehrter Mann Bischoff gewesen/ vnnd ein Lehrmeister des Heyligen Hieronymi. Doch setzen etliche diese Statt in das klein Armenia. Ferners ligt in diesem Land die Statt Nissa/ welche dem Heyligen Gregorio Nisseno den Nammen gegeben. Aber die Menschliche vnd Göttliche Lehr/ die etwan in diesem Land sehr gegrünet/ wirdt jetzunder vnder den Barbarischen füssen des Ottomanischen Pferds/ gantz zertretten. Es ligt auch in diesem Landt die Statt Trapezunt/ welche vor zeiten den stoltzē Nammen eines Keyserthumbs getragen. Ptolomæus rechnet auch zu dem Landt Cappadocia das Landt Licaoniam/ deren Hauptstatt Iconium war/ vnd in der Heyligen Schrifft verrümbt ist/ welche ein lange zeit der Königliche Sitz der ersten Türcken in Asia gewesen. Gleichsfals wird auch von jhm zu Cappadocia gezehlet Diopolis/ welche zuvor Cabira genennt worden/ jetz aber Augusta/ welche Ortelius in das kleine Armeniam setzet: In dieser Statt war der Tempel des Monds/ in grosser achtung. Der Priester war eben so hoch geehret/ alß der zu Comana. Es war dahin ein grosse Bilgerfarth auß allen orten/ von Männern vnd Weibern/ vnd legten alhie ab jhre Gelübnussen. Diese Statt war eben wie Corinthus/ dann viel zogen dahin/ wegen der grossen menge der Huren/ die sich daselbsten der Veneri prostituirt hatten.

In diß Land Cappadociam bey dem Fluß Thermodon/ haben sich vor langen zeiten vor Christi geburt gesetzt die streitbaren Weiber genan̄t Amazones/ von denen man also geschrieben findt: Nach dem als vor zeiten ein groß theil Asie den Scythiern Tribut gaben/ seind die Obersten im

Cesarea in Cappadocia.

Von den Ländern Asie. 1483

Landt zu Rhat worden/vnd haben die Edlen jüngling mit jren Weibern auß dem Landt gestossen/ vnd jhnen zugeben ein grosse menge des Volcks/vnd also seind sie kommen in Cappadociam/vnd haben sich an das Meere gesetzt/vnnd angefangen die vmbligenden Länder zu besichtigen vnd berauben. Da haben sich die beschedigten zusammen gethan/vnd diese Räuber alle zu todt geschla-

ger. Als nun das jhre verlaßne Weiber vernamen/seind sie zergriffen/vnd haben sich mit Waaffen gerüst/vnd Mannlich erwehrt jhrer Feind. Ja sie seind auch außgezogen vnnd haben mit freyem willen Krieg geführt/vnd bestritten jhre Nachbawren. Vnd die vbrigen Männer so sie noch hetten/schlugen sie selbst zu todt/darumb sie auch darnach Mannschlägerin wurden genañt. Vnd nach dem sie sich gerochen hetten an jhren Nachbawren/vnd hetten Frieden gemacht/daß jhr Geschlecht nicht abgieng/haben sie auß den vmbligenden Völckern zu jnen berüfft die aller schönsten Jüngling/vnnd sie bey jhnen behalten biß sie von jhnen schwanger wurden. Vnd wann eine ein Knäblein gebar/so tödteten sie es/oder schicktens ferr von jhnen in ein ander Landt: aber die Töchterlein behielten sie/vnd zogen sie auff/übten sie von Kindt auff mit Schiessen/Lauffen/Roßreiten/vnd dergleichen. Vnd damit sie dester geschickter wären die Waaffen zu fassen vñ zu brauchen/ brennten sie jhnen auß die rechte Brust/darvon sie auch mit Griechischem Namen Amazones: das ist/ohn Brust/wurden genennt. Es ist vnglaublich wie weit vnd breit sie sich außgespreitet haben. Von jhnen seind auffgericht worden die herrlichen Stätt des Landts Joniæ/Ephesus vnd Smyrna: aber jhr Hauptstatt in Cappadocia ist gewesen Themiscyra. Viel andere Thaten findet man von diesen Weibern/die ich hielaß anstehn. Strabo der zu den zeiten Christi geschrieben hat/redt also von diesen Weibern: Man redt von den Amazonibus noch zur zeit was man vor vielen jahren von jhnen geredt hat/wiewol solche ding bey mir keinen glauben haben. Dann ich kan es nicht wol in mein Hertz fassen/daß je ein gantzer Heerzug oder ein Statt/oder ein Volck auß eytel Weibern auffgericht sey worden/die nicht allein jhren Nachbawren vberlestig seyen gewesen/sonder auch ein Heerzug vber das Pontisch Meere biß in Atticam geschickt haben.

Amazones streitbare Weyber.

Galatia oder Gallogrecia. Cap. xv.

Alatia oder Gallogrecia/hat diesen Nammen von den Galliern/die man jetzund Frantzosen nennt. Dann nach dem sie vor langen zeiten sich trefflich gemehrt hetten in jrem Land/ist ein grosser hauffen/nemlich 300000. vnder dem Hauptmann Brenno außgezogen jhnen zu suchen ein newe Wohnung. Vnd da sie in Greciam kamen/begeret jhrer der König von Bithynia/daß sie jhm hilff theten wider seine Feind. Vnd alß sie das gethan hetten/gab jhnen der König ein theil von seinem Landt/zwischen Bythinia vnd Cappadocia/das von jhnen Galatia ward genennt. Vnnd dieses sein eben die Galater an welche der Seelige Apostel Paulus die herrliche Epistel geschrieben. Es ligt ein Berg mitten im Landt Cappadociæ/vnd reicht biß in Galatiam/der heist Argeus/vnd ist so hoch daß auch mitten im Sommer der Schnee darauff ligen bleibt. Die fürnemsten Stett so diß Landt vor zeiten hat gehabt/seind gewesen Ancyra/Gordium/Laodicea vnd Tanium. Es stoßt auch ein nambhafftig Landt an Galatiam gegen Mittag/das heist Pisidia/darinn ligt ein berühmbte Statt mit Namen Antiochia/von der man geschrieben findt in den Geschichten der Aposteln am 14. Capitel. Aber gegen Mitnacht zu ligt das Landt Paphlagonia/in welchem ein nambhafftige Statt vor zeiten gelegen ist an dem Pontischen Meere/mit Nammen Sinope/ darinn etliche Hochgelehrte Männer auch erboren seind/vnd der Statt nicht ein geringen Nammen nach jhnen verlassen. Etliche setzen auch die Statt Pompejanopolis/die zu den zeiten des ersten Keysers Julij Pompeius nach jhn nennen ließ. Es war vor alten zeiten Dejotarus König in diesem Landt.

Pisidia.
Paphlagonia.

1484 Das siebende Buch
Von den Inseln so bey den vorgemeldten Ländern
im Meere ligen/ vnd zum Landt gerechnet werden.

Rhodys die Insel vnd Hauptstatt darinn. Cap. xvj.

Johanniter zu Rhodys.

Die Insel Rhodys zu vnsern zeiten auch wol bekannt/ die im Meere wider den Türcken ein lange zeit ein sonderlich Schutz vnnd Schirm der Christenheit gewesen ist / biß zu dem jahr Christi 1522. Wie sie in demselbigen jahr von dem Türcken Mahumet gewonnen ist / hab ich hievornen bey dem 9. Türckischen Keyser angezeiget. Diese hat vor zeiten Ophiusa/ darnach Stacilia/ darnach Telchin/ vnd zum letzten Rhodus: das ist / ein Rosen oder Blum geheissen. Die Insel ist so groß daß 3. Stätt darinn ligen mit namen Lyndus/ Camyrus vnnd Jalisus/ welche nachmals Rhodus ist genennet worden/ vnd ist an dieser Statt ein trefflich gut Port des Meers: aber die andern zwo Stätt ligen zu vnsern zeiten wüst. Strabo schreibt/ daß diese Insel begreiffe in jhrem Circk 920. Stadia/ das macht bey 30. Teutscher Meilen. Es haben vor zeiten die Saracenen dieser Insel gar viel zu leid gethan/ vnd besonder im jar Christi 955. haben sie die Statt Rhodys eyngenommen/ vnnd den verfallnen Colossen/ von dem ich auch bey den Türckischen Keysern gesagt hab / mit 900. alß Eneas Sylvius/ oder/ wie Volaterranus schreibt/ mit 90. Kamelthieren lassen hinweg tragen in die Egyptische Statt Alexandriam. Diß wunderbarlich Werck/ so man auch vnder die sieben Wunderwerck der Welt gezellet/ soll gemacht haben Cares Lyndius/ vnnd war so hoch daß es begreifft in der höhe 70. Elenbogen/ oder wie andere setzen 140. Schuh/ vnnd war auffgericht bey der Statt Lyndus auff einem Berg. Etliche sagen es sey Jupiters Seul gewesen: die andern schreiben sie sey der Sonnen zu Ehren auffgericht. Diese Seul soll gantz vergüldt gewesen sein. Ist endlich durch einen Erdbidem zerfallen/ vnnd von dem Oraculo verbotten worden/ dieselbige nicht mehr auffzurichten.

Darnach im jahr Christi 1138. nach dem S. Johannis Spittal Brüder zu Jerusalem vertrieben wurden von dem Suldan Habusato/ vnnd die vngläubigen Saracenen die Statt Jerusalem gar eynnamen/ kamen sie in Italiam/ vn̄ brachten ein groß Gelt zu wegen durch den Ablaß/ vnnd fuhren von Neapels zu

Schiff

Von den Ländern Asie. 148

Schiff gegen der Insel Rhodys/ vnd schlugen gewaltiglich darauß die vngläubiger Saracener/ namen die Inseln zu jhren handen/ vnnd haben sie auch besessen 214. Jar/ vnd da sie im jahr Christi 1522. vertrieben wurden durch den Türcken/ ist jhnen die Insel Melita/ die jetzt Malta heisst/ bey Sicilia gelegen/ eynzuwohnen vbergeben.

Lesbus. Cap. xvij.

Es ligt diese Insel gegen Phrygia vber/ ist nicht mehr dann 8. Meilen darvon/ sie begreifft in jhrem bezirck 168. Meilen. Es wird die Insel Lesbus gar hoch berümt jhrer Fruchtbarkeit halb/ daß sie auch von etlichen genennt wirdt die Sälige Insel/ sie heisst zu vnsern zeiten Metellinum. Es zeiget Plinius an daß vorzeiten das Meere in dem Erdbidmen etliche Stätt verschluckt hab/ doch seind vbrig blieben Mitilene/ Methymna/ vnd Cressus: vnd dieweil Mitilene die Hauptstatt darinn ist/ wirdt offt die gantze Insel durch Mitilene verstanden. Es schreibt Eneas Sylvius/ da der Türck zum ersten in diese Insel geschiffet/ hab er hinweg geführt was er ausserhalb den Stätten gefunden. Vnd alß er ein Statt angriff zu stürmen/ ward sie durch ein Jungkfraw erhalten/ dann die Männer verzweifleten sie zubeschützen. Da tratt ein Jungfraw zu der Mawren/ legt ein Harnisch an/ schlug etliche von den Feinden zu todt/ vnnd macht den Männern ein solches Hertz/ daß sie auff ein newes anfiengen zu streitten/ vnnd schlugen den Türcken auß dem Landt. Aber vnlang hernach Anno Christi 1464. kam der Türck widerumb mit grosser Macht/ vnd eroberet die Insel mit grossem Blutvergiessen. Sie ist gantz fruchtbar/ vnd von alten zeiten wol mit Stätten erbawen gewesen/ wachst köstlicher Wein darinn/ vnd Bäum die fürbündig gut seind zu den Schiffen.

Chius. Cap. xviij.

Vnder der Insel Lesbus ligt die Insel Chius/ darinn ein hoher Berg gefunden wirdt/ mit Nammen Pelinus/ auß dem man Marmolstein grebt. Es hat auch der Wein in Chio den preiß vor allen Weinen in vmbligenden Ländern seiner güte halb. Er wird hie zu Landt Malvasier genennt/ wiewol er jetzt vast auß Creta zu vns kompt: aber vorzeiten hat man jhn bracht auß Chio. Das ort an dem er wachst/ heisst Aruisia. Es wachst auch in dieser Insel Mastix/ darvon die Genueser/ alß sie Herren vber die Insel waren/ grossen Nutz vnd Gewin erobert haben. Es ist ein Gummi das auß einem Baum schwitzt. Es wachsen auch darinnen gar wolgeschmackte Feigen. Es seind auch darinnen sehr viel zamer Rebhüner/ so man gantz scharen weiß auff die Weid außführet.

Samos vnd Icaria. Cap. xix.

Jn dieser Insel Samos ist Pythagoras geboren/ sie vbertrifft in der Fruchtbarkeit die vorbrig Insel Chiu. Sie hat also ein fruchtbaren Boden/ daß man jhr vorzeiten in Sprichworts weiß zugelegt hat/ daß die Hüner Milch geben haben. Sie hat auch etwan von den Blumen Arthemisia: item/ Parthenia: das ist/ Jungfrewlich geheissen/ vnd Stephane: das ist/ ein Krotz oder Krentzlein. Doch schreibt man von jhr/ daß sie bey jhrer Fruchtbarkeit nit guten Wein bringt wie andere vmbligende Inseln gar edlen Wein tragen. Bey dieser Insel ligt ein andere/ heisst Icaria/ darinn vorzeiten die Göttin Diana ein herrlichen Tempel hat gehabt. Vnd ist also genennt worden von Icaro/ der ein Sohn ist gewesen Dedali/ vnd da in das Meer gefallen vnd ertruncken. Dann wie die Poeten dichten/ hett er sich mit Federn besteckt/ vnd die mit Wachs an sich gehefft/ vnnd da er hoch gegen der Sonnen flog/ vergieng das Wachß vnd fielen die Federn von jhm/ vnd fiel er in das Meer. Es ligt in dieser Gegenheit auch ein andere Insel/ die heisst Leuca: das ist Weiß: dann das Vieh darinnen bringt alles weisse Wullen.

Pythagoras

Icaria

Leuca

Cous

Das siebende Buch
Cous Insel. Cap. xx.

Wo die grossen Artzt bey kommen sind. Pythagoras.

Asclepiades.
Apelles.

Die Insel Co/Cous/Coum/die man jetzt Langoum nent/zwischen Creta vnd Rhodyß gelegen/ist trefflich berühmbt worden jhrer grossen Fruchtbarkeit halb/ vnd daß auch der Hochgelehrt Hippocrates ein Fürst aller Artzet darinn geboren ist/vnd darzu Appelles der aller fürnemest Maler/so je auff Erden erstanden ist. Es hat diese Gegenheit gar treffliche vnd Hochgelehrte Männer auff Erden gebracht/deren Kunst biß zum end der Welt nit zergehen wird. In Cilicia ist geboren Dioscorides/der scharffe ding von den Kreutern geschrieben hat. In Coo ist geboren Hippocrates/wie gesagt ist/der ein Grund gesetzt hat der gantzen Artzney. Zu Pergamo die in Misia ligt/gegen der Inseln Lesbo vber/ist geboren Galenus/der mit viel Büchern erkläret hat Hippocratem. In Lesbo Theophrastus/der von Bäumen vnd wachsenden dingen geschrieben hat. In Samo Pythagoras/der vielen Landen Satzungen fürgeschrieben hat/recht vnd ordenlich zu leben. Er wolt in seinem Vatterlandt nit bleiben/Tyrannen halben so in dieser Inseln begienge Polycrates jhr Landtherr. Darumb zog er in Egypten vnd Babyloniam/daß er in der Lehr möchte fürfahren. Endlich schiffet er in Italiam/vnd vollendet in Græcia Magna/das jetzt Calabria ist/sein Leben. Item es ist geboren Asclepiades in Bithynia in der Statt Byrsa oder Prusia/ein nambhaffter Artzet. In Coo Apelles der auch in des Abgotts Aesculapij Tempel gemacht hat ein bloß Bild der Göttin Veneris/dz die Römer in solcher achtung hatte/der vbertrefflichen Kunst halb so Apelles daran gelegt hett/daß sie es hinweg namen/vnd der Inseln nachliessen von auffgelegtem Tribut 100. Talent/das ist 60000. Frantzösischer Cronen. Es schreibt Plinius von Apelle also: Wann Apelles etwas mercklichs gemacht hatt/stellt er es an den Weg/ daß jederman sehen mocht/vnnd zu zeiten lag er dahinder/daß er hörte was die Fürgenger darüber vrtheilten. Vnd alß auff ein zeit ein Schuster fürgieng/vnd anschawet ein fürgestellt Werck/beredt er etwas dz an dem Schuch des Bildts nit recht gemacht war/vnd gieng also für. Da endert es von stund an Apelles/vnd schempt sich nit das zu thun. Am andern tag gieng der Schuhster wider für/sahe daß der mangel am Schuch geendert war/da fieng er an zu rechtfertigen die Bein vnnd Waden des Bildts. Aber Apelles sprang bald herfür vñ sprach: Schuster bleibe bey deinem Handwerck/vnd vrtheil nicht weiter dann vber den Leist vnd Schuch. Vnd darvon ist nachmals erstanden diß Sprichwort: Sutor non vltra crepidam: das ist so viel geredt/Es soll keiner vrtheilen in einer Kunst/der er nicht bericht ist. Es wolt der groß Alexander sonst von keinem andern Maler sich lassen abcontrafehten/dann von diesem Apelle. Man schreibt wunderbarlich ding die dieser kunstreich Mann mit malen zu wegen bracht hat.

Sarmatia Asiæ. Cap. xxi.

Sarmatia in Asia/so gemeinlich Scythia genennet wirdt/da es doch nur ein theil von Scythia ist/fahet an dem ort an/wo dz Sarmatia in Europa ein end nimt/ das ist bey dem Fluß Tanai/vnd bey den Meotischen Pfützen/gegen dem Cimmerio Bosphoro/so jetzund S. Johannes Schloß genennt wirdt. Gegen Mittag erstreckt es sich an das Euxinisch Meer/wie auch gegen dem Fluß Phasii/gar nah biß an die Landschafft Colchis/Iberiam/vñ Albaniam: gegen Mitternacht an die vndekante Erden. Gegen Auffgang aber acht Tagreiß weit/an das Hircanische Meer/vnd an Scythiam/innerhalb dem Berg Imaus: Jenseit dieses Bergs gegen Auffgang setzet Ptolomæus das rechte Scythiam. Aber wir wöllen jetzund allein von dem theil Scythiæ reden/der Sarmatia/vnd dissen Eynwohner Sauromatæ genennt werden. Wiewol beyde Nammen Scythia/vnnd Sarmatia/mit allen diesen Völckern/in dem Tartarischen Sündfluß vndergangen sind/welcher vor 400. Jaren/mit einem vnuersehenen Eynbruch/den grosten theil vberschwemet hat. Es wohnen zwar diese Sauromatæ jetzund an dem Fluß Tanai/an den Gestaden des Meers/ gegen dem Bosphoro Cimmerio/welchen man vor zeiten den Meotischen See genennt hat: Jhr grösste Wohnung ist in einem Thal Cromuc genañt/da d' Lufft milter ist/vnd das Erdrich fruchtbar. Sie haben ein besondere Sprach/die vast auß dem Halß geht. Sie haben sonst gemeinlich/ wie alle Scythier/vnd Tartarn/keine gewissen Wohnungen der Häuser/bawen auch selten das Feld/sonder ziehen von einem ort an das änder/mit Weibern/Kindern/vnnd allem Viehe. Sie fahren daher auff Wägen/die mit Häuten bedecket sind/vnd brauchen solche an statt der Häuseren. Milch vnd Honig ist jhr speiß: Häut der Thieren sind jhre Kleyder/dann von der Wollen wissen sie nichts. Die bey dem Bosphoro wohnen bekennen den Christlichen Glauben nach Griechischer art:

Von den Ländern Asie.

scher art: Sie tauffen sich nicht vor 8.jaren: kommen auch gemeinlich nicht in die Kirchen/biß sie 60.jahr alt sind: dann sie geleben täglich des Raubs/vnd darumb achten sie nit zimblich zu der Kirchen zukommen/biß sie in jrem alter die Rauberey verlassen. Sie halten jhre Edlen gar ehrlich/die den mehrentheil in allen jhren Händlen vnnd Sachen reiten zu Roß/leyden nicht daß jhre Vnderthanen Roß haben. Aber so deren einer ein Füllen zeucht vnd gewachsen ist/wirdt jhm das genommen von den Edlen/vnd ein Ochs darfür geben/sagen/solch Vieh vnnd kleine Pferdlein gehör jnen zu. Die Edlen wöllen niemand gehorsam seyn/haben kein Oberhaupt/bekennen allein Gott jhren Herren. Es ist viel gezäncks vnder den Edlen/also dz sie einander erwürgen/am meisten die Brüder. Das Landt ist vast Mösig/vnnd voll Rhors vnd Rohrstengel/die da bringen Gewürtz/Calamus Aromaticus, genannt. Das arm Bawrsvolck wirdt hart darinn beschwärt/vnnd offt vberfallen/mit Weib vnd Kindt hinweg gefüret vnnd verkaufft. Die Edlen dörffen kein Kauffmanschafft treiben/allein mögen sie jhre Raub verkauffen/sagen: Dem Adelgebür das Volck zu

regieren/jagen vnd Ritterspiel zu vben. Sie kriegen täglich mit den Tartern/von denen sie an allen orten vmbgeben sind/vnd reisen auch vber den Bosphorum auff die Tartarey bey dem Chersoneso/da Caffa gelegen ist. Dann so das Meere zu Winterszeiten vberfroren ist/werden sie viel von Tartern vberlauffen. Sie gebrauchen sich allerley Wildpräts vnd heimischen Fleischs. Sie haben kein Korn/Weitzen noch Wein: aber auß Hirß vnd etlichem andern Getreid machen sie Brot vnd Gemüß/sieden auch darauß Getranck das sie Boza heissen. Alle jhre Wohnung sind von Stroh/Rhor vnd Holtzwerck gemacht. Wann ein Edelmann bey jnen stirbt/machen sie ein hoch Rohrwerck im Feld/darauff setzen sie den todten Cörper/das Eyngeweid vorhin darauß gethan/ der wirdt also acht tag heimgesucht von seinen Freunden vnd Vnderthanen/vnd von jhnen mancherley weiß begabt. Zu beyden seyten des Gerüsts stehn zwen alte Freund mit Stecken darauff sie sich lehnen. Aber zur lincken steht ein Jungkfraw mit einem Seydin fliegenden Bindl. in an ein Pfeil gehenckt/damit wehrt sie dem Todten der Fliegen/auch zu Winterszeit. Aber gegen dem Todten hernider auff der Erden sitzt sein erste Fraw/stäts ohn weinen/ansehend jren Matt. Vnd so die acht tag herumb sind/bringen sie ein Todtenbaum/vnnd schliessen den Todten dareyn mit einem theil der geschenckten Gaaben/vnnd stellen jhn an ein fürgenommen statt/allda machen sie vber jhn ein Berg von der Erden/vnd je grösser vnd gewaltiger er gewesen ist/je höher machen sie denselbigen Berg. Nach der Begrebnuß zu Essenzeit/satlen sie vnd rüsten des Gestorbnen Pferd/ schicken das bey einem Diener an der Hand führend zum Grab/vnd da nennt er den Todten dreymal bey dem Nammen/vnd berüfft jhn von seiner Freunden wegen/daß er komme zur Mahlzeit/ vnd so er kein Antwort gibt/kehrt er widerumb mit dem Roß zu Hauß vnd zeigt den Freunden an/ daß jhm kein Antwort worden sey/vnd also achten sie fürbaß sich entschuldiget/vnd aller Pflicht entladen seyn/essen/trincken/vnd sind frölich zu Ehren dem Gestorbnen.

In diesem Land ligen etliche nambhafftige Stätt an dem Meotischen See/besonder Patarue/ die man Tocari nennt/Thyrambe/die jetz Trapano heist/Gerusa die man S. Jörg nennt/Mapeta/so jetzundt Copa heist/Hermonassa/die jetz Madaque heist/Bata/die man Maui nennt/ Ampsalis/jetz Albasequia/Denanthia/jetz S. Sophia. Item die Statt Tanais wird jtz Tana genennt/vnd das Wasser Rha/wird Volga vnd Volba/vnd von den Tartern Edel geheissen/ hat auß diesem Lands sein vrsprung. Ein groß theil dieses Lands wird zu vnsern zeiten Cumania genennt/vnd ist ein Fürstenthumb der Tartern. In diesem Landt haben auch die Weiber Amazones vor zeiten jre Wohnung gehabt bey dem Wasser Rha. Es ist auch dareyn kommen der groß Alexander/da er durchzogen ist das gantz Land Asiam/vnd ein Gedechtnuß hinder jm verlassen mit zweyen Seulen die er da auffgerichtet. Er hat auch auff das Wasser Tanaim gebawen ein Statt/vnd sie genennt Alexandriam/vnd die so weit gemacht/daß sie in jhrem begriff hat vmbfast 60. Stadia oder Roßleuff. Vnnd ist das Werck so schnell von handen gangen/daß man am 17. tag die Dächer auff die Gebew gelegt hat. Den Platz so ein Wagenburg hett begriffen/ordnet er zu dieser Statt/ vnd setzt Eynwohner dareyn.

Von

Das siebende Buch

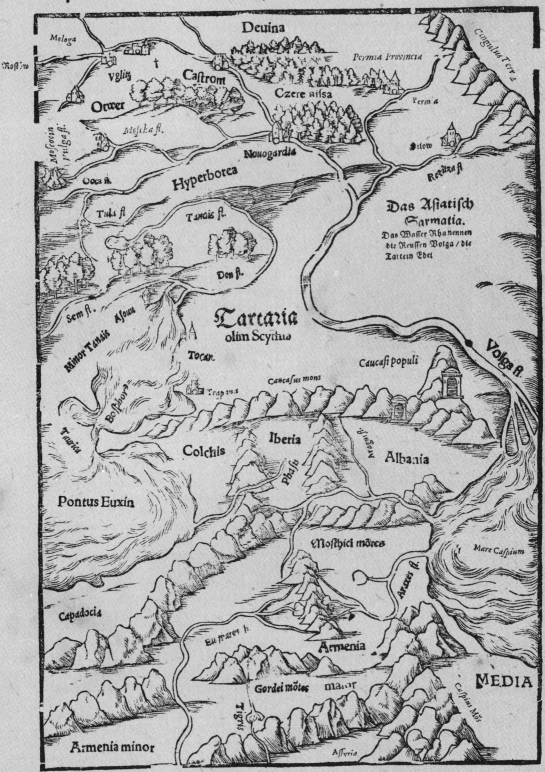

Von dem Landt Armenia/ dem gröffern.
Cap. xxij.

rmenia grenßt gegen Mitternacht an Colchis/ Iberiam/ vnd Albaniam: gegen Nidergang an das kleinere Armeniam vnd Euphratem/ vnd an einem theil Cappadociæ: gegen Auffgang aber an das Caspische Meer / vnnd Mediam: gegen Mittag an Mesopotamiam/ vnd Aßyriam. Diß Landt ist weit vnd breit/ vnnd trefflich rauch von Bergen vnnd Thälern/ aber vast Fruchtbar/ außgenommen ettliche Thäler/darinn kein Wein wachst. Die Berg gegen den Ländern Colchis
vnd

Von den Ländern Asie. 1489

vnd Jberia gelegen/ sind so hoch/ daß sie mit ewigem Schnee bedeckt werden. Vnd dieweil man nit kosten mag auß Armenia in Iberiam vnd Colchiden/ man obersteige dann dise hohe berg kostet es offt darzu/ dz die Fußgänger so tieff mit Schne vberfallen werden/ dz sie im Schnee verderben/ wo man jnen nit zu hilff kompt. Darumb tragen sie lange stecken mit jnen/ dz sie lufft machen/ das sie im Schnee nicht ersticken/ vnd auch ein Zeichen geben denen die denselbigen Weg wandlen/ daß man jhnen zu hilff komme. Dann es geschicht daß man sie auß dem Schnee herfür grebt. Es sind auch in diesem Land trefflich grosse See/ vnd laufft durch jhren einen Aretusam das Wasser Tigris/ das seinen vrsprung in disem Land nimpt/ zum ersten mit wenigem Wasser/ darnach verleurt es sich etwan ein ferren Weg/ vnd nach dem kompt es wider herfür mit grossem Gewalt/ vnd hat ein solchen strengen Fluß/ daß es durch den jetzgemeldten See vnvermischt fleußt/ vnd sein Wasser vnd farb gantz vnd gar behalt. Man schreibt darvon daß es so streng laufft/ daß ein Mann in 7. tagen kaum so ferr gehen mag/ als es fleußt in einem tag. Es zeucht mit jhm nit allein den Sand/ sonder auch die Stein. Es wird von seinem strengen Fluß Tigris genennt in der Medischen Sprach: dann Tigris heißt bey den Medien ein Pfeil. Es entspringt auch in diesem land der Euphrates welcher Armeniam in 2. theil vnderscheidet vnd sich mit dem Tigri vermischet/ entlich aber bey den gräntzen Babylons in den Persischen Sinum außlaufft. Man list in den Historien

Vrsprung der Tigris vnder dem Berg Tauro

daß der Groß Alexander mit grosser mühe vnd arbeit durch diß Landt gezogen ist in das Landt Mediam/ vnd mit seinem Zeug so kümmerlich vber die Berg/ so in diesem Landt ligen/ kommen ist. Besonder ligen Berg darinn/ die Ptolemus Gordeos nennt/ die werden mit ewigem Schnee bedeckt/ vnd mag auch kein Mensch darauff kommen/ vnd wie ettliche wöllen/ so ist es die Berg/ darauff sich die Arch im Sündfluß nider gelassen hat/ die in der Hebraischen Biblen Ararat werden genennt. Es schreibt Haitonus/ der ein geborner Armenier gewesen ist/ daß man zu seinen zeiten/ nemlich vor 300. jaren hab etwas schwartzes gesehen auff diesem Berg in dem Schnee vnd sey die gemeine Sag gewesen in dem Landt/ es sey noch etwas von der

Die Arch Noe in Ararat.

Arch Noe. Er schreibt auch das viel reicher Stett in diesem Landt ligen/ vnder welchem Taurisum die andern all vbertrifft in Reichtumb vnd grösse. Jetz zu vnsern zeiten ist daß Groß Armenia/ wie auch das Klein/ vnder dem Gewalt des Türcken.

Ein Theil dieses Lands Armeniæ wird jetzt Turckomannia genannt/ der ander Theil Georgia. Wie reich diß Landt vor diesem gewesen seye/ erscheinet auß dem/ daß Tigranes/ als er von Ptolomeo geheissen worden/ den Römern 6000. Talent Silbers zu geben/ gutwillig vber diese Summ/ einem jeden Soldaten noch 50. stück Silber/ einem jeden Hauptmann noch 1000. vnd einem jeden Landtpfleger vnd Obersten noch ein Talent geschencket hat. Ihre Religion muß anfangs die gewesen seyn/ welche jh en Noah vnd seine Nachkommen hinderlassen hat/ die aber mit der zeit ist verderbt worden. Berosus schreibt. Noah habe alle seine Nachkommen in Göttlicher vnd Weltlicher Weißheit vnderrichtet/ vnnd habe viel natürlicher Geheimnussen in Schrifften verfasset/ welche die Scytischen Armenier sonst keinem/ als jhren Priestern allein/ zu sehen/ zu lesen/ vnd zu lernen zugelassen haben. Er habe jhnen auch allerley Ceremonien deß Gottesdiensts hinderlassen/ vmb welcher willen sie jhn Saga, das ist ein Priester/ oder Bischoff nennen. Er habe sie auch die Astronomey gelernet/ vnd den vnderschied der Jhren vnd deß Monds gezeiget. Noah hat auch die Armenier vnd Italier den Feldtbaw gelernet/ sonderlich die Pflantzung deß Weins/ daher er dann Janus genennt worden/ welches bey den Aramæis/ ein Vrheber deß Weins heisset. In dem 4. Buch fabuliert Berosus viel/ wie Nymrot/ der erste Saturnus von Babel/ mit seinem Sohn Jupiter Belo/ die obgedachten Ceremonial Bücher deß Jupiters Sagus gestolen habe/ vnd damit in das Landt Sennaar geflohen seye/ da er ein Statt vnd hohen Thurn angefangen hab zu bawen/ 131. jahr nach dem Sündfluß/ habe aber keines außgemacht. Vnd wie Jupiter Belus vnd sein Sohn Ninus vber alle diese Land zu herrschen angefangen. Aber Strabo/ der glaubwürdiger ist/ schreibt/ die Armenier haben in sonderheit in achtung gehalten/ den Tempel Tanais zu Acilosina. Diese Göttin Tanais/ oder Anaitis/ wirdt für die Dianam gehalten/ vnd soll jhr Bildnuß von klarem Goldt/ in jhrem Tempel gestanden seyn.

Armenia ist von Cyro dem Persischen Reich vnderwürffig gemacht worden/ hernach sindt sie vnder die Macedonier kommen/ vnd darauff wider vnder die Perser/ vnd Türcken. Cartwrigt der

AAAAa   Engli-

1490 Das siebende Buch

Englische Theologus/ so in diesen Landen zu unsern zeiten gewesen/ schreibt/ es seye das Volck in Armenia/ in allerley Sachen gantz gescheftig: Ihre Weiber seyen wol erfahren/ im schiessen/ und Gebrauch allerhand Waffen/ wie die alten Amazonen: Ihre Haußhaltungen seyen sehr groß/ dann der Vatter und alle seine Nachkommen wohnen under einem Dach/ und ihre Güter seyen gemein: wann der Vatter sterbe/ so regiere alsdann der elteste Sohn die ubrigen alle/ nach dessen Todt folge nicht sein Sohn/ sondern deß abgestorbnen nechster Bruder/ biß daß alle Brüder todt seyen/ alsdann komme das Regiment auff den Sohn deß eltesten Bruders. Sie sind Christlichen Glaubens gewesen/ unnd haben auch noch einen Schatten darvon: Jetzt wird das Landt von den Turcomanniern bewohnet/ welche wie andere Scythier und Tartaren/ von denen sie auch herkommen sind/ gantz Diebischer Natur sind/ die ziehen auff und nider/ in Hütten/ haben keine gewisse Wohnungen/ gleich wie die Curdi/ jre Mittägige Nachbawren. Ihr grösser Reichthumb steht in ihrem Vieh/ und Rauberey.

Armenia ist wol das allerunseligste Landt/ dann wiewol es die gantze Welt/ nach dem Sündtfluß/ mit Völckern erfüllet hat/ so ist es doch immerdar von allen seiten/ durch mächtige Nachbawren verwüstet/ unnd denselbigen zum Raub worden: wie solches die Krieg zwischen den Römern und Parthern/ zwischen den Griechischen Keysern und den Saracenen: zwischen den Türcken und Tartarn: zwischen den Türcken und Mammalucken: zwischen den Türcken und Persianern/ mehr als gnugsam bezeugen.

Colchis oder Mengrelia. Cap. xxiii.

Colchis/ so jetzt Mengrelia genennt wird/ hat gegen Mitternacht Sarmatiam Asiaticam/ gegen Nidergang das Euxinische Meer/ gegen Mittag das grössere Armeniam/ gegen Auffgang aber Iberiam. Es ist ein gantz reich Land/ und hat viel Flüß die Goldt führen. Von Mitternacht her hat es Berg/ welche auß dem Caucaso entspringen/ gegen Mittag ligen die Berg Meschili: Es sind viel Flüß darinnen/ Corax, Hippus, Cyaneus, Phasis, so alle auß dem Caucaso entspringen/ und in das Euxinisch Meer fliessen. Uber das Wasser Phasis sind zu Strabonis zeiten 120. Brücken gangen. In diesem Land war der Tempel Leucothea/ von Phryxo erbawen/ darinnen ein Oraculum gewesen/ vor zeiten sehr reich/ ist aber von Pharnace und Mithridate beraubet worden. Phryxi und Jasons Fabel haben diß Landt verrühmbt gemacht. Phryxus der Sohn Athamas/ Printz zu Thebis/ war mit seiner Schwester Helle/ von ihrer Stieffmutter auff einem güldenen Wider geflohen/ von dem aber Helle herab gefallen und dahero dem Meer Hellesponto den Namen gegeben. Phryxus aber kam frisch und gesund in Colchis/ opfferte daselbst dem Jupiter/ und hengte das Fell deß Widers auff vor dem Altar Martis. Diß Fell hat Jason hernach/ auß geheiß deß ungetrewen Peliæ/ mit 99. Gesellen/ in dem Schiff Argo/ durch Hülff der Medæa/ abgeholet. Diese Fabel hat ein Fundament in der Warheit: Dann die Flüß in Colchis führen Goldt im Sand/ dasselbige fassen die Eynwohner auff/ und wird in ferre Land verkaufft/ Spanien hat in diesen letzten zeiten viel Argonautas gehabt/ welche durch längere Reysen das Indianische Güldene Fell geholet haben. Cornelius Tacitus schreibt: In Colchis seye es verbotten gewesen/ einen Wider zu opffern/ von wegen Phryxi Wider/ es seye nun gleich ein Thier gewesen oder ein Schiff das also geheissen.

Das gülden Fluß.

Man schreibt von diesem Landt daß es trefflich fruchtbar ist in allen dingen/ unnd mag auch solche ding durch viel der Wässer bringen in andere Länder/ und besonder findt man darinn alle Rüstung/ deren man bedarff zu bawung der Schiff/ Leinwat/ Hanff/ Wachs/ Pech/ Hönig. Doch ist das Hönig bitter in diesem Landt. Es tregt auch wie gesagt Goldt hat auch viel namhafftiger Stett/ alß da sind Discuria/ die auch Sebastopolis heißt/ und hat grossen Gewalt auff dem Euxinischen Meer/ und ist vor zeiten ein grosser Gewerb der Kauffleut da gewesen. Timosthenes bezeugt/ es haben 300. Nationen underschiedlicher Spraachen darinnen gewohnet/ hernach sind die Römische Geschefft durch 130. Dolmetschen daselbst verrichtet worden. Es ligt auch darinnen Siganeum/ jetzt Carbendia/ und Neapolis jetzt Negapontino.

Iberia. Cap. xxiv.

Iberia ist allenthalben mit Bergen umbgeben/ gegen Mitternacht ligt Sarmatia: gegen Nidergang Colchis: gegen Mittag das kleinere Armenia: gegen Auffgang Albania: Iberia sampt einem Theil Armeniæ wird jetzt Georgia genannt/ von ihrem Patronen S. Georgen.

Strabo sagt es seyen in Iberia vierlerley Ständt der Menschen gewesen: Im ersten Standt waren zween Könige/ einer der Alters unnd Adels halben den andern allen vorgangen war/ der ander ward jung unnd führete den Krieg.

Im an-

Von den Ländern Asie.

Im andern Stand waren die Priester: Im dritten die Kriegsleut vnd Haußhalter: Im vierdten aber alle Dienstleut. Sie haben alles in einer Haußhaltung gemein/ vnd der Elteste vnder jhnen regiert/ wie die Christen in Armenia noch heutiges tags zu thun pflegen. Constantinus Porphyrogenetus der Griechisch Keyser schreibt/ die Iberier haben gerühmet/ sie seyen von Vriæ Weib/ welche David geschwängert/ herkommen/ wolten also von dem Geschlecht Davids/ vnnd der Jungfrawen Mariæ sein/ greiffen deßwegen nur in jrem Geschlecht zur Ehe.

Es schreiben andere/ daß die Eynwoner dieses Lands kommen sindt auß Iberia/ das in Hispania ligt bey den Bergen Pyrenen. Dann nach dem sie grossen Schaden erlitten hatten von dem Meere/ zogen sie in Italiam/ vnnd alß man jhnen daselbst nicht platz geben wolt/ fuhren sie durch das Meere in Asiam/ vnnd seyndt zu letst kommen in das Birgig Landt/ vnd das nach vnd nach erfüllet/ mit Stetten vnnd Eynwohner. Aber Varro spricht/ daß die Spanier von diesen kommen sind. Es schreibt Strabo daß m in Gold darinn sind/ gleich wie in Iberia/ dz in Hispania ligt. Die Hauptstatt die darinn ligt/ nennt Ptolemeus Armaticam, Plinius Harmastim, vnd Strabo Harmosicen. Das Landt ist gantz vndgar mit hohen Bergen vmbfangen/ daß man auch mit grosser Arbeit hat durch hauwen etliche Felsen/ vnd Eyngäng dareyn gemacht/ wie man in andern Oertern mehr hat müssen thun in dem Berg Tauro vnd Caucaso: Solcher Eingängen hat es vier in diß Landt.

Mengrelia vnd Georgia.
Cap. xxv.

Die heutigen Mengrelianer sind grobe vnd barbarische Leuth/ vnd verthädigen sich selber wider die Türcken/ durch jhre rauhe Berg/ vnd bettelhaffte Armuth: sie sind so vnmenschlich/ daß sie jhre eigne Kinder den Türcken verkauffen: Sie haben noch zur zeit kein andre Religion/ als die Christliche/ aber gantz verderbt/ sie werden von vielen vnder die Georgianer gerechnet. Jhre Weiber sind in allerley Waffen wol geübt/ daher vielleicht die Fabel oder History von den Amazonen entsprungen. Busbequius schreibt in seinen Episteln von der Türckey/

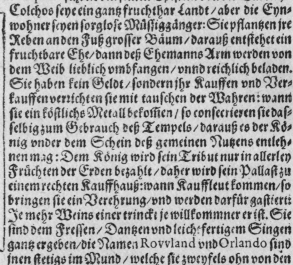

Colchos seye ein gantz fruchtbar Landt/ aber die Eynwohner seyen sorglose Müssiggänger: Sie pflantzen jre Reben an den Fuß grosser Bäum/ darauß entstehet ein fruchtbare Ehe/ dann deß Ehemanns Arm werden von dem Weib lieblich vmbfangen/ vnnd reichlich beladen. Sie haben kein Geldt/ sondern jhr Kauffen vnd Verkauffen verrichten sie mit tauschen der Wahren: wann sie ein köstliches Metall bekommen/ so consecrieren sie dasselbig zum Gebrauch deß Tempels/ darauß es der König vnder dem Schein deß gemeinen Nutzens entlehnen mag: Dem König wird sein Tribut nur in allerley Früchten der Erden bezahlt/ daher wird sein Pallast zu einem rechten Kauffhauß: wann Kauffleut kommen/ so bringen sie ein Verehrung/ vnd werden darfür gastiert: Je mehr Weins einer trinckt je willkommner er ist. Sie sind dem Fressen/ Dantzen vnd leicht-fertigem Singen gantz ergeben/ die Namen Rovvland vnd Orlando sind jnen stetigs im Mund/ welche sie zweyfels ohn von den Christliche Kriegs Herzen/ so das gelobte Land eingenommen/ empfangen haben. Es ist kein wunder daß Ceres vnd Bacchus/ auch die Venerem zu sich geladen haben/ welche so sehr in diesem Land herrschet/ daß wann der Mann einen Gast zu hauß bringet/ so beftehlt er jhn seinem Weib/ vnd Schwester/ mit befelch sie sollen jhm alle Frewd vnd Wollust machen/ vnd halten es für ein grosse Ehr/ wann sein Weib dem Gast angenehm vnd lieb ist. Jhre Jungfrawen werden gar bald zu Müttern/ mehrertheils im zehenden jahr jres Alters/ die Kinder sind zwar anfangs gar klein/ es werden aber gar grosse Leut auß jnen. Das schweren halten sie für ein herzliche Qualitet/ künstlich stehlen können bringt dem Menschen grosse Reputation/ welche es nicht thun können/ sind jhnen vnge-

vngeschickte Dölpel. Sie verehren S. Georgen/ von welchem sie auch den Namen bekommen/ also sehr/ daß sie auch seines Pferds Huft küssen.

Haiton der Armenier erstreckt die Grentzen Georgiæ biß zum grossen Meer/ schreibt für eine Warheit/ die er mit seinen Augen gesehen/ daß in diesem Königreich ein Provintz seye/ Hansem genannt/ drey Tagreyß im Bezirck/ welche immerdar so finster seye/ daß man kein Ding darinn sehen könne/ auch nicht darinn gehen dörffe.

Das Landt der Finsternuß.

Die Leut/ welche rings vmbher wohnen bezeugen/ sie hören offt darinn das Heulen der Menschen/ das Kreyen der Hanen/ vnd das Schreyen der Pferdten/ vnnd in einem Wasser das dardurch laufft/ sehe man Zeichen/ daß Wohnungen darinnen seynd. Die Armenianische Historien sagen/ dis seye ein Werck Gottes/ dann als Savoreus ein abgöttischer Persischer Hertz an diesem Ort viel Christen zu tödten vnderstanden/ da habe Gott sein innerliche Blindheit mit diser äusserlichen Blindtheit gestraffet. Also schreibt Anithonus/ oder wie jhn Ortelius nennt/ Antonius à Churchi.

Diese Georgianer werden heutiges tags hefftig von jhren mächtigen Nachbawren/ dem Türcken vnd Persier geänstiget. Der Türck hat in den letzten Kriegen viel jhrer Stätten vnd fürnehmesten Oerter eyngenommen/ vnd bevestiget/ als Gori/ Elisca/ Lori/ Tomanis/ Teflis/ welches die Hauptstatt ist in Georgia/ von dannen biß gen Derbent/ sihet man noch die Fundament einer hohen vnd dicken Mawren/ die Alexander sol gebawen haben. Ortelius haltet Derbent für die Porten Caucasi/ welche Plinius ein grosses Werck der Natur nennet/ libro 6. capite 11.

Circassia. Cap. xxvi.

Von Georgia gegen Nidergang ligt Circassia: das erstreckt sich 500. Meil wegs/ biß an das Meotisch Meer. Sie nennen sich selber Christen: Auß diesem Landt hatten die Egyptische Soldanen jhre Sclaven gehabt/ auß welchem jhre Mamelucken entstanden sindt. Ihre fürnehmste Stätt sind Lacoppa vnd Cromuco: Beym Mund Tanais hat der Türck Asaph bevestiget. Sie leben mehrertheils von Rauberey. Von alters her ist diese Gegne Phanagaria genennt worden/ vnd der Tempel Veneris darinn Apaturia/ dieweil die Venus/ als sie von den Risen sollen nohtzüchtiget werden/ die Hülff Herculis angeruffen/ welcher sie auch alle nach einander erschlagen. In derselbigen Enge deß Meers ligt ein Statt Cimmerium/ daher Cimmerius Bosphorus den Namen bekommen/ von dannen her ist auch das Sprichwort Cimmeriæ tenebræ/ die Cimmerische Finsternuß/ welches die Alten vielleicht von dem finstern Landt dessen zuvor gedacht worden/ verstanden.

Von den Curdis. Cap. xxvii.

In den heutigen Mappen werden neben den Turcomannis/ einem Volck/ das auß der Tartarey dahin kommen/ auch die Curdi zu Armenia gezehlet/ welche beyde Völcker/ nach der Tartarn vnd Arabiern Gewonheit/ ohne Stätt/ Flecken vnd Häuser/ in Hütten zu leben pflegen. Ihre Religion hincket zwischen vielen Religionen/ vnd ist auß der Türcken/ Persianer vnd Nestorianer Sect zusammen gestickt. Im Hertzen sind sie weder Gott noch den Menschen getrew: Sie sind geschickter im Rauben/ Morden vnd Verzahten/ als in den Geheimnussen der Religion. Bitlis/ vnd etliche andere Oerter sind in jhrem Gewalt. Ritter Antonius Sherly/ welcher ein lange zeit in Persia gewohnt/ nennet diß Volck Courdines/ vnd sagt/ sie kennen keine andere Frucht der Erden/ als die zur Auffenthaltung deß Viehs dienen/ Milch/ Butter vnnd Fleisch seye jhre Nahrung/ sie haben eygene Fürsten/ die doch theils dem Türcken/ theils dem Persianer gehorsam seyen/ nach dem sie einem oder dem andern näher gelegen seyen.

Jedoch so entstanden auß Ehrgeitz täglich grosse Krieg vnder jhnen/ wie er denn selber bey einem dieser Fürsten/ so Hiderbeague geheissen/ durchgereysset seye/ dessen Volck von einem andern Fürsten Cobatbeague genannt/ theils erschlagen/ theils gefänglich hingeführt worden/ biß an 20. Seelen/ die bey dem Fürsten in ein Klufft eines Felsen entrunnen seyen. Er sagt weiters/ zehen tausent dieser Courdines/ so dem Türcken vnderworffen gewesen/ haben jhr Land verschlossen/ vnd von Abas dem Persier König/ ein vnbewohnt Land begert/ welches er jhnen auch geben:

welches

Von den Ländern Asie.

welches auch ein Vrsach deß jetzigen Kriegs seye zwischen dem Türcken vnd Persier. Man haltet sie für die vberbliebenen alten Parther/ sie gehen nitter auß/ ohn ihre Waffen/ als Bögen/ Pfeil vnd Schildt/ auch wann sie schon den einen Fuß im Grab haben. Cartwright schreibt in seinem Reißbuch von etlichen vnder diesen/ daß sie den Teufel verehren/ damit er sie vnd ihr Vieh nicht verletze/ daher werde ihr Landt Terra Diaboli genannt. Sie haben bey ihrer Statt Manuscute/ ein Spittal Johanni dem Teuffer zu ehren erbawen/ welcher von Türcken vnd Christen sehr besucht vnd mit allerley Viehe begabt werde/ die Armen desselbigen Orts zu vnderhalten/ weil der Wohn in allen steckt/ wer diesen Spittal begabe/ der werde Verzeihung seiner Sünden/ vnd Glück auff seiner Reyß haben.

Albania. Cap. xxviii.

Albania jetzt Suiria genannt/ hat gegen Mitternacht Sarmatiam/ gegen Nidergang Iberiam/ gegen Auffgang das Caspische Meer/ gegen Mittag aber das grösser Armeniam. Es wirdt Albania genannt/ dieweil der Eynwohner Kinder mit weissem Haar geboren werden. Es seynd solche grosse Hünd darinnen/ daß sie die Ochsen vnd Löwen vmbbringen können. Sie haben auch stattliche Falcken. Diese drey Länder/ so jetzt beschrieben worden/ sind jetzunder vnder der Tartarey. Der Berg Caucasus scheidet Sarmatiam vnd diß Landt von einander. Dieser Berg hat Porten/ deren etliche die Sarmatischen/ die andern die Albanischen genennt werden. Strabo sagt/ die Eynwohner dises Lands seyen deß Meers nit wehrt/ weil sie das Erdrich so schlechtlich nützen. Dann sie wenden die geringste Arbeit nicht auff den Feldtbaw/ da jhnen doch die Erde freywillig grossen Vberfluß herfür

bringt. Es sind auch etliche Oerter darinn/ da man den Saamen ein mal in das Erdtrich wirfft/ vnd zwey oder dreymal zu der Erndt die Frucht abschneidet ohn alle Ackergäng/ allein daß man den Saamen mit der Egen hinunder schiert. Die Reben sind auch also fruchtbar darinn/ daß sie im andern jahr nach dem sie gepflantzet sind/ Wein tragen. Es sind gar einfältige Leut darinnen/ daß sie nicht vber 100. zehlen können/ sie wissen nichts von Geldt/ von Gewicht/ von Masen/ von Krieg vnd burgerlichen Wesen/ oder Haußgeschäfften. Sie haben 26. Spraachen vnder jhnen. Es zeugt diß Landt viel gifftiger Thier/ Schlangen/ Scorpion vnd Spinnen. Etliche Spinnen tödten den Menschen/ daß er stirbt mit lachendem Mundt/ etliche mit weinendem. Ihr Hauptstatt heist Strano.

Von den Ländern Syria/ Mesopotamia/ Cypern/ Arabia vnd Babylonia. Cap. xxix.

In ein Tafel fasst Ptolemeus die fünff Länder/ wie du hieunden sehen magst in der Tafeln Asie/ vnd zeigt an wie sie gegen einander gelegen sindt. Vnd damit wir ordenlich ins nach dem andern besehen/ wöllen wir an der Insel Cypro anfahen/ vnd darnach in Syriam fahren/ das zu nechst bey Cypern ligt.

Von der Insul vnd Königreich Cypern. Cap. xxx.

Cypern die Insul ist nicht die Kleinste vnder den grossen Insuln/ die man in dem Mittelländischen Meer findet. Herodotus schreibt Amasis seye der erste gewesen/ der diese Insel eyngenommen/ vnd ihm zinßbar gemacht habe. Plinius schreibt/ es seyen vor diesem 7. Königreich in dieser Insul gewesen. In der Zeit Keysers Constantini haben die Eynwohner diese Insul verlassen/ weil sie zuvor von dem Element deß Wassers verlassen worden. Dann es 17. gantzer jahr kein einigen Tropffen Wassers darinnen geregnet hatte/ oder wie andere sagen in 36. Hernach ist sie von der Helena der Mutter Constantini/ auß vielen andern Orten mit Eynwohnern wider erfüllet.

füllet worden. Von derselbigen Zeit ist sie vnder dem Griechischen Keyserthumb ein lange zeit verblieben. Es ligt die Insel Cypern nicht vber 50000.Schritten/von dem Landt in Asia/also

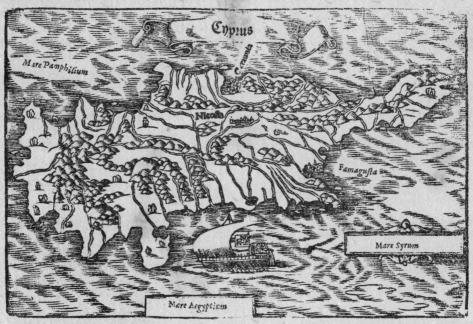

das die Hirtzen mögen von Cilicia in die Insel schwimmen. Darvon schreibt Plinius im achten Buch seiner Historien/das die Hirtzen mit grossen Schaaren von Cilicia in Cypern schwimmen/ vnd legt jeder hinder seinen Kopff dem vordern auff die Arßbacken. Sie sehen nit nach dem Erdtrich/ sonder fahren dem geschmack des Erdtrichs nach. Es hat diß Thier gar ein seltzame Natur/ es lehrt die Mutter jhre jungen lauffen/vnd zeigt jnen an/wie sie sich sollen schicken zur flucht/wie sie vber die Felsen abspringen sollen. Sonst ist es ein einfeltig Thier/was jm entgegen kompt/ gafft es an/auch so ein Jäger mit dem Armbrust vor jhm steht. Die Männlein haben Hörner vnd nicht die Weyblin/vnd vnder allen Thieren werffen sie jährlich von jhnen die Hörner zu Herbstzeit/darumb sie sich auch verbergen ein zeitlang/gleich alß die Wehrlosen. Auß jhren erkennt man jhr Alter biß in das sechßt jar: dann es wachßt alle jar ein besonder Zincken: aber nach dem sechßten jar erkennt man jhr Alter auß den Zähnen. So man jnen verschneidet oder außwirfft/ verlieren sie die Hörner/desgleichen wachsen sie den verschnitten nicht. Diß Thier ist den Schlan-

gen gar auffsetzig/vnd die Schlangen fliehen sein gegenwertigkeit/deshalben auch wann man die Schlangen vertreiben will/so zündet man an ein Hirtzenhorn/diesen Geruch oder Rauch mögen

die

Von den Ländern Asie. 1495

die Schlangen nicht dulden. Vnd wann die Schlangen die gegenwertigkeit der Hirtzen fliehen/ vnd in jhre Löcher schlieffen/ mag der Hirtz mit dem Athem seiner Naßlöcher die Schlangen herauß ziehen. Es mag ein Hirtz 100. jar alt werden. Das hinderst theil am ende des Hirtzenschwantz ist Gifft/ das soll man hinweg werffen. Pulver von Hirtzenhorn geschabt vnd getruncken/ vertribt Würm im Leib: mit Wein getruncken ist für die Gelbsucht.

Nun daß ich wider zu der Insel Cypern komme/ soltu mercken/ daß etliche von den Alten meynen diese Insel sey vor zeiten gehangen/ mit sampt der kleinen Inseln Clides/ am Land Syria/ vnd hab sich das Meer darvon gescheiden. Sie ist 210. Meilen lang/ 65. breit/ vnd in jhrem vmbkreyß haltet sie 550. Meilen. Sie vermag nicht vber 160000. Seelen. Sie ist fruchtbar vnd reich in allen notwendigen Dingen/ allein an gutem Wasser hat sie grossen Mangel/ daher müssen sie das Regenwasser einfassen wie zu Venedig. Sonsten ist sie reich an Wein/ Korn/ Oel/ Zucker/ Honig/ Saltz/ Obs/ Pomerantzen/ Citronen: Sie bringt herfür/ Goldt/ Kupffer/ Baumwollen/ Saffran/ Coriander/ Schmaragden/ Chrystall/ Eyssen vnd Allaun. Es werden auch auß jhren Geißhaaren Tücher gemacht/ die man Zambelotto nennet. Es sind viel Berg in dieser Insel/ der fürnembste aber ist Olympus/ welchen sie Trohodor nennen/ auß demselbigen fliessen zwey grosse Wasser/ der Lycus so gegen Mittag/ vnd der Laphetus/ so gegen Mitternacht laufft. Die Berg vnd Wäld sind allenthalben mit sehr grossen Bäumen geziert. Man schreibt auch der Insel das Lob zu/ daß man in vnd auß jhr mag machen/ ohn hilff anderer Länder/ grosse Schiff/ mit aller bereitschafft/ treffliche Bäum werden darin gefunden/ die man braucht zu Mastbäumen. Man findt auch darinn Hartz vnd Pech/ die Schiff zu schmieren/ vnd Leinwat zu Seylern vnd Seglen. Es wachßt auch in Cypern hübsch vnd gut Saltz/ das hauwt man auß dem Erdtrich gleich wie die gefrornen Eißschemel/ vnnd tregt es auff hauffen. Es ist nicht gar ein gesunder Lufft darinn/ darzu bey der Statt Lymosi ist ein Refier so voll vnreins Gewürms/ dz da niemand wohnen kan/ dann dz ein Closter da ist/ darinn haben die Münch viel Katzen die in das Feld lauffen vnd viel Vngeziffers abthun/ die kommen zu einer Glockengeleut gelauffen in das Closter. Da ist auch ein Wald mit eytel Bäumen die S. Johannes Brod tragen. Es wächset darin insonderheit der Cypressen Baum/ darvon die Insel den Namen hat.

Die Eynwohner dieser Insul seynd vnd allwegen/ wegen deß grossen Vberfluß aller Gütern zur Vnkeuschheit geneigt gewesen/ dannenhero sie die Alten der Göttin Veneri zugeeygnet/ vnd jhren allein viel Tempel gebawet haben. Dahero kompt auch daß Trogus schreibt: Es haben die Cyprier jhre Töchter ehe sie sie in die Ehe geben/ von den Schiffleuten schwächen lassen. Die Ernd ist in dieser Insul in dem Frühling/ das Viehe gehet vber Winter auff der Weyd: Aber zu Sommers zeit wann die Hitz groß ist/ bleibt das Viehe daheim/ dann es findt nichts zu weiden.

Diß Königreich ist vor zeiten gewesen vnder dem Keyser von Constantinopel/ vnd ist jm zum ersten entzuckt worden durch König Richarden von Engellandt/ Anno 1181. Dann alß er mit dem König von Franckreich ein Meerfahrt thet wider die Sultanischen/ vnd durch das vngestüm Meere getrieben ward in Cypern/ vnd die von Cypern jhm widerstunden vnd nicht zu Landt fahren liessen/ ward er erzürnt/ vnd die Waaffen so er wider die Vngläubigen zugericht hett/ kehrt er wider die Eynwohner dieser Insel/ vnd vnderwarff sie jhm gewaltiglichen/ besetzt sie. Bald darnach gab er sie von handen einem vertriebnen König von Jerusalem/ der hieß Guido/ vnd war ein Frantzoß/ der besaß diß Königreich vnd seine Nachkommen/ biß es zu letzt kam auff zwen Brüder/ die wurden vneins/ vnd bracht einer den andern vmb. Aber der so bey Leben bleib/ ward bald darnach auch gerochen. Dann alß Anno 1272. die Fürneme ste von Genua vnd Venedig bey dem König in Cypern waren/ vnd zanckten vmb den Obern Sitz/ erkennt der König daß die Venediger solten ob den Genuesern sitzen. Das bekümmert die Genueser so vast/ daß sie ein heimlichen Rhatschlag machten wider den König. Aber jhr Fürnemmen ward dem König verrahten/ vnd warff die Genueser in eyl zu den Läden seins Saals hinauß/ vnd tödt sie alle. Alß das die Genueser in Italia vernamen/ wurden sie ergrimt/ richteten zu ein grosse Rüstung von Schiffen/ vnd vberfielen die Insel Cypern/ fiengen den König/ vnd die Königin/ brachten sie heim mit einer grossen Beut. Doch wurden sie zu letzt ledig gelassen/ aber mußten den Genuesern järlich Tribut geben/ die Genueser behielten innen in Cypern die Statt Famagusta. Dieser König vberkam zu Genua in Gefengknuß einen Sohn/ der war geheissen Janus/ der regiert nach jhm in Cypern. Er ward auch gefangen vom Egyptischen Sultan/ wolt er ledig werden/ muß er geben 115000. Gulden. Er verließ ein Sohn der hieß Johannes/ vnd ein Tochter die hieß Anna. Johannes regiert nach seinem Vatter/ vnd nam zur Ehe des Keysers von Constantinopel Bruders Tochter/ mit der

Cypern dem König von Jerusalem vbergeben.

Cypern kompt an die Genueser.

AAAa iiij vberkam

1496 Das siebende Buch

vber kam er ein Tochter die hieß Carlota/die hett zum ersten zur Ehe einen vom Königlichen Geschlecht auß Portugall/darnach ein Hertzogen von Saphoy. Es hett auch dieser Johannes ein vnehelichen Sohn der hieß Jacob/den macht er Bischoff in der Hauptstatt Nicosia/wider des Bapsts willen. Aber als jm seine Eltern abgiengen ließ er das Bisthumb fahren/ vnd fiel das Königreich an. Da ward berüfft Hertzog Ludwig von Saphoy/ als nechster Erb des Reichs/ vnd vertrieb gemeldten Jacoben auß dem Reich. Da flohe Jacob zu dem Sultan/ begert seiner Hilff/ kam also widerumb zum Reich/ vnd vertrieb seinen Schwager Ludwigen darauß/ nam auch eyn die Statt Famagustam/die biß zu derselbigen zeit die Genueser in jrem gewalt hatten gehabt. Vnd damit er sicher im Landt wäre/nam er zu der Ehe eins grossen Burgers Tochter von Venedig/der von den Geschlechtern war/der hieß Marcus Comarius/ aber die Tochter hieß Catharina/ vnd die ward nach abgang jhres Vatters angenommen von dem Rhat zu Venedig an Kindsstatt/ deßhalben die Venediger mit der zeit Erben des Königreichs Cypern worden sindt. Dann nach dem König Jacob abgieng mit todt/ Anno 1470. vnnd hinder im verließ sein Gemahel schwanger/ vnd da das Kindt an die Welt geboren/auch nicht lange lebte/wurden sie des Kindts Erben. Darvon ich auch hievornen in Italia bey der Statt Venedig etwas weiters gesagt hab.

Cypern kompt an die Venediger.

Contrafehtung der Statt Famagusta.
Cap. xxxj.

S sind vor zeiten 15. Stätt in dieser Insel gewesen/welche aber jetzund zum grössern Theil verfallen sindt/die fürnembsten waren Paphos/ jetzt Bapho von deren oben geredt worden: Salamis/welche in einem lustigen Busen deß Orientalischen Gestats gelegen war/von deren man kumlich in Syriam vberschiffen kondt/hernach ist sie Constantia genennt worden/ vnd ist Epiphanius daselbst etwa Bischoff gewesen. Heutiges tags aber seynd die fürnembsten Stätt dieser Insul Famagusta vnd Nicosia. Famagusta ist sehr fest mit Thürnen vnd Pasteyen/der Hafen aber mag vber 12. Schiff nicht fassen. Nicosia aber ligt 8. Meylen darvon/vnd ist die Hauptstatt dieser Insul/ da vor zeiten die König Hof gehalten. Die Venediger als sie die Insul beherrscheten/setzten alle 3. jahr dahin einen Vicere auß jhren Geschlechtern/sie musten die Statt Famagustam stäts mit 7. Fahnen Volck besetzt halten. Sie zogen jährlichen darauß Nutzung auff die 700000. Ducaten. Aber die Besatzung/ Gebäw vnd andere Vnkosten/ haben widerumb in die 300000. Ducaten darvon gefressen.

Im jahr

Von den Ländern Asie. 1497

Im Jar 1571. kam der Türckisch Keyser Selymus mit einer grossen Armada in die Insel Cypern/vnd bracht sie gantz vnd gar vnder seinen Gewalt/doch mit grossem Blut vergiessen. Nach dem er die Hauptstatt dieser Insel/mit Namen Famagusta/siebentzig Tag lang gestürmet/vnd letztlich den 9. tag Augusti durch Auffgebung bekommen/gebote er Marcum Antonium Bragadinum/der Christen Obersten/lebendig zu schinden/vnd welcher solches auß den Christen wurde thun/dem wolt er ein Verehrung geben: aber es ward allda keiner gefunden der solche schand an seinem getrewen Obersten wolt begehn/ja auch keiner vnder den Vngleubigen. Da tratten herzu drey alte Jüdische Hündt/erboten sich freywillig solche Pein vnd Schmach an dem Christlichen Mann zu beweisen/darauß man leichtlich mercken mag/was guts sie den Christen gönnen.

Cypern von Türcken besessen.

Nach diesem haben sich miteinander verbunden/der Bapst/Philippus König in Hispanien/die Venediger/vnd die Johanniter Herrn/brachten zu sammen 212. Triremes, oder grosse Galeen vnd traffen den Türcken an auff den 7. tag Octobris/Anno 1571. bey der Insel Cephalenia/hetten mit ihm ein Schlacht/siegten glückhafftiglich/etliche Schiff des Türcken wurden gantz vnd gar zu boden geschossen vnd versenckt/etliche gefangen/vnd etliche machten sich in die flucht vnd kamen davon. Man schreibt dz in disem Sieg seyen vmbkommen auß den Türcken 30000. vnd 8000. gefangen/13000. gefangne Christen ledig gemacht. Es sollen auch die Christen ein solchen grossen Raub in diesem Sieg erobert haben/daß seid Christi Geburt die Christen an keinem Ort kein grössern Sieg erlangt haben/weder auff dißmal hie wider den Türcken. Gott wölle weiter sein Gnad geben/wider den grawsamen Tyrannen.

Sieg deß H. Bunds wider den Türcken.

Syria mit seinen Ländern.
Cap. xxxii.

Syria wirdt in der H. Schrifft Aram genannt/von Aram dem Sohn Shem/Gen. 10.21. Daher nennt Strabo die Syrier Arammæos. Es werden diesem Land vngleiche Grentzen gesetzt von vngleichen Authoren/sonderlich weil Syria vnd Assyria von vielen vnder einander vermischet werden. Eustathius theilet Syriam ab in Palestinam oder Judæam/Phœniciam/Cœlen/oder Cœlosyriam/Comagenam/vnd Seleucidem. Mela erstreckt Syriam noch weiters: Plinius setzt noch zu den vorigen hinzu/Babyloniam/Sophene/Adiabene/vnd Antiochiam. Auff diese weiß würde es sich von dem Mittländischen Meer gegen Auffgang vber den Fluß Tigris erstrecken/vnd von Armeniam an Arabiam. Aber Ptolemeus/dem wir fürnemlich nachfolgen/setzet diese Grentzen gegen Mitternacht Ciliciam vnd einen theil Cappadociæ/bey dem Berg Amanus: Gegen Mittag Arabiam Petræam: gegen Auffgang Arabiam desertam: vnd den Euphratem: gegen Nidergang aber das Syrische Meer.

Vor zeiten ist diß Landt gar in grosser achtung gewesen/vnd hat viel besundere Länder/namhafftige Stett/Berg vnd Wässer in sich begriffen. Ist trefflich fruchtbar/vnd sonderlich hat es ein außerwehlten Boden Vieh darinn zu ziehen/das dann der ersten Menschen Reichthumb ist gewesen/wie wir dann auch in der Bibel finden im alten Gesatz/daß Abraham/Isaac/Jacob vnd seine Söhn/ja auch Moses vnd David/Hirten sind gewesen in diesem Landt/vnd reich von Vieh worden/auch alle Nahrung darauff gestanden.

Es ist diß Landt Syria wie man darvon haltet/erstlich ein Wohnung gewesen vnser ersten Eltern vor dem Sündflus/wie auch Nohas vnd seiner Kinder nach dem Sündflus/da der gottlose Cham vnd seine Nachkommen den besten Theil in jhren Gewalt bracht/biß sie von den Israelitern darauß vertrieben worden. Es gedencket die H. Schrifft/vnd etliche alte Historien etlicher Regenten in Syria/man kan aber keine gewisse Succession finden biß vff Alexandrum Magnum nach dessen Todt König worden in Syria Seleucus Nicanor/von welchem die König in Syria seine Nachfolger Seleucidæ seyn genennet worden/die regierten 251. jahr/biß auff das jahr von Erschaffung der Welt 3906. da Tigranes so König war in Armenia vnd Syria/sich an Pompejum vnd die Römer ergeben. Also ist Syria vnder die Römer kommen/welche es durch jre Landpfleger bey 830. jahr beherrschet/biß auff das jahr Christi vnsers Herrn 604. da haben es die Saracenen

racenen eyngenommen mit der Statt Jerusalem: hernach ist es vnder die Türcken kommen/ aber die Christen haben es jhnen bald widerumb abgetrungen sampt der Statt Jerusalem: nach diesen hat es der Türck widerumb eyngenommen. Darnach haben es die Mamaluckischen Sclaven vberfallen/ biß es Selimus der Türckische Keyser widerumb in seinen Gewalt gebracht/ in welcher Dienstbarkeit Syria sampt dem gelobten Landt noch heutiges Tags verhafftet/ wie ich hernach weiter anzeigen wil. Alepo ist jetzund die vornembste Statt in Syria. Vor diesem war es Damascus/ welche Hieronymus verdolmetschet/ Getruncken Blut/ weil da Cain seinen Bruder Abel sol erschlagen haben/ wie Hieronymus anzeigt auß den Traditionen der Hebræern. Die Türcken nennen es jetzund Scham.

Damit ich aber ordenlich diese Länder durchgang/ vnd von einem jeglichen etwas sag/ wil ich zum ersten für mich nemmen Palestinam/ welches auch der fürnembst theil in Syria ist/ vnd das besehen von einem Ländlein zum andern/ angesehen daß die gantze H. Schrifft altes vnd newes Gesatzes/ in jhren Historien sich zeucht auff diß Landt.

Palestina. Cap. xxxiii.

PAlestina welches von den Philistern so das Meergestat bewohnet/ den Namen bekommen/ begreifft in jhm Jdumeam/ Judeam/ Samariam vnd Galileam/ vnd diese Länder haben vor alten zeien bewohnt die Chananeer/ Jebuseer/ Hineer/ Hitheer/ ꝛc. aber wurden auß dem geheiß Gotts darauß getriben/ vnd dem Jüdischen Volck zu bewohnen vbergeben/ wie das die Bibel außweißt im alten Gesatz. Der Jdumeer Landt/ wie du in der new geschriebnen Tafel sichst/ ligt zwischen Egypten vnd dem Jüdischen Landt/ vnd ist ein stuck von Arabischem Landt/ ist auch trefflich fruchtbar an den ort da es stoßt an das Meere: aber gegen dem Landt Arabia ist es vnfruchtbar/ da es stoßt an dz Gebirg Seir. Seine fürnemeste Stett sind Moresa/ Anthedon/ Gaza/ Ascalon/ vnd Azotus/ welcher in der Bibel offt gedacht wird. Von Ascalon ist bürtig gewesen der Wüterich Herodes/ vnder dem Christus geboren ist/ der mit grossen Listen an sich das Jüdisch Königreich zoge/ vnd alle die vom Königlichen Geschlecht vorhanden waren/ ertödtet.

Von Judæa oder dem heiligen gelobten Lande. Cap. xxxiv.

DAs Jüdisch Landt/ kompt nach dem Landt Jdumea/ das vorzeiten dz Chananeer Landt/ darnach das Gelobt vnd Jsraelitisch Landt/ vnd darnach das Jüdisch Landt vnd zu liest das heilig Landt ist genenntt worden/ von dem die H. Geschrifft vom anfang biß zum ende/ in beyden Testamenten so vil gesagt/ welches Gott für alle andere Länder erwehlt hat vnd verordnet/ daß in jhm der rechte wahre Glaub vnd Dienst Gottes solt ein anfang nemmen/ vnd von dannen geprediget vñ auffgerichtet werden in die gantze Welt/ darumb nicht vnbillich diß Landt vnd sein Hauptstatt Jerusalem soll vorgesetzt werden allen Ländern vnd Stetten der gantzen Welt. Dann da haben gewohnt die Patriarchen/ da haben geweissaget auß dem Geist Gottes die Propheten/ da hat der einig Sohn Gottes an sich genommen Menschliche Natur/ durch sein heylig Leyden vnd Sterben vns versünet dem Himlischen Vatter. Da haben die heyligen Apostel empfangen den Geist Gottes/ vnd sind von dannen gezogen in die gantze Welt/ vnd haben allen Menschen verkündt das Reich Gottes. Das Landt hat vor zeiten seinen Eynwohnern vberflüssiglichen bracht Milch vñ Honig:

aber nach dem Christus kommen ist/ geußt es auß in alle Welt Artzney des Heyls/ vnd spendet auß Speiß des Lebens. Dieweil die Eynwohner dieses Lands gerecht vnd fromm sind gewesen/ ist das Erdtrich auß Gunst Gottes treflich fruchtbar gewesen/ vnd reich an allen dingen: aber da sie Gottes vergassen/ vnd kehrten sich zu den Abgöttern/ ist kein Plag auff Erdtrich gewesen/ die nicht vber diß Landt gangen sey nemlich Hunger/ Durst/ Außsatz der Menschen/ der Kleyder vnnd Heuser/ des Feindts Schwert/ grissige Thier/ vnd in summa alle Flüch sind vber es kommen/ die geschriben stehn Deuter. 17. Cap. Wie edel vnnd fruchtbar diß Landt sey gewesen an der erste/ bezeugen auch die Heyden/ die kundschafft geben/ daß es sonderlich in zweyen dingen andere Länder vbertroffen hat/ nemlich daß in keinem Landt dann in Judea zu jhren zeiten gewachsen ist das edel Balsamkraut/ vnd in keinem Landt mehr fruchtbarer Palmenbaum. Darvon Plinius also schreibt: Man find wol in Europa Palmenbäum/

bringen

Von den Ländern Asie.

bringen aber kein Frucht. In Hispania gegen dem Meere bringen sie Frucht/ist aber rauch. In Africa bringen sie Frucht/ist aber nicht warhafft. Aber in Judea vnnd in Orient bringen sie Frucht/die der Menschen vnd vieler Thier Speiß ist. Man pflantzt die Bäum in Italia/aber sie bringen kein Frucht: dann sie wöllen ein Sandechtigen heissen Boden haben. Die Gelegenheit dieses Landts/wie du sehen magst in der newen Tafeln deß H. Landts/ist gar lang/aber schmal. Die Lenge streckt sich vngefehrlich auff 40. Teutscher Meilen. Etliche setzen nicht mehr dann 24. vom vrsprung des Jordans biß gen Bersabee so an Jdumeam stoßt: aber die Breite wird genommen vom Meere biß an den Jordan oder von Jericho biß gen Joppen 11. Teutscher Meilen/wiewol etliche Geschlechter jhre Wohnung vnd Besitzung haben vber dem Jordan/wie dann die gemeldte Tafel außweißt. Zu den zeiten Christi ist diß Landt getheilt gewesen in drey Provintzen/die vndere hat geheissen Judea: die mittel Samaria: vnd die ober Gallilea.

Dieser Berg ligt 26. Meilen von Jerusalem gegen Norden: Es stehet darauff ein mächtiger Waldt/der auch Libanus wird genannt/in welchem die berühmbten hohe Cedern vnd Dannenbäum wachsen/so zu den mächtigen Gebäwen der Israeliten gebraucht worden/vnd noch von den Türcken in grosser Achtung gehalten werden. Man findet auch darein allerhand wolriechende/heilsame Blumen vnd Kreuter/als Cypressen Weyrauchbüsch vnd andere. Der höchste Gipffel dises Bergs ist selten ohne schnee/darinn auch die Tyrier zu Sommerszeit darauf steigen/vnd schnee herab bringen damit sie den Wein külen.

Es wird dieser Berg in zwey Theil geteilet/der hinder Theil gegen Damasco zu heist Libanus/vnd der vorder Theil bey der Statt Sidon heist Anti-Libanus. Es wohnen darauff zweyerley sonderbare Secten so sich vor Christen außgeben/nemlich die Maronitæ vnd Truici. Die Maroniten haben eine gantze Ketzerische Meynung gehabt von Christo/hernach haben sie sich zu der Römischen Kirchen begeben/doch reychen sie den Layen das Nachtmal deß HErrn nach der Einsatzung vnsers HErrn Christi/vnder beyderley Gestalt. Sie haben auch einen Patriarchen/der wirdt von dem Bapst bestättiget/er wohnet auff dem Vorgebürg deß Bergs Libani/eine Tagreiß von Tripoli in einem Kloster/zu vnser Frawen genannt. Die Truici geben sich auch vor Christen dar/aber sie leben in einer solchen jrrigen Meynung der Lehr vnd Lebens halber/daß es auch die Türcken vnd Heyden nicht wol ärger machen köndten. Vnder andern halten sie die Blutschande/so vnder jhnen gantz gemein/vor keine Sünd. Darnach stecken sie auch in der närrischen Meynung Pythagoræ. Die Seelen der Menschen fahren auß einem Leib in den andern. Also hat Gott der Allmächtige diese herrliche Land allem jammer vnderworffen. Diese Maroniten vnd Truicen haben starcke Verbündtnuß mit einander/vnd wollen weder dem Türcken noch andern Potentaten vnderworffen seyn. Jhre vornehmbste Handlung ist mit Senden/welche von frembden Kauffleuten von jhnen abgeholt wirdt:

Auß dem Berg Libano sol der Jordan seinen Vrsprung nehmen/vnd wie Arias Montanus schreibt/sol es vnden an diesem Berg zwo Quellen haben/deren eine Jor/die ander Dan heist. Auß deren Vermischung dieser Fluß vnd Namen Jordan entspringet/wie in Engelland auß den Namen Tame vnd Isis/der Fluß Tamesis seinen Namen hat. Bey der einen Quell ist vor zeiten die Statt Dan gestanden/die zuvor Laist/vnd Leshem geheissen: Seither ist Cæsarea Philippi/vnd hernach Neronia dahin gebawen worden/von dem König Agrippa. Wiewol nun war/daß auß der vermischung deß Jors/vnd Dans/dieser Fluß offentlich an die Wält geboren wirdt/so ist doch sein erste vnd warhaffte empfängnuß in Phiale/120. Stadien von Cæsarea/auß einer Quellen/die gantz vnerforschlicher Tieffe ist/deren Wasser vnder der Erden durch die Natur/biß gen Dan oder Panæas geführet wird/da es allererst herfür bricht. Der Vierfürst Philippus hat Sprewer in diese Quell zu Phiale geworffen/welche zu Dan wider herfür kommen sind/vnd also hat er den wahren Vrsprung deß Jordans erkündiget. Dieser Fluß ist sehr berühmbt in der H. Schrifft: Der Prophet Elias ist trocken dardurch gangen/vnd hernach auch Elisæus/welcher das Wasser mit dem Mantel Eliæ von einander gespalten. Es ist auch in dem Jordan/Naeman von seinem Außsatz gereiniget worden. Es hat auch Elisæus darinn das Eysen schwimmend gemacht. Es ist auch vnser HErr Christus darinn von Johanne getaufft worden. Dannenhero pflegen sich noch auff den heutigen Tag/die Bilger so in das gelobte Landt ziehen auß alter Gewonheit darinn zu wäschen. Die Gegne an dem Jordan ist voller Oelbäum/Feigenbäum/Granatbäum/Dattelbäum vnd Weinreben. Aber die Mahometaner pflantzen diese Weinreben nicht/wie die Christen gethan haben/welche durch jhren Fleiß drey Herbst im jahr eingesamblet haben.

Der Jordan macht erstlich einen See/den man Samachoniten nennt: dieser wird nimmer erfüllet/als wann die Schnee auff dem Libano schmeltzen/dann dieses machet/daß sich der Jordan schwellet/vnd vber sein Gestat außlauffet/welches jährlich im ersten Monat beschicht/vnd zu die-

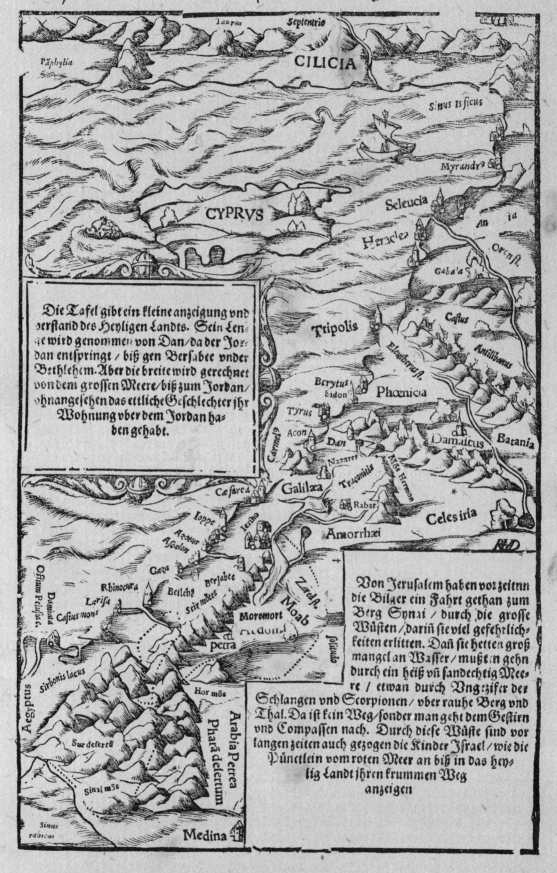

Von den Ländern Asie. 1501

ser zeit ist Josua durch den Jordan gezogen. Aber Sommers zeit trocknet dieser See schier gar auß/ daher dann viel Gesteuds darinnen wachset/ vnnd den wilden Thieren ein Herberg machet. Von dannen fleust der Jordan fürbaß/ vnd mit sampt andern Wasseren machet er den Gallileischen See Genezareth/ den man auch das Tiberiatisch Meer nennet/ vñ bey 20. Teutscher Meilen vmb sich begreifft/ zu letst fallt er in das Todt Meere/ das man mit einem andern Nammen nennet den Asphaltischen vnd auch Sodomitischen See vnnd bleibt darin. Es heist darumb das Todt Meere/ daß nichts darinn geleben mag/ vnnd daß sein Wasser gantz vnbeweglich ist/ ja auch kein Wind es zur bewegung erwecken mag. Es heist das Asphaltisch Meere von dem Pech Asphaltum genennt/ das es außwirfft/ vnd das Wasser dermassen sterckt vnd zäh macht/ daß kein Corpus mag zu grund fallen/ wie schwär es auch ist: es mag auch kein Schiff darinn bewegt werden/ vnnd so ein Mensch dareyn geht/ vnd jhm das Wasser zu den Hüfften kompt/ wirfft es jhn vbersich/ daß er nie weiter zu Fuß gehen mag/ wie es dann erzeigt an etlichen Menschen so Keyf. Vespasianus/ der diß Landt eyngenommen/ auß Kurtzweil vnd wunder dareyn werffen lassen. Diß Pech quillt herfür auß dem Grund/ gleich alß trieb es herfür ein heiß Fewr. Es ist auff diesem Meer allwegen ein schwartzer Dampff/ der auch alle Metall rostig macht/ wie schön sie gballiert sind. Vnd wann ein Windt geht/ mag niemand darumb bleiben von dem bösen geschmack vnd gestanck/ den er darvon treibt. Es wachsen vmb diesen See an manchem ort hübsche Bäum/ vnd hübsche Frücht daran: aber so man die Frücht auffschneidt/ sind sie von innen voller wust/ äschen vnd gestanck.

Das Todt Meer.

So viel man spüren mag/ ist der Brunn vnd das Fewer so dieses Pech kocht/ mitten im See: aber des Pechs außwurff geschicht zu ordenlichen zeiten. Man find auch gerings vmb den See in den Felsen vnd auff dem Landt/ viel mercklicher zeichen einer grossen Brunst/ vnnd die Wasser so ab den Felsen in den See fallen/ haben ein wüste gestanck.

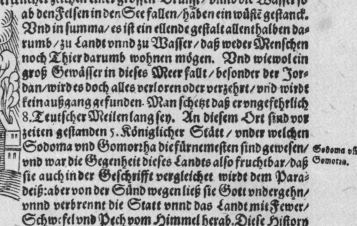

Vnd in summa/ es ist ein ellende gestalt allenthalben darumb/ zu Landt vnnd zu Wasser/ daß weder Menschen noch Thier darumb wohnen mögen. Vnd wiewol ein groß Gewässer in dieses Meer fallt/ besonder der Jordan/ wird es doch alles verloren oder verzehrt/ vnd wirdt kein außgang gefunden. Man schetzt daß er vngefehrlich 8. Teutscher Meilen lang sey. An diesem Ort sind vor zeiten gestanden 5. Königlicher Stätt/ vnder welchen Sodoma vnd Gomorrha die fürnemesten sind gewesen/ vnd war die Gegenheit dieses Landts also fruchtbar/ daß sie auch in der Geschrifft vergleichet wirdt dem Paradeiß: aber von der Sünd wegen ließ sie Gott vndergehn/ vnnd verbrennt die Statt vnnd das Landt mit Fewer/ Schwefel vnd Pech vom Himmel herab. Diese History steht geschrieben im Buch der Geschöpff am 1. Cap.

Sodoma vñ Gomorra.

Wie das Jüdisch Volck anfenglich in diß Landt kommen ist/ vnd was Krieg sie wider die Vngläubigen geführt/ wie sie ein Königreich auffgericht/ vnnd die Statt Jerusalem mit sampt dem Schloß Zion vnd dem herzlichen Tempel gebawen/ vnd darnach diß Königreich in zwey Königreich zertrennt: dem einen hiengen an zwey Geschlechter/ nemlich Jehuda vnd Benjamin/ vñ ward genennt Das Königreich Jehuda: dem andern aber hiengen an 10. Geschlechter/ vnd ward genennt Das Reich Samaria/ von der Hauptstatt Samaria/ oder Das Reich Israel: vñ wie nachmals beyde Königreich wurden zerstört/ vnnd in Gefengknuß von den Königen Assyrie vnd Babylonie geführt/ wird alles ordenlich außgetruckt in der H. Geschrifft/ nemblich im Buch Josue/ vnd also fürbaß biß zu end der Königen Bücher/ vnd der Chronicken. Wie darnach die Jüden wider ledig gelassen worden auß der Gefengknuß/ das H. Landt wider bewohnet/ Stätt gebawen/ vnd ein Königreich auffgericht haben/ das biß zu der Geburt Christi gestanden ist/ vnnd darnach wider zertrennt/ zeigen an die Bücher Esdre vnd der Machabeer. Wie es darnach ein gestalt hat gehabt mit diesem Landt da Christus auff Erdtrich gangen/ zeigt an das Evangelium.

Wie es aber nach dem Leiden vnd Sterben Christi/ weiters ergangen seye/ wie seine Weissagung von der Statt Jerusalem vnd der zerstörung der Juden/ daß kein Stein auff dem andern bleiben werde/ wie auch der engene Fluch der Juden/ da sie den vnschuldigen Herrn Christum zu dem Creutz verdammet/ vnd geruffen Creutzige jhn/ Creutzige jhn/ sein Blut kome vber vns vnd vnsere Kinder/ 73. jahr nach der Geburt Christi von Keyser Vespasiano vnd seinem Sohn Tito seye erfüllet worden: wie die Statt Jerusalem belägert/ erobert/ zerschleifft/ was sich vor jamer darinn zugetragen/ wie der Tempel verbrennt vnd auff 1100000. Menschen/ durch Hunger/ Pestilentz vnnd das Schwert jämerlich vmbkommen/ auff 97000. von Tito gefengklich weggeführt/ vnd theils den wilden Thieren fürgeworffen/ theils in andern Schawspilen hingericht worden/ darumb daß sie den Hertzogen des Lebens ermördet hatten/ das ist von Flavio Josepho/ Hegesippo vnd vielen anderen Scribenten/ der lenge nach beschrieben/ vnnd also jhr Leichbegengnuß gehalten worden.

BBBBb

Von der zerstörung vnd zersträwung der Juden/ vnder dem Keyser Aelio Adriano. Cap. xxxv.

Acht vnd viertzig jahr nach zerstörung der Statt Jerusalem/ haben die Jüden/ welche Titus im Landt vbrig gelassen/ die Statt Betheron/ oder Bitter gebauwen/ vnd durch beredung Bencochab/ das ist/ des Sohns des Sternen/ wider den Keys. rebellieret. Rabbi Akeba/ welcher seiner Weißheit/ langen Lebens/ vnd seiner 24000. Jüngeren halben sehr verrümbt war/ ist dieses Bencochabs Waffenträger worden/ vnd hat die Weissagung Bileams/ Nu. 23. Ein Stern wirdt auffgehn auß Jacob/ auff jhn gezogen. Im Thalmud wirdt von einer gantz vngläublichen Macht geschrieben/ die dieser Bencochab (der hernach Barchesba/ ein Sohn des Liegens genennt worden) solt gehabt haben. Dion Nicæus schreibt viel gläublicher darvon/ auff diese weiß: Als Adrianus der Keyser die newe Rebellion der Juden vernommen/ da sandte er Severum wider sie/ weil aber der silbige nicht rahtsam befunden/ mit einer solchen vnseglichen menge zuschlagen/ da hat ers mit Listen angegriffen/ vnd etwas langsam mit jnen gekrieget. Fünfftzig jhrer bevestigten Castellen eyngenommen/ 980. jhrer besten Stätten zerstöret/ vnnd zu vnderschiedlichen zeiten jhren in die 580000. erschlagen: deren die Hungers/ vnnd Kranckheiten halben gestorben/ waren noch viel mehr. Es waren damalen Wölff vnd andere wilde Thier/ in jre Stäte geloffen/ die mit jhrem scheußlichen häulen/ jhren endtlichen Vndergang verkündiget hatten. Gantz Judæa ist damalen gleichsam gantz öd gemacht worden. Eusebius schreibt auß Aristone Pellæo/ der Keyser Adrianus habe damalen alles was von der zerstörten Statt Jerusalem noch vbrig war/ vollends verderbet/ keinen Stein auff dem andern gelassen/ den Boden der Stat durch den Pflug auffgeackeret/ vnnd Saltz dareyn gesäyet/ jhr ewige Verwüstung hiemit zubezeugen/ vnd die Weissagung Christi mehr zuerfüllen. Vnd damit den Juden alle gedächtnuß nach dieser Statt genommen wurde/ hat er nit weit von Jerusalem ein andere Statt gebawen/ vnd sie nach seinem Nammen Aeliam genennet: Er hat auch ein Gebott außgehn lassen/ daß kein Jud auff den Platz/ da Jerusalem gestanden wer/ kommen/ oder von einem hochen Ort dahin sehen solte. Weder Nebucadnezar/ noch Titus haben die Juden also geplagt als Adrianus gethan hat. Es ward auch zu Rom verbotten/ daß kein Jud in Cypern kommen solte/ weil diese Rebellion daselbsten angefangen. Salmanticensis schreibt/ es habe Adrianus zweymal so viel Juden vmbgebracht/ als mit Mose auß Egyptenlandt kommen seyen. Vber die Thor seiner newen Statt hatt er Bildnussen der Schweinen setzen lassen/ welche die allergetrewesten Thorhüeter gewesen sind/ vnnd keinen Juden eyngelassen haben. Vnd wie er dem Jupiter einen Tempel gebawen/ an das Ort da der vorige Tempel gestanden/ also die Christen zuplagen/ hat er dem Jupiter auff dem Berg Golgatha/ einen andern Tempel gebawen/ wie auch einen der Veneri zu Bethlehem/ welche biß auff die zeit Constantini des grossen gestanden sind. Also sind die Juden/ in dem jar Christi 135. auß jhrem Landt gar vertrieben/ vnd vnder alle Völcker zerstrewet worden. Es ist von derselbigen zeit bey den Juden ein Orden gewesen/ die Θρηνῳδοι/ oder Traurer sind genennt worden/ diese haben jr gantze zeit mit beweinen vber diese Verwüstung zugebracht/ vnnd sind alle jahr ein mal/ auff den 9. Tag des Monats Ab/ durch des Keysers Adriani Mandat/ in die Statt Jerusalem gelassen worden/ aber vmb ein groß Gelt. Daher sagt Hieronymus in cap. 1. Soph. die/ welche das Blut Christi etwan gekaufft hatten/ musten hernach auß gerechtem Vrtheil jhre eygnen threnen erkauffen.

Nach dem nun die Juden/ wegen der verwerffung vnsers Herren Christi/ beydes auß dem jrdischen vnd himlischen Canann verworffen worden: da ist diß Land theils von den Römischen Coloniis/ welche die Keyser zur versicherung des Lands/ dahin geführt hatten/ theils von denen auß Syria/ die sich guthwillig vnder das Römische Joch begeben/ bewohnet worden/ biß auff den Keyser Constantinum den grossen/ wie wir jetz hören werden.

Jerusalem von den Christen zu einem Königreich gemacht. Cap. xxxvj.

Zu den zeiten des Römischen Keys. Constantini des grossen/ welcher den Sitz des Keyserthumbs naher Constantinopel versetzet/ vnnd sich zu dem Christlichen Glauben bekennet/ ist das Gelobte Landt auch vnder die Christen kommen/ vnnd die Statt Jerusalem von Helena Keyser Constantini Mutter/ den Christen zu bewohnen vbergeben worden/ welche sie auch ruwig besessen biß auff Keyser Julianum den abtrünnigen/ welcher Christo zutrutz/ den Juden diese Statt einzunemmen/ vnd auff jhre weiß zu bawen vnnd zubewohnen befohlen/ aber sie wurden durch schreckliche Erdbidem/ Sturmwindt vnnd herabfallendem Fewer/

darvon

Von den Ländern Asie. 1503

darvon abgeschreckt/ vnd der Keyf. hierzwischen von den Partheren erschossen. A. 609. ist die Statt durch d' Persier Kö: Cosdroem geplündert vn̄ vbel beschädiget word̄/ doch sind die Christen darin̄ gelassen worden/ vnd ein zeitlang vnder jrem Gewalt gewesen/ biß zu den zeiten Key. Heinrichs des 4. da sind die Saracener vnd Sultaner kommen/ vnd haben die Statt mit Gewalt eyngenom̄en/ vnd die Christen auß dem Landt geschlagen: liessen aber das Heylig Grab bleiben/ nicht von Andacht/ sonder daß sie verhofften etwas Nutzung darvon zu erobern. Es hat auch Omar/ ein Fürst dieser Vngläubigen/ an dem ort da der Tempel Salomonis gestanden/ einen andern Tempel/ mit vnaußsprechlichem kosten gantz Kunstreich auffbawen lassen/ vnd denselbigen mit grossen Reichthumben begabet. Zu derselbigen zeit sein die Christen an diesen orten in einem Ellenden zustand gewesen. Als nun diser jamer vnd grosse Dienstbarkeit dieses herrlichen Lands/ in der gantzen Welt erschallen/ hat sich hie aussen ein grosse Meerfahrt erhebt/ vnd haben sich versamlet von Man̄ vnd Frawen in Gallia/ Hispania/ Normandia/ Engelland/ Schottland/ Britania/ Gasconia/ Flandern/ Lothringen/ vnd Hibernia ein grosse menge der Menschen. Es lieffen die Hirten von jhrem Vieh/ die Bawren von dem Pflug/ die Münch auß den Clöstern/ vnd samleten sich Ann. Christi 1087. vnder die Hauptmän̄er Gottfrid von Lothringen vnd seinen Bruder Baldewin vnd Eustachium/ vnd Ruprecht von Flandern/ Ruprecht von Normandey/ vnd Hugen Königs von Franckreich Bruder/ vnd zogen durch Teutschlandt/ Vngern/ Bulgarey/ vnd kamen zu dem Keyser von Constantinopel/ darnach zogen sie wider die Stätt Niceam vnd Antiochiam/ vnd eroberten sie widerumb. Darnach sind sie kommen in Syriam/ vnd hab n viel Stätt eyngenommen/ vnd zu letst auch erobert die Statt Jerusalem/ in dem jar Christi 1099. den 12. Julij. Sie waren 40000. starck vnd belägerten die Statt 10. tag lang. Vnd alß sie die hetten erobert/ schlugen sie den gantzen tag die Saracenen vnd Egypter so darinn waren zu todt. In dem schönen Tempel allein so Omar widerumb bawen lassen / sollen vber die 10000. Vngläubigen sein erschlagen worden / also daß die Christen biß an die Kny in den Blut gestanden vnnd schwerlich den warmen Dampff desselbigen haben erleiden mögen. Sie machten zum König Hertzog Ruprechten von Normandey: aber da ers nicht wolt annemmen/ haben sie gleich alß zu einem Vatter gesetzt vber das Christenvolck Gottfridum/ vnder des Regiment sie lebten. Er war ein Graff von Bolonia/ vnd war ein solcher dapfferer vnd Christlicher Man/ daß er in der Statt nit tragen wolt ein Guldene Kron/ darinn Christus der Herr getragen hat ein dörnene Kron. Er macht ein Patriarchen zu Jerusalem/ setzt auch hin vnd wider Bischöff/ einen gen Beryten/ einen in die Statt Tiberias/ einen in Cesarea/ einen in Antiochia/ einen in Edessa/ vn̄ einen in Seleucia. Vnd alß im selbigen jar ein Pestilentz entstund/ starb König Gottfrid im Hewmonat des jars Christi 1100. vnd ward nach jhm König sein Bruder Balduinus ein Sohn Eustachij des Graffen von Boulonois. Er starb Anno Christi 1118. vnd ließ kein Leibs Erben hinder jhm/ da kam die Königliche Wirde an ein ander Geschlecht/ vnnd diß ist desselbigen Geburtliny:

| 3. Balduinus ein Graff von Rastel/ starb Anno 1131. | Margreth durch sie wird König 4. Fulco jhr Gemahel von Angiers | Sibylla diesen am Graffe Dietrich von Flandern 5. Balduinus starb Anno 1163. 6. Almericus starb Anno 1173. | 7. Balduinus aussetzig/ starb Anno 1185. Sibylla: diese hett zur Ehe vnd ward durch sie der 8. König/ Guido von Lusignan. Isabella/ jhr Mann ein Frantzösischer Hertz. Conradus von Monferrat | Jole nam zur Ehe Graffe Johann Brenam. | Jole ein eintzige Tochter/ ward Friderico dem 2. König zu Sicilien verehlicht. |

Balduinus der 3. König erobert zum Reich Antiochiam. Balduinus der 5. König erobert zum Reich die Stätt Gazam vnd Ascalon. Balduinus der 7. König wiewol er aussetzig war/ regiert er doch/ vnd hett grossen widerstandt von Saladino dem Sultan. Kön. Guido der 8. da er mit Kriegen angefochten ward vom Fürsten Raimundo von Tripolis/ kehrt er sich zum Egyptischen Sultan/ vnd sucht Hilff bey jhm/ das ein vrsach war vieler vnd grosser Vbel/ die da fürgiengen im Königreich Jerusalem. Dan̄ der Sultan nam in diesem zweytracht eyn diese Stätt/ Ptolemaiden/ Azotum/ Berytum/ Ascalonem/ Tyberiadem/ vnd zu letst Jerusalem Anno 1187. Er ließ jederman abziehen/ vnd mit jhm nemmen so viel er auff dem Rucken tragen mocht. Da nun der Sultan die Statt Jerusalem eyngenommen hatt/ thet er die Glocken auß den Thürnen/ vnnd verbrennt vast die Tempel/ ohn den Tempel Salomonis. Aber König Guido ward König in Cypern/ wie ich hievornen bey der Insel Cypern geschrieben hab. Als nun dieser Guido das Königreich Jerusalem verlor/ erbt nach jm das Recht zum Königreich sein Schwester Isabella/ darnach jr Tochter Jole/ welche Graff Johan̄ Brena zur Ehe nam/ vnd durch sie erlanget er den Titel des Reichs Jerusalem. Sie gebar ein Tochter die auch Jole hieß/ vnd nam zu der Ehe Keyser Friderich König von Sicilia/ vnd erobert auch durch diese sein Gemahel den Titel des Königreichs Jerusalem/ vnnd nach jhm alle König von Sicilia biß auff den jetzigen König Philippum den 4. auß Hispanien. Alß nun König Guido vertrieben war vom Königreich Jerusalem/ sucht er allenthalben Hilff bey der Christenheit/ vnd auff sein ansuchen machten sich auff der Kön. von Franckreich/ der von Engelland/ Keyser Friderich der erst/ der auch in Armenia ertrank/ Graff Philip von Flandern/ die Brabänder vnd Hennegöwer/ vnd sonst ein grosse menge des Christen Volcks/ zogen ins

Jerusalem vom Sultan eyngenom̄en.

BBBb ij   Heylig

Heylig Landt/vnd belägerten die Statt Ptolemaidem. Da kam ein Sterben vnder sie/ nemlich der Rotschad/ vnd sturben trefflich viel Leut: Es starb auch die Königin Sibylla mit vier Kindern.

Vnd in der Arbeitseligkeit vberfiel sie der Sultan/thet ein Schlacht mit jhnen/ vnnd kamen auff der Christen seiten vmb bey 2000. Mañ. Diß geschahe Anno 1188. Darnach Anno 1191. ward abermals ein Meerfahrt zugericht. Es machten sich auff der König von Franckreich/ die Burgunder/ die Engelländer vnd Flandern/ vnnd schifften mit grosser Macht in Syriam/ legten sich für Ptolemaidem vnd gewonnen sie auch/ sampt den Stätten Carca vnd Gaza. Aber es kam widerumb ein Vnfall vnder das Volck/ dann es sturben trefflich viel Leut im Heer an der Pestilentz/ vnder welchen auch der Hertzlich Mann Graff Philip von Flandern/ sampt 50. hertzlichen Hauptmännern vmbkam. Anno 1264. kamen die Tattern vnd verwüsteten das Reich Syriam/ vnnd kehrten vmb die Statt Jerusalem so Keyser Friderich wider zugericht hat/ zogen fürbaß in Vngern vnd theten grossen schaden. Es entsetzt auch der Bapst im Concilio zu Lyon den gemeldten Keys. seiner Keyserlichen Wirde/ dardurch den Vngläubigen ein grosse vrsach geben ward das H. Land wider eynzunemmen.

In allen diesen enderungen ist bliben stehnd der Tempel des Heil. Grabs Christi/ darzu vorzeiten gefaßt ist worden der Berg Calvarie/ da Christus der Welt Heyland am Creutze sich auffgeopffert hat für das Menschlich Geschlecht. Diß Gebäw lassen die Heyden stehn/ wie gesagt nicht von andacht wegen so sie darzu haben: daß sie setzen Christum weit vnder jhren Mahomet/ sonder daß sie dardurch Gelt auffheben/ vnd die Christen Bilger nach jhrem gefallen schetzen. Aber in den Tempel Salomonis lassen sie kein Christen Menschen kommen/ so er doch vorzeiten von den Christen ist gebawen worden. Was sie darauff haben kan ich nit wissen/ dann daß sie vns für Hünd halten/ meynen es sey vnbillich daß wir in jhr Hey-

ligkeit kommen. Es ist auch innerhalb dem Tempel des Heiligen Grabs Christi noch mehr Gebew/ ohn die jetzgemeldten Kirchen/ nemlich da man hinauff steigt auff den Berg Calvarie/ vnnd den Bilgern zeigt das Loch darinn gesteckt ist das Creutz Christi: dann wie vorhin gemeldt ist/ hat die Keyserin Helena das Ort des Bergs Calvarie vnnd die Statt des Grabs Christi zusammen lassen fassen/ vnd in die Ringkmawren schliessen/ das laß ich nun hie anstehn/ vnd komm widerumb auff die Christlichen Kön. so zu Jerusalem ein zeitlang regniert haben/ von denen ettliche auff diese Meynung schreiben.

Die innere Capellen des Heilgen Grabs.

Nach dem die Christen das Heylig Landt inngehabt vnd besessen hat 1188. jahr/ vnd in dieser zeit manchen König gehabt/ kam Saladinus der König auß Persia vnnd gewan Jerusalem/ vnd erschlug viel Christen zu todt/ vnd kam das gantz Landt Thyrus vnder der Saracenen Gewalt. Da diß die Christen hie aussen in Europa vernamen/ hat sich ein groß Volck auffgemacht von Fürsten/ Marggraffen/ Graffen/ Bischöffen/ Edlen vnd andern gemeinem Volck/ vnd sind gezogen mit Keyser Friderichen dem ersten/ vnd als sie kommen waren biß in Armeniam/ wolt sich der fromme Keyser wäschen in einem fliessenden Wasser: aber es ergriff vnd vberstürtzt jhn daß er zu grund fiel

Die Statt

Die Statt Jerusalem

Gelegen im Heyligen Landt / die lange zeit ist vnder den Christen gewesen / aber jhnen durch den Sultan von Egypten abgedrungen / vnnd endlich zu vnsern zeiten vom Türcken erobert / vnd etwas in der Ringkmawren gebessert / vnder dem sie noch ist / wie auch alle vmbligende Länder.

1506 Die Heylige Statt Jerusalem/contrafehtet nach

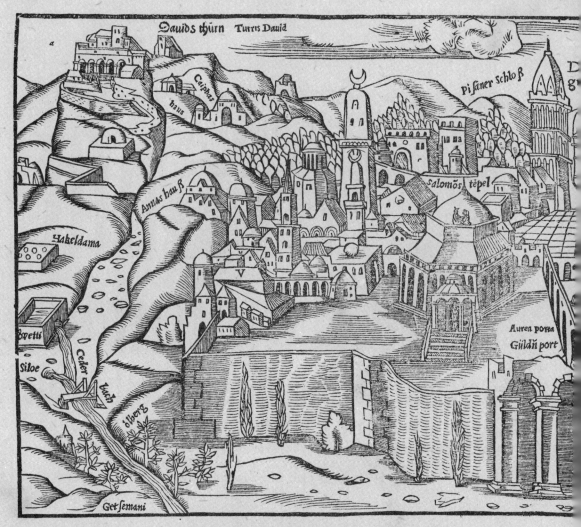

vnd ertranck. Da erhub sich in dem Läger ein grosse klag vnd weinen vmb den Hertzen vnd ihren obersten Hauptmann. Doch fuhren sie für vnd eroberten die Insel Cypern/vnd haben die Stett Accon/Joppen vnnd Jerusalem eyngenommen: aber bald darnach Anno Christi 1229. widerumb den Christen mit den vmbligenden Stätten vberantwort/vnd ward ein Anstand gemacht auff 10. jahr. Darnach Anno Christi 1248. ward Jerusalem den Christen abgetrungen/vnd viel Christen Bluts vergossen. Darnach Anno Christi 1290. haben die Christen gar nahe das gantz Landt verlohren/vnd ist auch blieben vnder dem Sultan biß zu vnsern zeiten. Anno 1517. da hat der Türck den Sultan darauß vnnd auß Egypten geschlagen/wie ich hievornen in den Thaten der Türckischen Keysern erzehlt hab. Vnd alß die Statt vast verfallen vnnd zerbrochen halb öd ist gestanden/hat sie der Türck Anno 1542. wider auffgericht/vnnd die Mawren etwas erweitert/wie die herzu gelegte contrafehtung anzeigt. Es haben vnsere Vorfahren grosse mühe vnd arbeit gehabt/diß Landt vnder ihrem Gewalt zubehalten/vnnd grossen Kosten darauff gewendet/gleich alß were etwas grosses daran gelegen/so doch gegen Gott kein Ort der Welt für das ander etwas gilt/nach dem Christus die Evangelische Lehr auff Erdrich gebracht hat.

Von

nd Gestalt wie sie zu unsern zeiten erbawen ist. 1507

Von ettlichen Stätten des Heyligen Landes.

Jerusalem. Cap. xxxvij.

Or alten zeiten hat diese Statt Salem geheissen/ vñ soll in dem 2023. jahr der Welt von Melchisedeck erbawet sein worden. Es ist anfangs nur ein kleines Königreich gewesen/ und sollen alle ihre König Melchizedeck/ oder Adonizedeck/ das ist/ König oder Herren der Gerechtigkeit/ genennt sein worden. Viel sind der meynung/ diese Statt seye erstlich Zadeck/ und hernacher erst Salem geheissen worden/ das ist Gerechtigkeit und Frieden: welche beyde Nammen dieser Statt wol gebürt haben/ dann die Gerechtigkeit und der Fried haben darinnen ein ander geküsset Ps.85.als der Herr unser Gerechtigkeit allhie den Frieden verkündiget hat (Jerem.23.v.6.) und unser Fried und Gerechtigkeit worden ist/ das ist/ unser rechter und wahrer Melchi-zedeck/ dessen Reich ist/ Gerechtigkeit Fried und Frewd im Heyligen Geist/ Rom.14.17. durch hinzusetzung aber des worts Jereth/ zu dem wort Salem/ ist sie hernach Jerusalem genennt worden. Dann von Abraham wirdt gesagt/ als Gott durch auffopfferung seines Sohns/ seinen gehorsam probieren wöllen/ habe er dieses ort genennt/ Jehova Jereh/ der Herr wirdt fürsehung thun: diß wörtlein Jereth ist hernach zu Salem gethan/ vnnd der Namm Jerusalem darauß gemacht/ vnnd hiemit diß grosse Geheimnus außgetruckt worden.

BBBBb iiij Josephus

Josephus schreibt diese Statt seye anfangs Solyma genennt worden / Melchisedeck aber habe wegen eines Tempels / den er selbst darinnen gebawen / das Griechische wörtlein ιερόν hinzu gethan / vnd die Statt Jerusalem genennet / gleich alß wann die Sprach zu Jerusalem were Griechisch gewesen / weil auch die Jebusiter diese Statt hernach besessen / so wöllen ettliche sie seye von jhnen Jerusalem geheissen worden / welches so viel seye alß Jebussalem. Hieronymus schreibt / diese Statt seye mitten in der Welt gelegen / vnnd gleich alß der Nabel des gantzen Erdtrichs gewesen. Dann gegen Auffgang ligt Asia / gegen Nidergang Europa / gegen Mittag Africa / vnnd gegen Mitternacht Scythia. Was Glück vnd Vnglück vber diese Statt gangen / dieweil sie von dem Israelitischen Volck bewohnet gewesen / ist offenbar auß der H. Geschrifft / vnd ist auch zum theil vornen gemeldet. Item wie hoch sie zu zeiten gepriesen wird von den Propheten des Heilsh alben / so von jhr außgehn würd in alle Welt / ist keinem Christen Menschen verborgen / der die Geschrifft Gottes gehört oder selbst gelesen hat.

Arias Montanus bezeugt vber den Nahemiam / Jerusalem seye auf drey Bergen gebawen worden: der erste heist Sion / ist auff Teutsch ein grosser Wacht=Thurn / dannen vbersteigt alle andere in der höhe im Heiligen Landt: Die Jebusiter hatten ein Schloß / oder Burg darauff gebawen / welches nach dem es von David eyngenommen noch besser erbawen / vnd Davids Statt geheissen worden: Diesen Berg hat ein tieffer Schlund von der Statt Jerusalem gescheiden / dahin David / sampt andern Königen in Juda begraben worden. An diesem ort hat vnser Herr Christus seinen Jüngern die Füß gewaschen / vnd das Heilig Sacrament seines Leibs vnd Bluts eyngesetzet / auch nach seiner Aufferständtnuß seinen Jüngern daselbsten erschienen. Der ander Berg ist sonderlich genennt worden Moria / das war der Berg / auff welchem Abraham seinen Sohn Isaac auffopfferen wöllen / diesen hat David von Arauna erkauffet / damit der Tempel darauff möchte gebawen werden. Der dritte Berg ist Acra genennet worden / auff welchem die Vorstatt gelegen war. Diese drey Berg sind außwendig mit einer Ringkmawren zusammen gefasset / inwendig aber mit dreyen Ringkmawren von einander vnderscheiden worden. In dem bezirck der Mawren waren 9. Porten.

Es ist noch ein Berg ausserhalb der Statt gelegen / Calvaria genannt / das ist Schedelstatt / daselbst sind die Vbelthäter abgethan / vnd zu letst auch Christus gecreutziget worden. Nach dem nun der Kön. David / welcher anfangs zu Hebron geherrschet hatte / den Jebusiteren die Burg Sions abgetrungen / da hatt er seinen Königlichen Sitz / sampt dem Priesterthumb dahin verzuckt / vnnd 33. jahr daselbsten regieret: Auff jhn ist Salomon sein Sohn gefolget: vnder welchen beyden die Statt Jerusalem an Gewalt vnd Herrligkeit sehr zugenommen. Sie hat damalen im bezirck 50. Roßläuff gehalten / vnd einen Graben gehabt / der 60. Schuh tieff / vnd 250. breit gewesen. Wie vberauß herrlich Salomon den Tempel gebawen habe / wie derselbige von Nebucadnezar / sampt der Statt zerstöret / hernach von Nehemia nach 70. jaren / widerumb auffgerichtet worden / findet man in der Heil. Schrifft. Die Machabeer / Herodes / vnd andere / haben diese andre Statt vnd Tempel hefftig gezieret / vnd zu jhrer Herrligkeit viel hinzugethan. Wie es aber ein gestalt mit dieser Statt vnnd Tempel zur zeit Christi gehabt hab / wie Simeon in dem Tempel Christum auff seine Arm genommen / wie Christus darinnen mit den Gesatzgebern disputieret / wie er von dem bösen Geist auff ein eck des Tempels gestellet / wie er darinnen geprediget / vnd anders mehr gethan habe / zeigt an das Evangelium. Vnd wiewol dieser Tempel anfenglich von den Babyloniern zerbrochen / vnd darnach wider gebawen / vnnd von den Römern wider zerstört / ist er doch zu letst von den Christen in runder form gar künstlich in seiner ersten stette auffgericht vnnd gebawen worden: aber jetzt ist er nach Mahometischer weiß mit Gemäl vnnd mit fünff hundert Ampeln innwendig geziert / vnd steht noch biß auff den heutigen tag. Die Guldene Port ist also genennt worden / wie Hieronymus schreibt / daß sie vbergült ist gewesen. Durch sie ist Christus auff dem Palmtag in die Statt geritten. Item alß der Keyser Heraclius kam von der Schlacht die er mit dem Wüterich Cosdroe hett gethan / vnnd das Heylig Creutz mit jhm bracht / in grossem Pracht hineyn reiten wolt / hat jhm diese Port den Eyngang verschlagen / vnd der Engel Gottes mit jhm von der Porten herab also geredt: Da der König der himmeln ist eyngangen durch diese Porten / ist er nicht mit Königlichem Gewandt gezieret gewesen / sonder ist auff einem demütigen Esel durch sie eyngeritten / hat damit seinen Dienern verlassen ein Exempel der Demütigkeit. Alß der Keyser diese Stimm vernam legt er mit weinenden Augen von jhm die Keyserlichen Gezierd / vnnd nam auff sich demütiglichen das Holtz des Heyligen Creutzes / vnnd alßbald thet sich die Porten wider auff.

Jericho.

Von den Ländern Asie.

Jericho. Cap. xxxviij.

Von diesem Flächen stehet viel geschrieben im Buch Josue, vnd wird vmb sich noch gespürt, wie fruchtbar das Landt gewesen ist, da jetzund das Todtmeer stehet. Dann bey dieser Statt ist gewachsen das köstlich vnd Edel Balsamöl, darvon die Statt auch den Nammen hat vberkommen. Dann Jericho auff Hebraisch heißt Süssen Geruch: aber diß Kraut ist mit seinem Gewächß von dannen in Egypten kommen, zu der zeit als das H. Land von den Römern zerstört, vnd die Jüden in das Ellend vertrieben sind. Darvon ich bey der Statt Alkair etwas weiters schreiben will. Der Rosen halb von Jericho so man etwan herauß bringt, solt du wissen daß sie zu Jericho nicht wachsen, sonder vber dem Jordan gegen Jericho vber in Arabia, ein Meil oder vier ferrner, haben aber den Nammen von Jericho, daß sie in diesem Flächen die Bilger ankommen mögen, vnnd nicht vber den Jordan schiffen dörffen frethalb. Wie sie sich auffthun so man sie in Wasser oder Wein ligt, weiß menigklich wol, vnnd darnach sich wider zu thun, so sie auß der feuchte kommen in die tröckne. Ihr gewächß ist auff der Erden von einem nidern Steudlein. Es schreiben auch etliche daß in dieser Gegenheit gefunden wirdt die Schlang Tyrus, darvon man den Tyriack macht. Das ist ein klein Schlenglein, wirdt eins halben Elenbogens lang vnnd eins Fingers dick, ist grawfarb mit roten Flecken vermischet. Sie ist auch blind vnd hat streng Gifft, daß man ihm mit keiner Artzney entgegen kommen mag, sonder das Glied abhawen muß so damit verletzt wirdt. Sie ist haarechtig vmb den Kopff, vnd so sie erzürnt, wird sie gesehen gleich als hett sie Fewr auff der Zungen. *Schlang Tyrus.*

Galgal. Cap. xxxix.

Galgal der Flächen ligt am Jordan nicht ferr von Jericho 3. Meilen von Jerusalem, da die Kinder von Israel, als sie auß Egypten kamen, vber den Jordan mit trocknen Füssen giengen, vnnd da auffrichteten etliche tag den Tabernackel Mosi vnd die Laden Gottes, die darnach verzuckt worden gen Silo, vnnd endlich von Silo gen Jerusalem. Die Straß so mit Tüpfflein in der Tafeln des Heiligen Landts verzeichnet ist, bedeut den Zug der Kindern Israel auß Egypten, vnnd die Zahl da inn verfast, zeigt an ihre Wohnungen oder Lägerstatt, da sie etliche tag oder Monat still sind gelegen.

Accon oder Ptolemais. Cap. xxxx.

Als nun diese Statt vnder der Christen gewalt gewesen/ ist sie gar mechtig/ starck/ reich vnnd wol mit Gebäwen gezieret/ auch ein grosse Handtierung mit Kauffmannsgewerb da gewesen. Vnnd die Christlichen König von Jerusalem haben jhren Hof da gehalten/ mit sampt viel Fürsten vnnd Graffen die sich da gehalten haben. Es haben auch da gewohnt die Tempelritter mit jhrem Hochmeister/ allezeit gerüstet mit Waaffen wider die Vngläubigen Saracenen/ so da vnderstunden die Christenheit zu beschedigen. Es sind auch die Pisaner gar mechtig da gewesen/ desgleichen die Genueser vnd Lombarder/ sind aber stäts vnder einander zweyträchtig gewesen/ welchs auch zu letst der Statt verderbnuß hat gebracht. Dann sie hetten vnder jhnen Partheyen der Guelfen vnd Gibelliner/ die auch mancher Statt in Italia grossen schaden gebracht hat/ wie ich bey der Statt Meylandt gemeldet hab. Dieweil sie nun zu Accon also auffsetzig einander waren/ macht ein Parthey ein Bündnuß mit den Saracenen/ damit sie gesigen möchten wider die andern. Da dz Bapst Vrbanus merckt/ schickt er hineyn 1500. Kriegsmänner/ zu denen sich auch sonst ein groß Volck gesellet/ die das Heilig Landt solten helffen beschützen: aber die Sach ward noch böser: dann das Kriegsvolck war tag vnd nacht im Praß/ beraubten die Kauffleut vnd die Christlichen Bilger/ vñ begiengen viel vbels. Da das der Sultan von Babylonia hört/ gedacht er daß es ein Sach were für jhn/ versamblet ein groß Volck/ zog für die Statt/ hiew ab die Räben vnd Bäum/ vnd thet grossen Schaden. Da das der Hochmeister der Tempelritter sahe/ gieng er hinauß zum Sultan: dann er war jhm wol bekannt/ vnd handlet so viel mit jhm daß er abzog/ doch daß die Statt ein genant Gelt legen/ vnnd die Bündnuß mit jhm steiff halten solt. Vnd als der Tempelmeister solches der Gemein in der Statt vorhielt/ vnnd damit angezeiget/ es were besser ein kleiner schad dann verlust der gantzen Statt: da wolt jhn die Gemeind zu todt haben geschlagen als ein Verräther/ wo er nit entrunnen were. Da solches der Sultan vernam/ macht er sich auff mit grosser Rüstung/ belägert vnd bestürmpt die Statt 40. Tag vnd Nacht. Man schreibt daß er 90000. Mann darvor hat gehabt. Vnnd wann kein zweytracht vnder den Bürgern were gewesen/ hetten sie die Statt wol erhalten. Es gieng kein Tag hin/ es hetten die Rittermeister sampt jren Rittern vnd Brüdern ein Schlacht mit den Vngläubigen/ biß sie zu letst alle vmbkamen. Ich findt sonderlich darvon geschrieben/ daß die Teutschen Ritterbrüder/ so zu Accon ein mechtige versamblung hetten/ in einer Schlacht alle vmbkamen/ vnd alßbald das geschahe/ drang der Sultan für vnd erobert die Statt zum ersten mal Anno Christi 1187. am 22. tag des Meyens. Er kam zum ersten in die Statt bey dem Schloß das die König von Jerusalem hatten. Aber das ander Schloß so die Tempelritter in der Statt hatten/ mocht er nit eins wegs gewinnen/ sonder lag 2. Monat darvor. Dann es waren die Christen dareyn geflohen/ die in dem Getümmel nicht vmbkommen waren/ vnd widerstunden dem Feind Mannlich. Es waren auch noch viel Thürn in der Statt/ so die Saracenen nicht gewinnen mochten/ die waren voll wehrhafftiger Christen/ die theten den Vngläubigen grossen schaden. Vnd nach dem die Saracenen die Statt verbrennt hatten/ vnnd viel tausent zu todt geschlagen/ vberedten sie die Bürger die in gemeldtem Schloß auff den Thürnen waren/ daß sie sich auff ein Thädigung ergaben/ solten mit jhrem Gut frey abziehen. Aber es ward jhnen nicht gehalten/ sonder sie wurden entwedes erschlagen oder gefengklich hinweg geführt. Es kam vmb ein vnsegliche zahl der Mannen zu beyden seiten/ biß die Statt ward erstritten. Als aber die Noht vorhanden/ daß die Statt sich nit lenger mocht erwehren/ ist ein grosse zahl köstlicher Frawen vnd Töchtern mit jhren Kleynotern in ein Schiff kommen vnd seind geflohen in Cypern/ vnd dem Feind entrunnen/ viel seind auch darneben im Meere ertruncken/ die solches auch hatten vnderstanden.

Accon von Saracenen eyngenommen.

Samaria. Cap. xli.

1. Reg. 16. v. 24.

Samaria ligt zwischen Galiläa vnd Judea vnnd ist ein kleine Landtschafft als sie beyde. Sie hat den Nammen von Schemer/ von welchem Omri der König in Israel/ den Berg Schomron vmb 2. talent Sylbers erkaufft/ vnd die Statt Samariam gebawen hatt/ vnd dieselbige gemacht zur Residentz oder Hauptstatt der Königen in Israel. Dann von Jeroboam an (welcher die zehen Stätten von dem Königreich Juda abgesöndert/ vñ ein sonderbar Königreich/ so man das Königreich Israel geheissen/ auffgerichtet) biß auff König Omri/ haben die Könige zu Tirzah gewonet. Sie richteten auff 2. guldene Kälber/ eines in der Statt Bersebe/ in dem Stammen Simeons/ dz ander zu Dan bey dem Libano/ damit das Volck nicht gen Jerusalem gienge/ vnd etwan anlaß bekäme widerumb vmbzuschlagen/ vnd zu dem Königreich Juda vnd den Nachkommen Davids zukehren. Also ist Samaria gewesen ein Sitz der Königen Israel/ von Omri biß auff Hoseam/ vnder welchem Samaria von Salmanassar dem Assyrier/ jhrer grossen Abgötterey vnd Grewln halben/ zerstöret/ vnnd die Israeliten weggeführet worden. Von dieser Statt vnd jhrer Fruchtbarkeit findt man viel geschrieben bey den Propheten/ die sie auch ein Schmaltzgruben nennen.

2. Reg 17.

Von den Ländern Asie.

Nach disem hat Esarhaddon der Sohn Senacheribs/ein ander zusammen gelesen Abgöttisch Volck in diß Land gesandt. Aber der Herr sand Löwen under sie/so sie zerrissen: da wolten sie nach der Israeliten gebrauch leben/aber sie fielen auß einer Abgötterey in die andere. Nach dem nun die Juden widerumb auß der Babylonischen gefangenschafft kamen/wolten sich diese newe Samariten zu ihnen schlahen/aber sie wolten ihrer nichts: daher der ewige Haß zwischen den Samaritanern und den Juden erstanden/wie dann das Samaritanische Weiblein Christo geklaget/Joh. cap. 4. und wann die Juden einen schmähen wolten/hiessen sie ihn ein Samaritaner/wie sie dann auch Christo gethan. Johan. cap. 8. Alß Manasses ein Bruder des Hohen Priesters Jaddi/Sanballats des Samaritaners Tochter Nicosana zum Weib name/wider Gottes Gesetz und sich also des Hohen Priesterthumb verlustig machte/hat Sanballat mit bewilligung Königs Darii/und hernach Alexandri Magni/in Samaria auff dem Berg Garizim einem Tempel gebawen/dem zu Jerusalem gantz gleich/ohn allein daß an statt des Leuchters/ein guldene Ampel an einer guldenen Ketten auß dem Gewölb des Tempels herab gehangen/und macht darüber Manassem seinen Tochtermann/sampt seinen Nachkommenen zu einem Hohen Priester/unnd Fürsten des Lands. Disem Tempel sein die Samaritaner mit solchem Eyffer angehangen/daß sie zu den zeiten Ptolomæi Philometors/zu Alexandria mit den Juden umb den vorzug ihres Tempels gestritten/und sich mit einem Eydt vermessen dörffen/auß ihrem Gesatz dar zu thun/daß ja dem Tempel auff dem Berg Garizim die Ehr des rechten Tempels gebürte. Es war Samaria nach und nach gantz verwüstet/biß zu den zeiten Herodis des grossen/der sie widerumb ernewert/gebawen und Sebasten geheissen. Er hat auch gebawen das Schloß und Stättlein Herodium/ aller nechst bey Jerusalem gelegen. Deßgleichen hat er die Statt so Turris Stratonis vorhin geheissen enewert und gebessert/ und sie Keyser Augusto zu ehren Cæsaream genennet. Sie ligt am Meere/nit fer von Samaria. Epiphanius schreibt/es haben sich dise Samaritaner weder von Juden/Christen/noch Mahometanern anrüren lassen. Sie haben nur die 5. Bücher Mosis für Gottes wort gehalten. Sie haben keine Aufferstehung der Todten/auch keine Dreyeinigkeit geglaubet. Hieronymus schreibt es seyen zu seiner zeit zu Samaria 3. gewaltiger Propheten begräbnussen gewiesen worden. Elisæi/Obadiæ und Johannis des Teuffers. Jetzund ligt diese Statt gantz wüst und zerstöret/unnd findt man nichts mehr davon ubrig als 2. alte verfallene Kirchen: die eine auff dem Berg da des Königs Pallast gewesen/die ander auff der seiten des Bergs/da Johannis des Teuffers Begräbnuß gewesen von weissem Marmor/ist aber von den Saracenen auch zerbrochen worden.

Der Berg Hebal/und Gelboe. Cap. xxxvij.

Von diesen zweyen Bergen Hebal un Garizim/die du siehest ligen zwischen Samariam und dem Gallileischen Meere/findest du geschrieben Deut. am 15. Cap. Und von dem Berg Gelboe hastu in dem letsten Cap. des ersten Buchs der König/und im 1. Ca. des 2. Buchs. Am Berg Gelboe ist vor zeiten gelegen die Statt Bethulia/ bey der das Jüdisch Weib Judith dem Hertzogen Holoferni sein Haupt abschlug.

Gallilea. Cap. xxxviij.

Gallilea ligt gegen Mitternacht und stosset an den Berg Libanum/gegen Nidergang hat es Phœniciam/gegen Auffgang Cælosyriam/gegen Mittag aber Samariam und Arabiam. Der Jordan theilt diß Landt in der mitte entzwey. Es ist sonsten Gallilea underscheiden worden in das Obere und das Undere. Das Ober hat den Ursprung des Jordans in sich begriffen/unnd die Stätt welche Salomon dem Hiram gegeben. Das Under ist Galilea Tiberiadis genannt worden/von der Statt Tiberias/ welche auch dem See und dem gantzen Landt daselbsten den Nammen gegeben. In diesem Landt ist Christus aufferzogen worden/darumb seind die Stätt so darinn ligen/gar wol erkannt auß dem Evangelio/alß Tiberias/Capernaum/Nazareth/Cana/und dergleichen. Zu Tiberias ist ein Natürlich heiß Bad/doch ist es ausserhalb der Statt und nit darinn. Es ligen auch in diesem Landt zwen Berg die beyde Thabor heissen/unnd ist nicht gar kundtlich auff welchem Christus verklärt worden sey. Cesarea Philippi/die Statt so bey des Jordans ursprung ligt/hat vor zeiten Paneas geheissen: aber Philippus Herodis Bruder/dem sie mit sampt der umbligenden Landschafft zu theil ward/hat sie gar zierlich gebawen unnd ernewert/auch von des Keysers wegen/der sie ihm zugestellt/ Cesaream Philippi genennt/welcher auch der Heylig Mattheus gedenckt in seinem Heiligen Evangelio am 16. Capittel.

Phoenicia

Das siebende Buch

Phoenicia sampt jhren Hauptstätten Tyrus vnd Sidon. Cap. lvij.

PHœnicia ligt nach der meynung Plinij/ am Gestadt des Meers/ von Orthosa (jetzund Tortosa genannt) biß gehn Pelusium. Diß Meergestadt ist von den Griechen Phœnicia/ von den Hebreeren aber Chanaan genannt worden. Darumb sagten die Außspäher zu Mose/ die Chananiter wohnen bey dem Meer. In dem 4. Buch Mose am 13. cap. vnd das Weib welches Matthæus im 13. cap. ein Chananitin nennet/ wirdt von Marco am 7. cap. ein Syrophœnicein genennet/ von dem Land Syria/ darin Phoenicia gelegen. Es hatt einer mit Nammen Sachoniato/ welcher vor dem Trojanischen Krieg soll gelebt haben/ in der Phoeniceer Sprach ein Buch geschrieben/ von den Phoeniceren/ welches einer Philo Biblius genannt/ hernach in Griechisch Sprach vbersetzt/ in welchem beschrieben wirdt/ wie die Phoeniceer alle die so was newes vnd nutzliches erfunden/ für Götter auffgeworffen haben/ (dahero jhnen auch von ettlichen die erfindung der Buchstaben vnnd andere sahen zugeschrieben werden.) Es wirde auch darin angezeigt/ was sie gehalten haben von Erschaffung der Welt/ vnd vbrigen Creaturen/ vnd was sonsten mehr denckwürdiges von jhnen hat mögen gesagt werden.

Phoenicia hatte etliche nambhafftige Sätt darunder Tyrus vnd Sidon sonderlich verrümbt. Tyrus war die Hauptstatt in Phoenicia/ fünff vnd zwantzig Meilen von Jerusalem gelegen/ gegen Mitternacht: wirdt von den Propheten Zor genannt/ das heist ein Felß. Dann sie war vor zeiten eine treffliche/ reiche vñ mechtige Statt/ wie Ezechiel sagt in dem Hertzen des Meers/ das ist mitten in dem Meer auff einem Felsen gebawen/ vnd war von dem Meer rings vmbgeben/ wie zu vnsern zeiten die Statt Venedig sein mag.

Sie soll erstlich gestanden sein an dem Ort da noch Tyrus antiqua ligt/ erbawen von den Sidoniern 240. jahr vor erbawung des Tempels Salomonis/ wie Josephus schreibet. Hernach ist sie von dem König Agenore an ein bequemer ort/ mitten in das Meer auff den Felsen 4. Stadien von dem Landt gelegen/ gesetzt worden/ vmb die zeit als Troia von den Griechen zerstöret worden. Sie war gantz rond gebawen/ vnd hatte wie Plinius lib. 5. cap. 9. meldet in jhrem bezirck zwey vnd zwantzig Stadien oder Roßlauff. Sie war mit starcken Mawren vnd festen Thürnen vmbgeben/ war auch vielfaltig gezieret mit Marmorsteinenen Seulen/ dz wer dahin kam groß wunder daran sahe. Die Bürger vnd Eynwohner sein reiche Kauffleut gewesen/ vñ haben sich den Fürsten gleich gehalten/ wie Esajas schreibt am 23. cap.

Hiram der König zu Tyro hat König Salomon grosse hilff geleistet zu dem Baw des Tempels. Er hat auch die Statt Tyrum erweitert/ vñ den Tempel Iovis Olympij dareyn geschlossen/ darein er ein gantz guldine Seul gesetzt hatte.

Es ist diese Statt zum andern mal verstöret worden. Erstlich von Nebucadnezar so sie dreyzehen jar lang belägeret/ wie bey dem Propheten Ezechiel am 13. cap. zusehen/ vnnd hernach von Alexandro dem Grossen: Als derselbige sie vnderstunde zu belägeren/ hat jederman gemeint es wurde jhm ein vnmöglich ding sein: dann das Meer zwischen der Statt vnnd dem Landt war also vngestüm/ daß man dahin kein Dammen schlahen mocht/ sonder was man in das Meer warff/ das ward von stund an verworffen von den Wellen des Meers. Darzu war das Meer also tieff an den Mawren vnnd an den Thürnen die vmb die Statt giengen/ daß man kein Leyter anschlagen mocht/ dardurch man hette mögen die Statt ersteigen. Es macht der Groß Alexander zwo Schütte oder Dammen mit grossen ästigen Bäumen/ vnnd ließ grosse Stein dareyn werffen: aber das wütend Meere zerriß alles was auffgericht war. Darnach kupplet er manchmal Schiff zusammen/ die das Meer auch zerbrach/ vnd ertrenckt die Krieger so darin waren/ vnd die Statt vnderstunden zu gewinnen. Als aber einem Bürger zu Tyro traumete wie jhr Gott Apollo von jhnen weg weichen wolte/ vnnd sie hilffloß lassen/ bunden sie jhn mit einer guldñ Ketten an die Seule da er stunde/ damit er jhnen nicht entlauffen möchte: Also abergläubisch waren die Tyrier: aber diß halff sie alles nichts: dann Alexander hencket ein grossen Last Schiff zusammen/ vnnd erobert die Statt/ nach dem er sie 7. Monat lang angefochten hat. Er schlug innerhalb der Statt 6000. zu todt/ vnd 2000. erhenckt er. Es ist Alexander erst 23. jar alt gewesen da er diese Statt gewonnen. Von den Eynwohnern dieser Statt ist Carthago in Africa erbawen worden/ desgleichen Leptis vnd Vtica/ vnd Gades in Occident/ wie Plinius schreibt. Von den zeiten Christi biß zu vnsern zeiten ist es kein Insel mehr gewesen/ sonder hangt auff einer seiten an dem Gestaden des Landts/ ist auch nimmermehr so mechtig worden/ wie sie gewesen ist/ eh sie der Groß Alexander zerbrach. Es schreibt auch Strabo/ daß der Groß Alexander diese Statt gehenckt hab an das Land mit einem Dammen oder erschütten Erdtrich.

Anno 1190. ward in dieser Statt begraben Keyser Fridericus Barbarossa/ der in dem kleinen

Alexander gewinnt Tyrum.

Von den Ländern Asie. 1513

Armenia ertranck/wie ich hievornen bey dem heiligen Landt angezeigt hab. Es ligt auch darinn der trefflich alte Lehrer Origenes. Vier Teutsche Meilen von Tyro vnnd neun vnd zwantzig von Jerusalem an dem Mittelländischen Meer ligt die Statt Sydon in dem Stammen Asser/ welche vorzeiten die Hauptstatt in Phönicia gewesen/ ist erstlich erbawen worden von Sydon Canaans Sohn/ Genes. am 10. Capitel. Sie ist auch ein verrühmbte Kauffmannsstatt gewesen/ da das köstliche Leinwand auch Sydon genannt/ herkommen: Die Hebræer nennen es Sadin/ von dannen auch ohne zweyffel vnser Teutsch Wort Seyden/ vnd vielleicht auch der Frantzosen Satin herkommen: vnd in solch Leinwand/ das so zartlich/ weich vnd subtil gewesen/ wie Seyden/ hat Joseph von Arimathia vnsern HErrn Christum gewunden: wie auß dem Griechischen vnd Hebræischen Evangelio kan abgenommen werden. Man schreibt auch es sey bey Sydon ein Wasser Belus genannt/ daß bring solch subtil Sandt/ daß man vor zeiten wunderlich rein vnd lauter Glaß darauß gemacht hat/ wie man jetzundt zu Venedig macht. Man schreibt auch dz in dieser Statt erfunden sey die Astronomia oder Kunst des Hittels Lauff/ vnd die

Belus Fluß.

Arithmetica: das ist/ Rechenkunst: dann es ist ein grosser Gewerb da gewesen/ vnd viel Schiffung bey der Nacht. In dieser Statt hat man vor zeiten gemacht die Edlesten Purpurkleider. Dann man findt in keinem Meere also Edel Purpurfisch oder Purpurschnecken/ alß bey der Statt Tyrus. Dieser Fisch ligt verborgen in einer Schalen/ vnnd hat den edlen Safft in seinem Rachen: man muß jhn lebendig fahen/ anderst laßt er den köstlichen Safft im Todt von jhm fahren. Wann er essen

Purpurfarb

will/ kreucht er auß seinem Schneckenheußlein/ dardurch er auch anfengklichen ist verrathen worden. Es ist ein fressigs Thier/ hat ein lange Zung/ vnd zeucht darmit zum Maul alle seine Speiß/ ja wird durch die Zung gefangen: man muß es in der Schalen im ersten streich zu todt schlahen/ anderst verleurt es sein Farb/ wann es ein kleine weil schmertzen leidet.

Als Ochum der König in Persia die Statt Sydon mit List vnnd Verräterey eynbekommen/ haben die Bürger die Statt angezündet/ in welchem Fewer jhrer bey 40000. vmbkommen.

Darius der letzte König in Persia hat die Statt wider erbawen/ vnd einen König dahin gesetzt mit Namen Strato/ welcher aber von Alexandro dem Grossen/ als er Darium vberwunden widerumb abgesetzt/ vnnd an seine Statt einen armen Burger/ Abdolominus genannt/ so doch von den alten Königen zu Sydon herrührete/ von dem Karst damit er sein Garten bawete/ zu einem König gesetzt.

Diese Statt ist jetzundt gantz öd vnd verwüstet/ vor dem Thor gegen Auffgang stehet noch ein Capel/ da die Cananeische Fraw dem HErren Christo solle zugeschrawen haben/ daß Er jhre Tochter vom Teuffel wolte loß machen/ wie Matthæi an dem 25. Capitel zu sehen. Procopius schreibt/ in den alten Zeiten/ sey das gantze Meergestad Phönicia genannt worden. Von Sydon biß in Egypten/ sie haben aber jhre Wohnungen verlassen vnd seyen in Egypten geflohen/ als Josua das Landt vberfallen/ von dannen seyen sie biß in Africam kommen/ vnnd die gantze Gegne biß zu den Säulen Herculis eyngenommen/ die Statt Tinge oder Tanger in Numidia erbawen/ da bey einem grossen Brunnen zwo Säulen gefunden worden/ auß weissem Stein/ darinnen in Phöniceischer Spraach diese Wort eingehawen waren: Wir sind Cananiter/ welche Josua der Dieb außgejagt hat.

Joppe ist auch eine Statt am Meergestaden/ bey Phönicia gelegen/ so nach der Meynung Melæ vnd Plinij/ vor dem Sündtfluß soll gebawen seyn/ daß Cepheus daselbsten regieret habe/ bezeugen etliche gewisse alte Altär/ welche seinen Nammen tragen/ vnd andächtig sindt worden: Es sindt etwa in dieser Statt/ die Beyn eines grossen Wallfisches gezeigt worden/ von welchem Perseus/ die Andromidam solle erlöset haben.

Das siebende Buch

Damascus. Cap. xliij.

WAnn man auß Phoenicia geht gegen Mitnacht/kompt man in dz Landt/das eigentlich Syria heißt/von welchem schon zuvor geredt worden/vnd ligen in jhm viel nambhafftiger Stett/alß Damaseus/Alexandria/Antiochia/vnd dergleichen. Damascus ist ein alte Statt/die zu den zeiten Abrahe ist gewesen/dann Elieser Abrahms Haußvogt war von Damasco Genes. Cap. 5. Sie ligt 6. Tag reißer von Jerusalem/vnd mag niemand außsprechen jren Adel/Schöne vnd Reichthumb. Es ist in jr ein trefflich starck vnd schön Schloß/das vor ettlichen jaren gebawen hat ein Florentiner/der ein Mamaluck worden war/vnd ein Herz dieser Statt/von wegen dz er dem Soldan geholffen hatt in tödlicher noht/dem Gifft zu essen geben war/vnd jm aber der gemeldt Florentiner das Gifft nam/vnd jn bey dem Leben erhielt/vnd darumb ein Herz gesetzt ward vber diese Statt. Diese Statt ist Volckreich vnd mechtig an Gut/vnd ist die Handlung vnd kunstreiche Arbeit so darin getrieben wird/vast groß. Diese Statt ist auch von Getreid vnd Fleisch/mit vberflüssiger notturfft versehen/vnnd das aller fruchtbarest Erdtrich darumb.

Fruchtbar Land vmb Damascon.

Da wachsen die Granatäpffel/Kütten/Feigen süß alß Honig/auch Mandel vnd Oelbäum vast groß/vnd sunderlich die grossen Weinbeer/bey vns genannt Zibeben/zu aller zeit im jar frisch vñ grün/vnd vil andere köstliche früchte/alles vollkommener weder bey vns. Desgleichen von Blumen vnd andern wolriechenden Rosen rot vnd weiß. Es hat auch ein groß theil der Statt Stockbrunnen/eingefaßt mit gehawenem Steinwerck. Die Häuser seind innwendig vast wol gezieret/vnd schön von Marmelstein vnd erhabner Arbeit. In dieser Statt seind viel Kirchen die sie Muschea nennen/vnd in der Hauptkirchen die in der mitte vnbedeckt vnd offen/aber gewelbt ist/hat man den Leichnam Zachariæ des Propheten in grossen Ehren/mit beleuchtigung vieler Ampeln. Auch sicht man da wo die Thumkirch ist gewesen der Christen/vnd das Ort da S. Paulus von Gottes Gewalt nider geschlagen vnd bekehrt worden ist/ausserhalb der Statt bey einer Meil wegs/vnnd daselbst vergrebt man die Christen/so hie in der gemelten Statt sterben. Man zeigt auch bey dieser Statt das Ort da Cain sein Bruder Abel zu todt geschlagen hat. Darvon auch/wie wir droben angezeigt/villeicht die Statt den namen bekommen/dan Damascus heißt ein Blutsack.

Antiochia. Cap. lxiv.

JN Syria ligen zwey Antiochia/eins am Meere/vnd diese Statt ist gewesen die Hauptstatt des Königreichs Syrie/vnd laufft dardurch das Wasser Orontes/vnd scheidet die Statt in zwey theil. Mann meynt es hab sie gebawen Seleucus der erst König Syrie/vnd darnach sey sie erweitert worden von Antiocho/vnd den Nammen von jhm behalten. In dieser Statt ist der Heylig Petrus ettlich jar Bischoff gewesen/vnd der H. Evangelist Lucas ist auß jr bürtig gewesen. Es sein auch die Jünger Christi in dieser Statt erstlich Christen genant worden. Sie hat grosse noht erlitten von Erdbidem. Vnd alß sie zu den zeiten des Keysers Justiniani verfiel/ließ er sie widerumb aufrichten/vnd nennt sie Theopolim: das ist/Gotts statt. Nicht ferr von dieser Statt am Meere ligt die Statt Seleucia/die etwan Pieria hat geheissen/von dannen man schiffet in Cypern

S. Peters Bistumb.

Fünff meil von Antiochia war gelegen der schöne verzühmbte Ort Daphne genannt/von welchem die Alten viel geschrieben. Diß Ort war eine Gegne rings vmb mit hohen Cupressen vnd andern schönen Bäumen vmbgeben/welche das Ort an dem Sommer vor der grossen Hitz verwahren/vnd gantz lustbar macheten. Es war auch diese Gegne voller schönen Blumen vnnd Wasserquellen/vnnd war in summa eine schöne Gelegenheit dergleichen weit vnd breit nicht zu finden war/dahero diß Ort vor heilig gehalten worden/vnd ist da vielerley Aberglauben geübt worden. Es war darinn ein vberauß herrlicher Tempel dem Apollini Daphnæo zu ehren erbawen: Es hatte auch die Diana einen köstlichen Tempel. Der Römische Keyser hat drey Sommer an diesem Ort zugebracht/damit er sich genugsam erlustieren köndte. Es hat sich auch Keyser Julianus viel an diesem Ort finden lassen/vnnd da er wider die Parthier ziehen wolte/hatte er auch da/das Oraculum, so einen grossen Namen hatte bey den Alten/rahts gefragt.

Von den Ländern Asie. 1515

Nach dem er aber von den Parthiern erschlagen worden/ ist auch dieser Tempel Apollinis/ sampt seiner Bildnuß von dem Fewr von Himmel verzehrt worden: Zu den Zeiten Chrysostomi ist nur noch ein einige Saul von diesem Tempel vbrig gewesen. Keyser Theodosius hat verbotten daß man keine Cypressenbäum an diesem Ort fällen solte.

Die andre Statt Antiochia ligt in Comagena/ welches ist in Syria/ vnd stoßt an Ciliciam/ vnd diß Antiochia heißt zu vnsern zeiten Alep/ wie die vorstige wird genennt Epidaphne/ die vor zeiten die Hebreer haben genennt Rablatha/ darvon man lißt im vierdten Buch der König. Zwischen den zweyen Antiochien ligt ein Statt die heißt Alexandria/ vnd ist jr dieser Nammen worden von dem Grossen Alexander/ der an diesem Ort vertrieben hat den König Darium: Item in der Statt Barus/ die Ptolemeus nennt Berytrum/ ist ein grosser Gewerb/ wie etwan gewesen ist zu Sydon vnd Tyro/ vnd noch viel andere mehr namhafftiger Stett ligen in diesem Landt. Nun diß Landt Syria hat vorzeiten gehuldet dem König Dauid/ nach dem der Jüden Königreich zertrennt ward/ ist es kommen an die Assyrier/ Persier vnd Macedonier/ darnach vnder die Römer/ vnd demnach vnder die Saracenen oder Sultanen/ vnd zu vnsern zeiten ist der Türck Herr darüber worden/ wie wir auch droben gemeldet haben.

Mesopotamia. Cap. xlv.

Vor langer zeit haben die Länder Syria/ Armenia vnd Mesopotamia alle ארם: dz ist/ Aram geheissen nach Hebraischer Spraach/ vnd ist darnach der Namm Aram verwandlet worden in Armenia/ doch ist in der Hebraischen Spraach ein vnderscheid blieben zwischen den manchfaltigen Aram/ vnd besonder ist diß Landt Mesopotamia genent worden ארם נהרים: das ist/ Aram Naharaijm, das heißt zu Teutsch/ Aram/ begriffen zwischen zweyen Wässern. Die zwey Wasser seindt Eufrates vnnd Tigris/ die das Landt Mesopotamiam zum grössernteil vmbfahen. Mesopotamia wirdt jetzund genannt Diarbech. Es grentzet gegen Mitnacht an das grössere Armeniam: gegen Mittag an Arabiam desertam vnnd Babyloniam: gegen Auffgang an Assyrien/ gegen Nidergang an den Euphratem vnnd Syriam. Ettliche wöllen Chaldeam dareyn geschlossen haben: die andern schreiben es zu dem Landt Babylonie. Das Landt ist gantz fruchtbar/ vnd besunder ist es der Weyd halb trefflich gut/ darzu bringt es ettliche Gewächß die allweg grün seind/ vnnd wachßt auch darinn etwas Gewürtz. Man findet auch darinn ein weich Pech das man Naphtam nennt/ vnnd das brennt wie Oel. Es schreibt Plinius das es am aller fruchtbaresten sey bey der Statt Seleucia am Wasser Tigris gelegen: dann da bringen die schlechten vnd nachgültigen Aecker fünfftzigfeltige/ vnd die gebawen Felder hundertfeltige Frücht. Aber innwendig im Landt ist es rauch vnd vnfruchtbar/ vnnd ist da ein grosser mangel an Wasser. In diesem Landt ligt ein Statt Haran/ die Ptolemeus nennt Chares/ darvon wir lesen im Buch der Geschöpfften am xj. Cap. wie Tara/ nach dem sein Sohn Abraham/ vnd seines Sohns Sohn Loth mit jhren Weybern/ zog von Vr auß dem Chaldeer Landt gegen dem Landt Chanaan/ vnd als er kam gen Haran in Mesopotamiam/ ließ er sich nider vnd satzt sich da: aber da er gestarb/ gebote Gott Abraham das er sich auffmachte/ vnd kehrt zu dem Landt Canaan. Diese Statt ist noch auff hütigen tag im ansähen/ vnd hatt noch seinen alten Nammen behalten/ dan man nennet sie Haren oder Charen. Bey diser Statt ist d geitzige Römrs Marcus Crassus/ noch dem er den Tempel zu Jerusalem beraubt/ von den Parthern geschlagen/ vnd das gantze Römische heer nidergelegt worden. Nicht ferr von der Statt Haran ligt die Statt Nisibis/ die vorlangen zeiten eines grossen Namens ist gewesen/ vnd hat auch etwan Antiochia geheissen/ vnd etwan Mygdonia von einem Wasser das dardurch laufft Mygdon genennt. Ein andere Statt Edessa genañt/ ligt auch in diesem Landt/ die etwan Rages soll geheissen haben/ vnd da sind begraben worden die Cörper der zweyen Aposteln Thome vnd Thadei/ vnd die ist nie befleckt worden mit Abgöttrey/ nach dem sie angenommen hat den Christlichen Glauben/ biß zu dem jahr Christi 1145. da haben sie die Vngläubigen belägert vnd erobert/ den Bischoff zutodt geschlagen/ die Heylige Stett verunreiniget/ vnd pil tausent Menschen beyderley Geschlechts vmb jr Leben gebracht. In den letsten Kriegen so die Persier hatten mit dem Türcken ist das herliche Landt Mesopotamia mechtig verwüstet worden vnd fast alles zu grundt gangen. Es seind jetzundt alle diese Landt dem Türcken vnderthan. Weil wir aber gesagt das die 2. Edelste vnd verümbteste Fluß des gantzen Orients Tigris vnd Euphrates Mesopotamiam gleichsam vmbfangen/ vnd jme auch den Namen geben/ wollen wir etwas weiter von diesen beyden Flüssen schreiben.

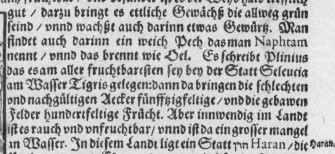

Der Fluß Tigris/ welcher jetzund von den angrentzenden Völckern Tigil geheissen wirdt/ entspringt

springt in dem grössern Armenia in einem ebenen Feldt. Anfangs/weil er noch klein ist/vnd langsam daher fleust/wird er Diglito genannt/so bald er aber schneller zu seyn anfaht/bekompt er den Namen Tigris/welcher in Medischer Spraach ein Pfeil heist: er lauffet durch den See Arethusam/biß an den Berg Taurum/daselbst fällt er in ein Höle/durch welche er vnder dem Berg hindurch lauffet/biß er auff der andern seiten deß Bergs wider herfür bricht. Hernach lauffet er durch den See Tespites/baldt verbirgt er sich wider vnder die Erden/auff die 24000. Schritt weit/ nach dem thut er sich wider herfür/vnnd empfahet auß Armenia vnnd Assyria noch andere Flüß mehr/vnd vnderscheydet Assyriam von Mesopotamia. Vnferrn von Seleucia aber theilt er sich in zwen grosser Ström/deren der eine gen Seleuciam/der ander gen Ctesiphon eilet/machen also ein ziemlich grosse Insel: Wann beyde Ström wider zusammen kommen/so wird der Fluß Pasitigris genannt/laufft hernach durch die Chaldeischen See/biß er sich endtlich durch zween sehr grosse vnd weite Canäl in das Persische Meer ergeusset.

Der Fluß Euprates aber/welcher jetzund den angrentzenden Frat heisset/entspringt auch in groß Armenia/vnd wird anfangs Pyrirates genannt. An dem Ort/da er in den Berg Taurum einbricht/wird er Omira geheissen/nach dem er aber denselbigen gar durchgebrochen/bekompt er allererst den Namen Euphrates. Nach dem er zur lincken Hand Mesopotamiam/zur rechten aber Syriam/Arabiam vnd Babyloniam im fürüber lauffen gewässert hat/wird er in viel Canäl zertheilet: mit dem einen laufft er gen Seleuciam/vnd ergeust sich daselbst in die Tigris: mit dem andern lauffet er durch Babylon/vnd von dannen in die Chaldeischen See: Auß denselbigen ist er vor zeiten/durch seinen eigenen Canal in das Meer geloffen: Hernach aber ist dieser Canal von den Angrentzenden/die Felder desto kumlicher zu wässern/verstopfft/vnd das Wasser durch das Land hin vnd wider gerichtet worden: welches sich alles endlich in die Tigris versamblet/vnd mit derselbigen in das Meere laufft. Diese beyde Ström lauffen zu gewissen zeiten deß jahrs vber/wie der Nilus in Egypten/vnd wässern gantz Mesopotamiam. Casparus Balbi ein Venediger ist auff dem Euphrate/nach Ormus in India geschiffet: dieser bezeuget in seinem Raißbuch/es seyen diese Wasserström sehr gefehrlich/erstlich wegen der grossen Bäumen/die darinnen verborgen ligen/vnd die fürüberlauffenden Schiff zerstossen: Demnach wegen deß Bergs Zelthe/vnd etlicher anderer Bergen/welche vber diesen Strom hangen/vnd das Ansehen haben als wolten sie alle augenblick herunder fallen/vnd alles mit jhrem finstern Schlundt verschlinge: Bißweilen schiessen andere Wasser von Bergen herunder in diesen Strom/vnd erwecken die allerschrecklichsten Wirbel: so sindt auch die diebischen Araber stetigs vor handen/auff den Raub zu lauren. Franciscus Junius schreibt/die vier Wasser/so das Paradiß gewässert haben/seyen nur vier abtheilungen deß Stroms Euphratis gewesen/Baharsares oder Neharsares war Gihon: das Wasser so durch Babylon geloffen/wird vmb seiner Fürtrefflichkeit willen Phrat/oder Euphrates genennt: Neharmalca/war Pishon: Chiddeckel aber war das Wasser/welches auß dem Euphrate in die Tigris lauffet/vnd sonderbarer weiß Tigris genennt wirdt. Es ist aber kein wunder/daß in so langer zeit diese Wasser/jhre Canäl/vnd Namen verlohren haben.

Babylonia vnd Chaldea. Cap. xlvi.

Bey dem Wasser Tigris in diese Land/haben nach dem Sündtfluß die Kinder Adam angefangt zu bawen ein Statt vñ Thurn/den sie auch vnderstundt auffzuführen viß in Himmel: aber Gott brach jhnen jhr Fürnehmen/vnnd zertheilt die einige Spraach so auff Erdtrich dazu mal war/in vil Spraachen/macht sie alle zu schand vnd spott/darumb auch dasselbig Ort Babel: das ist/Zertheilung vnd Vermischung ward genennt: dann es wurden die Menschen außgetheilt auff das gantz Erdtrich/vnd zog ein jegliche Rott die einer Spraach waren/in ein besonder

Von den Ländern Asie.

1517

sonder Landt. Die in Babylonia blieben/ die bezwang Nimrot vnder sich/ vnd fieng an ein Königreich. Nach jhm regiert sein Sohn Belus/ vnd nach jhm Ninus/ der wolt sich nicht lassen benügen mit seinem Königreich/ sondern griff weiter vmb sich/ vnd vnderstundt jhm vnderthänig zu machen auch andere vmbligende Herzschafften/ vnd wäret dieselbige Monarchia 1234. jar/ d[ar] nach ward sie getheilet in zwo Herzschafften/ in Babyloniam/ Mediam vnd Persiam/ vnd st[und] diese Theilung 304. jahr. Darnach vnder Cyro vnd Dario ward widerumb ein Monarchey/ die stund 191. jahr/ biß zum grossen Alexander der verzuckt die Herzschafft vnder die Griechen/ vnd stund bey jnen 495. jahr. Die andern so auch von diesen Monarchien schreiben/ stimen nicht gleich zu in der zahl der jahren/ das wöllen wir nicht gnaw außecken. Es setzen auch etlich den ersten König in Babylonia Belum/ vff den kam sein Sohn Ninus/ der war also ehrgeitzig/ daß er gantz ein Hert wer worden vber das gantz Erdtrich/ darumb er anfieng Blut vergiessen vnd Krieg führen/ biß er gantz Asiam vnder sich bracht/ vnd setzt das Landt Assyriam zum Haupt seines gantzen Keyserthumbs. Vnd als diesem Nino sein Vatter Belus starb/ macht er jhm selbst ein Trost/ vnd ließ jhm ein Bildnuß machen wie sein Vatter Belus war gewesen/ vnd verehret auch dasselbig Bilde also vast/ daß die Vbelthäter frey waren wann sie zu der Bildnuß flohen. Vnd da hat ein anfang genommen die Abgötterey. In dieser Gegenheit sind drey namhaftige Stätt von den Alten erbawen worden/ nemlich Ninus/ welche die H. Schrifft nennet Niniven/ auff das Wasser Tigris/ auff die seyten da Assyria ligt/ vnd führt ein Mawr darumb/ die war 100. Schuch hoch vnnd so breit daß drey Wägen neben einander darauff gehn mochten. Er richtet auch auff 1500. Thürn/ die giengen 100. Schuch hoch vber die Mawr in die Höhe. Diesen Ninum nennen die andern Assur. Von der grösse dieser Statt findest du geschrieben beym Propheten Jona.

Statt Babylon.

Als der König Ninus starb/ nam sein verlaßne Gemahl Semiramis das Regiment in die Händt/ vnd regiert also mannlich/ daß sie alle König vberträff in der Ritterschafft/ Glory vnd Reichthumb. Sie nam vnderhanden die Statt Babylon/ die dazumalen gar schlecht war/ erweitert sie/ vnd richtet sie auff zu beyden seyten deß Eufratis/ vnnd führet ein Mawer darumb/ also breit daß sechs Wägen mochten neben einander gehen/ oder wie die andern schreiben/ zwen wägen mochten einander weichen auff der Mawren/ vnd war die Mawr 32. Schuh hoch. Der Circk der Statt war also weit/ daß er begriff so viel Stavien als tag im jahr seyndt. Sie ließ auch machen ein Brück vber d[as] Wässer da es am engsten ist/ von einer Statt zur andern/ die war 5. Stadien lang/ vnd 50. Schuch breit/ vnd stund auff eitel steinen Seulen/ die giengen tieff in das Wässer/ vnnd stünden 12. Schuh ferr von einander. Die Häuser in der Statt stunden eines Ackers lenge ferr von der Stättmaur/ vnd war aber die gantze Sarge nicht mit Gebäw verschlagen/ sondern etliche Aecker wurden bloß gelassen/ da man mochte seen in Kriegsläufften. Sie richtet auch auff in dieser Statt ein Schloß/ das begriff in seinem Circk 20. stadien/ vnd darin[n] ein wunderbarlichen grossen garten/ der stundt auff steinen Seulen oder Mawren/ vnd war der Boden auff den Seulen mit Quadersteinen besetzt/ vnd ein tieffer Grundt darauff geworffen/ daß auch Bäum darauff wuchsen die 500. Schuh hoch vber sich giengen/ vnd so

Semiramidis Garten.

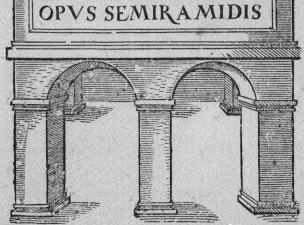

OPVS SEMIRAMIDIS

CCCc iij　　　frücht

Das siebende Buch

fruchtbar waren/alß weren sie gewachsen auß dem Grund der Erden. Diß Werck ist gezehlt worden vnder die sieben Wunderwerck der Welt. Welche von ferren diesen Garten sahe/der meynet er sehe ein Wald auff einem Berg. Zwentzig breite Mawren/da je eine eilff Schuch ferr von der andern stund/trugen diesen Wald. Was stadium sey/findest du hieunden bey dem Landt India ausserhalb des Gange. Alß nun diß Weib Semiramis grosse ding gethan hatt/deren ein theil trefflich zu loben/vnd ein theil hoch zu schelten sind/vnd ein vnzimliche Liebe hett zu jrem Sohn vnd begert bey jhm zu ligen/da ertödtet sie jhr Sohn/vnd verweset er fürthin daß Regiment. Wie diß Weib Indiam bekriegt hat/findest du hie vnden bey dem Landt India ausserhalb des Gange. Man findt noch zu Babylon das zäh vnd feucht Pech/darmit vor zeiten der Thurn Babylon auffgeführt ward/vnd darnach die Stattmawr von der gemeldten Königin auffgericht/deshalben auch der Keyser Trajanus alß er in Orient war/bewegt ward solches zu sehen/vnd gieng zu derselbigen gifftigen Gruben/vnd besahe alle ding eigentlich. Man schreibt daß ein solcher giftiger dampff darauß geht/daß viel Vögel im Lufft so sie darüber fliegen/vnd die Thier der Erden wann sie zu nahe darzu gehn/darvon sterben. Es schreiben ettliche das der gantz Grund voll solches Pechs stecke/vnd so es zu Sommers zeiten hefftig wittert/schlegt das Wetter gantz vngehewr in das Erdtrich/vnd wo es hin schlecht/da steigt das Pech herauff.

Es sind vor zeiten seltzame Satzungen in diesem Landt gewesen/vnd besunder mit den Töchtern die zeitig waren zu der Ehe. Dan alle jähr führt man sie an ein offen Ort/vnd waren da feil/welcher einer Frawen bedorfft/der must sie kauffen/vnd das Gelt ward in einen gemeinen Seckel gelegt/vnd damit verkauffet man die vngeschaffnen Töchter die niemand kauffen wolt/ja niemand jren vergebens begert. Es war auch ein Gesatz bey den Babyloniern/vor vnd eh man da hett offentliche Artzet/wen einer Kranck ward/must er zu denen gehn die an derselbigen Kranckheit gelegen waren/vnd erfahren durch was mittel sie gesund wären worden. Item welcher zu nacht bey einer Frawen gelegen ware/vnd die berürt hett/dorfft jhrer keiner etwas anrüren/sie hetten sich dann vorhin geweschen.

Chaldeer der Babylonier Gelehrte. Es haben die Babylonier auch Gelehrte Männer gezogen/die haben sie Chaldeer genennt/vnd waren gewidmet zu dem Dienst der Götter/vnd lehrten in der Philosophy jhr Leben lang/sie hetten etwas erfahrnuß in dem Gestirn/vnd weyssagten in mancherley gestallt/sie zeigten an heimliche ding auß dem gesang vnd fliegen der Vögel/vnd legten auß die Träum/vnd sonderlich hetten sie groß acht auff das Gestirn vnd auff der Planeten Lauff/vnd verkündten auß jhrem anschawen zukünfftige ding. Desgleichen namen sie war der Wind/Regen/Hitz/Cometen/Finsternussen der Sonnen vnd des Mons/auffreissung des Erdrichs/vnd andere Zeichen/vnd verkündeten darauß zukünfftige/heilsame vnd schedliche ding.

Diß Reich vnd die Statt Babylon seindt noch in aller Herrlichkeit gestanden zu den zeiten da Nabuchodonosor daß Jüdisch Volck von dem Heyligen Landt gefencklich hinweg geführt in Chaldeam vnd Babyloniam. Wie aber diese mechtige Statt zergangen sey/darvon der Prophet Isaias gar viel gewissagt hat/schreibt Strabo also: In dieser Statt ist gewesen die Begrebnuß Beli/vnd ist das gewesen ein viereckecht Gebew/auffgeführt mit Ziegelsteinen ein stadien hoch/vnd war ein jegliche seyten eins stadien breit. Ich acht aber daß diß Gebew sey noch gewesen ein stück von dem Thurn/den Adams Kinder wolten gebawen haben biß in Himel/darvon geschrieben steht am 11. Cap. des ersten Buchs Mosis. Alß Cyrus diese Statt eroberte/haben die Bürger/die weit von dem Königlichen Schloß/bey der Statt mawren woneten noch dreyen tagen erfahren/daß die Statt eyngenommen were/also groß war diese Statt. Sie hat in summa vber 1600.jahr in grossem Pracht vnnd Herrlichkeit gestanden/vnd ist ein Haupt der gantzen weiten Welt gewesen/vnd die Assyrischen vnd Persischen Könige haben da jhren Sitz gehabt/derowegen seyn die Eynwohner in grosse Hoffart gerahten/vnd haben grossen Vbermuth/Wollust/Vberfluß/Pracht vnd Hoffart getrieben/darvon die Alten nicht gnug schreiben können/sonderlichen von der vbermacht in Vnzucht vnd Geilheit der Weibern/dardurch auch Alexandri Magni verzümbts Kriegsvolck gantz zu nicht worden/derowegen kondte es nicht anderst seyn/Gott muste sie stürtzen/vnd sie muste fallen/Babylon die Schöne/wie die Propheten jhnen vorgesagt haben. Darumb schreibt Strabo also. Diese Statt hat vmbkehrt Xerxes/wie man sagt/vnd als der groß Alexander dahin kam/vnnd wolt sie wider auffrichten/ist er daran erlegen: dann die Arbeit war so groß/vnd ward er auch vbereylet mit der zeit/dann es war jhm da vergeben da er auß India kam. Es mochten 10000.Menschen kaum in zweyen Monaten raumen/was in der Statt verfallen war.

Da nun der groß Alexander in dieser Statt vmbkam/wolt keiner seiner Nachkommenden diese Statt wider auffrichten/sondern Seleucus/welchem nach dem grossen Alexander Babylonia zu theil ward/mit sampt Syria vnnd dem gantzen Orient/der bawet auff das Wasser Tigrim die Statt Seleuciam/3000.Stadien ferr gelegen von Babylon/vnd macht sie zu einem Haupt vber das gantz Königreich/vnnd vbertraff auch diese Statt die vordrige Statt Babylon in aller Herrlichkeit vnd Mechtigkeit. Jaes kam mit der Zeit darzu/gleich wie Seleucia auffgieng vnd

erba-

Von den Ländern Asie. 1519

erbawen ward von der Statt Babylon/vnd die Gebäw dieser Statt wurden verruckt in jene/also vberkam diese auch den Namen Babylon/wie das bezeuge vnd beschreibt der hochberühmte Mann Plinius. Aber zu vnsern Zeiten wirdt diese Statt Baltach genennet/die andern nennen sie Valdach/vnd ligt an dem Wasser Tigris. Bey dieser zerbrochenen Babylon ist nun erfüllt das Wort deß HErren/das er lang darvor geredt hat durch den Propheten Jesaiam am 13. Cap. da er also spricht: Die Statt Babel die alle Königliche Stätt vbertrifft/vnd ein trefflich groß Gezierd ist der Chaldeer/wirdt vmbkehrt gleich wie Sodoma vnd Gomorra. Sie wirdt nicht ewiglich bewohnet/noch von Geschlecht zu Geschlecht besessen. Es wird auch nicht der vmbschweiffend Arab da auffrichten seine Hütten/vnd die Hirten im Land darumb wohnend/werden nicht dahin treiben jhr Vieh/sondern es werden da wohnen die wilden vnd erschröcklichen Thier/vnd werden Newen eynnehmen die verfallnen Häuser/vnnd werden da wohnen die Straussen/vnd werden da springen die harechten bösen Geister/vnd die wilden Ratzen werden heulen an den Orten da jetzund herrliche Häuser stehen/vnd die Drachen werden jre wohnung haben in den grossen Pallästen/darinnen man sich jetz gebraucht aller Lüsten. Hie sihest du wie grosse Reichthumb/der groß Gewalt/die starcke Mawer/viel Thürn/vnd der groß Pracht/nicht haben diese mächtige Statt erhalten/sondern sie hat müssen zu Grund gehen/vnd das nicht schlecht wie andere Stätt/die wider seyndt auffgericht worden/sondern sie muß dem Geheiß Gottes ewiglich ein wüste Wohnung seyn der wilden Thier.

Die Landschafft Babylonia ist biß weilen zu Assyria vnd Mesopotamia gerechnet/biß weilen aber für ein sonderbare Provintz geachtet worden. Jhre Grentzen sein gegen Mitnacht der Fluß Euphrates vnnd Mesopotamia: gegen Auffgang die Tigris vnnd Susiana: gegen Mittag das Persische Meer/vnnd die Berg deß wüsten Arabiae: gegen Nidergang aber seyndt es eben diese Berg vnd der Euphrates. Da Babylon gestanden solle jetzund eine Statt seyn Bogdet genannt/da die Türcken/wie Paulus Venetus schreibt/gleichsam eine hohe Schul haben/vnd in den Mahometischen Jrthumben/wie auch in deß Himmels Gestirn/vnnd allerley Zauberischen Künsten vnderricht werden. Es werden auch da zubereitet die Perlen so auß Indien kommen/vnd von dannen werden sie zu vns in Europam bracht. Es ligt auch in Babylonia die veste Statt Teredo so jetzund Balsera genennt wirdt: Sie ligt in dem innersten Busen deß Meers Sinus Persicus genannt/vnd ist eine der vornehmbsten Kauffmannsstätten in gantz Orient. Sie wirdt von den Mohren besessen.

Arabia das Steinigt. Cap. xlvii.

DAs steinecht oder felsecht Arabia facht an bey Egypten Landt/an dem roten Meere/da das groß Meere/so von Hispania herein laufft biß an das Lande Syriam/am allernechsten kompt an das rohte Meere bey der Statt Rhinocorura/da von dem grossen Meere sich erhebt ein See/Syrbonis genannt/gegen dem rohten Meere/vnnd fehlet ein kleines diese zwey Meere kämen zusammen: Dann Plinius schreibt/daß sie also nahe zusammen kommen/daß nicht mehr dann 125000. Schritt von einem zu dem andern sindt. Vnd da facht an das felsecht Arabia/vnd streckt sich gegen Mitnacht an das H. Landt/wie du in der Tafeln sehen magst.

In diß Arabia sindt kommen die Kinder Jsrael/nach dem sie durch das rohte Meer mit grossen Wunderwercken gangen waren/haben auch 40. jahr darinnen gewohnet/besonder an dem Ort da es wüst vnd einödig ist/vnd gespeist vnd getränckt worden von Gott ohn alle Menschliche Hülff.

In diesem Arabia ligt der Berg Sinay/nicht fern von dem rohten Meere/darauff Gott geben hat Mosi die zehen Gebott/vnd das gantz alte Gesatz. In diesem Arabia ligt das Land Madian/ darenn Moses auß Egypten flohe von dem Angesicht Pharaonis/darvon geschrieben steht Exodi am 2. Cap. Seine Hauptstatt hat vor zeiten geheissen Petra: das ist/Felß/vnd ist das Landt zum grössern theil vnfruchtbar/Sandecht/Felsecht/vnd gantz Rauch/ja auch grosser mangel deß Wassers darinn. Es sind solche grosse sandechte Wüsten darinn/daß der Windt vber Nacht von dem Sand auffwirfft hauffen gleich als Berg/vnd was darunder begriffen wirdt/muß vnder dem

Sinay berg: Madianiter landt.

Das siebende Buch

Sand ertrincken/ darumb man auch sollich Einöte ein Sandecht Meere nennt. Die König dieses Landts haben gemeinlich Areta geheissen/ vnnd haben einen Zanck gehabt mit den Königen von Israel/ besunder vnder dem andern Tempel zu den zeiten Herodis vnd seiner Vorfahren/ wie darvon viel geschriben ist bey Flavio Josepho. Es ligt auch in diesem Arabia die Statt Medina Talnabi/ in welcher die Begrebnuß ist des verfluchte Mahomets. Die Muska oder Kirch darinn er ligt/ ist gemacht vierecket/ vnd hat bey 100. in der lenge/ 80. in der breite/ gew. lb/ vnd hat drey Thor darumb an dreyen Orten/ vnd bey 400. Pfeiler oder Seulen darben/ die sind von gebachen Steinen gemacht/ vnd all geweißt. Inwendig aber in der Muska hängen bey 3000. Ampeln. An einem Ort als man auff die rechte Hand geht/ zu vorderst in der Kirchen ist ein Thurn bey fünff schritten auff alle Ort gewiert/ er ist gerings vmb behenckt mit Seyden Tüchern/ vnd darbey ist ein Grab mit einer Klufft vnder der Erden/ dareyn Mahomet ist gelegt worden mit ettlichen seinen Helffern vnd Gefreundten. An diß Ort haben die Saracenen ein grosse Walfahrt/ suchen heim den Leichnam Nabi: das ist/ jhres Propheten/ wiewol nicht liederlich den Bilgern sein Corper gezeigt wird/ auch vmb groß Gelt/ wie dann Vartomannus schreibt/ daß zu der zeit/ als er zu Medina war/ wolt ein Hauptmann geben 300. Gulden/ daß man jm zeigt den Leib Mahomet. Da antwort jhm der Oberst Priester derselbigen Kirchen: Wie woltest du mit deinen sündigen Augen sehen den Leib Mahomets/ von deswegen Gott erschaffen hat den Himmel vnd die Erden? Sprach der Hauptmann: Thu mir doch so viel gnad/ vnd laß mich den Leib des Propheten sehen/ vnd gleich so ich jhn gesehen hab/ will ich mir vmb seiner Liebe willen die Augen lassen außstechen. Antwort jhm der Oberst vnnd sprach: O Herr ich will dir sagen die Warheit: Es hat vnser Prophet alda wöllen sterben/ daß er vns ein gut Exempel gebe/ wiewol er het mögen sterben zu Mecha/ wann er hett gewöllt. Er hat sich aber gebrauchet der Armut vmb vnser Meisterschafft willen. Vnd von stund an als er gestorben ist/ haben jhn die Engel auffgeführt in den Himmel/ daselbst ist er der nechst bey Gott. Als nun der Hauptmann ein Mammaluck vnd verlaugneter Christ ware/ forschet er den Obersten also: Jesus Christus der Sohn Marie/ wo ist derselb? Antwort er: Bey den Füssen Mahomets. Sprach der Hauptmann: Es ist gnug/ ich beger nicht mehr zu wissen. Diese History hab ich wöllen anziehen/ daß menigklich wisse in was irthumb die elenden blinden Leut stecken/ die so grosse ding halten von dem Verführer Mahomet/ vnd ein solchen Buben auß der tieff auß der Hellen setzen in den Himmel vber den Eingebornen Sohn Gottes. Nun von seinem anfengklichen wesen will ich weiter sagen hievnden bey dem Seligen Arabia.

Die Statt Medina dieweil sie ligt in einem rauhen Landt/ betregt sie sich der Speiß vnd Nahrung auß dem Früchtbaren Arabia/ vnd von Alkayro/ auch von Ethiopia vff dem Meere. Dann von dannen ist nicht mehr dann drey Tagreiß an das Rot Meere: aber gen Mecha die im Fruchtbarn Arabia ligt/ sind wol vierzehen Tagreiß/ vnd auff demselbigen Weg kompt man auff ein vast weite Heyd gantz eben/ allenthalben voll eins weissen Sands/ der da vast subtil vnd klein ist wie Mäl. So beyweilen auß vnfall sich begibt/ daß der Wind kompt von Mittentag/ als er kompt zu Mitternacht/ so ist Vieh vnd Leut verdorben. Vnd so man gleich wol Wind hat nach allem gefallen/ dannoch mag einer den andern zehen schritt weit nicht gesehen. Die durch solchen Sand reitten/ sitzen auff den Kämelthieren/ vmbgeben mit Höltznen Kefichen/ vnd müssen sich richten nach dem Compaß/ gleich wie die Schiffleut auff dem Meere. Aber es sterben viel Leut Durst halb: dann der Sand vnd Staub thut den Wegfertigen gar weh/ vnd so sie Wasser finden/ trincken sie so viel daß sie auffgeschwellen vnd sterben. In dem selbigen Sand findt man die Mumia: das ist/ außgedorret Menschen Fleisch/ das man braucht in der Apoteck in vielen Artzneyen.

Das ander Arabia ist Arabia Deserta oder das Einödig Arabia/ vnd wird also genennt von der grossen Wüste die darinn ligt/ darinn nichts dan Wilde Gifftige Thier gefunden werden. Es hat auch nicht viel Stett dann an dem Wasser Eufrate gegen dem Cahldeer Landt/ vnd an dem Persier Meer. Innwendig aber hat es keine stäte Wohnung/ sonder sie fahren mit jhrem Vieh vnd Haußraht von einem ort zu dem andern/ wo sie Weid vnd Wasser finden/ vnd da lassen sie sich ein lange zeit nider. Mann nennt solche Vagantes Nomadas, vnd sie gebrauchen sich auch wider die vmbligenden Völcker mancherley Mörderey/ vnd diese heist man eigendtlich Arabier/ die aber in den Städten wohnen werden Mohren genannt. Die namhafftige Statt dieses Landts hat vor zeiten geheissen Tapsacum, ist aber darnach Amphipolis genennt worden.

Von

Von den Ländern Asie.

Von dem Edlen Arabia.
Cap. xlviij.

Iß Landt welches Arabia foelix/ das selig Arabia/ vnd jetzt Ayaman genannt wirdt/ ist trefflich fruchtbar in allen Specereyen/ vnd besonder in den wolriechenden Dingen. Der Weyrauch tropffet auß den Bäumen/ gleich wie der Gummi/ vnd das zwey mal im jahr/ im Früling vnd im Sommer. Im Früling oder Lentzen ist er roht/ vnd im Sommer weiß.

Weyrauch.

Die Myrrha wächst an manchem Ort/ vnd hat ein Bäumlein das wirdt 5. Elenbogen hoch/ dornecht/ hart vnd gewunden/ vnd wie Solinus schreibt/ die so den Weyrauch vnd Myrr samblen werden für heilig geachtet/ vnd man läßt sie nicht kommen zu Todten/ darzu wird jnen nicht vergengt mit den Weibern etwas zu thun/ darmit daß sie nicht verunreiniget werden.

Myrten.

Durch diß gantz Landt von disem wald geht gar ein edler Geruch von Thymian/ Myrr vnnd wolriechenden Roren/ welche man legt zu dem Fewr/ so man ein gut Geräuch machen wil. Vnd so der Windt kompt in die wolriechenden Bäum/ geht der süß Geruch weit auß dem Land/ daß auch die so in dem roten Meer schiffen/ ein wunder lustigen Geruch darvon empfahen. Die aber mitten im Landt sitzen/ vnd den starcken vnd edlen Geruch stets in der Nasen haben/ mögen jhn nicht wol erzeugen/ sonderlich die so blöder Empfindtlichkeit seyndt/ müssen jhnen selbst helffen mit anderem Rauch/ den sie von Leym vnd Geyßbart machen. Man findt sonst in keinem Landt weder in disem Arabia/ Weyrauch/ vnd besunder bey den Sabeyern. Das Myrrguummi so daselbst auß den Bäumen trofft/ ist viel besser dann das/ so man in den Baum hawt vnd zeucht es mit Gewalt herauß. Man findt in diesem Land Zimmet/ vnd wirdt sein Bäumlin nicht vber zween Elenbogen hoch.

Süß geruch.

Die Berg darinn bringen Gold/ vnd das trefflich gut: dann Arabisch Gold vbertrifft all ander Gold/ vnd die Wasser flötzen Silber. Die Eynwohner dieses Lands bekleyden sich vast mit gülden vnd silbern Gewänder: dann diese Ding werden vberflüssig darinn gefunden.

Es schreiben auch die Alten/ daß in diesem Land gefunden wirt der Vogel Phönix/ der ist so groß als ein Adler/ vnd sein Haupt ist voll Flaumfedern/ ob dem Rachen hat er ein Kassten/ vnd vmb den Halß ist er Goldgel/ auff dem Rücken Braunrot/ ohn einen Schwantz/ vnd in den roten Federn wird gesehen ein himmelblawe Farb. Man hat erfahren daß dieser Vogel lebt 540. jahr. Vnd so er alt wird/ macht er ein Holtzhauffen von Casia vnd Zimmet/ vnd verbrennt sich selbst darinn/ damit er sich erjüngert. Dann auß seiner Feiste vnd Beynen wächst zum ersten ein Würmblein/ vnd darnach wird darauß ein blutt Vögelein/ vnd zu letzt ein gefiederter Vogel. Item bey diesem Arabia findt man im Meere köstliche Perlin/ besunder bey der Sabeier Landt/ aber viel köstlicher dargegen vber am Gestaden des Persier Meeres/ wie man dann list/ daß die Königin Cleopatra eins kaufft hab vmb dritthalb mal hundert tausent Gulden/ das an dem ort gefunden ward. Desgleichen hat Julius der erst Keyser/ da er noch Dictator zu Rom war/ eins kaufft vmb anderthalb hundert tausent Kronen/ wie Budeus die alt Römisch Müntz gerechnet hat/ nach der Frantzösischen Müntz. Es haben diese Arabier auch köstliche Pferdt/ mit welchen sie grosse Kauffmanschatz treiben in Indien/ die Portogeser welche die besten meerporten besitzen selbiger gegne/ haben es dahin gebracht/ das man dem König in Hispanien von jeglichem Pferdt so in Indien verhandlet wirdt/ wie Boterus schreibt muß bezahlen 40. Kronen.

Phönix Vogel.

Perlen.

Mecha. Cap. xliv.

Mecha die groß vnd gewaltige Statt ligt zu vnsern zeiten in diesem Arabia/ darinnen vil Gewerb vnd Handtierung getriben wird von den Kauffleuten die von Orient vnd Occident weit vnd breit dahin kommen. Es will doch Bartomannus/ daß sie mehr im Steinechten dann im Seligen Arabia gelegen sey. Diese Statt ist vast hübsch vnnd wolbewaret mit Volck/ hat bey sechs tausent Hoffstett/ hat aber kein Stattmawr vmb sich/ sonder hat ein rauch Gebirg dz vmb sie geht. Es seyndt vier Eyngäng in diese Statt/ vnd regirt sie ein Soltan der soll Mahomets Geschlecht seyn. Das Land vmb diese Statt ist gantz vnfruchtbar/ vnd wächst da kein Baum noch Kräuter/ darzu sagt man das Erdtrich sey daselbst herumb verflucht. Es ist auch grosser Man-

Das siebende Buch

mangel an süssem Wasser/das vast thewr ist/also dz einer kaum vmb ein batzen Wasser gnug kauffen möcht ein Tag darvon zu trincken. Ein grosser theil von jr Nahrung kompt jn von Alkair/vnd auff dem roten Meere/das hat ein Porten bey acht oder neun meilen von der Statt gelegen/daß sie heissen Zida. Es kompt auch dar vil Noturfft von dem Fruchtbaren Arabia vnd Ethiopia. Fürbaß ist hie zu mercken/daß die Saracenen vnd Vngläubigen gar ein grosse Walfahrt haben gen Mecha/vnd ist allwegen ein grosse menge der Bilger da/die auß dem Moren Landt kommen/auß dem grossen vnd kleinen India/auß Persia/auß Syria/vnd von vielen andern Ländern vnd Gegenheiten/gnad zu suchen/vnd erlangen ablassung der Sünden. Dann es ist gar ein köstlicher Tempel mitten in der Statt/rund vnd gewelbt/vnd hat gerings weiß vmb sich mehr dann achtzig Thürn. Er ist auch bedeckt vnd belegt mit Gold/vnd steht in der mitte ein viereckechter Thurn/ von dem sagen die Heyden/daß er das erste Hauß sey gewesen das Abraham gebawen hab. Vmb diesen Thurn gehn sie siebenmal vnd lassen darnach Wasser auff sich schütten/vnd so man sie beschütt/sprechen sie/das sey im Nammen Gottes/Gott verzeihe mir meine Sünd. Vermeynen daß alle jhre Sünd bleiben in dem auffgegohnen Wasser. Sie sprechen auch/daß bey Mecha sey der Berg darauff Abraham hat wöllen auffopfferen sein Sohn Isaac/vnd fabulieren wie der böß Geist entgegen kommen sey dem Isaac/als jhn der Vatter Opffern wolt/vnd hab zu jhm gesprochen: Gang nicht lieber Sohn/dann dein Vatter wil dich tödten vnd Gott opffern. Da hat Isaac geantwort: Laß jhn machen/ist es der will Gottes so beschehe es. Vnd als bald darnach der Teufel noch einmal begegnet dem Isaac/vnd zu jhm geredt die vordrige wort/antwort jhm Isaac zorniglich/vnd hub auff Stein vnd warff sie dem Teufel in das Angesicht. Vnd wann die Heyden gehn für dasselbig Ort/werffen sie auch Stein dahin/den Teuffel damit zuversteinigen. Auch findt man auff der Strassen bey dieser Statt bey vierzig oder fünffzig tausent Tauben/vnd sprechen die Heyden/sie seyen von der Zucht der Tauben/die mit Mahomet geredt haben in gestalt des Heyligen Geistes. Dieselbigen Tauben fliegen durch die gantze Statt wo sie wöllen/als zu den Läden da man Korn/Hirß vnd Reiß verkaufft/vnd darff jhnen niemands wehren. Es darff sie auch niemands fahen/ noch tödten. Vnd wo einer jnen leid thet/das hielt man für ein grosse sünd. Man speiset sie mitten im Tempel mit vberflüssiger Nahrung. Man hat auch bey dem Tempel in einem beschloßnen Gemach zwey lebedige Einhörner/die zeigt man für ein Wunderbarlich ding. Sein gestalt vnd grösse so es außgewachsen hat ist gleich wie ein wol gewachsen jung Fülle/das 30. Monat alt ist/vnd hat ein schwartzes Horn an seiner Stirnen bey zweyer oder dreyer Elen lang. Sein Farb ist wie eins dunckel braunen Pferds/ hat ein Kopff wie ein Hirtz/vnd ein langen Halß mit etlichen krausen Haaren vnd kurtz/die jm auff ein seiten hangen/kleine Schenckel/auff gericht wie ein Geyßbock. Seine Füß ein wenig gespalten da vornen/vnd die Klawen wie die Geyssen/haben auch sondere Haar auß dem hindern theil der Schenckel. Plinius schreibt es sey am Leib gestaltet wie ein Rotz/vnd hab Füß wie ein Heleffant/vnd ein Schwantz wie ein Eber/ist vast eines schnällen lauffs. Neben der Religion so die Saracenen zu Mecha haben/vnd auß frembden Ländern suchen/ist ein vber grosse Handtierung da: dann es kommen dahin Kaufflet von vielen Orten/besonder auß dem grossen India/die mit jhnen bringen gar viel Edelgestein vnd Pärlin/vnd aller sort Specerey. Es kommen auch daselbst hin die Mören auß Ethiopia/vnd sonderlich auß dem Nidern India von einer Statt Bangella genannt/die dahin bringen viel Baumwollen/Tuch vnd Seyden.

Ist auch hie weiter zu mercken/daß in dem Edlen oder Seligen Arabia zu vnsern zeiten ist Aden die Hauptstatt/die vast hübsch/starck vnd vest/sie ist an zweyen Orten gemawret/vnd an den andern zweyen seyten hat sie grosse Gebirg/darauff ligen fünff gute Schlösser: aber die Statt ligt gar in der Ebne/vnd sind darinn mehr dann fünff tausent Hofstett. Auff zwo Stund der Nacht helt man erst Marck von wegen der vber grossen Hitz so daselbst ist/vnd alda werden alle die Schiff so auß India/Ethiopia oder auß Persia kommen/auffgehalten. Vnd was gen Mecha fahren will/das muß diesem Port zu länden/vnd so bald ein Schiff in die Port fahrt/kommen des Sultans Amptleut vnd forschen von wannen sie kommen/was sie mit jhnen führen/wie lang es sey daß sie außgefahren seyen/rc. Das thun sie darumb daß sie ohn bezahlung des Zolls nicht mögen

hinweg

Von den Ländern Asie. 1523

hinweg fahren/der dann groß ist/vnd dem Soldan derselben Statt zugehört. Ich acht das die Statt Ade sey die Statt so Ptolemeus in seinem Arabia felici nennt Arabiam oder Ocelis.

Zwo Tagreiß darvon ligt ein andere Statt auff zweyen Bergen/mit Nammen Aiatz vnnd ligt darzwischen ein hübsch Thal/darinn man den Marck halt/vnd ward dahin geführt vil Baumwollen vnd Seiden Tuch/vnd vast viel Frucht vnd auch andere ding. Fürbaß zwo Tagreiß ligt ein andere Statt auch auff einem Berg/die ist vast starck/vnd heißt Dante/aber ist arm Volck darinn/sie gehört auch dem Soldan von Aden. Dieses solle eine vberwindtliche Vestung sein. **Aiatz statt.**

Zwo Tagreiß von dieser Statt ligt Alemacarana zu oberst auff einem Berg/also das man vier Stund von der ebne hinauff zu steigen vnd zu reiten hat/biß zu der Statt/vnd ist der Weg also eng/daß jhn nicht mehr dann zwo Personen neben einander vollbringen mögen. Aber die Statt ligt oben auff dem Berg auff einer schönen ebne/vnd ist vast hübsch/vnd nach etlicher Meynung die sterckest im gantzen Landt/vnd ist kein mangel darinn an Wasser noch an Speiß. Der Soldan den man nennet Soltan d'Amani, genannt Sechamir das ist ein heiliger Herr/hat allen seinen Schatz in dieser Statt/vnd halt einen grossen theil des jars alda seinen Hof/vnd eine seiner Weyber oder Königin in einem schönen Pallast. Man sagt auch der Soltan hab mehr Golds da weder hundert Kämelthier tragen möchten. **Alemacarana**

Ein Tagreiß von dieser Statt ligt ein andere Statt Reame genannt/darinn seind trefflich grosse Kauffleut. Das Landt darumb ist trefflich fruchtbar. Man find da Castronem oder Spinwider also feißt vnd groß/daß ein Schwantz wigt 40. pfundt/sie haben nicht Hörner/vnd vmb jhrer grösse willen mögen sie nicht wol gehn. Der Lufft ist an dem Ort gantz rein vnd gesundt/daß viel Leut hundert jar/vnd ettlich darüber leben. **Reama.**

Drey Tagreisen ferr von dieser Statt ligt ein andere Statt/mit Nammen Saua/auff einem vast hohen Berg/starck vnd vest. Die Stattmawr ist von Erden gemacht/vnd zehen Ellen hoch/vnd zwentzig Ellen dick/also das acht Rossz neben ein ander gehn mögen. Sie wird bewohnt mit einem Soltan/vnd ist das Landt darumb vast fruchtbar. Es ist der Soltan d'Amani mit 80000 Mann 8. Monat lang vor dieser Statt gewesen/hatt aber doch nicht wider sie außrichten können/sondern hat sich endtlich mit dem Soldan darinn vergleichen müssen. Es solle von dieser Statt gewäsen sein die Königin von Saba/welche zu Salomon kommen seine weißheit zu hören. Andere viel mehr Stett ligen am Gestaden des Roten Meeres: aber im Landt hineyn ist es nicht wol erbawen/vnd besunder ligt ein groß Gebirg fünff Tagreiß ferr von Aden/das laufft voll Meerkatzen/also daß man jhr im für reiten sehen mag viel tausent/darzu ist es gantz vngehewr im selbigen Gebirg von den Löwen vnd andern seltzamen Thieren/welche die Menschen vast beschedigen wo sie mögen. Vnd auß der Vrsachen kan man die Straß so durch dasselbig Gebirg geht/nicht wol wandlen/dann allein mit viel Volcks/auf das wenigst mit hundert Personen oder mehr zu einem mal. **Saua.**

Die Arabier haben jhren Vrsprung von Ismael Abrahams Sohn den er zeugete von seiner Dienstmagd Hagar/dahero sich die Arabier erstlichen Ismaeliter vnd Hagarener geheissen. Andere aber heissen sie Saracenen von der Sara her/so Abrahams Weib war. Die Hagarener waren etwan Burgerlicher/jhr Hauptstatt war Petra/von deren Arabia Petrea den Namen bekommen/jre König wurden alle genannt Aretæ/wie der Egyptier erstlich Pharaones vnd hernach Ptolomæi: Epiphanius vnd Hieronymus bezeugen/es seyen endtlichen auch die Ismaeliter vnd Hagarener/Saracenen genannt worden: Ohne zweiffel daher weil sie sich geschewet daß sie von dem vnehlichen Ismael/vnd seiner Mutter der Hagar sollen genennt werden. Andere aber wollen/sie seyen auß dem Land Saracka auch in Arabia gelegen/Saracenen genennt worden/welches sich auch besser auff sie reimet: dann Sarack heisset auff Arabisch Diebisch oder Rauberisch. Auß diesem Geschlecht hat auch Mahomet seinen Vrsprung/wie wir bald hören werden.

Die Reichthumben der gemeinen Arabiern vnd Vaganten bestehen in Camelen/vnd zum theil auch in Pferdten/vnd in jhren Waffen so jhnen zum Raub dienen. Die aber so sich in dem seligen Arabia vnd in guten Stätten auffhalten/treiben auch gewaltige Kauffmanschafften/dardurch sie sich mechtig bereichen. Sie haben ein stattlichen Handel mit jhren Pferdten/welche in gantz Orient einen grossen Namen haben/mit denen handeln sie in Indiam/aber sie müssen den Portogesern so die besten Gelegenheiten an dem Meer in selbiger gegne haben/von einem jegliche Pferd so sie in Indien führen wollen 40. Cronen bezahlen. Sie halten mächtig viel von jhrem Adel/vnd bereden sich/es seye jhres gleichen nit in der gantzen Welt. Sie erkennen keinen Potentaten/sondern seyn jhren Edlen/so sie auch Soltanen vnd Könige heissen vnderthänig/deren seynd mechtig viel/vnd jeglicher hat sein besonder Gebiet. Etliche haben auch Pensionen von dem Türcken. Es solle vnder jnen ein Geschlecht seyn Bengeber genannt/welche 900: Meilen weit herrschen. Sie hatten vor diesem einen grossen Namen in Kriegen: Sie brachten in jhren Gewalt Soriam/Persien/Egypten/Affricam/Hispanien/Siciliam/Sardinien/vnd die besten Oerter auff dem gantzen Oceano/vnd so man sich nicht mit ernst wider sie gelegt/vnd jhnen jhren Gewalt gebrochen hette/weren sie an allen Ortender Welt Meister worden.

Die

1524 Das siebende Buch

Die Arabische Spraach ist jetzund allen Morgenländern gemein/vnnd erstreckt sich von den Säulen Herculis bis an die Inseln Moluccas/vnd von den Europeischen Tartaren biß in Aetiopiam/vnd ist keine Spraach in der Welt die sich so weit erstrecke.

Die Arabier seyn vnderschiedlicher Religion/etliche hangen dem Türcken an/etliche den Persiern vnd diese beyde Secten verfolgen einander auf das eusserst/sie haben auch noch viel Ceremonien von den Hebreern/dann sie haben noch ihre Stätten/ausser welchen sie sich nit verheyraten: vnd ein jeder Statt sol seinen eignen König haben. Zur zeit Mahomets waren sie theils Christen/ theils Juden/theils Heyden vnd Barbaren: dann sie beteten an Sonn/Mon/Schlangen vnd Bäum: Etliche beteten einen Thurn an/der Alcaba genannt ward/welchen Ismael sol gebawen haben.

Mahomets Vrsprung. Cap. 50.

Der Saracenen Alchoran.

Mahomet ist ein geborner Arabier/oder wie die andern sprechen/ein Persier/vnd hat gehabt ein Edlen/aber Abgöttischen Vatter/vnd sein Mutter ist gewesen ein Ismaelitin/von dem Hebraischen Volck/vnd er hat auß diesen zweyen Secten gemacht ein Sect. Er ist geboren in dem jahr Christi 571. den 12 sept. vnd gestorben indem jahr 632. den 8 Junii. Ist fürwar ein wunderbarlich ding/daß von einem solchen schlechten anfang erwachsen soll ein solche grosse verenderung in der gantzen Welt. Zum ersten hat er genommen ein Reich mechtig Weib/vnd ist worden ein Kauffmann/darnach hat er dem Volck fürgeben/er sey ein Prophet von Gott gesandt/daß er der Jüden Gesatz/vnd auch der Christen Evangelium etwas milter vnd geringer machte/dann sie weren den Menschen zu rauch/wolt also vergleichen beyde Testament/sagt sie weren eins/vnd eins einigen Gottes Testament/vnd miltert fein alle ding nach der Vernunfft/daß es dem Fleisch leidenlich/vnd den verwegnen leichtfertigen Menschen gering vnd anmütig were. Vnd alß der Schalck beschwert war mit den Hinfallenden Siechtagen/gab er dem Volck für wie der Ertzengel Gabriel mit ihm redt/vnd deß schein möcht er nicht erleiden/sonder wurd von seinem Glantz zu boden geschlagen. In diesen Sachen hat er gehabt ein Münch mit Nammen Sergium/durch des hilff vnd rhat strebte er nach dem Königreich Arabie/vnd macht ein gesatz das er Alchoran nennt/dareyn hat er etliche Jüdische Ceremonien gesetzt/vnd sonst viel andere narrechtige ding. Er hat geordnet daß man offt vnd viel soll nider kneyen/man soll Betten gegen Mittag/man solt verehen einen Gott/nicht die Dreyfaltigkeit/Item der Mahomet sey nicht Gott/sonder der höchst Prophet von Gott gesandt/man mög alles Fleisch essen/außgenommen Schweinen Fleisch/Blut/vnd was nit mit Hand gemetzget wirdt. Darzu hat er erlaubt daß ein Mann mög nehmen vier Haußfrawen. Er hat auch fürgeben dem Volck/daß zukünfftig sey ein Paradeiß/darinn man leibliche Speiß vnd Tranck niessen werde/vnd sich gebrauchen Wollüsten mit Weybern. Er hat verbotten den Wein zu trincken/vnd von seinem Gsatz zu disputieren. Mit diesen vnd vielen andern Thorheiten zog er an sich das gemein toll Volck/vnd verschuf daß er zu letzt oberster Hauptman war/vnd ein grossen Heerzug zusammen bracht. Er sandte auß in die vier Theil der Welt vier treffliche Kriegsoberste. Ebubezer/ Omer/Osmen/vnd Ali. Nach Mahumets Todt hat Ebubezer/mit Hülff deß Omers vnd Osmens/das Regiment erhalten/vnd ist Califa genennt worden: Er schlug die Keyserischen an vielen Orten/vnd starb bald darauff. Ihm folgte nach Omer/oder Homar: Dieser gewan Bosra/ die Hauptstatt in Arabia/schlug Theodorum deß Keysers Bruder in die Flucht. Er belägert Damascum/vnd nach dem er das Keyserische Heer/so der Statt zu Hülff kam geschlagen/eroberte er die Statt. Er nam auch eyn Phöniciam vnd Egypten/vnd nach zweyen jahren auch Jerusalem: daselbst bawete er auch einen sehr köstlichen Tempel/an den Ort da zuvor Salomons Tempel gestande war. Hernach wendete er sich in Persiam/vberwand den König Hormisdam/vnd machte daß die Persianer Saracenen genennt worden. Dieser sieghaffte Homar war von seinen Dienern vnder dem Gebet ermordet. Ozmen sein Nachfolger sendete ein groß Heer in Africam/zerstörte Carthago/vnd machte ihm das gantze Land vnderthan: Hernach auch die Insuln Cyprum vnd Rhodis/da er dann den Ehrenen Colossum der Sonnen einem Juden verkaufft hatte. Dieser Ozmen ist entlich von Ali in seinem Hauß belägert/vnd also geängstigt worden/daß er sich selber vmbbrachte. Nach ihm haben Ali vnd Muavi vmb das Regiment gestritten/biß entlich Ali von dem andern verrhäterischer weiß erschlagen worden. Von diesem Ali oder Hali/welcher Mahomets Vetter war/haben die Persier ihr sonderbare Sect/vnd erzehlen viel Fabeln von ihm. Also ist Muavi

Von den Ländern Asie. 1525

ist Muani Caliph worden. Dieser gab dem Keyser Frieden/mit dem geding/daß er jhm täglich 10. Pfund Golds bezahlen solte. Sein Sitz war Damascus: In summa es möchte einen wol wunder nemmen/daß ein solcher Lecker vnd verführer/der vor seinem end lang vmbgangen war mit Rauben vnd Kriegen/solt dahin kommen/daß er von den Menschen solt für Heylig/vnd für den höchsten Freund Gottes geachtet werden. Es ist nicht zu sagen oder zu schreiben wie schnäll vnnd bald diese verführische Lehr sich außgespreit / nach dem sie einen kleinen anfang zu dem ersten hatt gehabt. Vnd hie wird nicht ein kleine schuld gelegt auff den Keyser Heraclium/der ohn grosse müh vnd arbeit hett diß erste angezündt Fewr mögen außleschen. Aber da man den leichtfertigen Leuten kein widerstandt thet/namen sie von tag zu tag vber hand/vnnd brachten vnder sich Asiam vnd Africam: liessen sich auch damit nicht vergnügen/sonder haben Italiam vnd Siciliam mehr dann 20. jar angefochten/vnd Anno Christi 740. vber Meere in Hispaniam geschiffet/vnd eyngenommen Granat vnd viel Stätt von Lusitania vnd Portugall/vnd auch Castilia/vnnd viel hundert jar besessen / vnd den Christen grossen trang angethan. Wie sie aber endtlich darauß geschlagen vnd getrieben seind/hab ich angezeigt bey der Landtschafft Hispania. Auß diesen Saracenen seind erwachsen die Türcken / wie ich hievornen angezeigt hab: dann sie haben zu beyden seyten einen Glauben/darzu haben die Tartarn auch jhren Glauben angenommen/wie ich hieunden das anzeigen will.

Assyria. Cap. li.

ASsyria hat den Namen von Assur: aber die Chaldeer verkehren das/ vnnd nennen es Aturam/ vnnd daher kompt es/ daß die Historici diese gegenheit Campum Aturiæ nennen/ vnnd die Heylige Geschrifft nennt es die gegenheit Sinear/ da die Kinder Adam nach dem Sündtfluß jhnen baweten ein Statt/ vnnd wolten auffrichten ein Thurn biß in den Himmel. Vnd hie solt du mercken daß diese zwey Länder Assyria vnd Babylonia zum dickern mal vermischet worden/ vnd eins für das ander genommen der Herrschafft halb so darinn gewesen ist. Dann etwan haben die Kön. von Assyria das hoch Regiment gehabt/ etwan die König von Babylonia/ wiewol die zwey Länder gar nahe ein Landt sein: dann sie scheidet das Wasser/ darvon hievornen bey dem Landt Babylonia auch etwas gesagt ist. Eusebius vnd andere Geschichtschreiber setzen fünff oder sechs vnd dreyssig König/ die von dem ersten König Nino 1240. regniert haben in Assyria/ vnnd hat der letst König geheissen Sardanapalus/ den nach etlicher Meynung die Bibel nennt Belsazar/ Danielis am 5. Cap. dem die König von Media vnd Persia abtrungen das Reich Babylonia: dann die Kön. haben endtlich auch zu jhren Gewalt gebracht das Königreich Assyria. Wir finden im 4. Buch der Königen am 15. Cap. daß zu den zeiten des Judischen Königs Ezechie diese zwey Königreich Babylonia vnd Assyria noch vnderscheiden seind gewesen. Dann der König von Assyria mit Namen Sennaherib/ belägert die Statt Jerusalem/ vnd nach dem er grossen schaden erlitten hett/ vn die Statt erlediget ward von seinem Gewalt/ fiel der Kön. Ezechias in ein tödtliche Kranckheit/ aber er ward darvon mit einem grossen Zeichen durch die krafft Gottes erlediget/ vnd ward jhm zugesagt daß die Statt wurde beschützet von dem Gewalt des Königs von Assyria/ d' ein abgesagter Feind war des Jüdischen Volck. Da aber der Kö. von Babylonia vernam dz der Kön. Ezechias so wunderbarlich gesund war worden/ schickt er Botten vnd Gaaben dem König Ezechie zu einem zeichen der Frolockung/ ꝛc. Wie nach dieser zeit zwey Königreich zusammen gewachsen seind/ truckt die Heylig Geschrifft nicht auß. Eusebius schreibt/ daß die König von Media haben erobert das Reich Assyria 818. jar vor Christi Geburt/ vnd haben den König Sardanapalum im Krieg vmbbracht/ vnd seind sie Herren vber das Landt worden/ nemblich Cyrus/ der auch seinen Sohn Cambysen fürsetzt den Assyriern bey seinem Leben. Der erst König hat Arbaces geheissen/ der jhm Assyriam vnderthenig macht/ der dritt oder vierdt nach jm soll sein gewesen Senacherib/ des ich vorhin gedacht hab/ der die zehen Geschlechter Israel auß dem Königreich Samarie gefenglich hinweg geführt. Zu dieser zeit fiengen an die König von Chaldea auß Babylonia gewaltig werden/ vnnd haben vnder sich gebracht die vmbligenden Reich/ nach dem der Prophet Daniel am 2. Cap. seines Buchs sprach zum König Nabuchdonosor: Du bist ein König der Königen/ dem Gott im Himel geben hat ein starck/ mechtig vnd prächtig Reich/ ꝛc. Diß Reich ward nachmals erobert von den Königen Cyro vnd Dario/ wie das im Daniele angezeigt wirdt.

In dem Landt Assyria/ nicht far von der Statt Arbela/ ist zum andern mal geschlagen worden König Darius von dem grossen Alexandro/ vnd gantz vnd gar beraubt seiner Monarchey. Von der ersten Schlacht hab ich gesagt hievornen bey dem Landt Cilicia. In der andern Schlacht bey dem Landt Assyria beschehen/ sind vmbkommen auß den Persiern bey 40000. Mann/ vnnd von den Macedoniern nur bey 300. Mann. Es hat König Darius in seinem Heere ein vnzehliche Summ der Reuter vnd Fußknechten. Etliche bestimmen 1000000. Mann zu Roß vnd zu Fuß. Er hett bey jhm viel Bactrianer Reutter/ vnnd sonst viel Massageten/ Sogdianer/ Babylonier/ Persier/ Medier/ Parthier vnd Armenier. Er hett auch zwey hundert Wägen mit Scharsachen oder scharffen Sicheln zugericht/ aber es halff jhn alles nichts/ er ward gestossen von der Monarchey/ vnd wurden die Macedonier Oberherren im Landt. Es war die Monarchey gestanden bey den Medieren 230. Die andern so diesen Krieg beschreiben/ sprechen/ daß König Darius bey jhm hab gehabt 45000. zu Roß/ vnd 200000. zu Fuß. Vnd nach dem der vnfall gar kommen war auff König Darium/ flohe er in die Statt Arbelam/ darinn er sein Schatz hatt/ aber sie mocht jn nicht beschirmen: dann es kam der Groß Alexander vnd gewann die Statt vnd alles das darinn war. Da entran König Darius vnd kam in Bactriam/ da kam er vmb sein Leben/ wie ich anzeigen will bey dem Landt Bactriana.

Persia. Cap. lii.

PErsia das Landt ist vor zeiten gar mechtig gewesen/ vnd wird vmbfangen mit hohen Bergen/ am Meer ist es vngestüm/ vnnd gar Windig/ bringt daselbst nicht viel Frucht dann Palmen Frucht. Aber mitten im Landt ist das Erdtrich gantz geschlacht vnd fruchtbar/ zeucht viel Viehs/ vnnd viel fliessende Wasser vnnd Seen/ vnd besonder empfacht es grossen Nutz von dem Wasser Araxe/ also daß man meynt es sey in dem gantzen Asia kein fruchtbarer Landt weder Persia. Es ist vor diesem Elamitia genannt worden/ von Elam dem Sohn Sem/ jetzunde wirdt es Pharsi genannt/ vnd von den Türcken Queselbach. Es begreifft in sich das gantze Lande

in Asia/

Von den Ländern Asie. 1527

in Asia/ so zwischen dem Fluß Tigris/ dem Persischen Meerbusen/ dem Roten Meer/ vnnd den Flüssen Indus vnd Iuxartes/ sampt dem Caspischen Meer gelegen

Die Hauptstatt des gantzen Lands ist Persepolis/ da sich vor zeiten gehalten haben die König von Persia/ vnd datten bekriegt ein lange zeit das Griechenlandt. Diese Statt hat erbawen der mechtig Kön. Perseus/ welcher der Statt vnd dem gantzen Land den Nammen geben: sein Königin war Andromeda/ so sampt dem König Perseo wol bekant bey den alten Poeten vnnd deren gedechtnuß ist noch vnder dē Gestirn des Himmels/ darauß man abnimbt daß er ein mechtiger vnd weiser König gewesen/ so die Astronomey vnd erforschung des Himmels Laufs in ehren gehalten. Die Statt Persepolis/ da er/ vnd alle Persische König nach ihm Hof gehalten/ solle die schönst Statt in gantz Orient gewest sein. Nach dem der Groß Alexander in Persiam kam/ belägert er diese Statt/ vnd gewan sie auch/ vnnd erobert da ein mechtigen grossen Schatz/ den viel König da nach vnd nach gesamblet hatten/ darzu verbrennt er die Statt/ die solchen grossen Gewalt vber dem gantzen Orient vberkommen hatt/ vnnd ein forche worden war vieler Völcker/ besonder des Griechenlandts. Es nam sich da Alexander an der vnzüchtigen Weiber. Insonderheit fügte sich da zu ihm eine verrümbte Hur Thais genannt/ mit deren er sich voll Weins gesoffen/ vnnd also voller weiß ihren zugefallen/ den Königlichen Pallast sampt der trefflichen Statt Persepolis erstlich angesteckt vnnd in grund verderbet/ daß also keine anzeigung mehr darvon vbrig. Es hetten die König von Persia das hoch Keyserthumb nach den Medern besessen 250.jar/ vnd wurden des beraubt durch den Grossen Alexander/ der ihren König Darium vberwand/ vnd das gantz Landt eynnam/ wie hie vornen gemeldet ist. Der Gebrauch vnd

Königs Cytt Parlaments Hauß.

Sitten halb so die Persier haben gehabt/ vnzum theil noch haben/ solt du mercken daß sie vor zeiten ein Brauch haben gehabt/ daß sie Todten Cörper auß den Stetten auff das Feld an ein bestimpt ort geführt haben/ vnd da nackend lassen ligen/ vnnd den Hunden vnd Vögeln angebotten die zu fressen. Sie wolten auch nicht daß man die Todtenbein auffhüb vnd beschlüß/ oder mit dem Grund verdeckt. Vnd so ein todter Cörper nicht bald verzehrt ward von den Vöglen oder Hunden/ hielten sie es für ein böß zeichen/ vnnd glaubten daß derselb Mensch were gewesen eines bösen vnd vnreinen Gemüts/ vnd deshalben wirdig der Hellen/ vnnd die nechsten Freund beweinten ihn/ gleich alß einen der nach

dieser Zeit kein Hoffnung hett eins Seligen lebens. Ward aber einer bald zerrissen von den Thieren/ hielt man ihn für Selig. Es haben die Persier auch ein Brauch gehabt/ daß sie sich haben gewäschen in den Flüssen/ haben nicht darein gebruntz oder gespewt/ haben auch kein todten Leichnam dareyn geworffen/ sonder das Wasser verehrt alß ein Heilig ding. Sie haben ihre König gemacht von einem Geschlecht/ vnnd welcher dem König vngehorsam war/ dem schlug man das Haupt ab/ vnd hieb ihm die Arm ab/ vnnd warff ihn auff das Feld. Ein Mann hat bey ihnen viel Weiber mögen haben/ damit viel Kinder erobert wurden/ vnd die König legten auch auß Gaaben/ denen die in einem jahr viel Kinder gebaren. Vnd solche Kinder ließ man nicht kommen für des Vatters angesicht vor 5.jaren/ sonder die Weiber musten sie ziehen damit dem Vatter kein beschwerd vber den Halß käme/ wann sie in den 5.jaren sturben. Von dem fünfften jar an biß zu dem 24.lehrt man die Kinder reiten vnd schiessen/ man übt sie auch zu lauffen/ vnnd gewehnet sie zu leiden Hitz vnd Kelte/ vnd zu Watten durch die strengen Wasser/ item zu schlaffen im Harnisch vnd nassen Kleidern. Vnd so sie sich geübt hatten/ gab man ihnen zu essen hart Brot/ ein knollen Saltz/ vnd gebraten oder gesotten Fleisch/ vnd Wasser zu trincken. Also seind gar streitbare Leut darauß worden/ die auch nachmals dem Römischen Reich viel zuschaffen geben haben/ biß sie zum letzten dem Mahumetischen irrthumb vnderworffen seind/ vnnd von ihren Mannlichen Thaten gar gefallen. Zu vnsern zeiten haben sie den Sophy zu einem König der sich fleißt wider zubringen seiner alten Vorfahren ehrlichen Thaten vnd Kriegische handlungen. Man findet auch Christen in Persia/ die sind eben des glaubens wie die Christen in Africa/ in dem Land des mechtigen Africanischen

Sophy Persier König.

DDDDD ij Poten-

1528 Das siebende Buch

Ormus

Wie man Perlin sucht.

Potentaten Preto Johann genannt. Nicht ferꝛ von Persia im Meer ligt ein treffliche Statt Ormus genannt/ in einer Inseln/ vnnd wirdt gezehlt für ein Oberste Hauptstatt desselbigen Meer. Sie ist von dem vesten Land bey 3. oder 4 Meile gelegen. In dieser Insel find man kein Wasser noch Nahrung/ es wirdt aber dargebracht alles gnugsam von dem neben Land. Drey Tagreiß darvon fischet man die aller schönsten Perlin die in vnser Landt kommen/ vnd das in solcher gestalt. Es seind besondere Fischer mit einem kleinen Schifflein/ die werffen ein grossen Stein an einem starcken strick hineyn von dem vordern theil des Schiffs/ vnd ein andern von dem hindern theil/ vñ einen von der mitte des Schiffs/ die das Schiff still an dem ort halten. Vnd einer von den Fischern nimpt ein gleiche des gewichts an dem Halß/ vnnd bindt jhm auch ein grossen Stein an die Füß/ vnnd laßt sich also 15. Schritt oder mehr in das Wasser/ vnnd bleibt darunder biß er die Muscheln findet darin̄ die Perlen seind/ so er also etwas Perlin in der Mutter findt/ nimbt er die gewicht/ vnd laßt den Stein/ den er an den Füssen hat/ vnd kompt wider in das Schifflein an der vorgemeldten Stricken einem. Einer mit Nam̄en Mahomet König zu Amen/ in dem glückseligen Arabia hat diese Statt anfangs gebawen/ dessen Nachkommene ein lange zeit darüber geherꝛschet haben. Aber Albuquerock hat diese Statt den Portugalesern zinßbar gemacht/ so da eine Vestung gebawen/ vnnd muß also die Statt dem König in Hispania järlich bezahlen 20000. Seraphen/ vnd ein Seraph macht 8. Spanische Reaien. Sie haben doch noch jhren Mahometischen König vnd Regenten.

In der gemelden Statt stehen alle tag bey 300. Schiff von allen Landen vmb Kauffmanschafft willen. Daß es seind gemeinlich ob 400. Kauffleut/ Gest von andern Landen/ die da kauffen Seyden/ Perlen/ Edelgestein/ vnnd andere köstliche Waar die dar kompt. Es ligt ein andere Statt in Persia mit Nam̄en Eri/ vnd ist trefflich reich/ vnd ist daselbst/ ein grosser Handel mit Seyden/ also daß man etwan auff ein zeit da sehen mag drey oder vier tausent Kamelthier geladen mit Seyden. Es kompt auch in diese Statt der meiste theil Reubarbari/ den man sonst in so grosser menge nicht in der Welt findet. Ein andere Statt Schirazo genannt/ hat ein Herꝛen für sich selbs/ ein Persianer/ Mahomets glauben/ in der findet man feil ein grosse su   Edelgestein. Man findet auch da feil viel der blawen köstlichen Farb/ vnnd vast viel Bisem/ welchen man in vnsern Landen gar selten gut findt/ dann er wirdt gefelschet. Wo er aber gut ist/ hat er ein köstliche krafft/ so man jhn am Morgen nüchter nimpt/ vnd ein Bälglein auffthut/ vnd daran rischet/ oder für die Nasen helt/ zeucht er das Blut zu der Nasen herauß/ vnd er mag auch solche krafft behalten zehen jar lang/ wo er nicht gefelscht wirdt. Das Königreich in Persia ist erstanden nach dem Königreich Assyrien Medien/ vnnd ist der erst König gewesen Cyrus: der ander Cambyses: der dritt Darius Histaspis: der vierd Xerxes/ vnnd also nach vnd nach biß auff den letzten Darium/ den der Groß Alexander vmbbracht/ nach dem das Königreich gestanden war 250.jar.

Schirazo.

Nach Alexandro dem Grossen/ sein die Parthier des Geschlechts der Arsaciden in Persiam gefallen/ vnnd haben dasselbige beherꝛschet biß auff das jar Christi 228. da haben die Persier mit hilff jhres Obristen Artaxerxis Artabanum den letzten Persischen König auß den Partheren erschlagen/ vnd die Regierung widerumb an sich gebracht/ vnd dieselbige behalten biß auff das jar Christi 640. Da Hormisda der Persier König/ von Homaro/ dem mechtigen König der Saracenen/ so auff den falschen Propheten den Mahomet kommen/ auß seinem gantzen Königreich vertrieben worden Anno 871. sein die Türcken in Persia gefallen/ vnnd haben dasselbige beherꝛschet biß auff Belchiarxum/ welcher starb Anno 1098. Zu derselbigen zeit haben die Armenier vnnd Georgianer die Türcken außgetrieben. Nach diesen sein kommen die Tartaren/ deren Obrister Haolon Persiam in seinen Gewalt gebracht. Vmb das jar Christi 1470. hat Vsumcassanes/ auß dem Türckischen Geschlecht der Assimbeien/ Tzockiem der Tartaren vnd Persier König/ so ein Enckel war des mechtigen Tyrannen des Tamerlanis/ zum andern mal vberwunden/ vnd jhne aller seiner Reichen beraubet/ vnnd sich dardurch zu einem König gemacht der Persier: Er starb in dem jahr Christi 1478. Er gab seine Tochter Marthen zu der Ehe einem Edlen Schrifftgelehrten in Parthia Saracenischen Glaubens Hardullus genannt. Vnd von diesem ist geboren Ismael Sophus/ Jacobus/ Vsumcassanis Sohn/ hat seinen Schwager Hardullum tödten lassen. Aber es ist jhm hernach auch von seinem eygnen Weib mit Gifft vergeben worden. Also ist König in Persia worden Ismael Sophi/ sonsten Sophy-Siach-Euselbas Eutnazeru/ Arduelles genañt/ welcher von Sophi dem Persischen Printzen seinen vrsprung hatte. Dieser Sophy lebt in dem jar Christi 1360. vnd herꝛschet in Persia vber die Statt Ardenelim. Er gab sich auß er käme her von Hocemo/ so ein Sohn war Hali Mahomets/ des Fürsten so Mahomet der falsche Prophet in die Welt außgesant/ so auch hernach der Saracenen König worden. Dieser Sophy hatte eine sondeꝛbare meynung in dem Mahometischen Glauben/ vnnd brach mit derselbigen offentlich auß/

Von den Ländern Asie.

auß/ vnnd machte jhm einen grossen Anhang. Vnd dieweil obgedachter Hocemus sein Vorfahr zwölff Söhn hatte/ richtet er auff ein zeichen seiner Religion/ darbey seine jungen von anderen Mahometaneren möchten vnderscheiden werden: vnnd das ware ein Purpurfarber Bundt/ oder Tulibant (so den Mahometgnern an statt der Hutten) auß welchem in der mitte zwölff Busch/ oder Knöpff/ nach der zal der Kinderen Hocemi/ hervor giengen/ vnnd dergleichen Hutt musten diese newen Persianer tragen. Daher sein seine Nachkommene Etnazery (so auff Arabisch zwölff bedeutet) vnd Sophy Kuselbas von den Purpurfarben Buschen genannt worden. Dieses Sophi Sohn Guines/ hatte ein solchen grossen Nammen der Heyligkeit bey den Außländischen/ daß auch Tamerlanes der mechtige vnd gewaltige König/ so den Türckischen Keyser Bajazetem gefangen/ auch zu jhm kommen vnd jhn besuchen wollen/ vnd hat jhm auch 30000. Gefangene verehret/ welche Guines in seiner Sect vnderrichtet. Von disen Sophy solle auch obgedachter Persische König Jsmael Sophy herkommen. Sein Titel war/ Jsmael ein König der Persier/ Meder/ Cappadocier/ Mesopotamier/ Armenier/ Jberier/ vnd Albanier. Er ward Anno 1514. den sechs vnd zwantzigsten tag Augstmonat von dem Türckischen Keyser Selimo in einer Schlacht vberwunden/ aber dem Türcken blieben auff dem platz 30000. Mann. Er starb in dem jahr 1526. Nach jhm war König in Persien sein Sohn Tamasus oder Techmes. Dieser hat an seinem Hof ein Schwein gezogen vnd dem Türckischen Keyser Bajacetho/ so etlich mahl in Kriegen vberwunden/ zum spott vnd hon Bajaceth geheissen. Es wusten seine Vnderthanen nicht wie sie jhn gnug ehren vnd titulieren mochten: sie redten jhn gemeinlich also an: Du bist vnser Glaub/ vnnd in dich Glauben wir. Auff jhn ist kommen sein Sohn Gamael oder Gamaliel/ ein mechtiger Sophy oder König in Persia/ hat Anno 1574. den Türckischen Keyser Selimum geschlagen/ vnd ist noch selbiges jahrs gestorben. Vnd ist nach jhm König worden Jsmael sein Sohn. Diese Persische König haben jhren Sitz gemeinlich zu Samarand.

Susiana. Cap. liii.

Von der Hauptstatt Susa hat dieses Landt den Nammen/ vnd gehört vnder das Landt Persiam/ es wirdt jetzund Elaram genannt. Wir lesen im Buch Esther daß der mechtig König von Persia Assuerus seinen Königlichen Sitz hat gehabt in diesem Landt in der Statt Susa/ vnnd alda die Jüdin Esther erhebt zu einer Königin/ vnnd sie genommen zu einer Ehefrawen. Diß Landt ist an jhm selbst reich/ aber Heyß vnd Dürr/ daß die Eydoren vnd Schlangen verbrennen vor grosser Hitz/ deßhalben die Eynwohner Erdtrich legen auff jhre Dächer zweyer Elnbogen dick/ vnnd auch gezwungen werden die Häuser dester schmeler vnd lenger zu machen. Diese Statt nach ettlicher meynung wirdt zu vnser zeit Balbach genennt: aber die andern nennen es für Babylonia/ vnnd darinnen wohnet der Babylonier Oberster/ den sie Caliphum nennen/ vnd werden/ da viel köstlicher Tücher von Gold vnd Seyden gemacht. Anno zwölff hundert vnd fünfftzig/ hat der groß Tartarn König Allaw sie mit grosser Macht belägert. Nun hette der Statthert Caliphus ein Thurn in der Statt voll Gold/ Sylber vnd Edelgestein/ vnd andere köstliche ding/ den wolt er nicht angreiffen/ vnnd den Schatz nicht theilen vnder die Kriegsleut/ die jhm die Statt erhielten vor dem Feind. Vnd als der König von Allaw die Statt erobert/ legt er den Caliphum gefangen in diesen Thurn zu dem Schatz/ vnd gab jhm weder zu essen noch zu trincken/ sonder sprach zu jhm: Hettest du diesen Schatz nicht mit solchem Geitz behalten/ du hettest mit jhm dich vnd die Statt erledigt. Nun leb wol mit deinem Schatz/ iß vnd trinck darvon/ der dir so lieb ist gewesen/ mit solcher weiß starb er hungers/ dieser arbeitselig Mensch mitten in seinem grossen Schatz.

Susa.

Media. Cap. liv.

Das Land Media/ jetzund Sarch genannt/ ist trefflich lang/ aber schmal/ hat viel hohe Berg: dann Taurus der Berg geht mit gewalt dardurch/ vnnd kleine Thäler/ aber ebne werden darzwischen gefunden. Die Hauptstat dieses Landts hat vor zeiten geheissen Ecbatana/ da die Persischen König jhren Sitz hatten zu Sommers zeiten/ dann es ist ein kalt Landt. Aber zu Winters zeiten hielten sie Hauß in S. leucia bey dem Wasser Tygris/ jetzund wird die Hauptstatt in Media genannt Tauris/ welche ettlicher meynung nach die alte Ecbatana sein soll. Jst eine mechtige Statt an einem Berg gelegen/ hat sechzehen Italiänischer Meilen in jhrem vmbkreiß/ ettliche wollen sie grösser machen: sie ist etwan auch ein Sitz gewest der letzten Königen in Persia/ aber Tamasus hat jhn nacher Casbin gelegt.

Ecbatana

Sie ist mechtig von dem Türcken angefochten worden/endtlich hat sie Osman ein Obrister des Türckischen Keysers Amurathis eyngenommen/vnd dahin ein mechtige Vestund bawen lassen. Der König von Media Arbaces hat also in Gewalt vberhand genommen/daß er erstritten vnnd erobert hat das Königreich von Assyria/dem er vormals vnderworffen war/vnnd als er in mitler zeit der Chaldeer oder Babylonier Reich zunam/haben sich Cyrus der Medier vnnd Darius der Perser König zusammen gethan/vnd der Babylonier Reich auch vnder sich gebracht/vnd ist endlich die gantze Monarchey kommen an die Persier/vnd bey jhnen bliben biß der Groß Alexander auß Macedonia kam/vnd den letsten König Darium vertrieb/vñ die gantze Monarchey eynnam. Es leben die Medier von den Baumfrüchten/vnnd machen Brot von gestossenen Mandelkernen. Sie graben auch etliche Wurtzeln/vnd machen darauß ein tranck anstatt des Weins. Sie ziehen nit zame Thier/sonder geleben von der wilden Thieren Fleisch. Das Land ist rauch vnd vnfruchtbar gegen Mitnacht am Caspischen Meer/so doch diß Meer süsser Wasser hat dann kein ander Meer/vnd viel Edelgestein darauß kommen/besonder Cristallen vnd Jaspen/wiewol man darneben auch schreibt/daß es trefflich grosse Schlangen zeucht: den Nassen hat es von den Caspischen Bergen die daran stossen/vnd dardurch ettlich Porten gehen in andere Länder.

Hyrcania. Cap. lv.

Strabo schreibt/daß diß Land zu seiner zeit mit viel vnd schönen Stätten sey geziert gewesen/vnd hab ein trefflichen guten Boden für die Weinräben vnd Obsbäum. Es bringt darinn gemeinlich ein Treubel ein grosse Maß Weins/vnd ein Feigenbaum 60. Sester voll Feigen. Die Frucht geht selbst auff von dem Saamen so in der nechsten Ernd auß den ähern fallt. Es sind auch viel Wäld im Landt von Eychen/Tannen vnd Fichten Bäumen/vñ trieffen die Eichbletter Honig/vñ das nemlich mit solcher gestalt. Vor vnd eh die Soñ auffgeht am Morgen/werden die Bletter an den Eichbäumen benetzt mit süssem Thaw/der nichts anders ist dann Honig/vnnd so bald die Sonn mit jhrem glast darauff kompt/wirdt dieser süß safft außtrocknet. Man findt auch in diesem Landt viel grimmiger Thier/besonder Parden/Pantherthier vnd Tigerthier. Die Pantherthier/so man Pardalen nent/haben wölffische Art/sind gantz grimmig/besonder wann sie hungerig sind/aber so sie voll sind/sind sie sanfftmütiger/vnd schlaffen 3 gantzer tag/jr Fehl ist besprengt mit mancherley Farben/vnd hat diesen Nammen von der Griechischen Sprach: dann Panthier heißt

Tigerthier

gantz Viehisch. Aber die Tigerthier haben viel Fläcken/vnd sind also schnäl in jhrem Lauff/daß jhnen nichts fürlaufft das sie nicht ereylen/vnnd das wird sonderlich gespürt wann sie jungen haben/vnd die jhnen entzuckt werden. Dann wo der Räuber nicht bald auff das Meer mit den jungen kompt/mag jhn kein list noch flucht erledigen. Vnd wie Plinius schreibt wann dem Tigerthier

seine jungen genommen werden/vnd es sind sein Hüle lär/schmeckt es mit der Nasen welchen weg sie hinweg getragen sind/vnd darumb eylet es hernach mit grawsamlichem geschrey. Vnd so das der Räuber merckt/wirfft er ein junges von jhm in den weg/vnd dieweil das alt Thier das jung wider heim in das Näst tregt/entrinnt er dem Thier. Mag es jhn aber zum andern mal ereylen/laßt er noch ein junges fallen/vnd macht sich behend in ein Schiff. Vnd welcher vermeint die jungen alle zu entführen/der legt grosse Spiegel in den Weg/vnnd so das alt Thier kompt/vnnd sich darinn sicht/meynt es/es hab ein junges erobert/vnd dieweil es vber dem Spiegel steht zu gaffen/entrinne jhm der Räuber mit den jungen.

Die Hauptstatt dieses Lands hat vor zeiten auch Hyrcania geheissen/vnd das Caspisch Meer wirdt auch genennt Hyrcanisch Meer/von diesem Landt das an es stoßt. Man schreibt daß diß Caspisch Meer bey diesem Land trefflich vnrühig vnd vngestüm ist/vnd werden wenig Jnseln darinn gefunden. Aber sein Wasser ist vast süß/vn das von dieser vrsach willen/daß gerings vmb viel fliessende Wasser dareyn fallen/vnd jhm sein gesaltzen art nemmen/wie Plinius schreibt. Diß Meer wird gemacht auß Flüssen die dareyn kommen/vnd hoch vber die Felsen hineyn fallen/daß an dem Gestad dieses Meer ein weiter Weg ist vnder den abfallenden Wässern für zu gehn. Daher kompt es auch daß die Persier vnd Medier im Sommer da erkühlung suchen wider grosse Hitz.

Parthia. Cap. lvi.

Jß Landt ist vast Birgig/vnd Wäldig/vn deshalb tregt es nicht viel Frucht. Seine Eynwohner sind zum ersten gar ein vngeacht Volck gewesen: aber darnach dienstbar vnnd vnderthenig worden den Assyriern/Persiern vnd Macedoniern/vnnd mit der zeit haben sie also in der Macht zugenommen/daß sie nicht allein Herrschafft vberkommen vber die Länder/die vmb sie gelegen waren/sonder auch die Römer zum dritten mal vberwunden/nach dem die Römer gar nahe alle Völcker vnder sich gebracht hetten/mochten aber den Parthiern nichts vollkommenlichs abgewinnen. Da der Macedonier Monarchey erlag/hat diß Landt besondere König gehabt/die Arsaces sind genennet worden nach jhrem ersten Mañlichen König Arsace. Die Sprach dieses Landts ist vermischet auß der Scythischen vnd Medier Sprach. Vnd so sie ein Heerzug außschicken/nemmen sie nicht darzu die Freyledigen/sonder die Knecht/vnd wird auch solchen Knechten nicht zugelassen/daß sie jhre Gefangene frey machen/vn mit solcher weiß neiñen die Knecht trefflich sehr vberhand in diesem Land. Doch halten die Herren ihre Knecht so schön/ alß ihre eigne Kinder/ vnd lehren sie mit grossem fleiß Schiessen vnd Reiten. Vnd je reicher ein Burger ist an Knechten vnd Pferden/ je grössern Reissigen Zeug schickt er dem König zu. Die Leut sind gar vnrein in diesem Land/ darumb nimbt einer so viel alß er will Weiber/ vnd wirdt auch kein Laster heiter gestrafft dann der Ehebruch. Da wirdt nicht zugelassen daß auch die Weiber kommen zu den Männern in offentliche Wirtschafften/ ja man laßt auch die Weiber nicht gesehen werden von frembden Männern/ so argwöhnig vnd vntrew sind sie gegen einander. Sie essen kein Fleisch dann das sie mit jagen erobern. Sie brauchen die Pferd in allen Handlungen: daß sie reiten auff den Pferden zum Krieg/ sie reiten zu Wirtschafften/ sie treiben Kauffmanschatz auff den Pferden/ in summa sie richten alle Sachen auß auff den Pferden. Doch gehn die Knecht zu Fuß vnd die Freyen reiten zu Roß. Ihre Begrebnussen sind die reissenden vnd zuckenden Hünd vnd Vögel. Vnd so das Fleisch von Cörpern gefressen ist/ begraben sie mit der Erden die blossen vnd abgenagten Bein. Sie haben von Natur ein hochtragend/ auffrührisch/ betrüglich vnd freuel Gemüt/ darauß auch erwachst/ daß sie allwegen vnruhig sind/ entweders wider Außländische oder Heimische. Sie reden nicht viel/ sonder sind geneigter zu thun/ dann zu reden. Sie hangen nach der Vnreinigkeit oder Geilheit des Leibs/ mässig seind sie in der Speiß/ vnd halten selten was sie zusagen/ dann so viel es jhnen nutz. Das Land hat hohe Berg/ die selten kelte halb ohn Schnee seind/ aber vnden auff der Ebne haben die Eynwohner grosse Hitz. Sie bawen das Erdrich nicht/ fahren auch nit in frembde Länder Kauffmannschatz zu treiben/ ziehen kein Vieh/ sondern geben sich allein auff Lauffen/ Reiten/ Kriegen/ vnd Schiessen/ vnnd sonderlich oben sie sich mit Wildschiessen/ darvon sie geleben. Ihr Hauptstatt hat vor zeiten geheissen Hecatompylos/ da sich die Kön. gehalten haben nach dem sie ein eigen Königreich auffgericht hetten/ nach der Zertrennung der Macedonier Monarchen.

Parthen sind grosse Eyfferer.

Also wunderbarlich administriert Gott der HErr alle ding hie auff Erden/ daß er die Hohen demütiget/ vnd die Niederen erhöcht. Es ließ sich vor zeiten das Römisch Reich an in Italia/ alß wolt es biß zu end der Welt die Herrschafft behalten vber die gantze Erden/ aber hat kein bestand mögen haben. Es ist zerfallen/ vnd ist verruckt in das Teutschlandt/ das doch dazumal in kleiner achtung gewesen ist. Wie lang es beharren wird/ weiß Gott wol. Wir sehen daß es von Tag zu tag abnimmt/ vnd geschmälert wirdt. Es haben die Assyrier bald nach dem Sündtfluß ein mechtige Monarchey angefangen/ aber seind deren endlich beraubt worden von den Medieren. Es ist erstanden der mechtig König Cyrus in Persia/ hat diese Hohe herrlichkeit gezogen in Persiam. Vber etliche hundert jar ist kommen der Groß Alexander von Macedonia/ vnd hat die Persier auch beraubt dieser Herrlichkeit. Da die Macedonier zertrennt waren in jhrem Regiment/ ist bey den Parthiern erstanden der starck vnd mutig Arsaces/ vnd hat mit grossem Gewalt an sich gezogen die Monarchey in Orient/ die auch bey den Parthiern bliben ist biß auff 200. jahr nach Christi Geburt da erstund bey den Persiern Artaxerxes ein mechtiger Mann/ entzoge die Monarchey den Parthiern/ bracht sie wider in Persiam. Darnach da Heraclius Keyser ward zu Constantinopel/ vnd die Röm. Keyser vom grossen Keys. Constantino an viel Krieg vnd vnruh hatten gehabt mit den Königen von Persia/ die dem Keyserthum nit wolten vnderthenig seyn/ sonder für sich selbs herrschen in Orient/ da ward ein Frieden gemacht/ vnd geordnet daß das Wasser Tigris solt die zwey Keyserthum vnderscheiden. Aber es haben gleich die Saracenen vnd Sultanischen den Persiern abgetrungen diß Hoch Regiment/ nicht ohn grossen vnd mercklichen schaden der Christenheit. Demnach seind die Türcken kommen/ vnd haben jhren Gewalt also weit außgespreit/ daß sie jhnen viel Länder vnnd Königreich in Europa/ in Asia vnd auch in Africa vnderworffen haben/ vnd zu vnsern zeiten kein mechtiger Herr auff Erden erfunden wird. Wie lang aber sein Regiment bey der grossen Tyranney so er treibt/ bestehn wirdt/ werden vnsere Nachkommen wol innen. Dann wir finden nicht daß die Tyrannischen Reich lange zeit bestand haben gehabt.

Verwechßlung der Königreich auff Erden.

Vnd daß ich wider zu den Parthiern komm/ will ich noch ein That von jhnen anzeigen/ so die alten Römer selbst bekennen daß jhnen begegnet sey in jhrem Landt. Es schreibt Lucius Florus im 3. Buch vom Parthischen Krieg/ wie die Römer etliche jar vor Christi Geburt/ da der Keyser Julius kriegt wider die Gallos/ schickten ein mechtigen Heerzug in Orient wider die Parthen/ welchen fürgesetzt war der Römisch Burgermeister Marcus Crassus/ der ein trefflicher geitziger Mann war/ vnd mocht mit Gold nicht ersettiget werden/ wie das auch von jhm wusten die Völcker in Orient. Vnd nach dem er ein grossen Zeug führt wider die Parthen/ eyleten die Parthen Mannlich auff sie/ vnd erschlugen von jhnen 11. Legion/ vnnd schlugen dem Hauptmann Crasso sein Haupt ab/ namen geschmeltzt Gold/ vnd schütteten es jhm zum Maul hineyn/ vnnd sprachen: Du Goldurstiger nun sauff Gold/ der du nie mit Gold hast mögen ersettiget werden. Haben solchs ohn zweiffel gelernet von der Königin Scythie/ die Tomyris heist/ die den Persier König Cyrum vnd seinen gantzen Heerzug vberwand/ vnd jhm sein Haupt abschlug/ vnnd in ein Logel warff die voll Bluts war/ sprechende: Nun sauff Blut biß du voll wirst/ sintemal du nie mit Blut hast mögen ersettiget werden.

Marcus Crassus wirt mit Gold getrenckt.

Carma-

Von den Ländern Asie. 1533

Carmania. Cap. lvii.

ES seind zwey Carmania / eins wirdt schlecht ohn zusatz Carmania genennt: das ander Carmania deserta, das ist / das wüst Carmania. Die Eynwohner dieser Länder gebrauchen sich zum grössern theil der Spraachen vnd Sitten der Persier vnd Medier. Es schreibt Onesicritus / daß in diesem Land ein fliessend Wasser ist / mit Nammen Hytanis / das hat Goldadern. Man grabt auch darinn Sylber vnd ander Ertz. Item Rubric oder Mini / das ist / köstliche rote Farb / vnnd zwen Berg seind darinn / einer bringt Arsenicum / der ander Saltz. Die Räben seind auch also edel im Landt / daß sie Trauben bringen zweyer Elenbogen lang. Diß Landt hat kein Pferdt /
darumb brauchen sie für die Pferde Esel in den Kriegen. Es hat vor zeiten keiner mögen kein Weib nemen / er hett dann vorhin eines Feinds Haupt dem König vberlifert. Vnd wann der König das Haupt empfieng / nam er die Zungen darauß vnd schnitt sie zu kleinen stücklein / vnd reib Brot darunder / vnd aß er zum ersten darvon / darnach gab er das vbrig dem der das Haupt bracht hatt / vnd den andern vmbstehenden zu essen. An dieses Land stoßt das Land der Ichthiophagen / die ligen am Meer zwischen Carmaniam vnd Gedrosiam. Nun Ichthiophagen heissen in Griechischer Sprach Fischfresser: dann diese Leut vnd jr Vieh geleben allein von den Fischen. Ihr Landt bringt keine Bäum oder gar wenig / vnd ihr Tranck ist Regenwasser oder gegraben Wasser. Sie geben das Fleisch jhres Viehes den Fischen zu essen / darvon sie groß werden daß sie auß jhren Beinen oder Gräten auffrichten / vnd bawen jhre Häuser. Dann sie brauchen die Ripp für Träm / vnnd die Kifel für Thürgestell. Das Fleisch aber von den Fischen dörzen sie auff den Felsen / vnd zermalen es / machen Brot darauß vnd mischen ein wenig Frucht darunder: dann es ist Korn vnd Weitzen gar seltzam vnd thewr in diesem Landt. Zu vnsern zeiten wirdt das Landt (alß man meynt) genennt das Königreich Turquestan / vnnd ist vnder dem Mahometischen Glauben. Man find von jhnen geschriben daß sie vor zeiten gantz Viehisch seind gewesen / vnd da das Meer vberlieff / vnnd ein grosse menge der Fischen hinder den Steinen blieben / lieff jederman hinauß vnd laß die Fisch auff / vnd machten Speiß darauß. Darnach giengen sie zu den Wassergruben / vnd fülleten sich also voll Wasser / daß sie kaum wider heim möchten kommen / sie assen denselbigen tag nichts mehr / sonder lagen gleich alß wären sie truncken. Am andern tag giengen sie wider hinauß zu dem Fischfang.

Turquestan.

Margiana. Cap. lviii.

DIß Landt wirdt jetzund Elsabar genannt: Es ist gar nahe gerings vmb mit Bergen vmbfangen / vbertrifft auch andere Länder in dieser Gegenheit / in dem dz der Wein darinn wechst. Man kan kummerlich darzu kommen von wegen der Sandigen Wüsten. In diesem Landt hat vor zeiten der Groß Alexander gebawen ein Statt / vnd nach jhm Alexandriam genennt / vnd da sie das Landtvolck widerumb zerbrach / richt sie Antiochus ein Sohn Seleuci widerumb auff / vnnd nennt sie Seleuciam: aber ward darnach Antiochia geheissen. Es schreibt Strabo daß die Leut zu seiner zeit gar vnwerth gewesen seyen in diesem Landt. Dann welcher vber das 70. jar kommen war / der mocht gar liederlich sich verschulden / man tödt jn / vnd kamen die nechsten Freund zusamen vnd frassen seinen Leib. Aber die alten Weiber erwürgten oder ersteckten sie / vñ begruben sie darnach. Welcher aber vnder 70. jaren starb oder vmbkam / den frassen sie nicht / sonder begruben jn. In diesem Landt Margiana ligt ein trefflicher hoher vnnd gäher Fels / vnnd der ist formiert wie ein mechtig starck Schloß. Er geht vbersich in die höhe 30. Stadien / begreifft in der weite 100. Stadien / vñ hat innwendig ein grosse weite / aber ein engen Eyngang / vnd fleust darauß ein ewiger Brunn / der nimmer versiget / der auch mit grossem rauschen fallt den Felsen herab. Alß nun der Groß Alexander dahin kam / flohen die Sogdianer mit 30000. gewaffneter Mañen in diesen Felsen / vñ hetten sich versehen mit Nahrung 2. jar lang. Daß es war innerhalb dem Felsen ein solche grosse weite / dz viel tausent Menschen darinn wohnen mochten. Alß nun der Groß Alexander darzu kam / vnd sahe daß dz Ort nicht zu bekriegen wäre / schickt er zu jhnen daß sie sich freywillig ergaben / eh er Hand an sie legte.

Da ant-

Da antworteten die eyngeschloßnen Sogdianer vñ Margianer: Hat dann Alexander geflüglete Kriegsleut/ daß sie zu vns fliegen mögen? Da ward Alexander erzürnt/ vnd erwehlt auß seinem Heere 300. kecker Krieger/ vnd befahl jnen daß sie heimlich in den rauhen gähen Felsen hinauff stiegen/ wie sie möchten/ vnnd da sie in die höhe kamen/ steckten sie ein Fehnlein auff ein Spieß/ zu einem zeichen des Siegs. Da wagten sich die jungen Gesellen/ vnd giengen hin gleich wie ein Todt: dann sie musten besorgen daß sie die Hälß abstielen/ oder sonst von den Feinden vmbkämen. Sie haben die gantze lange Nacht gefochten mit den Felsen/ schlugen an Eysen Hacken/ Seiler vnd andere Rüstung so zum steigen erfordert wirdt/ vnd seind mit grosser mühe vñ arbeit am Morgen auff die höhe der Felsen kommen/ doch fielen auß jnen 30. den Halß ab. Da Alexander das Fehnlein sahe/ erinnert er die Eyngeschloßnen daß sie sich ergeben/ vnd vmb sich sehen wie sie schon erstiegen wären. Da die Sogdianer sahen wie die Macedonier jhr Schloß gewaltiglich erstiegen/ meynten sie/ sie hetten Flügel/ vnd weren hinauff geflogen/ vnd von stund an ergaben sie sich den Macedoniern.

Von den Ländern Sogdiana/ Bactriana/ Arachosia/ vnd Aria. Cap. lix.

Es schreibt Plinius daß die Parthier vor zeit/ da sie die Monarchey oder Oberst Herrlichkeit an sich brachten/ diese Länder alle jhnen vnderthenig gemacht vnnd besessen haben/ so zwischen dem roten Meere vnd zwischen jhrem Land/ vnd auch vmb das Hyrcanische Meere gelegen waren 18. Königreich/ nemblich 11. die Obern genannt/ von dem Landt Armenia auff einer seyten das Caspisch Meer biß an das Wasser Jaxartum vnd biß an die Scythen/ vnnd die andern seyten gegen Mittag/ die man die Vndern Königreich neüt. Margiana/ Bactriana vnd Sogdiana haben zu dem Obern gehört. Auß welchem wol ermessen mag werden/ wie groß vnd mechtig dazumal gewesen ist das Parthisch oder Parsisch Keyserthumb/ darumb auch sie nicht ohn vrsach widerspennig sind worden dem mechtigen Röm. Reich/ vnd dem nicht gehorsam wöllen seyn. Sie haben sich mit dieser Macht auch nit lassen benügen/ sonder weiter vmb sich griffen/ vnd jhnen zugezogen der Scythen vnd Sarmaten Krafft: ja die Albanier nach dem sie von den Persen sind berüfft worden/ sind sie jhnen in Kriegshändlen zugesprungen. Die Scythen waren ein frey Volck vnd besassen ein fruchtbar Erdtrich/ waren streitbar vnd starck/ vnd wo ein Herz kam der jhren bedorfft vnd Gelt gab/ dem sprungen sie zu. Vnd dieweil sie nahe bey der Parthiern Herrschafft gesessen waren in Kriegischen Händlen/ sahen die Parthier daß sie solche Nachbawren zu Freunden hielten/ gaben jhnen stäts Gelt vnd andere ding deren sie bedorfften/ mit dem geding/ daß sie sonst niemand zuziehen wölten dann jhnen allein. Vnd also waren jnen die Scythen gleich alß ein mechtige starcke Mawr gegen Mittnacht/ vnd wo ein grosser Krieg eynfiel/ stiessen sie die Scythen vornen an die Spitz/ wo die Sach am gefehrlichsten war. Vnnd mit solcher weiß ward der Scythen Stercke von tag zu tag geschwechert/ vnnd ward den Parthiern die Sorg vom Halß genommen/ daß sie nicht etwan von den Scythen alß von den Sterckern vberfallen/ jhres Gewalts beraubt wurden.

Bactriana. Cap. lx.

Bactriana wird jetzund genannt Corasan. Die Hauptstatt darin heist auch Bactriana (sonsten auch Zariaspe) darvon auch das Landt Bactriana ist genennt worden/ oder wie die andern/ von dem Wasser Bactro/ so neben der Statt Bactra hinfleust/ da das Landt vnd die Statt den Nammen vberkommen. Man findt auch daß vor zeiten in diesem Landt tausent Stätt sind gewesen/ vnder welchen Bactra die oberste ist gewesen/ darinn auch ein vnvberwindtlich Schloß gelegen/ von Kunst vnd Natur auff alle weg versorgt vnd bewaret. In dieser Statt ist König Darius vmb sein Leben kommen/ da jhn der Groß Alexander verfolgt/ vnnd das in solcher gestalt. Nach dem er die ander Schlacht verlor bey der Statt Arbela/ darvon bey dem Landt Assyria gesagt ist/ flohe er mit grossem kummer in die Statt Bactriana. Vnnd alß er vermahnet ward daß er abstünd von dem Königreich/ sintemal er bey grossem Volck vnnd Stercke kein Glück hett/ vnnd einandern an das Regiment tretten ließ/ wolt ers nicht thun. Da war einer mit Nammen Bessus/ der warff sich auff für ein König/ vnnd ließ König Darium binden mit gulden Ketten/ setzt jhn auff ein Wagen vnd ließ jhn mit Pfeilen zu todt schiessen.

Vnd

Von den Ländern Asie. 1535

Vnnd da der Groß Alexander in Bactrianam kam/ ließ er König Bessum fahen/ vnd in die Statt Bactrianam führen/ vnd mit einem grawsamlichen Tod ertödten/ nemblich mit solcher weiß: Er ließ ettliche höhe Bäum mit grossem gewalt bucken/ daß die höhe der Bäumen auff die Erden kam/ vnd ließ an sie binden dieses Königs Arm vnd Schenckel/ vñ die Bäum darnach mit einander schnellen vnnd auffrichten/ da ward der König augenblicklich in vier theil zerrissen. Das Landt ist gantz bloß von Holtz vnnd Bäumen/ deshalben auch des Grossen Alexandri Kriegsvolck da sie im Landt lagen/ gezwungen wurden raw vnnd vngesotten Fleisch zu essen/ mangels halb des Holtzes. Doch an ettlichen Orten findt man Bäum/ Räben vnd zame Frücht/ vnd viel fliessender Brunen. Dargegen auch ist ein groß Feld darinn/ da nichts dann vnfruchtbar Feld gefunden wird/ vnnd so der Wind von Vndergang der Sonnen geht/ verdeckt er alle Weg/ vnd müssen die Fußgänger zu Nacht dem Gestirn nachgehn/ gleich wie die Schiffleut im Meere keinen Weg haben dann den Himmel/ dem sie nachfahren. Vnd wann der Wind bey tag geht/ kan man nicht wissen wohin man sich länden soll: dann der Weg ist verloren/ vnd ist der Lufft trüb vom Sand/ vnd geschicht offt daß die Leut im Sand ertrincken oder ersticken/ wo der Wind ein grossen hauffen zusammen wirfft. Wo aber das Landt nicht Sandig ist/ ist es trefflich fruchtbar/ besonder an Korn vnd Pferdten. Es schreibt Plinius/ daß das Korn so groß bey jhnen wirdt/ daß ein jedes Körnlein gar nahe so groß wirdt als bey vns das gantz Aeher. Darzu schreibt Curtius/ daß diß Landt dem Kön. Dario wider den Grossen Alexander hab zugeschickt 39000. Reuter mit Pferdten. Vnd wiewol es also viel Pferd hat/ hat es doch darneben auch die besten Camelthier/ die viel besser in diesem Landt/ dann in Syria oder Arabia gefallen. Die brauchen sie die schweren Läst zu tragen: daß diser Thier Natur ist/ dz sie mit grosser sorgfeltigkeit gehen/ vñ mögen grosse Arbeit vnd ein langwierigen Durst leyden. Vier tag lang mögen sie ohn truncken seyn/ vnd wann sie zum Wasser kommen/ trincken sie so vast/ daß sie allen vbergangenen Durst erfüllen. Sie trincken mit grossem lust das trüb Wasser/ vnd das lauter flie-

Camelen art.

hen sie. Es wächst auch in diesem Landt/ das Bdellium so in den Apotecken wol bekannt/ ist ein schwartz heilsam Gummi so auß einem Baum fleust/ der eygentlich Bdellium heist. Dieser Baum ist schwartz/ in der grösse wie ein Olivenbaum. Die Bletter/ wie der Eichen/ tregt ein Frucht wie Feigen: vnd ob wol dieser Baum auch in Arabia/ India/ vnd andern orten gefunden wirdt/ ist er doch niener besser als in Bactriana/ wie darvon Plinius schreibt/ in seinem 12. Buch/ am 9. Cap. Wann die Bactrianer alt/ oder mit Kranckheit außgemercklet werden/ so werden sie von jhren Kindern den Hunden fürgeworffen/ die sie zu diesem end halten/ vnd Grabhund nennen. Ihre Weiber sind prächtig/ reitten daher auff Pferden/ vnd ligen gemeinlich bey jhren Knechten/ vnnd den

Bdellium wo es wechst.

Zoroastes.

Frembden. Sie haben vnder jhnen die Brachmaner. Wielang diß Königreich in Bactriana sey gestanden/ mag man darauß ermessen/ daß Zoroastes vor langen zeiten darinn König ist gewesen/ vnd zum ersten die Schwartze Kunst erfunden/ den Lauff des Himmels vnnd der Sternen gemerckt: aber endlich von Nino dem König von Babylon erschlagen. Man findt auch daß Eucratides ein König dieses Landts/ vmblägert von Demetrio einem andern König von India/ der in seinem Läger hat 60000. Mann/ fiel auß der Statt mit 300. Mannen vnd schlug die 60000. Feind. Aber nach dem der Groß Alexander das Landt eynnam/ haben sie jhr Reich/ Gewalt vnd Freyheit verloren.

Sogdiana.

Sogdiana. Cap. lxi.

Oxus fluß.

Bey dem Berg Caucaso / in diesem Landt entspringt das nambhafftige Wasser Oxus/ vnd fleust durch das Land Bactrianam/ empfahet auch zufliessende Wässer/ von denen es groß wird/ daß es an etlichen Orten sieben Stadien breit ist/ vnd zu letst fallt es mit grosser vngestüme in das Caspisch Meere. Es ist ein trüb Wasser/ vnd vngesund zu trincken. Man schreibt von diesem Landt/ daß es an manchem Ort gantz vnfruchtbar sey des Sandigen Bodens halb/ vnnd mangels halb des Wassers/ besonder gegen dem Auffgang der Sonnen/ vnd gegen Mittag. Gegen Mitnacht wird es von Scythia abgesöndert durch das Wasser Jaxartus/ welches vnder allen Wässern so in das Caspisch Meer fallen/ das grössest ist: dann es entspringt bey Saken/ vnd empfahet auch allenthalben trefflich viel fliessende Wässer/ biß zuletst fallt es in das Hyrcanische Meer. Es zeigt Strabo an / daß man zu seinen zeiten hab bracht auß India Kauffmanns güter biß zum Wasser Oxus/ vnd daß in sieben tagen/ darnach seind solche Güter kommen in das Hyrcanische Meer/ vnnd von dannen ist man gefaren auff dem Wasser Cyrus genannt: aber gegen seinem Fluß/ so man zu letst kommen ist in Armenia vnd in das Pontische Meer. Es gebrauchen sich die Eynwohner dieses Landts der Persier Sprach/ gleich wie auch die Eynwohner der andern vmbligenden Ländern Arie/ Margiane vnd Bactrie. Es haben auch in diesem Landt Gedechtnussen gelassen/ alß Altär/ Seulen vnd Stett/ Hercules/ Bachus/ Cyrus/ Semiramis vnd Alexander/ daß ihren vnd ihres Siegs so sie darinnen erlangt/ zu ewigen zeiten nicht vergessen würde.

Saca. Cap. lxii.

Tarina ein dapfere Königin.

Der Berg Caucasus zeucht sich biß zu diesem Landt/ vnnd wendet sich da vmb/ kehrt sich in Scythiam/ vn̄ verleurt seinen Nammen. Diß Landt ist gantz Wäldig/ vnnd vnfruchtbar an Weiden vnd Getreid/ vnd wird eyngewohnt von den Massageten/ Comaren vnd Essedonen: vnd wie etliche schreiben/ seind die Persen vnd Parthen etwan vnder ihrem Gewalt gewesen. Sie hatten eine Königin Tarina genannt/ welche einen grossen Nammen hatte/ ihrer Schöne/ Wißheit vnnd Mannlicher Thaten halben: Sie hat viel Krieg gefähret/ vnd hat die vmbligenden Barbarischen Völcker/ so vber die Saceer herzscheten/ bezwungen/ vnd mit guten Satzungen ire wilde Art etwas gedempt. Sie hatt auch viel Stätt gebawen/ vnd in summa viel herrliche Thaten begangen. Nach jhrem Todt haben jhren die Vnderthanen ein Königliche begräbnuß gemacht/ damit jr Gedechtnuß nit vndergieng: vnnd das war eine mechtige hohe dreyeckende Saul/ oder Pyramis, so in der höhe ein Stadium hielte/ vnd war eine jegliche seyten 3. Stadien breit: Ein Stadium aber macht 225. Schritt. Vnd zu dieser Seulen haben sie gesetzt ein groß guldenes Bilde.

Etliche vermeinen es haben vnsere Sachsen jhren Ursprung von diesen Sacis. Es schreibt Eusebius/ daß der H. Apostel Thomas hab diesen Völckern geprediget vnd Christum verkündet. Von den Massagethen will ich hernach sagen bey den Scythen: dann die andern sprechen/ daß jhr Wohnung sey gewesen hinder dem Caspischen Meer gegen Mitnacht vnder den Scythern.

Von den Ländern Asie. 1537
Scythia ausserhalb dem Berg Imao.
Cap. lvii.

Anfengklich haben die Völcker so diß Landt eynwohnen/ ein kleine Gegenheit besessen/ haben aber nach vnd nach zugenommen/ biß sie zu letst zu grossem Gewalt vnd Glory kommen sindt. Sie sind anfengklich gesessen bey dem Wasser Araxis/ vngeacht von jederman/ aber als sie ein streitbaren König vberkommen/ haben sie jhr Feld geweitert biß zum Wasser Tanais/ da Scythia nachmals ein anfang genommen hat/ vnd sich gar ferr in Orient erstreckt auch vber den Berg Jmaum/ der auß einem Scythia zwey machet: dann er laßt eins gegen Occident vnd das ander gegen Orient ligen. Sie sind so starck vnd grimmig worden/ das jhnen nie kein außländischer König hat mögen zu kommen: Sie haben König Darium in ein schandtliche Flucht geschlagen. Vnnd darvor haben sie König Cyrum mit seinem gantzen Heere erschlagen. Vnd als nachmals der Groß Alexander einen Hertzogen mit grossem Volck wider sie schickt/ sind sie all von jhnen erschlagen worden. Diß Volck war vor langen zeiten vnder jhm selbst nicht vnderscheiden: dann sie bawten kein Feld/ hetten auch kein gewisse wohnung/ so der schweifften durch die wüste

Scythen landt.

vnd einödigen Stett/ vnd trieben vor jhnen jhr Vieh/ aber Weyber vnd Kinder fuhrten sie auff den Kerren/ hetten kein fürgeschriben Gesatz/ sonder hielten Gerechtigkeit bey jhnen selbst. Es war auch kein Laster bey jhnen grösser geacht dann der Diebstal/ vnd das der vrsachen halb/ daß sie jhr Vieh/ daß jhr Reichtumb war/ in kein Pferrich oder Stall mochten beschliessen/ sonder liessen es gehn vnder dem offnen Himmel. Sie hetten kein brauch des Golds vnd Sylbers. Milch vnd Honig war gemeinlich jhr Speiß/ vnd wider die Kelte bedeckten sie jhren Leib mit der Thieren Häuten. Sie wußten nichts zu sagen von den Wullin vnd Leynin Kleyderen. Vnnd nach dem sie anfiengen/ streitbare Leut zu werden/ haben sie ein sondere frewd gehabt den Menschen todt zuschlagen/ vnd den ersten so einer im Krieg vberwand/ des Bluts tranck er/ vnd so einer viel vmbbracht/ trug er alle jhre Häupter zu dem König. Sie zogen auch ab den Todten jhre Häut/ vnnd neeten sie zusammen gleich wie der Thieren Häut/ vnd trugen sie für Hembder an jhre m Leib. Auch ein andere Tyranney trieben sie mit jhrer Feinden Häuptern. Sie vmbschnitten das Haupt bey den Ohren/ vnd namen es bey der Scheiteln/ vnd schnitten das Hirn darauß/ darnach zogen sie außwendig darumb ein roh Ochsenläder: vnd welche reich waren/ vergüldeten die Hirnschaal von jnen/ brauchten sie für ein Trinckgeschirr. Vnd so ehrlich gäst zu jnen kamen/ trug er herfür mit grossen Ehren all solche Schalen/ vnnd

Trinckgschir auß einer Menschen Hirnschalen

sagt jhnen das er sie all vberwunden hett. Es kamen auch alle jahr ein mal zusammen die Fürnemesten derselbigen Ländern/ vnnd hetten herrlich Wirtschafft/ schenckten den Wein in ein Becher/ vnd gaben allen Scythen zu trincken/ die anderst etliche von jhren Feinden hetten vberwunden vnd zu todt geschlagen: welcher aber kein grosse That hett vollbracht/ dem gab man nicht zu trincken/ sonder er muß an einen besundern ort ohn Ehr sitzen/ vnnd das war bey jhnen ein grosse

EEEe   schand-

schand. Welcher aber viel zu todt hett geschlagen/der mußt auß zweyen Bechern trincken/vnd war jhnen ein grosse Ehr. Wann jhr König einen als ein schuldigen tödt/ertödt er auch mit jhm all seine Kinder die da Knaben waren: aber den Weybern vnd Töchtern thet er nichts. Wann sie ein Bundt machten vnder einander/hielten sie solche Ceremonien. Sie schenckten in ein grossen jrrdenen Becher Wein/vnd mischten deren Blut darunder/die solche Bündtnuß machten: dann sie verwundten ein wenig jhren Leib/darnach stiessen sie in den Becher ein Pfeil vnd ein Axt/so das geschehen war/schwuren sie mit vielen Wörten/vnd truncken den Wein auß. Die König haben jre Begrebnuß gehabt bey den Völckern so Gerri haben geheissen/da der Boristhenes so groß ist/ daß man mit Schiffen darauff fahren mag. Am selbigen Ort so ein König gestorben war/macht man ein groß viereckicht Loch/vnd warff des gestorbnen Königs Eyngeweid dareyn/darnach thet man jhn zu einem andern Volck seines Reichs. Aber des Königs Diener zerschnitten ein Ohr/ hieweñ ab das Haar/vmbschnitten die arm/verwundten die Stirn vnd Nasen/durchstachen die lincke Hand mit einem Pfeil/vnd zogen also vmb her mit dem Todten Leichnam zu allen Volckern seiner Herrschafft/zu letst ersteckten sie eine von seinen allerliebsten Weyberen/auch einen Diener/den Koch/den Weinschenck/sein Rossz/vnnd des Rosses Futter/vnd begruben sie mit ettlichen guldinen Trinckgeschirr vnd andern köstlichen dingen. Vnnd so das jahr herumb kam/theten sie aber dergleichen/vnnd das also lang biß sie 50. Diener/vnd so viel edler Rossz erwürgten. Vnd auß jhren Cörpern theten sie die Eyngeweyd/setzten Reuter auff die todten Rossz gerings vmb das Grab/das einer von ferrem meynt/es hielt ein Herd Reuter vmb des Königs Grab/jhn zu behüten. Aber andere Leut die da minder waren dann die König/so sie gestorben/hielt man solliche Ceremonien mit jhnen. Die nechsten des gestorbnen Königs Freundt legten den todten Cörper auff ein Karren/führten jhn vmbher 40. tag lang zu allen Freunden/vnd wo sie hin kamen da richtet man auf Wirtschafften/darnach begrub man den Todten. Aber die Massagethen so auch in Scythia wohnen/hetten ein solchen Brauch/wann einer gar alt ward. Es kamen die nechsten Verwandten vnd gute Freund zusammen/vnd namen den alten Mann/tödteten jn/mit sampt ettlichen Schaafen/darnach kochten sie seinen Leib mit den Schafen/vnd frassen eins mit dem andern/vnd das war ein seliger Todt bey jnen geachtet. Wann aber einer selbst starb durch ein Kranckheit/so frassen sie jn nicht/sonder bedeckten jhn mit Grund/vnd hielten es für ein Schaden/daß er nicht kommen war zum Schlachtopffer.

Diß Volck seet kein Korn/sonder lebt von dem Vieh vnd von den Fischen/Milch ist jr Tranck/ die vermischen sie mit Rossblut. Mit den Weybern halten sie sich gantz Viehisch vnnd vnverschampt. Es ist kein zucht noch scham bey jhnen. Man schreibt gemeinlich daß sie wohnen bey dem Wasser Araxe hinder dem Hyrcanischen Meere: aber es will sich nicht zutragen/wann wir bey diesem Wasser wöllen verstehn den Araxim der in dem grossen Armenia entspringt/vnd in das Hyrcanische Meere fallt. Hinder jhm ligen Jbernia vnd Albania/wie die andere vnd dritte Tafel Asie außweißt/vnnd hinder Albania kompt erst das Landt Scythia/vnnd sind seine erste Völcker Coraxi gelegen an dem Wasser Rha/da es in das Caspische Meere geht. Ptolemeus setzt die Massagethen bey dem Vrsprung des Wassers Jaxartis/wie die Tafel anzeigt/die wir jetzundt vnder hand haben. Deßhalben wird hie wol ein fähler in Büchern gespürt/das laß ich nun jetzundt anstehn/vnd komm widerumb zu den Scythen. Der mechtig König Cyrus/so viel als ein Keyser in Persia/vnnd in allen Orientischen Ländern/als er ein grossen Krieg führt wider die Scyten/vnd den König auß Scythia mit seinem Heere nider gelegt/vnd den vbrigen nachgeeylet/flohen sie zu der Königin Tomyris genant vnd jrem Sohn/da nam sich Cyrus an als wolt er fliehen/vnd sein Läger lär lassen stehn/damit er die vbrigen Kriegsleut auß der Statt locket/vnd jnen zukäm in weg. Alda eyleten des Königs Sohn vnd die vbrigen Krieger jm nach/vnd wolten rechen des Königs Todt/aber es fählet jnen: dann es kehret sich der König Cyrus vmb/vnd erschlug 300. Männer zutodt/vnder welchen auch des Königs Sohn vmbkam. Da das die Königin Tomyris/oder wie sie die Jüden nennen Talamira/sahe/daß sie vmb den Mann vnd Sohn kommen war/ward sie in jhr ergrimmet/vnd wagt Leib vnd Leben/nam Kriegsleut zu jhr/vnnd fürlieff des Königs Cyri Heere/vnnd belägert heimlich die Außgeng der Bergen/durch welche Cyrus ziehen mußt: Vnnd als Cyrus ohn alle sorg durch die enge Weg der Bergen zog/vnd sich keiner geferlichkeit besorgt/vnnd seinen Heerzeug vor jhm hinauß schickt/vnd wenig Volck bey jhm behielt/auch

gantz

Von den Ländern Asie. 1539

gantz ohn sorg war/vnnd vbernächtiget zwischen zweyen Bergen/vberfiele ihn vnnd sein Heere die Königin vngewarneter Sachen/vnd schlug 200000. Persier zu todt. Sie fiel auch mit grossem Grimm vnd bewegten Gemüt vber den ertödten Cörper Cyri/vnd hiew ihm seinen Kopff ab/vnnd warff den in ein Gruben/wie Josephus schreibt/die voll bluts war der ertödten Persiern/vnnd sprach: König Cyre/nun trinck dich voll Bluts/nach dem dich so vast gedürstet hat. Dann du hast jetzund 30. jahr lang Blut begeret/vnd ist diß zu letst Bluts genug wo, den.

Cyri Nidertag vnd Tod.

Diß grimmig Gemüt ist noch zu vnsern zeiten in den Eynwohnern dieses Scythie/das ausserhalb dem Berg Imao ligt: dann sie bekümmern sich stäts mit Kriegen vnd mit Jagen. Sie haben trefflich grosse Wäld/vnnd noch viel grössere Wüsten oder Heyden/daß auch ein Sprichwort darauß erwachsen ist/so man von einem rauhen vnd vngeschlachten Erdtrich redt/so spricht man: Es ist wol ein Scythische Wüste. Man findt auch in keinem Landt mehr vnnd seltzamer wilde Thier dann in diesem Scythia. Man findt wol in Africa gar viel seltzamer grimmiger vnd gifftiger Thier/aber dienen dem Menschen nicht zu seinem nutz/Gott hat sie viel mehr erschaffen sein wunderbarliche Macht vñ vnendtliche Weißheit darbey zuerkennen/dan daß sie dem Menschen behilfflich solten seyn. Aber diß Scythia hat nicht der Thieren/die dem Menschē aufffetzig seyen/man erzürne oder beleydige sie dann/vnd deßhalben geht den Eynwohnern ein grosser nutz auß jhnen. Dann wie die Reussen vnnd Moscowyter sprechen/die mit vnsern Kauffleuten vielzuhandlen haben/so kommen die kleinen köstlichen Fäl vnd alles Kürßnerwerck das in grosser achtung ist/alß Märdern Bälg vnd Zobelhäut vast auß diesem Scythia. Doch hat diß Landt zu vnsern zeiten ein andern Nammen: dann man nennt es Die grosse Tartarey/darvon ich hernach schreiben will. Ihrer Sitten halb solt du mercken/daß sie gar rauhe Leut sind/vnd nicht also weich wie wir/erzogen werden. Sie achten gar nicht vnnd brauchen auch viel minder fræmbde ding so man jnen zu bringt/dardurch sie Weybisch vnd Vnmänlich möchten werden. Sie haben gerade vnd wolgesetzte Cörper/vnd darzu ein sonderliche stercke von jhrem Lufft vnd fluß des Himmels. Dann in diesen dingen vbertreffen die Menschen so gegen Mitnacht wohnen/die Eynwohner der Mittägigen Ländern/vnd das darumb/daß sie nicht so viel Hitz/vnd so ein heisse Sonn in jrem Land haben/wie die so gegen Mittag auff der Ebne wohnen. Ich sprich auff der Ebne:dann es mag wol seyn/daß gegen Mittag Leut auff den Bergen wohnen/vnd nicht minder starck vnd gerad von Leib sind alß die Mitnächtigen/wie das wol scheint ist in den Schweitzer Schneebergen. Das laß ich nun hie anstehn/vnd komm wider zu den Scythen die gewehnen sich selbst von Kindtheit an grosse Arbeit/Hunger/Kelte/vnd ander Vngewitter zu leyden/ja sie gewehnen auch jr Vieh zu harter vnd rauher Speiß/daß sie zum offtern mal allein von Baumblettern vnd Heckenschößlein gefüttert werden. Vnnd daher kompt es/daß sie grosse Krieg führen mögen mit kleinem kosten/ja mit jrem Nutz. Darzu findt man kein volck/das in kurtzer zeit grössere Wegreisen thun möge alß sie. So sie ferr ligen von jhren Feinden/sind sie doch nahe/vnd das vmb jhrer behendigkeit willen/darumb vberfallen sie zum offternmal vngewarneter sachen jhre Feindt. Vnnd widerumb wann sie mercken daß jhr Feind wol gerüst sind/können sie sich behend weit von jhnen thun/vnd auß jhren Henden schnäll entrinnen. Sie greiffen den Feind nicht liederlich an/sie seyen dann vorhin gewiß/daß sie an jm gesiegen mögen. Sonst brauchen sie so viel vnd lang jhre Tück vnd List mit einem vnd dem andern/daß sie jhr Feind beschwären mit Hunger oder mit Wacht/oder mit Zusatz/oder mit andern verdrüssigen dingen/biß sie jhn dahin bringen/daß er sein vortheil vbergibt/vnd sie jhm mögen zukommen. Vnd sonderlich wann man auff der Ebne gegen einander ligt/brauchen sie jre List/vnd ziehen hinder sich mit der Schlacht biß sie den Feind gar außmerglen vnd jhm mögen zukommen/dann ist es jhnen gefellig den Feind anzugriffen. Es ist nicht ein kleine vrsach das man so wenig weiß zu sagen von jhrem Landt/Stetten vnnd Flecken/daß sie so grawsamlich jr Krieg führen wider die Außländischen/vnd keinen frembden Herren lassen nisten in jhrem Erdtrich/sonder mit allen Krefften vnd Listen sich wider sie setzen/daß man nicht mehr von jhrem Landt weiß zu sagen/dann so viel sie selbs darvon endencken jhren anstossenden Nachbawren/die mit jhnen zu handlen haben.

Scyten sindt die Tartarn.

Scythen Behendigkeit.

Das siebende Buch

Von einem grossen Vngewitter das vber König Alexander in Scythia kommen ist. Cap. lxiv.

Grawsam vngewitter.

Q̈Vintus Curtius schreibt also von jhrem Landt diese History: Nach dem Alexander die Bactrianer vndersich gebracht hat/ vnnd mit einem Zeug sich kehret in Scythiam/ kam er gegen dem Sommer in die Länder Nauram vnd Gabazam. Nun trug es sich zu/ daß er vnnd sein gantzer Zeug vberfallen wurden mit einem grawsamen vnerhörten Gewitter. Es kamen embsige vnd erschrockenliche Plitz/ vnd war auch darzu ein groß wüten an Himmel mit Donner vnd Straalen schiessen/ also daß niemandt wüßte wo hinauß. Nach diesem kam ein grawsamer Hagel/ gleich alß eines vngestümen Wassers/ schlug zu boden was er traf/ vnd alß das Kriegsvolck sich etwan lange zeit mit jren Waaffen hett beschützt/ vnd jnen die Hend von Kelte waren erstarret/ vnd sich weiter nit mochten beschirmen/ vnd wo sie sich hin wendeten/ die vngestümigkeit je mehr vnd mehr vberhandnam/ ward jhr Ordnung gantz zertrennt/ lieffen in dem Waldt (darinn sie waren) herumb wie die jrrigen Schaaf/ viel fielen vor schrecken nider auff die Erden/ vnangesehen das der Regen grosser Kelte halben sich in Eiß verwandlet. Ettliche zogen vnder die grossen Stammen der Bäum: aber viel wüßten nicht wo hinauß/ das vngestüm Wetter hett den Himmel so dunckel gemacht/ darzu waren sie in einen dunckeln Wald/ daß jhnen nicht anders war/ dann alß wäre es vmb Mitternacht. Alß König Alexander diesen schwären vnfall sahe/ vermahnet er sein Kriegsvolck/ sie solten sehen wo etwan Rauch auffginge von den Hütten/ vnd demselbigen zulauffen/ damit sie jhr Leben möchten erretten. Die andern fiengen an vnd hiewen Bäum ab/ machten ein sollich groß Fewr/ daß man von ferrem hat gemeint der gantz Wald brunne/ vnd darbey erquickten sie widerumb jhren erfrornen Leib. Es kamen vmb von dieser Vngestümigkeit bey tausent Menschen in König Alexanders Läger. Man fand ettliche die hetten sich an die Bäum gelehnt/ stunden da gleich alß lebten sie vnd redten mit einander/ waren aber todt. Es war auch da im Hauffen ein Kriegsmann/ der hett sich mit seinen Waaffen auffgemacht wie er gemöcht/ vnd kam zum Läger darinn der König war. Vnd alß jhn König Alexander sahe/ stund er auff von seinem Stul daruffer saß/ vnd sich bey dem Fewr wermet/ lieff dem krafflosen Kriegs mann entgegen/ nam jm ab seine Waaffen/ vnd setzt jhn auff seinen Stul zum Fewr. Vnd alß er aber ein weil hett geruhet auff dem Stul/ vnd nicht wußt auß blödigkeit wo er war/ vnd wär jhn empfangen hett/ kam er von der Werme wider zu jhm selbst/ vnd sahe daß er auff dem Königlichen Stul saß/ erschrack er vnd stund eylends auff. Da sahe jhn König Alexander an vnd sprach: Mein Freund merckst jetzundt/ daß du vnd andere meine Kriegsleut etwas seliger vnder einem König leben/ dann die Perser/ solt einer in Persia auff des Königs Stul sitzen/ der müßt ohn alle Gnad sterben: dir aber hat das sitzen zum Heil gedienet. Bald nach dem erlittenen schaden/ kam er zu den Völckern Sagas.

Scythia vber dem Berg Imao vnd Serica. Cap. lxv.

Scyten Landt.

D̈En Scythen so vber dem Berg Imao wohnen/ werden zugerechnet die Völcker Seres/ deren Landt Serica wird genennt/ haben viel Berg/ fliessend Wässer vnnd Wäld/ die bringen Seyden Wullen/ darvon auch das Landt genennt wird Serica: das ist/ Seyden lande: dann es kommen vast alle Seydengewänder auß diesem Landt/ wiewol man in vnsern Ländern hieaussen auch angefangen hat Seyden zu machen durch kleine Würmlein/ die man mit Maulbeeren Laub ernehret/ vnd ist Sicilia deren voll/ wie ich von denen vernommen hab/ die darinn gewesen sindt. Ob aber in dem Landt Serica die Seyden von Bäumen auß krafft des Himmelischen Eynfluß wachse/ oder die Würmlein sie auff den Bäumen spinnen/ alß gleich wan die Spinn pflegt jr Gewäb zu machen an die Wand/ ist nicht offenbar. Vnder den alten Natürlichen Scribenten werden ettliche gefunden die meynen/ daß alle Seyden im Landt Serice ein Gespunst sey der Würmen: aber Plinius ist der meynung/ daß sie in Serica von den Bäumen genommen werden/ alß ein Frucht der Bäum/ vnd nicht der Würm. Das laß ich nun hie ruhen. Diese Völcker/ wie man von jnen schreibt/ leben gar still vnd rühig/ haben kein gemeinschaft mit frembden Leuten: so sie handtieren mit den Außländigen/ kommen sie zu einem fliessenden Wasser/ vnd legen jhr Waar an das Gestad/ kauffen vnd verkauffen ohn alle Rede/ ja sie haben sich auch vorlangen zeiten nicht lassen sehen/ sonder haben auff ein bestimpten Tag all jhr Seyden zum Wasser gelegt/ vnd sind hinweg gangen/ darnach auch ein andere Waar da gefunden/ deren sie notürfftig sind gewesen. Man hat bey jnen kein Ehebrecherin noch gemeine Fraw gefunden/ ist auch nie kein Dieb für Gericht gestellt worden/ darzu hat man nicht gehört/ daß etwan einem Menschen bey jnn daß Leben sey genommen worden/ sonder die forcht so sie haben/ jhre Satzungen zu vbertretten ist so groß/ dz sie ohn arbeit allen diesen Anfechtunge widerstand thun. So ein Weyb bey jne schwanger wirdt oder empfangen hat/ wird sie nicht mehr von jhrem Mann beschlaffen/ biß sie wider ledig vnd

Von den Ländern Asie. 1541

vnd gereiniget wirdt. Sie essen kein vnrein Fleisch/wissen auch nichts zu sagen von dem Opffer: Sie leben nach der Gerechtigkeit/darumb bedörffen sie keiner Richter. Sie leben ein lange zeit/zu lest sterben sie ohn Kranckheit. Sie kriegen noch beleidigen keinen Menschen/darumb leben sie in grossen Friden vnd in grosser ruhe/es laßt sie auch iederman in jrer ruh bleiben.

Dargegen seind andere Völcker in diesem Scythia/die man Taurosenthen nennt/vnd das von dem Gebirg Tauro/bey dem sie wohnen/die seind gantz wild vnnd häderig/vnnd ist das jhr Brauch: Wan sie jhren Feind fahen/daß sie jhm abhauwen das Haupt/vnd tragen es heim/stecken das auff ein Stangen/vnd die Stang mit dem Haupt stecken sie auff die Fürst jrer Häuser/ oder auff das Camin darauß der Rauch gehet/sprechen/daß sie Hüter seyen des gantzen Hauses. Sie geleben von Rauben vnd Kriegen. Es sind andere Scythische Völcker die heissen Agathyrsi/die leben gar scheinbarlich vnd schmucken sich mit Gold/ brauchen alle Weyber gemein/deshalben sie durch ein ander Brüder vnd Bluts freund seind/vnd leben ohn allen Neyd vnd Auffsatz. Andere Völcker Antropophagi genannt: das ist Menschenfresser/die haben gar grobe sitten vnd sie haben kein Gericht noch Gesatz/ziehen Vieh/geleben aber nicht allein von jhrem Fleisch/sonder metzgen auch die Menschē vnd fressen jr Fleisch. Sie haben ein besondere Sprach. Es werden auch andere Leuth in diesem Scythia gefunden/die heissen Argyppei/die wohnen vnder den hohen Bergen/haben alle Weyb vnd Mann glatzige Köpff/nidergetruckte Nasen als die Affen/vnd ein besondere Stimm/leben von den Bäumen/vnd ziehen kein Vieh. Jhr wesen ist für vnd für vnder den Bäumen Tag vnd Nacht. Doch zu Winters zeit spannen sie ein weissen Vmbhang vmb den Baum/vnd im Sommer thun sie jhn wider hinweg. Diß Volck beleidiget keinen Menschen. Aber es ist ein ander Volck vnder den Scythen gewesen/das hat Issedones geheissen/vnd haben ein solchen Brauch gehabt/wann einem sein Vatter abgangen ist/so seind die nechsten Freund alle zusammen kommen/vnd haben mit jhnen gebracht Schaaff vnnd ander Vieh/haben das gemetzget/mit sampt dem Abgestorbnen/darnach haben sie ein Wirtschafft angericht/vnd das Fleisch vnder ein ander vermischet/vnd alles gessen. Aber das Haupt haben sie außgelärt vnd vergüldt/für ein Abgott gehalten/vnd jhm alle jar Opffer gebracht. Solche obgemeldte Sitten vnd Bräuch haben die Scythen vor zeiten gehabt: aber sie seind nachmals von den Tartarn vberfallen vnd beherschet worden/darumb leben sie jetzund nach jhren Sitten.

marginalia: Taurosenthler. Agathyrsi. Leutfresser. Argyppeer. Issodones.

Von den Tartarn. Cap. lxvi

Es hat die Tartarey/so sonst Mongal heißt/ein anfang genommen gegen Mitnacht/dahin sich auch jhr Landt streckt biß zum Mitnächtigen Meere/also genennt von einem Wasser dz Tartar heißt/vnd durch jhr Landt laufft. Jhr Landt ist vast Birgig/vnnd wo es eben ist/hat es viel Sand/vnd ist vnfruchtbar/außgenommen wo man es mit Flüssen mag wässern/deshalben hat es viel Wüsten/vnd ist an manchen ort vnbewohnet. Die ausser Tartarey hat keine Stett noch Dörffer/außgenommen die Statt Cracuris/hat auch wenig Holtz/daß man an manchem ort mit dürrem Küh oder Roßzkot das Fewer erhalten vnd kochen muß. Diß Landt hat ein vngnedigen Lufft vnnd Himmel: dann es geschehen darinn so grawsamliche Blitz vnd Donner/daß die Menschen darab vor forcht sterben. Zu zeiten haben sie vnträgliche Hitz/darnach strenge Kelte/vnd fallen bey jhnen vberschwencklich tieffe Schnee/desgleichen erschreckliche vngestüme Wind/ die gehen auch zum offtermal also starck darinn/das sie die Reuter hinder sich treiben/die Menschen zu boden fellen/ vnd die Bäum auß dem Grund reissen/vnd andern grossen schaden thun.

Zu Winters zeiten regnet es nimmer bey jhnen/aber zu Sommers zeiten offt/doch so wenig daß das Erdtrich kaum darvon naß mag werden. Das Landt ist reich von Thieren/besonder an Stieren vnd Camielthieren/vnd am allermeist an Pferdten/deren sie so viel haben/das man meynt das vbrig Theil der Welt hab nicht so viel Roßz. Anfengklich ist diß Landt von vier Völckern bewohnet gewesen/eins hat geheissen Jeckamongal: das ist die grossen Mongalen. Das ander Sumongal: das ist die Wässerigen Mongalen: das dritte Merckat: vnd das viert die Metrit.

Das siebende Buch

1542

Es seind Leut mittelmässiger lenge/mit breiter Brust vnd Achsel/haben breitte Angesichter vnnd Kupffere Nasen/seind schwartz vnd hesslich/starck vnd kün/mögen wol leyden Hunger/Hitz vnd Kelte/von jugent auff haben sie jr kurtz weil mit Schiessen vnd Reiten/all jr Haab vnd Gut füh ren sie mit jhnen. Sie ziehen im Landt mit Weyb/Kind vnd Vieh von einem Ort an das ander. Sie haben keine Wohnung: aber zu Winters zeit/das sie sich der Kelte erwehren/ziehen sie wider in jr Land. Sie haben kein Korn/aber trefflich viel Viehes/vnd vorauß Rossz/wie gesagt ist. Sie schlagen den Rossen die Adern auff/vnd trincken das Blut/oder bachen es mit Hierse. Das Rossz fleisch vnd anderer Thier essen sie halber gekocht/vnd die Rossz so newlich gestorben seind/die essen sie gern/ob schon kranck seind gewesen/vnd schneiden allein das böß Fleisch herauß. Sie leyden keinen Dieb: aber rauben achten sie Göttlich. Bey jhnen seind keine Handtwerck/auch kein Gelt/sonder man gibt Waar vmb Waar.

Tartarn erwyhlen ein König.

Ihr erster König hat Canguista geheissen/die andern nennen jhn Cinckis/vnd wie Paulus von Venedig schreibt/so ist er erwehlt worden Anno Christi eylffhundert/sieben vnd achtzig/vnd da er hat abgethan den Dienst so sie leisteten den bösen Geystern/vnd gebote daß sein Volck ehret den einigen vnnd wahren Gott/darnach gebote er/das alle Manns Nammen die Waffen möchten tragen/zu bestimpter zeit zu jhm kämen. Vnd alß das geschehen/griff er zum ersten an die Anstossenden Scythen/vnd bracht sie vnder sein Joch/das sie jhm mußten Tribut geben. Darnach bekriegt er andere Völcker/die ferrer von seinem Landt gelegen waren: er hett so groß Glück mit seinen Kriegen/das er in kurtzer zeit jhm vnderthenig machet alle Königreich/Völcker vnnd Nation von Scythia biß zum Auffgang der Sonnen/vnd von Auffgang der Sonnen biß schier zum Heyligen Landt. Deßhalben auch seine Nachkommen sich schreiben Keyser vnd Herren des gantzen Orients.

Es sind die Tartarn trefflich vngeschaffne Leut/sie haben groß glotzechte Augen/bedeckt mit vielen Augbrawen/scheren den Kopff halber/das vberig Haar lassen sie wachsen/vnnd machen zwen Zöpff darauß/die sie hinder den Ohren zusammen binden. Sie seind schnäll vnd behend/gute Reuter/aber böse Fußgänger: dann es geht keiner zu Fuß vber Landt. Die Weyber brauchen verschnittene Pferdt/vnnd die nicht beschlagen. Die Zaum schmucken sie mit Sylber/Gold vnnd Edelgestein/vnd hencken den Rossen wolthönende Schöllen an Halß/meynen es sey ein Herrlich ding/wann die Rossz also leuten. Wann sie reden so schreyen sie so vngeschaffenlich/darzu das nicht zu sagen/vnd so sie singen/heulen sie wie die Wölff. Wann sie trincken so schüttlen sie die Köpff/vnd sauffen sich voll/haben auch das für ein Ehr. Die Männer vben sich mit Ringen vnd Schiessen/seind auch wunderbarlich geschickt vff dem Jagen. Sie glauben an einen Gott/ehren aber jhn nicht mit einerley Ceremonien/sonder machen von Seyden oder anderm Leinwat Menschenbildt/vnd hefften sie auff jhre Gezelt zu beyden seyten/thun jhnen Ehr an/vnd bitten sie das sie jhr Vieh wöllen behütten/opffern jhnen auch die erste Milch eines jeden Viehs/vnd eh sie anfahen zu essen vnd zu trincken/geben sie vorhin diesen Götzen ein theil darvon. So offt sie ein Thier metzen/nemmen sie das Hertz herauß/vnd legen es vbernacht in ein Becher/vnd am Morgen kochen sie es/vnd essen es. Ihren Obersten König/welchen sie den Grossen Cham nennen/beten sie an vnd achten jhn alß ein Sohn Gottes/vnd meynen es sey auff Erden kein wirdi gerer Mann. Sie verachten alle andere Menschen/vnd halten sich selbs so gut vnd groß/daß sie meynen andere Leut seyen nicht gut genug/daß sie mit jhnen reden. Sie sprechen die Chrtsten seyen Anbetter der Abgötter/sie verehren Höltzene vnd Steinene Bilder/nennen sie darumb Hünd.

Tartarn Religion.

Sie haben vnder jhnen Schwartze künstler vnd Zauberer/auch suchen sie Rhat bey den Abgöttern durch diese Zauberer. Dann sie seind ein mal beredt/Gott rede mit jhnen/vnd offenbare jhnen seinen Rhat. Die eitzigkeit hat sie also hart besessen/daß sie alles so sie sehen/vnd jnen gefallt/mit gewalt nemmen/wo man jhnen das nicht gutwillig geben will/vnd das nicht eins Tartarn ist: ja sie sprechen/das sie haben von jhrem Keyser dem grossen Cham ein solch Mandat/wann ein Tartar oder eins Tartarn Knecht auff dem Weg findt ein Rossz oder einen Menschen/der nicht Geschrifftlich oder Keyserlich Geleidt hatt/densoll er anfallen/vnd brauchen sein lebenlang zu seinem Dienst. Sie haben auch vnder jnen ein vnträglichen Wucher oder Auffwechsel: wann einer einem Dürfftigen Gelt leihet/muß der Dürfftig alle Monat von zehen Pfennigen einen geben.

Nahrung.

Sie geben den Bettlern nichts/aber so man zu Imbiß oder Nacht ißt/vnd ein armer sie vberlauffe

wird er

Von den Ländern Asie. 1543

wird er ehrlich geacht/das man jhm auch zu essen gibt. Sie essen gar wüst vnd Viehisch: dann sie decken kein Tisch/brauchen kein Handzwehel/weschen weder die Hend noch den Leib/noch die Kleyder. Sie essen kein Brot/machen auch keins/sie essen nicht Kräuter noch Erbeßgemüß/sonder essen aller Thieren Fleisch/Hund vnd Katzenfleisch/Roßfleisch vnd die grossen Meuß/so wir Ratten nennen. Vnd damit sie jhr grimmig Gemüt andern Leuten anzeigen/vnd auch jhrer Rach genug thůen/wann sie jhren Feind erobern/braten sie jhn bey dem Fewer/fressen vnnd zerzeren jhn mit jhren Zeenen/gleich wie die Wölff/vnd sauffen sein Blut das sie vorhin auffgefaßt haben/sonst trincken sie Kühmilch/vnd in Kriegen Roßblut. Es wechßt kein Wein bey jhnen/ aber man bringt etwan zu jhnen/vnd den sauffen sie wie andere volle Leut. Sie lesen einander die Leuß ab/vnd fressen sie/sprechen: Also wöllen wir fressen vnsere Feind. Sie halten es für ein lasterlich ding/wann man etwas Speiß vnd Tranck last verderben/vnd nicht zu nutz kommen/deshalben werffen sie den Hunden keine Bein dar/sie haben dann fleissig vorhin das Marck darauß genommen. Sie seind also karg/daß sie kein Thier metzgen vnd fressen die weil es gantz vnd gesund ist/sonder wann es lam/alt/oder an einem Glied kranck wird/dann thun sie es ab/sie behelffen sich gantz genaw/vnd lassen sich mit wenigen vergnügen/also daß sie zum offtermal am Morgen trincken ein oder zwen Bächer mit Milch/vnd behelffen sich damit den gantzen tag.

Der Kleydung halb/werden sie auch abgesöndert von andern Leuten: dann jhre Röck seind seltzam gemacht/vnd seind alle an der lincken seyten offen/die thut man zu mit vier oder fünff Knöpfflein/vnd gehen nicht vnder die Kny. Zu Sommers zeiten tragen sie schwartz vnd zu Winters zeiten/oder wann es Regenwetter ist/weiß. Die Peltz tragen sie latz/kehren das Haar herauß. Die Männer tragen auff dem Haupt Schläplein/die haben hinab schwentz einer spannen lang/ vnd zwen neben bey den Ohren/die sie vnder dem Kny zusammen knüpffen. *Kleydung der Tartarn.*

In jhren Kriegen brauchen sie kurtze Degen/die nur eins Arms lang seindt. Sie reiten all/vnd seind auß der massen behend vnd gewiß mit jhrem schiessen/kriegen auch mit grosser klugheit. Jhre Fürsten vnd Hauptleut kommen nicht in diese Schlacht/sonder stehen von ferrem vnd versehen alle ding/schreyen den Kriegern zu/vnd vermahnen sie zur Dapfferkeit. Sie setzen etwan Weyber vnd Kindt/etwan auch Menschenbild auff die Pferdt/wann sie jn Krieg reisen/damit der Feinde meyne sie kömmen mit grossem Gewalt/vnd sich ab jhne entsetze. *Kriegs gattung.*

Sie greiffen den Feind an mit grosser Schaar/fliehen auch mit grosser Schar/vnd so jhnen die Feind nach eylen/thun sie jhnen grossen schaden mit schiessen/vnd so sie sehen das der Feind minder seind weder jhren/kehren sie sich eins mals vmb/verletzen vnd tödten mit jhrem Geschütz Leut vnd Rosß/vnd so man meynt sie seyen vber wunden/so gesiegen sie erst. Wann sie nun ein Lande wöllen anfallen/theilen sie das Heere in viel Schaaren/fallen es allenthalben an/damit man nicht allenthalben mög widerstand thun/vnd jhnen niemand entrinnen mög. Vnd also seind sie des Sigs gewiß/vnd brauchen jhn auch so vbermütiglichen/das sie niemandt verschonen/weder Weyber noch Kinder/noch der Alten/schlahen jederman zu todt/außgenommen die Handtwercksleut behalten sie zu jhren Wercken. Die Gefangnen schlagen sie mit einer Axt zu todt/gleicher weiß wie die Säuw. Vnd so sie jhre Feind nidergelegt haben/nemmen sie vnder tausent einen auff der Waldstatt/vnd hencken jhn latz/vnd mit vmbgekehrtem Haupt an ein Stang/gleich als solt er die erschlagnen manen vnd reitzen wider jhre Feind.

Es lauffen auch viel hertzu/vnd fassen das frisch Blut so auß den verwundten Cörpern fleußt/vnd sauffen es also warm. Sie halten niemandt Trew vnd Glauben/sonder wann man schon sich jhnen ergibt/wüten sie nichts desto minder wider sie/gleich alß wären sie mit Gewalt erstritten worden/wann sie jhnen schon den Friden zu gesagt haben.

Die jungen Weyber die etwas hübsch seind/schwechen sie nach allem jhrem Mutwillen/vnd führen sie hinweg vnd müssen jhnen dienen biß in Todt. Vnd wiewol jnen nach jhrem Gesatz das sie halten/zu gelassen wird/so viel Haußfrawen zu haben so viel einer ernehren mag/außgenommen Mutter/Töchter vnd Schwester/ vnd die nechsten gesipten Weyber/lassen sie sich doch darmit nicht vergnügen/sonder sündigen fräfelich wider die Natur/gleich wie die Saracenen/mit Vieh vnd Mannsbildern. Die Frawen so sie nemmen/werden nicht geachtet für Ehweyber biß sie gebären/vnd deshalben mögen sie die Vnfruchtbaren lassen fahren vnd andere nemmen. Das wird auch sonderlich für groß bey jhnen geachtet/so ein Mann viel Frawen hat/daß die Frauwen nicht vnder einander des Manns halben zänckisch oder haderig werden/ob schon eine höher weder die ander geachtet wirdt/oder der Mann lieber bey einer dann bey der andern schlafft/sondern es hat ein jede Fraw jhr besondere Wohnung vnd Haußgesindt/ vnnd ist Fromb: dann so Mann oder Frawen im Ehebruch ergriffen werden/werden sie nach

EEEe iiij jhrem

1544 Das siebende Buch

nach jhrem Gesatz getödt. Wan kein Krieg vorhanden ist/ vnd die Männer müssig gehen/ hüten sie jres Viehes/ stellen nach dem Gewild/ vnd vben sich mit Ringen vnd Fechten/ thun sonst nichts besunders/ befehlen den Weybern alle ding das sie sorg haben vber das Hauß/ vnd schawen dz man essen vnd bekleidung habe.

Item des Aberglaubens halb vbertreffen sie alle Menschen. Solt einer ein Messer in ein Fewr stossen/ oder mit demselbigen ein stuck Fleisch auß dem Hafen nemmen/ das wäre ein erschrockenlich ding. Desgleichen wo ein junger Knab solt ein Vögelin fahen/ ich will geschweigen tödten/ oder daß einer solt ein Rosß schlagen mit dem Zaum/ oder ein wenig Milch/ oder sonst Speiß verschütten. Item/ wo einer in einem Gemach das Wasser abschlüge/ der muß ohn alle Barmhertzigkeit sterben: zwingt aber einen die grosse noht darzu/ so purgieren sie die Wohnung darinnen da es geschehen ist mit solcher weiß: Sie machen zwey Fewr drey Schritt von einander/ vnd stecken  darzwischē zwo stangen/ zu einem jeden Fewr eine/ darnach strecken sie ein Seil von einer Stangen zu der andern/ vnd ziehen darnach gleich alß durch ein Thür/ alles das sie reinigen wöllen/ vnd stehen zwey Weyber darbey/ auff jeder seyten eine/ die sprengen Wasser auff die ding/ so man begert zu reinigen/ vnd murmeln etwas Gebets darüber. Solt ein Frembder/ der vorhin nicht dermassen gereiniget ist/ wie wirdig er saist/ oder wie groß Geschefft er ja hat außzurichten/ für den König kommen/ er müßt sterben/ ob er schon allein auff die Schwell getretten hett des Gemachs darinn der König ist. Solches Narrenwercks haben sie viel/ die sie doch für vnablößliche Sünd halten. Aber einen Menschen zu tödten/ ein frembd Landt anfallen/ rauben wider alle Recht frembd Gut/ die Gebott Gottes zu ruck schlahen/ das halten sie für gering oder gar nichts.

Wann einer bey jhnen tödtlich kranck wird/ richten sie außwendig vor dem Gezelle auff ein Stang/ vnd ein schwartzen Fetzen daran/ damit niemand der da für gehet/ hineyn in das Gezelle gange. Vnd so der Kranck gestirbt/ kompt das gantz Haußgesind zu sammen/ vnd tragen die Leich an ein bestimpts Ort/ machen da ein weite vnd tieffe Gruben/ vnnd richten darinn auff ein klein Hüttlein oder Zeltlein/ bereiten die Tisch mit essender speiß/ legen dem Todten an hübsche Kleyder/  stellen jhm zu ein Vieh/ vnd ein gezeumpt Rosß/ vnnd zu letst scharren sie es alles zu mit Grundt. Aber die etwas sonderlich gewaltig seind/ die erwehlen jhnen ein Knecht die weil sie noch im leben seind/ vnd lassen jhm ein Zeichen brennen in das Angesicht/ vnd so sie sterben/ begrebt man solchen Knecht zu jnen der jhm diene in jener Welt. Nach dem kommen die Freund zu sammen/ vnd nemmen ein ander Pferdt/ metzgen/ kochen vnd fressen es: aber die Haut füllen sie mit Stroh auß/ vnd hencken sie mit vier Stecken vber das Grab. Die Bein aber so darvon vberbleiben/ nemmen die Weyber vnd verbrennen sie zu reinigung der Seelen des Gestorbnen.

Königs Erwehlung.

Wann die Tartarn ein König erwehlen/ haben sie ein solchen Brauch: Es kommen zusammen auff ein bestimpt Feld die Fürsten/ Hertzogen/ Freyen vnd alles Volck des gantzen Reichs/ vnd setzen den erwehlten König/ dem das Reich zu gehört von Erbswegen/ oder von der Wahl/ auff einen guldinen Stul/ vnd fallen für jhn nider/ vnd schreyen mit lauter vnd einhelliger Stimm: Wir bitten/ wir wöllen vnd gebieten das du vber vns herrschest. Dann antwort er: Wolt jr das von mir haben/ ist von nöhten daß jr mir bereit seyen/ was ich gebiet daß jhr das thun/ so ich rüff das jhr kommen vnd wohin ich euch schick daß jhr gangen/ welchen ich heiß zu todt schlahen/ das jhr solches vollstrecken ohn verzug/ vnd ein mal das gantz Reich mir in mein Hand stellen. Vnd so sie antworten: Wir wöllen es thun/ spricht er: Wolan so soll fürthin die Red meins Munds mein Schwerdt seind. Nach diesem nemmen jn die Fürsten von dem Königlichen Stul/ vnd setzen jhn demütiglichen auff die Erden/ auff ein Filtz/ vnd sprechen also zu jhm: Sihe vber dich/ vnd erkenne Gott/ sihe auch vnder dich vnd schaw worauf du siest. Wirstu recht regieren/ so wird es dir glücklich gehen: Wirst du aber vbel regieren/ so wirstu gedemütiget vnd beraubt aller dingen/ daß dir auch der Filz darauff du sitzest/ nicht bleiben wirdt. So das geschehen ist/ setzen sie zu jm die allerliebste Haußfraw so er hat/ vnd heben sie auff mit dem Filtz/ vnd grüssen jn alß ein Keyser/ vnd sie alß ein Keyserin aller Tartarn. Von stund an seind zugegen mancherley Völcker vber die er zugebieten hat mit jhren Gaben: man bringt auch herzu was sein Vorfahr verlassen hat/ vnnd das alles nimpt er zu seinen handen/ vnd begabt die Fürsten ehrlichen/ das vbrig behalt er jhm. Ja alle ding seind in seinem Gewalt/ vnd darff niemand sprechen: Das ist mein/ oder dessen. Es darff auch

Von den Ländern Asie.

auch niemand wohnen auff diesem oder jenem Erdtrich/es sey jm dann zugelassen. Das Sigill so dieser Keyser braucht/hat ein solch Vberschrifft: Gott ist im Himmel vnd Chiuhath Cham auff Erden/Gottes Stärcke vnd aller Menschen Gebieter. Er hat fünff mächtige vnd grosse Heer/vnnd fünff Hertzogen/durch welche er alle Krieg führet. Vnnd so andere Völcker Botten zu jhm schicken/redt er nicht mit jhnen/läst sie auch nicht kommen für sein Angesicht/sie vnd jhre Gaaben/ohn die sie nicht kommen dörffen/sie seyen denn vorhin durch etliche Weiber darzu verordnet/gereiniget/wie vor gemeldet ist. Vnd so er Antwort gibt/thut ers durch Mittels Personen/vnd dieweil von seinet wegen wirdt geredt/muß man mit gebogenen Knyen zuhören vnd eben auffmercken/daß man nicht vmb ein Wort fehle. Es darff auch kein Mensch von seinem Sententz abfallen. So viel von den Sitten vnd Gebräuchen der Tartarn.

Das Lande der Tartarn belangend ist daselbige mechtig groß/vnd erstreckt sich von dem Fluß Tanais der Asien von Europa scheidet/biß in die Orientalischen Indien vnd das Königreich China. Ja es waren auch Tartarn in Europa/wie wir jetzund hören werden.

Es wird die gantze Tartarey von alters her getheilt in gewisse Theil vnd Quartier/so man Hordas heist/welches sonderbare König gehabt/so sie allzugleich Cam genennet.

Vnd diese Hordæ behalten noch jhren Namen: Aber vnder denen werden insonderheit fünf in acht genommen/die auch von sonderbaren Regenten beherrschet werden.

Die erste vnd vornembste Horda ist Zavolhen/oder Czahadui/welche Takxi/das ist/die vornembste vnnd grösste genannt wirdt: vnd jhr König wirdt genannt Ir-Tli-xi, das ist/ein feiner Mensch/vnd Vlu Cham, ein grosser König: vnd dieser ist der grosse Cham vnd Keyser der Tartarn/der ein so mächtig Land regieret/die vbrigen Tartarischen König werden zwar auch Cham genennet/aber nur schlechtlich/da dieser genannt wird Vlu Cham/der grosse Cham.

Die ander Horda ist Præcop/der Tartaren welche Præcopenser genannt werden/oder Vlaner/vnd diese sitzen noch in Europa zwischen dem Boristhene vnd Tanais/in dem Land Crimea genannt/so an Moscaw vnd Littaw grentzet. Ihr König/so sie Czar oder Cham nennen/hat seinen Sitz zu Chrim in dem Taurico Chersoneso jetzund Gazaria genannt/auff einer Insul/welche die Tartaren Præcop heissen: Sie ist 24. Meilen lang/vnd 15. Meilen breyt. Vnd dieses seyn die Tartaren/welche den Christen so viel Vbertrangs thun/vnd baldt an einem/baldt an dem andern Ort eynfallen. Sie kommen her/von den rechten Tartarn auß den Zavolhen.

Vnd seyn erstlichen in die Christenheit eyngefallen vmb das jahr Christi 1212. vnd sich in dieser Gegne bey dem Taurica Chersoneso nider gelassen/dann zuvor waren die Tartarn bey vns gantz vnbekandt.

Es hatten zuvor die Genueser den besten Theil dieser Orten in jhrem Gewalt/aber sie musten *Caffa.* den Tartarn neben jhnen Platz lassen/vnd behielten allein die Statt Caffa/welche von den Genuesern besetzt war/da dann ein mechtiger Handel war mit allerhand Waren. Als Mahomet der Türckische Keyser Anno 1453. Constantinopel gewonnen/ist er auch in diese Landt gefallen/ vnd hat nicht allein die Genueser darauß vertrieben/vnd Caffa eyngenommen/sondern auch die Tartaren gantz bezwungen.

Lang darnach in dem jahr Christi 1584. hat sie der Türck widerumb vberzogen/vnd dem seyn sie verbunden/so offt sie gemahnt werden mit aller Macht zuzuziehen: Sie vermögen 30000. biß in 40000. Pferdt in das Feldt zu rüsten/vnd so sie außziehen/führet gemeiniglich ein jeglicher ein ledig Pferdt neben sich an der Handt. Diesen Præcopischen Tartarn muß der König in Polen/ damit er von jhnen versichert seyn möge jährlichen 40000. Ducaten bezahlen. Die Fürsten oder Czaren dieser Tartaren werden von etlichen also erzehlt:

Ulan Czar					Machmet Czar Anno 1576.	Sadit.	Die Fürsten
		2			4		der Præcop-
	1	Heider	Mahomet Czar	Benlet Czar	Aolet.		schen Tar-
Tahtam Czar	Seidachmet	3	Achmet		5 Hali.		taren.
		Mendlger	Bethl ist ertrunken		6 Salomet.		
			Burnas				
			Mularec vnd noch vier Söhn.				

1. Seidachmet ist von Acikeno so 7. Söhn hatte/vertrieben worden.
2. Heider/ist von seinem Bruder vertrieben/vnd zu Johanne dem Großfürsten in der Moscaw geflohen/der jhn vber seine Tartaren zu Cazan gesetzt hat.

3. Mend-

3. Mendsiger regiert vmb das jahr Christi 1500. hat mit hülf der Türcken seinen Bruder außgesagt: er hatte 9. Söhn.

4. Adlei ist von den Persiern gefangen vnd vmbgebracht worden.

5. Hali vnd Salomet/ seyn zu dem Polen geflohen/ vnd hernach von jhme in die Türckey geschickt worden. Anno 1584.

Die 3. Horda der Tartarn ist Cazan/ oder Cosan an dem Fluß Volga gelegen/ vnd diese seyn dem Großfürsten in der Moscaw vnderthan. Diser Tartarn K. Machmademin ein Sohn Abrahami vnd Nussultanæ/ hat von dem Moscowiten sich abwerffen wollen/ daher viel vnd mancherley krieg zwischen diesen Tartern vnd den Moscowiter sich erhoben/ biß entlichen in dem jahr 1551. Johannes Großfürst in der Moscaw/ die Statt Cazan eyngenommen/ die König gefangen bekommen/ vnd das gantze Cazanische Reich in seinen Gewalt gebracht.

Die 4. Horda ist der Tartaren so Occanenser oder Nogajenser genannt werden/ vnd die haben auch jhren Vrsprung von der ersten Horda der Zavolhäuserer/ sie haben einen sonderbaren Cham. Der hat seinen Vrsprung von einem Occus genannt/ so ein Diener war deß grossen Chams der Tartaren. Sie grenzen mit den von Cazan vnd mit Moscaw: vnd seyndt auch dem Großfürsten mit gewissen Diensten zugethan. Ihr Cham hat seinen Sitz zu Saraich an dem Fluß Yaick.

Die 5. Horda heist Cazacca/ vnd diese haben keinen Cham.

Die andern Horden deren noch viel seyn/ seyn mehrertheils dem grossen Cham/ so gleichsam das Haupt vnd der größte Potentat ist in Asia/ vnderthänig.

Dieser grosse Cham solle seinen Sitz haben in dem Reich Catajo/ in einer grossen Statt die Jons heist/ wie Haitonus/ so auß den Königen von Armenia herkommen/ vnd dessen Vetter König in Armenia/ vmb das jahr Christi 1300. sich an dem Hof deß grossen Chams auffgehalten/ darvon schreibt. Deßgleichen schreibt auch Marcus Paulus ein Venediger/ der Anno 1290. persönlich in Cathay am Hof deß grossen Chams mit Namen Cublai gewesen ist. Doch wil Herr Matthias von Michaw der etwan ein Thumbherr gewesen zu Crackaw in Polen/ vnd auch von den Tartarn geschrieben/ daß sich der Tartarn Keyser halte hinder dem Hircanischen Meer/ in der Gegne da vor zeiten die Scytischen Länder gelegen.

Es ist aber hie zu mercken daß dieser Keyser Geschlecht sich weit außgespreitet hat/ vnd je länger je mehr Lands jhnen zugestanden/ deßhalben sie auch viel Königreich auffgerichtet haben/ die sie alle Keyserthumb nennen/ als das Keyserthumb von Cathay/ vnd das von Zavolhen/ etc. Nun jhr erster Keyser/ hat geheissen Chingis/ dieser war von einem schlechten Herkommen vnd wie man schreibt eines Schlossers Sohn/ hat sich mit sonderbaren Künsten/ nicht ohn Zauberey/ dadurch er dem Volck eingebildet/ als wenn es ein Göttlicher Befelch were daß er Keyser seyn solte/ zu einem Keyser vnd grossen Cham gemacht/ daß auch seines gleichen nicht war auf dem gantzen Erdboden. Er regiert vmb das jahr Christi 1200. wie wir darvon schon zuvor etwas geredt haben/ des Sohn ist gewesen Jocucham/ vnd sein Sohn hieß Zaincha/ welchen die Reussen vnd Poln nennen Bathi/ der jre Länder mit sampt Vngerlandt zerstört hat. Dieses Sohn hieß Tomir Rutlij/ den man nennet Tamerlanes/ der das gantz Asiam (verstand das vorder biß in Egypten) durch zogen vnd verschleift hat/ vnd den Türckischen Keyser Bajazet vberwunden vnd gefangen/ vnd mit guldenen Ketten vmbhergeführt hat/ darvon ich hievornen gesagt hab bey dem vierdten Türckischen Keyser. Paulus von Venedig zehlt die Tartarn Keyser also nach einander/ die Cathay regniert haben. Der erst Zinckis: der ander Cui: der dritt Bartim: der vierdt Allau: der fünfft Mongon: vnd der 6. vnder dem er in Cathay gewesen/ ist Cublai. Aber Haitonus der bestimpt sie also nach einander. Der erst Changius Can: der ander Hoccath Can: der dritt Gino Can: der vierdt Magno Can: der fünfft Cobila Can/ der die Statt Jons in Cathay gebawen hat: der sechßt Thamor Can/ der zu seinen zeiten Anno Christi tausent/ dreyhundert vnd achtzig in Cathay hat regniert. Vnder diesen hat Hoccata Can viel Söhn gehabt/ nemblich Gino Can/ der das Keyserthumb zu Cathay nach seinem Vatter besaß. Jochi der herauß kommen ist in Occident/ nemlich in Persiam/ Turquestam/ Scythiam/ vnd andere Länder/ vnd nam sie alle eyn/ vnd sein Bruder Bardo/ nam die Mitnächtigen Länder/ vnd ist zogen in Europam/ biß in Vngerlandt/ von welchem geboren ist Tamerlanes/ der so grossen Schaden hie aussen vmb das H. Landt gethan hat/ biß in Egyptenlande. Als aber der Gino Can in Orient starb in seiner Jugend/ war sein naher Freundt (Magno genannt) Can oder Keyser/ vnd als er in dem Orientalischen Meer ein Insel wolt bekriegen/ fuhren derselbigen Insul Eynwohner heimlich vnder dem Wasser zu seim Schiff vnd durchlöcherten den Boden/ vnd versenckten das Schiff mit dem Can. Da ward sein Bruder Cobila/ den Marcus Paulus Cabay nennet/ Keyser/ vnd ward auch ein Christ: aber seine Nachkommen fielen ab von dem Christlichen Glauben/ vnd namen deß Mahomets Teufelsgespenst an. Also sihestu hie wie der Tartarn Gewalt zertrennt ist worden in viel Königreich/ von wegen der grösse deß Erdtrichs so sie innhaben/ vnd der Menge deß Volcks das jhnen vnderthänig ist.

Dem

Von den Ländern Asie. 1547

Demnach findest du im anfang in dem buch Pauli Veneti geschrieben/ alß er ziehen wolt in Oriente zu dem grossen Cham/ vnd war gen Constantinopel zu Schiff kommen/ vnd von dannen durch das Euxinisch Meere gefahren in Armeniam/ vnnd von dannen weiter gereiset/ kam er Kriegshalb in grosse gefehrlichkeit: dann es waren wider einander zwen Tartarische König mit namen Bartha vnd Allau/ die kriegten wider einander/ deshalben Paulus Venetus vnd sein Gesell gezwungen wurden wider hindersich zu weichen/ vnd auff Persiam zukehren/ vnd da ein zeitlang still zu ligen. Noch eins muß ich hie melden/ nemlich/ das ettliche meynen/ der groß Cham vnd das Keyserthumb in der Cathay sey in den Ländern da vor zeiten die zwey Scythien seind gewesen/ vnd Sabellicus setzt es zwischen Hidrosiam/ vnd dem Wasser Indum. Wider diese Männer will ich nicht fechten/ dann ich bin so wenig in den Ländern gewesen alß sie. Aber alß Paulus Venetus anzeigt/ der darinn gewesen ist/ so ligt Cathay vber Sericam: das ist/ vber das Scythen Landt weiter gegen der Sonnen Auffgang zu. Nun von diesem Landt vnnd seinen Stetten will ich hievnden etwas weiter schreiben bey der Indianischen newen Tafeln.

Von dem Landt Aria. Cap. lxvii.

Aria das Land wird nit durch auß wol bewohnet: dann es hat viel Wüsten/ darinn die Menschen nicht können wohnen: da es aber fruchtbar ist/ bringt es trefflich gute Wein/ der auch 50. oder 60. jar ligen mag. Die Rebstöck werden so groß vnd dick darinn/ das manchen zwen Mann nicht mögen vmbklafftern/ vnd mancher Treubel wird zweyer Elenbogen lang. Es laufft durch diß Land ein nambhafftig Wasser/ heißt Arius/ an welches der Groß Alexander ein Stat gebawen hat/ vnd sie Alexandriam genennt. Darnach hat Antiochus Soter auch ein Statt darinn gebawen/ vnd sie nach ihm Antiochiam genennt. Diß Lande (wie ettliche meynen) wird jetzt Turquestam genennt/ vnd heißt sein Königliche Statt Ocera. Die alten Sacen haben in diesem Land gewohnet/ die Eynwohner sind etwas burgerlich/ die vornemsten Stett sind/ Takent/ Cotam/ Caskau/ Jarkem.

Paropanisus. Cap. lxviii.

Diß Landt hat diesen Nammen von einem Berg also genannt/ empfangen/ vnnd ist auch zu Winters zeiten ein kalt Landt/ daß man die Räben vnd Bäum decken muß/ das Volck so darinn wohnet/ ist gantz grob/ vnd vnburgerlich/ vnd bringt das Erdtrich alle ding nach notturfft/ außgenommen Oele. Von den zweyen Ländern Drangiana vnd Arachosia/ hab ich nichts sonderlichs geschrieben gefunden/ dann was Ptolemeus setzt.

Gedrosia. Cap. lxix.

Vn wöllen ettliche das diß Landt jetzund das Reich Tarse werd genennt/ vnd sey sein Hauptstatt Cambaia. Es ist ein heiß Landt/ vnd hat grossen mangel an Früchten vnd Wasser/ wachsen doch Specerey darinn/ besonder Nard vnd Myrrh/ vnd das so vberflüßig/ das des Grossen Alexandri Heer vor zeiten Hütten darauß machten/ vnd Betth/ darauff sie zu nacht lagen. Man schreibt von diesem Landt/ das Alexanders Heere gar grossen schaden darinn erlitten habe von der grossen Hitz/ von mangel des Wassers/ vnd von den gifftigen Schlangen. Das Land ist voll tieffes Sands/ der zu tag trefflich heiß wird/ vnd so man dar durch geht/ fallt man tieff hineyn vnd kan nimmermehr naher kommen/ darzu muß man grosse Tagreissen thun: dann man findt nichts zu trincken im Sand. Der gemeldt Alexander wandlet vast bey nacht/ vnd wann er zum Wasser kam/ waren seine Krieger also dürstig vnd gar erlecht/ das sie sich zu tode truncken/ ein theil fielen nider auff dem weg von grosser ohnmacht/ zabelten mit Henden vnd Füssen vnd sturben. Etliche so sie zum Wasser kämen/ zogen sie sich ab vnd giengen dareyn/ sich zu erkülen: aber sie geschwallen vnd bläyten sich auff im Wasser/ starben vnd schwummen empor vnd verunreinigten darzu das Wasser. Sie kamen allmal zu Hürsten/ die sahen gleich den Lorbeerbäumen/ vnd so die Pferd vnd andere Vieh darvon ässen/ schaumeten sie/ fielen dahin vnd sturben/ gleich alß were sie ankommen der fallende Siechtag. Item im Landt wachßt hin vnd her allmal ein Kraut herfür/ darunder verberegn sich die Schlangen/ vnd alß Alexanders Here datdurch zog/

liessen

lieffen die Schlangen herfür vnd bissen viel Kriegsleut/darvon sie von stundan sturben. In disem
Landt bey dem Meere seind die Ichthiophagi: das ist/ Fischfresser/ vnd da machet man von den
grossen Gräten/ Dächer getram/vnd von jren Kypfflen die Thür/darvon ich auch hievornen gesagt hab.

India ausser dem Gange. Cap. lxx.

ES wird das vorder oder näher India eyngeschlossen mit zweyen trefflichen grossen Wassern/ nemlich Indo vnnd Gange/gegen Mitnacht wird es gescheyden
von Scythia vnd andern Mitnächtigen Ländern durch den mechtigen Berg
Taurum/ der in Pamphilia anfahet vnd streckt sich so weit in Orient/daß er auch
erreicht das ferren Indiam. Doch laßt er zu beyden seyten gegen Mitnacht vnd
gegen Mittag ein Ast neben auß schiessen/ welche auch besondere Nammen ha-
ben/gleich wie er von einem Volck zum andern seinen Nammen auch verendert/
ob er schon für vnd für ein Taurus ist. Es schreibt Plinius von jhm/ desgleichen Strabo/ das er
schnäll hoch auff steige/vnd in der höhe also fahre biß in Indiam/da das Wasser Ganges auß jm
enspringt/vn̄d scheidet Asiam in zwey theil/vnnd so er in Indiam kompt/vnnd das Wasser
Gangen außgossen hat/kehrt er sich stracks ab seinem schlechten Weg/vnd wendet sich gegen
Mitnacht/vnd behalt sein höhe vnd grösse/verleurt aber sein Namen/wie auch sonst an manchem
Ort/vnd wird genennt Imaus/an dem Ort da er außgeußt das Wasser Indum ist er also hoch
das er zu Sommers zeiten nimmer ohn Schnee ist. Bey den Ländern Persia/Parthia/Media
vnd Assyria spaciert er herauß/behalt aber nichts desterweniger seinen gang/vnd durch solche außgäng scheidet er ein Landt von dem andern. Er behalt so streng seinen hohen gang/daß er kümmerlich den zweyen grossen Wässern Euphrati vnd Tygri/die in Armenia entspringen/den Durch-
gang gibt. In Orient (wie gesagt ist) heist er Imaus/vnd Caucasus/darnach so man sich wendet gegen Occident/wird er Hermodus vnd Paropanisus genannt. Zwischen Parthia vnd Persia heißt er Coathras/vnd bey den Assyriern Zagrus. Da er in Mediam geht/Caspius/vnd am
anfang Mesopotamie Niphates/vnd in Armenia Antitaurus/in Cicilia Amanus/vnd in Pam-
phylia heißt er Taurus. Wie viel er aber Wässer von jhm außgeußt/ist nit zusagen noch zuschreiben. Die Tafeln Asie zeiget die fürnemsten an/vnder welchen Indus vnd Ganges die andern alle
vbertreffen in der grösse. Indus von dem India den Namen hat/empfahet neunzehen Wässer
eh er in das Meere fallt. Plinius schreibt darvon/da es am aller breitesten/ist es fünfftzig stadien
breit vnd nicht dünner dann fünffzehen Schritt. Aber Ganges empfahet auch neunzehen
Schiffreiche Wasser/vnd zerthut sich an manchem Ort also weit/das man jhn mehr für ein See
ansicht/dann für ein fliessend Wasser. Es wird an etlichen Orten so breit/daß hundert stadien darüber gemessen werden. Ein stadium halt 125. Schritt: das ist 652. Schuch/wie Plinius darvon
schreibt. Demnach machen die acht Stadien tausent Schritt: das ist/ein Welsche meil/vnd 23.
Stadien machen ein gemeine Teutsche meil. Wo aber Ganges am engsten ist/verstand da er alle
Wässer empfangen hat/ist er acht tausent Schritt breit/vnd da er am aller dünnesten/ist er zwentzig Schritt tieff. Man schreibt von dem Gange/daß darinn Crocodilen/gleich wie im Nilo/vnd
Delphinen/vnd andere vngehewre Thier gefunden werden.

Weiter lesen wir das Semiramis die Königin von Assyria ein grosse Schlacht verloren hat bey
dem Wasser Indus. Sie bracht fünff vnd dreyssig hundert tausent Mann/vnder welchen waren
fünff hundert tausent Reuter: aber sie hett keine Helffanten im Heere/wie der König von India
den sie vertreiben wolt. Darumb nam sie viel Kamelthier vnd spannt darüber Büffelsheut setzt
Männer darauff/vnd macht ein Gespänst gleich alß weren es Helffanten mit gewaffneten Leuten.
Aber es halff sie wenig jhr Betrug. Dann da der König von India mit Nammen Staurobates
höret jhr zukunfft/besetzt er das Wasser Indum vnd vermanet sein Volck daß sie vnerschrocken
weren/jhr Feind were ein Weib/die der Hirten Hur were gewesen/eh sie der König zu einer Königin gemacht/sie hett die Herrschafft des Reichs freffentlich an sich gezogen/vnd hett den rechten König darvon gestossen. Darnach hett sie jhr Person verleugnet/hett sich dargegeben in Kleydern vnd Worten alß were sie des Königs Sohn/hett aber diewil nicht vnderlassen Hurerey/
sonder wo ein hübscher gesell were gewesen/den hett sie an sich gezogen vnd mit jhm gemut willet/
vnd heimlich ertödt/daß jhre Buberey nicht an tag käme/vnd das sie so lang getrieben/biß sie im
Reich ersterckt were. Darnach hab sie sich alß ein Weib erzeigt/vnd hat kein tag lassen im Läger
hingehn in dem sie nicht der Hurerey hett gepflegt.

Mit diesen Worten macht der König sein Kriegs volck keck vnd andern Worten mehr/die nicht
von nöthen zu erzehlen. In summa sie kamen zu letzt zusammen mitten auff dem Wasser/vnd das
Weib lag ob/vnd macht von Schiffen ein Bruck vber das Wasser vnd griff den König von India widerumb auff dem Feld an. Nun begab es sich/daß die Indianischen Roß so der Helffanten wol gewohnt hetten/entsatzten sich vor den butzen Helffanten/so die Königin Semiramis
zugericht hett vnd flohen hindersich. Aber der König mit vnerschrocknen Hertzen schickt ein
grossen Hauffen rechter Helffanten vnder seine Feindt/vnd bracht durch sie vmb ein vnglaubliche

zahl

Von den Ländern Asie. 1549

zahl der Feind. Vnd wiewol der Königin Sach je
lenger je böser ward/ jedoch auffenthielt sie mit jhrer
gegenwertigkeit vnnd embsigen vermahnung jhre
Kriegsleut/ biß zu letst der Kön. von India sie ersahe
vnd sie mit Pfeilen verwundet/ daß sie auch eylends
mit einem Roß auß dem Läger oder Schlacht ent-
flohe. Vnd da erhub sich erst ein rechte Schlacht/ besonder bey dem Wasser Indo : dann die Assyrier
mochten nicht bald hinüber kommen/ vnd war jnen
der Feind auff dem Halß. Als hernach diß Weib
zwey vnd vierzig jar hat regiert/ bracht sie jr Sohn
vmb mit heimlichen Listen. Etliche sagen daß sie seines beyschlaffens hab begert / darumb ließ sie der
Sohn fertigen. Darvon hab ich geschrieben bey dem
Landt Babylonia.

Die zwey Wasser Indus vnnd Ganges werden
gantz vngleich beschrieben. Ptolomeus schreibt das
Wasser Indus laufft mit 7. Strömen in das Meer.
Aber Arrianus meldet es seye nur einer vnder diesen 7. zu vnserer zeit Schiffreich. Strabo vnnd
Pomponius schreiben nur von zwen: welches auch die Portugalleser bestätigen. Dieser Fluß kom̄t
her von dem Berg Parapamiso/ empfahet 21. andere Wasser/ sonderlich Hydaspen vnd Hypasin/
welcher Alexandri reiß beschlossen hat. Er ist an etlich orten 50. Stadien breit. Aber der Fluß Ganges entspringt auß den Scythischen Bergen / ist auff das wenigste zwo Teutscher Meilen breit:
an ettlichen orten aber auch 5. wo er am tieffesten ist/ da ist er 100. Schuh tieff. Man findet viel E-
delgestein vnnd Gold darinnen. Es ist ein ort an dem Ganges/ Gongasagie genannt/ das ist/ der
Eyngang in das Meer/ in welchem viel Meerhünd sind. Welche dieser Welt müd sind/ vnd gern
bald im Paradiß sein wolten/ die stürzen sich selber in diesen Fluß/ daß sie
von diesen Meerhunden sollen gefressen werden/ vnnd sind bered dieses seye
der nechste weg in das Paradiß.

Das Landt so zwischen diesen zweyen Wässern Indum vnnd Gangen
ligt/ ist wunderschön/ vnd als man meynt/ vbertrifft es alle andere Erdrich/
wird durch viel fliessende Wässer vnderscheiden die es begiessen vnd Fruchtbar machen/ daß es zweymal im jar Frucht bringt. Man schreibt auch daß
die Frucht nimmer darin mißrat oder verdirbt/ darzu werden alle ding grösser vnnd hübscher dann in andern Ländern. Auch ist der Winter nicht ohn
frucht. Welches alles ein Vrsach ist/ daß die Indianer nie gezogen sind auß
jrem Land/ ein anders zu besitzen. Daß man zeucht
nicht mit Hauß vnnd Hof auß einem Landt in ein
anders/ dann allein der hoffnung daß man ein bessers wölle eynnemmen. Die Helffanten sind also
gemein in diesem Landt/ daß man auch mit jhnen
zu Acker geht/ vnnd führt zu Hauß was man bedarff. Anfenglich sind sie gantz Wild vñ Scheuch:
aber man kan sie liederlich zam machen vnd zum
seyl bringen/ nemblich mit solcher weiß. Man seu-
bert in der Wildnuß einen grossen Plan/ der etwan
5. Stadien weit ist/ vnnd macht ein tieffen Graben
darumb/ vnd vber den Graben ein schmale Bruck.
Darnach führet man auff diesen Plan 3. oder 4. zame Helffanten/ vnd ligen etliche Wätter verborgen
vnder der Hütten darzu gemacht / biß die wilden
Helffanten darzu kommen/ doch kommen sie bey tag
nicht/ sonder zu nacht/ dann kompt einer nach dem
andern/ gehn vber das Bruck/ ein auff den Plan/
vnnd lauffen die verborgnen Männer herfür/ vnnd
vermachen den außgang an dem Brücklin/ bringen
auch herzu andere starcke vnd zame Helffanten/ die
sie zu kempffen gewent haben/ sitzen auff sie vñ streiten wider die wilden Helffanten/ vñ nöthigen sie mit
hunger also lang/ biß sie gantz müd werden. Zuletst
steigen kecke Reuter ab jren Helffanten vnd verbergen sich/

India ist
das aller-
glückseligste
Landt auff
Erden.

Wie man
Helffanten
fahet vnd
zam machet.

FFFFf

gen sich/ein seder vnder den Bauch seines Helffants vnnd schleichen heimlich vnder die Bäuch der vngezempten Helffanten/vnnd legen an jhre Schenckel Eysen Gefeß daß sie nicht ferrer kommen mögen/sonder sich gefangen müssen geben. Darnach macht man sie mit hunger bald zam. Dañ es ist ein Thier das von Natur gezämig vnd freundselig ist/vnnd dieser eygenschafft geht es vor allen andern Thieren. Die andern fahen es mit einer andern gestalt/nemlich also: Sie machen ein heimliche Gruben an einem Ort/da sie pflegen zu gehn/vnd so der Helffant dareyn fallt/laufft ein Jäger herzu/schlecht vnd sticht jn/darnach laufft ein ander Jäger auch hie zu/vnd schlecht den vordrigen Jäger/stost jhn hinweg/vnd stellt sich alß sey er vast böß vnd zornig/vnd gibt dem Helffanten Gersten zu essen/die sie vast gern essen. Vnd so er das ein mal/3. oder 4. thut/gewinnt der Helffant ein Hertz zu jhm/vnd erkennt jhn alß seinen Erlöser/vnd wird jm gehorsam vnd gantz sanfftmütig gegen jhm. Wann ein Helffant müd wird/leint er sich an ein Baum/schlafft vnd ruhwet also. Er ist trefflich klug vnd trew seinem Meister im Krieg. Dann so sein Herr oder Meister ab jm fallt/ist der Helffant da vnd vndersteht jn zu erledigen auß der gefehrlichkeit. Vnd kan er nit mehr/so wirfft er jhn mit seinen vordern Füssen vnder seinen Bauch/damit er vnder jhm beschirmbt werde. Vnd wann sie etwa auß zorn jren Meister ertödten/wird es jhnen also leidt/daß sie vor kümmer nit essen/vnd etwan also verharren biß sie sterben. Die Weiblein empfahen wann sie 10. jahr alt werden/tragen 2. jar/gebären nit mehr dann ein mal/vnd bringen auch nit mehr dann ein Füllen/das säugen sie 6. Monat lang. Die Thutten stehen jhnen an der Brust zwischen den zweyen fördern Beinen. Wann der Helffant 60. jahr alt ist/ist er in seinem besten thun. Er mag die Kelte nicht leiden. Die zween Zeen so zu jhrem Maul herauß wachsen/werden in dem Alter so groß/daß man sie für Zaunstecken vnd zu Thürgestellen braucht: dann sie werden 9. vnd etwan 10. Schuh lang.

Helffanten Zeen.

Anno Christi 1546 im Augsten sind mehr dann 100. Helffanten Zeen gen Basel von Antorff mit andern Gütern kommen/vnder welchen einer sonderlich groß war/nemlich meiner Schuh 9. lang/vnd am dicksten hat er meiner Spannen gar nah 3. Der schwere nach hab ich jhn geschetzt ein Centners schwer/dann ich mocht jhn kümmerlich auffheben. Ein jar oder zwey darvor sind dieser Zeen auch ettliche gen Basel in das Kauffhauß kommen/vnder welchen einer ist 10. Schuh lang gewesen vnd hat gewegen 114. Pfund. Es ist auch ein Ebenbild von Holtz nach jhm gemacht vnd in das Kauffhauß zu einer Gedechtnuß gehenckt. Ettliche wöllen/daß diese grawsame Zeen mehr Hörner dann Zeen sind. Dann wie den Hirtzen järlich die Hörner außfallen/vnd wachsen andere/also verlieren die Helffanten auch alle 10. jar diese Zeen vnd wachsen andere an jhre statt. Von jhrer eygenschafft will ich bey dem newen India auch etwas weiters sagen.

Von den Drachen. Cap. lxxj.

Drachen.

An sind auch in diesem Landt/gleich wie in dem Morenlandt/Drachen/vnd das sind grosse Schlangen/die haben scharffe vnd versetzte Zeen. Gleich wie eine Sägen die wol vnd scharff gefeylet ist. Doch sind sie gewaltiger am Schwantz dann an den Zeenen/sie haben auch nicht so viel Gifft alß andere Schlangen. Wann sie einen gefeßlen mit jhrem Schwantz/tödten sie jhn/vnnd ist jhm der Helffant nit starck gnug wie groß er ja ist. Dann sie verbergen vnd legen sich zu den wegen die der Helffant pflegt zu gehn/vnd warten auff jhn/vnd verwunden jm mit jren Schwäntzen die Schenckel daß er nicht weiter kommen mag/vnd erwürgen jhn. Er hat kein Gifft

dann in der Zungen vnnd in der Gallen/vnd sonst in keinem Glied/darumb essen die Moren des Drachen Fleisch/außgenommen die Zung. Es schreibt auch Plinius/daß das Gifft so streng in seiner Zungen ist/dz die Zung stäts darüber raget/vnnd etwan der Lufft

von dem hitzigen Gifft angeht/daß man meynt der Drach speye Fewr auß. Es geschicht auch zu zeiten/wann der Drach pfeiset/laßt er herauß ein gifftigen Dampff/darvon der Lufft verunreiniget wirdt/vnd volgt hernach ein Pestilentzische Kranckheit. Es schreibt auch Plinius weiter/daß in Morenlandt werden Drachen gefunden/die 20. Elenbogen lang sind/vnd da fügen sich 14. oder 15. zusammen/vnd schwimen mit auffgerichten Köpffen durch das Meere vnd durch andere Wasser zu suchen jhre Nahrung. Sie haben ein ewigen Streit mit den Helffanten: dann der Drach verbind dem Helffanten seine Füß mit dem Schwantz/wie gesagt ist/daß der Helffant fallen muß/der Helffant tritt auff den Drachen/oder schupfft jhn mit seinem Rüssel daß er sterben muß. Dann er ist so starck im Rüssel/daß er auch damit ein Baum mit der Wurtzlen außziehen mag. Vnnd wann er solches thut/richt er sich auff die hindern Füß/besonder wann er den Drachen seinen tödlichen Feind sicht sitzen auff einem Baum/legt er an den Baum alle stercke/damit er den Drachen felle mit dem Baum/vnd so der Drach das sihet/springt er auff den Helffant/der meynung jhn zu beissen bey der Nasen/vnd jhm die Augen außkratzen. Er springt jhm auch zu zeiten auff den Rucken beist vnd saugt jhm auß das Blut/biß er zu letst so krafftloß wirdt/daß er fallen muß/vnd so er

fallt/

vnd so er fallt/erschlecht der Helffant den Drachen der auff jhm sitzt/vnd tödt einer den andern/ also sterben sie beyde. Das aber der Drach also begierig ist vber des Helffanten Blut/ist kein andere Vrsach/dann daß dasselbig Blut kalt ist/damit der Drach vermeynt sein Hitz zu erkülen. Er wohnet viel in dem Meere vnd in dem Wasser/aber viel mehr haltet er sich in Hülen vnd Spelun-cken/vnd schlafft gar selten/sonder laustert auf die Vögel vnd Thier/dz er sie verschluckt. Er hat so

ein scharpff Gesicht/dz er auf einem Berg vmb sich sihet/vnd von ferren sein Speiß gesehen mag. Man findt auch sonst in India Natern die 9 Elnbogen lang sind/vnd groß geflüglete Scorpionen/ aber sie sind dem Menschen nit also schedlich vnd auffsetzig wie die andern kleinen Schlänglin/die nicht vber ein Spannen lang sind/vnd gefunden werden in den Hütten/vnd in den Geschirren/in Zäunen/vnd dem Menschen die Glieder liederlich stecken/vnd alß bald der Mensch von jhnen verwundt wird/laufft jhm das Blut auß seinem Leib durch alle außgäng/vnd stirbt bald/man helff jhm dann von stund an mit Artzney. Man findt auch an ettlichen Orten Schlangen zweyer Ellenbogen lang/die haben Flügel/gleich wie die nacht Fledermeuß/vnd pflegen bey nacht zu fliegen/ vnd lassen allemal Brunz tröpflin fallen/vnd welchen solcher tropff berürt/der wird Reudig vnd Schebig.

Von dem Grieffen vnd ettlichen gewächsen in dem Landt India.
Cap. lxvij.

Von dem Grieffen schreiben auch viel/den man in India soll finden. Er hat vier Füß vnd Klawen daran wie ein Löw. Am hindern seines Leibs ist er Schwartz/vnd vornen Rot/hat weisse Flügel/vnd ein krummen Schnabel wie ein Adler. Er macht sein Nest in den Bergen/grebt auß dem Erdtrich Gold/vnd legt das in sein Nest/das wissen nun die Indianer wol/darumb rotten sie sich zusammen auff tausent oder zwey tausent gewaffneter Mann/kommen bey nacht zum Nest mit grossen sorgen vnd gefährlichkeiten/daß sie nicht am Diebstal ergriffen werden von diesem grossen vnd grawsamen Thier/das allweg vermeynt man stell jm nach seinen jungen/so man doch das Gold sucht darvon er sein Nest macht. Man schreibt auch von dem Greiffen/welches ich doch nicht gesähen/er seye so starck vnd mechtig/daß er Rosß vnd Mann zuglieich erhaschen vnd vber Meer führen möge.

Weiter solt du mercken/daß diß Landt India ist vor zeiten also wolerbawen gewesen seiner fruchtbarkeit halb/daß ettliche schreiben/man hab ob 6000. Stett darinn gefunden. Es wächßt darinn Pfeffer/Zimmet vnd ander Gewürtz/vnd der Baum Ebenus genannt/den man sonst an keinem Ort auff Erden findt/ist ein hübsch schwartz Holtz/vnd so es abgehawen wird/wird es also hert alß kein Stein ist/den Augen sehr dienstlich. Aber der Pfeffer wechßt am Berg Caucaso/vnd sonderlich an dem Ort da der Berg sich kehrt gegen Mittag. Er wechßt eben wie hie zu Landt der Reckholder. Gold vnd Sylber/aber kein Eysen/item mancherley Edelgestein/alß Berillen/Demant/Carbunckel/Pärlin/vnd dergleichen findt man vberauß viel in diesem Landt dann anderß-wo/Menschen/Thier vnd Bäum. Es wachsen ettliche Bäum so hoch ob sich/daß man jhre gipffel mit eines Armbrusts schutz nicht erreichen mag. Vnd das kompt von fruchtbarkeit des Erdtrichs vnd wol temperiertem Himmel/so das Landt hat. Die Eynwohner dieses Landts trincken kein Wein/sonder machen auß Reiß vnd Gersten ein Tranck. So viel die Begrebnuß antrifft/ sind sie gantz kündig/lassen gar kein kosten darauff gehn/aber den Leib zuschmucken/sparen sie gar nichts.

Ebenisch Baum.

Das siebende Buch

nichts. Dann sie tragen Gold vnd Edelgestein/vnd legen an wunder weiß Leinwate Kleyder. Sie geben den alten nichts bevor/sie seyen dann witzig vnd verstendig.

Jhre alte Policey.

Vorzeiten war jhr Policey getheilt in sieben Graden. Den ersten vnd höchsten Grad nach dem König hetten die Philosophi vnd Gelehrten/vnd die waren gefreyet von aller arbeit vnd Dienstbarkeit. Es war jr Ampt am anfang des jars anzuzeigen wie das gantz jar Wittern wurd/vnd was für Kranckheiten eynfallen wurden/vnd wie man den entgegen kommen solt/vnd deren waren wenig. Den andern Grad hetten die/so das Feld baweten/vnd die vbertraffen in der menge die andern Graden/waren gefreyet von den Kriegen/vnd dorfften sonst nichts thun dann das Feld bawen/ sie hielten sich auch mit jhrem Gesind im Feld/vnd dorff jhnen niemand kein leid thun. Den dritten Grad hetten die Hirten/die waren auch stäts auff dem Feld mit jhren Gezellten vnd stelleten nach den Vöglen vnd wilden Thieren die dem Vieh auff setzig waren. Den vierdten Grad hetten die Handtwercks Leut/die Waffen vnd Feld instrument machten/vnd die dörfften kein Tribut geben/sonder der König gab jhnen Frucht zu jhrer verdienten arbeit. Den fünfften Grad hatten die Kriegsleut/denen gab der König jhre Nahrung/vnd auch allen Pferdt vnd Helffanten die auff den Krieg wartteten. Im sechsten Grad waren die auffseher/die dem König zu Ohren brachten was allenthalb im Landt geschahe: vnd im siebenden die Rhät die ander Leut in vernunfft vnd Adel vbertraffen/vnd deren waren nicht viel. Der König braucht sie zu Rhäten vnd stellet sie an die offne Aempter/macht auch Hertzogen auß jhnen. Auß diesem Grad dorfft keiner stellen zu einem andern Grad/mocht auch nicht Weyben auß seinem Grad.

Es hatt der Groß Alexander zwo Stett gebawen in diesem Landt/vnd hat sie gesetzt an das Wasser Bidaspus/das die andern nennen Hidaspis/eine auff diese seiten/vnd die andere auff die andere. Eine nennt er Bucephalam/zur gedechtnuß seines Edlen Roß/das in einem Krieg vmb kam/vnd kein Menschen je tragen wolt dann allein König Alexandrum: Diß Roß wiewol es im Krieg wider die Indianer durchschossen ward/rannt es doch mit allen Krefften vber sein vermögen auß der Schlacht/damit es Alexandrum möcht bringen auß aller gefehrlichkeit/vnd fiel von stundan darnider vnd starb. Es hieß Bucephalus seiner breiten Stirnen halb. Die ander Statt nennt er Niceam/das ist so viel gesagt alß ein Sieg: dann er hat gesieget an dem selbigen Ort wider seine Feind.

Bucephalus

Wie Alexander der Groß/König von Macedonia gezogen ist in Indiam mit grosser Heereskrafft/vnd was jhm in seiner Reiß begegnet ist.
Cap. lxxiij.

MAn schreibt von dem Grossen Alexander/ alß er mit seinem Zeug durchdrange die Caspische Porten/nemlich vor d geburt Christi 300. jahr vnd durch ein Fruchtbar vnd gut Landt geführt ward/vnd zu letst kam er in ein rauhe Einöde/darinn er vnd sein Volck grosse noht litten/er hett mit jhm genommen 150. Männer desselbigen Lands/ die jhm zeigten den nechsten weg auff Bactrianam/vnd jhn führten zu den Völckern Seres genannt. Er verhieß jhnen auch grosse Gaaben/wo sie jhn trewlich führen wurden durch Landt vnd Leut zu dem Indianischen König der Porus hieß/der seiner nicht warten wolt. Aber was geschahe. Es waren die Wegführer dem König Poro geneigter dann dem Landtfrembden Alexandro/vnnd darumb führten sie König Alexandrum in gefehrliche örter/die voll Schlangen vnd andern schedlichen Thieren lieffen/vnd da kein Trinckwasser gefunden ward. Sie vergiengen sich gar ferr in ein wüste/vnd da funden sie ein groß Wasser das war vmbgeben mit einem solchen grossen Rhorgewechß/daß auch ein Rhor in der dicke vnd lenge vbertraff groß Thannen Bäum/darauß die Völcker desselbigen Lands jhre Häuser baweten. Alß nun Alexander zu diesem Wasser kam/schlug er sein Läger darzu/daß Leut vnd Vieh sich erlabten in jhrem grossen Durst: dann sie waren weit ohn Wasser gezogen. Alß sie aber von dem Wasser trincken wolten/was es bitterer dann kein Nießwurtz/das weder Leuth noch Vieh ohn schaden vnd grimmen des Leibs das trincken mochten. Das nun König Alexandro ein grosser kummer war/besonder des Viehes halb so er bey jm hatt: dann er hat viel Helffanten/Reißwägen vnd Karren die nun die Pferdt ziehen musten/ er hatte auch bey jhm 30000. Reuter/viel tausent Maulesel die da nach brach=

Rohr alß Thannenbäum.

Ein gifftig Wasser.

brachten die Waffen vnnd andern Plunder/Speiß vnnd Profiand/ohn ander Viehe das man täglich metzget/die litten alle grossen vnd schweren Durst/daß auch Kriegsleut ohnmacht halb leckten eysene Waaffen/vñ tupfften an das Oel damit sie nicht gar erlegen. Da wurden viel gefunden die in der letzten noht jhren eignen Harn trancken/sich damit zu erlaben. Es mehret jnen nicht ein wenig jhre ohnmacht/daß sie in frembden Landen stäts tragen mußten jhren Harnisch vnnd Waaffen/vñ das nicht allein der Feinden halb/sonder auch der gifftigen Schlangen/vnd andern wilden vnd grimmigen Thieren halben/mit dönen sie vmbgeben waren. Da sie aber an gemeldten Wasser hinauff zogen/kamen sie zu einem Flöcken der lag wie ein Insel in Wasser/sahen auch darinn Leut die nur halber bekleidt/vnd die verschlossen sich in jhre Häuser/die auß den grossen Rhorn gezimmert waren. Da hett Alexander gern von jnen erfahren wo sie süß Wasser möchten ankommen/vnd alß keiner sich wolt herfür thun/schuß Alexander ettliche Pfeyl hineyn/damit sie sich liessen sehen: aber es wolt keiner herfür kommen. Nach diesem schickt er zweyhundert Knecht

mit leichten Waaffen durch das Wasser zu dem Flöcken/die mußten mit einander hinzu schwimmen/aber eh sie den vierdtë theil des wassers vberschwummen/kamen auß der tieffe des Wassers herfür grawsame Thier/die man Hippopotamos nennt/das seind Wasseroß/deren man auch viel in dem Wasser Gange vnd Nilo findt/ist ein groß vnd grawsames Thier/hat Klawen wie ein Ochß/ein Rucken vnd haarechtigen Halß wie ein Roß/krumme Zeen wie ein Eber/vnd die erschnappeten die schwimmenden Macedonier/zogen sie hinunder vnd verschluckten sie. Alß diß Alexander sahe/ergrimmet er wider seine Weggeleiter/die jhn in diese Gefehrlichkeit gebracht hatten/ließ sie mit einander/nemlich 150. in das Wasser werffen/da kamen die erschrockenliche Thier viel mehr dan vorhin herfür vnd verschluckten die eyngeworffnen Geleitsleut.

Wasseroß verschlucken Menschëb.

Nach diesem zog Alexander fürbaß/vnd vberlangst fand er ettliche Menschen in Rhorechtigen Schiffen/die ließ er fragen wo er Trinckwasser möcht ankommen. Da zeigten sie jhm ein Gelegenheit eines grossen Sees/gaben jm auch zu (doch mit einem bösen Gemüt) ettliche Geleitsleut die jn Weg vnd Steg zeigten. Demnach mußt der gantz Zeug die gantze Nacht ziehen mit grossem Durst vnd grosser Arbeit: ja sie mußten sich in new Gefehrlichkeit begeben der grimmigen Thieren halb/der Löwen/Bären/Tygerthier/Parder vnd Lyntzthier/die sie anfielen vnd zu schedigen vnderstunden. Deren mußten sie sich erwehren biß sie kamen zu gedachtem See. Alß sie aber zum See kamen/haben sie gut süß Wasser gefunden/vnd sich darvon erquickt/haben auch darbey auffgeschlagen jr Läger/vnd sich zu der ruhe begeben wöllen. Es gieng ein grosser Wald vmb den See/ von dem sie Holtz hiewen/vnd mehr dann tausent Fewr vmb das Läger machten/damit sie nicht vngewarneter sachen vberfallen würden von den Leuten oder bösen Thieren/wie dann auch geschahe. Dann es kamen zu auffgang des Mons trefflich viel Scorpionen mit auffgeregten Schwäntzen/vnd nach jhnen vnzehlich vil Schlangen vnd Natern/vnder welchen ettliche hatten rote/ettliche schwartze/ettliche goldferbige Schüppen/daß auch die gantze Gegenheit erschall von jhrem pfeisen darvon Alexanders Läger nicht wenig erschrack. Sie mußten davornen im Läger stehn gewaffnet mit jhrem Tartschen vnd Spießen/daran spitzige Stachel waren/vnd dem zufallenden Vngezifer widerstand thun/deren sie viel erstachen/aber viel mehr verbrennten. Dieser Krieg wäret auff zwo Stund. Vnd nach dem die Schlangen getruncken hatten/sind sie widerumb von dannen zu jhren Löchern oder Hülen gekrochen. Nach jhnen sind kommen eins andern

Geschlechts Schlangen die wahren so dick alß ein zimliche seule/vnd vast lang/ettliche hatten zwen Köpff/ettliche drey/vnd Krönlin darauff/die kamen von den nechsten Bergen zu trincken von gedachtë Wasser. Sie waren also schwer/daß sie mit jhren Schüppen den Weg auffscharten/vnd das Gifft gloßt jhnen zu den Augen herauß/gaben auch einen gifftigen Athem von jhnen. Mit diesen gifftigen Schlangen hatte das Läger zu kämpffen mehr dann ein gantze stund/vnnd kamen b y 50.

Menschen von jnen vmb. Alß sie sich aber verkrochen/kamen zum Läger grawsame Krebs/die waren vmbzogen mit einer Crocodilischen Haut/die war so hart alß ein Pantzer oder Harnisch. Es verbrunnen auch viel im Fewr/krochen auch jren viel in das Wasser. Vnd alß die im Läger meynten es hett die vnruh ein end/sie wolten sich nun zu ruh geben/kamen erst weisse Löwen/die waren nicht kleiner dan die grossen Ochsen/brummelten gar erschrocklich. Es kamen auch grimmige Eber/Tygerthier/Pantherthier/mit denen allen sie zu streiten hatten dieselbige Nacht. Witer kamen grosse Fledermeuß/die waren nicht kleiner dann die Tauben/die schossen den Leuten auff jhre Angesichter/vnd theten jhnen viel zu leid. Zu letst kam ein groß vnd seltzam Thier/grösser dann ein Helffant das die Indianer Odonta heissen/es ist an der Stirn mit dreyen Hörnern gewaffnet/hat ein Schwartzes Haupt/vnd sicht einem Roß gleich/das tranck auch/vnd alß es das Läger ersahe/lieff es durch das Fewr ins Läger/bracht bey siebentzig Menschen vmb biß es gefellt ward. Es kamen auch Indianische Meuß ins Läger/die schedigten mit jhrem beissen die vierfüssigen Thier/daß jhr viel sturben. Den Leuten aber waren sie nicht so schedlich.

Alß nun Alexander mit seinem Heerzug dieselbige Nacht solchen grossen Schaden vñ Gefahr erlitten hatt/mocht er wol gedencken daß jhm sollich Spiel zugericht war von den bestellten Wegführern/darumb er sie auch martern ließ/vñ gebote jhnen Arm vnd Bein zubrechen/zog auff Bactrianam/da er wuste groß Gut vñ Reichthumb zu erobern. Er rüstet sich auch wider König Porum von India/der gar mechtig war an Landt vñ Leuten: aber eh er jn angrieff/nam er viel Stett vnd Länder eyn. Es wolt sich das Indianisch Volck nicht eins wegs ergeben einem Frembden König/noch jhm vnderthenig machen/deshalben auch viel Bluts vergossen ward. Erstlich zog König Alexander für die Statt Nyssa/zwang sie daß sie sich ergeben must. Er vernam von den Eynwohnern/daß jhr Herkommen were von dem Vatter Libero oder Baccho/den die Heyden zu einem Gott vber den Wein hetten gemacht. Diese Statt ligt an einem Berg der heißt Meron/da sich gemeldter Bacchus soll gehalten haben/vnnd ist der gantz Berg mit Ephew vnd Weinräben gezieret/fliessen auch viel küler Brunnen darauß/vnd wachßt köstlich Obß darauff/des gleichen Oliuen/Lorbeere/vnd anders mehr. Es steig Alexander mit seinem gantzen Zeug darauff/machten jhnen Bacchanalische Kräntz von Ephew vnd Räblaub/beteten an den Abgott Bacchum mit grossem Geschrey/alß weren sie alle voll Weins. Dann dieser Abgott wird geehrt mit Füllerey vnd Trunckenheit/hat auch bey den Christen biß auff den heutigen tag viel Diener.

Liber oder Bacchus.

Das gut vñ voll Leben wäret zehen tag auff dem Berg. Darnach zog Alexander für baß/schickt seine Hertzogen hin vnd wider/ließ viel Stett eynnemmen: aber mit dem grössern Zeug schiffet er vber das Wasser Coasp/belägert ein Statt/Beira genannt/vnd eine andere bey dem Mazagen/die war besetzt mit acht vnnd dreyssig tausent Fußknecht/vnd sonst wol verwahret mit Felsen/Bollwercken vnd Wassergräben. Alß aber König Alexander die tieffen Gräben vnnd starcken Mawren besichtiget/ vnd rhatschlagen wolt/wie er die State stürmen mocht/ ward er von der Mawren geschossen in ein Bein/zog aber

Beira der Mazagen Hauptstatt.

den Pfeyl eilends herauß/saß auff ein küng Pferd/verband die Wunden gar nicht/sonder gieng seinem Rhatschlag noch/kam nicht in das Läger biß er alle ding wol besahe. Darnach ordnet er die Leut die mußten Schütten machen/ettliche mußten grosse Baum herzu führen/vnd ettliche grosse Felsen in die Gruben weltzen/sie damit außzufüllen/ettliche richteten hölzene Thürn auff vor der Statt/vnnd das alles geschahe im neun tagen/da fiengen sie an mit gewalt die Statt zu stürmen. Vnd alß die Belägerten den Last nicht mochten ertragen/ergaben sie sich König Alexandro/vnd schickten herauß die Königin/Gnad zu erwerben bey König Alexandro/wie dann auch geschahe. Dann es war ein hübsch Weib/vnd ward von jhrer hübsche der Statt mehr verschonet dann auß erbärmd.

Nach

Von den Ländern Asie.

Nach diesem zog König Alexander fürbaß/vnd nam viel Stett eyn: aber jhre Eynwohner flohen auß den Stetten/vnd lägerten sich in ein grossen Felsen der Dorinis hieß/den auch lang vorhin der starck Hercules nicht mocht erstreitten. Als nun König Alexander kein List mocht erfinden wie er den Felsen mocht erobern: dan er war gerings vmb gäh vnd hoch/da kam zu jnen ein alter Mann mit zweyen Söhnen/der verhieß jhm anzuzeigen ein Weg zum Felsen/wo er das mit Gnaden wolt erkennen. Der König Alexander war froh/vnnd verhieß jhm eine grosse Schencke. Nun lag der Berg am Wasser/Indus genannt/darvon auch India seinen Nammen hat/vnnd gieng das Wasser gerings darumb/es hatte auch tieffe Gräben/die hinderten jhn daß

man nicht mocht zukommen. Solt er aber erobert werden/war von nöhten daß die Gräben außgefüllt wurden/wie dann auch in 7. tagen geschahe. Da fieng König Alexander an zu steigen vnd klimmen den Berg hinauff/vnn eileten jm nach alle Macedonier/gaben sich in die Gefehrlichkeit Leibs vñ Lebens. Daß viel auß jhnen als sie in die höhe kamen/vñ klebten am gähen Felsen schwindelt jhnen/vñ fielen herab in das fürfliessende Wasser/vñ ertrancken. Es stunden auch die Landleut in der höhe vnd wurffen grosse Stein herab in die Feindt/vberschanhten sie von dem Berg. Es schickt König Alexander zwen kecker Männer vor jm hinauff mit 20. andern Männern/die kamen gar hoch hinauff/wurden aber mit Pfeylern erschossen. Das kümmert König Alexandrum also vbel/daß er zweiffelt vñ gedachte abzustehen: aber ward in jm selbs wider gehertzt/vnderließ nicht die fürgenommen Rüstung. Er ließ die Wehrhütten vñ die Thürn herzu rucken/vñ wañ etliche müd wurden/verordnet er andere an jhr statt. Aber die Indianer so auff dem Berg waren/triumphierten darauff mit Trommen

Posaunen/mit Prassen vnd Hofieren zwen tag vñ zwo nächt/vermeynten sicher zu seyn vor aller Welt. Aber da sie sahen das embsig fechten jres Feinds/zündten sie an in der dritten nacht viel Fackeln vnnd schlichen heimlich von dem Felsen/wolten des Feinds nicht warten. Da das Alexander vernam/gebote er den seinen/sie solten mit grossem Geschrey den Flüchtigen nacheilen/vnnd jhnen ein forcht einschlagen. Das geschahe auch: daß es erhub sich vnder jhnen ein solche grosse forcht/daß sich viel vber den Felsen abstürtzten vnd zu todt fielen. Also nam König Alexander den Felsen eyn/vnnd ließ darauff der Göttin Minerve vnnd Victorie Altär auffrichten vnd zubereiten.

Es ruckt König Alexander weiter hineyn ins Land/da vnderwurffen sich jm viel König/Stett vnd Herren/außgenommen König Porus/der setzt sich mit grossem Gewalt wider den grossen Alexander/vnd lagen beyder Königen Heere gegen einander/vnnd mitten zwischen jhnen das groß Wasser Hydaspis. Es wehret König Porus mit allen krefften daß Alexander nicht vber das Wasser käme. Er hett bey jhm 85. grosser vnd gerader Heleffanten/die wol mit Kriegsleuten besetzt waren/300. Heerwägen/vnd bey 30000. Fußknecht. Die Macedonier auff König Alexanders seiten entsetzten sich wol etwas ab dem Feindt: aber viel schwerer ware jhnen vber das Wasser zu kommen/das am selbigen ort vier Stadien breit ware/vnd vast tieff/daß es einem Meere gleicher wär/dañ einem fliessenden Wasser. Es lagen auch verborgene Felsen darinn/an die das Wasser sich stieß/vñ nicht ein kleinen schrecken den Schiffleuten eynschlug. Also entsetzt sich Alexander mehr ab dem vngestümen Wasser dañ vor dem Feindt.

History von König Poro.

Es lagen auch im Wasser viel Inseln/dahin schwummen die Kriegsleut von den beyden Lägern/bunden jhre Waaffen auff jhr köpff vnd scharmützelten mit einander: aber man merckt zeitlich daß der Sieg sich neigen wolt auff der Macedonier seiten. Da waren zwen Edle Jüngling auff der

1556 Das siebende Buch

Macedonier seiten/mit Nammen Symmachus vnd Nicanor/die waren viel zu frewdig vnd keck/ darumb daß jhnen zum offtermal glücklich ware gangen in jhrem Fürnemmen/deshalben sie sich ab keiner gefehrlichkeit mehr entsetzen/die fielen mit einem freffenlichem Gemüt wider ein gantzen hauffen Indianer/ vnd brachten viel vmb/ vnd sie wären dazumal mit grossen Ehren wider dannen vber das Wasser geschwummen: aber dieweil zu viel Freffel nimmer gut thut/ schlug jhnen jr

Freffel schäd-lich. vbermut nicht wol hinauß. Dann es schwummen da heimlich herzu viel Indianischer Krieger/ vnd vmbgaben mit jhren Waaffen diese zwen Jüngling/schussen viel Pfeyl in sie. Es waren auch ettlich andere bey disen Jüngling/vnd alß sie sahen daß sie vbermannet waren/namen sie die Flucht zum Wasser/eilten hinüber zu schwimmen: aber es kamen jhr wenig darvon/die das Wasser nicht trieb in die tieffen Zwirbel vnd andere Gefehrlichkeiten. Es war König Porus gar geherzt da er diese ding sahe: aber König Alexander wußt nicht wie er dem Feind zukommen solt/ biß er zuletzt

Kriegslist. ein solchen list erdacht. Es lag ein weite Insel im Wasser/ die mocht vnderschlagen das Gesicht vber das Wasser von einem Läger zu dem andern. Es war auch auff König Alexanders seiten ein grosse Grub die nicht allein fassen mocht all sein Fußvolck/ sonder auch seine Pferdt/ vnd darinn verbarg er sein gantzen Zeug/außgenommen daß er ein Hauptmann mit Nammen Ptolemeum/ weit hinab mit ettlichen frewdigen Kriegern verordnet an das Wasser/ die schlugen da auff des König Gezellt/vnd machten ein groß wesen vnd geschrey/alß were der gantz Zeug da/ vnd wolten mit Gewalt hinüber fahren. Es legt auch König Alexander einem auß seinem Volck/ der jhm gleich sahe/ sein Königliche gewandt an/ vnd der mußt sich am Wasser lassen sehen/damit König Porus auff jener seiten nicht zweifflen möcht/es were König Alexander in diesem Läger bey seinem Volck. Vnd also ward König Porus betrogen/dz er seinen vortheil vber gab/ vnd das Wasser hinab mit seinem Läger zog/zu wehren daß die Macedonier nicht hinüber kamen. Dann König Alexander rüstet sich dieweil da oben am Wasser mit Schiffen vnd Flötzen/ vnd bracht in der stille allen seinen Zeug hinüber/ vnd stellt jederman in die Ordnung. Alß nun König Porus vernam daß der Feindt jm sein seiten eyngenommen hatt/ vnd mit gewalt jhm entgegen zog/ ordnet er auch seine Wägen/Reuter vnd Fußvolck zum Streit/ mocht aber nicht viel schaffen am ersten tag mit seinen Wägen vnd Reysigem Zeug: dann es war so wüst vnd tieff auff dem Feld von grossem Regen/dz weder Wägen noch Pferdt nacher kommen mochten. Da ruckten beyde Zeug wider einander/ vnd erhub sich ein grosser Streit. Man mocht zu beyden seyten nit viel schaffen mit Pferden/dann es war zu tieff/ da ordnet König Porus die Helffanten wider den Feind/ vnd nach jhnen die Fußknecht vnd Schützen/die kamen mit grossen Drommen wider jhr Feind: dann es

Drommen für Drommeten. brauchten die Indianer Drommen an statt der Trommeten. Man trug jhnen auch für Herculis Bildnuß/sie damit keck vnd vnerschrocken zu machen. Es entsetzten sich nicht ein wenig die Macedonier vor den grawsamen vnd grossen Thieren den Helffanten/ die gegen jhnen kamen wie die grossen Thürn/darzu erschracken sie ab König Poro/der war ein trefflich grosser Mann von Person/vnd saß auff einem Helffanten/der vbertraff andere Helffanten in der grosse/ gleich wie er andere Menschen in der Person vbertraff. Da König Alexander den mechtigen Zeug der Indianer sahe/sprach er: Es steht mir nicht ein kleine gefehrlichkeit vor den Augen/ich muß streiten mit den Thieren vnd mit den Menschen. Nach dem ordnet er seinen Zeug/ vnd gab den Hauptleuten ein bericht/wo vnd wie ein jeder den Feindt angreiffen solt. In summa Alexanders Zeug zertrennt der Indiern hauffen/ aber König Porus hielt starck ob den Helffanten/ treib sie in die Macedonier/ daß jhren auch viel von den Thieren zertretten wurden. Es begriffen auch die Helffanten mit jren Rüsseln jre Feind mit sampt den Waaffen/vnd gaben sie jhren Führern die auff jhnen sassen. Es stund ein weil vbel vmb die Macedonier/so grosse noht litten sie von den Helffanten/ biß sie krumme Schwerdter zurichteten/ vnd den Thieren die Schnäbel oder Rüssel stümbleten. Alß nun die Helffanten verwundt wurden/ergrimmten sie vnd wurffen jhre Reuter ab vnd zertratten sie mit Füssen/also daß König Porus wenig hilff mehr hett/wehret sich aber Mannlich/doch zielet jeder-man auff jhn mit Pfeylen/daß er auch neun Wunden empfieng vnd allenthalben mit Blut vber-

Alexanders Pferd stirbt. stoß. Alß das seines Thiers führer sahe/treib er den Helffanten in die Flucht. Aber König Alexander eylet jhm nach daß er sein Pferdt zu todt rennet/ da saß er auff ein ander Pferdt/ mocht König Porum nicht ereylen/ biß sein Helffant schwerlich mit Pfeylen verwundt/anfieng zu erligen. Da ergreiff jhn König Alexander vnd ermahnt jhn/er solt sich ergeben/das wolt Porus in kein weg thun/ sonder wehrt sich mit den seinen so vast er mocht. Da schossen die Macedonier auff sie in alle Macht/ biß König Porus ab dem Helffanten fiel vnd sich ergeben mußt. Alexander meynet es were König Porus todt/darumb gebote er man solt jhn außziehen. Da aber sein Helffant sahe wie die Feind herzu lieffen/fiel er in sie/ vnd schediget sie/ vnderstund den König zu beschützen/legt jhn

Kön. Porus vberwunden. widerumb auff seinen Rucken. Da schossen die Macedonier widerumb zum Helffant/ vnd trieben das so lang biß sie jhn vmbbrachten. Da lieff bald König Alexander herzu vnd strieff König Porum/daß er sich also lang wider jhn gesetzt hett. Auff das antwort jm Porus: Ich meynt es were niemand stercker dann ich. Ich hab mein stercke wol gewußt/aber deine hab ich nicht gewußt. Fragt jn Alexander weiter: Wie soll ichs nun mit dir halten? Antwort Porus: Nach dem dir der heutig

tag

Von den Ländern Asie. 1557

tag ein bricht gibt/in dem du erfahren hast wie unstät die zeitlich Seligkeit ist. Da Porus also unerschrocklich antwort gab/ward König Alexander bewegt/daß er jn mit grossen Ehren annam ließ jn heilen/gleich alß hett er für jn gestritten/ja er nam jhn an zu einem sonderlichen Freundt/und begabt in mit einem grössern Reich/dann er vorhin hat gehabt. Die andern schreiben daß König Porus zeigt dem König Alexandro seine Schätz/gab jm und seinem gantzen Heere groß Gut. Alß bald König Porus überwunden war/und der gantz Orient geöffnet König Alexandro/hat sich König Alexander gerüst weit hineyn zu ziehen/doch bawet er vorhin zwo Stett auff das Wasser darüber er gefahren war/auff ein jede seiten eine/und fuhr darnach weiter hineyn. Er kam so weit/daß er mit seiner Reiß erreicht die Siegzeichen Herculis und Liberi/das waren gantz Guldine Bilder/denen thet König Alexander seine Opffer/und vermeynt noch weiter hineyn zu ziehen/aber es ward jhm widerrathen/angesehen/daß die Götter Hercules und Liber sich nicht weiter gewagt hetten. Da wendt sich Alexander zu der Lincken Hand: das ist/gegen Mitnacht daß er nichts unbesichtiget ließ/kam in ein rauch und gebirgig Landt/fandt gemeinlich grosse Schlangen/darzu Rhinoceroten/die man anderßwo gar selten findt. Er kam zu einem trocknen sumpff der ware mit Rhor umbgeben/und alß er dadurch Reiten wolt/kam ein grawsam groß Thier darauß/desgleichen er vorhin nie gesehen hatt/das war ettlicher maß gleichförmig einem Hippopotamo/und einem Crocodilen/es hett auch scharff und grawsame Zeen/das es mit einem streich zu todt hiew zwen Kriegsmann. Man kondt es mit keinem Speiß zu todt stechen/sonder mußt es mit Kolben und Hämmern erschlahen. Es ruckt König Alexander mit seinem Zeug von dannen/und kam in hohe Wäld/und alß er da sein Läger schlahen wolt/und Ruh haben/ward er gewarnet gut sorg zu haben der Helffanten halb/die jhn und die seinen anfallen wurden/wie auch geschahe. Aber es gebot König Alexander dem Kriegsvolck zu Thessalia/das sie auff jre Pferd sitzen solten und Schwein zu jhnen nemmen/deren geschrey die Helffanten nicht leyden mögen/und vornen an der Spitz stehn. Nach diesen wurden andere gewaffnete Reuter verordnet mit Spiessen und Trommeten zu warten. Aber König Alexander führt sie mit sampt König Poro/und sahen wie die Helffanten kamen mit auff geworffnen Rüsseln gegen jnen. Da hiet König Porus/man solt die Schwein redlich schlahen und zu schreyen machen/so wurden die Helffanten hindersich weichen/wie auch geschahe. Nach diesen sind sie fürbaß gezogen und in ein ander Gegenheit kommen und da gefunden haarrechtige Leut/Mann und Frawen/gleich wie die wilden Thier/ohn alle Kleider/neun Schuch lang. Die Indianer heissen sie Ichthiophagos, das sind Fischfresser/die halten sich bey den Wassern/geleben von den rauhen Fischen und von dem Wasser tranck. So man sich zu jhnen thun will/fliehen sie in die Wasser. Es schreiben auch ettliche/das Alexander in dieser Reiß kommen sey zu den Hundsköpffigen Leuten/und alß dieselbigen Hundsköpffigen Leut König Alexanders Kriegsvolck anfallen wolten/sind sie mit Armbrusten in die Flucht getrieben worden. Ich laß hie anstehn wie dieser König kam zu zweyen Abgöttischen Bäumen/und begert da zuwissen/ob er Herr wurde werden der gantzen Welt/und mit einem Triumph widerumb heim kommen.

Herculis und Bachi Reyß.

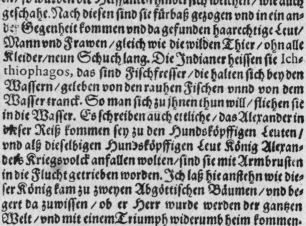

Und wie jm geantwort wardt/er wurde ein Herr der Welt/er wurde aber nicht lebendig kommen in sein Vatterlandt/wie auch geschahe. Andere wunderbarliche ding list man von diesem grossen König Alexander so er in India erfahren hat/und zum offtermal in solche grosse gefehrlichkeit kommen/besonder der Schlangen halb/der gar wunder viel in diesem Landt sind/deren auch ettliche Schuppen haben die gliern wie schön lauter Goldt/und sindt also trefflich gifftig/daß der Mensch von stund an sterben muß/so er von jnen gebissen wirdt. Doch haben die Eynwohner derselbigen Länder ein besondere Artzney die sie Fruchtbarlich darwider gebrauchen.

India

Das siebende Buch
India so vber dem Wasser Gange ligt.
Cap. lxxiv.

Wiewol dieses India zum theil wie das vorder/trefflich fruchtbar ist/vnnd wol erbawen/werden doch viel grosser Einöden in beyden Ländern gefunden/desgleichen auch viel Wilder vnd seltzamer Menschen vnd Thieren/vnd das der grossen Hitz halben so darinnen ist. Dann es ligt diß ausser India vnder des Krebs circkel/vnd streckt sich gar nahe biß zum Aquinoctial circkel/darumb auch Plinius schreibt/dz die Menschen so in diesem Landt wohnen/werden geferbt von d Sonnen: das ist/sie sind Schwartz wie andere Moren/nicht daß die Schwärtze allein von der Sonnen komme/sonder auß den geblüt vnd ersten Saamen wird jnen die Schwertze angeboren/vnd darnach von der Sonnen gemehret. Es haben die Alten auch gar viel seltzame Monstra erdichtet/die in diesem Landt sollen erfunden werden/besonder schreiben darvon Megasthenes vnd Solinus/daß in den Indianischen Bergen Menschen sind die haben Hundsköpff/vnd Mäuler wie

die Hünd/vnd darumb können sie nicht reden/sonder heulen vnd bellen wie die Hünd. Item ein ander Volck wird in India gefunden/die werden Graw geboren/vnd im Alter jhr Haar schwartz/leben auch vast lang. Es sind auch Weyber darinn die empfahen vnd gebären so sie fünff jar alt werden/jhr Leben streckt sich nicht vber acht jahr. Andere Menschen sollen auch darinn seyn/die werden mit einem Aug geboren. Ettliche haben kein Köpff/sonder jhr antlitz steht in der Brust. Darnach sind andere die haben nicht mehr daß ein Fuß/mit dem hupffen sie so schnell daß jhnen kein Zweyfüssiger mag zulauffen. Vnd waß sie die Sonn mit grosser Hitz breüt/legen sie sich on Rucken/vn machen jhnen selbs mit jhrem Fuß einschatten. Es schreibt auch Plinius das bey dem Berg Imao in einem Thal Leut sind/die haben vmbgekehrte Füß/vn habē doch einschnellen lauff. Er schreibt weiter/von andn Leuten die wohnen bey dem Vrsprung des Ganges/die haben keine Mäuler/vnd essen oder trincken auch nit/sonder sie leben allein von dem geruch der öpffel/vnd so sie etwan ein bösen Geschmack in sich fassen/sterben sie darvon. Der Groß Alexander soll dieser etliche in seinem Heere haben gehabt. Es schreiben auch ettliche daß man Leut in diesem Land findt/die haben so so lang Ohren/das sie jnen lampen biß auff die Erd/schlaffen darauff/vnd werden so hert vnd starck/das sie Bäum darmit außziehen. Es sollen auch in diesem Landt die kleinen Zwerchmännlein/die man Pigmæos nennt/wohnen/die kein frieden haben vor den Kränchen/dann allein zu den zeiten so sie herauß zu vns fliegen. Es fleugt dieser Vogel gar ferr hinweg von

Pigmæi.

vns/vnd so jhre zeit hie ist/kompt ein grosse Rott zusammen/erwehlen ein Führer dem sie nach volgen/vnd wann sie zu nacht schlaffen wöllen/haben sie jhre Wächter/die fassen kleine Stein in jhre Füß/darmit sie nit entschlaffen/so sie der Schlaff ankompt/so fallt der Stein auß den Füssen/vn darvon erwachen sie widerumb/vnd stehn also die gantze nacht in der Hut. Aber die andern so nicht zu der Hut verordnet sind/schlaffen ohn sorg/legen den Kopff vnder die Flügel/vnd stehn auff einem Fuß. Sie fliegē auß diesen Ländern vber das eng Constantinopolisch Meer/kommen in das Land Pontum/vnd von dannen weiter hineyn in die Orientischen Länder. Es werden die Pigmeer nit lenger dann drey

Von den Ländern Asie. 1559

drey Spannen hoch/haben in ihrem Land allwegen Sommer/reiten gewaffnet auff den Widern vnd Geyssen/vnd im Frühling nemmen sie der Kränich Eyer vnd jungen/vertilcken sie/damit sie nicht vberhand nemmen/vnd vor jhnen im selbigen Landt nicht bleiben mögen. Ettliche setzen jhr wohnung bey dem Wasser Ganges/die andern bey dem Vrsprung des Nili in Africa/vnd dieselb

bigen sprechen/daß die Kränich zu Herbsts zeit auß Thracia vnd auß andern Ländern fliegen vber Meere in die warmen Länder/nemlich in Egypten/Lybiam vnnd Morlandt. Vnd so es bey vns Sommer will werden/kommen sie wider vber Meer her zu vns/vnd fleissen sich daß sie ein Wind haben der jhnen nachgang vnd sie zu fliegen fürdere. Sie ordinieren in jhrem fliegen ein dreyeckige Spitz/damit sie weniger widerstands haben von dem Lufft. Man schreibt von jhnen/wann sie vber Meere wöllen fliegen/essen sie Sand/damit sie schwer sind vnd nit von dem Wind getrieben werden. Sie nemen auch ein Steinlein in die Füß/vnd wann sie sehen daß sie auff der mitte der Schiff/so im Meere schweben/kommen/lassen sie die Steinlein fallen/vnd das sind die Schiffleut offt innen worden: aber den Sand lassen sie nicht fallen auß jhnen/sie seyen dan sicher daß sie das Wetter auff dem Meer nicht zwingen mög. Nun die vorgemeldten vnd viel dergleichen Monstra oder wunder setzen die alten in dem Landt India: ist aber keiner hie aussen je erfunden worden der dieser wunder eins gesehen hab. Doch will ich Gott in seinen Gewalt nicht geredt haben/er ist wunderbarlich in seinen Wercken/vnd hat sein vnaußsprechliche Witzheit vnnd Mechtigkeit wöllen den Menschen durch mancherley Werck für die Augen stellen/vnd in einem jeden Land etwas machen/darüber sich die Eynwohner der Länder verwunderten/vnnd vorab hat er in India vnd auch im innern Africa seine hohe Weißheit etwas sonderlich wollen anzeigen mit so viel seltzamen Creaturen oder Geschöpffen/vnd das so wol im Wasser als auff dem Landt.

Man schreibt daß in India Honig wachst im Rohr/vnd tragen es die Immen nicht zusammen. Man findet auch vber dem Wasser Hipanis grosse Onmeissen/die graben Gold. Vnd besonder geschicht das bey den Völckern die Derde heissen/da findet man Onmeissen so groß als ein Fuchs/die wülen den Grund herfür/gleich wie die Maulwerffen/vnd wann die Eynwohner kommen/vnd solchen grund hinweg tragen/eilen jhnen die Onmeissen nach/vnnd erwürgen sie/wo sie jhnen nicht bald entrinnen. Der Berg darinn die Goldgruben sind/begreifft drey tausent Stadien in seinem Circk. Item das Landt hat Tigerthier die sind zwey mal so groß als ein Löw. Man findt Affen darinn/die grösser sind dann die grösten Hünd/vnnd sind gantz weiß/ohn das Antlitz das ist schwartz. Vnd sonderlich bey dem Berg Emodus/ist ein vnaußsprechliche Zahl solcher Affen in einem Wald/daß auch der groß Alexander bey jnen zum grossen spott ward. Dann als er vnnd sein Heere in der Ordnung zogen/hetten das die Affen auff einem Berg gesehen/vnnd machten auch ein Ordnung/gleich als wolten sie in Krieg ziehen/wie dann jhr Natur ist daß sie vnderstehn zu thun was sie sehen/das die Menschen thun. Als nun Alexander vnd sein Heer sahen von ferren ein solch groß Heer ziehen auff den Bergen/meynten sie es weren jhre Feind/vnd wolten sie vberfallen/darumb rüsteten sie sich zu einer Feldschlacht vnnd zogen wider sie. Da kamen ettliche Eynwohner vnd sagten dem König Alexandro/es weren nicht Leut/sonder Affen die er kriegen wolt. Da erhub sich ein groß gelächter/vnd zogen mit spott ab. Wann man die Affen lebendig fahen will/braucht man darzu zwen List. Dann sintemal diß Thier alles das thun will/das es von dem Menschen siht/kommen die Jäger in Wald/vnnd wo sie sehen sitzen die Affen auff den Bäumen

Bäumen/nemmen sie ein Becke mit Wasser vnd wäschen darauß jre Augen/vnnd an statt desselbigen Beckens setzen sie ein ander Becke das voll Vogelleims ist/vnnd gehn ein wenig hindersich/so steigt dann der Aff von dem Baum herab/vnd will seine Augen auch waschen/aber verklebet sie daß er sie nicht auffbringen mag/vnd dann lauffen die Jäger herzu vnd fahen jhn. Sie brauchen auch ein andern List/daß sie in gegenwertigkeit der Affen anlegen enge nider Kleider/vnnd gehn da hinweg/vnd lassen andere ligen die inwendig wol gesalbet sind mit Vogelleim. Vnd dann kompt

der Aff vnd legt sie an/vnd spannet jhm selbst seine Bein/daß er nicht entfliehen mag den Henden der Jägern. Man find auch so frewdige Hund in India/daß zwen dörffen ein Löwen anfallen vnd jn so starck halten/daß sie sich eh zu tod liessen schlahen/eh sie den gehen liessen. Man find weiter Schlangen darinn/ die haben schüppen die glitzern wie Gold/sind aber gantz Gifftig/dz der Mensch von stund an sterben muß / wo er von jhnen gebissen wird / er habe dann gleich bey jhm eine Artzney/

welche sie darwider brauchen.

Brahmannes ein gerecht Volck.

Es ist auch hie zu mercken/ daß in India ein Seet ist/die heissen Brahmannis/führen gar ein schlecht vnd eynfeltig Leben/vnd suchen nicht weiter dann was die Notturfft der Natur erforschet. Sie behelffen sich gar mit schlechter Nahrung / vnd darumb wissen sie nicht zu sagen von der oder dieser Kranckheit/sonder leben frisch vnd gesund gar ein lange zeit. Sie haben kein Gesatz dann das Gesatz der Natur. Sie wermen sich bey der Sonnen/vnd leschen den Durst bey dem külen Wasser. Die Erd ist jhr betth/vnd bricht kein sorgfeltigkeit jhren Schlaff. So sie Häuser bawen/brennen sie kein Stein zu Kalch/sonder machen jhre Wohnungen vnder dem Erderich/oder nemmen jnen vnder den Bergen tieffe Speluncken/dz sie kein Sturm noch ander Vngewitter dörffen förchten. Sie vermeynen die Speluncken mögen sie besser beschützen vor dem Sturmregen dann die Ziegel. Sie haben auß diesen Häusern zweyfachen nutz:dann sie brauchen sie in jhrem Leben zu einer Behausung/vnd nach jhrem todt zu einer Begrebnuß. Bey diesem Volck find man keine köstliche Kleider / sonder sie bedecken jhre Leib mit geflochtnen vorblettern. Jre Weiber mutzen sich nie daß sie jnen gefallen/vnderstehn sich auch nicht hübscher zu machen dann sie von Natur sind. Sie werden nicht auß geilheit bewegt zum beyschlaff / sonder auß liebe vnd begierd der Frucht. Es begreifft sie nicht die Pestilentz oder andere Leibliche Kranckheit/vnd sie beflecken nicht den Himmel mit bösen thaten/darumb steht bey jnen die Natur mit der zeit in grosser einhelligkeit. Jre beste vnd höchste Artzney ist in messigkeit des Essens / die nicht allein hinweg nimbt die zugefallene Kranckheit/ sonder sie verhütet auch daß sie nicht statt mag haben. Sie suchen nicht kurtzweil im vnnützen vnd leichtfertigen Geschwetz / wie man gemeinlich pflegt zu thun / sonder sie erlustigen sich mit anschawung des hübschen Wercks der gantzen Welt/vnd aller natürlichen dingen/sie fahren nit vber Meer Kauffmanschatz zu treiben/lernen auch nicht die kunst hübsch vnnd höfflich zu reden/sonder gebrauchen sich einer schlechten vnd eynfaltigen Spraach/darinn sie sich verhüten daß man nicht liege. Sie schlagen nicht Vieh Gott zu opffern/sonder sprechen daß Gott kein gefallen hab an den Blutigen Opffern/aber viel mehr versünet werd durch das Gebett der anruffenden.

An ettlichen orten ist der Brauch daß ein Mann viel Frawen nemmen mag. Vnd so er stirbt/kommen die verlaßne Weiber zu den Richtern/vnd zeigt ein jegliche an sie sey die best gewesen. Aber die Richter so sie erkündigen/welche jhm die allervndertheinigst ist gewesen/geben sie derselbigen offentliche Kundtschafft / vnd das ist jhr ein grosse Ehr. Deshalben ziert vnd schmuckt sie sich auff das aller hübschist/vnd steigt auff einen hauffen Holtz zu jhrem todten Mann/legt sich zu jhm/küst jhn/vnd wirdt mit jhm verbrennt mit grossen Ehren. Aber die andern Weiber so solche Ehr nicht erlangt haben/sind jhr lebenlang veracht vnd dester schnöder gehalten. Wann diß Volck zu der Ehe greifft/sehen sie nicht an Reichthumb oder anders/sonder die schöne des Leibs/darzu suchen sie mehr Kinder dann Wollust. Man findt auch etliche Indianer die haben ein solche gewonheit. Wann einer Armut halb sein Tochter nicht kan außstewren / vnd sie jetzund Mannbar worden ist/nimbt er Trummen vnd Pfeiffen/vnnd zeucht mit seinen Töchtern auff den Marckt/gleich alß wolt er in Krieg ziehen/vnnd so jederman herzu laufft alß zu einem offentlichen Spectackel oder Schawspiel/hebt die Tochter jre Kleider dahinden auff biß an die Schultern/vnnd laßt sich dahinden besehen / darnach hebt sie sich da vornen auch auff biß vber die Brust/vnd laßt jhren Leib da vornen auch sehen/vnd so etwan einer da ist dem sie gefallt/der nimbt sie zu der Ehe/vnd thut kein blinden Kauff.

Eigent

Von den Ländern Asiæ.

Eygentlichere Beschreibung des
Lands Indien/ so jetz Ost-Indien genennet wirdt. Cap. lxxv.

Er Nam India wirdt jetzunder allen ferz entlegenen Ländern gegeben/ nicht allein denen/ so in den eussersten Grentzen Asiæ/ sonder auch in gantz America ligen/ vnd das wegen des Irthumbs Columbi vnd seiner Gesellen/ welche in jrer ersten ankunfft in Americam vermeynten sie hetten das Landt Ophir/ vnd die Länder Indiæ gegen Auffgang der Sonnen angetroffen. Die Alten haben auch vnder diesem Nammen fast den halben theil Asiæ vnd Afriæ begriffen. Wann aber eygentlich von India geredt wirdt/ so wird dardurch das Land verstanden/ das zwischen dem Berg Caucaso/ vnd dem Indianischen Meer/ zwischen den zwen Flüssen Indus vñ Ganges gelegen ist. Ptolomeus theilet Indiam durch den Fluß Ganges in zwen theil/ deren der eine disseit/ der ander jenseit dem Ganges ligt/ deren eines das vorder/ dieses das hinder India genennt wirdt.

Es entsteht aber allhie ein zweiffel/ welches der Fluß Ganges seye: der mehrertheil haltet es seye der Fluß Guenga/ welcher in den Bussen Bengala fallet/ vñ von den Alten Sinus Gangeticus ist genennt worden: Andere vermeynen/ es seye der Fluß Canton/ daran die Statt Canton steht/ die Hauptstatt einer Chinesischen Provintz. M. Paulus theilet in seinem dritten Buch/ Indiam in 3. theil/ in das kleinere/ in das grössere/ welches er Malabar nennet/ vnd in das mitlere/ welches er Abassiam heisset. Sonst kompt ohne zweiffel der Namm India her von dem Fluß Indus. Von Semirami wird erzehlet/ sie seye mit 3. Millionen zu Fuß/ vnd 500000. zu Roß/ vñ mit 30000. erdichteten Elephanten/ welche auß Ochsenhäuten/ so mit Hew außgefüllet/ gemacht waren/ Indiam vberzogen: vnnd demnach habe Staurobates/ der demütige Indianische Monarch jhr Macht gebrochen/ vnd sie auß dem Feld gesagt. *Diod. Sic. li. c. 5.*

Megasthenes rechnet die 122. Indianische Nationen/ vñ auff die 5000. grosser Stätt/ darunder die fürnemste ist Nisa/ in deren jhr Liber Pater soll geboren seyn. Postellus vermeynet Abrahams Nachkomne/ von der Keturah/ haben sich in India nider gelassen/ vnd seyen daselbsten vnder dem Namen der Juden bekant gewesen vor den Juden in Palestina: Er sagt ferrners/ sie haben die Beschneidung gehalten/ vnnd seyen in Syriam/ Egypten/ Armeniam/ Iberiam/ Paphlagoniam/ Chaldeam vnd Indiam außgestrewet worden/ vor vñ ehe Moses die Israeliten auß Egypten außg.führet habe: vnd die Brachmanes seyen von Abraham dessen Lehr si gefolget also genennet worden/ welches so viel seye als Abrahmanes. Aber das ist ein eiteles gedicht. Die Indianer sind das allereltste Volck/ dann sie sind nimmer auß jhrem Land gezogen/ andre Wohnungen zusuchen/ darumb hat man sich vber der menge jhrer Stätten vnd Menschen nicht zuverwunderen. *De Orig. l. 13. & 15.*

Sonsten schreibt Plinius von 7. gattungen der Indianeren: die 1. vñ ansehenlichsten waren jhre Philosophi: die 2. sind Ackerleut/ welche dem König den vierthen theil/ alles dessen/ so sie erbawen/ bezahlen müssen: die 3. sind Schäffer vnnd Jäger/ welche in Hütten herumb wanderen: die 4. sind kunstreiche Handwercker: die 5. sind Soldaten: die 6. sind Oberkeiten: die 7. sind Hoffleuth/ vnnd Königliche Rhät.

Von den Secten der Indianeren. Cap. lxxvj.

Vnder den Philosophis oder Geistlichen in India/ sind jre Brahmanes oder Bramenes die fürnemsten/ alß welche in jrer art am allernechsten zu den Griechen kosten. Dise werden von Mutter Leib an hierzu abgesönderet. So bald sie jhr Mutter empfangen/ so kommen etliche gelehrte Männer zu jhnen/ welche jnen allerley Regeln/ zur Keuschheit dienstlich fürschreiben: wie sie im alter zunemmen/ also veränderen sie jhre Lehrmeister: Sie essen keine lebendigen Creaturen/ sie enthalten sich von Weiberen/ sie leben mässiglich/ vnd ligen auf Häuten. Wann sie Lehren/ so dörffen jhre Zuhörer/ weder reden noch speyen: wann sie in solchem scharffen Leben 37. jar zugebracht haben/ wird jnen alßdann/ im essen/ in der Kleydung/ im brauch des Golds vnd des Ehestands/ mehr freyheit zugelassen. Sie verbergen jre Geheimnussen vor jren Weiberen/ damit sie dieselbigen nicht an Tag bringen. Sie halten diß Leben für des Menschen Empfengnuß/ aber seinen Todt halten sie für des Menschen Geburtstag/ an welchem er zu einem waren vnd sältigen Leben geboren werde/ wann er anderst Gottseliglich gelebt habe. Sie halten darfür/ die Welt seye vergänglich vnd rund erschaffen worden/ vñ werde von Gott regieret: das Wasser halten sie für den ersten Anfang der Welt: Sie wollen auch/ es seye neben den vier Elementen/ noch ein fünffte Natur/ auß welcher die Himmel vnd Sternen gemacht seyen. Sie Lehren von der Vnsterbligkeit der Seelen/ von der pein der Höllen/ vnd vielen andern dergleichen Dingen.

Was die Brahmanes seyen.

Diese Bramenes haben jre Vniversiteten/ Collegia vnd Schulen. Alle jre Studenten müssen anfangs

anfangs mit einem Eyd/ jhren Lehrmeisteren verheissen/ kein eynige heymligkeit zu offenbaren: deren sie/ wie Xauerius der Jesuit meldet/ sehr viel haben: alß daß nur ein Gott/ Schöpffer Himmels vnd der Erden sey/ welcher allein/ vnd nicht die Pagodes solle angebettet werden. Sie haben auch die 10. Gebott/ in einer sonderbaren Sprach/ welche jre Doctores allein brauchen/ in jren heyligen Sachen. Sie lehren der 8. Tag solle geheiliget/ vnd an dem selbigen das Gebett Onceri Narayua Roma offt gesprochen werden: Sie geben für/ jhre alten Bücher reden von einer zeit/ in deren alles einer Religion werde. Es war ein Poet auß Malabar/ welcher 900. Epigrammata wider jre Pagodes geschrieben/ ein jedes von 8. Versen: in deren redet er viel/ von der Göttlichen fürsehung/ vom Himmel vnd von der Pein der Hellen/ vnd andren dingen/ so mit dem Christlichen Glauben vbereyn stimmet: Alß daß Gott allenthalben gegenwertig seye/ vnd daß er einem jeden gebe/ nach seinem Stand: daß die himmlische Seligkeit in der Anschawung Gottes bestehe/ daß die Verdammten in der Hellen 400. Million jar/ in den Flammen sollen gepeiniget werden/ vnd nimmer sterben.

Es ist ein Sect/ sonderlich in Sinda vnd Cambaya/ so Banians genennt werden/ dieselbigen dörffen nit mit eynander essen: Sie verheurathen sich nur in jhrer Sect Geschlechter/ ja in jhrem Handtwerck/ dann eines Balbierers Sohn muß eines Balbierers Tochter nehmen: Jhre Ehen werden in der Kindtheit gemacht/ ja offt eh sie geboren werden/ dann wann 2. Weiber Schwanger sind/ so machen die Eltern ein Eh zwischen den Kindern/ wann sie nicht der Todt/ oder der Sexus hieran verhindert. Wann sie 3. oder 4. jar alt sind/ so halten sie ein groß Fest: Im 10. jar legt man sie zusammen. Wann der Ehman stirbt/ so schäret dz Weib das Haupt/ vnd tregt jre Kleynot nit mehr biß in todt. Sie halten die Küh für heylig/ vnnd betten sie an/ weil sie jhnen Milch/ Butter vnd Käß geben. Sie sind die allerklugsten vn reichsten Kauffleuth in Orient. Sie essen kein Fleisch/ darumb bezahlen sie dem Mogol ein grossen Tribut. Die schlachtung der Ochsen zuführkommen: Wañ ein Vogel oder Thier gelämet oder kranck wird/ so bringen sie dieselbigen in jre Spittäl/ damit sie mögen geheilet werden: dann sie haben Spittäl für Thier vñ Vögel/ aber keine für die Menschen. Sie setzen hin vnd wider auff die Strassen/ vnnd in die Wäld/ Gschir mit Wasser/ vnnd werffen Korn oder Reiß darzu/ den Thieren vnd Vögeln zur Nahrung: wann sie ein Floch oder Lauß fahen/ so tödten sie solche nit/ sonder verbergens in ein Loch in einer Mawren. Man kan jhnen kein grössern verdruß thun/ alß wann man solche tödtet/ sie betten ernstlich darfür/ vnnd wann betten nichts helffen will/ so bieten sie gelt an. Sie haben auch gewisse Leut vnder jhnen/ die sie für Heylig achten/ welche alle Läuß/ die andern vberlestig sind/ auff sich nehmen vnd in jhr Haar setzen/ sie daselbsten zu ernehren. Damit auch kein Mücken oder Fliegen vmbs Leben kommen/ so brauchen sie entweders kein Liecht/ oder sie thund sie in ein Laternen. Sie werden offt von den Moren betrogen/ dann diese bringen jhnen offt Würm/ Mäuß/ Ratten/ Spatzen/ etc. vnd dräwen solche zu tödten/ vnd reitzen hiemit die Banians an/ solche vmb ein groß Gelt zuerlösen. Wann ein Vbelthäter von der Oberkeit zum todt verurtheilet wirdt/ so erkauffen sie jhm das Leben/ vnnd verkauffen jhn wider für einen Sclauen.

Es ist wider ein Orden Geistlicher Leuthen/ die sie Verteas nennen/ leben in Klösteren etwan 50. beysammen/ sind Weiß bekleydet/ gehen mit blosen vnd geschornen Häupteren daher/ dann sie lassen alles Haar auff dem Kopff/ vnd im Angesicht abschären/ allein mitten auff dem Kopff lassen sie einen Busch stehn. Sie geleben des Almosen/ vnd nehmen mehr nicht/ alß sie zur täglichen auffenthaltung bedörffen. Sie nehmen keine Weiber: sie trincken jhr Wasser heiß. Der General dieses Ordens soll auff die 100000. vnder seiner gehorsame haben/ vnd wirdt alle jahr ein newer erwehlet. Sie haben alle in jhrem Mund ein stuck Thuch/ 4. Finger breit/ welches durch beyde Ohrläplein gezogen/ vnd hinden am Gnick zusammen bunden wird/ damit kein Mück oder Fliege in jhren Mund oder Ohren komme/ vnd also getödtet werde.

Was die Germanes seyen.

Neben diesen sind auch eetliche/ die man Germanes nennet/ welche von den Indianeren sehr geehret werden: Diese leben fürnemlich in vnd von den Wälden vnnd Höltzeren/ jhre Speissen sind nur wilde Früchte/ vnd jhre Kleyder sind nichts anderst alß rinde der Bäumen/ sie haben auch nit mehr kundtschafft mit Baccho vnd Venere/ alß mit der Cerere: sie wöllen darfür angesehen seyn/ alß wann sie die erzürnten Götter/ durch jhr Heyligkeit begütigen köndten.

Was die Mendicantes seyen.

Auff diese folgen in der Wirde gewisse Mendicantes oder Bettler/ welche mit Reiß vnd Gersten/ so jhnen/ neben der Herberg von den nechsten gegeben wirdt/ jhr Leben auffenthalten. Diese thun sich für grosse Artzet auß/ daß sie allerley Kranckheyten vnd Wunden heylen können. Es sind auch vnder jhnen Zauberer vnnd Warsager: Item Meister der Ceremonien/ welche hin vnd wider durch das Landt wanderen/ vnnd die Abgestorbnen versorgen. Es werden auch Weiber zur Gesellschafft jres Studierens/ aber nicht jhres Betts zugelassen.

Von den Ländern Asie. 1563

Aristobulus schreibt er habe zwen Brahmannes gesehen/ deren der ein alt vnd geschoren/ der ander noch jung vnnd härig war/ welche bißweilen auff den Marckt gangen seyen/ vnd frey genommen hatten/ was jhnen von nöthen war/ zu jhrer auffenthaltung: Sie wurden zu des Königs Alexandri Tisch zugelassen/ vnd lehreten daselbsten die gedult: dann sie giengen in ein nahgelegenes ort/ vnnd legte sich der älter auff den Grund/ mit dem Angesicht vbersich/ gegen der Sonnen gekehret: der jünger stunde nur auff einem Fuß/ vnderstützte sich aber mit einem Stecken dreyer Ellen lang/ vnd wechslete mit den Füssen ab/ das thaten sie fast alle tag.

Onesicritus schreibt/ als Alexander gehöret hatte/ daß ettliche heilige Leut gewesen/ welche nackend gegangen/ vnd ein sehr hartes Leben geführet hatten/ vnd zu keinem Menschen kommen wolten/ sonder die Leuth zu jhnen forderten: da habe er jhn zu solchen geschickt: deren er dann 15. gefunden habe/ 20. Stadia von der Statt: welche alle jre sonderbaren gesten vñ geberden/ im sitzen/ stehn vnd ligen gehabt/ vnd biß zum vndergang der Sonnen nit nachgelassen: Auß deren zahl war auch einer Calanus/ welcher hernach dem Alexandro in Persiam nachgefolget ist: Als er aber daselbst kranck ward/ da ließ er ein grosse Holtzbeuge auffrichten/ setzet sich selber darauf in einem guldenen Stul/ ließ das Fewr vnder jm anzünden/ vnd sich selber also verbrennen: sagte auch darbey/ er wolte Alexandro zu Babylon begegnen/ welches dann das Ort seines todts gewesen. Aelianus sagt/ das Holtz seines Fewrs/ sey Ceder/ Cypressen/ Myrrhen/ Lorber/ vnd ander süß Holtz gewesen. Er thut auch hinzu/ er habe sich im Fewr gantz nit beweget/ biß er gar sey tod gewesen. Es hatte sich auch Alexander hierüber verwundert/ vñ disen letsten Sig Calani allen seinen eygnen Sigen vorgezogen. Dieser Calanus erzehlete Onesicrito etwas von einer guldenen Welt/ in deren das Meel so vberflüssig sein würde als staub/ vnd in deren die Brunnen lauter Milch/ Honig/ Wein vnd Oele/ herfür quellen werden/ in welche er nach diesem Leben kommen werde.

Nicolaus Damascenus schreibt/ er habe zu Antiochia/ die Indianischen Ambassadoren gesehen/ welche der König Porus/ ein König 600. anderer Königen/ mit herzlichen Præsenten vnd Gaben zu dem Keyser Augusto gesendet hatte. Vnder diesen Ambassadoren war auch Zarmanochagas/ ein Indianischer Philosophus/ welcher sich selber zu Athen verbrennet hat/ vnd das wegen seines wolstands/ damit derselbige in künfftiger Zeit nicht geendert würde: Er trat gesalbet/ nackend vnd lachend in das Fewr. Sein Epitaphium war: Alhie ligt Zarmanochagas der Indier/ von Bargosa/ welcher sich selber/ nach 8 gewohnheit seines Lands/ vnsterblich gemacht hat.

Es ist auch kein wunder/ daß der Indier Philosophi/ den Todt also verachtet haben/ weil auch eben gerad die Weiber/ der schwechere forchtsamere Werckzeug/ hierinnen jr Weiblich geschlecht vnd schwachheit vbertroffen hatten. Dann jhr gewonheit were daß sich vnder vielen Weiberen/ die liebste/ mit dem todten Mann muste begraben lassen. Daher sagt der H. Jeronymus/ sie haben *Advers.Iovin.lib.1.* ehrgeitziger weiß vndereinander gestritten/ welche diß letste zeugnuß/ der Liebe jhres Ehmans vnd jhrer Keuschheit empfahen solte: Die vberwinderin legte sich selber in jhrer besten Kleydung neben den todten Cörper jhres gewesenen Ehemans/ herzete vnd küssete jhn/ vñ verachtet also den Todt/ von wegen dieser jhrer newen vereynigung. Das wird noch heutigs tags in vielen orten Indiæ observiert. Es will ein jede mit jhrem verstorbnen Ehman von newem verehlichet werden/ vnd in einem fewrigen Wagen/ mit jhm in die andere Welt fahren welche dieses nit erlangen kan/ haltets für ein grosse vnehr/ wie wir darvon darunden weiter hören werden.

Sonst ist von den Indianeren/ der Jupiter/ Ganges vnd andere Patronen jhres Lands angebettet worden: Aber der Apostel Thomas soll das Evangelium in India geprediget habe/ wie auch Bartholomeus/ welcher jhre Götzen Astaroth/ Beirith vnd Waldath soll zerstöret haben: wie ettliche darvon schreiben/ daß solches die Indianer selbsten außgeben. Die Gymnosophisten bey den Indianeren schawen mit steiffen Augen die Sonnen an/ von Morgen an/ biß auff den Abend. Es werden viel wundersame sachen von diesem India geschrieben von den alten/ sonderlich von Plinio/ wie wir schon etwas darvon geredt/ welche aber vor Poetische gedicht gehalten werden: denen auch gleich ist/ das Ctesias bey Photio erzehlet/ daß es in India nimmer regne: daß ein Brunnen darinnen seye/ darauß geschmolzen Gold fliesse: daß das Meer/ zu oberst sittig heiß seye: daß Menschen darinnen seyen/ wie die Thier/ mit langen Schweiffen vnnd Hundsköpffen/ ohne Red: daß Greyphen/ Löwen vnd Adler darinnen seyen/ die der guldenen Bergen hüten: dann dieses alles streittet wider die erfahrung.

Wir haben jetzund durch die Portugallesischen/ Holländischen vnd Englischen Schiffarten/ in diesen letsten zeiten gnugsamen vnd eygentlichen bericht bekommen/ wie es in diesen Ost-Indien eine beschaffenheit habe. Die Portugalleser sind zu allererstten/ Anno 1498. in das Indische Meer/ vnd gehn Calicut kommen. Anno ein tausend fünffhundert fünff vnd neunzig sind jhnen die Holänder nachgefolget. Anno ein tausend sechs hundert haben die Englischen jhre

GGGg ij Facto-

Factoreyen/vnder dem grossen Mogoll/in Messulopatan/Bantam/Patane/Siam/Sagadan/ Macassar/vnnd zu Firando in Sapania/auffgerichtet. Wir wurden wenig/von den wundern der Welt wissen/wann vns nit das Meer den Paß in alle Land auffgethan hette.

Durch diese Schiffarten ist endlich das Landt India/welches zuvor den Europeischen fast vnbekannt gewesen/vnd wegen vieler datzwischen ligender grimmiger Völckeren/nit hat mögen zu Landt besucht werden/nach langem erkündiget/vnd der zugäng eröffnet worden. Man hat erfunden/daß vielerley Völcker in diesem Landt wohnen/Hebreer/Perser/Scythier/Araber/vnd Indier/deren auch ettliche/nach der vnderweisung des Apostels Thomæ/den Christlichen Glauben sollen behalten haben. Die Portugaleser haben fast alle Ort an den Meergestaden mit gewalt eroberet/mit vielen Castellen vnnd Vestungen zum besten versehen/vnnd durch einen Königlichen Statthalter/so sie dahin verordnet/beherrschen lassen. Aber die Holländer vnd Engelländer haben jren Gewalt zimlich geschwecht/sich vieler vornemmen Porten vnd Meerhäfen bemechtiget/ vnd jetzund so wol als die Portogesen/einen vesten Fus in Indiam gesetzt.

Von den fürnembsten Länderen vnd Königreichen in Indiā. Cap. lxxvij.

Je jüngsten vnd besten Weltbeschreiber/theilen gantz Indiam in 9.grosse Länder oder Königreich: deren Nammen sind: Cambaya/Narsinga/Malabar/Orixa/ Bengala/Pega/Sian/Camboya/vnd der Mitnächtig theil/so schier der dritte theil des gantzen Landts ist: Aber es sind noch viel andere Königreich mehr/die kleiner/vnd diesen vnderworffen sind. Die Schiffung geht auß Europa/von Hispania her/vmb gantz Africam/vnd das vorgebirg der guten Hoffnung/ Caput bonæ spei genannt/von Morenland biß in Arabiam/zu der Statt Aden/vnd von dannen zu der Insel Ormus/von dannen gen Cambaya/vnd also vortan in andere Länder.

CAMBAYA: oder GVZARAT.

Das Königreich Cambaya welches auch Guzarat genennt wirdt/begreifft der lenge nach/von dem Fluß Bate/gehn Circam/welches ein Persische Herrschafft ist/500. Meil am Meergestad in sich: Gegen Mitternacht ist es mit den Königreichen Dulcinda vnd Sanga vmbgeben/gegen Auffgang stosset daran Mandao/vñ gegen Nidergang Nautacos/oder die Gedrosier: gegen Mittag stosset es an das Meer vnd die Grentzen des Königreichs Decan. Es sollen auff die 60000.bewohnter Plätzen in diesem Landt sein/die mit vielen Wässerströmen gewässeret werden/darunder

Indus der fürnemste ist/welcher das gantze Lande in 2.theil zerspaltet/vnnd nach dem er 900. Meil geloffen/mit zwen Schiffreichen Strömen in das Indianische Meer eylet: Diß Landt ist auß der massen Fruchtbar/vnnd gibt keinem ändern Land in India etwas bevor/so wol in Früchten der Erden vnnd der Bäumen/als in menge der Elephanten/ der Edelgesteinen/der Seyden/der Baumwollen/vnd anderer dergleichen sachen. Das Volck ist braunlecht vnd nackend/außgenommen an heimlichen orten. Sie essen kein Fleisch/sonder Reiß/Milch/Gersten/vñ andre dergleichē frücht vnd sachen/die kein Leben haben. Die Eynwohner sind mehrertheils Heyden: vnnd also sind jhre König gewesen/biß der Mahumetische Glauben vberhand genommen. Innerhalb dem Landt/ist ein Volck/welche Reisbuti genennt werden/das sind die natürlichen vnd alten Edlen dieses Lands/welche von den Moren in das Gebirg verjagt worden/darinnen sie vast vnüberwindliche Vestungen haben: auß welchen sie auch offt außfäll thun/vnd das Landt berauben. Darumb zahlen jnen die Cambayer Tribut/damit sie vor jnen sicher seyen. Die fürnembsten See-Stätt dieses Königreichs/sind Daman/Bandora/Surate/Navellum/Bazvinum: vnd innerhalb des Landts Cambaya/Madabar vnd Campanel/welches der Königliche Sitz/vnnd auff einer höhe/mit siebenfachen Ringkmawren vmbgeben ist. Zu Surat ist jetz ein Englische Factorey/hat ein starck Castell/mit vielem groben Geschütz. Die Häuser sind schön viereckig/auß steinen erbawen/mit flachen Dächeren: Es hat schöne Gärten mit lieblichen Brunnquellen/darinnen Granaten/Citronen/Melonen/Limonen/Feigen/durch das gantze jar gefunden werden. Das Volck ist säuberlich/langlecht/lieblich/gravitetisch/verstendig/mit langen weissen Röcken bekleidet.

Die Statt Cambaya/so dem gantzen Königreich den Nammen gegeben/vbertrifft an zierligkeit vnd grösse alle Indianische Stätt/vmb welcher vrsach willen sie das Indianische Cair genennet wird: Sie ligt 3.Meil von dem Fluß Indus/das wachsen oder auffsteigen des Meers beschicht daselbsten nicht/wie im voll Mond anderswo/sonder im abnemenden Mond. Die Bürger dieser

Stätt in Camboya.

Von den Ländern Asie. 1565

dieser Statt sind trefflich reich / vnnd treiben grosse Handtierungen / mit allerhand Kauffmanschatz / dann eitlich Tagreiß von Cambaya findet man Diamanten / vnnd andere Edelgestein / wie dañ sonsten das gantze Land / von allerhand Güthern vñ Apoteckischen Specereyen gantz reich ist.

Es ist noch nicht 160. Jahr / seit daß Machamet / ein Mor / so ist ein Mahometaner den König von Guzarath vertrieben / vnnd das Land eynngenommen. Dessen Nachfahren / vnder dem Nammen eines Soldans jederzeit gantz köstlich / in dieser Statt Hof gehalten: dann erhaltet jeder w eilen 20000. Mann zu Roß / vnnd so offt er zu Tisch sitzet / wirdt auff 50. oder sechßigerley Musicalischen Instrumenten vor jhm auffgespilet. Dieser Machamet / welches wunderlich zu hören / hatte sich selber also zum Gifft gewennet / daß kein tag fürüber gieng / in dem er nicht etwas Giffts eynnam: dañ sonst were er gestorben / schreibt Barbosa. Sein Natur ward also gar vergifftet / daß wann er einen seiner Edlen tödten wolte / so ließ er jhn nackend für sich kommen / kewete ettliche Früchtn / die sie Chofolos / vnd Tambolos nennen / in seinem Mund / vnd speyete dieselbige hernach auff jhn / darvon starb ein jeder in einer halben Stund: Wann ein Fliegen auff sein Hand saß / so fiel sie gestrags todt herunder. Sein liebe war auch seinem Haß nie vorzuziehen / dann er hatt drey oder vier tausent Concubinen / deren keine den andern tag erleben konte / nach dem er ein einiges mahl mit jhren zu thun gehabt. Sein Schnautz war so lang / daß er jhn vmb den Kopff binden konde / wie die Weiber jre Zöpffen: Sein Bard war schloß weiß / vnnd gieng jhm biß auff den Gürtel. Jedes tags / wann er auff stund / vnd zu Mittag essen wolte / wurden 50. Elephanten in Pallast gebracht / die jm neben dem Praslen vieler Trommeten / vñ Musicalischen Instrumenten / auff den Knyen Ehr erzeigen solten. Celius Rhodiginus schreibet von einer Jungfrawen / die auch solcher gestalten / mit Gifft ernehret worden / deren Speuhel / Harn / vnnd andere feuchtigkeiten / so auß jhrem Leib kommen waren / tödtlich gewesen: wer sie Fleischlich erkant / starb auch also bald. Avicenna schreibt von einem Mann / dessen Natur von einem solchen starcken Gifft eynngenommen war / daß er auch andere vergiffte Thier / die jhn etwan gebissen / vergifftet hatte: Zur prob ward jhm ein grosse Schlang gebracht / in welche er gebissen / vnnd darvon bekame er ein zwentägiges Feber / aber die Schlang starb. Andere Schlangen kondten jhn gar nit verletzen. Das Exempel Mithridatis ist bekannt.

Auff diesen vergifften Machamet ist gefolget Mamudius / der ein grosser Feind der Portogesen gewesen. Auff diesen ist kommen Badurius / welcher Mandao vnd Sanga vberzogen / vnd daselbsten die Statt Citor / die damalen von einem Kriegischen Weib beherrschet war / belägeret hatt: Weil sie jhm aber nicht widerstehen kondte / ist sie auß der Statt geflohen: Jhre hinderlassene Vnderthanen aber / faßten ein Resolution / wie Sardanapalus / brachten jre Schätz zusammen / zündeten ein groß Fewer an / sprangen selber dareyn / vnnd verbrannten alles mit eynander: das Fewr werete 3. tag / vnd verzehrte 70000. Menschen.

Von dannen zog Badurius mit grossem Triumph / wider den Mogor / mit einem Heer / von 15000. Pferden / vnd 500000. Fußknechten: mit 1000. ehrenen Büchsen / darunder 4. Schlangen gewesen / daran 400. Joch Ochsen gezogen. Fünffhundert Wägen mit Geschoß vnd Pulver / vnd so viel mit Gold vñ Silber beladen / ware in diesem Feldzug. Diese Macht / hette sollen den Erdboden zittern machen / aber sie hatt diesen Mogor nicht erschrecken können: dann er hatt den Badurium mit seinem Heer zum andern mal geschlagen / erstlich zu Doceri / darnach zu Mandoa / da er seine Zelten / vnnd Schätz verloren: Er aber kam verkleidet / vnnd beschoren / darvon / gehn Diu: daselbsten erlaubte er den Portogesen / ein Vestung zu bawen / nur damit sie jhm in diesem Krieg behilfflich weren: Daran dem König in Portugal so viel

gelegen war / daß deßwegen Johan Botelius (welcher ettlicher mißhandlungen wegen in Indiam Bandisirt war) verhofft hat / er wolte dardurch Perdon erlangen / wann er die erste Zeitung hiervon in Portugal bringen köndte: dessen er dann auch wol wirdig war / weil er in einem kleinen Nachen / so kaum 18. Schuh lang / vnd 6. weit gewesen / mit wenig Schiffleuthen / vñ höchster verwunderung / in kurtzer zeit / zu Lisbona ankommen. Aber Badurius hat sich dessen bald wider gerewen lassen / suchte alle Mittel / wie er die Portogesen wider darauß treiben köndte. Endlich aber ist er / von einem schlechten Schiffman / alß er den Portugalesischen Vice Re vñ Stattbalter in seine Schiff besuchen wöllt / erschlagen worden: darauf sich also bald dieselbe gantze Jnsel / an die Portogesen ergebē.

Diu ergibt sich an Portugal.
Maff. in hist. Ind. l. 11.

Jn diesem Land gibt es s. jhr alte Leut: Maffeus schreibt / es seye einer zu dē Portogesen / als sie die Vestung zu Diu gebawen / kommen / der 335. jar seinem fürgeben nach alt gewesen: diesem waren die

GGGGg iij   Zeen

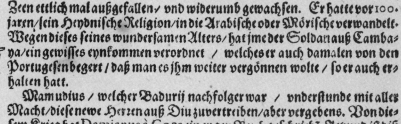

Zeen ettlich mal außgefallen/ vnd widerumb gewachsen. Er hatte vor 100. Jaren/ sein Heydnische Religion/ in die Arabische oder Mörische verwandelt. Wegen dieses seines wundersamen Alters/ hat jme der Soldan auß Cambaya/ ein gewisses eynkommen verordnet/ welches er auch damalen von den Portugesen begert/ daß man es jhm weiter vergönnen wolte/ so er auch erhalten hatt.

Mamudius/ welcher Badurij nachfolger war/ vnderstunde mit aller Macht/ diese newe Herren auß Diu zuvertreiben/ aber vergebens. Von diesem Krieg hat Damianus à Goes ein eygen Buch geschrieben. Jetzund ist diß gantze Land/ dem Mogor vnderworffen. Zu Alexandri zeiten/ hatten in diesem Lande gewohnet/ die Massani/ die Sodræ/ oder Sabracæ/ die Præstæ/ vnd Sangadæ/ wie Ortelius bezeuget. Es hatt auch hierinnen Alexander/ ein Statt seinem Nammen nach erbawen/ wie an anderen orten mehr. In Cambaya findet man die allerlistigsten Kauffleut/ in gantz India. Sie haben bey jhnen die Historien/ von Dario/ vnd Alexander/ welche etwa Herren dieses Lands gewesen. Die Portugesen haben nach vnd nach viel Stätt in diesem Königreich eyngenommen/ deren sie ettliche noch innhaben. Vnder welchen auch Daman/ so an dem Indo ligt/ da er in das Meer lauffr. Die Weiber in Diu/ machen jhre Zeen schwartz/ vermeynen sie/ seyen desto schöner/ gehn deswegen mit offnem Mund daher/ mit jhren schwartzen Zeen zu prangen.

Weiber werden mit jhren todten Männern verbrendt.

Wann ein Cambayer stirbt/ so verbrennen sie seinen Leib/ vnnd zerstrewen die äschen in die vier Element/ wie Balbus bezeuget. Wann ein Ehmann vnder den Reisbutis stirbt/ so wirdt das lebende Weib mit dem todten Man verbrennet. Vnd das auff ein solche weiß. Das Weib begleitet die Leich jhres Manns/ in jhren besten Kleydern/ vnd Freunden/ zu der Scheiterbüge: Ersrlich beweinet sie seinen Todt: alßdann fahet sie an zu Frolocken/ daß sie jetzund wider mit jhm leben soll. Darauff vmbfahet sie jhre Freund/ setzet sich zu oberst auff die Holtzbeuge/ nimbt jhres Mans Haupt in jhren Schoß/ vnnd heist sie das Fewer anzünden: So bald dieses beschehen/ werffen jhre Freund/ Oele/ vnd allerley liebliches Rauchwerck auff sie/ sie aber leidet das Fewr mit wundersamer Gedult/ gantz vngebunden. M. Wittington ein Engelländer schreibt/ von einem Weib zu Surat/ welche erst 10. Jar alt/ vnd noch ein Jungkfraw war: Alß diese nur die Kleyder jres Manns/ der im Krieg erschlagen worden/ gesehen/ da wolte sie kurtzumb mit seinen Kleydern verbrennet werden: weil aber der Gubernator solches nicht wolte beschehen lassen/ darumb daß sie noch ein Jungfraw war/ da hielten jre Freund gantz ernstlich/ mit worten vnd geschencken/ bey jhm an/ daß er jnen diese ehr nicht versagen wolte/ mit vermelden/ die Sach virziehe sich zu lang/ jhr Mann seye schon ein grossen Weg vor jhr. Diese vnfreuntliche Freundschafft erforderen nicht des abgestorbnen Manns Freund/ sonder des lebenden Weibs eygne Freund/ vnd haltens für ein Schmach jhrem Geschlecht/ wann sich ein Weib dessen weigeren solte: welches aber sehr wenig thund/ vnnd die es thun/ die müssen jhr Haar abscheren/ jhre Kleynoder brechen/ vnnd dörffen/ biß in jhren todt/ mit niemanden essen/ trincken/ schlaffen/ oder andere gesellschafft halten. Wann aber eine jr vornimbt/ sich verbrennen zulassen/ hernach aber auß vngedult/ auß dem Fewr lauffet/ so wirdt sie von jhrem Vatter vnd Mutter angebunden/ vnd mit gewalt verbrennet. An etlich andren orten/ brauchen sie andere Ceremonien: Das Weib wirt auff einem hohen Sessel mit grossem Pomp auff die Wahlstatt gebracht/ vnd daselbst an ein Saul angebunden/ alle jre Freund knyen für sie/ betten die Sonnen vnd andere Götzen an: Das Weib aber hat zwischen jhren Schencklen/ vnd vnder den Armen/ ein Sack mit Pulver: vnd wirdt das Fewr auß eitel süssem Holtz gemacht. Anderstwo werden andere Ceremonien gebraucht/ wie wir bald hören werden.

Von DECAN.

Decan wie es ein Königreich worden.

Decan ist auch ein sonderbares Königreich/ solle vor diesem vnder Cambaja gehört haben. Barres schreibt/ vmb das jar 1300. habe Sa Nosaradin in Delli/ so auch ein sonderbar Königreich ist/ so an Decan grentzet/ geherrschet/ vnd von dannen das Königreich Canara vberfallen (welches von dem Fluß Bate/ biß zum Haubt Comori sich erstrecket) habe auch das Land schier gar eyngenommen: vnd ob er schon wider heim gezogen/ habe er doch seinen Statthalter Habedsa hinder jhm gelassen/ welcher den Krieg volführet/ vnnd ein mechtig Heer/ von Heyden/ Moren/ vnd Christen versamlet hatte. Alß sein Sohn ans Regiment kommen/ ist er Decan/ vnnd das Volck Decani genennet worden/ wegen der vermischung so vieler Völckern/ die in seines Vatters Heer waren: daß Decan in heisset Bastarden. Er warff seines Herrn Joch von sich (dann Delli war zuvor dem grossen Mogor vnderworffen) vnd wolte keinen Oberherren mehr erkennen: Er mehrete sein Reich mechtig/ vnd ward Mamudsa geheissen. Er hatte 18. Haubtleut erwehlet/ vnd einem jeden ein sondere Provintz geordnet: Diese waren nur Sclaven/ damit er sie desto besser in gehorsame erhalten könte. Er befahl jhnen/ es solte ein jeder vnder jhnen zu Bedir/ in seiner fürnemesten Statt einen Pallast bawen/ vnd ettliche Monat im jar darinnen wohnen/ auch seinen eltesten Sohn daselbsten

in ewiger

in ewiger Leibeigenschafft lassen. Dieser Hauptleut sind mit der zeit weniger/vnd deßwegen desto mechtiger worden: Der Kö. behielte allein seine Königliche Statt: dz gantze Reich aber war in den Henden dieser Sclaven. Alß die Portugeser dahin kommen/waren es diese/Sabay, Neza-Malucco, Madre-Malucco, Melic-Verida, Cogo Mecadam, der Abessenische Eunuchus, vnnd Cota Malucco. Der mechtigste vnder diesen allen/war Sabay/Fürst zu Goa: dessen Sohn hieß Hidalcam. Garcias ab Horto meldet/es habe dieser König sein Reich in 12. theil oder Provintzen abgetheilet/vnnd so viel Haubtleut darüber gesetzet/welche endlich Rebellieret/ihren König zu Bedir, der Haubtstatt in Decan/erschlagen/vnd das Königreich vnder sich getheilet haben. Die erzehlten Nammen aber/waren nur titul der Ehren/so inen von ihrem König gegeben worden. Dann Neza heist in Persischer Spraach (welche sich in Orient so weit erstrecket/alß die Lateinische in Occident) ein Speer/Malucco aber ein Königreich: darumb so ist Neza-Malucco/so viel/alß das Speer des Königreichs. Cota-Malucco heisset einen Thurn des Königreichs/vnd so weiters. Die Decanischen König/deren jetz 10. oder 12. sind/führen samptlich Krieg/wider den Mogoll: Einer vnder ihnen mit nammen Amber Chapu/ein Abassenischer Sclav/ist ihrer aller General. Der Decaneren Herrschafft erstrecket sich von dem West-See/schier biß hinauff zu der Statt Choromandel, in dem Königreich Cambaya. Der König zu Decan lebt in grossem Pracht. Seine Diener tragen Spitzen an den Schuhen/die gemeinlich roth/vnd mit Diamanten/Rubinen/vnd anderen Edelgesteinen gezieret sind: Solcher steinen hencken sie auch sehr viel an die Ohren/vnnd an die Hend: Dann in diesem Reich/ist ein Gebirg/darinnen man die Diamant findet/welches mit einer starcken Wacht verwaret wirdt. Dieser König hat einen stäten Krieg/mit dem König zu Narsinga: vn hat die besten Kriegsleut/die man im selbigen Land findet: Er haltet auch ein grosse zahl Kriegs Schiff auff dem Meer: Ist ein Mahometaner/vnd grosser Feind der Christen.

Diamant Berg.

In der Provintz Guzarate/welche ein theil ist des Königreichs Cambaix/vnd jenseit dem Indus ligt/stehet an dem Indo/die Statt Ardauat/welche etwan Parsis geheissen/ist auch eine nambhafftige Statt/darinn der Gubernator wohnet/des Königs von Cambaia.

Von GOA.

Ferners gehört auch zu dem Reich Cambaia die Statt Goa/welche in einer kleinen Insel des Flusses Indus ligt: Die Insel heisset Tizzuorin/ist 9. Meil lang/vnd 3. breit. Diese Statt ist wegen des grossen Kauffhandels/der Fruchtbarkeit der Erden/der menge der Eynwohneren/der prächtigen Palläsen/vnnd wegen der mechtigen vnd wolgelegnen bevestigung sehr verrümbt. Des Königs auß Portugal Vice Re/der Ertzbischoff/vnnd des Königs Indianischer Rhat/hat in dieser Statt seinen Sitz. In gleicher Dienstbarkeit ist auch Salsette/9. Meil von Goa/ist ein Peninsel 20. Meil im vmbkreiß/begreifft in sich 66. Flecken/oder Stätt/vnd auff die 80000. Eynwohner. Antonius Norogna der Vice Re/hat Anno 1567. 200. Kirchen/vnnd viel Pagodes/in dieser Peninsel zerstöhret/welches ein Vrsach gewesen/daß sie rebellieret/vnnd hernach auch etliche Jesuiten erschlagen haben.

Es ist aber Goa/Ann. 1479. auß einem solchen anlaß erstlich erbawen worden. Es hatte der König auß Bisnaga/einen Krieg mit den Moren auß Decan: Seine Pferd kauffte er in den zwen Meerhäfen Batecala/vnnd Onor/weil auß Arabia/vnd Persia täglich viel dahin gebracht wurden. Die Moren aber in diesen beyden Orten kaufften solche Pferd auff/vnd verkaufften sie denen zu Decan/seinen Feinden: Darauff befahl der König auß Bisnaga/dem König zu Onor/seinem Vasallen/alle Moren in seinem Landt zu tödten/welches er gethan/vnd hat also bey 10000. Moren erschlagen lassen. Die vbrigen sein entrunnen in die Insel Tizuarin/vnd baweten vnd besetzten darin die Statt Goa/vnd legten den Marckt von Onor dahin: Aber der König von Onor zwang sie mit einer Schiffarmaden/daß sie den Marck zu Onor musten bleiben lassen/biß die Portugesen in diese Landt kommen sind. Der Vrheber dieser newen Statt Goa war Mellique Hocen: Es solle damalen daselbsten ein Crucifix gefunden worden sein: Darauß dann abzunemen/daß diß Ort auch zuvor von ettlich Christen müsse bewohnet worden sein. Sonst steht Goa/in dem theil/welches zu dem Königreich Canara gerechnet wirdt.

Sabayus/der gemelden Decanischen Haubtleuthen einer/hat diese Insel seinem Sohn Jdalcan/der noch sehr jung war/hinderlassen: weil aber seine Vnderthanen Rebellisch worden/vnd sich zum König auß Narsinga geschlagen/da nam Albuquerke der Portugesische General anlaß darbey/belägerte Goa/vnd nam sie mit Accord ein/sampt der gantzen Insel. Doch hatte Jdalcan die Portogeser mit grosser Macht bald wider darauß verjagt. Alß aber der König von Narsinga/den Jdalcan noch ein mahl mit Krieg angegriffen/hat Albuqerke Goa widerumb in seinen Gewalt gebracht/vnd haben es hernach die Spanier behalten. Sie ligt mitten zwischen Cambaia vnd Co-

Goa kompt in der Portugesen Gewalt.

mori/an einem sehr komlichen ort/derentwegen ist sie zu einer mechtigen Kauffmanstatt worden/ vnd ist jetzundt eine von den 4. verzůmbten/ vnd fürnemesten Handelstätten in Ost-Indien/ da auch der ViceRe oder Königliche Statthalter seinen Sitz hatt: Die drey anderen sein Ormus/ Diu vnd Malacca.

Neben anderen vortrefflichen gelegenheiten vnd nutzbarkeiten so die Portugeser von Goa ziehen/ ist nicht die geringst der Pferdkauff/ dann da werden bald alle Pferd/ so in Indiam verhandlet werden/ entweder verkaufft/ oder müssen doch vorüber passieren vnnd Zoll bezalen/ von einem jeglichen Pferdt 40. Ducaten/ von dem wir schon zuvor was gesagt haben: vnnd dieses belaufft sich ein jar in das ander vber die 40000. Ducaten. Doch hat Goa neb vielen erzählten nutzbarkeit auch die vngelegenheit/ daß das Landt sehr viel schedliche Thier zeucht/ als Tigerthier/ mechtige grosse vnnd scheutzlich Schlangen/ wie auch grosse Crocodilen/ welche auß dem Fluß Mandova kommen/ vnd andere dergleichen schädliche Thier mehr/ welche dē Eynwohnern grossen schaden vnd vbertrang thun.

Vielerley Nationen vnd Religionen zu Goa.

Es wohnen zu Goa allerley Nationen/ vnd Religionen/ das Regiment ist wie in Portugall/ die offentliche vbung frembder Religionen wirdt zwar nicht zugelassen/ aber in Privathäusseren/ oder auff dem Landt/ ists vnverbotten. Viel Portugesen verehlichen sich mit den Indianischen Weiberen/ deren Nachkomme werden Mesticos genennt/ welche in dem dritten grad/ an farb/ vnnd geberden/ von den natürlichen Indianeren/ nit mehr vnderscheiden sind. Der Portugesen sind zweyerley gattungen: Etliche sind Ehmänner/ vnd führen jhre Gewerb: die anderen noch ledig/ sind Kriegsleuth. Vnder disen gibt es viel Ritter/ die Cavalhieros Fidalgos genennet werden: dann so bald einer etwas denckwürdigs thut/ so wirdt jhm von seinem Haubtmann diese Ehr gegeben: deren sie sich auch sehr rühmen/ ohngeacht dieser Ritter Orden/ auch offt an die Kuhebuben gelanget. Viel Portugeser ernehren sich allein durch jhre Sclaven.

Neben den Abassinischen/ vnd Armenischen Christen/ Juden/ vnnd Moren/ wohnen auch viel Heyden zu Goa. Die Moren essen alle ding/ ohn allein kein Schweinen Fleisch/ vnd wann sie sterben/ so werden sie begraben/ wie die Juden. Die Heyden aber/ werden zu äschen verbrennt/ vnd etliche Weiber werden mit jhren Ehemänneren/ wann sie Edelleuth/ oder Bramenes gewesen/ lebendig begraben. Etliche wöllen nichts essen/ so das Leben hatt: andere essen zwar alles/ ohn allein das Fleisch der Ochsen oder Kühen. Der mehren theil betten die Sonn/ vnd den Mond an: aber alle erkennen einen Gott/ der alles gemacht hat/ der noch alles regieret/ vnnd der einem jeden nach dem todt/ nach seinen wercken vergelten wird: Sie haben aber auch Abgöttische Bilder/ die sie Pagodes heissen. Diese Pagodes sind gantz scheutzliche Bilder/ sehen auß wie d'Teuffel: in disen betten sie den Teuffel an/ vnd opfferen jhme/ damit er sie nit verletze: Der Teuffel antwortet jnen auch offt auß diesen Bilderen. Wann sie ein Ehe volziehen wöllen/ so opfferen sie jhrem Pagode der Braut Jungkfrawschafft auff/ mit scheutzlichen vnd schandlichen Ceremonien. Sie betten gemeinlich das jenige den gantzen tag an/ das jnen des Morgens am allerersten zusehen wird: es seye ein Saw/ Hund/ oder wz anders/ wañ es aber ein Krä ist/ deren sie viel habē/ so gehen sie denselbigen tag nit mehr auß/ dann sie halten es für ein vnglückhafftig gesicht. Sie betten auch den new Mond an/ vñ griessen sein erste erscheinung auff jhren Knyen. Sie haben jhre Jogos/ oder Einsidler/ welche für gar Heilig geachtet werden. Sie haben auch viel Gauckler/ vnd Zauberer/ welche mit Teufflischen bossen vmbgehen. Sie gehen nimmer auß ohngebetten: Ein jeder Berg/ Klufft/ oder Höle/ hat seinen Abgott Pagodes/ vnd ein jeder der fürüber geht bettet denselbigen an/ vnd opfferet jhm Reiß/ Eyer/ oder was jhn sein Andacht heisset. Wann sie vber Meere wöllen/ so halten sie dem Pagode 14. tag lang ein Fest/ mit Trummeten/ angezindten Fewren/ vnd Tapessereyen/ ein gute Reiß von jhm zuerlangen. Gleiches thund sie in jhrem Säyend/ Ernd/ vnd anderen dergleichen ernstlichen geschäfften.

Wann die Weiber in Goa außgehen/ so haben sie nur einen Mantel vmb jren Leib geschlagen/ welcher jhr Haupt decket/ vnd biß an die Knye herab hanget/ im vbrigen sind sie gantz nackend: Sie haben Ring an der Nasen/ am Halß/ an den Armen/ an den Schenckelen/ vnnd an den Zehen/ an den

Von den Ländern Asie.

den Henden haben sie 7. oder 8. Armbänder / auß Glaß oder andren Metallen gemacht / nach eines jeden vermögen. Wann das Weib 7. vnd der Man 9. jar alt ist / so nemmen sie einander zur Ehe / kommen aber nicht zusammen / biß das Weib Kinder gebären kan. Sie tragen alle Perlen vnd Edelgstein an den Ohren / ein jedes nach seinem Stand vnd vermögen.

Von dem Königreich Narsinga / vnd Bisnagar.
Cap. lxxviii.

Jese zwey Länder Narsinga vnd Bisnagar machen jetzund ein Königreich / vnd das wirdt genannt das Königreich Narsinga / ligt auch auff der rechten seiten Indiæ / gegen dem Indianischen Meer zu / vñ macht eine rechte Peninsel. Es erstrecket sich von den grentzen Cambaiæ vnd Orixæ / biß zu den eussersten spitzen Capo Comori genañt / vnd haltet in der lenge 150. Teutscher Meilen: Zwischen beyden Meeren / ist es 90. Meilen breit. Diß Königreich hat zwo Königliche Stätt / Narsinga vnd Bisnagar / die beyde auch den Ländern jren nammen geben. Der König ist einer auß den mechtigsten Königen in gantz Asia: Er haltet stäts an seinem Hof bey 40000. Nairos oder Ritter / vnd 400. Helffanten / die er zum Krieg braucht. Wann es aber von nöthen / so kan er eine vngläubliche Macht zu Feld bringen. In dem Krieg wider den Idalcan / hatte er beysammen 700000. zu Fuß / 40000. zu Pferd / 790. Helffanten / vnnd 20000. Huren / wie Barzius vnd Boterus bezeugen.

Es hat dieser mechtige Kön. seinen Sitz in der Königlichen Statt Bisnagar / da er einen schönen Königlichen Pallast hat / ausserhalb der Statt gelegen / doch allernechst an den Mawren / vnd wirdt auch mit sonderbaren vesten Mawren eyngeschlossen / ist mit schönen Gärten vnd sonderbaren springenden Brunnen / auff das herrlichste gezieret / vnd mag jhm kein Palast in selbiger gegne verglichen werden. Er ist mit Ziegeln bedecket / wie auch die vornembsten Gebäw vnnd Häuser der Statt: Dann die gemeinen Häuser sein alle mit Straw vnd Rohren bedecket / damit man den vnderscheid sähe zwischen den grossen Herren des Landts / vnd den gemeinen Leuthen. Diese Statt Bisnagar soll mechtig groß sein / vnd in die 20000. Herdstätt haben. Die Gassen sein schön breit / vnd hat hin vnd wider schöne Pläß in der Statt / da die Kauffleut von allen orten zusammen kommen / auch da jhr wohnungen haben. Dann da findet man Christen / Moren / Heyden vnd andere / welche der Religion halben / bey dem wenigsten nicht angefochten werden. Es werden da verkaufet vnd verhandlet die Perlen von Zeilan vnd Ormus / vnd die Diamant von Decan / vnd von den Bergen bey Narsinga: da auch Diamanten gefunden werden. Es sein aber darumb diese Edelgestein hier nit so wolfeil alß man meynen möchte / dann die grossen Herren vnd Frawen des Landts sehen mechtig darauff / vnnd haben jhren grösten pracht mit diesen Kleynodien. Es kommen auch dahin köstliche Seydene Tücher / auß China vnd Catai / vnnd anderen orten / wie auch allerhand Gewürtzen vnd Specereyen / von allen vmbligenden Orten vnd Inseln. Sie haben eine guldene Müntz in diesem Königreich / die wird Pardai genennet / ist wie ein Ducaten / aber etwas geringer an Gold / sie wird zu Narsinga geschlagen / vnnd haben jhren lauff durch gantz Indien / die form ist rond doch eckechtig / hat auff einer seiten etliche Indianische Buchstaben: auf der anderen 2. Bilder / ein man vnd ein frawen Bildt / wie die Ducaten mit zwen Köpffen. Die Calecutische Müntz welche mit einem Teuffel / der Calecuten Abgott / bezeichnet ist / lauffet hier nicht. Sie haben auch silberne Müntzen / die sie Fanon heissen / deren thut ein stük so viel / alß ein halb Spanisch Real: wie auch Kupffere / die sie Cas nennen / vnd deren 16. machen ein Silbernen Fanon.

Die Leut sein hier nicht so schwartz als die zu Malabar / von wegen des frischen Luffts der beyligenden Bergen. Jhre schwartze Haar lassen sie wachsen biß auff die Achslen. Sie gehen nach des Landts art / zimlich fein bekleydet. Die Männer sein nackend von dem Haupt an biß auff die Weiche: Vnden her tragen sie einen schönen Rock mit falten / vnnd darunder ein zart Gewant wie ein Hembet von weisser Wollen / mit Seyden oder Gold zusammen gebunden / vmb jhren Kopff haben sie ein Band / vñ damit binden sie jre Haar auff dem Kopf zusammen in einen Knopf: etliche tragen auch seyden oder guldne Hauben. An den Füsen tragen sie schöne spitze Schuh ohne Strimpf. Jren gantzen Leib waschen sie täglich mit Rosenwasser / von allerley köstlichen Specereyen vñ Bisem angemächt. Sie tragen auch köstliche Halß vnd Armbandt / mit allerhand Edelgesteinen versetzt. Wann sie durch die Statt gehen hat ein jeglicher seinen Jungen / so jm sein Gewehr nachtregt / vnd ein anderen / der an einer Stangen ein breiten Schirm trägt / jn damit vor der Sonnen vnd dem Regen zu schirmen. Die Weiber haben gleichförmig von der Weiche an / biß auff den Boden zarte weisse Hemmet an / mit Gold vnd Seiden gezieret: Sie behencken sich gantz mit Ringen von Edelgesteinen / Gold / Glas oder anderer Materi / einejegliche nach jhrem Standt: Also daß auch die Nasen nicht sicher seyn / dardurch sie dann auch ein Loch machen / vnd ein Ring daran hencken. Sie sein artig abgericht auff singen / tantzen / vnd auff allerley seitenspilen zu Musicieren. Es mag ein jeglicher dieser Weiber so viel nemmen alß er will: aber nimbt er viel so muß er viel erhalten.

halten. Gleiches thut auch der König/der haltet gantze Scharen von Weiber an seinem Hof/vnd das sein alle seiner vornemsten Fürsten Töchter/vnnd von diesen will ein jegliche die Liebste sein/ daher sie alle jhre gedancken vnd kunst anwenden/wie sie dem König gefallen möchten. Der erste Sohn des Königs er seye von was für einem Weib er wölle/ist er des Königs Erb.

Die gemeinen vnnd schlechten Leut/gehen gantz nackend/außgenommen vmb die Scham tragen sie geringe Tücher gewunden/so wol Mans als Weibspersonen. Der König tregt ein Parce von guldenem Thuch zwo Spannen hoch/vnd in dem Krieg führet er Kleider mit Baumwollen gewircket/vnd vber demselbigen ein ander Kleid mit guldenen Blumen vber vnd vber versetzet/vnd mit Edelgesteinen gezieret. Sein Roß so er gemeynlich reitet/sampt dem Zeug/welcher auch mit allerhandt Edlengesteinen versetzet/ist ein grossen Schatz werd. So er nur vor die Statt Spatzieren oder auff die Jagt reitet/ist er jederweilen mit vielen tausent Knechten/vnd 5000.oder 6000. Pferden beleitet. Alle Pferdt so in diesem Landt sein/deren der König allein/wie gesagt ordinari 40000. an seinem Hof haltet/vnd auch etwan mit einem vielen grössern Hauffen zu Feldt zeucht/ muß der König von fehrnen Orten mit grossem Geldt erkauffen. Sie kommen gemeinlich auß Arabia vnd Persia.

Der König wirdt jetzundt gemeinlich genannt König von Bisinagar/weil er allda seinen Sitz hatt: Er füret einen stoltzen Titul: Er nennet sich ein Eheman des guten Glücks/ein Gott vieler grossen Provintzen/ein König der allergrösten Königen/vnnd ein Gott der Königen/ein Herr der Reutteren/ein Meister deren die nicht reden können/ein Keyser dreyer Keyseren/ein Vberwinder alles dessen was er sihet/ein Bewarer alles dessen was er gewinnet/Schrecklich den acht Grentzen der Welt/ein Zerknitscher der Mahometaneren/rc. ein Herr in Auffgang/Nidergang/Mittag/ Mitternacht/vnd des Meers.

Sein Eynkommen betreffend/solle sich dieselbige alle tag auff 12000. Pardais belauffen/welches so viel als 12000. Frantzösischer Kronen/wie Ludwig Barthemius schreibet von India. Boterus aber von einem mehrern/dann er sagt er habe järlich 12. Million Cronen/vnnd von diesem mag er allezeit dritthalb Million in seinen Schatz legen. Es verehret dieser König seine Pagodes oder den Teuffel selbsten/wie die in Calicut.

Er beherrschet einen grossen theil der Occidentalischen Seekusten/zwischen den zweyen Wasseren Aliga vnd Cangerecora/deren vornembsten Stätt sein Ancola/Agorayan/Mergen/Onor/ Batticalla/Bendor/Bracelor/Bacanor/Carara/Carnate/Mangalor/Mangliran/Camlata/ Cangerecora/rc. Bey Cangerecora/so an dem Wasser ligt gleiches Nammens/fahen an die Grentzen des Königreichs Malabar. Dieser König hat neben andren auch drey Naichos oder geringe König vnder jhm/so jhm Tribut bezalen: alß namblich den Statthalter zu Madura/zu Gingi/ vnd zu Tanayr.

Wann ein Man stirbt in diesem Landt: so will das Weib so er am liebsten gehabt/vnd welche die fürnembste gewesen vnder seinen Weiberen/auch mit jrem Mann verbrennet werden/wie es durch gantz Indien bräuchig vnd wir schon zuvor erzehlet haben: hie aber werden volgende Ceremonien gebraucht.

Was zu Bisnagar in verbrennung der Weiberen für ein Solenitet gehalten wirdt.

Das Weib rüstet sich zwen oder drey Monat/nach jhres Mans todt: wann der Tag vorhanden/so geht sie früh auß jhrem Hauß/steiget auff ein Pferdt/oder Elephanten/oder auff ein Gerüst/so durch 8. Männer getragen wirdt: Sie ist bekleidet alß ein Braut/mit vielen Edelgesteinen gezieret/jhr Haar fleugt jhr vmb die Schultern herumb: In jhrer lincken Hand haltet sie einen Spiegel/vnd in der rechten einen Bogen/zeucht also mit jhren Freunden singend durch die Statt/ biß vmb den Mittag mit grossem Triumph/vnd schreyet sie gehe hin mit jhrem Mann zu schlaffen: Hernach begaben sie sich auß der Statt/zu dem Brenplatz: Neben einem Wasser daselbst ist ein grosse Gruben bereitet/voller Holtz: Alhie wirdt ein groß Banckett gehalten/vnd isset das Weib mit frewden/als wann es jhr Hochzeitlicher tag were: Hernach singen vnd tantzen sie/biß das Weib befelch thut/das Fewr anzuzünden: alßdann verlasset das Weib das Fest/nimbt jres Mans nechsten Freund bey der Hand/vnd gehet mit jhm zu dem Wasser/zeucht daselbst jre Kleyder vnd Kleynoder ab/vnd verschenckt sie nach jhrem wolgefallen/decket sich selber mit einem Mantel/vnnd springt in das Wasser/sprechende: O jhr arbeitselige/waschet ab ewre Sünden. Wann sie wider auß dem Wasser kompt/so windet sie ein gälb Tuch vmb jhren Leib/nimbt jhres Mans Freund wider bey der Hand/vnd geht zu der vorgemeldten Gruben/bey welcher ein kleine Bugen auffgerichtet ist/auff dieselbige steiget sie/vnd befilt jhre Kinder vnnd Freund dem Volck. Nach diesem nimbt ein ander Weib ein Hafen mit Oele/besprenget damit jhr Haupt vnd gantzen Leib: hernach wirfft sie den Hafen in den brennenden Ofen/vnnd springet zugleich das Weib mit hineyn. Gleich darauff wirffet das Volck vnd die Weiber/grosse scheitter Holtz auff sie/damit sie desto eher jhr Mertra abkomme.

Wann der König oder sonst ein hohe Person stirbt/so verbrennen sich selber mit jhm/alle Weiber seines Hausses/mit denen er fleischliche Beywohnung gehabt hat. Alß der Naicho zu Tangaor gestorben/da haben sich 375. Concubinen freywillig mit jhm verbrennen lassen. Wann ein Armer stirbt/

Von den Ländern Asie.

mer stirbt/ so wirdt er zum ort seiner Begräbnuß getragen/ vnnd daselbst auffrecht gesetzet: Sein Weib aber knyet für ihn nider/ vnnd fallet ihm vmb den Halß: Hierzwischen kompt ein Mawrer/ machet ein Mawren rings vmb ihn herumb: Wann diese Mawr so hoch ist/ alß ire Hälß/ so tritte einer hinder das Weib/ wirffet ihr ein Strick vmb den Halß/ vnnd erwürget sie: Gestrags machet der Mawrer sein Arbeit auß/ vnd beschleust also ihr Grab. Zu Casta wird gleichförmig das Weib nit verbrennt/ sonder mit dem todten Mann lebendig vergraben/ vnd werffen die nechsten Freund den Grund auff sie.

Von dem Blutigen Gottsdienst im Königreich Narsinga.
Cap. lxviv.

Doricus schreibt/ von einem schröcklich grossen Götzen/ in diesem Königreich/ der so groß sein soll/ alß die Bildnuß Sanct Christoffels/ wie man ihn zu mahlen pflegt. Dieser soll auß lauterem Gold gemacht seyn/ vnd ein Halßband von vielen Edlengsteinen tragen/ darunder einer ein gantzes Königreich werth seyn soll. Der Tempel zu Negapaton/ darinnen dieser Götz steht/ ist vberauß köstlich erbawen: Die Bühne/ der Boden/ vnnd das Getäfel an den Wenden/ ist alles von Gold/ so wol ausser/ alß inner dem Tempel. Dahin thun die Indianer ein Bilgerfarth: Etliche Bilger tragen einen Strick vmb den Halß/ andre haben ire Händ auff dem Rucken gebunden/ die dritten haben Messer in den Armen vñ Schencklen stecken. Nah bey dem Tempel steht ein Kessel mit Wasser/ darinn die Bilger/ Gold/ Sylber vnnd Edelgestein werffen/ dem Götzen zu ehren. Alle jahr wirdt ein groß Fest gehalten/ da kommet der König mit seinen Weiberen/ sampt den Bilgeren vnd dem Volck/ setzen den Götzen auff einen köstlichen Wagen/ vnd ziehen also in einer Procession daher/ vnd gehen viel Jungkfrawen/ sampt des Kön. Weibern alwegen bey paren/ beydes vor vnd nach dem Wagen/ mit allerhand Musicalischen Instrumenten. Viel Bilger legen sich vnder die Räder dieses Wagens/ vñ werden von den Räderen gantz zerknitschet. Solches haben auff ein zeit auff die 500. gethan/ deren Cörper hernach verbrennt/ vnd die äschen für Heilthumb auffgehalten worden. Andre Bilger hencken scharffe Messer an Halß/ vnd wann sie für den Götzen kommen/ so schneiden sie ein stuck Fleisch auß ihrem Leib/ vnd werffen es für den Götzen/ sprechende/ Vmb der verehrung willen meines Gottes schneid ich diß mein Fleisch ab: Solches redt er so offt er ein stuck Fleisch abschneidet. Endtlich sagt er/ Jetz ergib ich mich in todt/ vmb meines Gottes willen: schneidet hiemit sein Gurgel ab/ vnd fallet todt nider für den Götzen/ vnd wirdt hernach verbrennet. Die Äschen wirdt auch für Heylthumb auffgehalten/ vnd vermeynen die Leut so dieser äschen haben/ sie werden dardurch vor vngewitter vnd anderem vngemach bewaret.

Der Götzenwagen wirdt durch viel tausent Menschen gezogen / die sich dardurch selbst Sälig schätzen/ ein jeglicher laufft hinzu vnd macht ein Seyl an/ damit er auch ziehen möge.

Es ist ein Volck im Königreich Narsinga/ die Amouchi genennt werden/ wann diese mercken/ daß ihres Lebens end vorhanden/ so ergreiffen sie ihre Waafen/ gehen auß/ vnnd wen sie antreffen/ den tödten sie/ biß sie von einem andern vmbgebracht werden: Es scheinet sie seyen vnwillig allein in die Höll zufahren: Andrer blutigen Ceremonien/ dieser vngläubigen muß ich jetzund kürtze halben geschweigen.

An einem andern Ort dieses Königreichs/ Prepeti genannt/ haltet man ein Fest dem Perimal/ in welchem das Opffer sich vber die 100000. Cronen belauffet: In diesem wirdt der Götzenwagen anderthalb Meilwegs/ von 100000. Menschen gezogen.

Cedambara ist die fürnembste Statt ihrer Heydnischen Abgötterey: Es sind viel stattlicher Tempel darinnen/ sonderlich der Tempel Perimals/ welcher da auch verehret wirdt/ in welchem sie einen Affen/ den sie Hanimant nennen/ anbetten: Von diesem Affen schreiben sie/ er seye auff ein zeit gezwungen worden/ in die Insel Zeilan zu reissen/ weil er aber kein Schiff gehabt/ so habe er hinüber springen müssen/ vnd in einem jeden sprung habe er ein Insel hinder ihm gelassen/ vnnd ihm also einen weg nach Zeilan gemacht. Der Zan dieses Affen/ ist alß ein groß Heylthumb zu Zeilan behalten worden / vmb dessent willen auch viel Bilger dahin gezogen sind. Aber Anno 1554. ist dieser Zan von den Portugesen weggenommen worden/ darfür die Indianischen Fürsten/ dem Vice Re/ 300000. oder wie Einschoten vermeldet/ 700000. Ducaten angebotten haben: Aber der Ertzbischoff mißriethe solches: darauff hat er diesen Zan/ vor den Indianischen Gesandten verbrennet/ vnd die Aschen in das Meer zerstrewet: Aber bald darauff/ hat ein Banian auß Cambaya die Indianer beredt/ er seye durch Göttliche krafft vnsichtbar zugegen gewesen/ vnd habe den Zan genommen/ vnnd an desselbigen statt/ ein andern Zan gelegt/ welcher auch seye verbrennet worden: Auß Aberglauben hat der König auß Bisnagar dieses geglaubt/ vnnd ein grosse summen Gelts vmb diesen Zan gegeben/ welcher auch wie der vorige ist verehrt worden.

Der Zan eines Affen wird verehrt.

In diesem Königreich Narsinga oder Bisnagar ligt auch die Statt Malepur/ in welcher der H. Thomas/ nach dem er den Indianeren geprediget hatte/ soll gemartert vnd verbrennet worden seyn. Sein Legend/ were allhie viel zuerzehlen. Dise Statt (wie auch Colmandel) werde von den

Die Statt Malepur.

den Indianischen Christen bewohnet. Osorius schreibt viel von jhrem Chaldæischen Bapst / Cardinälen / Patriarchen vnd Bischöffen: Den ersten tag Junij wird Sanct Thomas tag so wol von Heyden / alß von Christen gefeyret: wie dann auch sein Tempel / so wol von Moren / vnnd Heyden / alß von Christen mit andacht besucht wirdt. Die Bilger tragen Grund mit sich hinweg / für ein groß Heiligthumb. Die Portugesen besitzen jetzund diese Statt / es haben auch die Jesuiten jr Residentz darinnen. Die Kirchthürn sind auß aberglauben schier gar zerhawen / weil die Bilger stück daryon hawen / vnd sie in Gold vnd Silber eynfassen / vnd alß ein Heiligthumb am Halß tragen.

Die Statt Narsinga. Cap. lxxx.

Narsinga ist auch eine alte Königliche Statt / so dem Königreich den Nammen geben / sie ist gebawen wie Meylandt / wie Lud. Barthemius meldet in dem 13. Cap. seiner Indianischen History: vnd ist jhr an grösse vnd schönheit gleich: Narsinga aber ligt an einem Berg / da hingegen Meyland auff der Ebne ligt: vnd mag Narsinga hierinnen der Statt Neapoli verglichen werden. Die Eynwohner gehen gekleydet wie die zu Bisnagar / vnd ist darinn ein geringer vnderscheid. Es ist in diesem Landt gut vnnd sicher zu Wandlen / wegen der guten Ordnung so der König darinnen haltet / vñ hat man sich vor niemand zubesorgen / als vor den Löwen / welche in diesem Königreich auff den Strassen lauffen / da man sich nun jhren erwehren muß / oder man muß jhnen zur Speiß werden.

Von den Helffanten / vnd wie sie zum Krieg außgerüst werden. Cap. lxxxj.

Weil wie droben angezeigt / wie der Kön. von Narsinga eine mechtige anzahl Helffanten zum Krig außrüste / so müssen wir hie anzeigen / wie man mit diesem vngeheuren Thier müsse vmbgehen. Man legt dem Helffant auff ein Sattel / der ist vnden eng gebunden vmb den Leib mit zweyen Eysen Ketten / vnd auff den Sattel legt man zu einer jeden seiten ein grossen starcken Höltzenen Trog / vnnd gehn 3. Mann in ein Trog / vnd da vornen hinder dem Halß des Helffantes zwischen den Trögen ist ein Holtz einer halben spannen dick / das die Trög zusammen hält. Zwischen den Trögen sitzt auch ein Mann auff dem Rucken des Helffantes / der dem Thier zuspricht vnd es führt: vnd das Thier merckt was sein Meister will. Vnd also sitzen 7. Personen auff einem Helffant / angethan mit Pantzern / vnd jhr Wehr / Spieß vnd Handbogen / vnd rotunde Schilt. Sie waypnen auch die Helffanten mit Harnisch / sonderlich vmb den Kopff vnnd jhren krummen Schnabel oder Rüssel. Dann an dem Rüssel binden sie ein Schwerdt das ist zweyer Elen lang / vnd einer Händt breit / vnd der davornen auff jhm sitzt / der gebeut jhm / steh still / geh für dich / kehre vmb / fall in den / stoß diesen / thut jhm nichts mehr / vnd desgleichen: das alles versteht vnnd thut der Helffant gleich alß hett er vernunfft.

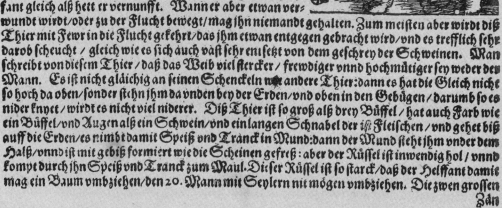

Wann er aber etwan verwundt wirdt / oder zu der Flucht bewegt / mag jhn niemandt gehalten. Zum meisten aber wirdt diß Thier mit Fewr in die Flucht gekehrt / das jhm etwan entgegen gebracht wird / vnd es trefflich sehr darob scheucht / gleich wie es sich auch vast sehr entsetzt von dem geschrey der Schweinen. Man schreibt von diesem Thier / daß das Weib viel stercker / frewdiger vnnd hochmütiger sey weder der Mann. Es ist nicht gläichig an seinen Schenckeln wie andere Thier: dann es hat die Gleich nicht so hoch da oben / sonder stehn jhm da vnden bey der Erden / vnd oben in den Gebögen / darumb so es nider knyet / wirdt es nicht viel niderer. Diß Thier ist so groß alß drey Büffel / hat auch Farb wie ein Büffel / vnd Augen alß ein Schwein / vnd einlangen Schnabel der ist Fleischen / vnd gehet biß auff die Erden / es nimbt damit Speiß vnd Tranck in Mund: dann der Mund stehet jhm vnder dem Halß / vnnd ist mit gebiß formiert wie die Scheinen gefreß: aber der Rüssel ist inwendig hol / vnnd kompt durch jhn Speiß vnd Tranck zum Maul. Dieser Rüssel ist so starck / daß der Helffant damit mag ein Baum vmbziehen / den 20. Mann mit Seylern nit mögen vmbziehen. Die zwen grossen

Von den Ländern Asie. 1573

Zän so man herauß bringt in vnser Landt/ stehn jm im obern Kyfel. Seine Ohren sind jm zweyer Spannen lang/ auff alle Ort vast breit. Seine Schenckel sindt schier in gleicher grösse oben vnd auch vnden/ scheiblecht wie ein grosser Teller/ vnd zu vnderst vmb die Füß hat er fünff Nägel von Horn. Sein Schwantz ist gleich eines Büffels Schwantz/ bey dreyen Spannen lang/ hat zu vnderst wenig Haar daran. Das Weib ist kleiner dann der Mann. Sie sind gemeinlich 13. Spannen hoch/ etliche 14. oder 15. Spannen hoch. Jhr Gang ist vast still/ vnd welcher jhres reitens nicht gewohnt hat/ dem ist es ein vnangenehm Thier zu reiten. Dann es macht dem Menschen ein verkehrten Magen/ gleich als wann man auff dem Meer fährt/ so etwan ein Vngestümme ist. Die jungen Helffanten gehn ein Zeltenden Gang gleich den Maulthieren/ vnd ist vast kurtzweilig darauff zu reiten: wann man darauff sitzen wil/ so beugt der Helffant einen von den hindern Füssen/ vnd auff demselbigen steigt man auff jhn/ jedoch mag keiner ohn Hülff auff jhn kommen. Man legt jhnen kein Zaum oder ander Band an/ sondern sie gehn jhren Weg/ wie jhm der Auffsitzer zuspricht. Sie haben kein Burst oder rauch Haar an der Haut/ auch kein haarechten Wadel am Schwantz/ damit sie sich erwehren mögen der Fliegen: aber sie haben ein runtzlechtige Haut/ die können sie außspannen vnd wider zusammen ziehen/ vnd darumb so die Fliegen an sie sitzen/ ziehen sie die Haut in viel Fält/ vnd zertrucken die Fliegen so darzwischen kommen.

Von dem Königreich Malabar.
Cap. lxxvij.

Das Königreich Malabar ligt in dem äussersten Endt/ deß rechten Horns Indiæ/ hat auch seinen Namen von der Statt dieses Namens Malabar oder Maliapur. Es erstreckt sich von dem Fluß Cangeraco/ biß zum Haupt Comori/ welches etliche für das Vorgebürg Cory halten/ dessen Ptolemæus gedencket. In der Länge hat es bey 300. Meilen/ aber in der breyte/ von Gate zu dem Meer 50. Meilen/ von Cangerecora gen Puripatan sind 60. Meilen/ dem Meergestat nach. Es sind viel vornehmer Stätt in Malabar/ deren etliche auch eygne König haben. Als Cota/ Colan/ Nilichilan/ Marabia/ Boleyatan/ Cananor/ da die Portugesen ein Vestung haben/ Tramapatan/ Chomba/ Main vnd Puripatan. Von dannen biß gen Chatu ligt das Königreich Chalicut/ 80. Meilen weit: vnd darinnen Pandarane/ Colete/ Cayocate/ Calecut/ Chale/ ist ein Portugesische Vestung/ Patangale/ Tanor ein Königliche Statt/ Panane/ Baleancor vnnd Chatua. Darauff folget das Königreich Cranganor: Nechst darbey ist das Königreich Cochin: darauff kompt das Königreich Porca/ das Königreich Coulan/ vnd das Königreich Travancor/ dessen König die Portugesen den grossen König nennen/ weil er grössern Standt führet/ als die vorigen/ ist aber dem König in Narsinga vnderworffen/ wie auch die andern alle in diesem Horn oder Peninsul/ wenig außgenommen.

Malabar ist sehr volckreich/ vnd voller Wasser/ welches machet/ daß jhnen die Pferdt in Kriegen nicht nutzlich sind: die Wasser bringen viel Crocodil/ machen das Land fett/ vnd gantz bequem/ allerley Kauffmanswaaren/ sonderlichen jhre Specereyen/ fort zu bringen.

Crocodilen.

Die vornehmsten Königreich in dieser Gegne/ seyndt Kanonor/ Calecut/ Cranganor/ Cochin/ Carcolam/ vnd Travancor.

Vor 700. jahren war es alles ein Königreich/ vnd ward regiert von Soma od' Sarama Perimal/ welcher durch etliche Arabische Kauffleut zu der Mahometischen Sect gebracht/ vnd so eyfferig in derselbigen worden/ daß er sein Leben kurtzumb zu Mecca enden wolte. Vor seinem Abscheid aber theilet er sein Landt/ vnder seine vornehmbste Herren vnd nechsten Verwandten auß/ Coulan ließ er der Geistlichen Hochheit/ oder dem obersten Bramene: seinem Sohn Sohn aber gab er Calecut/ sampt dem keyserlichen Tittel Zamori vnd den gewalt zu müntzen. Es haben sich sieher viel dieser Königen/ von dem Zamorischen Keyserthumb zu Calecut/ durch Macht der Waffen außgeschwungen. Von dem Todt Perimals an/ vnd dieser Abtheilung des Lants rechnen die Indianer in Malabar/ jhre Jahr/ wie wir thund von der Geburt Christi. Wir wöllen dise Königreich in Malabar kurtzlich beschreiben/ vnd bey Calecut/ dem Keyserlichen Sitz ein Anfang nemmen.

HHHHh Von

1574

Das siebende Buch

Von dem Keyserthumb Calecut.
Cap. lxxxij.

Dieses Keyserthumb hat seinen Namen von der Hauptstat dieses Namens. Diese Statt Calecut ist an dem Ort erbawen / da der Bilger Perimal zu Schiff getretten / da er nacher Mecca gefahren / welches gemacht hat / daß die Moren ein solchen Anmut zu dieser Statt gewonnen / daß sie den Port Coulam der zuvor verrühmbt war / nicht mehr besuchen wollen / welcher auch auß diesem Anlaß in Abgang kommen / vnd ist der gantze Kauffhandel auff Calecut gelegt worden. Diese Statt ist nicht vmbmawret / noch schön erbawen / weil der Grundt so voller Wassers ist / daß er kein vest Fundament gestattet. Diß Königreich begreifft nicht vber 25. Meilen in sich am Meer gestaden: Ist aber sehr reich / nicht allein wegen deß fruchtbaren Bodens / welcher allerley köstliche Frücht vnnd Specereyen trägt / sondern auch wegen der guten Gelegenheit / vmb deren willen allhier / ehe die Portugesen da eyngenistet / eine rechte Niderlag deß gantzen Orients gewesen / dann die Kauffleuth auß Egypten / Persien / Syrien / Arabien / Indien / ja auch auß Catay / so 6000. Meilen zu raysen haben fähren zu Calecut iren Kauffhandel. Der Pallast zu Calecut / hat vier vnderschiedliche Gerichts Säl / einen für die Indianer: den andern für die Moren: den dritten für die Juden: vnd den vierdten für die Christen.

Die zu Calecut bawen Tempel den vnvernünfftigen Thieren / wie sie dann einem Affen / von dem wir schon gered / ein gantz köstlichen Tempel daselbst erbawen haben / in welchem Maffæus 700. Marmelsteinerne Säulen gezehlet hat. Den Elephanten / sonderlich aber dem Rindt= vieh erzeigen sie Göttliche Ehr / dann sie vermeynen die Selen der Menschen / so sie sterben / fahren in diese Thier.

Sie bekennen daß ein Gott sey der Himmel vnd Erden geschaffen hat: Aber sie thund hinzu: Gott habe keine Frewd / die Vbelthaten der Menschen zu straffen / vnd die Welt zu regieren / darumb hab er diese Sorg / vnd Geschefft dem Teuffel befohlen / vnd denselbigen in die Welt gesandt / mit dem Gewalt einen jeden nach seinen Wercken zuvergelten / den Guten guts zuthun / vnd den Bösen böses. Sie nennen jhn Deumo / Gott aber nennen sie Tamerani. In deß Königs Pallast ist ein Capellen / dem Deumo zu Ehren erbawen / welcher allenthalben voller geschnitzten Teuffeln ist. In der Mitte aber sitzet vff einem metallinen Thron deß Teuffels Bildnuß / auß gleichem Metall / mit einer dreyfachen Kronen auff dem Haupt: Das Bild hat vier Hörner auff dem Kopff / vnd vier grosse bleckende Zän / mit scheutzlichen weiten Augen vnnd offenem Maul: Sein Naß ist grewlich anzusehen: Seine Händt sindt gemacht gleich wie Hocken mit dreyen Zincken / vnd die Füß wie Hanenfüß: Summa es ist alles an jm gantz schrecklich anzusehen. In jeder Ecken dieser Capellen sitzet ein Teuffel auff einem fewrigen Thron: vmb den Deumon den Patronen dieses Tempels / sindt viel Seelen / einer ergreifft er mit seiner rechten Handt / vnnd stösset sie in seinen Rachen / ein ander erwüschet er mit seiner lincken Handt: etliche erhaschet er mit seinen Kräwel Füssen. Diß Bildt / wirdt alle Morgen von den Bramenes / welches jhre Priester sindt / so wol in einer / als

Calecuter beten den Teuffel an.

der andern Religion / mit süssem Wasser gewaschen / beräuchert vnd angebettet: Es steht ein Altar bey diesem Bildt / mit allerley Blumen bestrewet / auff diesem opffern sie jm alle Nacht in der Wochen

Von den Ländern Aſie. 1575

chen Hanenblut/ vnd glüende Kolen in einer Silbernen Kohlpfannen/ mit vielem Rauchwerck/ vnd leuten hierzwiſchen mit einem Silbern Glöcklin. In der rechten Handt haltet der Prieſter das ſilberne Meſſer/ darmit der Han getödtet worden/ daſſelbige duncket er in das Blut/ vnd thut es in das Fewr/ mit vielen ſeltzamen Gebärden. Alſo wirdt alles Blut verbrennt/ vnd brennen hierzwiſchen in dem Tempel viel Wachsksertzen. Der Prieſter hat an ſeinen Armen/ vnd Schenckeln viel Schellen hangen/ welche mitler zeit ein groß geſcherz vnd getöß machen: Wann er ſein Opffer vollbracht hat/ ſo nimpt er ſein Handt voll Weitzen/ gehet rücklingen vom Altar (auff welchem ſeine Augen ſtettigs gerichtet bleiben) zu einem Baum/ daſelbſt wirffet er den Weitzen/ ſo hoch er kan/ vber ſein Haupt: Hernach kompt er wider zu dem Altar/ thut alles hinweg/ vnd legt ſeinen Kram wider eyn. Dieſen Teuffel halten ſie für ſo hoch/ daß auch der König kein Speiß iſſet/ ſie ſeye denn von den vier fürnehmſten Bramenen/ dem Teuffel dargebotten/ vnd gleichſam auffgeopffert worden.

Der König iſſet auff der Erden/ gleich wie die Saracenen/ vmb jhn her ſtehen viel Bramenes/ vier Schritt weit von jhm/ halten jhre Händt vor den Mundt/ zu einem Zeichen groſſer Ehrerbietung. *Wie der König zu Calecuth iſſet.*

Wann der König geſſen/ ſo tragen die Bramenes/ was von der Speiß vbrig blieben/ hinauß in den Hof/ ſchlagen die Händt drey mal zuſammen/ alſo baldt fliegen daher etliche Rappen/ was vberblieben iſt zu eſſen/ welche Rappen darzu gewehnet ſindt/ vnd von niemands beleydiget werden dörffen.

Wann der König ein Weib nimpt/ ſo läſt er die erſte Nacht den Oberſten/ oder würdigſten Bramenes/ oder Pfaffen/ bey jhr ligen/ vnd dardurch ſolle ſie gleichſam dem König geheiliget werden/ vnd darfür gibt der König dem Bramenes ein gut Geſchenck/ von vier oder fünffhundert Ducaten. Wann der König hinweg reiſet/ ſo befielht er die Königin hierzwiſchen dem gedachten Pfaffen/ jhren in ſeinem Abweſen/ ſo wol Nachts/ als Tags/ raht zu ſchaffen. Derhalben fällt das Reich nicht an deß Königs eygne Söhn/ weil vngewiß vnd zweiffelhafftig iſt/ ob ſie deß Königs/ oder deß Pfaffen Söhn ſeyen: Sondern es fällt an ſeiner Schweſter Söhn/ als von denen nicht mag gezweiffelt werden/ daß ſie deß Königlichen Geblüts ſeyen. Dieſe Schweſtern deß Königs mögen jhnen ſelber erwehlen/ welchen ſie wöllen/ der ſie jhrer Jungfrawſchafft beraube: wann ſie aber in gewiſſer zeit nicht ſchwanger werden/ ſo verfügen ſie ſich zu dieſen Bramenen/ vnd laſſen ſich von jhnen ſchwängern. *Wie er es die Ehe greifft.*

Item die Edlen vnd Kauffleut haben auch einen Brauch/ daß ſie vnder einander verwandlen jhre Weiber/ beſonder ſo etwan zween gute Freundt ſeyndt/ ſpricht einer zu dem andern: Wir ſeyndt lange zeit gute Freundt geweſen/ darumb wöllen wir wechſeln vnſere Weiber. Gib du mir deine/ ſo gib ich dir meine. Spricht der ander: Sagſt du das in Ernſt? Antwort er: Ja bey Gott. Spricht dieſer wider: Komb in mein Hauß. Vnd ſo ſie in das Hauß kommen/ rufft dieſer ſeiner Frawen vnd ſpricht zu jhr: Fraw komme her vnnd gang mit dieſem/ der iſt dein Mann. So ſpricht das Weib: Sagſtu wahr? Antwort der Mann: Ja ich ſag wahr: Dann ſpricht das Weib: Es gefällt mir wol/ ich fahr dahin. Vnd alſo geht ſie mit ſeinem Geſellen in ſein Hauß. So ſpricht darnach ſein Freundt zu ſeinem Weib/ daß ſie mit dem andern gang/ das muß ſie thun. Vnd ſolcher maſſen verwandlen ſie die Weiber/ die Kinder aber bleiben in eines jeden Vatters Hauß.

Etliche Weiber vnder jhnen haben 6. oder 7. Männer/ vnnd ſchreiben die Kinder zu welchem Vatter ſie wöllen.

Wan die Männer Weiber nehmen/ ſo beſtellen ſie andre/ ein tag 15. oder 10. ſie zu bett zu brauchen/ eh ſie ſelber zu jhnen betten wöllen.

Jhr Kleidung zu Calekuth iſt gar klein/ dann ſie gehen nackend/ aber geſchuhet/ vnd tragen Baumwullene oder Seydene Tücher vmb die Scham/ vnnd das Haupt bloß. Etliche Hauptleut tragen kurtze Hembder/ biß zum Gürtel/ aber die Edlen vnd Weiber/ auch andere Landtsleuth gehen bloß.

Den Weibern iſt alles Fleiſch verbotten/ es werde jhnen dann von den Bramenen erlaubt. aber das gemein Volck iſſet allerley Fleiſch/ ohne das
Kühfleiſch.

hhhhh ij   Von

Das siebende Buch

Von den vnderschiedlichen Secten in dem Königreich Calecut.
Cap. lxxxiv.

Arbosa in Beschreibung dieses Landts / erzehlet vnderschiedliche Secten / welche Gemeinschafft mit einander haben / noch ausserhalb jhrer Sect / sich verheyrahten dörffen.

Nach den König haben die Bramenes den höchsten Grad. Nach diesen sindt die Nayros / das ist / die Edelleuth / die allwegen jhre Waffen / (als ein Rappier vnd Schildt / bißweilen auch ein Büchsen oder Bogen) bey sich haben. Aber sie werden nicht Nayros genannt / ob sie schon deß Gebluts seyndt / biß sie von jhren Herren oder dem jungen König zu Ritter vnd Soldaten gemacht worden.

Sie greiffen nimmer zur Ehe / sondern legen sich zur nechsten die jhnen gefället / wann sie nur eines Nayros Tochter ist / lassen hierzwischen jhre Waffen bey der Thür stehen / dardurch einem andern verbotten wirdt / hineyn zukommen / biß er seine Geschefft vollendet hat.

Wann einer von dem gemeinen Volck einen Nayro nur anrieret / so darff er jhn tödten / vnnd verbleibt er hierzischen onrein / biß er sich durch gewisse Abwaschung gereiniget hat. Dieser Vrsach halben schreyen sie in der Strassen / Po / Po / damit das gemein Volck jhnen auß dem Weg weiche. Sie werden von Jugent auff in den Waffen aufferzogen / verbinden sich durch einen Eydt / bey jhrem Obersten zu leben vnnd zu sterben / sind auß dermassen geschwind / hertzhafft / vnd vnerschrocken. Ihre Töchter meynen sie werden nimmer ins Paradeiß kommen wann sie Jungfrawen sterben.

Auff die Nayros folgen die Biabari / diese sind Kauffleuth / vnnd haben grosse Feyheit. Der König kan sie nicht tödten / ohn allein durch Bewilligung der Fürnembsten vnder jhnen selber. Sie sindt die einigen Kauffleuth gewesen / ehe die Mohren dahin kommen / haben auch noch grosse Besitzungen.

Diese verehelichen jnen nur ein Weib: jhre Kinder mögen erben / vnd sie selber mögen die Nayros anrieren.

Neben diesen seyndt vnder jhnen Tiberi / oder Ackerleut / vnd Mogers / oder Schiffleut / diese haben jhren eygnen Aberglauben / vnd brauchen die Weiber ins gemein. Item Caniuns / oder Sternenseher / bey denen die Fürnembsten raht suchen. Muchoa / der Fischer / welche in den Dörffern beyeinander wohnen: Die Männer seyndt Dieben / die Weiber huren mit wem sie wollen.

Betua oder Saltzmacher. Paerun oder Gauckler / Zauberer vnd Artzet / wann anderst solche Teufflische Künst / eines solchen ehrlichen Nammens werth seyndt / dann wann jemands kranck ist / so beschweren sie den Teuffel / daß er in jhrer einen fahren / vnd den Außgang der Kranckheit sagen muß. Diese dörffen niemands anrieren / noch angerieret werden.

Die Revelets sind einer noch schlechtern Sect / diese tragen Kräuter vnd Holtz in die Statt zuverkauffen.

Die Puler seyndt eben wie Excommunicierte Personen / leben in Wildtnussen / da die Nayros nicht hinkommen / wann jhnen aber ein Nayro / oder ein anderer von den Besseren begegnet / so schreyen sie vberlaut / wie die Außsätzigen bey den Juden / daß man sich von jhnen hiete. Dann wer von jhnen angerieret wirdt / der mag von seinem Verwandten deßwegen vmbgebracht werden.

Deß Nachts gehen diese Puler mit fleiß auß / vnnd suchen alle Mittel eines Nayros Concubinen anzurieren / dann wann sie dieses können zu wegen bringen / so ist kein Mittel mehr vbrig sie muß mit diesem Schelmen heimgehen vnd wohnen / oder sie muß sich verkauffen lassen / damit sie nicht von den jhrigen vmbgebracht werde.

Die Pa=

Von den Ländern Asie. 1577

Die Pareas sind nach ärger/sie leben in den wildtnussen/ohn einige gemeinschafft mit andern/werden schlimmer geachtet alß die Teuffel. Alle diese Secten/sind so wol in der Religion/alß im gemeinen leben von einander vnderscheiden.

Castenuda schreibt der jetzige König zu Calecuth seye ein Bramene wie seine Vorfahren auch gewesen. Darumb seye es ein Brauch/daß alle König in einem Pagode/ oder Götzen Tempel sterben müssen: Dann es muß allwegen in diesem Tempel ein König seyn/dem Götzen zu dienen: wann der/so dem Götzen daselbst gedienet hat/gestorben/so muß alsdann der regierende König sein Reich verlassen/vnd in den Tempel gehen/dem Götzen zu dienen/vnd wird ein anderer an seine statt zum König erwehlet: wann sich einer widrigen wolte seinen Thron zuverlassen vnd dem Padog zu dienen/so wirdt er darzu gezwungen. In der Statt Calecut/waren vor 130. Jahren/vber die 1000. Christliche Haußhaltungen/wie Hugo de S. Stephano bezeuget.

Von den wachsenden dingen in Calikuth. cap. lxxxv.

ZV Calikuth im Königreich/in vnnd ausserhalb der Statt/wechßt der Pfeffer mit grossem Hauffen. Sein Stamm ist gleich einem Weinstock/alß der einmal gepflantzt ist. nahend bey einem andern Baum/dann ohn den möcht er nit auffrecht stehn. Dieser Baum thut gleich wie der Hopffen oder Ebhew/er vmbfacht sich/vnd henckt sich an/wechßt vbersich so hoch alß der Baum ist der jhm auffenthalt oder stewr gibt. Es schiessen von seinem Stock viel äst/welche zwo oder drey spannen lang sind/vnd das Laub ist gleich dem Laub der Melangoli/ist aber dicker/vnd hat auff der andern seiten viel kleiner äderlin. Auff einem jeglichen derselbigen ästlin wachsen fünff/sechß/oder acht Zweig wie Treubel/lenger dann ein Finger/daran steht der Pfeffer wie kleine Weinberlin ingedrungen voll/sind grün wie vnzeitige Weinbeer/vnd im Weinmonat ließt man sie also grün ab/desgleichen im Wintermonat/vnd leg sie auff ein Decke oder Tuch an die Sonn/ein tag drey oder vier/so werden sie schwartz dermassen wie sie herauß kommen. Es wechßt auch an diesem ort Imber vast schön/vnd ist ein Wurtzel in der Erden/die da vndersich wechßt drey oder vier spannen wie die Rhor. Vnd so sie den Imber außnemmen/brechen sie ein Aug oder Zincken darvon vnd stossen es wider in Grundt/vnd vber jahr ist es vast gewachsen/das sie widerumb Imber darvon nemmen. Diese Wurtz wechßt zu Berg vnd Thal im roten Erdtrich. Es wachsen auch sunst viel seltzamer Bäum vnd Stauden Früchten in Calikuth/alß Graccara/ Ambra/Corcapel/Comolanga/vnd andere vielmehr die hie vnbekannt sindt/deren ettlicher schmecken wie Pomerantzen/ettliche wie Pflaumen von Damasco/ettliche wie Melonen/vnd ettliche wie Feygen. Item Aloe wechßt auch in India/vnd ist ein Gummi das kompt von einem Bäumlin/das hat nicht mehr dann ein Wurtzel/hafft im Erdtrich wie ein eyngesenckter Stecken. Sein Stämmlin ist zart vnd rot/hat ein starcken geschmack/vnd ist bitter im versuchen. Es tropffet das Gummi zu zeiten darauß daß man das Bäumlin nicht darff verwunden. Man find diß Gewechs auch in Jerusalem/ist aber schwartz/vnd nicht so gut alß Indianisch.

Pfeffer.

Imber.

Aloe.

Von den Vöglen vnd Thieren zu Calikuth. Cap. lxxxvj.

IN diesem Landt werden viel Löwen/wilde Schwein/Geyßböck/Wölff/Büffel/ Küh vnd Geyssen/auch Helffant gefunden/welche aber nicht da gebären/sonder von andern örtern dargebracht werden. Viel Meerkatzen werden da gefunden/die grossen schaden thun/besonder auff den Indianischen Nußbäumen. Man find auch daselbst vmb viel wilder Pfauwen vnd Papageyen/Grün vnd Rot/vor denen man den Reyß allenthalben auff dem Feld täglich verhüten muß. Vnd viel andere Vögel sind in der Gegenheit vnderscheidlich den vnsern/die vber die maß wol singen Abends vnd Morgens/daß einen bedunken möcht er were im Paradeiß. Es ist in diesem Landt nimmer Kalt/ja man weißt da nicht von Kelte zusagen/desgleichen auch von keiner vbergrossen Hitz. In der Statt vnd ausserhalb laufft es voll schedlicher vnd mancherley Schlangen/vnder welchen ettliche so groß vnd dick sind alß ein wild Schwein/haben auch grössere Häupter weder sie/vnd sind 4. Elen lang/haben vier Füß/die wachsen in dem Moß/vnd haben kein Gifft/beissen aber schedlich. Es sind sonst auch dreyerley Schlangen bey jhnen/welche wie wenig sie ein Menschen Blutrüst machen/muß er alß bald darvon sterben. Sie glauben die Schlangen habe etwas Göttlichs bey jnen/dz sie also liderlich vnd bald ein Menschen hinrichten

richten/darumb ist jhnen bey Verlierung jhres Lebens verbotten/ daß sie die Schlangen nicht dörffen tödten. Dann sie vermeynen Glück vnd Heyl von jhnen vnd jhrer beywohnung zu haben/ wiewol mancher Mensch durch sie vmbkompt zu Tag vnd bey Nacht. Die Indianischen Psittich oder Papageyen sind vast grüner Farb/ aber jr Haupt ist Rot vnd Goldfarb/sie haben ein grosse/vnd breite Zungen/ vnd darumb machen sie auch verstendliche wörter alß ein Mensch/lernen im ersten vnd andern jahr am allermeisten/ vnd behalten auch die wörter am lengsten. Sie trincken gern Wein/ vnd brauchen die Füß so sie essen/ gleich wie der Mensch die Händ zumessen braucht.

Woher die Specerey kommen gen Calikuth. Cap. lxxxvij.

Amber wechßt zu Calikuth/man bringt aber viel von Canonor.
Canel oder Zimmet kompt von Zalon/ligt 50. Teutscher meilen weiter dann Calikuth.
Pfeffer wechßt zu Calikuth/kompt aber viel mehr von Carimuncol/zwölff meilen hinder Calikuth gelegen.
Garyophylli oder Nägelin kommen von Maluza/schier 200. Meil von Calikuth gelegen.
Muscatnuß vnd Macis kommen von Moluch/150. meilen/vnd etwas mehr/von Calikuth.
Bysem kompt von dem Landt Pego/schier 150. meilen von Calikuth.
Die grossen Perlin kommen von Ormus bey Persia.
Spicanardy vnd Mirobalani kommen von Cambaia. Cassia wechßt zu Calikuth.
Weyrauch vnd Myrr kompt auß Arabia.
Aloe vnd Kampffer kompt von Kyni/50. meilen von Calikuth.
Langer Pfeffer wechßt zu Samotra.
Cardomomi der grösser kompt von Canonor.
Presilien kompt von Tarnasseri/schier 200. meil von Calikuth.

Von den Königreichen Cranganor/Cochin/vnd Travancor. Cap. lxxxviij.

Cranganor ist ein klein Königreich: die Eynwohner der Statt dieses Nammens seyn mehrertheils Christen/von S. Thomæ Profession/vff die siebentzig tausent in der Zahl/aber sie wissen gar wenig von Christo vnd seiner Lehr zu sagen: führen also den blossen Namen.
Cochin ist jetzund groß vnd mächtig worden/durch der Portugesen Trafick vnd Freundtschafft. Die alten König von Coulan/welchem von dem Perimal der

Von den Ländern Asie. 1579

der Titul Cobritin / das ist die Würde deß obersten Bramins / gegeben worden / haben jetzundt jhren Sitz gen Cochin verruckt. Aber die Krieg haben seyther alles sehr verändert.

Es seyndt sehr viel Christen in dieser Gegne / so wol von Sanct Thomas her / als von den Jesuiten. Männer vnd Weiber zu Cochin halten es für ein grosse Zierdt / wann sie weite Ohren haben / strecken sie deßwegen durch angehencktes Gewicht auß / daß sie biß auff die Schultern herab hangen.

Zu Travancor seyndt viel ThomasChristen / haben aber keine Sacrament / dann in 50. jahren haben sie kein Priester gesehen. Die Jesuiten rühmen diese Thomas Christen / seyen jetzunder zu Catholischen Christen worden.

Diß Königreich erstrecket sich vber das Haupt Comori / (da sich das Landt Malabar endet) hinauß / gegen Auffgang auff die neunzig Meilen / biß gen Cael: Es hat viel grosser Herrschafften darinnen. Vnder andern ist die Herrschafft Quilacare. In dieser Statt Quilacare ist ein hochverrühmbter Götz / welchem alle zwölff Jahr ein groß Fest gehalten wirdt / dahin sich die Heyden hauffenweiß begeben. Der Tempel dieses Götzen hat ein mercklich groß Eynkommen. Der König zu Quilacare lässet auff dieses Fest ein Brüge auffrichten / mit einem Seydenen Tuch bedecket / wäschet sich hernach selber / vnd bettet den Götzen an: Darauff steiget er auff die Brüge / vnnd schneydet jhme daselbsten vor allem Volck / selber die Nasen ab / nach demselbigen auch seine Ohren / die Lefftzen vnd andere Theil / welche er für den Götzen wirffet / letzlich schney= *Schrecklich Menschen opffer.* det er jhm selber die Gurgel ab / vnd opffert sich also selber gantz jämmerlich dem Götzen auff: der sein Nachfolger im Reich seyn sol / muß gegenwertig seyn / vnnd diesem allem zuschen: dann er muß gleiche Marter außstehen / wann das zwölffjährige Jubiläum widerumb herbey kompt.

Den Seekusten nach wohnen die Parani / ein schlecht einfältig Volck / sind Christen / vnd ernehren sich mit Fischung der Perlenen.

Alle König auß Malabar sein praunlecht / vnd gehen nackend von dem Haupt biß zu dem Gürtel / von dannen herabwerts / seynde sie bedeckt mit einem Mantel auß Seyden / vnnd Wullen gemacht / so mit vielen Edel Gesteinen gezieret ist.

Wann jhre Töchter zehen jahr alt worden seyndt / so beschicken sie einen Nayra ausserhalb dem Königreich / vnd beten jhn / daß er jhren gegen Empfahung einer grossen Verehrung / die Jungfrawschafft nehmen wölle: wann ers verrichtet hat / so hencket er jhren ein Edel Gestein an Halß / welches sie jhr Lebtag trägt / zum Zeichen / daß sie fortan freyen Gewalt vber jhren Leib habe / zuthun was sie will / welches sie zuvor nicht thun dorffte. Wann die König todt seyndt / so werden sie hinauß ins Feldt getragen / vnd daselbsten mit süssem Holtz köstlich verbrennet / in Gegenwertigkeit jhrer Freundtschafft / vnnd deß Adels: Wann sie die Aschen vergraben haben / so bescheren sie sich selber / vnd lassen kein Haar an jhrem Leib / ohn allein an den Augbrawen / biß auff das minste Kindt. Essen auch in 13. Tagen kein Betele / hierzwischen ist ein Inter Regnum, vnd wartet man / ob jemands dem newen künfftigen König etwas fürzuwerffen habe: Nach diesen Tagen muß der newe König auff die Gesatz seiner Vorfahren schweren / daß er wölle seine Schulden bezahlen / vnd wider erbawen / was vom Königreich verlohren worden.

Wann Er schweret / so hat Er sein Schwerdt inn der Lincken / vnnd ein brennende Kertzen inn der rechten Handt / rc. Hernach kommen die Edlen / vnnd leysten jhme gleichen Eydt.

Alle Malabars haben eine Spraach vnd Schrifft: sie schreiben aber mit einem eysernen Griffel / auff Palmen Blätter / die sie Olla nennen / zweyer Finger breit / hernach binden sie es eyn / in ein Buch / zwischen zwey Bretter. Jhr Schrifft geht von der lincken Handt zur Rechten. Die Portugesen haben in diesem Landt drey Vestungen.

Von dem Königreich Orixa.
Cap. lxxxix.

Das Königreich Orixa / oder Orissa / ligt zwischen zweyen mächtigen Königreichen Bengala / vnnd Bisnagar vmb den Fluß Guenga / so man für den Gangem haltet / vnd die Eynwohner dieses Königreichs für die alten Gangariden. Es ist den Seekusten nach drey hundert vnd fünfftzig Meilen lang / hat nicht viel Häfen oder Kauffmannsstätt / vnnd dessentwegen einen geringen Kauffhandel in seinem Landt.

Ehe der König von Patane Orixam eyngenommen / da war ein grosser Handel darinnen / von Oel / Reiß / langem Pfeffer / Imber vnd Kleyder so auß Kräuter vnd Baumwollen

wollen gemacht worden. Es war so sicher im Landt/daß einer Gold in Händen allenthalben hette tragen mögen. Der König war ein Heyd/vnd wohnete in der Statt Calecha/sechs Tag innerhalb Lands. Der König auß Patane ist baldt hernach dem König Mogol vnderwürfftig gemacht worden. Die Statt Orixa ist das Haupt dieses Reichs: aber die Königliche Hofstatt ist Ramana. Der König von Orixa ist so mächtig/daß er sich bißhero wider den mächtigen König von Narsinga/mit welchem er stetigs Krieg führt/hat erwehren können.

Von den Königreichen Bengala/Aracan/Verma/Aba
vnd zugehörenden Orten. Cap. xc.

Diese vbrigen Indianischen Königreich von denen wir noch zu handlen haben/ ligen alle jenseit dem Fluß Ganges.

Vnder diesen ist das nechste das Königreich Bengala. Dieses Königreich ligt an dem innersten Busen deß Meers/welches auch darvon seinen Nammen bekommen/vnd Golfo di Bengala genannt worden/da es zuvor geheissen Sinus Gangeticus/von dem Gange der bey Bengala dareyn laufft. Dieser Sinus oder Busen da er am breytesten/haltet bey 300. Teutsche Meilen: Seine Länge dem innersten Meergestat nach/von dem eussersten Spitzen Capo Comorin biß nacher Bengala erstreckt sich auff 250. Meilen.

Königreich Bengala.

Bengala ist etwan ein mächtig Königreich gewesen/vnd hat sich erstreckt biß zu dem Tartarischen Gebürg dem Cauca so hinauff/vnd waren auch vnder jhm die Königreich Aracam/Tipura vnd Mien. An dem Meergestat fängt es an von Capo Sogrigo biß nacher Catigam/da das Königreich Verma seinen Anfang nimpt/so etwan auch vnder Bengala gewesen.

Die Landschafft Bengala ist vor andern Königreichen dieser Gegne fruchtbar: dann sie wirdt von dem herrlichen Fluß Gange begossen. Sie ist sonderlichen reich an Weitzen/Reiß/Zucker/ Imber/langem Pfeffer/Baumwollen/vnd Seyden: Sie hat auch einen herrlichen gesunden Lufft/vnd einen mächtigen Kauffhandel. Die König von Orixa/Aracam/Tipura/Mien/ vnd andere/bezahlen dem König von Bengala einen freywilligen Tribut/vnd müssen jhme auch mit einer gewissen Anzahl Pferdten vnd Elephanten zuziehen/so er Krieg hat/allein zu dem end/ damit sie in seinem Landt handeln mögen.

Barthemius in seinen Indianischen Historien libro 3. cap. 14. sagt: Es seye kein Ort in der Welt da man besser nach allem Lust ohne grossen Vnkosten leben könne als hier. Dahero etliche vermeynt/es seye in dieser Gegne das Paradeiß gewest/vnd seye Cabaris oder Ganges der Fluß Pison gewest/so auß dem Garten Eden geflossen/aber das lassen wir nun bleiben wie es ist.

Die Eynwohner seyn mehrer theils Mahometaner/wie dann auch jhre König waren/welche jhren Vrsprung von den Mohren hatten auß Ethiopia. Sonsten seyn sie fein höfflich/freundlich vnd Ehrerpietig: aber sehr listig vnd verschlagen/vnd grosse Lügner/da doch so mechtig viel mit jhnen gehandelt wirdt. Sie treiben einen mechtigen Pracht mit jhren zarten Baumwollenen Hembdern so sie tragen biß auff die Füß/so wol die Mannen als die Weiber: wie auch mit jhren Schuhen/vnd Ringen an den Fingern/so alles mit Diamanten vnd Perlen versetzt.

Die Statt Bengala.

Die Hauptstatt dieses Lands ist Bengala/da auch das beste Meerport ist/vnnd der vornemste Handel deß gantzen Königreichs: Da kommen zusammen allerhand Kauffleut auß gantz Orient: von Türcken/Tartaren/Persieren/Arabern/Mohren vnd Chineseren. Es werden da jährlichen vber die 50. Schiff geladen von Baumwollen vnd Seyden Tüchern/welche in ferne Landt verfährt werden.

Die Baumwollen wirdt allein von den Männern vnd nicht von den Weibern gesponnen: darauß machen sie hernach die zarten Tücher vnd mahlen dieselbigen auch mit allerhand Farben auß dermassen schön. Vnd von diesen Tüchern machen die Persianer jhre Tulipans oder Bunde.

Es kommen auch viel Christen dahin auß Cathay/welche Aloe/Beltzui/vnnd allerley Biesem/wie auch andere frembde Sachen mit sich bringen/zuverkauffen. Die Statt sol vber die 40000. Fewerstätt haben. Die Könige hatten da jhren gewaltigen Sitz. Der Königliche Pallast soll auß dermassen köstlich vnd herrlich gebawen seyn von Mawren/Ziegeln/vnd Steinen/ sonderlichen schön formieret/wie darvon Belleforestus schreibt. Dieser König war groß vnnd mechtig: Er ward erwehlet von den Abissinischen Sclaven/wie der Soldan von Cayro von den Circassen.

Die Abissiner.

Diese Abissiner seyn die Fürnembsten deß Reichs/vnd haben die gantze Regierung vnder jhren Händen: vnder diesen seyn etliche Eunuchi genannt/welche wie die Fürsten deß Landts gehalten werden: seyn auch etwan Könige werden.

Es war bey diesen Leuten von vngefehr 150. jahren her/ein närrischer Brauch entstanden/daß so einer den König listiger weiß vmbbringen können/vnd nur gesagt/es seye jhm auß Göttlicher offen-

Von den Ländern Asie. 1581

Offenbarung befohlen worden/ist der Königmörder an seine statt König worden/ vnd hat eben dieses Spiels alle tag gewertig seyn müssen/wie dieser Brauch auch zu Pacan in der Jnsul Samatra/ von deren wir daunden handlen wöllen/seyn solle. Vor diesem Mißbrauch haben sie eine rechte Succession gehabt nach dem nechsten Mannsstammen/wie in vnsern Landen.

Es werden auch zu Bengala stattliche Confect/ Säfft vnd Träcker gemacht/von allerhande Früchten: als Pomerantzen/Citronen/Cedren/Cucumern/Melonen vnnd andern dergleichen Früchten/mit Zucker zubereitet/welche in gantz Orient in grosser Achtung seyn.

Stattlich Confect.

Diese Früchtsäfft vnnd Träncker brauchen die Eynwohner/wie wir den Wein/zu grossem vberfluß/vnd werden truncken darvon/wie wir von dem Wein: Die Männer ligen tag vnd nacht im Sauß/die Weiber aber kosten deß Tags nit viel auß. Aber gegen Abend besuchen sie einander/ trincken vnd essen mit einander gantze Nächt auß/ vnnd weiß man da nichts als von Wolleben vnnd lustig seyn.

Sie bereiten vñ sieden in keinem Hafen zwey mal jhre Speisen/ sondern brauchen allezeit einen newen Hafen.

Sie haben eine Gattung Bäum/welche eine so liebliche Frucht trägt/daß die Juden vnd Mohren außgeben/es sey die Frucht so den Adam zum Fall gebracht habe. Es seyn auch hierumb in den Wassern Rohr so dick als Bäum/daß sie auch ein Mann schwerlich vmbfassen kan.

Jn diesem Königreich werden die Rhinocerotes gefunden/ so sie Abadas nennen. Dieses Thier hat zwey Hörner/ deren jhm das eine zur Nasen herauß gehet/welches sehr groß ist/ das ander *Rhinoceros*

gehet jhm zwischẽ dem Rucken vnd Halß herfür/vnd ist nicht fast groß/ aber trefflich starck. Die Zän/ das Fleisch/ das Blut/ die Klawen/ vnd alles was der Rhinoceros/ ausserhalb oder innerhalb an seinem Leib hat/ ist alles ein heylsame Artzney wider das Gifft/vnd wirdt sehr hoch geachtet durch gantz India.

Sein Haut auff dem obern Theil ist gantz gehürnet/ vnnd deßwegen sehr starck. Viel halten diß Thier für das rechte Einhorn/ dieweil noch zur zeit kein anders/ durch vnsere jüngsten Welt-Erforscher gefunden worden/ ohn allein durch hörsagen. Allein bezeugt Ludovicus Vertomannus

1582 Das siebende Buch

nus, er habe 2. der rechten Einhörner gesehen zu Mecca/ deren eins ein Horn gehabt habe/ dreyen Elen lang/ in der grösse eines drithalbjährigen Füllens: das ander aber seye viel geringer gewesen: beyde seyen dem Sultan gen Mecca/ zu einer grossen Verehrung auß AEthiopia gesendet worden/ vnnd von diesem wirst du was weiter bey Beschreibung der Statt Mecca finden.

Ob Eynhörner in der Welt seyen.
Gesnerus in seinem Buch von vierfüssigen Thieren/ zeucht neben etlichen andern auch dieses Zeugnuß an/ vnd beweist hiemit daß viel solcher Eynhörner seyen. Es muß aber freylich ein seltzamer Handel seyn/ daß in diesen letzten hundert Jahren/ in welcher die Welt ihr Angesicht mehr entdeckt hat/ als jemaln zuvor/ kein glaubwürdiger Mensch ist gefunden worden/ der diß Eynhorn jemals lebendig gesehen habe.

Es hat zwar M. T. Coryate geschrieben/ er habe auch an deß grossen Mogors/ oder Mogols Hof Eynhörner gesehen/ aber andere die auch darbey gewesen/ bezeugen/ es seyen nur vnsere Rhinocerotes gewesen. Daß aber dise Rhinocerotes wider das Gifft heylsam sindt/ kommet nicht her von der Natur deß Thiers/ sondern von den Kräutern in Bengala. Dann in andern Orten haben sie bey weitem dise Tugend nicht. Sonst wirdt diß Thier gern in denen Ländern gefunden/ da die Helffanten wohnen: Es ist der ander Feindt der Helffanten/ vnd ist jnen nicht minder auffsetzig weder der Drach. Darumb auch vor zeiten die Römer herrliche Spectackel vnd Schawspiel mit jhnen vnd den Helffanten haben zu Rom gehabt.

Wann diß Thier den Helffanten wil angreiffen/ wetzt es vo hin an einem Stein sein Horn/ vnd rüst sich zu dem Streit. Es lugt vor allen dingen/ daß es dem Helffanten vnder den Bauch komme: dann es weiß daß er an dem Ort weich ist/ vnnd so es jhm mit dem Horn darunder kompt/ reist es jhm ein grosse Schramm in Leib/ darvon der Elephant groß Blut vergeust/ vnnd muß sterben. Fehlet er aber deß Bauchs/ so fehlet der Helffant seiner nicht: dann er verwundt jhn mit seinen Zänen/ vnangesehen daß deß Rinoceros Haut also hart vnnd starck ist/ daß man auch nicht leichtlich mit einem Pfeil dardurch schiessen mag. Dann deß Helffants streich so er mit den Zänen thut/ ist so mächtig/ daß er durchtringt deß Rinoceros gehörnte Haut. Diß Thier ist in der Länge vnd Dicke nicht kleiner dann der Helffant: es ist aber viel niderer/ dann es hat kurtze Schenckel.

Anno Christi 1513. am ersten tag deß Meyens/ hat man dem König von Portugal Emanuel gen Lißbona bracht auß India ein lebendigen Rhinoceros. Deßgleichen hat man auch gebracht König Philippo auß Hispanien sampt einem Elephanten im jahr Christi 1581. Es hat eine Farb wie ein gesprenckelte Schildtkrott/ vnnd ist von dicken Schenckeln vberlegt/ ist in der grösse als der Helffant aber nidertrechtiger von Beynen/ ist vast wehrhafftig. Sein Horn vornen auff der Nasen/ pflegt es allweg zu wetzen wo es bey Steinen ist. Es ist ein Todtfeindt deß Helffants/ vnd laufft jhn an wo es jhn antrifft/ vnd der Helffant förchtets auch fast vbel. Vnd wie etliche schreiben/ diese angeborne Feindschafft ist von wegen der Weyde/ daß eins dem andern vergönnt die bessere Nahrung/ vnd wil ein jedes die Weyd allein haben. Man sagt auch daß der Rinoceros ein schnell/ fremdig vnd lustig Thier sey.

Wilde Geissen.
Es sindt auch wilde Geissen in diesem Land/ deren Hörner auch wider das Gifft hoch geachtet werden/ wie solches Linschoten selbst erfahren hat.

Diß Königreich/ wie gesagt/ hatte jederweilen sonderbare König/ aber in dem Jahr Christi vngefähr 1580. hat der grosse Mogor das Königreich vnd viel andere in seinen Gewalt gebracht.

Es haben auch die Portugesen jhren Fuß darinn gesetzt/ vnd haben einen guten Port innen/ so sie Porto Grande vnd Porto Pequino: das grosse vnd kleine Port nennen/ haben aber keine Vestungen oder Regirung darinnen/ sondern haben allein jhre freye Wohnung: dann es ist in diesem Landt jederman sicher/ vnnd der sonsten niergendts bleiben kan/ Mißhandlungen halber/ der hat hier Auffenthaltung.

Mitternachtwerts von Bengala/ ligt das Königreich Arracan/ welches/ sampt dem Königreich Mien jhme der grosse Cham vnderwürffig gemacht/ vmb das Jahr 1272. allweil Marcus Paulus daselbsten gelebt hat.

Von den Ländern Asie. 1583

Der Fluß Ganges/ist im Königreich Bengala/in so hoher Achtung/daß viel tausent Menschen dahin Walfahrten thun/vnd das Wasser von ferrnem herholen vnd trincken/oder auff sich giessen/auß aberglaubischer Hofnung/es stecke ein treffliche Tugent darinnen. Deß grossen Mogors Gubernator zu Bengala hat etwan bezeugt/daß offt auff die 300000. oder 400000. Bilger dahin kommen. Sie meynen der Mensch sey seiner Seligkeit gewiß/wann er sich in diesem Wasser bade/oder vor seinem End darvon trincken könne. So sie es bey jhrem Leben nicht thun mögen/so befehlen sie man solle jhre Aschen nach jhrem Todt darinn werffen.

Bannaras ist ein grosse Statt am Ganges/dahin auch die Heyden auß ferrn Landen jhre Wallfahrten thun. Die Männer allhie sind allenthalben beschoren/ohn allein auff der Cronen jhres Haupts nicht. An dem Wasser stehen viel schöner Häuser/in denen gantz scheutzliche Bilder sind/auß Stein oder Holtz gemacht/wie die Leoparden/Löwen/Affen/Männer/Weiber/Pfawen vnd Teufel/mit vier Armen vnd Händen/mit geschrenckten Füssen sitzend/vnd etwas in den Händen haltend. *Statt Bannaras.*

Patane/oder Patanow ist ein grosse vnd lange Statt/mit breyten Strassen/vnd schlechten Häusern/das Volck ist rahn vnd lang/viel werden auch gar alt. Vor zeiten war es ein Königreich/jetzund aber ist es auch dem Mogor vnderthan/sie graben Gold auß jr Pfützen. Die Weiber werden hie mit Silber oder Kupfer/so schwer beladen/daß es ein wunder zu sehen ist:vnd wegen der Ring/so sie an den Füssen haben/können sie keine Schuh tragen. Die Leut an diesem Ort sinde grosse Gleißner. Der König zu Patanow war etwan Herr vber das gröste Theil in Bengala/biß daß der grosse Mogor/jren letzten König erwürgt hatte. Nach desselbigen Todt/haben jrer 12. das Regiment an die Hand genommen/vnd sind grosse Herren worden/sonderlich der zu Siripur vnd Chandecan. *Statt Patane.*

Fünff vnd zwantzig meil von Bengala/Mitternacht werts von Tanda/ligt das Landt Couche: ist sehr groß/vnd ligt nicht ferrn von Couchin-China. Die Eynwohner können das Landt eines Knyes hoch ins Wasser setzen. Zur zeit deß Kriegs vergifften sie alle jhre Wasser/jhre Ohren sind wunderlich groß/mehr als einer Spannen lang/sie ziehens in der Jugend mit Künsten auseinander. Sie sind alle Heyden. Sie haben Spittäl für Schaaf/Säw/Geyssen/Katzen/Vögel/vnd alle andere lebendige Creaturen. Wann sie alt vnd lahm sind/so erhalten sie dieselbigen biß sie sterben. Wann einer ein lebendige Creatur anderstwo kaufft/vnd dahin bringt/so geben sie jhm Geldt oder andere Speiß darfür/vnd thuns in jhre Spittäl/oder lassen es gehn. Jhr klein Geldt sind Mandeln/welche sie offt essen. *Land Couche*

Satagam ist ein schöne Statt/für ein Statt der Moren/vnd gantz fruchtbar/war etwan dem König zu Patanow vnderworffen. *Statt Satagam.*

Vier Tagreyß von Couche ligt Banoater/vnnd die Statt Bottia: Ist ein starck vnd lang Volck/das Land groß vnd weit mit hohen Bergen. Hicher kommen viel Kauffleut auß China/vnd Tartaria.

Ihre Kleyder sind gantz eng vnd ligen jhnen hart am Leib/daß keine Fald mag gesehen werden/ziehen sie auch nimmer ab/so lang ein Stück bey dem andern ist. Jhr Haupt gezierd ist wie ein Zuckerstock/oben auß spitz. Sie waschen jhre Händt nimmer/damit das Wasser nicht wüst werde. Die Wittwer vnd Wittwen lassen sie nicht mehr in die Ehe greiffen. Sie haben in dieser Gegne vmb Bolanter/weder König noch Stätt/noch Götzen.

Wann etwar stirbt/so fragen sie jhre Wahrsager/was sie mit den Todten thun sollen/vnd nach dem er jhnen sagt/so verbrennen sie jhn/oder begraben jhn/oder essen jhn/wiewol sie gemeiniglich kein Menschenfleisch essen. Die Hirnschalen der Todten brauchen sie für jhre Platten. An der Farb vnd am Haar sind sie vnsern leuthen gleich.

Vnder Bengala gegen Mittag oder Malacca zu/ligt die Statt vnd das Königreich Verma: Es ist hier gantz keine Gelegenheit zu handlen:daher die Eynwohner gantz sonderbar wohnen/vnd halten sich keine Mahometaner noch andere frembde Nationen vnder jhnen. Sie seyn gantz schwartz vnd gehen gantz nackend/ohn allein an heimlichen Oten haben sie ein baum wollen tuch vmb sich. Sie haben auch sonderbar abgötterey vnder sich/anders hatt man von jhnen nicht in erfahrung gebracht. *Verma Königreich*

Nach Verma kompt das Königreich Arracan/welches aber nit das Arracan ist gegen der Tartarey gelegen/von dem wir droben gehandlet/sonder ligdt 100 meilen darvon auch gegen Malacca zu:die Hauptstatt heißt Ava/daher andere diß Königreich Ava heissen. *Königreich Arracan.*

Dieser König ist mechtig zu Landt an Pferdt vnd Helfanten: er ist auch reich an Gelt/vnd hält sich prächtig. Er hat 2. Silbergruben in seinem Land vnd andere Komblichkeiten: Er hat auch ein Port deß Meers Majaseni genannt/vnd darbey eine ziemliche gute Vestung nach Indianischer Art. Er haltet seinen Sitz zu Arracon oder Samba/da er dann viel herrlicher Pallast vnd Gärten hat/mit schönen springenden Brunnen. Sein Thun ist nichts als in allerhand Wollust zu leben/so auch ein Mensch immer erdencken möchte.

Zu Ava

1584　　　　　　　Das siebende Buch

Ava. Zu Ava hat es jetzunder auch einen sonderbaren König/ diese Statt Ava ist eine von den besten vnd vornemsten Stätten in Orient/darinn ein grawsamer Kauffhandel getrieben wird von Bie-
Rubinberg. sem vnd allerhand Edelgesteinen/sonderlich Rubinen vnd Hyacinthen/welche Stück hie reichlich gefunden werden. Die Rubin dieses Landts seyn vor allen andern Rubinen in gantz Orient ver-
Capellan. rühmbt/ sie werden auff einem Berg mit Namen Capelangan gegraben/ da die Statt Capellan ligt/ so auch einen sonderbaren Herzen hat/ welcher allein wegen dieses reichen Bergs/ reich vnd mächtig ist. Ist sonsten auch dem König von Ava zugethan/ jetzund aber seyn diese alle dem mäch-
tigen König von Pegu/ von dem wir jetzund handeln wöllen/zinßbar worden

Von dem Königreich Pegu/ oder Brama/vnd andern
vnderworffenen vnd benachbaurten Königreichen.
Cap. xcj.

DIe Hauptstatt in dem Königreich Brama/ ist Pegu/ daher auch das gantze Königreich hernach den Namen empfangen.
　　Diese Statt ligt in einer schönen Insul/ so von einem lustigen flüssenden Wasser vmbgeben ist/ hat starcke Ringmawren/ vnd die allerschönsten Gebäw. Dieser König ist sehr mächtig an Volck zu Roß vnd zu Fuß/ dann das Landt ist reich an Korn/ Vieh vnd allerley Früchten. Es hat viel Thier/ vnd Vögel/son-
derlich schöne Papageyen.
　　Vor 70. jahren hat der Stattshalter zu Tangu/ wider den König zu Pegu rebellieret/ vnnd nam eyn die Königreich Prom/ Melintay/ Calam/ Bacam/ Mirandu/ Ava/ welche sich gegen Mitternacht auff die 150. Meil erstreckt hatten/ vnd von den Bramaneren bewohnt waren. Hernach brachte er ein Heer voll 300000. Mann zusammen/ vnd wolte sich deß Königreichs Siam bemächtigen: weil er aber drey gantzer Monat/ durch grawsame Wäld vnd Oerter/ dahin nicht zu kommen war/ reysen muste/ so kondte er sein Vorhaben nicht verrichten. Kehrte deßwegen wider vmb/ griffe das Königreich Pegu an/ vnd gewann dasselbige.
Was für Königreich zu Pegu gehören. Hernach Anno 1567. zog er das ander mal in das Königreich Siam/ wie bey demselbigen sol vermeldet werden. Er machte jhm 12. Königreich vnderwürffig. Erstlich das Königreich Capel-
lan/ da der Rubinberg. 2. Das Königreich Ava/ dessen Eyngeweyd voller Kupffer/ Bley vnd Sylber stecket. 3. Das Königreich Bacan/ welches gantz reich an Goldt. 4. Das Königreich Tungran. 5. Das Königreich Prom: diese beyde sind erfüllet mit Bley/ vnd Lac/ welches ein gewisses Gummi ist/ so von den Omeissen gemacht wirdt/ wie die Bienen den Honig machen/ darauß vnser Spanisch Wachs/ Farben/ vnd anders gemacht wirdt. 6. Das Königreich Jan-
goma/ diß ist erfüllet mit Kupffer/ Pfeffer/ Seyden/ Sylber/ Goldt vnd Musk. 7. Das Königr-
reich Lauran darinnen findet man genug Benoin die Schiff zu laden. 8. 9. Die zwey König-
reich Trucon/ welche der Stapel sindt aller Chinesischen Kauffmanschatz. 10. 11. Die Kronen zu Cublan/ zwischen Ava vnd China/ voller köstlicher Edelgestein. 12. Das Königreich Siam: zu dessen Bezwingung/ der König zu Pegu ein Million/ vnnd 60000. bewaffneter Männer gebraucht hat. Cesar Frederik/ welcher damalen in Pegu gewesen/ schreibt von vierzehenmal hundert tausent Mann: Thut auch dieses hinzu/ der König zu Pegu habe zu ergentzung der ersten Arma-
Eroberung des Königreichs Siam den/ noch 500000. Mann beschickt. Er belägerte die Statt Siam 21. Monat lang/ nam auch entlich dieselbige eyn/ durch Verrähterey der Siamiten/ welche jhme deß Nachts ein Porten er-
öffnet hatten: darauff der König von Siam jhm selber vergeben/ vnd dem Vberwinder ein reiche Beut hinderlassen hat. Frederick sahe den König mit seinem sieghafften Heer wider kommen/ mit herzlichem Triumph/ die Elephanten waren beladen mit Goldt/ Sylber/ Edelgesteinen/ vnnd mit den fürnehmbsten Gefangnen auß Siam. Es meldet auch vnser Author/ dieser König habe zwar keine Macht auff dem Meer/ sondern nur im Landt/ aber er vbertreffe weit an Menge deß Volcks/ der Herrschafften deß Sylbers vnd Goldts/ den Groß Türcken/er sagt auch er habe vnder jm 26. gekrönte König. Er hat vnderschiedliche Magasin/ voller Schätzen/ welche täglich ohn einige schmälerung vermehret werden: Neben dem/ daß er ein Herr ist der Bergwercken/ auß denen die Rubinen/ vnd andere Edle Stein/ mit hauffen herfür gebracht werden.
Pracht des Königs in Pegu. Der König fahret an grossen Festtagen auff einem vergüldten Triumphwagen daher/ so durch 16. Pferdt gezogen wirdt/ der Wagen ist sehr hoch mit einem schönen Himmel bedecket: Zwan-
tzig grosse Fürsten gehen neben dem Wagen her/ vnnd haltet ein jeder in seiner Handt ein Seyl/ so an den Wagen gebunden/ damit derselbige nicht vmbschlage. Der König sitzet in der Mitte/ vnd bey jhm vier seiner fürnembsten Favoriten. Vor jhm her zeucht sein Kriegsheer/ darauff folget der gantze Adel/ vor/ hinder/ vnnd neben dem Wagen/ alles in schöner prächtiger Ordnung. Der König hat nur ein Weib/ so die Königin ist/ aber sonsten auff die drey hundert Concubinen.

Dieser

Von den Ländern Asie. 1585

Dieser König hielt sich selber für den grösten König in der Welt/ vnnd ließ sich einen lebendigen Gott auff Erden/ nennen. Welches aber der lebendige Gott im Himmel an jhm gestrafft hat/ wie wirs hören werden. Wo er hingezogen/ da giengen 4. weisse Helffanten/ in einer gantz guldenen Farnitur vor jhm her. Er hatte zwar viel Artilleren/ aber keine Leuth/ so darmit vmbgehen können: Er hatte allerley materialia zun Schiffen/ aber keine Leuth/ so die Schiff machen/ oder auch regieren könten. Seine Edelgestein waren gantz nicht zu schetzen. Balby sahe jhn zwen Rubin tragen/ deren jeglicher so groß war alß zwo Dattlen/ aber nicht so lang/ eines wundersamen glantzes. Seine Felder tragen drey mal des jahrs/ daher ein vnaußsprechlicher vberfluß von allerhand Früchten in diesem Landt vorhanden sein muß.

Aber dieser vnsägliche vberfluß der Reichthumben sampt dem hertzlichen Landt/ vnd gantze Macht dieses Königs ist Anno 1598. als Fernandes in Pegu gewesen/ durch Krieg zerrissen/ verherget vnd verderbet worden/ vnnd dieses Königreich mit aller seiner hertzligkeit/ mit eynander zu grund gangen. Vnd dieses hat sich also zu getragen.

Nach dem todt des obgedachten/ siegreichen Königs von Pegu/ erhube sich eine Conspiration zwischen dem König von Ava/ welcher des Königs von Pegu Vetter vnnd Lehenman war/ vnnd vierzig Edlen von Pegu/ wider den newen König des abgestorbnen Sohn/ vnnd als dieses dem König kundt ward/ ließ er alle diese Edlen/ sampt jhren Weiberen/ Kinderen/ Elteren vnd Freunden/ bey vier tausent an der zahl/ in einen Wald führen/ vnnd allda in seiner gegenwart/ lebendig verbrennen. Er zog auch also bald auß/ mit drey mal hundert tausent Mann/ wider den König von Ava/ welcher jhm auch mit grosser Macht begegnet: vnd traffen erstlich beyde König/ auff jhren Helffanten auff eynander/ da der von Pegu die oberhand behalten. Darauff haben beyde Heer/ eynander angriffen/ vnd nach langem fechten/ ist dem von Pegu das Feldt geblieben. Doch mit verlust zwey mal hundert tausent Mann. Dieser Sieg verhetzte wider den König/ alle andre vmbligende Könige/ so jhm mehrertheils Zinßbar waren. Der von Pegu war auch vermessen/ vnnd wolte sie alle vberziehen/ sonderlich den von Siam. Er rüstet sich auß nach allem seinem vermögen 3. jahr lang/ vnd befahl/ daß sich alle seine Vnderthanen/ deren er viel Million hatte/ zum Krieg außrüsten solten/ aber theils verlieffen sich in die Wäld'/ theils wurden Geistliche Ordensleut. Aber sie müsten sich doch alle stellen: Da ließ der König außlesen welche jhm gefielen/ vnnd damit er sie erkennen mochte/ ließ er jhnen ein Zeichen in die rechte Hand brennen. Hierdurch ist ein grosser hauff zur Rebellion verursacht worden/ vnd haben vnder jhnen einen König erwehlet. Aber der König von Pegu hat sie vberziehen/ vnd allezumal verbrennen/ vnd erschlagen lassen. An deren statt muß er frembde Völcker beschicken/ auß seinen Vnderthanen/ vnd weil sie des Lufffts nicht gewont waren/ starben sie häufftig hinweg/ vnd verlieffen sich nach vnd nach. In summa es wolte diesem König nicht gelingen: sonder alles was er anfieng/ war jhm zu wider. Da rüstet sich wider jh.. auß der König von Siam/ mit aller Macht/ er fiel vmb die Erndt ohn versehens in das Landt/ vnnd verbrennt alles Getrayd/ dardurch die Peguaner/ welche des Königs eygen Schwerdt/ vnnd der Sterbend vber gelassen/ mit eusserstem Hunger getrungen wurden/ also daß die Menschen eynander selbsten tödteten vnnd frassen: Vnder deß ward das Landt alles von den Frembden eyngenommen.

Der König gantz desperat/ verließ endlich alles/ vnnd blieb jhm allein vbrig die Statt Pegu/ dahin er sich mit allen seinen Schätzen begeben. Er ward aber auch da nicht sicher/ sonder ward belägert von den Königen von Aracan vnd Tangu/ welche seine Lehenleut waren/ vnd wie er sah/ daß er in eusserster Noth war/ ergab er sich endlich/ in abwesen des Königs von Aracan/ Anno 1599. an den König von Tangu/ mit Leib/ Hab vnd Gut. Da nun der König von Tangu/ diesen vnglückhafftigen König also in seinen völligen gewalt gebracht/ hat er jhn/ ohn eynige erbermbd/ mit 13. seiner Kinderen/ der Königin/ seinen Concubinen/ vnnd Fürsten/ jämerlich hinrichten lassen. Darauff hat er sich des Schatzes bemechtiget/ vnnd denselbigen auß dem Landt wegführen lassen. Er nam allein das Gold vnd Edelgstein/ daran in die 600. Helffanten/ vnnd so viel Pferd/ gnug zu tragen hatten/ vnd macht sich darmit auß dem Landt. Das Silber vnd andre geringere sachen/ ließ er dahinden. Da der König von Aracan kam/ war der Schatz hinweg/ er nam was der ander nicht mocht: Dieses war noch in die drey Million stuck Silber/ vnd 3200. grober Stuck/ mit welchem er zu Pegu verblieb/ vnd machte sich auch zu einem König im Landt. Aber er war doch darmit nicht zu frieden/ sonder wolte auch ein theil von dem rechten Schatz haben/ vnnd dieser Streit wärete ein lange zeit.

Peter Williamson Floris/ welcher Anno 1608. in diesen Landen gewesen/ bezeuget/ der von Tangu habe endlich/ dem von Aracan/ einen theil des Schatzes zukommen lassen. Vnd darunder einen weissen Helffanten/ vnd des Königs Tochter. Der von Tangu hatte des Königs von Pegu

König von Pegu wirdt ertödtet.

JJJJi leibliche

leibliche Schwester / der von Arracan aber sein leibliche Tochter zur Eh. Also ist diese mechtige Monarchey / nach der zerstörung so vieler Millionen der Peguaneren / endlich erödet worden / also daß heutigs tags schier kein Gedechtnuß darvon mehr vbrig ist.

Der Kön. von Arracan hat die Vestung Siriangh / so an dem Wasser in Pegu steht / den Portugesern zu bewaren vbergeben. Aber Anno 1613. hat der König zu Ava Siriangh wider eyngenommen / vnd alle Portugesen darinnen erschlagen. Er ließ auch alle zerstreweten Peguaner zusammen beruffen / vnd beredte sie / die alte Statt Pegu wider zu erbawen.

Von etlichen Gebräuchen in Pegu. Cap. xcij.

Weisse Helffanten.

Er König von Pegu schreibt sich selber / einen Herren der weissen Helffanten / dann er hatte wie wir droben gesagt / 4. weisse Helffanten / welche selten gefunden werden. Man muste sie nicht geringer ehren / alß jhn selber : es hatt ein jeder ein eygen Hauß / so mit gutem Gold vergüldet gewesen / vnd waren gespeisset auß silbernen Geschirren. Der fürnembste darunder / ward täglich / vnder einem guldenen Himmel / zum Wasser gebracht / sich zu wäschen. In seiner widerkunfft muste jhm ein Edelman / die Füß wäschen / auß einem silbernen Gefäß. Diese weisse Helffanten / sind 5. oder 6. Königen / denen sie zu theil worden / gantz vnglückhafftig gewesen / als welche alle ein trawrig End genommen.

Die Peguaner haben keine Bärt / dann so bald jhnen ein Härlein herfür schiesset / so ziehen sie es mit einem Zänglein auß. Sie machen jhre Zeen schwartz / dann sie sagen / die Hünd haben weisse Zeen. Wann ein Kauffman zu jhnen kompt / so werden jm viel Jungkfrawen zugeführt / auß denselben mag er erwehlen / welche er will / vnd so lang er der enden still ligt / ohn einige jhr schmach zur Magd / oder zur Concubin gebrauchen. Vnd wann diese schon / nach seinem verreissen / in die Eh tritt / so mag er sie doch / wider zu seinem vorigen brauch / von jhrem Mann wider forderen / so offt er wider kompt.

Wann einer ein Weib nimbt / so bittet er einen seiner Freunden / die erste Nacht bey der Braut zu schlaffen.

Der Peguaner Geld.

Ihr Geld wirdt Gantz genennet / ist auß Kupffer vnd Bley gemacht : dann Silber vnd Gold sind bey jhnen Kauffmans Waaren / vnd kein Geld.

Negrais. Weiber werdē kaufft.

Zu Negrais in Pegu / wohnen viel Leut in Schiffen / weil das Landt voller Wasser ist. Die Männer kauffen alhie jhre Weiber / vnnd wann sie jhnen nicht gefallen / so thun sie dieselbigen wider von jhnen. Wann aber des Weibs Eltern jhr Töchter wider von dem Mann nehmen wöllen / so müssen sie jhm sein außgelegt Geld wider geben. Wann einer ohn Kinder stirbt / so ist der König sein Erb. Hatt er dann Kinder / so nimbt der König den dritten theil / vnnd das vbrig bleibt den Kindern.

Edle vnd vnedle haben eynerley Kleider. Sie haben vber dem Hemmet / ein gemahlten Rock an / welcher zwischen den Beinen auffgeknüpffet wirdt : Auff dem Haubt haben sie ein spitzigen Hut / gehend Barfuß daher : aber die Edlen haben jhre Delingos oder Sensten / in denen sie fein ruhig / als in einem Bett ligen können / vnnd werden von vier Mann schnel darvon getragen. Die Weiber tragen ein kurtz Hembd biß an die Weiche / von dannen herab ein schmal Fürtuch / damit man sehen möge daß sie Weiber seyen. Sie gehend Barfuß / jhre Arm hangen voller Gold vnd Edelsteinen / vnnd jhre Finger sind voll köstlicher Ringen : Das Haar haben sie vmb jhr Haupt gewunden.

Von der Religion in Pegu. Cap. xciij.

Sie haben Varellas / oder Götzen Tempel / gebawt wie ein Glocken / vnden breit / vnd oben spitz. Auß vnd inwendig ists alles biß zu oberst hinauff vergüldet / vnnd diese vbergüldung wirdt alle zwölff Jahr widerholet / weil der Regen das Gold abweschet / dann sie stehen stäts offen. Das Gold würde sehr wolfeil in diesem Landt seyn / wann dieser eytele Brauch nicht were. Zwo Tagreis von Pegu ist ein solche Varella / dahin grosse Walfahrten beschehen. Sie ist wunderlich groß / hat 55. Schritt in der lenge / innerhalb sind 3. Gäng / zwischen welchen 40. grosser vergülter Seulen stehend. Sie ist auß vnnd innwendig gantz vergüldet. Es sind rings vmbher schöne Häuser / für die Bilger / vñ andre für die Talliopoios darinnen zu predigen : Dieselbigen Häuser sind voller guldenen Bildern. Casp. Balbus haltet dieses Ort / für das schönste in der Welt. Es ligt sehr hoch / vnd gehen vier Weg darzu / welche alle zu beyden seyten / mit fruchtbaren Bäumen also besetzet sind / daß einer zwo Meil lang am Schatten wandlen kan. Wann sie jhr Fest halten / so kan man von wegen der grossen menge des zulauffenden Volcks / schwerlich durch das gedreng kommen.

Ein gleiche Varella ist auch in Pegu / darinnen der König seinen Gottesdienst verrichtet. Bey seinem

Von den Ländern Asie. 1587

seinem Pallast ligt ein grosser weiter Hof/ so allerdings vmbmawret ist/ dessen Porten alle tag offen stehn. Innerhalb diesem Hof stehen vier gantz vergülte Häuser/ mit Bley bedecket: vnnd in einem jeden Hauß/ ein grosser Götz/ eines vnseglichen Schatzes. In dem ersten Hauß ist ein gulden Bildt/ vnnd auff desselbigen Haupt ein guldene Kron/ mit vielen Rubinen vnnd Saphiren besetzet: neben herumb stehn vier kleine Kinder von klarem Gold. In dem andern Hauß/ sitzet auff einem grossen hauffen Gelds/ ein groß gekröntes Bild von Silber/ so hoch alß ein Hauß/ dessen Füß so lang sind alß ein Mann. In dem dritten Hauß/ ist ein gleiches Bild auß Ertz. Vnd in dem vierdten eins auß Ganza gemacht/ welches jhr Gild Metall ist/ auß Kupffer vnd Bley zusammen geschmeltzet. *Vergülte Götzenhäuser in Pegu.*

In einem andern Hof/ stehen in vier vbergüldten Häusern/ vier Colossi oder grawsame grosse Bilder/ auß Kupffer/ allerdings vbergüldet.

Fernandes schreibt von sieben vnnd sechtzig guldenen Bildern/ so mit köstlichen Edelgesteinen schön gezieret sind.

Der Teuffel wirdt von den Peguaneren sehr verehret. Sie richten jhm ein Altar auff/ mit Bluhmen vnd allerhand Speissen vberstreyet/ jhne zu speissen/ damit er sie nicht beschädige. Fürnemblich thun sie dieses/ wann sie kranck sind: Der Priester welcher die Ceremonien verrichten muß/ wirdt des Teuffels Vatter genennet. Viel so bald sie auffgestanden sind/ nehmen sie einen Korb mit Reiß/ lauffen alle Strassen auff vnd nider/ vnd schreyen sie wöllen den Teuffel speissen/ damit er sie denselbigen tag vor vnfall beware. Wann jhnen dann ein Hund begegnet/ so meynen sie/ er sey jhnen von dem Teuffel geschickt worden/ diese Speiß in seinem nammen zuverzehren. Viel wöllen nicht essen/ sie haben dann zuvor etwas von jhrer Speiß hinder sich geworffen/ für den Teuffel. Vnd wiewol die Talliopoi wider diesen Teufflischen Gottsdienst hefftig schreyen/ so können sie doch denselbigen dem Volck nicht erleyden. *Teuffel in Pegu hoch hoch geehrt.*

Die Talliopoi müssen zwantzig jar studieren: alß dann so werden sie von dem fürnembsten/ den sie Rowli nennen/ scharff examiniert/ vnd wann er befindet/ daß sie willig sind/ jhre Freund vnnd Güther/ auch alle gemeinschafft der Weiberen zuverlassen/ vnnd ein keusches armes Leben zuführen/ so nimbt er sie in seinen Orden auff/ gibt jhnen den Habit/ vnd führet sie mit Trummen vnd Pfeiffen/ auff einer Serian oder Senffte/ so von 10. Männern getragen wirdt/ zu einem kleinen Häußlein/ so auff acht Pfosten stehn/ in welches man durch ein Leyter von zwölff oder vierzehen Sänglen/ hinauff steigen muß. Diese Häuser stehen gemeynlich an den hohen Wegen/ vnnd vnder den Bäumen oder in Wälden/ vnd hat eyn jeder seyn eygen Häußlein. Sie waschen sich des jahrs ein mal: Das Wasser aber/ darauß sie sich waschen/ wirdt von dem Volck heilig gehalten/ vnd getruncken. Sie tragen einen grossen bedeckten hölzenen oder auch erdenen Hafen/ auff jhrer Schulter/ gehn damit den Leuthen für die Thüren/ heischen nichts/ aber das Volck gibt jhnen selber vngebetten/ eins vnnd das ander/ welches sie alles in jhren Hafen legen/ vnnd sich darvon ernehren. Sie halten es möge ein jeder der guts thue/ in seiner Religion Selig werden/ fragen deßwegen nichts darnach wann einer ein Christ wirdt. Wann einer stirbt/ so wirdt sein Leib viel Tag lang auffgehalten/ endlich mit süssem Holtz verbrennet/ vnnd die äschen in das Wasser geworffen.

Affen vnnd Crocodilen werden in Pegu für heylige Thier gehalten/ nehmen deßwegen sehr vberhand: Vnnd ob wol die Crocodillen/ in dem Wassergraben vmb Pegu her/ täglich viel Menschen fressen/ wollen sie doch auß blinder Andacht/ kein ander Wasser trincken/ sondern halten der jenigen Seelen für seelig/ deren Leiber von den Crocodillen gefressen werden.

Wann ein König in Pegu stirbt/ so rüsten sie zwey Schiff zu/ mit guldenen Himlen. Zwischen denselbigen richten sie ein vergülte Beuge auff/ darauff der verstorbne Leib gelegt wirdt/ mit vielem Mask vnd süssem Holtz. Die Talopoi/ welche in den Schiffen sind/ führen diß Theatrum auffs Meer/ vnnd zünden es an/ wann der Leib verbrennt ist/ so machen sie auß der äschen/ mit Milch einen täyg/ vnnd werffen denselbigen in den Hafen zu Sirian. Die vbergebliebnen Bein aber begraben sie an ein ander Ort/ vnnd richten ein Capell darüber auff. Kehren hernach vmb zum Pallast/ vnnd krönen den newen König.

JJJJj ij   Von

Von der Statt Tarnasseri. Cap. xciv.

Jerzehen Tagreisen zu Wasser von dem Königreich Narsinga gegen Auffgang der Sonnen ligt diese Statt Tarnasseri/ hat ein besonderen König/ der ist vast mechtig/ vnd reich an Landen/ Leuten vnnd Gut. Es wechst bey dieser Statt gut Korn/ Baumwull/ ein grosse summa Seyden vnnd Presilien Holtz/ auch viel guter Baumfrüchten. Es ist viel Vieh vnd allerley Gevögels in dieser Statt/ Küh/ Ochsen/ Büffel/ Geyssen oder Ziegen/ Hasen/ Falcken/ Habich/ Papageyen/ Raben so groß als Geyr hie zu Land/ auß welcher Schnabel man Messerheft macht/ Hennen vnd Hanen drey mal grösser weder hie zu Landt. Das Volck ißt auff der Erden ohn außgespreite Tücher auß höltzenen Geschirren. Ihr Tranck ist Wasser vnnd Zucker darinn gesotten/ vnnd jhre Beth sind von Baumwull gemacht/ vnd die Decke von Seyden. Es hat der Kön. vnd auch die Edlen in dieser Statt den Brauch/ so sie ein Jungkfraw zu der Ehe nemmen/ nemmen sie ein Mann der nicht ein Pfaff oder Edel sey/ der die erste Nacht bey der Braut lige/ vnnd gilt gleich er sey ein Christ oder Heyd/ jhrer oder einer andern Spraache. Aber solt einer nach der ersten Nacht bey jhr gefunden werden/ so hett er das Leben verwürckt. Es ist auch ein Gewonheit in dieser Statt/ so der König oder die Pfaffen sterben/ verbrennt man jhre Cörper zu äschen/ vnnd behalten die in verglasierten jrden Geschirren/ vnnd machen grosse Opfferung dem Teuffel von der Seelen wegen. So man aber den Cörper verbrennt/ wirfft man viel köstlicher Specerey in das Fewr/ als Weyrauch/ Aloe/ Myrrhen vnd dergleichen/ darvon in der gantzen Statt ein guter Geruch auffgeht/ vnd stehn zugegen viel Leut mit allerley Seytenspielen vnnd Instrument/ die machen ein solch gethön daß keiner sein eygen wort hört. Darnach in den nechsten 15. Tagen rüst sich des gestorbnen Haußfraw/ vnnd laßt sich auch verbrennen/ damit sie zu jhrem Mann komme/ wie schier durch gantz India bräuchig. Solches aber thun allein die fürnemesten in der Statt/ vnd nicht das gemein Volck.

Von dem Königreich Siam Sian oder Silon. Cap. xcv.

Das ist auch ein sehr mechtiges Königreich/ sein länge ist dreyhundert/ vnnd die breite hundert vnd sechtzig Meilen. Die Hauptstatt so dem gantzen Königreich den Nammen gibt/ heist Siam/ in welcher neben den natürlichen Eynwohneren/ auff die dreyssig tausent Häuser der Moren gefunden werden. In diesem Landt sind grawsame Höltzer vnd Wäld/ darinnen Löwen/ Tigerthier/ vnnd wie man sagt/ Mariches gefunden werden/ die Angesichter haben wie Jungkfrawen/ vnnd Schweiff wie Scorpionen. Alhie fleust auß dem grossen See Chiamay/ der Fluß Menan/ welcher gleicher Natur ist/ wie der Nilus in Egypten/ vnnd zeucht auch Crocodillen.

Sie bawen jhre Häuser sehr hoch/ ein jedes Hauß hat seinen eygnen Nachen/ in dem järlichen vberlauff des Wassers/ sich desselbigen zugebrauchen.

Sie haben viel Geistliche Leut vnder jhnen/ die ein sehr strenges Leben führen/ vnnd einen grossen nammen der Heyligkeit haben. Sie reden mit keinem Weib/ dann hiedurch wurde einer sein Leben verwircken. Sie gehen jederzeit Barfuß vnnd vbel bekleydet daher/ essen nichts als Reiß vnd grühne Kräutter. Sie erbettlen alles/ vnnd heischen doch nichts/ sonder gehen den Leuten/ mit vnderschlagnen Augen vnd stillschweigend mit einem Gschirr/ für die Thieren/ vnd empfahen dareyn jhre Nothurfft. Sie setzen sich offt nackend an die hitz der Sonnen: Sie stehen vmb Mitternacht auff/ vnd betten zu jhren Götzen/ in den Choren/ wie die München: Sie dörffen nichts kauffen/ noch verkauffen.

Von den Ländern Asie. 1589

Die Siamiten halten gemeinlich darfür/ Gott habe alle Ding erschaffen/ er belohne die gu- *Der Siamit-*
then/ vnd straffe die bösen. Der Mensch habe zwen Geister/ einen guten/ der jhn bewahre/ vnnd ei- *en Religion.*
nen bösen/ der jhn versuche. Sie bawen viel vnd schöne Tempel/ vnd thun dareyn viel Bilder der
heyligen/ die etwan ein tugentsames Leben sollen geführt haben. Sie haben ein Bildnuß fünfftzig
Schritt lang/ welche dem Vatter der Menschen consecrieret ist. In der Statt Socotay ist auch
ein Metallen Bildt 40. Schuh hoch. Jre Priester sind Gelb gekleidet: dann alles was gelb ist/ halten sie für heylig/ weil es mit dem Gold/ vnd der Sonnen etwas gleichheit hat. Wein trincken ist
jhren Priesteren bey steinigen verbotten. Summa die Siamiten sind die aller Abergläubischen
Leuth in den Morgenländeren.

Die Bramenes in Siam sind grosse Zauberer/ vnnd sind der Köni- *Bramenes*
gen fürnembste Diener. Sie sind sehr stolz/ vnnd werden von dem ge- *in Siam.*
meinen Volck alß Götter angebettet: niemands darff jhnen widersprechen: Sie sagen es seyen vnderschiedliche Himmel/ einer höher alß
der ander/ nach dem einer auch heyliger seye alß der ander: vnnd 13. Höl-
len/ eine tieffer als die andre/ nach den vnderschiedlichen verdiensten jhrer Sünden.

In diesem Königreich von Siam ligt Aurea Regio, das guldene
Landt Ptolomei/ welches von Arriano aurea continens genennet
wirdt. Zu allernechst darbey ligt die Peninsel Aurea Chersonesus, *Aurea*
welche mit einem schmalen Halß an dem Landt hanget: Tremellius *Chersonesus*
vnd Junius halten darfür es seye eben das Landt Ophyr/ dahin Salomon seine Schiff geschickt hat. Das Landt ist schmahl/ aber dem
Meer nach auff die fünff hundert Meilen lang/ von Champaan zu rechnen/ biß an Tanay. Aber
von dieser länge haben die Araber vnnd Moren/ zwey hundert Meilen eroberet/ sampt den Stät-
ten/ Patane/ Pahan/ Jor/ Malacca/ welches jetzund in der Portugesen händen ist/ vnnd Pera.
Es haben auch die Königreich Ava/ Cheneran/ Caipumo/ vnnd Brema jhren theil darinnen
gesucht.

Es wirdt aber Aurea Chersonesus/ die guldene Insel genennet/ weil viel Gold/ Edelgstein vnnd Gewürtz darinnen gefunden wirdt: Die Bäum grunen allwegen/ vnnd sind nimmer
ohne Frücht.

Odia ist die fürnembste Statt dieses Königs-
reich: Sie haltet vier mal hundert tausent Haußhal-
tungen/ vnnd dienet dem König mit fünfftzig tausent Soldaten. Sie sollen bey zwey mal hundert
tausent Schiff klein vnd groß/ auff der See halten.
Die Statt ligt in dem Wasser wie Venedig/ vnnd
kan man zu Wasser oder zu Landt durch die Statt
kommen.

Der König von Siam/ hat 9. Königreich vnder
jhm/ vnd solle doch dem König von China Zinßbar
seyn. Er haltet gewonlich 6000. Mann zu seiner
Leibguardi/ vnnd zwey hundert Helffanten an seinem Hof. Sonsten hat er hin vnd wider in seinem
Land bey dreyssig tausent Helffanten/ deren drey tausent zum Krieg gewenet vnd abgericht seyn/ wie Boterus meldet.

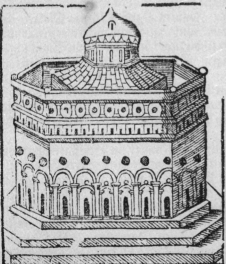

Die Edlen im Reich haben jhre Herrschafften Le-
henweiß vom König/ vnnd müssen jhm/ auff sein be-
gehren/ mit zwantzig tausent zu Pferd/ vnd zwey hundert vnd fünfftzig tausent zu Fuß dienen. So bald ein
newer König an die Regierung tritt/ last er vor allen dingen ein newe Kirchen bawen/ mit mechtigen
Seulen/ vnnd last die voller Götzen stellen/ sich darmit einen Nammen zu machen: dahero die viele der
Kirchen vnnd Götzen in diesem Königreich. Der König wirdt gewonlich geheissen Perchoa, das ist/ ein
Herz vber alles.

Das gantze Landt/ ist mit den hohen Bergen/ von
Jangoma/ Brama vn Ava vmbgeben: ist sonsten an jm
selbsten gantz eben/ wie das Landt Egypten. Welches
auch ein vrsach d' Fruchtbarkeit ist. Die Lai geben denen
von

von Siam Tributh/auß forcht der Guconi/vnd Menschen fresseren/die in beyligenden Bergen leben/wider welche sie von den Siamiteren mit allem gewalt verthädiget werden.

Anno 1567. hat der König von Pegu/Siam mit 1400000. Mann/ 21. Monat lang belägeret/ vnnd auch endlich mit Verrähterey eyngenommen: dann die Statt-Thor wurden jhm des Nachts eröffnet/ vnnd die Peguaner hereyn gelassen. Darauff vergab jhm selber der König von Siam/ vnd ließ seine Kinder vnd Reich dem Vberwinder zum Raub: Wie wir schon droben darvon geredt haben. Seit derselbigen zeit sind die König von Siam/ dem von Pegu Zinßbar gemacht worden. Nach dem nun der König von Pegu 37. jar regieret hatt/ hinderließ er sein Reich/ aber nit sein Glück/ seinem Sohn: Dieser erforderte den von Siam/ alß seinen Lehenman/ jhme mit einer anzahl Volck zuzuziehen/ alß er sich aber dessen weigerte/ hatt er jhn mit 900000. Mann vberzogen/ vnnd in seiner Haubtstatt belägeret. Der von Siam thet dergleichen als wolte er die Statt auffgeben/ verzog es aber biß in den Mertzen/ da das Wasser nach seiner järlichen gewonheit/ das Landt 130. Meil wegs rings herumb vberschwemmet hatt: dardurch die grosse Macht der Peguaner/ biß an 70000. Mann zu grund gegangen/ welche ohne Roß vnnd Helffanten wider zu Martauan gantz kläglich ankommen waren. Vnnd weil der von Pegu nicht nachlassen wolte/ belägerte jhn endlich der von Siam/ in seiner Königlichen Statt/ im jar 1596. Weil jhm aber ein geschrey von der Portugesen ankunfft zukommen/ zoge er wider darvon.

Siam wirdt eyngenommen.

Peter Williamson Floris/ ein Niderländer/ der lang in diesen Orten gelebt/ meldet/ es seyen 2. des Königs von Siams Bruder Söhn/ so am Königlichen Hof zu Pegu aufferzogen worden/ heim geflohen. Deren der elteste genennt Raja Api, das ist/ Fewriger König/ solche hendel mit Pegu gehabt/ wie zuvor angezeigt worden: Vnd wie Pegu gefallen/ so stunde er auff/ vnd bracht in seinen Gewalt Cambaya/ Laniangh/ Lugor/ Patane/ Tenesary/ vnd andre Ort mehr. Alß dieser Sieghaffte König An. 1605. ohn Erben gestorben/ da folget jhm nach sein Bruder/ so der weisse König genannt worden/ vnd einer sannfften stillen Natur war. Dieser ließ auff seinem Todtbete Anno 1610. auß antrib Jockrommeways/ der das Reich gern zu sich selber gezogen hette/ seinen eltesten Sohn/ von dem man grosse hoffnung hatte/ vmbringen: Aber alß der jüngere Sohn an das Reich kommen/ ließ er diesen Bößwicht hinrichten/ vnd ward jhm also sein rathschlag bezalt.

Anno 1612. kamen die Englischen gehn Siam/ so 30. Meilwegs vom Wasser ligt/ vnd erlangten vom König ein schön Hauß/ jhren Handel darinnen zu treiben.

Von Malacca. Cap. xcvi.

DAs Königreich Malacca ligt in erstgedachtem Aurea Chersoneso, oder dem guldenen Landt/ hat etwan zu dem Königreich Siam gehöret. Es erstrecket sich von dem Spitzen dieser Peninsel/ oder von Cingapura an/ so an diesem Spitzen ligt/ dem Meer nach auff die 270. Meilen/ gegen Siam zu. Die Hauptstatt darin ist Malacca. Sie ist erbawen worden von Paramisora/ einem Fürsten auß der Insel Java/ welcher/ wegen der grossen Tyrattey seines Königs/ auß Java geflohen/ vñ sich mit den seinigen in dieser Gegne nider gelassen/ vnd diese Statt erbawen/ 250. jar zuvor/ eh die Portugesen in Indien kommen. Er hatt sie aber Malaccam geheissen/ zur gedechtnuß seiner vertreibung auß Java/ daß Malacca heist einen vertriebnen Menschen. Diese Statt hat nach vnd nach mechtig zugenommen/ vnd ist auch der gantze Handel von Cingapura/ welches die fürnembste Statt war dieser gegne/ vnnd welche von allen Orientalischen Völckern besucht worden/ nacher Malacca gelegt worden. Jaquem Darsa König zu Malacca ein Sohn obgedachten Paramisoræ/ hat sich gutwillig dem König von Siam vnderworffen/ vnnd von jhm die gantze Gegne von Cingapura an/ welches schon zuvor dem König von Siam zugestanden/ biß naher Pulo Zambilan zu Lehen empfangen. Die gelegenheit vmb Malacca ist fast vngesund/ von wegen der nähe der Mitnächtigen Linien/ sonst were es die Volckreichste Statt in gantz Indien. Nach dem König Jaquem Darsa/ haben sich die Kön. von Malacca nach vnd nach von dem König von Siam abgezogen/ sonderlich nach dem sie von den Moren/ Persianeren/ vnd Guzaraten/ zu Mahomets Sect/ sind gebracht worden: Biß sie endlich gantz Meister im Landt worden.

Der König von Siam/ sandte 9. jahr/ vor der Portugesen ankunfft/ ein Schiffarmaden von 200. Seglen/ mit 6000. Soldaten/ wider Mahomet den König von Malacca/ vnder Poigan seinem ViceRe zu Lugor/ welchem die Gubernatorn von Patane/ Calentan/ Paam vnnd andren Meer-Städten/ Tributh vor den Kön. von Siam erlegen musten. Eh aber diese Schiffarmaden von Lugor/ gehn Malacca/ so 600. Meil voneynander ligen/ kommen kondte/ ist sie durch ein Vngewitter von eynander zertheilet worden: Der ein theil ist durch Verrähterey in Mahomets Hand geraten/ vnd hierdurch auch der ander theil zu Grund gangen. Darauff bracht der Kön. von Siam ein andere grosse Macht zusammen/ zu Wasser vnnd zu Landt/ sampt 400. außgerüster

Helffan-

Von den Ländern Asie. 1591

Helffanten. Eh er aber mit dieser Armeen ankame/seyn die Portogesen in diß Landt gefallen/vnd haben sich desselbigen bemechtiget/vnd dieses geschahe mit solchem anlaß. In dem jahr 1508. sandte König Emanuel auß Portugal etliche Schiff vnder Don Diego Lopes de Sequeira in diese gegne/ welche auch im folgenden jahr zu Malacca ankommen/ mit den Eynwohnern zu handlen: aber der Kön. Mahomet/ vnder dem schein der Handlung/ hatte einen Anschlag auff die Spanier/ vnd hette wenig gefehlt/sie weren alle ermordet worden. Dieses war den Spaniern ein eben spiel: Dann bald darauff Anno 1511. zog Albuquerque der Spanische General/ in India/ mit einer Schiffarmada wider Molocco/ vnder dem prætext diese verzähterey zu rechen/vnd glücket ihm dieser Anschlag also wol/ daß er sich der Statt Malacca bemechtiget/vnd den König darauß vertrieben hat. Er ließ gleich darauff eine mechtige Vestung vñ Citadella dahin setzen/die Indianer damit in dem Zaum zuhalten. Er ließ auch ein Kirchen bawen für die Christen: Doch hatt er den Heyden/ vnd Moren/ ihre Ceremonien vnd ihre Oberkeit gelassen/ mit dem beding dz man an den Vice Re oder Königlichen Stattha lter appellieren mochte. Es ist dort hernach auch ein Jesuiter Collegium gebawen worden. Der König von Paam vnd andere/ haben sich nach dieser eroberung der Statt Malacca/ auch an die Portogesen ergeben/ vnd bezahlen einen gewissen Tribut.

Malacca kompt an die Portugesen.

Maffæus hist. Indic. lib. 4.

Es hatt sich bey eynnehmung dieser Statt/ in der Schlacht auff dem Meer/ ein denckwürdige Sach zugetragen. Dann einer vnder den Feinden mit Nammen Naodobeguea/ truge an seinem Arm ein Ketten/ daran ein Bein war/ von dem Javanischen Thier Cabal genannt: vngeacht nun dieser Mensch viel schröcklicher tieffer Wunden allenthalben an seinem Leib empfangen/ vergosse er doch keinen einigen tropffen Bluts/ biß die Ketten von ihm genommen worden/ da brachen erst seine Adern eins mals auf/ vnd fuhr all sein Blut mit dem Leben darvon. Alhie sind 3000. stuck Geschütz/ vnd 200000. Ducaten für den Kön. in Portugall eroberet worden/ welches nur der fünffte theil der Beuth war/ dann die vbrigen vier theil waren für den Obersten/ vnd die Soldaten.

Alß Mahomet in der Flucht gestorben/ vnderstunde Alodinus sein Sohn/ dise verlorne Statt wider zu eroberen: aber vmb sonst. Die Moren haben diß Glück/ den Portugesen mißgönnet/ vnnd offt vnderstanden/ sie wider außzutreiben. Anno 1608. haben auch die Holänder/ vnder Cornelio Matolivio/ Malaccam belägeret/ aber sie musten vnverzichter sachen widerumb abziehen. Alß die Portugesen Malaccam vberfallen/ da hielte eben der König von Pan Hochzeit mit Mahomets Tochter: Das Hauß/ darinnen die Mahlzeit gehalten worden/ stund auff 30. Rädern/ vnnd ward von vielen Helffanten gezogen. Aber diese ir Frewd/ ist eins mahls/ durch der Portugeser Ankunft zerstöret worden.

Malacca von den Holändern belägert.

Das Landtvolck gehet nackend/ haben allein ein Thuch mitten vmb ihren Leib gebunden. Ludovicus Barthema/ der vor der Portugesen Ankunfft in diesem Land gewesen/ haltet darfür/ es lenden mehr Schiff zu Malacca an/ als irgend einem Ort: dann es kompt dahin allerley gattung der Specereyen/ vnd ander Kauffmannswaar in grosser viele. Diß Landt ist nicht vast Fruchtbar/ es hat kein Korn/ wenig Fleisch/ aber Holz vnd Vögel wie Calikuth. Also find man Sandel mit hauffen/ vnd ein Bergwerck darauß man gar gut Zinn macht. Es sind auch da Helffanten/ viel Roß/ Büffel/ Küh vnnd Leoparden/ Pfawen ein grosse menge. Die Handlung in derselben Statt ist allein mit Specerey vnnd Seyden. Das Volck ist tückisch vnd böß/ vnnd darff niemandt bey Nacht auf der Gassen gehn: dann sie erwürgen vnd mörden eynander wie die Hünd/ deshalb ligē die Kauffleuth in ihren Schiffen.

Barras dec. 6. lib. 2. c. 1.

Das Volck auff dem Landt wohnet auff den Bäumen/ auß forcht der Tigerthieren: welche auch acht Ellen hoch die Menschen erzeichen/ vnnd fressen können: das beste mittel darwider sind die nächtlichen Fewr/ darmit sich die Kauffleuth etwan wider diese Thier verwahren.

JJJj iiij   Von

Das siebende Buch

Von Patane/ vnd den kleinen benachbaurten Königreichen. Cap. xcvij.

PAtane ligt Mittagwerts von Siam/ vnder dem 7. Grad: die Gebäw diser Statt sind auß Holtz vnnd Reißtraber gantz künstlich gemacht: aber jhre Mesquit/ dann es sind viel Mahometaner vnder jhnen/ auß Ziegelstein. Sie brauchen 3. Sprachen/ die Malaynische/ die Sianische vnd die Chinesische: die erste wird geschrieben/ von der rechten Hand zu der lincken/ wie die Hebraische: die ander wie die Lateinische/ von der lincken zur rechten/ vnnd schier mit gleichen Characteren: die dritte von der rechten zu der lincken/ doch also/ daß von oben herab gestiegen wird.

Wie der vnderscheid jhrer Schrifft in dieser nähe sehr groß ist/ also ist auch nicht geringer vnderscheid in jhrer Religion. Die von Patane sind Mahometaner/ die Chieneser vnd Siamiter sind Heyden. Der Ehbruch wirdt allhie am Leben gestrafft. Aber in ledigs stands Personen wird dieses für kein Laster geachtet. Dann wan ein frembder Kauffmann dahin kompt/ fragen sie jn/ ob er keiner Frawen bedörffe/ ja viel junger Töchteren bieten jhre dienst an: vnd wanner mit einer eins worden/ so geht sie mit jhm heim/ vnnd dienet jhm des tags für ein Magd/ des nachts aber für ein Concubin: dörffen aber/ so lang der Kauffmann im Landt bleibt/ keine andre zu sich nemmen.

Anno 1612. den 22. Junij/ kamen etliche Engelländer gehn Patane/ mit schreiben von dem König Jacobo/ zu der Königin von Patane/ der brieff ward mit grossem Pomp oberliffert: dann er ward in einer guldenen Blatten/ auf einem Helffanten/ mit vielen kleinen Paneren vñ Lantzen/ zur Königin getragen/ deren Pallast zu diesem end gantz herrlich bereitet war. Sie erhielten erlaubnuß/ wie die Holländer/ daselbsten zu handlen.

Holländer Handlung in India.

Die Japoniter haben Patane zwey mal/ inner 6. jaren verbrennt. Die Holländer treiben grossen Handel zu Patane. Sie haben guten succeß in dieser gantzen gegne wides die Spanier. Sie haben bündtnuß mit dem Sameryn zu Calecut/ vnd mit dem König von Jor oder Johar. Zu Macao haben sie den Spanischen ohnlengst ein Schiff genommen/ das ein Million werth gewesen. Amboina vnd Tido/ zwo gewaltige Vestungen/ haben sie den Portogesen abgetrungen/ vnd darauff mit 10. benachbawrten Königen/ wider die Spanier in bündtnuß getretten. Anno 1608. wie gesagt/ belägerten sie auch Malacca vier Monat lang/ biß sie von Alphonso Castro entsetzt worden: Da musten die Holländer wider abziehen. Sie haben in dieser gegne 37. Factoreyen/ vnnd 20. Vestungen.

Von dem Königreich Camboya. Cap. xcviij.

DIe Hauptstatt dieses Königreichs ist Camboya/ aber der Königliche Sitz ist zu Diam/ welche von etlichen Odia geheissen wirdt. Diß Landt stosset gegen Mitternacht an Couchin China/ gegen Mittag an das Königreich Siam/ gegen Auffgang an das Meer. Es ist ein groß vnd Volckreich Landt/ voller Helffanten vnd Rhinoceroten. Alhie fahet man an das Crucifix zu verehren. Wann der König stirbt/ so werden seine Weiber mit jhm verbrennt/ ja es opfferen sich auch seine fürnembsten Herren selber in diesem Fewr auff.

Calamba ein süß Holtz.

Diß Landt bringt das süsse Holtz Calamba in grossem vberfluß herfür/ welches wann es gut ist/ gegen Silber vnd Gold abgewegen wirdt. Durch diß Landt laufft der Fluß Mecon in das Meer/ vnd vberschwemmet im Sommer das gantze Landt. Oben im Landt wohnen die Laos/ ein starck Volck/ besser oben die Avas vnd Branias/ vnnd auff den Bergen die Gueos/ welche wilde Leuth sind/ vnd Menschen Fleisch essen/ auch jhren Leib allenthalben mit einem glüenden Eysen breñen. Jartie schreibt/ die Laos oder Lajos/ wohnen in kleinen Hütteneu vnd in offnen Nachen/ bey dem Vrsprung des Flusses Mecon/ welcher sich auff die 400. Meilwegs in das Landt/ an die Tartarischen vnd Chinesischen Grentzen erstrecket.

Die Portogesen zeigen daselbsten einen Berg/ vber welchen etwan ein groß vnd schwer beladen Schiff gefahren sein soll.

Diese Lajos sind im jar 1578. mit einer Armaden von 200000. den Fluß herab gezogen/ welche all von den Camboyeren theils erschlagen/ theils ertränckt/ theils gefangen worden: In welchem streit auch der König auß Camboya auff dem platz geblieben: Er ließ aber einen jungen Sohn hinder jhm/ welcher dem König von Siam Zinßbar worden. Diß Königreich hat grosse Stätt/ vnd viel Tempel/ welche jhre Bonzios oder Priester haben/ nach der Japoner oder Chineser manier. Die Lajos sind ein grob barbarisch Volck/ aber reich an Gold. Anno 1598. hat der König von Camboya etliche Jesuiter beschicken lassen/ sein Volck zu vnderweisen.

Das Königreich Couchin China.

Couchin China/ ist auch ein Indisch Königreich/ hat gegen Mitternacht die Provintz Canton/ gegen Mittag aber/ das Königreich Camboya: Es ist in drey Provintzen abgetheilet/ deren ein jede ein jede seinen König hat. Diß Landt ist sehr reich an Gold/Sylber/Alots/Porcelanen vnd Seyden. Die Eynwohner sind Heyden/sollen doch etwas anmut zu dem Papistischen Christenthumb bekommen haben/durch anschawung ettlicher gemälderen. Sie sind sonsten den Chineseren vnderworffen.

Von dem Mittnächtigen India oder des grossen Mogors Herrschafft. Cap. xcv.

Der Mitnächtige theil Indiæ/ welcher der dritte theil des gantzen Landts ist/ ist vor zeiten in viel Reich zertheilet gewesen/ jetzundt aber wirdt es von den Tartaren/die auß der Tartarey dahin gezogen sind/ besessen: Diese werden Mogores/vnd jr König der grosse Mogor genennet. Die Königliche Hauptstatt ist Delly/ an den Grentzen Cambayæ vnd Narsingæ gelegen/von welchen Stätten vnnd Königreichen/ wir schon zuvor etwas gesagt haben/ weil sich aber dieses mechtigen Potentaten des grossen Mogors Herrschafft/ weit vnd breit durch Indiam erstrecket/ müssen wir noch etwas weiters von jhm reden.

Boterus schreibt/ der groß Mogor habe 47. Königreich vnder jhm/ wilche alle zwischen dem Indo vnnd Gange ligen/ zwischen Auffgang vnd Nidergang/vnd zwischen dem Berg Imar/ vnd dem hohen Meer/ welches Landt von den Alten India intra Gangem, genennt worden. Er wirdt von dem Volck der Groß Mogor genennet/ eben der Vrsach halben/vmb deren willen auch die Ottomanischen Türcken/Groß genettet werden. Im Lande aber wirdt er der Groß Mogoll geheissen. Anno 1582. war Mahomet Zelabdim Echebar König vnd Mogor. Dieser ward geboren in der Provintz Chaquata/ welche Indostan gegen Mittag/Persiam gegen Nidergang/ vnd die Tartaren gegen Auffgang hatt. Ihr Sprach ist Türckisch/ aber die Hofleuth reden noch heutigs tags Persisch.

Sein Großvatter Barburxa/hatt die Parthier/welche das Land des Mogors zuvor inngehabt hatten/in Bengalam vertrieben. Nach desselbigen todt/ haben sich die Parthier/oder wie sie jetzt genennet werden/die Pataneer/von Patane/wider erholet/vnd wider seinen Sohn gekrieget.

Des grossen Magors herkommen ist von Tamerlane/ der Scythieren vnnd Tartaren König/ dessen dritter Sohn war Miromcha/ Abusands Großvatter. Dessen Sohn war Suldan Hamed/ welcher Maurenahar eyngenommen: Dessen Sohn Babor ist im jahr 1500. durch die Vsbechos/ vieler seiner Länderen entsetzt worden/ behielte doch Gaznehen/ vnd ettliche theil in India: Andere nennen jhn Barbuxa/ welcher Industan mit dem Schwerd eroberet/ vnd die Parthier in Bengalam vertrieben hat. Aber nach seinem todt/ vnder seinem Sohn Homajen oder Emmauparda/ nahmen die Parthier oder Pataneer wider vberhand/ also daß er den Sophi auß Persia vmb hilff anruffen muste/ welche er auch erlangt hatt: Doch muste er auch der Persier Religion annemmen.

Dieses grossen Mogors Reich ist jetz außdermassen groß vnnd weit/ dann es begreifft in sich Bengala/Cambaya/Mendao/Caxemir/Sinda/Xischandadan/Decan vnd andere Länder.

Die Statt Mendao hat 10. Meil in der ründe/ vnd ist 12.jahr von dem Mogor belägeret worden/eh er sie erobern können.

Agra vnd Fatipore/ sind zwo grosser vnnd Volckreicher Stätt/ viel grösser alß London in Engellandt. Es ist auch der gantze Weg darzwischen/ anders nichts alß ein immerwerender Marckt.

Es hat der Magor viel König mit Macht bezwungen/ viel haben sich sonsten guthwilligs seiner Herrschafft vnderworffen. Es warten jhm zu Hof täglich 20. Heydnische König auff/ deren jeder so mechtig ist/ als der König zu Calekut. Viel andere mehr aber geben jhm Tribut.

In seinem Land ist grosser vberfluß von allerhand Specereyen/ alß Pfeffer/Imber/Cassia/ vnd andren: desgleichen von köstlichen Steinen/Perlen/ allerhand Metallen/ Seyden/Baumwollen/ wie auch Pferden/ vnd Helffanten: welche Sachen jm järlich viel Millionen Golds/ vber all sein außgeben/ ertragen mögen.

Anno 1582. sind die Jesuiten daß erste mal in diß Lande kommen vnder König Echebar/ damalen hielt sein gantz Monarchey 900. Meil im bezirck/ welche doch seither noch viel grösser worden. Dieser König Echebar hatte viel Fürsten

sten vnder jhm / deren jhm ein jeder / acht / zehen / zwölff / oder vierzehen tausent Pferd im Krieg / ohn die Helffanten / deren im gantzen Königreich auff die fünfftzig tausent seyn sollen / vnderhalten muß: Für sich selber konte er fünfftzig tausent Pferd / vnnd ein vnzehlbar menge Fußvolcks in das Feld bringen. Seinen Fürsten gabe er gewisse Provintzen eyn / für solche Kriegsdienst / die sie von jhm zu Lehen trugen. Diese musten alle jahr einmal vor dem König erscheinen / vnd ein muster jhrer aufferlegten Macht mit sich bringen. Er legte viel Millionen järlich in seinen Schatz: Fürt aber keinen solchen grossen pracht zu Hof / wie andre Potentaten.

Echebar hassete die Mahometanische Sect / welche sein Vatter vmb seines vortheils willen angenommen / zerstörete deßhalben alle Moschees in seinem gantzen Reich / vnnd machete Ställ darauß.

Anno ein tausent fünff hundert zwey vnd achtzig / haben etliche seiner Vnderthanen wider jhn rebellieret / vnnd seinen Bruder den König zu Quabul wider jhn außgebracht / aber er ward widerumb in sein Land getrieben. Niemand mochts wissen / welcher Religion er eygentlich were / ob er ein Mahometaner / Heyd / oder Christ wäre / vngeacht er die Jesuiten in seinem Landt predigen lassen: Es scheinet / er habe nach dem Exempel Tamerlanis / seines Vorfahren / gleichwol einen Gott bekannt / vermeynte aber er solte durch vielerley Secten geehret werden. Er hat auch / wie von Psammetico gesagt wirdt / 30. Kinder aufferziehen lassen / vnnd ein Wacht ober sie gesetzet / damit kein Mensch mit jhnen reden köndte / des gentzlichen vorhabens / die Religion anzunehmen / deren Sprach diese Kinder reden wurden: welches auch also beschehen: Dann wie diese Kinder kein gwisse Spraach haben reden können / also hat er auch kein gewisse Religion annehmen wöllen. Er bettete bald die Sonnen an vnd andere Creaturen / bald die Bildnussen vnsers Herren Christi oder seiner Mutter / bald andere Sachen.

Er empfing täglich grosse Geschenck. Emanuel Pinne schreibt: Er habe gesehen / daß jhm einer so sein Vasall worden / ein Pferd mit einer köstlichen Decke von Gold vnd Edelsteinen / desgleichen zwey Schwerter / neben zwey Gürtlen / vber die zwey mal hundert tausent Cronen werth / præsentiert habe. Nach demselbigen seye des Königs Soldan Morad herzu getretten / vnd jm fünfftzig Elephant / so hundert vnd fünfftzig tausent Ducaten werth geschätzt worden / verehret: Desgleichen ein Wagen von Gold / ein andern von Silber / vnnd einen dritten mit Perlemutter / neben andern sachen / eines grossen Schatzes wert. Auff diesen folgete der Gubernator zu Bengala / mit einem andern Præsent / von 800000. Ducaten.

Dieser Echebar war in allen seinen sachen so Glückselig / daß ein Sprichwort darauß entstanden / So glückselig alß Echebar: Er hatte ein solche wundersame Gedechtnuß / daß er alle seine Helffanten vnd Pferd / deren er viel tausent gehabt / mit vnderschiedlichen Nammen nennen köndte: So glückselig aber war er nicht / daß er auch nit auch sein Creutz gehabt habe: Dann alß er auff ein zeit das Newjahr Fest hielt / kame jm Zeitung / sein andrer Sohn Sultan Morad / welchen er wider Melic / den König von Decan gesendet hatte / were mit vielen Befelchshabern erschlagen worden.

Schreckliche Brunst zu Lahor.

Vom Königreich Casimir.

Vnd alß er Anno ein tausent fünff hundert vnd sieben vnd neunzig / auff dem Ostertag der Sonnen Fest begienge / da fiel Fewr vom Himmel herab auff seine Zelten / welche mit Gold vnnd Edelgesteinen reichlich gezieret gewesen / vnnd verzehrete dieselbigen / sampt seinem gantz guldenen Thron / welcher hundert tausent Ducaten werth geschetzet worden: Von dannen kam das Fewr in den Pallast / der auß köstlichem Holtz gemacht war / vnnd verzehrete auch denselbigen / mit einem vnseglichen Schatz / viel Millionen Golds werth: also daß ein gantzer Strom / von Gold / Silber / vnnd andren zerschmeltzten Metallen / durch die Gassen geloffen.

Von deßwegen verließ er Lahor (dahin die Jesuiten ein Kirch erbawen / vnd da er Hof gehalten) vnd zog gen Caximir od Cascimir / in ein Königreich das er erst newlich hatte eyngenommen. Diß Königreich weicht keinem andren in India / sonderlich des guten vnd gesunden Luffts halben / weiles allenthalben mit hohen Bergen / die das gantze jahr voller Schnees ligen / vmbgeben ist: Innwendig ist es ein eben Land / mit weiten Fälderen / Wälden /

Thier

Von den Ländern Asie. 1595

Thiergärten/Wasserquellen/Ströhmen/Lustgärten/vnd dergleichen dingen/vber alle verwunderung hinauß erfüllet: Es ist kühl/vnnd temperierter/alß das Königreich Rebat/das gegen Auffgang daran ligt.

Drey Meil von Caximir ist ein tieffer See/rings vmbher mit Bäumen besetzet/mitten darinnen ligt ein Insel/darein bawete Echebar/einen köstlichen Pallast. Das Land tregt Reiß/Weitzen vnd Wein in grosser menge. Die Weinreben pflantzen sie auff/an den Maulberbäumen/daß es das ansehen hat/alß trügen sie die Trauben. Zu außgang des Sommers verließ er Caximir/vnd zog wider gen Lahor.

Anno 1598. zog König Echebar gehn Agra/in die Hauptstatt eines andern Königreichs/so 100. Meilen von Lahor ligt/gegen Mittag/der meynung disen weg gen Decan zu reissen. Er hatte damalen 800. Helffanten/vnnd 7000. Camel bey sich/seine Zelten vnd Provision zu tragen: Ja sein Secretarius hatte damalen/seine eygnen Sachen zu tragen/sieben hundert Camel/vnnd siebentzig Helffanten. Es bestellete auch der König zu dieser Reiß/vber die 1000. Helffanten zum Krieg/vnd 100000. Soldaten. Er zog vber das Gebirg Gate/vber welches schier vnmüglich ist zu reissen/vnd hatt offt einen gantzen tag/an einem Musceten schutz weit zugebracht. Seiner Hauptleuthen einer zoge mit 50000. Mann vorher/vnd nam eine der allerstärcksten Vestungen in Decan eyn/vnnd bereitete also den Weg/zur eroberung des gantzen Königreichs Melics/welches Echebar hernach seinem Sohn zu regieren befohlen.

Echebar nihil das Königreich Decan eyn.

Anno 1600. kam auch Brampore in seinen Gewalt/dann jhr König Miram war darauß gen Siram geflohen/welches von Natur vnnd Kunst halben ein sehr starcke Vestung ist. Sie ligt auff dem Gipffel eines sehr hohen Bergs/so oben fünff Meilen breit ist/mit einer dreyfachen Ringkmawren vmbgeben/deren eine die ander beschirmen kondte. Inwendig war ein springende Wasserquelle/vnnd gnugsam Proviand vnd Provision für sechtzig tausent Personen/vnnd das für viel jahr. Es waren darinnen drey tausent grosse Feldstuck. In diesem Castell sind nach gewonheit des Landts/die nechsten Erben des Königreichs/bewahret worden/daß sie darvon nicht kommen kondten/biß der Königliche Thron ledig worden/alßdann ward der nechste Erb mit grossem Triumph darauß geholet/eben wie von Amara/in der Abassener Landt geschrieben wirdt: vnnd es lasset sich ansehen/diese gewonheit seye daselbst her entlehnet worden/weil so viel Sclaven/auß demselbigen Landt/an diesem Ort jederzeit gebraucht worden.

Syra ein gantz vnüberwindliche Vestung.

Damahlen waren neben dem König Miram/siben solcher Fürsten in seiner Vestung. Der Gubernator darinnen war ein Abassiner/vnd hatte sieben oder acht Befelchshaber vnder jhm/welche alle flüchtige Mahumetaner gewesen. Diese Vestung belägerte nun der Mogoll/fast mit zwey mal hundert tausent Mann. Nach dem er aber sahe/daß er mit gewalt der Waaffen nichts außrichten mochte/brauchte er allerhand list vnd betrug. Er forderte Miram zu einem gespräch herauß/vnnd schwur bey des Königs Haupt/daß jhn sicher wider heim lassen wolte: Etliche seiner Rhäten beredten jhn solches zu thun: kam also herauß/für den Mogoll/vnnd zum zeichen der vnderthänigkeit boge er vor jhm die Knye: dessen aber ohn geacht/ward er von etlich beystehenden Hauptleuthen zu boden geworffen/vnnd mit gewalt auffgehalten. Der Gubernator schickte seinen Sohn zu Echebar dem Mogol/jhn seines Eyds vnd Versprechung/so er dem Miram gethan/zu erinneren. Der Mogol vermeynte er wolte diesen Gesanten mit grossen verheissungen dahin bereden/dz er sampt dem Gubernator seinem Vatter/jm die Vestung vbergeben solten. Aber der Gesante antwortete gantz freymutig/sein Vatter were ein auffrichtiger Mann/vnd wann sie Miram nit wider geben wolten/so wurde es jhnen doch an einem Nachfolger nicht ermanglen. Vber diese freye red erzürnete sich der Mogoll dergestalten/daß er den Gesanten also bald erwürgen ließ/vnnd alß solches sein Vatter im Castel vernommen/brachte er sich selber vmb. Bald darauff sind die Mawren/durch guldene Kugeln beschossen/vnd durch verzäthrery der vnder Hauptleuthen/die Porten eröffnet worden. Vnd also ist Echebar ein Herr worden dieser mechtigen Vestung/vnd zugleich auch ein Herr des gantzen Landts.

Zu dieser zeit starb der Vice Re zu Lahor/vnd hinderließ dem König(als welcher ein algemeiner Erb aller Güthern ist)drey Millionen gemüntztes Golds/neben vielem vngemüntztem Gold/Silber/Edelgsteinen/Pferden/Helffanten/Rüstungen vnd Gütheren. Welches alles schier nit zu schetzen gewesen.

Damalen

Damalen vnderwarff sich auch dem Mogor freywillig / der König von Condacar / weil er sich des Abdura / der Usbechen (so bey Persia wohnen) König / nicht erwehren kondte.

Auff den 27. Octob. Anno 1605. starb König Echebor / in dem 63. Jahr seines alters / vnnd seines Reichs in 50. Ihme folgete in dem Reich nach sein Sohn Selim / welchen der Vatter in seinem Todtbett darzu ernambset hat. Acht tag nach dem Todt seines Vatters / gieng er in den Königlichen Pallast / vnd satzte sich selber in den Königlichen Thron. Anfangs liesse er den Mahometaneren zu gefallen / jhre Religion wider eynführen. Nam auch einen newen Nammen an / vnd neüete sich / NVRDIN MAHAMAD, IAHANVIR, das ist / der Glantz des Gesatzes Mahomets / Vberwinder der Welt. Er ist auch nicht mehr Selim / sonder stätigs IAHANVIR geheissen worden. Hernach aber bekam er ein grossen lust / zu den Bilderen Christi vnd der Heyligen Jungkfrawen.

Gleich zu anfang seines Reichs / rebelliert wider jhn sein eltester Sohn / vnnd nam an sich den Titul SVLTAN RA: Er belägeret die Statt Lahor 8. tag lang / ward endlich von dem Vatter gefangen / vnd seine Hauptleut so jhm zu dieser Rebellion geholffen / jämerlich hingericht.

William Hawkies / ein Englischer Capitän / ist Anno 1608. zu Surat ankommen / vnnd von dem Mogor / oder Mogol zu einem Edelman vber 400. Pferd gemacht worden: Dieser hat ein gantzes Buch / von des Mogors Reich vnnd Hofhaltung geschrieben / wie mir dasselbige / von dem Englischen Ritter Thomas Smith gezeigt worden.

Was der Mogor für Königreich habe.

In diesem Buch schreibt er also: Des grossen Mogors gantz Reich / ist in 5. grosse Königreich außgetheilet. Das erst wirdt genennet Pegab / dessen fürnembste Statt ist Lahor: das ander ist Bengala / dessen Hauptstatt ist Sonargham: das dritt ist Malua / dessen fürnembster Sitz ist Vagain: das vierdt ist Decan / darinnen Bramport das fürnembste Ort ist: das fünfft ist Cambaya / darinnen Auradaver die Hauptstatt ist.

Der Mogor hat sechs Castell / so die fürnembsten seyn / seines gantzen Landts / darinn er seine Schätz verwaret: Alß namblich zu Agra / welches mitten im Reich ist / zu Guallier / zu Neruir / zu Ratamboore / zu Hossier / vnd Bonghtaz.

Seine Rebellen.

Er hat drey Ertz Rebellen / mit denen er stätigs zu kempffen hat: Der erste heist Amber Chapu / in Decan: in Guzerat hat er Muzahers / der zuvor jhr König gewesen / Sohn / so Bahader genennet wirdt: vnd Raga Bahana in Malua.

Seine Kinder.

Er hat auch 5. Söhn / Sultan Cussero / Sultan Peruis / Sultan Choram / Sultan Charier vnd Sultan Bath: zwo junge Töchteren / vnd 300. Weiber / deren doch 4. die fürnembsten seind. Niemand darff den Titul eines Sultans tragen / er seye dann des Königs Sohn.

Sein Eynkommen.

Des Königs Eynkommen / ist 50. Crou Rupias: Ein jedes Crou ist 100. Leckes / vnd ein jede Lecke / 100000. Rupias: welches alles zusammen auff die 50. Million Pfund Sterling machet: welches ein vnsegliche Summ ist / vnd das Eynkommen weit vbertrifft des Königs in China / welches sich auff die 150. Millionen Cronen belaüffet.

Sein außgab.

Sein tägliche außgab / für sein eygne Person / sind 50000. Rupias / vnnd für seine Weiber 30. tausent Rupias.

In seinem Schatz zu Agra / sind in Goldstucken / deren eins 10. Rupias thut / 60. Leckes: vnnd 20000. andere Goldstuck / deren eins 1000. Rupias haltet: vnd 10000. andere / deren jegliches haltet 500. Rupias. In Silber ist ein solche menge vorhanden / daß es vnmüglich ist außzusprechen. In Diamanten / vnd anderen köstlichen Edelgsteinen / sind anderthalb Batman vorhanden: Ein Batman ist 55. Englisch Pfund schwer. In Perlen 12. Batman: In Emralden 5. Batman: anderer seltzamer Steinen / Corallen vnd Topazen zugeschweigen.

Es sind auch in seiner Schatzkammer 2200. Schwerter / deren Hefte vnnd Scheiden / mit den aller reichsten Steinen versetzet sind: vnd 2000. Dolchen / gleicher manier. Item 1000. Guldene vnd mit Edelgsteinen versetzte Sättel. Vber die 100. Guldene Stühl: vnd so viel Weinfässer / mit Edelgesteinen besetzet: An Kettenen / Trinckgschirren / Platten / Tellern vnd allerhand Tischgeschirr: Item an Helffanten / Pferden / Camelen / Ochsen / Maulthieren / ist ein vnseglicher Schatz vorhanden. Ein solchen Schatz hat er auch zu Lahor / vnd in andren seinen Castellen. Niemand soll dieses alles für vngläublich achten. Dann die Europæischen Reichthumben / sind gegen den Indianischen / eben gar für nichts zu achten.

Dann neben den reichen Bergen / von allerhand Edelgsteinen: Diamanten / Rubinen / Sapphyren / Smaragden vnd anderen: wie auch den reichen Gold vnd Silbergruben / so hin vnd wider in diesen Indien sein / werden noch täglich viel Schätz von Gold vnd Silber / von allen Orten der Welt / gleichsam alß in einen gemeynen Schatz / in diese Landt gebracht / darfür die Kauffleut die Edelgstein / Biesem / Gewürtz / allerhandt Medicinalische Specereyen / vnnd andere dergleichen frembde Sachen mehr an sich kauffen / vnd durch die gantze Welt verführen.

Darneben so besitzen die Könige bald alle Schätz vnd Reichthumben jhrer Landen / vnnd kompt jhnen alles zu. Dann wan ein Fürst oder Edler stirbt / so nimbt der König alle fahrende Hab hinweg: Das Weib aber / vn die Kinder haben nach zu dancken / wann jnen das Land verbleiben mag / so daß offtermals keiner mit lären Händen für den König kommen.

Er hat

Von den Ländern Asie.   1597

Er hat auch in seinem Reich auff die 40000. Helffanten / deren 2000. zum Krieg aufferzogen werden: Einer isset täglich zehen Rupias / in Butter / Früchten / Zucker / ꝛc. Sie sind so zam / daß Hawkin der obgedachte Engelländer einen gesehen / der deß Königs Kindt / so 7. jahr alt gewesen / auff sich genommen.

Wann der König vber Landt reitet / so folgen seinem Hof vber die zweymal hundert tausent Menschen nach.

T. Coryat / ein Englischer Kauffmann / der zu fuß erst newlich Anno 1615. durch dieses Mogols gantze Reich gereisset ist / schreibt: der jetzige König seye 53. jahr alt / an der Farb wie die Oliven: Sein Reich seye der Geometrischen Außmessung nach / 4000. Englischer Meilen weit / vnd seye etwas kleiner dann das Türckische Reich / an Fruchtbarkeit aber vnd allerhand Reichthumen viel mächtiger als dasselbige. Er meldet weiter / diesem König gange täglichen auff die blosse Erhaltung seiner Thieren vber die 10000. Pfundt Sterlin / welches macht 50000. Philipstaler. Er halte auch für seinen Leib 1000. Weiber / vnder welchen die Fürnembste heisse Normal.

Dieser Coryat ist auch in seiner Reiß in eine Statt kommen / so Datte genannt wirdt / bey deren der grosse Alexander vor zeiten mit dem König Poro die Schlacht gehalten: dann zum Zeichen solcher Victori ist daselbsten eine Metalline Säul auffgericht worden / welche noch heutiges tags stehet.

Von etlichen Stätten dem Mogol zuständig vnd von welchen noch nicht gehandelt worden. Cap. c.

Lahor ist der allerschönsten vnd eltesten Stätten eine in gantz India / steht an dem Fluß Indo: Hat 16. Meil im Begriff: Der Indus ist daselbst so breit / als die Thems zu Londen. Mitten zwischen Lahor vnd Agro / 10. Meil ausserhalb dem Weg / ligt ein Volck im Gebürg / da alle Brüder eines Hausses nur ein Weib haben. Auß gantz India / kommen Kauffleut gen Lahor / vnd laden allhie jhre Güter in grosse Nachen / dieselbig nach Tutta zuschicken / welches die fürnembste Statt in Sinda ist / in deren die Portugesen zu Fridenszeiten einen grossen Handel treiben / welche auch durch diesen Weg nach Orient vnd Persia handthieren. *Lahor.*

Surat ist ein Meerstatt / da die Englischen Schiff mehrertheils anlenden / vnd einen grossen Handel treiben. *Surat.*

Brampore ligt in der Ebne / an einem grossen Wasser / hat ein groß Castel. Von Surat nach Brampore / hat es ein schön vnd eben Landt / voller grosser vnd kleiner Wassern. Aber von Brampore nach Agra ist es sehr Bergig / also daß die Camel schwerlich durchkommen können: Es ligen viel hohe Berg vnd starcke Castel in dem Weg / alle Tag trifft man ein wolbewohnte Statt an / vnd ist das Landt frey von Dieben vnd Räubern. Zwischen Agimere oder Azmere / vnd Agra sindt 120. Cursus oder Roßlauff: Bey dem Endt eines jeden stehet ein grosser Pfeiler: vnd bey jedem zehenden Lauff ein Scraglia / das ist / ein Herberg für Menschen vnd Pferdt / vnd kan einer mit 3. Englischer Pfenningen außkommen. *Brampore.*

Agra ist ein mächtige grosse Statt / an dem grossen Fluß Jamena gelegen: Es ist ein schön Castel darinnen / so mit der höchsten vnd schönesten Mawren vmbgeben ist / haltet 2. Meilen im Bezirck / mit gewaltigen Büchsen wol versehen. *Agra.*

Von den Inseln deß Ost Indischen Meers. Cap. cj.

Nach dem wir die Länder vnd Königreich / die zu Ost Indien gehören / vnd in dem Continente / oder vesten Landt / ligen / durchwandelt haben / wolten wir vns jetzund zu Schiff begeben (weil wir deß oben gedachten Affen Hanimants springen nicht erfahren sindt) vnd die Inseln deß Ost Indischen Meer besichtigen. Weil aber deren eine ziemliche Anzahl / wollen wir vns allein in den Vornembsten ein wenig auffhalten.

Von der Insul Sumatra.

Sumatra / oder Samatra / ist die allerverrümbteste Insul in gantz Orient: Sie ist fast 700. Meilen lang / vnd vber 200. breit: Der Lufft darinnen ist nicht gar gesundt / weil sie gerad vnder der Linien ligt / vnd darneben so voller Seen ist / auß welchen die Sonnen mehr rauher Dämpff auffzeucht / als sie wol verdawen vnd verzehren kan. Der Eynwohner Speiß ist / Honig / Reiß / Sagu vnd Baumfrücht. Ihre Reichthumben sind Pfeffer / Imber / Cassia / Berzalen / Hiacinthen / Perlin / Seyden / Benionn / Goldt / Silber / Zinn / Eyssen / ꝛc.

In dem Königreich Campa wachsen Bäum / deren Marck ist Aloe / welches in India mit Golt außgewogen / vnd demselbigen gleich geachtet wirdt.

An dem Meergestaden sind sie Mohren in der Religion / vnd solche sind sie diese 200. letzten jahr gewesen: Aber in dem Landt sind sie Heyden: In etlichen Orten / als in dem Königreich Andragiri / vnd Aru / sind sie Menschenfresser.

Vor der Portugesen Ankunfft war diese Insel in 29. Königreich zertheilet / under denen das vornembste Pedir gewesen / nach demselbigen Pacem jetzt Acem. Der Abram / welcher zuvor nur

ein Schlav gewesen / jetzt aber König zu Acem / hat schier alle Mitnächtige theil dieser Insel eyngenommen / und mit Hülff der Türcken und Arabern / machet er bißweilen denen zu Malacca grosse Geschefft. Dieser König gab dem König von Sor sein Tochter zu der Ehe / und schenckte jhm zu gleich / ein solch Stück Geschütz / dergleichen von grösse / länge und künstlicher Arbeit in der gantzen Christenheit keins sol gefunden werden.

Der König zu Acem gehr selten auß / es darff auch niemands für jhn kommen / er werde dann durch ein Officier / mit einem güldenen Stab beschickt. Man muß durch sieben Porten passiren / ehe man in deß Königs Pallast kompt / welche alle durch Weiber / so in Wehr und Waffen wol erfahren sindt / bewahret werden.

Ein armer Fischer wird ein mächtiger König.

Dieser König / so Suldan Aladin genannt wird / ist anfangs nur ein Fischer gewesen / wie Cornelius Houtman bezeuget: weil er aber grosse sachen zu Wasser verrichtet hatt / da ist er zum Ampt deß Admirals befürdert / und mit deß Königs Baaß verehlicht worden. Nach deß alten Königs Todt / solte er deß jungen Königs Vormünder seyn / aber er ward sein Mörder / und schickte jn mit 1000. der Fürnembsten in die andere Welt / und nahme er das Königreich an sich. Im jahr 1598. ist dieser König 100. jahr alt gewesen: ja so alt / daß jhn sein eltester Sohn gefangen genommen / fürgebend / er were zu alt für die Regierung. Mit diesem hat Anno 1604. die Königin Elisabetha auß Engelland durch Ritter Jacob Lancester / ein Bündnuß auffgerichtet.

Dieser König lässet den Vbelthätern Händt und Füß abhawen: welche er aber tödten wil / die werden durch die Helfanten zerrissen / oder es wirdt jhnen ein Pfal von unden herauff in den Leib gestossen. Er hat 100. Galeen / deren etliche 400. Mann tragen / sind alle mit Metallinen Stücken wol versehen. Er hat ein Weib zum Admiral / dann / auß trieb seines Gewissens / dorffte er keinem Mann trawen. Sie haben eine Tradition und sind beredt / jhr Acem / oder Achem seye das Reich Ophir: Es ist auch glaublicher / daß viel mehr diese Insel Sumatra aurea Chersonesus oder Ophir seye / dann Malacca: weil Sumatra viel Golds hat / Malacca aber keines oder gar wenig.

Anno 1613. hat König Jacob / durch seinen Generalen Best / die vorgemachte Bündnuß / mit diesem König wider ernewert. Sein Brieff ist in einem güldenen Becken für den König zu Achem getragen worden / und ist der General auff einem Helfanten hernach geritten. Den 2. Meyen hat man dem Englischen Gesanten / sampt allen Fremden / 6. Meil von der Statt / in einem Wasser ein Königlich Panckel gehalten. Junge Knaben dieneten zu Tisch / sie trugen die Trachten gantz

Panckel in einem Wasser gehalten.

wunderlich auff / dann mit der rechten Hand schwummen sie daher / mit der Lincken trugen sie die Speissen / und das Getränck empor: Es sindt bey 500. wolgerüster Trachten auffgetragen worden / und hat das Panckel geweret / von ein vhr biß umb fünff vhren / unsern Tagen und Stunden nach. General Best / stund ein stund vor dem König auff / dann er war müd so lang in dem Wasser zu sitzen. Dieser König schrieb an den König von Engelland / Anno 1622. und gab jhm selber einen stolzen Titel / in welchem er seine grosse Reichthumben / und underworffene Königreich hochmütig herauß gestrichen.

Sonst ist dieser König sehr grawsam / dann er hat seiner Fürsten einem ein Aug auß dem Kopff gerissen / darumb daß er seiner Weibern eine / als sie sich in dem Fluß gewaschen / beschawet hatte. Er lässet etliche in Oel sieden / etliche entzwey sägen / etliche lebendig spissen / etlichen die Schenckel abhawen.

An. 1613. hat Laxanar dieses Königs General / mit 200. Galeen und Fregaten / den König zu Joar und den König zu Siak uberwunden / und gefänglich gen Acher gebracht. Pedir / Manaviabo / Aru / Priaman / Tecoo / Barouse / sampt andern orten mehr sind disem König underworffen.

Man findt in diesem Land die grösten Helfanten / die in gantz Orient sind: Die Priester tragen enge Kleyder in jhren Opffern / und Hörner auff dem Kopff / die hinder sich sehen / sampt einem Schweiff / der hinden hinab hanget / dann in solcher gestallt erscheinet jhnen der Teuffel: Jhre Angesichter verstellen sie mit grüner / schwarzer / und gelber Farb.

Die

Von den Ländern Asie. 1599

Die Eynwohner vbertreffen in der Person andere Leut/haben ein grawsam Gesicht vnd ein rauhe spraach. Sie leben lang/dz auch einer 300. jar alt wird vnd stirbt/vnd wird geachtet dz er zeitlich gestorben sey. Ein groß theil dieser Insel wird verschlagen mit Helffanten vnd wilden Thieren. Das Meere vmb sie ist so tieff daß man mit keinem Ancker den Boden mag erreichen. Man list trefflich viel vnd grosse Perlin auff in den Muscheln bey der Inseln. Die Muscheln sindt ein theil so groß/das die Eynwohner sie zu Häusern brauchen/vnd darunder mit dem gantzen Haußgesind wohnen. Dann man findt da Schneckenschalen die seindt 15. Elenbogen groß/darunder wohnen die Leut/vnd seind sicher vnd wol geschirmet vor dem Regen vnd der Hitz. Die grossen Walfisch spacieren auch am Gestaden dieses Landes/vnd thun grossen schaden. Sie seind so groß/ daß sie an das Gestad kommen wie ein Bühel/vnd ist jr Rucken durch auß rauch von grossen Dörnen vnd Stacheln. Wo der Mensch nicht gewarsamlich an Gestaden geht/mag er diesen vngehewren Fischen nicht entrinnen/sonder sie verschlucken jn eins schnapps. Sie haben ein solchen grawsamen Schlund/daß sie zum offtermal Schiff mit den Leuten verschlingen. Es wechßt auch in dieser Inseln vast viel Lac/darauß man die schönrot Farb macht. Die Bäum darauß er fleußt/ sind gleich den Nußbäumen bey vns. Es wechßt auch in dieser Insel ein vberauß grosse Summa deß Pfeffers/der genennt wird Molaga. *Was Lac ist. Insel Bandan.*

Von dieser Insel schifft man in 15. tagen in ein andere Insel die heißt Bandan/da wachsen die Muscatnuß vnd Macis/aber sonst nichts Edels. Die Insel wird bewohnt von groben vnverstendigẽ Leuten. Sie haben vast schlechte vnd nidere Häuser/gehen in Hembderen/sind geschucht/tragen aber nichts vff dem Haupt. Ihr Glaub ist wie zu Calikut. Der Stam̃ der Muscatnuß ist gleich einem Pfersich Baum/nicht sehr hoch/hat Bletter vast demselben gemäß/die äst aber gedrenger in einander. Vnd eh die Nuß vollkommen wird/stht sie in dem Macis: das ist/im Blust/wie in einer auffgethanen Rosen. Vnd so die Nuß zeitig ist/vmbfacht Macis die Nuß von dem Blust gescheiden. Ein jeglicher Mensch in der Insel mag jhr brechen so viel er will/dann alle ding ist bey jhnen gemein/vnd solches geschicht im Herbstmonat/wañ die Kesten bey vns zeitig werden. Diesen Bäumen wird kein rhat gethan/so wenig alß bey vns den Kesten Bäumen. Sieben Tagreiß von dieser Insel ligt ein andere Insel die heißt Monoch/darinn wachsen die Nägelin/wie auch in andern kleinern vnbewohnten Inseln. Dieser Baum der die Nägelin tregt/ist gestallt wie bey vns der Buchsbaum/ also geschlecht vnd dick/aber die Bletter gleich wie des Baumes der Zimmetrören. Wann die Nägelin zeitig werden/ so spreiten die Eynwohner Tücher vnder die Bäum/ vnnd mit Rhoten schlahen sie die Nägelin ab/vnd samblen sie zusammen. Das Erdtrich da sie wachsen/ist gleich einem Sand/wiewol es nit Sand ist. *Muscatnuß vnd Macis. Insel Monoch. Nägelin vnd Muscatbaum.*

In diser gegne ist ein Berg der allezeit brennet: vnd ein Brunnen/auß welchem reiner Balsam fliessen soll. Ortelius vnd Maffæus haben diß Landt für der Alten Cersonesum Auream gehalten. *Pet. Bertius Tab.*

Galvanus schreibt/die Bacas oder Menschenfresser in den Bergen Samatræ/vergülden jhre Zän. Das Fleisch jhres Viehs/vnd der Hennen/ist so schwartz als Dinten. Die Eynwohner sagen/es seyen Leuth in dieser Insel/die sie Daraqui Dara nennen/welche Schweiff haben wie die Schaaf. Galvanus bezeugt er habe von dem König zu Tidore gehört/dz auch in den Inseln Batho-China Leut mit Schwäntzen seyen/welche auch etwas/wie ein Vther/zwischen den Beynen haben/darauß Milch komme. *Menschen mit Schaafsschwäntzen.*

Es wachset ein Baum in dieser Insel/dessen Safft ein wunderbare Würckung hat: wann es deß Menschen Blut anrieret/so tödtet es jhn: wann aber der Mensch darvon trincket/so ist es die beste Artzney wider das Gifft.

Ihr Müntz ist von Goldt/Silber vnd von Zinn: zu Vertomanni zeiten/waren die Müntzen im Königreich Pedir gestämpffet/auff einem Ort stund ein Teufel/vnd auff dem andern Ort ein Wagen/der von einem Hilffant gezogen ward. Die Menschenfresser brauchen die Hauptscheideln jhrer gefressenen Feinden/an stat deß Gelds/vnd der wirdt der reichst vnder jhnen geachtet/ der am meisten Hauptscheideln in seinem Hauß hat.

Im Glauben vnd Sitten/sind sie gleich denen zu Tarnasseri/verbrennen auch gleicher gestalt jhre Weiber. Sie haben gantz kunstreiche Handwercker/Kauff-vnd Schiffleut vnder jhnen. Sie können jhre Schiff mit wundersamer Geschwindigkeit wenden/wohin sie wöllen/die Portugesen haben jetzund auch eine Vestung in dieser Insul.

Von der Insel Zeilan. Cap. cij.

Eilan oder Ceilan/(welche Barrius vnd andere für der alten Taprobana halten) ist vor zeiten ein mächtig grosse Insel gewesen/dann sie hält 3600.Meilen in dem Bezirck/seither aber ist sie durch das Meer sehr geschmälert worden/also daß sie jetzt nicht vber 250. Italiänischer Meilen in der länge/140. in der breite vnd im Bezirck nicht vber 700. Meilen haltet. Die Indianer vnd Araber nennen diese Insel Tenarisim/oder das Landt der Wollüsten. Sie ist durch einen Canal von dem Haupt Comorri abgesöndert/vnnd haltet man darvor sie seye an dem Landt gestanden/wie auch die Insel Samatra/vnd seyen beyde erst hernach von der Vngestümme deß Meers darvon abgesöndert worden.

Fürtrefflig-keit der In-sel Zeilan.

Diese Insul wirdt von etlichen für das Paradeiß gehalten: welches auch kein Wunder. Dann sie ist reich an allerhand Gütern so der Mensch erdencken mag. Sie ist voller schöner Flüssen vnd Brünnen: Sie hat auch schöne Felder/Berg vnd Thäler: Sie ist reich von allerhand Metallen vnd köstlichen Edelgesteinen/Rubinen/Saphiren vnd Hiacynten. Es werden darinn gefunden die schönsten Pomerantzen/Limonen vnd andere Früchte so man mit Augen sehen mag. Es sind darinn gantze Wäld von Zisslet deß allerbesten/so die Sonn jemalen gesehen. Sie ist auch voller Gewüldt vnnd zamer Thier/trägt auch sonderlich gute vnd daurhaffte Elephanten/vnd mangelt in summa nichts darinnen/darvon ein Landt möcht gepriesen werden. Sie hat einen solchen hertzlichen Lufft/daß die Einwohner baldt nicht wissen was Kranckheit ist/vnd derentwegen gibt es sehr alte Leut darinnen.

Der Baum darvon der Zimmet kommet/vergleicht sich einem Lorbeerbaum/dann daß er grössere Bletter hat/vnd ein Frucht bringt die etwas kleiner ist weder die Lorbeeren. Die Zimmetröhrer sind die Rinden von diesem Baum/vnd die nimpt man von diesem Baum/vnd schelet die Rinden darvon/aber dem rechten Stammen thut man nichts. Vnd so man die Rinden erst abgezogen hat/haben sie die Krafft vnd Würckligkeit nicht/biß er ist vber ein Monat.

Der Berg darauff diese Zimmetbäum stehen/haben oben ein schöne ebne/wie ein natürlich Amphitheatrum: Einer aber vnder diesen Bergen lipfft sein Haupt/7. Meil auff in eine Höche: vnd hat zu oberst auch ein Ebne/in deren Mitte ein Stein gefunden wirdt/zwo Elen lang vnd breit/so in gestallt eines Tisches auffgerichtet stehet/vnd darein wirdt ein Fußtritt gesehen eines Manns. Die Einwohner geben für/dieser Dritt seye von Oely/so sie erstlich die Religion gelehret/dahin kommen/vnd jhnen hinder lassen worden. Es ist auch ein alter Wohn/als solte vnser erster Vatter Adam auf diesem Berg begraben seyn. Diß Ort wird auff die 1000. Meil wegs von

Gefehrliche Bilgerfahrt.

den Bilgern besucht/wiewol mit höchster Beschwernuß: dann sie werden gezwungen an Nägeln vnd Ketten/die mit Kunst an die Felsen gehenckt sindt/hinauff zu klettern: wann sie hinauff kommen sind/so wäschen sie sich in einem Brunnen von klarem Wasser/so nahe bey diesem Fußstein entspringt/vnd halten darfür/sie werden hiemit gereiniget von allen jhren Sünden. Vertomannus schreibt/es seyen viel köstlicher Stein in diesem Wasser/welche auffzuheben der König biß weilen den Armen erlaubnuß gebe.

König dieser Insel.

Es sind neun König in dieser Insel/der Fürnembste ist der König von Colmuchi/welchem die vbrigen alle Tribut geben/als nemlich die König von Janasipatan/Triquinamale/Batecolon/Villassem/Tanamaca/Laula/Galle vnd Candy. Es ist aber nicht lang/daß der fürnembste König/von einem Balbierer ist ermordet worden/welcher die vbrigen König auß dem Landt vertrieben/vnd die Monarchen an sich gezogen hat.

Grosser Götzen Tempel.

In Candi ist ein Götzen Tempel/so 130. Schritt im Bezirck hat/einer vnsäglichen Höhe: der Thurn ist viereckig/vnd der Spitz zu oberst gantz vergüldet/wann die Sonn daran scheinet/so kan kein Mensch den Glantz erdulden. Sie haben viel Klöster welche auff die Römischen Manier erbawen/vnd gantz vergüldet sindt. Ihre Capellen/sindt voller Bildern/beyderley Geschlechts: Solche setzen sie auff die Altär/mit güldenem vnd silbernem Gewandts gezieret: vor jhnen stehen Bilder kleiner Knaben/welche grosse Liechtstöck in Händen tragen/mit Wachskertzen/so Tag vnd Nacht brennen. Georgius Spilbergius beschreibt ein Procession/die er bey jhnen gesehen/vnd vermeynet die Occidentalischen München haben diesen Orientalischen die Ceremonien abgelernet.

Die Weiber gehen allhie nackend biß auff den Nabel/von dannen herab tragen sie Hembder von allerley Farben: Sie nehmen so viel Weiber/als sie ernehren können. Sie essen kein Rindfleisch/vnd trincken kein Wein: Beten an was jhnen deß Morgens am ersten begegnet.

Von den Ländern Asie.

Die Einwohner dieser Insul sindt gantz fürtreffliche Künstler / vnd Arbeiter in allerley Metall. Es hat einer dem Ertzbischoff von Goa ein Crucifix verehret/ welches so oberauß künstlich gemacht war/ daß einer gemeynt hette das Bildt lebe: Welches der Ertzbischoff dem König in Spania/ als ein sonderbares Kleynot geschickt hat/ dergleichen keines in gantz Europa gefunden wirdt.

Die Portugesen haben auch eine Vestung in dieser Insul zu Colombo/ vnd hat jhnen selbiger König etwan Tribut geben müssen 120. Pfund deß besten Zimmets vnd 6. Elephanten.

Zum Beschluß/ wird gefragt/ ob Sumatra oder Zeilan/ der alten Taprobane seye? Es ist zwar dieses sehr zweiffelhafftig/ aber es scheinet das jenige/ so Plinius von Taprobane geschrieben/ stimme mehr mit Zeilan/ als Sumatra vberein: dann er sagt/ zur zeit Claudij/ seye Annij Plocami diener/ welcher Kauffmannschafft halben zum rohten Meer geschickt worden/ in 15. Tagen/ von den Kusten Arabiæ in Taprobane gefahren/ welches in so kurtzer zeit gen Sumatram nicht hatte beschehen mögen: Zu dem/ so stimmet auch die Fürtrefflichkeit der Helefanten/ mit Zeilan vber eyn: vnd gwißlich wann Sumatra zur selbigen zeit so bekant were gewesen/ so wurden gewißlich auch die vbrigen Theil Indiæ besser entdecket worden seyn. Es ist aber die Insul Taprobane/ von Onesicrito entdecket worden/ welcher Alexanders Admiral vber seine Schiff vff diesem Meer gewesen ist/ vnd ist damalen für ein andere Welt geachtet worden.

Der Alten Tabrobane. Pli. 16.c.22

Von den Inseln Maldiva.

Nicht sonderlich weit von Zeilan gegen Affrica zu ligen viel kleiner Inseln/ so man Maldiva oder tausent Inseln heist / eygentlich aber wird dieser Nam einer Inseln geben. Dieser Inseln sollen bey 7000. oder 8000. beysammen seyn/ die grösten ligen etwan 10. biß in 20. Meilen von einander: die kleinen aber sindt so nah bey einander daß an etlichen Orten schwerlich ein Schiff darzwischen durch kan. Sie sind gantz nicht fruchtbar/ vnd deßentwegen mehrertheils vnbewohnt.

Außgenommen etliche so von den Portugesen besucht werden/ da die Muscatnuß wachsen in grosser Menge.

Maldiva ist die vornembste dieser Inseln/ vnd do wohnet ein König. Es wohnet auch ein anderer zu Candaluz/ vnd diesem seyn die vbrigen Inseln vnderworffen. Die Einwohner sind klein vnd schwacher Natur/ aber arg vnd sehr lustig/ vnd seyn mächtig den Zaubereyen ergeben.

Es tragen auch diese Inseln viel Palmenbäum/ aber die seyn viel anderst vnd grösser als andere Palmen/ vnd diese geben den Einwohnern einen vnglaublichen Nutzen. Das Holtz dienet jhnen zu jhren Schiffen/ Mastbäumen vnd andern darzu gehörigen Instrumenten: die Frucht dieser Palmen ist so groß als ein Menschenkopff/ vnd die hat zwo Rinden: die erste ist wollechtig/ die wird auff sonderbare weiß bereit/ vnd gesponnen wie Hanff/ vnd darauß werden die besten Schiffseyler gemacht. Die Frucht oder der Kernen darinn ist gantz milchechtig/ vnd so die Milch darauß gezogen wird/ gibt sie ein gut Oel/ das vbrig aber ist ein gantz anmhutige Speiß: wann aber die Frucht noch zahrt vnnd grün ist/ so machen sie etwan schnitt vnd riß in die zarten Aest/ vnd darauß fleust ein Safft/ auß welchem sie mit gewissen Künsten Zucker/ Wein vnd Essig machen können. Die Bletter dieser Palmen dienen jhnen für Papier/ oder sie wissen sie auch zubereiten/ daß sie Kleyder darauß machen.

Nutzliche Palmen.

Es wächst in diesen Inseln noch ein andere Palmen vnder dem Wasser/ vnd deren Frucht ist noch grösser als der vorigen. Die inner Rinden solle eine wundersame Tugent haben wider das Gifft/ vnd viel kräfftiger seyn als der Stein Bezoard.

In dem Meer dieser Inseln werden allerhand schöne gefärbde Schnecken gefunden/ die werden von dannen in Indien geführt/ vnd daselbsten für Müntz gebraucht. Es führen auch die Portugesen derselbigen gantze Schiff voll in Affricam nacher Chinea/ Benin/ vnd Congo/ dann diese Völcker brauchen sie auch an stat der Müntzen. Es wirt auch in diesem Meer der köstliche Biesem Ambra genannt/ insonderheit der grawe so derbeste seyn sol/ mehr als jrgend an einem Ort gefunden/ vnd an ferne Ort verführt: Man hat etwan vor 50. vntzen dieser Ambra 1500. Cronen bezahlt/ er ist aber jetzund nit mehr so thewr/ dann er wirdt jetzt auch in der Insel Angossa/ zu Capo Verde/ Porto Santo/ Setubal/ vnd Peniche gefunden. Man kan nicht eigentlich wissen was die Ambra für eine Matery seye/ ettliche vermeynen es seye der Saamen der grossen Fischen Balenen genannt/ dann sie sagen er werde auch in dem Leib der Balenen gefunden/ andere aber halten darfür es seye der Kohtt von sonderbaren Vögeln/ andere halten anderst darvon. Es fährt die Ambra daher auff dem Meer wie ein dicker Schaum/ vnd der wird von den erfahrnen Fischern erkennet vnd auffgfangen.

Schnecken werden für Geldt gebraucht.

Ambra was es seye vnd woher es komme.

1602 Das siebende Buch

Von der Insel Borneo, Cap. ciij.

Orneo sol so groß seyn als Hispanien/ vnd hat viel kleiner Inseln/ die jhren auf den Dienst warten. Es ist ein Statt darinn gleiches Namens/ auff Pfeiler gebawen/ in dem Saltzwasser/ mit köstlichen gebäwen von gehawenen Steinen. Der König dieser Statt ist ein Mahumetaner/ oder Mohr/ welchem allein von Weibern vnd Jungfrawen in seinem Pallast gedienet wird. Er haltet einen vberauß stattlichen Hoff. Antonius Bigafetta schreibt: Er habe in seiner Kron 2. Perlin so er gesehen/ so groß als Hüner Eyer. Diese Statt haben die Spanier Anno 1577. eyngenommen/ aber darnach widerumb verlassen. In der Statt Sagadana/ ist ein Englische Factorey.

Die Eynwohner dieser Insel sind zum theil Mohren/ zum theil Heyden/ vnd nach dem vnderschied jhrer Religionen/ haben sie auch zwar vnderschiedliche Könige/ vnd zwo vnderschiedliche Königliche Stätt so im Saltzwasser gelegen sindt. Nach dem Todt warten sie auff nichts bessers: Sonst sind die Eynwohner erbare Leut/ sie tragen Baumwollen vnd Schamlotte Hembder/ etliche tragen rohte Pareth auff. Von dieser Insel bringt man den Camphor: man sagt/ er wachse/ vnd seye ein Gummi eines sonderbaren Baums.

Von den Inseln Java/ der Grössern vnd der Kleinern. Cap. civ.

ES seyn zwo Insuln die Java heissen. Die eine Iava major die Grössere/ vnd die andere Iava minor die Kleinere.

Diese kleinere Java ligt gegen Mittag nicht ferr von dem vesten vnbekanten Landt. Sie solle in dem Bezirck 2000. Italiänischer Meilen halten.

Marcus Paulus beschreibt diese Insel/ vnd sagt sie habe 8. Königreich/ deren jegliches eine sonderbare Spraach hat/ er meldet aber nur 6. von denselbigen.

Felech.
1. Felech: dessen Einwohner seynd Mohren/ vnd die Landtleut Abgötterer.

Basmo.
2. Basmo: dieses ist dem grossen Cham vnderworffen/ gibt jhm aber keinen Tribut. Allhie sollen Einhörner seyn/ die Häupter haben wie die Schwein/ aber Füß wie ein Helffant: mit dem Horn an jhrer Stirnen thund sie keinen Schaden/ sondern sie belustigen sich im Koth/ wie die Schwein: Etliche vermeinen es seyen die Rinocerotes. Es hat auch allhie viel kleiner Affen/ welche den Menschen am Angesicht gleich sind: diese pflegen sie durch gewisse Specereyen zu balsamiren vnd auffzuhalten/ sie nemen jhnen das Haar an allen Orten/ außgenommen wo die Natur die Menschen haaricht gemacht hat: verkauffens hernach den Kauffleuten für balsamierte Cörper der Zwergen.

Samara.
3. Samara: In diesem können keine Nordsternen gesehen werden: die Eynwohner sind Menschenfresser/ vnd Abgötterer.

Dragojan.
4. Dragojan: dessen Einwoner sind gantz vihisch/ wann einer kranck wirt/ so fragen seine nechsten Verwandten durch jhre Zauberer/ den Teuffel/ ob er wider auffkommen werde/ oder nicht: Wann der Teuffel antwortet/ er werde nicht auffkommen/ so schicken sie etliche Leuth/ die zu diesem Teufflischen Handtwerck verordnet sind/ jhne zuerwürgen/ vnd zu schlachten/ alsdann so essen jhn die Freundt vnder einander.

Lambri.
5. Lambri: M. Paulus schreibt/ es werden in diesem Königreich Leuth gefunden/ mit Hundsschwäntzen/ einer Spannen lang.

Fansur.
6. Fansur: In diesem leben die Leut von einem Brodt/ das auß dem Marck eines Baums gemacht wirdt/ dessen Holtz so schwer ist daß es im Wasser zu boden sincket/ wie das Eysen: auß welchem auch Spieß gemacht werden die durch eine Rüstung gehen.

Hier findet man den besten Camphor in gantz Asia/ vnd wird so werth gehalten als Goldt.
Die zwey letzten Königreich werden nicht gemeldet.

Die grössere Insel Java/ streckt sich gar ferr gegen Mittag. Sie haltet in jhrer Länge 560. Italianische Meilen vnd in jhrem Vmbkreyß solle sie bey 3000. Meilen halten wie Nicolo di Conti vermeynt. Gegen Nidergang sicht sie gegen der Insel Samatra vnd ist nicht weit darvon gelegen/ gegen Auffgang stöst sie an die Insel Ambaba oder Cambaba/ vnd ist nur ein geringer Canal darJava major. zwischen. Diese Ambaba nennen Belleforestus vnd etliche andere auch Iavam minorem.

Die Eynwohner haben ein besondere Spraach/ vnd sind Abgötterer: Etliche beten Götzen an/ andere die Sonnen vnd den Mond/ die dritten einen Ochsen/ die vierdten beten an was jhnen deß Morgens begegnet/ viel beten auch den Teuffel an.

Nicola

Von den Ländern Asie. 1603

Nicolo di Conti schreibt/ sie haben vor zeiten/ Katzen/ Mäuß/ Ratten/ vnd allerley Gewürm/ zur Speiß gebraucht: Sie seyen auch die allerschandtlichsten Mörder gewesen/ vnnd haben sich nicht geschewet/ den nechsten so jhnen begegnet/ nider zu hawen/ ja wer dieses am besten habe thun können/ sey am meisten gelobt worden.

Wann ein Mensch bey jhnen alt wird/ vnd nicht mehr arbeiten kan/ so führen jhn seine Kinder oder Geschwisterte zu Marckt/ vnd verkauffen jhn andern/ die jhn hernach zu todt schlagen/ kochen vnd essen. Dieses thun sie auch mit jungen Leuten/ wann sie in ein Kranckheit fallen/ dann sie halten jhre Bäuch für bessere Gräber als die Erden. Vnd vermeynen/ die seyen grosse Narren/ welche ein solche süsse Speiß/ von Würmen lassen gefressen werden. Es lässet sich aber ansehen/ sie haben jhr Barbarisch Leben/ in vielen stücken geendert.

Sie sind grosse Zauberer/ vnnd brauchen verzauberte Wehr vnnd Waffen/ die haben sie stättigs vmb sich/ vnd gehen darmit Tag vnd Nacht vmb/ sie heissen sie Cris/ seyn etwan zwen schuh lang/ vnd wen sie darmit verwunden/ der kompt schwerlich mit dem Leben darvon. Sie sagen/ jhre Vorältern seyen wegen grosser Tyranney/ auß China in diese Insul entrunnen/ vnd haben dieselbige mit Volck erfüllet. Sie tragen lange Haar vnd Nägel an Händen vnd Füssen. Sie erkennen 4. Propheten/ Jesus/ Mahomethen/ David/ vnd Moses. Sie observieren auch jhre stunden zubeten/ wie auch jhre Fest/ vnd Fasttäg. Grosser Herren Weiber lassen sich nimmer sehen.

Die fürnehmbsten Stätt in dem grössern Java sind Bantam/ Ballambua/ Paßarucan/ Joartam/ Surzabaia/ Tuban/ Matera/ Dannia/ Taggal/ Carabaon. Nicht weit von Panarucan ist An. 1586. ein brennender Berg außgebrochen/ welcher vnseglich viel Menschen vmbgebracht hat/ durch die grossen Stein die er drey tag nach einander in die Statt geworffen hat.

Die Statt Joartam hat vff die 1000. Haußhaltungen. Ihre Pagodes vnd Abgötter sindt formieret wie die Teuffel/ deren Tempel haben sie in den Wäldern. Oliver Noord schreibt/ der fürnehmbste Priester der gantzen Insul/ wohne in dieser Statt/ vnd seye zu seiner zeit 120. jahr alt gewesen/ habe viel Weiber gehabt/ die jhn mit jrer Milch ernehret haben/ seye ein abgesagter Feindt aller Christen gewesen. *Joartam.*

Die Mittägigen theil in Java/ sindt nicht fast bekandt/ wegen der Löwen/ vnd anderer wilden Thieren/ so darinnen sindt. Es darff kein Javaner vber drey Weiber nehmen/ aber er muß einer jeden 10. Mägt halten/ welche auch seine Concubinen seyn mögen. Es ist ein stolz aber arm vnd blutdurstig Volck.

Es wohnen viel Chineser in dieser Insul/ die kauffen jhnen Weiber/ vnd wan sie wider heim ziehen/ so verkauffen sie die Weiber wider/ vnd nemmen die Kinder mit sich. Der Ehbruch wirdt am Leben gestrafft/ vnd mag die Fraw jhren nächsten Blutsfreund erwehlen/ sie zu erstechen. Etlich meynen/ wann sie gut gewesen/ so werden sie nach dem todt wider zu grossen Reichthumben erbornen werden/ wan sie aber böß gewesen/ so sollen sie in Kroten/ vnd andere scheutzliche Thier verwandelt werden.

In dieser Insul werden wunderseltzame Vögel gefunden/ die man Eeme sonsten auch Kasevvaris nennet/ sie seynd vast so groß als ein Strauß/ haben keine Zunge/ kleine Flügel/ vnd keinen Schwantz: jhre Stärcke haben sie in den Füssen wie die Straussen. Diese Vögel pflegen alles was sie bekommen/ gantz zu verschlucken: als Aepfel/ Biren/ Eyer vnd dergleichen sachen/ vnd geben es auch gantz *Eeme oder Kasevvaris ein seltzamer Vogel.*

KKKK iiij vnd

vnd vnverdäwet widerumb von sich. Dergleichen zween seyn der jahren Printz Moritzen in Niderland præsentiert worden/deren einer in Niderland verblieben/vnd wird noch daselbsten in dem Hag gesehen/der ander ist Königlicher Majest. in Engelland zukommen/da er auch noch zu sehen. Dieser beyden eygentliche Abbildung haben wir hierbey gesetzt.

Es wird auch in dieser Insel ein Thier gefunden so man Cabal nennet/dessen Gebein die Krafft haben solle/daß es das Blut in dem Menschen vffhaltet/daß es auß keiner Wunden fliessen möge.

Sonsten ist die Insel auch reich an allerhand Sachen. Sie ist voller klein vnd groß Viehe/voller Gewüldt/Reiß/Korn/Pfeffer/Küttenen/vnd dergleichen Sachen. Sie hat auch Gold/vnd allerley Edelgestein/vnd seyn ihr an Gut nicht viel zuvergleichen.

Beschreibung der Statt Tuban in der Insel Iava majore gelegen. Cap. cv.

Diese Statt ist rundt mit einer Mawren vmbgeben/hat etliche Porten/gar fein von Holtz gemacht/auff ihre weise: der König ist sehr mächtig/also daß man ihn schier für den mächtigsten König hält in Java. Dann er kan innerhalb 24. stunden/etlich tausent Mann zu Feldt bringen/Er hält sich sehr prächtig vnd stattlich/mit vielen Edelleuten: führet ein sehr köstlichen Standt/vnnd hat einen recht Königlichen Hof/der wol zu sehen ist.

In dieser Statt wohnen viel Edelleut/die grosse Händel treiben mit kauffen vnd verkauffen/von Seyden/Schammelot/vnd Baumwollen Tuch/vnd darauß auch sie Kleydung gemacht sind. Sie haben Schiff die sie Jonken nennen/dieselben laden sie mit Pfeffer/vnd fahren damit gen Baly/daselbst verkauffen sie diese Wahren/an schlechte Kleydung/von Baumwollen Tuch/die daselbst mit hauffen gemacht werden: Wann sie also den Pfeffer vmb diese Kleydung vertauscht haben/so fahren sie damit gen Ternati/Philippinas/vnd fernere vmbligende Oerter/vnd vertauschen die Kleyder wider an Muscatblumen/Muscatnuß/Nägelin vnd anders/welches sie wider heim bringen. Der gemeine Mann ernehret sich gemeinlich mit Fischen/vnd Viehzucht/dann es daselbst trefflich viel Vieh hat. Ihr Kleydung ist gleich deren von Bantam/mit einem Tuch vmb den Leib/oben her nacket/vnd ein Cris an der Seiten. Die Edelleut tragen gemeinlich ein Casäcklein oder Röcklein von Schamelot gemacht/damit sie sehr prangen: auch trotzen sie/vnd verlassen sich gar sehr auff ihre Dolchen/die sie Cris nennen. Welche von stattlichem Herkommen sindt/die haben viel Diener vnd leibeygene Knecht/die gute Achtung auff sie geben/also daß sie auch nicht für die Thür gehe/sie haben dann 10. oder 12. Diener hinder ihnen/vnd wo sie hingehen/da wird ihnen ein Lädlin mit Betel Blättern nachgetragen/die sie mit grünen Nüssen essen/sie käwen sie so lang/biß dz alle safft darauß ist/alsdann speutzen sie es wider auß.

Pferdt in Tuban.

Die Edelleut in Tuban haben einen guten Verstand auff die Pferdt/dann alle die eines Vermögens seyn/müssen ein eygen Pferdt haben/vnd sindt sehr stoltz darmit. Die Pferdt sindt von Natur klein/haben schmale Schenckel/vnd lauffen doch sehr schnell/sie brauchen vast stattliche Sättel zu ihren Pferdten/entweder von Sammet oder Spanischem Leder gemacht/darauff erschreckliche Drachen vnd vergülte Teuffel gebildet sindt. Sie vergleichen sich vast mit vnseren Sätteln/aber hinden sind sie nicht so hoch/ihre Zäum sind gezieret mit Steinen/so weiß als Alabaster stern die gebiß sind auch sehr köstlich gemacht/ die buckel sind gemeinlich von silber/ etliche weiß/ etliche verguldet/ auch etliche von Kupfer/ nach eines jeden standt. Sie reitten offt mit ihrer gesellschafft/ für die Statt hinauß ein ander daselbst zu vben vnd zusehen/ welcher sein Pferdt auff allerley weiß zum besten Manieren vnd Regieren könne/ welches alles sehr lustig zugeht.

Sie haben gemeinlich einen Spieß von holtz/ sehr leicht vnnd schmal/ damit sie sehr künstlich wissen vmbzugehn/ mit Turnieren/ stechen/ rennen/ vnd ein ander nacheylen/ gleich als wann sie sehr auff ein ander erzürnt weren/ wan sie dann in solchen Turnieren hart zusammen kommen/ so lasset der hinderste der dem andern nacheylet/ seinen spieß sincken/ vnd reitet neben dem andern hin daß er vor jhn kommet: dann gibt er seinem pferdt die sporen/ vnd reitet in vollem traben darvon/ demselbigen jaget bald ein anderer noch/ vnd wehret solches so lang/ biß die pferdt gar müd sind/ vnd nicht mehr lauffen können. Der gleichen Javanische spiel sahen die Holendischen Kauffleut/ den 23. Jan. Anno 1599. von veilen Edelleuten/ auff frewem Marck/ darbey auch der König selbst zu Roß mit gewesen. Dessen Kleid war vmb den Leib ein Mentelein oder Röcklein von schwartzem Sammet/ vnd ein Cris auff der seiten/ dessen hafft von gutem Goldt gemach war wie einer Teuffels Larffen: der pferdten hatten sie viel bey der handt dan so bald eins müd war bracht man alß bald ein anders vnd hielten sich sehr prachtig im Reitten/ Turnieren/ Rennen/ vnd stechen: also daß es vast lustig zu sehen war.

Von der gewaltigen Statt Bantam. Cap. cvj.

BAntam ist die fürnembste Kauffstatt in der grössern Java/ vnd ligt vngefehr 25. Meil durch den Streto di Sanda. Zu beyden seiten der Statt/ laufft ein Fluß ins Meer/ so ober vierthalben schuch nit tieff ist/ deßwegen mögen auch keine schwere Schiff darein kommen/ die Statt mag vngefehr so groß seyn als München in Bäyern/ die Mawren seyn von gebachenen Steinen gemacht nicht vber zween Schuch dick/ die sind mit spitzigen Ecken (wie Pasteyen) versehen. Darauf vberauß viel Geschütz steht von Metall/ die sie aber nicht recht zu brauchen wissen/ sondern erschrecken sehr darab/ so man sie loß brennet.

Auff ihren Wählen haben sie eines Büchsenschutz weit von einander hohe Blockhäuser/ von Mastbäumen vnd anderm Holtz gemacht.

Die Häuser/ so fast alle vnder Cocos Bäumen stehen/ sind nur von Stro gemacht/ mit 4. grossen Höltzern.

Die Reichen haben jhre Kammern/ mit seydenen oder Baumwollenen Leinwath vmbhenget.

Die Frembden Nationen/ als Portugesen/ Chineser/ Araber/ ꝛc. wohnen alle ausserhalb der Statt/ da eine grosse höltzerne Kirch oder Moscea ist/ in deren die Mahometische Lehr geführet wird. Es sindt in dieser Statt drey Märckt/ auff welchen täglich die völle von allerhand Sachen gefunden wirdt.

Die Gassen in Bantam seynd sehr vnordentlich gebawet/ vnd gar vnflätig von allerhand wust vnd vnsaubrem wasser da man muß durch lauffen oder vberfahrt/ dan sie keine Brucken haben. Es finden sich daselbst vil frembde Nationen auß China vnd den Insuln Molucis von Malacca/ Pegu/ Bengala Malabar: so grosse Hendel vnd gewerb treiben.

Bey Bantam herumb wechst der pfeffer/ der im Augusto vnd Septemb. zeitig ist. Die Mußcatnuß kommen dahin von der Insul Banda/ die Nägelein von den Moluccis/ das pfundt Mußcatnuß kaufft man daselbst vngefehr vmb einen Kreutzer. Man findet auch da Hüner/ Hirschen/ Fisch vnd allerley Obs/ als Pomerantzen/ Limonen/ Granaten/ Melonen/ Zwiebel/ Knoblauch/ Trauben vnd Indianisch Obs: Als Ananas/ Cocos/ Bonanas/ Manges/ Doriens/ Jacca/ Pruna/ ꝛc. Haben aber kein Brodt/ brauchen darfür Reiß. Das Ochsenfleisch ist am thewrsten/ dann man für einen Ochsen 7. 8. oder 9. Gülden bezahlen muß.

Die Eynwohner zu Bantam sind stoltz vnd halstarrig/ tretten gar hochmütig daher/ sindt Mahometisches Glaubens/ welchen sie erst vor 25. jahren angenommen. Es sind aber noch gar viel Heyden bey jhnen/ die den Abgöttern dienen. Es ist ein lugenhafftig vnnd Diebisch Volck/ dem gar nicht zuvertrawen. Ihre Kleydung so wol armer als reicher Weiber ist ein Tuch von Seyden/ vmb den Leib/ so mit einem Gürtel/ mitten deß Leibs fest gemacht wirdt/ sind sonst gar nackend/ gelblechtig von Leib/ vnd gemeinlich mit blossem Haupt. Die Reichen aber haben ein Bundt wie die Türcken: Andere haben ein kleines Häublin auff dem Kopff. Ihre Priester sind von Mecha/ vnd auß Arabia.

Sie käwen stettigs Betele Bletter/ vnd haben eine Dienstmagt/ so jhnen immer zu dem Leib kratzet. Die Kebsweiber sind nur Dienstmägt bey den Eheweibern/ vnd müssen auffwarten vnd mitgehen/ wann das Eheweib außgeht/ das dann mit grossem Gepräng geschicht. Die Kebsweiber/ so man alle kauffe vnd verkaufft/ werden selten schwanger/ dann die Eheweiber bringen die Frucht vmb/ man kan schwerlich die Reichen vor den Armen kennen/ dan sie tragen alle ein Baumwollen oder seyden Tuch vmb den Leib biß vber die Brust/ vnd vmb die Mitten sind sie mit einem andern Tuch vmbgürtet/ vnd haben die Weiber das Haar/ oben auff dem Kopff zu hauffen in die höhe gebunden. Da sie aber auff ein Hochzeit gehen/ haben sie ein güldene Krone/ vff jrem Haupt/ vnd Güldene oder Silberne Ring an den Armen: ein jede nach jhrem Standt. Sie sind sauber an jhren Leibern/ dann sie sich 5. oder 6. mal auff einen Tag waschen/ so bald sie etwas angerühret/ jhre Notdurfft oder Ehelich Pflicht verricht haben/ lauffen sie alsbald biß an Halß ins Wasser/ vnd baden sich/ deßhalben auch das Wasser zu Bantam vngesund ist/ vnd sind viel Holländer so darvon getruncken/ gestorben/ dann sie alle dareyn lauffen/ sie seyen gesundt oder vngesundt. Die Weiber sind faul/ vnd thun den gantzen Tag nichts als ligen/ vnd müssen die leibeygene Leut alle Arbeit thun. Die Männer sitzen den gantzen Tag auff einer Decken/ vnd käwen Bettel Bletter/ haben allzeit 10. oder 20. Weiber vmb sich. Die Leibeygnen spielen auff Instrument/ wie bey vns auff einem Mavicordio/ die andern klopffen auff den Becken/ vnd machen also eine liebliche Musick. Bey diesen Instrumenten tantzen die Weiber gantz artig/ springen aber nicht in die Höhe/ sondern wenden den Leib/ Armb vnd Schultern wunderbarlich vmb vnd widerumb/ vnd thut jede jhr Vermögen/ daß sie dem Mann/ welcher da zusihet/ am besten gefallen möge.

Die Edelleut/ Burger vnd Kauffleut/ haben jhre Sitz ausserhalb der Statt/ da jhre leibeigene Leut alle Feldtarbeit thun müssen.

Bettele Indiantsch Kraut. Weil wir etlich malen der Bettel Blettern gedacht/ wollen wir auch anzeigen was es für eine gestallt darmit habe. Bettele ist eine Gattung Kraut in dieser Insul Java gantz gemein/ es wächst wie der Pfeffer/ oder wie bey vns der Hopffen/ vnd windet sich an die Bäum. Die Bletter sind gestaltet wie die Hülsen von Erbsen oder schoten/ vnd seyn schön grün/ vnd mit diesen wird ein grosser Handel getriben in India/ vnd findet man an allen Ecken Weiber so diese Bletter verkauffen.

Die Javaner/ wo sie stehen oder gehen haben sie dieser Bletter in dem Mundt: Sie verkäwen sie vnd saugen den Safft darauß/ den ersten Safft welcher roht ist wie Blut/ speutzen sie auß/ den andern aber saugen sie in sich/ vnnd dieser hilffet mächtig zur Däwung/ vnd macht sie gleichsam truncken wie der Wein. Der König oder andere grosse Herren haben stättigs einen Diener hinder sich/ mit einem Kästlein von Bettele vnd andern Sachen. Die grösste Freundtschafft so sie einander thun können ist/ wann sie einander jhr Bettele anbieten. Hat also eben ein gestalt darmit wie es bey vns mit dem Wein hat/ oder in Engelland/ Niderland vnd andern Orten mit dem Taback.

Viel kleine Inseln. Vmb diese Java herumb sein vnzahlbar viel kleine Inseln/ die vornehmbsten seyn Madara/ Cambaba/ Baly/ welche alle ziemlich fruchtbar/ deren Einwohner sein/ an jren gestalt/ sitten vnd natur denen zu Java gantz gleich. Corn. Houtman schreibt/ er habe in der Insel Baly gesähen das sich 50. lebendiger Weiber mit jrem todten Mann verbrennt haben/ so gar hat dieser Jammer in gantz India vberhand genommen.

Von den Inseln Celebes/ Macassar/ Gilolo. Cap. cv.

Die Insel Celebes ist sehr reich an Gold/ vnd auß dermassen fruchtbar/ die Einwohner sind Abgöttisch/ vnd Menschenfresser: Wann einer auß den Moluccis den Todt verwirckt hat/ schickt jhn der König zu diesen Leuten/ daß er von jnen gefressen werde. Sie sind lustige vnd lange Leut/ mehr braun als schwartz. Sie haben viel König vnder jhnen/ vnd deßwegen auch viel streits. Deren sind drey zum Christlichen Glauben bekehrt worden. Petrus Mascarema schreibt in einem Brieff/ so Anno 1569. geschrieben worden/ der König von Sion in Celebes habe sich tauffen lassen/ derwegen haben seine Vnderthanen wider jhn rebelliert/ biß an ein einige Statt. Es werden vnder dem Namen Celebes auch alle vmbligende Inseln verstanden.

Mittagwerts von denselbigen/ ligt ein kleine Insel/ welche allerdings mit Wälden erfüllet ist/ in diesen ist ein Gattung Fliegen/ welche Nachts einen solchen Schein von sich geben/ als wann alle Bäum voller brennenden Liechter weren.

Macassar. Macassar ist ein ander Insel/ darinnen ein Englische Factorey ist: In dieser gibt es Mohren vnd Heyden. Sie vergifften jhre Pfeil/ mit einem vnheilsamen Gifft. Jhre Priester legen Weiberkleyder an/ sie pflantzen auch das Haar auff dem Haupt nach Weibischer Art/ vnd reissen es auß in dem Angesicht. Sie vergülden jre Zän/ vnd brauchen mutwillige vnd weibische Geberden. Wann dieser Priester einer bey einem Weib ligt/ so wird er in heissem Pech verbrennet.

Gilolo. Gilolo ist ein grosse Insel/ der Fürst darinn ist ein Mahumetaner/ vnd das Volck darinn sinde Menschenfresser. Es sollen darinn eine Gattung Rohr seyn so dick als Bäum/ welche stets voller Wasser seyn/ so süß vnd anmutig als ein Tranck seyn möge.

Von

Von den Ländern Asie. 1607

Von den Inseln so man Moluccas nennet.

DEr Moluckischen Inseln / so vast vnder der Linien ligen / sindt fünff: Ternate / Tidor / Motir / Machian / vnd Bachian / vnd dieser keine haltet vber 6. Meilen im Bezirck / seyn aber wegen der grossen menge der Nägelin so da wachsen durch die gantze Welt sehr berühmbt. Es sindt ihr aber noch viel andere Inseln mehr vnderworffen / die bißweilen auch mit diesem Namen genennt werden. Als Mindano / Marigorang / Meaus / Sinomo / Cabel / Sagin / Matam vnd Ambogna. Darvon halten die Portugesen Tidor / Basian / vnd Marigorang. Zu Tidor haben sie ihre fürnehmbste Macht / nemblich ein Vestung mit 4. Bollwercken: Die andern Insuln alle / deren auff die 70. sind dem König von Ternate vnderworffen / welcher einen rechten Königlichen vnd Majestätischen Standt führet / wie Sir Frances Drack schreibt. Es wächset ein Baum in diesen Moluccis / wann die Schoß darvon geschnitten werden / so laufft ein weiß / gesund / vnd wolgeschmackter Safft herauß / welches sie Tuaca nennen: auß dem Marck aber desselbigen Baums / machen sie Kuchen / welche wie Zucker einem im Mundt vergehen / vnnd wol zehen Jahr zur Speiß gut bleiben.

Die Nägelin Bäum ziehen nicht allein alle Feuchtigkeit der Erden an sich / gleich als wolten sie auß Geitz kein ander Gewächs bey jhnen auffkommen lassen: sondern mit jrem durstigen Appetit / halten sie auch auff die Wasser / die von den Bergen hinab lauffen.

Es ist ein Fluß darinnen der sehr Fischreich ist / dessen Wasser aber so heiß / daß es allen andern Creaturen / so darein kommen / die Haut abzeucht. Sie haben so starcke Krebs / daß sie mit jhren Scheren ein eyserne Achs entzwey drucken können. Sie haben ein Gattung der Steinen / so den Fischen gleich sehen / darauß sie Kalch machen. Es werden auch in diesen Moluccis Schwein gefunden mit Hörnern. *Iacob. Neccius.*

Es ist ein Berg in Ternate / der sein hoch Haupt nicht allein vber den Lufft / vnd die Wolcken hinauff erhebt / sondern sich gestaltet / alls wolte er sich zu dem Fewrigen Element gesellen / mit welchem er auch etwas Gemeinschafft hat / dann er bricht ohn vnderlaß auß / mit grausamen wetterleichen vnd Donnerklapffen / verzehret sich also selber / vnd erfüllt die benachbarten Däler mit seiner Aschen.

Die Wasser bey Ternate sind so klar / daß man alle Fisch / vnd die Ancker 16. oder 17. Klaffter tieff sehen kan: welches den Fischern zu einem grossen Vortheil dienet.

Die Eynwohner dieser Insel waren Heyden / hernach vor vngefehr 100. Jahren / haben sie den Mahometischen Grewel angenommen / jetzund aber seyn deren ein guter Theil durch die Jesuiten zu dem Bapstumb getretten / vnd haben sich tauffen lassen.

Sie sind was besser proportioniert als andere Indianer / sie haben mehr Barts / sindt braunlecht / aber mittelmässiger Statur. Mannheit halber haben sie jhres gleichen nicht in gantz Ost-Indien / sonderlich die zu Ternate / dann sie sterben lieber als daß sie fliehen wolten / halten es für ein groß Lob / mit wenigen wider viel zu kämpffen. Tragen höltzerne Schildt / zweyer Spannen breyt / vnd 4. Schuh lang. Sie haben kein Geldt / auß jhrem Silber machen sie allerley Geschirr. Ihre Reichthumben sind Nägelin / vnd etliche andere Specereyen / mit welcher sie allerley Nohtwendigkeiten an sich erhandeln / dann sie sonst nichts bey jhnen haben.

Die Insel Machian ist jetzt dem König zu Ternate vnderworffen. Sie gibt am meisten Nägelin / nemlich im dritten Jahr welches das reichste ist / 1800. Bahar / die 2. vbrigen aber 1100. Tidor vnnd Bachian haben jhre eygne König. Das Volck hat macht jhre König zuerwehlen / müssen aber einen auß dem Königlichen Stammen nehmen.

Der König zu Ternate schreibt sich selber König zu Gilolo / vngeachtet er nur einen Theil inn hat.

Allhie werden die Paradiß Vögel gefunden / so die Einwohner Manucodiata nennen / das ist ein Himmlischer Vogel / oder ein Vogel Gottes / dann die Leut seyn beredt er falle auß dem Himmel auf die Erden / dardurch auch die Moluccer von den Mohren beredt worden / daß eine Himmlische Wohnung sehe in welche die Seelen der Abgestorbenen fahren: vnd dardurch seyn sie auch erstlich Mahometaner worden. *Paradeiß Vögel.*

Dieser Vogel wird nicht bald lebendig gesehen / dann er haltet sich allein in der Höhe deß Luffts / vnnd so er stirbt /

stirbt/fällt er auff die Erden. Er hat keine Füß/seine zarten linden Federn/so gemeinlich gelblecht seyn/strecken sich von dem Leib auß wie eine zarte Seyden/der Kopff ist wie ein Schwalbenkopff vnd die Federn darumb sein recht gelb glantzendt wie Goldt/ vnd vnder dem Schnabel grün vnd blawlecht.

    Maximilianus Transylvanus schreibt an den Cardinal von Saltzburg. Es haben die fünff Könige dieser 5. Inseln/Kayser Carolo dem Fünfften 5. dergleichen Vöglen/nemlichen ein jeglicher einen/zu einem Königlichen Præsent geschickt/wie es auch darfür gehalten ward. Jetzund aber sind diese Vögel bey vns etlicher massen bekandt worden/durch die stättigen Schiffarten/vnd wird etwan einer nach dem er schön für 50.biß in 100.Cronen verkaufft. Die grosse Herren tragen sie also gantz auff den Hüten/als Federbüschen.

    Die Moluccischen König halten diesen Vogel für heilig/vnd dahero ziehen sie niemalen in den Krieg/sie haben dann ein Manucodiata auff jhrem Kopff/vnd dardurch vermeynen sie nicht daß jhnen vbel ergehen könne.

    Die Holländer vnd Spanier haben jmmerwerenden Krieg mit einander/wegen dieser Moluccer/vnd müssen die armen Eynwohner das Haar dargeben.

    Die Spanier haben eine Vestung in Ternate/eine in Tidore/eine in Gilolo/vnd zwo in Battachina: aber die Holländer haben drey in Ternate/ drey in Tidore/ drey in Mechame/ eine in Moutier: neben vielen andern Vestungen/ die sie hin vnd wider in Indien haben.

    Es hat die Insel Ternate wie auch die vbrigen/grossen Mangel an essender Speiß/dann es hat daselbst kein Vieh/außgenommen Caberi/oder Böck/vnnd wenig Hüner: Es wächset daselbst kein Reiß oder Korn/darauß sie können Brodt machen/sondern müssen dasselbig haben auß einem Baum/den sie abhawen vnd spalten/wann er dann gespalten ist/so nemen sie einen Hammer von dickem Rohr gemacht/klopffen damit auff dieses Holtz/welches jhnen ein fein Mehl gibt/daß sie Sagge nennen/darauß machen sie jhr Brod/in viereckiger Form/einer Handt breit/mit welchem Brodt sie einen gewaltigen Handel treiben/dann was sie kauffen vnd verkauffen beschicht alles mit Brodt.

    Der König zu Ternate ist sehr mächtig/vnd wirdt in grossem Ansehen bey seinen Vnderthanen gehalten. Er hat seine Hofhaltung in der Statt Gamme Lamme.

    Diese Statt ligt auff deß Meersgestat/ist wie eine lange Gassen/vngepflastert/vnd sindt die Häuser meist von dicken gespalten Rohren zusammen geflochten. Deß Königs Pallast/ist von Steinen gemacht/daran eine Capellen/so die Portugaleser (ohn zweyfel) gebawet/vnd vor zeiten Meß darinn gethan haben/da hanget noch ein Glocken/aber ohne Klöpffel/darauff schlagen sie/wann etwann ein Noht fürfället/dann lauffen sie alle zusammen mit jhren Wehren.

    Für dem Pallast stehet ein klein Häußlein/auff welchem ein groß Eyssern Stück Geschütz gelegen/welches der Capitain Draco/Anno 1578. wie er die Welt vmbfahren ist/vnd nicht weit von hie mit seinem Schiff auff den Grundt kommen war/ins Meer geworffen hat/vnd sie es darnach auß dem Wasser gezogen haben.

Tidore.   Tidore ist etwan kleiner als Ternate/trägt aber eben die Speceryen wie Ternate. Die Hauptstatt dieser Insel heist auch Tidore/vnd da hat der König seinen Sitz.

    Er hat einen schönen Pallast vor der Statt/mit schönen Gärten gezieret/vnd da wohnen seine Weiber mit jhrem Hofgesindt. Er haltet jederweilen viel Weiber/vnd muß jhme ein jegliches Hauß nach seinem Belieben ein oder zwo junge Töchter geben/so er zu seinen Wollüsten mißbraucht. Doch haltet er nur eine die den Namen einer Königin führet. Er isset gemeiniglichen allein/oder hat etwan eine von seinen Weibern bey sich/so jhme am besten gefält. Es mag den König niemand sehen/es werde jhm dann vergönt/vnd wann sich jemand ohne deß Königs willen bey dem Königlichen Pallast sehen liesse/were er deß Todts eygen. Rigafetta meldet/diese Insulaner haben eine vergiffte Salbe/vnd wen sie darmit auff der blossen Haut berühren/der muß sterben: Er sagt auch/der König selbsten habe jhne mit den seinigen warnen lassen/sich deß Nachts an gewarsamen Orten zuverhalten/damit sie nicht etwan von den boßhafftigen Insulanern mit dieser Salbe berührt werden. Wann sie ein new Hauß bawen/machen sie rings vmb ein Fewr/vnd halten den Nachbawren ein Pancket ehe sie darinn gehen.

Von

Von den Ländern Asie.

Von den Inseln Ambona vnd Banda. Cap. cvij.

ES sein auff diesem Orientalischen Meer vnzahlbar viel/ grosse vnnd kleine Inseln/ vnnd haben etwan die grössere viel kleine Inseln vmb sich her ligen/ vnnd die werden als dann alle zu gleich mit dem Nammen der Haupt Inseln genennet. Also ist es auch mit Ambona beschaffen. Dises ist ein sonderbare Insel/ doch werden die beygelegne Inseln zugleich/ auch die Inseln Ambon genennet.

Diese Inseln ligen nicht weit von Gilolo/ gegen Mittag zu: Sie sein erstlich in dem jahr ein tausent fünffhundert vnnd zwölff/ von den Portogesen entdecket worden. Die Haupt Insel Ambona/ hat in ihrem vmbkreiß bey fünff hundert Italiänischer Meilen. Sie hat ein rauch Erdrich/ vnnd ein rauch grob Volck/ dann sie seyn auch Menschenfresser. Wo das Erdrich geschlacht/ haben sie Nägelein/ Pomerantzen/ Limonen/ Citronen/ Coquos/ Bonanas/ Zuckerrohr/ vnd andere dergleichen Sachen/ in grosser menge/ also daß die vnseren etwan für einen Knopff 80. Pomerantzen bekommen haben. Die Eynwohner halten sich genaw. Ihre täglichen Wehr sein Spieß/ vnd Holtz darin ein Eysen stecket/ vnnd die wissen sie gar gewiß zu schiessen. In dem Streit brauchen sie Schildt vnd Säbel/ sie bachen eine gattung grosser Kuchen von Reiß/ Zucker vnd truckenen Mandeln/ vnnd diese verführen sie in andere Inseln/ vnnd handlen darmit. Sie haben auch eine gattung Schiff/ deren vordertheil wie ein Trachen Kopff/ das hinder theil wie ein Trachen Schwantz/ vnd mit diesen pravieren sie/ mit hin vnnd her wenden/ alß wann jhres gleichen nicht were. Die vornembsten Ort dieser Insel sein Recanive/ Ativa/ Mantelo/ Nucinelo. Nicht weit von Amboino ligen die Insel Buzzo/ die grosse vnnd die kleine/ Sanct Matthes/ Batumbor/ Tidor/ da es viel Sandel hatt/ Bandan vnd andre. Bandan ist die Muscat Insel/ von deren schon zuvor bey Sumatra gered worden/ es sein gantze Berg vnd Wäld voller Muscatnuß vnd Muscatblust darinnen/ vnnd sollen sonsten dergleichen/ in der gantzen Welt an keinem Ort gefunden werden/ sie sey dann erst von dannen an ein ander Ort gepflantzet worden. Auff diesen Bäumen lassen sich die Papageyen gern finden/ von allerhand Farben/ welcher dann neben dem auß dermassen lieblichen geruch des Blusts der Muscaten/ so durch die gantze Jnsel gehet/ ein wunderschönes ansehn geben solle/ der vielerley Farben halben/ so wol der Vöglen alß des Blusts. Die von Java/ China/ Malacca vnd andern vmbligenden Orten/ kommen järlich in diese Inseln/ vnd halten sich 2. oder 3. Monat darinn auff/ vnd handlen mit den Eynwohnern/ vnd verführen darnach die Frücht an andere Ort/ vnnd von dannen bringen sie die Kauffleut in Europam. Der Handel der Inseln ist in einem Meerbusen Lutatan genannt. Sie haben keinen König sonder sein in gewisse Sätt vnd Gemeinden abgetheilet/ vnnd haben stätigs Streite mit eynander/ wegen der Grentzen. Ein jede Gemein hatt jhre Muscatberg gemein/ vnnd wer am meisten zusammen list/ der hat am meisten. Man schreibt/ sie haben auch vnderschiedliche Metalline Stuck vnder jhnen/ deren sie sich wider jhre Feindt gebrauchen/ vnnd können auch wol mit vmbgehen.

Von den Philippinischen Inseln. Cap. cviij.

DIse Inseln haben den Nammen empfangen/ von Philippo dem andern König in Hispanien/ auß dessen befelch sie auch/ Anno ein tausent fünff hundert vier vnd sechtzig/ lang nach des Magellani todt sein entdeckt worden. Etliche geben diesen Nammen allen Inseln/ welche in demselbigen grossen Meer ligen/ zwischen new Spanien/ vnd dem Bussen von Bengala/ deren jhrer meynung nach auff die eylff tausent seyn sollen: deren doch nur 30. dem Spanier vnderworffen sind/ wie Thomas à Iesu bezeuget. Eygentlich aber werden allein die jenigen Philippinæ genennt/ welche erstlich Mogoglianes/ welcher zu Cebu einer dieser Inseln gestorben/ entdecket/ vnd hernach Michael Lopez von Legaspi/ Anno ein tausent fünff hundert vier vnd sechtzig/ erstlich bekannt gemacht hat/ in welchen auch die Spanier seit derselbigen zeit gewohnt haben. Die allergröste dieser Inseln ist Luzon/ sie haltet in jhrem vmbkreiß vber die hundert Italiänischer Meilen. Die Spanier haben daran einem grossen Fluß die Statt Maniliam erbawen. Die andre ist Mindana oder Mindanno. Die dritte ist Calamianes: die vbrigen sind kleiner/ vnd ligen zwischen diesen hin vnd her im Meer zerstrewet. Luzoa/ Mindana/ Tendaya/ vnnd jhre Benachbaurten/ ligen weit im See/ vor Couchin China/ vnnd Cambaya/ zwischen dem 27. Grad Latitudinis Septentrionalis.

Tendaya ist zu allererst Philippina genennt worden/ dann die Spanier haben diese Insel Ann. 1542. auß new Spanien eyngenommen/ sie haltet in jrem bezirck 160. Italiänischer Meilen. Dise Inseln sind mehrentheils reich an Honig/ Früchten/ Vöglen/ Thieren/ Fischen/ Pfeffer/ Imber vnd Gold: Vor zeiten sind sie den Chineseren vnderwürffig gewesen/ biß sie dieselbigen guthwillig verlassen haben: welches ein Vrsach gewesen/ daß sie hernach grosse Krieg vndereynander selbes erführt haben/ vnd also den Spaniern Thür vnd Thor eröffnet haben.

Sie betten Sonn vnd Mond an / halten denselbigen grosse Fest. Ihre Fest vnnd Opffer werden von Weibern verrichtet / die grosse Zauberin sind / vnnd ihr ordenlich gespräch mit dem Teuffel haben / auch bißweilen offentlich. Thund wundersame Zauberische stuck / geben antwort auff alle fragen / brauchen das Loß / wie die von China.

Sie haben jetzundt viel Priester vnd München vnder jhnen / von Augustiner / Franciscaner vnd Jesuiter Orden. Aber das gottloß Leben der Spaniern ist den Eynwohneren gantz ärgerlich. Darumb sie sich etwan verlauten lassen / sie begeren nach diesem Leben nicht an das Ort / wo die Spanier seyen.

Die Spanier haben jhre Bischoff vnnd Ertz-Dechet / neben andern Ordensleuten in diesen Inseln. Boterus schreibt / der König auß Spanien / habe zu Manilla ein Ertzbisthumb auffrichten wöllen. Oliver von Noort / welcher Anno 1600. allhie ein Schiff im Streit mit den Spaniern verloren / vnnd jhnen eins versenckt hat / schreibt die bekerten dieser Enden / seyen eyffriger in den Bäpstischen Ceremonien / dann mitten in der Statt Rom. Sonst haben die Eynwohner zuvor den Teuffel angebetten / welcher jhnen in der allerschröcklichsten form erschienen ist.

Es ist ein Insel vnder den Philippinis / so groß als Engellandt / da die Leut allerdings schwartz sind / vnder dem neunden Grad / sie sind Menschenfresser / vnnd grosse Zauberer / vnder welchen die Teuffel als gute Gesellen / offentlich herumb wandlen. Wann diese bösen Geister einen allein finden / so tödten sie jhn / darumb brauchen sie stätigs grosse Gesellschafft.

Mindana. In Mindana ist ein grosse Insel hat 380. Meilen im bezirck: wirdt von Moren vnd Heyden bewohnet: Hat viel König: An statt des Brods brauchen sie Reiß vnnd Sagu. Haben Pfeffer / Imber / vnd sonderbar gut Gold.

Cebu. Cebu haltet nur 11. Meilen im bezirck / ist aber reich an Gold / vnd anderen Sachen. Anno ein tausent fünff hundert neun vnd achtzig / hat der König in Hispanien in diese Insel gesandt / Gomez Perez / mit bevelch / daß er in Luzzo drey Vestungen bawen solte / eine zu Tubo / vnnd eine zu Panan / wider der Chineser eynfäll. Sie haben auch auß America / von dannen man 5. Monat zu schiffen hat / Pferdt / Kühe vnd Ackerleut in diese Insel herüber geführt / damit sie in rechten baw möchten gebracht werden.

In den Inseln Buthoan / vnnd Caleghan / hat Magellan kein andere Religion finden können / alß daß sie mit zusammen geschlagenen / vnd vbersich gehebten Händen / vnd angesicht teren / jhren Gott angeruffen / vnder dem Nammen Abba.

Zubut. In Zubut hat Magellan mit dem König ein Bündtnuß gemacht / vnnd zum zeichen der freundschafft / vnnd bestätigung dieser Bündtnuß / haben sie jhnen beyden auff den rechten Arm Blut gelassen. Die Eynwohner dieser Insel mahlen sich am gantzen Leib / mit allerhand Farben / vnd dieses geschicht mit einem glüenden eysenen Pensel: vnd also war auch der König gemahlet / da Magellan die Bündnuß machte.

In dieser Insel zu Mathan / ist Magellan von den Eynwohneren in einer Schlacht / mit einem vergifften Pfeil geschossen worden / darvon er gestorben.

Pulaon vnd Ciumbbuon. In Pulaon vnd Ciumbubon / ist ein Baum / der tregt Bletter / wie die Maulbeerbletter / auff jederseiten des Blats sind zwen Füß / mit welchen das Blatt / gleich als wann es lebte / sich bewegt / vnd auff vnd nider geht. Rigafetta schreibt / er habe ein solch blatt / acht tag in einer Blatten gehalten / vnd als ers anrühren wolte / da flohe es von jhm hinweg / vnnd schwebte auff vnnd nider im Lufft.

Von den Japonischen Inseln. Cap. cix.

IAponist ein allgemeiner namm / vnnd begreifft vnder sich drey Haupt Inseln / vnnd viel kleiner Inseln / die darumb her ligen. Die gröste wirdt insonderheit Japonia genannt / oder Meaco / vnd die haltet in die breite wie Boterus meldet drey hundert / in der lenge sechs hundert Italiänischer Meilen / den vmbkreiß hat man bißhero noch nicht erkündiget / insonderheit gegen Mitnacht zu / da noch ettliche zweifflen wollen / ob sie daselbsten an dem Erdrich hange / oder darvon abgesöndert seye. Sie haltet drey vnd fünfftzig Königreich oder Herrschafften / vnder welchen das fürnembste ist / das zu Meaco / welches die Hauptstatt ist in gantz Japonia: vnnd gemeinlich / welcher diese Statt mit seiner Landtschafft besitzet / der haltet sich für einen Monarchen aller dieser Inseln.

Die ander dieser Haupt Inseln heist Ximo: Sie ligt gegen Mittag / vnnd ist die nechst gegen China zu / vnd diese hat neun Königreich / darunder die vornembsten zu Bungo / zu Vosuchi / vnd zu Funai / so auch fürnemme Stätt sein dieser Inseln.

Die dritte Haupt Insel heist Xicoca / die haltet vier Herrschafften / darunder die fürtreffliche Statt Tosa.

Also

Von den Ländern Asie.

Also halten diese Inseln zugleich 66. Königreich oder Herrschafften in sich. Diese Inseln sollen erstlich sein entdecket worden / in dem jahr Christi 1542. von Antonio Mota / Francisco Zeimoto / Antonio Pixolo einem Jesuiten. Dann alß dieselbigen nacher China schiffen wolten / sein sie von den Wellen wider jhren willen / an diese Inseln geworffen worden.

Sie ligen von America hundert vnd fünfftzig Italiänischer Meilen: von China aber dem eussersten Gestad zu Liampo / biß an die nechste Insel in Japonica / Goto genannt / werden 60. Meilen gerechnet.

Diese Inseln sein mehrertheil bürgig / dem Schnee vnderworffen / vnd zimlich kalt / vnd daher nicht so gar fruchtbar.

Es sein darinnen zwen verrümbter Berg / deren der eine Figenosama genannt / so vnglaublich hoch / daß sein Gipfel ettliche Meilen durch die Wolcken tringen solle. Der ander aber wirfft Flammen auß / vnnd darauff laßt sich der Teuffel sehen / in einer hellen Wolcken. *Seltzame Berg.*

Der gröste vnderhalt der Eynwohneren / bestehet in Reiß / denselbigen schneiden sie in dem Herbstmonat. An ettlichen Orten haben sie auch Korn / das schneiden sie in dem Mayen / sie machen aber kein Brot darauß / sondern ein Gemüß / so jhnen an statt des Brodts ist.

Vnder andern seltzamen gewächsen / wird in Japonia ein Baum gefunden / welcher kein feuchtigkeit leiden kan / vnd so er ohn gefehr befeuchtet wird / so spaltet er / vnd verdirbe / so man jhm nicht zu hilff kompt / wann dann dieses die Eynwohner sehen / so graben sie jhn auß mit der Wurtzen / dröcknen jhn wol an der Sonnen / vnnd setzen jhn hernach in einen dürren Sandt / so kompt er widerumb. Wann ein Ast abgebrochen wirdt / so naglen sie denselbigen wider an den Baum / alßdann wachset er. *Wunderseltzamer Baum.*

Die Cedern sein hier mechtig groß vnnd hoch. Die Reichthumben der Japoneren bestehen in den Metallen / vnd diß ist auch schier das beste in diesen Inseln / vnnd dardurch ziehen sie auch außländische Kauffmanschafften zu sich.

Die gemeinen Leut / sonderlich am Meer / leben schlecht / von Kreuteren / Reiß vnnd Fischen. Aber die fürnemmen Herr des Landts / halten stattliche Banquett. Ein jeglicher Gast hat sein eygen Tüschlein von Cedern / einer Spannen hoch vom Boden / vnnd die werden mit allen trachten geendert. Die Speissen werden in einen hohen spitz auffgeheufft / vnnd mit Gold besprenget / auch mit Cypressen zweigen gezieret. Bißweilen stellen sie gantze Vögel auff / mit vergulten Schnäblen vnnd Füssen / vnnd sprechen jhren Gästen gantz frölich zu / mit sonderbaren Ceremonien zu trincken.

Die Japoner sein weiß von Leib / dann sie haben bey jhnen wie gesagt / keine grosse hitz / wie die Asiatischen Völcker.

Sie rupffen das Haar an jhren Häupteren auß: die Kinder nur davornen / das gemeine Volck biß auff den halben Kopff / aber die Edelleuth schier vberal: allein dahinden lassen sie einen Busch stehn / welchen sie so lang wachsen lassen / vnnd oben zusammen knipffen: niemand mag jhnen diesen Zopff ohne grosse schmach anrüren. Sie ziehen auch zimbliche Bärt.

Sie werden hart / aber doch seuberlich aufferzogen: Sie brauchen Gablen zu jhren Speissen / wie die Chineser / vnd rühren nichts mit Fingeren an.

Sie machen ein Pulver auß dem Kraut Chia / darvon werffen sie einer Nußschalen voll in eine Porcelane Blatten / vnnd trincken es mit heissem Wasser / vnnd das halten sie für ein sehr köstlichen Tranck / in jhren Gastereyen: sonsten machen sie auch ein ander gemein Tranck auß Gersten.

Die Weiber in Japon / welche keine mittel wissen / jhre Kinder zuernehren / bringen dieselbige an der Geburt vmb.

Sie haben viel Erdbidem / vnnd deßwegen nur höltzene Häuser: aber sie sein gar herrlich vnnd künstlich erbawen / vnnd mit verwunderung anzusehen. Sie haben Kirchen vnd Clöster / für beyderley Geschlecht. Sie haben nur ein Sprach: vnd einerley Buchstaben mit den Chineseren. Ihre bräuch sind schier von aller Menschen gebräuchen vnderscheiden / dann schwartz ist jhnen ein fröliche / weiß aber ein trawrige Farb. Die Zeen machen sie durch kunst Brandschwartz / welche wir gern weiß haben wollen. Sie steigen auff den rechten seiten zu Pferd. Wie wir auffstehen / also setzen sie sich nider / wann sie einen Freund empfahen wöllen: Den Krancken geben sie versaltzene / rawe vnd scharffe sachen. Sonst sind sie gemeinlich sehr kluge / aber sehr gleisserische Leut / sie hassen Verkleinerung / Diebstal / Meineyd vnd Wirffelspiel: Tragen jres Credits grosse rechnung / sind hochmutig / doch freundlich gegen eynander / zancken nitter / auch nit in jren Haußhaltunge / sonderlich sein gantz gedultig in widerwertigkeit / vnd gantz vnerschrocken es gehe jnen wie es wolle. Waß einer *Bräuch deren zu Japon.*

von der Oberkeit zu einem schmählichen todt verurtheilet worden / so fürkompt er diese Urtheil / vnd lasset jhm durch einen Knecht / oder Freund das Haupt abschlagen / vnnd wann er ein wenig fürnehm gewesen / so thund seine Freund vnd Diener gleiches / zur bezeugung jhrer liebe.

Die Japoner sein mit jhrer Manheit / allen andern Indianeren vorzuziehen / dann sie fliehen nicht bald vor jhrem Feindt / sonder streiten vnerschrocken biß in den todt. Alß vor zeiten der grosse Cham der Tartaren / wider sie außgefahren / in meynung diese Inseln vnder sich zu bringen / haben sie jhn mit grossem verlust der seinigen widerumb abgetrieben.

Das Regiment in Japonia betreffend / haben wir schon gehört / daß 66. Herrschafften darinnen seyen / vnd diese sein vor 600. in 700. jahren alzugleich vnder einem Monarchen oder König gewesen / vnd denselbigen haben sie Dairi oder Vou geheissen / alß aber damalen der Dairi / der Regierung nicht viel achtete / vnd allerley wollüsten pflegte / haben sich etliche wider jhn auffgeworffen / vnnd ist das Regiment durch vielerley Krieg vnd Auffruhr nach vnd nach gantz zertheilt worden. Jetzund wirdt der für das Haupt in Japonia gehalten / welcher die Hauptstatt Meaco besitzet / mit den vmbligenden Königreichen / vnd den heissen sie auch König zu Tenza.

Die letsten König oder Monarchen / so zu diesen zeiten regiert / haben sich wider mechtig gemacht / vnd schier alles widerumb vnder sich gebracht. Einer hieß Nabunanga / ein mechtiger Tyrann / dieser hat Anno 1592. mit 800. Schiffen / vnnd 200000. Mann die Landtschafft Corea / so den Chineseren vnderworffen war / eyngenommen. Nach jhm kam Quaba Condono / auch ein grausamer Tyrann. Alß dieser sahe / daß sein eltester Sohn / von dem Volck vnd den Fürsten des Landts / trefflich geehret vnd geliebet ward / hat es jhn dermassen verdrossen / daß er jhn gezwungen sampt seinen Dieneren / daß sie sich selbsten / nach Japonischer art den Leib auffschneiden / vnnd hernach einer dem andern den Kopff abhawen muste.

Alß er sterben wolte / da sante er nach Giejaso / welcher ein Herr vber 8. Königreich war / vnd befahl jhm / seinen jungen Sohn / der noch ein Kind war / sampt der Regierung des gantzen Reichs: Gabe jhm noch 4. andre grosse Fürsten zu / vnnd zu diesen ordnete er 5. seiner eygnen Creaturen: Diese 10. solten das Reich / biß der Sohn erwachsen / verwalten. Zu mehrer sicherheit / gab er dem jungen Keyser / so erst 2. jar alt war / des Giejafes Tochter zur Ehe: machte auch andre Ehen vnder den Fürsten / sie in eynigkeit zuerhalten. Aber alle diese Band waren zu schwach. Dann bald darauff lehneten sich die 9. auff / wider den Statthalter / dardurch gantz Japon ins Fewr kosten: In welchem doch endlich der Statthalter die Oberhand behalten: vnd sich zu letst selbsten zu einem Keyser auffgeworffen. Dieser hatte mehr Königreich vnder jhm / alß keiner vor jhm / vnd nennete sich selber Cubo: Aber Capitán Saris nennet jhn Ogoshasama.

Dieser König beuestigte Edoo in dem Königreich Quanto / vnnd brauchte täglich von dem 1. Februarii / biß auff den September / 300000. Arbeiter: In welcher Statt Anno 1614. sein Sohn residierte / alß nechster Erb dieser grossen Monarchey. Der verstossene junge Keyser / mit nammen Fireisama / wohnete zu Ozaca: Zu welchem auff die 100000. vertriebene vñ malcontente sich versamblet haben / wider welche Cubo auch ein Kriegsheer von 300000. zusammen gebracht / wie aber dieser Krieg abgeloffen / mag man noch nicht wissen / ohn allein / daß die Statt Ozaca / die so groß ist alß die Statt Londen / Anno 1614. verbrennt worden.

Wañ ein grosser Herr stirbt / so zerschneiden sich selber auff / vorgesagte weiß / seine beste Freund Creutzweiß vber den Leib / biß sie sterben. Alß der König zu Firando gestorben / da haben sich drey seiner Nachvolgern selbst also hingerichtet / deren Leichnam verbrennet / vnnd in dasselbige Grab mit jhm gelegt worden.

Es hat viel fürnemmen Stätt in Japonia / deren ich etliche nur kurtzlich nennen will / alß Bomage / Langasack / Bungo / Saca / Ozaca / Quanto / Fierando / Etto / welches jetzund der Keyserliche Sitz ist. Surungo ist auch eine verrümbte Statt / da der alte Keyser residieret / ist so groß alß Londen / mit den Vorstätten: Aber Edoo ist noch grösser vnd schöner / dann alle Fürsten im Reich / haben daselbsten jhre Pallast / so gantz vergüldet / Meaco ist gleichfals ein mechtige Statt / dahin die Englische Kauffleuth sehr handlen. Allhie hatt Nabunanga / Anno 1572. 100. Bontzianische Clöster / vnd in denselbigen 60. Bontzianische Nonnen verbrennen lassen.

Taicosama / welcher Anno 1598. gestorben / war der erste Japonische König / dessen Leib nicht verbrennet / sondern in ein Kisten eyngeschlossen / vnnd in ein köstlichen Tempel gestellet worden. Der Tempel hatte auff jeder seiten 50. steinerne Pfeiler / vnd stehet auff einem hohen Berg: Darinnen wirdt er jetzt von dem blinden Volck alß ein Gott des Kriegs angebetten / weil er von einem Holtzhäwer / durch seine Kriegische Dapfferkeit ein solcher grosser Monarch worden.

Gröste Vniuersitet in der Welt.

Frenojama ist ein verrümbte Vniuersitet / darinnen jhre Bonzij studieren / ligt neun Meil von Meaco: Vor 800. jahren / hat daselbsten ein Japonischer König 3800. Tempel / sampt zugehörigen Häusern / für die Bonzios erbawen / vnd zu jhrer vnderhaltung / den dritten theil des Eynkommens des Königreichs Vomen verordnet: Vnd dieses ist jhr Seminarium oder Pflantzgarten aller künsten / vnd abergläubischer Andacht.

Facusangin ist ein andere Bontzianische Academy mit vilen Collegiis gezieret / welche aber von gedachtem Nabunanga verstöret worden. Diese

Von den Ländern Asie. 1613

Diese Bonzij seind mehrentheils Edelleut/welche jhre Eltern/wann sie viel Kinder haben/auß mangel der vnderhaltung in solche Clöster stossen. Sie schären jhre Häupter vnd Bärt/vnd haben tausenterley Künst/den Leuthen das Gelt auß dem Seckel zu bringen/dann sie verkauffen jhnen gewisse Zedel/sie nach dem todt vor der beschedigung der Teuffeln zubewahren: Sie entlehnen groß Gelt/mit versprechen solches mit grossem Interesse in der künfftigen Welt wider zu geben/geben zur sicherheit jhre Handtschrifften darüber: Sie kösten gestolene vnd verlorne sachen/durch beschwerung des Teuffels zeigen: Sie verkauffen wie Balaam/so wol jhre verfluchungen vnd segen: Sie thun ein gelübde nicht ehelich zu werden. *Bonzii Japonische Priester.*

Zu Cosa ist jhr dritte Vniuersitet/in welcher auff die sechs tausent studieren/welche bey pein des todts/von Weiberen sich enthalten müssen. Diese betten den Teuffel an/welcher jhnen leiblich erscheinet.

Zu Tenchadema wirdt dem Teuffel alle Monat ein trewe Jungkfraw præsentiert/welche auß anleitung der Bonzieren/dem Teuffel erstlich etliche fragen auffgeben/darauff er jren in Menschlicher gestalt erscheinet/vnd neben der beantwortung solcher fragen/fleischlich sich mit jhren vermischet/wann nicht etwan ein Bonzius dem Teuffel hörner auffsetzet.

Josephus à Costa beschreibet ein wundersame form zu beichten/die vnder jhnen bräuchig ist: Es seind/sagt er/in Zaca sehr hohe vnd gehe Felsen/deren Spitz vber 200. Klaffter hoch seind: vnder welchen einer/viel höher vnd schrecklicher ist/alß die andern alle/daß es einem grauset/hinauff zusehen: Zu oberst auff desselbigen Spitz/ist durch ein wunderliche kunst/ein grosse eyserne Ruten/drey Klaffter lang/angehefftet/an welcher eussersten end/ein Wag tieff herab hanget/deren Schalen so groß seind/daß ein Mensch in einer sitzen kan: hieher beschehen grosse Walfahrten. Wann nun die Bilger dahin kommen/so befehlen jhnen die Goqui (das seind Teuffel in Menschlicher gestalt) in die Schalen zu sitzen. Darauff machen sie durch ein Rad/daß die eyserne Rut/sampt der lehren schalen der Wag/vber sich in die Lufft schnellet/vnnd die andere schalen darinn der Bilger sitzet/herab hanget: Darauff vermanen die Goqui den armen Bilger/alle seine Sünde/mit lauter stimme zu bekennen: so offt er nun ein sünd bekennet/so fallet die lehre schal ein wenig hinunder/biß daß er sie alle erzehlet hat/alßdann wirdt sie der andern schalen gleich/wann aber einer ein einige sünd verschweiget/so gehet die lehre schalen nicht vnder sich: Vnnd wann er auff ernstliche anmanung hin/in verleugnen verharret/so werffen jhn die Goqui herab/daß er in tausent stuck zerfallet. Diß hat ein Japonier/so dieses sieben mahl erfahren/nach dem er zum Christenthumb bekehret worden/erzehlet/sagt aber/es seye ein solcher schrecken darbey/daß nicht bald einer etwas begehre zuverschweigen. Diß Ort wirdt genennet Sangenetocoro: das Ort der Beicht. *Hist. Indiæ l.5.c.25. Schreckliche form zu beichten.*

Anno 1596.den 22. Junij/regnete es vmb Meaco Aschen so dick alß Schnee: bald darauff regnete es roten Sand/vnd gleich darauf widerumb Weiberhaar: Darauff folgte endlich ein erschröcklicher Erdbidem/welcher die Tempel vnnd Pallöst (die Taicosama newlich erbawet hatte/vnnd daran täglich 100000. Werckleut gearbeitet hatten) zu boden geworffen. Damalen seind durch das Meer/volgende Stätt verschluckt worden/Ochinofama/Famaoqui/Ecuro/Fingo/Cassicanoro. *Erdbidem.*

Anno 1582.hat der Japoner Kön. zu Bungi/welcher auch das Königreich Meaco in seinem gewalt hatte/mit Nammen Franciscus/wie auch Prothasius König zu Arimena/vnnd Bartholomeus Fürst zu Omur/welche sich kurtz zuvor tauffen lassen/vnnd jhre Abgötter abgeschafft/ein herrliche Legation in Europam nacher Rom/an Bapst Gregorium dem 7. mit 3.schreiben abgesant: Die vornembsten Gesanten waren Mancius Fiunga/ein Enckel des Japonischen Königs zu Fiunga/vñ Michael Cingiva Kön. Prothasij Vetter/sampt etlichen jungen Edlen des Landts. Sie fuhren auß Japonia/auf einem Portugesischen Schiff/dessen Patron war Ignatius *Japonische Gesandschafft nacher Rom.*

LLLL iij

tius Lima/den 10.Febr. auff China/Malacca/Goa: von dannen schifften sie vmb Africam in Hispanien/da sie von König Philippo stattlich empfangen worden/von dannen eylten sie in Italien/ vnd kamen zu Rom an Anno 1585.den 22. Aprilis/vnd sein also 3.Jar vnd etliche Wochen/vnderwegen gewesen: Zu Rom haben sie dem Bapst/die Königlichen Brieff vberliffert/mit etlichen Præsenten/darauff hat in ihrem Nammen/Caspar Consalvus/ein Portoger die Red gethan. Den 17.Augusti gemeltes Jahrs/haben sie sich widerumb auff den Weg heim zuziehen begeben. Der Weg durch welchen sie gezogen/wirdt in ettlichen Welttafeln mit sonderbaren Linien gezeichnet.

Von der Insel Choray/vnd etlich anderen. Cap. cv.

Choray oder Chorea/ligt 100.Meilwegs von Japan: Das Meer dartzwischen ist so vngestüm/daß es in dem fünffjährigen Krieg/welchen die von Japon/mit denen von Choray geführet hatten/vber die 500.Schiff verschluckt hatte. Diß Königreich Choray ist 100.Meil lang/vnnd 60.breit/gibet Schatzung dem König zu China/vnd stosset an die Tartaren/seind gute Bogenschützen/aber nit so wol bewaffnet/wie die Japonier/aber besser versehen mit Schiffen. Taicosama kriegete mit ihnen/damit er ihm den Weg nach China machen könte: Die Eynwohner nennen sich selber Caolos.

Auff der Mitternacht seiten von Japan oder Japonia/nah bey Sassuma/ligen ettliche reiche *Lequio.* Inseln/die Liuquiu oder Lequio gennenet werden: Diese hat Cubo Keyser zu Japon/durch fleiß des Königs von Sassumas eyngenommen/vnd ein reiche Beut darvon gebracht.

Formosa. Nicht weit darvon ligt Formosa/ein grosse vnfruchtbare Insel/zwischen Macao vnd Japan/ nah bey China/denen es Zinßbar ist.

Lewis Frois schreibt von einem wilden Volck/welches gegen Mitternacht von Japon liget/ 300.Meil von Meaco/seind mit Häutten bekleidet/mit grossen Knebelbärten: seind sehr vertruncken/Mannhafft/vnd den Japoniern schröcklich: betten allein den Himmel an.

Capitain Saris schreibt: er habe zu Edoo/von der Insel Yezo gehört/welche Nordwest von Japon ligt/daß darinnen Menschen wohnen/die so härig seind alß die Affen/vnnd daß weiter gegen Nord ein Volck von gar kleiner Statur.

Nach Japan sollen auch ettliche Inseln der Amazonen ligen/mit welchen die Japonier jährlich/so wol weltliche alß fleischliche Trafique treiben: Wann ein Schiff von Japon daselbst anlendet/so kommen so viel Waiber/alß Männer im Schiff seind/zu den Gestaden/vnnd last ein jede daselbsten ein par Schuh mit einem Zeichen stehen/welcher nun dieselbige auffhebet/der muß ihr Buhl seyn.

Nach diesen folgen die Inseln von China/welche dasselbige Landt/gleich alß mit einem Zaun vmbgeben vnd beschirmen/vnder welchen die fürnembste ist Anian/vnd Macao/in deren die Portugeser ein Vestung haben.

Von den eussersten Ländern Asie/vnd erstlich von dem Königreich Catajo. Cap. cvj.

Weil wir nun gnugsam auff dem Meer herumb gefahren/vñ die Asiatischen Inseln besichtiget/wollen wir vns widerumb ein wenig zu Landt begeben/vnd etliche Königreich in dem eussersten theil Asie gelegen/so vns zuvor vberblieben/ auch ein wenig durchwanderen.

Diese Königreich alle in dem eussersten theil Asie gelegen/möchten heut wol in 2.Haupt=Königreich abgetheilet werden/nemblich in CATAIO vnnd CHINA.

Catajo ist ein mechtiges grosses vnd reiches Königreich/so die alten Sericam genast/ist jetzund auch dem grossen Cham der Tartaren vnderworffen. Es begreifft jetzund in sich/Tangut/Camul/Ergimul/ Carasan/Caindu/Tebet/Tenduch/Tainfu/vnnd mag auch wol Argon vnd die vbrigen Land gegen dem vorgebürg Tabin/darzu gezehlt werden.

Die Hauptstatt des gantzen Reichs/ist die mechtige Statt Cambalu/da der grosse Cham/der gantzen Tartarey/sein wesen vnd

Wohnung

Von den Ländern Asie. 1615

Camalu ein grosse Statt.

Wohnung hat. Diese Statt ist so groß/daß sie 6. Teutscher Meilen in sich begreifft. Sie ist viereckecht/vnd ist die Mawr auff einer jeden seiten anderhalb Teutscher Meilen lang/vnd stehn in einer jeglichen seiten 3.fürnemmer Porten/ die machen zusammen 12. Porten in der Ringkmawr. In den Anglen der Mawren stehn vier herzlicher Palläst/darinn der Statt Waassen vnd Gewehr behalten werden. Es seind auch die Gassen also schnur schlecht gericht/daß man von einem Statt Thor zu dem andern sehen mag. Vor einem jeglichen Thor ist ein grosse Vorstatt/ auch mit hübschen Häusern gebawen/da sich die Kauffleut vnd frembden halten. Dann es ist ein solcher grosser Handel in dieser Statt von den Kauffleuten/daß einer meynen solt/ es were Kauffma=schatz gnug für die gantze Welt. Es vergeht durch das gantz jar nimer ein Tag/ an dem nit bey tausent Wägen mit Seyden in die Statt geführt werden. Deßgleichen kompt ein groß Gut von Edelgstein/Perlin/Gewürtz oder Specerey hieher von India/Mangi/vnd andern vmbligenden Ländern. Wie köstlich der Keyser Hof halt/ist nicht darvon zu sagen. Er hat stäts 12000.Edlen vnd Trabanten die auff jhn warten Tag vnd Nacht/doch mit dem vnderscheid/daß 3000. seiner warten drey tag/ darnach 3000.drey andere tag/vnd also nach vnd nach. Die Fürsten so diesem Keyser zu Tisch dienen/verbinden mit Seyden Tüchern jhre Mäuler/ daß jhr Athem nit berüre des Keysers Speiß. Vnd wann er auffhebt den Becher zu trincken/ so fahen an die Harffenschlaher vnd Seytenspieler/vnd machen ein wunder süß gethön/vnd die andern Tischdiener biegen dieweil jhre Kny/vnd hofieren jhm nicht anders dann ob er Gott were.

Diß Keysers Pallast ligt nicht in der Statt selber/sondern zu allernächst darbey vnd ist seines gleichen in der Welt nicht zu finden/der ist also gebawen: Es ist ein viereckechtiger Platz/acht Meilen in sich begreiffend/mit einer hohen Mawren/vnnd tieffen Graben vmbgeben/hat nur in der mitte ein grosse Porten. Ein Meil innerhalb ist ein andere Mawren/welche auch geführet ist/vnnd 6.Meilen in sich haltet: Diese hat in der Mittags seiten 3. Porten/auch so viel auff der Mittnacht seiten. Zwischen diesen Mawren ligen die Soldaten. In jedem eck dieser beyder Mawren/stehet der stattliche Pallast/ in welchem des Keysers Kriegsmunition bewahret wirdt. Innerhalb dieser andern Mawren/ ist noch die dritte/ vier Meilen in die vierung haltend/ namblich ein jeder viertel ein Meil: Diese hat 6.Porten/vnnd 8.Palläst/ in denen des grossen Chams Provision behalten wirdt. Zwischen den zwo innern Mawren/hat es viel Bäum vnd Wiesen/mit allerley Thieren erfüllet: Innerhalb dieser dritten Mawr/stehet des groß Chams Pallast: Dessen materi vnd form/von solcher kunst vnd köstlichkeit ist/ auch zu aller wollüsten vnnd magnificentz also zugerüstet/ daß es allhie viel zu lang were zu erzehlen. Weil dem grossen Cham geweissaget worden/daß zu Cambalu ein rebellion wider jhn erwecket werden solte/ so hatte er deßhalben auß abergläubischer forcht/nicht weit darvon/die Statt Taidu gebawen/so 24.Italiänischer Meilen in sich haltet/vnnd doch nicht groß genug ist/die Eynwohner der alten Statt alle zu fassen. Der groß Cham haltet Leoparden/Löwen vnd Wölff/wilde Esel/Bären vnd Hasen/darmit sie jagen: Seiner Jägermeistern seind zwen/ein jeder hatt 10000.Mann vnder jhm/ ein theil ist kleydet in roter/der ander in blawer Farb: so offt der Keyser Jaget/ so hat er den seinen Jägermeister mit seinen Leuten vñ Hunden zur rechten/vnnd den andern zur lincken seiten/ also das jhnen kein Thier entrinnen kan. In seinen Reisen hat er allwegen zehen tausent Falconier/in vnderschiedliche Companien abgetheilet/bey sich/ er selber aber sihet zu in einer Kammer/ welche auff 4. Helffanten getragen wirdt.

Er hat 4.Weiber/deren jede jhr eygene Hofhaltung hat/so auff das wenigste 10000.Personen in sich begreiffen. Neben diesen Weibern hat er auch viel Concubinen/welche alwegen im andern jahr von newem erwehlet werden/ auß den schönsten Jungkfrawen in der Provintz Vngut/ da es die schönsten Weiber haben solle/vnd haltens jhre Eltern für ein grosse Ehr/ wann jhre Kinder hierzu beruffen werden. Sie halten es für ein grosse schönheit/ wann sie flache Nasen haben zwischen den Augen.

Was grosser Ehr vnnd Schenck diesem Keyser gethan werden/ von seinen vnder Königen/ Landtsfürsten vnd Herren/mag nicht geschrieben werden: dann es ist kein zahl der Königreichen/ Provintzen vnnd Herrschafften/ die vmb das Königreich Cathay ligen/vnnd dem grossen Cham alle Vnderthenig seind/vnnd jhn als Gott vnd den grossen Mahomet anbetten. Was grossen Prachts/Herzlichkeit vnd Wunderspiel er treibt/ wann er hinauß reit auff das Wild oder Vögel gejagt/

1616 Das sechste Buch

gesägt/ vnd wie er ein hauffen Gezelt auffschlecht/ daß man von ferren meynt es lige da ein grosse Statt/ vnd was sonsten mehr seltzames von diesem Cham mag gesagt werden/ das beschreibt Paulus Venetus/ in dem andern Buch seiner Indianischen Reiß: wer jn daselbst lesen wird/ der wirdt wunder finden. Es wechst kein Wein zu Cathay/ aber sie machen köstlichen Tranck auß Reiß/ vnd mancherley Gewürtz/ welches mit seinem geschmack vbertrifft den besten Wein. Es ist auch grosser mangel an etlichen orten dieses Landts an Holtz/ vnnd dargegen hat jhnen Gott etwas anders geben/ nemlich schwartze Stein/ dergleichen man hinder der Aach an der Maß auch findet/ die brennen gleich wie Holtz/ vnnd behalt die Hitz gar lang/ dann so man zu Abend einen zum Fewr legt/ behalten sie das Fewr biß an Morgen.

Marmolsteinerne Bruck. Durch die Statt Cambalu fleußt ein groß Wasser/ das heist Pulisangu/ darüber/ etliche Meilen vnder Statt gegen dem See Dangu/ gehet eine Marmolsteinene Brucken. Die ist 300. Schritt lang vnnd 8. Schritt breit/ sie hat 24. Schwibögen/ gezieret mit außgehawenen Löwen vnd andern Bildern.

Von dem Landt Tangut/ vnd den vbrigen Provinzen zu dem Königreich Catajo gehörig. Cap. cvj.

Wüstung Lop. Von Persia zeuhe man zwen Weg auff das Land Cathay/ entweders durch Indiam gegen Mittag oder durch die Länder Carcham/ Ciariam auff die Statt Lop gegen Mitnacht. Vnd hie solt du mercken/ daß Lop ein grosse Statt ist/ vnd bey jr angeht ein treffliche grosse Wüste/ dz die Kauffleut so diesen Weg ziehen/ sich rüsten vnd versehen müssen mit Nahrung auff 30. Tag. Sie ligen etliche Tag still in dieser Statt/ vnd versehen sich mit guten vnd starcken Eseln vnd Kamelthieren/ vnd die laden sie wol mit essender Speiß/ vnd so jhnen in der Wüste abgeht am Futter/ tödten sie die Esel/ oder lassen sie lauffen in der Wüste. Aber die Kamelthier behalten sie lieber/ dann sie essen wenig/ darzu mögen sie grosse Läst tragen. Sie finden durch die Wüsten allmal Wasser/ ist etwan bitter/ etwan süß/ doch ist des süssen manchmal so wenig/ daß die Kauffleut so mit eynander reysen/ dessen nit gnug haben. Diese Wüste ist vast Birgig/ vñ wo man zu zeiten auff ein Ebne kompt/ da ist es Sandig/ ist durch auß vnfruchtbar/ daß weder Vieh noch Leut Nahrung darinn finden mögen. Man

Gespänst der bösen Geister sicht vnnd hört bey Tag/ aber öffter bey Nacht/ mancherley Gespänst oder bösen Geister/ deshalben von nöthen ist/ daß die so dardurch wandlen/ sich zusammen halten/ vnnd keiner sich dahinden saume/ anderst alß bald einer seine Gesellen vor einem Berg oder Thal nicht gesehen mag/ kompt er nicht leichtlich wider zu jhnen. Dann da hört man der bösen Geister Stimm/ die gehn hin vnd her/ vnd ruffen einem mit seinem eignen Nammen/ vnd können jre Stimm gleichförmig machen den Stimmen anderer Mitgesellen/ vnd führen einen von dem Weg oder Fußtritt (dann es hat kein Weg) seiner Gesellen in ein Ort da er verderben muß/ vnd weder hinder sich noch fürsich kommen mag. Man hört auch zu zeiten in diser Wüste gethön/ alß schlüg man im Lufft allerley Seytenspiel/ doch am meisten hört man Trommen gethön. So man vber die Wüste kompt/ kompt man in ein

Sachion ein Statt. Statt mit Nammen Sachion/ die ligt im angang der grossen Provintzen Tangut/ vnd jhre Eynwohner sind Mahumetisch Glaubens/ etliche beten auch Abgötter an. Vnd solche Abgötter haben besondere Clöster in dieser Statt/ in denen sie opffern den Teuffeln/ vnnd jhnen grosse ehr bewysen. Vnd so einem geboren wirdt ein Sohn/ befilcht der Vatter das Kind dem Abgott/ vnnd zeucht jhm zu Ehren ein Wider im selben jahr/ vnnd wann das jahr herumb kompt/ opffert er den Wider vnd das Kind dem Abgott/ vnd nach dem er mit sampt seinen Freunden sein Gebett vnnd Ceremonien vor dem Abgott hat vollbracht/ machen sie ein Wirtschafft/ vnd essen den Wider mit grosser zucht/ vnd behalten die Bein in einem Geschirr/ gleich alß ein Heilig ding. Jhre Todten verbrennen sie wie andere Orientilsche Völcker. Doch lassen sie etliche ein zeitlang stehn in der Bar gebal=

Von den Ländern Asie. 1617

gebalsamiert/ setzen zu jhnen ein Tisch mit Speiß vnd Tranck/ vnd vermeynen jhre Seelen essen vnd trincken darvon. Es ist das Landt Tangut gar weit vnd breit/ vnnd begreifft in jhm viel andere Länder/ alß das Landt Chinchital vnd andere. Succuir hat auch viel nambhafftiger Stätt/ welche alle gehorsamen dem grossen Cham. Ein theil haben den Mahumetischen glauben/ ein theil beten die Abgötter an/ auch sind man da ettliche Christen Nestorianer Secten. Im Land Cinchithal ist ein Berg/ darinn grebt man Stahel/ vnd da find man auch die Schlang Salamandra genannt/ *Tangut.*

Salamandra.

die im Fewr ohn schaden oder verletzung leben mag. Man braucht diese Schlang zu ettlichen Tüchern/ vnd die werden so wârhafft darvon daß sie in keinem Fewr mögen verbrennen/ sonder so sie vnsauber werden/ wirfft man sie ein Stund in das Fewr/ vnd nimbt sie sauber/ alß weren sie gewaschen/ ohn verletzung wider darauß.

Succuir ist eine grosse vnd verzümbte Statt/ darvon auch das Landt Succuir genannt wirdt. Sie ist gar schön vnd zierlich gebawen/ auff vnsere Manier. Sie ligt auff einer ebne/ mit vielen lustigen Wassern vmbgeben/ daher sie auch Fruchtbar von Oepfeln/ Büren/ Pfersich/ Melonen/ 2c. Vmb diese Statt wachset auch das verzümbt Kraut vnd Wurtzel Rhabarbarum/ so von dannen durch die gantze Welt geführet. *Statt Succuir. Rhabarbarum Wurtzel.*

Nicht weit von Succuir ligt die Statt Campion: solle auch eine schöne/ grosse vnd Volckreiche Statt sein/ darinnen allerley Religionen gefunden werden: Heyden/ Christen/ Nestorianer vnnd Mahometaner/ welche all: durch einander jämerlich vermischet werden. Die Christen haben schöne gezierte Kirchen/ führen allein den Nammen/ vnd sein sonsten schlecht beschaffen: Die Geistlichen nennen sie Bachsi. *Campion.*

In diesem Königreich Tangut solle auch schon vor tausent jaren die Kunst der Buchtruckerey bekannt (wie Marcus Paulus der Venetianer meldet/ in seinem Buch von India) vnd in gemeinem brauch gewesen sein: Andere aber schreiben diß den Chineseren zu.

Von Tangut gegen dem Berg Vssonte zu/ vnd der Wüste Lop/ ligt die Statt vñ Landschafft Camul/ deren Eynwohner haben ein sonderbare Sprach. Jhr thun ist anders nichts alß Lachen/ Dantzen/ Singen/ Springen/ Musicieren/ Lâsen/ Schreiben/ vnd also ruhwig vnd frölich dahin zu leben. Sie seind Ehrerbietig gegen den frembden Gesten/ vnnd denen præsentiren sie auch jhre Weiber/ Schwestern vnd Töchtern zum wollust: vnnd als Mangu Cham jhnen diese Viehische Gewonheit verbotten/ da sandten sie Gesante zu jhm/ mit bitt jhnen jhre alte Gewonheit wider zu vergönnen/ dann seit sie selbige vnderlassen/ hetten sie keinen sägen mehr gehabt/ welches sie auch erhalten. *Camul.*

Von Camul gegen Mittag ligt das Königreich Ergimul/ vnnd darinn die Hauptstatt dieses Nammens. Die Eynwohner sein vermischter Religion wie zu Campion. In diesem Landt findet man ein klein Thier/ so groß alß ein mittelmässige Katz/ so die Eynwohner Gudderi heissen/ hatt grob Haar gleich wie ein Hirtz/ vnd stumpfe Klawen an den Füssen/ zwen lange weisse Zän oben vnd zwen vnden/ vnd wañ der Mon voll ist/ bekompt diß Thier ein groß Geschwär vnden am Bauch bey dem Nabel/ vnd das ist voller Bluts. dieses Blut nemmen die Jäger von dieser *Ergimul. Bysem Katz.*

Katz/ vnd dörren es an der Sonnen/ so gibt es den besten Bysem so in der Welt zu finden/ wie Paulus Venetus vnd Barbossa melden in jhren Indianischen Historyen.

Es werden auch hie gefunden schneeweisse wilde Ochsen/ mit schwartzen runden Flecken/ nicht viel kleiner alß die Elephanten.

Carasan. Besser gegen Mittag zu vnden an dem Berg Imao/ ligt das Königreich Carasan/ darinnen findet man Gold/ so wol in dem fluß Ostay/ so dardurch laufft/ alß in dem Gebürg. Hie findet man

Vngeheure Schlangen. scheutzliche vnnd vngeheure Schlangen/ 10. vnd mehr Schritt lang vnnd 5. Schuh dick/ in die ründe/ haben vornen her zwē kurtze Füß/ mit starcken Klawen wie Löwenklawen/ vnd Augen wie ein Straussen Ey/ einen grawsamen Rachen mit grossen scheutzlichen Zänen/ also vngehewr/ daß sich nicht allein die Menschen/ sonder auch die wilden Thier/ Löwen/ Tiger vnd andere darvon entsetzen/ dann was sie mit jhren spitzigen Klawen treffen/ das muß sterben. Die Eynwohner legen jhnen starcke eyserne Fallen/ vnd so sie sie fangen/ nemmen sie das Gifft von jhnen/ vnd halten es auff zu einer Artzney/ den Leib aber ziehen sie auß/ vnd essen das Fleisch/ alß ein sonderlich delicat essen.

Caindu. Caindu ist auch eine Landtschafft des grossen Chams/ die Hauptstatt Caindu ligt an dem gesaltzenen See/ darinnen mechtig viel schöne/ weisser Perlen gefunden werden. In dem Landt findet man auch schöne Thürckiß. Vnd diesen Sachen ist ein Amptmann vorgesetzt von dem Cham/ der die Perlen/ vnd Thürckiß suchen lest. Es sein auch darinnen viel Gudderi oder Bisem Thier/ wie auch Löwen/ Bären/ Hirtzen/ rc. Die Eynwohner haben auch den Brauch wie die zu Camul/ daß sie jhre Weiber den Gästen anbieten. Ihre Müntz sein guldene Blettlein ohne Zeichen/ die wegen sie. **Müntz von Saltz gemacht.** Neben dieser haben sie noch ein andere gattung/ von gehartetem Saltz gemacht/ vnnd dareyn graben sie des Königs Zeichen/ aber es darff sie niemand machen/ alß des Königs Amptleut/ die ziehen darnach darmit auff die Berg hin vnd wider/ vnd wechslen darmit von den eynfeltigen Leuten das Gold eyn.

Tebet. Tebet war eine der fürnembsten Provintzen des gantzen Landts/ ehe sie der grosse Cham vnder sich gebracht/ jetzund aber ist sie zu einer gantzen Eynöde gemacht/ also daß man darinnen 10. Tag reiset/ da man nit vber zwo oder drey Herbergen antrifft. **Löwen.** Daher auch das Landt voller Löwen/ also daß man mit grossen gefahren dardurch reissen muß: Die Kauffleut machen Nachts ein Fewr vmb sich/ welches die wilden Thier abhaltet. Die Eynwohner verehelichen jhre Töchter nicht/ sie seyen dann zuvor von den durchreisenden geschendet/ so gar hat der Teuffel diese arme Leut eyngenommen/ in diesen gelüsten. Sie sein sonsten arglistige Leut/ vnnd die grösten Zauberer in gantz Orient. **Corallen eine Müntz.** An statt der Müntz brauchen sie rote Corallen/ vnd an statt Holtz dessen sie wenig haben/ brennen sie eine gattung Erdrich/ wie in Niderlandt.

Dieses Landt hatte etwan 8. Königreich vnder sich/ vnnd war der Königliche Sitz in der Statt Tebet/ an dem Fluß Mecon/ so noch eine mechtige Statt ist.

Tenduch. Tenduch ist auch etwan ein sonderbar Königreich/ zu Catajo gehörig/ darinn die Stätt Cunchin/ Poliama/ Calalu/ Tenduch die Hauptstatt/ Soeggi/ Sindicin/ Quenzansie/ Congu/ Cacinfu/ rc. In dieser Provintz sollen sich vor diesem die Indianischen König gehalten haben/ Prete Jan genannt/ deren einen Vm Cam genannt/ der grosse **Vm Cam der Prete Jan.** Cham der Tartaren Cingis vberwunden/ vnnd das Landt eyngenommen vmb das jahr Christi 1200. M. Paulus sagt/ es habe der Cham zu seiner zeit/ die Nachkommene der alten Königen/ als Lehenleut noch jederweilen in dem Landt gelassen/ vnd pflege seine Töchtern/ diesen Königen zuverheurathen/ dardurch denselbigen Stammen zuerhalten/ vnnd habe dazumal en der König/ Georgius geheissen/ vnnd seye ein Christ gewesen/ wie auch der mehrertheil seiner Vnderthanen. Andere **Prete Jan in Asia.** sagen/ es habe dieser Christliche Prete Jan zu Argon gegen dem Vorgebürg Tabin geregiert/ da Sanct Thomas erstlich das Evangelium in diesen Landen gepredigt/

Von den Ländern Asie.

diget/vnd seye der Römischen Kirchen zugethan gewest. Dieser nam Prete Jan ist hernach von vnsern Scribenten auch geben worden dem grossen Nego in Africa/wie wir hernach hören werden. In Tenduc wirdt der Stein gefunden in grosser menge/darauß man den schönsten vnd besten Azur macht.

Die Statt Quenzanfu ist etwan auch ein sonderbar Königreich gewest/jetzund haltet der groß Cham daselbsten einen seiner Söhnen/so er viel hatt/oder einen seines Geblüts/mit dem Titul eines Cams. Die Statt ist gar herrlich gebawen/vnnd hat ein stattlichen Handel mit guldenen vnd seydenen Tüchern/so im Landt gemacht werden. Vor der Statt stehet ein grosser Königlicher Palast/welchen Mangalu Cham gebawen/vnnd darinn haltet sich der Gubernator oder Cam. *Statt Quenzanfu.*

Tainfu hatt etwan auch vnder Tenduch gehört/ist ein gut vnd herrlich Landt/voller Weinreben. Die Hauptstatt ist Tainfu: darinnen werden allerley Waffen gemacht für den Cam. Das Landt ist auch voller Seyden/so durch das gantze Landt verhandlet wird.

In dieser gegne ligt das verrümbt Schloß Taigin/da sich etwan ein Fürst gehalten Dor genannt: Er hatte einen schönen grossen Saal/darinn er alle Könige vnd Fürsten selbiger gegne/deren eine grosse anzal war zu seiner zeit/abcontrafehten lassen. *Schloß Taigin.*

Er trachtet nach den schönsten Jungkfrawen des Landts/vnnd deren helt er eine grosse anzahl/an seinem Hof/mochte auch sonst niemand vmb sich leiden/wann er wolt außfahren/so musten jn seine Damen auff dem Karren ziehen/vnnd trieb also vielerley seltzame hendel mit jhnen. Dieses machte jhn verwehnt/daß er sich wider sein Herren den Vm Cam/sonsten Prete Jan genannt/gesetzet/welcher jhn auch in seinem starcken Schloß/wie mechtig er auch war/nichts thun mochte/biß er jhm endlich mit verrähterey zu kam/vnd jhm das Schloß gröffnet wardt/da name er jhn gefangen/vnd hielt jhn hart 2.jahr lang/vnd satzte jhn endlich wider in sein Schloß/mit erinnerung daß jhm dieses eine warnung sein solte/seinem Herren nit mehr vntrew/noch so vbermütig zu sein/so er auch hernach durch sein gantzes Leben in acht genommen/vnd gantz löblich regiert hat.

Gegen dem Vorgebürg Tabin zu/nicht weit von der Wüste Belgian/ligt das Landt Argon/so auch dem grossen Cham vnderworffen: Hierumb ist ein Gebürg/darauff 2.ehrine Bilder gesehen werden/mit grossen hörneren/so sie an dem Mundt halten/zur gedechtnuß der vberwundenen Wüste vnd erfindung eines besseren Landts/von den Tartaren dahin gesetzt. Sie sein etwan Christen gewesen/vnnd der Römischen Kirchen zugethan/jetzundt aber sein sie mehr Nestorianer/mit welcher Ketzerey das gantze Christenthumb in Asia beflecket ist. Hie solle erstlich Sanct Thomas geprediget haben/vnd solle ettlicher meynung nach/der Prete Jan hier/vnd nicht zu Tenduch gewohnet haben. Hiermit sein auch die Länder Belgian/Arsaret vnnd Ania/von welchen man aber ausser den Nammen wenig wissenschafft hatt. Diese Länder werden genennt die alte Tartarey/dieweil der Namm der Tartaren daher anfangs entsprungen ist. Sie werden auch abgetheilt in jre Hordas/wie in new Tartarey. Es sein darinn zwo Provintzen/Vng vnd Mongul/so die hochgelehrten Leut für Gog vnd Magog halten. *Argon. Gog vnd Magog.*

Hierumb ligt eine Wüste 40.Tag lang/von den Scribenten Campus Hargu/vnd den Eynwohneren Mediten genannt/da die Eynwohner wider Brot noch Wein haben/sonder allein sich von dem Jagen vnd dem Gewildt erhalten.

Von ettlichen denckwürdigen Sachen/die Tartarey betreffend.
Cap. cvij.

Enseit dem mechtigen See Kitaja/vnnd dem Fluß Sur/ligt ein Tartarisch Volck Chirgessi genanndt/ein gantz Barbarisch vnd abergläubisch Volck/vnd die wohnen ausser den Stätten Rottenweiß beysammen. Wann sie jren Gottesdienst verrichten wollen/nimbt jhr Priester ein Geschirr/vnd thut dareyn Blut/Milch vnd Viehmüst/mit Erdtrich vermischet/vnnd steigt darmit auff einen Baum/haltet eine Predig/vnnd nach gehaltener Predig/besprenget er von der höhe seine Zuhörer mit diesem vermisten Wust/vnnd dieses halten sie vor jhren Gott. Ihre Todten hencken sie an statt der Begräbnuß/nackend an die Bäum/vnd lassen sie also außdorren. *Chirgessi.*

Nicht weit von dem Fluß Sur/so in den See Kitaja laufft/gegen Moscaw zu/ist eine grosse Heyde/vnd wie man glaubwirdig davon berichtet/wirdt darauff gesehen eine gantze Schar von Menschen/Camelen/Pferdten vnd kleinem Vieh/alß wann es von einem Felsen vnd von Steinen gehawen were/soll vor ohngefehr 300.jaren durch sonderbare verhengnuß Gottes/auß lebendigen Menschen vnd Vieh seind verwandelt worden/diesen Barbaren vnd Abgöttischen Leuten zu einem mercklichen Spectackel.

Gegen dem Scythischen Mehr zu/ligt der Berg Althay/so etwan auch Belgian genant wird/darauff werden die grossen Cham der Tartaren begraben. Diesen Berg halten sie für heylig/vnd diß auß solchem anlaß/Cingis der erste grosse Keys.machte das Volck durch Zauberey zu glauben/daß es

1620 Das siebende Buch

daß es ja der will Gottes wäre/ daß sie jhm gehorsam vnnd vnderthänig seyn solten. Vnd diß geschahe durch Mittel eines weissen Ritters / so ohn zweiffel der Sathan gewesen / welcher dem Volck auß seiner anordnung etwan erschienen/ vnd sie dieses bered hatte. Dieser Cingis gabe auß/ der Ritter hette jhm befohlen vber den Berg Athay zu ziehen/ vnd alle Völcker in Orient/ in seinen Gewalt zu bringen. Auff dem Berg aber solte er neun mal niderknyen / doch daß eine jegliche Station neun Schu von der andern/ vnnd da solte er Gott anruffen/ der werde jhm offenbaren/ wie er alles angreiffen solte. Die Tartaren geben auß/ es seye damalen das Meer von dem Berg gewesen 9. Schu/ damit Cingis mit seinem Volck hab durchziehen können.

Dieses spiel verursachte/ daß die Tartaren diesen Berg für heylig hielten: vnd wegen obertzelter Ceremonien hielten sie auch die neun Zahl/ für ein glückliche vnd heylige Zahl. Daher ein jeglicher/ so dem Cham eine angeneme Schenck thun will/ muß er jhm 9. stück verehren.

Von dem mechtigen Königreich China.
Cap. cviij.

DAs Königreich China/ ist das allereusserste Landt in Asia/ gegen dem Orientalischen Meer zu: Gegen Nidergang grentzet es mit India vnnd dem Tartarischen Königreich Catajo: gegen Mitternacht hat es Ottorocaiam/ vnnd die lange Mawren so sich auff die sechs hundert Italiänischer Meilen erstrecket/ wider der Tartaren eynfäll gebawen: gegen Mittag hat es das Indianische Königreich Siam: Seine grösste lenge ist bey 600. Italiänischer Meilen/ sein breite aber 300.

Dieses Königreich ist das allerherrlichste/ mechtigste vñ wundersambste Königreich in der gantzen Welt/ so wol an gutem gesundem Lufft/ vnnd fruchtbarkeit des Bodens/ alß auch an grösse/ Reichthumb vnd Gewalt. Es soll auch das Volck an Klugheit vnnd allerhandt subtilen Künsten/ alle andere Nationen der Welt/ weit vbertreffen.

Riccius ein Jesuiter/ welcher Anno 1582. dieses Landt eygentlich zu erkündigen/ außgeschickt worden/ darinnen er auch 28. jar gelebt/ vnd erst Anno 1610. gestorben/ hat dieses Königreich weitleuffig beschrieben.

Es ist auch Anno 1579. in China selbsten ein Buch von diesem Landt getruckt/ vnd seither in bekante Sprachen verdolmetscht worden/ auß welchen wir diese vnsere Beschreibung gezogen.

China solle das Landt Sinæ seyn/ dessen Ptolomæus gedencket/ vnd ettlicher meynung nach/ der alten Serica oder Sydenlandt/ von der viels der Seyden/ so darinnen gefunden wirdt. Wiewol andere wollen daß Catano das rechte Serica seye. Junius vermeynt/ es seye das Sinim/ dessen Esajas gedencket im 12. cap. vers. 49. Sonsten wirdt es mit vielen Nammen genennt. Die Indianer nennen es Cin/ daher es die Portogesen/ welche erstlich dahin kommen/ China genennet/ welche Nammen es auch bey vns behalten. Die Araber nennen es Tzinin. Die Japonier Than: Die Tartaren Han.

Die Eynwohner enderen den Nammen des Landts / so offt ein newer Stamm zu dem Reich kompt. Dann Geschlechts halben/ solle dasselbige jhrem fürgeben nach/ niemahlen seyn geendert worden/ darumb hat es etwan Than/ Vu/ Hia/ Sciam/ Cheu/ Han/ ꝛc. geheissen. Aber vnder dem jetzigen Königlichen Geschlecht/ ist es Min/ das ist Klarheit/ genannt worden/ vnnd hernach Ta Min/ das ist/ grosse Klarheit.

Dieses Königreich wirdt in fünffzehen Provintzen abgetheilet: alß namblich Cantan / Foquien/ Chequiam/ Nanquin/ Xantum/ Paquin/ Quansay/ Huquam/ Honan/ Xiensi/ Xansi/ Suchion/ Queicheu/ Junan vnd Coansi: deren die sechs ersten an dem Meer/ die neun vbrigen in dem Landt gelegen. In diesen Provintzen seyn hundert acht vnd fünffzig Landtvogteyen/ die sie Fu nennen/ vnd hat eine in die andere/ zwölff biß in die fünffzehen grosser Stätt. Vnder diesen sein zwey hundert sieben vnd viertzig sonderlich verrümbt / so sie Cheu nennen / vnnd darunter widerumb die zwo Königlichen Statt / Nanquin vnnd Paquin / so vber alle ändere des Königreichs erhaben/ vnnd jhres gleichen/ wie davon geschrieben wirdt/ in der gantzen Welt nicht haben.

Chinā Volckreich. Von der menge des Volcks in China / werden schier vngläublichen sachen geschrieben. Boterus meldet vber siebentzig Millionen Seelen. Andere aber sagen von acht vnd fünfftzig Millionen vnd etlich hundert tausenden/ allein deren/ welche dem König Tribut bezahlen/ darunder keine Weiber/ Kinder/ verschnittene/ Kriegsleuth/ Oberkeiten/ Studenten/ noch des Königs verwante begriffen.

Die vrsachen aber der menge dieses Volcks seyn mancherley : Erstlich die Fruchtbarkeit des Erdrichs / welches vber vnnd vber mit Flüssen vnnd Canälen/ welchen die König auch durch die grossen vnd rauhen Berg/ den Paß geöffnet haben/ vbergossen wirdt. Zum anderen der vberauß

herrliche

Von den Ländern Asie. 1621

herzliche Lufft/ vnnd gütige Himmel/ welche so krefftig würcken/ daß viel Frücht des Jahrs zwey-
mahl/ ja auch ettlich dreymahl tragen: Zum dritten die gute Natur der Eynwohneren/ welche einen grossen fleiß wenden auff den Ackerbaw/ vnd allerley kunstreiche Arbeit/ also daß da nichts ist/
das sie nicht wüssen zu ehren zuziehen/ vnd werden keine Müssiggänger geduldet. Zu diesem thut
auch nicht wenig die Ordnung des Landts/ daß niemand auß dem Landt ziehen mag/ auch niemandt dareyn kommen ohne verwilligung des Königs. Diese Ordnung ist gemacht worden/ nach
dem die Chineser Indiam verlassen. Dann nach dem sie gesehen/ daß sie mit außländischen Krie-
gen/ sonderlich mit den Indianeren/ sich selbsten den grösten schaden thaten/ vnnd ihnen nur viel
vnruh vber den Halß zogen/ haben sie sich resolviert nimmermehr auß dem Landt zu ziehen/ sondern zu ewigen zeiten darinn zu verbleiben bey dem ihrigen/ vnd sich allein wider die so ihnen vber-
träng thun wurden/ zu defendiren. Haben also/ wie gesagt/ geordnet vnnd bey Leibstraf verbotten/
daß hinfüro kein Mensch sich mehr auß dem Landt begeben solte/ ohne des Königs vorwissen.
Durch welches mittel dieses Königreich zu einem solchen wolstandt kommen/ daß sie bey eynander
gleichsam wie in dem Paradeyß leben.

Zu diesem ihrem vorhaben aber hat sonderlich gedienet/ die natürliche bevestigung des Landts:
Dann gegen Auffgang vnnd Mittag hat es das Meer: gegen Mitnacht da es mit dem gefährlich-
sten Feind dem Tarter grentzet/ zwischen dem drey vnd viertzigsten vnd fünf vnd viertzigsten Grad/
hat es viel geher Felsen/ da sie der Natur geholffen mit der hohen dicken Mawren/ dardurch sie die
Felsen an allen orten zusammen gefüget. Diese Mawren hebt an bey der Statt Ochioi/ so zwischen zwen hohen Bergen ligt/ vnd erstrecket sich gegen Orient sechs hundert Italiänischer Mei-
len weit (welches gleichsam ein vngläublich werck scheinet/ wirdt aber von denen bezeuget/ die in dem
Landt gewesen) biß an einen hohen Berg/ welcher das vbrige Landt zuschleust biß an das Meer.
Gegen Nidergang ligen theils hohe Berg/ theils die grossen sandigen Wüstenen vnnd Wildtnus-
sen. Also daß diß Königreich vmb vnd vmb alß eine veste Statt/ mit Mawren/ Bollwercken vnnd
Gräben vmbgeben. Zu diesem kommet noch die bevestigung der Stätten/ vnnd vnerhörten menge
Kriegsvolck/ zu Roß vnd zu Fuß (ettliche schreiben von einer gantzen Million/ andere sagen noch
viel mehr) so vngeacht des langen Friedens/ zu mehrer versicherung stätigs vnderhalten wirdt.

Das vornembste aber vnder allem/ seyn die guten Ordnungen/ dardurch das Landt regieret/
vnd eine solche menge Volck in dem Zaum gehalten wirdt. Man schreibt darvon/ daß kein Landt
in der Welt seye/ darinnen so ein richtiger vnnd fleissiger vnderscheidt gehalten werde: in belonung
der guthaten vnd abstraffung der vbelthaten/ welches eben die 2. Stuck seyn/ dardurch ein Regiment lang bestehen kan.

Der König in China haltet eine solche Majestät/ dergleichen niemahlen gehört worden/ vnnd *König in*
das kommet her von dem grossen vberfluß aller Güteren/ vnnd seinen mechtigen Reichthumen. *China.*
Er haltet nicht daß ihm eyn eyniger Potentat bey dem geringsten zuvergleichen seye: Es halten
ettliche/ daß alle seine Hoffleut vnnd Edelleuth nicht geringer seyen/ alß die Könige anderer Orten.
Er wirdt genannt/ ein Herr der gantzen Welt vnd ein Sohn des Himmels. Er soll vber 70. Könige zu gebieten haben.

Sein Königlicher Sitz ist zu Pequin. Seine Vorfahren aber hielten sich zu Naquin/ da zu der
gedechtnuß eine guldene Tafel auffgehalten wirdt/ darauff des jetzigen Königs Nammen stehet/
welche etwan an grossen Festen dem Volck gewiesen/ vnd als der König selbsten/ geehret wirdt.

Es lasset sich der König niemahlen sehen/ als in seinem Pomp/ hatt nur Weiber vnnd Knaben
vmb sich/ so ihm auffwarten/ vnd ettliche vertrawte Rhät. Wann Gesante zu ihm kommen/ oder
wann man ihm sonsten was vorzubringen hat/ mag man nicht zu dem König kommen/ sondern
man muß es auff folgende weiß thun: Der König hatt zu dieser Audientz 50. bestelte Diener/ von
einem Gemach zu dem andern/ biß an das innerste/ da sich der König haltet. Der nun was vor zu
bringen/ thut es bey dem ersten Diener/ der sagt es dem anderen/ vnnd dieser dem dritten vnd so
fortan/ biß zu dem König. Wann aber der König selbsten audientz geben will/ geschicht diß durch
ein gulden Rohr/ oder Canal so in des Königs gemach gehet. Des Königs Mundt verdammet
niemandt zum todt/ dardurch er seine Güte anzeigen will. Er hat einen Cantzler oder Stätthalter
des gantzen Königreichs/ so man Tutan nennet/ welcher alle streitige sachen mit grossem ernst vnd
fleiß schlichtet. Seine Weiber seyn seine nechste verwante/ auch seine eygne Schwesteren vnnd
Töchteren/ dann er meinet nit daß sonsten Weiber auff der Welt seyen/ seinem Stand gemäß.

Des Königs Eynkommen betreffend/ solle sich dasselbige järlich auff 100. Million Cronen belauffen: dann ohne viel sonderbarer Eynkommen/ hat er auch den Zehenden von allen Güteren des
Landts.

Die Könige bereden sich/ es seyen ihre Vorfahren von der Welt Anfang her/ König in China
gewesen/ biß auff diesen Tag/ vnd seye kein anderer Herr im Landt gewesen/ ohn allein der Tarter/
welcher doch allein einen theil China 93. Jahr lang besessen (dann den besten haben die Chineser behalten) vnd vor 200. vnd mehr Jaren/ von dem König Trinko (welcher die grosse Mawr bawen lassen) widerumb darauß getrieben worden.

MMMm iij   Die

Die Chineser halten sich in gemein stattlich vnnd sauber in jhrer Kleydung / doch mehr die Weiber / alß die Mannen / vnd ist ein geringer vnderscheidt zwischen beyderley Trachten. Ihre gemeinste Kleydung ist ein seydener Rock / von vielerley Farben / mit Gold durchweben: Die armen aber kleyden sich von Baumwollen oder anderer gemeinen Wollen / gemeinlich schwartz. Die Mannen ziehen einen dünnen Bart / vnnd ein langes Haar / wie die Weiber / welches sie auff dem Kopff / mit einem silberen Hafften in einen Bosch zusammen hefften.

Die Weiber machen es nicht viel anderst / aber viel zierlicher / vnd glantzet alles von Gold vnnd Edelgsteinen / vnd streichen sich an wie die Spanier. Wann sie außgehn / so lassen sie sich in schönen verdeckten Seßlen tragen / wie in Italia bräuchig / vnnd haben das gantze Haußgesinde bey sich.

Es mag ein Mann viel Weiber haben / wie in andern Asiatischen Orten / eine haltet er im Hauß / vnd die andern in andren Orten. Sie haben viel gemeine Weiber vnnd Huren / die werden aber nicht in den Stätten geduldet / sondern sie müssen daraussen wohnen / sie sein sonsten nicht so veracht wie in vnsern Landen / sonder werden vor ehrlich gehalten / sie halten sich so stattlich in jhrem Geschmuck / daß nicht gnugsam zu sagen. Ihre Hochzeiten halten sie in dem Newmon / vnd gewonlich in dem Mertzen / mit welchem Newmond sie das Jahr anheben / vnnd diß geschicht mit grossem Pomp / vnd allerley Musicalischen Instrumenten / wie auch mit starckem trincken / wie in vnsern Landen. Sie sitzen auch zu Tisch wie bey vns / auff hohen Stülen / vnnd essen nicht auff der Erden / wie anderstwo in Asia. Ihre Sprach ist durch das gantz Königreich gleich / mit eynerley Caracteren.

Chinesische Müntz. Sie haben silberne vnnd guldene Müntz. Auff der guldenen ist des Königs Bildnuß. Die silberne ist vielerley: ettlich ist rond vnnd deren thut ein stuck so viel alß ein achtel eines Reichsthalers: die andere ist viereckendt vnnd geringer. Es wirdt auch ein andere Müntz auß Leder gemacht.

Religion der Chineser. Die Religion der Chineseren betreffend / ist dieselbige wie in ettlichen andern Orten Asie. Sie glauben daß alle Sachen auff der Welt / von einem Gott regiert werden / welchen sie den grösten Gott heissen / vnd deuten jhn an / mit dem ersten Buchstaben jhres Alphabets. Sonsten betten sie auch die Sonn / den Mond vnnd die Sternen an: auch den Teuffel selbsten / damit er jhnen kein schaden thue.

Sie haben köstliche Tempel / so wol in den Stätten alß vor aussen.

Ihre Priester sein zweyerley / ettliche kommen weiß / mit geschorenem Haupt / ettliche schwartz mit langem Haar / vnd müssen sich beyde der Weibern enthalten.

Buchtruckerey. Es sein die Chineser vor allen andern Nationen sinnreich / wie dann auß vielen sachen / so bey jhnen erfunden worden / abzunemmen. Man hat gewisse nachrichtung / daß die Kunst der Buchtruckerey / schon vor tausent Jaren bey jhnen im brauch gewesen / doch nicht in solcher vollkommenheit wie bey vns.

Sie sollen auch ettlicher meynung nach / das Geschütz vor vns gehabt haben / welches bey jhnen gar gemeyn.

Windwägen in China. Sie haben ein gattung Wägen bey jhnen / so von dem Wind getrieben werden / vnd die seyn gemeyn bey jhnen / an den Orten wo das Landt eben / sie haben jhre Sägel vnd andere Instrumente / wie die Schiff / werden auch wie dieselben regieret: dergleichen auch ohnlengst in Spanien / vnd in den Niderlanden gemacht worden.

Chinesische Porcellanen. Sie haben auch bey jhnen in gemeinem brauch eine gattung Geschirr / so sie Porcellanen heissen / welche etwan auch zu vns gebracht vnnd gar hoch geschetzt werden / dergleichen subtiler Geschirr in der gantzen Welt nicht gefunden wirdt. Sie werden gemacht auß einem gewissen gelben Erdtrich / welches sie mit einer gattung gestossenen Muscheln vnnd Eyerschalen vermischen / darauß machen sie einen Teyg / vnnd vergraben denselbigen in das Erdtrich / da er achtzig biß in hundert Jahr ligen muß. Es wirdt die Ordnung darmit gehalten / daß wann man ein Gruben außlert / so füllet man sie widerumb mit frischem Teyg / vnd verzeichnet mit gewissen Zeichen darzu / wann er darin gelegt worden / damit die Matery nimmer abgehen könte. Die schönste Porcellana wird in der Provintz Kiamsi gemacht. Anderer subtiler arbeit von gegossen vnnd geschnitzten Bilderen / vnnd anderen schönen Künsten / so sie vnder jhnen / vor andern Völckern haben / jetzundt zu geschweigen.

Fruchtbarkeit in China. Die Frücht des Landts betreffendt / ist schier nichts in Europa / das nicht in China gefunden werde: was aber mangelt / wirdt in anderem müglich ersetzet.

Es ist darinn ein grosser vberfluß an Weitzen / Gersten / Millet / Panick vnnd anderem Getreyd: das fürnembste ist Reiß / in welchem China Europa weit vbertrifft / vnnd von diesen Früchten werden an vielen Orten ettliche zwey mal / ettliche drey mal / des Jars gesamlet. Sie haben Bohnen vnd Erbß / damit sie jhr Vieh ernehren.

Von Baumfrüchten mangelt es jhnen an vnsern Oliven vnd Mandeln: Hingegen aber haben sie jhre

Von den Ländern Asie. 1623

sie ihre Indianische Frücht / die vns nicht bekannt / als Longanas / Coco-Nuß von den Palmen / vnd andere: jhre Pomeranzen / Limonen / Citronen / seindt vielliblicher alß vnsere in Europa. Sie haben kein Flachs / aber ein solche menge Baumwollen / vnnd Seyden / daß sie / wie man darvon schreibt / der gantzen Welt mittheilen könten.

Von Kräuteren vnd Garten Früchten haben sie auch eine völle / deren sie ettliche zur Speiß / andere aber auß sonderbaren aberglauben brauchen. Sie haben auch allerley schöne Blumen / an welchen sie doch mehr den vnderscheidt der Farben achten / alß den lieblichen geruch.

Wein in China.

Jhre Trauben sein nicht so lieblich / alß die vnseren / daher auch der Wein nicht so gut. Aber sie machen einen Wein auß Reiß vnnd anderen gewächsen / welcher gar lieblich sein soll / vnd nicht so brennend alß der vnsere. Sie haben auch ein vberfluß von Ochsen / Schafen / Geissen / Hüneren / Gensen / Endten vnd Schweinen / wie auch an Gewild / Hirtzen / Rehen vnnd Hasen / so jhr gemeine Speiß ist. Doch wirdt auch Fleisch von Pferdten / Maulthieren / Eseln vnd Hunden / in jhrer Metzig verkaufft. Man findet wenig Löwen in China / aber viel Tigerthier / Bären / Wölff vnd Füchs / vnd zu Paquin auch Helffanten.

Jhre Pferdt sein nicht so schön alß die vnserigen / aber wolfeiler / stärcker vnnd thauchhaffter.

Gegen dem Früling nemmen sie die Endten Eyer / vnd vergraben sie in den Mist / etwan zwey tausent oder drey tausent zusammen / vnnd darauß kommen die Endten / so wol alß wann sie außgebruttet wurden / an dem Winter bringen sie eben dieses mit einem temperierten Fewr zu wegen. Es werden an ettlichen Orten grosse Hanen gefunden / welche an statt der Federn / einen zarten flockechten flaun haben wie Schaffwollen.

Es gibt so viel Schiffens in China / daß einer geschrieben / es leben darinnen eben so viel auff dem Wasser / alß auff dem Landt. Von Nanquin / gehn Paquin / ist der Strom / auff die drey hundert Meilwegs / mit Schiffen gleichsam vberstrewet / keiner kan so früh nicht kommen / er findet schon ettlich hundert Schiff zur eynfart bereitet / welche allerley Provision in die Statt bringen.

In der Gegne vmb Nanquin / finden sich vber die zehen tausent Königliche Schiff / die seine Tribut herzu führen. Die Schiff darinnen die Oberkeiten vnd Officierer fahren / sind stattlichkeit halben / den Königlichen Schiffen in Europa nicht vngleich: viel vbertreffen sie / dann sie haben grosse Säal / Kammern / Kuchen / mit jhren gezierden: sie sind so hoch alß ein Hauß / außwendig vnd innwendig gemahlet / vnnd mit viel geschnitzten Bildern gezieret / daß sie den Königlichen Palläsen gleich sehen.

Sie sagen in einem Sprichwort / der König von China / köndte ein Bruck auß Schiffen machen / von China biß gehn Malacca / welches auff die 500. Meilwegs sind.

An den Wasserströmen ligen zu beyden seyten schöne Stätt / Flecken / Häuser / also daß es einer immerwohnenden Wohnung gleich ist / vnd sein ettliche dieser Stätten so groß / daß man zwo oder drey Stund / neben den Mawren hinan schiffen muß.

Jhre grossen Ström sind des Winters vberfroren / wegen der nahen Tartarischen Schneebergen / an welchen orten sie sich mit Bältz kleyden.

Allerley Metall werden in China gefunden: aber jhr Gold ist nicht so gut alß vnsers.

Sie brennen Holtz / Kolen / Riß / Stopplen / vnnd ein Päischen Grund Mui genannt / welches doch kein bösen geruch hatt.

Sie haben viel Rhebarbara / Lignum Sanctum vnd Bisem. Auß vielen Wasseren wird Saltz gemacht.

Zucker vnd Honig ist vollauff. Wachs wirdt daselbsten auch von gewissen Würmen gemacht / die sich auff Bäumen enthalten. Jhr Papier leidet die Dinten nur auff einer seiten / vnd weret nit so lang alß vnsers / ist aber schön vnd subtil wie Seyden.

Sie

Sie haben allerley schöner Marmol/köstliche Stein/wolriechend Holtz vnd Gummi/vnd viel andere seltzame sachen mehr.

Sie haben gewisse Bletter/die sie Cia nennen/die werden am Schatten getröcknet/vnnd in Wasser hernach gesotten/vnnd also heiß getruncken/welches ein vberauß lieblicher Tranck seyn soll: Die Japonier geben 12. Ducaten vmb ein Pfund dieses Krauts. Sie machen Pulver darauß/ vnd trincken es mit heissem Wasser/für jhren Wein/wie wir bey Japonia gesagt haben. Sie haben auch Zimet vnd den besten Imber im gantzen Landt: Aber Pfeffer/Muscatnuß/Aloes vnd andere Specereyen/werden mit grossem vberfluß/auß den benachbaurten Inseln hieher gebracht.

Von den Königlichen Stätten vnd Palläsien Nanquin/Paquin/vnd ettlichen andern Orten in China.
Cap. cxiv.

Die fürnembsten Stätt im gantzen China/sein Nanquin vnnd Paquin/welche beyde so groß sein sollen/daß einer von einem end der Statt/biß zu dem andern/zwen Tag zu reiten hatt.

Nanquin stehet in dem 32. Grad/ligt acht oder 10. Italiänischer Meilen von dem Meer/doch dergestalten/daß man mit den Schiffen/biß an die Statt kommen kan/durch einen Arm/wie in den Teutschen Seestätten sein mag. Diese Statt hat 3. mechtige grosse Höf/gleichsam alß 3. mechtige Stätt/in einem gantzen Land eyngeschlossen/welche mit gebranten Steinen gar zierlich vmbmawret/vn mit schönen grossen Porten versähen seind. In dem ersten Hof ist der alte Königliche Pallast/welcher widerumb mit dreyen starcken Mawren/vnd tieffen Wassergräben vmbgeben/vnd auff allen vorteil so prächtig gebawen/daß Riccius der Jesuit vermeynt/es seye seines gleichen nicht in der gantzen Welt. Dieser erste Hof haltet in seinem vmbkreiß 4. oder 5. Italiänischer Meilen. Der ander Hof haltet diesen ersten in sich/vnd begreifft den besten theil der Statt. Er hatt 12. Porten mit Eysen beschlagen/vnnd ist mit grobem Geschütz zum besten versehen: haltet im bezirck 18. Italiänischer Meilen. Der 3. Hof ist nicht gar vmbmawret/dann er ist an etlichen orten für sich selbsten wol verwahret/dieser ist so groß/daß einer 2. Tag darumb zu reiten hat.

Diese Statt haltet vngläublich viel Volck in sich/vnnd sind doch viel Gärten/ja gantze Berg/Wäld vnd See darinn begriffen. Es ligen stätigs 40000. Soldaten darinnen in besatzung. Sie ist voller schöner Palästen/Templen/Brucken vnnd mechtigen Thürnen. Es laufft der Strom durch die Statt/mit vielen Schiffreichen Canälen/darauff man durch die gantze Statt hin vnnd wider fahren kan. Die Gassen sein sauber besetzt/vn mechtig breit vnd lang. Es sollen bey 200000. Häuser in der Statt begriffen sein/vnnd solle so groß sein/daß jhr die 4. grösten Stätt in Europa nicht mögen verglichen werden/wie Panlogia/Riccius vnnd andere Jesuiten/so da gelebt haben/vnd zum theil noch leben/bezeugen.

Paquin die Königliche Statt in China.

Paquin/welche Riccius Pequin nennet/ist die andere Königliche Statt gegen Mitternacht/wie Nanquin gegē Mittag. Sie ligt 100. Meilwegs von der grossen Grentzmawr/gegen der Tartarey. Sie ist zwar nicht so gar weit vnd sauber gebawen wie Nanquin/aber viel ansehnlicher/volckreicher vnnd prächtiger/weil die König in China jetzundt jhren Sitz darinnen haben. Gegen Mittag ist sie mit einer doppelten sehr dicken Mawren versehen/vnden mit grossen Quadren vnd oben mit gebranten Steinen gemacht/vnd mitten mit Grund außgefüllet: Sie ist so breit/daß 12. Pferdt neben eynander darauff reiten mögen. Aber an der andern seiten/hat sie nur ein eynfache Mawr. Es wirdt jederweilen so fleissige Wacht auff diesen Mawren gehalten/alß wann stätigs Krieg im Landt were/wie auch des Tags bey den Porten geschicht.

Der Königliche Pallast ist zwar etwas kleiner alß der zu Nanquin/aber viel scheinbarer/weil der ander gleichsam öd ligt vnd verlassen/dieser aber wegen der gegenwart des Königs/von tag zu tag herzlicher vnd prächtiger wirdt. Das beschwärlichste in dieser Statt/ist der grausame Staub/so den Sommer vber darinnen ist/also daß man das Angesicht mit einem dünnen Thuch bedecken vnd verwahren muß/vnd dieses kompt daher/weil es so wenig regnet/vnd die Statt nicht an allen orten besetzt vnd gepflastert ist. In allen ecken findet man Postpferd/von einem Ort zu dem andern zu reiten.

Canton.

Canton ist auch eine verrümbte Statt in China/wirdt doch nur vnder die kleinen Stätt gerechnet/die Eynwohner nennen sie Quamcheu oder Cancen: Auff der einen seyten hat sie ein Schiffreichen Fluß/vnd auff der andern einen tieffen vnd Schiffreichen Wassergraben. Auf den Mawren sein 83. Bollwerck. Die Gassen sein so breit/daß jhren 10. neben eynander dardurch komlich reiten mögen/vnder diesen sein 7. Hauptgassen/vnd darunder die zwo grösten so ein Creutz machen/sonderlich schön/deren jegliche 2. Thor hat/so gegen eynander sehen. In dieser einigen Statt werden neben andern Victualien täglich bey 5000. in 6000. Schwein verzehret/vn 11000. Endten/welche gar gemein sein in China. Es sollen hier in die 4000. Blinder sein/welche Korn vnd Reiß Mülen treiben. Diese Statt soll dem König jährlich vber die 180000. Cronen eyntragen/allein von dem

Von den Ländern Asie. 1625

dem Saltz/ so da gesamblet vnd verhandelt wirdt. Die Häuser seyn nidrig vnd haben keine Fenster gegen der Gassen/ sondern allein inwendig gegen den Höfen/ welches durch gantz Chinen gemein.

In der Provintz Sciantum ligt Cinchiamfu/ da schon zu M. Pauli zeiten zwo Kirchen der Christen gewesen. Von dannen ist ein gewaltiger Canal biß gen Succu vñ Hamceu der Hauptstatt in Chequiam von den Chinesern gemacht worden/ welches gar gemein in China. Welche Stätt so voller Christen/ daß zu zeiten eines vor dem andern nicht fortkommen kan/ vnd hat daselbst auch Ricius vnser Chinesische Jesuit/ auß dem Schiff tretten/ vnd seine Reiß gen Succu/ vnd Hamceu zu Land auff einem Wagen/ nur mit einem Rad/ vollends verrichten müssen. *Cinchiamfu.*

Succu vnd Hamceu seyn auch zwo bekandte Stätt in China/ vnd werden für der Chineseren Paradeiß geachtet. Succu ist mächtig volckreich/ schön vnd auß der massen fruchtbar. Sie ligt in dem Wasser wie Venedig/ vnd seyn die Häuser auch auf hölzerne Pfälen gebawen/ vnd die Gassen mit vnzahlbar vielen Brücken vber die Canal zusammen vereynigt. Allhier werden die Wahren so von Macuo vnd anderen Orten kommen/ verkaufft. Es ligen stättigs so viel Schiff in vnd vmb diese Statt/ daß einer vermeynen solte/ es wäre alle Schiff deß gantzen Königreichs beysamen. Diese Statt hatt sich am allerlengsten wider den König gesetzt als er die Tartern auß diser gegne vertrieben/ dahero muß sie noch biß dato zur Straff den halben theil geben aller früchten vnd Gütter des Lands/ welches sich jährlichen auff 10. Million Gold lauffen solt/ wann sich Boterus nicht vberrechnet. Der König muß wegen deß schwürigen Volcks stättigs ein starcke Guarnison in dieser Statt halten. *Succu vnnd Hamceu.*

Chequian ist die fürnembste Revier nach Nanquin vnd Paquin in gantz China. Sie hat 12. grosser Stätt vnd 63. kleiner/ hie sollen die spitzfündigsten Leut in China gefunden werden. Es sind so viel Seydenwürmb darinnen/ daß sie viel Länder mit Seyden versehen köndten. Das gantze Landt ist voller Wasserström vnd schönen Brücken. Hamceu ist die Hauptstatt in dieser Provintz: Sie ist etwas kleiner als Nanquin aber volckreicher: Es ist kein lährer Platz darinnen/ sondern alles mit schönen gemahlten Häusern erfüllet. Das Eynkommen dieser Statt sol so groß seyn/ daß es vnsere Jesuiten nicht melden dörffen/ weil es in vnsern Landen vnglaublich scheinen würde. Die Hauptstatt darinnen ist schier einer halben Tagreiß lang/ vnd vberauß lustig vnd ansehnlich wegen der Triumphbogen/ vnd Monumenten/ so darauff den verdienten Oberkeiten zu Ehren auffgericht worden/ alles mit Quaderstücken auff das künstlichst gearbeitet. *Chequian.*

Also daß/ wie vnsere Scribenten melden/ nichts prächtigers auf der Welt were/ wann die schönen vnd prächtigen Häuser außwendig mit den Läden nicht also vermacht vnd verdeckt weren. Es ligt ein See bey der Statt/ den man schwerlich vbersehen kan/ welcher in vielen Thälern daher schleicht/ vnd hin vnd wider seine erhabene Bühel hat: welche aber alle/ sampt dem Gestaden herumb/ mit schönen Lusthäusern/ Gärten vnd Pallästen/ gantz herrlich erbawen vnd gezieret seynd: also daß die Augen ob der Anschawung dessen/ als eines Labyrinthi/ gleichsam bezaubert werden/ vnd nicht wissen/ worüber sie sich mehr verwundern/ vnd erlustigen sollen. Allhie belustigen sich die Eynwohner täglich/ vnd halten jhre Fest mit allerley Spielen vnd Kurtzweilen/ auff diesem See.

Mitten in der Statt/ ist ein hoher Berg/ auff demselbigen steht ein schöner Thurn/ in dem sie jhre Vhr haben: von dannen mag man die gantze Statt vbersehen. Alle Gassen sind mit Bäumen besetzet/ also daß sie einem lieblichen Garten gleich sehen.

Allhie müssen wir eine nohtwendige Frag erörtern/ was es doch mit der verrühmbten Statt Quinsay/ welche in China ligen solle/ vnd von welcher hin vnd her so viel Wunder gesagt vnnd geschrieben wird/ von deren aber vnsere newen Scribenten die Jesuiten nichts wissen wollen/ für einen Verstand habe?

M. Paulus ein Venetianer welcher vor vngefehr 300. jahren in diesen Landen ein zeitlang gewohnt/ beschreibt diese Statt weitläuffig/ vnd sagt viel Wunderding darvon. Er sagt sie seye die Hauptstatt deß Königreichs Mangi/ welcher es vnder Catayo zehlet: das beschicht aber darumb/ weil damalen die Tartaren diese Statt innhatten/ sonsten muß Mangi nohtwendig eine Provintz in China gewesen seyn/ welche jetzund auch jhren Namen geändert. Er sagt sie habe in jhrem vmbkreyß 100. Italiänische Meilen/ 12000. schöner Brucken vber die Canäl so durch die Statt lauffen: Ein Million vnd sechs hundert tausent Häuser/ in deren jeglichen 12. in 15. Seelen seyen.

Der Königliche Pallast vbertreffe alle Gebäw der gantzen Welt/ er habe 10. Meilen im Bezirck/ er habe 7. starcke Mawren vnd bey einer jeglichen eine Guardi von 10000. Mann/ vnd darinn seyen 80. Königliche Gemach vnd Säl.

Die Statt habe neben andern schönen Plätzen der Statt 10. Haupt Plätz/ darauff Marckt gehalten wirdt/ die seyen vierecket/ vnd eine jegliche seiten seye einer Italiänischen Meilen lang: von diesen Plätzen gange die Hauptgassen der Statt von einem Endt zu dem andern 40. Schritt brepp: Es seyen in der Statt 12. Zünfft der Kauffleuten/ deren jegliche bey 12000. Läden begreiffe. Es lige die Statt an einem lustigen See/ darinnen zwo Inseln/ welche allein zu Wollust dienen: *Beschielbung der Statt Quinsay.*

NNNNn darin

darinnen werden gemeiniglich die Hochzeiten der fürnehmen Burger/ vnd andere hertzliche Fest vnd Panquet gehalten/ vnd wer dahin begert/ wirdt in schönen bedeckten vnnd auff das schönst außgestaffierten Schiffen/ wie die Gundelen zu Venedig/ hinüber geführt/ vnd da findt er alles was sein Hertz begeret/ vnnd werde doch niemand nichts abgenommen/ sondern dieses alles beschehe zu einer sonderlichen Magnificentz auß dem gemeinen Gut der Statt. Es seynd auch auff den Märckten hin vnnd wider vnzehlich viel stattlicher Wägen vnd Carossen/ darinnen die Burger mit jhren Weibern/ auch wol Frembde so dahin kommen zu handeln/ sitzen mögen/ vnd sich darinn in der Statt herumb führen lassen.

Dieses vnd viel andere wunderbarliche Sachen mehr schreibt obgedachter Marcus Paulus von der Statt Quinsay/ also das seiner Beschreibung nach/ von Pracht/ Macht/ Wollust vnd allem Wunder nicht wol was in der Welt seyn kan/ oder auch möcht erdacht werden/ welches in dieser Statt nicht gesehen vnd gefunden werde/ dahero sie nicht ohne Vrsach Quinsay/ das ist/ eine Himmlische Statt genannt worden.

Von dieser Statt nun schreiben die newen Scribenten gantz nichts/ melden aber wol andere Stätt/ so an Gattung vnd Gestallt diesem Quinsay nicht vngleich/ also daß dieser Relation nach gar glaubwürdig/ daß M. Paulus keine Lugen sondern die Warheit geschrieben habe/ wie er dann sonsten in seinen Schrifften von den Gelehrten jederweilen für glaubwürdig gehalten worden. Wo ist dann nun jetzund dieses Quinsay hinkommen/ daß man nichts mehr darvon wissen wil?

Etliche mutmassen weil China den Erdbidmen vnderworffen/ sie müsse etwan verfallen/ oder sonsten verstöret worden seyn. Nicola von Contiein Italiäner/ so Anno 1440. in China gewesen/ schreibt Quinsay seye mächtig verderbt worden durch die Krieg/ vnd damalen wider erbawen worden/ vnd habe 30. Meilen im Bezirck. Vnsere Meynung ist diese. Als M. Paulus zu Quinsay gewesen/ war die Statt vnnd das Landt dem grossen Cham der Tartarn vnderthan/ dann in dem jahr 1269. hat Cublai Cham der Tartar den König in China so Fanfut geheissen/ vnd 100. jahr alt gewesen/ so seine tag nichts gewust was Krieg ist/ auß seinem Paradiß vertrieben/ vnd dasselbige 93. jahr besessen/ biß auff das jahr 1362. da Trintzo auß den Nachkommen der Chinesischen Königen die Tartaren widerumb auß dem Landt verjagt/ vnd die grosse Mawr wider der Tartar Grentzen gebawen.

Bey Belägerung vnd Eynnehmung dieser Statt Quinsay/ hat es so wol nit abgehen können sie hat leyden müssen/ so wol mit brennen als plündern/ verhergen vnd verderben/ also daß wol seyn kan/ daß sie jhren ersten Pracht vnd zu gleich den prächtigen Namen verlohren/ vnd einen andern Namen bekommen habe. Wann man die Beschreibung der Statt Hanceu/ von deren wir droben ein wenig gered/ wie sie jetzund von den jetzigen Chinesischen Scribenten beschrieben worden/ haltet gegen der Beschreibung der Statt Quinsay bey M. Paulo/ so wirdt man durchauß ein feine Gleichheit finden/ insonderheit in der Gegne der Statt/ der grossen Kauffmansschatz/ den Läden vnd dem lustbaren See: daß man also wol sagen mag daß Quinsay eben die Statt Hanceu seye/ welche auch die Chineser noch heut heissen/ das Himmische Paradeiß/ wie Quinsay ein Himmlische Statt heißt.

Scianhai. Scianhai ist auch ein verrühmbte Statt in China/ in der Provintz Nanquin gelegen an dem Meer gegen der Insel Japan vber/ dahin man in 24. stunden schiffen mag/ dahero diese Statt mit einer starcken Guarnison versehen/ vnd einer mächtigen SchiffArmaden. Es sollen darinnen bey 40000. Haußhaltungen seyn. Die Portogesen bezeugen/ sie haben in der Statt Fucheo so auch in China an dem Meer gelegen/ einen Thurn gesehen welcher auff 40. Marmelsteinern Säulen stehe/ deren jegliche 40. Spannen hoch vnd 12. Spannen dick/ vnd dieses Werck seye so auß der massen groß/ künstlich/ prächtig vnd schön anzusehen/ daß es alle verrühmbte Gebäw in Europa vbertreffe. An. 1555. solle auß dem Erdrich ein solche menge Wasser hervor kommen seyn/ dz es in kurtzem 180. Meilen vberschwemmet/ vnd 7. Stätt mit jhrer Landschafft/ vnd ein grosse menge volck zu Grundt gerichtet/ vnd welche auß diesem Wasser darvon kommen/ solle das Fewer vom Himmel verzehrt haben.

Vngehewer grosse vögel. Man schreibt von einem Engelländer der Anno 1400. in China gewesen/ daß er bezeuget er habe einen Vogel darin gesehen/ mit Namen Rocco solcher vnglaublicher Grösse vnd Stärcke/ daß er jhne gesehen einen Helffanten in die Lufft führen/ vnd auff einen harten Felsen fallen vnd zerschmettern lassen/ damit er sich desto besser an jhme erweyten köndte: Seine gestallt sey schwartz vnd gelblecht wie die Adler gestaltet. Es bezeugen auch die Portogesen/ daß sie dergleichen Vögel von weitem gesehen/ vnd sich darvor mächtig entsetzet/ dann so er gegen die Schiff flengt/ wie es die Chineser erfahren/ bewegt er mit seinem flug dieselbigen als ein mächtiger Sturmwind/ vñ kan sie so er sich darauff nider läst/ in grosse gefahr bringen.

Sie

Von den Ländern Asie. 1627

Sie melden auch von einer Gattung Geyren/welche auch so groß vnd starck seyn sollen/ daß sie die feisten Hämmel auß der Herd weg nehmen/ vnd auff die Felsen führen.

Es bezeugen auch etliche Scribenten daß in dem Chinesischen gebürg rechte Greiffen gesähen werden/ihrer beschreibung nach wie sie bey vns gemacht werden/welche auch so starck vñ mechtig seyn sollen/ daß sie einen gewafneten Mann mit dem Pferde/ denen sie sehr auffsetzig/in die Lufft führen/ vnd weil sie sich gemeinlich in dem Gebürg halten/ wo die Smaragten gefunden werden/ haben die Alten fabuliert/ sie hüten diesen Edlen Gesteinen.

Dieses wird bezeuget von etlichen Scribenten: Ob aber dieses natürliche Vögel seyen/ oder ob sich etwan der böse Feindt in solcher Gestalt sehen lasse/ vnd die Menschen also betriege/mögen andere bedencken.

Also haben wir nun mit Gottes Hülf/gantz Asiam durchwandelt/wöllen vns jetzt auff die Reyß in Affricam rüsten.

Ende deß siebenden Buchs der Cosmographey.

1628

Das achte Buch der Weltbeschreibung/durch Sebastianum Münsterum/auß den erfahrnen Cosmographen vnd Historienschreibern zusammen gelesen/ vnnd in ein Ordnung gestellt.

Africa mit seinen besondern Ländern/Thieren/vnd wunderbarlichen Dingen. Cap. j.

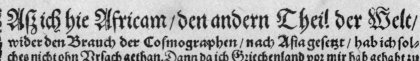

Aß ich hie Africam/den andern Theil der Welt/ wider den Brauch der Cosmographen/ nach Asia gesetzt/ hab ich solches nicht ohn Vrsach gethan. Dann da ich Griechenland vor mir hab gehabt zu beschreiben/ vnd kommen war in das Keyserthumb Constantinopel/ das jetzund deß Türcken Keyserthumb worden/ vnd zum theil hie jenet in Europa/ vnd zum andern theil vber dem engen Meer in Asia gelegen ist: hab ich es nicht wöllen halber beschreiben/ vnd den andern halben Theil lassen anstehen/ vnd nicht gleich für mich Africam/ nach abgefertigtem Europa/ nehmen/ sonden Asiam gleich an Europam hencken. Diß ist auch dem Leser etwas geschickter vnd verständlicher gewesen/ besonders weil die Gelegenheit deß gantzen
Lands

Von den Ländern Africæ. 1629

Lands Africæ gar nahe gerings vmb abgeschnitten ist durch die Meere von Asia vnd Europa/ wie die Newe Tafel Africæ das augenscheinlich anzeigt.

Demnach solt du hie zum ersten mercken/ daß der Dritte theil der Erden/ so wir Africam nennen/ von Afro so auß den nachkommen Abraham gewäsen wie Josephus meldet/ vnd die Griechen Libyam/ ist gegen Mittag von den Alten nit durchauß ersucht worden vnd das vmb dieser v sach willen: weil darinn grosse Wüstene ligen/ durch die man nicht wol wandlen mag/ darumb auch Ptolemeus das ausser theil gegen Mittag/ alß vnbekant/ vberhupfft. Vnder den Alten wird einer angezogen mit Nammen Hanno/ ein Hertzog oder Hauptman der Statt Carthago/ zu der zeit da es wol stund vmb dise Statt/ der soll von den seinen außgeschickt seyn zu erforschen die grösse des Landts Africe/ vnd der hat sein Schiffung angefangen bey den Inseln Gades in Hispania/ vnd ist vmbher gefahren biß in Arabiam/ vnd hatt beschrieben was er erfahren vnd gesehen hat in dieser weiten Fahrt wie Plinius darvon schreibet. Nach ihm soll ein anderer mit Namen Eurinus geflohen seyn von dem König von Alexandria/ der Ptolemeus Latyrus geheissen hat/ vnd der solle durch das Arabisch oder rot Meere gefahren sein/ vnd Africam vmbschiffet habē biß er gen Gades in die Insel Hispanie kommen ist/ wie das Pomponius Mela im dritten Buch seiner Cosmography bezeuget. *Hanno der Carthaginenser Hauptmann.*

Ausser diesen Exemplen aber sein diese aussersten Landt gegen Mittag vber dem Vrsprung des Flusses Nili vnd den Bergen Lunæ gantz vnbekant geblieben biß vff das jahr Christi 1497. da Vasco de Gama ein Portogeser für das Vorgebürg der guten hoffnung Caput bonæ spei genannt/ gefahren/ Affricam vmbschiffet/ vnd nach Calecut kommen ist. Nach ihm ist diese Fart gemein worden/ vnd haben hernach die Porto gesen/ Engellender Holånder vnd andere disen Weg gebraucht biß auff diesen tag in die Ost Indien zufahren/ vnd die Specereien vnd ander Indianische Sachen in vnser Landt zu bringen.

Auß welcher Fahrt man leichtlich merckt/ das Africa beschlossen vnd vmbfangen wird von Occident/ Mittag/ Orient vnd Mitnacht mit dem Meere. Von Orient hat es das rot Meere: von Mitnacht das Mittelländische Meere: Von Nidergang das Atlantische vnd von Mittag das Aethiopische Meer: vnd macht also schier eine gantze Insul/ vnd ist nur ein kleiner Isthmus oder hals in Egypten 25. Meilen breydt darmit Asia vnd Affrica gleichsam als mit einer Brücklen an einander gehenckt werden. Vnd also hat man zimlich erkundiget dieses grossen Lands örterung: aber die innere Landtschafft ist noch biß auff den heutigen tag nicht allenthalben bekannt worden. Dann es ist dieses Land trefflich weit vnd breit vnd hat auch grosse Hitz/ vnd viel Sands da niemand wohnen mag/ vnd auch niemand von einem Landt zu dem andern kommen mag: dann es ligt zum grössern theil zwischen den Circkeln des Krebs vnd Steinbocks/ vnder welchen die gröste Hitz ist/ da weder Menschen noch Vieh bleiben mögen/ sonder allein Schlangen/ vnd andere

schädliche Thier/ die dem Menschen keinen zugang lassen/ vnd ob schon Menschen darinn gefunden werden/ sind sie doch gar viehisch/ dz man nichts mit inē handlen kan: dann sie wohnen vnder d̄ Ertrich/ haben kein gemeinschafft mit and'n Menschen: in summa/ da ist solche Hitz/ dz man sonst vff dem gantzen Erdtrich verbrennetere vnd schwärtzere Leut nit find weder in Africa: daū das inner Africa ist aller Moren Vatterlandt/ vnd wird von jnen allein eyngewohnt/ wo man anderst wohnen mag Sands halb/ Wassers halb/ vnd der gifftigen Thieren halb. Es ist an manchem Ort ein sollich groß Sandmeere/ daß da niemand bleiben/ ja niemand hindurch kommen mag: dan wo jetz ein eben Feld ist/ da wirfft der Wind in einer stund so viel Sands zusammen/ daß sich ein Berg erhebt/ vnd das darunder begriffen wird/ muß im Sand ertrincken/ wie man ließt von dem König *Sandmeer.*

Cambyse / dem fünffzig tausent Mann in dem Sand erstickten / da er des Lybischen Abgotts Hammonis Tempel wolt berauben. Darnach Wassers halb ist an manchem Ort weit vnd breit ein solcher grosser mangel / daß die Eynwohner auch in den fruchtbaren Ländern etwan manche Meil lauffen müssen Wasser zu suchen. Es ist gut zugedencken / wo ein wenig brennende Hitz / da wird das Erdtrich beraubt aller feuchtigkeit / vnd gar außgedört. Zu diesem allem findt man auff dem gantzen Erdrich nicht mehr schädlicher Thier weder in Africa / derenhalb man auch ettliche geschlachte Länder nicht eynwohnen mag. Etliche andere werden mit angst vnd nohte eyngewohnt das die Leut die vff dem Feld arbeiten wöllen / müssen hohe Stiffel anlegen / damit sie der Schlangen gifftigem biß entrinnen. Vnd das wird auch für ein Vrsach angezogen / daß man in Africa keine Hirtzen findt: dann das Landt ist zu vber voll gifftiger Würme darab sich der Hirtz natürlich entsetzt.

Damit du aber Africam recht in deinen Kopff mögest fassen / solt du mercken das es durch den Berg Atlas in zwey vngleiche theil wird gescheiden: das kleiner vnd schmäler stoßt an das Mittel jrdisch Meere / vnd das grösser ligt an dem gemeldten Gebirg gegen Mittag hinauß / vnd wird von mancherley Moren eyngewohnt / wo man anderst wohnen mag. Die seit so gegen vns ist / vnd an das Meere stößt / hat gar ein fruchtbaren Boden / vnd ist vorzeyten in ettliche Königreich getheilt worden: aber da die Römer vberhand namen / vnd Carthaginem außgetilckt hatten / da ward es getheilt in diese Provintzen / Mauritaniam / Numidiam / Africam / Cyrenaicam vnd Egypten. Aber zu vnsern zeiten so es die Türcken vnd Saracenen innhaben / hat es andere Nammen / nemlich Barbarey / das Reich Marock / das Reich Feß / das Reich Thunis / vnd Egypten. Nun der Berg Atlas der diese Länder scheidet von dem grossen vnd weiten Morenlandt / fahet an in Occident bey dem Meere / vnd streckt sich in Orient biß in Egyptenlandt an den Nilum / steigt trefflich hoch in den Lufft / spaciert auch neben auß / jetzt in das Morenlandt / vnd jetzt dargegen vber in das Meere / gleich wie Taurus in Asia alle mal neben auß ein Gebirg laßt gehen / jetzt gegen Mittag / vnd jetzt gegen Mitnacht. Dieser Atlas ist so hoch / daß er zu Sommers zeiten nimmer ohn Schnee ist / vnd die Moren so auff jener seiten an jn reichen / seind nicht so wild oder vngeschlacht / noch auch so schwartz / als die weiter hineyn wohnen. Die gegen Occident wohnen / heissen Hesperij, vnd haben viel Helffenbein / dann sie haben dieser Thier viel in jrem Landt / da wohnen auch die Nigritten vnd Getulen / die am Gestad des Meers fahen ettliche Fisch / darvon werden sie Purpur genennt. Solche Fisch oder Schnecken ligen in Schalen / vnd haben bey der Zungen ein Blut das solche rote Farb gibt / wie ich davon geschrieben hab hievornen bey der Statt Tyrus.

Von den Löwen vnd jhrer Natur. Cap. ij.

Auff Erden seind vil Länder die Löwen ziehen. Dann man findet diese Thier bey dem außgang d' Thonaw / in Armenia, in Parthia, in Africa / in Arabia, wie auch in Asia gegen China zc. Die Parthischen seind nicht so starck als die so in Thracia gefunden werden / sie haben ein grossen Kopff / hoch Augbrawen / vnd lange zotten vmb den Halß vnd das Kyn. Aber die in Arabia geboren werden / haben lange zotten am Halß / vnd den vordern Schenckeln. Vnd die so in Libya oder in dem innern Africa fallen / haben grawsame Angesichter / vnd wenig Haar an den Gliedern / seind aber stercker dann die andern alle. Dieses Thiers Natur ist das es fünff mal gebiert: zum ersten bringt es fünff junge: zum andern mal vier: zum dritten mal drey: zum vierdten mal zwey: vnd zum letzten eins / das gar Edel wird weder die andern. Es hat die Löwin nur zwey Milchpüpplin mitten am Leib vnder der Brust / vnd die seind gar klein so man sie achten will zu der grösse des Leibs / vnd ist das darumb / das sie gar wenig Milch hat. Die Jungen Löwen können sich nicht bewegen / biß sie 2. Monat alt sein / vnd können nicht lauffen vor dem 6. jahr / wie Plinius meldet. Man schreibt von diesem Thier / daß man Fewr / gleich als auß einem Stein schlagen mag auß seinen Beinen / so hitzig ist sein Natur. Vnd darumb so er zu Zorn bewegt wird / geschicht offt daß er also grimmig vnd hitzig

Fewer von Löwen Beinen.

Von den Ländern Africe. 1631

hitzig wird/daß er also von Zorn stirbt. Er wird nicht leichtlich zornig/man beleidige jhn dann/ vnd wann er erzürnt wird/verschont er niemands. Wann er sein Schwantz still hat/so ist er sa=nfft= müting/das dann selten geschicht. Wann er anfacht grimmen/so schlecht er den Schwantz auff die Erden: nimpt dann der Zorn vberhandt/so geißlet er sich selbs auff dem Rucken mit dem Schwantz. Er behalt gar lang rach vber ein Menschen oder vber ein Thier von dem jm etwas leids geschehen ist. Wann er schlafft so wachen seine Augen/vnd wann er geht so vertilcket seine Fuß= stapffen mit seinem Schwantz/daß jhn die Jäger nit spüren. So er hungerig ist/mag jm niemand ohn gefehrlichkeit entgegen kommen. Wann er fleucht/kehrt er nit den Rucken als were er verzagt sonder geht Fuß für Fuß/vnd mit brummen sihet er hinder sich. Sonderlich sind die vnerschrocken vnd Edler Natur/die wenig Haar vnd schlechte Zotten vmb den Halß haben. Die aber viel vnd krauß Zopffen haben/sind nit starck/noch eins kecken Gemüts. Wann der Löw in sein alter kompt/ vnd nicht mehr sein Nahrung mit rauben suchen mag/sonder verzagt in den Hülen bleibt ligen/ nemmen jhn die jungen vnd frewdigen Löwen mit jhnen/lassen jhn auff halbem weg sitzen/vnd fahren auff den Raub. Vnd wann sie dunckt daß sie gnug haben/rüffen sie mit grossem geschrey jhrem Vatter daß er zu jhnen komme/vnd da theilen sie mit jhm trewlichen die Speiß. Wann der Löw in seinem Alter kranck wird/frißt er einen Affen/vnd das ist seine Artzney.

Von der Außtheilung Africæ. Cap. iij.

ES sol billich zu Africa gezehlet werden alles das jenige so in dieser gantzen Penin= sul begriffen/vnd mit dem Meer vmbgeben: wiewol etliche Egypten vnd Ethio= pien außschliessen vnd in Asia rechnen wollen.

Diß vnser Africa wird jetzund in 7. Länder außgetheilt. Das erste ist die Bar= baren: das 2. ist Egypten: das 3. ist Numidia sonsten Bile dul gerid genannt: das vierdte Libya/oder Sarra wie es die Araber nennen: das fünffte Nigriten Landt: das sechste das innere Ethiopia welches der Abyssiner Reich ist: vnd das siebende das ausser Ethiopia.

Die Barbarey begreifft in sich alles das so zwischen dem Berg Atlas vnd dem Mittelländischen Meer gelegen/von Egypten an biß an das grosse Atlantische Meer: vnd dahin gehören Maurita= nia/das kleine Africa/das inner Lybia/Cirenaica/vnd Marmarica.

Von Mauritania seinen Stätten vnd Königrei= chen. Cap. iv.

DAs Landt Mauritania wie du sihest in der Tafel/mit sampt Hispania laßt he= reyn in das Erdtrich durch ein engen Gang das groß Meere/so man das Mittel= ländisch nennt/vnd sein fluß nimpt biß in Syriam vnd gegen Constantinopel/ ja etwas firrer hinüber. Dieser Eyngang ist also eng/daß von Hispania in Afri= cam vber das Meere nicht mehr dann 10000. schritt sind/etliche setzen nur 7000. wie ich auch hievornen im andern Buch angezeigt hab/vnd zu beyden seyten stehn gegen einander 2. Berg/einer in Africa der heißt Abila/der ander in Europa/der heißt Calpe vnd die haben ein gestalt als weren sie etwan an einander gestanden/vnd mit Gewalt von einander gescheiden/darvon auch ein geschrey erwachsen ist/Hercules hab diesen Berg durchgraben/ vnnd das groß Meer Oceanum in das Erdtrich gelassen. Vnd daher werden diese zwen Berg Herculis Seulen genannt/vnd das schmal Mee= re am selbigen Ort Fretum Herculeum so man sonst heißt Stretto di Gi= braltar. Nun das Landt Mauritania hat den Nammen empfangen von den alten Völckern Mauren die darinn gewohnt haben vnd noch wohnen. Zu vnsern zeiten nennt man sie Maranen. Vnd das thiel so gegen Ori= ent ligt/ist zum ersten von dem König Bocho genennt worden Maurita= nia Bochtana/vnd nachmals vnder den Römern Cesariensis/zu gleicher weiß wie Tingitana etwan geheissen hat Mauritania Sitiphensis von der Statt Sitiphi/vnd darnach Tingitana von der Statt Tingi am engen

Herculis Seulen.

Meere gelegen. Das Landt ist trefflich fruchtbar gewesen/daß es auch hundertfeltige Frucht bracht hat. Man schreibt von Mauritania/daß Röben darinn sind/die werden so groß daß zwen Mann jren Stock kaum vmbklafftern/vnd die bringen Trauben eines Elenbogens lang/vnd bey dem Berg Atlas wachsen Bäum in die höhe ohn äst/das man jhres gleichen weit vnd breit nicht sind.

Vorzeiten sind diß die fürnembsten Stett in diesen zweyen Mauritanien gewesen/Jol/Cir= ta/Arsenaria/vnd Caitena. Der Keyser Claudius hett ein anmut zu der Statt Jol jres lustigen Lägers halb am Meere/vnd ließ sie ernewren mit Leuten von Mawren/vnd gab jr ein newen Nam= men/vnd hieß sie Cesaream/darvon auch die gantze Provintz Cesariensis nachmals genennt ward Aber Cirta die auch gar nahe das klein Africam erreicht/oder wie die andern sagen/die in Numi=

NNNn iij dia ligt

dia ligt/ist vor zeiten gar ein mechtige vnnd reiche Statt gewesen/darin zwen König jhre Wohnung haben gehabt/nemlich Siphaces vnd Juba/vnder welchen Juba gar wol bekant ist bey den alten gelehrten Männern: dann er ein groß theil des Lands Africe durchfahren vnd besichtigt hat/ vnd es weren noch vff den heutigen tag etliche ding dieses Landts vnbekannt/ wo dieser König dem Land nit so fleissig nachgesucht hette. Lang hernach zu den zeiten des H. Bischoffs Augustini/sind die Wandalen/auß dem Teutschen Landt kommen in Hispaniam vnd von Granat vber das eng Meere geschifft in Mauritaniam mit jhrem König Genserico/vnd haben eyngenommen die besten Stett vnd Länder/ja haben auch vnder sich bracht die Carthaginem/darauß sie mit keinem Gewalt mochten gedrungen werden/ sonder die Römer mußten einen Frieden mit jhnen machen. Sie hielten Africam vnder jhrem Gewalt 74.jahr/die andern setzen 68.jahr/da sind sie gedemütiget worden/vnd ist Africa den Römern vnderthenig worden.

Von den Königreichen Fetz/ Marocco vnd Tremisen. Cap. v.

JN dem Mauritania Tingitana so das aussere Theil ist gegen dem grossen Atlantischen Meer zu gelegen/seyn jetzund 2.Königreich/so man nennet das Königreich Fetz vnd das Königreich Marocco. Vnd in Mauritania Cæsariensi ligt das Königreich Tremisen. Diese Königreich Fetz vnd Marocco haben lange zeit sonderbare König gehabt/die sollen jren vrsprung haben von Caph auß den Nachkommen Kedars welcher ein sohn war Jsmaels/vnd ein Enckel Abrahams deß Patriarchen. Jdris hat regiert 786. hat die Statt Fetz gebawen/vnd sie also genannt/ weil man in der ersten Fundation ein hauffen Gold gefunde. Dessen Sohn Mahumet hat den andn theil d' statt gebawe.

Anno 1421.seyn diese Reich vff einen andern kommen/so von einer Christlichen Mutter geboren war/mit namen Abdulacus/vnd nach derselbigen zeit ward Mauritania von den Arabern/Türcken vnd Portugesen angefallen vnd hat ein jeglicher was davon abgezwackt. An. 1508.hat Amet Seriffa auß der Provintz Dara/vnder dem schein der Mahumetischen Heiligkeit/vnd weil er die Leut beredt/er seye auß den Nachkomen Mahomets/sich einen grossen Namen in der Barbarey gemacht: Er erhielt von dem Kön. zu Fetz dz er jm einen mächtigen Heerzug zugab mit versprechen die frembden Gäst auß dem Land zu bringen: Nach dem es jm aber gelungen hat er Marocco eyngenommen/selbigem König mit Gifft vergeben/vnd sich einen Seriffa zu Marocco nenen lassen. Entlich geriet er in ein Krieg mit dem K. zu Fetz/sieget vnd bekam auch dasselbig Königreich/wie auch hernach dz Königreich Tremisen/vnd also seyn damaln diese 3.Königreich zusamen komen.

Vmb das jahr 1559.war Mulley Abdela/deß Seriffs Sohn/zum König außgeruffen. Dieser hindlis 13.söhn: Der elteste Abdela befahl seine Brüd zu töden/aber Abdelmelech der 2.entran zum Türcken/vnd dem 3.Muley Hamet/war sonst ve. schonet/weil er einen einfältigen vnd ruhigen Geist hatte: die andern sind vff einen tag alle zu Tarant erwürgt worden. Bald hernach aber starb Abdela selber/vnd hinderliß 3.Söhn/Muley Mahomet/Muley Scheck vnd Muley Nossor: die 2.jungen entrannen in Spanien/Muley Scheck ist ein Christ worden vnd lebte noch in Spanien vor wenig jahren. Nassor kam wider ins Land/war aber in einer Schlacht vmbgebracht. Abdelmelech welcher zuvor zum Türcken geflohen war/kam mit Türckischer Macht wid/vnd trieb Muley Mahomet auß dem Königreich. Dieser begerte hülff von Sebastiano dem K. auß Portugal/welcher im 1578.jar/mit grosser Macht vnd 1300.Sägeln/in Africam kommen. Abdelmelech der damals vbel auff war/begegnet jm mit 15000.zu Fuß/vnd 44000.zu Pferd. Auff den 4.Aug. ward die trawrige Schlacht gehalten/in welcher Abdemelech gestorben/K. Sebastian aber/mit vielen grossen Häuptern durchs Schwerd vmbkommen/vnd Mahomet in der Flucht vber ein Wasser ertruncken. Also ist dem Muley Hamet das Reich allein geblieben: vnd hatte zu gleich vff ein mal die toden Cörper dreyer Königen in seiner Zelten. Dieser Hamet regiert 27.jahr vnd starb entlich an der Pest den 14.Aug. 1603. die Pest regierte damalen so grawsamlich in der Barbarey/dz täglich in Marocco vber die 4700.vnd in einem jar 700000.Mohren/vnd 7700.Juden gestorben. In der Statt Fetz sturben desselbigen jars 500000. ohn andere welche in dem Land drauff gangen sind: also daß der Lebendigen nicht genug waren/die Todten zu begraben: Die Erden bedeckte die Todten nicht mehr/sondn die toden bedeckten die Erden/dann alle Strassen voller toden Cörper gelegen: Auff dieses schreckliche Sterben/ist ein grosse Hungersnoht/vnd auff diese ein blutiger burgerlicher Krieg/zwischen den Söhnen Hamets erfolget. Dieser Hamet hatte viel Söhn/vnd wolt ein jegliches der Fürnemste seyn/bald nam einer ein Reich eyn/bald einer ein anders/vnd jagt einer den andern widerumb drauß/biß dz sie einand gantz consumirten/vnd ein Frembder die Reich einnam. Es war einer in dem Land mit namen Side Hamet Ben Abdela/der war ein mechtiger Astrologus vnd grosser Zauberer/diesen hatte einer deß Hamets Söhnen mit namen Sidan in seinem Heer bey sich/es war von jm außgeben er köndte dem Geschütz die Krafft nehmen/er könne auch durch Zauberey de Feind grosse Kriegsheer in das Gesicht bringen/dadurch sie sich entsetzen vnd fliehen. Dieser Side Hamet als er dise Zerrüttung sahe/in diesen Landen/hencket das Volck an sich

Von den Ländern Africæ. 1633

sich vnd zoge darmit für Marocco/ so Sidan in seinen Gewalt gebracht/ vnd schluge den König An.1612.den 10. May darauß/ vnd machte sich zum König. König Sidan entran ge=Safia/ vnd lude daselbst seinen Schatz/ diß waren 13. Kisten Gold/ in ein Marsilianisch Schiff. Aber diß Schiff war von den Spaniern angetroffen vnd beraubt. Sidan versteckt sich in die Berg/ da er lange zeit vnbekandter weiß sich auffgehalten. Side Hamet war so vermessen daß er außgab Gott habe jn gesendet/ diese vnruhigen zu stillen/ vnd die Seriffen außzusagen: Er weissagt auch von jm selbsten: Er werde 40.jahr regieren/ darnach werde Christus zum Gericht erscheinen/ vnd viel ander wunder sachen mehr werden von diesem Zauberer/ so man den grossen Einsidler genennet/ außgeben. Anno 1613.solle Sidan widerumb auß den Bergen herfür gekrochen seyn/ vnd widerumb 50000. Mann zusammen gebracht haben/ darmit er diesen Einsidler in einer Feldtschlacht vberwunden vnd erschlagen haben/ vnd also seine Weissagung zu nicht gemacht.

Das Königreich Fetz hat seinen Namen von der Hauptstatt dises Namens/ welche die fürnemste Statt der gantzen Barbarey. Diese Statt wird in 2.theil getheilt/ in die alte Statt vnd in die newe. Die alte Statt wird widerumb mit einem Wasser zertheilet: der eine theil heist Belcida vnd der hat 4000. Haußhaltungen/ der ander theil wird eigentlich der alt Fetz genant/ vnd dise sol vber die 80000. Haußhaltungen haben. Nicht weit darvon ligt new Fetz/ vnd diß solle bey 8000. Häuser haben. Die alte Statt hat 50.grosser Kirchen so sie Moschee heissen/ vnd noch 600.kleine. Sein alle schön vnd prächtig gebawen/ darinnen die Hauptkirch Carzuccen genannt mitten in d' Statt/ hält eine halbe Meil in jrem bezirck: sie steht auff vnzehlich viel weisser Marmorsteinern Säulen/ deren sollen in 2500. seyn. Sie hat 31. grosse Porten/ der Thurn ist auß dermassen hoch/ dessen dach von 38. Bögen in die länge/ vnd 20.in die breyte getragen wird. Auff allen seiten sind schöne Galereyen oder Gäng 40. Tuscanischer Elen lang/ vnd 30.breyt. Vnder welchē eben so viel Magazin oder Gwelber sind/ in denen alle Nohtwendigkeiten behalten werden. Alle nacht werden 900. Ampeln angezündt/ dañ ein jeder Bogen hat seine Ampeln: Es hangen an disem Ort grosse Meschene Leuchter/ deren ein jeder 1500. Ampeln hat. Innerhalb diesem Tempel/ an den Mawren herumb/ hat es seine Catheder/ da jre Lehrer das Volck vnderweisen/ so wol in der Philosophy als im Gesetz Mahomets. Alle tag wird allhie für das arme volck/ nach jhrer Notdurfft/ Geld vnd Korn außgetheilt. Das Eynkoffien deß Tempels ist 200. Duc.täglich alter Renten. Es seyn auch da 200.schulen da man die Grammatick lehret/200. Spittäl vnd Herbergen: 400. Mühlen. 600. Brunnen mit Mawren vmbgeben/100.schöner Bäder. Viel schöner Collegien/ darunder eins mit namen Madaraccia/ für dz schönste Gebäw gehalten wird der gantzen Barbarey. Es sind darinn 3. lange Gallereyen/ von vnglaublicher schönheit/ jede wird von 8. Pfeilern getragen/ deren Bögen mit Goldt vnd Azur vff Mosaische Art geziert sind. Die Porten sind auß gebildtem Kupffer. In dem grossen Saal/ darinn man lieset/ ist ein Catheder 9.staffel hoch/ gantz von Helfenbein gemacht/ diß Collegium hat 48000. Ducat.gekostet. Es ist auch zu Fetz ein ort so sie Alaceria neñen/ ist mit Mawren vmbgeben mit 12. Porten vnd hat 15. Gassen/ darinn die Kauffleut jre Händel treiben. Ich wil jetz nit sagen von den schönen lustigen Gärten die hin vnd wider in der Statt seyn. Der König hat seinen gewöhnlichen sitz in der newen Statt/ da er ein Castel hat/ mit schönen Pallästen/ Gärten vñ allem dem so zu einem Königl. Pracht möcht erfordert werden. Diese Statt hat ein wunderliches vnd vnerhörtes Privilegium/ dz wann der Feind ein halbe Meil zur Statt kompt/ die Einwohner nit gezwungen seyn dieselbe länger zu beschirmen/ sondn sie mögen sich ohn einige Forcht d' straff/ dem zukoffienden Feind vbergeben/ vnd das zu dem End/ damit die Mawren sampt der Statt durch den Feind nit verwüstet werden.

Marocco hat dem andern Königreich seinen Namen geben/ ist auch ein alt verrühmte stätt/ vff einer Ebne 24. Meil von dem Berg Atlas gelegen/ sie ist erobert worden von Josepho dem Sohn Tessin der König war zu Lontuna. Hali Josephs Sohn hat sie vollführt/ vnd mit 24. Porte/ starcken Mawren/ Kirchen/ Collegien/ Bädern vnd Wirtshäusern/ nach Africanischer art vñ maniet vff dz herrlichste geziert. Dise Statt ist vor alten zeiten die Hauptstatt gewesen in gantz Africa vnd hat vber 100000. Haußhaltungen: sie ist aber nach vnd nach durch allerhand Krieg in einen solchē abgang kofften/ dz sie jr selbsten nit mehr gleich sicht. Mitten in der Statt ist ein groß Castel vnd in demselben ein sehr hoher Thurn/ auff dessen Spitzen ein grosse eyfferne stangen vffgerichtet stehet/ vnd in derselben sollen 3.gantz güldene Kugeln seyn/130.barbarische Ducat. schwär/ dise sol Mansars eines Marockischen Königs Weib durch Zauberkunst dahin gesteckt haben. Vil König habē sie hinweg nehmen wöllen/ sind aber alle durch ein sonderbar vnglück darvon abgeschreckt worden. In disem Castel sind 12.schöne Palläst/ vnd ein herrliches Collegium/ von Mansor gebawen worden. Die zu Marocco machen auß Geißhaar einen sonderbaren schönen Zeug so glantzend als seyden/ so wir in vnsern Landen Türckischen Grobgrün nennen/ vnd auß jren Häuten bereiten sie ein fein glantzend Leder welches von Marocco her auch in vnsern Landen Marocquia genannt wirdt.

Tremisen oder Tolensim/ ist das 3. Königreich in Mauritania Cæsariensi gelegen: diese Völcker sollen von Phut dem Sohn Cham entsprungen seyn: Als Josua der Sohn Nun/ dz gelobte Land eyngenofften/ da ist viel Volck darauß in Egypten/ vnd von dannen in Africam geflohen/ vnd haben sich hin vnd wider in Mauritaniam gelägert/ vnd die Phönicische spraach mit sich dahin gebracht.

Statt Marocco.

Das Königreich Tremissen.

Gen. 10.v 6

bracht. Daselbst haben sie auch die Statt Tange in Numidia gebawen. Man sol noch in dieser gegne 2. steinerne Säulen bey einem Brunnen sehen / mit diser überschrifft in Phönicischer spraach: Wir sind geflohen vor dem Angesicht / des Dieben Josiæ deß Sohns Nun.

Es erstreckt sich diß Königreich von Auffgang gegen Nidergang vff die 380. Meilen in die läng / aber in die breyte nicht vber 25. Die Hauptstatt darinn Telensim hat vnder Abu Tecsin 16000. Haußhaltungen gehabt: Es sind darinn auch wie in Fetz vnd Marocco viel schöne Moscheen / 5. schöne Collegia / viel Bäder vnd Wirtshäuser. Vmbs Jahr 1515. hat Barbarossa diß Königreich dem König Abuchemen mit gewalt entzogen: Aber durch hülff Key. Caroli deß V. hat es Abuchemnien wider erobert / vnd dem Keys. Zinßbar gemacht. Aber Abdulla sein Sohn wolte den Tribut nit mehr geben / sonder vnderwarff sich dem Türckischen Key. Solyman. Es seyn in disem Königreich 2. Meerhäfen Oram vnd Mersalcabir / welche beyde die Spanier in ihrem gewalt haben.

Von dem Königreich Algier / vnd andern angrentzenden Orten. Cap. vj.

Es vmb das Jahr 1534. Hariadenus Barbarossa / nach Absterben seines Bruders Horuccij / das Königreich Algier / an sich gebracht / vnd von Solymanno zum Admiral vber seine Schiff gemacht worden / da hat er nit allein das Königreich in der Barbarey / sondern auch Italiam selber ohn vnderlaß darauß vberfallen: Ist also Algier ein rechtes Receptaculum der Türckischen Meerräuber worden / vnd ein Port / durch welche der Türck erstlich in die Barbarey seinen Fuß gesetzt hat.

Die Moren nennen diese Statt Gezeir / die Spanier Algier / von altem her ist sie Meßgana genent worden. Sie ist mit Mauren / Türnen / Gräben vnd Geschütz also verwahrt / dz sie allerdings vnüberwindlich scheint. Hält in sich vber die 4000. Haußhaltung. Die Gebäw sind sehr stattlich: Ein jedes Handwerck hat sein eygnen Raum. Lange zeit war sie dem Kön. zu Telensim vnderworffen: hernach aber vndergabe sie sich dem König in Bugia. Vnd weil sie damaln die Spanischen Inseln Majoricam vnd Minoricam mit iren Galleren stetigs beraubten / so hat König Ferdinand ein Armaden wider sie außgerüstet / vnd eines Büchsenschuß weit von der Statt / ein Vestung uffgerichtet / uff welchs sie Fried begert / vnd Tribut verheissen haben. Aber nach Ferdinandi tod / ist sie uff gedachte weiß / dz Barbarossæ in die Hand kommen. Maginus schreibt / es seyen zu seiner zeit / uff die 25000. Christen Schlaven zu Algier gewesen / welche zahl seyther hefftig ist vermehrt worden.

Africa das klein. Cap vij.

Africa das klein kompt nach Mauritaniam / ein trefflich hochberümpt Landt / das auch vorzeiten manch jar gestritten hat mit Italia vmb das Keyserthumb / aber endtlichen vnder gelegen ist / vnd dem Römischen Gewalt sich ergeben muß.

Berg Atlaß. Der Berg Atlas / der diß Landt gegen Mittag beschleust / läst viel äst von ihm lauffen in diß Landt / das nun nicht zu achten were / wann jr nicht so viel grimmiger Thier ernehret vnd auffenthiellt zu der Eynwohner mercklichen schaden. Es ist sonst der Brunnen / Bäum vnd andere Gewächß halb gegen dem Meere zu trefflich fruchtbar / bringt auch Bäum die so zarte Wollen tragen / das sie sich der Seyden möcht vergleichen. In
Carthago. diesem Africa ist vorzeiten gelegen die Herrliche vnd nambhafftige Statt Carthago / gesetzt auff einem hohen vnd lustigen Bühel / der von den Heyden war genent Mercurius Berg / vnd mocht man von der Statt Ostia / da die Tyber nit ferr von Rom in das Meere laufft / Schiffen in zweyen tagen in einem sanfften Wind biß zu der Statt. Ihr Vrsprung (wie die Alten schreiben) ist erstanden von Elissa des Königs Tochter von Cyron / die ist ein Anfengerin gewesen dieser Statt / hat sie erbawen 27. jar vor vnd eh Rom angefangen ist von Romulo vnd Remo / hat auch für vnd für zugenommen / vnd ist ein Hauptstatt worden des gantzen Africe so jenet dem Berg Atlas ligt: dann sie hat gewaltige König gehabt / die dis Königreich also gemehrt haben / daß es ist gezehlt worden vnder die vier gewaltigsten vnd fürnemsten Königreich der Erden. Ihr Gewalt war nicht allein vber Meer in Africa / sonder sie hetten Landt vnd Leut Hispania / vnd besonder ward von ihr erbawen vnd besetzt die New Carthago in Hispania. Alß nun die Römer in Gewalt zunamen / vnd sahen daß neben jnen die Statt Carthago in Africa von tag zu tag je lenger je gewaltiger war / mochten sie das nit leiden noch sehen / sonder fiengen ein Krieg an mit den Carthaginensern / der wäret 22. jar / vnd kamen vmb auff beyden seiten viel tausent Mann / vnd mußt die Statt zu grund gehn: darvon hab ich auch etwas geschrieben in Italia.

Von dem Carthaginenser Krieg. Cap. vjij.

Als die Römer vnd Carthaginenser einander vergönten die Hochherrlichkeit der Welt / kam die Sach zu einem grossen Krieg vnd Blutvergiessen. Dann Hannibald deren von Carthago Hertzog vnd oberster Hauptman / schlug auff einmal 40000. Römer zu todt: Aber zu letst zogen die Römer vber Meere vnd erschlugen den Carthaginensern auch bey 40000: Mann / gewunnen die Statt Carthago / vnd zündten sie an / die brann 22. Tag ; Die andern schreiben daß sie

Scipio

Von den Ländern Africe

Scipio der Römer obersten Hauptmann angezündt hab vnd gebrennt hab 17. tag an einander / vnd wie Strabo schreibt / ist sie so groß gewesen / das die Ringkmawr begriffen hat 360. Stadien / das sind bey acht oder neun Teutscher meilen. Aber ich acht es sey hie in der zahl geirrt / darumb schreiben die andern / daß ihr vmbkreiß nicht mehr dan 22000. schritt begriffen hab / das weren drittehalb Teutscher meilen. Die Mawr war 30 Schuh dick / vnnd mit Quaderstein 40. Elenbogen hoch auffgeführt / vnd gieng dz Meere gerings darumb. Gegen dem Meere lag ein mechtig Schloß in der Statt / das hieß Byrsa / stieß am Meere an die Stattmawr / vnd begriff in seinem circk 2000. schritt. Die Statt alß sie 700. jar gestanden ware / vnd den Römern allweg im weg lag / daß sie nicht mochten vor jhr hoch hinauff steigen / fiengen sie an mit jhr ein langwierigen Krieg / wie jetzt gemeldt ist / biß sie zu letst meister vber sie wurden / vnd sie gar dempten. Das ist geschehen vor Christi geburt 140. jar. Scipio stürmpt sie sechs tag vnd nächt aneinander biß er sie erobert vnd in grund außbrennt. Die andern so etwas fleissiger diesen Krieg beschreiben / reden also darvon: Nach dem die Römer nicht ruwig mochten seyn / sonder besorgeen allwegen die Carthaginenser wurden etwas wider sie anfahen / schickten sie ein groß volck vber Meere / die Statt zu vberfallen vnd zuverbrennen. Da fragten die Carthaginenser / warumb sie thun wolten wider den Bundt? Antworteten die Römer: Es hat vnser Senat erkent / daß jr vns geben sollen alle Waaffen vn Gewehr / vn auch die Statt in vnsere Hend / vn sollen euch ein andere bawen auff dem Landt die 10000. schritt von dem Meere ligt. Da antworteten die Carthaginenser: Wir wöllen eh mit der Statt zu grund gehn eh wir das thun. Also schlossen sie jre Thor zu richteten auff jhre Gewerff / vn stellten sich Manlich zu der Wehr / vn währet diese Belägerung drey jar eh die Statt gewonnen ward. Es hetten sich auch verlauffen 118. jar von dem ersten Krieg vnd Vneinigkeit der Römer vnd Carthaginenser / vnd ob schon der Krieg nicht allwegen wäret / war doch für vn für der Haß einer Statt gegen der andern. Der erst Krieg wäret zwey vn zwantzig jar / vn der dritt in dem die Statt ward außgereutet / drey jar. Im ersten Krieg verloren die Römer 700. Schiff / ohn andere Schlachten. Im andern Krieg / den Hannibal fuhrt wider die Römer / sindt in Italia verbrennt 400. Stett / vnd erschlagen 300000. Mann. Aber im dritten sind die Carthaginenser gar vnder gelegen. Von diesem Krieg hab ich auch etwas geschriben hie vornen bey dem Landt Italia.

Von der Statt vnd Königreich Thunis / so nach der Statt Carthago in Africa erstanden ist. Cap. iv

Ach dem die herrliche Statt Carthago 22. jar in der Aschen gelegen war / liessen sie die Römer wider auffrichten / aber nicht so groß alß vorhin / vn sie stund ein lange zeit / biß zu dem jar 443. da kamen die Wandalen mit jhrem König Genserico / vberfielen die Statt vn das gantze Landt / vnd gewunnen sie. Es waren die Wandalen Christen / aber Arrianischer Sect / die den wahren Christen viel zu leid theten in Africa. Darnach vber ettliche jar da Keyser Heraclius regnirt / fielen die Persier in Africam / vnd theten der Statt Carthago auch grossen vberdrang an / vn alß sie wider heim gezogen waren / kamen die Saracenen im jar 608. mit grosser Macht vnd Gewalt auß Arabia / vnd vberfielen diese Statt vn das gantz Landt / namen es eyn / vn haben es noch biß auff den heutigen tag vnder jhrem Gewalt behalten / außgenommen was jhnen der Türck jetzt zu vnsern zeiten genommen hat. Es ist der König von Thunis mit seinem Volck noch auff den heutigen tag ein Saracen / vn alß ettliche meynen / so ist die Statt Thunis zu vnsern zeiten an dem Ort / da vor zeiten Carthago gestanden ist: aber die andern sprechen / daß Carthago wüst vnd verfallen ligt ohn menschliche Wohnung / vn ist Thunis die Königliche Statt etwas ferr darvon gebawen / wiewol am selbigen circk des Meers / so man ein grossen vnd weiten Hafen nennt.

Es ist Thunis ein alte Statt / vnd hat den Namen vor langen zeiten gehabt / da sie vnder den Römern gewesen ist. Aber nachmalß da die Saracenen in Africam fielen vnd es eynnamen / haben sie die Statt Thunis geordnet zu einem Königlichen Sitz / darvon sie vast sehr auffgangen ist in Gebäwen vnd Reichthumb. Sie hat auff die 10000. Haußhaltungen. Diß Königreich hat in sich gehalten / das kleine Africam vnd das alte Numidiam. Hat einen fruchtbaren boden / sonderlich gegen Nidergang. Die Einwohner werden selten mit Kranckheiten allhie geplagt / so gesunden Lufft hat es. Es war vor zeiten mit dem Königreich Marocco vereinigt: Als aber dasselbig anfieng abzugehn / hat sich der Vice Re zu Tunis / zu einem König auffgeworffen: biß entlich Mulcasses / der Sohn Mahomets / nach dem er seinen ältern Bruder Maimon neben 20. andern Brüdern er-

1636   Das achte Buch

mördet/die Kron an sich gebracht hat. Aber Rosette/welcher vnder den Brüdern allein darvon kommen/suchte Hülff bey dem Türckischen Keyser Solyman/welcher durch den Barbarossam/ der König zu Algier war/den Muleassem auß dem Königreich Tunis vertriben. Aber er erlangte Hülff von Keyser Carolo dem V. welcher vmb das jahr 1535. mit einem grossen Heer in Africam schiffet/vnd jn wider in dz Königreich Tunis eyngesetzt/vn Barbarossam darauß vertrieben hat.

Von dem Zug vnd Schiffart die Keyser Carolus der V. in das Königreich Tunis gethan hat/mit sampt der Abcontrafactur der Königl. Statt Tunis vnd deß Schloß Goleta. Cap. vij.

Von den Ländern Africe. 1637

Vleasses König zu Thunis/ von dem Stammen vnd Geschlecht der Königen von Thunis (welche vor jhm bey sieben hundert jahr geregiert haben) war eines solchen bösen vnnd grausamen Gemüts/ daß was jhm in Sinn kam/ er volbracht an seinen Vnderthanen/ also daß er nicht allein jhre Güter wider alle billigkeit zu jhm zoge/ sonder auch an jungen Töchtern vnnd Weibern viel Blutschand begienge/ darauß dann die Vnderthanen verursacht wurden vom König abzufallen. Alß nun Hariadenus Oenobarbus oder Barbarossa solches vernam/ hat er sich auff alle weg vnd maß bestissen/ daß er solche gelegenheit vnnd eyngang zum Königreich nicht versaumpte. Dieser Barbarossa war von einer Christen Frawen geboren/ war anfangs ein armer Gesell/ als der in seiner jugent in Hispanien Käß zuverkauffen herumb getragen/ wie ettliche von jhm schreiben. Darnach hat er mit seinem eltern Bruder Horucio Barbarossa/ ein Schiff entwendet/ vnd auff dem Meer angefangen zu rauben/ vnd herumb zu streiffen/ daß sie darvon sehr reich worden/ vnnd einen grossen anhang bekommen/ vnnd zu letst auch mit listen das Königreich Tremisenen eroberet. Dann es hatten zwen Brüder vmb dasselbige Königreich mit einander gestritten/ dem einen nun kamen die gedachten Brüder der gestalt zu hülff/ daß sie den natürlichen König ermördeten/ vnnd das Reich für sich silber behalten. Alß aber Horucius Barbarossa/ nicht fert von der Statt Ascala/ von den Spaniern im Streit erschlagen/ vnnd sein Haupt in Spanien gebracht worden: da ist sein Bruder Hariadenus an sein statt kommen: vnd als er sehr Reich worden/ durch Meertauben hin vnd wider/ thet er sich zum Türcken/ vnd ward von jhm zum Obersten gemacht vber sechtzig Schiff oder Galleen/ die

Barbarossa.

man Triremes nennt (das ist ein Schiff mit dreyen Rudern in einer Ordnung) vnd vber dreyssig Biremes, mit welchen er dem König von Hispanien sehr viel zu leidt gethan/ die Leut gefangen/ Stätt vnd Leut verhergt/ Hispaniam/ Italiam/ Sardiniam/ Siciliam durchstreiffet/ vnd an allen Orten sehr grossen schaden thet/ also daß sich auch die Stätt die weit vom Meere lagen/ vor jhm hefftig entsetzten. Er bracht mit list das Königreich Algier an sich/ wie auch das Königreich Fetz: Endlich nam er auch die Statt Tunis eyn/ vnnd bevestiget dieselbige/ wie auch das Schloß Goleta auffs sterckest so er mocht: vnd das thet er darumb/ so er etwan wurde gelegenheit haben/ so wolt er die Christen heimsuchen mit einer gewaltigen Armada. Dardurch dann Keyser Carolus der Fünfft nicht wenig verursacht ward/ vnd bracht zusammen in kurtzer zeit ein gewaltige Schiffrüstung auf die hundert Galeen vnd Naven/ welche mit Kriegsvolck vnd andern nothwendigen dingen/ so zum Krieg gehören/ gantz wol versehen waren. Nach dem nun alle Sachen volbracht waren/ vnnd daß man jetzund solte anziehen/ vnnd sich dem vngestümen Meere vertrawen/ steig Keyserl.May. auff den 30.May/ im jar 1535.in ein wolverwahrte Galleen/ welche ein Quadriremes ward genannt(das ist/ ein Schiff mit vier Rudern in einer Ordnung) von newem gemacht/ vnd vorhin nie gebraucht/ vnnd kam also mit gutem Wind auff den 15.tag Brachmonats gen Vticam/ auff die 40000.schritt von Goleta gelegen. Da sie nun so nahe an den Feind waren kommen/ sahe sie für gut an/ daß man solte ettliche Spähschiff außschicken/ die erführen wie es ein gelegenheit oder gestalt hett mit dem Feind. Vnd alß man ein Jagschiff außschicket/ haben sie erkundiget/ wie der Feind gewaltig starck gerüstet sey/ vnnd möchte jhm nicht leichtlich ein abbruch geschehen. Darauff hat sich Keyserl.Majest. berahtschlagt mit den Obersten vnd Rhäten/ wie der Sach zu thun were/ vnd gleich denselbigen tag haben sie zwen gewaltiger Thürn am Meere/ auff ein Welsche Meil wegs einer vom andern gelegen/ beschossen vnd erobert. Nach solchem eroberten sie auff dem Meere nahe bey Goleta ein Galleen/ darinn sie ein grossen Raub funden von Specerey vnd köstlichen Waaren/ die jenigen so darinn waren/ brachten sie gefengklich vor Keys.Maj. Alß nun Keyser Carlen auß ettlichen gefangnen Türcken vnd Moren verstunde/ wie der Feind in einer solchen gewarsame läge/ daß man jhm nicht leichtlich möchte schaden thun/ ohn sonderlich grosses Blutvergiessen/ stund er im zweiffel/ ob er solt vor Goleta abziehen/ vnd stracks auff Thunis zuschiffen/ oder nicht. Doch verhinderte jhn dieses/ so er wurde auff Thunis zuschiffen/ so wurde er den Feind vornen vnd hinder jhm haben: Derhalben fieng er an die Vestung Goletam hefftig zu belägern/ ließ ein grossen Thamm oder Wahl auffrichten/ darauff sie die Büchsen stalten/ vnnd fieng also den 24.Brachmonats an zu schiessen in die Vestung mit aller Macht. Sie scharmützelten offt vnd dick/ daß auff einem Scharmützel blieben vber die fünfftzig Türcken/ aber auß den Keyserischen nur acht/ außgenommen der Hauptmann Hieronymus Totavilla/ welcher auch vmbkam.

Keys. Carln Reiß gen Thunis.

OOOo   Auff

Auff den fünff vnd zwantzigsten tag Brachmonats fielen sie auß dem Schloß/ vnnd wolten den vnsern ettliche Castell abrennen/ aber die Spanier schlugen sie hinder sich/ vnnd kamen viel in disem Scharmützel vmb. Den zwölfften tag Hewmonats schlugen sie das Läger fort/ schier biß zu dem Schloß Goleta/ vnnd wiewol am selbigen tag der Wind gantz vngestüm war/ daß sie vor Sand vnd Staub nicht viel mochten außrichten/ schlugen sie dannoch das Läger/ vnd wurffen ein hohe Schantz auff/ machten ein solche gewaltige Munition mit Wählen vnd Blochhäusern/ daß nicht gnugsam darvon zu schreiben ist. Da auff fienge man an zu schiessen/ Fewr zu werffen/ vnd entzohen jhnen auch das süß Wasser/ daß sie sehr grosse noth litten in der Vestung Wassers halb. Nach solchem befahle Keyserl. Majest. daß man solt auff den zukünfftigen tag (welcher war der 13. des Hewmonats) anfahen zu stürmen/ vnnd solte da kein auffhören seyn/ so lang biß das Schloß erobert wurde. Alß nun der tag herbey kam/ da fieng man an zuschiessen auff ein news/ vnnd waren die Kriegsleuth gantz mutig den Sturm anzulauffen: aber es erhub sich vrplötzlich ein solcher grawsamer Wind/ vnd ward das Meer so gar vngestüm/ daß man disen tag nichts schaffen mochte/ vnd ward der Sturm auffgezogen biß an den andern tag. Nicht weit von der Keyserischen Läger war ein vester Thurn/ den die Türcken hatten inngehabt/ aber kurtz darvor von den Keyserischen gewonnen/ vnnd waren allein zehen Mann darinn in der Besatzung: da nun die Türcken sahen daß jnen dieser Thurn gantz gelegen were in der Keyserischen Läger zu schiessen/ machte sie ein Schlachtordnung/ vnd zogen dahin/ vermeynten den Thurn in der vngestüme des Winds zugewinnen/ da wehrten sich die zehen Mann so Ritterlich auß dem Thurn/ daß sie viel auß den Feinden erlegten/ doch hetten sie jhn müssen auffgeben/ wo jhnen die vnsern nicht bald hetten Beystand gethan. Nach solchem allem vermeynt Keyserliche Majestat/ daß die Schantz noch nicht starck genugsam were/ vnd ließ noch ein andern Thamm auff den ersten machen/ also wo es die noth erfordert/ er ein Feldschlacht thet/ oder den Sturm möchte anlauffen. Er ließ auch ettliche Galleen in den Hafen bey Goleta stellen/ damit jhnen gantz vnd gar kein Proviand möchte zukommen. Auff den viertzehenden tag Hewmonats war ein solche stille des Meeres/ daß auch hette mögen ein Liecht darauff brennen/ vnd vermeynten ettliche/ es were durch sonderliche zuschickung Gottes geschehen. Da fieng man am morgen früh an/ das Schloß zu Wasser vnd zu Landt auff alle weg zu ängstigen/ ettliche Thürn die gantz vest waren/ schoß man in Grund nider/ auch ettliche Galleen/ Quadriremes vnd Triremes, auch sonst viel vnzahlbare Schiff wurden gantz vnd gar versenckt vnnd zerschossen/ die Mawren an ettlichen orten nidergefellet/ also daß der Feind kein Hoffnung mehr hat die Vestung zu erhalten/ sonder betrachtet wie er mit fug sich in die Flucht möchte begeben. Doch wolte Keyserl. Maj. nicht daß man den Sturm solte anlauffen/ auff das nicht etwan ein mißfal gerieth/ vnd sie abgetrieben wurden mit grossem verlust. Also ward der Sturm auffenthalten biß in die zweyte Stund nach Mittag/ da fieng man an mit aller Macht zu stürmen/ vnd wurden viel auß den Keyserischen Knechten von den Türcken verletzt vñ erschossen/ jedoch waren sie so Mannlich/ vnd rannten den Sturm zum offtern mal an/ biß sie endlich das Schloß eroberten vnd vnder jhren Gewalt brachten. Sie eroberten auch des Oenobarbi Quadriremes, vnnd andere viel Schiff/ groß vnd klein die vast wol gerüst waren mit grossen stuck Büchsen/ vnnd andere nottürfftiger dingen mehr.

Damit man nun wisse/ was Goleta für ein Schloß seye/ will ichs kurtzlich anzeigen. Es ist Goleta ein solches Schloß/ nemblich ein viereckiger starcker Thurn/ vast dick am Gemewr/ vber drey oder vier Stockwerck nicht hoch/ innwendig in seinem begriff nicht vber die fünfftzig schritt/ außwendig aber etwas vber die sechtzig in seinem vmbgriff. Innwendig darinn ist ein grosser Cistern/ dareyn sich alles Regenwasser versamblet: es seind auch ettliche Gewelb darinn/ in welchem man Speiß/ Korn/ vnd andere ding mehr zu des Menschen auffenthaltung mag dareyn thun/ auß welchem die vnsern viel (nach dem ein jeglicher mochte) haben getragen/ vnnd sich widerumb jhres Leids ergetzet. Man fand auch viel Bögen vnd Pfeyl darinn/ die vornen lange stählene spitzen hatten/ vnnd waren bey den Eysen vmbschnitten/ auff daß/ so man einen darmit schösse/ vnnd den Pfeyl herauß ziehen wolte/ das Eysen darinn stecken bliebe. Man fand auch mehr dann in die fünfftzig grosse vnnd kleine Feldgeschütz darinn/ welche ein jede jhren besondern Nammen hatte mit Buchstaben verzeichnet. Alß sie nun diesen Sieg erlangt hatten/ legten sie auff die sechs hundert Teutscher Knecht dareyn die zu verwahren/ damit nicht etwan/ wann sie auff Thunis zu zogen/ jhnen der Paß alda verlegt wurde/ vnnd jhnen kein Proviand möchte hernach geschickt werden.

Darnach zogen sie mit Heeres krafft stracks auff Thunis zu/ vnd auff dem Weg ward jnen angesagt/ alß sie noch ein Meil wegs von Thunis ware/ wie der Oenobarbus mit allem Kriegsvolck auß der Statt Thunis were geflohen in die nechsten vmbligenden Berg/ vnd wolte auff zukünfftigen tag auffs frühest allen Schatz vnnd Kleynoter auß der Statt tragen/ nachmals wolte er die Statt vnd alle vmbligende Vestung mit Fewr anstossen vnd verbrennen. Die gefangnen Christen aber so er in der Statt in Banden hatte gelassen/ deren vber die 20000. waren/ forchten wann der Tyrann wurd die Statt anzünden/ so müsten sie alle jämerlich darinn verderben/ vnnd were auch

geschẽ-

Von den Ländern Africe. 1639

geschehen/ wo jhnen nicht Gott sonderlich hilff hette gethan/ daß sie von den Banden vnnd Ketten die sie vmb jhren Leib hatten/ weren ledig worden. Als nun der Tyrann morgens früh kam/ vnd den Schatz vñ Kleynoter so noch darinn waren/ holen wolt/ stalten sich die Christen zur Wehr/ vnd versperreten vor jhm die Thor/ also daß der Tyrañ schendlicher weiß must abziehen mit allem seinem Volck. Da nun sollichs war verloffen/ steckten die Christen ein weissen Fahnen auf die Mawr/ damit den Keyserischen anzuzeigen/ daß ein freyer vnd sicherer zugang were in die Statt/ vnnd kame also Keyserl. Majest. mit sampt dem gantzen Heere ohn einig Blutvergiessung in die Statt Thunis mit grossen frewden. Nach solchem satzte er den König Muleassem wider eyn/ mit etlichen fürgeschriebnen Puncten/ vnder welchen der fürnembst war/ daß er solt den Christlichen Glauben im gantzen Königreich Thunis lassen predigen/ auch ettliche Tribut ein zeit lang dem Keyser geben. Nach solchem ist Keys. Maj. mit grosser mühe vnnd arbeit wider heim zu Hauß geschiffet. Es war dieser Muleasses mechtig Aberglaübisch/ dann als er auß einer Weissagung verstanden/ daß er wurde das Königreich verlieren/ vnd ein klaglich End nemmen/ da wolte er diesem Vnglück fürkommen/ er befahle seinem Sohn Amidæ das Reich/ vnd zoge er Anno 1544. in Siciliam/ vñ hielte sich daselbst gantz prächtig/ die zurüstung eines eynigen Pfawens kostete bey 100. Ducaten. Weil aber zu Tunis ein geschrey erschollen/ als were er todt/ da ergriffe Amidas das Königreich: Als solches Muleasses hörete/ eylet er heim/ er ward aber gefangen/ vnnd sind jhm beyde Augen/ mit einem glühenden Messer außgestochen worden. Diese Tyranney hat Abdamelech gerochen/ vñ das Königreich dem Amida abgetrungen/ starb doch bald/ vñ ließ seinem jungen Sohn Mahomet das Königreich: Weil aber desselbigen Vormündter gar Tyrannisch waren/ so haben die Tunetaner wider nach Amida geschickt: Muleasses aber ist hierzwischen von den Spaniern gehn Guleta/ vnd hernach in Sicilia geflöchtet worden/ da er noch ein zeitlang/ auff des Keysers vnkosten gelebt hat. Also hat Amides das Königreich/ nach dem es lang von Moren/ Türcken vnd Christen zerrissen worden/ endlich erhalten/ ist aber hernach auch gefangen vnnd in Siciliam geführet worden. An sein statt haben die Spanier Anno 1573. seinen Bruder Mahomet zum König gemacht/ welcher aber das nechste jar hernach von dem Türckischen Keyser Selim/ sampt dem Königreich/ vnd der Statt Guletta (so schon 40. jar in der Christen händen gewesen) bezwungen/ vnd vnder das Türckische Joch gebracht worden.

Von dem Zug Keyser Caroli des 5. in das Königreich Algier. Cap. vij.

Das achte Buch

Nach dem nun Keyser Carle das Königreich Tunes erobert/ vnd in grossen sorgen stunde/ wegen des vertriebenen Barbarossen/ welcher sich nicht zu ruwen geben wolte/ nam er jhm für/ dieser Barbarossam noch ein mahl in seinem Königreich Algier heimzusuchen/ vnnd macht ein grosse Rüstung von Schiffen/ Büchsen/ Kriegsleuten/ vnnd andern dingen/ so zum Krieg notturfftig seind/ zugeriche in seinen Ländern Neapolis/ Genua/ Corsica/ Sardinia/ Sicilia vnnd Hispania/ vnd die versamblet bey den Inseln Malloream vnd Mevorcam/ vnd mit grossem Gewalt von dannen stracks vber Meer in zwey en tagen gegen der Statt Algier/ darvon das Königreich den Nammen hat/ geschifft. Er hat bey jhm zu Fuß gehabt 7000. Spanier/ 6000. Teutscher/ 6000. Italiäner/ vnd 3000. die von freyem willen dem Keyser zugezogen seind/ jhn zu verehren. Zu Roß aber hat er gehabt 400. auß Neapolis/ vnd 700. auß Hispanien. Vnd nach dem dieser Zeug belägert hat die Statt Algier/ ist ein groß vnd vngehewr Gewitter erstanden/ mit grossem vnd langwirigem Regen vnd vngestümen Wind/ daß das Meer angefangen zu wüten/ vnnd die Schiff mit dem Geschütz vnd Proviand zum theil versenckt/ vnd zum theil an die Felsen gestossen/ zerbrochen/ vnd gantz vnd gar geschendt/ vnd damit viel Männer ertrenckt. Es lieffen auch in diesem vngestümen Wetter die Algierer auß der Statt/ vberfielen die vnsern/ vnd schlugen viel zu todt/ vnd alß sich die vnseren zu Wehr stelten/ jhnen nacheylten biß zur Statt/ liessen sie eins mals ab jhr Geschütz/ Büchsen vnd Armbrusten/ vnd schedigten vbel die vnsern. Es giengen zu Grund 130. Schiff/ vnd auß den vbrigen Schiffen so noch vnversehrt waren/ mocht man kein Proviand bringen der grossen vngestümigkeit halb/ wiewol wenig Proviand mehr vorhanden war: dann das Meer hatt gar nahe gefressen alles Brot/ Mäl/ Oel/ Wein/ Gemüß/ Saltz/ Fleisch/ vnd dergleichen/ daß der Keyser gezwungen ward das Volck zu speissen drey tag lang mit den Rossen/ so man auß den Schiffen auff das Landt bracht hat. Es waren auch die grossen Hauptstück der Büchsen in das Meer gefallen/ die die Algierer nachmals herauß zogen/ darumb der Keyser der Statt nichts mocht abgewinnen/ sonder nach empfangnen schaden gezwungen die vbrigen Schiff zuzurichten/ den Krieg auffzuschlagen/ vnd hinweg zu fahren. Es hat sein Volck 3. tag lang vbel zeit gehabt/ Hungers vnd Nesse halb: dann es nie wolt auffhören regnen/ darumb sie gar trefflich krafftloß waren worden/ vnd sich trefflich gemindert/ das Geschütz verloren/ vnnd deshalben nichts außrichten mochten/ sonder auff die Fahrt sich machten/ vnd den nechsten gen Bugiana schifften.

Bugia.

Diese Statt Bugia ist des Keysers/ vnd ligt auch in Africa am Meere/ hat ein gut Schloß auff einem Berg/ stost an das Königreich Feß/ welches das letst ist in Africa gegen Occident/ vnd ist im Bündnuß gegen dem König von Hispania. Ist doch nicht vast mechtig/ sonder muß sich alß wol entsetzen vor dem Barbarossa zu Algier/ alß der König von Thunis/ vnnd das alles von deswegen weil der Barbarossa an dem Türckischen Keyser gehangen. Hie ist zu mercken/ daß der Barbarossa nicht viel mechtiger Stätt in diesem Land hatte/ ohn die Statt Algier/ aber viel Landvolck hat er/ da nicht viel Ehr zu erjagen/ vnnd das war den Christen trefflich auffsetzig. Der vorgesetze vnfall so dem Keyser in Africa begegnet ist/ hat sich im vorgemeldten jahr verlauffen vmb S. Michels tag/ oder etliche tag darnach.

Es haben die Christlichen König in Sicilien für vñ für mit den Saracenen zu schaffen gehabt/ alß Rogerius der da Anno 1145. Tripolim/ Africam/ Sfatze/ vnnd Tapsia erobert/ welche/ alß sie wider vmbgefallen/ Ferdinand der König 1510. widerumb eyngenommen/ vnd geschleifft ausserhalb der Vestin. Aber Africa vnd Monastery nam eyn Carolus der Fünfft im Jahr 1551. da sie darvor 1550. Dragut Rayß erobert hatte: aber der Keyser ließ Africam gar zerschleiffen/ deshalb der Türck erzürnt/ griff Siciliam an/ vnnd kam für Tripolim/ das die S. Johannes Ritter inn hatten/ darinn lag Herr Frantz Janibales ein Frantzösischer Commenthür/ der ward genötiget von den Türcken nach viel beschiessens/ Tripolim auffzugeben. Im jar 1554. auff den 12. Augstens wurden vier hundert Spanier darinn erschlagen/ zwey hundert Frantzosen ledig gelassen/ Janibales darnach zu Malta in schwere Gefängknuß geworffen. König Philipp auß Hispanien wolt im jar 1570. diese Statt wider eynnemmen/ zog vast bey fünff tausent starck zu Schiff auff Tripolim/ Tragut eylet der Statt zu/ vnd bracht auff vier hundert jhnen zu hilff. Philippi Volck zog auff die Insel Gerbe/ wolten (wie sie auch theten) dieselb zuvor erobern: Aber des Türcken Armaden erschnapt sie/ also daß von fünff vnnd fünfftzig Galleen nicht mehr dann 18. entrunnen/ da waren sieben vnd sechtzig Naven mit Munition auff 12000. Schützen/ kamen wenig darvon/ grossen schaden hat da die Christenheit empfangen. Von diesem Königreich ließ weiter hie vnden im nachvolgenden Blat.

Von den Ländern Africe. 1641

Von zweyen gefehrligkeiten des Meers so bey dem kleinen Africa seind/ die man Syrtes nennt. Cap. xiij.

Bey diesem kleinen Africa seind 2 gefehrliche örter im Meere/ die heißt man Syrtes, die erwachsen von dem Sand/ vnd das mit solcher weiß: so das Meere bewegt wirdt mit vngestümigkeit/ hat es an diesen zweyen örtern trefflich viel Sand am Boden ligen/ den wißt es zehen oder zwölff Meilen weit von einem ort zu dem andern/ vnd da jetzund das Meer kein Boden hat/ vnnd darumb die grossen Schiff frölich da fahren mögen/ vber ein tag oder zwen ist da ein gantzer Berg von Sand/ aber vnder dem Wasser verborgen/ vnnd so das Schiff dahin getrieben wirdt/ muß es dazu grund gehn/ vnd zu stucken brechen. Dann man kan in einer solchen grossen weite nicht mercken wohin sich der Last des Sands gelegt oder gesetzt hab. Jetzt ist er da/ vber ein tag oder zwen/ wie gesagt/ ist er an einem andern ort/ nach dem ein grosse oder kleine vngestüme in das Meer fallt. Vnd solche gefehrlichkeit ist nicht allein im Meer/ sonder auch ausserhalb dem Wasser auff dem Landt/ besonder gegen der grossen Syrte vber/ da hauffet sich der Sand auch also liederlich von bewegung des Winds/ daß er ersteckt was er begreifft. Bey den kleinen Syrten ligt ein Statt mit Nammen Tapaca/ die hat gantz vnd gar ein sandechtigen Boden/ aber nicht ohn groß wunder ist sie also fruchtbar/ daß die Räben an demselbigen ort zwey mal Frucht bringen. Noch eins ist hie zu mercken/ daß in dem mindern Africa die Erden selten mit Regen begossen wird/ aber dargegen hat Gott ein anders geben/ nemlich/ daß am Morgen solche nasse Tawen fallen/ daß das Erdtreich vnd was darauß wachst/ darvon also benetzt wirdt/ alß hett es ein Regen empfangen.

Von dem Landt Cyrene. Cap. xiv.

Nach der meynung Pomponij Melæ/ wirdt alles so zwischen dem kleinen Africa/ vnd Egypten ligt/ Cyrenaica genennt/ vnd begreifft in sich auch Marmaricam/ welches aber Plinius für ein sonderbar Land rechnet/ vnd das ander Landt Pentapolitanam nennet. Das Land Cyrene hat den Namen von der Hauptstatt Cyrene/ die etwas von dem Meere im Feld auff einem hohen Bühel ligt/ daß man sie auch im Meere gesehen mag. Das Landt ist auch Fruchtbar/ vnnd zeucht sonderlich viel Roß/ ist etwan vnderworffen gewesen dem König von Egypten. Es ligt hoch gegen Egypten. Dann so man kompt zu dem Thal Catabathmos genannt/ steigt Egyptenlandt für vnd für hinab/ vnd wirdt je lenger je niderer/ deßhalben es auch für andere Länder gelobt wirdt der Weyd halb: dann man mag das Wasser an manchem ort weit in die Aecker vnd Wiesen führen oder leiten. Die Statt Cyrene ist vor zeiten gar groß geachtet gewesen/ vnd wie etliche schreiben hat sie ein anfang genossen von Aristeo des Königs Cyreni von der Insel Theramene Sohn/ der ist geschifft in Africam/ vnnd hat diese Statt gebawen auff einen lustigen Berg/ genant Cyrenen. Man schreibt viel von dieser Statt/ wie so ein grosser lust vmb sie ist mit Brunnen vnnd andern lustigen dingen. Es ligen auch noch vier andere fürnemme Stätt in diesem Landt/ namblich Berenice/ Arsinoe/ Ptolemais vnnd Apollonia/ vnd Cyrene ist die fünffte/ von welchen das Landt Pentapolis ist genennt worden: das ist/ ein Landt von fünff Stätten. Es schreibt Strabo/ daß zu seiner zeit die Statt Cyrene vmb sich begriffen hab achtzig Stadien/ vnd hat etliche Hochgelehrte Männer gehabt. Es haben auch die Jüden lang vor Christi geburt ein Synagog in dieser Statt gehabt/ die vor zeiten der König von Assyria/ mit Nammen Teglatphalasser/ mit sampt andern Syriern in das Landt satzte/ vnnd sind auch da blieben biß zu dem Leiden Christi/ wie dann das Evangelium anzeigt/ daß Simon von Cyrene hab Christo geholffen das Creutz tragen für die Statt hinauß. Von dem König Teglatphalasser findestu geschrieben im vierdten Buch der Königen/ am 16. Capitel. So fruchtbar aber alß es ist am Meere in diesem Landt vnd dem innern Africa/ also vnfruchtbar ist es wo man drey oder vier Meilen von dem Meere gegen Mittag zeucht: dann es ist eitel Sand da/ darinn nichts wachsen mag/ ja man findet weit vnnd breit nicht einen Baum/ dann daß man vnderweilen ein fruchtbaren Wasen findet/ darauf die Leut wohnen mögen. Diß Landt zeucht hinden hinauß gegen dem Gebürg viel Löwen vnnd Waldesel. Man findet auch vberauß viel gifftiger Würmen/ vnd besonder Schlangen vnd Nater/ vnnd das noch schedlicher ist/ so findt man Basiliscos/ die solche streng Gifft haben/ wie Plinius schreibt/ daß sie nit allein Menschen vnd andere Thier/ sonder auch die Schlangen vergifften. Sie verderben den Grund auff dem sie wohnen/ es

Basilifcen.

verdorren vnd sterben von seiner gegenwertigkeit die Kräuter vnnd Bäum/ es wirdt der Lufft von jhnen vergifftet/ daß der Vogel ohn schaden nicht dardurch fliegen mag: vnd in summa kein schedlicher Thier wirdt auff Erden weder diß gefunden/ von dem ein gantze Statt verderben muß/ wo es schon in einem winckel verborgen ligt. Andere gifftige Thier tödten den Menschen mit anrüren oder beissen/ aber diß tödtet durch blosse gegenwertigkeit.

Marmarica. Cap. xv.

Zu vnsern zeiten wirdt diß Landt Barcha genennt/ vnnd hat ein rauch Erdtrich/ wohnen auch rauhe vnnd viehische Leut darinn. Dann wie ein Landt ist/ also sind auch gemeinlich seine Eynwohner. Ptolomeus schreibt es zu dem Egyptenlandt. Die andern nennen es Libyam/ verstand das ausser: dann das inner Libya ligt in Morenlandt. Es werden diese drey Länder/ Cyrene/ Marmarica oder Libya/ vnd Egypten gescheiden von Africa durch das rauch vnnd gifftig Erdtrich so bey den grossen Syrten ligt. Dann man mag kummerlich ohn schaden vber Landt kommen von dem kleinen Africa in Cyrenaicam/ also viel tieffs Sands ligt darzwischen/ vnd werden auch da so viel böser Thier gefunden. Darumb auch die ersten Christen haben vnderwürffig gemacht der Alexandriner Kirchen/ Egyptenlandt/ Libyam vnd Cyrenaicam. Aber Numidiam/ Africam vnnd Mauritaniam/ haben sie geordnet in der Carthaginenser Kirch. Das Alexandrinisch Bißthumb hat sich gebraucht der Griechischen Spraach/ vnd das Carthagener der Lateinischen. An etlichen örtern ist diß Landt trefflich Fruchtbar/ sonderlich wo die Marmarischen Libyer wohnen. Bey demselbigen ist ein Baum von dem macht man ein Tranck/ das vergleicht sich dem Wein. Sie machen zwo Erndten/ vnd wirdt des Korns stengel fünff Elnbogen hoch/ vnd des kleinen Fingers dick. Ein Körnlein gibt 200. ja etwan 400. Körner. Vnd so die Bawren die Aecker zurichten wöllen/ müssen sie der Schlangen halb Stiffel anlegen/ vnnd mit Leder die blossen Glieder bedecken/ damit sie vngeschedigt auß dem Feld kommen. Also schreibt Strabo von disem Landt.

Von Hammonis Tempel/ in dem innern Libya.
Cap. xvj.

Fünffzig Meil von Cyrene ligt Jupiters Tempel/ so Templum Hammonis genennt wirdt. Das Landt rings herumb/ auff fünff oder sechs Indianischer Tagreiß weit/ ist eynöd/ sandig/ vñ so vnauszprechlicher weiß hitzig/ daß es den Fußgängern die Solen an Füssen verbrennet. Ein kleiner Wind bewegt den Sand so mechtig/ daß man darinnen ersticken muß. Darzu findet man auch in gedachtem bezirck/ kein einigen tropffen Wassers: auch keinen Baum/ Berg/ oder Marckzeichen/ darbey die Reissenden den Weg warnehmen könten. Aber mitten in dieser Eynöde/ ist derselbige Lucus fatidicus, wie jhn Silius nennet/ das ist ein vberauß lustiger vnd dicker Wald/ nicht vber 50. Stadien groß/ voll fruchtbarer Bäumen/ vnd külen Wasserquellen/ hat ein gantz temperierten Lufft/ vnnd jmmerwerenden Früling. Es ist auch bey disem Tempel/ ein wunderbarlicher Brunnen/ der Morgens law/ zu Mittag kalt/ zu Abend warm/ vnd zu Mittnacht gantz heiß ist. Es hat in disem Tempel bey 80. Priesteren. Die Bildnuß Jupiters ist mit krummen Widerhörnern häßlich entstaltet. Es soll dieser Tempel von Bacho erstanden seyn/ in solcher gestalt/ wie man darvon fabuliert. Nach dem Bachus Indiam hatt erstritten/ zog er mit seinem Heer in Libyam/ vnnd alß er in dem heissen Sand grossen Durst litt/ rüfft er den Abgott Jupiter embsig an/ daß er jhm in seinen nöthen zu hilff kommen wolte. Da erschien jhm ein Wider/ der grub mit seinen Hörnern in das Erdtrich/ vnnd von stund an quall herauß ein küler Brunn/ darvon jederman erquickt ward. Da ward Bachus bewegt/ vnd bawet an daselbig Ort ein herrlichen Tempel/ vnnd nennet jhn des Sandigen Jupiters Tempel. Darzu ließ er machen ein Bildt in gestalt eines Widers/ vnd gebott daß jhn jederman anbeten solt.

Nun

Von den Ländern Africe. 1643

Nun dem sey wie jhm wöll/das ist ein mal gewiß/daß Jupiters Tempel da im Sand gestanden ist/er sey dahin kommen wie er wöll. Dann wir finden bey glaubhafftigen Scribenten wie der Groß Alexander vnnd auch vor jhm Cambyses/ mit so grosser mühe vnd arbeit dahin gezogen sind von Alexandria. Als aber vor alten zeiten her/groß Gut in diesen Tempel geopffert ward/ kam Cambyses der König vnd wolt jhn berauben/vnd von dannen nemmen Silber/Gold/vnd Edelgestein/so dahin dem Abgott zug bracht war/das mocht der Teuffel nicht leyden/daß sein Ehre da solt vernichtet werden/darumb fuhr er zu vnd erweckt ein vngestümigkeit im Sand/vnnd ertrenckt oder ersteckt im Sand dem gemeldten König bey fünfftzig tausent Mann. Etliche jar hernach da der Groß Alexander König auß Macedonien in Egypten kam/fiel jhm auch ein Andacht zu/heim zu suchen den gehörnten Jupiter im Sand (also hat man jhn geheissen/darumb daß er sich da erzeigt hett in der gestalt eines gehörnten Widers/ wie vorgemeldt ist) vnnd kam zu Wasser gefahren biß zu dem Mareoter See/

Wider ein Abgott.

Ptolomeus nennt jhn Mariam/ vnnd ligt bey Alexandria gegen Mittag/ vnd alß er denselbigen See vberfahren hatt/ must er zu Fuß gehn vber den tieffen vnd heissen Sand/ vier oder fünff tag lang/da man weder Wasser noch Schatten/ Bäum oder auch Graß findet/da auch kein Fußtritt gefunden wirdt/dem man nachzielen mag. Als nun Alexander diß Ort erreicht/ fand er ein wunderlustig Ort / ein dicken Wald/vnd viel küler Brunnen. Es ließ der groß Alexander durch die Abgöttischen Priester fragen den Abgott Jupiter/ ob er jhm wolte zustellen die Herrschafft der gantzen Welt. Da ward jhm geantwortet: Ja/ er wirdt ein Regierer werden aller Völcker vnd der gantzen Welt. Auff das begabet Alexander den Tempel mit grosser Reichthumb/ vnnd zog wider von dannen/ vnnd bawet zwischen dem Mareotischen See vnnd dem Meere die Statt Alexandriam/ oder wie die andern sprechen/ er erweitert ein alte Statt/ No genannt/ daß sie in jhrem vmbkreiß begriff hundert vnd achtzig Stadien/ vnnd nennt sie nach seinem Nammen Alexandriam.

Egyptenlandt. Cap. xvii.

JN dem gantzen vnnd weiten Land Africa/das geheilt wirdt in so viel besondere Königreich/ Provintzen vnnd Landtschafften/ ist kein Edler/ älter vnd Fruchtbarer Landt/ja das auch besser mit Stätten besetzt ist dann Egypten. Es wird geschetzt das eltest Königreich auff Erden nach dem Königreich Assyrie. Dann zu den zeiten Abraham/der vngefehrlich 942. jar nach dem Sündtfluß ist gewesen/ hat Egyptenlandt ein König gehabt/ wie das im Buch der Geschöff am 12. Capitel angezeigt wirdt/vnd haben die Egyptier jhre König Pharaones/ das ist/ Hyland genennt/ wie die Römer die jren Keyser nennen. Daß aber diß Landt also bald auffgangen ist vor andern Ländern in Gewalt/menge der Leut/ Stätten vnd Reichthummen/ist kein andere Vrsach/dann daß es also vberschwencklich fruchtbar ist/ vñ hangt seine fruchtbarkeit an dem Wasser Nilo/das alle jar vberflößt das gantz Erdrich/wie ich hie vnden anzeigen will: daß es regnet gar selten in Egyptenlandt/ja wie Plato schreibt/man hab nie gesehen daß in Egyptenlandt geregnet hab/sonder der Lufft ist allweg da hell vnd wol temperiert/so gibt das groß Wasser Nilus dem Erdrich feuchte genug/darauß ein solch grosse fruchtbarkeit erwachst/ daß in Egypten zum offtermal Korn ist gefunden worden wann in allen Ländern grosser Hunger ist gewesen. Das zeigt vns nicht allein die Bibel an/sonder auch andere Historien. Daher ist es auch kommen daß man gesagt hat: Egypten sey gleich wie ein Kornschewr der gantzen Welt. Dieweil es gewesen ist vnder der Römer Gewalt/haben die Römer kein reichere Provintz gehabt/besonder des Korns halb/wiewol es nicht minder ein selig Landt ist der Weyd halb/des Weins/ der köstlichen Blumen vnd wolriechenden dingen halb. Solche Fruchtbarkeit wirdt auch gespürt in den Egyptischen Weibern. Dann wo in den andern Ländern die Weiber zu seltzamen zeiten ein Zwilling bringen/ist das in Egypten ein gemein ding/ sie bringen nicht allein Zwilling/ sonder zum offtermal ein Dreyling/

Egypten ein alt Königreich.

Egyptische Weiber bringen mehrentheils Zwilling.

etwan

etwan Vierling. Vnd wie es bey vns ein gefehrlich ding ist wann ein Kindt am achten Monat an die Welt kompt/dann es bleibt selten bey leben/also dargegen ist es in Egypten ein heilsam zeichen des Lebens. Dieser grossen Fruchtbarkeit halb haben ihnen die Egypter zůgeschriben / daß die ersten Menschen vnd Thier bey ihnen erschaffen seind. Sie wöllen auch daß bey ihnen erfunden sey der Brauch zu seen das Korn vnd andere Früchte/ vnd die Göttin der Früchten/ so die Römer Cererem heissen/ nennen sie Isidam/ vnd ihren Bruder nennen sie Osirim: dann sie sprechen daß Chameses hab geboren Osirim vnd Isidem/ vnd die zwey Geschwisterte haben einander zu der Ehe genommen. Vnd als Osis hett gefunden Korn/ das im Feld von ihm selbst war auffgangen/gedacht sie ihm nach wie es der Mensch niessen möcht vnd

Ackerbäw erfunden.

brauchen zu auffenthaltung seiner Natur. Item wie er es behalten möcht/ vñ durch den Ackergang mehren. Vnd da sie es mit sampt irem Mann erfunden hett/ zog Osiris in das Land Palestinam/ vñ darnach in alle andre Länder wo Menschen woneten/ vnd lehret die wie man dz Korn bawē solt.

Der

Von den Ländern Africe. 1645

Der Chameses von dem diese Geschwisterten kommen seind/ ist gewesen der dritt Sohn Noe mit Nammen Cham/ dem Egyptenland vnd Africa zu theil ward. Etliche andere nennen jn Jupiter/ seinen Sohn Osirim nennen sie Dionysium: dann Dio auff Griechisch ist Jupiter/ vnd Nyssa ist ein Statt gewesen/ darinn Osiris geboren oder erzogen/ ist gelegen in dem Fruchtbaren Arabia. Von diesem Osiri soll auch kommen seyn der starck Held Hercules/ darvon man so viel fabuliert/ wiewol viel Hercules gewesen seind/ aber dieser hat die andern alle vbertroffen. Es war zu seiner zeit die Welt noch gar rauch vnd vngeschlacht/ man braucht sich da noch keiner eysenen Waaffen oder Gewehr/ sonder ihre Harnisch waren Thierhäut/ vnd ihre Gewehr höltzene Kolben. Vnd da kompt es her/ daß Hercules mit seinem Kolben gemahlet wird. Es hetten die Griechen lang hernach auch einen Herculem: aber er braucht ein eysene Kolben/ vnd zog durch die Welt/ vnd was niemandt mocht brechen oder machen/ das vnderstund vnd vollendet er. Aber die heylige Geschrifft sagt nichts von diesen Herculesen/ sonder stellet vns einen Samson für Augen/ der war auß sonderlicher Krafft Gottes also starck/ daß jhm niemandt zukommen mocht. Ich will aber nicht gemeynt haben/ daß Gott vnder den Heyden nicht auch etwan sein Krafft erzeigt hab mit dem oder diesem Hercule/ wie die Geschrifft auch ein solchen Helden anzeigt/ der ein geborner Palestiner war/ vnd mit dem David ein Kampff bestund/ aber er lag vnder. Desgleichen schreibt Moses Deuteronomio am dritten Capitel/ von dem König Og/ des Betth neun Elenbogenlang war/ vnd vier breit/ darvon die Heyden nichts gewußt haben/ anders sie hetten in jhren Geschrifften noch mehr Hercules gesetzt.

Hercules

Von gelegenheit Egyptenlands vnd seinen Stetten.
Cap. xviij.

ES wöllen etliche daß das gantz Egyptenlandt vor langen zeiten/ das ist/ gleich nach dem Sündfluß/ sey ein Meere gewesen: aber das Wasser Nilus hab es mit seinem Schleym vnd Grundt so es järlichen mit jhm bringet auß dem innern Morenlandt/ außgefüllt/ vnnd zu wohnen geschickt gemacht. Vnd das gibt auch ein gute anzeigung daß etwas an der Sach gewesen sey/ daß diß Land gerings vmb viel tieffer ligt weder andere vmbligende Länder/ wie ich hie vornen bey dem Landt Cyrene auch gemeldet hab. Es wird auch vmbfangen mit Sandmeer vnd Bergen/ daß man ohn grosse Mühe vnd Arbeit nicht wol mag darzu kommen. Gegen Mitnacht stoßt es an das Mittelländig vnd vngestümig Meere/ vnd gegen Auffgang ist das Rot Meere vnd ein theil Arabie/ aber zwischen dem roten Meere vnd dem Mittelländigen Meere/ das nun nicht ein grosse weite ist/ ligt ein rauch Gepirg/ darüber man steiget so man auß Egypten zu fuß gehen will in das Steinecht Arabiam oder Palestinam. Gegen Nidergang wird es vmbfangen mit hohen Bergen vnd auch mit einem Sandmeere/ vnd wo dasselbig in Marmarica auffhöret/ geht an ein weit sümpffig vnd pfützig Feld bey dem Meotischen See. Aber gegen Mittag wird es gescheiden von dem Morenlandt durch hohe/ rauhe vnd schrofechte Felsen/ durch welche der groß Nilus mit grawsamlichen geschrey vnd grossem wüten fallt/ die Cosmographen nennen dasselbig ort Cataractæ/ da niemandt durch fahren mag. Diß seind die Fürgewehr des Egyptischen Königreichs/ vnd gleich alß natürliche Gräben vnd Mawren: aber sie haben es nicht allwegen mögen beschützen wider den Feind/ wie dann kein Königreich noch Statt/ auch Erdtrich so starck je gewesen ist/ sie ist erobert vnd vmbkehrt worden. Dann es ist nichts hie auff Erden das ein ewigen bestandt möge haben. Sintemal das Vrtheil vber den Menschen gefellt ist/ daß er seiner Sünden halb zugrundt gehen vnd sterben muß/ der doch ein Herr ist gesetzt vber alle andere Creaturen/ muß mit jhm auch fallen/ brechen vnd zu grundt gehen alles was jhm vnderworffen ist/ durch jhn gemacht vnd auffgericht wirdt. Also sehen wir daß das mechtig Königreich von Assyria mit der grossen Statt Ninive zergangen ist/ das gewaltig Reich von Babylonia mit der Statt Babel zergangen vnd verruckt worden. Die Statt Rom mit jhrem Gewalt ist auch zergangen. Jerusalem mit jhrem mechtigen Reich zu nichts worden. Der Pracht Cyri ist gar erlegen. Die Hoffart des grossen Alexandri vnd seiner Griechen hat vor langen zeiten ein end genommen. Also mag ich sagen

Mancherley Enderung des Reichs Egypti.

sagen von Carthagine/vom König Dario/vom König Cyro/vnd jhren Königreichen Media vnd Persia. Des Egyptischen Soltanen Gewalt hat auch ein end genommen/der Türck hat alles vnder sich gebracht: aber wird auch nicht lang bestehen/vñ da wird kein Stercke/Rhatschlag/weißheit helffen wider den Rhat Gottes. Also hat Egyptenlandt nicht mögen helffen sein natürliche Wehr/die mechtigen König/groß vnd viel Stett/sonder ist zum offternmal vnder der freindden Gewalt kommen. Dann zu den zeiten da Ezechias regniert bey den Jüden/kam Egyptenlandt vnder der Mören Landt. Darnach da Cyrus von Persia vnderwarff Mediam vnd Assyriam/vnd das grösser theil des vordern Asie/vberwand er auch den hoffertigen König Sesostrem/vnd erobert das Reich von Egypten. Aber als nachmals Darius Nothus die Monarchey in Asia verlor/wurffen die Egypter widerumb auff ein König/vnd waren jhm vnderthenig biß zu den zeiten des Grossen Alexandri/das nun ungefhrlich bey vierhundert jahr vor Christi geburt ist gewesen. Da aber der Groß Alexander starb/vnd die Fürsten seines Hofs vnder sich theilten die eroberten Monarchey/ward dem Sohn Lagi/mit nammen Ptolemeo/zu theil Egyptenlandt/vnd blieb auch diß Königreich vnder den Ptolemeis bey 295.jahr/

Cleopatra.

biß zu der Königin Cleopatra/die sich ertödt mit Schlangen gifft/da sie jhrer Tyrannei halb in gefehrlichkeit des Tods war. Nach jr besassen die Römer Egyptenlandt/vnd setzten ein Landtvogt dareyn/machten auß dem Königreich ein Provintz/vnd behielten es auch biß zu dem jahr Christi 619.da fielen vnder dem Keyser Heraclio die Saracenen dareyn/vnd namen es eyn/setzten König dareyn/die nennten sie Sultanen/das sind Gewalthaber: dann שולטן Sultan in Hebraischer/Chaldaischer vnd Arabischer Sprach heißt ein gewaltigen/darvon in vnser Teutschen sprach auch kommen ist das Wort Schultheiß. Also haben die Mahometischen oder Saracenen behalten das Landt ein lange zeit biß zu dem jahr Christi 1517.oder vmb dieselbige zeit/da hat der Türck den Soltan darauß vertrungen/vnd das Landt vnder seinen Gewalt genommen/wie ich das hievornen bey dem Türckischen Keyser Zelymo gnugsamlich beschrieben hab. Der Stett halb des Egyptischen Lands soltu mercken/daß es vor zeiten also wol erbawen ist gewesen/daß man darinn gezehlt hat 18000. Stett vnd nambhafftiger Flecken/vnder welchen doch die fürnemesten sind gewesen Memphis/Eliopolis/Pelusium/Tanais vnd Alexandria/wiewol Alexandria lang nach den andern erbawen ist.

Thebes/oder Eliopolis. xix.

Thebes war die allerälteste Statt in Egypten/welche König Busiris gebawen/sie hat vor zeiten 100.Porten/vnd viel stattlicher Tempel/Colossos/vnd Obeliscos gehabt: Jenes waren vngehewre grosse Riesenbilder/dieses hohe außgespitzte steinerne Pfeiler/deren einer 80.der ander 130 Schuh hoch gewesen. Plinius schreibt von einem Obelisco zu Thebes zu dessen Auffrichtung 2000. Menschen geholffen. Item von 4.Tempeln/deren einer 12. Stadia im begriff gehalten/welcher neben den Edelgesteinen mit so vielem Gold vnd Silber gezieret gewesen/daß/als er von Cambyse verbrennt worden/auß dem Fewr 300.Talent Golds/vnd 2300 Talent Silbers geflossen. Simandius hatte daselbst ein vberauß köstlich Begräbnuß/so nach Diodori Siculi Rechnung/3200.Million Minarum/das ist ein vnglaubliche Summa Geldts gekostet. Dann ein jede Mina ist drey pfundt/drithalb Schilling Sterling/das machet 10000.Millionen solcher pfunden. Thebes ist sonst auch Diospolis/oder Jupiters Statt genendt worden/dann es war daselbst eine Jungfraw hohes Stammens dem Jupiter consecrirt worden/welche biß zur zeit jhrer natürlichen Reinigung/einem jeden/der jhr gefällig war/zum Beyschläffer erwehlen dorffte: Als aber die Zeit jhrer Reinigung kam/ward sie als für todt beweinet/vnd hernach verehlichet. Solche

Pallades. Jungfrawen nannten die Griechen Pallades. Tacitus schreibt der Egyptische König Rhameses habe viel Theil der Welt eyngenommen/mit der Macht der Statt Thebes/welche damaln sieben hundert tausent streitbarer Männer gehabt hat.

Diese Statt ist auch Eliopolis/das ist/Sonnen Statt genennt worden. Die Hebræer haben sie On geheissen/wie man in dem Propheten Ezechiel findt. Aber Ptolemeus der in Egypten gewohnt hat etlich hundert jahr vor Christi Geburt/macht zwo Sätt auß On vnd Eliopoli/

wie das

Die Statt Alkair

Auff Arabisch Miszir / Chaldeisch Alchabtr / Hebraisch Mesraim / vnd zu Latein Babylon / gantz eigentlich vnd mit gantzem Fleiß abcontrafetet.

wie das sein Cosmography anzeigt. Strabo schreibt von dieser Statt/ daß sie auff einem Bühel ligt/ vnd hat gehabt ein herrlichen Tempel/ gebawen zu Ehren der Sonnen. Es haben sich auch etwan in dieser Statt gehalten die Abgöttischen Priester/ die Philosophi vnd Astronomi/ vnd andere Gelehrte/ die in grosser achtung vnd Freyheiten sind gewesen/ von alten zeiten her/ wie das angezeigt

ichtigen vnd vesten Statt Alkair. 1649

zeigt wird im Buch der Geschöpff. In dieser Statt/war Dionysius zu zeiten da Christus am Creutz litte/vnd da er sahe der Sonnen Finsternuß/erkennet er das Leyden Gottes/wie er selbst nachmals bekennt hat/ da er zum Christlichen Glauben bekehrt ward/vnd Bischoff zu Athen in Griechenlandt ward.

PPPPp iij

Das achte Buch

Babylon/Memphis/Alkair. Cap. xx.

Gdous der König/ oder wie jhn die andern nennen Ogelous/ hat gebawen die mechtige grosse Statt Memphis/ die in der Heyligen Schrifft Noph zu unsern zeiten aber Messer genennt wirt/ an einem trefflich wol gelegnen ort/ nemlich da der Nilus sich anfahet zu theilen in viel Flüß/ und hat geschlagen gegen dem Nilo grosse und hohe Dämmen/ daß er mit seinem Fluß der Statt kein schaden zufügt/ besonder so er im Sommer zu gewohnlicher zeit außlaufft. Es haben die Egyptischen König verlassen jr vordrige Wohnung zu Thebis/ und haben sich gesetzt in die Statt Memphis/ die 150 stadien in d̄ rün de begriefft/ haben da Hof gehalten/ biß die Statt Alexandria von dem grossen Alexandro erbawen oder ernewert ward. Gegen dieser Statt vber ligt die grosse und mechtige Statt Babylon/ die jetzundt Cair und Alkair wird genennt/ und ein Sitz gewesen ist der Sultanen so nach der Römischen Regierung in Egypten erstanden seinde.

Von dieser Statt anfang schreibet Strabo also: Babylon die eigentlich in Arabia ligt (dann sie ligt vber dē Wasser Nilo/ der nach ettlicher meynung Arabiam scheidet von Egypten) ist ein Castell von Natur wol bewart/ und gebawen von ettlichen Babylonischen Männern/ die von Babylon an diß Ort gezoge seind/ und von den Egyptischen Königen erlangt da ein Wohnung zu machen. Diese Statt hat mit der zeit also zugenommen/ daß sie weit vber die Statt Memphis ist. Vnd dieweil diese zwo Stett gegen einanderigen/ und der Nilus zwischen jhnen laufft/ werden sie offt für ein Statt geachtet/ und etwan die New Babylonia/ etwan Memphis/ und etwan Cairum genennt. Es ligt ein Schloß in der Statt Alkair auff einem Bühelin/ ist vngefehrlich so groß als die Statt Vlm/ aber der Statt Circk wird in seinem vmbkreiß geschetzt auff zwölff oder vierzehen Teutscher Meil/ und des Volcks ist ein solche grosse meng darin/ daß es vngläublich ist zu schreiben. Es ist auch aller ding ein vberfluß da/ außgenommen das Holtz/ das man da nach dem Gewicht verkaufft. Im jahr Christi 1472. war ein Sterbend zu Alkair/ der wäret 6. Monat/ und sturben etwan auff einen tag 20000. Menschen/ darvon leichtlich abzunemmen ist die grösse dieser Statt. Es seind bey 8000. Menschen in dieser Statt/ die allein mit Kämelthieren Wasser von dem Nilo in die Statt tragen zu verkauffen und den mehren theil die Gassen damit zu begiessen/ und den Staub zu legen. In der Statt Memphis haben die Egyptier von alten zeiten her geehret für Gott einen Stier/ und den haben sie genennt Apim/ der war beschlossen in ein Getter/ und vor dem Getter war ein Hof/ in dem man den Ochsen ließ gehn/ so etwan ehrliche frembde Bilger kamen. Vnd wan der Ochß wild od geil hie aussen wolt werden/ trieb man jn wider in sein Gemach. Anno 1517. hat der Türckisch Keyser Selymus den 25. Jenners diese Statt eyngenommen/ und den Sultan Tomumpeium/ der sich in ein Reid verborgen/ gefangen/ mit

Apis der Egypter Gott.

einem Strick am Halß auff einem Maulthier durch die Statt führen/ und letstlich vnder der Statt Thor erhencken lassen. Darvon hieoben bey dem Türckischen Keyser Selym gesagt worden.

Diese Statt ligt an dem Fluß Nilo/ auff der Seiten gegen Auffgang. Sie hat gegen Mittag und Mitternächt zwo mächtige Vorstätt/ deren eine 3000. die andre 12000. Häuser hat/ und seyn bald so viel Häuser ausser den Mawren als darinnen. Die Häuser seyn mehrertheils hoch und von Steinen gebawen/ haben aber ein schöner Ansehen von aussen her/ als sie inwendig seyn. Es sollen bey 24000. Gassen zu Alkair seyn/ welche all jhre Potten haben/ und zu Nachts beschlossen werden. Vnder diesen seyn zwo Hauptgassen/ die eine Basaro genannt/ geht krumb durch die gantze Statt/ die andere gehet kreutzweiß dardurch. Es lauffet durch die Statt ein schöner Wasser Teich/ bey welchem schöne Bäum gepflantzet seyn/ so sie Pharaonische Feigen heissen/ die geben einen dicken Schatten von sich/ und darunder begeben sich die Einwohner vor der mächtigen Sonnen Hitz zu ver... Es ist nichts schöners vnd ansehnlichers zu Alkair als das Ort so sie Son-

Von den Ländern Africe. 1633

Balestan nennen/das ist mit Mauren rings vmbgeben/darinnen die schönsten vnd wunderlichsten Sachen so zuerdencken von Goldt/Silber/Edlen gesteinen/allerhand Gewürtz vnd andern Varieteten verkaufft werden. Außwendig vnd inwendig der Statt sind viel schöner Baumgarten/von Pomerantzen/Lemonen/Granatäpffeln/Paradißäpffel/Feigen/Datteln/Mandeln/Cassia Fistula/Palmen. Gegen Mittag ligt ein groß Castell/in welchem die Mammaluckischen Soldanen vor zeiten gewohnet haben. Man kan zu Pferdt hinauff reiten/vnd von der Höhe die gantze Statt vnd das Land sehen. Es sihet einer grossen Statt gleich/mit hohen Mauren vmbgeben/hat eysserne Porten. Hierinn hat der Bassa sein Residentz/welcher 16. Santziaks/vnd 100000 Spachi oder Reuter vnder jhm hat/welche vff jren kosten dem Türcken so viel Roß erhalten müssen. Das Einkomen dieser Statt liefert dem Türcken jährlich in seinen Schatz 1. Million Scariffe/vnd gleich so viel dem Bassa. Mehrentheils Einwohner sind Kauff- vnd Handwerckleut: ein jeder Gewerb hat sein eigne Gassen. Es ist kein Statt in der Türckey so Volckreich/vnd an allerhand Sachen wol versehen/als diese Statt.

Von den auffgerichten Seulen Egyptenlandts/Pyramides genannt. Cap. xxi.

NIcht ferr von der Statt Memphis seind auch gestanden auff einen Bühel die grossen Pyramides oder viereckichten Seulen/die vnder die sieben Wunderwerck der Welt seind gezehlt worden/vnd sonderlich sein zwo so hoch gewesen/daß ein jede in jrer höhe hat gehabt ein Stadien: das ist 1015. Schritt. Sie waren viereckicht/vnd geordnet zum Begrebnuß der Königen von Egypten. Plinius spricht/daß sie seyen gewesen thörechtige vnd vppige erzeigungen/vnd ein lautere Hoffart der Königen in Egypten/damit sie haben wöllen jr Reichthumb vnd groß Gelt der Welt anzeigen. An der höchsten hat man zwentzig jahr gebawen/vnd sein der Werckleut gewesen drey mal hundert tausent vnd sechzig tausent Mann. Die Stein hat man bracht auß Arabia. Sie war viereckicht vnd hett ein seyten 883. Schuch in der breite/vnd stund ein Brunn darinn/der war 86. Elenbogē tieff. Es ist ein vnaußsprechlicher kosten darauf gangen/vnd möchte einen verwundern wie der König solchen Kosten hett vermöcht. Aber wann man will ansehen die Hur Rodopen/die mit jrer Hurerey solch groß gut hat vberkomen/daß sie vermocht zu bawen den mindern Piramidem der hübscher vnd ansichtiger war dann der grösser/wird es kein wunder seyn daß d' König etwas mehr vermöchte. Vnder diese Piramides hat man die abgestorbnen/vnd balsamierten Cörper der Königen hingelegt/welche mit Salpeter vnd Cedar/oder mit Myrren vnd Cassia vnd anderm Rauchwerck zuvor wider die Verfaulung wol waren verwahret worden. Das gemein Volck hat hierzu des schleimigen Pächs deß todten Meers gebraucht/dardurch ein vnseglich Anzahl Cörper in einer Höle bewahret worden/welche noch heutiges tags nach so vielen tausent jahren mit Fleisch vnd Haut gantz gesehen werdē/etliche auch mit jhrem Haar vnd Zähnen: Vnd allhie werden die warhaften Mumia gefunden: dann die Moren öffnen die Gräber/vnd verkauffen diese todte Cörper vmb ein Taler. Weiter ist hie zu wissen/daß in Egypten in der Statt Heraclea gestanden ist das wunderbarlich Werck/Labyrinthus genannt/das also manich verwickelte Gäng vnd Schlüpff hatt/vnd so viel jrrechtiger Vmbgäng vnd Thüren/

Piramides Egypti.

daß

das kein Mensch der dareyn kommen war / durch sich selbs wider darauß kommen mocht. Es war ein trefflich köstlich vnnd wunderbarlich Gebäw gesetzt auff groß Seulen / vnd waren so viel heimlicher Gäng vnd gemach darinn geordnet / ja es hett 16. weiter Vogteyen Häuser / vnd begriff aller Egyptischer Götter Tempel / dazu hett es wunder schön vber gebäw vnd Palläst / zu welchen man steigen mußt 90. Stafflen hoch. Es hetten die inneren Seulen Bildtnussen der Götter vnd der Königen mit grosser Kunst gemacht. Ettliche Gemach waren dermassen zugericht / wann man jre Thür auffthet / höret man ein grawsams donnern vnd klöpffen. Warzu diß seltzam Werck endtlichen gemacht sey / find man nicht geschrieben / dann daß ettliche sprechen / es sey des Königs Motherudis Hof gewesen. Ettliche sagen / es sey des Königs Meridis Begrebnuß gewesen. Die dritten sprechen / es sey der Sonnen Tempel gewesen. Nach der form dieses Labyrints / hat Dedalus auch einen gemacht in Creta: aber hat kaum den hundersten theil erfolgt. Darnach ist einer gemacht worden in der Insel Lemno / vnd einer in Italia / den macht Porsena ein König des Landts Hetrurie zu seiner Begrebnuß / der war so gar verwickelt / daß niemandt mocht darauß kommen / er hett dann ein Klüngele Garn für der Thür gelassen / vnd den Faden mit jhm hineyn gezogen.

Von dem Balsam Kraut. Cap. xxii.

ES ist auch hie zu mercken / daß man allein in Egypt vnd sonst an keinem andern Ort in aller Welt finde das edel Kraut Balsam / darvon man macht das köstlich vnd edel wolreichende Balsamöl. Sein form vnd gestalt ist anzusehen gleich wie der Maioran. Dann es hat lange Stengelin vnd Bletter daran / sind formiert wie die Maioranblätter / vnd sein Steudlin wird nicht grösser dann eins Elenbogens hoch von der Erden. Es schreibt Dioscorides / daß diß Bäumlin allein im Jndianischen vnd Egyptischen Landt wachse / hab Bletter gleich wie Rauten / aber seyen etwas weisser / vnd bleiben Sommer vnd Winter grün. So man das Oel oder Safft darauß haben wil / verwundt man das Bäumlin ein wenig mit einem Messer / vnd alß dann tropfft der edel Safft darauß / vnd der wird genennt Opobalsamum / vnd vbertrifft weit in seiner

güte den Balsam / den man darnach auß den Estlein truckt. Sein Saamen ist rot gleich wie die Rinden an seinem Estlein / vnd riecht auch nach dem Safft. Der Garten darinn das Kraut wechßt / ligt zwo kleine Meil ferr von Alkair gegen Syria / vnd heißt Marteria / ist beschlossen vnd mit einem Hüter verwaret / vnd wird niemand darein gelassen / er gebe dann Gelt. Man laßt auch niemandt etwas darvon brechen / dann was im fürgehn die frembden etwan heimlich abzwicken. Die vor zweyhundert jahren in diesem Garten seind gewesen / schreiben darvon das fünff Brunnen darinn seind / damit man den Garten befeuchtiget. Sein steudlein wird vber zwen Ellenbogen nicht hoch / vnd seine Bletter seind wie Klebletter / vnd so der Mertz herzu fahrt / hat man gar grosse sorg darzu / biß man das Oel gesamblet. Dann so macht man kleine schnittlin in das stäudlin / vnd bindt vnder den schnitt Baumwullen vmb das stäudlin / damit kein tropff verloren werd / vnd man henckt ein sylberin Geschirlin vnder das wündlin / dareyn die tropffen fallen. Vnd wann es auffhört tropffen / schneidt man die obern zweiglin ab / vnd seudt sie im Wasser biß das Oel so noch darinn ist / herauß kompt / das schwimbt im Wasser embor / vnd wird darab genommen / vnd ist auch köstlicher Balsam / aber ist dem ersten nicht gleich / weder in d' Farb noch im wärt. Der ist so krefftig daß er ein jeglich Fleisch das damit vberstrichen wird / behalt lange zeit / daß es nicht stinckend oder faul wirdt. Er ist weiß / aber der ander rotfärbig / vnd zeucht sich auff ein schwertze. So man des ersten ein tröpfflin in die Hand nimbt / schwitzt er durch die Hand vnd wird gefunden im gegentheil der Handt. Zu vnsern zeiten pflantzet man diß Kraut auch zu Alkair in der Statt / vnd was sonderlich reiche Bürger sind / fleissen sich deß Gewechß zu haben in jhren Gärten.

Von den Ländern Africe.

Von den Corallen. Cap. xxiii.

IN Egyptenlandt/ sonderlich in dem Roten Meere/ in dem Persier Meere/ im Sicilier Meer/ vnd in dem Gallier Meere nicht ferr von der Statt Massilia/ findt man Corallen/ deren Gewächß hat ein sollichen vrsprung: Es wachßt im Meere ein reisicht oder staudecht Kraut/ das ist im Wasser gantz weich vnd Estich/ vnd so man es mit einem Garn oder mit einem scharpffen Eysen herauß zeucht/ wird es von stundan rot/ vnd verwandlet sich in ein Stein/ vnd je röter es ist/ je hübscher vnd besser es ist.

Pelusium / Damiata. Cap. xxiv.

DAs Wasser Nilus hat viel außgäng in das Meer/ wie das die Landtafel anzeigt/ vnd hat ein jeder außgang sein besonderen Namen. Der erst vnd nechst bey dem Heyligen Landt heißt Pelusiacum ostium, vnd die Statt nach darbey gelegen hat vorzeiten von diesem Fluß Pelusium geheissen: aber zu vnsern zeiten heißt sie Damiata/ vnnd vmb jhret willen haben die Christen vor 300. jahren mit den Sultan viel Zancks vnd Kriegs gehabt/ gleich wie auch mit der Statt Jerusalem/ sonderlich Anno Christi 1219. da die Christen hetten verloren das Heylig Landt/ fuhren die Tempelherren vnd die Spittalherren von Jerusalem mit sampt grossem Christenvolck zu der Statt Damiata/ die eynzunemmen. Vnd da sie an das Port des Meers für die Statt kamen/ war ein grosse Ketten an das Port gespannen/ das sie nicht mochten zu der Statt schiffen/ biß sie die Ketten zerbrachen/ vnd da kamen sie zu einem grossen Thurn/ der stund im Wasser vnd verhindert sie abermal/ das sie nicht mochten fürfahren. Da richteten sie in jrem Schiff auff ein höltzenen Thurn/ vnd vnderstunden darauß den gemeldten Thurn zu erobern/ aber es fehlt jhnen im ersten angriff. Dann die Saracenen thaten solchen widerstand/ daß sie jnen zerbrachen viel Schiff vnd den

höltzenen Thurn/ vnd ertrenckten viel Christen. Da richteten die Christen ein andern Thurn auff vnd griffen den Feind kecklich an/ eroberten den Thurn/ belägerten die Statt/ vnd gewunnen sie auch/ vnd erschlugen viel Vngläubige darinn/ Fraw vnd Mann: die vbrigen aber trieben sie zu der Statt hinauß vnd besassen die Statt zwey jar. In mitler zeit wurden sie zu Rhat/ wie sie den Saracenen möchten widerstand thun/ zogen hinauß an ein bestimpt Ort/ vnd wolten da ein Statt oder Schloß bawen wider die Vngläubigen zwischen zweyen Wasseren/ dem Nilo vnd einem andern Wasser/ das von den Bergen Arabie in Nilum fallt. Alß aber der Sultan der Christen Rhatschläg vernam/ verstopffet er dem Arabischen Wasser seinen lauff zwischen den Bergen/ das es sich so hoch schwellet in einem Thal/ vnd da sich der Christen Läger nichts besorget/ ließ er dem Wasser wider seinen gang/ das fiel mit solcher vngestümigkeit in der Christen Läger/ das Vieh vnd Menschen tieff im Wasser stunden/ wußten nicht wo hinauß sie fliehen solten. Da baten sie den Sultan mit grossem ernst/ er solt sie bey Leben lassen/ so wolten sie jm die Statt Damiat wider vbergeben/ wie dann auch geschahe. Darnach Anno 1294. vberfielen die Christen noch ein mal die Statt aber mochten die eröberte Statt nicht lang behalten. Dann es kam des Sultans Sohn vnd zertrennt der Christen Heere/ vnd schlug sie auß dem Landt.

Arsinoe. Cap. xxv.

DIe Statt (wie Strabo schreibt) hat vor länger zeit Crocodilstatt geheissen. Dann die Egypter habē an diesem Ort sonderlich verehrt das vngehewr Thier Crocodil/ haben es für Heylig gehabt vnd jhm sonderliche Priester gehalten die sein gewartet haben vnd das ernehrt. Sie haben jm zu essen geben Brot/ Fleisch/ Wein vnd andere dergleichen ding so die Bilger dahin bracht haben dem Thier zu opffern. Darvon schreibt Strabo also/ der es zu seinen zeiten auch heimgesucht hat: Alß ich an diß Ort kam diß Thier zu beschen/ waren auch sonst andere Leut dahin kommen/ vnder welchen war ein trefflicher Mann/ der eins grössen Ansehens war/ der hett mit jhm bracht ein Kuchen/ gebraten Fleisch/ vnd ein Fläschen voll gutes süsses Weins. Vnd nach dem die Priester vns hetten geführt an den See/ in dem sich diß Thier stäts halt/ vns zuzeigen

zuzeigen seine Heyligkeit/ funden wir das grawsam Thier an dem Gestaden des Sees/ vnd ettliche der Priestern theten jhm auff sein Maul: dann sie hetten es gantz zam gemacht/ die andern stiessen jm in Rachen das Brot/ den Braten vnd den süssen Wein/ vnd als es diß alles verschlucket hett/ fuhr es vber den See an die andere seyten. Diß Thier wird sonderlich in Egypten im Was=

ser Nilo gefunden/ vnd auch in India im Wasser Gange/ es hat vier Füß/ vnd kein Zung/ die andern sagen/ es hab vnden ein kleine Zung/ es frißt die Menschen vnd das Vieh/ halt sich mehr im Wasser dann auff dem Landt/ vnd das ein wunderbarlich ding ist/ es kompt von einem Ey/ das ist so groß alß ein Gans Ey/ vnd wachset nach vnd nach/ daß es zu letst achtzehen Ellenbogen lang wird/ ettliche schreiben von 22. Ellenbogen. Sein Haut ist so hert von den Schupen die darüber gehn/ daß man mit keiner Büchsen dardurch schiessen mag. Die Schiffleut so auff dem Nilo fahren/ müssen sich gar wol für sehen vor diesem Thier/ desgleichen die Fußgänger die neben dem Nilo ober Landt lauffen/ daß sie nicht von jhm erschnapt werden/ besunder zu Sommers zeiten. Zu Winters zeiten bleibt er vier Monat ohngessen. Man schreibt auch von jhm/ wann es ein Menschen fressen will/ weinet es vorhin daß jhm die Trähern herab lauffen/ darauß diß Sprichwort erwachsen ist: Es seind Crocodilen Trähern. Vnd das braucht man so eins weinet/ oder sich trawrig erzeigt/ vnd geht doch nicht von Hertzen. Es schreibt Plinius/ daß an diesen Thier der ober vnd nicht der vnder Kyfel sich bewege/ wann es den Rachen auffsperret. Es seind auch vor zeiten Leut in Egypten gewesen/ die haben Tentiriten geheissen/ die hat diß Thier gar sehr geförcht. Dann sie giengen vnerschrocken zu jhm/ vnd erschreckten es mit jhrer Stimm/ daß es auch von forcht den verschluckten Menschen wider gab jhn zu begraben. Sie dorfften jm ein Zaum in das Maul legen vnd auff es sitzen vnd vber Wasser fahren.

Alexandria. Cap. xxvi.

ES hat diese Statt den nammen vberkommen von dem Grossen Alexandro/ der sie erbawen vnd erweitert hatt/ vnd zu letst auch da ist begraben worden. Dann da er zu Babylonia in Orient gestarb/ ward sein Leib durch Ptolemeum den Fürsten seines Hofs gen Memphim geführt/ vnd nach wenig jahren von Memphi gen Alexandriam. Es hat diese Statt in jhrem circk 80. stadien/ vnd vorhin No geheissen. Da aber der Groß Alexander ein besonderlichen Lust darzu gehabt/ hat jhn nichts anders darzu bewegt/ dann die hübsche vnd bequeme gelegenheit zu Wasser vnd zu Landt. Auff einer seyten hat sie das Meere/ vnd auff der andern den See Mariam oder Mareotim/ der vast groß ist. Es kommen auch Flüß dareyn auß dem Wasser Nilo/ daß man von Alexandria durch diesen See/ vnnd durch den Nilum schiffen mag in Alkair/ vnd von dannen vber Landt kommen in das Rot Meere/ vnd darnach in Indiam. Aber gegen Mitnacht hat diese Statt gar ein hübsch Port im Meere/ die ist gebogen wie ein halber Circkel/ vnd darvor ligt ein Insel die heißt Pharos/ vnd ist gleich als ein Landtwehre dieser Statt. Sie beschleußt gar nahe diese Porten/ das zu beyden seyten enge Gäng von dem Meere zu der Statt gehn/ die gar gefährlich zu fahren seind/ vnd das von wegen der grossen Felsen so im Wasser ligen/ darumb auch Ptolemeus Philadelphus König in Egypten ließ auff die seyten/ da man von Egypten in Syriam schiffet/ auffrichten ein trefflichen hohen Thurn von weissen Steinen/ vnd verordnet bey nacht darauff zu machen grosse Fewr/ damit die

Von den Ländern Africe. 1655

Schiffleut gewarnet wurden zu vermeyden alle gefährlichkeit. Vnd dieser Thurn ward in nach kommenden zeiten Pharos genennt/vnd von jhm werden auch all Thürn die zu solchem Dienst geordnet seindt/also genant/wie mann dann jhren viel hat an den Stetten die am Meere ligen/vnd ein gefehrlichen zugang haben. Ettliche jar hernach/da die Königin Cleopatra regieret in Egypten/ließ sie die Insel Pharos hefften an der Statt Boden mit einem starcken Dammen/welcher dann genannt ward Heptastadion: dann er war 7. Stadien lang/das ist 875 Schritt/ daß man auß der Statt zu Fuß kommen mocht biß zu dem gemeldten Thurn.

Wie trefflich aber die Statt zugenommen hat nach jhrem anfang durch die grossen Gewerb so darinn erstanden/mag nicht außgesprochen werden. Dann sie ist ein mittel gewesen Indie vnnd Europe. Was köstlichs in India wåchßt von Gewürtz vnd wolriechenden dingen/ja was man darinn macht von Seydenwaar/bringt man mit grossen Schiffen durch das Rot Meere in Egypten/vnd von dem Roten Meer ein kleinen Weg vber Landt in dem Nilum/vnd von dem Nilo durch ein gemachten Arm in die Mareotischen See/daran die Statt stoßt/von der Statt in Syriam vnd Griechenlandt/in Italiam/Africam/Franckreich vnd Hispaniam. Diese Länder alle/ ja das gantz Europa/hat ein trefflichen grossen jårlichen Zoll geben der Statt Alexandria/darvon die Sultanen ein vnaußsprechliche Nutzung gehabt/vnd die Statt mit Häusern vnd andern Gebäwen also geziert worden/daß man weit vnd breit jhres gleichen nicht hat gefunden. Doch ist jhr Herrlichkeit mit der zeit etwas geschmålert worden durch Krieg vnd Aufflauff/vnd zu vnsern zeiten ist jhr auch am Zoll ein grosser abbruch geschehen/ja Sicilia vnd Venedig beklagen sich dieses abbruchs nicht ein wenig. Dann was vorhin durch jhre Hånd in vnsere Länder kommen ist auß India/das führt man vns jetzundt zu auß Hispania/vnd der Handel so bißher zu Alexandria gewesen/ist wol halber gehn Lißbonam in Portugall gezogen/dann von dannen kompt jetzund gen Antorff/was auß India vber das weit Meere gen Portugall kompt. Das hat der Sultan in Egypten zeitlich angefangen zu mercken/daß jhm durch die Portugaleser ein grosser Raub entzogen ward/darumb er auch in vergangnen jahren gar trutziglich dem Bapst Julio schrieb/vnd sich deß Abgangs beklagt/vnd damit dröwet wo man das nicht abstellen wurd/solten fürthin die Bilger so zum Heyligen Grab reisen/kein sicheren Weg mehr in seinem Landt haben. Aber mocht mit seinem dröwen nichts erhalten. Er hat den Zoll vnd darzu das Landt verloren/wie ich hievornen angezeigt hab.

Es wird die Statt Alexandria vngefehrlich so größ geschetzt/als ander halb Nürenberg. Sie hat ausserhalb der Mawren gar schöne Gärten vnd Lusthäuser mit seltzamen Früchten allezeit geziert/besonders vmb Weihenacht/alß mit Pomerantzen/Lymonen/Citronen/Feygen vnd Musen/so man Adamsäpffel nennet/deren Bletter fünfftzehen oder sechtzehen Schuh lang sind/vnd zwen oder anderhalb breit. Nicht weit von Alexandria seind viel Straussen/vnd die Araben bringen viel Straussen Eyer in die Statt/dieselbe da zu verkauffen/dann sie seind gar gut zu essen. Es schreibt Felix von Vlm/vnd auch Herr Bernhard von Breitenbach/ Thumbdechan zu Mentz/daß in Egypten/besonder zu Alkair/seind Backöfen die seind voll Löcher/darin man zu zeiten drey oder vier tausent Hüner/Gånß/Endten/ vnd Tauben Eyer legt/mit Mist zugedeckt/vnd rings vmb mit glüenden Kolen den Mist von ferren vmblegt/ von welcher sanffter Hitz die Eyer erwermbt vnd außgebrütet werden/gleich wie vnder der Bruthennen/also daß die jungen schier zu mal mit einander auß dem Mist kriechen vnd lauffen/die man bald darnach auff die Weyd vnd Märckt treibt vnd tregt.

Es hat sich gehalten zu Alexandria/der Hochgelehrt vnd in aller Welt berhümpte Astronomus Ptolemeus/zu den zeiten deß Königs Adriani/desgleichen in der Kunst des Himmelischen Lauffs kein Mensch auff Erden entstanden ist. Er hat viel gelegt zu der Astronomey/weder man vorhin in dieser Kunst gewußt hat/vnd besonder hat er gar köstlich beschrieben des Himmels Lauff mit den sieben Planeten/vnd anzeigung geben/wie der vollbracht wird/vnd wie man denselben Calculieren oder rechnen soll/des Mons New vnd Voll/die Finsternussen beyder Liechtern/des Mons vnd der Sonnen. Vnd nach dem er diß auff das aller scherffest abgefertiget/hat er auch mit hilff des Königs oder Landtvogts von Egypten für sich genommen den Vmbkreiß der Erden/vnd alle Länder in Tafeln außgetheilt/darinn verzeichnet Völcker/Berg/Wasser vnd Meer/wie dann sein Arbeit noch vorhanden ist/vnd keiner ein recht gelehrter Mann seyn mag/er hab dann jhm auß diesem Ptolemeo eyngebildet die Gelegenheit vnd Theilung der gantzen Erden.

Vom Nilo dem grossen Wasser. Cap. xxvii.

Iß groß vnd wunderbarlich Wasser Nilus/das sich gar nahe in dem gantzen Africa samblet vnd zusammen fleußt/kompt von hohen Schneebergen/grossen Sümpffen vnd vielen Seen/wiewol bey den Alten ein grosser zweiffel ist wo er seinen ersten Vrsprung neme. Dann ettliche wöllen/daß er von Mittag stracks herab fallt durch das Morenlandt in Egypten/vnd erwachß vrsprünglichen ab dem Schnee von den Bergen/so man Montes Lunę: das ist Lünenberg nent.

Die andern sprechen/daß sein erster Brunn werde gefunden hinder Mauritania in dem selbigen grossen Gebirg/vnd der meynung ist König Juba/es stimpt jhm auch zu Plinius/der dann schreibt/daß hinder dem selbigen Gebirg gefunden wirt ein grosser See/den die Eynwohner Nidilem nennen/vnd darauß soll fliessen Nilus. Diesem gibt ein grosse vrkundt/daß man im selbigen See vnd im Nilo hie aussen einerley Fisch findt/darzu auch Crocodilen im gemeldten See/gleich wie im Nilo/da er durch Egypten fleußt. Aber die andern so da meynen daß der Nilus komme von Mittag/haben für sich das Argument oder Vrkundt. Zu Sommers zeit wann die Sonn hoch bey vns ist/vnd ferr von denen die gegen Mittag wohnen/ist der Nilus nicht groß/sonder hat seinen gemeinen gang oder lauff: aber so sich die Sonn nach S. Johanns tag wendt gegen Mittag/wirdt es Sommer in den Mittägigen Ländern/vnd was Schnee auff den Bergen gefallen ist/fahet an abgehn/darvon der Nilus trefflich groß wird vnd einen grossen Last Wasser mit jhm bringt ein solchen weiten Weg/ja nicht allein Wasser/sonder viel Schleims vnd Feißte/darvon Egyptenlandt also Fruchtbar/vnd gleichsam alle jahr gemistet wirdt/wie ich hernach anzeigen will. Dieser meynung ist gewesen Ptolemeus/der dann in seiner Tafeln anzeigt daß der Nilus komme garr ferr von Mittag gelauffen gegen Mitnacht.

Sesostris/Cambyses/Alexander/Nero/vnd etliche Soldanen/haben zu vnderschiedlichen zeiten Leut außgeschickt/den Vrsprung dieses Wassers zuerkundigen. Deren etliche nach zwey oder drey jahren wider kommen/vnd vermeldet/sie haben keinen gewissen Vrsprung finden können/ohn allein daß er von Auffgang vnd vnbewohnten Orten her komme. Neronis Leut/sind durch hülff der Ethiopier so weit hinauff kommen/daß sie grosse mit allerley Gestäud verwachsene Morassen einer vnbekandten Weite/angetroffen. Wiewol aber Ptolemeo der in Egypten gewohnt hat/mehr zu glauben/als andern/so gibts doch die heutige Erfahrung/daß dieser Fluß auß dem Lunenberg entspringe/aber er wird nicht gestracks Nilus geheissen/sondern er laufft zu ersten hinder Mauritania/in Gætulia/oder Lybia durch den grossen See Nilidem/der jetzt Zaire/oder Zembre genent wird/fallet hernach mit grosser Vngestümme/vnd vielen andern/zu der rechten Hand einfliessenden Wassern/in Ethiopia herab/vnder dem Namen Astapus/welches in Etiopischer Spraach/ein Wasser heisset/das auß der Finstere herfür fleust. Bey der Insel Meroe/welche vnder vielen grossen Inseln/so diß Wasser machet/die allerberühmteste ist/wird er zur lincken Hand Astabores/auff der rechten aber Astusapis genennet/vnd bekompt den Namen Nilus nicht ehe/als an dem Ort/da diese zwey Wasser wider zusammen kommen. Von dannen lauffet er zwischen den Felsen mit vnaußsprechlichem Getöß fort/biß daß er durch die lange Reyß ermüdet/sein Vngestümmigkeit von sich legt/vnd bey dem Stättlein Delta durch gantz Egypten sich außtheilet/vnd entlich durch sieben grosse Ostia/oder Wasser-Porten/in das Egeische Meer lauffet.

Vberschwall deß Nili.

Hie soltu nun mercken/wann der erst Newmon anfahet zu wachsen oder zuzunehmen nach dem die Sonn in Krebs kompt (das dann 10 Tag vngeferlich vor S. Johanns tag geschicht) fahet der Nilus an zuwachsen/vnd nimbt für vnd für zu biß die Sonn mitten in Löwen kompt/da ist er am grösten/daß er in Egyptenlandt allenthalben außlaufft/vnd das gantz Erdtrich voll Wasser wirdt. Vnd das gibt die Natur diesem Landt für ein Regen: dann es fallt sonst kein Regen vber jar in diesem Landt. Vnd so die Sonn in die Jungkfraw kompt/setzt sich das Wasser widerumb gleich wie es vorhin zu genommen hatt/also daß es am hundersten Tag/vnd wann die Sonn auß der Wag kommen ist/gantz wider in sein Gestaben vnd Gang kompt. Welches aber die eigentliche vrsach dieses Auffsteigens deß Wassers seye/haben viel gelehrte Leuth disputieret: der mehrertheil schreibens dem Regen zu. Dann etliche Monat vor dem Wachsen/gibt es stetigs trübes sturmiges Vngewitter/aber ohne Regen/diese Wolcken aber werden durch die jährlichen Nordtwinde gegen Mittag/auff die hohen Berg getrieben/daselbst fallen sie herab im Regen/schmelzen den Schnee/vnd füllen alle Wasser in Ethiopia: darvon hernach der Vberlauff deß Nili entstehen muß. Es sind dergleichen vberlauffende Wasser mehr/als nemlich der Niger in Africa/Menan in Pegu/Indus in Siam/vnd Guiana in America. Dieweil aber das gantz Egyptenlandt in den

hun-

Von den Ländern Africe.

hundersten Tagen ein einiger See ist/vnd nichts dann Wasser/Dörffer vnd Stett darinn gesehen werden/mag weder Vieh noch Leut auff das Feld kommen/sonder man schleußt das Vieh eyn/vnd man hat sich mit Futter auff es versehen: aber die Leut in den Stetten vnd Dörffern sind dieweil guter dingen/schlemmen vnd prassen/alle tag also mit frewden/biß sich das Wasser gesetzt. Den Stetten vnd Flecken geschicht nichts: dann sie ligen auff erhebtem Erdtrich daß sie das Wasser nicht erreichen mag. Ligen im Wasser gleich wie die Inseln im Meere/vnd man mag von keinem Flecken zu dem andern kommen dann mit Schiffen. Nun merck/wo das Erdtrich am nidersten ist/da hat man Zeichen gesteckt/darbey man mercken mag/ja gelehrte Leut darzu verordnet/die acht haben wie hoch das Gewässer auffwechßt/darauß sie leichtlich erkönnen mögen zu künfftige Fruchtbarkeit oder Vnfruchtbarkeit deß Erdtrichs. Man schreibt daß sein rechte höhe ist 16. Ellenbogen/vnd wo es minder oder mehr auffsteiget/zeiget es an groß Vnfruchtbarkeit. Dann kompt minder Wasser/so mag das gantze Landt nicht begossen werden. Kompt aber mehr/so steht es zu lang auff dem Erdtrich/vnd mag die Erden nicht zu bequemer zeit getröcknet werden/vnd so der Saamen dareyn geworffen wirt/ertrincket er vnd bringt kein Frucht. Ist dann das Erdtrich nicht feucht genug/mag der Saamen dareyn geworffen auch nicht Frucht bringen. Vnd so das geschicht/gehn alle Menschen auff das Feld vnd helffen dem Wasser/daß es allenthalben die Aercker begieß/legen Känelin/machen Gräben/vnd thun die Bühel dannen/die dem Wasser seinen Lauff verhindern. Wann nun der Nilus nicht mehr dann 12. Ellenbogen auffsteiget/seind die Egyptier dasselbig jar eins Hungers wartend/deßgleichen so er 13. Ellenbogen hoch wirdt. Kompt er auff die 14. Ellenbogen/wirdt jederman erfrewet. Kompt er aber auff die 15. Ellenbogen/sind sie gewiß eins guten vnd Fruchtbaren jahrs/vnd wann sein höhe 16. Ellenbogen erreicht/leben sie in sausen/vnd schetzen sich für gantz selig. Nach disem allem/so der Nilus widerumb sittlich abfallt/vnd in seinen gemeinen Lauff kompt/das dann geschicht vmb den 22. tag des Weinmonats/fahet man an zu seen/vnd wäret die Saat oder der Seet biß zu aller Heyligen tag. Darnach haben sie Ernd in dem Meyen deß nachgehnden jahrs.

Hie sindt man nun ein groß Wunder bey diesem vberfliessenden Wasser/das man bey den andern Wässern nicht spüren mag. Dann so der Rhein/die Thonaw/der Necker/oder andere Wasser außlauffen/thun sie schaden der Weyd vnd auch den Aeckern: dann sie flötzen hinweg den guten Grund von den Aeckern/vnd verwüsten die Weisen: aber der Nilus helt das Widerspiel/so er kompt vber das dürr vnd sandechtig Erdtrich/gibt er jhm Feuchtigkeit vnd feysten Mist. Dann so er angeht/wist er gantz trüb/vnd bringt mit jm ein feysten Schleim/der henckt vnd setzt sich in die auffgeschrundenen Ritz der Erden/darumb das Erdtrich also feyßt wirt/gleich alß hett man es mit andern guten Mist getünget. Ist aber der Boden Sandechtig/so zeucht der feyst Schleim den Sand zusammen/vnd gibt jhm ein solche krafft/das er mehr Frucht bringt dann ein anderer Fruchtbaren Boden. Das sey nun genug gesagt von Fruchtbarkeit deß Wassers Nili vnd deß gantzen Egyptenlands. Ist doch auch darbey zu mercken/daß bey dem Nilo ein groß Gut von Zuckerwechßt/vnd dz in solcher weiß. Es sind viel Lachen neben dem Nilo/die stehen voll Zuckerröhren/vnd zu seiner zeit nimbt man den safft auß den Rhören/der ist also süß wie Honig/vnd seudt jn gleich wie man auß Wasser Saltz seudt. Zu erst wirdt ein lauter Schaum/aber zu letst setzt sich das gut an Boden/vnd der Schaum schwimbt empor. *Zucker wie der gemacht wirdt.*

Noch eins ist hie zu mercken/das diß groß Wasser Nilus ehe es in das Meere fallt/sich zertheile in viel Flüß/wie dann alle grosse Wässer thun/die Thonaw/Ganges/Indus/der Rhein/vnd andere mehr: der Rhein spalt sich bey Holand in drey Flüß/vnd hat ein jeder ein besondern Namen/also spalt sich der Nilus 60. meil von Cairo in sieben grosse Flüß/die alle jre besundere Namen haben/wie die Tafel anzeiget/vnd zertheilen sich die zwen eussern/nemblich Ostium Pelusiacum vnd Ostium Canopicum/vngefehrlich viertzig Teutscher meilen von einander/vnd was Landt zwischen jnen begriffen wirt/ist so viel alß ein Insel/ist trefflich fruchtbar/vnd mit vielen Flecken besetzt/vnd heißt das Vnder Egypten. Die Züginer oder Heyden heissen es Klein Egypten: aber die Alten nennen es Deltam von der dreyeckichten Form so es hat/in gestalt deß Griechischen Buchstabens Δ/der ein Triangel macht. Also spricht man auch/daß der Rhein mit seinen zweyen eussern Flüssen vnd dem Meer ein Insel macht/die vor zeiten Batauia/vnd zu vnsern zeiten Holandt wirdt genennt. Bey diesem Fluß solle sich gern halten der vogel Pelecan genandt/dann er folget dem Crocodillen nach/vnd ist sehr begierig seiner Milch/welche auff dem gelben letten von jm schiest. Von diesem Vogel halt man gemeinlich/daß er seine Jungen mit seinem eignen Blute speise/vnd jhme selbsten mit seinem schnabel die Brust öffne/wie dann der Pelecan von den Mohlern/vnnd Bildthawern noch jhrem guttdüncken auß einem alten wohn gemahlet vnd gebildet wirdt/von welchem doch die *Delta klein Egypten. Pelecan.*

1658 Das achte Buch

Löffelgans.

Naturkündiger nichts wissen wollen. Man wolle dann dahin ziehen was die Egyptier schreiben vom Geyren/das so er seinen jungen kein speiß haben könne/sie mit seinem eignen blut speise/wie Orus schreibet. Gesnerus in seinem Vogelbuch nennt den Pelecan die Leffelgans/welche etwan auch in vnserem Land gesähen werden.

Von Sitten vnd Bräuchen der Egyptier.
Cap. xxviii.

Die Egypter sindt vast die ersten gewesen/von denen die andern Heyden gelernet haben Gesätz/Weißheit/Sitten/vnd gute Bräuch. Also finden wir daß zu jnen gezogen sind/bey jhnen zu lernen/Homerus/Dedalus/Solon/Plato/vnd viel andere mehr. Dann wiewol sie Heyden sind gewesen habe sie doch sich geflissen erbarlich zu leben/so viel erbarkeit im ausseren wandel mag gespürt werden/vnd damit zu jnen gezogen viel außländiger Menschen/deren Hertzen die Erbarkeit auch etwas berürt hat. Ihr Brauch ist gewesen/wann sie zusamen sind kommen in ein Wirtschafft/das einer hat getragen vff einem stecken ein geschnitzt Todtenbildt/eins oder zweyer Ellenbogen lang/vnd sprach zu den Tischgenossen: Sehen zu/ also wie dieser müssen jhr werden nach ewerem Todt/darumb trincken vnd frewen euch nicht viel. Ihr Tranck ist vast Bier gewesen auß Gersten gemacht: dann es wechßt kein Wein im innern Egypten. Sie haben getragen leinen Kleider gesaumet bey den Beynen. So sie jren Göttern opffern/vnd der König

Der Egyptischen Könige vnderrichtung.

zugegen war/schreyt der Oberst Priester mit lauter Stimm vor dem Volck/vnd wünscht jederman Gesundheit vnd Glückseligkeit/ermahnet den König das er Gerechtigkeit hielt gegen den Vnderthanen/vnd erzehlet jm was er für Tugent an jhm haben solt/wie er gegen den Göttern solt Gottsförchtig vnnd Geystlich seyn/ gegen den Menschen Freundtselig/Gerecht/Großmütig/Warhafftig/Freygebig/sich enthalten in bösen Begierlichkeiten/er solt minder straffen weder der fürditliche Mensch verschuldt hett/vnnd reichlicher den Guttthätigen begaben/dann er verdienet hette/ solche vnnd dergleichen viel Reden thut der Priester/vnd begert von den Göttern dieser dingen leistung/darnach verbannet vnd verflucht er die Bösen/vnd wann der König auch böß war/purgiert er jn/vnd legt alle Schuld auff seine Diener/die jm böse Rhät gaben. Zu letst ließ man etwas läsen auß jhren Heyligen Büchern/ darinn verzeichnet waren die Thaten/Rhät vnd Lehre etlicher Hochgeachter Männer/dardurch der König bewegt wirt jhren Fußstapffen nachzufolgen. Die gebrauchten sich schlechter Speiß: dann man bracht nichts auff den Tisch/weder Gänß vnd Kälberfleisch. Es war auch ein maß gesetzt wie viel einer auff ein Imbiß Trincken mocht/vnd nicht mehr/damit niemandt truncken wurd. Es dorfften die König nicht leben nach jhrem mutwillen/sonder musten dem vorgeschribnen Gesatz nach kommen. Die mochten nit ein Vrtheil sprechen/dorfften nicht Gelt sammlen/dorfften auch nicht einen straffen auß Zorn oder Hoffart/oder vmb einer andern vnbillichen Vrsachen willen/weiter dann jnen jhr Gesatz erlaubt. Vnd das ward jhnen kein beschwärd/sonder hielten es für ein Selig ding/wo sie dem vorgeschribnen Gesatz nachkämen. Dann es mag sonst der Mensch gar liederlich vber das Böglin tretten wo er nach seinen Anfechtungen handlet/vnd jetzmit Neyd/ jetz mit Liebe bewegt wirdt etwas zu thun.

Königs absterben.

Dieweil diß Regiment bey den Egyptiern stund/hat das gemein Volck ein sollich gutwillig Hertz gegen jhrem König/daß sie mehr sorg hetten für den König vnd sein Gesundheit/dann für jr eigene Weyber vnd Kinder. Vnd wann der König starb/beweinten sie jn alle/zerrissen jre Kleyder/beschlossen die Tempel/kamen nicht auff den Marck/hielten kein Hochzeitlich Fest/trugen Leid 72. tag/verwüsteten mit Kot jhre Häupter/zogen zwey mal alle tag zweyhundert oder dreyhundert Menschen durch die Statt/vnd ernewerten das Leid vnd äfferten des Königs Tugent. Sie assen dieweil kein Fleisch noch gekocht Speiß/trancken kein Wein/giengen in kein Bad/ brauchten kein wolreichende Salben/lagen auff kein Betth/stunden ehelicher Werck still. Mit wz Pompen sie jhn darnach begruben/Balsamierten/lobeten von seiner Tugent wegen/oder klagen vber jhn seiner Tyrannen halb/vnd diß alles bey dem Grab/wirdt viel darvon geschrieben/ich laß es hie fahren. Ward er erfunden nach der grossen verhörten Klag vngerecht/ward er ohn alle Ehr begraben.

Vnd

Von den Ländern Africe. 1659

Vnd diß bewegt die König in Egypten daß sie recht mußten leben/wolten sie anderst nicht nach jhrem Todt auff sich legen ein ewigen Haß vnd Zorn deß Volcks. Die Zöll vnd andere Gefäll die man in Egypten auff hub/wurden in drey theil getheilt. Den ersten theil namen die Priester/die in grosser achtung weren/darumb daß sie sich mit den Göttern bekümmerten/vnd auch daß sie der Lehre anhiengen vnd andere Leut vnderweisen. Darvon brauchten sie so viel noht ware zu erhalten der Götter dienst/vnd von dem vbrigen gelebten sie mit jrem Haußgesind. Den andern theil nam der König/ braucht jn zu den Kriegen/ zu seiner auffenthalt/ vnd damit zu begaben die verdienten. Den dritten theil namen die Kriegsleut so man erhielt im Landt wider die zu felligen Krieg. Das gemein Volck war in den Policeyen in drey Zünfft getheilt/ ein theil waren Bawesleut/das ander Hirten/vnd das dritt Handwercksleut.

Dieses waren die Satzungen der Egyptier: Die Meineydigen/die den Göttern vnd Menschen Trew vnd Glauben nicht halten/sollen enthauptet werden. So einer vber Landt geht/vnd findt ein Menschen von den Mördern vberfallen/ oder sonst mit vnbilicher schmach belästiget/ vnd hilfft jhm nicht/der hat verschuldt den Todt. Welcher seine Eltern vnd Geschwistern tödt/ der soll mit spitzigen Dörnen in allen Glidern geschlagen werden/ vnd darnach lebendig auff einem Dörnhauffen verbrennt werden. Welcher die Müntz fälscht/ oder sie vmbschneidt/oder jhr Zeichen verendert/dem sollen beyde Händt abgehawen werden. Welcher ein Freye Frawen schwecht/ dem sollen seine Männliche Glieder abgehawen werden. Welcher in einem vngenöhtigen Ehebruch ergriffen wird/ der soll mit Ruten biß auff tausent Streich geschlagen werden/ vnd dem Weib sol die Naß abgeschnitten werden. Den Priestern wird einem jeden nicht mehr dann ein Fraw erlaubt/ aber die andern mögen so viel nemmen alß sie ernehren mögen. Die Kinder sollen mit schlechtem aufferzogen werden von jhren Eltern/ also daß vber ein Kindt biß es zu seinem Alter kompt/nicht vber zwentzig Drachmen oder Dickpfennig sollen gehn. Diß Gesatz mochten die Egypter gering halten: dann es ist ein warm Landt/vnd deshalb mochten die Kinder barfuß vnd in einem Hembd gehn/vnd nicht essen dann gekocht Köl vnd Kräuter. Die Priester hetten auch ein Gesatz/ daß sie mußten lehren vnd vnderweisen jhre Kinder/ nicht allein in Geschrifften die sie für Heylig hielten/ sonder auch in andern Künsten/besunder in der Arithmetica vnd Geometria: das ist/ in der Kunst der Rechnung/ vnd wie man das Erdtrich messen soll. Von der Artzney hetten sie kein ander Gesatz/dann daß man durch Hunger/ oder durch den Vomitum: das ist/ Erbrechen/ solt der Kranckheit entgegen kommen: dann sie waren des ein mal beredt/daß alle Kranckheiten erstunden auß vberflüssigkeit der Speiß. Viel andere Gesatz hatten sie ohn die jetzt bestimpten/ alß von dem Krieg/ vom Kauffen/ von dem Wucher/ vom Diebstal/ vnd deren gleichen/ die ich hie laß anstehn. Wie sie darnach haben geehrt allerley Thier/ besonder

Egyptier Satzung.

die dem Landt ein Nutz bracht haben/ alß Katzen/ Indianische Meuß/ Hünd/ Habbich/ Storcken/ Wölff/ Crocodilen/ vnd andere mehr/laß ich auch von kürtze wegen ruhen/dann daß ich von dem Storcken sonderlich also find/das er so groß bey den Egyptiern vor zeiten ist geachtet worden/das der Mensch so ein Storcken vmbbracht/ mit wissen oder vnwissen/ mußt ohn alle Gnad sterben. Er wird aber das rumb so groß bey jhnen geachtet/ das sie ein grossen nutz von jhm haben. Dann es kommen alle jar auß Morenlandt in Egyptenlandt geflügelte Schlangen mit grossen schaaren/die dem Landt vnd den Menschen grossen schaden thun/ vnd theten/ wo die Storcken jhnen nicht mit Gewalt begegneten vnd sie ertödeten. Ob aber die Storcken allwegen in Egypten seyen/weißt man nicht. Das weißt man wol/ daß sie zu Winters zeiten in Europa nicht bleiben/ sonder kommen vor dem Augst zusammen/ vnd lassen keinen dahinden/ er sey dann gefangen/ vnd fliegen also mit ein ander darvon. Doch sicht man sie nicht darvon fahren/ noch herwider kommen/ dann sie thun jhre Fahrt bey
Nacht.

Von Numidia jetzund Biledulgerio genannt dem dritten Theil in Africa. Cap. xxix.

Nach dem wir die Theil deß Lands Africe so hie disseits deß Bergs Atlaß ligen durchwandlet haben/ wollen wir jetzund auch auff diesen alten vnd kalten Berg steigen/ vnd von dannen gegen Nidergang das Atlantisch Meer/ gegen Mittag aber/ vnd Auffgang/ die vngehewren Wildnussen besichtigen.

Zuvorderst aber wollen wir vns in Numidiam wenden/ welches Land jetzund/ wegen der menge der Dattelbäum Biledulgerid/ das ist/ Datteland/ genennt vnd vor den dritten Theil Africe gesetzet wirdt. Ludovicus Marmolius nennet es Biledel Gerid. Es ist aber hie zu mercken/ daß dieses nicht das alte Numidia seye/ welches das Massinissæ Reich vor zeiten gewesen/ vnnd ein Theil der Barbaren ist/ vnd das Tremisenische Reich in sich begreifft: dann dieses wird von Plinio Metagonitis genennet.

Seine Grentzen sind gegen Auffgang Ehoacat ein Statt/ die 100. Meil von Egypten ligt: gegen Nidergang das Atlantisch Meer/ gegen Mitternacht der Atlas/ vnd gegen Mittag Libya. Dieses ist der schlechteste Theil deß Lands Africe.

Die Einwohner wohnen sehr weit von einander/ dann Tesset/ welches ein Statt ist von 400. Haußhaltungen/ ist 300. Meil wegs von allen andern Menschlichen Wohnungen abgesondert: Ist derowegen keiner andern Sach halber verrühmbt/ als wegen der Marmolsteinen vnd wilden Thieren. In diesem Numidia ist die Kranckheit/ so wir die Frantzosen nennen/ gantz vnbekannt: aber Verzähteren/ Mörderey/ Rauberey ist hingegen ihr täglich Handtwerck. Sie leben ohn alle Ordnung/ tragen schlechte Kleyder die jren Leib kaum halb bedecken. Camel Milch ist ir Tranck/ vnd dürr Fleisch in dieser Milch gesotten ist ihr Speiß. Ihr Leben bringen sie zu mit jagen vnd rauben: Sie bleiben nicht vber drey oder vier Tag an einem Ort/ dann so bald sie kein Graß mehr für jhre Camel finden/ so ziehen sie weiters. Sie sind in gewisse Hauffen vnd Quartier abgetheilet/ deren ein jede jhren Obersten hat/ so sie König nennen. Sie essen kein Brodt/ dann allein an jhren Festtagen.

Es sind vier grosse Wildnussen in diesem Landt/ so von so vil Stätten den Namen haben/ Lempta/ Hair/ Guenzaga vnd Zanaga.

Die fürnembste Provintz dieses Lands ist Dara/ welche sich 250. Meil wegs in die länge erstrecket: In dieser ist ein grosse Menge der Dattelbäumen/ deren etliche Mannliches/ andere Weibliches Geschlechts sindt: Jene bringen nur Blumen/ diese aber Frucht: wann sie nicht ein geblühet Schoß vom Männlein nemen/ vnd in das Weiblin zwengen/ so sind die Datteln nichts guts/ sondern gantz steinig. Dieses Land ist auch ziemlich reich an Korn/ vnd das kompt her von einem Fluß so im Winter vberlaufft/ vnd das Land wässert/ wann aber das Feldt im anfang deß Aprilis nicht begossen wird von diesem Fluß/ so ist aller Samen verlohren.

Segelmesse ist auch ein gut Landt an dem Fluß Ziz: Nach dem diese Statt zerstört worden/ haben die Einwohner das Landt 80. Italiänischer Meilen weit mit einer Mawren vmbgeben/ vnnd sich beysammen in der Freyheit gehalten: Aber hernach seyn sie vneins worden/ vnd haben jhre Mawren verstört/ vnd seyn von den Arabern gezwungen worden. Diese Statt hat etliche Collegia vnd Tempel: sie ernehren sich mit Datteln. Haben keine Flöh/ aber schrecklich viel Scorpionen/ von denen sie mechtig geplagt werden/ wie auch die zu Pesara.

Von Libya/ so jetzund Sarra genannt wirdt/ dem vierdten Theil Africæ. Cap. xxx.

Libya erstreckt sich selber von den gantzen Ehoacat/ biß zu dem Atlantischen Meer/ zwischen den Numidiern vnd Nigriten. Die Araber nennen es Sarra/ das ist/ ein Wildnuß. Plinius schreibt gantz Africa sey vor zeit von den Griechen Libya genennt worden. Aber sonderbarer weiß wird das gedachte Land dardurch verstanden. Es wird sonsten eigentlich das ausser Libya genannt/ vnd Nigritana so nach Libya folgt das inner Libya. Man find kein härtere Wohnung vnder dem Himmel/ als in diesem aussern Libya/ wiewol gegen Mitternacht hinder Schweden vnd Nordwegen/ grosser Kälte halben auch ein rauche wohnung ist: Die Vrsach dieser rauhen Wohnung ist die grosse Hitz/ darvon die Menschen/ vnnd das Erdtrich verbrennen/ wie die Menschen verbrennt werden/ biß in das Geblüt/ sehen wir an den Mohren/ so zu vns herauß kommen. Von jhrem Erdtrich/ wie vngeschlacht dasselbig seye/ wird viel von den alten geschrieben/ tz es von grosser Hitz in Sand verwandelt/ vnd deßwegen vnfruchtbar gemacht wirdt/ daß es mehr

ein

Von den Ländern Africe. 1661

ein wohnung ist der gifftigen Thieren/ als der Menschen. Es hat sehr viel vnd grosse Wildnussen in Libya/ in denen einer acht tag/ oder lenger reissen kan/ ehe er ein tropffen Wasser findet. Etliche dieser Wildnussen sind mit Kyß oder Grien/ andre mit reinem Sand erfüllet/ beyde aber sind ohne Wasser. Bißweilen findet man ein wenig Graß/ bißweilen ein kleinen Busch darinnen. Jhr Wasser wirdt auß tieffen Söden gezogen/ welche offt von dem Sand bedeckt werden/ alß dann müssen die Reissenden Dursts halbē sterben. Die Kauffleuth welche durch diesen Weg gen Tombuto reissen/ führen Wasser mit sich auff Camelen: Wann das Wasser ein end hat/ so schlachten sie die Camel/ vnd erlaben sich mit dem Wasser/ welches sie auß derselbigen Dermen herauß ringen können. Jhre Camel können bißweilen 12. tag lang ohngetruncken vortreisen: Sonst könten sie nimmer durch diese Wüsten kommen.

In der Wildnuß Azaod findet man zwey Gräber von Steinen/ darauff etliche Buchstaben gehawen stehend/ welche zu erkennen geben/ daß ein reicher Kauffmann daselbst begraben lige/ welcher vor seinem end/ von seinem Reißgesellen/ ein druck Wassers vmb zehen tausent Ducaten erkaufft hatte/ vnnd dannoch sampt dem verkauffer daselbsten Dursts halben sterben müssen.

Die Libysche Eynöde Zanhaga fahet bey dem Occidentischen Meer an/ vnd erstreckt sich weit vnd breit/ zwischen den Numidieren vnnd Nigriten/ biß zu den Saltzgruben zu Tegaza. Von dem Sodbrunnen zu Azaod/ zu dem andern Brunnen zu Araon/ das ist hundert vnnd fünfftzig Meilwegs/ findet man kein Wasser: auß dessen mangel viel Menschen vnnd Thier daselbst verderben. Gleicher weiß findet man in der Wüste Gogdem neun Tagreiß weit keinen tropffen Wassers. In der Wüste Targa wirdt Manna gefunden/ welches die Eynwohner auffsamlen/ vnd zu Agadoz verkauffen: ist gesund zu brauchen/ wann es mit dem Tranck vermischet wirdt. Tegaza ist ein bewohnet Ort/ da es viel Saltzadern hatt/ die dem Marmor gleich sehen/ sie graben es auß/ vnd vertauschens zu Tambuto vmb Speis. Zwantzig Tagreiß haben sie eh sie zu andern Leuthen kommen/ darumb sie dann offt Hungers halben verderben. Bardeoa ist auch ein bewehrtes Ort. In diesen Wildnussen leben die armen Völcker/ deren barbarische bräuch droben bey Cyrenaica vnd Marmarica erzehlet sind.

Zanghaga Eynöde.

Die Wasser/ welche auß dem Atlas in diese Wildnussen herab lauffen/ werden gestracks von dem dürren Sand verschluckt/ daß man keinen außgang derselbigen finden kan. Aber durch diese vngeheuren Wildnussen/ führet der Geitz/ nicht nur die Arabischen Räuber/ sonder auch die Kauffleuth/ mit jhren Caravanen/ zu den Moren oder Nigriten/ zu welchen auch wir jetzunde verreissen wöllen.

Von dem Landt der Nigriten/ sonst gemeinlich Morenlandt genannt/ dem fünfften theil Africe.
Cap. XXXI.

Das Land der Nigriten oder Moren/ wirdt entweders von dem Fluß Niger/ oder von der schwartzen Farb der Eynwohneren also genennt: Etliche meynen der Fluß Niger/ habe den Nammen von den Eynwohneren. Gegen Mitternacht hat es die Wildnussen/ auß denen wir erst jetzt kommen sind/ auff welcher seiten es auch sehr sandig vnnd wild ist: gegen Mittag hat es das Aethiopisch Meer/ vnd das Königreich Congo: gegen Auffgang den Nilus: vnnd gegen Nidergang das Athlantisch Meer. Leo setzet Gaogo gegen Auffgang/ vnnd Gunlata gegen Nidergang/ zu seinen Grentzen. Es ist ein sehr grosses vnd weites Landt: vnnd hat viel gewaltiger Königreich/ welche von fürnemmen Stätten den Nammen haben/ alß da ist Gunlata/ Gonocha/ Senega/ Tombali/ Molli/ Bitonin/ Guinea/ Temian/ Dauma/ Cano/ Cassena/ Benin/ Zanfara/ Gangara/ Borno/ Nubia/ Biafra/ Medra.

Der Fluß Nigra lauffet mitten durchs Landt/ vnnd machet dasselbige sehr fruchtbar/ dann es lauffet mitten im Junio vber wie der Nilus/ zu welcher zeit die Stätt vnd Dörffer in der Nigriten Landt lauter Jnseln sind/ zu denen man mit Schiffen fahren muß: Er wachset 40. tgg/ vnnd 40. fallet er auch wider. An dem port dieses Flusses gibt es keine Berg/ sonder wäldige Oerter/ so der Helffanten wohnungen sind.

Der Fluß Niger.

Von dem Vrsprung dieses Flusses/ seyn vielerley meynungen: Etliche ziehen jhn auß einem grossen See/ in der Wüsten Seu/ etliche auß dem Nilo. Ortelius aber vnnd Ramusius/ mit welchen auch andere erfahrne vbereinstimmen/ sagen/ er komme her auß einem See/ der von jhnen Niger genennt wirdt/ zwen Grad weit von der Aequinoctial Lini gelegen: von dannen lauffet er Nortwerts/ vnnd verbirgt sich selber vor der grimmigkeit der Sonnen/ vnder die Erd sechtzig Meil an einander: Nach dem er aber wider von der Erden herfür gebrochen/ lauffet er nicht fer-

XXXx   sonder

sonder zur rach seiner vorigen bedeckung / bedecket er einen grossen theil der Erden / vnnd ertrencket dieselbige in einem See / der Borneo genennt wirdt / biß jhn die Erden mit jhren starcken Armen / wider enger zusammen fasset / vnd jhm seinen lauff gegen Nidergang zurichtet: In welchem weg er die Erden mit hilff anderer einlauffenden Wasseren / wider vberschwemmet in dem See Guber: So bald aber die Erde die oberhand wider bekommet / so jagt sie jhn gestrags dem Meer zu: mit welches beystand er die Erden in viel Inseln zerreisset / vnnd dieselbige mit seinen Wässerigen Armen Senaga / Gambra / vnnd vielen andren / gleichsam gefangen haltet. Allen diesen Weg lasset der Niger ein schleumige fettigkeit hinder jhm / welche die Erden wundersamer weiß fruchtbar machet.

Von Gualata / Genocha / Tombuti vnd andren Königreichen der Nigriten. Cap. xxxij.

Gualata ist ein bettelhafftig Land / stosset an Capo Blanco. Die Eynwohner leben wie das Vieh / ohn einige Regierung / vnnd wissen kaum das Feld zu bawen: sind in Thierheut bekleidet: haben keine eygne Weiber / sonder zehen oder zwölff Männer vnd Weiber ligen beyeynander / vnnd nimbt jeder die jm am besten gefallet. Sie kriegen mit niemands: betten das Fewr oder die Sonnen an. Ein grosser theil dieses Lands ist wegen der frembden Spraachen noch vnbekant. Der König zum Tombuto hat jn diese gegne Anno 1526. vnderworffen. Die Portugesen handlen alhie vff Sclaven / biß an den Fluß Senaga / so ein Arm des Nigers sein soll.

Guenocha. Guenocha oder Guencoa ligt zwischen Gualata / Tombuto / vnnd Melli / stosset an dem ort an das Meer / wo der Niger dareinlaufft / ist jetzund dem König zu Tombuto vnderworffen. Die Eynwöhner treiben grossen handel mit denen auß Barbarey: Sie haben vngemintzet Gold / vnd brauchen eysen Geld. Es ist kein Statt noch Castel in diesem Land / eins allein außgenommen / da der Printz / die Priester vnd Kauffleuth wohnen. Im Julio / Augusto vnd September / wird diß Lande von dem Niger vberschwemmet.

Melli. Melli ist auch ein sonderbar Königreich: Ist reich an Korn / Reiß / Baumwollen vnnd Helffenbein / darmit sie jhren handel treiben. Sie haben ein trefflichen guten Wein / auß den Palmen gemacht. Die Hauptstatt dieses Königreichs ist Melli / da die Leut was kluger sein / als andere Moren. Sie haben jhre Tempel / Priester vnd Professoren / vnd sein die ersten gewesen / so das Mahometanische Gesatz angenommen. Diß Königreich hat auch Pritonin / so ein sonderbares Reich ist / vnder jhm. Sein jetzund beyde auch von Jzchia / dem König von Tombuto vbergwältiget worden.

Tombuto. Tombuto ligt an einem Arm des Nigris / bekommen jhr Saltz von Tagazza / so fünff hundert Meil von jhnen gelegen / ist deßwegen sehr thewr. Der König hat viel Geschirr vnnd Scepter von klarem Gold / deren ettliche 1300. Pfund wegen / hat gelehrte Leuth sehr lieb: Bücher sind die besten Waaren an diesem Ort: das Volck tantzet biß vmb Mitternacht auff den Gassen. Sie kochen Fisch / Fleisch / Milch vñ Butter mit einander in einem Hafen. Diß Königreich hat Hamet / König zu Marocco / A. 1589. eroberet / wie auch Gago vnd andere Länder der Moren / vnd also sein Monarchey 6. Monat Reiß von Marocco erstrecket.

Gago. Gago wirdt von den Kauffleuthen sehr besucht / alleding sind daselbst sehr thewr: werden von jhrem König sehr getruckt: vnd findet man hundert Meil wegs kaum einen in diesem Land / der lesen vnd schreiben kan.

Guber. Guber ist ein Fruchtbar Königreich / darinn der grosse See Guber: das Korn wirde daselbst ins Wasser geseyet / wann der Niger vberlaufft. Jzchia hat diß Königreich auch eroberet / wie auch die Königreich Agadoz vnnd Cano / welche viel Kauffleut haben: wie auch Cassena / Zegzeg / Zanfara vnd Gangara / darvon wenig denckwürdigs geschrieben wirdt.

Borno. Borno grenzet an Gangara gegen Abend / vñ erstreckt sich gegen Morgen fünff hundert Meil. Das Volck darinnen hat kein Religion / sind weder Christen / Juden / noch Mahometaner / sonder leben wie das Vieh / mit jhren Weiberen vnd Kinderen in gemein: haben auch keine eygnen Namen / sonder nennen eynander / nach dem er groß / klein / hoch / kurtz / feist oder mager ist. Führen Krieg mit jren Nachbawren. Der Kön. scheinet reich seyn / dañ alle bereitschafft seiner Pferden: Sattel / Zaum / Sporen / rc. ist von Gold / wie auch alle seine Blatten vnd Becher / darauß er isset vnd trincket. Ja die Ketten seiner Jaghünden sind auß Gold. Er hat so wol weisse als schwartze Leuth zun Vnderthanen.

Von den Ländern Africe. 1663

Goaga gren̈tzet Westwerts an Borno / vnd streckt sich von dannen gen Nubia / zwischen zwo-   *Goaga.*
en Wildtnussen / vnd haltet fast 400. Meil wegs in dem Bezirck. Das Volck / sonderlich in den
Bergen ist gantz grob vnd vnverständig / haben weder Regiment noch Religion / gehen Sommerszeit nackend / die Heimlichkeit allein außgenommen / jhre gröste Reichthumben bestehen in dem
Vieh. Ein Sclaff hat sich da selber zum König gemacht: dessen Sohn Homara / von dem Soldan
zu Cairo sehr respectiert worden.

Nubia ist vor zeiten / nach Strabonis Meynung in viel Königreich zertheilet gewesen / deren   *Nubia.*
Einwohner Nomades / das ist / schweiffende Räuber gewesen waren. Diß Königreich erstreckt
sich von Goago biß an den Nilum. Hat die Egyptische Grentzen gegen Mitternacht / vnd die
Wildtnuß Goran gegen Mittag. Auß diesem Reich kan man nicht in Egypten schiffen. Dann
der Nilus wird daselbst wegen seiner vnseglichen Breyte / so dünn / daß man dardurch watten kan.
Dangala ist die Hauptstatt in diesem Reich / hat 10000. Haußhaltungen / ist aber vbel erbawen.
Diß Reich hat viel Korn / Zucker / Guit / Sandal / vnd Helffenbein. Sie haben ein solch starck
Gifft in diesem Landt / daß ein einiges Gränlein darvon / zehen Menschen in einer viertheil stund
tödten kan: dessen ein Vntz wirdt vmb 100. Ducaten verkaufft. Es wirdt nur ausserhalb Landts
verkaufft / bey lebens Straff. Vor zeiten haben sie in diesem Reich den Christlichen Glauben
gehabt / aber der Mahumetische vnd Judische Aberglauben nimmet jetzundt gantz vnd gar vber-
handt.

Der König auß Nubia führet Krieg mit denen von Gozan / vnd denen von Zibid / so bey dem roten Meer wohnen: vnd sonsten Zingani / vnd Bughia genennet werden / vnd sehr arme Völcker
sind / die nur vom Raub leben.

Gotham / Medra / Dauma / sind drey andere Königreich / darvon wir schier mehr nicht / als den
Namen wissen.

Von dem Königreich Guinea in Morenland.
Cap. xxxiii.

GVinea begreifft / nach der Portugesen Rechnung das gantze Landt in sich / von
dem Fluß Sanaga / oder Canagra an / biß an die Grentzen Angolan. Ist ein mächtig vnd reich Landt: darinnen viel Königreich ligen. Die Königreich Gongo / vnd
Angola werden das vnder Guinea / die Theil aber gegen Mitternacht / das ober
Guinea genannt. Den Fluß Sanaga haben die Alten Stachius oder Darat genannt. An diesem Fluß ligt Capo Verde eines von den vornembsten Vorgebür-
gen in gantz Africa / welches vor zeiten Arsinarium genennt worden. Es wird genennt Capo Ver-   *Capo Verde.*
de der griene Spitz / wegen der grienen Bäumen / so die Portugesen daselbst in grosser menge gefunden: Gegen vber im Meer ligen 12. Inseln / die von Capo Verde den Nammen tragen / vnnd Anno
1446. von den Portugesen zu allererst bewohnet worden. Die Alten haben sie Hesperides geheissen.

Es soll aber der günstige Leser wissen / daß diß Gestad schon vor zwey tausent jaren / durch Han-
non von Carthago / biß an die Aequinoctial Lini seye entdeckt vnnd in Punischer Sprach beschrieben worden. Dann 400. jahr vor Christi geburt / ist gedachter Hanon / mit 60. Galeen / darinnen
er bey 30000. Menschen gehabt / diß Gestad zu erkundigen außgefahren / vnnd hat alles entdeckt /
biß an die Insel Fernando de Poo / so er Insulam Gorgonidum genennt hat: Aber dieser Weg ist
hernach gantz vnnd gar wider verloren worden / biß die Portugesen Anno ein tausent vier hundert
vnd viertzig / vnter Johanne dem 2. vnnd seinem Sohn Don Heinrico / denselbigen wider gefunden / vnd etliche Vestungen dahin gebawen / alß Mina / Aziem / Cama vnd Akra / welche leste jhnen
doch durch behendigkeit der Nigriten / bald wider abgenommen worden: Hernach haben auch die
Frantzosen diß Gestad besucht: Aber Anno 1588. vngefehrlich / haben auch die Holländer diese
Schiffart für die Hand genommen / vnnd innerhalb 48. jaren / mehr Golds von dannen gebracht /
alß die Portugesen in der gantzen zeit. Dann die Portugesen haben jhr Gold von den Moren mit
gewalt erzwungen. Die Holländer aber bekommens von jhnen mit freundligkeit / dann sie zahlen
jhnen darfür allerley Nürnbergische Waren / alß Messer / Schellen / Spiegel vnd dergleichen: I-
tem Aext / Sägen / Kessel / Becke / Thuch / Leinwad / c.

Wir wöllen aber kurtzlich das Landt Guineam dem Gestad nach beschreiben / welches bey
Manigette / das Graingestadt / bey Mina aber das Goldgestadt genennt wirdt.

Bey dem Fluß Senaga wohnen die Azanaghi / welche so einfeltig sind / daß sie die Schiff   *Azanaghi.*
der Portugesen anfangs für grosse Vögel / mit weissen Flügeln gehalten haben. Cadamosta
schreibt / sie haben die Angesichter oben so wohl bedeckt / alß jhre heimligkeiten: ist ein bet-
telhafft / diebisch / vnnd verrätherisch Volck / als eines in der Welt sein kan. Sie schmir-
ben jhr Haar mit einem Fischmaltz / vmb zierd willen / darvon sie jämerlich stincken:

RRRr ij   Die

Das achte Buch

Die Weiber ziehen ihre Brüst stätigs auß eynander/daß sie ihnen auff den Nabel herab hangen. Nah bey diesen innerhalb Lands ist ein Volck/welche sich nimmer von andren sehen lassen/haben aber herzlich Gold/welches sie mit ihren Nachbauren vmb Saltz vertauschen: dann die Nachbauren kommen an das Wasser/vnd legen jhr Saltz an das Vffer/vnd gehen ein halbe Tagreiß darvon: Alß dann so kommen diese auf dem Wasser herab/legen zu einem jeder Saltzhauffen etwas Golds/vnd ziehen darvon. Alßdann kommen die Saltzverkauffer wider: wann jhnen die summ des Golds gefallet/so nehmen sie es/wo nicht so lassen sie Saltz vnd Gold beyeynander ligen/vnnd ziehen wider ihres wegs: Darauff kommen die kauffer wider/was sie für Saltzhauffen ohne Gold finden/die nehmen sie alß das ihrige hinweg/zu dem andern legen sie entweders mehr Gold/oder lassen das vorige Gold bleiben. Der König von Melli hatt auff ein zeit dieser Leuthen einen/durch geschwindigkeit gefangen/vnnd vermeint er wolte ihr beschaffenheit von ihm erfahren/aber entweders auß eynfalt/oder weil ers nicht könte/so wolte er weder essen noch reden/vnd starb auch am dritten tag: Sein vnderer Lefzen war dick vnd roth/vnd so groß/daß er ihm auff die Brust herab hieng: er hatte grosse Zän/vñ auff jeder seyten viel grösser alß die andern: seine Augen stunden weit vor dem Kopff hinauß: vnd war in summa gantz schrecklich anzusehen.

Cadamosto verwundert sich billich ab dem/daß auff der einen seiten des Wassers Senaga/die Leut wol proportionieret/schwartz/vnd der Boden fruchtbar ist: auff der andern seyten aber/elend/mager/braunlecht/vnd der Boden vnfruchtbar.

Das Königreich Jaloph/welches gegen North an Azanagha stosset/gegen West an das Meer/gegen Ost an die schwartzen Jaloeses/so Fulli Gasalli genennt werden/vnnd gegen South an die Berbecines/ist 125. Meil in die lenge/hat vberfluß an guten Früchten vnd Gold/sonderlich ist zu Tombalo dessen ein grosse menge. In diesem Landt sind viel Portugesen/eben so wild vnd barbarisch worden/alß die Eynwohner selber.

Gegen Mittag von dannen ligen die Königreich Ala vnd Brocal/welche von den Berbecineren bewohnet werden: betten den Newen Mond an/vnd Opfferen etlichen Bäumen. Die Jungkfrawen schmeltzen mit dem safft eines Krauts/allerley Figuren in jhr Fleisch/durchboren ihre vndere Lefzen/vnd hencken etwas schwers daran/damit der vnder Lefzen weit vom obern herab hange: vnd dieses halten sie für ein grosse schönheit.

Es wohnen in dieser gegne die Mandinge/vñ besser gegē Mittag die Arziari/Falupi/Zabundi/Benhuni/Casangæ/der König dieser Casangeren ist dem König zu Jarem vnderworffen. Besser in dem Landt wohnet der mechtige König auß Mandinga/dessin Hauptstatt ist Songus/vber die 100. Meil Ostwerts von dem Capo de Palmas gelegen. Diesem König sind die vorigen mehrentheils alle vnderworffen. Die von Cosange betten ein Buschel in grund gesteckter/vnnd mit einer zehen Materi zusammen gekleibten Stecken an/daran drey Schidelen von Hundsköpffen hangen. Der Tempel dieses jhres Abgotts/ist ein schattenter Baum. Alhie kauffen die Portugesen jre Sclaven/welche auß grausamkeit des Königs ohne zahl verkaufft werden.

Die Burami stossen an die Casanges/auff beyden seyten des Flusses Dominico: biß zum Rio Grande. Die Hauptstatt diser Burami ligt 8. Meil vom Hafen/da der fürnembste König/dem die andern vnderworffen sind/seinen Sitz hatt. Die Bisagi wohnen auch bey Rio Grande/ist ein grimmig vnd rauberisches Volck/die 17. Inseln in ihrer besitzung haben. Daselbst haben die Portugesen ein Statt zun Creutz genañt. In dieser gegne sind auch die Beafares zerstrewet/von denen der König zu Guinala sein grösstes ansehen hat. Wann dieser König stirbt/so werden alle seine Weiber/Knecht vnd liebsten Freund/sampt seinem Leibpferd erschlagen/vnd mit jhm begraben/ihme in dem andern Leben zu dienen. Dieses ist auch in vielen andern Königreichen/in Guinea im brauch. Die weiß aber/mit denen sie diese grawsamkeit verüben/ist noch schrecklicher: dann sie hawen jhnen Zehen vnd Finger ab/vnd stossen jhre Gebein gleich als in einem Mirssel/drey stund lang/als dann stechen sie jhnen hinden zum Nacken ein scharffen stecken hineyn/vnd das thun sie in beysein deren/die gleiche marter außstehn haben.

Auff der andern seiten des Flusses ligt Biguba/welches die beste Statt ist/so die Portugesen in dieser gegne haben. Die natürlichen Eynwohner des Landts werden Beafares genennet/wann diesen ihr König stirbt/so ist der sterckste sein Erb/welches ein vrsach ist/vieles Blutvergiessens.

Zwischen diesen vnd dem Capo Sierra Liona/wohnen die Mallusij/Bagasij vnnd Cozolines: In diesen Orten findet man wilde Trauben vnnd Zucker Rören: grosse menge von Baumwollen/Brasilien Holtz/langen Pfeffer/Millet/Wachß vnd Helffenbein. Auß jhren Palmen pressen sie auch Wein vnd Oele. Sie haben sehr grosse Affen/die sie Baris nennen/diese sind also geschäfftig/daß wann sie in Häusseren aufferzogen werden/so könen sie eines Knechts stell vertretten/

sie gehen

Von den Ländern Africe. 1665

sie gehen auff den hindern Füssen/stossen im Mörssel/holen Wasser in Geschirren/welches sie aber hinweg werffen/wans jhnen niemands abnemen will/vnd heulen alßdann darzu. Alhie findet man viel Eisen/das besser ist alß das vnsere: Aber jhr bester Schatz ist Gold/doch kan kein Außlendischer die örter erfahren/daher sie es nehmen.

Es sind aber von Capo Verde/biß an den Fluß Gambra 25. Meilen: von dem Fluß Gambra/ biß an die Truckana/die vor Rio Grande ligt/sind 30. Meilen: von dannen gehn Sierra Liona sind 60. Meilen. Es wirdt diß Ort also genennet/weil die Meerwellen daselbst herumb/eben wie die Löwen brüllen: oder viel mehr/weil es auff demselbigen hohen Gebürg/so stetigs mit Wolcken bedeckt ist/erschrecklicher weiß donderet vnnd blitzet. Es ist gläublich/das seye der Weg/welchen Ptolomæus vnd Hanno/den Wagen der Göttern genent haben. Daselbst ist es gar bequem/das Winterläger zu halten/dann man vornen am Vffer ettlich Klaffter tieff/stäts süß Wasser findet.

Anno 1604. kamen ettliche Jesuiten in diese gegne/bekehreten viel Moren zu dem Römischen Glauben. Vnder denen war auch der König auß Sierra Liona/welcher Philip getaufft worden. Dieser hat an König Philip in Hispanien geschrieben/er solte jhm mehr Priester senden/so wolte er jhn daselbst ein Castell bawen lassen.

Die jetzigen Eynwohner dieser gegne werden Cumbæ die natürlichen aber Capi genennet/diese sind kluger als andere in Guinea. Sie haben jhre Könige/welche jhnen ordenlich recht sprechen/ mit hilff ettlicher Rhäten/die sie Solatequis nennen. Wann der König stirbt/so folget jhm zwar sein Sohn oder Bruder nach im Reich/aber eh er das Königreich vollkommenlich verwalten darff/ so führen sie jhn gebunden zu dem Pallast/vnd streichen jhn mit Ruthen: alßdann lösen sie jn auff/ bekleiden jhn/vnd führen jhn zum Richterstul/da der elteste vnder den Rhäten ein Red haltet/von dem Recht vnd Ampt des Königs. Mit jhren Jungfrawen halten sie ein wunderlichen brauch: Sie haben in allen Stätten vnnd Dörffern ein gewiß Hauß/so/wie ein Kloster/von den andern abgesöndert ist: In diesem werden alle Manbare Tochter ein jahr lang vnderrichtet/hernach werden sie wol bekleidet/vnd mit Musick vnd Dantzen herauß geführet/von denen erwehlet jhm nun ein jeder junger Gesell welche jhm gefallet/machet mit jrem Vatter den Marckt/vnd bezahlet dem Zuchtmeister seinen Lohn. Die Zauberer werden alhie enthauptet/vnd jre Leiber den wilden Thieren fürgeworffen. Sie tragen guldene Ring an jhren Nasen/20. oder 30. Kronen schwär/vnd diese Zierden alle wie köstlich sie auch seyn/werden mit jhnen begraben.

Cumbæ Völcker in Guinea.

Die Cumbæ sind nicht die alten Eynwohner dieses Lands/sonder sind erst Anno 1550. dareyn kommen/vnd haben die natürlichen Eynwohner/Capi genennt/auß jhren Wohnungen vertrieben. Es sind Barbarische Menschenfresser/vnnd Kriegen stätigs mit den Capis: Wann sie einen fürnehmen Mann fangen/so fressen sie jhn/wann es ein schlechter ist/so verkauffen sie jhn den Portugesen für einen Sclaven/die jungen behalten sie zum Krieg.

In dieser gegne ligt auch das Königreich Bena/dessen König den Jesuiten grosse hoffnung seiner bekehrung gemacht hat/ist aber eins mals/durch die liebkosende Red eines Mahometaners abwendig gemacht worden. Dieses Königs Herrschafft erstrecket sich 9. Tagreiß/vnnd haltet 7. kleiner Königreich in sich.

Bena Königreich.

Wir haben zuvor von dem grossen König von Mandinga geredt nah bey Gambea: derselbige hat nicht allein vor wenig jahren den Mahometanischen Glauben angenommen/sonder pflantzet denselbigen auch mit Wehr vnd Waafen allenthalben vort. Dieser hat auch seiner Priesteren einen zum König von Bena gesendet/welcher jn neben der Religion/auch ein gewisses Zauberstücklein gelehret hatt / dann er kan den Teuffel durch ein gewisse beschwerung zwingen/ daß er seine Feind schädigen muß: welches machet daß dieser König sehr gefürchtet wirdt. Wann ein fürnemer Mann stirbt/so wirdt dem todten viel Gold geoffferet/den einen theil nimbt der König/der ander theil wirdt mit dem todten Leib begraben/sampt allem Gold/das er in seinem Leben zu diesem end zusammen gelegt hatt. Jhre Gräber werden heimlich gehalten/sonderlich in den Wasseren/die sie so lang ableiten/biß sie das Grab gemacht/vnnd alles darein gelegt haben/alß dann lassen sie dem Wasser seinen lauff wider/das thun sie darumb/weil sie meinen der todte bedörffe dieses Gold.

Von Sierra Lione sind 40. Meilen biß an Rio de Galinas da es ein grosse menge Hüner hatt. Von Rio de Galinas biß an Capo Monte sind 18. Meilen: von diesem biß an C. das Baixas sind 50. Meilen / von dannen biß an C. de Las Palmas auch 50. Meilen / das sind die drey vornembsten Spitzen des Graingestads. Es ligen aber andere Ort mehr darzwischen/als Nesurade/Sanguin/ Bofoe/Sertres/Bottowa/Synno/Soweroboe/Baldoe/Crou/Wappa/Granshetre/Goyava. Diß alles von Capo Verde/biß an C. de Palmas/wirdt das Graingestadt sonst Maligette genanndt: da das Königreich Melli in gelegen ist/von welchem zuvor geredt worden.

XXXXr iij Von

Das achte Buch

Von dem Goldgestad/ so insonderheit zu dem Königreich Guinea gerechnet wirdt. Cap. xxxiv.

Von C. de Palmas kompt man auß einem Fluß in den andern/ biß an das C. de Trespunctas/ da das Goldgestad anfahet. An diesem Gestad ist es 12. Klofftet tieff. Die Leut dieses orts können wol mit Baumwollen arbeiten/ man findet wenig Gold bey jhnen. Alhie kommet man an das Königreich Guinea/ so insonderheit also genennt wird/ das erstrecket sich nun von dem Königreich Malli/ biß an Rio de Benin auff die 400. Teutscher Meilen. Dann ob wol ettlich kleine Königreich darzwischen ligen/ so werden sie doch alle vnder Guinea gerechnet. Zwischen Capo Apollonie/ vñ Capo de Trespunctas ligt ein kleine Portugesische Vestung Aziem genañt. Fünff Meil von dañen ligt Anta: da pflegen die Schiff auß Holland erstlich anzufahren/ vnd zu anckeren: daselbst kauffen die Mohren viel Eyssens/ vnd treiben einen grossen handel mit Wein/ den sie auß den Palmenbäumen zäpffen. Ein Meil von dannen ligt Rio de S. George vnd ein Ort Jabbe/ vnd Cama/ da die Portugesen auch ein Hauß haben. Ein Meil von dannen ligt dz Dorff Agitaki oder Aldea de Torto/ die Holländer nennen es Commando: da werden viel Corallen/ Venedische gläserne Paternoster/ kupffere Becken/ blaw Wullen Thuch/ vnnd Leinwath verkaufft.

Mina eine Vestung der Portugesen. Von dannen folget Terza Pekina/ vnd ein Meil weiters ligt die starcke Vestung Mina/ den Portugesen gehörig. Diese Vestung ist auß befelch Königs Johannis des 2. auß Portugall erbawen worden/ anfangs zwar war sie etwas klein/ ist aber mit der zeit mechtig erweitert/ vnnd fast vnüberwindlich gemacht worden. Ligt an einem gantz bequemen Ort/ dahin alle Handelsleut des gantzen Lands am besten kommen können/ Vieh vnd Frücht werden die völle daselbst gefunden. Das Castell ligt auff einem Steinfelsen/ da auff einer seyten das Meer an stosset: hat viel schöner Brustwehren. Das Castell hat 2. Porten. Der König erhaltet zwar den Gubernator vnnd die Soldaten in diesem Castell/ den Handel aber hat er ettlichen Kauffleuten järlich vmb ettlich tausent Portugalesen verlihen mit dem geding/ daß ohn jr bewilligen/ vnder Leibs vnd Lebens straff niemands dahin handlen/ noch fahren darff.

Ein Meil von dieser Vestung ligt Capo Corsso/ ist ein berühmter handels Platz: gegen Nord Ost aber ligt Boure/ da die Holländer einen grossen Handel treiben/ dann von Foetu/ Abrenou/ vnd Mandinga/ desgleichen auß andern Stätten/ so wol vber die 200. Meilen tieffer im Land gelegen sind/ wird sehr viel Golds dahin gebracht/ vnd vmb Thuch/ Becken vnd Kessel vertauschet/ das Ort gehöret dem König von Foetu/ der allhie seinen Zollner hat. Ein Meil wegs weiters hinab folget die fürnembste Handelstatt des gantzen Gestads/ Mourre genannt. Dieses Ort hat sich am aller ersten den Portugesen in der Vestung Mina widersetzet/ vnnd den Holländern guts gethan. Es ligt vnder dem Gebiet des Königs von Sabou/ d' daselbst den Zoll empfahet. Die Kauffleut von Cano/ vnd andern grossen Stätten/ so besser ins Land hineyn ligen/ kommen mit grossen hauffen dahin/ vnd bringen viel Gold mit/ wie sie es auß der Erden bekommen/ vnnd kauffen allerley Notturfft darfür.

Nach diesen folgen die Statt Kormentin/ da sie das Gold mechtig verfelschen/ vnnd nicht weit darvon der Berg Mango/ da die Mohren dem Teuffel opfferen/ sein vnder dem König von Foetin. Hernach Biamba/ Akra/ Labedde/ Nengo/ Temina/ Chinka/ deren Oerteren ettliche erst Añ 1600. bekannt worden. Dieses seyn die fürnembsten Oerter des Goldgestads/ vnd von diesen allen werden gantze vnd grosse klöß Gold an die Gestad vnnd auff die Handelpläß gebracht/ darmit sie mit vnsern Kauffleuten handlen: das Gold finden sie in jhren Bergen/ auch in der Ebne in tieffen Gruben/ wie auch in fliessenden Wasseren vnder dem Sand.

Die Guineser ins gemein Mans vnd Weibspersonen/ haben weisse Zän/ vnnd lange Nägel: Sie sein von jugent auff zur vnkeuschheit geneigt/ vnd gehen die Weiber gantz vberal nackend/ treiben jhren grösten pracht mit dem Haar/ welches sie wunderlich schnieren vnd auffrüsten: Die Angesichter/ Arm/ Füß vnd den gantzen Leib/ zerschneiden sie jämerlich durcheinander/ vnnd streichen allerley Farben in die schnitte/ darmit sie daher prangen: Sie essen gantz säwisch: Sie betten den Teuffel an/ der erscheinet jhnen etwan in gestalt eines schwartzen Hundts. Wie sie jhre Könige erwelen/ was sie für Gewicht vñ Müntz haben/ wie sie die Vbelthäter straffen/ wie sie sich in Kranckheiten verhalten/ wie sie jhre/ sonderlich jhre Könige begraben/ vnnd was sonsten mehr von diesen Völckern kan gesagt werden/ beschreibet Levinus Hulsius
in einem sonderbaren Buch weitleuffig.

Von

Von dem Königreich Benin.
Cap. xxxv.

Nach dem Guinesischen Goldgestadt folget das Königreich Benin/ so einen sonderbaren König hat. Hier gehen die Leut nackend/ biß sie in die Eh kommen/ alsdann so bekleiden sie sich/ von der Weiche an/ biß zu den Knyen. Ihr Brot wirdt auß einer Wurtzel gemacht/ so Inamia genennt wirdt/ vnd dieses soll besser sein als vnser Brodt/ wann es recht zubereitet wirdt. Es gibt alhie schreckliche Wolckenbrüch/ wann sie auff ein Schiff fallen/ so kompt es in grosse gefahr. Der König hat 600. Weiber/ die Edelleut haben 60. oder 70. Weiber: der geringste 10. oder 12. Sie bietten ihre Weiber den Frembden an. Der König behaltet seine Töchter/ wann sie erwachsen sind/ für seine Weiber: vnnd die Königin brauchen ihre Söhn zu gleicher Blutschand. Sie malen ihre Leiber roth. Sie lassen sich zwar beschneiden/ vnd haben etliche andre Mahometanische Ceremonien/ sind aber Heyden.

Die Statt Benin scheinet anfangs gar groß/ dann so bald man hineyn geht/ kompt man in ein grosse breitte Gassen/ die wol 8. mal so breit ist/ alß ein gemeine Gassen hie zu Landt. Sie erstrecket sich aber grad hinauß/ ohn alle krümme. Wann man ein viertel stund in der Gassen gangen/ so sihet man von weitem ein grossen hohen Baum/ vnd hat noch wol ein halbe Meil zu gehn/ eh man darzu kompt. Beym eyngang der Porten hat es ein hohes Bollwerck/ starck/ von Erden gemacht/ sampt einem tieffen breiten Graben. Wann man in obgedachter Strassen ist/ so sihet man viel neben strassen/ deren man auch kein end sehen kan. Es wirdt aber keinem zugelassen/ diese Statt recht zu besichtigen/ die Häuser stehen in guter ordnung/ haben aber keine Fenster/ sonder der Tag muß zum Dach eynfallen. Des Königs Pallast ist sehr groß/ hat innwendig viel viereckete Plätz/ die rings herumb mit Gängen gezieret sind/ darinn man Wacht halt. Es ist ein grosser Hof inwendig/ daß man kein end sehen kan. Vnd wann man meynet/ man seye jetz zum end kommen/ so sihet man durch ein andere Porten/ noch auff einen andern weiten Platz: man findet viel Ställ darinnen/ mit schönen Pferden/ dann dieser König viel Kriegsvolck haltet. Ihre speissen sind Hünd/ Affen/ Merkatzen/ Ratzen/ Papageyen/ Hüner/ Iniamos/ Manigette/ gedörte Eydechsen/ Batates/ Bannana/ Pomerantzen/ Lemonen/ Oele/ vnnd Wein von Palmen/ rc. ist wol zu erkennen/ dann daselbst kein Landt mehr ist/ daß sich gegen Nidergang so weit ins Meer erstrecket/ alß dieses.

In dem Fluß dieser Vorgebürgen findet man viel Meer Röß/ vnd Crocodilen/ daher man vermuthet/ daß etwan der Fluß Nilus daran stosse. Es sind auch viel frembde wilde Thier in diesem Landt/ alß namblich Helffanten/ Büffel/ Drachen vnnd Schlangen/ Affen vnnd Meerkatzen/ vnnd andre Thier mehr/ die gar grawsam vnnd abschewlich anzusehen/ vnnd einer bösen art sind.

Von dem innern oder obern Ethiopia.
Cap. xxxvj.

Das Landt Ethiopia wirdt vnderscheiden in das Inner oder Ober/ vnnd das bekannte Ethiopiam/ vnnd in das äusser oder das vnder gegen Mittag gelegen/ welches Landt den alten gantz vnbekannt gewesen.

Das erste Ethiopia hat gegen Mitternacht Egypten/ gegen Abend das ißere Libyam/ gegen Mittag das vnder Ethiopiam/ vnnd gegen Auffgang das rothe vnd barbarische Meer/ biß zu dem Vorgebürg Raptum/ welches Ortelius bey Quiloa findet: Mercator nennet es Magala.

In diesem Ethiopia ligt das mechtige Keyserthumb der Abissiner/ vber welches der verrumbte Potentat so wir bey vns den Priester Johan heissen/ herrschet/ vnd dieses gantze Ethiopiam vnder sich hat/ wenig außgenommen.

Ehe wir aber von seiner beherrschung reden/ wollen wir auch etwas sagen von etlichen Ethiopischen Völckern/ so gegen Egypten ligen.

Von den Völckeren die bey den Cataractis Nili/vnnd bey Meroe wohnen.

Der Fluß Nilus/ welcher Ethiopiam von Egypten scheidet/ fallet an zweyen/ oder wie andere sagen an dreyen Orten/ mit solchem grausamen geprassel/ von hohen Felsen herab/ daß die/ so zu allernechst darbey wohnen/ das gehör darvon verlieren/ diese Wasserfallen werden jetzt von jhrem schrecklichen getöß Catadhi genennet. Bermudesius sagt/ in dem Königreich Gojame falle das Wasser uber ein gehen Felsen herab/ der wol ein halbe Meil hoch seye/ vnd mache ein getöß/ wie ein grosser Donnerklopff.

Cic. in som. Scrip.

Zwischen disen Wasserfallen/ vnnd der Insel Meroe setzt Strabo die Troglodditen/ die vnder der Erden in hölen wohnen/ vnd von dem Vieh leben/ vnnd allein an der Scham mit Häutten bedecket sind. Es ist so grosse hitz bey jhnen/ daß sie des Mittags/ ohne grosse versehrung jhrer Füssen/ nicht barfuß gehn dörffen. Sie kochen jhre Speissen ohne Fewr an der Sonnen. Es wohnen auch in dieser gegne die Blemmyes/ Nubæ/ vnd Megahari. Diese alle sind Nomades/ vnd ohne gewisse wohnung schweiffen sie in dem Land/ auff dem Raub herumb. Die Blemmyes haben der Sonnen Menschen geopfferet/ welche grausamkeit jhnen Keyser Justinianus solle benommen haben.

Meroe aber ist ein Insel/ so von dem Nilo lieblich vmbgeben wirdt: In vnseren Mappen wirde sie Guengare geheissen. Die Insel ist nach der meynung Heliodori dreyeckig/ haltet in der lenge 3000. vnd der breite 1000. Stadien. Man findet darinnen Löwen/ Rhinoceroten/ Drachen die mit den Helffanten ein ewigen streitt habē/ desgleichen allerley zam Vieh/ beissige kleine Hünd/ Korn/ vnd allerley Bäum/ wie auch Eysen/ Kupffer/ Silber/ Gold/ Edelgestein vnd Saltzgruben: vnnd ein grosse menge Ebenholtz. Die Leuth gehen darinnen nackend. Sie seind mit den Moren verbunden wider den Priester Jean. König Cambyses hat diese Insel von seiner Schwester her/ Meroe genennt: Sie werffen jhre todten in fliessende Wasser/ andere stossen sie in jrdene Geschirr/ oder in grosse gläserne Gefeß/ balsimieren vnd behalten sie im Hauß/ opfferen jhnen als Götteren/ vnnd schweren bey jhnen. Den stärcksten oder reichsten machen sie zum König: Jhre Priester haben die gröste ehr/ vor zeiten dorfften sie dem König einen botten schicken/ vnnd jhm den todt aufferlegen/ vnd einen andren König an sein statt eynsetzen: Biß zu letst König Ergamenes mit seinen Soldaten in Tempel gefallen/ alle diese Priester in jhrer guldenen Capellen erschlagen/ vnnd also disen teuffelischen Brauch abgeschafft hat.

Luys de Vreta in Hist. Æthip.

Pausanias schreibt in der Insel Moroe seye der vernumbte Tisch der Sonnen gewesen/ welchen viel Bilger auß frembden Ländern besucht haben/ dahin auch Plato selber kommen sein solle. Es hat der König/ auß prächtiger eytelkeit/ in ein grosses vnd weites Feld/ allerley köstliche zubereite speissen/ gesottens vnd gebratens auff den Boden stellen/ vn den besten Wein in Fläschen an die Bäum herumb hencken lassen: Wann nun die fürüber reissenden vnd hungerigen an diß Ort kamen/ vnd niemands darbey sahen vermeynten sie Jupiter Hospitalis hette jnen diese gute Sachen bescheret/ vnnd nenneten deswegen diß Feld/ den Tisch der Sonnen/ daher auch das sprichwort entstanden/ daß ein wolzugerüstes Hauß/ ein Tisch der Sonnen genennt wirdt.

Cæl. Rhodig. l. 10.

Die Statt Meroe ist vor zeiten der Königliche Sitz vnnd Hauptstatt des gantzen Ethiopiæ gewesen/ vnd Saba genēnt worden/ wie Plinius bezeuget. In diser Statt Saba hat sich gehalten zu den zeiten Salomonis die Königin von Mittag/ die mit grossem Pracht vnd herrlichen Schencken kame in das Jüdische Land/ da sie vernam die grosse Herrlichkeit des Königs Salomonis/ darvon du geschrieben findest im dritten Buch vnd 10. Cap. der Königen.

Von dem mechtigen Keyserthumb der Abissineren/ darüber der grosse Monarch herrschet/ welchen wir Priester Jean heissen. Cap. xxxvij.

Dieses Abissenische Reich erstreckt sich jetzunder von den Bergen des Mons/ biß zu dem Königreich Congo/ vnd biß vber Nubiam/ vnnd von dem Landt der Nigriten/ biß an das Rothe Meer/ vnnd begreifft viel gewaltiger Land vnd Königrich vnder sich/ von denen alle zu handlen viel zu lang werden würde. Die Moren nennen diesen König Aticlabassi, seine Vnderthanen aber heissen jhn Acegue vnnd Neguz: das ist/ einen grossen Keyser oder König: In vnsern Landen wirdt er genennt Priester Johan oder Preto Jan.

Diese

Von den Ländern Africe.

Diese Könige haben jhre eygne Namen wie bey vns: es scheinet aber wann sie das Reich antretten so verendern sie diselbigen/wie die Röm. Bäpst. Dann der König/so mit dem König in Portugal in dem jar 1521. eine Bündnuß gemacht/hat erstlich Atani Tingil geheissen vnd Belulgiam/ vnd hat sich hernach David genent. Dieser hat wie gesagt An. 1521. sampt seiner Mutter Helena an König Emanuel in Portugal geschrieben/vnd eine Bündnuß mit jm gemacht. Hernach 1524. hat er auch an seinen Sohn Johannem vnd Clementem 7. den Bapst zu Rom geschrieben. Da er ein solchen Titul geführt.

David der Obriste meiner Königreichen: Ein geliebter Gottes: eine Säule deß Glaubens/auß dem Stafften Juda/ein Sohn Davids/ein Sohn Salomons/ein Sohn der Säulen zu Sion/ ein Sohn auß dem Samen Jacob/ein Sohn d' Hand Mariæ/ein Sohn Nahu nach dem Fleisch/ ein Sohn der H. Aposteln Petri vnd Pauli nach der Gnad/ein Keyser deß obern vnd grössern Ethiopiæ/vnd vieler mächtiger Königreichen/Ländern vnd Herrschafften: Ein König zu Xoa/zu Caffate/zu Fatigar/zu Angote/zu Baru/zu Baaliganze/zu Adea/zu Vangue/zu Gojama bey dem Brunnen deß Nili/zu Damaraa/zu Vagamedri/zu Ambeaa/zu Vagne/zu Tigri Mahon/ zu Barnagasso/zu Sabaim/der Statt der Königin von Saba/ein Herz biß in Nubiam so sich in Egypten streckt.

Diese König ziehen jren Vrsprung von der Königin von Saba/welche Maqueda solte geheissen haben. Dann sie sagen diese Königin habe von König Salomon einen Sohn gezeugt mit namen Meilech/vnd diesen habe der König Salomon hernach zu seiner Mutter gesant/mit Dienern auß den 12. Stämmen Israel/welcher Vnderschied der Stätten sampt den Diensten bey diesen Königen nach gehalten werden solle/vnd von disem Meilech/habe die Ethiopischen Könige noch jren Vrsprung. Sie sagen sie seyen in dem Christl. Glauben vnderricht worden von der Ethiopischen Königin Candace/deren Fürsten einer/der Eunuchus von Philippo getaufft vnd von der Lehr Christi vnderricht worden/wie in der Apostel Geschicht zu lesen am 8. Cap. Zu der zeit dieser Königin Candace/hat das Geschlecht von Caspar die Regierung in Ethiopia gehabt/vnd von jm ist in dem 13. Grad vnder sich koiten Johannes der Heilige genannt/zu den zeiten deß Röm. Keyser Constantij: vnd als er keine Kinder hatte/hat er zu Erben gesetzt seines Bruders Caij elteren Sohn mit namen Caspar/vnd hat den zweyen jüngern Balthasar vnd Melchior sonderbare Königreich vbergeben. Vnd ist also das Königl. Geschlecht in dise 3 Geschlechter Caspar/Balthasar vnd Melchior getheilt worden. Damit aber sich kein streit vnder disen Geschlechtern vnd dem Königl. Geblüt erhebte/ist hernach geordnet worden von einem König Abraham mit namen/dz alle Kinder deß Königl. Geblüts in den Berg Amara/welchen er darzu geordnet/wie wir hören werden/sollen eingeschlossen werden/biß man eines Königs von nöhten haben würde/vnd diese Ordnung solle er auß Göttlicher Offenbarung gehabt haben. Sie habe ein Buch in 8. theil abgetheilt/ welches sie Manda vnd Abetilis heissen/dises solle von allen Aposteln als sie zu Jerusalem versamlet waren/beschrieben worden seyn/welchem Buch sie fleissig nachkoiten in allen seinen Puncten.

Dieser Prete Jan oder Priester Johan sol 62. Könige vnder jm haben/so alle den Christlichen Glauben haben/vnd noch viel andere Heyden vnd Mohren so jme zinßbar sind. Sie haben zwar das Evangelium Christi/vnd lehren das/aber sie vermischen es/ja verdunckle es mit dem alten Gesatz vñ stecken in vielen vñ grossen Irrthum/wie du hören wirst. Sie haben ein Patriarchen/ als de Obersten Prelaten in d' Geystlichkeit/den neñen sie Abuma. Sein fürnemest Ampt ist/ daß er andere Pfaffen ordnet. Der Pfründen vnd Bisthumen niñet er sich nichts an/sonder laßt den König damit nach seine gefallen vmbgehen. Diese Patriarchen hatten sie von dem Patriarchen von Alexandria. Sie hatten ein Propheceihung/dz sie mehr nit als 100. Abuma oder Patriarchen von Alexandria haben solten/vnder welchen sie einen A. 1520. gehabt so Marcus geheissen/solle der hunderst gewest sein/vnd von derselben zeit an/haben sie keinen Patriarchen mehr von Alexandria. In d' Religion vnd Kirchengebräuchen richten sie sich nach den Griechen vnd jr alten Patriarche.

Sie haben auch eine Tradition vnder jn von 2. Einsidler empfangen/dz sich die Francken mit jnen verbinden werden vnd Tor/Zidem vnd Meccam zerstören helffen/vnd Egypten vnd Jerusalem eynnehmen. Es hat auch ein Prete Jan an den Bapst geschrieben/dz man in der Schrifften der Patrum fünde/daß sich ein mächtiger Christl. Fürst mit den Ethiopischen Königen gar starck verbinden werde/vnd dieses alles zum vndergang vnd zerstörung deß Mahometanischen Reichs.

Die Kirchen halten sie in grossen Ehren/also dz sie im gantzen Land den gemeinen Brauch haben/wo sie für ein Kirch reiten/ja der Priester Johan selbst/so steigen sie weit zuvor ab vñ führen also das Roß od Maulesel an der Hand/biß sie ein guten weg für vber koiten/alsdann sitzen sie wiederumb vff. Sie haben ein mächtigen hauffen Müncher/alle von dem Orden S. Antonij/welcher in den Egyptischen Grentzen sol begraben ligen. Es laßt sich Priester Johan durch das gantze jahr nicht vber 3. mal offentlich sehen/nemlich am Christ. g. zu Ostern/vnd H. Creuz tag im Herbstmonat/oder so er in Krieg ziehet ist er vnverhüllet/daß er wol einem mag zu sehen werden.

Es mag in diesem Landt ein Mann zwey oder 3. Weiber nemmen: die aber mehr dann ein Eheweib haben/dörffen weder in die Kirchen gehn noch das heilig Nachtmal empfahen/sonder werden nit anders/alß ob sie in Bann weren/gehalten. So sich einer verheyraten will/geschicht folgender

gender gestalt: Man schlecht vor dem Hause ein Betth auff/ dareyn setzen sich Braut vnd Breutigam/ darnach kommen drey Priester/ die gehn drey mal vmb das Betth/ singen mit lauter Stimm Alleluia/ vnd ettliche Gesäng/ alß dann schneiden sie dem Breutigam/ wie auch der Braut jedem an gleichem ort einen lock Hrars ab dem Haupt/ wäschen dasselbig in Wein auß Honig gemacht/ legen darnach des Breutigams Haar auff der Braut/ wie dargegen auch der Braut auff des Breutigams andz ort/ da sie das zuvor abgeschnitten haben/ sprengen geweyhet Wasser darüber: alß da ingeht die Hochzeit an/ die wäret biß in die Nacht hineyn/ darnach werden sie beyd in ir Hauß beleytet/ vnd darff in Monats frist niemandt zu jhnen/ noch sie herauß gehen. Die Trinckgeschirr so bey diesem Volck bräuchig/ werden auß Ochsenhörnern gemacht/ die sind so groß/ daß etwan 5 oder 6 Maß in eins geht.

Trinckgeschirr auß Ochsenhörnern.

Das jar fahen sie nit/ wie wir/ im Jenner an sondern den 29. Augstmonats/ welches ist der Tag der Enthauptung S. Johannis. Sonst haben sie zwölff Monat/ deren jeder 30. tag hat: diesen geben sie zu außgang des jars fünff tag zu/ welche sie in jhrer Spraache Pagomen/ das ist/ des jars Ende nennen: wann aber ein Schaltjahr eynfallt/ setzen sie 6. tag darzu/ daß sich also ihr jar mit dem vnserigen vast gleichet.

Die Pfaffen vnd München so in dem Landt sind/ ernehren sich mit jhrer Hand arbeit. Sie haben nicht Zehenden oder Zinß/ sonder Feldgüter die sie bawen müssen. Doch gefallt jhnen etwas Opffers inn den Kirchen von Leibfällen der Todten. Sie halten kein Meß für die Todten/ sonder begraben sie mit Creutzen vnd Gebet/ vnd geben Almusen von jhr twegen. Sie halten der vnderscheid der Speiß/ so Moses im alten Gesatz den Jüden vorgeschrieben hat/ vnd essen kein Blut. Sie halten der Jüden Beschneidung/ feyren den Sabbath für den Sontag/ fasten den gantzen tag biß zu Vndergang der Sonnen. Sie beschneiden nicht allein die Knäblin/ sonder auch die Meidlein/ das doch die Jüden nicht thun. Sie empfahen mit der Beschneidung auch den Tauff/ vnd lassen sie nicht allein ein mal tauffen/ sondern alle jar ernewern sie den Tauff an der heyligen drey König tag: dieweil am selbigen tage Christus solle von Johanne am Jordan getaufft seyn worden. Die Ceremonien aber so sie bey der Tauff halten/ geschicht also: Die Knäblin tauffen sie am viertzigsten: die Meidlein am sechtzigsten tag: so sie zwischen der zeit sterben/ müssen sie der Tauff entbären: dann sie sprechen vnd glauben auch/ so ein schwangere Fraw das Sacrament des Altars empfahet/ wird das Kind in jhrem Leib nicht allein leiblich gespeyset/ sondern wird auch dardurch geheiliget. Dann wie das Kind von der Mutter empfahet Frewd vnd Trawrigkeit/ also wird es auch von jhrem Essen vnd Trincken gespeyst. Deshalben der Christen Kinder nicht sollen Heyden/ sonder halb Christen genennt werden/ eh sie getaufft werden. Die Tauff halten sie nicht in der Kirchen bey dem Tauffstein/ wie wir/ sondern vnder der Kirchthür: da haben sie ein klein Gefäß voll Wassers/ das nimpt der Priester/ segnet es/ vnd streicht dem Kindlein die Stirn vnd Schultern mit Oel an. So er nun das Kindt tauffen will/ nimpt es der so Gevatter ist/ auß der Gevattern Hand/ die es helt/ auff sein Arm/ halt es vbersich/ alsdann nimpt der Priester das Geschirr mit dem Wasser in die eine Hand/ vnd besprengt das Kindlein/ vnd wäschst es mit der andern/ vnd spricht darzu die nachfolgenden wort/ wie wir: Ich tauffe dich in dem Nammen des Vatters/ des Sohns/ vnd heiligen Geistes: vnd das geschicht auff den Sabbath vnd Sonntag am Morgen. Darnach gibt man dem gettaufften Kind/ es sey Knäblein oder Meidlein/ ein klein bißlein von dem Sacrament/ das flössen sie dem Kinde so lang mit Wasser eyn/ biß es das gar verschlucket. Es sind jhren Pfaffen die Eheweyber nicht verbotten. Sie sprechen das Philippus der Apostel hab noch der Auffahrt Christi bey jhnen geprediget das Evangelium. Sie müssen aber jhr Ehe vielstäter halten dann die Weltlichen. Da aber einem sein Weib stirbt/ darff er sich/ wie auch sein Weib/ so es stirbt/ nicht wider verheyraten: sie aber mag sich wol in ein Nunnen Closter begeben/ vnd daselbst jhr Leben zubringen. Wo aber ein Priester zwischen seiner Ehe mit einer andern zu schaffen hett/ wird er degradiert/ vnd darff nimmermehr in die Kirchen gehn/ sonder muß das Sacrament vor der Kirchen empfahen. Item Firmung vnd letste Oelung werden bey jhnen für kein Sacrament gehalten/ ja sie wissen nichts darvon zu sagen. Sie haben die Beicht vnd empfahen Buß nach außweisung ettlicher Concilien/ vnd wann sie beichten/ empfahen sie den Leib Christi vnder beyder gestallt. Sie halten das Sacrament des Leibs Christi in der Kirchen/ gebens auch keine Krancken biß er gesund wird/ vnd in die Kirch kommen mag. Dann außserhalb dem Tempel werd es keinem geben. Wer etwas weiters lesen will von jrem Glauben/ vnd wesen/ der mag besehendz Büchlein so Damianus à Goes von Portugal An. 1541. hat lassen außgehen/ darauß ich die Hauptartickel genommen hab/ wie sie hie verzeichnet sindt.

Vnd das Büchlein so Franciscus Alvaresius von diesem Keyserthumb geschrieben/ der aber begert zu wissen die Ordnung vnnd Namen aller Egyptischen Königen/ von dem Sündfluß an biß auff diese vnsere Zeit/ der wirdt es in einem sonderbaren Büchlein finden/ so erst vor wenig

Von den Ländern Africæ. 1671

wenig jahren bekandt worden/ vnd auß der Egyptische sprach in die Lateine ist vbersetzt worden welches ich gesähen in dem herrlichen werck so genannt wirdt Hispania illustrata, da alle vornemmen Scribenten so von Hispania geschrieben/ beysamen gefunden werden/ vnd ist in dem andern Theil dieses Wercks auch das gedachte Ethyopische Stattbüchlein angehenckt worden.

Daß Landt aber dieses Priester Jeans betreffendt/ ist daselbige nicht allein mechtig groß/ sondern es ist auch fruchtbar vnd reich an allerhand Gütern. Es hat grosse Ebnen/ schöne Bühel vnd grosse Berg/ welche mehrertheils bewohnt vnd gebawen seyn. Das Land trägt Reiß/ Hirß/ vnd eine sonderbar gut vnd dawrhaffte vnbekante Frucht/ in grosser menge/ wie auch viel Zaburro, oder Indianisch Korn/ aber gemein Korn haben sie nicht so gar viel. Sie haben auch gnug Trauben/ aber darauß wirdt kein Wein gemacht/ als in deß Königs vnd Patriarchen Hauß. An statt deß Weins machen sie ein Tranck auß der Frucht Tamarindi. Die Pomerantzen/ Limonen/ Cidren wachsen da von sich selbsten. Ihr Oel machen sie auß einer Frucht welche sie Zeva heissen/ ist goldgelb hat aber kein Geruch. Sie ziehen viel Immen auch in den Häusern/ daher sie einen grossen vberfluß haben von Wachs vnd Honig. Ihr Tuch ist gemeinlich von Wollen/ aber die vornemen vnd grossen Herren/ tragen Häut der wilden Thieren von Tigren vnd Löwen. Sie haben auch viel Vieh: Küh/ Grissen/ Schaaf: wie auch Esel/ Maulesel/ Camel/ Pferdt/ aber etwas klein: der grossen aber haben sie gnug auß Arabien vnd Egypten. Sie haben auch allerhand zame vnd wilde Thier wie bey vns. Es ist kein Landt reicher vnd fruchtbarer an aller Geburt/ so wol der Menschen vnd Thier als der Planten: vnd were noch viel reicher/ wann diß Volck nicht so grob/ faul vnd vnverständig were zudem Feldbaw vnd andrer nutzlicher Arbeit: Sie haben Hanff vnd Flachs/ wissen aber nicht worzu es gut ist: Sie haben Canamele vnd Zuckerrohr/ vnd wissen doch nit wie man den Zucker darauß zeucht: Sie haben auch Eysen gnug/ vnd brauchen doch dasselbige nicht/ oder gar wenig/ ja sie halten die Schmidt für Zauberer vnd lose Leut: Sie haben schöne Flüß vnd Wasser gnug/ vnd brauchen sich doch nicht ihre Güter zu wässern: Sie verstehen sich auch wenig auff das Jagen/ Vogeln vnd Fischen/ vnd bekümmern sich wenig darumb/ daher ist das Landt voller schönem Gewildt vnd Vögel/ vnd das Wasser voller Fisch.

Die ander Vrsach daß das Land so vbel gebawen wirdt/ ist daß die Herrn jhre Vnderthanen so streng halten/ vnd jhnen mehr nicht lassen als jhre Notdurfft/ daher bemühen sie sich auch nicht weiter als zur Notdurfft. Ihre gemeine Sprach hat gantz kein Regel noch Fundament/ vnd wann sie einen Brieff schreiben wöllen/ müssen sie ein Fähnlein Knecht zusammen beruffen/ so da raht vnd that darzu geben/ vnd haben darmit viel tag zu thun. In dem Essen brauchen sie weder Tisch noch Thuch/ sondern essen auff der Erden/ sie brauchen keine Artzneyen.

Die Erstgebornen erben allein vnd die andern gehn leer auß. Es ist in diesem gantzen Ethyopia kein Statt oder Flecken welche vber 1600. Haußhaltungen habe/ vnd seyn deren auch wenig welche so viel haben/ vnder diesen allen ist keine rechte gemawrte Statt/ sondern es seyn alle offene Flecken. Dann sie halten darfür/ wie die Spartaner/ das Land müsse mit der Faust/ vnd nicht mit Mawren/ Steinen oder Grundt beschirmbt vnd geschützt werden. Ihre Handlungen geschehen alle mit Tauschen/ vnd so die Sachen welche sie gegen einander vertauschen/ vngleich seyn/ so machen sie die Gleichheit mit Saltz oder Früchten so sie allzeit bey der Hand haben. Pfeffer/ Myrrhen/ Weyrauch vnd Saltz wird mit Goldt außgewogen. Das Gold brauchen sie auch gemeinlich aber nur nach dem Gewicht/ das Silber aber ist wenig im Brauch.

Das Ansehen dieses gantzen Lands der Abyssinern bestehet in dem Ansehen deß Königs vnd seines Hofs/ welcher zwar seinen gewöhnlichen Sitz hat zu Zambra/ zeucht aber mehrertheils mit dem Hof in dem Land herumb/ vñ wohnet allein vnder den Zelten/ vnd so er sich nider läst/ muß er 8. oder 10. Italiänischer Meilen Lands haben zu seinem Quartier: sein Hoffläger wird geschätzt auff 50000. Pferdt vnd Maulesel.

Wann er also rayst/ so reitet er auff einem Pferdt/ vnd ist mit einem roten Vmbhang bedeckt vnd vmbgeben hinden zu vnd auff den seiten. Auff dem Haupt hat er ein köstliche Kron von Gold vnd Silber/ vnd ein silbern Creutz in der Hand. Vor dem Gesicht hat er ein blawe seydene Masqueten/ welche er von dem Gesicht rucket wenig oder viel nach dem er einen ehren wil. Zu zeiten läst er nichts sehen als den Spitz von seinem Fuß/ vnd diß thut er auch wol gegen fürnehmer Potentaten Gesandten.

Es mag niemandt zu seinem Sitz/ Zelten oder Vmbhängen kommen/ als mit vielen Ceremonien vnd gewissen Mitteln. So offt die Vnderthanen den Namen deß Königs hören so neigen sie sich gegen der Erden/ vnd rühren dieselbige an mit der Handt/ vnd machen ein Reverentz gegen seiner Zelten. Er läst jm jederweilen 13. geweichte vnd geheiligte Altarstein nachtragen/ vnd solches beschicht durch gewisse Priester welche in sonderheit darzu geweyhet seyn/ deren müssen jeder weilen 4. vmb 4. dieser Stein einen tragen mit vielen Ceremonien/ vnd diese braucht der König vnd sein Hof zu jhrer Devotion für jhre Kirchen.

Das achte Buch
Von der Königlichen Gefangenschafft auff dem Berg Amara.
Cap. xxxviij.

Dieser Berg Amara ligt mitten in Aethiopia/ vnder der Linien: es sol kein Ort in d' Welt von der Natur höher begabt seyn/ als dieser Berg.

Er hat einen erwünschten vnd gesunden Lufft/ einen wunderschönen Prospect/ vnd ist voll der schönsten Früchten so die Erden herfür bringen köndte. Summa es sol ein recht jrrdisches Paradeiß seyn: Aber dannoch wirdt er zur Gefangenschafft gemacht/ der jenigen/ welchen Gott vnd die Natur die gröste Freyheit gegeben/ das ist der Königlichen Kindern/ vnd Fürsten deß Geblüts.

Dieser Berg ligt in einer grossen Ebne/ welche sich auff die 30. Meil wegs erstreckt: Er ist von Form gantz rundt/ vnd so hoch/ daß man ein tag auffzusteigen hat. Rings herumb sind die Felsen so gäch/ vnd so starck vber sich gericht/ daß sie wie hohe Mawren anzusehen/ mit welchen der Himmel vnderstützet sey: Zu oberst aber ist dieser Berg mit den Felsen gantz vberhenckt vnd schiessen auff allen seiten fast ein Meil wegs herauß: also daß es vnmüglich ist auf oder abzusteigen. Der Berg haltet 20. Meil im Bezirck/ vnnd ist oben mit einer Mawren rings her vmbgeben/ vnd mit Zinnen versehen/ daß niemandts herab fallen mag. Oben ist der Berg gantz eben/ allein gegen Mittag ist ein hoher Bühel/ darauß quillet ein schöner küler Brunnen/ welcher die gantze Ebne wässert/ vnd einen grossen See machet/ darauß ein Strom vber den Berg herab lauffet/ in den Nilum.

In diesem felsichten Berg ist ein breyter Weg gehawen worden/ daß man hinauff reiten kan. Zu vnderst des Bergs/ ist ein starcke Porten/ mit einer starcken Guarnison verwahret: Mitten im weg ist ein grosser weiter Raum in den Berg gehawen: Zu oberst ist ein andere Port/ mit einer andern Guardi versorget. Wann einer auß Vnfürsichtigkeit auff diesen Berg/ der nicht dahin gehört/ käme/ deme wurden ohn alle Gnad Händt vnd Füß abgehawen/ vnd die Augen außgestochen: welcher auch einen Flüchtigen auß diesem Berg beherbergte/ der wurde an Leib vnd Leben gestrafft. Die Hüter vnd Soldaten dieses Bergs dörffen auch bey Lebens Straff mit niemanden keine Gemeinschafft haben/ als vnder sich/ damit alle Gelegenheit der Verzähterey abgeschnitten werde.

Auff dem Berg sindt keine Stätt/ sondern es stehen darauff 34. grosse vnd köstliche Palläst in welchen die Fürsten deß Königlichen Geblüts jhre Wohnung haben.

Es sindt auch darauff zween Tempel/ welche vor der Regierung der Königin auß Saba/ der Sonnen vnd dem Mond dahin sollen gebawen worden seyn: aber die Königin Candace/ nachdem sie zum Christlichen Glauben bekehrt worden/ sol sie dem H. Geist/ vnd dem H. Creutz consecriret haben.

Antiq.l.8. c.2.

Von den hertzlichen Früchten/ schönen Blumen/ vnd köstlichen Bäumen dieses Orts/ kan nicht genugsam geschrieben werden. Josephus schreibt die Königin auß Saba/ habe den König Salomon/ mit den Palmenbäumen dieses Orts/ so sie mit sich gen Jerusalem tragen lassen/ verehret/ welcher sie hernach in Judæa gepflantzet hat/ von dannen sie entlich gen Cair kommen sind. Es sind auch zwey köstliche Klöster auff dem Berg/ in deren jedem 1500. Ritter als München beysammen seyn. Es ist auch da innen ein herrliche Bibliothec/ dergleichen keine in der Welt gefunden wird: Dann von der zeit an der Königin auß Saba/ sollen alle Könige diese Liberey mit allerley newen Büchern vermehret haben. Allhie haben die König jren Schatz/ der auch aller andn Potentaten Schätz vbertreffen sol/ weil die Könige/ von vhralten zeiten her jährlichen einen gewissen theil jhres Einkommens dahin zu legen pflegen. Es ist vnglaublich was von der Menge der Edelgesteinen/ so allhie auffbehalten werden geschrieben wirdt. Die Fürsten deß Geblüts werden in dem achten jahr jhres Alters auff diesen Berg geschickt/ vnd kommen von dannen nimmer herab/ es werde dann einer zum Keyser erwehlt/ das thun sie darumb/ damit aller Anlaß der Burgerlichen Kriegen abgeschnitten werde.

Schöne Bibliotheck.

Grosser Schatz.

Anno 1608. sind 6. Fürsten deß Geblüts/ auff diesem Berg gewesen: Ein jeder hatte seine eigne Königliche Hofhaltung: wann sie sich mit jagen/ oder andern Kurtzweilen erlustigen wöllen/ so kommen sie zusammen/ vnnd hat ein jeder 10. Diener/ welche alle Söhn seyn der Königen die diesem Keyser vnderworffen: die geringeren Dienst verrichten die Soldaten/ so den Berg bewahren. Ein jede Gemein die 1000. Häuser hat/ muß drey Männer auff jhren Kosten/ auff diesen Berg schicken/ denselbigen zu bewahren/ einen Edelman/ Burger/ vnd Bawer.

Wann der Keyser stirbt/ so wirdt alsdann von den zweyen Apten auff dem Berg ein newer erwehlet: welcher schweren muß/ das Gesetz Gottes/ Christlichen Glauben/ vnd die 4. Concilia zu beschirmen/ vnd diesen alten Brauch der Erwehlung deß Königs vnd verwahrung deß Königl. Saamens auff diesem Berg handzuhaben. Wann er erwehlet ist/ so führen sie jhn zur Kirchen/ setzen jhn auff den Königlichen Thron/ alsdann so kommen die vbrigen Fürsten deß Geblüts/ vnd küssen jhm die Füß/ vnd leisten jhm den Eydt der Gehorsame.

Von den Ländern Africe. 1673

Nachgehender Tagen leisten dem newen Keyser auch beyde Aept einen Eydt/ diesen Berg vnd die Verwahrung deß Königlichen Geblüts in gute acht zu nehmen vnd darob zu halten/ wie von alters her bräuchig. Nach diesem geben die Aept dem König die Schlüssel zum Schatz: Auß welchem er nemmen mag was jhm gefället/ alsdenn gibt er jhnen die Schlüssel wider.

Wann dieses alles beschehen/ so wird ein groß Stück Geschütz auff dem Berg loß gebrennt/ das man weit vnd breyt im Land hören mag: darauff kommen deß Keysers Rhät/ mit 12000. Rittern von S. Anthonij Orden/ zum Berg/ vnd begleiten den newen Keyser gen Zambra/ da er seine gewöhnliches Läger hat/ daselbst wird er mit newen Ceremonien auff den Keyserlichen Thron gesetzet. Darnach reisset er gen Saba/ vnd empfähet den Eydt von allen seinen vnderworffenen Königen. Der jetzige Keyser mit namen Zaraschaureat/ ein Sprößling vom Stammen Davids/ ist Anno 1606. erwehlt worden.

Von allerley seltzamen Dingen/ Thieren vnd Vögeln so in diesem newen Etiopia gefunden werden. Cap. xxxix.

Es erzehlen die alten/ nemlich Pomponius Mela/ Plinius/ vñ Solinus/ gar wunderbarliche ding/ die in dem innern Africa oder Aethiopia gefunden werden/ vnd deren will ich auch hernach ettliche mit kurtzen Worten beschreiben. Es wird bey der Insel Meroe gefunden ein See/ vnd hat solch glatt vnd subtil Wasser/ daß es dem Oel verglichen wird/ vnd alles was dareyn fallt/ wie leicht es schon ist/ fallt zu grund. Es mag kein Holtz darinn/ noch Laub von einem Baum empor schwimmen. Bey den Völckern Sambales genennt/ haben die vierfüssigen Thier keine Ohren. Man findt auch Monstra darinn/ die werden Cynamolgi genennt/ die haben lange Mäuler wie die Hünd/ vnd das Corpus ist sonst formiert wie eins Menschen Leib. Andere findt man die Artapathiten genennt werden/ die gehn auff allen vieren gleich wie die Thier vnd haben kein eigne Wohnung. Man findt Thier darinn die Camelopardalen genennt werden/ die sind am Halß den Rossen gleich/ haben ein Haupt geformiert wie ein Kamelthiers Haupt/ an Füssen sind sie den Ochsen gleich/ vnd haben schöne Flecken wie die Tigerthier: Jhre fordern Füß sind höher dann die Hindern/ dahero sie sich nicht so wol von dem Boden/ als von den Bäumen weyden können/ dann jhren Kopff strecken sie eines langen Spieß hoch in die Höhe. Ein ander Thier heist Parander/ ist so groß als ein Ochß/ hat ein Hirtzenkopff vnd ein ästig gehirn darauff. Ein ander Thier heist Hystrix/ sonst Dorn-oder Stachel Schwein/ ist einem Igel gleich/ hat viel Stacheln/ vnd wann jhm die Hünd zusetzen/ wirfft es die Stacheln von jhm/ vnd schädiget die Hünd gar vbel. Dann die Stacheln sind hart vnd spitz wie ein Nadel/ mehr als einer guten Spannen lang.

Camelopardalen.

Man findt hier auch trefflich viel Affen die da geboren werden. Vnd wann man sie fahen will/ braucht man ein solchen List. Der Jäger legt an zwen Schuch/ vnd zeucht sie wider ab/ gehet hinweg vnd verbirge sich. Vnd so der Aff das sicht/ steigt er von dem Baum herab/ vnd legt die Schuch auch an: dann was er sicht das vnderstehet er zu thun/ vnd eh er die Schuch abzeucht/ ist jhm der Jäger auff dem Halß vnnd fahet jhn.

Affen.

In diesen Wüstenen haltet sich auch ein sonderbare Gattung Affen/ so man Pavion nennet oder Fabian/ ein wüst/ scheutzliches/ vnd heßliches Thier/ noch so groß vnd starck als ein Aff. Isset allerley Frücht/ auch Brodt/ vnd trinckt gern Wein/ wann es hungerig so ersteigt es die Bäume vnd schüttelt die Frucht herab/ so viel es mag vnd isset sie. Es entsetzet sich vor keinem Thier als vor dem Elephanten/ vnd das seiner vngehew-

Fabian.

ren grösse halber. Es ist von Natur ein geiles Thier vnd sehr begierig auff die Weiber/ vnd so er deren mächtig wirdt/ vnderstehet es seinen Mutwillen mit ihnen zu treiben. An dem Hindern ist es gantz glatt wie eines Menschen Haut/ sehr wüst vnd heßlich anzusehen.

Dieses Thier wird etwan auch in vnsere Landt gebracht von gewissen Leuten/ die sie in allerley Gauckelwerck vnd Affenspielen vnderrichten/ daß sie anzusehen/ als verstünden sie eigentlich was ihre Meister mit ihnen reden/ vnd brauchen ihre Gesten wie die Menschen. Gesnerus vnd andere vermeynen/ dieses seye der Alten Hyæna/ von dem sie viel Wunderding geschrieben/ vnnd sie auch in Africam gesetzet/ vnder andern schreiben sie von ihme es äffe die Menschliche Stimme nach vnd schleiche gemeinlich vmb die Schäffereyen herumb/ vnd wann es den Namen eines Hirten erhöre/ so ruffe es demselbigen/ vnd so er komme/ fresse es ihn. Item es vereinige sich etwan mit der Löwin/ vnd wann sie von ihm empfahe/ so gebär sie ein ander Thier Crocuta genannt/ so auch die Eygentschafften der Hyæna haben/ vnd viel andere Sachen mehr.

Andreas Battle/ welcher viel jahr in dem Königreich Congo vnder den Portugesen ein Balbierer gewesen/ bezeuget/ er habe Affen in den Wälden gesehen/ so lang als ein Mensch/ aber mit zwey mal so grossen Gliedern/ doch gleicher Stärcke/ gantz harig/ sonst allerdingen den Männern vnd Weibern/ an der Weiblichen Gestalt gleich: Sie leben von wilden Früchten/ vnd schlaffen deß Nachts auff den Bäumen/ welches vielleicht eben vnsere Fabian seyn.

Solinus schreibt von einer Gattung Affen/ die er Satyros nennet/ mit Geyßfüssen: Item von einer andern Gattung/ die er Sphynges heisset/ so Brüst vnd Haar haben wie die Weiber/ vnd Picrius bezeuget/ er habe ein solche zu Verona gesehen.

Es wird auch da gefunden das Thier Zebra genant/ ist seiner Schönheit halben wundersamer weiß lieblich: einem Pferdt gleich/ aber nicht so geschwindt/ man pflegt sein Fleisch zu essen/ vnd lauffen bey hunderten daher.

In diesen Ethiopischen Wüstenen halten sich auch viel Löwen vnd Tigerthier/ von denen wir schon zuvor gesagt haben. Item die Panterthier die man auch Pardalen nennet.

Panterthier.

Dieses ist ein grimmig Thier/ hat ein schnellen Lauff/ ist gelb gefärbt mit vielen gelben Flecken/ ist den Affen vnd Hirtzen auffsetzig. Vnd so es ein Affen fahet/ braucht es ein solchen list. Wann es vnder die Affen kompt/ fliehen sie alle auff die Bäum: aber es legt sich vnder den Baum als were es todt/ thut die Augen zu/ vnd läst den Athem nicht gehn: so das die Affen auf dem Baum sehen/ frewen sie sich/ dörffen doch nicht herab steigen/ biß etwan einer ein keck Gemüth fasset/ vnd steigt mit grosser stille herab/ geht still zum Pardalen vnd fleucht wider hinder sich/ vnd wagt sich also ein mal oder drey/ biß er zuletzt nahezu ihm kompt/ vnd dann hat er acht auff die Augen/ vnd ob ihm der Athem gang/ vnd so er kein Zeichen des Lebens an ihm findet/ lockt er den andern Affen auch herab/ die kommen mit frewden/ lauffen vmb ihn/ vnd auff ihm springen vnd tantzen/ daß sie ihren Feind vor ihren Augen todt sehen ligen. In diesem allem regt sich das Thier nicht/ laßt die Affen also gaucklen biß sie müd werden/ dann wütsch es Augenblicklichen auff/ vnd zerzerrt ein theil mit den Klawen vnd ein theil mit den Zeenen/ frißt von ihnen was ihm am anmütigsten ist. Wann man diß Thier fahen will/ hat man acht wo sie pflegen zu trincken/ da setzt man hin guten starcken Wein/ darvon werden sie also truncken vnd voll schlaffs/ daß man sie ohn alle mühe vnd arbeit fahet. Von diesem Thier hab ich auch etwas geschrieben bey dem Landt Hyrcania. Es hat gar ein schnellen Lauff/ vnd den vollendet es stracks für sich. Mann findt zweyerley Pardalen/ kleine vnd grosse: die kleinen nennet man Lynces, das sind Luxen/ vnd sind den Hasen gar auffsetzig. Die grossen fallen an die Hirtzen vnd andere Thier die man Oryges nennt. Doch sind sie an der gestalt des Leibs gleich formiert/ haben gleiche Augen/ vnnd zu beyden seiten haben sie kleine Köpff. Aber in der Farb stimmen sie nicht zusammen. Die kleinen haben ein rote Haut/ vnd die grösseren ein gelbe/ besprengt mit grawen Flecken oder Blumen. Man findt diese Thier auch in Lycia vnd Caria/ haben aber kein Edel Gemüt/ vnd springen nicht dann so sie verwund werden.

Hie haltet sich auch der Strauß ein grosser starcker Vogel mit schönen grossen vnd breyten Federen/ aber seine grosse Fädern mögen ihm nicht helffen zum fliegen/ sondern zum lauffen. Dann er mag sich nicht erheben von der Erden/ wird aber mit den auff gethanen Flügeln trefflich sehr gefürdert zum lauffen also das man ihme schwärlichen nachkommen kan. Er legt viel Eyer/

Von den Ländern Africe. 1675

vnd die sind groß/wie man sie dann hin vnd her in Teutschlandt in den Kirchen sind auffgehenckt: aber sie sind nit alle Fruchtbar/vnd das erkennt der Vogel/darumb sündert er die guten von den Vnfruchtbaren/wann er sie außbruten will. So er von den Jägern verfolgt wird/vnd mag jhnen

nicht entrinnen/sonder sicht daß jhm der Feind auff dem Halß ist/nimbt er Stein mit den Füssen/ vnd wirfft die hindersich in die Feind/daß er sie auch schedigen mög. Gleich wie der Helffant vnder den vierfüssigen Thieren/vnd der Crocodil vnder dem Wässerigen Thieren auß einem kleinen jungen mechtig groß werden/also vnder den Vögeln wird der Strauß ein groß Thier auß einem kleinen Ey. So man diesen Vogel abthut/findt man gemeinlich in seinem Magen Stein/ vnd etwan Eysen/vnd die soll er verzehren so sie lang bey jhm gelegen. Sein art ist daß er ein Nest macht im Sand in einer Gruben/vnd die vmbiegt er/macht Circkelweiß darumb ein Bollwerck wie ein Mawr/damit er dem Regenwasser wehrt/daß es nicht dareyn fließ/vnd seinen jungen schaden thu. Dieser Vogel ist so groß/das er auff seinem breiten Rucken tragen möcht ein jung Kind. Er hat gar gerade vnd hohe Schenckel/die sind etwas gleichförmig den Schenckeln eins Kamelthiers/vnd vberzogen mit vielen Schüppen/darumb er auch von den Alten Struthiocamelus wird genennet. Er hat ein langen Halß/ein klein Köpfflin vnd grosse Augen darinn/ein kurtzen vnd scharffen Schnabel/weich Pflaumfedern/vnd gespalten Klawen/dareyn er etwas fassen mag/alß ein Stein vnd dergleichen/wie gesagt ist. So er neben einem reitenden Mann steht/mag er jhm zu dem Kopff reichen/so ein grosses Thier ist er. Ettliche schreiben auch/daß er seine Eyer nit außbrüte/sonder laßt sie in dem warmen Sand außschlieffen/vnd wann dann die jungen Streußlin herfür lauffen/ernehren sie die alten. Es ist gar ein einfältig vnd vergeßlich thier so baldt es die Eyer legt vergißt es jhr/vnd kompt nicht mehr zu jhnen biß die jungen herfür kommen.

Von

Das achte Buch
Von dem aussern oder vndern Ethiopia.
Cap. xl.

Was noch vbrig von Africa ist/ wird das aussere oder vndere Ethiopia genennt/ so den Alten gantz vnbekandt gewesen: Auff der Ost/ Sud/ vnd West seyten ist es mit dem Meer vmbgeben. Aber gegen dem Norden zu/ begreifft es der Abyssiner Reich/ gleich als mit zweyen außgestreckten Armen. Maginus theilet diß Ethiopiam ab in 5. Theil/ in Ajan/ Zanguebar/ Benomotapa oder Monomotapa/ Cafraria vnd Congo. Von diesen Ländern köndten wol viel schöner Sachen geschriben werden/ müssen es aber/ weil das Werck zu weit außgeloffen/ nur summarischer weiß begriffen.

Von Ajan.

Ajan begreifft das gantze Landt/ zwischen dem Eingang deß rohten Meers/ vnd Quilimanci/ weil es mehrertheils am Meergestaden von den Arabern bewohnt: Jenerthalb Lands aber ist ein schwartz Heydnisch Volck. Es haltet zwey Königreich in sich/ Adel vnd Adea.

Zu dem Königreich Adel (welches sich von dem Eingang deß rohten Meers/ biß an Capo Guardafu erstrecket/ Sud vnd West aber an den Prete Joan/ bey dem Königreich Fatigar stosset) gehören etliche gewaltige Stätt. Als Arar/ welches die Hauptstatt ist: Zeila vnd Barbora/ welche beyde Stätt ausser der Enge/ am Meer ligen/ vnd von den Kauffleuten sehr besucht werden. Der König zu Zeilan ist ein Mohr/ vnd führet stettigs Krieg mit den Abessinischen Christen. Diese Statt ist Anno 1516. von den Portugesen geplündert vnnd verbrennet worden.

Adea ligt zwischen Adel/ Abassia/ vnd dem Meer. Diß Landt zahlet den Abassinen Tribut. In diesem Königreich ligt noch ein ander klein Königreich Magadazzo genannt/ dessen Einwohner sind halbe Mohren/ halb Heyden/ so Fewer/ Holtz vnd Schlangen anbeten. Brava/ Pate/ vnd Gogia sind feine Stätt darinnen.

Von Zanguebar oder Zanzibar. Cap. xli.

Die Araber heissen Zanguebar die gantze Gegne/ welche sie von dem Fluß Qualimanci/ welchen Ptolomeus Raptus nennet/ biß an die Grentzen Benomotapa erstrecket. Etliche begreiffen auch Benomotapa vnd Cafraria vnder diesem Namen. Sanutus schreibt/ es seye ein tieffes/ mossechtiges vnnd wäldiges Landt/ voller Wasser. Hierinnen ligen die Königreich Melinde/ Mombaza/ Quiloa/ Mosambique/ Zefala/ rc.

Melinde. In dem Königreich Melinde/ sonderlich nahe bey dem Meer/ sind die Einwohner Mohren/ bawen jre Häuser auf Europeische weiß. Die Weiber sind weiß/ die Männer aber weißlecht/ ohngeacht sie vnder der Linien wohnen. Sie haben schwartz Volck auch vnder jnen/ welche Heyden sind.

Mombaza. Mombaza ist auch also beschaffen/ vnd sol ein Gleichheit mit Rhodiß haben. Diß Königreich ist Anno 1589. von Thoma Catigno zerstöret worden/ darumb daß sie dem Alebech/ dem Türckischen Schiffobersten/ Hülff gethan. Die Statt Mombaza ist ein kleine Insel/ vnd hat ein Castel an dem Wasser: Dieses haben die Portugesen sampt fünff reichbeladenen Galleen/ welche Alebech daselbst stehen hatte/ also bald erobert. Die Einwohner dieses Landts leben in steter Gefahr/ *Imbii ein grimmig Volck.* nicht allein der Spanier halben/ sondern auch wegen eines grimmigen Volcks/ Imbii geheissen/ so im Landt wohnet/ vnd nicht fern von dem Haupt der guten Hoffnung geboren wird/ sind lange/ starcke/ vierschrötige Leuth/ zum Krieg vnd Raub gewehnet/ fressen nicht allein jhre Feindt/ sondern auch jhre eigene Leuth/ wann sie wollen kranck werden. Die Hauptscheideln der Todten brauchen sie für Trinckgeschirr: jhre Pfeil sind vergifftet: sind Zauberer/ beten jhren König an: dieser ist gantz vbermütig/ nennet sich ein Herrn der Erden: schiesset seine Pfeil gegen Himmel/ wann jhn die Nässe oder trückne plagt. Er hat vff die 80000. Mañ in seinem Heer: Er lässet Fewr vorher führen/ als ein Träwung/ daß er alle Gefangne wolle sieden/ braten/ vnd fressen lassen. Es lässet sich ansehen/ es seyen eben die Gallæ/ welche die Abessinen plagen/ vnd die Jagges im Königreich Guinea: welches auch auß jhrem Namen zu schliessen/ dann sie nennen sich selber Imbangolas/ sind ein schreckliche Ruth Gottes/ mit deren er diese Barbarische Africaner straffet: sie haben den König vnd die Obrigkeit zu Mambara vberfallen/ vnd gefressen/ eben damaln als die Portugesen ins Landt gefallen waren.

Quiloa. Quiloa ist ein Statt vnd Insul/ jhr Hertzschafft ligt der länge nach am Gestaden. Ist A. 1500. von den Portugesen eyngenommen worden. Es ist ein wolbekleid vnd wol proportionirtes Volck.

Mosambique. Mosambique das Königreich ligt im Land/ in einer Insul/ in dem Eingang deß Flusses Moghincats. Die Portugesen haben daselbst ein vestes Castel/ vnd pflegen jre Schiff allda zu vberwintern. Die schaf in disem Land/ haben schweif 25. Pf. schwer: sie handeln mit den inlendigen von Sena/ Macurva/ Sofala/ Cuama: deren etliche Menschenfresser sind: jr beste speiß ist Helfantefleisch.

Der

Von den Ländern Africe.

Der Spanische Hauptman zu Mosambique hat in 3. Jaren / 300000. Ducaten fürgeschlagen. In diesem Meer segeln die Moren in lädeten Schiffen / vnnd sind die Segel jhrer Schiffen auß blettern von Palmenbäumen / mit einem Gummi an einander geleimt.

Cefala ligt zwischen den flüssen Cuama vnd Magnice / ist vor allen anderen Ländern in Africa / reich an Gold. Alhie haben die Portugesen ein gewaltige Vestung auff einer Insel / dardurch sie den gantzen Goldhandel dieses Lands an sich gezogen / welcher jhnen järlich auff 2. Million tragen solle. Ortelius meynet diß seye das rechte Ophir / darauß Salomon so viel Golds bekommen. Dann man findt daselbsten noch alte Phœnicesische Buchstaben in steinen gehawen / welche von Salomons Dienern sollen herkommen seyn. Josephus aber sucht Ophir in Ostindia. Juntus vñ andere in Aurea Chersoneso. Arias Montanus vnnd Morneus suchen es in Peru. Aber ich muß vorteylen. *Cefala. Ophir.*

Hinder diesen Königreichen innerhalb Lands / ist das Königreich Monoemugi: welches auch mechtig reich an Gold ist. Der König krieget stäts mit denen zu Benomotapa. Er hat schreckliche Soldaten / Guiacqui genannt / die essen jre Feind. Ist auch ein vmbschweiffendes Gesindle / wohnen vnnd den See / darauß Nilus vnd Zaire entspringen.

Die Caffares / welche nah bey Mosambique wohnen / leben wie das Vieh / sind so schwartz als Pech / haben flache Nasen / dicke Lefftzen / Löcher in jhren oberen vnnd vnderen Lefftzen / wie auch in jhren Backen / dareyn sie zum schmuck kleine Beinlein legen: Sie zerschneiden vnnd brennen auch zur zierd jhre Leiber mit glüenden Eysen. Wann sie einen im Krieg fahen / so hawen sie jhm das männlich Glied ab / vnd dörren es / kommen als dann für jhren König / tragen diese gedörrten Glieder im Mund / vnd speyen sie auß dem König für die Füß: welches der König mit grossem danck annimbt: alßdann gibt er jhnen diese Glieder wider / welche sie in grossen ehren halten / als zeichen jres erlangten Ritterstands: dann sie machen diese Glieder an ein Schnur / vnnd hencken sie jhren Weibern an Halß / an statt einer güldenen Ketten. *Die Caffares. Seltzame Ritterschafft vnd Weiber zierd.*

Von Benomotapa / vnd angrentzenden Orten. Cap. xlii.

Dieses ist ein groß Keyserthumb / vnnd hat den Namen von dem Fürsten / welcher Benomotapa genennt wird / vnd ist so viel als Cæsar bey vns. Die Portugeser nennen jhn den Keyser des Golds. Sein Reich soll sich auff die 1000. Meil wegs im bezirck erstrecken. Auff der North-Ost seiten liget der See / darauß Nilus entspringt: auff der South seiten ligen Magnice vnd Toroa: vnd gegen Auffgang das Meergestad von Zefala. Zwischen Cuama vnd Corrientes ist ein lieblich vnd gesund Land: vnd von Capo Corrientes biß gehn Magnice / ist es voller Viehs / aber sehr kalt. Jhre fürnembsten Stätt sind Zimbas vnd Benamataza. Die Elephanten gehen allhie mit gantzen hauffen daher / sie sind neun Ellen hoch vnd fünff dick / mit langen vnd breiten Ohren / kleinen Augen / kurtzen Schweiffen vnd grossen Bäuchen: Es sollen alhie järlich wol fünff tausent geschlachtet vnnd gessen werden.

Jhre Goldgruben ligen in dem Gebürg Manica / nahe bey Zefala / halten 19. Meilen im bezirck: Man erkennet die Oerter wo Gold ist / auß jhrer dürre / vnd vnfruchtbarkeit: Sie haben auch andere Goldgruben in der Provintz Boro vnd Quiticui: desgleichen in Toroa: daselbst ist ein alt Castel / auß mechtigen grossen Steinen / ohne einigen Kalch erbawen: vnnd ist die Mawr 25. Spannen dick: Uber der Porten stehen die Phœniceischen Buchstaben / von denen oben geredt worden / darumb nennet es Barzius Salomons Vestung. Das Volck in diesem Landt tregt krauß Haar / vnd sind klüger / als die vorigen.

Wo der Benomotapa oder grosse König dieser Landen hingeht / hat er seine Sänger vnd Seytenspieler bey sich / vnd mehr alß 500. Personen die jhm allerhand kurtzweil machen. Sein Keyserlich Zeichen ist ein Pflugscharr / welche er stätigs am Girtel tregt / zum zeichen daß er ein Herr des Flugens seye: Er tregt gleichfals ein Schwert bey sich / zum zeichen / daß er Gerechtigkeit vbe / vnd sein Volck beschirme. Die Vnderthanen geben jhm keinen Tribut / aber es kommet keiner ohne vereh-

verehrung für jhn. Dieser Benomotapa hat mehr als 1000. Weiber: aber die erste ist die fürnembste/ wann sie schon geringeres stands ist/ vnnd jhr Sohn folget jhm nach im Reich.   Seine beste Kriegsleut sind die Weiber/ welche man Amazones nennet/ welche jhre lincke Brust abbrennen/ damit sie desto geschickter zum Krieg seyen. Sie sind geschwind/ hertzhafft vnnd standhafftig im streitt. Sie wohnen in etlichen Länderen allein/ vnd zu gewissen zeiten kommen Männer zu jnen/ welchen sie hernach die Knäblein senden/ vnd behalten sie die Mägdlein. Also finden wir auch Amazones in Africa/ wie etliche darvon schreiben.

Es ligen in dieser gegne vmb Monomotapa vnd dem Gebürg des Monds/ noch andere Königreich mehr/ als Malana/ Melemba/ Quinbebe/ Berteca/ Bavagal/ von welchen allen aber zu handlen viel zu lang werden würde.

Von Cafraria vnd dem Spitz der guten Hoffnung.
Cap. xliij.

Afraria ligt zwischen Rio de Spirito Sancto vnd Capo Negro/ vñ erstreckt sich Soutwerts gegen dem Spitz der guten Hoffnung. Dieser Spitz ist von den Portugesen/ welche Anno 1487. erstlich diesen Weg widerumb geöffnet/ also genennt worden/ weil er jhnen gute hoffnung geben/ den Weg in Ost-Indien zu finden. Es sind drey Spitz des Lands/ so sich weit in das Meer hinauß erstrecken. Der West Spitz wirdt C. bonæ spei genennt: der mitler Spitz wirdt genannt C. Falso/ weil die Schiffleut diesen manchmal für den ersten angesehen. Zwischen diesen zwen Spitzen lauffet ein mechtig groß Wasser ins Meer/ genannt Rio Dulce/ der süsse Fluß: welcher auß dem See Gale bey den Bergen des Monds entspringt. Der dritte Spitz so am meisten Ostwerts sihet/ wirdt Agulhas genennt/ ligt 25. Meilen von dem ersten: Diese zwen erstrecken sich eben wie zwey Hörner in das Meer/ als wolten sie jhm gleichsam gebieten seine grimmigen Wellen nider zu legen/ dann das Meer wüetet daselbsten vber alle massen. Bey diesem Spitz Bonæ Spei werden viel seltzamer Völcker gefunden/ die doch nicht alle bekannt sind: dann es seind etliche so grimmig/ daß man weder mit güte noch reuche mit jhnen handlen kan: aber etliche die da wohnen im Psittich Landt/ haben sich anfengklich da man zu jhnen kommen ist/ nemblich Anno Christi 1500. oder vmb dieselbige zeit/ bald ergeben. Sie gehen in jhrem Land nacket/ vnnd machen Brot auß einer Wurtzlen/ die nennen sie Ignane/ sie seind auch nicht gantz schwartz/ schemen sich nit daß sie gar nacket gehn/ sie durchstechen die vndern Lefftzen/ vnnd setzen Edelgstein in die Löcher/ jhre Häuser seind von Holtz gemacht/ gedeckt mit Blettern vñ Aesten/ vnd vndersetzt mit höltzenen Seulen. Im Hauß sind keine vnderschiedene Gemach/ als Kammern/ Küchen/ Stuben vnd dergleichen/ sonder sie hencken etliche Tücher von Baumwullen gemacht/ weit geweben/ daß man dardurch sehen mag wie durch ein Fischgarn/ in das Hauß/ vnnd machen damit allerley Gemach vnd brauchen das außgespannen Netz für ein Wand. Sie haben in jrem Landt gar wunder hübsche vnd seltzame Vögel/ besonder viel Psittich von allerhand Farben.

Psittich.

Etliche sind äschenfarb/ etliche grün vnd etliche blaw. Man ist jnë feind im Landt: dann sie thun grossen schaden den geseeten Früchten. Sie haben ein kluge Natur mit jhrem nisten/ daß die Schlangen jhnen nit kommen vber jhre jungen. Sie außerwehlen jhnen hohe Bäum/ vnd hencken jhre Nester an die langen vnnd dünnen Aest/ auff die sich die Schlangen nicht dörffen wagen. Das Nest machen sie mit grosser subtiligkeit rund/ vnd ein Loch darin/ dardurch sie auß vnd eyn schliessen/ vnd also sind sie sicher vor den Schlangen. Sie haben noch ein andere gattung Psittich/ die sind so groß als die Hüner hier zu Lande/ze. Auff diesem hohen Vorgebürg ligt ein auß dermassen schöne Ebne/ welche der wolriechenden Kräuteren/ schönen Blumen/ vnnd weiter außsehens halben in das Sud/ Ost vnd West/ einem rechten jrdischen Paradeiß gleich sihet. Der luffe ist so gesund daselbst/ daß wann man die Krancken an das Landt setzet/ so kommen sie bald wider zu jhren

Von den Ländern Africe. 1675

vnd die sind groß/wie man sie dann hin vnd her in Teutschlandt in den Kirchen findt auffgehenckt: aber sie sind nit alle Fruchtbar/vnd das erkennt der Vogel/darumb sündert er die guten von den Vnfruchtbaren/wann er sie außbruten will. So er von den Jägern verfolgt wird/vnd mag jhnen

nicht entrinnen/sonder sicht daß jhm der Feind auff dem Halß ist/nimbt er Stein mit den Füssen/ vnd wirfft die hinder sich in die Feind/daß er sie auch schedigen mög. Gleich wie der Helffant vnder der den vier füssigen Thieren/vnd der Crocodil vnder dem Wässerigen Thieren auß einem kleinen jungen mechtig groß werden/also vnder den Vöglen wird der Strauß ein groß Thier auß einem kleinen Ey. So man diesen Vogel abthut/findt man gemeinlich in seinem Magen Stein/ vnd etwan Eysen/vnd die soll er verzehren so sie lang bey jhm gelegen. Sein art ist daß er ein Nest macht im Sand in einer Gruben/vnd die vmblegt er/macht Circkelweiß darumb ein Bollwerck wie ein Mawr/damit er dem Regenwasser wehrt/daß es nicht dareyn fließ/vnd seinen jungen schaden thu. Dieser Vogel ist so groß/das er auff seinem breiten Rucken tragen möcht ein jung Kind. Er hat gar gerade vnd hohe Schenckel/die sind etwas gleichförmig den Schenckeln eins Kamelthiers/vnd vberzogen mit vielen Schüppen/darumb er auch von den Alten Struthiocamelus wird genennet. Er hat ein langen Halß/ein klein Köpfflin vnd grosse Augen darinn/ein kurtzen vnd scharffen Schnabel/weich Pflaumfedern/vnd gespalten Klawen/dareyn er etwas fassen mag/alß ein Stein vnd dergleichen/wie gesagt ist. So er neben einem reitenden Mann steht/mag er jhm zu dem Kopff reichen/so ein grosses Thier ist er. Etliche schreiben auch/daß er seine Eyer nit außbrüte/sonder laßt sie in dem warmen Sand außschlieffen/vnd wann dann die jungen Streußlin herfür lauffen/ernehren sie die alten. Es ist gar ein einfältig vnd vergeßlich thier so baldt es die Eyer legt vergißt es jhr/vnd kompt nicht mehr zu jhnen biß die jungen herfür kommen.

Von

Das achte Buch
Von dem aussern oder vndern Ethiopia.
Cap. xl.

Was noch vbrig von Africa ist/ wird das aussere oder vndere Ethiopia genennt/ so den Alten gantz vnbekandt gewesen: Auff der Ost/ Sud/ vnd West seyten ist es mit dem Meer vmbgeben. Aber gegen dem Norden zu/ begreifft es der Abyssiner Reich/ gleich als mit zweyen außgestreckten Armen. Maginus theilet diß Ethiopiam ab in 5. Theil/ in Ajan/ Zanguebar/ Benomotapa oder Monomotapa/ Cafraria vnd Congo. Von diesen Ländern köndten wol viel schöner Sachen geschrieben werden/ müssen es aber/ weil das Werck zu weit außgeloffen/ nur summarischer weiß begriffen.

Von Ajan.

Ajan begreifft das gantze Landt/ zwischen dem Eingang deß rohten Meers/ vnd Quilimanci/ weil es mehrertheils am Meergestaden von den Arabern bewohnt: Jenerthalb Lands aber ist ein schwartz Heydnisch Volck. Es haltet zwey Königreich in sich/ Adel vnd Adea.

Zu dem Königreich Adel (welches sich von dem Eingang deß rohten Meers/ biß an Capo Guardafu erstrecket/ Sud vnd West aber an den Prete Joan/ bey dem Königreich Fatigar stosset) gehören etliche gewaltige Stätt. Als Arar/ welches die Hauptstatt ist: Zeila vnd Barbora/ welche beyde Stätt ausser der Enge/ am Meer ligen/ vnd von den Kauffleuten sehr besucht werden. Der König zu Zeilan ist ein Mohr/ vnd führet stettigs Krieg mit den Abessinischen Christen. Diese Statt ist Anno 1516. von den Portugesen geplündert vnnd verbrennet worden.

Adea ligt zwischen Adel/ Abassia/ vnd dem Meer. Diß Landt zahlet den Abassinen Tribut. In diesem Königreich ligt noch ein ander klein Königreich Magadazzo genannt/ dessen Einwohner sind halbe Mohren/ halb Heyden/ so Fewer/ Holtz vnd Schlangen anbeten. Brava/ Pate/ vnd Gogia sind feine Stätt darinnen.

Von Zanguebar oder Zanzibar. Cap. xlj.

Die Araber heissen Zanguebar die gantze Gegne/ welche sie von dem Fluß Qualimanci/ welchen Ptolomeus Raptus nennet/ biß an die Grentzen Benomotapa erstrecket. Etliche begreiffen auch Benomotapa vnd Cafraria vnder diesem Namen. Sanutus schreibt/ es seye ein tieffes/ mossechtiges vnnd wäldiges Landt/ voller Wasser. Hierinnen ligen die Königreich Melinde/ Mombaza/ Quiloa/ Mosambique/ Zefala/ etc.

Melinde. In dem Königreich Melinde/ sonderlich nahe bey dem Meer/ sind die Einwohner Mohren/ bawen jre Häusser auf Europeische weiß. Die Weiber sind weiß/ die Männer aber weißlecht/ ohngeacht sie vnder der Linien wohnen. Sie haben schwartz Volck auch vnder jnen/ welche Heyden sind.

Mombaza Mombaza ist auch also beschaffen/ vnd sol ein Gleichheit mit Rhodiß haben. Diß Königreich ist Anno 1589. von Thoma Catigno zerstöret worden/ darumb daß sie dem Alebech/ dem Türckischen Schiffobersten/ Hülff gethan. Die Statt Mombaza ist ein kleine Insel/ vnd hat ein Castel an dem Wasser: Dieses haben die Portugesen sampt fünff reichbeladenen Galleen/ welche Alebech daselbst stehen hatte/ alsobald erobert. Die Einwohner dieses Landts leben in steter Gefahr/ *Imbij ein grimmig Volck.* nicht allein der Spanier halben/ sondern auch wegen eines grimmigen Volcks/ Jmbij geheissen/ so im Landt wohnet/ vnd nicht fern von dem Haupt der guten Hoffnung geboren wird/ sind lange/ starcke/ vierschrötige Leuth/ zum Krieg vnd Raub gewehnet/ fressen nicht allein jhre Feindt/ sondern auch jhre eigene Leuth/ wann sie wollen kranck werden. Die Hauptscheideln der Todten brauchen sie für Trinckgeschirr: jhre Pfeil sind vergifftet: sind Zauberer/ beten jhren König an: dieser ist gantz vbermütig/ nennet sich ein Herrn der Erden: schiesset seine Pfeil gegen Himmel/ wann jhn die Nässe oder trückne plagt. Er hat uff die 80000. Mann in seinem Heer: Er lässet Fewr vorher führen/ als ein Träwung/ daß er alle Gefangne wolle sieden/ braten/ vnd fressen lassen. Es lässet sich ansehen/ es seyen eben die Gallæ/ welche die Abessinen plagen/ vnd die Jagges im Königreich Guinea: welches auch auß jhrem Namen zu schliessen/ dann sie nennen sich selber Jmbangolas/ sind ein schreckliche Ruth Gottes/ mit deren er diese Barbarische Africaner straffet: sie haben den König vnd die Obrigkeit zu Mambara vberfallen/ vnd gefressen/ eben damaln als die Portugesen ins Landt gefallen waren.

Quiloa. Quiloa ist ein Statt vnd Insul/ jhr Herrschafft ligt der länge nach am Gestaden. Jst A. 1500. von den Portugesen eyngenommen worden. Es ist ein wolbekleid vnd wol proportioniertes Volck.

Mosambique. Mosambique das Königreich ligt im Land/ in einer Insul/ in dem Eingang deß Flusses Moghincats. Die Portugesen haben daselbst ein vestes Castel/ vnd pflegen jre Schiff allda zu vberwintern. Die Schaf in disem Land/ haben schweif 25. Pf. schwer: sie handeln mit den inlendigen von Sena/ Macurva/ Sofala/ Cuama: derer etliche Menschenfresser sind: jr beste speiß ist Helfanti fleisch.

Der

Von den Ländern Africe. 1677

Der Spanische Hauptman zu Mosambique hat in 3. Jaren/300000. Ducaten fürgeschlagen. In diesem Meer seglen die Moren in Lädern Schiffen/unnd sind die Segel jhrer Schiffen auß blettern von Palmenbäumen/mit einem Gummi an einander geleimt.

Cefala ligt zwischen den flüssen Cuama vnd Magnice/ist vor allen anderen Länderen in Africa/ reich an Gold. Alhie haben die Portugesen ein gewaltige Vestung auff einer Insel/dardurch sie den gantzen Goldhandel dieses Lands an sich gezogen/welcher jhnen järlich auff 2. Million tragen solle. Ortelius meynet diß seye das rechte Ophir/darauß Salomon so viel Golds bekommen. Dann man findt daselbsten noch alte Phænicesische Buchstaben in steinen gehawen/welche von Salomons Dienern sollen herkommen seyn. Josephus aber suchet Ophir in Ostindia. Juntus vñ andere in Aurea Chersoneso. Arias Montanus vnnd Morneus suchen es in Peru. Aber ich muß forteylen.

Cefala.

Ophir.

Hinder diesen Königreichen innerhalb Lands/ist das Königreich Monoemugi: welches auch mechtig reich an Gold ist. Der König krieget stäts mit denen zu Benomotapa. Er hat schreckliche Soldaten/Guiacqui genannt/die essen jre Feind. Ist auch ein vmbschweiffendes Gesindle/wohnen vnd den See/darauß Nilus vnd Zaire entspringen.

Die Caffares/welche nah bey Mosambique wohnen/leben wie das Vieh/sind so schwartz als Pech/haben flache Nasen/dicke Leftzen/Löcher in jhren oberen vnnd vnderen Leftzen/wie auch in jhren Backen/dareyn sie zum schmuck kleine Beinlein legen: Sie zerschneiden vnnd brennen auch zur zierd jhre Leiber mit glüenden Eysen. Wann sie einen im Krieg fahen/so hawen sie jhm das mannlich Glied ab/vnd dörren es/kommen als dann für jhren König/tragen diese gedörrten Glieder im Mund/vnd speyen sie auß dem König für die Füß: welches der König mit grossem danck annimbt: alßdann gibt er jhnen diese Glieder wider/welche sie in grossen ehren halten/als zeichen jres erlangten Ritterstands: dann sie machen diese Glieder an ein Schnur/vnnd henckens jhren Weibern an Halß/an statt einer guldenen Ketten.

Die Caffares.

Seltzame Ritter schlag vnd Weiber zierd.

Von Benomotapa/vnd angrentzenden Orten. Cap. xlii.

Dieses ist ein groß Keyserthumb/vnnd hat den Nammen von dem Fürsten/welcher Benomotapa genennt wird/ vnd ist so viel alß Cesar bey vns. Die Portugeser nennen jhn den Keyser des Golds. Sein Reich soll sich auff die 1000. Meil wegs im bezirck erstrecken. Auf der North-Ost seiten liget der See/darauß Nilus entspringt: auff der South seiten ligen Magnice vnd Toroa: vnd gegen Auffgang das Meergestad von Zefala. Zwischen Cuama vnd Corrientes ist ein lieblich vnd gesund Land: vnd von Capo Corrientes biß gehn Magnice/ist es voller Viehs/aber sehr kalt. Jhre fürnembsten Stätt sind Zimbas vnd Benamataza. Die Elephanten gehen allhie mit gantzen hauffen daher/sie sind neun Ellen hoch vnd fünff dick/mit langen vnd breiten Ohren/kleinen Augen/kurtzen Schweiffen vnd grossen Bäuchen: Es sollen alhie järlich wol fünff tausent geschlachtet vnnd gessen werden.

Jhre Goldgruben ligen in dem Gebürg Manica/nahe bey Zefala/halten 19. Meilen im bezirck: Man erkennet die Oerter wo Gold ist/auß jhrer dürre/vnd vnfruchtbarkeit: Sie haben auch andere Goldgruben in der Proving Boro vnd Quiticui: desgleichen in Toroa: daselbst ist ein alt Castel/auß mechtigen grossen Steinen/ohne einigen Kalch erbawen: vnnd ist die Mawr 25. Spannen dick: Vber der Porten stehen die Phænicejschen Buchstaben/von denen oben geredt worden/darumb nennet es Barzius Salomons Vestung. Das Volck in diesem Land tregt krauß Haar/vnd sind klüger/als die vorigen.

Wo der Benomotapa oder grosse König dieser Landen hingeht/hat er seine Sänger vnd Seytenspieler bey sich/vnd mehr alß 500. Personen die jhm allerhand kurtzweil machen. Sein Keyserlich Zeichen ist ein Pflugscharr/welche er stätigs am Girtel tregt/zum zeichen daß er ein Herr des Flueens seye: Er tregt gleichfals ein Schwert bey sich/zum zeichen/daß er Gerechtigkeit vbe/vnd sein Volck beschirme. Die Vnderthanen geben jhm keinen Tribut/aber es kommet keiner ohne verchverehrung für jhn. Dieser Benomotapa hat mehr als 1000. Weiber: aber die erste ist die fürnembste/ wann sie schon geringeres stands ist/ vnnd jhr Sohn folget jhm nach im Reich. Seine beste Kriegsleut sind die Weiber/ welche man Amazones nennet/ welche jhre lincke Brust abbrennen/ damit sie desto geschickter zum Krieg seyen. Sie sind geschwind/ hertzhafft vnnd standhafftig im streitt. Sie wohnen in etlichen Länderen allein/ vnd zu gewissen zeiten kommen Männer zu jnen/ welchen sie hernach die Knäblein senden/ vnd behalten sie die Mägdlein. Also finden wir auch Amazones in Africa/ wie etliche darvon schreiben.

Es ligen in dieser gegne vmb Monomotapa vnd dem Gebürg des Monds/ noch andere Königreich mehr/ als Malana/ Melemba/ Quinbebe/ Berteca/ Bavagal/ von welchen allen aber zu handlen viel zulang werden würde.

Von Cafraria vnd dem Spitz der guten Hoffnung.
Cap. pliij.

Afraria ligt zwischen Rio de Spirito Sancto vnd Capo Negro/ vñ erstreckt sich Soutwerts gegen dem Spitz der guten Hoffnung. Dieser Spitz ist von den Portugesen/ welche Anno 1487. erstlich diesen Weg widerumb geöffnet/ also genennt worden/ weil er jhnen gute hoffnung geben/ den Weg in Ost-Indien zu finden. Es sind drey Spitz des Lands/ so sich weit in das Meer hinauß erstrecken. Der West Spitz wirdt C. bonæ spei genennt: der mitler Spitz wirdt genannt C. Falso/ weil die Schiffleut diesen manchmal für den ersten angesehen. Zwischen diesen zwen Spitzen lauffet ein mechtig groß Wasser ins Meer/ genannt Rio Dulce/ der süsse Fluß: welcher auß dem See Gale bey den Bergen des Monds entspringt. Der dritte Spitz so am meisten Ostwärts sihet/ wirdt Agulhas genennt/ ligt 25. Meilen von dem ersten: Diese zwen erstrecken sich eben wie zwey Hörner in das Meer/ als wolten sie jhm gleichsam gebieten seine grimmigen Wellen nider zu legen/ dann das Meer wietet daselbsten vber alle massen. Bey diesem Spitz Bonæ Spei werden viel seltzamer Völcker gefunden/ die doch nicht alle bekannt sind: dann es seind etliche so grimmig/ daß man weder mit güte noch reuche mit jhnen handlen kan: aber etliche die da wohnen im Psittich Land/ haben sich anfengklich da man zu jhnen kommen ist/ nemblich Anno Christi 1500. oder vmb dieselbige zeit/ bald ergeben. Sie gehen in jhrem Land nacket/ vnnd machen Brot auß einer Wurtzlen/ die nennen sie Ignare/ sie seind auch nicht gantz schwartz/ schemen sich nit daß sie gar nacket gehn/ sie durchstechen die vndern Lefftzen/ vnnd setzen Edelgstein in die Löcher/ jhre Häuser seind von Holtz gemacht/ gedeckt mit Blettern vñ Aesten/ vnd vndersetzt mit höltzenen Seulen. Im Hauß sind keine vnderschiedene Gemach/ als Kammern/ Kuchen/ Stuben vnd dergleichen/ sonder sie hencken etliche Tücher von Baumwullen gemacht/ weit geweben/ daß man dardurch sehen mag wie durch ein Fischgarn/ in das Hauß/ vnnd machen damit allerley Gemach vnd brauchen das außgespannen Netz für ein Wand. Sie haben in jrem Landt gar wunder hübsche vnd seltzame Vögel/ besonder viel Psittich von allerhand Farben.

Psittich.

Etliche sind äschenfarb/ etliche grün vnd etliche blaw. Man ist jnē feind im Landt: dann sie thun grossen schaden den gesetten Früchten. Sie haben ein kluge Natur mit jhrem nisten/ daß die Schlangen jhnen nit kommen vber jhre jungen. Sie außerwehlen jhnen hohe Bäum/ vnd hencken jhre Nester an die langen vnd dünnen Aest/ auff die sich die Schlangen nicht dörffen wagen. Das Nest machen sie mit grosser subtiligkeit rund/ vnd ein Loch darin/ dardurch sie auß vnd eyn schliessen/ vnd also sind sie sicher vor den Schlangen. Sie haben noch ein andere gattung Psittich/ die sind so groß als die Hüner hier zu Lande/ etc. Auff diesem hohen Vorgebürg ligt ein auß dermassen schöne Ebne/ welche der wolriechenden Kräuteren/ schönen Blumen/ vnnd weiter aussehens halben in das Sud/ Ost vnd West/ einem rechten jrdischen Paradeiß gleich sihet. Der lufft ist so gesund daselbst/ daß wann man die Krancken an das Landt setzet/ so kommen sie bald wider zu jhren

Von den Ländern Africæ. 1679

jhren vorigen krāfften. Fünffzehen Meil darvon ligt die Bay Soldania: Daselbst herumb gibt es so viel Ochsen vnd Schaaff/daß die Schiffleut ein grossen Ochsen vmb ein alt Messer/vnd etlich Schaaff vmb zwen alte Nāgel gekaufft haben. Die Eynwohner sein freundlich gnug: aber sie leben gantz Viehisch: sie essen das Eyngewehd der Thieren vngewaschen/sampt dem Koth darinnen/ lassens nur ein wenig zuvor in der Aschen warm werden: sie sind sonst wol proportioniert. Sie haben Mäntel auß Thierhäuten gemacht/biß an die Weiche/vnnd ist das härige inwendig auff dem Leib/mit dem herab hangenden schweiff aber bedecken sie jhre heimligkeit: etliche decken sie gar nit. Die Weiber haben lange Brüst biß auff den Nabel: Es ist ein wildt vnd eynfeltig Volck/wissen weder Vögel noch Fisch zu fahen/deren sie doch da ein grosse menge haben.

Von dem Königreich Congo vnd andern angrentzenden Königreichen. Cap. pliv.

COngo wirdt in den Landtafflen gemeinlich genennt Mani Congo: aber das ist ein jrrthumb/dann Mani Congo heisset ein König von Congo/vnnd nicht das Land Congo. Dieses ist ein grosses vnd mechtiges Königreich/erstrecket sich dem Ethiopischen Meergestad nach/von dem Capo Caterina an/biß an den Spitzen Capo delle Vacche genannt. Von diesem Meer an/erstrecket es sich biß an den See Aquelunda genannt/600. Italiänischer Meilen weit/vnd ist doch bey weitem nicht mehr so groß/als es etwan gewesen.

Diß Königreich wirdt jetzundt in 6. Provintzen abgetheilt/Bamba/Sogno/Sundi/Pango/ Batta vnd Pemba.

Bamba ist die fürnembste dieser Provintzen/vnd hat ein starck vnd streitbares Volck/die einen *Bamba.* Sclaven in einem streich entzwey hawen können/vnnd mag einer 300. Pfund auff seinen Armen tragen: Der Fürst zu Bamba/Manibamba genannt/kan dieser 40000.in das Feld außrüsten. In diesem Landt ligt die Königliche Statt Bansa/jetzundt S. Salvator genannt/da der Mani Con- *Statt S.* go oder König seinen Sitz hat/160. Meilen vom Meer auff einem hohen Berg/darauff ein *Salvator* schöne Ebne/auß der massen fruchtbar vnd reich an allerhand Güteren. Da haben auch die Portugesen einen sonderbaren theil der Statt innen/einer halben Meil im bezirck/vnnd so viel haltet auch der Königliche Pallast in sich. Der jetzige Kön. führet einen solchen Titul: Don Alvaro König von Congo/von Abundos/von Matama/von Quizama/von Angola/von Cacongo/von den sieben Königreichen der Congere Amolaza/vnd von Langelungas : Ein Herz des Wassers Zaire/Anziquos/Anziquana vnd Loango.

Dieses Land ist reich an allerley Metall/auch an Silber/sonderlich bey der Insul Loanda. Dise aber werden nit hoch geacht. Jhre Müntzen sein ein sonderbare gattung Schnecken/so sie auß dem Meer fischen. Es sein auch Berg darinn welche mechtig reich sein an Hyacinthen. Hier ist auch ein grosser handel mit Sclaven/deren die Portugesen jārlich bey 5000.auß dem Landt führen. Gegen der Insel Loanda vber/auff dem vesten Landt/ligt die Statt S.Paul/welche von den Portugesen bewohnet wirdt/die da einen grossen handel haben mit Congo vnd Angola.

Diese Insel Loanda hat 20. Meilen im bezirck/ligt in dem Meer/an dem Außlauff des mechtigen flusses Zair:: Es wirdt darin denckwürdig gehalten/daß so man nur einer Ellen tieff in Boden grabt/man süß Wasser findet in grosser menge/da doch die Insel vmb vnnd vmb mit Saltzwasser vmbgeben.

In diesem Landt wird ein seltzam Thier gefunden/ist so groß alß ein Wider/hat Fliegel wie ein Drach/einen langen Schwiff/viel ordnungen der Zänen/isset row Fleisch: sein Farb ist blaw vnd grien durcheinander/die Haut ist eben als wann es gemachte Schieppen weren/hat nur zwen Füß. Wirdt von den Heydnischen Nigriten angebettet.

Es werden auch hier Elephanten gefunden/die sie Manzao heissen/in grosser menge/vnnd so *Grosse Ele-* groß/daß Boterus bezeuget/er habe von glaubwürdigen Leuten gehört/die es gesehen/daß deren *phanten.* Zän einer mehrmahlen vber die 2. Zentner gewägen. Item viel Tigerthier/Löwen/Wölff/Affen/ Zebra (von deren art wir zuvor geredt haben) Büffel/wilde Esel/vnd andere seltzame wilde Thier mehr. Sonsten hatt es auch viel Camelthier/Hirtzen/Geissen/Schaaff/Ha-

sen/Künglein/Zibet Katzen vnnd dergleichen: Aber keine Pferd/Ochsen oder Küh. Item allerhand Vögel: alß Straussen/Papageyen/Indianische Hüner/Phasanen/ Schnepfen/vnd allerhand Raub vnd Wasservögel/deren eine gattung sich vnder dem Wasser haltet / so die Portugesen Pellican heissen/möchte eine Löffelgans sein.

Der Fluß Zaire zeucht auch den Crocodilen/welchen sie *Crocodil.* Cariman heissen/vñ viel scheutzliche Schlangen. Andreas Battel so in diesen Landen lange zeit gewohnet/sagt/er
TTTT ij   habe

habe gesehen einen Crocodil/ welcher 9. Sclaven/ so zusammen gefesselt waren/ gefressen vnnd verschlungen habe/ vnd seye endtlich an der Ketten erworgt.

Es hat in Congo viel fliessender Wasser: alß Zaire/ Coanza/ Lelunda/ Bengo/ Dande/ Lembe/ Ozone/ Loze/ Ambriz/ welche alle entweders auß dem See Zembre/ oder auß dem See Aquelunda jhren Vrsprung haben/ vberfliessen alle wie der Nilus/ vnd haben auch gleiche Thier in jhnen.

Coanza theilt Congo von dem Königreich Angola. In dem Fluß Lelunda werden Meerpferde gefunden/ welche etwan auff das Landt kommen/ vnd Weyden.

Der Fluß Zaire.

Der vornembste Fluß aber vnder diesen allen/ ist Zaira/ welcher mit solchem grimmigen gewalt dem Meer zu laufft/ als wann er dasselbige mit seinem grawsamen Rachen/ den er 28. Meilen weit auffsperzet/ verschlingen wolte. In diesem Strohm ist ein Fisch/ den sie Ambize-Angulo oder Saw-Fisch nennen/ hat also zureden zwo Händ/ vnnd ein Schwantz wie ein Target/ vnnd frisset wie ein Schwein/ hierauß machen sie jhren Speck/ er nehret sich vom Gras das am Vffer wachset/ gehet aber nimmer auß dem Wasser: Er hat ein Maul wie ein Ochs: Ettliche wegen 500. Pfund: Sie dörtens vnd haltens für einen schleck.

Saw-fisch.

Anno 1490. hatt König Johannes der ander auß Portugal/ die Christliche Religion durch seine Priester in dem Königreich Congo pflantzen lassen/ welches auch einen vortgang gewonnen/ vnnd sind diese Leuth albereit auff die 140. jar bey dieser Religion verblieben.

Der König ist ein allgemeiner Erb aller seiner Vnderthanen/ vñ darff keiner seinen Verwandten das geringste vermachen.

Diese Leut haben keine Thier/ darauff sie komlich reiten können/ derwegen lassen sie sich durch das Landt tragen: Sie sitzen auff einen Balcken/ mit einer außgespannenen Thierhaut/ vnnd werden also mit sonderbarem vortheil von zwen Männern getragen.

Wer was weiters von diesem Königreich haben will/ der läse dz Buch/ so Philippus Riga fetta/ auß angeben Odoardi Loper eines Spaniers/ so lang in disen Landen gewont/ darvon geschrieben.

Angola.

Angola ist auch ein mechtiges vnd volckreiches Königreich/ haben ein Spraach mit denen zu Congo/ deren Joch sie von sich geworffen/ seit daß die von Congo Christen worden. Cabazza ist der Königliche Sitz/ hundert vnd fünfftzig Meil von dem Meer gelegen. Anno 1578. hat Diaz/ mit hilff des Königs von Congo/ denen von Angola ein grosse Schlacht abgewonnen. Hie werden viel Sclaven verhandelt/ welche in Brasilien vnd andere Ort verfürt werden. Es sollen järlich auff die acht vnd zwantzig tausent Sclaven auß Angola vnd Congo/ von den Spaniern verführet werden: Dann man findet reiche Kauffleut in Brasilien/ deren einer allein auff die 10000. Sclaven hatt. Ein jeder nimbt in Angola so viel Weiber alß er will. Haben viel Silber vnd Kupffergruben. Hundsfleisch essen sie am liebsten. Der König von Angola wolt gern ein Christ werden/ kan aber nicht Priester gnug bekommen. Dieses Königreich hat viel andere Herrschafften vnder jhm/ vnder welchen Quizama die fürnembste ist.

Von dem Königreich Loango. Item von den Anzigues vnd Giachis. Cap. xlv.

DAs Königreich Loango stosset an das Königreich Congo/ von Mitternacht her/ vnd ist grad vnder der Linien. Es erstreckt sich 200. Meilwegs ins Land hineyn. Der König wirdt Mani Loango genennt/ vñ seine Vnderthanen die Bramas. Seind auch etwan dem König von Congo vnderthan gewesen: Sie lassen sich beschneiden: Haben viel Elffenbein/ vnd tragen Kleyder von Palmen. Religion halben sind sie Heyden. Ihre Bilder nennen sie Mokissos/ denen opfferet ein jeder auff/ was er hat. Ihr Hauptstatt heist Banza. Kenga ist die Schifflende in Loango. Dreyssig Meilen darvon gegen North ligt Morumba.

Anzigues sind die ärgsten Menschenfresser.

Weiters vber Loango hineyn in Africa/ wohnen die Anzigues oder Menschenfresser/ das sind die allergrimmigsten Cannibales/ so die Sonn jemalen beschienen: dañ in andern Orten essen sie jre feind/ oder jhre todten/ krancken oder alten: Diese aber essen alle jhre Blutsverwandten. Menschenfleisch wird bey jhnen verkaufft/ wie bey vns Rind vnd Kalbfleisch. Sie verkauffen keine Sclaven/ sonder metzgen sie/ dann dieses tregt jhnen mehr auß. Viel bieten sich selber zur Schlachtung an/ zum zeichen daß sie jhren Fürsten getrew seyen. Sie sind sonsten viel auffrichtiger vnd getrewer/ alß andere/ dann wann die Portugesen Sclaven von jhnen bekommen mögen/ so frewen sie sich derselbigen. Dieser Leuten wohnung erstreckt sich von dem Fluß Zaire an/ biß an die Wüsten in Nubia. Sie haben einen König/ vnd der hat noch viel andere Fürsten vnder jhm. Besser gegen North lige Ambus/ Medera vnd Binfar.

Giachi.

Letstlich muß ich auch von den Giachis etwas melden. Diese wohnen an dem Nilo/ in den Grentzen des Keysers Mohenhe-Muge. In jhrer Sprach werden sie Agag genennt. Ihre Leftzen vnnd Backen zeichnen sie mit glüenden eysenen Instrumenten/ auff allerley formen/ vnd kehren jre Augenglieder

Von den Ländern Africe. 1681

g'nglieder vmb/damit also jhr schwartze Haut/weisse Augen/vnd gezeichnete Angesicht/anderen ein schrecken einjagt.

Man hat nie nicht erfahren können/wo diese Leut herkommen/allein hatt man bey letsten jaren im Königreich Congo/vnd anderstwo viel von jhnen erlitten. Die Portugesen nennen sie Jagges: Sie sind auch grawsame Menschenfresser: Zur Herbstzeit vberfallen sie ein Landt/vnd bleiben so lang darinnen/als sie Palmen oder andere Speissen finden/alß dann ziehen sie anderst wohin/dann sie pflantzen weder Korn/Frucht/noch Vieh/ja welches noch wundersamer ist/so ziehen sie jhre Kinder nicht auff/ob wol mancher zehen oder zwölff Weiber hat/von den schönsten Sclaven/die sie bekommen mögen: Sonder wann ein Weib in Kindsnöthen ist/so graben sie ein Loch in die Erden/welches die newe Geburt also bald empfahen muß/eh sie das Liecht anschawen kan: Vnd das thund sie darumb/damit sie in jhren Reissen desto besser fort kommen können. Das ist des Plinij Gens æterna, in qua nemo nascitur, das ewige Volck da niemandt geboren wirdt/dann von vberwundnen Völckern/lesen sie die stärcksten Jüngling auß/von zehen zu zwantzig jaren/vnd ziehen dieselbigen an statt jhrer Kinder auff. Diese werden für Sclaven gehalten/biß sie einen Feind vmbgebracht haben/alß dann werden sie frey gemacht. Daher es dann gar dapffere Kriegsleut gibt. Jhr Printz wirdt genennt der groß Jagge.

Von den grossen Seen vnd Rivieren dieser Orten. Cap. xlvj.

ES sind zwen grosse See in dieser gegne/Aquilunda vnd Zembre/welches die zwo Großmüttern sind der fürnembsten Wassern in Africa. Dann was den See Galo/bey dem Lunenberg oder dem Berg des Mons/jetzt Toroa genannt/anlangt/bringt derselbig nur den Fluß Camissa herfür/der bey Capo Falso in das Meer lauffet. Aber an dem See Lambre entspringen der Nilus/Zaire vnd Magnice. Nortwerts von diesem See/machet der Nilus/nach dem er ein grossen weg durch grawsame Wildnussen/ohn einigen rechten Canal geloffen ist/einen andren See/vnder dem 12. Grad Latitud. Merid. vnd wirdt mit hohen grausamen Bergen vmbgeben/vnder welchen der grösste heisset Cafates/gegen Auffgang. Von dannen laufft der Nilus weiters ettlich hundert Meilen gegen Nort/vnd fallet in ein andren grossen See/den die Eynwohner Sea nennen: der ist viel grösser als der erste/dann er hat zwey hundert vnd zwantzig Meil in der breite/vnnd ligt grad vnder der Linien: Hierinnen fahren sie mit grossen Schiffen. Das muß in Gosame sein/welches der Abassiner König/in seinem Titul/eine Brunnquellen des Nili nennet. Zaire ist der grösste vnnd schnelleste Fluß vnder allen Flüssen/nicht allein in Africa/sonder auch der vbrigen Orten der Welt.

Vnd also haben wir auch das veste Landt in Africa besichtiget/vnd vns darinnen zimlich ermüdet. Jetz wollen wir vns zu Schiff begeben/vnd die schönen Inseln besichtigen/welche vmb das Africanische Gestade herumb ligen. Wir wöllen aber bey den Inseln des Roten Meers anfahen/vnd also den Gestaden nachst reiffen/biß wir eine Schiffflota antreffen/mit deren wir in die New gefundene Welt Americam genannt/vort säglen können.

Von den Inseln des Roten Meers. Cap. xlvij.

ZZZZ iij   Beide

Das achte Buch

BEyde seiten des Roten Meers sein voller Inseln vnnd Felsen/ dergestalten/ daß es daselbsten gantz gefehrlich zu schiffen. Vnder disen aber sein wenig denckwürdige. Die vornembsten sein Babelmandel mitten in der enge dieses Meers/ von einer vnd der andern seiten 3. Meilen gelegen. Hier solle das Rote Meer etwan mit zwo eysernen Ketten beschlossen gewesen seyn. Camaran/ da hat es viel verfallene Gebew/ vnd einen Port: hat auch süß Wasser/ Vieh vnd Saltz. Dalaccia hat 30. Meilen im bezirck/ ist verzümbt wegen des Perlen fang/ wie auch die nechstgelegene Insel Mua. Mazua/ darby hat es ein gut Port/ ist von Arabern bewont. Suaquen ist schier gantz von der Statt eyngenommen/ da hat der Türckische Bassa de Abassia seinen Sitz/ hat auch ein gut Port.

Ausserhalb der Enge/ ligt die Insel Socotoza/ vnder dem 30. Grad. Sanutus gibt jhr diesen Nammen vnnd sagt/ die Eynwohner seyen Nestorianische Christen/ haben das Creutz in grosser achtung/ seyen aber ohne den Christlichen Tauff vnd Lehr/ vnnd lassen sich Beschneiden/ wie die Moren. Die Weiber tragen Hosen in dieser Insul/ vnd regieren/ daher meynen die Moren/ sie haben zu den Amazonen gehöret. Corsali/ welcher Anno 1516. zu Sequotora gewesen/ schreibt/ diese Insel sehe von Christlichen Schäfferen bewohnet worden/ welche von Milch vnd Butter gelebt/ vnd jhr Brot auß Datlen gemacht haben: seyen vmb die Scham nur mit einem stück Thuchs bedeckt gewesen. Die Portugeser haben zwo Stätt darinnen/ Coro vnd Benin. Die Eynwohner leben entweders in Hütten auß Bäum ästen gemacht/ oder in Hölenen: Ihre Weiber sind so gute Kriegsleut/ alß die Männer. Sie können jhren feinden einen widerwertigen Wind machen/ dann sie sind grosse Zauberer. Alhie wirdt Aloes Socotrina gemacht/ auß einem Kraut/ das dem Semper viva in Spania gleich ist/ doch etwas grösser. Man findet da auch das Tracken Blüt vnd Zinober/ vnd vmb dieser stücken willen/ besuchen sie die Kaufflcut. Es ist sonsten ein vnfruchtbare vnnd steinige Insel/ vnd ist nicht viel griens darinnen. Die Insel ist 20. Teutscher Meilen lang/ vnnd 8. breit. Tamerin vnd Delisha sind jhre Häfen/ darinnen die Handthierung getrieben wirdt.

Vierzehen Meilen von Zacotora ligt die Insel Abadalenry. Von dannen gehn Guardefu sind 15. Meilen. Auff der North seiten von Zacotora ligen zwo kleine Inseln/ die zwo Schwestern genennt. Vnd allhie sind auch die zwo Inseln/ deren eine Männer/ die ander Weiber hatt. Noch viel andere Inseln/ ligen in dem sinu Barbarico/ die schlechtes Nammens sind/ als die Insel Don Garcia/ die drey/ vnd die sieben Brüder S. Brandons/ ꝛc. neben Quiloa/ Mosambique vnd andren/ die an dem Land ligen.

Maginus sagt/ sie seyen Jacobiter/ vnd werden von jhrem Priester allein regieret.

Von der Insel Madagascar/ vnd etlich andern selbiger gegne. Cap. xlviij.

DIe Insel Madagascar/ welche sonst S. Laurentzen Insel genennt wirdt/ ist der grösten Inseln eine/ in der Welt. Sie begreifft in sich in der breite 480. vnnd in der lenge 1200. Italiánischer Meilen/ vnnd ist also viel grösser/ als gantz Italia. Die Eynwohner sind Saracenen/ werden von vier Herzen regieret. Sie essen Camel Fleisch/ brauchen Kauffmanschatz. Biß hieher hat der grosse Cam etwan seine Tartarische Herschafft außgestrecket. Die Gestaden des Meers/ haben die Moren eyngenommen. Die sein Mahometaner: aber die natürlichen Insulaner/ die innwendig des Landts wohnen/ sind Heyden/ vnd schwartz wie die Cafers: Das Land tregt viel Nägelein/ Imber vnd Silber. Hat viel frische Wasser/ guthe Häfen/ vberfluß an Früchten vnnd Vieh. Es wohnen auch weisse Leut vnder jhnen: Sind sonst sehr starck/ vnd wolgestalt: Sie decken jhre Scham mit Wullen: Haben grosse Löcher in jhren Ohren/ können nit vber 10. zehlen: Förchten den Teuffel sehr/ weil er sie offt plaget: Leben mehrentheils von Fischen. Haben nur ein Weib: Die Mannen greiffen im 12. die Weiber im 10. jar zur Ehe. Ehebruch vnd Diebstal werden an dem Leben gestrafft. Haben viel Baumwullen/ darauß machen sie jhre Kleyder/ von allerhand Farben.

Linshot. l.1. c.3.

In diesem Meer ligt auch die Insel Cerne/ so von den Holländern Mauritius Insel genennt wird. Sie tregt stattlich Ebenholtz/ ist so schwartz alß Päch/ vnd so glatt alß Helffenbein: Man findet auch darinn eine gattung roth vnd gelb Holtz/ eben so schön vnd glatt/ als das Ebenholtz: Desgleichen Palmenbäum/ wie Cocos: Die Holländer haben vnseglich viel Vögel da gefunden/ die sie mit Händen fahen kondten/ dann die Insel ist gantz vnbewohnt.

In dem Canal zwischen dem vesten Landt vnd Madagascar/ sind viel Inseln/ so alle von Mahometaneren bewohnet werden: Die fürnembste ist S. Christophels Insel. Mehr nach dem Norden/ gegen Monbaza vnd Melinde zu/ ligen drey Inseln/ Monsid/ Zanzibar vnd Femba/ so von Mahometaneren bewohnet werden.

Von den Ländern Africe. 1689

Von den Inseln auff dem Ethiopischen Meer. Cap. xlix.

WAnn man vber den spitzen der guten Hoffnung kompt Caput bonæ Spei genannt / so findt man dem andern Ethiopischen Gestad nach / erstlich die Insel Loanda bey Congo von deren wir zuvor etwas geredt: hernach besser hinauff gegen dem Capo de Lopo Gonzales / vber die Insel Nobon / vnnd nach dieser die Insel S. Thomas.

Diese Insel ist die gröste auff diesem gantzen Meer. Sie ligt grad vnder der Linien / 180. Meilen von dem vesten Land. Sie haltet auch 180. Italiänischer Meilen in jrem bezirck. Alß sie anfangs erfunden worden / war sie nur eine Wildnuß / wirdt aber jetzund von Portugesen vnd Mohren bewohnet: Diese leben gemeinlich vber 100. biß auff 110. jahr / welche aber in Europa geboren werden / leben darinnen nicht vber 50. jar. Wann jemands auff diese Insel kompt / der seine vollkommene lenge noch nicht erreicht hat / derselbig wachset nicht mehr / sonder bleibet immer kurtz. Ein todter Leichnam kan alhie in 24. stunden verwesen / wegen der grossen hitz des Erdtrichs. Es ist diese Insel der aller vngesundeste Ort der gantzen Welt. Mitten darinnen ligt ein waldiger Berg / so stätigs mit einer dicken Wolcken vberschattet ist. Alhie haben sie viel Zucker Rören / vnnd 70. Zucker Häusser / deren ein jedes 200. oder 300. Sclaven hatt. Der Zucker aber wird alhie nicht so weiß vnd gut / als in Madera / vnd andren Orten. Sie haben gute fette Schwein / deren Fleisch so zart ist / als Hünerfleisch. Die fürnembste Statt darinn / ist Pauoasan / der Bischoffliche Sitz hat ein gut Port / vnd bey 600. Haußhaltungen. An. 1599. haben die Holländer diese Statt / sampt dem Castell eyngenommen.

S. Thomas Insel.

Von dieser Insel 120. Italiänischer Meilen gegen Mitnacht / ligt die Insel Del Principe / ist also genent worden / weil vorzeiten das Eynkommen derselbigen dem Printzen auß Portugal verordnet worden. Anno 1598. ist sie von Johan Clerehagen eyngenommen worden: Sie ist viel gesunder als die vorige. Es wachset viel Zucker / Imber / Tobacco / vnd anders darinnen.

Neben diesen Inseln sein noch viel andere hin vnd wider / auff diesem Ethiopischen Meer zerstrewet / alß da seind die Inseln S. Matthes / zum H. Creutz / S. Paul / Conception / Ascension / S. Helena vnd andere / welche aber nicht sonders verrhümbt seind / ohn allein die Insel S. Helena / von deren wir was weiters sagen wollen.

Von der Insel S. Helena. Cap. l.

DIe Insul S. Helena ist also genannt / dieweil sie auff S. Helena tag / von Johan della Nuova / erstlich erfunden worden. Sie hat ohngefehr 6. Meilen im vmbkreiß / ligt vnder dem 164. Grad Latitud. Merid. 510. Meil von Brasilia / vnnd 350. Meil von Africa / ist hoch vn bürgig. Da die Portugeser erstlich dahin kommen sind / war sie gantz vnbewohnet / vnd hatte weder Frücht noch Thier / sonder hatte allein vberauß gut süß Wasser / welches von den hohen Bergen / neben dem Kirchlein herab fleust / vnd ins Meer fallet.

Linschot schreibt / daß er allda Nammen in den Feigenbäumen geschnitten / mit dem dato von 1510. vnd 1515. gesehen habe / daran ein jeder Buchstab ein Spanne lang gewesen / vnd sind die Feigenbäum erst allda seither die Portugeser die Insel erfunden / gepflantzt worden. Wie dann auch andere Obstbäum / als von Granatäpfel / Limonen / Pomerantzen / ꝛc. so da in grossem vberfluß seind. Die Portugeser haben da allerley Thier eingesetzt / so sich gewaltig gemehrt / alß Schwein / Geissen / Hirschen / Feldhüner / Tauben / ꝛc. Hat auch Saltz vnd Schwefel. Vnd nahe bey der Insel ein solche vnseglich menge Fisch / daß es nit wol zu glauben ist / sonderlich aber gibt es viel Makrellen / Brässen / vn ein ander gattung / die mit den Augen einem Schelfisch gleich sehen / von Leib aber etwas breiter sind. Es ist ein grosses wunderwerck Gottes / daß diese Insel / so jhres gleichen nit hat / alda in dem grossen weiten Meer / als ein zuflucht aller Schiffen vnd krancken Leut / also allein gelegen ist. Dann alle Portugesische Schiff / deren täglich auß India / von Goa vnnd Cochin bey Calecut / 5. oder 6. nach Portugal fahren / in dieser Insel anlenden / vñ biß auff den 25. Meyen einer den andern erwartet. Sie laden allda süß Wasser eyn / waschen vnd reinigen da jr weisses Plunder vnd Kleyder. Die Frücht Thier vnd Vögel / sein jederman gemein. Deßhalben so bald die Schiff daran kommen / machet jeder seine Hütten / wohin er will / versicht sich mit Wildbret / mit Fischen / Obs / Holtz / ꝛc. vnnd ist es alß dann wie ein Läger an diesem Ort / dann die Insel gar vnbewohnet / vnd ohne Häuser / allein daß ein klein Kirchlein allda ist / da die Schiffleut gemeinlich ein allgemeine Beicht / Procession vnd Nachtmal halten.

Der Kön. von Portugal will nicht daß jemand allda wohne / sondern das alles / was die Natur / von sich selbst / ohne bawen oder pflantzen fortbringet / gemein sein soll.

Allda hat vor zeiten ein Eynsidler etliche jar gewohnet / so vnder dem schein der Heyligkeit / seinen Handel getrieben / dann da die Schiff auß India dahin ankommen / verkauffte er jhnen järlich 500. oder 600. Bockfäll oder Häut. Der König aber ließ jhn gefenglich nach Portugall führen.

Es hat sich auch zugetragen / daß sich 2. Caffras oder Leibeygene / ein Mossambic / vnd einer auß Java mit zwey Leibeygenen Weiberen / allda zimlich lang auffgehalten / also daß sie sich zimblich

gemehret

gemehret haben/ daß ihrer wol 20. gewesen sind. Diese/ da ihre Schiff damit sie dahin kommen waren/ haben fort seglen wöllen/ haben sie sich gestolen/ vnnd sind in die Berge/ da nie kein Portugeser gewesen geflohen/ alda sie sich/ vmb die zeit/ wann die Schiff aldа anlenden/ auch auff gehalten haben: Vnd wann keine Schiff an der Insel waren/ lieffen sie die gantze Insel durch. Man hat jhnen aber/ auß befelch des Königs/ dermassen nachgesetzt/ daß sie alle in Portugall gefangen geführt sind worden.

In dieser Insel lassen die Schiff so auß India kommen/ alle zeit ihre Krancken Leut/ vnnd gibt man ihnen Reiß/ Biscotten/ Oele vnd ein wenig Gewürtz/ dann Fleisch/ Fisch vnnd Obs finden sie alda genug/ werden gemeinlich wider gesund/ dann es ein vberauß gesunden Lufft da hatt.

Von den Inseln auff dem Atlantischen Meer gelegen.
Cap. lj.

Inseln von Capo Verde

Ey Capo Verde da der Fluß Niger in das Meer laufft/ ligen 7. Inseln/ die sein voller Vöglen/ aber ohne Eynwohner/ werden Barbacene genannt. Neben diesen sein noch 9. andere Inseln. Linshoten sagt von 10. Die Inseln Capo Verde genannt/ bey den alten Gorgades oder Hesperides/ mit Nammen S. Jago/ S. Antonio/ S. Lucia/ S. Vincent/ S. Philippo/ S. Nicola/ Alba/ Salis/ Ins. de Mays/ vnd J. de Fogo.

Sie seind erstlich von einem Genueser Antonio di Nolli entdeckt worden A. 1440. Darunder seind allein bewohnet die Insel S. Jago/ Del Fogo/ vnd de Mays. S. Jago ist Anno 1581. von Ritter Francisco Drack vеrbrennt worden.

Insel de Mays.

Mayo hat einen See/ so 2. Meilen lang ist/ darinn findet man Saltz. Sie hat auch viel Böck/ wilde Hüner/ Cocos vnd gute Trauben. Das Meer wirdt da herumb Sargasso genannt/ weil es mit grienen Bletteren bedecket/ die dem Sargasso so in Portugall in den Söden wachset/ nit vngleich ist. Es gibt auch hier fliegender Fisch/ so groß als ein Härig/ können aber nicht lenger fliegen als so lang die Flügel naß sind: können auch nicht wol schwimmen.

Die Inseln de Arguin.

Vnfer von dem Ort/ das die Spanier Capo Blanco nennen/ da krimbt sich das Meer weit in das Erdtrich hineyn/ vnd ligen in derselbigen krümme 6. oder 7. Inseln/ die Arguin genennt werden. Die Azmaghi wohnen darinnen: die Spanier haben daselbst ein Vestung gebawen. Es ist ein grosser Gewerb in diesen Inseln: dann dahin kommen die Arabischen Kauffleut mit grossen Schaaren/ vnd bringen dahin jhr Waar/ besonder Wullen Tücher/ Leinwath/ Sylber/ Teppich/ Weytzen vnd dergleichen/ vnd empfahen dargegen Gold. Es kommen auch dahin Kauffleuth auß Granat: item von Thunis/ vnd führen Gold heim gegen ihrer Waar. Es bringen auch dahin die Araber schnelle Roß/ vnd verkauffen sie vmb Gold vnd Dienstknecht.

Von den Canarijs vnd etlich andern Inseln dieser gegne.
Cap. lij.

Eiter gegen Mitnacht zu ligen die Inseln Canariæ/ von der menge der Hunden so darinnen gefunden werden/ also genañt/ deren werden gemeinlich 7. gezehlet/ als namblich Canaria/ Taneriffa/ Palma/ Gomera/ Hierro/ Lansarotte vnnd Forte Ventura. Thevet thut noch 3. hierzu/ Lobos/ Roca/ Gratiosa: Andere thun noch darzu S. Clara/ Alegranza vnnd Infierno. Die Eynwohner dieser Inseln sind anfangs so grob gewesen/ daß sie auch den gebrauch des Fewrs nicht gewust haben/ giengen gantz nackend daher wie das Vieh/ ohne einige Scham. Ihre Haar schäreten sie ab mit scharffen Steinen: Eysen hatten sie nicht/ vnnd dem Gold fragten sie nichts nach. Die Mättern seygten jhre Kinder nicht/ sonder befahlen diß Ampt den Geissen. Sie seind vorzeiten Insulæ Fortunatæ, die glückseligsten Inseln genennt worden/ wegen ihrer wunderbarlichen Fruchtbarkeit/ so wol an Wein/ als an Zucker. Man hat nichts von jhnen gewust/ biß daß Anno 1405. vngefehr ein Englisch oder Frantzösisch Schiff dahin gestossen. Aber Anno 1444. sind sie von Heinrico dem Infant auß Portugal eyngenommen worden. Sie hatten vor zeiten viel Weiber/ aber sie namen sie eher nicht/ sie weren dann von jhrem vorgesetzten zuvor verfelt. In Gomera hielten sie es für ein gast freyheit/ wann einer seinen Freund bey seinem Weib schlaffen lassen/ vnd namen auch jhrer Freunden Weiber für ein gleiche curtzesey an. Tenariffa/ Canaria vnd Palma/ haben einen Bischoff/ der järlich 12000. Ducaten eynkommens hatt: dem König zahlen sie 50000. Ducaten. In Hierro ist kein ander Wasser/ als das/ so von den Blettern eines grossen Baums fallet/ der Baum ist alle zeit grien vnnd mit Wolcken bedeckt: vnder dem Baum ist ein Cisternen/ so das Wasser fasset: In S. Thomas Insel ist ein gantzer Wald solcher Bäumen. Diese Insel/ wie auch Gomera/ vnd Lansarotte/ sind in Händen etlicher privat Personen. Man findt in diesen Inseln gar viel wilder Esel/ vnd viel zam Viehs. Aber kein Wein wechst darinn/ auch ist kein vmb-

Von den Ländern Africæ. 1685

mawrte Statt darinn/ sonder die Menschen wohnten in offnen Flecken/ vnd so jhnen Krieg zufallt/ fliehen sie auff die hohen Berg/ da sie sicher sind von aller Welt/ man zwing sie dann mit Hunger daß sie sich ergeben. Man schreibt auch/ daß ein jede Insel ein besondere Spraach hab. Die Insel Teneriffa mag gesehen werden wol fünffzig Teutscher Meilen weit/ also hoch richt sie sich auff in Himmel/ vnd das von einem trefflichen Felsen/ der steigt ob sich gleich wie ein Kegel/ vnd wie man darvon schreibt/ ist er wol acht oder neun Teutscher Meilen hoch. Es schlecht auch stäts ein Flamm darauß/ gleich wie auß dem Berg Etna. Die Eynwohner gehn vast nacket/ vnd haben keine Waffen: dann es wird da kein Eysen gefunden/ vnd darumb wann sie kriegen/ brauchen sie lange Stangen/ hefften da vornen daran spitzige Hörner an statt der Eysen/ wüten wider einander gleich wie die wilden grimmigen Thier. In dieser Insel haben sie keine Häuser noch Hütten/ sonder wohnen in Hülen oder Speluncken/ geleben von Gerstenbrot/ Fleisch vnd Geyßmilch. Sie haben ettliche Baumfrüchte/ besonder Feygen. Im Mertzen vnd Aprillen haben sie jhre Ernd.

Ein fewriger Fels.

Ohngefähr 70. oder 80. meilen von dannen ligt ein grosse Insel Madera genannt/ weil sie anfangs mit dicken Wälden vberzogen gewesen/ dann Medere heißt in jhrer Spraach viel Holtz. Sie

Die Insel Madera.

ist anfangs Anno 1344. von Macham/ einem Engelländer entdeckt worden/ welcher mit einem Weib durch ein Tempest dahin geworffen worden/ das Weib hat er daselbst vergraben/ vnd die Zeit jhrer Ankunfft/ neben seinem Namen auff den Grabstein gehawen: das gab hernach dem König in Hispanien Anlaß/ diese Insel/ sampt den Canarien zuerforschen. Hierinnen ligt die Statt Fouchol: Die Insel begreifft 140. Meilen im bezirck. Es sind vorhin wenig Eynwohner darinn gewesen. Aber nachdem sie bekannt ist worden den Portugalliern/ ist ein groß Volck von Portugall dareyn verordnet worden/ die haben zum ersten die Wäld außgebrennt/ darnach das Erdtrich gebawen/ vnd ein trefflich guten Boden darinn gefunden. Was man dareyn pflantzt das bringt vberflüssige Frucht/ deshalben man sie dermassen zugericht/ daß man weit vnd breit kein Fruchtbarere Insel findt. Es fliessen Wässer dardurch/ sie hat viel Quellbrunnen/ man hat viel Sägmülen gebawen auff die Wasser/ der köstlichen Bäumen/ die den Cederbäumen gleich sehen/ ettliche den Cypressen zu lieb/ darauß man Tisch/ Kleyder Trög/ Büffet/ vnd der gleichen macht/ vnd solche Baum Rotfarb vnd Wolriechend sind/ vnd mit Hauffen darinn gefunden werden/ vnd zersäget herauß geführt. Es hat auch der König von Portugall lassen Zucker Rhor pflantzen in diese Insel/ vnd das wechst mit hauffen/ vnd bringt järlichen groß Gut. Solcher Zucker ist auch so geschmack/ daß er vbertrifft den so in Sicilia vnd Cypro wechst.

Man hat auch Räben auß Candia genommen/ vnd die geptantzt in die Insel/ die wachsen also gewaltig/ daß die Räben mehr Trauben dann Laub bringen/ vnd mancher Trauben vier spannen lang wird: Item Rebhüner/ Tauben/ wilde Pfawen/ wilde Schwein in Bergen/ vnd andere Thier werden mit Hauffen in dieser Insel gefunden/ die auch vorhin allein andere Menschen beywohnung besessen haben.

Trauben 4. Spannen lang.

Viertzig meil wegs von Madera ligt die Insel Puerto oder Porto Santo/ weil sie an aller Heiligen Tag/ Anno 1428. gefunden worden. Man findet darinn solche grosse

Die Insel PortoSanto.

WWWu menge

Viel Küngelin. menge der Küngelin/welche alle von ein einigen Weiblin/so dahin gebracht worden/entstanden sind/das sie die Eynwohner nicht erößen können.

Es ist auch ein andere Insel nach bey diser/die auch nichts anders herfür bringt/Daselbst herumb ligt auch ein Insel die da heißt Heylig Brot/die ist klein/aber fruchtbar/es wechßt darinn Weytzen/Korn/vnd ander Getreid/man zeucht auch darinn Ochsen/Küh vnd Schwein/vnnd laufft das Lande voll Küngelin. Man findt da Drachenblut/vnd das ist Gummi so von einem verwundten Baum tropffet/das seudet man darnach in einem Kessel/vnd leuterts wol/so wird Blut darauß. Der Baum bringt im Mertzen ein Frucht die ist den Kirsen gar gleich/vnd ist vast gut zu essen. Man findt auch köstlich Honig darinn/vnd vberflüssig Wachs.

Vnd also haben wir auch die Inßlen besichtiget so vmb Africa her ligen/wöllen jetzund vnsern weg auff Americam zurichten.

Ende deß achten Buchs der Cosmographey.

Das

1687

Das neundte vnd letzte Buch der Cosmographey/

Von der newen Welt/ so jetzt America genannt wirdt/ von derselbigen Erfindung vnd Offenbarung: wie auch von jhrer Völckern Gestallt/ Sitten/ Gebräuchen/ Policey/ vnd Gottesdienst/ sampt deß Lands eigentlicher Beschaffenheit/ auß den vornehmbsten Schiffarten kurtzlich zusammen gefasset.

Von den Namen so diesem grossen Theil der Welt gegeben werden. Cap. j.

Ach dem wir die alte Welt/ welche das erste veste Land ist so wohl zu Wasser/ als zu Land durchwandelt haben/ so wöllen wir jetzt vnsern Lauff gegen dem Nidergang richten/ vnd die Newe Welt heimsuchen/ welche vor alten zeiten/ so viel vns in wissen/ gantz vnbekandt gewesen. Zu vorderst aber soll etwas in gemein von den Namen geredt werden. Vnd zwar es kan diesem vnseglichen grossen Landt/ kein kumlicherer Nam gegeben werden/ als der Nam der Newen Welt: Dann New ist es/ weil es erst Anno 1492. von Christophoro Columbo erfunden worden/ vnd ein Welt ist es/ wegen seiner vnerforschlichen Grösse vnd Weite: Ein Newe Welt aber ist es/ von wegen der newen vnd vnbekandten Creaturen/ von denen die alte Welt niemalen gehöret hat/ vnd welche hie allein herfür gebracht werden. Welches dann gemacht hat/ dz Ger.Mercat. in diesen Wohn gerahten/ *Ger. Merc. de* als wann dieser Theil der Welt/ in dem grossen Sündfluß zun zeiten Noahs/ nicht were ertränckt *Fabr.mundi.* worden/ weil damaln noch keine Menschen darinn gewohnet/ welche diese Straf mit jhren Sünden hetten verdienen können.

Der Nam America welcher diesem Landt gegeben wird/ ist mehr gemein/ als kumlich/ sintemal Americus Vesputius der Florentiner/ von welchem dieser Nam her kompt/ nicht der erste Erfinder oder Vrheber solcher Erfindung gewesen ist/ sondern viel mehr obgedachter Christophorus Columbus/ welchem dessentwegen diese Ehr viel billicher gebürt hette/ mit vnd vnder welchem auch Americus sein erste Reiß gethon hatt: wiewol er hernach einen grossen Theil des vesten Lands welches Columbus nicht gesehen/ auff des Königs in Portugal Vnkosten vmbsägelt/ vnd entdecket habe. Aber also möchte es billicher Cabotia/ oder Sebastiana genannt werden/ von Sebastiano Cabot/ einem Venediger/ welcher erstlich auß getrib König Heinrichs des VII. in Engelland/ vnd hernach deß Königs in Hispanien mehr von demselbigen entdecket hat/ als die vorigen beyde gethan haben.

Wir wollen aber diese drey Italiänischen Triumviros, den Genueser/ den Venediger/ vnd den Florentiner diesen Gespan/ vnder einander selber zerlegen lassen: vnd ferzners nachforschen/ warvmb diß Land jetzund West-Indien genennet werde. Acosta zeucht die Vrsach her von dem wort *Hiß.Ind.* India/ vnnd sagt daß alle rauche/ ferz abgelegene Länder dardurch verstanden werden: Aber diese *l.1.c.14.* Vrsach ist nicht gnugsam. Gomara schreibt/ dieser Nam sey entweders daher kommen/ weil der Schiffleuten einer/ von welchem Columbus sein erste Anleitung bekommen/ diß Landt für Indiam angesehen/ oder weil Columbus selber/ dazumal als er die Inseln der Newen Welt allererst entdeckt hat/ anderst nichts gesucht habe als durch einen newen Weg auß Westen in Osten/ Japan vnd Cathay zu schiffen/ welches auch der Warheit am allerähnlichsten scheinet.

VVVv ij   Von

Das neunte Buch

Von der Natur / allerley Metallen / so in America gefunden werden. Cap. ij.

Wo die Metall wachsen.

Acosta theilet das Landt Americam ab in drey Theil / in das Hohe / Nidere / vnd Mitlere. Die Berg sind gesundt aber nicht fruchtbar / ohn allein in den güldenen vnd silbernen Adern: Die Thäler sindt zwar reich / jhrer gelegenen Häffen halben / aber vngesundt: Die Ebnen aber sind am allerkumblichsten zu bewohnen / beydes weil der Lufft gesundt / vnd die Erden an Korn / Früchten vnd Weyden reich ist. Die Metall wachsen natürlicher weiß in vnfruchtbaren Orten. Weil die Natur den Mangel anderer Ding / mit diesen verborgenen Schätzen ersetzet. Vnd Gott der Natur hat Americam / die sonst an Göttlicher vnd Menschlicher Wissenschafft vnfruchtbar gewesen / an diesen Metallen reich gemacht / damit sie / als ein vngestaldte Braut / durch jhre grosse Reichthumb desto mehr Werber finden köndte. Vnd wolte Gott / daß die / welche allhie der Americaner zeitliche Güter einernden / jhnen / dargegen den geistlichen Samen vnd Goldt der durchs Fewer probieret ist / mittheileten / welches ist das reingepredigte Wort Gottes: Aber ach leyder / sie bekommen Eysen für jhr Goldt / vnnd sie müssen ein solch schwer Joch der Knechtschafft tragen / vnder welchem jhrer viel hundert tausent biß anhero verschmachtet sindt.

Was für Gold auß America in Spanien kommen.

Man mag allhie wol sagen / die Americanische Welt hat reiche Metallen herfür gebracht / aber die Tochter hat die Mutter gefressen. Dann jhr Goldt welches jhnen solte gedient haben / Göttliche Wissenschafft zu kauffen / hat jhnen jhr Freyheit verkaufft. Es ist fürwar dieses den Spaniern ein recht güldenes Altar gewesen / als deren Standt hierdurch wunderlich vermehret worden. Dann in dem jahr 1587. als Acosta in Peru kommen / sindt 11. Millionen Goldts / in den zwoen Floten / von Peru vnd Mexico in Spanien geführet worden. Als Pollo Gubernator zu Carcas in Peru war / sindt allein von den Goldtgruben Potozi täglichen 30000. Pezas Silber für den Zoll eingesamblet worden: Ein jedes Pezo aber kam auff die 13. Regal / vnd ein Vierteil: vnd ist doch kaum der halbe Theil verzollet worden.

Acosta.

Anno 1535. sind 3. oder 4. Schiff zu Sevilien angelendet / welche mit keiner andern Wahr / als mit Goldt vnd Silber beladen waren. Anno 1581. sind 37. Schiff ankommen / in jedem war vber 30. Pfeiffen Silber / neben grosser menge deß Goldts / Cochinili / vnd Zucker. Vnd noch heutiges tags tragen die Goldtgruben zu Potozi / dem König / für seinen fünfften Theil allein / ein gantze Million Silber ohn das Qurcksilber / vnd anders.

Wie das Goldt gefunden wirt.

Anno 1574. sind 74. Millionen eyngebracht worden. Diß Goldt aber wird eintweders in grossen Körnern gefunden / welche dem Saamen der Melonen nicht vngleich sind / vnd keines schmeltzens bedörffen / oder in Pulver / welches in den Revieren / mit Leim vnd Sandt vermischet / angetroffen wirdt / wie dann deßwegen Tagus / Pactolus vnd Ganges sehr verrümbt gewesen: oder in Steinen / in welchen es / als ein Adern im Leib / verborgen ligt / vnd wachset. Diese Körner oder Stücklein klaren Goldts / welche vnder den Felsen oder Bergen gefunden werden / sindt zu zeiten sehr groß. Petrus Martyr / so die Historien von der Newen Welt beschrieben / sagt es seye auff ein zeit ein stück klares Goldts gefunden worden / welches 3310. Pezos gewogen / seye aber mit vielem Volck vnd grossem Schatz in das Meer versuncken.

Oviedo welcher ein Auffseher der Americanischen Goldtgruben ein langezeit gewesen / schreibt von 2. andern stücken / deren eins 7. Pfundt gewogen / vnd 700. Pezos werth geachtet worden. Das ander war fünff Pfundt schwer / vnd hielte 500. Pezos. Aber wann die Ertzknappen solche Stück oder Körner antreffen / ist es jnen nit so angenehm / als wann sie deß Gepülferten finden / weil diese gruben länger wären als jene. Es bezeugt auch Oviedo / das Gold habe viel ein schönern Glantz in seiner Jungfrawschafft / als wann es durchs Fewer gegängen seye. Er sagt auch das Goldt lauffe offt in den Steinen so dünn vnd subtiel daher als ein Nadel oder Faden / biß es ein Loch im Stein antreffe / alsdann so fülle es dasselbige auß. Die wilden Americaner haben die Kunst deß Vergüldens so wol gekóndt / daß jhre vergüldte Sachen für klar Goldt angesehen worden / vnd das brachten sie mit etlichen Kräutern zu wegen / wolten aber diese Kunst keinen Europeer lehren. Mit dem Pulfergoldt wirdt am allermeisten Nutz geschafft: aber mit dem Steingoldt kostet es grosse Arbeit / dasselbige auß den Gruben herfür zu bringen. Das gepülfferte Goldt läutern sie nur in Becken / vnd waschen es auß etlichen Wassern / biß daß der Sandt darvon fällt / vnd bleibt das Goldt / als das schwere / an dem Boden ligen.

Silber.

Das Silber wird gemeinlich in den Bergen vnd Felsen / selten in der Ebne gefunden. Bißweilen finden sie es ohn einige beständige Adern zerstücklet ligen. Bißweilen spreitet es sich selber tieff vnd breit auß / als grosse Aest vnd Arm eines Baums. Wunderlich ist es / daß in etlichen Orten das Silber nicht kan geläutert werden / wann das Fewr mit Blaßbälgen angezündet wirdt / sondern sie müssen jhre Schmeltzöfen die sie Guayaras nennen / an solche Ort setzen / da der Winde

immer-

Von den Ländern America. 1689

ihr mer dar bläſſet vnd wehet. Dann in Peru in den Gruben zu Poreo mag man das Silber mit künſtlichem Fewer bezwingen vnd gar wol ſchmeltzen/aber in den Gruben zu Potoſi gibt es nichts darumb.

Die Ertzknappen ſehen in dieſen Gruben weder Sonn noch Liecht/ſondern fühlen ein groſſe Kälte/vnd ſchreckliche Finſternuß/auch einen ſolchen vngeſunden Lufft/darvon ſie nicht minder kranck werden/als wan ſie auff dem Meer hin vnd wider geworffen würden. Die brechen die Metall mit Hämern/vnd zerſpalten ſie mit gewalt/vnd tragen die Stuck auff ihren Schultern herauff/an Leytern/welche auß zuſammen geflochtenen ledernen Riemen gemacht ſindt. Es ſteigen allweg drey mit einander herauff/der vorgeht trägt ein brennende Kertzen. Einer trägt gemeinlich 50. Pfundt ſchwer/vnd das offt 120. Manns Länge hoch. Jetzund wird das Silber mehrertheils mit Queckſilber geläutert/darumb brauchen ſie nicht mehr ſo viel Schmeltzöfen/als ſie zuvor gethan haben.

Das Queckſilber iſt ſeiner natürlichen Eigenſchafften halben gantz wunderſam. Dan ob es *Queckſilber.* ſchon ein Metall iſt/ſo iſt es doch ſeiner eignen Natur nach flüſſig/vnd iſt doch ſchwerer dann die Ding/die ihre natürliche Subſiſtentz haben: Inſonderheit iſt an dieſem flüſſigen Metall zuverwundern/ſein natürliche Liebe ſo es trägt zum Goldt. Das erſcheinet an denen/ſo die Frantzoſen haben/vnd mit der Salbe von Queckſilber gemacht angeſtrichen werden: dann wann dieſe einen güldenen Ring in Mundt nehmen/ſo zeucht das Goldt/das Queckſilber/welches ſich ſchon in die Adern/vnd innerlichen Theil gefährlich eingetrungen/an ſich/vnd wird der Ring gantz weiß darvon/vnd bekompt ein ſilberne Natur/welche Vereinigung niemands als das Fewer ſcheiden vnd dem Goldt ſein vorige Farb wider geben kan. Wann die Goldtarbeiter etwas vergülden/vnd Queckſilber darzu gebrauchen/ſo verſchlingen ſie/dem gifftigen Dampff zu begegnen/zuvor ein zuſammen gerolte Ducaten/welche den Dampff deß Queckſilbers/ſo zun Ohren/Naſen/Augen vnd Mundt hinein geht/zu ſich in Magen zeucht.

Die Liebe dieſer zweyn Metallen erſcheinet auch darauß/daß da andere Metall vff dem Queckſilber empor ſchwimmen/das Goldt allein darein zu boden fällt. Dann wann du nimpſt 2. Centner Queckſilber vnd wirffſt darinn 2. Centner Eyſen/ſo fällt das Eyſen nicht an Boden/aber ein eintzige Ducat fällt alſo bald zu Grundt.

Das Queckſilber wirdt in einem Stein oder Felſen gefunden/welcher gleichfals auch die Vermilliones herfür bringt: Zu Amador de Cabrera iſt ein ſolcher Felſen/voller Gruben/die 60. Manns Länge tieff ſind/vnd 300. Arbeiter faſſen kan: der Felſen iſt 80. Elen lang/vnd 40. breyt/ allenthalben mit Queckſilber erfüllet: welcher Stein ein Million Goldts werth geſchetzet wirdt. Auß den Gruben zu Quancavilca ziehen ſie jährlich 8000. Quintal Queckſilbers.

Wer was weiters von dem vnderſchied vnd Natur dieſer Metallen wiſſen wil/der beſehe zu anfang dieſe vnſere Coſmographey da wird er gnugſamen Bericht finden.

Ob die Alten einige Wiſſenſchafft von dieſer Newen Welt gehabt haben/vnd wie die Einwohner Anfangs darein kommen ſeyen.
Cap. iij.

ES iſt nohtwendig daß dieſe Fragen erörtert werden/ehe wir auff die ſonderbaren Provintzen dieſes Lands kommen. Was das erſte antrifft/wird billich allhie gefragt: Ob die Alten einige Wiſſenſchafft dieſes Theils der Welt gehabt haben/ oder nicht? Es ſind zwar etliche vornehme Scribenten die dieſes vermeynt haben zu behaubten/aber ſie haben deſſen keinen ſatten grundt. Ihr fürnembſtes Fundament iſt die Weiſſagung Senecæ in Medea Act. 2. Da er ſagt: Venient annis Secula ſeris, quibus Oceanus vincula rerum laxet, & ingens Pateat tellus Thyphisque novos Detegat orbes, Nec ſit terris ultima Thyle. Das iſt/ In den letzten Jahren wird eine newe Welt erfunden werden/vnd Thule wird nicht mehr das ferteſte Ort ſeyn/ welche Wort aber ſo man ſie eigentlich betrachtet/ſchwerlich von vnſerm America können verſtanden werden. Dann Thule ligt gegen Mitnacht/man wolte gleich die äuſſerſten Grentzen in Norwegen/oder die Inſel Frißlandt dardurch verſtehen/vnd gienge alſo dieſe Weiſſagung viel mehr auff das new erfundene Groenlandt vnd Nova Zembla wie wir ſie auch bey Beſchreibung dieſer Landen dahin außgedeutet. So es Americam bedeuten ſolte/müſte das letzte Verßlein heiſſen Nec ſit tellus ultima Gades.

Was Platonis Atlantidem anlangt/ſo zeucht Acosta, Proclum, Porphyrium Origenem, Platonicos an/ welche dieſe Wort Platonis myſticè, oder Geheimnußweiß verſtanden haben/ja er beweiſt auß den Worten ſelber/daß ſolches kein ware Hiſtory ſeye.

Dann wie kan das der Hiſtory nach/mit der Warheit beſtehen/was er daſelbſten von den viel tauſent Jahren redet/vor dem Sündtfluß? Zu deme/wann es nun schon ein History were/ was Plato daselbsten von der Insel Athlantide schreibt/ so köndte doch dieselbige auff Americam keines wegs gezogen werden/ beydes darumb/ weil er diese Insul Atlantis in den Eingang deß Stretto Gibraltare/ bey den Säulen Herculis setzet/ von dem es doch durch ein vnseglich grosses Meer abgesondert ist/ vnd weil er hinzu thut/ es seye kein Land verblieben/ sondern durch ein schröcklichen Erdbidem versuncken vnd zum Meer worden.

Daß aber in dem Buch von der Welt/ das Aristoteli zugeschrieben wirdt/ geschrieben steht/ es seyen noch andere Insuln mehr neben Europa/ Asia/ vnd Africa/ das muß von etlich näher gelegenen Inseln verstanden werden/ keines wegs aber von der Insel/ oder vesten Landt Americæ. Was Plutarchus vnd andere Historici von der Chartaginensern/ Phöniceern/ vnd Tyrhenieren Schiffarten geschrieben haben/ das sind gantz dunckele vnd vngewisse Mutmassungen. Vnd was Diodorus von derselbigen Insel/ so die Phönicer in jhrer Schiffart sollen angetroffen haben/ schreibet/ stimmet keines wegs mit America vberein/ als welche vor der Spanier Ankunfft/ noch nicht so civilisch gewesen: vnd wann die History war ist/ so muß es viel mehr von einer Insel Africæ/ als von der Newen Welt verstanden werden.

Plato in Timæo refert Sacerdotes Aegyptios Soloni narrasse. In Insulam fuisse quondam contra fretum Herculis, nomine Atlantidem, quæ postea immani terræ motu sub vasto gurgite mersa fuerit, ac inde mare redditum fuisse immeabile. Lib. 5.

Was die Sibillischen Verß/ so Anno 1505. auff einer steinern Tafel in Hispanien gefunden worden/ vnd die Müntz Keysers Augusti/ so in den Americanischen Goldtgruben gefunden/ vnd dem Bapst zu Rom zugesandt worden/ betreffen thut/ seyn dieselbigen nicht vieler Worten wert/ dann man weiß daß obige Tafel mit Betrug Hermi Cajadi eines Portogesen begraben worden/ welcher Betrug auch mit deß Augusti Müntz hat können verübt werden.

Es ist in summa nicht wol müglich daß solche lange vnd weite Schiffarten ohne hülff der Compassen vnd der Schiffnadel/ welche erst in dem jahr 1300. von Johan Goja auß Melfi ist erfunden worden/ hetten mögen verricht werden.

Zu dem so waren die Alten in dem Wohn: Es können die Gegnen in der Welt so vnder der Zona torrida gelegen/ darunder America ist/ nicht bewohnt werden. Jedoch wil ich nicht laugnen/ daß nicht auch vor alten zeiten etliche Schiff/ ohngefehrd in diese Ort mögen kommen seyn/ aber viel mehr durch das Vngewitter dahin getrieben/ als durch einige Kunst/ vnd also ist es glaublich/ daß etliche theil Americæ Volck mögen bekommen haben/ wie dann in Careca zwischen S. Marta vnd Cartegena vil Mor so schwartz als ein Kolen sind gefunden worden/ wider deß Lands Art/ welche nohtwendig auß Africa durch Vngewitter dahin müssen seyn verworffen worden. Das aber ist's/ daran ich sehr zweiffle/ ob jhre Erfahrung vnnd Wissenschafft in den Schiffungen also seye beschaffen gewesen/ daß sie ein solche Reyß in die West-Indien hetten fürnehmen wollen oder können.

Doctor Powel in seiner Historia von Cambria schreibt von einem auß Wallia/ Madoc ab Ovven Gvvyneth genannt/ welcher Anno 1170. wegen innerlichen Kriegs sein Vatterland verlassen/ vnd sein Glück auff dem Meer gesucht habe: Er sey auff der Nordt Seiten von Jrzlande abgesegelt/ vnd in ein vnbekandt Landt kommen/ darinn er viel frembde Ding gesehen habe: Diß Landt haltet D. Powel für das veste Landt der Newen Welt/ vnd wird durch die Red Mutezuma darinnen bestättiget/ welcher bekandt hat/ seine Altvordern seyen Frembdling gewesen.

Also seynd auch alle Mexicaner Frembdling gewesen/ wie wir hernach hören werden: Es kan auch solches/ auß vielen Wallischen Worten/ welche David Jegram daselbst gehöret hat/ abgenommen werden: Dem allem aber sey wie jhm wölle/ so ist gewiß daß kein Zeichen dieser Britanischen Schiffung von den Spaniern in der Newen Welt gefunden sey worden: dann die Creutz/ welche in Comana/ vnd in der Insel Acuzamil/ gefunden/ vnnd ohn einige Gedächtnuß vnsers HErrn Christi sind angebeten worden/ haben eben so wol von Heyden/ als von Christen mögen auffgericht werden/ wie dann in dem Tempel Serapis in Alexandria/ auch dergleichen Creutz gewesen sindt. So haben Mutezumas Vorfahren Frembdling mögen gewesen seyn/ aber auß andern Orten Americæ. Vnd daß etliche Wort so mit dem Wallischen vbereyn kommen/ gehört worden/ kan ohngefehr also beschehen seyn/ wie dann etwan in gantz widerwertigen Spraachen etliche Wörter sich mit einander vergleichen.

Ortelius meldet in seiner 6. Tafeln. Es sey das Land gegen Mittnacht Estotiland genannt/ so auch zu America gerechnet wirdt/ vnd an dem vesten Landt hangen solle/ auch nicht weit von den Mitnächtigen Inseln Gronland/ Greenland/ Island/ Frißland/ welche auch den alten in Europa bekandt gewesen/ abgelegen/ von etlichen Fischern auß Frißland/ welche ohngefehr dahin geworffen worden/ schon vor etlich hundert jahren/ besichtiget vnd kundt gemacht worden. Hernach vmb das jahr 1390. seye es widerumb von Antonio Zeno einem Venetianischen Edelman besucht worden/ vnd das durch Vorschub deß Königs in der Insel Frißland/ Zichmi mit Namen/ der damalen einen grossen Namen hatte in selbiger Gegne.

Dieses Zeni Reiß in Estotiland hat Franciscus Marcolinus in Italiänischen Reimen beschrieben/ auß den Brieffen Nicolai vnd Antonij Zeni. Da vnder andern gesagt wird: Es habe der König zu Estotiland ein schöne Liberey/ in welcher Antonius Zeno etliche Lateinische Bücher gesehen/ welche doch die Einwohner nicht verstanden/ vnd schon zuvor von Europeischen Völckern dahin

Von den Ländern Americæ. 1691

dahin müssen kommen seyn. Item es haben die Estotiländer ihre Handlung mit den Groenländern/ von welchen sie Häut/ Pech/ vnd Schweffel bekommen. Es habe auch Zeno von den Einwohnern verstanden/ es seye besser gegen Mittag ein Land Drogium genannt/ dessen Einwohner Menschenfresser seyen: vnd nach diesem seyen viel grosse Länder/ vnnd gleichsam eine gantz newe Welt/ da die Leut gantz wildt vnd Barbarisch seyen/ vnd nackend daher lauffen/ vnd viel andere Sachen mehr/ daher Ortelius schliessen wil/ daß ja gantz vermutlich/ daß America/ sonderlich der theil gegen Mitternacht schon vor langem seye bekandt gewesen. welche Mutmassungen wir dem günstigen Leser wollen heimgesetzt haben.

Die ander Frag betreffend/ Wie vnd was gestalt die newe Welt erstlich seye bewohnt worden/ sonderlich nach dem Sündfluß: Hat dieselbige anfangs vielen Gedancken gemacht: Dann sagt man/ es seyen etwan Schif durch das wütende Meer dahin geworffen worden/ welches dann/ wie gesagt/ vermutlichen mehr als einmal beschehen/ oder es seye diß Landt etwan sonst von erfahrnen Schiffern erkündiget worden/ vnd seye also nach vnd nach bewohnt vnd mit Einwohnern erfüllt worden/ so fragt man weiter/ wie dann die Thier dahin kommen? sagt man sie haben bey den Leuten in dem Schiff seyn können/ vnd sampt denselbigen dahin kommen seyn/ so möcht man weiter fragen/ wie dann die wilden vnd schädlichen Thier/ als Löwen/ Wölff/ vnd andere dahin kommen seyen: dann gantz nicht glaublich/ daß jemand dergleichen wilde Thier zu sich in das Schiff nehmen/ vnd einen solchen weiten Weg vber Meer führen/ vnd in einem Landt mit fleiß pflantzen werde/ da man sonsten dergleichen Thier viel mehr pflegt außzurotten.

Diesen schweren Fragen nun zu begegnen/ muß nothwendiglich das veste Landt vnserer Welt an irgent einem Ort an der newen Welt anhangen/ oder doch vor zeiten angehangen/ vnd darnach erst durch das vngestümme Meer abgeschnitten worden seyn/ wie auch mit vielen andern Inseln mehr beschehen seyn solle/ darüber die Nachkommenen Noe sampt allerley Thieren haben hinüber kommen mögen/ vnd das Land erfüllen/ doch muß etwan an einem Ort das Meer nicht so gar weit seyn/ zwischen diser vnd jener Welt/ daß auch der gestalten so wol die Menschen als die Thier kömlich hinüber fahren vnd schwimmen können.

Wo mag aber nun/ möcht jemand fragen/ dieser Weg vnd Paß seyn/ von einer Welt in die Andere?

Darauff ist gar wol zu antworten/ vnd können dieser Wegen mehr als einer angezeigt vnd vermütet werden/ wie man dann das leichtlich sehen mag auß den newen Landtafeln Ortelij/ vnnd Mercatoris.

Erstlichen kan gar wol seyn/ daß die Menschen Nordtwerts auß Russia/ Norwegen/ oder Laypenlandt/ da mechtig viel Inseln nach einander ligen/ vnd deren noch täglich mehr erfunden werden/ biß an das vest Landt/ von einer Insel zu der andern biß auff Groenlandt/ vnd von dannen in Estotilandt vnd America kommen seyen. Wie wir dann zuvor gehört/ daß die vnserigen mit den Ißländern vnd Groenländern/ vnd diese mit denen in Estotiland ihre Handlungen treiben. Die wilden Thier haben gar leicht vber das gefrorne Meer/ vnd die imperwerenden Meer Schämel auch von einer Insel zu der andern kosten können biß in Americam. Wie dann etwan vnsere Schif dergleichen wilde Thier/ als Bären vnd andere auff dem weiten Meer/ auff diesen Eyßschämeln gesehen.

Zum andern kan auch gar wol seyn/ daß so wol Menschen als Thier auß Asia an dem Ort da die alten Tartarn gewohnt haben/ vber China auß in Americam kommen seyen/ dann viel darvor halten/ daß daselbsten Asia an dem vesten Landt America anhange/ oder doch kein grosse weite darzwischen seyn müsse: Der Meynung ist auch Brerewod ein berühmter Englischer Scribent in seinem Werck von den Spraachen vnd Religionen: vnd das beweist er daher/ weil die America ner selbiger Gegne/ den alten Tartarn sich in vielen Stücken vergleichen/ vnd weil America das selbsten am allermeisten mit Volck erfüllet seye.

Zum dritten hat eben dieses auch an dem andern Ort Asiæ gegen Mittag zu beschehen können/ dann da haben auß Asia/ auß den Insuln Samatra/ Java/ auch gar leicht Menschen vnd Thier an das vnbekandte veste Landt/ so sich vieler Meynung nach biß in das Septentrionalische Americam zeucht/ kommen können.

Durch diese vnd andere Weg nun hat die Fürsehung Gottes/ auff vielerley weiß/ diese Länder mit Einwohnern vnd allerhand Thieren widerumb erfüllen können.

Es wird allhie weiters gefragt/ wie diese Americanischen Thier/ von denen Theilen der bekanten Welt/ haben kommen können/ in welchen doch keine dergleichen mehr gefunden werden? Hierauff gib ich diese Antwort: Gott habe einer jeden Creatur nicht allein ihr eigne sonderbare Natur bestimmet/ sondern auch ein natürliche neigung/ in denen Orten zu leben/ welche seiner Natur am bequemsten sind: Gleich wie in vnserer Welt/ nicht ein jedes Landt alle Creaturen hat: Der Elephant/ der Rhinoceros/ das Wasserroß/ der Crocodil/ das Cameelthier/ das Pantherthier/ vnd andere/ leben gemeinlich/ vnd natürlich nicht in Europa: noch die Zebra in Asia/ oder Europa: wie dergleichen von vielen andern Creaturen auch möchte gesagt werden.

Wie

Das neunte Buch

Wie wir aber in der Arch Noe/ nicht nur die Natur vnd Kunst wahr nehmen müssen/ in der Einlosierung der Thieren/ sondern eine viel höhere vnd mächtigere Handt: Also haben jnen auch die Thier/ welche auß der Arch kommen/ Oerter vnd Wohnungen erwehlet/ nicht allein nach jhrer eignen natürlichen Ort vnd Neigung/ vnd nach dem sie den Menschen/ den sie haben dienen sollen/ am nutzlichsten haben seyn können: Sondern die heimliche vnd allmächtige Fürsehung Gottes/ welche in diesen Wercken der Natur/ vnd deß Menschlichen Fleisses mitgewircket/ vnd jhnen zweiffels ohn/ ein sonderbare vnd extraordinari Neigung/ in dieser Widerauffrichtung der Welt/ eingegossen hat/ dieselbige fürnemlich hat den Thieren jhre vorgeordneten zeiten vnd Grentzen bestimpt: Also hat Gott seine Werck nach den vnderschiedenen Orten vnderscheiden/ vnd einem jeden Land seine eignen Creaturen zugeordnet.

Act 17.26

Also haben wir verstanden/ wie die newe Welt mit Menschen vnd Thieren/ vermutlich seye erfüllet worden: wann aber jemands Platonis Meynung zu disem allen hinzu thun/ vnd sagen will/ es seye noch ein grosse Insel/ oder Theil deß vesten Lands/ in vergangenen zeiten gewesen/ welche durch das Meer verschlungen/ vnd also der Weg in die newe Welt/ der zuvor richtig gewesen/ in den Wasserwogen begraben worden: wie dann Plato von seinem Atlantide schreibet/ (welches doch etliche für Americam/ andre für einen theil deß Meers halten/ so zwischen Dovers vnd Callis gelegen ist/ da vor zeiten ein vestes Land jhrem Wohn nach/ sol gelegen seyn) so begere ich auch nicht fast zu widerfechten.

Jetzt wöllen wir von der ersten gewissen Offenbarung vnd Entdeckung der newen Welt reden: demnach auch sehen/ wie sie am allerkümlichsten mögen abgetheilet werden/ vnd was bey einem jeden Theil fürnehmlich in acht zu nehmen seye.

Von der ersten Entdeckung vnd Schiffung in die Newe Welt/ durch Christophorum Columbum von Genua. Cap. iv.

Gomara vnd Joh. Mariana.

DIe Spanischen Scribenten/ welche die Ehr der ersten Erfindung der Newen Welt/ frembden Nationen mißgonnen/ vnd dieselbige jhrer Nation zueignen wöllen/ geben für/ es seye ein Portogesische Coravel/ (ist eine gattung Schif) auff dem Oceano/ durch einen starcken langwerenden Ostwindt/ nach langem an ein vnbekandt Landt getrieben worden/ das in keiner Mappen zu finden gewesen: dieselbige sey nach vielem außgestandenem Jammer vnd Hunger/ entlich sampt einem Piloten vnd 3. oder 4. krancken Spanischen Schiffleuten allein in einem Ort/ da Columbus dazumal gewesen (mehrertheils sagen/ in der Insel Medera) ankommen: Dieselbigen habe Columbus (welcher ein gelehrter/ vnd in der Schiffkunst wolerfahrner Mann gewesen/ sonsten auß dem Städtlein Cugureo Genueser Gebiets/ vnd auß einem alten Adelichen Geschlecht bürtig) in sein Hauß genommen: Seyen aber nach wenig tagen alle gestorben/ vnd haben jhm allein etliche Schrifften vnd Verzeichnuß jhrer Reyß hinderlassen/ auß welchen hernach Columbus Anleitung zu fernerer Entdeckung dieses newen Landts bekommen habe.

Aber viel dapffere Scribenten/ die guten Bericht dieser Sachen haben/ halten diß für ein eytels Spanisches Gedicht/ vnd vermelden es habe Columbus von jugend auff das Meer gebraucht vnd sich in Schiffarten trefflich geübt: Er seye auch von Genua auß in Portugal verreyst/ willens auch die Africanischen Meergestaden zuerkündigen/ vnd sich also in seiner Profession weiter zu vben.

Als er aber mehrmalen hinder die Insel Gades/ oder Cales Males in alle Grentzen desselbigen Meers geschiffet/ habe er war genommen/ daß zu bestimbter zeit im jahr/ etliche Windt von Nidergang her/ pflegten zu blasen/ vnd daß sie etliche Tag in gleicher stärcke pflegten zu verharren/ darauß er jhme bey sich selbsten die Rechnung gemacht. Es müsten diese beständige Windt von einer Landtschafft herkommen/ so weit vber Meer gelegen/ vnd noch vnbekandt were: Vnd dieses seye der erste Anlaß gewesen/ so Columbum zu dieser Erforschung der Newen Welt erstlich angetrieben.

Ob nun Columbus etwan auch zuvor vnd hernach die obgedachte Reyß Antonij Zenoni/ so er 100. jahr zuvor in Estadiland gethan/ vnd was Zenus daselbsten von der Newen Welt verstanden/ gelesen/ oder darvon gehört/ dasselbige wil ich jetzund nicht zu recht legen.

Als nun Columbus der Sachen lang nach gesinnet/ vnd gleichsam versichert ward/ daß ja gegen Nidergang noch ein vnbekandtes Landt seyn müsse/ hat er sich endtlich resolviert demselbigen nach vermögen nachzusetzen.

Hat darauff in dem 40. jahr seines Alters/ sein Vorhaben dem Raht zu Genua entdecket/ vnd Hülff von jhnen begert/ von den Säulen Herculis hinauß gegen Nidergang/ ein Schiffart anzustellen/ vnd das vnbekandte Landt zuerforschen. Aber er ward mit seinem Vortrag verspottet/ vnd schimpflich abgewiesen/ wie jhme auch bey Alphonso dem V. König in Portugal widerfahren ist.

Von den Ländern America. 1693

ren ist. Darauff ist er zu dem König in Castilien gezogen/ vnd hat seinen Bruder Bartholomeum zu dem König in Engelland Henrico dem 7. abgefertiget / ebenmessigen vorschlag anzubringen. Bartholomeus ward von den Meer Räubern vnderwegen beraubt / muste deßwegen ein zeitlang zu seiner vnderhaltung See-charten machen. Kahme doch endlich mit einer Welt Mappen für den König/ vnnd eröffnete jhm seines Bruders vorhaben: Welches jhm der König wol gefallen lassen/ vnd begert seinen Bruder abzuholen/ vnd für jhn zu bringen.

Es hatte aber Columbus hierzwischen / durch hilff vnd vnderhandlung des Ertzbischoffs von Toledo/ vnd der Königin Isabella/ sein Sach bey dem König Ferdinando in Castilien/ richtig gemacht/ vnd von denselbigen zu seiner vorhabenden Reiß/ drey grosse/ mit Kriegsvolck/ Munition vnd Proviand/ wohlversehene Schiff/ nach vieler außgestandner müh vnd arbeit zu wegen gebracht. Mit denselbigen ist er / sampt gedachtem seinem Bruder/ den 3. Augusti / Anno 1492. gantz begierig auß dem Meerhafen Calicio/ nach der Insel Gomera/ so eine vnder den Canarien/ abgesegelt: Vnd nach dem er sich daselbsten ein wenig erfrischet/ hat er seinem vorhaben weiters nachgesetzet. Als nun Columbus bey 30. tagen auff dem vngestümmen wilden Meer

fortgefahren/ vnd hierzwischen seine Leut alle hoffnung verlohren/ einiges Landt anzutreffen / haben sie angefangen rebellisch zu werden / vnd wolten jn mit gewalt widerumb zur heimfarth zwingen/ oder in das Meer werffen/ da must er jhnen versprechen/ so er inner 3. tagen kein Landt antreffe/ widerumb heim zu kehren. Aber Columbus alß ein erfahrner Meister des Meers/ wuste wol daß er nicht weit mehr von dem Landt were/ dessen jhm das leimechtig Erdtrich/ welches er mit seinem Grundklotz hervor bracht/ vnd die beschaffenheit der Winden/ welche nicht mehr so stätig weheten/ gnugsame anzeigung gaben.

Also gab Gott endtlich glück/ daß auff den 2. Octobris einer / so auff den Maßbaum saß/ mit Nammen Roderigo de Triana des Landts ansichtig ward/ der bracht die erste Bottschafft von dieser Newen Welt/ vnd ruffte Landt/ Landt: welches ohnezweiffel Columbo vnnd seinen Leuten die aller angenembste Music gewesen. Etliche vermelden/ man habe die Nacht zuvor ein Fewr gesehen/ so die erste anzeigung des Landts gewesen.

Was nun für grosser frewd darüber bey jhm vnd seinen zuvor auffrührischen gefährten entstanden/ ist nicht wol außzusprechen. So bald der Tag angebrochen/ satzte er sich sampt etlichen seiner Leuten/ in ein kleines Schifflein/ fuhre in der Insel welche er San Salvatore genennt hat/ an das Landt Guanahani/ fiele daselbsten auff seine Knye/ vnd sagte Gott mit disen Worten danck/ Herz Ewiger vnnd Allmechtiger Gott/ du hast durch dein heyliges Wort Himmel/ Erd vnd das Meer geschaffen: Dein Namm sey gebenedeyet vnnd geheiliget/ gelobet sey dein Majestät/ welche gewolt hat/ durch jhren armen Knecht verschaffen/ daß jhr H. Namm erkent vnd offenbar gemacht würde/ in diesem andern Theil der Welt.

Zu gedechtnuß aber dessen / hat er daselbsten auß einem nidergehawenen Baum / ein Crucifix zimmern/ vnd am Gestaden des Meers auffrichten lassen: Die gerechtigkeit aber/ vnd besitzung der Newen Welt/ hat er im Nammen der Königen in Hispanien angenommen.

Weil aber diese Insel sehr gering war/ so ist er von dannen fort gesegelt/ vnnd in noch viel andre vnd grössere Inseln kommen. Die Insel Gumaram nennet er Ferdinandam/ zur gedechtnuß Königs Ferdinandi/ welcher jhm zu solcher Schiffart förderung gethan. Auß Cumana ist er mit glücklichem Wind fort gefahren/ vnd die Insel Hacti/ welche er Hispaniolam geheissen/ angetroffen. An welchem ort das Admiral Schiff/ an einem Felsen gestrandet: Aber die Menschen/ sampt einem grossen theil Proviand vnd Munition/ sind durch hilff der andern zweyen Schiffen erhalten worden.

Die Indianer/ so am Gestad stunden/ sahen die Schiff mit grosser verwunderung an/ wolten aber jhrer zu Landt nicht erwarten: Dann sie vermeynten es weren die Canibales/ welche in dieser gegne pflegten Menschen zu jagen/ vnd zu fressen. Vnd zwar die Spanier sind jhn hernach wol solche Canibales worden/ dann auß 3. Millionen Menschen/ die sie in dieser Insel gefunden/ sind schon vorlangem kaum 200. mehr vbrig gewesen.

Daselbst fiengen die Spanier ein Indianisch Weib / ersettigten dieselbige mit Spanischem Wein/ vnd köstlichen Speissen/ legten jhr ein schön rein Hembd an/ vnd liessen sie widerumb heim lauffen. Durch welche freundtligkeit die Indianer bewegt worden/ hauffechtig zu des Columbi Schiff zu kommen/ diese frembde Völcker zu sehen: Nichts gefiele den Spaniern besser/ alß das Gold

XXXXj vnd

Das neunte Buch

vnd Edelgestein/ welches die nackenden Indianer an jhren Armen/ Hälsen vnd Ohren getragen/ vnd jhnen vmb Schällen/ Gläser/ Guffen vnd ander narrenwerck vberflüssig vertauschet hatten.

Columbus verehrete dem Guacanarillum, also ward damalen jhr Cacik oder König genennet/ mit schönen Hembdern/ Hütten/ Messern/ Spiegeln/ Schellen vnd anderm: Empfieng hingegen von jhm einen grossen vnd schweren klotzen Golds/ viel Edelgestein vnd andre köstliche Kleynoder.

Es lieffen ohn vnderlaß von allen Orten selbiger gegne/ vnzalbar viel Volcks zu/ die newen vnd seltzamen Leut zu sehen/ vnnd verwunderten sich insonderheit ab den Bärten vnnd Kleydung der Spaniern/ trugen jhnen auch vberflüssig zu allerley Frücht/ Fisch/ Brot vnd andere Narung: vnd was sie für sitten vnd gebärden an den Christen sahen/ denselbigen folgten sie nach/ wie die Affen.

Da nun Columbus der Newen erfundenen Welt grosse Fruchtbarkeit vnnd Reichthumb/ von Gold/ Silber vnd Edelgestein gesehen. Ward er alßbald bedacht/ widerumb in Spanien zu kehren/ vnd dem König die Bottschafft von der New erfundenen Welt selber zu bringen: Hat er doch zuvor mit gutem willen vnd gunst des Caciks/ an denselbigen Ort/ von gebachenen Steinen vnd andrer Materi/ eine Vestung gebawet vnd auffgerichtet. Darinnen er auff die 38. dapfere vnd küne Spanier gelassen/ welche biß zu seiner widerkunfft in der Insel verharzen/ vnd allerdingen natur vñ eygenschafft erkundigen solten. Name deßwegen von Guacanarillo freundlich vrlaub/ nam 6. Indianer mit sich/ vnnd fuhre also mit seinen vbrigen gefehrten darvon/ nach Spanien: Da er dann nach glücklicher vollbrachter Reiß von dem König nit allein freundlich empfangen/ sonder auch wegen außgestandener Abentheur/ mit dem zehenden theil alles Indianischen Eynkommens verehret/ zum Admiral, das ist/ zum obersten Regierer des Meers/ sein Bruder Bartholomæus aber zum Adelantado oder Statthalter in Hispaniola verordnet worden.

Die ander Schiffart Columbi in die Newe Welt.

Nach dem nun König Ferdinand/ Columbi künes gemüt/ auß gegenwertiger erfindung gnugsam gespüret/ hat er jhm noch viel mehr vertrawet/ vñ 3. grosser Schnabelschiff/ sampt 14. Caravellen/ mit aller notturfft zubereiten lassen. Er gab jm zu auff die 1500. gewaffneter Männer/ allerley Handwercksleut/ auch ein grosse anzahl Weiber vnd Töchter/ deßgleichen auch Roß/ Ochsen/ Schaff/ Schwein/ Geissen/ beyderley Geschlechts/ sampt allerley früchten: von Korn/ Gersten/ Gemüß vnnd Bäumen/ die newe Inseln damit zubesetzen: sampt vielen Priester vnnd Mönchen/ welche dises Volck in dem Christlichen Glauben vnderrichten solten.

Ehe sie aber von Landt gestossen/ hat der Röm. Bapst Alexander der 6. der ein geborner Spanier gewesen/ beyden Königen in Castilien vnd Portugall/ vnd allen jren Nachkommen durch sein Bull/ so den 4. May/ A. 1493. gegeben/ alle Provintzen vnd Inseln/ die sie in Ost vnnd West Indien finden würden/ geschencket/ welches mehr ist/ als Alexander der groß jemalen eroberet hatte. Vnd hatt an statt eines Marckmals von einer Himels spitzen biß zur andern eine Linien/ durch den Mittelkreiß gezogen/ die Oerter zu vnderscheiden/ also daß die Könige in Castilien solten haben alle Landtschafft vber der Linien gegen Nidergang der Sonnen: Die Portugaleser aber/ alles was disseit der Linien gelegen.

Darauff ist Columbus/ gleichwol mit künerem Gemüt/ als zuvor/ im jahr 1493. den 2. Sept. im Meerhafen Calicio zu Schiff getretten/ vnd seinen lauff etwas weiters auff die lincke Hand gegen Africam zu genommen/ vnd vnderwegen ein Insel angetroffen: welche Desideratam (die begerte) genennet/ dieweil er ein groß verlangen hat nach dem Landt. Weil er aber kein rechte Anfurt daselbst finden konte/ hat seinen lauff stracks gegen der Insel Hispaniola gerichtet: Hatt aber keinen mehr von seinen hinderlassenen Spaniern angetroffen. Dann weil dieselbige allerley vbermut getrieben/ durch die gantze Insel streifften vnd mit rauben vñ vnzucht die Indianer vbel plagten/ sind sie von jhnen erwürget worden: Welche schmach aber Columbus dazumalen nit rechen wollen/ weil jm der Indianer macht noch vnbekant war/ sonder er bawete an einem kumlichen Ort in derselbigen Insel/ ein feine Statt/ welche er mit dem bey sich habenden Volck besetzet hat/ vnd zur gedechtnuß der Königin Isabellæ/ Isabellam genennet hat. Hat auch bey einer hertzlichen Goldgruben/ ein Pastey oder Vestung/ mit starcken Bollwercken erbawen/ vnd S. Thomas nennen lassen: Der so dise Goldgruben erstlich entdeckt/ hat daselbst ein grossen klumpen klares Gold gefunden. Dann vor der Spanier ankunfft/ haben die Indianer dem Gold nicht viel nachgegraben/ sonder lassen nur zusammen was sie vber dem Erdrich fanden.

Hierzwischen hat Columbus auch Cubam vnd Jamaicam/ mit etlich anderen benachbaurten Inseln entdeckt. Hat sich aber seiner kranckheit halben/ wider in die Insel Hispaniolam begeben müssen: da er dann grosse zerrüttung vnd auffruhr vnder den seinigen angetroffen/ welche er so viel jhm müglich gewesen/ mit hinrichtung der vrseheren vnd freundtlichen begütigung der Indianeren/ gestillet/ vnd darauff sich wider nach Spanien begeben/ vnnd dem König etlich Kuchen klares Golds/ sampt vielen Edelgesteinen vnd andern Reichthumen eyngehendiget.

Anno

Von den Ländern Americæ. 1695

An. 1497. hat Columbus auß bef.lch des Königs/die dritte Reiß gethan/in diß Newe Landt/in deren er die Insel Cubaquam entdecket/so er wegen des Perlenfangs/den er daselbst gesehen/die Perle Insel genennet: desgleichen Paria vnd Cumana. Es hatte aber hierzwischen Rildanus Ximenez/welchē Columbus auß einem geringen Standt zu grossen Ehren erhaben/vñ zum Blutrichter gemacht hat/wider den Landtvogt in India Columbi Bruder ein Auffruhr erwecket/viel Spanier an sich gehencket/vnnd die armen Indianer mit rauben/stehlen/Weiberschänden vnnd mörden/auff das eusserste verfolget/vnd zum abfall getrungen: Auch weder auff des Landtvogts/noch auff des Columbi freundlich zusprechen/hiervon nit abstehn wöllen/sonder viel mehr beyde Brüder bey dem König fälschlich verklagt/als wann sie nach dem Regiment dieser reichen Inseln trachteten/vnd den König darvon außzuschliessen begerten. Ohngeachtet nun Columbus sich durch schreiben bey dem König gnugsamlich entschuldiget hatte/so ist doch auß anstifftung der mißgünstigen Hof Practikanten/deren ein jeder in diesen reichen Inseln gern Landtvogt gewesen were/die Sach endlich dahin gerathen/daß der König Franciscum Bombadillum/einen alten Hofdiener vñ Ritter des Calatraminischen Ordens zum Landvog in Indien abgeordnet/mit befelch die vrsach dieser zwenspaltung zu erforschen/vnd zu vernehmen/warumb jhm Columbus nicht so viel Golds vnd Guts geschickt hette/wie er verhiessen.

Die 3. Reiß Columbi in die Newe Welt.

So bald dieser newe Landtvogt in Hispaniola ankommen/hat er sich seines gewalts mißbrauchet/vnd Columbum sampt seinem Bruder/die jhn mit ehrerbietung zu begriessen kommen waren/gefänglich annemen/in Eysen schmiden/beyde von eynander absöndern/vnd also angeschmidet in 2. Caraveten in Spanien führen lassen. Wie nun der König berichtet worden/daß diese wolverdiente Männer also angeschmidet zu jm gebracht wurden/hatt er ohne verzug durch einen reitenden Postbotten sie jrer Banden zuentledigen/köstlich zu bekleiden/vñ mit herzlichem Comitat gehn Hof zu bringen befohlen: Da dann ihre entschuldigung leichtlich angenommen/vnnd den falschen verklägern ein besondere straff gesetzet.

Anno 1502. ist Columbus wider mit seinem Bruder mehr newe Landt zu erforschen außgesandt worden/auff welcher Reiß er Guanaxa/Higuera/Fondura/Veragna vnd Vraba entdecket/vnnd gute nachrichtung von dem Sout-See erlernet. Vnlang aber hernach/als er von der 4. Schiffart wider in Spanien kom̃en/vnd seines kühnen Gemüts halben von menigklich gepriesen worden/ist er wegen außgestandner grosser mühe vnd arbeit/in ein schwere Kranckheit gefallen/vñ endlich An. 1506. todts verfahren/vnd zu Sevilia/in der Carthuser Kirchen/ehrlich bestattet worden.

Die 4. Reiß Columbi in die newen Inseln.

Es sind aber seine Feind Bombadilla vnd Roldan Ximenez nit vngestrafft verblieben. Daß als sie mit vielen Obersten/Haubtleuten vnd Soldaten/die alle Columbum hatten verfolgen helffen/vnd grausame Tyranney an den Indianern verübet/auff die 400. starck/auß befelhds Königs/(der Nicolaum de Quando zu einem Vice-Re in Indien gemacht/vnd mit 30. Schiffen dahin gesand hatte) wider in Spanien heimfahren wolten/vnnd ein vnaußsprechliche summen Golds/neben vnzahlbaren stücklein vngeleutertes Golds/vnder denen eins 3000. Ducaten werd/wie ein grosser dicker Teller formieret war/bey sich hatten: Da hat Gott ein grausamen Sturmwind vber diese Gottlose Leut kommen lassen/durch welchen 24. Schiff/mit allen Beuten vñ Güteren/jämerlich zu grund gegangen vñ ersoffen.

Columbus wird an seinen Feinden gerochen.

Nach Columbo/habē auch Pinsonus/Vespucius/Cabota/welche Columbi Schiffgesellen gewesen/Alphonsus Nienus/vnd andre Meer/andre theil mehr der Newen Welt entdecket/biß endlich dieselbige schier gar an tag ist gebracht worden: Wie solches in eines jeden Lands sonderbarer beschreibung/kumlicher wirdt mögen angezeigt werden.

Von den Thieren/Vöglen vnd Gewächsen Americæ. Cap. v.

Damit vns in besichtigung der sonderbarē Länderen/desto weniger hindernuß im weg lige/so wöllen wir allhie von den Creaturen/welche gemeinlich durch gantz Americam außgespreitet sind/auch etwas in gemein reden. Zu vorderst ist allhie zu wissen/daß in America wenig Thier gefunden werden/welche bey vns in Europa bekannt seyn. Nach dem man aber von allerley gattung dahin geführt/vnnd das Landt darmit besetzt/haben sie an etlichen orten der gestalten vberhand genommen/daß sie anfahen verwildern/vnd kaum mehr können erösset werden: Wie dañ die Säw vnd Hünd jrer menge halben in der Insel Hispaniola sehr grossen schaden thun. Die Pferd werden darinnen sehr wolfeil verkaufft/vnd ist des Rindviehs eine solche menge/daß A. 1587.

XXXXr ij   allein

Das neunte Buch

allzeit auß dieser Insel Hispaniola 35444. Häut/ vnd 64350. auß new Spanien/ in alt Spanien gebracht worden.

Sie haben Löwen/ sind aber an grosser grimmigkeit vnd farb den Africanischen nicht gleich/ sie sind graw/ vnd klättern auff die Bäum: sie werden von den Indianern offt gejaget vnnd getödtet. Sie haben viel Bären/ Hirtzen/ Füchs vnd Tyger/ welche aber (wie in Congo) den Indianern viel auffsetziger sind als den Spaniern. Diese Thier werden nit in den Inseln/ sondern im vesten Land gefunden. Sie haben viel vn mancherley gattung Affen/ welche in jren äffischen possen gantz wundersam sind/ als wañ sie die vernunft hette. Als auf einzeit ein Soldat nach einem Affen zielete/ der meynung jhn zu schiessen/ da zielete auch der Aff mit einem Stein auff den Soldaten/ der Soldat kondte kaum so bald nit abtrucken/ der Aff warff mit seinem Stein nach dem Soldaten/ vnd warff jhm ein Aug auß/ vnd ward doch der Aff von dem schuß getroffen vnd erschossen.

Haute ein Indianischer Aff.

In dem Peruanischen America/ bey den Völckern Patagones genannt/ wird eine art Affen gefunden/ welche sie Haute neñen/ hat einen grossen hangenden Bauch/ vnd ein Gesicht wie eines jungen Kinds/ eine aschenfarbe dicke Haut wie ein Bärenhaut/ wohnet mehr auff den Bäumen als auff der Erden. So er heimlich gemacht wirdt/ hat er den Menschē lieb vñ sitzet gern auff seiner Schulter. Etliche schreiben von jhm/ er möge weder essen noch trincken/ sonder lebe von der Luft. Seine gestalt haben wir hie abbilden lassen.

Vincent. Pinzon.

Es wirdt da auch gefunden ein scheutzlich wüst Thier/ dessen vordertheil einem Fuchsen/ der hinder theil aber einem Affen gleich sihet/ hat aber Füß wie ein Mensch/ die Ohren wie ein Eyl oder Fledermauß: vnder dem Bauch hat es einen Sack hangē/ darein thut es seine jungen/ biß sie sich selber versorgē können. Die jungen kommen nit darauß/ als wañ sie säugen wollen. Dergleichen Thieren eines sampt 3. seiner jungen/ hat Vincen. Pinzonus ein gefährt Columbi/ mit sich auß America nacher Sevilia in Hispanien gebracht. Dessen abbildung wir hierbey gesetzt.

In den Inseln sein viel wilder Hünd/ welche den Schaafen grossen schaden thun: Wer dieser Hünden einen tödtet/ wirdt belohnet als wann er einen Wolff getödtet hette.

Die Hünd/ welche die Indianer zuvor gehabt/ vnnd zum essen gemestet haben/ die können nicht bellen. Ihre Hirtzen in den Mittägigen theilen haben keine Hörner.

Armadilla. Equus Cataphractus.

Sie haben auch ein wunderlich Thier Armedilla genañt/ welches einem gebarteten Roß gleich/ vnd scheinet/ als wann es mit einem Harnisch angethan vnd bewaffnet were/ dann es ist voller hörneren Schüpen/ welche immer auff vnd zu gehn. Es wület vnder die Erden/ wie ein Königlein/ vñ ist so groß als ein gemeiner Hund oder zeiliges Schweinlein. Gesnerus nennet diß Thier einen Schaligel.

Vicugne bringt den stein Bezoar.

Vicugne ist auch ein Indianisch Thier/ so sich ettlicher massen einer Geiß vergleicht/ ist aber grösser: Dasselbig pflegen sie zu schären/ vnnd auß seiner Wullen machen sie Decken vnd Zeug: In seinem Magen wirdt der stein Bezoar gefunden/ bißweilen einer allein/ bißweilen zwen/ drey oder vier: Dieser Stein ist rund/ vnd an der Farb schwartz/ graw/ grienlecht oder auch anderst: Wird für ein fürtreffliche Artzney gerechnet/ wider alles Gifft/ vnd gifftige Kranckheiten. Er wird auch in andren Thieren gefunden/ wie die Naturkündiger darvon schreiben. Seine grösse ist vngleich/ etwan wie ein Haselnuß/ zu zeiten auch so groß als ein grosse Baumnuß. Von disem Stein hat der fürtreffliche Artzet Casparus Bauhinus ein sonderbar Büchlein geschrieben.

Lama ist ein Americanisch Schaaf/ ist nit allein nutz zur speiß vnd kleydung seiner guten Wullen halb/ sondern es dienet auch zum tragen: Es ist grosser als vnsere Schaaf/ aber kleiner als ein Kalb. Sie können 150. Pfund ertragen. In ettlich orten nennet man sie Amidas/ vnd werden zu grössern Lästen gebraucht. Hul. Schmide bezeuget/ er seye Anno 1548. bey der Rivier Plato/ als er an einem Schenckel verletzt gewesen/ 40. Meil wegs auff einem solchen Schaf geritten. Sie gehen langsam/ vñ legen sich etwan mit ihrem Last nider/ sie lassen sich mit keinen streichen weisen/ sonder allein mit guten worten vnd zusprechen/ richtet man alles bey jnen auß.

Sie

Von den Ländern America. 1697

Sie haben vielerley Vögel/ die wir auch haben/ als Hüner/ Rebhüner/ Wachtlen/ Tauben/ Falcken/ Adler/ ꝛc. Aber neben diesen haben sie noch viel sonderbare/ seltzame Vögel/ die wir nicht haben. Insonderheit haben sie ein Vögelein Taminejos genannt/ andre nennen es Gonambuch/ in Brasilien wirdt es Ourissia genañt/ welches grösser nicht als eine Immen/ oder auff das meiste wie ein Roßkäfer/ vnd seye doch ein rechter Vogel/ mit allen seinen Gliedmassen. Von diesem bezeugen sie/ daß es mit lieblichem gesang den Nachtigallen nichts bevor gebe. Clusius sagt/ diß Vögelein werde geboren von einer Fliegen/ vnnd fliege so geschwind/ daß seine Flieglein nicht zu sehen seyen. Er sagt weiters er habe ein solch Vöglein/ sampt seinem Nestlein/ in einer Goldwag wegen sehen/ welche zusammen nicht vber 24. Gran gewogen. Darumb wirdt es Tominejos genennet/ weil es nur ein Tomin/ das ist/ 12. gran wigt. Seine Federn sind gälb/ grien/ roth vnd andrer Farben. Es lebt vom Taw vnd safft der Kreuteren/ setzet sich aber auff keine Rosen. *Tamineos ein wunder kleines Vögelein.*

Hiergegen haben sie auch auß dermassen grosse vnd starcke Vögel/ welche ein Schaf oder Kalb zerzeissen vnd fressen können.

Es sollen auch Fledermäuß darinnen seyn/ so groß daß sie vom Kopff biß an die Füß/ eines Schuhes lang seyn: Dergleichen Clusius zu Amsterdam von den Indianischen Schiffen eine gekaufft/ vnnd zur gedächtnuß auffgehalten.

Fledermuß.

Es werden insonderheit vielerley schöner Papageyen vnnd andere gefärbten Vöglen bey jhnen gefunden/ von allerhand Farben/ mit deren natürlichē Federn die kunstreichen Indianer/ alles vollkommenlich nachmahlen können was sie gemalet sehen/ mit allen seinen Farben. Wie dann Bapst Sixto dem 6. die Bildnuß S. Francisci dergestalten von Federn gemacht/ verehret worden/ so künstlich als man es mit dem Pensel hette malen können/ daß auch kein Mensch geglaubt hette/ daß es Federn weren/ er hette es dann mit seinen Händen betastet: Wie dann Bapst Sixtus selbst darmit betrogen worden. Die Indianer brauchen solche Federn in den Zierden jhrer Königen vñ Kirchen. *Vögel von schönen Farben.*

In den Inseln bey Peru hat es etliche Berg/ so gantz weiß scheinen/ als wann sie voller Schnee weren. Dieses aber ist nichts anders als weisser Müst von den Seevöglen/ welche sich in diesen Bergen in grosser menge versamlen/ darvon sie voller Müst werden/ daß er offt Ellen oder auch Spieß hoch auffeinander ligt. Dieser Müst wirdt in den Schiffen weggefürt/ vnd darmit die Felder gemüstet/ darvon sie auß der massen fruchtbar werden.

Es sein auch viel seltzamer vnd frembder gewächsen in America. Sie haben einen Baum Mangle genannt/ welcher sich selber allein zu einem grossen Wald machen kan/ dann seine Aest biegen sich nider/ vnd wurtzlen in der Erden/ also daß immerdar newe Bäum darauß werden. Dergleichen werden auch in etlichen Africanischen Inseln gefunden. Der Cocobaum ist bekant/ welcher blätter tregt/ mit denen sich einer vom Fuß zum Haupt bedecken kan. *Allerley Gewächs in America. Mangle. Coco.*

Cacao ist ein Frucht kleiner als ein Mandlen/ die Indianer brauchen sie für jhr Gelt/ vnd machen ein Tranck darauß/ das bey jhnen in grosser achtung ist. *Cacao.*

Sie haben eine gattung Aepffel Ananas Aepffel genannt/ welche farb vnd geschmacks halben gantz lieblich vnd gesund sind/ vnd haben doch eine solche scharffe krafft/ daß sie Eysen durchbeissen können wie ein Ezwasser. *Ananas Aepffel.*

Sie haben auch einen Baum der dz gantze jar Blumen tregt/ so lieblich als ein Lilien/ aber grösser/ vnd wirdt genennt Floripondio. Volusuchil trägt Blumen/ wie ein Hertz formieret. Die grosse Sonnenblumen ist jetz auß Peru auch zu vns kommen. Ein andere Blum Granadille genannt/ soll die merckzeichen der Nägeln/ der Säul/ der Geißlen/ Thörnen vnd Wunden Christi an jhr haben. Sie hatt Anno 1614. auch in Franckreich geblühet/ in Johannis Robeni Garten zu Paris: Ist jhm auß der Insel Canada zukommen. *Floripondio Blumenbaü. Volusuchil. Granadille oder Passion Blum.*

Jhre Saame vnd Getreyd anlangend/ so ist vnder denselbigen jhr Mays das fürnembste/ darauß sie jr Brot machen: Es wachset auch in vnsern Landen/ an einem hohen Stil/ vnd mehret sich vber alle massen sehr: dann man samlet 300. Mäß für eines. Es zeiget mehr aber grober Blüt/ als vnser Weitzen. Sie machen auch ein Tranck darauß/ darvon sie mechtig truncken werden. Die Stängel vnd Bletter essen jhre Maulthier. An etlich Orten machen sie jhr Brot auß einer Wurtzel/ Youca genannt/ welche sie sonst Cazavi nennen: Sie pressen zu erst das Safft darauß/ dann dasselbige ist ein tödtlich Gifft/ sonderlich in den Inseln. Es ist noch ein andere gattung Youca/ dessen Safft kein gifft ist/ vnnd haltet sich lang/ wie Biskot. Diß Brot wird mehrentheils in den Inseln Hispaniola/ Cuba vnd Jamaica gebraucht. *Mays.*

Das Gewürtz wachset nit in America: allein theuhet der Jmber wol/ der von den Spaniern dahin gepflantzet worden. Sie haben auch ein gute gattung Balsam/ ist aber nit wie der im gelobten Landt. Es wachsen in America gern alle vnser Gewächß/ so auß Hispania dahin gebracht worden/ als Wein/ Oele/ Maulbeer/ Feigen/ Mandeln/ Limonen/ Quittenen/ ꝛc. Hingegen was auß America gebracht wird/ will in Spanien nit recht theuhen.

XXXXx ij Von

1698 **Das neunte Buch**
Von der allgemeinen abtheilung Americæ/ sonderlich
aber von Meta incognita. Cap. vj.

America ist/ so weit man das selbige bißher erforschen können/ allenthalben mit dem Meer vmbgeben. Gegen Auffgang mit dem Atlantischen Meer/ welches Mar del North genennet wirdt: gegen Mittag mit der Magellanischen Enge/ durch welche es von dem Mittägigen Landt abgescheiden wirdt/ gegen Nidergang mit dem friedsamen Meer/ Mar del Zur genannt: gegen Mitternacht aber ist sein Gestad vns Europæischen noch nicht allerdings bekannt: Muß aber zweiffels ohn das gefrorne Meer sein/ wann nicht vielleicht derselbigen enden/ die Erden aneynander hanget. Die gröste lenge Americæ/ ist zwischen den zweyen fretis Anian vñ Magellanicum/ 2400. Teutscher Meilen: vnd die grösste breite zwischen dem Vorgebürg/ C. de Fortuna genannt/ bey dem Freto Anian/ vnd dem Vorgebürg C. de Breton genennt/ in New Francia/ 1300. Meilen. Es wirdt aber gantz America gemeinlich durch den Isthmum oder schmalen Landt bey Darien/ in zwey theil abgetheilet: Der eine wirdt genennt das Mittnächtige oder Mexicanische America: Das ander das Mittägige oder Peruanische: Dieses Peruanische erstrecket sich von Darien/ biß an die Magellanische Enge: Jenes von Darien gegen Mitternacht hinauß/ da die Grentzen noch vnbekant sind.

Dann es ist noch nicht vollkommenlich erkundiget worden/ ob das Mittnächtige America/ an jrgend einem Ort an das veste Landt Asiæ stosse: oder ob Groenlandt vnnd ettliche andere Länder/ die für Inseln gehalten werden/ an Americam stossen. Es sind zwar diese vermeinten Inseln/ lang vor den tagen Columbi entdecket worden/ vnd ligen dannoch jhre Grentzen/ noch biß auff den heutigen tag in der finsternuß verborgen. Sind deßwegen selbige Länder von der grossen Englischen Königin/ billicher gestalt Meta Incognita genennet worden.

Die erste wissenschafft dieser Erden/ ist durch Nicolaum vnd Antonium Zeni/ 2. Venetianische Brüder/ in dem Jar 1380. an tag gebracht worden: Welche in einem Schiff/ durch die Enge bey Gibraltar/ nach Mitternacht gesägelt sind/ der meynung Engellandt vnd Niderlandt zu besichtigen. Aber durch ein Tempest an die Insel Frislandt getrieben worden. Daselbst sind sie wegen jhrer Schifkunst/ dem Kön. Zichmui sehr angenem vnd zur erkündigung fürnemer Länderer gebraucht worden. Wie dann Nicolaus Groenland/ sein Bruder Antonius Estotiland/ darvon auch droben etwas geredt worden/ entdecket haben. Seit derselbigen zeit/ sind diese Oerter/ durch Caspar Cortregale/ Sebastianum Cabot vnd andere noch weiters erforschet/ vnd endlich durch Baffin/ Anno 1616. befunden worden/ daß Groenland ein vnseglich groß vest Landt seye. Hat aber den Nammen von Cortrogale/ der in dieser erforschung dahinden geblieben/ empfangen. Das Northische Meer vber das new erfundene Landt hinauß/ ist der manigfaltigen Inseln halben/ ein mechtige Labyrinth/ also daß es kein wunder ist/ daß man nach so langer vnd fleissiger nachforschung/ den rechten paß oder weg in das South-Meer noch nicht finden können: Wir wöllen aber die Landbegierigen Seezerfarenen/ diesen noch vnbekanten/ vnnd gefrorenen Ländern vnd Meeren weiters nachforschen lassen/ vnd jetzund die Länder vnd Provintzen beschreiben/ welche vns in diesem Mittnächtigen oder Mexicanischen America schon zimblich bekannt sind. Vnder welchen dieses die fürnembsten seyn mögen. Canada/ New Francia/ Virginia/ Florida/ New Hispania/ New Granata/ California/ vnd auff der seiten gegen Nidergang/ bey dem vermeynten Freto Anian/ Quivira vnnd Anian/ so gedachtem Freto den Nammen gegeben.

Abtheilung des Mittnächtigen Americæ.

Von dem Landt Canada. Cap. vij.

Das Land Canada hat seinen Nammen von dem Fluß Canada/ vnd ist noch vnbekannt/ ob es ein grosse Insel/ oder ein theil des vesten Lands seye. Die theil so hiervon biß anhero endeckt worden/ sind diese/ Estotilandt/ Terra Laboratoris/ Corterealis/ sampt den grossen Inseln Angolosme/ Beauparis/ Segnay/ Mont de Lions vnd New Landt.

Wiewol aber alle Länder/ die zu Canada gehören/ der allergrimmigsten kelte vnderworffen sind/ so haben sie doch einen fruchtbaren Boden/ vñ sind auch reich an Gold: Die Eynwohner bekleiden sich mit Häuten/ sind gute Handwercker/ vnnd zimliches guten verstands.

Der Fluß Canada/ wirdt sonsten auch von etlichen das Stretto der dreyen Brüderen/ von andren S. Laurentz genennet. Er ist grösser als kein einiger Fluß in vnser alten Welt. Er fahet an/ wie Jaques Cartier schreibt/ jenseit der Insel Assumption/ gegen den hohen Bergen Honbuedo vber. Er ist auff 35. oder auch 40. Meilen breit/ vnnd in der mitte vber die 200. Klaffter tieff: Hat viel Walfisch vnnd

Cartier lib. 2. c. 11.

Meer-Roß. Von seinem Eyngang in das Meer/ biß gen Hochelaga hinauff sind 300. Meilen.

Man

Von den Ländern Americæ.

Man kan aber nit gar hinauff schiffen/wegen der hochen Felsen/vber welche das Wasser herab schiesset: Wie es dan auch höher hinauff gegen Sanguinay noch 3. andre hat/die von Cartier sind entdeckt worden.

Wir wöllen aber die Länder/die zu Canada gerechnet werden/nur kurtzlich durchgehn.

Von Estotiland ist zuvor etwas geredt worden.

Das Land Laboratoris oder Agricolæ ligt zu eusserst gegen Mitternacht/ist allenthalben voller Bergen vnd Wälden/in welchen ein vnseglich menge von Vögeln vnd wilden Thieren gefunden wirdt. Dieses Landt ligt/nach gemeinem bericht der Schiffleuthen/160. Meil von der Asorischen Insel Faiola. Diesem Landt muß Groenlandt (welche den 51. Grad Latitud. Borealis berühret/ vnd nur bey 50. Meilen von Finland in Europa abgelegen ist) am aller nechsten gelegen seyn/wiewol viel daran zweiffeln/ob ein Fretum oder Meer darzwischen seye/ oder ob es alles ein Fußfestes Landt seye: Dann viel meynen/weil es selbiger Enden offt regnet vnd hart gefreyret/ so werde das veste Land selber/ein gefroren Meer genennet. Es seye aber ein gefroren Meer oder Erden/welches Groenlandt von dem Landt Laboratoris absöndert/so ists doch gewiß/daß es kein grosses thun sein könne. Es erstrecket sich aber diß Landt Laboratoris/ dem Wasser Rio Nevado nach/auff die 200. Meilen: vnnd von dannen biß zur B. de Malua auch so viel. Auff der Mittägigen seyten ligt die Insel der Teuffeln/sampt etlich andren.

Terra Laboratoris.

Es sind aber in diesem Landt weder Stätt noch Schlösser/ sonder die Eynwohner/wohnen nur auff dem Landt in Hütten/die an statt der Zieglen mit Fisch oder Thierheuten bedecket sind.

Die Leut sind braunlecht/arbeitsam vnd wol gestaltet/sie bedecken sich mit Marter vnd andrer Thieren Fälen. Etliche melden/man finde Greyphen daselbsten/vnnd sollen so wol die Thier als die Vögel/alzumal weiß seyn.

Männer vnd Weiber mahlen sich/vnnd tragen allenthalben Bögen/ sind Blutdurstig/vnnd grosse Abgötterer.

Das Landt Cortereallis ist von Caspar Corteregale also genannt worden/ welcher das selbige Anno 1500. von dem Vorgebürg C. de Raso genannt/biß zum Fluß R. Nevado erstlich entdecket/ alß er in diesen orten/einen weg in die Inseln Moluccen genannt/ suchen wolte: Muste aber wegen grosser kelte wider vmbkehren.

Terra Cortereallis.

Also daß dieses Landt nur dem Gestadt nach bekannt ist. Die Leuth daselbsten sind zwar vor andren etwas freundlich/aber Abgötterer/viehisch vnd ohn alle Polliceyen/gehen nackend daher. Die Hirtzen werden allhie mit gantzen Herden/wie bey vns die Schaff/zur Weyd getrieben/vnd werden auß ihrer Milch gute Käß gemacht.

Von den grossen Inseln Segnay/Beaparas/Angolesme/Mont de Lions vnnd andren/die in dem Fluß Canada ligen/vnd mehrentheil von den Frantzosen sind gefunden worden/ist nicht viel denckwürdigs zu schreiben.

Die Insel so das Newe Landt genennt wirdt/vnnd von den Engelländern erstlich entdecket worden/ligt grad an dem Ort/da der Fluß Canada in das Meer laufft/vnd ist mit vielen andern kleinen Inseln vmbgeben: werden aber alle/neben den nechstgelegnen grössern Inseln/gemeinlich das New erfundene Landt genennet. Vnd ob wol die Mittägige theil dieser orten besser zubewohnen/ so sind sie doch mehrentheils Eynöd/vnnd werden allein die Mitnächtigen theil bewohnet/ vnnd wegen menge allerhand herrlicher Fischen sehr besucht. Dann neben andren/werden auch Ostreen vnd Muscheln mit Perlen daselbsten gefunden. Das Landt ist schön/ voller herrlicher Bäum vnd Feldfrüchten/ auch Rosen vnnd andern schönen gewächsen. Die Engelländer haben jetzt ein beständige wohnung darinnen. Der Sir Humb. Gilbert/ hat die besitzung dieses Landts/ Anno 1582. im Nammen der Königin Elisabeth/ eyngenommen: Sie lenden jetzund gemeinlich an/in dem Hafen Conception genannt.

Das New Landt.

Nah bey New Land in der Insel Ramea/wie auch in der Insel Chery/gibt es viel Meer Ochsen/ein klein Schiff hat ihren 150. in wenig zeit getödtet/sind viel grösser als vnsere/ihr Haut ist auch zweymal so dick/sie haben zwen Zän wie Helffanten Zän/eines Schuhs lang/wachsen auß dem obern Gäyffel vnder sich/werden theurer verkaufft als Helffenbein/viel halten sie eben so gut wider das Gifft/als das Eynhorn. Ihre jungen sind so gut zu essen als Kalbfleisch: Sie leben beyde im Wasser vnd auff dem Land: sind kurtz härig/haben Angesichter wie die Löwen/haben 4. Füß/ keine Ohren/ire Hörner sind ohngefehr ein halb Ellen lang: Sie ligen auff dem Eyß an der Sonnen: Wan man sie tödten will/muß man sie vornen an Kopff schlagen/ da sie am schwächsten sein.

Meerochs.

In dem Golffo Sant Laurentz/ligen die Inseln der Vögeln: Daselbst sitzen die Vögel so dick auff dem Boden/ alß die Stein auff einer besetzten Gassen/ also daß der Boden/ der sonst roth ist/ weiß darvon scheinet. Die Schiffleut mögen in einer stund etlich Nachen voll solcher Vögeln bekommen: Man schlegt sie in Donnen eynzusaltzen. Sie nennen sie Aponaz/haben Schnäbel wie ein Kreyen/ihre Fliegel sind einer halben hand breit/können nicht hoch fliegen/sind sehr fett. Sie haben auch ein kleinere gattung/die sie Godez nennen. Item ein grössere gattung/die wie die Hünd beissen/nennen sie Margoulz.

Insel der Vögeln.

Wiewol

Wiewol diese Inseln 14. Meil vom vesten Land ligen/ so schwimmen doch die Bären dahin/ sich mit diesen Vöglen zu Weyden. Die Frantzosen haben daselbst/ wie Cartier bezeugt/ einen Vogel gesehen so groß als ein Kuh/ vnd so weiß als ein Schwan/ welchen sie geschlachtet vnnd gessen haben/ vnd hat jhnen geschmeckt/ als wann es ein zweyjäriges Kalb gewesen were.

Assumption eine Insel.

Die Insel Assumption Natiscotes genannt/ ligt vnder dem 49. Grad. Die Eynwohner wohnen in Häuseren/ die auß hohen oben zusammen gebundnen Bäumen gemacht/ vnd wie ein Daubhauß rund zusammen gesetzet sind. Diese Insel ligt auch in dem Eyngang des Flusses Conada in den Golffo S. Laurentij. Das Vffer dises Flusses/ wirdt von Leuthen bewohnet/ die den Teuffel anbetten/ vnd jhm zun zeiten jhr eygen Blut auffopfferen/ werden Estechemin vnnd Albumequin genennet/ führen Krieg mit den Jrocois: Jhren Obersten nennen sie Sagamo. Sie gehen gantz nackend/ allein haben etliche jhre heimlichen Ort mit einem Fäl bedecket: Sie sind geschoren/ allein mitten auff dem Kopff lassen sie ein busch Haar wachsen/ der so lang wirdt/ als ein Roßschwantz/ welchen sie mit Lederen Rühmen auff dem Kopff in einen Knopff zusammen binden.

Die am Wasser wohnen/ brauchen mehrentheils jhre Nachen für jhre Häuser. Sie kehren dieselbigen auff dem Land vnderwbersich/ vnd legen sich darunder/ auff den blossen Boden: Sie essen jhr Fleisch vnd Fisch fast raw/ lassens allein ein wenig auff den Kolen warm werden.

Hochelaga ist ein runde Statt/ mit einem dreyfachen Hag/ von gespitzten Zitterhöltzern vmbgeben. Es sind bey 50. grosser Häuser darinnen/ vnd in der mitte eines jeden ein grosser Hof/ in welchen sie das Fewr anzinden.

Samuel Champlain hat Anno 1603. ein Reiß an dise Ort gethan.

Fast in gantz Canada haben sie einen schandtlichen brauch in verheurahtung jhrer Töchtern: Dann wann sie auff 14. oder 15. jar kommen/ so thun sie dieselbigen in ein gemein Ort/ da ein jeder mit jnen frey mag zu thun haben/ biß sie ein tüchtigen Heurath für sie antreffen. Wann sie aber ein mahl verheuratet sind/ so verhalten sie sich Keusch. Die Weiber nemmen sich des Fischens vnnd Feldarbeitens mehr an/ als die Männer/ lauffen auff dem Eyß vnd Schnee daher/ Bären/ Marter/ Füchs/ Hasen vnd andere Thier zu fahen. Wann jemand vnder jhnen stirbt/ so vergraben sie jhn/ vnd all sein Gut/ in die Erden. Sie glauben die Seelen seyen vnsterblich/ vnnd giengen in ein fertes Landt/ sich mit jhren Freunden zu belustigen. Vnd so viel seye gesagt von Canada.

Von New Francia/ sonst das Landt Baccalaos genannt. Cap. viij.

Nechst an der Landtschafft Canada ligt New Francia/ oder das Land Baccalaos/ welches von den Frantzosen also genannt worden/ von einer gewissen gattung Fischen/ diß Nammens/ die mit solcher vnaußsprechlicher menge in diesem Meer gefangen werden/ daß sie auch grosse Schiff an jhrem lauff verhindern können. Dises Landt erstrecket sich auff die 900. Meilen/ namblich von dem Spitz Baccalaos/ biß an Virginiam.

Das Landt am Gestaden ist viel Volckreicher vnd Fruchtbarer als inwendig: Dann von Javen ist es arm an allen Dingen: Sonst ist das Landt eben so kalt als Niderlandt/ weil es mit Niderlandt vnder einem Climate ligt. Die Eynwohner sein gantz wild/ viehisch vnnd grosse Abgötterer/ vnd an etlichen Orten auch Menschenfresser. Sonst sind sie weisser Farb/ vnnd mie Häuten der Thieren bekleydet. Der Mann nimbt 2. oder 3. Weiber/ vnd wann er stirbt/ so dörffen sie sich nicht mehr verehelichen/ sonder müssen für jhr Trawrkleid/ jr lebtag ein schwartzes Weyd vmb jhren Leib binden/ vnd jhr Angesicht/ mit einer Salbe/ so auß zerknitschten Kolen vnd Fischschmaltz gemacht/ eines Messerzuckens dick beschmieren.

Aber die an den Gestaden wohnen/ vnnd von der Statt Norumbega den Nammen haben/ sein schon viel besser beschaffen: Sie haben einen gesunden Lufft vnd fruchtbaren Boden. Sie leben nach der art vnd gattung der Frantzosen/ welche vnder jhnen vnd vmb sie her wohnen. Sein auch von jhnen in guten Gesetzen/ vnd der Christlichen Religion vnderricht worden.

Diß Landt wirdt gemeinlich von New Francia vnderscheiden/ solle aber billich auch darzu gezehlet werden.

Diß Newe Francia ist erstlich entdeckt worden Anno 1504. von etlichen Britannischen vnnd Nordmannischen Fischern/ welche dahin wider jhren willen geworffen worden. Nach diesem ist ist Johann Verazanug ein Florentiner Anno 1524. im Nammen König Francisci des 1. dahin gefahren/ vnd das Landt besser erkundiget/ vnd seinem König dessen so er gesehen Relation gethan/ ist aber nach demselbigen Anno 1529. widerumb dahin kommen/ gefangen/ vnnd von den Wilden gefressen worden.

Anno

Von den Ländern Americe.

Anno 1534. den 20. April/ ist in Nammen obgedachtes Königs Francisci mit 2. Schiffen auß S. Malo abgefahren/ Jacob Cartier ein Bretaigner/ daher er gemeinlich genannt wirdt Breton/ vnd hat diese Landt erstlich im Nammen seines Königs eyngenommen/ vnd Novam Franciam genennet. Von jhm ist auch der eusserste Spitz dieses Landts Capo de Breton genannt worden.

Anno 1604. ist Monsieur de Monts/ auß Befelch deß Königs mit zweyen Schiffen dahin gereyset/ vnd von de Breton Westwerts Meerhäfen angetroffen/ die er Savalet, Rossignol, Port-moutton, vnnd Port-Royal genennet hat: daselbst haben sie ein starcke Vestung gebawen. Die Einwohner diser Orten werden Suriquoi genannt. Noch weiter gegen Westen ligen die Etechemin, bey der R. Sant Ioan. Vnfern darvon ligt der Port S. Croix, da die Frantzosen auch ein Vestung haben. 60. Meiln darvon Westwarts ist der Fluß Kinibeki.

Neben den Etecheminis wohnen die Armuchiquoi, ein recht verzähterisches/ diebisches volck: Sie haben kleine Köpff/ kurtze Leiber/ aber sehr lange Schenckel: Sie beten nichts an: Aber doch halten sie den Teuffel für einen Gott den sie Aoutem nennen.

Armuchiquoi ein diebisch Volck.

Ihr König/ den sie Sagames nennen/ ist gleichsam deß Teuffels Statthalter/ er trägt auch allwegen etwas in einem Seckel am Halß/ so groß als ein Nuß/ welches er seinen Teuffel nennet. Vnd durch denselbigen erhaltet er seinen Stand/ dann in allen fürfallenden Sachen kommet das Volck zu jhm/ als zu einem Oraculo/ rahts zu fragen was sie thun sollen. Als dann so braucht er seine Ceremonien vnd Beschwerungen in einer Spraach/ die jhnen vnbekandt ist/ mit schlagen vnd haulen: biß jhnen der Teuffel antwort gibt/ ec. Sie mahlen jhre Angesichter blaw vnd rohtaber jhre Leiber nicht.

Ihre Weiber sind keusch. In keiner Sach sindt sie arbeitsamer als im Jagen/ vnd jr fürnembst Jagen ist im Winter/ treiben es mehrertheils drey Tag vnd Nacht aneinander. Ihren Eltern sind sie sehr gehorsam/ thun jhnen grosse Ehr an/ vnd ernehren sie. Die Wilden sagen/ 400. Meil wegs von dem Ort/ wo die Frantzosen wohnen/ ligt ein grosser gesaltzener See/ dem man kein end wisse: er erstrecke sich hinauß gegen Mittag. Vnder dem 25. Grad haben sie ein See gesehen/ 15. Meil lang/ vnd 8. breit. Deßgleichen wirdt von einem andern See geschrieben/ der 100. Meil lang seyn sol/ vnd hoffen etliche durch denselbigen einen Paß in das Sud-Meer zu finden.

Von Virginia. Cap. iv.

DIe Landtschafft Virginia ligt allernechst bey new Francia. Solle jhren Namen bekommen haben von der Königin Elisabetha auß Engelland/ in deren Namen Anno 1584. Walter Raleigh ein Engelländer das Landt erstlich eyngenommen hat/ vnd ist hernach auch mit Engelländern besetzt worden. Es wird in das Mitnächtige vnd Mittägige Virginiam vnderscheiden.

In dem Mitnächtigen Theil zwischen dem 43 vnd 45 Grad ligt Mawoshen/ 40. Meilen breit/ vnd 50. lang: In dieser Provintz haben die Engelländer 9. Rivieren gefunden: Quibiquesson/ Pemaquid/ Ramassok/ Apanawapeske/ Apaumensek/ Aponeg/ Sagadahoc/ Ashanahaga vnd Phawokotoc.

Sagadahoc ist bey dem Eingang in das Meer anderhalb Meilen breyt/ vnd behaltet diese breyte/ eine gantze Tagreiß auffwerts/ machet darnach einen See drey Tagreiß breyt/ in welchem 6. Inseln ligen: Es hatzween Aerm/ der eine kompt her von Nordt-Ost/ 24. Tagreyß/ der ander von Nordt-West/ 30. Tagreyß: Ein jeder Arm entspringt auß einem sonderbaren See/ der in dieser gegen West 8. Tagreyß lang/ vnd 4. breyt ist: dieser aber gegen Ost halb so groß. Vnd allhie hat der Bashabes sein Herrschafft.

Anno 1607. haben die Engelländer in dem Eingang dieses Flusses/ in einer Peninsul die Vestung S. Georg gebawen/ vnd mit 25. Männern besetzt. Von dannen sind sie den Strom auffgefahren/ haben etliche Wasserfallen angetroffen/ vnd an dem Landt weisse vnd rohte Trauben/ Knoblauch/ Zwibeln/ viell Eych- vnd Nußbäum/ vnd einen guten Grund etwas darinn zu pflantzen. Das Volck lässet jhm vnser Religion wolgefallen: Sie sagen der Engelländer Gott seye gut/ Tanto aber seye böß: Also nennen sie einen bösen Geist/ welcher sie alle Newmond sehr ängstiget/ beten jn deßwegen für Forcht an/ sie nennen sonst den Teuffel auch Okee vnd haben sein Bildnuß in jhren Tempeln/ gantz scheutzlich gemahlet/ vnd zügerichtet. Ihr fürnembster Tempel iß zu Otanussack in Pamaunck. Wann jhr Sagamos oder König stirbt/ so ferben sie sich selber schwartz/ vnd widerholen diß Leydwesen alle jahr/ mit grossem heulen. Sie sagen es wohnen die Cannibales hinder jnen die Zeen haben drey Zoll lang/ aber die vnserigen haben noch keinen gesehen. Sie haben ein Wasser angetroffen/ zwo meilen im Bezirck/ welches so heiß ist/ daß mans nicht trincken kan. Das brauchen sie jetzt für ein warm Badt.

Tarentin ist ein ander Provintz vnder dem 44. Grad. Darinnen sol ein Berg seyn mit Allun/ bey dem Wasser Jasnowa. Den besten Nutz/ den man in Nordt-Virginia haben kan/ kommet von den Fischen/ welche daselbst in grosser menge gefangen werden/ als Cod Fisch/ Mullet/ Sturgion vnd Häring: Man findet auch rohte Beer/ die sie Alkermes nennen. Item Biesem/Ratten/ Otter/Marter/schwartze Füchs/vnd anders. Die Engelländer nennen diesen Theil Virginia/ new Engelland.

Das Mittägige Virginia ist viel besser. Johann Smith der lange zeit darinnen gelebt hat/ schreibt Virginia lige zwischen dem 34. vnd 44. Grad Septentrionalis Latitud. Auff der Ostseiten grentzet es an das Meer/ an der Sudseiten an Floridam/ auff der Nordseiten/ an new Francia: die Westgrentzen sind noch vnbekandt. Die Gegne aber welche Anno 1606. mit Engelländern besetzt worden/ ligt vnder dem 37. 38. vnd 39. Grad: Es hat einen feinen temperierten Himmel/ vnd ist der Sommer nicht so heiß als in Spanien/ vnd den Winter nicht so kalt als in Engelland. Der Eingang in diß Landt/ ist ein grosse Bay/ das ist/ ein Arm deß Meers so sich weit in das Land hinein erstreckt/ bey 14. Meilen breyt/ das Wasser behaltet in dieser Bay seinen Ab- vnd Zulauff/ fast auff die 200. Meilen/ vnd ist auff die 140. Meilen 15. in 17. Klaffter tieff. Zu oberst an dieser Bay ist das Land sehr bergig. Auß welchen Bergen sehr viel Bäch lauffen/ auß denen entlich 5. schiffreiche Wasser werden. Die Stein in diesen Bergen sehen dem Marmor gleich/ man findet grosse stück Chrystall in den Wassern die von den Bergen herab fallen.

In dem Eingang dieser Bay/ laufft der Fluß Powhatan/ so in seinem Einfluß auch bey drey Meilen breyt vnd auff die 100. Meil Schiffreich ist: dann weiters zu kommen verhindern die hohen Felsen. Von diesem Wasser hat Pawhaten jhr grösster König/ seinen Titel. 43. Meilen auffwerts ligt ein Peninsul/ in deren die Engelländer Anno 1606. Jacobsstatt gebawen haben: vnd 70. Meil weiter hinauff ligt Heinrichsstatt/ 10. Meil höher hinauff ligt ein Chrystallener Felsen: 3. Tagreyß darvon ist ein Berg gefunden worden/ mit einem reichen Silbererz erfüllet. 6. Tagreyß weit von dieser Minen zeucht sich ein groß vnd lang Gebürg daher/ vnd wann den Einwohnern zu glauben/ so stösset ein grosses Meer daran/ welches der Sudsee seyn muß. 40. Meil von Powhatan ligt die Rivier Pamaunk: Man kan auff die 70. Meilen mit grossen Schiffen darinnen fortkommen. Toppahanok ist 130. Meilen schiffreich. Patawomeke 120. Meilen. In disem Land wachset ein Graß/ welches Seiden bringt: wie auch Hanff vnd Flachs besser als der vnsere: Item Allun/ Terra Sigillata, oder gesigelte Erden/ Hartz/ Päch/ Terpentin/ Sassafraß/ Cedar/ Trauben/ Oela/ Eyssen/ Kupffer/ Perle/ süssen Gumma/ Bäum von süssem Holtz/ ɾc. Das ich jetzt von den Vögeln/Thieren/Fischen/Früchten/Kräutern/ sonderlich von jhrem Maiz nichts sage/ welches vnglaublichen Wucher bringt/ für ein geringe Arbeit. Sie haben Eichhörnlein/ die bey 30. oder 40. Elen weit fliegen können/ Assepanick genannt. Ihre Hünd bellen nicht: Ihre Wölff sind nicht grosser dann vnsere Füchs: Ihre Schlangen sindt nicht schädlich. Sie haben ein Thier Opassom genannt/ andere nennen es Tlaquaci/ das hat ein Haupt wie ein Schwein/ ein Schwantz wie ein Ratt/ so groß als ein Katz/ vnd vnden am Bauch ein Sack/ darinnen es seine Jungen trägt. Sie tragen Mäntel auß Thierhäuten gemacht/ in der Mitten vmb sich gebunden/ sonst nackend. Wer sich am scheutzlichsten mahlen kan/ der ist bey jhnen der schönste. Seynd gute Bogenschützen/ daß sie auch die Vögel im flug/ die Fisch im schwimmen/ die Thier im lauffen treffen können. Sie reden von Leuten vnder jhnen/ die 200. jahr alt seyn.

Cichora.

Bey dem Fluß Jordan zwischen Virginia vnd Florida ligt ein Provintz Cichora genannt/ so Anno 1524. entdeckt worden/ deren Einwohner grosse starcke Leut/ vnd den Risen gleich sind: Ihr Stimme ist so grob/ als wann sie auß einer grossen Höle herfür käme: Sindt mit Beerenhäuten bekleydet: Ihr Tobaco Pfeiffen ist 3 viertheil einer Elen lang: Sie sind rohtlechtiger Farb/ haben wenig Bart/ aber sehr dicke Haar auff dem Kopff/ welches die Männer biß an die Weiche/ die Weiber aber noch weiters hinunder wachsen lassen. Sind Abgötterer/ glauben doch daß die Seelen vnsterblich seyen/ vnd daß ein Höll oder Ort der Marter seye/ in einem sehr kalten Landt/ daselbst müsse man die Sünd büssen/ vnd hernach komme man erst in das Paradiß/ welches das allerbeste vnd temperierteste Landt seye. Diese Provintz ist reich an Silber/ Perlen vnd Edelgesteinen. Die Hirtzen vnd Rehe werden allhie mit gantzen Herden auff die Weyd getrieben/ vnd auß jhrer Milch werden Käß gemacht.

Von Florida. Cap. v.

Diß Landt ist erstlich von Sebastiano Gaboto Anno 1496. im Namen König Heinrichs deß 7. in Engelland entdeckt worden/ aber ohn einige Frucht. Hernach Anno 1512. ist Johannes Pontius ein Hispanier auß dem Königreich Legion/ auch an diß Landt kommen/ auff den Palmtag/ welchen die Spanier Pascua de des Flores nennen: dannenhero er dem Landt den Namen geben/ vnd es Floridam geheissen. Der Spitz dieses Lands ligt vnder dem 25. Grad: vnd streckt sich auff die 100. Meil wegs hinauß in das Meer: Ist an etlichen Orten 20. an andern auch 50. Meilen breyt. Gegen Auffgang stösset diß Landt an Cichoram vnd an die Inseln Bahamam vnd Lucajam: Gegen Nidergang an New Spanien/ von welchem es durch

dis

Von den Ländern Americæ. 1703

die Landtschafft Anavaca abgesondert wirdt: Gegen Mitternacht hat es das veste Landt: Gegen Mittag aber die Insel Cubant (welche 25. Meil von gedachtem Arm gelegen ist) vnd den grossen Meerbusen/ welcher zwischen diesem Arm vnd Jucatanam gelegen ist/vnd von etlichen das Cathayische Meer/von andern der Mexinische Busen genent wirdt. Es sind vil dapffere Spannische Oberste/ mit grossem Volck/ in erforschung dieses Lands zu gründt gegangen. Monſ. Castillion der grosse Admiral auß Franckreich hat Anno 1562. vnd 1564. im Namen König Caroli deß 9. Johan Ribauld vnd Rene Laudonniere mit 7. Schiffen dahin gesendet/ welche da glücklichen ankommen vnd eine Vestung welche sie Carlefort geheissen/ daselbst gebawen/ seyn aber durch eusserste Hungersnoht/ theils durch Verräterey der Spanier jämmerlich zu grund gangen/ vnd ist die Vestung von den Spanischen vnder Petro Melendes zerschleifft worden: wie solches von Laudonnier/ Morgues/ vnd Challusius/ welche von den Frantzosen darvon kommen/ vmbständlich beschrieben worden. Folgendes jahr ist auch Monſ. Dominique de Gorgues auß Franckreich dahin gezogen/ vnd die Spanier wider außgetrieben/ aber weiter nichts vnderstehen dörffen. Also daß diese Florida weder den Spaniern noch Frantzosen zu theil worden.

Cabera de Vaca/ welcher einen grossen Theil deß innern Lands durchreyset/ hat Keyser Carolo referieret/ Florida seye eins von den reichsten Ländern der Welt: Dann er habe darinnen gesehen Goldt/ Silber/ vnd Edel Gestein eines sehr grossen Werts. Es seyen auch darinnen viel vnd mancherley Gattungen der Bäumen/ Früchten/ Vögeln vnd Thieren: Als Bären/ Leoparden/ Wölff/ wilde Hündt/ Hirtzen/ Geyssen/ Hasen vnd Königlein: Item Ochsen mit wollenen Heuten. Johann Haukins schreibet: Er habe viel stück der Einhörner gesehen/ welche die Einwohner an dem Halß tragen: Habe auch von jnen gehört/ daß solcher Thier mit einem Horn viel bey jhnen seyen. Das mögen aber wol Seehörner seyen. *Caspar Ens lib. 3.*

Wir wollen aber das Landt Floridam dem Meergestaden nach besichtigen. Die Provintz Panuca/ so an den Grentzen von new Hispanten/ ist die allerbeste/ vñ hat den Namen von dē Fluß Panucus/ welcher sich mit einem solchen weiten Rachen in das Meer ergeust/ dz es ein sehr gut Port gibt. Die Einwohner seyndt auß dermassen streitbar/ vnd im Krieg Blutdürstig/ die gefangenen Männer opffern sie jhren Göttern auff/ vnd fressen sie/ aber jhre Weiber vnd Kinder ziehen sie auff: die Männer rupffen jhre Bärdt auß/ damit sie desto schöner seyen/ sie haben durchbort Nasen vnd Ohren/ vnd tretten nicht in die Ehe vor dem 40. jahr.

Die Landschafften Anavares vnd Albardaosia/ haben sehr listige Einwohner/ welche von andern Indianern an Sitten vnd Geberden sehr vnderscheiden sindt: Dann sie kriegen mit grosser Listigkeit/ auch deß Nachts/ vnd verderben die Felder: Wann sie mercken/ daß jhr Feinde schwach ist/ so greiffen sie jhn an/ aber den Vberwundenen verfolgen sie nicht. Die Mütter säugen jhre Kinder biß auff das 12. jahr jhres Alters/ oder so lange biß sie sich selbst ernehren können: In der Landtschafft Jaguazia sind die Leut so schnell im lauffen/ daß sie auch die Hirtzen vbertreffen/ vnd fahen können/ vnnd das können sie auch den gantzen Tag treiben/ sie sauffen sich voll/ vnd essen Spinnen/ Omeyssen/ Würm/ Eydöchslein/ Schlangen/ vnd dergleichen Sachen mehr/ vnd wanns die Noht begreifft/ essen sie auch Kohlen vnd Sandt in einer Brühen: die Vornehmen deß Lands bekleyden sich mit Zobeln vnd Marter/ die gemeine Leuth aber gehen gantz nackend daher: außgenommen die Alten/ welche etwan mit Hirtzenhäuten bedeckt seyn.

Es sind noch andere Provintzen in Florida/ als Apalachia/ Autia/ Samosia/ rc. mit welchen es ein gleiche gestallt hat wie mit den vorigen: Sie haben viel Hermaphroditen vnder jhnen: drey Monat im jahr verlassen sie jhre Häuser/ vnd leben in Wälden. Sie machen auß den Blättern eines gewissen Baums ein Tranck/ Cassene genannt welches sehr hitzig ist/ vnd sie schwitzen machet/ auch für 24. stund allen Hunger hinweg nimmet/ niemandt aber darff solches versuchen/ er habe dann zuvor seine Mannheit im Krieg erwiesen. Die Weiber denen jhre Männer gestorben/ müssen jhre Haar abscheren/ dörffen auch nicht wider Mannen/ biß jnen das Haar wider so lang gewachsen ist/ daß es jhre Schuldern bedecken kan. Ist jemand kranck/ so legt man jn nider auff ein Dielen/ reißt jhm die Haut an der stirnen vff/ vnd sauget jm einer das Blut herauß/ vnd speyet es hernach auß in ein Geschirr: dasselbige trincken hernach die säugenden vnd schwangern Weiber/ jhr Milch vnd Frucht dardurch zu stärcken. Der K. Athore nam sein eygne Mutter zur Ehe/ vnd zeugte von jhr viel Kinder: vnd das darzu bey lebzeiten seines Vatters Saturiofa/ welcher sie aber hernach nit mehr berühret hatte: sie sindt eines langen Lebens/ also dz ein König dem obgedachten Frantzosen Morgues bethewerte/ er wer 300. jahr alt/ vnd sein Vatter der darbey stunde were 50. jahr älter/ als er. Laudonniere schreibt/ er habe an diesem Mann anderst nichts gesehen als Beyn/ Nerven vnd Adern mit Haut vberzogen: habe auch nicht mehr sehen vnd schwerlich reden können.

Yyyyy ij Sie

1704   Das neunte Buch

Sie haben eine Teufflische Gewonheit/ jhren erstgebornen Sohn dem König auffzuopffern/ vnd das auff ein solche weiß: der König setzet sich nider vnd hatt ein Bloch vor jhm stehn/ vor dem selbigen felt die Mutter nider/ vnd bedeckt jhr Angesicht mit jren Händen/ vnd beweinet den todt jhres Sohns. Alsdann gibt eine vnder jhren Freunden das Kindt dem König/ vnd tantzen hierzwischen die vbrigen Weiber in einem Ring vmb jhn herumb: vnder dessen nimmet die Fraw das Kindt wider/ legt es vff das Bloch/ vnd schlägt ein Indianischer Priester dasselbig zu todt. Wann ein Weib die Ehe bricht/ so wirdt sie an ein Baum gebunden mit außgestreckten Armen/ vnnd Schenckeln/ vnd wird daselbst gegeisselt. Ihre Müntzen seyn gewisse Meerschnecken/ welche von den Oberen deß Landts auf sonderbare weiß gezeichnet werden. Die Spanier haben in disem Land Florida mehr nicht/ als drey Oerter S. Jacomo/ S. Augustino (welche Vestung von dem verrühmbten Englischen Ammiral Francisco Draco zerstöret worden) vnd Philipps/ dörffen aber nicht weiters hinauff in das Landt kommen.

Von den Ländern/ welche Westwarts von Florida ligen/ gegen dem Sudtsee/ als da ist Cibola/ new Granada/ new Albion/ Quivira vnd Anian. Cap. vj.

Biß dahero haben wir die Theil dieses Mitnächtigen Americe beschreiben/ welche dem Meer nach ligen: was die Länder anlangt/ welche Westwarts von Florida gegen dem SudtMeer innerhalb Lands ligen/ so sindt dieselbigen noch nicht eigentlich bekandt.

Was aber hiervon biß daher entdeckt worden/ wollen wir kurtzlich vermelden. Francis Vasquez ist Anno 1540. mit seinem Kriegsheer von Culiacan außgezogen/ vnd nach mühseliger Reyß letzlich bey Cevola oder Civala/ ankommen: Das sindt sieben kleine Stätt/ welche alle in dem Bezirck vierer Meilen stehen/ vnd gleich erbawen sind.

Die erste Statt/ die er mit dem Sturm erobert/ hat er Granada genennet: In derselbigen waren 200. gemawrete Häuser/ vnd 300. vngemawret. Die Einwohner hatten jhre Weiber vnnd Reichthumb in die Berg geflöhet: Er fandt daselbst ein Kleyd gantz herzlich mit Nadelwerck proderiert/ von dannen zoge er gen Tigvez/ gen Cicuic/ vnd gen Quivira. Vnder wegens sahe er viel Bären/ Tigerthier/ Löwen/ hogerechtige Ochsen/ vnd Schaaf so groß als Roß/ mit grossen Hörnern/ vnd kleinen Schweiffen. Quivira ligt vnder dem 40. Grad/ vnd ist ein woltemperiert Landt. Die Leut in diesen Orten bekleiden vnd beschuhen sich selbst mit Leder. Ihr fürnembste Speiß ist Fleisch/ sie reissen nur das Feiste auß dem Ochsen/ vnd stossen es in Mundt/ vnd trincken sein Blut also heiß: das Fleisch essen sie also raw vnnd zerreissen es mit den Zänen: sie ziehen wie die Tartarn hauffen weiß im Landt herumb/ vnd suchen die besten Weyden für jhre Ochsen: Ihre Ochsen haben ein grossen Buck auff jhren Schultern/ vnd länger Haar an dem vordern Theil/ als an dem hindern/ welches doch alles wie Wollen ist: von jhren Knieen hinunder hangt lang Haar/ wie die Mähne eines Pferdts: sie haben ein Bart vnder jrem Kinne vnd Halß/ sampt einem langen Schweiff/ an dessen end ein grosser Knopff ist: also daß sie in etlichen Dingen den Löwen/ in etlichen den Camelen vnd Pferdten gleich sehen: Das Volck dieses Landts hat kein andere Reichthumb/ als diese Ochsen/ dann jhr Fleisch vnd Blut ist jhr Speiß vnd Tranck: jhre Häut machen jhnen Kleyder vnnd Häuser: jhre Nerven vnnd Haar dienen jhnen an stat deß Fadens: jhre Hörner für Geschirr/ vnd jhr Mist für Holtz vnd Kohlen/ dann sie machen jhr Fewr drauß.

Sonst haben sie auch Schaaf/ welche so groß sind als die Pferdt/ haben Hörner/ deren eines 50. Pfundt wieget: deßgleichen Hundt/ welche jhnen Läst von 50. Pfunden tragen müssen.

Der Winter ist in Cibola sehr lang vnd scharff/ darumb sie in jren Kellern wohnen/ welche jhnen an statt der Stuben sind.

Tiguez. Tiguez ligt vnder dem 37. Grad: ist von den Spaniern/ nach dem sie dieselbig 45. Tag belägert hatten/ eingenommen worden: hatten aber zuvor all jhr Haab vnd Gut mit Fewer verbrennet/ vnd sich hernach biß auff den Todt gewehret. Die Kälte sampt dem Schnee wäret allhie ein halbes Jahr.

Anno 1581. hat Antonius de Espeje mit einer Compani Soldaten jhme fürgenommen die Provintz Delo Tiguas zuerkundigen/ zoge durch die Conchos/ durch die Passaquates/ durch die Toboses/ vnd biß zu den Patarabueyes/ welches ein grosse Provintz ist vnd viel Stätt hat/ deren Häuser auß Leim vnd Steinen gebawen sindt. Die Leut sind von grosser Statur. Es hat allhie viel von Saltzwasser/ welches zu gewisser zeit hart vnd zu gutem Saltz wirdt.

Diß Ort wird New Mexico genannt/ von dannen Nordtwerts kommet man in die Provintz so 16. Stätt hat. Weiter gegen Nordt ligt die Provintz Losquires/ ligt vnder dem 37. vnd ein halben Grad. Noch weiters gegen Mitternacht ligt die Provintz Cuvames/ darinnen sind 5. Stätt/ deren eine heisse Chia/ hat acht Märckt: Die Häuser sindt gepflastert/ vnd mit allerley Farben

außge-

Von den Ländern Americe. 1705

außgestrichen/ daselbst findet man viel reicher Metallen. Von dannen kompt man zu den Ameres/ vnnd 15. Meil von dannen gen Acoma/ welche Statt auff einem Felsen ligt/ in welche man anderst nicht kommen kan als durch ein Leyter oder Stägen/ die in denselben Felsen gehawen ist: von dannen kommet man erst gen Cibola/ dessen zuvor gedacht worden. Westwarts von dannen gegen Virginia ligt Mohotze/ da es viel reicher Silbergruben hat. Cinaloa ist auch ein Einländische Provintz/ so mit 8. Rivieren gewässert wirdt/ vnd einen fruchtbaren Boden hat: erstrecket sich 300. Meil gegen Nordt/ liget 2. Tagreyß von new Mexico/ die Leut seynd darinn friedsam/ aber sonsten schrecklich/ reden viel Sprachen: haben mit dem Teuffel zu thun/ wie auch mit jhren Müttern/ Schwestern vnd Töchtern. So fern ist diese Gegne von jhnen entdeckt worden: Zu Wasser ist es nicht weniger von dem Sudt-See her erforschet worden: Dann Franciscus

Drac ist von dem Sud-See an diß Gestaden kommen/ vnd von dem König diß Orts vnd vnd denselben Leuten wol empfangen worden: er sahe daselbst Hirtten vnd Rehen/ bey tausenden zur Weyd gehen/ vnd das Land voller seltzamen Königlein/ welche vnder jhrem Kiene ein Sack hatten/ darinn sie jhr Speiß sambleten/ wann sie jhrn Leib gefüllet hatten. In seinem Abschied nennet er diß Landt Nova Albion/ ligt vnder dem 42. Grad: ist so mächtig kalt/ auch mitten im Sommer/ daß gemelter Draco wegen vnseglicher Kälte im Junio wider gegen Mittag vmbkehren müssen: die Einwohner sindt Abgötterer/ vnnd zerreissen jhr Fleisch bey jhren Opffern. Diese jetzterzehlte Länder werden in den gemeinen Landtafeln New Granada/ das Königreich Tolin/ New Albion/ Quivira/ vnd Anian genennet/ da das vermeynte Fretum gelegen ist: ob man aber daselbsten hindurch kommen könne vnd America auff derselbigen seiten mit dem Septentrionalischen Meer vmbgeben seye/ das ist offt/ so wol auff dieser seiten/ als von Groenland probiert vnd versucht worden/ aber alles vmb sonst/ weil diese Schiffung sehr schwer ist/ von wegen der grimmigen Sturmwinden/ deß schrecklichen Meerbrausens/ vnd der mit Eyß bedeckten bergen/ vnd grawsamen Kälte.

Von California. Cap. xij.

California streckt sich gegen dem Busen (welchen die Spanier Mar Vermejo nennen) vnd dem friedsamen Meer/ als ein Peninsul/ weit in das Meer/ hat einen vnfruchtbaren vnd einöden Boden. S. Crux ist der erste Meerhafen darinnen. Man findet Berg darinnen/ welche Fewr/ Aschen/ vnd Rauch in grosser Quantitet außwerffen. Ausserhalb dem Busen Californiæ gibt es viel grosser Fisch/ die sich mit Händen fahen lassen. Daselbst schwimmet ein gattung Meergraß auff dem Wasser herumb/ wol auff die 50. Meilen/ vnder denselbigen ist es alles voller Fisch/ vnd darauff alles voller Vögel. Wann man zu oberst in diesen Busen kommet/ so sihet man ein grosse Rivier/ welche mit solcher Fury daher schiesset/ daß man schwerlich darwider sägeln kan: sie wird genennet Buena Guia: sie laufft biß weilen im jahr vber. Die Leut die an diesem Fluß hinauff wohnen/ ferben jhre Angesichter/ etliche gantz/ etliche halb/ andere haben Larven an/ von gestalt eines Angesichts. Sie haben Löcher in jhren Nasen/ vnd Ohren/ daran Bein/ oder Muscheln hangen.

Alhie hat Fernando Alarchon/ im jahr 1540. viel Creutz auffrichten lassen/ welche das Volck auß blindem Eyffer verehret hat. Sie beten sonst die Sonne an/ dieweil sie jhnen Wärme gibt/ vnd jhr Korn wachsen machet. Darumb wann sie essen wöllen/ so werffen sie allwegen etwas vber sich/ als wann sie es der Sonnen geben wollen. An diesem Strom sollen auff die 23. Sprachen wohnen: Sie nehmen nur ein Weib: jhre Töchter dörffen vor jhrem Ehestand mit keinen Männern vmbgehen/ oder reden: den Ehebruch straffen sie am Leben: jhre Todten verbrennen sie.

Das neunte Buch

Von New Spanien.
Cap. xiij.

Nach dem wir nun auß dem Irrgarten der fast vnbekandten Mitnächtigen Ländern/ mit Gottes Hülff/ herauß kommen sindt/ so wöllen wir jetzunder in das grosse vnd weite Land/ New Spanien genant/ fortreysen/ welches zwischen Florida vnd Califarnia ligt/ vnd gegen Mittag an Guatimala/ vnd Jucatan grentzet. Es erstreckt sich diese herrliche Provintz von dem Fluß Panuco/ da sich Florida endet/ biß an die Landtschafft Darienam/ durch welche New Spanien von dem Mittägigen America vnderschieden wirdt.

Diß Landt ist vor zeiten Culhuacana genennet worden/ von etlichen Völckern/ welche von Culhua/ auß der Landschafft Xalisco in diese Gegne gezogen waren/ vnd sich bey den Pfitzen Tenuchtitlan/ da jetzund Mexico gelegen/ nider gelassen haben. Welche Völcker mit der zeit der gestalten zugenommen/ daß auch alle andere Stätt vnder jhre Herrschafft kommen/ vnnd also das gantze Landt von jhnen Culhuacana genennet worden. Das ist nun die allergröste/ vnd best erbawte Landschafft in diesem Theil Americæ/ vnd ob sie schon vnder der brennenden Zona lige/ hat sie doch einen feinen temperierten Himmel: das Erdtrich stecket voller Goldt/ Silber/ Ertz/ vnd Eysen: Die Wäldt vnd Felder lauffen voller wilden vnnd zamer Thieren: vnd das Meer voller Fisch/ vnder denen auch Perlentragende Ostreen sindt.

Es sind viel vnd mancherley Provintzen/ in welche diese Landschafft abgetheilet wirdt. Aber vnder denselbigen allen ist Mexico die Fürnembste/ vnd erste/ welche vor zeiten Temistita/ vnd Culhuaca genennet worden. Die vbrigen sind Guatimala/ Xaliscus/ Hondura/ Chalcos/ Taica/ Chomolla/ Claortomana/ Hucachola/ Micuacan/ Tescuco/ Flaxcallan/ Teovacan/ Maxcalcinco/ vnd Mixtecapan.

Von dem Landt Mexico. Cap. xiv.

Diese Provintz ist die allergröste vnd mächtigste in New Spanien/ vnd hat den Namen von der Hauptstatt Mexico/ welche mitten in einem grossen See/ wie die Statt Venedig/ auff Pfäl erbawen: Als sie die Spanier eynnahmen/ hatte sie auff die 30. Meilen im Bezirck. Rings an dem Gestaden herumb/ waren vber die 50. schöne Stätt vnd Flecken gelegen: deren etliche sonderlich die Statt Tescuco grösse halben/ der Statt Mexico nichts vorgeben. Andere haben bey 10000. etliche bey 5000. Häuser gehalten. Mexico heisset ein Brunnen oder Quellen/ vnd ist die Statt darumb also genennt worden/ weil sie allenthalben mit solchen Brunnquellen vmbgeben war. Es waren vber die 70000. Häuser darinnen: Deß Königs vnnd seiner Fürsten Häuser waren zwar groß vnd kumlich erbawen/ die vbrigen waren schlecht vnd nidrig.

Der König zu Mexico kondte mit 100000. zu Feldt ziehen/ vnnd weil diese Statt die Hauptstatt deß gantzen Landts war/ so sind deßwegen allerley Völcker jhren Kauffhyndel darinnen zu treiben zusammen kommen/ vnd ward alle fünff tag ein offentlicher Marckt gehalten.

Marckt zu Mexico.

Ein jede Nation hatte da jhren eignen Platz/ vnd darauff hatte ein jeder Gewerb/ oder Handwerck sein eigne/ vnd bestimpte Stelle/ welche kein anderer eynnehmen dorffte/ welches gewißlich nicht die minste Anzeigung ist einer guten Policey.

Von erwehlung jhrer Königen.

Man hat auch in jhrem gantzen Regiment ein fein Politisches Wesen verspüren können. Dann von jhrem ersten König Acamapich/ biß zum letzten/ Motecuma dem Andern hat keiner das Reich geerbet/ sondern sind allesammen durch ordenliche Wahl darzu kommen. Sie hatten vier Churfürsten/ welche neben zweyen Königen/ dem zu Tezeuco vnd Tacuba/ macht hatten einen König zuerwehlen/ darzu sie dann gemeinlich junge/ aber Kriegserfahrne Männer erwehleten. Eh aber der newerwehlte König gekrönt wurde/ muste er zuvor ein Feldtschlacht gewunnen haben/ vnnd ein Anzahl Gefangner bringen: wann dieses beschehen/ so war er mit grossem Triumph von dem König zu Tercuco gekrönet.

Aempter nach dem König.

Nach dem König waren die 4. Churfürsten/ so gemeiniglich auß deß Königs Brüdern/ oder Freunden erwehlet wurden/ man hieß sie Printzen der Wurfflantzen/ welches jhr gewöhnliche Wehr seyn.

Nach diesen waren die Menschenspalter: Auff diese folgten die Blutstürtzer: vnd dieses waren Titul der Kriegsleute.

Die vierdte Stelle hatten die Herren vom schwartzen Hauß genannt/ weil sie sich mit schwartzer Farb anstrichen. Diese vier Aempter sassen im hohen Raht/ vnd auß denselbigen muste auch ein newer König erwöhlt werden.

Neben

Von den Ländern Americæ.

Neben diesen waren noch vil andere Richter stühl/die ihre eignen Richter/vnd Ampts verwalten haben/die doch alle den 4. Curfürsten vnderworffen waren vnd musten denselbigen ihre Vrtheil wan es vmb das Bluth zuthun war/vberschicken. So waren auch allenthalben jhm Reich Rent vnd Schätzmeister bestellet/die das Einkummen zu wasser vnd Land erhebten/vnd monatlich noch Hoff fertigten. Sie hatten auch ihre Schulen vnd Zucht häuser in welchem die Jugendt von dem Müssiggang abgehalten vnd zu allerley Arbeit angewisen vnd vnderrichtet wordt. Die man zu dem Krieg tüchtig fandt thate man zu den Soldaten sich in Kriegs sachen zuüben/die andern schickt man in die Tempel zu den Priestern/jhre Ceremonien zu lehrnen.

Ihr Waffen waren scharpffe Schermesser von Fewerstein/welche an einem Stecken auff beyden seiten fest gemacht worden. Diese Wehr war so scharpff/daß man einem pferd damit den Kopff abschlagen konte. Sie brauchten auch Kolben/Speer vnd andre Waffen/wie Spiess formiert Wurffpfeil vnd Stein. Tragen auch runde Schiltlin/mit federbuschen im streitt.

Ihr Kleyder waren Fähl von Tigerthieren/löwen vnd andern grimmigen Thieren: Trugen auch Feldzeichen/vnd Federn auff dem haubt.

Ihre Feindt fielen sie schnell an/vnd nahmen gefangen was sie kondten/ire Opffer damit zuverrichten. Des Königs Ritterschafft mochten Goldt vnd Silber tragen/kleideten sich mit köstlicher Baumwollen/brauchten güldene Gefäß/vnd trugen Schuh. Der gemeine Mann dorfft nur irdene Gefäß brauchen/keine Kleyder noch Schuh anhaben/als nur von groben Nequen.

Von dem Vrsprung der Mexicaner vnd jhren Königen/biß auff der Spanier Ankunfft. Cap. xv.

IN new Spanien wohneten vor zeiten gantz Barbarische vnd wilde Leuth/die sich nur mit jagen ohn einigem Feldtbaw ernehret hatten: Man nennet sie Chichimecas. Giengen nackend/lebten in Bergen/waren auch ohn Policey/vnd Gottesdienst. Ihre Weiber hengten im jagen jhre Kinder in einem Weidenen Körblin an einen Baum/assen raw was sie erjagen mochten/vnd darunder auch Schlangen/vnd ander vnziffer. Weil nun dise wilden Bergleuth/den besten theil des Lands vnbewohnet lassen/do ist ein Volck von weit gelegnen orten auß Mitternacht/ da jetzt New Mexico ligt in diese ort kummen/welche man von wegen jhres Politischen Wesens Nauatalcas genannt hatt. Vmb das Jahr Christi 820. haben sie angefangen auß jhrem Land zu ziehen/sindt aber auß befehl jhrer Göttern/bey 80. jahren auff dem Weg verbliben: Dann sie hatten sich an vilen Orten nidergelassen/wan sie dan bessere Landtschafft antraffen/liessen sie die alten/krancken/vnd verzagten/in den vorigen Wohnblätzen/vnd setzten sich in die Newen.

Es waren aber dise Nauatalcas in 7. Geschlechthäuser oder Nationen abgetheilt/welche nicht alle mit einander gehn Mexico kummen sindt/sondern erstlich die Suchimilcos/diese baweten an der Mittag seiten des grossen Sees zu Mexico/ein Statt jhres Namens. Zum andern kamen die Chaleas/baweten auch ein Statt nach jhrem Namen: zum dritten kamen die Tepenecos/dise baweten an der Westseiten: zum vierden kamen die von Tezcuco/diese hatten ein schöne Spraach/waren beredt vnnd holdselig: zum fünfften kamen die Tlatluicas/das waren die aller vnfreundtlichsten leuth/sie baweten am Gebirg/vnd nenneten jhr statt Quahumahua: zum 6. kamen die Tlascaltecas/diese liessen sich nider bey dem berümbten Fewrberg/der zwischen Mexico vnd de los Angelos ligt/dise haben den Spaniern geholffen/das Mexico einnemen/sind deswegen noch heuttigs tags Tribut vnd Zinßfrey. Diese hatten ettliche Ritzen/die an dem Schnee gebürg wohneten zu Gast gebetten/jnen die wehr genommen/vnd sie also vnder dem schein der Freundtschafft zu todt geschlagen. Wie man dan noch daherumb menschen gebein findet/von vnseglicher grösse. Als nun 320. jar nach dieser 6. Nationen ankunfft verflossen/do kam auch die siebente/welches der Mexicaner Nation ist. Diese betteten den Abgott Vitzliputzli an. Der Teuffel/welcher durch disen Abgott redte/vnd das volck regierte/verhieß ihnen/er wolt sie vber die vorigen 6. Nationen zu Herren machen/vnd ein land eingeben/das vol Gold/silber/vnd Edelgesteins wäre. Disen Abgott trugen 4. vornemste Priester in einer lad von Bintzen gemacht: durch disen zeigte inen der Teuffel an was sie vff der Reiß thun/oder lassen/wan sie sich lägeren/oder vortreisen solten. Er lehrete sie auch die gesatz/Gottesdienst/Ceremonien vnd Opffer. Dan er wolte man solte jhm menschen opffern/den selbigen die brust auffschneiden/vnd das Hertz herauß nehmen. Ja auß seinem Befelch haben sie des Königs zu Culhuacan Tochter zu jhrer Königin/vnd zur Mutter jhres Gottes begehren/grewlich tödten/jhr Haut abziehen/vnd einem Jüngling/sampt jhrer kleydung anziehen/vnd also neben jhrem Abgott setzen/vnd anbetten müssen.

Nach dem sie nun an vnderscheidlichen Orten jhr Lägerstatt geschlagen/vnd aber alwegen von jhrem Abgott weitters vorgewisen worden/welches alhie zuerzehlen/viel zu lang were/sein sie entlich in ein Einöde kommen/so dick mit Bintzen verwachsen war/daselbst haben sie wie jhnen jhr Abgott zuvor geweissagt vnd ein solch Ort zusuchen befohlen hatte einen Tunalbaum/ so auß einem Stein gewachßen war/darauff ein Adler/mit außgebreitteten Flüglen stunde/angetroffen/vnd haben dahin die Statt Mexico gebawen.

Vitzliputzli Mexicaner Abgott.

Weil

Das neunte Buch

Weil sie aber in Außtheilung der Plätzen vneins worden/ da sind etliche darvon gezogen/ vñ sich in dem Land Tlatelluco nider gelassen. Die vbrigen Mexicaner haben gedacht den König zu Culhuacan widerumb zu versöhnen/ den sie zuvor mit seines Vorfahren entleibten Tochter sehr erzürnet hatten/ erwehlten deßwegen seiner Tochter Sohn Acamapixtli/ zu jhrem König/ der regierte 40. jahr/ besserte die Statt sehr/ mit Gebäwen/ Gassen/ vnnd allerhandt Wasserleitungen.

Nach dem dieser starb erwehlten sie seinen Sohn Vitzilowitzli/ der regierte 13. jahr. Auff jhn folgte sein Sohn Chimalpopoca, der nur zehen jahr alt war. Dieser war von den Tapanecees deß Nachts in seinem Pallast vberfallen/ vnd heimlich erwürgt. Darauff erwehlten die Mexicaner/ mit hülff deren zu Tezcuco/ vnd Culhuacan/ jhres ersten Königs vnehlichen Sohn/ Iscoalt genannt/ wegen seiner Tapfferkeit/ vnd Klugheit. Dieser griffe die Tepanecees/ ob sie gleich viel stärcker waren als er/ mit Kriegan/ gewann jhnen ein Schlacht ab/ nahm jhr Statt Azcapulzalco ein/ vnd machte jhm die vbrigen Einwohner vnderwürffig. Nach demselbigen haben die Mexicaner/ mit hülff deren von Culhuacan/ auch die Cuyoacaner in einem Streit vberwunden/ vnd bald darauff auch die Suchimilcos/ welche sie dahin gezwungen/ daß sie von jrer Statt/ auff vier Meil wegs/ biß nach Mexico/ einen gepflasterten Steinweg machen musten. Da sich auch die von

Cuytlavaca/ vnd Tezcuco an die Mexicaner reiben wolten/ sind sie durch offentliche Feldschlachten/ vnder der Mexicaner Reich gebracht worden. Vnd weil sich der König zu Tezcuco gutwillig ergab/ so nam jhm der König zu Mexico sein Reich nicht/ sondern machte jhn zum obersten Rath/ welcher Gebrauch dann auch hernachwerts also verblieben.

Nach 12. jahren starb Iscoalt/ vnd ward an seine statt zum König erwehlt Motecuma der erste dieses Namens. Dieser bekriegte seine Feindt zu Chalco/ kondte sie aber nicht gar vnder seinen Gewalt bringen/ sondern sein Bruder ward jhm in einer Schlacht von jhnen gefangen: denselbigen wolten die von Chalco mit gewalt zu jhrem König machen/ er wolte es aber nicht annehmen: Endlich weil sie nicht ablassen wolten/ erklärte er sich der gestalten: wo sie jhn ja zu einem König machen wolten/ solten sie zuvor auff dem Marckt/ einen hohen Mastbaum auffrichten/ vnd oben darauff ein schön Theatrum machen/ darinnen er stehen möchte: die Chalcos thaten solches/ in meynung/ daß er sich erklären würde.

Versambleten sich darnach auff den Marckt/ dahin auch seine mitgefangnen Mexicaner geführt wurden: welche deß Königs zu Mexico Bruder also anredte: O jhr tapffern Mexicaner/ diß Volck wil mich zu jhrem König erheben/ aber die Götter werden nimmer gestatten/ daß ich zu einem Verzähter an meinem Vatterlandt werden sol: darumb wil ich euch hiemit lehren/ daß jhr euch viel lieber solt tödten lassen/ als euch zu ewren

Von den Ländern Americe. 1709

ren Feinden schlagen. So bald er dieses geredt hat / stürtzet er sich herunder / vnd fiel zu kleinen Stücken.

Vber dies Spectackel wurden die Chalcos dermassen erzürnet / daß sie die Mexicaner allesammen mit Spiessen durchstachen. Darauff zoge der König Motecuma mit gantzer Macht wider die Chalcos / verderbte jhr Königreich / eroberte das Schneegebürg / vnd gewan das Landt biß an das Nordtmeer / wie auch etliche Landtschafften gegen dem Sudmeer / also daß er ein sehr mächtiger Herr ward.

Die Landtschafft Tlascala aber wolte er nicht eynnehmen / auff daß sich die junge Mannschafft mit jhren Waffen an jhnen stets vben / vnd damit vor jnen stäts frische gefangene haben möchten / zu jhrem Opffer. Vnder diesen ist fast die gröste Policey in das Mexicanisch Reich eingeführet worden.

Er ließ dem Vitzleputzli einen hertzlichen Tempel bawen / vnd in demselbigen vnzehlich viel Menschen opffern. Als er 28. Jahr regieret hatte / starb er / vnd ward auß Rhat / Tlacaellel (welcher die Wahl außschlug) deß abgestorbenen Königes junger Sohn Ticocic / von den Churfürsten erwählet. Nach jhrem Brauch / durchborten sie jhme die Nasen vnd setzten zur Zierd einen Schmaragd darein. Er starb im 4.Jahr seiner Regierung / nicht ohne Argwohn deß Giffts: vnd war sein Bruder Axayaca nach jm zum König erköhren. Dieser stellete wegen seiner Krönung ein Feldzug an / fast auff 200. Meil wegs wider die Landtschafft Teguantepec / that ein mächtige Schlacht / nam sich mit Listen einer Flucht an / vnd führete die Feind in einen verborgenen Hinderhaldt: Diese krochen / da es zeit war / herfür / brachten den Feindt zwischen sich / erschlugen derselbigen sehr viel / vnd verhergten jhre Stätt / hernach wendeten sie sich zu dem verrühmten Meerhafen Guatulco am Sudermeer / vnd kamen also mit vnseglicher Beut wider gen Mexico / da ward er mit opffern gantz hertzlich gekrönt. Dieser König führete viel Krieg / war allwegen vornen an der Spitzen vnd erlangte manchen hertzlichen Sieg. Er vberwand auch den Fürsten von Tlatellulco in einem sonderbaren Streit / vnd steckte seine Statt vnd Tempel mit Fewer an. Starb endtlich in dem 11.Jahr seiner Regierung / vnnd ward an seine statt durch die Churfürsten erwählet Autzlol / der an Klugheit vnd Dapfferkeit nicht geringer war / als sein Vorfahr / vnd war auch fast holdselig gegen seinen Vnderthanen.

Ticocic.
Axayaca.
Autzlol.

Dieser nam nach der Königen Brauch auch einen Zug für sich zu seiner Krönung wider die zu Quaxutatlan / darumb daß sie jm seine Amptleut / die seinen Tribut einsammlen solten / angriffen hatten: vnd nach erlangtem Sieg / ließ er sich mit opffern krönen. Er vermehrete das Mexicanische Reich / durch vnderschiedliche Heerzüg / auff 300. Meil / biß gen Guatimala. Er zierte die Statt Mexico sehr / ließ viel Altär gebäw abwerffen / vnd newe an die statt setzen. Er vnderstunde auch einen Arm vom Wasser / so die zu Cuyoacan brauchten / in die Statt zu leyten / weil sie mangel hatten an gutem Wasser. Es war aber ein verrühmbter Zauberer in der Statt Cuyoacan / der wolte diß Vorhaben deß Königs verhindern: Der König schickte zum dritten mal seine Diener jhne zu fahen: Aber so offt die Diener zu dem Zauberer kamen / verwandelte er sich in ein andere gestallt / das erste mal in einen grewlichen Adler / das ander mal in ein grewlich Tigerthier / vnd das dritte mal in ein schrecklich kriechende Schlangen / also das jhn die Diener nicht angreiffen dorfften: Endtlich kam der Zauberer auß Forcht selbert zum König / vnd ward von stundan hingerichtet: vnd darauff das Wasser durch einen Canal gen Mexico geführet / welches von dannen in den See fiel: damit es aber die Statt nicht vberschwemmete / hat er sie mit starcken Dämmen vmbgeben / also daß jetzundt diese Statt mit Wasser vmbringet / vnd doch wol gebawen ist / wie Venedig. Das alles findt man in der Mexicanischen Cronick / deren Original zu Rom in der Vaticanischen Bibliothec ist.

Es regierte aber dieser König auch nur 11.Jahr: vnd folgete jhm der letzte / vnd allermächtigste König der Mexicaner nach Motecuma / nemlich der ander dieses Namens. Dieser hatte viel mit seinem Abgott Vitzliputzli zu thun. Nach seiner Wahl / zog er jm selber / nach altem Brauch / das Blut auß seinen Ohren / Backen vnd Stirnen: der vnderste Theil seiner Nasen / ward jm auch wie andern Königen durchboret / vnd ein Schmaragd daran gehenckt.

Mosecuma der Ander.

Dieser war sehr hochmutig / wolte jhm nur von grossen Herren dienen lassen: Er entzoge den gemeinen Leuthen die Aempter / vnd gab sie den Rittern vnnd Edlen. Sein Krönungszug ward wider ein Landschafft von fernem am Nordmeer gelegen / welche er gar bald vberwandt / vnd mit grosser Beut vnd vielen Gefangnen widerumb heimkehrte. Darauff war das Fest der Krönung / mit grossem Pracht / vielen Comödien / Tantzen vnd Spielen sonderlich mit dem gewöhnlichen Menschenopffern gehalten.

Dieser König wolte als ein Gott angebetten werden: kein gemeiner Mensch dorffte jhm vnder Augen sehen / kein Fuß setzte er auff die Erden / sondern ward allwegen von grossen Herren auff den Schultern getragen: Wann er abstieg / ward ein köstlicher Teppich vnder seine Füß gebreytet / darauff er gienge. Er that kein Kleydt zwey mal an / aß vnd tranck auch nicht zwey mal auß einem Geschirr / sondern es muste allweg ein newes vorhanden seyn / wann ers geb. aucht hatte /

schencket

schenckte ers seinen Dienern/ jhren Pracht damit zu treiben. Seine Satzungen wolte er steiff gehalten haben. Wann sich einer seiner Richtern/ oder Dienern bestechen liesse/ so verurtheilte er jhn gestracks zum Todt/ vnd wann es gleich sein Bruder gewesen were. Er ließ sich selten sehen: Er berahtschlagte alle Sachen bey sich selbsten/ vnnd war in Kriegen glückselig vnd erhielte viel Sieg.

Motecuma wird durch zeichen seines Vndergangs berichtet.

Nach dem er nun seinen Hochmut genug getrieben/ da fienge Gott an jhn zu straffen. Er erschreckte jhn erstlich durch vorgehende Zeichen. Der Abgott Quatzalcoalt zu Cholola/ verkündigte jhm/ es were ein frembd Volck auff dem Weg/ welches sein Reich besitzen würde: Deßgleichen kam auch der zauberische König zu Tezcuco/ so mit dem Teuffel einen Bundt gemacht hatte/ zu jhm/ mit vermelden/ die Götter hetten jhm geoffenbaret/ daß jhm vnd seinem Reich ein grosser Verlust widerfahren würde: dessen berichteten jhn auch andere Zauberer: Vnd als derselbigen einer noch mit jhm redte/ ward er gewahr/ daß jhm die Daumen vnd Zehen/ an Händen vnd Füssen mangelten: Darauff ließ er im Grimm alle Zauberer ins Gefängnuß werffen: weil aber dieselbigen plötzlich darauß verschwunden/ da ließ er jhre Weiber vnd Kinder vmbbringen/ vnd jhre Häuser zerstören. Er vermeynt seine Götter weren vber jhn erzürnet/ also wolle er dieselbige mit kräfftigen Menschenopffern versühnen: zu diesem end vnderstunde er einen grossen Stein herbey zu bringen/ welcher aber mit keinen Menschlichen Kräfften kondte bewegt werden: weil sie aber daran zu arbeiten nicht nachlassen wolten/ da hörten sie eine Stimm/ die sprach/ sie soltens bleiben lassen/ dann der allgemeine Schöpffer wolte nicht gestatten/ daß man solche Opffer hinfür mehr thun solt. Es steige auch alleizeit vmb Mitternacht fast ein gantz jahr lang nach einander ein heller Fewerflammen auff an dem Himmel wie ein spitze Säule/ vnd wann die Sonne auffgieng/ verschwande er wider. Es brannte auch der Tempel zu Aschen/ vnd war doch weder Donner noch Plitz/ noch Fewer vorhanden. Man sahe auch am hellen Tag einen Cometen auffgehn/ der warff ein grosse Menge Funcken von sich/ am Ende seines Schwantzes waren drey Häupter. Der grosse See zwischen Mexico vnd Tezcuco/ fieng ohn einigen Wind vnd Erdbiedem dermassen plötzlich an zu wüten/ daß seine Wasserwellen in die höhe vffsprungen/ vnd die nechstgelegenen Gebäw nider warffen.

Vielerley Wunderzeichen dadurch der Vndergang deß Mexicanischen Reichs angedeut worden.

Es ließ sich bißweilen ein trawrige Frawenstimm hören: O meine Kinder/ wo sol ich mit euch hin/ ewer vndergang ist vorhanden. Man sahe auch Monstra mit 3. Häuptern/ vnd als man dieselbigen für den König brachte/ verschwanden sie. Es ward ein frembder Vogel/ an der Grösse wie ein Kranich/ von einem Fischer auff dem See gefangen/ welcher auff seinem Haupt einen durchscheinenden Spiegel hatte/ in dem König Motecuma die Schönheit deß Himmels vnd der Sternen sehen kondte: In dem er wider darein sahe/ kam ein Heer von Aufgang/ das kämpffet vnd thät ein grosse Schlacht. Seine Wahrsager kondten dies auch sehen/ aber die Deutung kondten sie nicht anzeigen: Hernach verschwand der Vogel wider. Endlich ward auch ein armer Bawersmann/ auff seinem Acker von einem vberauß grossen Adler auffgehaben/ vnd vnverletzt in eine grosse Höle getragen/ in welche er jn nider gestellet/ vnd zu gleich diese Wort geredt hat: Allergroßmächtigster Herr/ da bringe ich euch den/ welchen jhr mir zu holen/ befohlen. Der Bawer aber kondte Anfangs niemands ersehen/ bald aber als er sich vmbgesehen/ sahe er einen schlaffenden Mann vor jhm ligen/ in Königlichem Zierd/ vnd hatte in der Hand ein wolriechende brennende Lunden: vnd da er jhn recht angesehen/ war es der König Motecuma. Darauf hörte er eine Stimm/ die sprach: Sihestu/ wie er so schläfferig da ligt/ vnd besorget sich nicht vor der grossen Gefahr die jm auff dem Halß ligt: vnd auf daß du sehest/ daß er nichts fühle/ so nimb die brennende Lunden auß seiner Hand/ vnd halte sie an seine Hüfft: der Bawer auß schrecken that also/ aber der König rührzete sich nicht. Darauf befahl jm die Stimm/ er solte dem König alles erzehlen/ was er gesehen/ vnd darauff ist er von dem Adler wider vff seinen Acker getragen worden/ da er zuvor war. Solches alles hat auch dieser Bawr dem König Motecuma nachmals angezeigt/ welcher auch das gebrandte Warzeichen an seiner Hüfft befunden/ vnd mächtig hierüber bestürtzt worden.

Von der Vmbkehrung vnd Eroberung deß Mexicanischen Reichs durch die Spanier. Cap. xvj.

Fernandes von Cordova schiffart.

Ach diesen vorhergehenden schrecklichen Zeichen/ begab es sich in dem 14. jahr der Regierung deß Königs Motecumæ/ das ist in dem jahr Christi 1517. daß erstlichen Franciscus Fernandes von Cordova/ der Spanische Obrist mit etlichen Schiffen an die Americanischen Gestad bey Jucatan ankam/ mit grosser Verwunderung der Indianer/ wegen dieser seltzamen vnd vngewohnten Gästen. Welche nach langem hin vnd her lauffen/ endlichen mit jhren Nachen von dem Gestaden zu jhnen an die Schiff kamen/ vnd vertauschten mit jhnen allerley essende Speiß vnd köstliche Gewandt gegen etliche gläserne Pater Noster/ welche sie hernach gen Mexico zu dem König brachten/ mit vermeldung alles dessen/ so sie gesehen vnd gehört hatten/ vn̄ b legten jhme

Von den Ländern Americæ. 1711

ten jhme darauff einem Tuch abgebildet die Schiff/ deren Zurüstung/ der Spanier Gestalt vnd anders/ sampt den Corallenschnüren/ darüber sich der König hefftig entsetzt hat/ vnd bald gedacht was dieses für eine Zeitung were/ doch alle Auffruhr zu vermeyden/ hielt er die Sach heimlich vnd berahtschlagte sich so gut er kondt/ mit seinen Rähten/ vnd that Anordnung die Gestaden wol zu versehen/ vnd so bald was ankäme nacher Hof zu berichten.

Die Spannier verharten da eine weil vnd vermeinten was weiter außzurichten/ aber sie wurden von den Indianern angefallen vnd musten vnverrichter Sachen widerumb zuruck ziehen/ vnd brachten anders nichts mit sich als gute Zeitung von einem mächtig reichen Landt.

Nach diesem hat Didacus Velasceus Gubernator der Insel Cuba seinen Vettern Johan Grialvum mit 4. schiffen von Cuba auß gesant den 10. Meyen Anno 1518. nach was weiter zu erkundigen/ kam auch an bey Iucatan vnd fuhre selbige Peninsul gantz vmb/ da war er erstlich vbel empfangen von den Indianern/ dann Johan Guetarius ward erschlagen/ etliche verwundt/ vnd jhme Crialvo selbsten waren mit einem Stein die Zän in Halß geworffen. Doch schiffte er wider fort handelte vnd tauschte mit den Indianern/ vnd bracht in kurtzem vmb vielerley Narrenwerck einen grossen vnglaublichen Schatz zusammen/ vnd fuhr widerumb darvon. *Iob. Grialvi Schiffahrt.*

Baldt hernach eben diß 1518. jahr fuhr auß Verordnung obgedachten Velasci auß Cuba auß/ Fernandus Cortesius mit 11. schiffen darinn 550 Spannier waren. Er kam erstlich an die Insul Acusamil/ deren Einwohner sich alß baldt in das gebirg versteckten: Sie fanden eines Fürsten weib mit jhren Kindern vnder den Felsen stecken/ die tractirten sie freundlich vnd gewunnen dardurch die Einwohner das sie sich an Cortesium ergaben/ jre Abgötter zerbrachen/ vnd sich tauffen liessen. Da fanden sie etlich Spanier welche zu vor gfangen waren/ einer vnder jnen hatte sich schon gestaltet wie ein Indianer mit durchborten Nasen vnd Ohren/ vnd zerkrätzten gefärbten leib/ hat eine fürnemme Indianerin zum Weib/ der wolte sich nicht mehr zu den Spanniern thun. *Ferdinandi Cortesii Schiffart.*

Nach diesem kam Cortes an den fluß Grialvi/ von abgedachtem Grialvo also genannt/ vnd daselbst an die Statt Potonchan von 25000. hauß haltungen/ welche Cortes gestürmbt vnnd eingenommen/ mit grossem blut vergiessen/ die Abgötter abgeschafft/ das Christenthumb eingefärt vnd dem König in Hispanien huldigen lassen/ vnnd die Statt/ welche die erst war so die Spanier hier mit stürmender hand erobert/ Victoriam geheissen. Dise Potonechaner begegneten dem Cortes erstlich mit 40000. Mann vnd verachteten seinen Hauffen: aber sie wurden vbermant mit dem Geschütz welches sie häuffig wegnam/ vnd mit den Pferdten denen sie nicht entweichen mochten/ sie vermeinten erstlich Roß vnd Mann wer ein ding/ vnd konten sich gar nicht richten in diß wunder seltzame Instrument der Spanier/ vnd kamen auch so weit das sie zweiffleten ob sie Menschen oder Götter weren: die Häuser waren gemacht von Leym vnd Stein aber mit Straw bedeckt. Ihre Speiß vndern andern war gefärbt Menschenfleisch.

Von dannen segelte Cortes Westwarts/ vnd kam gen Sant Iohan de Vlhua: daselbst ist Tendilli deß Königs Motecumæ Gubernator in diesem Land/ mit 4000. Indianern zu jhm kommen/ vnd hat jhn mit aller Ehrerbietung empfangen. Er zündete/ nach Brauch deß Lands/ köstlich Rauchwerck an/ vnd netzete ein wenig straws in seinem eigenen Blut: verehrete auch hernach allerley Speiß vnd Kleinoder von Golde/ vnd viel kunstliche Werck auß Fdrn gemacht: welches Cortes mit gläsernen vnd andern geringen Sachen vergulten.

Diese Ankunfft der Spanier berichtet Tendillus also bald auf der Post nacher Mexico/ an den König Motecumam/ mit vbersendung eines Thuchs darauff der Spanier Art/ Kleydung/ jhre Pferde/ Waffen/ Geschütz/ vnd alles artig abgebildet war/ wie auch droben geschehen: vnd dieses geschahe mit vnglaublicher Geschwindigkeit.

Wiewol nun Motecuma mit seinen Rähten ab dieser Zeitung sehr erschrocken waren/ vermeynten sie doch jhr älter Größ Herr Quetzalcoal/ welcher albereit vor etlich hundert jahren todt war/ vnd einen alten Wohn vnder jhnen hatten/ als solte er auß einer andern Welt widerumb zu jhnen kommen/ were jetzund seiner Verheissung nach/ von Auffgang wider kömmen. Darumb so schickte Motecuma 5. fürnehme Gesandten mit köstlichen Geschencken zu Cortes/ vnd ließ jhn als den Quetzalcoal herrlich empfahen. Die Geschenck waren/ allerley schöne Federbüsch vnd 2. Räder drithalb Elen breyt/ eins von Silber das ander von Goldt/ auff die 20000. Ducaten werth. Die Gesandten erzeigten dem Cortes fast Göttliche Ehr/ vnd sagten jm: sein Diener Motecuma liesse jhn griessen/ vnd hette als ein Statthälter/ jhme das Landt bewahret: liefferten jhm die Geschenck/ vnd die Kleyder/ die Quetzalcoal hatte gepflägt zu tragen.

Diese Sach gefiel Cortes wol/ vnd empfieng die Gesandten freundtlich/ hielte diß für ein gut Mittel/ ohne Schwerdtstreich in die Statt Mexico zu kommen/ vnd diß Volck mit Freundlichkeit zu gewinnen: Aber es gieng hernach viel anderst her/ wie wir hören werden. Hierzwischen ließ Cortes/ den Indianern ein Schrecken einjagen/ alles Geschütz auff den Schiffen loß brennen/ darüber sie dermassen erschracken/ als wann jhnen der Himmel auff den Kopff fallen wolte: Vnd weil die Spanier anfiengen die Indianer vbel zu tractiren/ vnd das Geschrey außkam von der eynnehmung der Statt Potonchaner/ vnd dem Blutvergiessen so die Spanier daselbst verübt hat-

ZZZz ij   ten/da

ten / da ärgerten sie sich hefftig daran / vnd sagten vnder einander: Jhr Großherr müste nicht vnder diesem grawsamen Volck seyn / welche da begerten sie sampt jhren Göttern zuvertilgen.

Als nun die Gesandten wider kamen / da opfferte eben Motecuma eine Anzahl Menschen / mit deren Blut besprengt er die Gesandten / in hoffnung ein gute Zeitung zuvernehmen. So baldt er aber hörte wie diß Volck beschaffen were / erstarte er gleichsam gantz vnd gar / vnd ließ also bald zusammen beruffen alle seine Zauberer: vnd erholte sich rahts bey jnen. Als jhm aber diselben anzeigten / daß sie nichts wider diese Leut vermochten / muste er sich gedulden / vnd den Außgang erwarten. Er schickte einen Gesandten vber den andern mit grossen Verheissungen zu Cortes / vnnd vnderstund jhn darmit von seiner vorgenomnen Reyß auff Mexico abzuhalten. Als er aber sahe daß er nichts vermochte / stellte er sich / als ob er ein Gefallen hette an der Spanier Ankunfft / schickte allenthalben Botten auß / vnd befahl seinen Vnderthanen / man solte disen Himmlischen Göttern / die in sein Landt kommen waren / dienen / vnd gehorsam seyn / vnd war auch entschlossen diesen frembden Gästen zuerwarten / obs jhn gleich sein Leben kosten solte.

Zemboalla. Hierzwischen kamen etliche Indianer von Zempoalla / die dem Motecuma nicht vnderworffen waren / zu Cortes: diese hatten jhre Naßlöcher geschlitzt / vnd daran Ring von Jet vnd Amber vber das Maul herab hangen: jhre vndern Lefftzen waren auch durchboret / vnd in den Löchern hiengen güldene Ring / mit Türckissteinen besetzt / die waren so schwer / dz jre vndern Lefftzen vber das Kün herab hiengen / vnd jhre Zän gantz bloß waren. Von diesen hat Cortes erfahren / daß die von Zempoalla / sampt etlich andern deß Motecuma Feind weren / vnd allen Anlaß wider jhn zu kriegen annehmen würden. Zog also stracks auff Zemboalla zu / da er dann gar hertzlich empfangen war: die Einwohner gaben sich also bald in seinen Gewalt / vnd erklärten sich mit jhnen wider den König Motecuma zuziehen. Cortesius schaffte da wie an andern Orten die Abgötter ab / vnd nente die Statt new Sevilien: ließ 150. Mann in Besatzung / vnd zoge er mit 400. Spaniern vnd 50. Pfer- *Zoclatan.* ten / 6. Stück Geschütz / vnd mit 1300. Indianern / gen Zaclotan: vnd ward auch daselbst von dem Fürsten desselbigen Orts freundlich empfangen. Es ließ der Fürst den Spaniern zu gefallen in jhrer Gegenwart 15. Menschen opffern / vnd musten die Indianer die Spanier auff einem erhabenen Sitz auff den Schultern tragen. Dieser Fürst rühmete eben so viel von Motecumæ grossen Macht als die Spanier von der Macht jhres Keysers. Erzeigt jhm an / Motecuma habe 30. *Erschrecklich Menschen Opffer.* Vasallen / deren ein jeder 100000. Mann zu Feldt führen könne: vnd er opfferte jährlich seinen Göttern 20000. Menschen: Diese Statt Zaclotan hatte 13. Tempel / vnnd in jedem waren viel Bilder / von allerhand Formen / vor welchen sie Menschen / Tauben / wachteln vnd andere Ding / mit vielem Rauchwerck auffzuopffern pflegten. Motecuma hatte allhie 5000. Mann in Garnison ligen.

Tlascala. Von dannen zog Cortes vff Tlascala zu / welche auch Motecumæ Feind waren / dann er pflegte von jhnen die Leut zunemen zu seinen Götzenopffern / weil sie aber noch nicht wusten was Cortes im Sinn hatte / zogen sie jm mit 15000. Mann entgegen / jn mit gewalt auffzuhalten. Als sie aber in etlich Scharmützeln / dieser Handvoll Spaniern nichts abgewinnen konten / vnd verstunden dz sie wider Motecuma ziehen wolten / da machten sie frieden mit jhm / vnd ergaben sich vnder seines Keysers Gehorsam. Tlascala ist ein grosse Statt / vnd ligt an einem Wasser / der in den Sudsee laufft. Sie hat 4. grosse Gassen / vnd ein jede jhren sonderbaren Hauptmann.

Als Motecuma vernahm / daß Cortes / mit denen zu Tlascala seinen Feinden / Bündtnuß gemacht / da schickte er einen auß seinen fürnembsten Herren zu jhm / vnd ließ jm anzeigen / er solte der newen Freundschaft / dieses bettelhafften Volcks nicht trawen: Sie aber warneten jn herwider / er solte sich dem Motecumæ nicht vertrawen.

Chololla. Cortes aber zog fort / begleitet mit vilen von Tlascala / gegen Mexico: vnder wegen bey Chololla hatte Motecuma durch ein verstecktes Heer / den Cortes zuerhaschen vermeynt / aber das Bad gieng vber jhn auß. Sie hatten zu diesem End 10. dreyjärige Kinder / jrem Gott Quezalcoval geopffert / welches jr gewonheit war / wann sie einen Krieg anfahen wolten: Aber Cortes war dises Anschlags vnd Verrähterey berichtet von einer Indianerin / die er zu einer Dolmetschin bey sich hatte / daß sie verstunde vnderschiedliche Indianische Sprachen. Vnd diese that den Spaniern grossen vorschub zu vielen Sachen: sie ward getaufft vnd Marina genannt / diese ermanten die Indianischen Weiber / sie solte sich auch zu jhnen begeben / damit sie nicht vmb das Leben käme / vnd dieses zeigte sie dem Cortes an. Also kam er diesem Anschlag vor / nam die Statt eyn vnd verbrannte jhre Priester im Tempel. Diese Statt hatte 20000. Haußhaltungen / ohn die Vorstätt. Es waren so viel Kirchen darinnen / als tag im jahr sind / vnd jede Kirch hat jhren Thurn. Die allergröste Abgötterey in gantz India ist in dieser Statt verübt worden. Die Thumbkirchen zu Chololla ist die herrlichste vnd höchste in gantz new Spanien / 120. Staffeln hoch / 8. Meil von dieser Statt ligt ein *Fewerberg.* brennender Berg / Popocatepec genannt / welcher bißweilen Rauch / bißweilen helle Flammen / vnd natürlich Fewer / bißweilen auch ein grawsamen hauffen Aschen außwirfft / mit schrecklichem Donner. Die Indianer halten es für ein Fegfewr / in welchem tyrannische Obrigkeiten nach jrem Todt gepeinigt werden / ehe sie zur Glory kommen.

Anno

Von den Ländern America. 1713

Anno 1540. ist das Fewer auß diesem hohen Berg / der sonst allweg mit Schnee bedeckt ist / mit solcher Grimmigkeit außgebrochen / daß die Funcken darvon biß gen Huexocinco / Quelaxcopon / Tepiacac / Cholola / Tlascallam / vnd andere Ort so 10. oder 15. Meilen darvon abgelegen / gestoben / vnd jhr Korn auff dem Feldt verbrennt hat. Der Rachen welcher diß Fewer außspeyet / haltet ein halbe Meil im Bezirck.

Im vortreissen nach Mexico muste Cortes vber einen hohen Berg passiren / der 6. Meilen hoch war / vnd mit Schnee bedeckt / an welchem Ort jhn die Mexicaner leichtlich hetten anffreiben können. Auff diesem Berg sahe er den See / daran Mexico vnd andere grosse Stätt lagen / als Iztacpallaban von 10000. Haußhaltungen / Coxocan von 6000. Vizilopuchtli von 5000. von Iztacpallaban gen Mexico sind zwo meilen / ein schöner lustiger Spaziergang / der viel Fallbrücken hat vnder welchen das Wasser hindurch lauffet.

Als Cortes nahe bey Mexico war / zog jhm Motecuma drey viertheil Meil wegs / entgegen: 4. stattliche Herzen trugen jhn auff jhren Schultern / vber seinem Haupt hat er einen Himmel von Goldt / vnd köstlichen Federn. So baldt sie einander begegneten / steiget Motecuma hinab / vnd grüsten einander. Cortes hiesse jhn guts muts seyn / vnd zeigte an / daß er nicht kommen were / jhn seines Reichs zu entsetzen / sondern sein Herz / der Keyser habe jhn geschickt jnen guts zuthun. Also führet jhn Motecuma in die Statt / lossierte jhn in seinen Pallast / er aber entwiech in ein ander Hauß. Cortes aber wolte besser versichert seyn / brachte Motecumam zu sich in Pallast / gab jhm ein Spanische Guardi zu / ließ jhn aber alle Ding wie zuvor verwalten. Motecuma zeigte dem Volck offentlich an / jhr Großherr der Keyser / habe diese Leut hieher gesandt / darumb solten sie sich gutwillig dem Keyser zu Vnderthanen ergeben. Welches sie auch gethan / wiewol mit vielen Thränen. Darauff gab Motecuma dem Cortes / vnder dem Namen deß Tributs / an Goldt vnd Edel Gesteinen / auff 1600000. Castilianer werth / ohne das Silber. *Motecuma empfähet die Spanier den 8. Novemb. 1519.*

Weil aber Cortes / wegen vnzeitiger Ankunfft Pamphili de Narves (welcher mit etlich 100. zu Fuß / vnd 80. zu Roß / seinen glücklichen Fortgang zuverhindern / in das Land kommen war /) mit dem halben Theil seines Volcks verreisen muste / da haben die hinderlassenen Spanier hierzwischen / durch jhren Mutwillen vnd Rauberey / einen Auffruhr vnder den Mexicanern erweckt / welche etlich tag lang den Pallast belägert / vnd gestürmbt hatten: vnd vngeacht sie der gefangene Motecuma zu stillen vnderstanden / halff es doch nichts. Hierzwischen hatte Cortes den Narves durch Listigkeit gefangen / vnd sein Volck an sich gehencket / vnd kam mit denselbigen widerumb gen Mexico / zu den seinen in Pallast. Weil nun die Indianer in jhrer Vnsinnigkeit fortfuhren / vnd kein Proviant mehr vorhanden war / da macht sich Cortes / mit seinem Völck vmb Mitternacht heimlich darvon. Im abziehen aber griffen jhn die Indianer mit gewalt an / erschlugen jhm bey 300. viel wurde gefangen / vnd von den Mexicanern zum Opffer geschlachtet / Motecuma ward auch von den seinen erschlagen als ein verzagter: vnd an seine statt erwehlten die Mexicaner den klugen Jüngling Quicuxtemoc. Also zogen die Spanier zu jhren Freunden gen Tlascala da rüsteten sie sich wider / vnd fiengen mit deren hülff einen Krieg an wider die Mexicaner / zu Wasser vnd zu Landt: Eroberten auch endlich durch viel Ruderschifflein / so Cortes auff dem See zurichten ließ / vnd durch mehr als durch 60. gefährliche Kämpff vnd Schlachten / den 12. Augusti An. 1521. die Statt Mexico / nach dem er dieselbige 3 Monat lang belägert. Er hatte bey sich in der Belägerung 900. Spanier / 200000. Indianer / 80. Pferdt / vnd 11. Stück Geschütz. 50. Spanier sind gefangen vnd jämmerlich geopffert vnd gefressen worden. Der Mexicaner aber sindt 100000. vmbkommen. Cortes hatte zuvor zu Tezcuco einen newen König gemacht / der den Christl. Glauben angenommen / derselbige thäte jm grossen Beystand zu dieser Eroberung. Diese gantze Geschicht hat Cortes dem Keyser der länge nach beschrieben / darauß wir dise vnsere Relation gezogen haben. *Eroberung der Statt Mexico.*

Die Statt Mexico ist mit hohen Bergen vmbgeben / sie ligt in zweyen grossen Seen / mit welchen sie 70. Meilen haltet im Bezirck / der eine See hat süß / der ander aber gesaltzen Wasser / vnd hat auch seinen Ab- vnd Zulauff wie das Meerwasser. *Der Statt Mexico beschreibung.*

Mitten in dem See ligt ein lustige Klippen / vnd darauff etliche Badstuben von warmem Wasser / welches von sich selber fleusset / vnd auch zur Gesundheit getruncken wirdt. Auff diesem See haben auch die Mexicaner durch grosse Kunst jhre Gärten vnd Gländer gemacht / welche sie mit allerhand sachen besäet haben. Hernach aber haben die Spanier den See darinn Mexico gelegen / mit Erden außgefüllet / vnnd nur etliche Flüß gelassen / welche in vnnd vmb die Statt lauffen: Auff welchen man jetzund alle Notdurfften in die Statt bringen kan / als Holtz / Stein / Kräuter / allerhandt Erden Gewächs vnd Frucht: ja auch die Fisch selber / dann derselbigen werden in diesem See wenig gefangen.

Als es jetz an dem war / das Mexico solte eyngenommen werden / vnd die Einwohner sahen / daß sie die Statt nit länger erhalten mochten / da trugen sie alles Gold / Silber / Edelgestein / vnd Kleinoter von güldenen Spangen / vnd Halßbanden auff einen hauffen zusammen / vnd versenckten es in disen See / vnd mochte hernach Cortes durch keinerley Pein erfahren / wo es hinkommen / ob er gleich viel darumb ließ zu todt martern.

BBBB iij   Als

1714　Das neunte Buch

Der Statt Mexico sonsten Themistitan genannt / welches die Hauptstatt ist dieses Königreichs Mexico Abcontrafehtung.

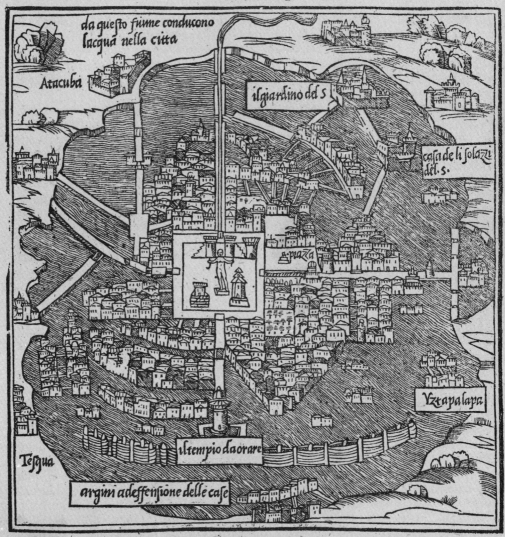

Als Franciscus Draco / mit seinen Schiffen in diese Landt kam / da wurden die Einwohner zu Mexico gemustert / vnd befand sich / daß bey 7000. Spanische Haußhaltungen / 3000. ledige vnd auff die 200000. Indianer vorhanden waren. Sonst hat der Vice-Re / seinen Sitz darinnen: vnd wird daselbsten / in allen Sachen Recht gesprochen.   Es werden wochentlich 3. Märckt darinnen gehalten vff denen alle Sachen in einem guten Preiß gekaufft werden. Es gibt etliche gute Handwerckßleut / als Goldt-Kupffer-vnd Eysenschmid / Zimmerleut / Schumacher / Sattler / Schneider / rc. Es ist darinn auch auffgericht worden ein hohe Schul / darinnen alle Künst gelesen wurden / wie auff vnsern Vniversiteten.

Anno 1577. Ist da auch ein Jesuiter Collegium gebawet worden; Ein jeder Indianer muß dem König auß Hispanien jährlichen bey 12. Realen zum Tribut bezahlen: vnd ein jede Wittib vnd alle Kinder die vber 15. jahr halb so viel. Aber die zu Tlascala sind Zoll frey / vnd das wegen jrer Hülff so sie den Spaniern erzeigt / wie sie Mexico einnahmen. Ein Hand voll Weitzen muß ein jeder geben zum Zeichen seiner vnderthänigkeit.

Wiewol alle Sachen gantz reichlich in der Landtschafft zu Mexico wachsen / so wil doch der König in Spanien nicht zulassen / daß man Wein oder Oel darinnen pflantze / damit sie deß Königreichs Spanien stetigs vonnöhten haben.

Sunst wird diß Land / nicht ohn vrsach New Spanien genannt / dieweil alles darinnen ist / was in Spanien selber gefunden wirdt: Man sehe gleich an / die Gewässer der Erden / die Künst vnd Handwercker / oder auch die Religion selber. Dann Mexico ist A. 1547. von Bapst Paulo dem 3. zu einem Ertzbistumb erhaben worden: Es sindt viel Klöster darinnen / sonderlich deß Franciscaner
Ordens

Ordenosa es ist jetzt fast in gantz New Spanien kein Ort da es nicht München vnd Priester habe/die das Volck in der Religion vnderweisen: Also daß fast auff die 400. Meil wegs kein Mensch gefunden wirdt/der nicht der Römischen Religion zugethan seye: ja sie sind so eyfferig darinnen/als zuvor in jhrer Teufflischen Religion gewesen/dann sie fasten viel vnd geyßlen sich selber/daß manchmal in einer Procession 100000. gesehen werden/die sich selber casteyen: vnd das mit solcher schärpffe/daß offt viel/wegen vielen vergossenen Bluts/auff dem Platz geblieben.

Wann ich von allen Colonis/vnd Stätten/welche von den Spaniern in dieser Landtschafft sind auffgerichtet worden/von Compostella, S. Spiritus, S. Michael, Conceptio, Colima, Guadaleiara, Culiacan, Mechoacan, Angele, new Galitia, Gastecan, Pascuar, Valladolid vnd andern dergleichen/deren etliche auch Bischoffliche Sitz sindt/außführlich reden solte/würde es viel zu lang werden.

Zu Guastecan ist ein Berg auß welchem zween Brunnen entspringen/der eine von schwartzem der ander von rohtem Pách/die beyde sehr heiß sindt.

Von Jucatan. Cap. xvij.

Jucatan ist ein Spitz deß Lands/in New Spanien/welcher sich selber weit in das Meer hinauß erstreckt/gegen der Insel Cuba vber: an welcher wie wir zuvor gesagt An. 1517. Fernandes von Cordova vnd hernach An. 1518. Johann Grialva ankommen/vnd viel köstlicher Sachen mit sich weggeführt.

Anno 1527. ist Franciscus Mantegius/auß new Spanien/vnder dem Namen eines obersten Landtvogts mit 500. Spaniern/sampt einer grossen Anzahl Pferdten/vnd grossem Vorraht von Proviant/dahin gezogen/vnd weil jhne einer von deß Königs Leuten von Jucatan vnder dem Schein der Freundschafft/verrätherisch vmbzubringen vnderstanden/hat er alles verbrennet was er angetroffen: Nicht weniger hatten auch die Jucataner ritterlich für die Freyheit jhres Vatterlands gestritten. Aber in 9. jahren/so lang hat dieser Krieg gewäret/sind fast alle Königische vnd Obriste der Jucataner auff dem Platz geblieben/also daß sie sich endtlich mit Leib vnd Gut/vnder der Spanier Herrschafft ergeben musten. Darauff theilete sie Montegius vnder die Spanier auß/vnd gab einem jeden Gewalt vber etliche Vnderthanen zu herrschen: Bawete hernach newe Stäte vnd Flecken/vnd pflantzete newe Völcker/nemlich die Statt Hispalim, Emericam, Salmaticam, vnd andere/vnder denen die grösste vngefähr 33. Hofstätt gehalten.

Es ist aber die Landtschafft Jucatan gantz rauch vnnd vberall steinechtig/doch etlicher massen fruchtbar an Fischen/vnd der Frucht Mayß/deren darinn ein grosser Vberfluß wächset. Sie opffern jhren Göttern Menschenfleisch/vnd versöhnen sie mit Menschenblut/essen aber daselbige nicht/wie die andern Indianer. Man findet gar kein Goldt noch Silbergruben darinnen/das gemein Volck erhält sich schier am meisten mit den Immen. Ihre grösste Handthierung vnd Gewerbschafft/ist mit Seyden Gewant vnd Baumwollen/darauß sie Regenmäntel/Wetterkleyder/vnd Hembder ohne Ermel stricken. Es führen auch die Spanier solche Gewandt von Seyden vnd Baumwollen/in ferrne Nationen/nemblich gen Mexico/in die Insel Cubam/vnd in Jubam/vnd die Landtschafft Fenduren/darinnen verkauffen sie solche Wahr vmb ein grosses Geldt.

Allernächst bey Jacatan ligt die Insul Acusamil oder Cosumel deren Häuser/Tempel/Kleydung vnd Gebrauch/mit denen zu Jucatan gäntzlich vberein stimmen. Obgedachter Grialva kam Anno 1518. erstlich in dieser Insul an/vnd ward von dem Gubernator wol empfangen/sie sahen vnder andern auff dem Kirchhof jhres Tempels ein großhültzern Creutz/welches sie als den Gott deß Regens anbeteten/sie kondten aber nicht anzeigen/wie dieses Creutz vnder sie kommen seye: Dann in allen diesen Americanischen Orten/hat man sonst kein Zeichen gefunden/daß jemalen das Evangelium daselbsten seye geprediget worden/möchte aber gar wol seyn wie wir von anfang gesagt/das etwan ein Schiff etlicher Christen von dem vngestümmen Meer dahin möchte verworffen worden seyn/welche das Creutz da auffgericht haben.

Von

Von Guatimala / vnd Fondura. Cap. xix.

Benzer vnd Gomera schreiben A. 1641. den 8. Septemb.

DJe Provintz Guatimala hat einen lieblichen Lufft / vnd fruchtbaren Boden: Es wachset auß der massen vil Cacao darinnen / welches eine Frucht ist wie die Mandeln / aber rond / die den Indianern für Speiß / Tranck / vnd Geldt dienet. Die Statt Guatimala lag anfangs vnden an einem Berg / der Fewer außgeworffen. Dieweil aber den 26. Decemb. Anno 1542. ein See / so in diesem Berg verborgen gelegen an vielen Orten mit einem schrecklichen Gewalt außgebrochen / vnd den grösten Theil der Statt zerstöret hat / so ist sie hernach sampt dem Bischofflichen Sitz / vnd deß Königs Raht zwo Meil von dannen verruckt worden.

Dieser Fewerberg ist sehr verrühmbt / weil er sehr ferr in dem Meer gesehen wirdt / vnd sehr viel Fewers außwirfft. In dem Jahr 1581. brach auch auß einem andern Schweffelberg / zwo Meil von dannen / ein solch grawsam Fewer herfür / daß man vermeynt hat / es würde alles verbrennen müssen. Am folgenden Tag warff er ein solche menge Aschen auß / daß das Thal sampt der Statt schier gantz damit bedeckt worden.

Im folgenden Jahr / warff er wid:rumb 24. stund nach einander ein solchen Strom Fewer herfür / daß dardurch 5. beygelegene Wasserflüß auffgetruncken / der gestallt erhitziget wurden / daß niemand dardurch gehen mochte.

Es schreibt Caspar Ens / in seinem Büchlein von India / vor dem ersten Außbruch deß Wassers / seyen etliche Indianer zum Bischoff kommen / vnd jhme angezeigt / sie hetten ein vngehewres erschreckliches Getöß vnd Brausen in dem Berg gehöret: Er aber habe sie mit einem guten Filz abgewiesen / solten jhnen selber kein eitele Forcht machen. Was beschicht? Vmb 2. vhr in der nechsten Nacht / brach die gedachte Wasserfluth herfür / welche viel Häuser / vnd darinnen 520. Spanier weggeführet vnnd ertränckt hat / daß man kaum die Oerter wo Häuser gestanden / mehr erkennen köndte.

Fondura.

Fondura / oder Honduraligt nach bey Guatimala: Alß die Spannier erstlich dahin kummen / waren bey vier hundert taussent Indianer im Land / da doch Benzo zu seiner zeit nit vber die 8000. darinnen gefunden: dann die vbrigen sind entweders erschlagen / oder verkaufft / oder in den Ertzgruben verzeichnet worden: welche hie / vnd anderstwo noch vbrig sind / die suchen jhre Wohnungen in denen Orten / die an ferresten von den Spanniern abgelegen sindt. Die Spannier haben in diser Provintz 5. Colonias / welche alle mit einander kaum 120. Häuser zehlen können.

Von Nicaragua. Cap. xx.

Mahomets Paradeiß.

NJcaragua erstreckt sich selber von den Chiulatecanischen Minen in Fondura / biß an den Sudsee. Es ist zwar diese Landtschafft klein / aber vber alle massen fruchtbar vnd lustig / also das es die Spannier des Mahomets Paradiß genant: Ist aber im Summer so heiß / das man darinn am tag nicht wandlen kan / sonder alle geschäft des Nachts verrichten muß. Im Winter regnet es 6. Monat an einander / vom Majo / biß zum October. Die vbrigen 6. Sommer Monat aber gar nicht: Sondern es gibt deß Morgens grosse Thaw vnnd Nebel / darvon die Frucht vnnd Kräuter zunehmen vnnd wachsen. Dieses Ländlein trägt vber die massen viel Honig / Wachs / Edlen Balsam / Baumwollen / vnbekandte Oepffel / vnd andere Frucht: Man findet wenig Küh vnd Schwein darinnen. Aber viel Papageyen / Hüner vnd Pfawen / welche zu vns herauß gebracht / vnnd Welsche Hüner genannt werden. Ihr grösster Gewinn ist von dem Gewächß Cacaunte / darauß sie jhr Getränck machen. Sie essen auch Menschenfleisch / tragen Hembder vnd Wambser ohne Ermel: Alle Tag machet nur ein Nachbawr ein Fewer an / darbey sie alle kochen. Sie haben vierer ley Spraach darinnen / vnde: welchen der Mexicaner am gebräuchlichsten ist. In jren Täntzen kommen etwan drey oder mehr hundert zusammen / bißweilen auch so viel taussent: Sindt wunderlich geberdet / einer hebt ein Bein / der ander ein Arm auff / einer lacht der ander heult / vnd trincken hier zwischen einander zu / vnd wollen dz jnen bescheit gethan werde. Franciscus Fernandus hat in dieser Landtschafft zwo Stätt gebawet / die erste ist Legeo / vnd ist ein Bischofflicher Sitz darinnen: die ander ist Granata 50000. Schritt darvon: Haben aber beyde nicht vber 80. Hoffstätt / vnd sind von Rohren / Strow / vnd Leymen gebawet. 25000. Schritt von der Statt Legio ligt ein Berg / der jmmer zu Fewr außspeyet / wie der Berg Aethna in Sicilia / er gibt offtermal so grosse Funcken vnd Flammen von sich / daß man bey Nacht vber die

Von den Ländern Americe.   1717

die 100000. Schritt weit darvon/ das Fewr offentlich glänzen sihet. Viel meynten geschmelzet Gold seye die Matery dieses Fewrs. Deßwegen ließ ein Dominicaner Münch/ ein grossen Kessel/ an einer eysernen Ketten/ in diese fewrige Höle hinunder/ Gold herauß zu scheyffen/ aber durch die grimmige Hitz ist der Kessel vnd die Ketten verschmolzen: Vnnd weil ers zum andern mahl vnderstanden/ da ist schier er selber neben zwen Gesellen/ durch das außbrechende Fewr verzehret worden. Gomera schreibt/ die Höle seye vber die 250. Ellen tieff. Es war ein König in diesem Landt/ Nicaragua mit Namen/ dieser fragte den Spanier Gilgonsales/ welcher diese gegne zu erst entdeckt hat/ ob die Christen auch etwas von dem Sündfluß gehöret hetten/ dardurch die Erden/ Menschen vnd Thier ertrencket worden? Ob ein anderer Sündfluß zukünfftig seye? Ob der Himmel wurde herab fallen? Wen/ vnd ob Sonn vnd Mond jren schein verlieren solten? Was die Seelen theten nach dem sie vom Leib abgesöndert werden? Ob der Bapst sterbe? Ob die Spanier auß dem Himmel kommen/ weil sie so lesterhafftig seyen? vnd was der fragstücken mehr gewesen.

Nicaragua ligt bey 100. Meil von Mexico/ vnd waren doch die Eynwohner jhnen gleich in der Sprach/ Kleydung vnd Religion. Sie hatten gewisse Figuren/ an statt der Buchstaben/ wie die zu Culhua/ vnd Bücher einer Spannen breitt vnd 12. lang. Sie opfferten auch Menschen/ vnnd wann es gefangne waren/ so assen sie dieselbigen: Das Hertz nam der Priester/ der jhn auffschneidet/ Händ vnnd Füß nam der König/ den hindertheil der faher: das Volck theilte vnder sich was vbrig war/ das Haupt war auff einen Baum gesteckt. Wann sie jhre eygnen Leut oder Kinder opfferten/ welches bey jhnen gemein war/ so assen sie dieselbigen nicht.

Ricáras

In diesem Landt ist ein grosser See 300. Meil lang/ so 12. Meil von dem Sud=See gelegen/ vnd läufft doch in den Nord=See auß/ von welchem er doch mechtig weit abgelegen. Etliche haben vermeynt man könte hier/ durch mittel dieses Sees/ die beyden Meer zusammen brechen/ vnnd ein erwünschte farth machen / auß dem Nord=See in den Sud=See. Dieser See hat viel vnnd grosse Fisch. Einer darunder wirdt Manati genennt/ ist einem Otter gleich/ 25. Schuh lang vnnd zwölff dick. Hat ein Kopff vnnd Schwantz wie ein Kuhe/ mit kleinen Augen/ vnd einem harten härigen Rucken: an den Schultern hat er 2. Füß/ wie eines Helffanten: Das Weiblein säuget seine jungen mit einem Vter/ wie die Küh: Sie essen Graß/ dann sie leben beyde im Wasser vnd auff dem Land. Jhr Fleisch schmackt wie Schweinenfleisch.

Ben.l.2. c.14 Gomard part.2.c.32.

Die Menschen so bey dem Wasser Suerus wohnen/ sind den andern gleich in allem/ essen aber kein Menschenfleisch.

Von der Landtschafft Dariene/ Nomen Dei vnd Panama. Cap. vvj.

ES ist noch vbrig von dem Mitnächtigen America/ der Nacken oder das schmale Landt/ zwischen dem Nord vnnd Sud=See/ welches die zwo grossen Americanischen Peninseln also zu reden zusammen knipffet. In demselbigen ligt die Statt Nomen Dei/ welche von Didaco Niquesa den Nammen empfangen: Dann alß er anderstwo viel ellends außgestanden/ vnd ohn gefehr an diß Ort angelendet war/ da sagte er zu seinem Volck/ sie solten in Gottes Nammen an das Land steigen: Daher hat die Spanische Colonia/ so dahin gesetzet worden/ den Nammen behalten. Sie ligt an dem Nort=See/ vnd hatte einen sehr vngesunden Lufft/ also daß man sie nennete der Spanier Grab. Anno 1595. hat Thomas Baskeraile diese Statt verbrennt / vnd ist von dannen mit seinem Heer gehn Panama gezogen/ welche am Sud=Meer 17. Meil von Nomen Dei ligt/ deren Lufft aber nicht viel besser ist als der vorige.

Dieselbige gantze Provintz wirdt Dariene genennt/ von dem grossen Fluß Dariene: Hatt ein Morassigen Boden/ böß Wasser vnd groben Lufft/ vnd ist derowegen gantz vngesund/ das Wasser ist so murzechtig/ daß wann es nur auff den Boden gespritzet wirdt/ so zeuget es Würm vnnd Freschen. Es werden in diser Provintz viel Crocodilen gefunden/ deren etliche 25. Schuh lang sind. Item Ochsen ohne Hörner/ Schwein ohne Schweiff/ scheuzliche Katzen mit langen schwäntzen: Item Löwen/ Leoparden vnd Tigerthier.

Es ligen auff die 20. Rivieren vmb diese Provintz/ welche alle Gold führen. Das Gold welches die Spanier in dem Königreich Peru samlen/ wirdt alles nacher Panama geführet/ vnnd daselbst außgeladen/ vnd von dannen wirdt es vber Landt auff das ander Gestad geführt nacher Nomen Dei/ daselbsten wirdt es erst in andre Schiff geladen vnd in Hispanien geführet.

Das neunte Buch
Von dem Mittägigen oder Peruanischen America in gemein.
Cap. xxij.

Das Mittägige oder Peruanische America ist gleich einem grossen Triangel/der gleiche seiten hat: Dann wann von seinen drey Spitzen oder Vorgebürgen/ welche es hatt/ drey Linien solten gezogen werden/ so wurden sie eynander schier gleich sein. Die erste Linien muß gezogen werden/ von dem Spitz oder Vorgebürg S. Augustini/ biß an den Spitz der Magellanischen strassen: Die andre von demselbigen Spitz/ biß zum Vorgebürg S. Marthæ: Die dritte aber von diesem Vorgebürg/ biß zu vorgedachtem Spitz Sanct Augustini.

Dieser theil Americe ist an dreyen orten mit dem Meer vmbgeben: Dann gegen Nidergang hatt es das Sud-Meer/ welches sonst auch das friedsame Meer oder Mare del Sur genennet worden: gegen Auffgang das Nord-Meer: gegen Mittag aber hat es die Magellanische strassen/ welche auf hundert vnd zehen Meilen/ aber nirgentwo vber 2. Meilen breit ist. Man halt darfür dieser theil Americe habe auff die sechzehen tausent Italiänischer Meilen im bezirck / 4000.in der lenge/ die breitte ist vngleich.

Boterus part. 1. l. 6.

Von dem Nord gegen dem Sud geh solche hohe Berg durch dieses Landt/ daß man vermeynet/ daß auch die Vögel nicht so hoch fliegen können/ als deselbigen Gipffel sind: In den gründen gibt es die drey grösten Wasserström der gantzen Welt/ welche des grossen Oceani Schatzkämmer am allermeisten erfüllen: Der eine wirdt genennt Orenoque/ der ander Maragnon/ der dritte Plata. Der Orenoque kan 1000.Meil mit grossen/ vnd 2000.mit kleinen Schiffen geschiffet werden: Ist an ettlichen orten 20.Meilen breit/ an andern orten auch dreyssig. In diesen Strohm fallen 100.andre Flüß/ deren viel so groß sein sollen als Rio Grande/ der doch auch einer von den grösten Rivieren ist/ in America. Plata sauffet auch in seinem lauff sehr viel Wasserströhm in sich: bey seinem eynfluß in das Meer sperret er seinen Rachen auff die 40.Meil weit auff/ gleich als wann er dasselbige verschlingen wolte. Aber der Maragnon ist noch viel grösser/ dann nach dem er einem krummen vnd langen Canal auff die 6000.Meilen fort geloffen/ da fahet er an sich auff die 70.Meilwegs außzubreitten/ vnd seine beyde Vffer/ von denen die in der mitte darauff schiffen/ zuverbergen.

In vnserer Welt wurde man diß Wasser kein Rivier/ sonder ein Meer nennen. Girava beschreibt diese Wasser ein wenig anderst/ dann er sagt Plata/ welches die Indianer Paranaguacu nennen/ seye ein eynfluß ins Meer nur 25.Meilen breit: Marannon aber seye in dem eyngang nur 5.Meil breit/ vnnd seye nicht ein Fluß mit dem Orellana/ von welchem er bezeuget/ daß er auff die 50.Meil im eyngang habe/ vnd der grösste Fluß der Welt seye. Von den manigfaltigen Reichthumben/ Metallen/ Thieren vnd andern dingen/ dieses Mittägigen Americe ist schon droben geredt worden.

Weil nun dieser theil Americæ fast gantz von dem Meer vmbgeben ist/ so wöllen wir zu kumlicher beschreibung allen bekanten Orten/ den Originalischen Meergestaden nachfahren: vnd erstlich bey dem Landt anfahen/ das die Spanier das guldene Castilia genennt haben.

Von dem guldenen Castilia/ sonderlich von Carthagena. Cap. xxiij.

Das guldene Castilia/ hat den Namen empfangen/ von der vberauß grossen menge Golds/ so darinnen gefunden wirdt: Dann es sind viel Flüß/ vnd Mynen darinnen/ auß welchen mit gantz geringer mühe/ ein vngläublicher last Golds kan gezogen werden. Dieses Landt stosset gegen Mittnacht an das Mexicanische Americam/ vnd fahet an bey der Statt Panama/ vnd erstrecket sich biß an die Statt Antiochiam/ welche in einem vberauß fruchtbaren Thal ligt/ dardurch das guldene Castilia/ von der Landtschafft Propajana vnderscheiden wird. Wiewol aber das Landt Castilia reich ist an Gold/ so ist es doch sonsten gantz vnfruchtbar/ vnd fast vngebawen. Die fürnembsten Stätt darinnen/ so von den Spaniern bewohnet werden/ sind S. Sebastian/ vnd Carthagena. Diese Statt Carthagena wirdt also genannt/ weil sie mit der Statt Carthagena in Spanien ein gleichheit hat.

Die Indianer in dieser gegne brauchen vergiffte Pfeil: Ihre Weiber streiten eben so wol als die Männer. Enceso nahm eine gefangen/ welche mit ihren eygnen händen acht vnd zwantzig Christen vmbgebracht hatte: Sie pflegen ihre erschlagne Feind zu essen: vnnd viel Golds vnd Guts in ihre gräber zu legen.

Zwischen

Von den Ländern Americe. 1719

Zwischen Carthagena vnnd Sant Martha lauffet ein schnell Wasser / welches weit in Sie hinauß süß vnnd frisch verbleibt. Die Eynwohner nennen es Dabaiba / die Spanier aber Rio Grande. Die an diesem Fluß wohnen / betten einen Götzen an gleiches Nammens / welcher auß fernen Landen von Bilgeren besucht / vnnd mit Menschenopfferen verehret wirdt: Sie schlachten zu erstem die Menschen / hernach verbrennen sie dieselbigen / vnnd vermeynen dieser geruch seye jhm gar angenehm. Wann sie schön Wetter / Regen oder etwas anders / von diesem Götzen zuerlangen begeren / so steigt der König mit seinen Priesteren auff ein Kantzel / vnnd sitzet das Volck vnden in der Capellen / betten vnd fasten / vnnd weichen nicht von dannen / biß sie jhr begehren erlangt haben / also daß sie offt biß auff den vierten tag weder essen noch trincken: Sie leuthen zu Kirchen mit guldenen Glocken / welche sehr lieblich in der Spanier Ohren gethönet haben: Eine darunter hat sechs hundert Pensa gewogen. Ein Pensa ist ein viertel mehr als ein Ducaten. Jhre Priester geloben Keuschheit / wann sie fehlen / so werden sie versteiniget oder verbrennt: Sie sagen die Seel seye vnsterblich / vnd habe jhrem verdienen nach / entwederss frewd droben im Himmel / oder leyd vnden in der Erden zuerwarten. Wann ein säugende Mutter stirbt / so wirdt jr Kind lebendig an jhr Brust gelegt / vnd mit jhr begraben. Sie haben viel Zauberer / ohn welcher rhat sie weder Jagen / Fischen / noch Gold samlen.

Guldene Glocken.

Von Tunia / Sant Martha / Venezuela vnd Curiana. Cap. xxiv.

IN dem Thal Tunia oder Tomana sind Emerald oder Schmaragdt Myren: Das Volck bettet die Sonnen an. Im Krieg führen sie die gebein dapfferer Leuten / an einer Stangen / an statt des Paners / andre hierdurch zu gleicher manheit anzureitzen: Vor der Schlacht opfferten sie jhrem Götzen Chiappen ein anzahl lebendiger Menschen / vnd assen jhr Fleisch. Wann sie siegten / so sagten sie jrem Abgott danck / mit Menschenopfferen: Lagen sie dann vnden / so begütigten sie jhn damit.

Linschot. l. 2

S. Martha ligt fünfftzig Meil von Carthagena / vnden an einem Berg welcher allwegen mit Schnee bedeckt ist / ist reich an Ambra vnd allerley Edlengesteinen / Smaragden / Saffiren / Calcedonien vnnd Jaspiden. Ein Fluß Rio grande genannt / ist im außlouff sieben Meilen breit / vnnd ist mechtig reich an Gold. Die Eynwohner sind dapffere Kriegsleuth / vnnd brauchen vergiffte Pfeil. Sie machen jhr Brot auß Jucca / ist aber nicht so gut / als das auß Maiz. M. Gerardus hat die figur dieses Krauts in seinem Kräuterbuch. Sie sein der Sodomiterey mechtig ergeben / vnnd tragen ein gemählt dieser schandt am Halß für ein Kleynodt.

S. Martha.

In Gayra tragen die Sodomiten Weiberkleyder. Sie essen Menschenfleisch so wol eyngesaltzen als frisch: Den jungen Knaben verschneiden sie / vnd mesten sie vor jhrem Tisch / vnnd essen sie hernach. Jhre Häupter stackten sie auff vor jhren Thürn.

Venezuela ligt auff einem lauteren Felsen / in einem See: Die Weiber allhie mahlen jhre Brust vnnd Arm: Jhr gantzer Leib ist nackend / außgenommen die Scham. Die Männer tragen jhre Glieder in grossen Schalen: sind auch schreckliche Sodomiten / betten den Teuffel an / vnd mahlen jhn ab / wie er jhnen erscheinet. Wann jhrer Fürsten einer stirbt / so rösten sie jhn beym Fewr / stossen jhn zu pulver / vnnd trincken dasselbige in jhrem Wein / vnnd müssen also jhre Leiber jhrer Hertzen gräber seyn.

Venezuela.

In Tonpaciam begraben sie jhre Hertzen mit vielem Gold / Edelgesteinen vnd Perlen / vnd hencken seine Waffen an Stangen vber das Grab.

Tonpaciam.

Von dem Capo Vela / fast auff zwey hundert Meil dem Gestad nach / fischet man Perlen / wie solches Columbus Anno ein tausent vier hundert acht vnd neunzig / als er an diß Gestad kommen / gesehen hat.

Capo Vela.

In Curiana haben sie die Spanier mit grossen frewden empfangen / vnd gaben jhnen für Gufen / Nadlen / Schellen / Spiegel vnnd dergleichen narrenwerck / viel schnier voller grosser Perlenen. Für vier Gufen gaben sie ein Pfawen / für zwo ein Phasanen / für eine ein Turteldauben. Bey diesen hat man auch Probierstein vnd Gewicht zum Gold funden / das bey andern Indianern nicht bräuchig ist.

Curiana.

Das neunte Buch

Von Cumana. Cap. xxv.

Je Provintz Cumana hat den Namen von einem Wasser/ so also genannt wird/ dahin haben etliche Franciscaner Anno 1516. ein Kloster gebawen/ vnd sind sehr eyfferig in fischung der Perlen. Zur selbigen zeit/ sind 3. Dominicaner von dannen 80. Meil/ Westwerts gezogen/ daß Evangelium zu predigen/ sind aber von den Indianern gefressen worden: Nichts desto weniger sind noch andere gefolget/ vnnd haben ein Closter in Ciribici gebawen/ vnfer von Maracapana: Diese haben sich sehr bearbeitet/ die Indianer zu bekehren/ vnnd derselbigen Kinder im schreiben vnd lesen zu vnderzichten: Aber weil jhnen die Spanier kein ruhe liessen/ mit dem Perlefischen/ so rebellierten sie bald wider/ vnd schlugen 100. Spanier zu todt/ sampt den München. Der verlust dieser Provintz Cumana/ verderbte den Perlenhandel sehr zu Cubagna: Darumb hat der König diß Land durch Jacob Castilion/ mit gewalt eynnehmen/ vnd zu new Caliz ein Colonia für die Spanier erbawen lassen.

New Caliz.

Cubagna.

Cubagna ist von dem erfinder Columbo/ die Perle Insel geheissen worden/ vnnd ligt vnder dem 12. vnd ein halben Grad Septent. Latitud. vnd haltet 12. Meil im bezirck in sich. Diese kleine Insel hatt wegen der Perlen sehr grossen nutzen gebracht/ welcher auff viel Millionen Golds geschetzet wirdt. Jhr Holtz holen sie zu Margarita/ welches ein Insel ist/ so 4. Meil darvon gegen Nord gelegen: Jr Wasser aber holen sie zu Cumana/ welches zu 22. Meil darvon gelegen ist. Sie haben zwar in der Insel Cubagna ein Quelle Wassers/ aber es dienet nur zur Artzney.

Das Meer daselbst herumb/ ist bißweilen im jar gantz roth/ welches von der reinigung der Perle-Ostreen herkommen soll. Man sicht auch daselbst Meerwunder/ welche von der Weiche auffwerts sehen wie die Menschen/ mit Bart/ Haar vnd Armen.

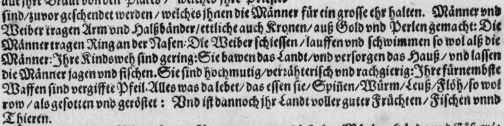

Zu Cumana geht das Volck nackend/ decken allein jr Scham. Sie brauchen sich sehr jhre Zän schwartz zu machen/ vnnd halten die für Weiber/ die weisse Zän haben: das bringen sie zu wegen mit ettlich Bletteren/ Gay genennt/ welches sie den fremden vmb Gold verkauffen/ dann es bewahret die Zän für feule vnd schmertzen. Jhre Jungkfrawen gehen nackend/ allein haben sie jhre Knye mit einem Band hart verbunden. Die fürnembsten haben viel Weiber/ vnd wann ein frembder bey jhnen eynkehret/ so muß die schönste sein Bittgesell seyn. Sie lassen alle jhre Bräut von den Piaces/ welches jhre Priester sind/ zuvor geschendet werden/ welches jhnen die Männer für ein grosse ehr halten. Männer vnd Weiber tragen Arm vnd Halßbänder/ etliche auch Kronen/ auß Gold vnd Perlen gemacht: Die Männer tragen Ring an der Nasen: Die Weiber schiessen/ lauffen vnd schwimmen so wol alß die Männer: Jhre Kindsweh sind gering: Sie bawen das Landt/ vnd versorgen das Hauß/ vnd lassen die Männer jagen vnd fischen. Sie sind hochmutig/ verräterisch vnd rachgierig: Jhre fürnembste Waffen sind vergiffte Pfeil. Alles was da lebet/ das essen sie/ Spinnen/ Würm/ Leuß/ Flöh/ so wol row/ als gesotten vnd geröstet: Vnd ist dannoch jhr Landt voller guter Früchten/ Fischen vnnd Thieren.

Es wirdt da ein art Affen gefunden Aranata genannt/ die haben Mäuler/ Händ vnnd Füß/ wie ein Mensch/ ein lieblich Angesicht/ aber ein Bart wie ein Geiß. Sie gehen mit gantzen Herden daher/ lauffen auff die Bäum wie die Katzen/ vnnd können dem Jäger seine Pfeil artlich außschlagen. Sie haben auch eine art wilder Geissen/ so groß alß Esel/ gantz schwartz. Item ein ander seltzam Thier/ das schreyet wie ein Kind: Wann dann jemands herzu gehet/ so frisset es jhn/ wie von der Hyena auch geschrieben wirdt.

Jhr grosse frewd ist tantzen vnd sauffen/ in welchen vbungen sie etwan 8. gantzer tag zubringen/ sonderlich bey jhren Hochzeiten: Sie stellen sich gantz wunderlich/ wer sich am scheutzlichsten gestellen kan/ der haltet sich für den besten. Sie tantzen bald hindersich/ bald fürsich/ jetz biegen sie den Leib bald dahin bald dorthin: Wann der Tantz ein end hat/ so fahen sie an zu sauffen/ vnd wer besser bescheid thun kan/ der wirdt für den vollkommensten Edelman geachtet: Etliche zancken vnnd haderen mit eynander/ andre spielen die Saw/ vnnd speyen auß/ was sie getruncken haben: Vnnd brauchen därbey den Rauch von Tobacco.

Von den Ländern Americæ. 1721

Von Trinidado vnd Paria. Cap. xxvi.

Als nun Columbus/ im jar 1497. newe Länder suchte/ vnd eine mechtige vnleidenliche hitz/ vnder dem brennenden Zona außgestanden/ kahm er zu letst gehn Trinidado: das erste Land/ so er antraff/ nennete er also/ wegen dreyer Bergen/ die er daselbst gesehen. Von dannen schiffete er gehn Paria oder Haraia/ vnd fand daselbst die Perlenfischung: Daselbst ward er von 18. Canoen oder Schiffen der Cannibalen vnd Menschenfressern vberfallen: Er fienge einen dieser Cannibalen sampt einem gebundnen/ welcher Columbo mit thränen zuerkennen gab/ sie hetten schon 6. seiner gesellen gessen/ vnd den nechsten tag hette er auch in Hafen müssen.

In Paria ist vberfluß von Saltz: Dann die Sonnen verwandlet vnnd verhärtet das Wasser in Saltz. Wann ein König oder fürnemmer Mann allhie stirbt/ so legen sie den todten auff ein Hund/ machen darunder ein kleines Fewr/ also daß zwar die Haut gantz bleibe/ aber das Fleisch wird nach vnd nach verzehret. Diese gedörzeten Cörper werden hernach als jhre Haußgötter verehret. *Die Cörper werden zu Paria gedörret.*

S. Augustin ist in dem jahr 1499. von Vincent Pinzon entdeckt worden/ welcher von dannen dem Gestad noch/ gehn Paria gesegelt ist.

In diesen Orten betten sie die Sonnen an/ vnd bilden jnen eyn/ sie werde in einem Wagen/ durch Tigerthier geführet/ welches vnder jhnen die fewrigsten vnd grimmigsten Thier sind: Derowegen der Sonnen zu ehren/ zur vnderhaltung seiner Wagenpferden/ so legen sie jhre todten Cörper/ sauber gewaschen/ des Nachts hinauß in die Wäld/ damit die Tigerthier/ welche wegen der langen Reiß des vergangnen tags müd vnd hungerig worden/ sich erlaben können. Dieses hat Ritter Walter Raleigh von seinem Dolmetschen erkundiget.

Von dem Fluß Orenoque/ vnd den angrentzenden Nationen. Cap. xxvii.

Anno 1595. den 22. Mertzen ist Ritter Walter Raleigh bey dem Spitz Curiapan/ in Trinidado angelendet. Nam die Josephs Statt eyn/ darinnen Antonio Berreo war/ der Spanische Gubernator. Daselbst ließ er sein Schiff/ vnd fuhr mit 100. Mannen/ in einer kleinen Galeen vnnd etlichen Nachen/ den wundersamen Fluß Orenoqui oder Baraquin hinauff: Dieser Fluß kompt her von Quito in Peru. Es fallen auff der Nord seiten 9. Arm/ vnd auff der Sud seiten 7. auß seinem grossen Rachen herauß/ vnd ligen darzwischen so viel Inseln/ vnd gebrochen Landts/ welches er nicht alles verschlucken kan/ sondern wirdt endlich gezwungen/ sie alle mit eynander zwischen diesen Inseln in das hohe Meer außzuspeyen/ ohngeacht ettliche Arm bey drey hundert Meilen von eynander sind.

An den Nord-Armen wohnen die Tivitivas/ welches ein dapffer Volck ist/ vnd ein Mannliche Red hat. Im Sommer haben sie jhre Häuser auff der Erden/ aber im Winter auff den Bäumen/ auff welchen sie gantz artliche Stätt vnd Flecken bawen. Dann zwischen dem Meyen vnnd September wechset der Fluß Orenoque 30. Schuh hoch/ vnd alßdan sind alle diese Inseln 20. Schuh hoch mit Wasser bedeckt/ außgenommen auff den hohen Büheln: Daher sie diese jahrs zeit Winter nennen. *Tivitivas.*

Diese Tivitivas essen nichts/ das gesehet oder gesetzet wirdt/ sonder die Dolder von Palmitos brauchen sie für jhr Brot/ darneben haben sie Schwein/ Fisch vnd etliche wilde Thier.

Die/ welche an den zwen Armen Orenoque/ Capuri vnd Macureo wohnen/ sind mehrentheils Zimmerleut: welche grosse Bäum außhölen vnd Canoas oder Schifflein darauß machen. Welche sie in Gujana vmb Gold/ vnd in Trinidado vmb Tobacco verkauffen.

Die Arwacas/ welche auff der Mittag seiten des Orenoque wohnen/ stossen die Bein jhrer Fürsten zu Pulver/ welches hernach von jhren Weibern vnd Freunden getruncken wirdt. Es ist diese gantze gegne zwischen den Wassern auffwerts in das Landt/ wegen vielerley Thieren/ Vöglen/ vnd Blumen/ so vberauß lustig/ daß Walter Raleig/ mit seiner Gesellschafft fast darüber erstummet ist.

Ein stuck Landts erstreckt sich von dannen gehn Cumana/ 120. Meilwegs gegen Nord/ auff welchem die Sayma/ die Asswai/ die Wikiri vnd die Aroras wohnen/ welches Volck so schwartz ist/ als die Mohren/ vnnd halten ettliche darvon/ sie müssen erstlich auß Africa dahin sein geworffen worden.

Als sie bey dem Port Morequeto am Ancker lagen/ da kam ein König zu jnen/ so 110. jar alt war/

AAAaa iij

1722 Das neunte Buch

der bracht jnen allerley Frücht/Paraquitos/vnd ein Armadilla/so einem Rhinoceros nit vngleich ist. Es wachset jhm auß seinem hinderen theil/ein weiß Horn/so groß alß ein Jägerhorn/welches sie an statt einer Trummeten gebrauchen: vnd ist gut zu essen.

Daselbst herumb ligen die Janos/ein stoltz vnd listig Volck: Die Arwakos/so vmb viel besser sind: vnd die Saspayes/welche auch sehr verschmitzt sind. Sie haben allhie grosse Häuser wie Scheuren/in deren einer bey 100. Menschen wohnen: Alhie gibt es viel Hirtzen/Hasen/Königlen/ Schwein/Meerkatzen/Löwen/Leoparden/Papagey̆en. Das Wasser besser hinauff sihet man die wundersamen Wasserfallen/des Bergs Caroli. Vber den Gipffel dieses grawsamen Bergs/fallet dieser mechtige Strom/mit solchem schrecklichem getöß herunder/als wann viel tausent grosse Glocken wider eynander geschlagen wurden/also daß es kein wunder ist/daß er hierdurch in so viel Canäl zerschrencket wirdt. Man kan 10. oder 12. vnderschiedliche Stapffeln an diesem Berg gespüren/darüber das Wasser daher tonnert/deren jegliche ein Spieß hoch vber der andern ist.

Alhie hat Walter Raleigh von den Wilden gehöret/es wohne noch besser gege Mittag im Land/ ein Nation der Amazonen. Aber Comara haltet/es seyen nur die Weiber der Indianeren/welche im schiessen wolerfahren sind/vnd dem Krieg nachziehen/wie jhre Männer/welches in vielen orten ein gemein ding ist. Aber von diesen wirdt nicht gesagt/daß sie die eine Brust abbrennen/haben auch dessen nicht von nöthen/weil auch anderstwo/die Weiber jhrer Brüsten ohngeacht/dannoch gute Bogenschützen sein können.

Vber das haben jhm die Indianer alhie hoch betheuret/es seyen daselbst herumb Leut/ohne Häupter/die jre Mäuler in der Brust/vnnd jhre Augen in den Schulteren haben/vnd Chiparemai genennt werden. Vnd von andren/welche Hundsköpff haben/vnd den gantzen tag im Wasser stecken: welche ding Ritter Raleigh für warhaft an tag gegeben.

Das Land ist vngleich: Bey dem Meer ist es grimmig heiß/aber die hitz/wirdt durch einen frischen Wind sehr gekühlet. Bey den Bergen aber ist es kälter: Aber das mitlere Landt ist wol temperiert.

Bey dem Capo Brea/wirdt so viel Pächs in der Erden gefunden/daß man die gantze Welt damit versehen könte: Er ist sehr gut die Schiff damit zubestreichen/ dann ey schmiltzet nicht von der hitz der Sonnen.

Von Guiana. Cap. xxviii.

Walter Raleigh.

As grosse Land Guiana grentzet auff der Nordseiten an den Fluß Orenoque vñ das Meer: Gegen Ost vnd Sud an die Rivier der Amazonen/ gegen Nidergang aber an die Berg des Königreichs Peru: Es ligt vnd dem Equinoctial Circel: vnd hat mehr Gold/als einiges Ort in Peru/vnnd eben so viel/oder mehr grosse Stätt/welche auch viel künstlicher gebawen sind: vnnd haben eynerley Gesatz/ Regiment vnd Religion mit denselbigen.

Diß Landt solle an reichthumb/grösse vnd guter gelegenheit alle andere Ort der Welt weit vbertreffen. Die Hauptstatt darinnen wirdt Manoa genennt/welche ettliche Spanier gesehen/vnd sie El Dorado/die guldene Statt geheissen. Sie solle die allergröste vnd reichste Statt sein in gantz America. Sie ligt an einem See von Saltzwasser/welcher 200. Meylen lang ist/wie das Caspische Meer/vnd ist voller Inseln. In dieser Statt hat der mechtige König des gantzen Landts seine wohnung: Dieser König hat seinen Vrsprung von dem Jngas dem Fürsten auß Peru. Dann alß Franciscus Pizartus Peru eroberet/vnd den König Atapalipa erschlagen/ist einer seiner jüngeren Brüderen mit viel tausenden Peruanischen Kriegsleuten/so Orejones genent werden/in diß Landt entflohen/vnd diese gantze Gegne zwischen den Flüssen Orenoque vnnd Amazones seinem newen Reich vnderworffen. Das gantze Landt bringt Gold/vnd allerley Thier/ in grosser menge herfür: Hat mercklichen nutz von den grossen Wasseren/vnd zeiget nit nur starcke sonder auch wunderliche geformierte Menschen. Die alten Eynwohner sind die Charibes/welches starcke vnd frefele Menschenfresser heist. Daher das Landt auch Caribana genennt worden.

Nach der eroberung des Königreichs Peru/hat Diego Ordas Guiana entdecken wöllen/ist aber in einer Auffruhr erschlagen worden: Vnd weil sein Büchsenmeister Juan Martinez das Pulver verwarlosset hatte/so ist er allein ohne Speiß/in eine Canva auff das Wasser gesetzet worden. aber ettliche Gujaner traffen jhn an/vnd auß verwunderung führten sie jhn an das Land/vnd also von einer Statt zu der andern/aber mit verbundenen Augen/biß er zur grossen Statt Manoa des Keys. Jnga Residentz/kommen: welcher jhn bald für einen Christen erkannte/vnnd in seinem Pallast

wol

Von den Ländern Americæ. 1723

wol tractieren liesse. Auff den Mittag kam er in die Statt/ vnd gienge fort biß es Nacht war/wie auch den folgenden gantzen tag/ehe er zu dem Pallast kommen kondte. Nach 7. Monaten ließ jhn der Keyser wegziehen/vnd gab jm so viel Golds/ als er tragen konte. Er kam von dannen gen Trinidado/vnd hernach gehn Inan de Puertorico/daselbst ist er gestorben/hat aber vor seinem end solches alles seinem Beichtvatter erzehlet/vnd darbey vermeldet/wann der Keyser mit seinen Fürsten trincke/ so werde der/ so jhm bescheid thut/ gantz nackend außgezogen/vnnd mit einem weisen Balsam gesalbet/vnd durch des Keysers Diener/mit gepülvertem Gold/durch sonderbare hole Röhrlein angeblasen/biß daß er von Füssen an biß zum Haupt gantz gulden scheine.

Wiewol nun viel Bilder in den Kirchen/ viel Geschirr/ viel Harnisch/ Schildt vnd andere Kriegswaffen auß klarem Gold sind/ so besteht doch die fürnembste reichthumb dieses Landts/ in der menge der Weibern vnd Kindern/ dann Topiawari hat bey den vnsern ein schwere klag geführet. Sie haben vor diesem gemeinlich 10. oder 12. Weiber gehabt/ nun aber haben sie nicht mehr vber drey oder vier/wegen des Kriegs mit den Epuremeis/ jhrer Feinden/ deren einer 50. oder auch 100. Weiber habe: Darumb kriegen sie mehr vmb die Weiber als vmb Landt oder Gold.

In allen diesen Ländern von dem guldenen Castilia vnd dem Golffo von Vrabaan/ biß gen Paria/ gibt es Caribes oder Canibales/welche Menschenfleisch essen/ vnd den Kindern verschneiden/sie desto fetter vñ zarter zu machen/ für jhr Speiß: vnnd in allen Inländischen Provintzen/gegen Peru/ vnnd den Bergen Andes/ sind sie auch also beschaffen.

Caribes.

Hoch im Landt hineyn wohnet ein Nation/ der Caribes/die Marashawaccas genennt wirdt/haben vngläubliche grosse Ohren. Ein steineren Götzen betten sie an/ für jhren Gott/ er ist geformiert wie ein Man/ der auff seinen Fersenen sitzet/ seine Knye von eynander thut/ vnd mit den Armen darauff ruhwet/seinen Mund aber auffgesperzet hat. Der Cacique oder Fürst zu Moreshegöre/ Areminta mit Nammen/ hat ein rauhe Haut gehabt/ wie ein Leder: deren Leuten es an diesem Ort viel gibt.

Von der Provintz Papaya vnd Anzerma. Cap. xxiv.

DAs Landt Papaya hat den Nammen von der Hauptstatt/ dieses Nammens Papaya. Es ligt gegen Nidergang/ vnd erstrecket sich von Mitternacht her/von der Statt Antiochia/ biß an die Statt Quito gegen die Peruanische Grentzen. Ist fast auff die 200. Meil lang vnd 40. breit: Hat wundersame hohe vñ wilde Berg: Ist vorzeiten volckreich gewesen/ sonderlich in den Thälern Noreyas wegen derselbigen grossen Fruchtbarkeit: Die Spanier haben viel Stätt darinnen.

Anzerma ligt 70. Meil von Antiochia. Ist ein schönes Thal/ durch welches der grosse vnd reiche Fluß Sanct Martha Rio grande genannt/ lauffet. In diesem Thal haben sie gewisse Tafeln/ darauff die Teuffel in scheutzlicher gestalt gemalet sind/ welche sie anbetten: haben grosse gemeinschafft mit jhnen: sind auch grosse Menschenfresser: Ihre fürneme Leut werden mit allen jhren Reichthumben begraben.

Nicht weit von jhnen wohnen die Curies: haben zwar weder Tempel noch Götzen/ aber auch grosse gemeinschafft mit dem Teuffel/ welchen sie Xaxazama nennen: halten wenig von der Jungfrawschafft: verehelichen sich mit jhren Schwestern: sind auch Menschenfresser.

In der Provintz Azma erscheint jhnen der Teuffel offt/ welchem sie zu ehren jhre gefangene auffopfferen/ dieselbigen hencken sie auff an die Schultern/ vnd schneiden jhnen das Hertz herauß.

Im Paucoza brauchen sie eben die teufflische Andacht. Dann sie opfferen dem Teuffel alle Zinstag 2. Indianer.

In der Provintz Pozo haben sie viel Bilder/ auff solche weiß gestaltet/ wie jnen der Teuffel pfleget zu erscheinen: Auß welchen Bildern jhnen der Teuffel auch antwortet.

In Carapa gibt es schreckliche sauffer: Wann jemands kranck ist/ so thun sie dem Teuffel ein Opffer/sein gesundheit wider zu bringen.

In Quinbaya ist ein Berg/ welcher Rauch außwirffet.

In der Provintz Cali vnd Pasto: haben sie keine Kirchen/ nemmen jhre Schwestern zur Ehe: Halten gespräch mit dem Teuffel/ thun was er sie heisset/ begraben mit jhren Fürsten beydes seine Reichthumb vnnd auch seine
Weiber.

1724 Das neunte Buch
Von Brasilia. Cap. xxx.

Wie Guiana zwischen den zwen mechtigen Strömen Orenoque vñ Maragnon eyngeschlossen ist/ also erstrecket sich Brasilia gegen Nord vnnd Sud/ zwischen Maragnon vnd dem Fluß Plata/ welche drey Wasser die grösten in der gantzen Welt sind: Die Grentzen gegen Nidergang seynd noch nit allerdings entdecket/ aber die Grentzen gegen Auffgang werden durch den Nordsee abgewäschen. Es hat den Nammen empfangen von dem Bräsilienholtz/ welches daselbst in grosser menge wachset. Hat schöne vnd grosse Menschen/ sein aber grausame Menschenfresser: Ir Religion ist jhnen mit andern Indianern gemein: Ihre Städt/ Kleydung/ Gewonheiten vnd Sitten sind denen zu Mexico gleich. Die fürnembsten sind Fernambuco/ Todos de los Sanctos vnd Assumptio.

P. Maffeus Hist. Ind. lib. 2.
P. Iarric. L. 3. c. 22.
G. Ens hist. Ind. occid.
Boterus part. 1. l. 6.

Diß Landt ist anfangs Anno 1500. von Petro Alvarez Cabrale kundt gemacht worden/ dann alß er in Ost-Indien schiffen/ vnnd die stille der Guineischen Gestaden in Africa fliehen wolte/ hat er einen weiten vmbschweiff gegen West genommen/ vnd ist endlich an diß Landt kommen. Aber bald darauff ist es von Americo Vesputio noch besser entdeckt worden.

Es ist ein sehr lustig vnd lieblich Land/ dann Berg vnd Thäler stimmen fein miteynander vberein. Der Boden ist sehr fett vnd fruchtbar: Er tregt ein grosse menge von Zucker Rören: vnnd ein gattung Balsam/ welcher auß dem Kraut Copaibas außgetruckt wirdt: andrer Früchten jetz zugeschweigen.

Sie haben auch eine Frucht Ananas genannt/ in der grösse einer Melonen/ wie ein Thanrzapffen formiert/ vnnd die bletter vnd gantze art des Gewächs wie vnsere Artiscock: Diß solle eine sehr liebliche vnd wolriechende Frucht seyn. Lery sagt er habe darauß getruckt/ das seye nit weniger lieblich gewest als Malvasier/ vnd werde doch von den Eynwohnern nicht geachtet. Dieser Frucht abbildung findest du bey nechstfolgender Figur.

Man findet darinnen ein gattung Schwein/ welche im Wasser wohnen vnnd auff der Erden/ jhre vordere Füß/ welche viel kürtzer sind als die hindern/ machen daß sie langsam sind im lauffen/ wañ sie deßwegen gejagt werden/ so begeben sie sich gestracks in das Wasser. Ir Tigerthier sind sehr schädlich wann sie hungerig sind/ aber wann sie satt sind/ fliehen sie auch vor einem Hund. Sie haben ein scheutzlich Thier/ welches sie Hay vnd die Spanier Faulkeit nennen/ welches so langsam ist/ daß es in 15. tagen kaum eines Steinwurffs weit geht: Es lebt von den Blettern der Bäumen/ an welchen es 2. tag auff vnd 2. tag abzusteigen hat: Sie haben auch bey jnen dz Thier Haute/ welches weder essen noch trincken soll/ von dem wir zu anfang dieses neunten Buchs geschrieben/ vnd seine Bildnuß dargestelt/ vnd viel andrer frembder Thier mehr.

Brasilianer mit seinem Weib vnd Kind/ sampt dem auffgehenckten Bett. Vnd darbey die Brasilianische Frucht Anana-

Die Brasilianer sein in gemein starcke vnd wolbesetzte Leut/ vnd werden wenig vnder jhnen gefunden die etwan sonderliche Leibsmängel hetten. Sie sein auch nit so vieler Kranckheiten vnderworffen als bey vns/ vnd werden etwan 100. auch 120. jar alt/ vnnd bekommen doch keine grawe Haar. Ihre Farb ist nicht schwartz sonder braunlecht wie der Spänier. Sie gehen gemeinlich gantz nackend Weib vñ Man/ vnd das darumb weil sie sich des tags so viel mahlen wäschen/ vnnd wann sie sich an heimlichen orten bedecken/ wie es etwan die alten Leut thün/ so geschicht es mehr auß einem presten des Leibs/ als einiger schämhafftigkeit. Sie haben breite flachen Nasen/ die werden jhnen in der jugent eingetruckt. In jhre vnder Lefftzen machen sie ein Loch/ vnnd so sie noch jung

Von den Ländern America. 1709

Jung sein hencken sie einen beinenen Ring daran/ so sie aber Manbar werden/ welche sie Conomi Ovassu heissen/ so setzen sie einen grünen glantzenden Stein in das Loch welche sehe wie Schmaragt: etliche machen dergleichen Löher auch in die Backen vnd setzen auch dieser falschen Schmaragdten oder andere Stein darein. Sie färben den Leib mit allerley Farben/ sonderlich aber schwartz mit dem Safft einer frücht so sie Genipal heissen. An dem halß tragen sie eine schnur voll Corallen von schönem weissem Bein oder von gewissen Schnecken/ welche sie Vignol heissen die zerschlagen sie/ reiben vnd polieren die Stücklein wie die Perlen. Etliche schmüren den Leib mit einem Gummi vnd strewen zarten Flaun darauff von Vöglen von allerhandt Farben/ vnd darmit Pravieren sie als hetten sie Seiden vnd Sammet an. Dahero etliche so an diß ort kosten vnd diese gefüderte Haut gesähen/ vermeint haben sie wären also von natur/ vnd haben es auch also in vnseren Landen außgeben. Sie machen auch einen Krantz von zusammen gebundenen geferbten Fädern welche sie gar artig in jhr Haar flechten/ sonderlichen die Weibsbilder. Etliche tragen auch schöne weisse Ring von Bein gemacht in den Ohren/ wie sie die jungen Prasilianer in den Lefftzen haben Die Weiber haben jhre Kinder for sich in einem garn oder Tuch hangen/ die Brasilianer haben weder König noch Gesatz/ noch Glauben/ sondern lassen sich regieren von jhren Alten.

Sie fahen keine Krieg an wider einander vmb Landt/ Goldt oder andere Reichthum/ sondern allein jhr Ehr zu retten vnd sich an jhrem Feinden/ welche jhr eltern Kinder oder gutte Freund gefangen vnd gefressen haben/ zu rechen/ vnd wann sie einmahl wider einander auß ziehen/ werden sie gar schwärlichen widerumb eins/ sonderen verfolgen einandern langezeit. Ihre gemeinen Wehr ist gemacht von rottem oder schwartzem holtz vnglaublicher Herte fünff oder sechß Schu lang welches sie Tacapes heissen/ vornen ist es was dick vnd breit/ rund oder oval/ auff den ende außgeschörfft wie ein scharffes Eyssen/ vnd diese wissen sie dergestalten zu führen das sie einem mit einem scharffen Dägen zu thun geben. Sie führen auch bögen/ mit denen sie vnglaublich starck schiessen können vnd darmit so gewiß sein als die Türcken.

Brasilianer wie sie in Krieg ziehen wider jhre Feindt:

Sie haben auch Schildt von Fischbein gemacht. Wann sie auß ziehen haben sie kein Obristen/ ziehen doch mit guter Ordnung/ die Eltisten halten ein lange redt an die Jungen sie zur rachgirigkeit an zureitzen/ Weib vnd Mann durch einander in grossen Menge/ haben Pfeiffen bey sich von Menschen Bein gemacht die sie gefressen haben/ vnd darmit machten sie ein grawsam getöß durch einander. Sie haben auch Schnür vmb jhre Hälß von Zähnen vnd Beinen jhren Feinden so sie vmbgebracht haben/ die zeigen sie einander/ an zu deuten das sie mehr dergleichen schnür füllen wollen.

Die welche sie in dem Streit gefangen bekommen/ schickten sie heim jhnen Schwestern vnd
Töchtern

Töchtern/die speisen vnd leisten jhme die Gebür eines Weibs/biß der Tag der Schlachtung herzu rucket: Alsdann wird die gantze Gemeind versamlet vnd den gantzen Morgen mit Essen/Trin-

Ein Gefangener wie er getödet vnd geschlachtet wirdt.

cken vnd Tantzen zugebracht. Der Gefangene selber ob jhme schon sein End bekandt ist/dantzet vnd trincket wie die andern/vnd ist frölich als wann er niergends von wüste. Nach 6. oder 7. stunden schlagen 2. oder drey der stärckesten auß dem Volck dem Gefangenen ein Seyl mitten vmb den Leib/lassen jhm aber die Arm frey/vnd führen jhn also mit grossem Triumph von einem Ort zu dem andern/dessen vngeachtet/hencket er darumb seinen Kopff nicht zur Erden/wie bey vns die Vbelthäter thun/wann sie zum Todt geführt werden/sondern mit vnerschrockenem Hertzen vnd vnd vnglaublicher Dapfferkeit rühmet er seine Mannheit/vnnd sagt: Also hab ich auch ewren Freunden gethan: O wie viel hab ich deren gessen/vnd verzehrt: Es werden auch meine Freund meinen Todt nicht vngerochen lassen/sondern noch jhrer viel von euch schlachten/wie jhr mir jetzunder thut.

Alsdann geben sie jhm Stein/vnd lassen jhm zu/wie er kan/seinen Todt zu rechen/die wirffet er mit grossem Grimm vnder den Hauffen/vnd verletzt etwan manchen/hierzwischen kompt einer der die gantze Zeit verborgen gewesen mit seinem Knebel herfür/vnd sagt: Bist du nicht deren einer so vnsere Verwandten gefressen hat? Der Gebundene antwörtet: O mit was grossem Lust hab ich es gethan: Darumb solt du/spricht der ander/geschlagen vnd gebraten werden. Was sol es mehr/antwortet der Gebundene/mein Todt sol nicht vngerochen bleiben. Darauff schlegt jhn der Leistene mit seinem Tacapes mit schönen Federn gezieret/in einem streich darnider. Alsdann kompt die/so das Ampt eines Weibs bey jhm vertretten/weint ein wenig/aber jhre Crocodil Trähnen sindt baldt abgetröcknet/dann sie sampt den andern Weibern bringen sietig Wasser herzu/waschen den Leib: Alsdann kompt der/so den Geschlachten gefangen/metzget jhn/vnd hawet jhn also baldt zu Stücken/Arm vnd Schenckel werden von vier Weibern zu einem Spectackel herumb getragen/der vbrige Leib wirdt in zween Theil getheilet/das Eingeweydt nehmen die Wejber/siedens vnd machen ein Brühen darauß/die sie Mingan nennen/das Fleisch legen sie auff jhren Boucan oder Rost/welcher auff vier stüden so Ehlen hoch vber die andern herauß gehen/vnnd mit andern vberzwerchen Höltzern verschrencket sindt/gemachet ist: Vnder diesem Rost haben sie ein Fewer/vnd stehet das gantze Volck darbey/vnd nimpt ein jeglicher einen Bissen von diesem köstlichen Wildprät.

Der so diesen Gefangenen geschlachtet/haltet jhme diese That für ein grosse Ehr/gehet hin/vnd zum Zeichen seiner begangenen That/schrentzet er seinen Leib mit einem steinernen Messer/vnd geust in die Schnitt starcke gefärbte Säfft/vnd der dergleichen Schnitten viel im Leib hat/wird für ein wackern Soldaten gehalten/vnd hoch geehret.

Ein Brasilianer mit auffgeschrentzter Haut wegen seiner männlichen thaten. Wie die Brasilianischen Weiber jhre Gäst mit Thränen empfahen.

Diese Brasilianer seyn sonsten sehr freundtlich: wann ein Frembder zu jhnen kompt/wirde er gar freundtlich empfangen vnd auffgenommen: er wird also baldt auff einen hangenden Wagen gesetzet zu ruhen/vnd zum Zeichen der Frewden/kommen die Weiber für jhn/vnd weinen mit bitteren Thränen/vnd also muß sich auch der Gast stellen/welches vnsern Leuten/wie sie erstlichen dahin kommen/wunderlich fürkommen/vnnd wusten sich nicht in das Weinen zu schicken.

Sonsten seyn die Brasilianer in gemein/Mann vnd Weib von Natur jederweilen frölich/vnd bekümmern sich vmb keine Sach: Jhr grösster Kummer ist/wann jhnen jhr gute Freund sterben

sterben oder gefangen werden/ oder wann sie von jhrem Aygnan oder Teuffel geplagt werden/ vnd damit sie desto weniger Anlaß haben/ sich zu bekümmern/ kommen sie täglich hauffenweiß zusamen an gewissen Orten/ vnd trincken vnd dantzen gantze Nächt auß. Es ist nicht außzusprechen wie sie mit jhrem Getränck so sie Caovin heissen/ einander so voll füllen/ also daß es alles Kinderwerck ist/ was bey vns Europeeren etwan mit dem vberflüssigen/ vnd sonsten vnatürlichen Weinsauffen verübt wirdt. Sie können also etliche Tag vnd Nächt nach einander in diesem Bestialischen Wesen zubringen/ vnd essen doch keinen bissen darzu/ dann sie essen vnnd trincken nicht zu gleich wie wir in diesen Landen/ sondern sie thun ein jegliches sonderbar/ vnd haben doch keine gewisse Zeit darzu.

Brasilianer grausames Sauffen.

Vnder diesem vihischen Leben halten sie auch jhre Däntz. Jhre Töchter aber seyn nicht vnder sie vermischt/ sondern sie haben jhre Däntz sonderbar: Die Däntzer haben vmb jhre Waden Schnür gebunden voller außgehölten Schalen von einer gewissen Frucht/ wie Kastaneen formiert/ darinn sie kleine Steinlin thun/ die geben einen Thon von sich wie die Schellen/ vnd machen also in jhrem Dantzen/ mit jhrem hin vnd her springen/ darmit einen Klang/ welches gantz lächerlich zu sehen vnd zu hören/ dann dieses geschicht alles in einer feinen Ordnung. Die Vornehmen welche viel jhrer Feinden vmbgebracht vnd gefressen haben (dann darauff bestehet all jhr Ansehen vnd Hochheit/ wie auch jhr gantzer Gottesdienst) die machen jhnen einen Boschen von Straussen Federn/ so sie von frembden Orten selbiger Landen bekommen/ zusammen geordnet wie ein Rosen/ vnd diese hencken sie mit einem Bandt/ so jhnen vber die eine Achseln gehet/ vnd vnder dem Arm durch auff den Rücken/ vnd dieses ist jhre gröste vnd ansehnlichste Zierdt.

In den Händen tragen sie ein gewiß Instrument/ so sie Maraca heissen/ das ist vnder jhnen gemein. Diese Maraca werden gemacht auß einer grossen Frucht wie Straussen eyer/ mit einer harten Schalen/ die hölen sie auß/ thun kleine runde Stein darein oder Körnlein von jrem Mayß/ das wir Heyden Korn heissen/ vnd stecken darauff schöne gefärbte Federn/ vnden her machen sie einen hölzernen Stiel daran/ vnd mit diesem Maracca machen sie ein wunderlich Getöß: Sie halten so viel darauff/ daß sie auch darmit jren Gottesdienst vben/ vnd sich bereden/ daß sie durch

diesen

diesen Klang den Teuffel begütigen können/ vnd viel seltzamer offenbarungen bekommen.

Vnder dem Dantzen singen sie auch vnd pfeiffen mit solcher Lieblichkeit/ vnnd feiner Ordnung/ daß sich zuverwundern/ wo diesen wilden Leuten solches herkomme.

Ihr Caovin oder Wein bereiten die Weiber/ dann sie seyn beredt/ es könne jhn sonst niemand machen.

Sie nehmen entweder gewisse Wurtzeln/ die sie Aypi vnd Maniot heissen/ wie ein grosser Rättich anzusehen/ (darauß sie sonsten auch jhr Meel vnd Brodt machen) vnd sieden den Safft darauß/ welcher ein lieblich getränck gibt.

Sie nehmen auch Maiz oder Heydenkorn/ so es noch etwas weich vnd safftig ist/ vnd käwen dasselbig in jhrem Mundt/ speyen es hernach auß in ein Geschirr/ vnd lassen es also drey oder vier tag stehen/ biß es verjäsen ist/ vnnd sieden es hernach in einem steinern Hafen ob dem Fewer/ vnd trucken den Safft auß: vnnd dieses ist jhr recht Caovin: Es ist diß Tranck etwas dick/ vnd hat einen Geschmack wie ein sawrlechte dicke Milch/ macht die Leut frölich vnd truncken wie der Wein.

Wann sie auß obgemelten wurtzeln Brod machen wollen/ so dörren sie dieselbigen biß sie hart werden/ vnnd zerreiben sie also zwischen zweyen Steinen/ so lang biß es Meel gibt/ darauß machen sie Gemüß vnd allerley Köch/ welche jhnen an statt deß Brodts seyn.

An etlichen Orten essen sie auch Schlangen vnd Krotten/ welche bey jhnen nicht vergifftet seyn/ vnd viel andere Thier mehr: dann alles was lebt muß jhnen zur Speiß dienen. Sie haben eine Gattung Meerkatzen/ so sie Sagovin nennen/ etwas grösser als ein Eichhörnlein/ der vordertheil sampt dem Kopff/ sihet gleich einem Löwen/ vnd der hindertheil einem andern seltzamen Thier Coaty genannt/ welches so groß ist als ein Haaß mit einem kleinen Haupt/ scharffen Ohren vnd einem kleinen Maul/ daß einer kaum seinen kleinen Finger dareyn bringen möchte/ die jagen sie auch vnd fressen sie. Ihr Menschenfleisch/ wann sie einen Vorraht haben/ hencken sie in Rauch/ wie vnsere Leut das Schweinen Fleisch. Vesputius meldet/ er habe einen rühmen hören/ daß er auff 300. Menschen gefressen hab.

Neben dem Menschen Fleisch haben sie auch viel vnd mancherley Fisch in grosser menge die jhnen vor allen andern Speisen gelieben/ vnd die guten Fischer werden bey jhnen in grossen Ehren gehalten/ vnd behalten den Ruhm biß in den Todt/ wie bey vns die Edlen/ welche grosse Titul führen.

Die Weiber genäsen jhrer Kinder/ ohne sonderbaren Schmertzen/ vnd sehen stracks wider zu jhren Haußgeschäfften/ hierzwischen hütet der Mann an jhrer stat deß Betts/ vnd wird von den Nachbawren besucht/ vnd als ein Kindtbetterin tractiert. Sie können nicht weiters zehlen/ als biß auff fünffe: die vbrigen Zahlen ersetzen sie mit jhren Zehen/ vnd Fingern. Sie schlaffen vnd ruhen in Netzen oder hangenden betten/ auß weisser Baumwollen gemacht/ dem Vnziefer zu entgehn/ haben auff beyden seiten ein Fewer wider die Kälte.

Sie sorgen nicht für den mondrigen Tag/ was sie haben theilen sie gern mit: können Arbeit vnd Hunger wol leyden/ vnd wannes von nöhten/ auch drey Tag aneinander fasten/ vnd wann sie zu hauß seyn/ wie wir zuvor gesagt/ ist jhr Thun anders nichts/ als dantzen/ trincken/ vnd frölich seyn. Sie sind wundersamer weiß kunstreich im schwimmen/ vnd können ein gantze stunde vnder dem Wasser bleiben/ etwas zu suchen: Sie meynen der Mensch gehe auß dieser Welt in die andere/ wie er ist/ lam/ wund/ kranck/ oder gesundt.

Wie die Brasilianer essen. Sie haben keine gewisse Zeit zu Essen/ außgenommen an etlich wenig Orten/ sondern wann sie Hunger haben vnd der Sachen eins werden/ kommen die/ so in einem Hauß wohnen/ zusammen/

Von den Ländern Americe. 1729

men/nehmen einen grossen steinernen Hafen/machen den voll jhres Meels von Mayß/vnd thun e. wan auch Fleisch oder Fisch dareyn/wie es sie am besten bedunckt/setzen es vnder dem freyen

Himmel vber das Fewer/vnd kochen es also mit einander/hernach lägern sie sich herumb mit jhren Kindern/oder legen sich in jhre auffgehenckte Garn/vnd essen mit einander/das MenschenFleisch rösten sie gemeinlich auff jhrem Boucan oder Rost.

Wann jemand kranck wirdt vnder jhnen/brauchen sie keine andere Artzney/als daß jhnen etwan jhrer guten Freundt einer/an dem Gliedt da er sich klagt/die Haut öffnet/vnd jhme das Blut außsauget/oder es kompt zu jhnen ein Pages/welches jhre Artzet seyn/der solches verrichtet/vnd dise machen sie zu glauben/daß sie jhnen jhr Leben verlängern können: der Krancke wird sonst nicht viel geachtet/dann man dantzet/singet/vnd springet/ nichts desto weniger vmb jhn her/als wann jhm nichts were: Wann er aber stirbt/wirdt die Frewdt in einem huy in Leydt verkehret/ die Weiber insonderheit fahen also baldt ein solch jämmerlich Geheul an/daß man es weit hören mag/vnd klaget eines das ander durch den gantzen Flecken/insonderheit wann der Abgestorbene ein guter Soldat/Menschenfresser/oder Fischer gewesen. Der Todt wird in eine grosse runde Gruben geworffen/vnd begraben/wie dann von diesen vnnd andern Ceremonien vnd Bräuchen dieser Wilden/ Iohan de Lery in seinem Büchlein von Brasilia weitläufftiger schreibet.

Gemeldter Lery meldet vnderschiedliche Völcker/die er in Brasilia gesehen habe: Die ersten neñt er Margasates/welche d' Spanier Freundt/vnd der Tovou Pinambouls ij/oder Tuppin Imbas tödliche Feind sind: die and'n nennt er Tapemiry/Paraibas/Ovetacares.

Wie die Brasilianer jhre Todten klagen.

BBBbb iij Peter

1730　　　　　　　　Das neunte Buch

Peter Corder / einer auß Francisci Draken Gesellschafft / ist bey Rio de la Plata / von etlichen Wilden / Tapanassa genannt / gefangen / vnd in jhren Flecken / darinnen bey 4000. Personen gewesen / geführet worden / mit diesen ist er / nach dem er die Spraach gelernet / wider die Tapwees in Krieg gezogen / vnd derselben 200. niderschlagen vnd essen helffen. Endtlich ist er mit jhrer Bewilligung gen Todos los Santos gezogen / vnd Anno 1586. ein jahr / nach seinem Verreissen / wider in Engelland ankommen.

Ritter Antonius Knivet hat auch einen schönen Tractat geschrieben / von denen Dingen / so er in Brasilia gesehen vnd erlitten hat / darauß ich auch kürtzlich etwas hieher verzeichnen wil. Dieser Knivet ist Anno 1591. zu S. Sebastian ans Landt kommen / da viel seiner Gesellen gestorben / weil sie schwartze vergiffte Erbsen gessen. Er fand daselbst einen todten Walfisch / der schon wegen langen ligens mit Muhr vberzogen war / darvon er 14. Tag gelebt hat. Er ist mit einem Indianer 37. tag / durch ein Wildnuß gezogen / in deren er Löwen / Leoparten vnd grosse Schlangen gesehen. Er sahe der Indianer die allenthalben an jhrem Leib voller Federn wahren / deren wir auch droben gedacht haben. Er schreibt auch / wie dann dessen auch bey Lery gedacht wird: Es werden etliche von den Brasilianern mächtig von dem Teufel geplagt / den sie Coropio oder Auasaly nennen / Lery nennet jn Aygnan / welcher sie der gestalt ängstiget vnd quelet / daß jhrer viel darvon sterben / etliche lassen jhnen Händ vnd Füß binden / vnd sich mit Seylen schlagen / vnd vermeynen dardurch den Teufel zuvertreiben / aber es hilfft doch nichts.

Brasilianer werden von dem Teufel geplagt.

Es sagt Lery er habe gesehen / daß / als er mit etlichen Brasilianern geredt / einer vnder jhnen angefangen hab / kläglichen zu schreyen / sie sollen jm doch helffen / der Teuffel schlage vnd ängstige jhn / vnd haben doch nichts gesehen. Er schreibt weiter: Er erscheine jhnen in allerley gestallt / bald eines Vogels / bald eines Thiers / vnd möge doch von niemanden gesehen werden / als von jhnen selbsten / vnd diese Plag seye so schrecklich / daß jhnen der Schweiß vber das Angesicht herab lauffe / wann sie nur daran gedencken. Sie glauben daß die Seelen vnsterblich seyen / vnd welche sich wol gehalten haben / vnd viel jhrer Feind vmbgebracht / welches jhr einiger Verdienst seye / deren Seelen komme in ein schöne Wiesen / jenseit der Bergen / welche sich aber vbel gehalten haben / deren Seelen kommen an das Ort / da jhr Aygnan wohne / vnd werden von jhme geplagt. Vnser Knivet hat mehr wilder Völcker in Brasilia gesehen / als keiner / vor oder nach jhm: deren ich kürtzlich etliche erzehlen wil / damit diß Landt desto bekandter werde.

Die Petivares wohnen von der Baya / biß a Rio Grande / sind nicht so gar Barbarisch als andere / jhre Leiber sind schöner Figur / geritzet von Farben / mit Ringen vnd Edelgesteinen gezieret / wie wir droben gesagt haben.

Die Männer haben viel Weiber / aber die Weiber müssen sich mit einem Ehemann behelffen / er gebe jhnen dann offentliche Erlaubnuß. Sie brauchen den Tabacco stätigs / welchen sie Petun heissen / vnd tragen allwegen ein Blatt im Mundt. Lery wil dieses Petun seye gantz nicht die Negotiana so wir auch bey vns haben / oder der gemeine Tobac so man in Engelland hat / wie man außgebe / sondern seye ein ander viel kräfftiger Kraut. Sie kriegen viel mit den Spaniern / vnd deren haben sie jmmer viel zu essen.

Sie haben Schlangen bey jhnen / deren Leiber so groß sindt / als die Bäum / sie nennen sie Jaboya / haben vier Füß / vnd ein Schwantz wie ein Crocodil. Item Merkatzen / so groß als ein Wasserhund / man findet 20. auf einem Baum. Eine darunder gehet jmmer auff vnd nider / streicht mit

jhre

Von den Ländern Americæ. 1731

ihrer Hand den Bart/ vnd machet ein groß Getöß/ die vbrigen hören dieser fast ein stund lang zu.

Die Maraquites wohnen zwischen Fernambuc/ vnd der Baya: Andere Indianer nennen sie *Maraquites* Tapoies/ das ist/ wilde Leut. Die Männer sind guter Statur/ die Weiber auch schön. Sie haben keine Freundschafft mit andern Nationen: halten sich im Gebürg/ essen Menschenfleisch/ ohne alle Ceremonien.

Die Topimambazes wohnen von R. de Sant Franc, biß zur Baya de Todos los Santos. Sie *Topinam-* sind vnd reden eben wie die Petiwares: allein daß die Weiber besserer Complexion sind: die Män- *bazes.* ner lassen jhre Bärt lang wachsen.

Von der Baya biß gen Eleoos wohnen die Waymoores/ sind grosser statur/ vnd so geschwind *Waymores* als ein Pferdt. Fünff dieser dörffen hundert angreiffen. Sie haben ein sehr harte Haut/ vnd schlagen jhre Kinder mit Disteln/ daß sie harthäutig werden. Sie ergreiffen einen von jhren Feinden vnd verthädigen sich selber mit demselbigen/ als mit einem Schildt: Tragen lange Haar/ haben keine Wohnhäuser/ sondern ziehen auff vnd nider im Lande/ verlassen sich auff jhre Geschwindigkeit: Sie sind allwegen voller Koht vnd Wust/ weil sie nur auff dem Grund ligen/ vnd sonsten den gemeinen Brasilianern gleich.

Die Tomomymenos wohnen zu Spiro Sancto/ haben jhre gewisse Stätt vnd Häuser/ die al- *Tomomyme-* le mit Schutzlöchern gemacht seyndt. Sie decken jhre Leib mit Federn/ vnd mahlen sich selber *nes.* schwartz vnd rohtt: Dieser einer erwischte ein Spanischen Capitäin/ lieffe mit jhm ein guten weg darvon/ vnd warff jhn in ein Wasser. Die Spanier haben viel tausent dieser Leut erschlagen/ gefangen/ vnd in jhrem Land an dem Wasser Paraeyna verbrennet.

Die Waytaquazes wohnen bey den C. Trio, sind grösserer Statur als die Waymoores. Jhre *Waytaqua-* Weiber streiten auch mit Bögen: Sie ligen auff dem Grundt/ wie die Schwein/ haben ein Fewr *zes.* in der Mitte: Haben mit keinem Frieden/ sondern fressen alle/ die sie antreffen können.

Die Wayanasses wohnen zu Ila Grande, sind forchtsam vnd kurtz/ haben grosse Bäuch/ essen *Wayanasses.* kein Menschenfleisch: Ihre Weiber haben schöne Angesichter/ aber einen vngestalten Leib: Männer vnd Weiber haben Blatten geschoren/ das vbrige Haar lassen sie lang.

Die Topinaques wohnen zu S. Vincentz/ sindt guter Statur vnd Complexion/ die Weiber *Topinaques.* mahlen sich mit allerley Farben: essen Menschenfleisch beten nichts an: Haben vil golds in jhren Bergen bey dem Meer.

Die Pories wohnen bey 100. Meilen innerhalb Lands/ sindt kurtz/ wie die Wayanasses/ er- *Pories.* halten sich mit kleinen Cocos: Kriegen mit niemands/ essen auch kein Menschenfleisch/ wann sie andere Speiß haben können. Ligen in Netzen/ haben keine Häuser/ sondern biegen vnd binden zween oder drey Aest zusammen/ vnd bedeckens mit Palmenblättern: Für ein Messer geben sie 12. M. ß Balsamöl.

Die Moloquaques wohnen bey dem Wasser Paradiva/ sind den Niderländern gleich an Sta- *Moloqua-* tur/ Complexion vnd Hoflichkeit/ sie ziehen Bärt vnd decken jhr Heimlichkeit. Ihre Stätt sind *ques.* mit Mawren auß Erden/ vnd grossen Plöchern vmbgeben: Jhr König heisset Morovisham/ hat 13. Weiber: Diese haben viel Golds/ dessen sie aber nichts achten/ sie brauchens nur zum Fischen an stat der Angeln/ in dem Fluß Para/ welcher 80. Meil weiter als Paraeyna. Sie heben kein ander Goldt auff/ als was der Regen auß den Bergen schwemmet. Jhre Weiber sind schön vnd anmutig wie die Englischen/ züchtig vnd gutes Verstands. Mit jhrem Haar/ welches mancherley Farb ist/ decken sie jre Blösse/ welche kein solch lang Haar haben/ bedecken sich mit einem Beltz: essen aber Menschenfleisch: vnd halten jre Malzeiten zu Mittag vnd zu Nacht/ welches ein seltzames ist in diesen Landen.

Die Motayas essen auch Menschenfleisch/ sind klein vnd braun: die Weiber kraussen jhr Haar *Motayas.* rings herumb.

Die Lopos oder Biheros leben in den Bergen. Ihre Häuser sindt auch zusammen gebundene *Lopos.* Aest der Bäumen: Bey jhnen gibt es viel Goldtmynen vnd köstliche Stein. Kein Theil in America ist reicher/ aber es ist gar zu fern in dem Land/ vnd alles so voller Volcks/ daß die Spanier nicht vnder jhnen wohnen dörffen: Sie sindt auch klein vnd braun/ vnd jhre Weiber so vnverschambt als das Viehe.

Die Wayanawasons wohnen in kleinen Flecken/ an einem Wasser/ sind die einfeltigsten vnder *Wayana-* allen/ sie erstaunen ab den Spanniern/ vnd reden kein wort: Sie sind lang von Statur. Von die- *wassons.* sem Ort hatt sich Knivet mit 12. Spanniern gegen dem Sudmeer gewendet.

Vnder wegen haben sie viel Berg angetroffen in welchen sie viel Golds/ vnd Edelgesteins gefunden haben/ also das sie vermeinten/ sie seyen in Peru: Sie reisseten in disem Land zwen Monath herumb/ biß sie zum grossen Christallberg kamen/ welcher so hoch ist/ das er sich in die Wol- *Crystallberg.* cken verbirgt/ vnd so gech/ das niemands darüber kommen kan. Zehen tag sahen sie disen Berg/ ehe sie darzu kamen/ vnd wann die Sonn scheine/ köndten sie auch wegen des glantzenden Gegenscheins nicht dargegen wandlen. Sie giengen bey 20. tag darneben her/ ehe sie einen Paß finden köndten/ entlich kamen sie zu einem Wasser/ das seinen lauff vnder dem Berg durch hatt: daselbst

versa-

versachen sie sich mit grossen Canoas/dritthalb Ellen breitt/vnd 6. lang: Nahmen viel gebrathene Tamandroes zu sich/vnd begaben sich auff das Wasser in die finstern vnd braussende Höle/an einem Montag frühe/vnd sie kahmen auch wider herfür an einem morgen/wusten aber nicht ob ein oder zwen tag hernach gewesen.

Die nechsten Wilden/die sie angetroffen/waren ein Gattung Tamoyes/welche so lustige vnd schöne leuth waren/als einige in Europa gefunden werden. Sie hatten jhre Häubter voller Federn: die Weiber waren lang/rahn in der Weihe/schön vnd lustig/hatten subtile Händ/liebliche Angesichter/vnd geetzte Brüst. Sie fragen dem Gold vnd Edelgesteinen so vil nach als wir den Steinen auff den Gassen. Bey diesen ist Knivet 18. Monath geblieben: mit diesen Tamoyes ist er wider die Carijos gezogen/vnd derselbigen Statt einnehmen helffen: Alß aber die Spannier disen zu hilff kamen/sindt 10000. Tamoyes erschlagen/vnd Knivet neben 20000. andern gefangen worden.

Die Reichtumben so die Spannier auß Brasilien ziehen bestehen in Baumwollen vnd Zucker welche in der Báya de Todos los Santos oder S. Salvator gesamblet werden. Diese Baya ist 3. Meilen breyt in der einfart vnd hatt 30. Meilen in seinem Vmkreiß. Anno 1624. sein die Holländer in dieser Baya ankommen vnd haben dieselbige mit vngläublicher Geschwindigkeit sampt der stati S. Salvator in jhren gewalt gebracht vnd die Spannier darauß vertreiben/aber weil sie nicht baldt Entsatz bekommen/haben sie diese Ort widerumb verlassen müssen. Boterus meldet. Es sey in dieser Gegne des jahres ein erschröckenliches hohes/sonsten dieser Orten vngewohnliches Thier geschossen worden. Das angesicht seige gewest wie ein Aff die Füß wie Löwen füß vnd der vbrig leib wie ein Mensch vnd seine Augen glantzendt wie ein Fewr/vnd in summa es seye so abschewlich gewesen/das der Soldat so es geschossen alß baldt für forcht sampt dem Thier todt nider gefallen.

Wer was weiters von diesen Völckern vnd Landen zu wissen begeret/der lese die obgedachten Reyßbücher Joh. von Lery vnd Anton. Knivet.

Von den Völckern Rio de Plata. Cap. xxxj.

Dieser Strom wirdt von den Indianeren Parana genannt/aber Johan Dias de Solis hat jn Anno 1512. Plata genannt: Er ist 40. Meil im Eingang breyt/ vnd behaltet sein süß Wasser einen ferren Weg im Meer: Er vberfleußt auch das Landt. Er behaltet seinen Ab- vnd Zulauff auff die 100. Meil wegs. Huldricus Schmides welcher Anno 1534. mit Petro Mendoza in diese Gegne kommen/vnd bey 20. gantzer jahren daselbst herumb gewohnet/hat die sonderbaren Nationen vnd Völcker dieses Theils Americæ der Länge nach beschrieben.

Buenas Aeras.

Die Spanier haben ein Statt dahin gebawen/mit namen Buenas Aeras, Gut Windt/ wegen deß gesunden Luffts den es daselbst hat: Aber es kam baldt ein solche schreckliche Hungersnoht vnder sie/daß ein Spanier seinen leiblichen Bruder/der gestorben war/für Wildtpret gessen hat: Entlich rotteten sich 4. Indianische Völcker/die von Carandis/Zachurias/Zechnas/vn Diembus zusammen/stürmbten diese Statt/schossen mit Fewrigen Pfeilen hinein/vnd verbrennten sie/flohen darnach wider hinweg. Darauff ist Johann Eyollas mit 400. Spaniern/in kleinen Schiffen bey 84. Meilen das Wasser hinauff gezogen/zu den Völckern Tymbus genannt/welche auff beyden seiten der Nasen/ein kleines Sternlein/von blawen Steinen gemacht/tragen. Sindt sonst grosse Leuth/vnd gerad von Leib. Die Weibsbilder aber sind gar vngestallt/vnder dem Angesicht zerkratzet/vnd allzeit blutig: leben allein von Fischen vnd Fleisch/vnd sindt auff die 15000. Mann starck: von diesen bekamen sie Fisch vnd Fleisch die Genüge. Vier Meil von dannen ligt das Volck Curanda/12000. Mann starck/den Timbus an allen Dingen gleich. 30. Meil wegs von dannen ligt das Volck Gulgoyssen/so 40000. Mann starck seynd/vnd in einem See wohnen/der 6. Meil wegs lang/vnd vier breyt ist. 76. Meil von dannen wohnet das Volck Machkurendas/in die 18000. starck/haben heßliche Weiber vnd ein sonderbare Spraach/waren

sonst freundlich gegen den Spaniern. Allhie haben sie ein grosse vngehewre Schlang vmbgebracht/ so 25. Schuh lang/vnd eines Manns dick/vnd mit gelber vnd schwartzer Farb besprengt gewesen/

mit

Von den Ländern Americe. 1733

mit 4. Füssen/ welche sie mit grossem appetit mit eynander gezecht haben. Sie fanden anzeigungen daß sie zuvor allbereit ettliche Menschen müssen gefressen haben. Sechzehen Meil darvon ligt ein Volck/ so gantz nackend daher geht. Fünff vnd neuntzig Meil weiters folgen die Mapennis/ so viel Schiff haben/ auff deren einem 20. fahren können. Vierzig Meil von dannen werden die Curemagbas gefunden/ die Johannis Brot haben/ vnd auch jhren Wein darauß machen/ sind grosse vnd lange Leuth. Die Männer haben ein Löchlein auff der Nasen/ darein sie ein Papagey federlein zur zierd stecken. Die Weiber haben lang blaw gemalte strich vnder dem Angesicht/ die jr lebenlang bleiben. Fünff vnd dreissig Meil weiters ligt die streitbareste Nation Agais: vnd 50. Meil von diesen die Carij/ welche gantz nackend gehn/ vnd 300. Meil Landts bewohnen/ sind dapffere Kriegsleut/ mesten die gefangene wie die Schwein/ schlachtens darnach auff jhren Festen/ vnd halten ein grosse Mahlzeit darmit. Jhre Hauptstatt an dem Wasser Parabo/ mit Nammen Lampere/ ist mit starcken vnnd tieffen Gräben wol versehen: Hieher haben die Spanier die Statt Assumptio gebawen.

Neben diesen Völckern sein noch die Peyembi/ Nayari/ Maipai/ Tchemui/ Thohanni/ Peistroni/ Cacchkornissen/ Simmanni/ Barcori/ Sarucuferi/ Achkeri/ Bacharei/ Surucusi vnnd Schervi/ welche vberall nackend/ wolgestalt/ vnd gantz künstlich blaw gemahlet sind/ von welchen allen aber hier zu reden/ viel zu lang sein würde. Bey diesen Völckern haben die Spanier von den Amazonen/ die in einer Jnsel wohnen sollen/ gehöret/ vnd deßwegen zu jhnen zuziehen vermeynt: Aber alß sie durch die Siberos vnd Orthuesen gezogen/ konten sie grossen Gewässers halben nit vortkommen. Die Manhkoky bewohnen die allerfruchtbarste Landtschafft dieser gegne. Dann wann man in jhren Wäldern/ mit einem Hacken ein Loch in einen Baum machet/ so rinnet auff 5. oder 6. Maß Honig herauß/ so lauter wie Mett/ darauß sie den allerbesten Wein zu machen wissen: Die Immen/ so diesen Honig machen/ sind sehr klein/ vnd stechen nicht.

Jndianischer Honig.

Von den Völckern/ die an dem Gebürg Andes ligen/ vnd den Patagonen. Cap. xxxij.

Zwischen diesen erzehlten Völckern/ vñ dem Königreich Peru ligen die Berg Andes/ welche stetigs mit Schnee bedecket sind/ vnnd von new Spanien/ biß an die Magellanische Strassen sich erstrecken: Jn diesen Bergen ligen viel fruchtbare Thäler/ vnd in denselbigen wohnen viel grawsame Völcker/ die Ciragui/ die Varacai/ die Tovi/ die Varai: Bey diesen müssen die Kinder die gefangnen hinrichten/ damit sie desto blutdurstiger werden. Vnder dem 17. Grad ligt heylig Creutz/ ein Spanische Statt/ bey dem Wasser Vapai/ welches wachset vnd fallet wie der Nilus. Besser gegen Auffgang wohnen die Jtatini vnd Tapui: haben fast alle ein Sprach. Das Königreich Tucuma erstreckt sich 200. Meilwegs/ zwischen Chili/ Brasilia/ heylig Creutz vnd Paraguay. Die Spanier haben 5. Colonias darinnen.

H. Creutz.

Sudwerts von Plata/ ligt die grosse Landschafft Chica/ welche den gantzen Americanischen Spitzen von einem Meer zu dem andern/ biß an die Magellanische Strassen in sich begreifft.

Jn diesem Landt wohnen die Patagones/ welche mechtige Risen sind/ 10. biß in 13. Schuh hoch. Seind weiß von Farben/ wie vnsere Mittnächtige Europeer/ dann das Land ist mechtig kalt/ dessen doch vngeacht gehen diese Risen gantz nackend daher/ ohn allein daß sie etwan Haut vmb sich haben von Meerwölffen oder wilden Thieren. Jhre stimm ist gantz erschrocklich/ wie das brülen eines Ochsen oder Elephanten. Sie seind so geschwind im lauffen/ daß sie auch einen Hirtzen erlauffen. Sie sind auch mechtig starck/ also daß einer ein Faß mit Wein in ein Schiff tragen mag/ vnd drey oder vier zugleich/ mögen ein Schiff zu Boden trucken/ welches dreyssig der vnserigen schwerlich von Landt stossen könten. Jhre Speiß sein allerley wilde Thier vnd Fisch. Sie haben auch viel Straussen bey jhnen/ mit deren Federn sie sich etwan zieren. Sonsten verschneiden sie die Angesichter schandlich/ vnd versetzen es mit einer gattung grienen Steinen wie Marmorstein/ vnnd leben in dem vbrigen wie das Vieh/ ohne Gesatz vnd Glauben/ vnd werden von niemand angefochten.

Patagones.

CCCCcc Als

Das neunte Buch

Als Magellanes in diese gegne kommen / hat er viel dieser Riesen gesehen / gegen welchen die Spanier eben waren wie die Zwerck. Etliche deren jhre Manheit zu erzeigen / namen anderhalb Ellen lange Pfeil / vnnd stossen dieselbigen so weit sie langen mochten / in Magen hinunder / ohne einigen vnwillen. Die Spanier namen auff ein zeit drey dieser Riesen zwischen sich / vnd vermeynten die in ihr Schiff zu bringen / sie möchten aber ihnen im gehen nicht zu kommen / vnnd alß sie ein wildes Thier in der Straß antraffen / eyleten zwen dieser Riesen dem Thier nach / vnd vnder diesem schein entwitsten sie den Spaniern / den dritten brachten sie in ihr Schiff / welchen acht starcker Mann schwerlich binden mochten: starb aber bald darauff / auß kummer / als er sich gefangen vnnd seiner freyheit beraubet sah. Andre schreiben er seye Hungers gestorben / dann man ihm nicht gnug habe mögen zu essen geben. Er solle in einer Mahlzeit / ein gantzen Korb mit Biscot oder zweybachen Brot verzecht haben.

Es haben auch nach Magellane / Th. Candischs Reißgesellen / Menschliche Fußstapffen daselbst herumb im Sand gefunden / welche achtzehen Zoll lang gewesen. So bezeuget auch Olivier Noort / es seyen drey seiner Gesellen / durch Leut von wundersamer grosser statur / nicht fern vom Port Desire erschlagen worden. Die Holländer haben einen Knaben von diesen Orten heim gebracht / welcher auch bezeugt hat / es seyen vier Geschlechter in derselbigen Gegne / drey derselbigen seyen gemeiner statur / aber das vierte Geschlecht seyen Risen / 10. oder 11. Schuh hoch / welche stätigs mit den andern kriegen. Sebald de Weert ist 5. Monat lang in dieser Strassen / durch böß Wetter auffgehalten worden: in der zeit ist er von 7. Canoas angesprengt worden / darinnen solche grosse vnd starcke Leut gewesen / welche hernach / als sie durchs Geschütz ans Landt getrieben worden / Bäum außgerissen / vñ sich wider der Holländern fernerem angriff / damit verschantzet haben.

Anno 1616. hat auch Wilhelm Schütten / als er die newe Mittägige Straß gefunden / auff der Ostseiten dieses Landts / bey dem Porto Desire / auff den Bergen todten Cörper gefunden / ohn vergraben / nur mit Steinen bedeckt / daß sie die Vögel oder wilden Thier nicht fressen / welche 11. Schuh lang gewesen: Da haben sie auch wundersame Thier gesehen / wie Hirtzen / deren Hals aber so lang war / als der gantze Leib. Die Bäum bleiben stätigs grien in dieser gegne / vnd last sich ansehn / als wann Menschen vnd Bäum von Natur wider die kelte bewaffnet weren.

Gesnerus meldet / es werde bey disen Patagonen ein grausam scheutzlich vnnd raubisch Thier gefundē / so sie Su nennen / dz ist Wasser / weil es gern bey den Wassern wohnet. So es von jnen gejagt wird / nimpt es seine Jungen auff den Rucken / decket sie mit seinem langen Schwantz / vnd fleucht also darvon: Es wirdt mit tieffen Gruben gefangen / vnnd mit Pfeilen erschossen. Andre setzen diß Thier in das Mitnächtige Americam / gegen dem hohen Gebürg zu / vnd nennen es Sucaratha. Wunders wegen haben wir seine abbildung hieher gesetzet.

Von der Magellanischen Strassen / Stretto di Magellanes genannt. Cap. xxxiii.

Als sich nach der abtheilung der newen Indien / Bapst Alexandri des 6. zwischen beyden Königen in Castilien vnd Portugal / ein streit erhaben wegen der Inseln / so man Moluccas heisset / vnnd ein jeglicher vermeynt / dieselbigen in seinen theil zu rechnen / vnd die Portugesen in Posses waren / weil sie auf jhrem Meer dahin schiffen konten: Die Castiglianer aber durch das Occidentalische Meer keinen weg darzu hatten. Als hatt sich Ferdinandus Magellanes ein Portugeser / weil er von Emanuel König auß Portugal / seiner getrewen Diensten halben vbel belohnet war / zu Keys. Carolo dem 5. gemacht / vnd jm versprochen einen weg zu öffnen

Von den Ländern Americe. 1735

zu öffnen in das Occidentalische Meer/ dardurch in die Moluccas zu schiffen. Darauff er in Nammen gemeltes Keysers Anno 1519. außgefahren/ vnd nach vielem außgestandenem jamer ist er endlich Anno 1520. in dem October/ zu dieser Enge kommen/ vnd durchgeschiffet/ welche er die Straß Victoriæ geheissen/ von seinem Schiff Victoria/ nachmalen aber ist sie Magellane zu ehren/ Stretto di Magellanes die Enge Magellanes genent worden/ vnd den Nammen behalten biß auff diese zeit. Von dieser Enge ist Magellanes auff das Occidentalische Meer kommen/ welches er Mare pacificum das friedsame Meer genennet/ weil er darauff guten Wind gehabt/ vnd nach dem er darauff 3. Monat zugebracht/ ist er endlich zu den Moluccis kommen/ da er vor seinem Triumph von den Mantanensern hindergangen/ vnd sampt 8. Spansern erschlagen worden. Sein Schiff aber Victoria/ ist neben den Ost-Indien hin/ vmb Africa herumb geschiffet/ vnnd in Hispanien glücklich widerumb ankommen: vnd also weniger als in 3. jaren den gantzen Erdboden rund vmbschiffet/ welches zuvor nie kein Schiff vnderstehen dörffen. Diese Enge Magellanes/ ligt zwischen dem 52. vnd 53. Grad: Sie solle 120. tausent Schritt lang sein (Draco setzet 225. Meilen/ wird jhm aber von allen andren die diesen weg gebraucht/ widersprochen/ die breite ist vngleich/ dann etwan ist sie 3. 4. etwan 10. Meilen breit/ vnd wo sie am engsten/ ist sie nicht vber ein Meilen breit.

Magellanes wird erschlagen.

Richard Hawkins Gesellschafft haben in dieser Strassen/ des tags 1000. Penquis getödtet: das sind Vögel/ so groß alß Gänß/ haben keine Federn sondern nur Flaun an jhrem Leib/ vnd können nicht fliegen. Von diesen Penquinen erhalten sich die Eynwohner mehrentheils/ so daselbst herumb/ in Hölen vnder der Erden wohnen/ vnd Enoo, Kemeriles, Kennekas, Karaike vnd Tirimenen/ genennt worden. Etliche machen jhnen auß den Häuten dieser Vögeln Mäntel/ die sie vmb den Leib hencken/ vñ könnens so fein zusammen siegen/ als wans ein Kirschner gethan hette. Sonst sind sie nackend/ vnnd tragen die Weiber nur ein Flecken von diesen Häuten vor der Scham. Die Canvas der Wilden daselbst herumb/ sind auß Rinden der Bäumen gemacht/ vnnd mit den Narven der Walfischen zusammen geneet. Diese Straß/ wie Herr Drack auß der erfahrung bezeuget/ ist sehr krumb/ hat schöne Schifflände von frischem guthem Wasser/ aber so tieff/ daß man an etlichen orten nicht Anckeren kann. Das Landt ist zu beyden seyten vberauß hoch/ mit gewaltigen hohen Schneebergen vmbgeben. Der König in Hispanien hat Peter Amiento/ mit 400. Mannen vnd 30. Weiberen in diese Straß gesendet/ dieselbige zu bewohnen vnd vor andern Völckern zubewaren: aber durch vngewitter vnnd hunger sind sie alle in 3. jaren/ biß an 23. verzehrt worden. Jhre zwo Stätt/ Jesus vnd Philipsstatt/ welche sie in diese Straß erbawen/ ligen jetzund öd vnnd wüst: Philipsstatt hatte 4. Bollwerck/ vnnd in jedem ein gegossen stück Geschütz gehabt: Aber Candisch hat diese Stück genommen/ vnd diese gegne den hungerigen Meerhafen genennt. An der Sud seiten ligt ein Eynfluß des Meers/ welchen Candisch Muschel Arm genant hatt/ weil allda viel Muscheln zu finden. Zehen Meil von dannen/ ligt Elisabets Arm. Zwo Meil weiter/ ligt ein schöner Fluß/ der auß einem ebnen Landt/ in das Meer laufft/ bey welchem Candisch viel Menschenfresser angetroffen. Zwo Meil von dannen ligt S. Hieronymi Canal: von dannen biß an den Mund der Enge/ in den Suder See/ sind 34. Meilen: auff beyden seyten gibt es allenthalben/ auff ein Meil oder zwo gute Häfen. Aber der Capo Galenti ist der allerbest. In der außfart auß der Enge/ ligt ein schön hoch Vorgebürg/ mit einem langen Spitzen/ vnnd 6. Meil von dem vesten Landt 4. oder 5. kleine Inseln/ die ertrunckne Inseln genannt.

In dieser Strassen haben die Holländer Bäum gefunden/ deren Rinde sie so scharff auff die Zungen gebissen/ alß einige Specerey oder Würtz thun kan.

Die Wilden in dieser gegnt brauchen für jhr Gewehr grosse schwere Kolben an ein lang Seyl gebunden/ mit welchen sie schlagen vnd werffen. Hauptmann de Weerd hat allhie ein wilde Fraw sampt 2. Kindern gefangen/ deren das ein nur ein halb jar alt war/ vnd doch grosse Zän im Mund hatte/ vnd gehen konte.

Von dem Landt des Fewrs/ Terra del Fuego
genannt. Cap. xxxiv.

D Iß ist das Land welches auff der Mittag seiten ligt/ der Magellanischen Strassen/ ist von Magellane also genannt worden/ weil er da nichts anders gesehen/ als grüne hohe Bäum vnd weit abgelegene Fewr/ oder weil das Landt von wegen seiner mechtigen kälte/ des Fewrs vonnöthen were.

Die Leut auff dieser seiten der Straß sind klein/ aber boßfertig vnd schädlich/ sie essen jhr Fleisch raw/ ja verfaulet: Es hat sonst schöne Felder/ vnd gute Wasserström/ die in die Strassen lauffen. Item gantze Wäld von wolriechendem Holtz/ vnd sehr viel Thier/ mit deren Häuten sich die Menschen bekleiden.

Man hat noch vor wenig jaren nicht gewust/ ob dieses Mittägige Landt ein Fußfest Landt oder Insel war/ vnnd seind viel vornemme Leut gewesen/ die es für ein vest Landt gehalten haben/ vnd ver-

vermeinet es erstrecket sich gegen Nidergang/biß zu den Inseln Salomonis vnd new Guinea/vnd gegen Auffgang biß zu den Inseln Java/vnd haben also diese Terram Australem für den fünfften vnd grösten theil der Welt gehalten. Herr Brerewod ein hochgelehrter vnnd zu See wolerfahrner Engelländer/haltet diesen theil so groß alß das Morgenländische veste Landt/welches Europam/ Africam vnd Asiam in sich begreifft: Seine vrsachen aber allhier zu erzehlen were zu lang.

Wilhelm Schoutten Reiß Anno 1615.

Anno 1615.den 14.Junij/ist Guilhelm Schoutten von Horn auß Hollandt/vnd Isaac Le Maire von Ambsterdam/auff ihren vnkosten/auß dem Texelin Hollandt außgefahren/vnnd den 20. Januarij Anno 1616.in der gegne der Straß Magellanes ankommen/ von dannen seyn sie Mittagwerts für die Straß fürüber gefahren/biß zu dem 56.Grad/da sie eine Enge angetroffen/welche dieses Mittägige Landt zertheilet/vnd sehen von beyden theilen zwen lange Bergechtige Spitz gegen eynander/zwischen welchen die Holländer den 26. Januarij hindurch gefahren: Die Enge haben sie

Fretum le Maire.

Fretum le Maire geheissen/den Spitz gegen Auffgang der Staten Land/vnd den andern gegen Nidergang/Mauritius von Nassaw: Die Berg waren voller Schnee/vnnd sahen keine Bäum/aber mechtig viel Fisch/Pinguins/Meerhündt/vnnd Meerlöwen so groß als Pferdt/deren sie auff dieser Reiß viel gessen/wie auch mechtig viel Vögel/ Insonderheit eine gattung Wasservögel viel grösser alß vnsere Schwanen/welche von sich selbsten zu den Schiffen geschwommen/vnd sich mit Knöbeln schlahen vnnd fahen lassen/weil sie der Menschen nicht gewont waren.Den 29.Jan.haben sie etliche ohnbewonte Felßechtige Inseln angetroffen/welche sie Barnefeldts Inseln geheissen/darnach sein sie zu einem Spitzen kommen des Landts/welchen sie Capo de Horn geheissen/bey dem 58.Grad/vnnd sein fort geschifft biß zu dem 60.Grad Mittagwerts/da sie dann weiter nichts gesehen alß ein vnendliches Meer/vnnd wol abnehmen mochten/daß da weit vnd breit kein Erdtrich mehr sein müste. Von dannen haben sie freyen lauff gegen Nidergang gewendet/vnd sein endtlich in das Magellanische Meer kommen/vnd haben also befunden daß dieses Landt Del Fuego nicht ein vestes Landt/wie man bißher darvor gehalten/sondern eine Insel seye/vnd darhinder ein mechtiges Meer: Von dannen sein sie endlich biß die Insulas Moluccas kommen/vnd neben Ost-Indien vnd Africam hin/den 1. Julij Ann.1617. widerumb in Seelandt ang:langt/vnd haben also in 2.Jaren vnd 18.tagen/den gantzen Erdboden vmbfahren/vnnd also diese newe Mittägige Straß erstlich entdecket/welches bißhero noch niemand vnderstehen dörffen.

Von dem Landt Nova Guinea/vnd daran hangenden Inseln/Insulæ Salomonis genannt.
Cap. xxxv.

Eil man bißher darvor gehalten/daß sich dise Mittägige Land erstrecken biß an dz newe Guineam/vnd die Inseln Salomonis/haben wir auch deren beschreibung hieher setzen wollen: Nova Guinea ist das Mittägige Landt gegen den Moluccischen Inseln gelegen.Ist Anno 1543.von Villalobos alß er auß Hispanien in die Moluccas fahren wolte/erkundiget worden. Herera sagt es habe Aluere auß Saavedra albereit Anno 1527.dieses Landt kundt gemacht.

Es wirdt New Guinea genannt/weil die Gestäden desselbigen vnnd die beschaffenheit der Oerteren dem Africanischen Guinea gantz änlich seyen. Andreas Corsalis nennet es das Landt Piccinacoli. Die Eynwohner sollen schwartz sein/hurtig vnnd geschwind/wie auch eines guten verstands/wie man von etlichen Sclaven so vnder die Christen kosten/abnehmen mögen. Ob aber diß Landt eine Insel seye oder an dem Mittägigen Landt anhange/ist ausser dem/was Wilhelm Schutten newlich entdeckt/noch nicht erkundiget worden.Die Castiglianer sollen bey 700.Meilen dem Gestaden nachgesetzet haben/aber zu keinem end kommen mögen/auff der Mittnächtigen seiten ligen viel kleiner Inseln.

Die Inseln Salomonis.

Die Inseln Salomonis stossen Ostwerts an new Guineam/sein Anno 1567.erstlich entdeckt worden von Alvaro Mendagna/welcher von Lima an dem Peruanischen Gestäd gelegen/außgefahren vnder Lope Garzia von Castro Gubernatoren in Peru/vnnd alß er 800.Meilen Westwerts gesegelt/hat er etliche Inseln angetroffen/vñ in denselbigē nackende Leut/Schwein/Hünd/

Hüner/

Von den Ländern America.

Hüner/Nägelein/Imber/Zimmet/vnd viel Gold gefunden. Die erste hat er Izabell/die größt Guadalcanal geheissen/an deren Gestaden sie 150. Meil fort geschiffet/vnnd ein Statt angetroffen/darinn sie viel Gold gefunden/welche sie verbrennet. Diese Inseln haben sie Salomons Inseln geheissen/weil sie vermeinten Salomon hette sein Gold von dannen bekommen/welches sich aber gantz nicht reumen will. Herera schreibt/es seyen dieser Inseln 18. deren etliche 300. Meil im bezirck haben/andre 200. etliche 150. vnd weniger. Die Eynwohner seyen in etlichen weiß/in etlichen schwartz/in andren braun.

Peter Ferdinandez Quir schreibt an König in Spanien/er seye außgesendt worden/die Inseln Salomonis besser zu erkundigen/vnnd habe die höhe bey der Magellanischen Strassen genommen/vnnd ein vest Landt angetroffen/dessen Gestaden er 800. Meil nachgesegelt seye/biß er 15. Grad Sudwerts von der Linien kommen seye / da habe er ein sehr fruchtbar Landt angetroffen: Vnder andern ein grosse Baya/in welche zwen grosse Ström fallen: Er habe auch drey vnnd zwantzig Inseln gefunden/welche er nennet Taumaco/Chicayma/Guaytopo/Tucopio/Fonofono/rc. Er ist vierzehen gantzer Jahr mit dieser entdeckung vmbgangen: Vnd nennet diß Landt ein jrrdisch Paradeiß/dann es seye voll allerhandt hertzlicher Früchten/Thieren/Vöglen/Metallen/Silber/Gold/Perlen/Zucker-Röhren/gewaltiger Wasserströmen/kumlicher Häfen/vnnd vberauß gesünden Luffts/als ein ander China: Er hat die besitzung dieses Landts angenommen/in nahmen des Königs auß Spanien. Aber weil es noch das vnbekannte Landt genennet wirdt/so will ich mich nicht vnderstehn/den Läser dardurch zu begleiten: sonder wider zur Magellanischen Strassen vmbkehren/vnd die Länder Chili vnd Peru/dem Gestaden nach besichtigen. Dann von dem Landt Chica/welches mit der gefehrlichen Wasserstrassen/vnd den kalten Bergen vmbgeben/ist zuvor geredt worden.

Von der Landtschafft Chili. Cap. xxxvi.

Wann man auß der Strassen ist/so kompt man in ein groß weit Meer/das Sud oder friedsam Meer genannt. Die Schiffleut pflegen Nordwest bey viertzig Meilwegs in das Meer hinauff zu schiffen/vnd alßdann lauffen sie gestracks gegen Nord/gegen der Insel Mocha vnd S. Maria/welche Oerter zur Provintz Chili gehören.

Diß Land Chili grentzet an Chica gegen Mittag/vnd an Charcas vnd Collao/gegen Mitternacht: Gegen Auffgang ligt der Fluß Plata/vnd das Sud Meer gegen Nidergang. Es wirdt Chili genennet wegen der grimmigen kälte/dann diß Landt stätigs voller Schnee vnnd Eyß ist: Welches auch ein vrsach/daß es gegen Mittag vnnd Auffgang mehrentheils vnbewohnet ligt. Die Flüß lauffen nur am Tag/des Nachts nicht: weil der Schnee auff den hohen Alpen/so wir Andes genennet haben/des Tags durch die hitz der Sonnen geschmiltzet/des Nachts aber gefreuret: Sonst hat es einen guten temperirten Lufft/wie in Andalusia/vnnd ist kein andrer vnderscheid alß dieser/wann allhie die Sonnen scheinet/so ist es in Andalusia Nacht/vnd wann jene Sommer hat/so ist allhie Winter. Die vrsach aber dieser grimmigen kälte/kommet daher/weil es auff den gedachten Bergen stäts schneyet/daß schier neben etlichen Thälern nichts kan bewohnet werden.

Von diesen Bergen/vnnd den barbarischen Völckern/so darinnen wohnen/ist zuvor etwas geredt worden. Es ist aber gantz wunderlich/daß diese hohe Berg/welche sich von der Magellanischen Strassen/biß in new Spanien/der lenge nach/durch diß Landt ziehen/einen solchen grossen vnderscheid zwischen dem Landt machen: dann die Berg/vnnd alles das schmale Landt gegen Nidergang/an das Sud-Meer/so nicht vber die fünff vnd zwantzig Meilen breit/ist ein schön/lustig/reich/vnd wol gebawen vnnd bewohnet Landt. Aber auff der andern gegen Auffgang findet sich gantz das widerspiel. Dem Meergestaden nach aber erstreckt sich diß Landt/auff die zwey hundert Meilwegs.

Wir wöllen die fürnembsten Ort dem See nach kurtzlich beschreiben/vnnd bey der Insel Mocha/so vnder dem dreyssigsten Grad ligt/den anfang machen. Sie ist groß/hat in der mitte einen hohen Berg/so in der mitte von eynander gespalten/darvon ein lustiger frischer Wasserbrunnen entspringet/vnden an dem Berg hat es eben Landt/biß ans Wasser/ist wol erbawen/hat viel Schaaf/Ochsen/Hüner/Mais/Battalas/Wurtzen/Pomponen vnnd andre Frücht. Die Eynwohner nehmen jhnen alhie so viel Weiber/als sie ernehren können/vnd ist der am reichsten/der viel Töchter hat/dann wer jhrer begert/muß sie dem Vatter mit Ochsen/Schaafen vnd Küchen abhandlen. Diese sind vnden vnd oben mit Kleydern/auß Schaafwullen gemacht/wol versehen. Ihre Schaaf haben lange Hälß/vnd Wullen/die jnen zur seiten/biß an die Erden herab hanget. Sie brauchen sie zur Arbeit vnd Last tragen.

CCCCcc iij   Orsone

Orſone.	Orſone iſt ein Statt/ von Hiſpaniern bewohnet/ da viel Thuch vnnd Wollenkleider gemacht werden.
Baldivia.	Baldivia iſt ein Statt an einem Fluß gelegen/ daſelbſt wird viel Gold gegraben/ ſo man gen Lima führet. Anno 1599. haben die Indianer im November/ dieſe Statt vberfallen/ vnd den Spaniern heiß geſchmolzen Gold in Halß gegoſſen: Wirdt aber jetz widerumb ohngefehr von 200. Spaniern bewont.
Villa Richa.	Villa Richa/ ligt ohngefehr 52. Meil von Baldivia im Landt hineyn/ da auch viel Spanier wohnen.
Emperial.	Emperial iſt vor zeiten ein groſſe Statt geweſen/ darinnen wol 300000. Indianer gewohnet/ deren auff die 20000. von wenig Spaniern vmbgebracht worden. In dieſer Statt hat es ein Biſchoff gehabt/ welcher jetzund durch die empörung der Indianer vertrieben. Alhie fallet viel Golds.
Angol.	Angol iſt vngefehr 30. Meil von Emperial/ vnd 12. Meil von Conception/ darinn wol 200. Hiſpanier wohnen.
Tucabel.	Tucabel iſt bey der Inſel S. Maria/ auff dem veſten Landt gelegen/ da laſſen die Indianer keine Spanier zu ſich.
Arauca.	Arauca 4. Meil von S. Maria/ iſt ein Ländtlein für ſich ſelbſten/ 20. Meil lang: Die König in Peru habens nie eynnehmen können. Sie führen ire Krieg mit guter Ordnung: Die Spanier haben zwar ein Veſtung alhie/ vnd bey 80. Mann in beſatzung. Aber ſie haben ſtäts mit den Eynländiſchen zu kempffen: Dieſe allein ligen den Spaniern im weg/ daß ſie mit ihrem Sieg nicht weiters vortrucken können.
Inſ S. Maria.	Inſula S. Maria iſt vngefehr zwo Meil vom Landt. Vnder dem Gebiet der Spanier/ von denen ſie in ſolchem zwang gehalten werden/ daß ſie auch kein Huhn für ihr Perſon eſſen dörffen.
Conception.	Conception hat ein guten Schiffhafen/ daſelbſt wohnt der Gubernator von Chili/ in einer guten Veſtung. Alhie gibt es mercklich viel Golds.
	Mormorano iſt ein ſchöner Hafen/ vnd luſtige Landtſchafft daherumb: Das Volck iſt ſchlecht vnd eynfältig/ führen ein wüſtes wildes Leben. Ihr Speiß iſt raw ſtinckend Fleiſch/ haben Lederne Nachen/ mit welchen ſie in das Meer fahren/ vnd viel Fiſch fahen. Förchten die Spanier ſehr.
S. Jago.	S. Jago iſt ein Biſchofflicher Sitz/ ligt 18. Meil im Landt: Gibt daſelbſt viel Wein/ Korn/ Vieh vnd gute Pferd.
	Conquinbo ein Statt ligt 60. Meil von S. Jago/ alhie haben die Spanier alle Indianer ermördet.
	Guaſco iſt ein vnbewohnter Meerwinckel/ da doch viel gute Frücht wachſen.
Arequippa.	Arequippa iſt ihrer ſchönſten Statter eine/ von Spaniern bewohnet/ gibt daſelbſt viel Wein/ Weizen/ Schaff/ vnd allerley Frücht. Dieſe Statt iſt Anno 1582. durch einen Erdbidem zu grund gegangen/ aber ſeither wider erbawen worden. Das ſind alſo die fürnembſten Ort/ in der Landtſchafft Chili.
Grauſame kälte.	Sonſt iſt diß gantze Land dem Erdbidem ſehr vnderworffen/ bißweilen werden dardurch die hohen Berg in die Ebne geworffen/ vnd die Waſſerſtröm entwedere in groſſe See verwandelt/ oder in einen andern Canal gerichtet. In den Bergen vnd Wildnuſſen Chili/ iſt der kalte Lufft/ ſo durchtringend/ daß die Menſchen entwedere todt nider fallen/ oder ihre Glieder ohn einige fühlung eins mals verlieren: Acoſta ſchreibt von Caſtilla/ es ſeyen ihm/ als er mit ſeinem Heer diß Land eroberen wöllen/ 4. Zehen/ ohn einige fühlung abgefallen/ viel von ſeinem Volck erfroren/ deren Cörper ohne geſtanck vnd verweſung daſelbſt ligen blieben/ vnnd wie Apollonius meldet/ ſo ſind auch die Pferd/ ſampt ihren Reuteren/ im Feld todt ſtehn blieben/ als wann ſie noch lebten.
Hiſt. Peru. l.3.	Diß Landt iſt zwar von Almagro erſtlich vmb des Golds willen entdeckt/ aber von Baldivia eyngenoſſen/ vnd ein Statt ſeines Namens darin erbawen. Diſer Baldivia hat ein ſchrecklich end genommen. Vnd als ihn die Indianer gefangen/ haben ſie ein Gaſtmahl zurichten/ vnnd ihm zur letzten tracht/ ein Geſchirr mit geſchmolzten Gold aufftragen laſſen/ daſſelbige zwangen ſie ihn zu trincken/ ſprechende/ nach Gold hat dich gedürſtet/ darumb ſo erfülle dich mit Gold.

Von dem gewaltigen Königreich Peru.
Cap. xxxix.

As Königreich Peru iſt ſieben hundert Meil lang/ vnnd an etlichen orten hundert breit/ an andern ſechtzig/ an vielen nur viertzig/ nach gelegenheit der Orten. Quito vnnd Plata ſind die zwo euſſerſten Städt dieſes Königreichs/ deren jene an Popayan/ dieſe aber an Chili grentzet.

Aber alß diß Reich noch vnder den alten Ingas geweſen/ hat es ſich auff 1300. Meil wegs erſtreckt/ von Paſtoa an/ biß an Chilim gegen Mittag: vnnd gegen Mitternacht biß an den Fluß Anchaſmayum.

Von den Ländern Americe. 1739

Diß Königreich hat viel setzamer sachen/die wol in acht zu nehmen. Dann es blasset immerdar an denselbigen Gestaden nur ein einiger Wind/namlich der Sud vnd Sudwest. Dieser Wind ist auch a hie gar gesund/da er doch anderstwo vngesund ist. So ist auch das gantz wunderlich/daß es an diesen Gestaden nimmer regnet/dondret/haglet noch schneyet: welches doch in nechstgelegnen Orten beschicht. Vber das sind auch zwen gleich grosse vnd hohe Berg darinnen/vnd dannoch so regnet es auff dem einen stätigs/vnnd ist darneben sehr heiß vnd wäldig: Der ander aber ist nackend vnd sehr kalt.

Diß Landt wirdt in drey theil vnderscheiden. In die Lanos/Sierzas vnd Andes. Die Lanos sind die ebnen Felder/an den Meergestaden: Die Sierzas sind gemeine Berg mit Tháleren: Die Andes sind gåch/hohe felssechte Alpen. Die Lanos oder ebnen Felder sind zehen Meil breit/doch an etlich mehr/an andren minder: Die Sierzas ohngefehrlich 20. Meil: vnnd so breit sind auch die Andes: Der lenge nach lauffen sie von Nord gen Sud: vnnd der breite nach von Orient gen Occident. In dieser kleinen distans regnet es gemeinlich ohn vnderlaß in einem Ort/vnd in dem andern nimmer. In der Ebne regnet es nimmer/hatt einen sandigen/vnd wegen grimmiger hitz gantz vnbewonlichen Boden. Die Andes hingegen haben also zu reden/einen vnauffhörlichen Regen/wiewol der Himmel auch ein mal klarer wirdt als der ander. Die Sierza in der mitte/haben ein feine temperierte Witterung: Dann es regnet darinnen vonn dem September/biß in Aprillen/wie in Spanien. Aber im andern halben jahr/wann die Sonnen weiter hinweg kommet/so wirde der Himmel klarer. Die Sierras bringen vnsäglich viel Vicagues/welche Thier wie wilde Geissen sind/in denen auch der stein Bezoar gefunden wirdt: vnnd Pacos/welches Schaf-Esel sind/sowol vmb der Wullen/als vmbs tragens willen nutzlich. Die Andes bringen herfúr Papageyen/Affen/Merkatzen. Boterus schreibt es entspringen bißweilen gantz Monstrosische Geburten an diesen Ort/auß der vermischung der wilden/mit solchen Meerkatzen. Wo sich die Sierzas auffthun/gibt es lustige fruchtbare Tháler/in denen es die besten wohnungen gibt in Peru. Es ist wunderlich/daß das Thal Pachacama/da es weder von oben herab regnet/noch von vnden her Wasserström gibt: dannoch Maiz/vnnd allerley Frúcht vberflüssig herfúr bringe: Dann der Taw erstattets alles. Wann man von den Bergen in die Tháler geht/so sihet man allwegen also zu reden zwen Himmel: der ober ist hell vnnd klar: der vnder ist trüb vnnd graw/welcher das gantze Gestaden bedeckt/vnnd daselbst an statt des Regens/zum wachsen der Kräuteren sehr nutzlich ist.

In der Provintz Callar sind viel Wasserflüß vnnd herzliche Weiden. Toticaca ist ein grosser See achtzig Meil im bezirck haltend/dareyn fallen zehen oder zwölff Wasserström: Das Wasser ist zwar nicht also gesaltzen/wie das Meerwasser/aber doch so dick/daß mans nicht trincken kan: An diesem See gibt es die besten wohnungen. Dieser grosse lauffet durch einen Fluß in einen kleineren/Aulagas genannt/auß welchem es keinen ferneren außgang hat/er sey dann vnder der Erden. In dem Thal Tarapaya/bey Potozi/ligt ein runder See/dessen Wasser gantz heiß ist/vnd ist doch das Landt sehr kalt: Nah am Vffer badet man darinnen: In der mitte ist ein Quellen/so vber 20. Schuh im bezirck haltet: Dieser See wirdt weder grösser noch kleiner/ob man schon einen grossen Strom zu den Metall-Múlen darauß gezogen hat.

Ich will jetzunder von den ersten Eynwohnern in Peru/welche Risen sollen gewesen sein/wie dann solche gebein noch täglich gefunden werden: Von jhren Quippos oder gedechtnuß Registern: von jhren Künsten: von jhrem Ehestand: von jhren Königlichen gebräuchen/Rechten/Wercken vnd Eynkommen: von jhren Göttern vnd Menschenopfferen: von jhnen Nonnen vnd Zauberern: von jhren Fúrsten/Begräbnussen/vnd Aberglauben/kürtze halben nicht schreiben: sonder die fürnembsten Oerter dieses Königreichs summarischer weiß erzehlen.

Von den fürnembsten Oerteren vnd Stätten im Königreich Peru. Cap. XI.

IN beschreibung der Provintz Chili/ist zu allerlest/von Arequippa gehandelt worden: Hieran stosset nun im Königreich Peru/die Statt Cumana/so jetz von Spaniern bewohnet wirdt/vnd viel Wein vnd Frúcht herfúr bringe. — *Cumana.*

Arica ist ein Vestung/mit 4. stück Geschútz versehen/ligt am Meer: Daselbst wirdt alles Silber/so in Potosi gegräben wirdt/eyngeladen/vnd nach Lima vnd Ponama gefúhret. — *Arica.*

Potosi ist ein Gebürg in der Landschafft Charcas/ist wegen des Silberbergwercks auß dermassen berühmbt. Es ligt zwar auch vnder der brennenden Zona/aber die Wind sind so grimmig kalt/vnd regieren im Mayo/Junio/Julio vnd Augusto/so starck/daß kein einig Kraut daselbst wachsen kan: Aber wegen des Silbers/ist ein gantz Volckreicher Flecken dahin gebawet worden. Die Farb dieses Gebürgs ist dunckelroth/vnden ist der Berg ein Meil wegs breit/ — *Potosi. Silbergruben.*

oben

oben aber spitzig/wie ein Zuckerhut/ist wegen der gähe/ sehr schwer auffzusteigen. Von obersten Gipffel des Bergs/biß vndenan/sind 1624.Ellen oder Ruthen. An diesem ort ist der gröste handel in Peru. Ob wol die Mynen in diesem Berg zwey hundert Klaffter tieff/so findet man doch kein Wasser: Man findet darinnen 4.fürneme Adern/haben auffs breitest 6.Schuch/vnd auffs schmälest ein Spannen; Von diesen entspringen noch andre grosse Adern/als Zweig eines Baums/welche zu wachsen pflegen.

Chinca. Chinca ist ein Schiffhafen mit Spaniern besetzet/da gibt es vberauß viel Quecksilber.

Lima. Lima ist die Hauptstatt in Peru: In deren wohnet der Königliche Statthalter vñ Ertzbischoff/ welche vber gantz Peru vnd Chili zu herrschen haben. Ist ein grosse vnbeschlossene Statt/voller Volcks/hat einen schönen Hafen/da alle Schiff/des gantzen Gestad ankommen.

P. de Salinas ligt 18.Meil von Lima/da gibt es viel Saltz/vnd nimmet jeder was er will.

Truxilla ein Statt/darbey noch 3.oder 4.kleine Stett ligen/hie pflegt man Honig/Latwergen/ Spanische Seiffe/Carduanisch Leder vnd andere Sachen eynzulegen.

Paita ist ein Statt/ da die Schiff von Panama/ so nach Lima wollen/gemeinlich anfahren/ sich zu erfrischen/da ist ein grosser Fischfang vnd ein Spanischer Verwalter.

Tiago ist ein Statt/ an dem Fluß Guiaquil/darinnen die Insel Puna ligt/ da werden viel Schiff gemacht/vnnd haben die Spanier daselbst vberauß grosse Schmaracten gefunden/so die Indianer angebetten haben.Dieses Gestad von Guiaquil/biß gen Panama/wirdt wenig bewohnet/vnd nur von etlichen Indianeren/so kein sonderliche Handthierung treiben.

Von den vbrigen Inländischen wirdt bey eroberung des Lands geredt werden.

Von dem Regiment in Peru. Cap. xlj.

ANfangs ist diß Landt ein frey Republic gewesen/vnd durch guten rhat ihrer vielen geregieret worden:Darauff sind die Ingua erfolget/welche bey 300.oder 400.jaren/das Regiment in handen gehabt haben: Aber ir Herrschafft hat ein lange zeit/ vber 5.oder 6.Meil nicht in sich gehalten. Vnd das vmb die Statt Cusco/da ihr Reich angefangen/biß es sich von Pasto gehn Chilo vber die 1000.Meilen/erstrecket hat. Der erste Ingua war Mangocapa/welcher auß der Höle zu Tambo/6. Meil von Cusco herkommen. Sein Sohn Ingaroca ließ jhm schon in guldenen Gefessen dienen: Sein nachfolger Yaguaraguaque hatte guldene Bilder im Tempel:Auff in kam Virococha: Auff diesen Pachacuti Ingua Yupaugui:dieser war gar Sieghafft/hat 70.jar regieret. Sein Nachfolger war Guaynocapa/welcher 2.Söhn verlassen/den Guascar vnd Attabaliba. Dieser Guaynocapa hat diß Reich am meisten erhöhet:Nach seinem todt/ist sein Hertz vnd Eyngeweid zu Quito/

Guaynoca- pa König zu Cusco. sein Leib aber zu Cusco begraben/vnd in den Gold-reichen Tempel der Sonnen gesetzt/vnd als ein Gott angebettet worden. Es sind in seinem todt/auff die 1000.Personen/von seiner Hofhaltung geschlachtet worden/damit sie jhm in der andern Welt dienen möchten/welche alle gutwilligs/vñ seines Diensts willen gestorben/daß sich jhren viel selbsten darzu anerbotten. Alles Geschirr seiner Hofhaltung/auch in der Kuche/war auß Gold vnd Silber gemacht. Er hatt Bilder wie Risen/ von klarem Gold: Es war nichts in seinem Reich/er hatte ein Contrafactur darvon in Gold. Er

Ein gulde- ner Garten. hat bey Puna/in einer Insel einen Lustgarten/darinnen alle Kräuter/Blumen/vnd Bäum von Gold gemacht waren. Xeres sagt/er habe 3.Häuser voll Gold/vnd 5.Häuser voll Silber gehabt:

Guldene Ziegel. vnd auff die 100000.Ziegel von Gold/deren ein jeder 50.Castilianer gewogen. Er hatt vber die 200.Kinder gehabt/von vnderschiedlichen Weiberen.

Wie Peru vnder der Spanier gewalt kommen. Cap. xlij.

WJewol nun Guaynocapa/von vnderschiedlichen Weibern sehr viel Söhn hatte/so sind doch Guascar vnd Attabaliba/von seinem ersten/vnnd fürnembsten Weib gewesen: Vnder diesen ist wegen vngleicher außtheilung des Reichs/ein gefehrlicher Krieg entstanden: Dann Attabaliba wolte mit der Statt vñ Landschafft Quito/so jhm zu theil worden/nicht zu frieden sein/sonder nam auch die reiche Provintz Tumebamba eyn:vervrsachte hiemit seinen Bruder zum Krieg/ in welchem Attabaliba zwar anfangs von Guascar gefangen worden: Aber er entran auß der Gefangenschafft/vnd beredte die seinigen/er were von seinem Vatter/ zu einer Schlangen gemacht worden/vnd were also durch ein klein Loch durch geschloffen/vnd hette befelch/ seinen Bruder von newem zu verfolgen/ versamlete also ein mechtiges newes Kriegsheer/ thut damit seinem Bruder merkclichen schaden / erschlug jhm so vnsäglich viel Volcks/ daß noch heutigs tags grosse Beinhauffen gesehen werden/ eroberte Tumebamba vnd andre Landtschafften/biß gen Tumbez vnnd Carimelca. Aber er ist von den zwen Hauptleuten Quisquiz vnd Calicucima/welche Attabaliba mit grosser Macht wider jhn außgesendet hatte/endlich gefangen/ vnnd vmbgebracht worden/wie wir bald vernemen werden.

Von den Ländern America.

In werendem Brüderlichen Streit/ sind zween Spanische Hauptleut/ Franciscus Pizarrus/ (welcher eines Hauptmanns in Navarra Bastart gewesen/ vnd anfangs seiner Schweinen gehütet hatte/ hernach in America kommen/ vnd reich worden) vnd Diego di Almagro, mit 226. Soldaten/ Anno 1525. in der Insul Gorgorn 6 Meil von dem vesten Landt Peru ankommen: von dannen ist Pizaro gen Chira/ in Peru gesägelt/ etliche Indianer gefangen/ vnd von denselbigen die grosse Reichthumb deß Lands erkündiget/ vnder deß ist Almagro nacher Darien verreiset/ an die Grentzen deß Mexicanischen Reichs/ vnd vermeynt mehr Hülff zuerlangen in Peru zu schiffen/ ist aber von Petro Rio dem Königl. Statthalter auffgehalten worden.

Als derowegen Pizarrus sahe/ daß er gantz verlassen war/ ist er geschwindt in Hispanien verreist/ vnd von Keyser Carolo erhalten/ daß er das newerfundene Landt möchte eynnehmen vnd beherrschen/ darzu er sich dann nach allem Vortheil außgerüst/ vnd ist derowegen also baldt mit vier seiner Brüder in Peru gesägelt/ vnnd in dem Fluß Peru/ der dem gantzen Landt den Namen gibt/ angelendet/ von dannen zoge er vber Land gen Coache/ vnd weiters gen Puna/ da er von dem Gubernator wol tractirt worden/ vnd die erste Zeitung von Attabaliba streit mit seinem Bruder Guascar empfangen. Darauff sandte Pizarrus drey Botten gen Tumbez/ vmb Fried vnd sicher Gleidanzuhalten/ aber diese sind von den Priestern jhrem Abgott auffgeopffert worden. Derowegen nam Pizarrus die Statt mit Gewalt eyn/ vnd plünderte sie. Zog von dannen gen Caximalca: daselbst kamen Guascars Gesandten zu jhm/ vnd begerten Hülff von jm/ wider Attabalibam: Attabaliba liesse Pizzaro anzeigen/ er wolle sich auß dem Landt machen: Aber Pizarrus antwortet jhm/ er seye deß Bapsts vnd Keysers/ der grösten Herren der Welt Gesandter/ vnd könne nicht hinweg ziehen/ er habe dann sein Majestät gesehen/ vnd seinen Befelch abgelegt. Zoge darmit fort in die Landtschafft Chira/ bawete daselbsten an ein Wasser (sein Beut vnd Schiff zu bewahren) die Coloniam S. Michael. Eylete hernach in seiner Reyß nach Caximalca vort/ vnd sandte 20. Pferdt zu Attabaliba/ jhn seine Ankünfft zuverständigen. Diese Reuter/ ritten mit vollem Lauff dem Peruanischen Läger zu/ also daß viel Indianer auß Forcht darvon lieffen. Der König aber so an der Spitzen stundt/ wie schrecklich jhm auch diese Gestalt der Pferden fürkam/ auß einem rechten Königlichen Gemüth/ wiche nicht vmb ein Haar von seiner Stell/ daß jhm auch der Schaum von den rennenden Pferdten in sein Angesicht kam/ darüber sich diese Spanier mehr entsetzten als die Indianer thaten ab den Pferdten. Als nun Attabaliba deß Pizzari Vorhaben verstanden/ zog er jhm mit 25000. Indianern vnd grossem Pomp entgegen.

Also bald war ein Dominicaner Mönch vorhanden/ eröffnete jhm die Vrsach jhrer Ankunft/ vnd vermahnete jhn den Christlichen Glauben anzunehmen/ vnd zeigte jhm ein Breviarium/ oder wie andere sagen/ ein Evangelium Buch: welches aber Attabaliba/ weil es nicht reden kondte/ an den Boden geworffen.

Darauff griffe Pizarrus/ den Attabaliban an/ erschlug viel seines Volcks/ brachte die vbrigen seines Volcks in die Flucht/ vnd bliebe Attabaliba/ mit grossem Schatz in der Spanier Händen/ darunder war ein gulden Geschirr welches 200 Pfund Gold gewogen neben andern Geschirren/ so auff 100000. Ducaten geschetzet worden. Folgendes tags ward von der Rantzion gehandelt/ vnd verhiesse der König/ er wölte zu seiner Entledigung/ in guldenen vnd silberen Geschirren so vil Pfands weiß hinder legen als das selbig gemach halten könte/ darin er auffgehalten wardt/ welches 3 Kloffter lang vnd breit/ vnd anderhalb Kloffter hoch war. Man solte aber diese Geschirr nicht zu sammen schmeltzen/ biß er zu seiner Rantzion/ zwo Million Golds erlegen wurde. Darauff verhieß jhm Pizarrus jhn ledig zulassen/ wan er dises halten wurde. Also ist diß gemach in dritthalb Monahten erfüllet vnd vber die zehen Millionen an gold vnd Silber zusammen gebracht worden: Darvon ist dem Keyser für seinen fünften theil 600000. Kronen werth/ einem Reuter 13350. Kronen in Goldt/ vnnd 185. Pfundt in Silber/ einem Fußknecht aber 6525. in Goldt/ vnd 90. Pfundt in Silber/ zu theil worden. Die Hauptleuth aber haben genommen/ so viel sie nur gewöllt. *Gomara Hist. Ind.*

Hierzwischen hatten Attabalibæ obgedachte Hauptleuth/ den Gunscar seinen Bruder gefangen/ dieser versprach den Spaniern/ wo sie jn ledig machen/ vnd in sein Königreich einsetzen wurden/ so wolte er jhnen ein Gemach mit güldenen Geschirren erfüllen/ das drey mal so groß seyn müste/ als seines Bruders gewesen. Als aber Attabaliba solches verstanden/ befahl er den Hauptleuten/ seinen Bruder zuerwürgen: Dieses beschach nun Anno 1533. Solches war den Spaniern ein guter Anlaß/ jhn selber auch hinzurichten/ vnd alle diese vnglaubliche Schätz in jren Gewalt zu bringen. Etliche melden er sey zum Fewer verurtheilt worden/ weil er sich aber habe tauffen lassen/ habe man jhme die Vrtheil gemiltert/ vnd jhn zu Caximalca auff offentlichem Marckt/ durch die Moren strangulieren lassen. Attabaliba hatte vil Weiber/ darunder Pagha sein Schwester die Fürnembste war.

Aber alle seine Mörder haben jhren verdienten Lohn empfangen. Dann Almagrus ist von Pizarro/ Pizarrus von dem jungen Almagro/ vnd dieser hinwider von Vacca de Castra hingerichtet worden.

Das neunte Buch

Gleiches End haben auch Pizarri vbrige Brüder erlangt: Dann Johannes Pizarrus ist von den Indianern erschlagen worden: Martin Pizarrus ist mit seinem Bruder Francisco darauff gangen: Ferdinandus ist in Spanien in Gefangenschafft geworffen/ vnd Gonzales durch Gascara getödtet worden. Es hat auch das Kriegsvolck selber bey diesem Blutgelt kein Glück gehabt/ dann es ist mehrertheils mit Spielen/ Huren/ vnd Buben/ alles wider darauff gangen.

Nach diesem nam ihm Franciscus Pizarrus vor/ die Statt Cusco/ welches die Hauptstatt im gantzen Reich/ auch gantz mächtig vnd vberreich war/ zuerobern: Er sahe sich aber auff dem weg wol für/ dann ein Obrister mit namen Quitzquiz/ so deß Attabalibæ fürnehmbster Hauptleuth einer war/ streiffte mit einem mächtigen Kriegsheer in demselbigen Landt/ derselbige hielt etliche Scharmützel vnd Treffen mit Soto vnd Almagro/ in welchen etlich wenig Spanier/ aber viel Indianer auff der Wahlstatt/ nicht weit von Vilcas todt geblieben: Biß endtlich Pizarrus selber mit seinem vbrigen Kriegsheer/ dahin kommen: Ruckten also mit einander der Statt Cusco zu: Als sie nahe darzu kommen waren/ sahen sie ein helles Fewer/ vnd meynten anderst nicht/ als daß die Einwohner hetten die Statt angezündet/ damit sie nicht in der Christen Handt käme/ sendet deßhalben den halben Theil seiner Reyssigen vorhin/ das Fewer zu löschen: Aber es war kein Brandt/ welcher hette schaden thun mögen/ sonder sie hetten solches Fewer darumb angezündet/ den Benachbarten ein Zeichen zu geben/ sich eylends dahin zuverfügen: Als die Reyssigen zu der Statt kamen/ fielen die gerüsten Männer so hauffenweiß darauß/ daß sie die Spanier nur mit Steinen in die Flucht jagten/ wie aber Pizarrus darzu kam/ schlug er irer viel darnider/ vnd trieb sie wider mit gewalt in die Statt.

Folgende Nacht packten die jenigen/ welche den Krieg angefangen hatten/ ihren Haußrath vnd fahrende Haab zusammen/ vnd flohen darvon/ darauff die Spanier deß andern Tags ohn einigen Widerstandt in die Statt Cusco eynzogen/ plünderten den Tempel/ so der Sonnen geheiliget war/ vnd dann das Schloß deß Guainacape/ vnd wil man gewiß darfür halten/ es seye in dieser Statt grösser Reichthumb vnd Außbeut erobert worden/ als zuvor wie König Attabaliba gefangen worden/ daran sich dannoch die Kriegsleuth nicht ersättigen liessen/ sondern nur ein grössern Hunger nach Goldt vnd Silber bekommen/ vnd angefangen die Burger vnd Gefangenen jämmerlich zu peinigen/ damit sie ihnen ihre heimliche Schätz/ vnd das vergraben Geldt offenbarten. Ein spanischer Capitäin hat nacherwerts bezeuget/ er habe ein groß Hauß gesehen/ das voller güldener Gefässen gewesen/ vnd darunder einen Hirten/ mit einer Herd Schaaf/ von klarem Goldt/ so groß als die Lebendige: seyen/ welches aber in keine Theilung kommen. Es seye auch in dem Fluß Collas ein Insel gelegen/ vnd in derselben ein Königlich Hauß/ dessen Dach/ Drām/ Wänd vnd Boden/ allenthalben mit güldenen Blatten bedeckt gewesen. Es sindt zwey Geschirr in Spanien kommen/ eines von Goldt/ das ander von Silber/ so groß/ daß man ein Kuh in jedem hette sieden können: Item ein merklicher grosser Adler/ vnd ein gülden Bild/ so groß als ein vierjähriges Kindt.

Nach Eroberung vnd plünderung der Statt Cusco/ vnd Außtheilung der Beut vnd Provintzen/ ist Pizarrus mit seinem Kriegsvolck an die Grentzen deß Meers gezogen/ vnd Almagrum zu einem Regenten vber die neweroberte Landtschafft gesetzet/ Er aber hat andem Fluß Lima/ ein newe Statt auffgerichtet/ vnd sie Civitatem Regum, oder Königs Statt genennet.

Hierzwischen weil ein Geschrey/ von den grossen Reichtumben des Lands Chili außkummen/ ward Almagrus dardurch beweget/ mit vilem Volck dahin zuziehen/ darzu Pizarrus erstlich geholffen/ das er seinen möchte abkummen. Auff welcher Reiß Almagro/ viel Leut vnd Pferd/ vor kelte vnd schnee verschmachet sind/ vnd doch entlich vnverrichter sachen wider vmbkehren müssen.

Wie aber Attabalibæ Bruder einer/ mit namen Mango Inge/ (dem Pizarrus die Königliche Krohn auffgesetzet/ vnd für seinen besten freund gehalten) vnder dem Schein einem hohen Fest in Hieray bey zuwohnen/ vnd von dannen dem Pizarro ein gantz guldene/ noch dem ebenbild eines Menschen gemachte Saul mitzu bringen/ darvon kummen seye/ ein Rebellion wider die Spanier angericht/ die Statt Cusco mit 100000. Indianern belägeret/ erobert vnnd alle Spanier darinnen erwirget habe: Wie Franciscus Pizarrus noch etlich Niderlagen/ den Indianern bey der Statt Cusco/ ein solche grosse Schlacht/ dergleichen keine zuvor an disen Orten gehalten worden/ abgewunen/ die Feind geflichtiget/ vnd die Statt wider erobert habe/ wie hernoch Almagrus/ der von dem Keyser/ zu einem obersten Marschalcken vber dise land verordnet worden/ als er verrichter Sachen auß Chili widerkummen/ die Statt Cusco ein genommen/ Pizarri Feldobersten gefangen/ vnd hernoch von Pizarro zum todt verurtheilt vnd gerichtet worden: wie Almagri freundtschafft seinen todt gerochen/ vnd den Pizarrum erschlagen/ wie Ferdinandus Pizarrus in Spanien gefangen/ wie Conzallus Pizarrus/ der von seinem Anhang zum Statthalter in Peru war auffgeworffen worden/ von Cusco/ dem newen Keyserlichen Landtvogt heimlich hingericht worden: wie entlich dieser Landtvogt/ noch dem er die Auffruhr in Peru gestillet/ mit grossem guth auff die 1000500. Ducaten geschetzet worden/ wider in Spanien geschifft/ das alles ist sonderbarlichen beschrieben worden.

Die Stat

Die Statt

Cusco

In West Indien oder America in dem Königreich Peru gelegen / vnder dem 17. Grad / nach ihrer eigentlichen Form vnd Gestalt gantz künstreich abcontrafehtet / an Mawren / Häusern / Plätzen / mit sampt dem Königlichen Schloß in jhren begriffen.

1744 Die Statt Cusco/in dem

igreich Peru in West Indien. 1745

DDDdd Lima

Das neunte Buch

Lima die Hauptstatt in Peru.

Lima oder Regium ist die Hauptstatt deß gantzen Königreichs/ da der Königliche vnd Ertzbischoffliche Sitz ist in Peru/ vnd die Cäntzeley deß gantzen Königreichs.

Sie ligt in einem schönen Thal/ an einem Fluß/ vnd guten sichern Port 2000. schritt von den Meergestaden/ hat einen temperierten Lufft/ vnd fruchtbar Landt von Korn/ Bonen/ Erbsen vnd Kuchenspeiß/ wie auch voller Feigen/ Citronen/ Pomerantzen vnd dergleichen Früchten. Sie hat 500. vnd mehr wolgebawte Häuser/ schöne breyte Gassen/ grossen Marckt/ vnd lustige Gärten. Ist Anno 1535. von Franc. Pizarro erbawen worden. Sie hat vnder sich viel Bischoffliche Städt als Quito/ Cusco/ Guamantiaci/ Arequipa/ Paz/ Plata/ Trugilli/ Guanugio/ Cacapoja/ Portus recchio/ Guajaquil/ Popojane/ Carchi/ S. Michael/ vnd S. Francisko.

Quito.

Quito ist an Reichthumb vnd Einwohner/ der Statt Lima nicht vngleich/ das Feldt ist allzeit grün vnd voller Früchten/ da die Europeischen Safft Frücht/ sampt allerley zamen Thieren/ auß der massen wol trühen. Es ist auch das Landt voller Goldgruben/ so reich daß darauß mehr Goldt als Erdtrich genommen wirdt.

Die Geissen tragen gemeinlich 3. biß in 5. Jungen zu mal. Es seyndt viel Schweffelberg im Landt. Insonderheit einer welcher seine Aschen auff die 240. Meil wegs vmb sich strewet/ vnd mit erschrecklichem Donner vnd Plitzen Flammen außwirfft/ welche 300. Meil wegs mögen gesehen werden. Es wächset darinn auch der Zimmet in grosser menge/ ist aber anderst als der gemeine.

Anno 1587. ist das gantze Landt mit einem mächtigen Erdtbidem erschüttet worden. Darauff ist volgends Jahr ein mächtiger Sterben gefolget von gewissen Platern/ von Carthagena durch Peru biß nacher Chile 1200. Meil wegs/ welches ein vnglaubliche Anzahl Menschen weggenommen/ vnd welches seltzam/ haben diese Platter keinen einigen Menschen berühret/ so in Europa geboren worden.

S. Francesco.

Anno 1534. ist zwischen dem Gebürg dieses Landts die Statt S. Francesco gebawen worden/ welches die Hauptstatt ist dieses Landts.

Cusco.

Cusco ist vnder dem Ingua oder alten Peruanischen Königen der Königliche Sitz gewesen/ vnd war sonsten keine formierte Stätt in gantz Peru. Sie war so reich daß mans nicht genug beschreiben kan.

Sie ligt vnder dem 17. Grad/ ist rings vmb mit dem Gebürg vmbgeben. Sie hat ein Castel von Quadern gemacht/ solcher vnmenschlichen Grösse/ als wann es die Risen zusamen getragen hetten: sonderlichen weil die Indianer keine Thier hatten/ noch einiges Eysene Instrument/ die ihnen hierinnen hetten mögen behülfflich seyn. Es war darinnen auch der Goldreiche Tempel der Sonnen/ vnd viel herrlicher Königlicher Palläst voller Gold vnd Silber. Von dem grossen Platz giengen vier Hauptgässen zu den 4. Pforten deß Reichs. Die Könige haben zu mehrer Zierd der Statt geordnet/ daß ein jeder Cacique oder Fürst ihres Gebiets/ welches sich weit vnd breyt außgestreckt/ ein Pallast zu Cusco bawen solte/ vnd seine Söhn dahin schicken/ darein zu wohnen/ vnd daß sie alle eine Kleydung brauchten/ vnd einjeglicher nur ein gewiß Zeichen auff dem Haupt führete/ dardurch sie vnder einander erkannt würden.

Diese Statt ist Anno 1534. von Francisco Pizarro auff ein newe Form gebawen worden. Sie hat 50000. Haußhaltungen/ das Landt ist voller Goldgruben. Darinnen ligt auch der See Titicaca/ welcher erstlich als ein mächtiger Fluß außlaufft/ darnach sich widerumb in einen grossen See zusammen fast/ von dannen er widerumb außlaufft/ vnnd sich gantz vnder dem Erdtrich verläuret.

Königliche Strassen zu Cusco.

Topa Inga Yupange König zu Cusco/ welcher den mächtigen Königlichen Pallast gebawen/ nach dem er die Königreich Chila vnd Quito vnder seinen Gewalt bracht/ hat er durch Berg vnd Thal etliche ebne Weg der Schnur nach ziehen lassen 20. Schritt breyt/ biß nacher Charcas vnd Chilam etliche tag weit/ mit vnglaublicher vnd vnaußsprechlicher Arbeit/ vnd dergleichen wie sie beschrieben werden/ niemaln gesehen worden: die hohen Berg musten geebnet seyn/ die Felsen weggehawen/ die tieffen Thäler außfülle/ vnd alles der Schnur nach geebnet werden. Einjegliche Tagreyß hatte ein Pallast/ Kornhäuser vnd andere gelegenheit/ da das Königliche Läger im außziehen/ herbergen kondte.

Königliche Posten.

Durch diese Weg hatte der König viel lauffende Posten geordnet/ so man Chasques geheissen/ so gleich sam vnglaublich in dreyen Tagen 120. Teutscher Meilen möchten verricht werden.

Wann die Peruaner jhre Könige begruben/ so machten sie eine sehr grosse Gruben/ in diese liessen sie erstlich den verstorbenen Leib/ darnach auch all sein gülden vnd Silbern Geschirr/ vnd was er sonst köstliches gehabt hatte/ zu letzt auch seine lebendige Weiber/ entweders die schönsten/ oder welche jhm am allerliebsten gewesen/ vnd neben diesen auch etliche seiner fürnehmen Diener/ wie auch seine beste Kleyder/ sampt Essen vnd Trincken völl auff/ damit die jenigen so den Todten begleiten/ in mittelst auff dem Weg zu zehren hetten/ vnd daß die jenige/ welche er an dem bestimpten Ort finden würde/ derselbigen dingen mit jhm geniessen möchten. Darauß abzunehmen/ daß sie von der Vnsterblichkeit der Seelen müssen gewust haben.

Von

Von den Wohnungen auff den Bäumen. Cap. xlii.

Demnach wir nun die Historien/ wie das Königreich Peru erfunden/ erobert/ vnd bißhero regiert worden/ beschrieben/ wöllen wir auch etwas ausser der Ordnung daran hencken/ das wol zubehalten ist/ daß nemlich an etlich Orten gegen dem stillen Meer/ wie sonderlich auch in Guinea beschicht/ die Einwohner ihre Wohnungen/ wegen deß sümpffigen Bodens/ auff den Bäumen machen/ daher dann die Spanier biß anhero solche Völcker nit haben bezwingen können/ dieweil sie mit den Rossen ihnen nicht zukommen mögen. Als Valboa diese Häuser auff den Bäumen ersahe/ kam es ihme vnd seinen Knechten gantz lächerlich für/ dann sie anfangs anderst nit vermeynten/ als die Storcken oder Atzeln hetten ihre Nester dahin gemacht.

Diese Bäum sind so hoch/ daß sie ein starcker Mann mit einem Stein/ kaum vberwerffen kan. Ja es sind ihrer etliche so dick/ daß acht Personen sie nicht vmbklaffte.n können. Die Leuth so darauff wohnen sind streitbar/ vnd reich an Gold vnd Silber. Sie haben ihr Land vor den Spaniern jederzeit beschirmet/ auch deren das meiste Theil erschlagen/ biß ihnen ein Spanier Hauptmann Caspar de Antagoya, die Kunst sie zu bestreitken abgelernet/ daß er kam einsmals mit 150. seiner Kriegsknecht in dieselbige Landschafft zu streiffen/ seine Kriegsknecht trugen breyte Bretter/ oder Taffeln ob ihnen/ daß sie von der Indianer Stein vnd Pfeilen nicht möchten beschädigt werden. Dann wann die Indianer der Spanier Ankunfft vernehmen/ machten sie sich gefast mit Steinen/ Stangen vnd heissem Wasser/ schütten vnd warffen es von oben herunder auff ihre Feindt. Aber die Spanier verharzeten nicht desto weniger vnder ihren Brettern/ hieben so lang an die Bäum/ biß sie zu letzt vmbfielen/ stürtzten also die Wilden mit ihren Häusern herunder/ giengen darnach jämmerlich mit ihnen vmb/ biß sie gar todt waren.

Aber es rechneten sich gleichwol die Indianer an den Spaniern/ wie sie kondten vnd mochten: Dann sie fielen einsmals herunder/ vnd erschlugen zu gleich etliche Spanier/ entweder im herunder fallen/ oder aber sonst mit Vortheil: weil es nun ein vnerbawter rauher Boden war/ da sich wenig Volcks enthalten kondte/ verließ endlich Antagoya dasselbige Landt/ vnd bracht ein grosse Summa Goldts darvon.

Von dem Meer/ vnd Insuln Americæ sunderlich von den Ladrones. Cap. xliii.

Etzund wöllen wir vns in Gottes Namen/ den Spannischen Gsätzen (welche keinen Frembden/ in dem Königreich Peru zu lang leiden können) mit Gehorsame vnderwerffen/ vnd auß Begird der Alten/ auß diser newen Weldt vnseren Abscheid nemmen: weil es aber zu Land nicht beschehen kan/ so wöllen wir vns zu Schiff begeben/ vnd vmb mehrer Erfrischung willen/ an den fürnemesten Insuln so wohl des Sud als des Nord meers anlenden.

Das Sud-Meer hatt seine Insuln alle noch am Gestaden/ gleich alß wann sie Centinellen/ vnd Wachthäuser des festen Lands sein musten. In der Weitte/ hatt es entweders keine/ oder gringe Insuln/ die der Red nicht werth sind. Dann was Salomonis Insuln/ vnd new Guineam betrifft von dennen wir zuvor geredt haben so gehören dieselbigen zu einem andern fuß festen land/ wann sie nicht selber ein theil desselbigen sind. Was demnach die Insuln in dem Archipelago z. Lazari anlangt/ so sind es Vngehorsame Nachbauren/ dann weil es vngewiß ist/ ob sie zu Asia oder zu dem Mittägigen Landt/ oder zu America gehören/ so sind sie keinem getrew: Darumb wer sie am besten kennet/ der kennet sie für Ladrones, das ist/ für die Insel der Dieben: Dann sie haben dem Magellanes/ neben andern Dingen/ auch seinen Nachen gestolen: Ihr Diebische Natur haben auch Thomas Candisch/ Oliver Noort/ Wilhelm Schout vnd andere erfahren. Es hat ein gantz vihisch Volck darinnen/ ihr grosse Vnkeuschheit hat vielen Nasen vnd Lefftzen weggefressen: Sie sind braun/ fett vnd lang von Statur: gehen gantz nackend allein tragen die Weiber ein Blatt vor jrer Scham. Wann man ihnen ein stück Eysen in das Meer wirfft/ so holen sie es herauß.

Wir wollen vns aber diese Dieben/ an vnserer Heimreiß nicht verhindern lassen/ sunder mit gutem Windt durch die Enge Straß eilen vnd sehen was vns auff der andern seiten Americæ/ in dem Nord-See für Insuln auff stossen werden/ In der Strassen sind zwar etliche Insuln/ aber

1748 Das neunte Buch

sehr klein vnd geringes Nutzens: vnd lieber/ wer wolte an dem Ort lang zuverharren beg ehren/ da die Penguirs die besten würt/ die vbrigen aber alle eintweders wilde Riesen/ oder Menschenfresser sindt?

So können vns auch die Muscheln Jnseln ausser der Enge kein erfrischung geben. Es hat auch der Vrheber der Natur/ desto weniger Jnseln an das rauhe Gestaden von Chica vnd Brasilia setzen wöllen/ damit er vns in der grossen vnd weiten Mexicanischen Meerschoß/ mit desto mehrern vnd hertzlichern Jnseln ergetzen köndte.

Von den Jnseln in der grossen Mexicanischen Meerschoß.
Cap. xliv.

DAs Meer allhie/ ist eben wie ein groß Feldt/ mit allerley schönen Jnseln besäet. Vnd das feste Landt allhie ist eben wie ein liebreiche Mutter/ welche jhren Busen weit auffthut/ vnd jre Arm zwischen Paria vnd Florida herauß streckt/ diese Jnseln vor den grimmigen Wellen deß Meers zu beschirmen.

Von den kleinen Jnseln/ welche dem Strom Orenoque in seinem vngehewren Rachen stecken/ wie auch von der Jnsul Trinidad/ welche vor demselbigen in dem Meer ligt/ ist droben geredt worden. Wöllen jetzund bey Paria anfahen: dann daselbst thun sich zwo Ordnungen der Jnsuln herfür/ die eine erstreckt sich gegen Ost vnd West/ die ander gegen Nord vnd Sud.

Margarita. In der ersten Ordnung ligt die Jnsul Margarita/ welche von der grossen Menge der Perlen so daselbst gefunden werden/ den Namen empfangen/ leydet aber so grossen Mangel an Wasser/ daß sie jhren Durst nicht löschen kan.

Gleiches mögen wir auch von Cubagua sagen/ ist reich an Perlen/ aber arm an Holtz/ Graß vnd Wasser/ deß Königs fünffter Theil/ hat vor diesem jährlich in dieser Jnsul 15000. Ducaten ertragen mögen: jetzt aber ist sie gleichsam erarmet/ weil gleichsam die Perle Fisch/ vnnd Fischer von dannen hinweg sindt. Anno 1530. auff den 1. Septemb. ist das Meer durch einen grimmigen Erdbiedem 14. Klaffter hoch auffgeworffen/ die Vestung nider gerissen/ vnd die Erden an vielen Orten eröffnet worden/ auß welchen viel Saltzwasser/ so schwartz als Dinten/ herauß geflossen. Der Berg Cariaco bleibt noch offen. Es ligt ein Brunnen vff der Ostseiten/ nahe bey dem Meer/ welcher ein Pächische Matery/ wie Oel außgeusset/ so zur Artzney gantz bequem ist/ vnd auff drey Meil wegs auff dem Meer daher fleusset.

Von

Von den Ländern Americæ. 1749

Von den Canibaln Insuln. Cap. xlv.

VOn Orchilia/ Oruba/ vnd den vbrigen Insuln in der Nidergängischen Ordnung ist nicht viel zu reden: Wöllen vns deßwegen Nordwerts gegen der andern Ordnung wenden: vnd Tobago auf der rechten seiten ligen lassen/ vnd für Granata/ S. Vincent/ S. Lucia vnd Dominica fürüber schiffen/ hernach Nordwerts Desideratam/ S. Christopher/ H. Creutz vnd etliche andere Insuln von fernem besichtigen/ dann weil sie alle Canibals Insuln/ oder Caribes/ vn die Einwohner Menschenfresser sind/ vnd mit ihren Nachen in andere Inseln Menschen zu jagen außlauffen/ so ist es nicht rahtsam in denselbigen anzulanden.

Von Boriquen. Cap. xlvj.

BOriquen/ sonst Johanns Insul genannt/ ist 300. Meilen lang/ vnd 70. breyt/ es gehet ein rauher Berg zwerg hindurch/ welcher viel Wasserström außgeusset: die Spanier haben etliche Stätt vnd Vestungen/ sampt einem Bischofflichen Sitz/ vnd Kloster darinnen gehabt/ es sind auch allwegen neben den Einwohnern 400. besoldete Soldaten daselbsten in Besatzung gelegen. Summa die Spanier haben es für den Schlüssel Indiæ jederzeit gehalten: Aber der Graff von Camberlan/ hat Anno 1597. diese Insel eyngenommen/ vnd Port Rico/ sampt andern Vestungen zerstört/ vnd neben andern Reichthumben/ vff die 80. stück Geschütz weggeführt. Sonst ist die Insul allererst von Johan Ponce erobert/ vnd bewohnt worden. Die natürlichen Einwohner haben einerley Sitten vnd Religion mit Hispaniola. Es wachset darinn der Baum Ligno Santo/ welcher viel fürtrefflicher ist/ wider die Neapolitanische Sucht vnd andere Kranckheiten/ als Guajacan.

Von Jamaica. Cap. xlvij.

DIese Insul ist fast so groß/ als Bariquen. Es gibt solche erschreckliche Sturmwinde in dieser Insul/ welche die Bäum außreissen/ die Häuser vmbwerffen/ vnd die Schiff auß dem Meer ans Landt werffen: Sonderlich aber tyrannisiren diese Winde/ Vracani genannt/ im Augstmonat/ Herbstmonat vnd Weinmonat. Die Einwohner dieser Insul sind eines schärpffern Verstands als anderstwo.

Von der Insel Cuba. Cap. xlviij.

CVba ligt mehr gegen Nord/ vnd erstreckt sich 300. Meil in die länge/ vnd 20. in die breyte/ ist voller Berg/ Wäld/ Flüß vnd See/ so wol gesaltzt als vngesaltzen. Diese Insel ist von den Spaniern Fernandina/ Johanna. Item Alpha vnd Omega genennt worden. Die Wäldt sind mit Rindern vnd Schweinen erfüllet. In den Wassern findet man Goldtsandt. Es sindt 6. Spanischer Colonien darinnen: S. Jago ist ein Bischofflicher Sitz/ vnnd die Hauptstatt der gantzen Insul: vnd Havana ist der fürnembste Meerhafen in gantz America. Es sind fürnemlich 2. Ding/ in dieser Insel/ die wundersam sind: das eine ist ein Thal/ welches 3. Meil wegs zwischen zweyen Bergen daher zeuche/ vnd voller gleichförmigen Steinen ligt/ die vollkomblich rond sindt/ wie ein Büchsenstein. Das ander ist ein Brunnen/ auß welchem ein pächische Matery herauß fleust/ biß in den See/ so zu verpächung der Schiffen trefflich gut ist. Dem gemeinen Volck ist in dieser Insel verbotten Schlangen zu essen/ weil solche/ als ein sonderbarer Schleck/ für deß Königs Tafel gesparet werden. Columbus ist bey dieser Insel zu einem schiffreichen Wasser kommen/ welches so heiß war/ daß keiner sein Hand lang darinnen behalten kondte. Er sahe auch Fischer in einem Canoa/ welche Fisch mit Fischen jagten/ dann sie hatten einen Fisch/ mit einer Schnur an ihr Schifflein gebunden/ vnd wann sie einen Fisch im Meer spürten/ so machten sie die Schnur loß: da ergriff ihr Fisch den andern: wann sie dann die Schnur an sich zogen/ so kondte der Fisch den Lufft nicht leyden/ vnd ließ den Fischern den Raub. Er fand auch in dieser gegne/ auff 40. Meil wegs/ Wasser so weiß vnd dick als Milch/ gleich als wann Meel auff dem Wasser were gesäet worden. Er fand auch Wasser/ das gantz schwartz war. Es kam ein alter Mann von 80. jahr in dieser Insel zu Columbo der riehte ihm/ er sölte sein Victori nicht gebrauchen/ dann die Seelen der Menschen hetten zweei Weg/ nach ihrem Abschied/ auß dem Leib: der eine sey wüst vnd finster/ vnd dieser sey für böse vnd schädliche Leuth zubereitet: der ander aber schön vnd lieblich/ welcher frommen vnd friedsamen Leuthen verordnet seye.

Wunderlicher Fischfang.

Von Lucais. Cap. xlix.

ES ligen allhie vil Inseln herumb/ von denen nichts schrifftwirdiges kan verzeichnet werden. Von Acusamil/ bey Jucatan ist droben geredt worden. In den Lucais/ oder Jucais ist ihr grosse Anzahl das Fürnembste/ weil deren vber die 400. gerechnet werden. Lucaio ist der allgemeine Nam ihrer aller. Martyr bezeugt/ die Spanier haben die Einwohner dieser Insel weggeführet/ vnd in ihre Ertzgruben

FFFFff gesteckt

Das neunte Buch

Schöne Weiber in Lucaia.

gesteckt. Die Weiber dieser Insel waren so schön/ daß viel auß den angrentzenden Inseln ihr Vatterlandt verlassen/ vnd vmb ihrer Bulschafft willen diese Inseln erwehlet haben. Die Weiber trugen keine Kleyder/ biß auff die Zeit ihrer natürlichen Reinigung: Alsdann machen ihre Eltern ein Fest/ als wann ihre Töchter solten Hochzeit halten: von derselbigen zeit/ tragen sie vor diesen heimlichen Orten/ ein Netz von Baumwoll gemacht/ mit Kräuterblätter außgefüllet: Sie sind ihrem König so gehorsam/ daß wann er ihnen gebieten solte/ sich von einem Felsen herab zu stürtzen/ so würden sie es stracks vnverwägert thun. Aber diese Inseln ligen jetzundt öd/ weil ihre Einwohner theils in den Goldt Mynen/ in Hispaniola vnd Cuba/ theils durch Hunger vnd Kranckheiten/ auff die 1200000. an der Zahl verzehrt worden seyn.

Von Hispaniola. Cap. I.

Hispania ist gleichsam die Königin vnd eine Schatzkammer aller vbrigen Inseln dieses Meers. Sie ligt Ostwarts von Cuba: von den ersten Einwohnern ist sie Quisquesa hernach Haiti/ vnd von Columbo Cipanga/ vnd Ophir genennet worden: die Spanier nennen diese Insel Hispaniola/ oder auch Domingo/ von ihrer Hauptstatt/ so ein Bischofflicher Sitz ist. Sie hat im Begriff 550. Meil: Viel guter hoher Berg ligen darinnen/ welche die tieffen vnd finstern Thäler vbersehen. Es scheinet als were ein stättiger Früling in dieser Insel/ weil die Bäum vnd Wisen immerdar grün bleiben. Lufft vnd Wasser sind vberauß gesundt darinnen. Sie wird durch 4. grosse Rivieren/ so auß hohen Bergen herab fallen/ in 4. gleiche theil abgetheilet: vnder denen Junna gegen Auffgang laufft: Attibunicus gegen Nidergang: Nabiba gegen Mittag: Vnd Jache gegen Mitternacht. Andere theilen diese Insel in 5. Landtschafften/ nemlich/ in Caizcimu, Hubaba, Caibabo, Bainva vnd Guaccajarima. In der ersten ist ein grosse Höle/ in einem Felsen/ zu vndst vnder dem Fuß eines hohen Bergs/ zween Roßlauff von dem Meer: der Eingang ist gleich einem Thor eines grossen Tempels: viel Revieren welche zuvor bey 90. Meilen daher geflossen/ werden von der Erden gleichsam verschluckt/ vnd kommen durch verborgene Gäng in diese Höle/ vnd verliehren sich selber: wie dann ein tieff versunken Wasser darinn gefunden wirdt. Andreas Moralis hat sich mit einem Schiff darein gelassen/ welches von den Wirbeln vnd braussen deß Wassers schier were verschlungen worden: Es war nicht allein gantz Finster darinn/ sondern ein solch schrecklich Getöß/ daß er Gott gedancket/ als er wider darauß kommen. Er sahe auch auff dem Gipffel eines hohen Bergs/ einen See/ 3. Meilen groß/ in welchen viel kleine Bäch geloffen waren/ er kondte aber niergend einigen Außgang mercken.

In Bainoa ist ein See von Saltzwasser/ ob wol 4. grosse schiffreiche Wasser von Ost/ West/ Sud vnd Nord/ neben vielen kleineren darinn fliessen: Man haltet dieser See habe ein grosse Gemeinschafft mit dem Meer/ weil grosse Meerfisch/ Sharckes genannt/ so die Menschen fressen/ darinn gefunden werden. Es hat diese Insel noch viel andere See mehr/ deren einer halb gesaltzen vnd halb frisch/ 25. Meil lang/ vnd 8. breyt ist: Sie ligen alle in einer Ebne/ die 120. Meil lang vnd bey 20. breyt ist.

Barthol. de las Casas schreibt/ es lige ein Königreich/ mit namen Magua/ in einer Ebne dieser Insel/ mit Bergen vmbgeben/ auß denen bey 30000. Bäch vnd Ström herfliessen: deren 12. zientlich groß seyen/ vnd alle die bey West herkommen/ bey 20000. in der Zahl/ seyen reich an Gold.

Deß Goldts Natur.

Cotobi ist ein Ebne auff den Hügeln der Bergen: Es ist noch ein andere Landtschafft dieses Namens/ gantz vnfruchtbar/ aber reich/ dann sie ist voller Mynen. Das Gold allhie ist eben wie ein lebendiger Baum/ welcher indem Centro der Erden sein Wurtzel hat/ aber sein Aest vnd Schoß/ zu dem obersten Theil der Erden herauff wachsen/ vnd sich in schönen Farben/ an stat der Blumen in runden Goldtsteinen/ an stat der Früchten/ in dünnen Blätlein/ an stat der Blätern sehen lässet. Von dieser Insel sind jährlich vier oder fünff hundert tausent Ducaten in Goldt erhebt worden. Die Einwohner haben ihnen eingebildet/ es seye ein Göttliche Natur im Goldt/ wann sie es deßwegen samblen wöllen/ haben sie sich selber von Weibern/ köstlichem Speiß vnd Tranck/ vnd allen andern Wollüsten enthalten.

Es ist vnfern von Hispaniola ein andere Insel/ welche ein Brunnquellen hat/ so durch einen heimlichen Gang vnder der Erden/ in dieser Insel entspringt: vnd das schliessen sie darauß/ weil dieselbige Quellen/ die Blat von vielen Bäumen herfür bringt/ welche in Hispaniola wachsen/ vnd nicht daselbsten. Die Spanier nennen diese Insul Arethusa.

Navazza.

Es ist ein andere kleine Insel/ zwischen Hispaniola vnd Jamaica/ mit namen Navazza, von deren vngefehrlich ein halbe Meil/ viel Felsen im Meer stehend/ ohngefehrlich vier Schuh tieff mit Wasser bedeckt: auß diesen quillet mit grossem Trieb ein Wasser herauff/ eines Arms dick/ welches auch süß vnd guth mag gefasset werden.

In der Insul Hispaniola werden die Menschen von den Fleen vnd Mucken sehr geplagt. Deßgleichen haben sie auch einen Wurmb Negua genannt/ welcher den Menschen in die Fußsolen schleufft/ vnd dieselbigen so groß geschwellen macht/ als eines Menschen Haupt/ vnd das mit grösten Schmertzen/ für welches sie kein ander Mittel/ als daß sie tieff in das Fleisch graben/ vnd diesen Wurmb herauß nehmen.

Es wird

Von den Ländern America.

Es wird da auch eine Gattung Vnzieffer gefunden/ so dick vnd lang als ein Gleich eines Fingers/ vnd hat 4. Fliegel/ welches die Einwohner Cucuso nennen. Dieses solle nachts einen Glantz von sich geben wie ein Liecht/ daß man auch darbey schreiben vnd lesen köndte.

Die Thier haben in diesem Landt so sehr zugenommen/ daß die Hündt wildt worden/ vnd das Rindtvieh kaum zuerösen ist. Es hat einer ein Kuh gehabt/ welche 26. jahr gelebt/ vnd sich in der zeit biß auff das 800. Haupt vermehrt hat: Sie tödten die Rinder mehrertheils vmb der Häut willen/ deren Anno 1582. 35000. in Spanien gefertigt worden.

Lang zuvor ehe Columbus diese Insel erfunden/ ist den Einwohnern durch ihre Zomes/ oder Götter gewissagt worden/ es werde nach etlich jahren/ ein frembd Volck in diß Landt kommen/ so bekleydet/ gebartet vnd bewaffnet seyn würde/ welche mit einem streich einen Menschen von einander hawen/ die Bilder jhrer Götter zerstören/ vnd jhre Kinder erschlagen würden.

Ich wil jetzund von jhren Götzen/ Gesängen/ Priestern/ Oraculis/ aberglaubigen Meynungen vnd Gebräuchen nichts melden. Dessen allein kan ich allhie nicht vergessen: wann jhnen ein König gestorben war/ so haben sie vnder seinen Weibern/ die/ so jhm am allerliebsten gewesen/ mit jhme vergraben/ vnd mit dieser noch andere Weiber mehr/ jhren Gesellschafft zu leisten/ sampt allen jhren Edelgesteinen/ vnd Zierden. Es sind jetzunder 10. Spanische Stätt in Hispaniola/ vnd haben vor diesem auff die 16000. Spanier darinnen gewohnet. Anno 1508. entstundt ein solch Tempest/ daß dardurch alle Häuser zu Domingo nidergerissen/ der gantze Flecken Buona Ventura allerdings vnder vber sich gekehrt/ vnd viel Menschen etlich Bogenschütz hoch in die Höhe erhaben worden.

Von Bermuda. Cap. lj.

NAch dem wir in der Insel Hispaniola/ ein Muster aller andern Insuln gesehen/ so wöllen wir jetzund heimeylen/ vnd vnder wegen kein Insel mehr berühren/ außgenommen Bermuda/ welche Insel/ wegen jrer grossen Gefahr/ jetzund nit mehr so gefährlich ist: Dann weil so viel Schiffbruch daselbsten erlitten/ so haben die Schiffleut/ das Gestat so wol erkundiget/ daß sie jetzund vor aller Gefahr schier versichert sind. Sie ist von Johan Bermuder/ der diese Insel erstlich erfunden/ also genennt worden: sonst wird sie auch die Insel der Teufflen geheissen/ vnd die verzauberte Insel: aber ohne Vrsach. Job Hortop hat erzehlet/ er habe ein Meerwunder daselbst gesehen/ welches sich drey mal erzeigt habe/ daßelbige habe von dem Mittel auffwerts einem Menschen gleich gesehen. In dieser Insel gibt es allerhand herzliche Fisch/ viel Schwein/ allerley Früchte/ Maulbeern/ Seydenwürm/ Palmites/ Cedern/ Perle/ Amber: sonderlich aber vielerley Vögel/ darinn man in 2. oder 3. stunden 1000. fahen kan/ sind so groß als ein Tauben/ vnd legen gesprengte Eyer/ so groß als Hüner Eyer/ in den Sandt/ vnd schewen sich vor keinem Menschen. Andere Vögel sind so zam/ daß wann man pfeiffet/ so fliegen sie hauffenweiß herzu/ sehen den Menschen/ vnd lassen sich mit einem stecken erschlagen. Die Engelländer haben ein Wohnung dahin gebawen.

Nocumenta sunt documenta.

William Strachie/ der jn äusserster Lebensgefahr an diesem Ort gewesen/ hat bezeuget/ es seye ein Archipelagus von gebrochenen Inseln/ deren nicht weniger als 100. seyen/ die grösste lige eben wie ein halber Mon. Diese Inseln scheinen/ als wann sie durch Vngewitter weren von einander gerissen worden. Die Engelländer/ so jetzt 700. starck darinnen wohnen/ vnd sich wider alle frembde Nationen bevestigt haben/ rühmen so viel guts von diesen Inseln/ daß einer darüber gleichsam verzuckt wirdt. Der Lufft ist so vberauß gesund darinn/ vnd der Boden so fruchtbar/ als einiger in der Welt.

Von dieser Insel wollen wir vnsern Lauff widerumb nach hauß nehmen da wir außgefahren/ doch vor Beschliessung der gantzen Reyß/ kurtzlichen erzehlen/ alle die/ welche den gantzen Erdboden vmbschiffet/ vnd vns also die gantze Welt bekant gemacht/ auch vns dardurch vergwissert/ daß ja Leuth seyen die vnder vns wohnen/ vnd vns die Füs kehren/ die wir Antipodes nennen.

Der erste so die gantze Welt vmbschiffet/ ist gewesen Ferdinandus Magellanus ein Portogeß/ welcher An. 1519. den 10. Aug. auß Hispanien abgefahren/ durch die enge Magellanes: in den Moluccis ist er Magellanes ermordt worden/ sein Schiff aber Victoria 1524. den 6. Sept. in Hispanien wider angelangt.

Der 2. so dieses vnderstanden/ ist gewesen Francis. Dracus ein Engelländer: ist auß Engellandt abgefahren An. 1577. den 13. Dec. vnd daselbst widerumb angelangt/ nach dem er den gantzen Erdboden vmbschiffet/ vnd viel herrlicher Thaten begangen Anno 1580. den 28. Sept.

Der 3. war Thomas Candisch auch ein Engelländer/ ist auß Engellandt außgefahren den 21. Jul. An. 1586. vnd widerumb daselbsten in dem Port Blimmout angelangt Anno 1588.

Der 4. Olivarius von der Nort ein Niderländer/ ist abgefahren den 20. Jul. 1598. vnd daselbst widerumb angelangt den 25. August. Anno 1601.

Der 5. vnd letzte/ so die Welt vmbfahren vnd vnder der enge Magellones einen newen Weg Le Maire genannt hindurch kommen/ war Guilhelmus Schout ein Holländer von Horn bürtig/ ist auß dem Texel außgefahren den 14. Jun. 1615. vnd in Seeland wider ankommen 1617. den 1. Julij.

EEEee ij   Beschluß

Das neunte Buch
Beschluß dieses gantzen Wercks.

Also haben wir nun/ mit der Hilff Gottes/ den gantzen Erdboden durchwandert von Auffgang biß zum Nidergang/ vnd von Mittag widerumb biß Mitnacht/ vnd darinn besichtiget alle Meer/ Inseln/ Länder/ Königreich vnd Stätt/ so vil deren biß zu diser vnser zeit dieses 1627. jahrs durch vielerley Reysen vnd Schiffahrten seyn entdeckt vnd geoffenbart worden. Neben diesen aber seyn vieler Gelehrten vnd Hocherfahrnen Meynung nach/ noch viel Länder/ so bißher noch nit kund worden. Als da seyn die Länder in dem innern Africa/ die Mittägigen wie auch Mittnächtigen Länder in America welche sich noch weit vnd ferz außbreiten/ vnd wegz äusserster kälte schwerlichen können erkündigt werden. Dem seye aber wie jhm wölle/ sollen wir auß diesen Dingen allen so man erfahren hat/ erkennen den wunderbarlichen Gott/ welcher alle ding nach seinem Göttlichen wolgefallen also wunderbarlich gemacht vnd erschaffen hat. Er hat der gantzen Welt erst Fundament gelegt: Er hat den Menschen geoffenbart die Straß des grossen vnd weiten Meers: Er hat die Menschen zertheilt auff den Boden des gantzen Erdtrichs/ vnd einen jeglichen geartet nach der art des Lands darinn er wohnet/ also das der Mor in seinem Landt tragen mag die Hitz seines Himmels/ vnd der Eißländer oder Nordwegier erleiden mag die Kelte seines Lands: also mag ein jeder geleben von der Speiß seines Erdtrichs/ die einem andern nicht allein vngeschmack/ sonder auch schedlich am Leib were. Welcher möcht hie zu Landt Roßblut trincken wie die Tartarn thun/ oder Hundsfleisch essen wie etliche in Africa thun? Wie viel sind Völcker die nit wissen was Wein ist/ ja die nit süß Wasser haben zu trincken/ die behelffen sich mit den Wassern so sie vff heben von dem Thaw des Himmles? Item wie viel sind Völcker auff der Erden die von keinem Korn wissen zu sagen/ sonder Brot machen auß Wurtzlen ettlicher Kräutern/ oder auß gedörrten Fischen. Vnd dieweil sie also gewohnt haben zu leben nach art jhres Lands/ leben sie eben so wol alß wir nach art vnsers Lands.

Dem Herrn vnsern Gott seye Lob vnd Danck gesagt für seine Göttliche Fürsorg/ Regierung vnnd Erhaltung der gantzen Welt/ sonderlichen daß er vnder so vielen tausenden arbeitseligen/ vnd noch in dem Thal der Finsternuß/ vnnd deß leydigen Sathans herumb schweiffenden Völckern/ vns zu seinem Volck außerlesen/ vnd seinen heiligen Willen so klar vnd heiter geoffenbaret hat/ daß er auch in diesem höchsten vnd letzten Alter der Welt die Herzlichkeit vnd Majestät seines Namens/ von einem Ende der Welt biß zu dem andern hat erschallen lassen. Er wolle trewe Hirten vnd Diener seines H. Wörts erwecken vnd außsenden/ welche seiner Herdt mit Lehr vnd Leben wol vorstanden/ vnd selbige zu den rechten Hauptquellen der lebendigen Wassern leiten wollen: Er wolle vns auch sämptlichen die Gnad seines H. Geistes verlehnen/ daß wir durch Anschawung der vielfaltigen Wundern diser Welt/ jhn als den einigen Werckmeister loben vnd preisen/ vnd durch ernstliche Betrachtung der eytelen Herzlichkeit derselbigen/ geleytet werden zu den himlischen vnd ewigen Wohnungen da rechte Frewd vnd Wohne ist/ vnd ein liebliches Wesen.

Darzu vns allen verhelffen wolle die H. Dreyeinigkeit Gott der Vatter/ Gott der Sohn/ vnd Gott der H. Geist/ hochgelobt in alle Ewigkeit. Amen.

HIe endet sich das Buch der Teutschen Cosmographey oder Welt Beschreibung durch Sebastianum Munsterum Professorem der Hebraischen Spraache in der hohen Schule zu Basel/ mit grosser langwiriger Arbeit/ auß den bewärten/ glaubwirdige vnd erfahrnen Cosmographen vnd Geschichtschreibern zusamen gelesen/ vnd hernach von andrn trewlichen vermehrt biß vff daß jar 1628. Es bitt auch gemelter Sebastianus Munsterus vnd seine getrewe Nachfolger ein jeden dem diß Buch fürkompt zu lesen/ daß er nicht gäh seyn wöll mit seinem Vrtheil/ vnd eins wegs sein Naß rümpffen ab fürgeschriebnen Historien vnd andern dingen/ die hierinnen gemeldet werden/ die verdammen alß lächerlich vnd den Fablen gleichförmiger dann der Warheit. Es werden hievornen in der Vorrede wie auch hin vnd wider in den beschreibungen sonderlichen bey America die Authores genamset/ auß welchen diese ding gezogen/ vnd hieher getragen sindt. Werden sie in der Lateinischen Spraach für gut geachtet zu lesen/ vnd haben bey den Gelehrten ein groß ansehen/ warumb sollen sie in der Teutschen Spraach nicht auch etwas gelten? Es wird wenig in diesem Buch beschrieben/ das nicht vorhin auch im Latein oder Teutsch an Tag kommen ist/ vnd in mancherley Büchern gefunden wirdt. Aber was dort zerspreitet vnd weit von einander zertheilt ist/ wird hie zusammen in ein kurtze Summa ohn alles eigen Gedicht vnd Zusatz gefaßt. Darumb man billichen Danck solte verdient haben.

Ende der neun Bücheren der
Cosmographey.